*Verdammt.* **Verliebt.**

Simona Dobrescu



Lektorat: Christel Baumgart, M.A.

ISBN 978-1503103511



Die Geschichte, sowie deren Figuren, ist fiktional, Ähnlichkeiten zu lebenden oder verstorbenen Personen, Orten und Begebenheiten, reiner Zufall und nicht von der Autorin beabsichtigt.

Für meine Eltern,
die nicht müde wurden, sich diese Geschichte zu wünschen. Ich weiss, dass ihr niemals aufhört, an mich zu glauben.

Für Johanna,
und die Jahre, Tage, Stunden, in denen wir gemeinsam träumten und der anderen halfen, ihre Träume wahr zu machen. Auf uns - und die vielen Dinge, die noch folgen werden!

Für . . .
. . . . jeden, der mein Leben besser und wilder macht, weil er Teil davon ist – allen voran meine Mädels und Brautjungfern-Brigade.

Best. Friends. Ever.

# Teil I
# Die Selektion

# *Kapitel 1*

Ein Moment absoluter Ruhe folgte.

Verwundert sah ich mich um, doch das Bild vor meinen Augen veränderte sich nicht. Unbarmherzig schien eine unmöglich große, sengende Sonne auf ein ebenso unmöglich riesiges, brachliegendes Feld. Durchzogen von vielen rechteckigen Steinen, die wahllos angeordnet und von dunkler Erde verkrustet halb zerfallen gen Himmel strebten, erstreckte es sich in die Weite und wirkte dabei trotzdem leer. Die Hitze wurde von dem rissigen Boden zurückgeworfen, schnitt mir ins Gesicht und projizierte flackernde Bilder von zusammengepferchten Kreaturen, die knöcherne Hände nach mir ausstreckten, in mein Bewusstsein. Ihre schmerzverzerrten Gesichter hingen wie wild im Wind tanzende Pusteblumen am Horizont und verzogen sich zu hässlichen, flehenden Fratzen, waren aber ausreichend weit weg, dass ich mir einredete, sie entsprängen meiner Einbildung. Und das mussten sie auch.

Denn es sollte eigentlich Nacht sein.

Und ich bei meinen Gästen.

Vorsichtig wandte ich mich etwas nach rechts, langsam, ohne zu blinzeln – aus Angst, die Welt um mich herum würde sich erneut verändern, wenn ich sie nur einen Moment aus den Augen ließe. Wie sich herausstellte, war meine Sorge unbegründet – auch ohne mein Zutun stand ich plötzlich inmitten eines wunderschönen, gleißenden Sonnenaufgangs.

Gefangen zwischen fasziniert und überwältigt versuchte ich mein Verlangen nach Logik zu unterdrücken, atmete bewusst gleichmäßiger und kämpfte gegen meine aufsteigende Panik. Schnell blinzelte ich über meine linke Schulter zurück in die Mittagssonne, die die Haut an meinem Arm verbrannte, und starrte anschließend auf mein rechtes Bein, an dem lange Schatten sich allmählich, vom Morgenlicht verdrängt, zurückzuziehen begannen. Mein Blick folgte ihnen, bis das schöne rote Licht sie verschlang, ein unbeschreiblicher Farbton, aber nüchtern und stechend. Sie vergingen über verschlafenen Holzruinen und wanderten weiter zu den letzten Spuren feinen Reifs, auf ihre Westseite, wo auf den Fassaden noch die dunkle Nacht regierte. Ein unkontrolliertes Frösteln zwang mich dazu, meinen Blick von dem verlassenen Ort abzuwenden.

*Sieh dich weiter um*, dachte ich, *wo bist du?*

Ich drehte mich im Uhrzeigersinn – hinein in eine mondlose Nacht, die Dunkelheit so intensiv und starr, so erdrückend. Doch auch so lebendig, dass ich eine leichte Bewegung ausmachte, verborgen im Schwarz. Meine Pupillen gewöhnten sich gerade an das fehlende Licht, als vor mir kleine Tupfer schimmernd aufleuchteten, von denen ich zuerst annahm, sie tanzten auf meiner Netzhaut. Dann erkannte ich die sattgrünen Waldwipfel, die wie Hunderte von Weihnachtsbäumen an Heiligabend erstrahlten, und wusste, es passierte wirklich. Aus dem höchsten Geäst erhob sich soeben ein funkelnder Kolibri, stieg steil in den Himmel empor und stürzte wie ein Stein herunter, fing sich und tauchte hinab in das Dickicht, kam daraus hervor, einem Delfin gleich, der die Fluten teilt. Fasziniert beobachtete ich ihn, bis er mich in seinem Spiel entdeckte und zielsicher auf mich zuflog, dicht über meinem staunenden Gesicht kreiste, tönte und zufrieden wirkte. Schließlich landete er auf meinem ausgestreckten Arm. Erst da merkte ich, dass ich ihn ihm einladend hingehalten hatte.

Ich wollte ihn fragen, was für ein seltsamer Ort das war, doch ehe ich ihn auch nur berühren konnte, schlug der kleine Kerl, dessen Gefieder aus reinstem Tau und hellem Mondlicht bestand, auch schon wild mit den Flügeln und verabschiedete sich, pendelte sich auf einen strikten Kurs ein, bis er schließlich nur noch ein schwarzer Punkt vor dem riesigen Sonnenball war und darin verschwand. Wehmütig folgten meine Augen ihm, während sich meine Beine weiterdrehten, bis ich wieder an meinem Ausgangspunkt angelangte und mir schmerzlich bewusst wurde, dass hier nichts stimmte.

Die Farben waren intensiver, jedes Blatt grüner, jeder Stein grauer. Die Luft schien durchzogen von Gerüchen, niemals rein oder klar, die Sonne greller, künstliches Licht matter, der Himmel näher. Ich stand ratlos da, beobachtend und alarmbereit.

Fast erleichtert bemerkte ich meinen Kolibri in der Ferne umdrehen und lächelte in freudiger Erwartung, doch ein seltsamer Schatten legte sich auf halbem Weg über ihn und ließ mein Lächeln zu einer steinernen Maske gefrieren. Eine Sekunde lang spürte ich die plötzliche Einsamkeit mit voller Wucht auf mich einwirken, ein Gefühl derart mächtig, dass es mich zu ersticken drohte, während aus dem schillernden Vogel ein langer, dürrer Stab wurde.

*Nein, kein Stab*, korrigierte ich in Gedanken. *Es wirkt wie ...*

*Ein Zeigefinger?*

Gebildet aus sich bewegenden Mündern, toten Augen und Gliedern zeigte er anklagend auf mich, kam mir nah und näher, bis ich ihn berühren konnte. Seine bleichen, rauen Lippen erzählten flüsternd von dem Albtraum, in den ich mich gerade verirrt hatte.

„Armes, schönes Kind ... ganz alleine ... wird den Verstand verlieren ... das arme, schöne Kind.“

Die Stimme war ein Verbund mehrerer Klagen, die zusammen einen Trauergesang bildeten, bizarr, melodisch, eine unsichtbare Tonleiter streichend. Modriger Gestank ging von dem abstrusen Gebilde aus und zwang mich dazu, durch den Mund zu atmen. Es wiederholte seine Worte mehrfach, mal klagend, mal amüsiert, jedoch ohne weiter an mich heranzutreten oder zu sich zu locken, eine Einladung, die ich zweifellos befolgt hätte, auch wenn sich jede Vernunft in mir bei der Vorstellung sträubte.

Ich versuchte meine Beine zu bewegen, aber unsichtbare Fäden hielten mich an Ort und Stelle.

„Lauf, schönes Kind ... der Sonne entgegen“, forderten mich Dutzende Lippen in unterschiedlichen Sprachen auf und schnitten die eisernen Schnüre damit plötzlich durch. Der Finger löste sich vorbeiziehenden Rauchschwaden gleich auf, bis nichts von ihm übrig blieb außer dem Geruch. Einen Wimpernschlag später setzten herzzerreißende Schreie ein – und ich lief in die vorgegebene Richtung los, die trockene Hitze verätzte meine Haut, versengte meine Sohlen, entzog mir das Leben, wie sie die Landschaft vor mir einst in totes Feld verwandelt hatte.

Doch nicht das trieb mich an, sondern das Crescendo Tausender ängstlicher Rufe, welches die starre Luft erfüllte und sie vergiftete.

*Warte.*

Abrupt hielte ich inne, meine Umgebung hatte sich in den letzten Sekunden erneut verändert.

*Was, wenn das eine Falle ist?*

Kieselsteine spickten neuerdings das Feld vor mir, ein starker Rauch zog in unregelmäßigen dichten Wirbeln darüber, stets gen Zentrum, das sich direkt vor mir befand. Abwesend fuhr ich mir mit der Hand an meinen pochenden Kopf, hinab in den Nacken, kratzte mich nachdenklich. Augenblicklich durchfuhr mich gellender Schmerz und ich schrie erschrocken auf, zog sie zurück, bemerkte meine blutverschmierten Finger.

„Du träumst“, sagte ich nun laut, um es real zu machen, ignorierte dabei die Wärme auf meiner Haut, die sich echt anfühlte, zwang mich, den Blick von dem satten Rot abzuwenden und stattdessen hochzusehen. Die weinerlichen Fratzen schwebten schwach am nun violetten Himmel, das Feld vibrierte weiter eisern in der Glut der Sonne, mein Körper vertrocknete, meine Lippen waren spröde und platzten auf. Ich versuchte, meine sich im Kreis drehenden Gedanken besser zu sortieren, als ein ohrenbetäubendes Poltern in der Ferne mich aufschrecken ließ und sämtliche Wehrufe verbannte. An dem mir nächsten, am Waldstück angrenzenden Horizont griffen elegant graue, schwarze und silberne Wolken ineinander, um sich zu verschlingen. Sie hüllten mich bald in eine schwarze Dämmerung, die, nachdem sie mich fest umschlossen hatte, meinem Körper langsam Wärme entzog.

Der Tag fühlte sich schlagartig gefährlicher an.

*Bewege dich! Halte dich warm.*

Über mir leuchteten erste Blitze, indes ich einen Schritt auf den erstbesten Quader zu machte, behutsam den groben, heißen Boden unter mir betrat.

*Heiß?*

Ich betrachtete den Untergrund genauer und schluckte. Millionen kleine Lichter glühten unter meinen blanken Sohlen – ein Meer goldener Funken, wie Kohle auf dem Grill, brutzelnd, zischend – schlängelten sich durch die trockene Erde. Im vergeblichen Versuch, nicht draufzutreten, stürmte ich los, den Stimmen nach und in Richtung Sonne, der einzig markanten Stelle am Horizont. Ich fürchtete alsbald, im Kreis zu laufen, hatte genug Filme gesehen, in denen Menschen stundenlang in Wüsten umherirrten, um am Ausgangspunkt zu landen. Doch selbst damit konnte ich mich eher abfinden, denn tatenlos irgendwo im Nirgendwo herumzustehen und auf Gott-weiß-was zu warten. Oder darüber nachzudenken, worauf ich gerade lief. Warum ich hier war. *Was* hier war.

Nach endlosen Minuten wandelte sich der Untergrund neuerlich und ich trat versehentlich auf etwas Kantiges, hielt an und hob es auf. Das handgroße, graue Ding wurde an einer Stelle dunkel, sobald der erste Tropfen eines apokalyptisch anmutenden Wolkenbruches über mir einsetzte und auf dessen Oberfläche traf, mein Vorhaben im wahrsten Sinne des Wortes wegspülte. Der starke Regen stank nach bissiger Fäulnis und brannte wie kleine Nadelstiche, nahm mich komplett ein, bis ich darüber vergaß, dem Gegenstand eine Bedeutung zuzuordnen – oder dass ich mich eben erst noch nach Abkühlung gesehnt hatte. Gehetzt betrachtete ich mein Umfeld, doch wohin das Auge reichte, war das in Nachtfarben getauchte Brachland verlassen und Unterschlupf-technisch unbrauchbar. Komplett durchnässt fiel die Entscheidung spontan und ich lief in Richtung des dichten Waldes.

Zehn Meter.

Dreissig.

Umpf.

Ein dumpfer Schlag presste mir die sämtliche Luft aus der Lunge - gleich darauf wurde mir schwarz vor Augen. Ich spürte, wie ich rückwärts taumelte und meine Beine mir den Dienst versagten, mir der Boden unter den Füßen brutal weggerissen wurde. Noch im Fallen schaffte ich es, meine Hände auszustrecken um den Aufprall etwas abzumildern. Vor mir schwebten viele aufgeregte Glühwürmchen.

Verständnislos schüttelte ich den Kopf, fing mich wieder und studierte die Gegend.

Nichts.

Unweit vor mir ein Meer aus Fichten. Meine Augen scannten komplett rings um und fanden Luft und Stille. Sorgsam rappelte ich mich auf, glättete fahrig das an meinem Körper klebende goldene Paillettenkleid und war dankbar für die Ablenkung, da mir der Stein in meiner anderen Hand einfiel. Ich holte tief Luft und betrachtete das verwobene Symbol auf dem handgroßen Brocken.

Ein mittelgroßes schwarzes, verblassendes „R".

Einem Impuls folgend riss ich den Arm hinter meinen Kopf und warf.

Eine Sekunde später zerfiel der Stein zu feinstem Staub und löste ein leises Summen aus – die bis an den Himmel reichende, statische Barriere entlud sich flimmernd und sprühte erneut feine Funken, die wie winzige Sternenlichter anmuteten.

Währenddessen zog der Sturm, schneller, doch lautlos vorüber und die Sonne trocknete mich bereits. Ich wich von dem unsichtbaren Zaun zurück und fand mich neben einem von Moos bewachsenen Quader wieder, der eben noch woanders gewesen sein musste. Mein Herz setzte aus: „oseanne".

R-oseanne.

Darunter: 12. 1953 – 10. 1988.

Unfähig wegzusehen kroch eine beklemmende Gewissheit durch meine Adern, kurz bevor ein leises Geräusch sich in mein Bewusstsein schrie. Der Boden erbebte unter wuchtigen Schritten, kleine Staubwirbel flogen um etwas Großes auf und die zahlreichen kläglichen Schreie, die der Sturm und meine Gedanken erfolgreich verdrängt hatten, verstummten. Stoßweise und schwer atmend, als wäre der Weg unsagbar beschwerlich, näherte sich mir ein Ungetüm von vorn. Mit einer solchen Geschwindigkeit, dass die Gestalt an den Rändern verschwamm. Einen Augenblick später zwinkerte ich – und *es* stand eine Armlänge vor mir. Beim Anblick seiner roten, von geplatzten Äderchen durchzogenen Augen wollte ich weg, doch der weiche Boden war matschig und ich rutschte aus.

Auf alles gefasst wanderte mein Blick schnell nach unten, suchte nach nassem Sand oder Gras, fuhr wieder hoch und forschte nach etwas Vertrautem bei dem Ankömmling. Ich verstand, unterdrückte ein lautes Schluchzen, stützte mich mithilfe einer zerfallenen Kreuzstatue auf und lief um mein Leben.

Mein Blick klebte an dem sich erneut verdüsternden Himmel, an den vielen identischen Steinen, an dem in weiter Ferne lodernden Horizont, an diesem und jenem – nur nicht an dem mit Blut durchtränkten Boden unter meinen Füßen, der jedes Mal, wenn sie auftraten, ein schmatzendes Geräusch machte, während er die ständig näher kommenden bedrohlichen Schritte meines Verfolgers praktisch verschluckte.

Einzig das Schnaufen zeugte von seiner Präsenz. Mir wurde heiß und kalt zugleich, nachdem sich plötzlich ein weiteres Röcheln, das sich mit dem ersten vermischte, hinzugesellte und von einer zweiten, riesigen, hundeähnlichen Kreatur kündete. Auch diese war, mit einem schnellen Schulterblick deutlich erkennbar, aufgedunsen und atmete abgehackter, rasselnder, hatte aber trotzdem scheinbar keine Mühe, mit uns Schritt zu halten. Die Ankunft eines Konkurrenten verschärfte hörbar die stummen Bedingungen der Jagd. Die Tiere stachelten sich gegenseitig an, als Erster zu ihrer Beute aufzuschließen, und schaukelten ihre Leistung damit weiter hoch. Ich rannte durch braune Pfützen und schlingerte auf etwas Haarigem, fing mich aber und verbot mir, auch nur flüchtig auf den Boden zu schauen. Stattdessen konzentrierte ich mich auf das Ausweichen vor den teilweise abgesunkenen Gräbern und deren Grabsteinen. Weil es viel zu lange ruhig blieb und nur noch meine stoßweise Atmung zu hören war, ahnte ich, ihr Angriff stand unmittelbar bevor. Aus dem linken Augenwinkel erfasste ich, wie der Schmächtigere von ihnen zu einem eleganten, stromlinienförmigen Sprung ansetzte. Das Tier war groß genug, dass seine Klaue mich am Hals erwischte, bevor ich überhaupt verstand, dass es sich nach mir streckte. Ich hätte hinfallen können, aber das bedeutete, dass sie mich umzingelt hätten. Mir war klar, sollte ich erst einmal stürzen, würde ich vermutlich nie wieder aufstehen. Meine Ohren klingelten, meine Wunde pochte und meine Fersen brannten, aber ich biss die Zähne zusammen und nutzte das letzte Adrenalin, um mein Tempo zu beschleunigen. Der Zweite setzte an und sprang. Ich schlug einen Haken und duckte mich unter ihm weg, genau in dem Augenblick, da er in der Luft schwebend seine schwarzen Krallen ausfuhr, eine Bewegung, die die andere Kreatur anscheinend vorhersah. Mit weit aufgerissenem Maul und einem triumphierenden Brummen wartete er auf mich, die Pfoten bereits breitbeinig in den klebrigen Boden verankert, und schnappte fletschend nach meinem nackten Hals. Momente bangen Wartens verflogen und das Tier ging jaulend zu Boden.

Keuchend ließ ich das rostige Kruzifix, das ich von Roseannes Grab mitgenommen hatte, aus meiner verkrampften Hand fallen und starrte auf die feine rote Schliere, die sich allmählich am Hals des Tieres bildete. Ein einzelner Tropfen bahnte sich an der erbsengroßen Austrittsstelle mühsam den Weg über sein verkrustetes Fell. Verwirrt stierte der riesige Hund auf den Spritzer, der auf seine Pfote fiel, und stieß mit der Nase danach. Nur Zentimeter von seinem Gesicht entfernt beobachtete ich das Monstrum, robbte dabei leise rückwärts, fort von seinen Fängen, beobachtete, wie er sich mit der Zunge über die Lefzen leckte, und versuchte, nicht auf die fleischfarbenen Reste zu achten, die sich zwischen seinen Zähnen befanden.

Erst jetzt bemerkte ich die vielen Schrammen auf meinen Knien, die vor Kurzem noch nicht da gewesen waren, und verstand. Mein Kleid war recht kurz. Angespannt presste ich die Oberschenkel fest zusammen, bewegte mich weiter und runzelte entnervt die Stirn. Zwei Monsterhunde waren hinter mir her und drohten mich zu zerfleischen – und ich dachte

an Etikette.

*Danke, Mom.*

Wie ein Pfeil schoss der Kopf des verwundeten Ungeheuers unvorbereitet hoch in meine Richtung und durchkreuzte meine Gedanken.

„Lauf!“, hallte es tausendfach vom sich abermals verdüsternden Himmel und innerhalb eines Herzschlags gehorchte ich, sprang auf und war abermals auf den Beinen. Das Echo meiner Schritte klang in meinen Ohren, und bildete den Rhythmus, nach dem ich weiterrannte, auf einen Punkt in der Ferne, auf Rettung, auf Hoffnung zu. Ich dachte an gar nichts. Ich lief einfach, durch die Gerüche einer unwirklichen Welt und ihrer Bewohner. Über jedes Hindernis, was sich mir in den Weg stellte hinfort, konzentrierte mich auf meine Familie. Freunde.

Ich ärgerte mich über Abby, dass sie mir das Kleid aufgedrängt hatte, und war ihr gleichzeitig dankbar dafür, da es mich beim Laufen nicht einengte. Fast hätte ich laut losgelacht. Hatte man stets triviale Gedanken, wenn einem der sichere Tod bevorstand?

Hinter mir waren die Hunde wieder zu hören.

Lauter. Wütender.

Ich versuchte mir vorzustellen, es wären kleine, verspielte Vierbeiner, Terrier vielleicht. Doch der Anblick ihrer narbenübersäten Gesichter, der tiefschwarzen Augen und riesigen, mit Schmutz und Staub verklebten Pranken verfolgte mich genauso gewiss, wie sie es taten. An ihre imposante Körpergröße wollte ich gar nicht erst denken, auch wenn mir Peaches, mein Pony aus Kindertagen, ungewollt in den Sinn kam.

Gellende Schreie, eindringlich und unnatürlich, durchzogen die sonst tiefe Stille, die nur von dem regelmäßigen Saugton meiner Füße belebt wurde. Dann erklang ein stattliches Donnern weit über mir und nunmehr wenige, eindringliche Hilferufe brandeten auf. Gleichzeitig mit dem Blitz, der in der Ferne einschlug, fielen hinter dem roten Horizont ungezählte Feuerbälle von herzzerreißender Schönheit auf die Erde, genau dort, wo der Vollmond jetzt auf den Nachthimmel traf. Jedes Mal wenn einer aufprallte, prasselte eine Funkenfontäne gen Firmament und bildete neue kleine Sterne, die erloschen, bevor der nächste Komet aufschlug, oder aufstiegen und sich zu der Sonne gesellten. Es war ein fulminantes, nie endendes Feuerwerk. Was verstörte, waren die daran gekoppelten Todesschreie, die sie zu bedingen schienen.

„Tod."

Die Stimme war ein Flüstern, eine Warnung an mich, die ich allmählich begriff. Dieser Ort war davon durchdrungen, brodelte spürbar vor Leid.

Das Geräusch donnernder Pranken trieb mich nunmehr wie Trommelschläge an, zugleich sich feine, dunkle Asche von den Gräbern erhob und plötzlich links und rechts meterhoch säulenartig aus dem Boden emporstieg. Eingesperrt in der einen Sekunde, fühlte ich mich in der nächsten beschützt. *Nein*, entschied ich, *das ist kein Käfig:* Die Säulen wiesen mir den Weg. Leiteten mich wie ein weiter Korridor.

Es war schwer, die beklemmenden Gefühle abzulegen, die die vielen Eindrücke in mir auslösten, doch ich schüttelte trotzdem den Kopf. Was jetzt zählte, war, dass ich hier lebend herauskam.

Hechelnd winselten die Hunde hinter mir, angespornt von ihren Blutdurst, indes meine aufgerissenen, brennenden Fußsohlen langsam taub wurden.

Um ohne Vorwarnung anzufangen zu prickeln.

Mit dem Schlimmsten rechnend streifte mein hektischer Blick zu dem weichen, sattgrünen Rasen, der in starkem Kontrast zum dämmernden Himmel voller silberner Kometen stand. Die Aschesäulen fielen langsam in sich zusammen, enthüllten eine Landschaft, die abermals sprachlos machte. Das schrecklich zerklüftete, lava- und blutdurchtränkte Feld war in eine von Felsen umringte Wiese übergegangen, an deren weitem Ende ein hübscher Garten auszumachen war, idyllisch in warme, satte Sommernachmittags-Farben getaucht. Mit seinen wippenden bunten Blütenköpfen übte er eine magische Wirkung auf meine Laufrichtung aus. Das sanfte Wogen eines nahen Wassers drang an mein Ohr. Zugleich schlossen die Biester endgültig auf und bildeten eine parallele Linie zu meinem vergleichsweise unscheinbaren Körper. Etwas an der Art, wie ihre Muskeln sich beim Rennen anspannten und ihre leblosen Augen mich fixierten, kündete von ihrer Entschlossenheit und ließ mich ungeahnte Kraftreserven freisetzen. Gehetzt stolperte ich über akkurat gekürzte Grashalme, während mich die Hunde in die Zange nahmen und sich der Geruch ihres nach

Verwesung riechenden Fells so tief in meine Nase brannte, dass ich überzeugt war, ihn nie wieder abstreifen zu können.

Es war sinnlos weiterzurennen. Sie hatte mich und das wussten sie.

Speichel tropfte aus ihren Mäulern, die Gier nach Tod zeigte sich in ihren abgründigen Pupillen und verbannte damit die Freude an der Jagd, als sie sich einen letzten zufriedenen Blick zuwarfen, Millimeter um Millimeter näher kommend. Meine Lunge war am Bersten, mein ganzer Körper unumstößlich an seine Grenzen angelangt. Mühevoll hielt ich mich davon ab zu stolpern und zu fallen, den Blick auf den Garten geheftet, auf die liebliche Musik zulaufend, die in der Luft tanzte und deren Ursprung ich wohl nicht mehr erfahren würde.

Und plötzlich war ich es leid und blieb abrupt stehen.

Mit leisem Jaulen drehten sich die monströsen Kreaturen nach mir um und machten geradewegs kehrt, einen wissenden Ausdruck auf ihren abstoßenden Fratzen. Ihr schwarzes Fell, ihr mächtiger Körperbau, ihre von Grausamkeit durchtränkten Augen waren einander gleich, es hätte ein und dasselbe Tier sein können, wären nicht ihre von Narben durchzogenen Gesichter. Das hinzugekommene Scheusal hatte zwei Narben. Der andere, dem auf einmal anscheinend kampflos der Vortritt gelassen wurde, jetzt da er vor mir anhielt, legte den Kopf schief und ließ sein von wulstigen Gewebe grausam entstelltes Gesicht auf Höhe des meinen herunter. Sein rechtes Auge blutunterlaufen, seine Nase zerfetzt, verliehen die dicken und dünnen Wundmale ihm etwas Abstraktes. Sein Fell strömte jenen ekelerregenden, süßlichen Gestank aus, der vom Leben an diesem trostlosen Ort stammen musste und mich zwang, den Kopf abzuwenden.

Genussvoll schnappte er nach mir. Und erwischte mich nicht.

Überrascht blickte ich an mir hinab. Kein Biss.

Er setzte erneut an und wiederholte sein Spiel.

Weil ich zusammenzuckte, stieß er ein bedrohliches Knurren aus und stellte sich auf die Hinterbeine, um mit seiner Größe Überlegenheit zu demonstrieren. Schaudernd wich ich zurück und er schlug mit seiner Pranke nach meinem Kopf, den ich gerade noch rechtzeitig einzuziehen vermochte. Er begann das Manöver von vorn, fauchte und genoss seine sadistische Macht.

Der zweite Hund gesellte sich hinzu, aufgekratzt von der Verfolgung, und wollte mit seiner linken Pranke meinen Kleidersaum greifen. Im letzten Moment sprang ich vor ihr weg und er fuhr sich mit der Zunge über die Zähne, warf seinem Gefährten einen höhnischen Blick zu.

Dann begannen sie gleichzeitig, mich zu umkreisen wie zwei Geier das Aas.

„Hey!", meine Stimme war lauter, denn ich es für möglich gehalten hätte. Zorn kroch in mir hoch. *Sie genossen es, mich zu zermürben?*

Hektisch drehte ich mich in alle vier Richtungen und fixierte sie, wie sie mich. „Ich sagte hey!"

Unbeirrt machten sie mit ihrem Zirkel weiter.

„Haut ab!", schrie ich sie an. „Kusch!"

Sie schnaubten.

Wütend ballte ich die Hände zu Fäusten. „Lasst mich in Ruhe!"

Vorsichtig ging ich in die Knie und tastete ohne sie aus den Augen zu lassen, suchte nach irgendetwas, aber meine Finger fanden lediglich Erde. Sei's drum. Wenn ich schon sterben musste, dann nicht ohne vorher gekämpft zu haben.

Sie zogen den Radius enger.

„So ist's fein, kommt nur her, ihr zwei Monster", änderte ich meine Taktik und lächelte. Die vorbeihuschende Verwirrung auf ihren Gesichtern entging mir nicht. „Hierher, kommt schon, Hundchen, hierher … fein..."

Mein grimmiger Ausdruck bestärkte meine Hände in ihrer Provokation, die nun wild vor der Miene des Größeren herumfuchtelten. „Du bist dir ziemlich sicher, habe ich Recht? Glaubst, gewonnen zu haben?"

Demonstrativ gelassen fuhr ich mir mit der Zunge über die Oberlippe und tastete zugleich weiter die Erdoberfläche ab. Sein Schwanz stellte sich auf, neugierig, gespannt, von meinem Verhalten irritiert, eine Regung, die sein Begleiter registrierte und ihn veranlasste innezuhalten. Spannung kehrte zurück in seinen Körper. Ein einziges Raunen entwich aus dem Maul meines Gegners und meine Knie wurden sofort weich. Unabhängig von meiner gespielten Tapferkeit, drehte mir die betäubende Aura seiner Nähe den Magen um und ich betete kurz, dass es klappen möge, riss die Hände ruckartig hoch und schleuderte ihm den Dreck mit voller Wucht in die Augen. Das zweite Monster stellte sich mir in den Weg. Ich trat nach ihm und erwischte ihn am Vorderbein. Er hob es überrascht hoch, wich aber nicht zurück. Das verschaffte mir gerade genug Zeit, um nachzutreten und ihn unterm Kinn zu erwischen. Und guter Gott, ich legte jedes bisschen Kraft in diesen einen Tritt. Verdutzt strauchelte er und in derselben Sekunde rannte ich los, rannte im Takt meines galoppierenden Herzens – oder war es mein hämmernder Kopf? Rannte, bis ich plötzlich eine neue Bewegung aus dem Augenwinkel wahrnahm, die mir durch Mark und Bein fuhr.

Hinter den schwarzen Felsen, versteckt in einer lichtlosen, um ihn schwebenden Hülle, erschien langsam ein zweiköpfiges Scheusal. Mit erhobenen Häuptern hielt es schnurstracks auf mich zu, mit jedem seiner bedächtigen Schritte schien es das Leben aus seiner armen

Umgebung zu absorbieren. Schatten entstanden um es, türmten sich auf und fielen in sich zusammen, und wo einst brauner, aufgeschütteter Boden war, hinterließ es eine Schneise verbrannter Erde. Es war schnell, kein Vergleich zu meiner Geschwindigkeit und je näher es kam, desto klarer zeichneten sich seine Konturen gegen den Himmel als die eines großen Reiters ab. Mit einem von Unwillen und innerem Zwiespalt gezeichneten Blick machte der erste, größere Hund, der fast wieder zu mir aufgeschlossen hatte und sichtbar grimmig nach mir biss, einen Schritt zurück, knurrte und gebärdetet sich wild. Wenige Meter vor dem zweiten hielt er an. Das Schattenwesen zog an ihnen vorbei.

Unbewusst fing ich verzweifelt an zu beschleunigen. Tageszeiten wechselten sich nun sekündlich um mich herum ab, während es zu meiner Linken schneite und vor mir heller Sonnenschein den Weg sprenkelte, tummelten sich hinter mir bedrohliche Regenwolken. Wenn diese zwei Albtraumgestalten Respekt vor dem Was-das-auch-sein-mochte hatten, wollte ich den Reiter gar nicht erst kennenlernen, um den Grund dafür zu erfahren.

Mein Herz schlug schnell in meiner Brust, hart genug, dass es wehtat, meine Lunge brannte und Tränen stachen mir in den Augen.

*Wozu überhaupt wegrennen*, fragte eine Stimme in meinem Kopf.

„Mimi?“

Mit einem Gefühl, als würde sämtliche Luft aus meinem Körper entweichen, traf mich die vertraute Stimme derart unvorbereitet, dass ich aufschluchzte. Einen Arm nach vorn ausstreckend, in die Richtung, aus der mein Name erklungen war, brüllte ich „Hier!“, doch kein Ton entrang sich meinen Lippen. Die erlösenden Worte steckten mir im Hals, fanden den Weg nicht zu meinem Mund.

Stattdessen wurden die galoppierenden Schritte unaufhaltsam lauter, Metallklappern vermischte sich mit einem undefinierbaren, säuselnden Ton, der sich nach einem Lachen anhörte und kaum meiner Fantasie entsprungen wäre. Kalt und herzlos schallte er von den Felswänden, überdeckte die Musik, in die sich Gesang gemischt hatte, himmlischer, wohltuender Gesang, reflektiert von den Blütenköpfen, dem Plätschern, dem Garten vor mir. Wenige Meter trennten mich davon.

Wenn ich noch ein bisschen durchhielte, wäre ich –

Etwas Kaltes streifte mein Ohr und kam in einem eleganten Bogen vor mir zum Stehen. Irritiert blinzelte ich hoch und entdeckte zwei belustigte Augen, die Spott und Erhabenheit dunkel färbten. Auf einem majestätischen weißen Pferd, in einem verzierten metallenem Sattel, thronte eine mächtige, kantige Männergestalt, die locker einem gotischen Gemälde entsprungen sein konnte, Bogen in der rechten

Hand, die linke am Zügel, eine seinen Kopf einrahmende Krone funkelte schwach.

Still wie eine Statue starrte er mich an, bis meine Hände nervös am Saum meines Outfits herumfummelten. Schließlich, als wäre es das Normalste der Welt, hob er den linken Arm und führte ihn nach hinten zu seinem Rücken, zog einen spitzen Pfeil hervor und setzte ihn elegant am Bogen an, dabei brach nicht einmal für den Bruchteil einer Sekunde seine Konzentration ab. Seine Aufmerksamkeit galt ungetrübt meiner Person. Meine Beine gaben weder unter mir nach noch wollten sie sich bewegen, dafür brach mir der Schweiß aus, ob von der körperlichen Anstrengung des Laufens oder vor Todesangst, ich wusste es nicht und schluckte schwer. Obwohl ich vor Furcht kaum noch imstande war zu denken, hielt ich seinem Blick stand und starrte ebenso verbissen zurück. Sobald er nickte, fiel mir hinter seinem Kopf zum ersten Mal die tief hängende Wolkendecke auf, genau da, wo eben noch hellster Sonnenschein gewesen war. Einer Intuition folgend hob ich sachte und beschwichtigend die Hände und deutete mit dem Kinn nach rechts. Großzügig gewährte er mir den letzten Wunsch und in dem Augenblick, in dem ich die drei grob überschlagenen Schritte seitwärts mache, traf der helle, die Wolken durchbrechende Sonnenstrahl auf die goldenen Pailletten meines Kleides und verwandelten den Mann und seine Rüstung in eine funkelnde, gleißend helle Discokugel.

In einer abgehackten Geste hob er leicht verspätet die Hand vor dem blendenden Licht. Ich kroch auf Händen und Knien weg, dankbar für meine Sportlichkeit, heftete meinen Blick auf den Garteneingang und lief zum ohrenbetäubenden Anschwellen der wunderschönen Musik ohne anzuhalten hindurch, drückte mich in eine Reihe von nach Zitrus und Honig duftenden Büschen, die meterhoch das Anwesen zierten. Zum Rhythmus meines Herzens sang die helle Frauenstimme in vollendeter Harmonie ihr Lied, und obwohl es eine Sprache war, die ich nicht verstand, fühlte ich, dass es von Liebe, von den Emotionen, die Menschen vereint und entzweit, handelte, und war verführt, mich davontreiben zu lassen. Ein zorniges Wiehern riss mich jäh aus meinem Luftschloss und schleuderte mich zurück in die Realität. Augenblicklich presste ich mich noch tiefer ins weiche Blattwerk, griff nach meinen Beinen, die derart laut zitterten, dass ich fürchtete, entdeckt zu werden, und zwang mich dazu, die Luft anzuhalten. Nach dem langen Laufen kam mir der Stillstand wie im Zeitraffer vor. Ich lauschte nach dem rhythmischen Poltern der Huftritte auf dem Boden.

Der Reiter bewegte sich beinahe stockend, kam in meine Richtung und verharrte unmittelbar vor meinem Versteck in einer unnatürlichen

Haltung. Halb im Sattel sitzend, halb stehend, schloss er die Augen und konzentrierte sich auf etwas jenseits meines Fassungsvermögens. Ich biss mir auf die Zunge, schmeckte Eisen und zählte rückwärts. Dachte an jede Farbe, die es gab, rezitierte stumm jedes Kinderlied, das ich gelernt hatte.

Eine Ewigkeit später ging ein Ruck durch seinen Körper, er schaute genau in mein Gesicht –

und ritt fort. Die Hufschläge verklangen und aus meiner Angst erwuchs Furcht, Furcht vor dem Ungewissen, vor der Antwort auf die Frage, was passierte. Eingesperrt in das kratzende Gefängnis von Geäst und verloren in einem Land, von dem ich nicht wusste, wie ich jemals wieder nach Hause finden sollte, befand ich mich verzweifelt auf der Suche nach Trost.

Da erblickte ich ihn zum ersten Mal.

Im hellsten Mondlicht stand ein Wesen jenseits von mir und den wärmenden Sonnenstrahlen, an Klippen, die an meinen Garten grenzten, der, wie ich jetzt erst bemerkte, von schmalen Gängen aus Grün durchwoben wurde und sich in die Unendlichkeit erstreckte. Grau, einsam, von der Wärme verlassen war er in eine Landschaft eingelassen, die im ständigen Wandel war, sich erschuf und zerstörte und innerhalb dieses Prozesses schön und wild, aber auch karg und verdorrt wirkte. In der Ferne erklang das mir nun schon vertraute Geschrei von Männern und Frauen mannigfach, aber doch unterschiedlich und weit weg. Wildes Gebell mischte sich dazu, ein Donnern und schon herrschte neue Stille. Das wiederholte sich, während ich bereits zielstrebig auf die Gestalt auf den Klippen zuhielt. Es hätte der personifizierte Untergang sein können, das war mir bewusst. Ein Dämon, ein weiteres Monster, das mich umbringen wollte, und doch – ich musste unbedingt bei ihm sein.

*Ich kenne dich*, schwirrte es wild in meinem Kopf herum, *bloß woher?*

Aus der Nähe betrachtet konnte ich unter der dunklen Kutte eine stattliche Figur ausmachen und folgte ihr ohne zu zögern hinab in eine Höhle, über glatt polierte Steinböden, unerklärlich angezogen seinem breiten Rücken folgend, dessen Haltung von der Bürde zeugte, die erkennbar schwer auf ihm lastete, auch wenn die Person sich entschieden hatte, sie aufrecht zu tragen. Melodische Schritte trugen seine imposante Gestalt voller Anmut, und obwohl er nicht in Eile zu sein schien, wurde er stetig schneller und war abrupt verschwunden, ehe ich ihn auch nur annähernd einzuholen vermocht hatte. Mit ihm entwich die Wärme und Kälte flutete den leeren unterirdischen Raum, der die Größe eines Fußballfeldes hatte. Ich stand allein im Schein des von Fackeln produzierten Lichtes in dieser feuchten Festung.

Stirnrunzelnd drehte ich mich suchend um.

„Niemand wird einfach vom Erdboden verschluckt“, hörte ich in mir die tröstenden Worte meiner Tante und spürte, an einer Wand nach Geheimtüren entlangtastend, leider zu spät, dass sich meine Nackenhaare aufgerichtet hatten. Eine eisige Brise kitzelte meinen Rücken und noch während ich mich umdrehte, stürzte die narbenübersäte Bestie, vor der mich der Reiter mit seinem Auftauchen bewahrt hatte, mit einem eleganten Satz vorwärts, geradewegs auf meinen Kopf zu, seine Augen durchbohrten meine, die vor Schreck geweitet zurückstarrten. Adern platzten darin auf und tauchten die Pupillen in rote Meere, Verwesung kroch mir in die Nase und betäubte jeden Sinn. Ich dachte an meine Eltern und schlug mir die Hände vors Gesicht.

Als er mich fast erreicht hatte, umklammerte etwas mit festem Griff mein Handgelenk und stieß mich gegen die Wand, sodass mir die Luft wegblieb.

*Wenn du dich nicht wehrst, ist es schneller vorbei.*

Die Momente verstrichen, in denen ich mit noch größeren Schmerzen rechnete, doch nichts geschah. Vorsichtig öffnete ich ein Auge und schielte durch gespreizte Finger auf den Hund, der genau wie ich wie vom Blitz getroffen lauernd dastand, unruhig den Kopf schüttelte und dessen langer, verfilzter Schwanz wie eine Peitsche um sich schlug. Jemand war zwischen uns getreten und stand nun, beide Arme seitlich von sich gestreckt, dem Tier im Weg. An der Linie, die sein Kreuz unmittelbar vor mir bildete, erkannte ich die Gestalt, der ich eben noch gefolgt war, und seufzte erleichtert auf. Die kurze Entfernung erlaubte mir einen guten Blick auf den hochgewachsenen Jungen, der, seine Körperhaltung absurd ruhig, seine Glieder viel zu entspannt für die Situation, in der er sich befand, seine weite Kapuze abnahm und im Licht der Fackel auf das bebende Monster zu trat. Der Hund fletschte die Zähne. Dann stellte er sich auf die Hinterbeine – ein eher unnötiges Unterfangen, da die Höhle ihn wieder zurück auf seine Pfoten zwang – und stieß ein mir unter die Haut gehendes Gebrüll aus. Vor Schreck erstarrt beobachtete ich die beiden und presste mich stärker gegen die raue Wand, spürte das Prickeln meines rechten Handgelenks, an dem er mich gepackt und aus der Gefahrenzone gezogen hatte.

„Du hast hier nichts verloren“, erklärte die verhüllte Gestalt sachlich und wäre nicht der gefährliche Unterton in seiner Stimme gewesen, man hätte annehmen können, er rede mit einem unartigen Kind.

Die Kreatur machte keine Anstalten, darauf zu reagieren. Sie stand bloß da und blickte ungeduldig drein, das Fell aufgestellt, die Augen von einem fiebrigen Glanz durchzogen, wobei ihr Blick plötzlich an ihm vorbei und zu mir sprang.

„Nicht in die Augen sehen“, sagte der mysteriöse Retter und packte, mit einer Geschwindigkeit, die ich nur im Nachhinein ausmachen konnte, das Tier beidhändig am Nacken, nahm es in die Zange und drückte zu, während es unverändert zu mir blickte und sich unter seinem festen Griff wand. Die Worte waren längst verklungen, da ich begriff, dass sie mir gegolten hatten. Mit an körperlich grenzender Gewalt drängte ich meinen Verstand, den Blick von der Kreatur abzuwenden. Ein lautes Knacksen hallte daraufhin von den Wänden, das Monster jaulte auf und ich starrte wieder zu ihm, wie es sich vor Schmerzen wild gebärdete, fauchte, knurrte und um sich biss in dem hoffnungslosen Versuch, sich befreien zu können. Sein Gegner hatte es im Schwitzkasten und drückte erneut zu. Gleichzeitig knirschte es noch lauter und der Junge ließ ihn los.

„Verschwinde“, befahl ihm die tiefe Stimme meines Retters, während er wenige Schritte zurücktrat. Der Hund stierte ein letztes Mal herüber und war fort. Lediglich der zurückgebliebene Gestank erinnerte noch an seine Anwesenheit.

Gedankenverloren schaute der Junge ihm nach und ließ ein paar Momente verstreichen, ehe er sich seine tiefe Kapuze wieder aufsetzte, die passend zu der langen hellbraunen Kutte aus einem fließenden Stoff gefertigt war. Noch indes ich mich fragte, ob er mich vergessen hatte, trat er schweigend auf mich zu. Rote Flecken zierten seine Hände sichtbar sobald er vor mir stehen blieb und die Kopfbedeckung endgültig an die richtige Stelle brachte, sein Gesicht in Dunkelheit verbarg.

Er griff nach meinem Arm und zog mich wortlos mit sich, führte mich zu einer Wendeltreppe, die ich eher hinaufstolperte denn -ging. Darauf bedacht, mechanisch einen Fuß vor den anderen zu setzen, versuchte ich, bestmöglich mit ihm Schritt zu halten.

Jeglicher Versuch ihm zu danken wurde von ihm unterbunden, also fügte ich mich in sein Schweigen und folgte ihm durch endlose Flure und Gänge, Kammern und Räume, bis wir schließlich an einen Felsen gelangten, der sich wie von Geisterhand öffnete und ins Freie führte.

Erleichtert machte ich mich frei, lief an ihm vorbei nach draußen in die Nacht und fand mich vor der ominösen Wasserquelle wieder, die sich als riesiger, ovaler Brunnen entpuppte. Steinfiguren zierten ihn, Abbildungen kleiner Kinder mit Flügeln, die melancholisch gen Himmel blickten. Fasziniert von den traurigen, hilflosen Gesichtern und ihren anklagenden Augen vergaß ich meine Umgebung und streckte eine Hand aus, um sie zu berühren. Kaum ertastete ich den kalten Stein, bewegten sich die Pupillen des Kindes und bohrten ihren Blick in meinen.

Und dann taten es ihm die anderen Figuren nach, Kind um Kind fixierte mich mit offener Schuldzuweisung. Erschöpft legte ich den Kopf in den Nacken und lachte lauthals los. *Natürlich*, dachte ich. *Blutwiesen, riesige Hunde, schwarze Ritter, Gräber und Steinengel, die mich anvisieren.*

„Der verrückteste Traum aller Zeiten."

„Wie bitte?", erklang eine erstaunte Stimme hinter mir. Ich seufzte und drehte mich lächelnd zu ihm, dabei schloss ich das Geschehen um uns in meine erklärende Geste ein: „Gerade hat er den Albtraum von der Mörderspaghetti, die mich zu Tode würgt, während ein Papagei mich festhält, geschlagen." Den Engel tätschelnd, zuckte ich die Schultern. „Um Längen."

Verblüffte Stille quittierte meine Äußerung, aber seine Augen blitzten in ihrem Versteck kurz auf, ehe sie wieder erloschen. Der Funke reichte, um meine Neugier zu wecken.

Gespannt trat ich zu ihm und stellte mich auf die Zehenspitzen, um ihn besser mustern zu können.

„Darf ich?", fragte ich eher anstandshalber und nahm ihm die Kapuze ab, bevor er

überhaupt zu einer Antwort angesetzt hatte. Wenn das mein Traum war, spielten wir ab jetzt nach meinen Regeln, beschloss ich und atmete scharf ein.

Verblüfft sahen zwei blaue Augen in meine, meine ganze Seele mit einer unscheinbaren Bewegung in Alarm bringend, ehe er sie voller Ablehnung zu schmalen Schlitzen zusammenkniff. Weit wie der Ozean und klar wie ewiges Eis gingen sie mir durch jede Faser meines Körpers und verliehen meinem Gegenüber, sanft eingefasst in ein schön gezeichnetes Gesicht, eine Reife, die er nicht haben konnte. Er war kaum älter als ich. Schwarze Haare fielen ihm in die Stirn. Seine Erscheinung löste eine Erinnerung in mir aus, die aber weit weg war, ich nicht zu greifen bekam.

„Nicht schlecht."

Bei meinen Worten fuhr seine Hand hinauf zu dem glänzenden Stoff seiner dunklen Kleidung und packte die Kapuze, doch ich hielt sie auf halbem Wege fest.

„Was meinst du?", fragte er und entzog sich meinem Griff, machte jedoch keinerlei Anstalten, sein Gesicht wieder zu verhüllen.

„Meine Fantasie. Da erschafft sie eine Welt voller Monster und Abgründe und doch gleichzeitig – dich."

„Du denkst, du träumst?"

„Ich weiß es sogar."

Das hier konnte in keiner Wirklichkeit existieren.

„Ist das deine Standard-Kleidung", er musterte mich langsam von Kopf bis Fuß, „wenn du fantasierst?"

Der Sarkasmus entging mir nicht, doch das helle Flackern in seinen Augen ließ ihn verrauchen, sobald er erklungen war.

„Hey, sind Träume nicht der Ort, an dem nichts unmöglich ist? Du weißt schon, Mädchen werden Prinzessinnen, Brad Pitt zu meinem Ehemann, Süßigkeiten zum besten Freund der Frau? Das Bewusstsein bildet Erlebtes und Gewünschtes nach und verarbeitet Geschehnisse. In meinem Fall", grinsend zog ich kurz an seiner Kutte, „handelt es sich wohl um irgendeinen ungelösten Konflikt mit Star Wars."

Mein Cousin hatte mich vorgestern gezwungen, zwei Episoden der Science-Fiction-Saga mit ihm durchzusitzen. Nächstes Mal, wenn er seine „Collector's Edition" auspackte, war ich vorgewarnt und würde krank sein, ein Organ spenden oder die preisgekrönten Veilchen in Nachbars Garten für Mr. Beckett archivieren.

„Ich bin kein Jedi-Ritter", erklärte der verhüllte Junge und wandte sich leicht ab, tat es den Steinfiguren gleich und schaute hinauf zu den Sternen. Schmerz flackerte bei den Worten über sein Gesicht, mein Lächeln erlosch sofort. Einen Herzschlag später entdeckte ich meine Hand begierig in die Höhe gleiten. In meinem Kopf warnte mich die Vernunft noch davor, ihn zu berühren, da strich ich längst über seinen Rücken, wie es meine Mutter früher getan hatte, wenn sie mich trösten wollte.

„Tut mir leid."

„Und das ist keine Traumwelt", fuhr er fort, ohne mich gehört zu haben. „Wäre dem so, hätten viele längst Wege und Mittel gefunden, um sich mit Gewalt zum Aufwachen zu zwingen."

Wie zum Beweis seiner Worte donnerte es unmittelbar über uns, eine Armada gleißender Blitze erhellte den Ort und verpasste den Engeln einen ehrfurchtsvollen Blick. Sämtliche Augenpaare waren nun auf ihn gerichtet.

Die Farbe war während unseres kurzen Gespräches aus den Gegenständen entwichen und tauchte das einst farbenfröhliche Szenario in die tristen Grautöne, nach denen es verlangte. Eine dicke schwarze Wolke griff mit schauderhaften Armen nach dem Himmel und begann, schwarzes Wasser regnen zu lassen, das verdächtig nach Blut anmutete. Obwohl wir im Trocknen standen, konnte ich die Tropfen beinahe physisch fühlen. Bei dem Krach fiel es mir schwer, meine Gedanken zu ordnen, während die Kinderstatuen Tränen des Todes vergossen.

„Wo sind wir?", fragte ich ungläubig und trat fort von ihm, nachdem er mir den Kopf wieder zuwandte und freudlos an mir vorbei zum Brunnen blickte. Ein schwaches Lächeln malte sich auf sein betrübtes

Gesicht. Er erinnerte mich an einen Pokerspieler, kurz bevor er das Siegerblatt enthüllte. Gleichzeitig fiel ein feiner Sonnenstrahl auf seine ausgestreckte Handfläche, bis er sie drehte und er rückstandslos verpuffte.

Wenn das ein Traum war, warum gehorchte er nicht meinen Parametern? Warum spiegelte er seine wider?

Als könnte er meine Gedanken lesen, versuchte er plötzlich, mich zu trösten: „Du wirst das bald vergessen haben."

Gebell, Schreie, Huftritte. Stille. Eine Explosion am Himmel und das Lied der Unsichtbaren, das von etwas anderem durchbrochen wurde.

„Tod. Tod. Tod ...?"

Die warnende Stimme war erneut da und aus ihrer Mahnung entstand ein Singsang-ähnliches Fragen. Ich starrte mein Gegenüber an und glaubte ihm kein Wort. Sein Grinsen verebbte.

„Dir wird nichts geschehen."

Etwas an der Art, wie er das sagte, passte nicht zu dem bleiernen Wort, das in der Luft hing und durch meine Kleidung kroch. Während ich ihn hin- und hergerissen musterte, wurden seine Augen schwärzer, denn ich es jemals bei einem Menschen gesehen hatte, und über seine Kutte huschte Dunkelheit, die mit ihm zu verschmelzen schien.

Ich schluckte. Es war dumm gewesen, ihm zu trauen. Seine Augen sprangen von mir zu dem prächtig in Blüte stehenden Rosenbusch in meinem Rücken, sein Ausdruck halb frustriert, halb erheitert. Vorsichtig machte er einen Schritt auf mich zu, geschockt wich ich einen Schritt von ihm zurück. Er streckte eine Hand nach mir aus und ich schlang meine Arme schützend um mich. Schließlich hob er fragend eine Augenbraue, und ein einzelner, ohrenbetäubender Schrei ertönte. Mein gesamter Körper zuckte unabsichtlich zusammen. Die Stimme war nah, klar und hoch, durchzogen von einer unauslöschlichen Feinheit, einem punktierten Ton. Ich musste sie nicht sehen, um zu wissen, dass sie zu einem noch sehr jungen Mädchen gehörte. Ihre lauten Schritte wurden von einem Hämmern unterbrochen, kreischend, schluchzend bat sie winselnd um Gnade, durchbrach schließlich das dichte Geäst der Büsche vor uns und stolperte unkoordiniert weiter. Sie entdeckte uns, taumelte sofort auf mich zu und ich reagierte automatisch und öffnete einladend die Arme. Die Kleine war keine zwölf Jahre alt, ihre zierliche Statur bedeckten zerfetzte Kleider, Ruß verschmierte ihre Haut, Wunden pflasterten ihren ramponierten Körper. Ihr verschwitztes Gesicht war zu einer panischen Maske verzogen. Sie war keine zwölf Jahre alt und bereits im Begriff zu sterben – und das wusste sie auch.

„Lauf!", rief ich. „Du schaffst das!"

Die Augen meines Begleiters trübten sich kurz, leuchteten wieder tiefblau, glitten von mir zu dem Kind und zurück und verharrten schließlich auf meinem Gesicht, während Huftritte donnerten und polterten, laut genug, dass ich nicht mehr imstande war, meine eigenen Gedanken zu hören. Dass der Junge einfach nur dastand, ohne die leisesten Anstalten, ihr zu helfen, machte mich wütend und ließ mich los- und an ihm vorbei ihr verzweifelt entgegenrennen, betend, dass die Kleine durchhalten möge. Die daraufhin folgenden Dinge geschahen gleichzeitig, bedingten sich und wurden zu einer Verkettung, die ich nie wieder vergessen sollte: Ein zweiter Reiter, diesmal auf einem roten Pferd, galoppierte aus dem Nichts heraus und manifestierte sich in seiner ganzen bedrohlichen Herrlichkeit unmittelbar hinter dem erschöpften Mädchen, fixierte es mit einer Kaltblütigkeit, dass mir das Blut in den Adern gefror. Im selben Moment beschleunigte ich und versuchte die Lücke zwischen uns zu schließen – und wurde weggerissen, als mein schwarzer Retter mich packte und rabiat festhielt, mich dadurch fixierte, dass er mich an sich zog. Meine Nerven waren komplett überspannt, an meinem Rücken konnte ich jede Kontraktion seines Körpers fühlen. Ich kreischte und trat blindlings nach ihm, bat, dass er mich loslassen möge, ihr helfen würde, doch sein Griff war stark und er ließ keinen Zentimeter locker, obwohl ich seine Hände verzweifelt mit meinen Fingernägeln bearbeitete.

„Bitte“, flüsterte ich und weinte, unfähig meinen Blick von dem Kind abzuwenden, das jetzt den Fehler machte, sich umzudrehen.

„Du kannst nichts für sie tun“, hörte ich ihn über jegliche Geräusche hinweg dicht an meinem Ohr antworten. Das Mädchen torkelte und fiel.

Zufrieden erhob der Reiter mit ausdruckslosen Augen sein Schwert.

Sie begann wieder um Gnade zu flehen, um ihr Leben zu feilschen und warf sich vor ihm nieder, zugleich erklang sein höhnisches Lachen, begleitet von emotionslosen Blicken. Tränen versperrten mir die Sicht, mein Körper bebte, doch ich schaffte es nicht, mich von den beiden abzuwenden.

Das musste ich auch gar nicht.

Der Reiter schaute zu uns, zögerte sichtbar und nickte schließlich, bevor er wieder auf sein Opfer achtete und mit einem ohrenbetäubenden Brüllen darauf einhieb.

Was mit dem Kind passierte, konnte ich mir nur vorstellen, denn noch inmitten der unheilvollen Geste, bei der der Verfolger seine Oberarme anspannte, wirbelte mein vermeintlicher Helfer mich herum.

Todesstille trat ein und legte sich wie ein Leichentuch auf uns.

Letztlich scharrten Hufe und man hörte den Reiter einen Befehl geben, bevor er in die Richtung zurückritt, aus der er vor wenigen Minuten erschienen war. Ich wand mich heftig, bis ich mir fast den Nacken verrenkte, und starrte zurück. Die toten Büsche, die er hinterlassen hatte, erwachten wieder blütenreich zum Leben und radierten seine Gegenwart weg. Von dem Mädchen fehlte nunmehr jede Spur.

Mein Begleiter lockerte den Griff und gab mich frei. Ich stolperte vorwärts. Da war ich nun und zitterte wie Espenlaub, mein Mund schmeckte nach Galle, mein Magen drehte sich und rebellierte, nach all dem, was ich erlebt und gesehen hatte. Die Erschöpfung der letzten Stunde zehrte an mir. Ich spürte den bekannten Tropfen das Fass zum Überlaufen bringen und drohte endgültig zusammenzubrechen, den Verstand zu verlieren. Nichts hier konnte sein, aber jegliches existierte. Geschlagen beugte ich mich vornüber und wollte mich übergeben, doch was ich hervorbrachte, waren erstickte Laute und Wortfetzen, die keinen Sinn ergaben. Meine Augen flehten den Jungen still um Hilfe, noch während ich entkräftet auf die Knie sank. In einem kraftlosen Unterfangen, mein Bewusstsein zu blocken, hielt ich mir die Ohren zu, schüttelte den Kopf und versuchte, die Verzweiflung des immer und immer wieder schreienden Kindes auszublenden. Mein Gegenüber betrachtete mich dabei aufmerksam und begriff schnell, dass ich allein nicht mehr in der Lage war, mich zu beruhigen. Nach einem letzten Blickwechsel zwischen den Steinfiguren und mir versteifte er sich, nahm einen tiefen Atemzug und entfesselte das berauschendste Lächeln, das ich je gesehen hatte. Wie eine Naturgewalt durchdrang es meinen Panzer aus Furcht und betäubte den Schauder, der mit eisigen Klauen nach meiner Seele zu greifen drohte. Seine blauen Augen erfüllt von einem Meer aus Wärme kniete er sich vorsichtig vor mich, ließ seinen Blick in meinen einrasten und zwang mich regelrecht, mich nur auf ihn zu konzentrieren. Eine entfernte Vertrautheit, wie bei einem lange verschollenen Freund, stieg in mir auf. Ich versuchte, sein Gesicht einem Namen, einer Begebenheit zuzuordnen, und scheiterte. Verzweifelt griff ich nach seiner Hand, der einzigen Stütze in dieser entsetzlichen Welt, die er mir Gott sei Dank nach kurzem Zögern gewährte, weiter lächelnd. Keine Worte hätten mich in diesem Augenblick mehr trösten können und deshalb saß ich einfach nur da, berauscht von dem Gefühl, dass er imstande wäre, das Schlechte von mir fernzuhalten. Obwohl ich ihn kaum berührte, passierte dabei etwas mit mir, jagte ein Gefühl, ein vibrierender Impuls durch meinen ganzen Körper wie ein angenehmer Stromschlag, der kribbelte und prickelte und sich einfach fantastisch anfühlte – und sprang über meine Hand auf seinen Körper über. Ungläubig lächelte ich kurz dankbar zurück, um in seinem Blick jede meiner Emotionen wie auf einer Wasseroberfläche gespiegelt zu finden. Die Offenheit seiner Empfindungen verlieh ihm etwas entsetzlich Verletzliches, bevor er sie sachte abschüttelte, um stattdessen meinen Körper auf der Suche nach Verletzungen mit den Augen abzutasten. Sobald er seine andere Hand nach mir ausstreckte, hielt ich die Luft an. Vorsichtig wischte er mir einzelne Haarsträhnen aus dem Gesicht und führte den verrutschten Träger meines Kleides zurück auf meine Schulter. Eine prickelnde Schneise entstand auf meiner Haut, dort wo seine Finger mich berührten, und erlosch, sobald sie wieder fortgezogen wurden.

„Hab keine Angst."

Augenblicke vergingen, bevor seine Augen fieberhaft aufflammten, schließlich schaute er mich an und im selben Moment durch mich hindurch, richtete seinen Blick nach innen. Märchenhafte Ruhe folgte und Atemzüge später veränderte sich die Umgebung ein letztes Mal. Ein weißes, prächtiges Schloss erklomm sich den Weg aus den Tiefen der Erde, da wo ich vor wenigen Minuten noch über das Gräberfeld gelaufen war. Das Wasser im Brunnen plätscherte klar und die Sonne vertrieb das Gewitter und wärmte meine Haut. Eine Ahnung jagte durch meinen Körper und durchflutete meine Sohlen, die, wie ich verdutzt feststellte, zu heilen anfingen, während sich auch die Kratzer auf meinen Armen und Beinen einer nach dem anderen schlossen. Mein Handgelenk heilte, die Blutspritzer verschwanden. Über dem herrschaftlichen Bau erstreckte sich ein funkelnder Regenbogen und das melodische Lied der begabten Sängerin erklang in einer von Blüten bestäubten, vibrierenden Luft. Sein Gesicht erhielt weichere Züge und schließlich grinste er mich an. Inmitten dieses Irrsinns befiel mich ein letztes Mal der klare Gedanke, dass er mir entfernt bekannt vorkam.

„Glaubst du mir jetzt?", fragte er schmunzelnd und löschte jeden weiteren Gedanken aus meinem Bewusstsein. Mein Verstand wehrte sich gegen das Geschehene. Gegen das Gesehene. Um nicht darüber nachdenken zu müssen, erwiderte ich das Erste, was mir einfiel.

„Magst du Hunde?"

Zuerst runzelte er die Stirn, doch schließlich zuckten seine Mundwinkel und zauberten winzige Grübchen auf seine Wangen.

„Was?"

„Hunde. Vier Pfoten, ein Schwanz, blutunterlaufene Augen, narbenübersätes Gesicht."

„Höllenhunde sind nicht zum Mögen konzipiert."

„Hmmm?", platzte es geistreich aus mir heraus.

Sein Lachen wurde durch den warmen Wind in den ganzen Garten getragen. Der Klang war dermaßen angenehm, dass ich lächeln musste. Ein echtes, beruhigend normales Lächeln.
Ich beschloss das nicht zu hinterfragen. Etwas ging gerade vor sich, aber ich war zu erschöpft um Nachforschungen anzustellen. Das er mir half, reichte vollkommen.
„Melody!", durchbrach eine verängstigte, vertraute Stimme meine Analyse und ließ mich ruckartig den Kopf drehen.
„Abby?"
Ihre Stimme schrammte am Rande der Panik entlang, flüsterte dabei durch jeden Gang, jeden Strauch und Blütenkopf. „Bitte! Kannst du mich hören? Wenn du mich hören kannst, schau mich an. Bitte!"
Auch er war still geworden, seine Augen zum Brunnen geglitten. Offensichtlich bemüht, etwas zu verstecken. Stumm reichte er mir die Hand und half mir vorsichtig auf die Beine, stabilisierte mich, bis ich imstande war, allein zu stehen.
Abbys Stimme war längst fort, da ich siedend heiß verstand, was er soeben gesagt hatte.
„Ich bin in der Hölle gelandet?"
Er nickte kurz. „Und damit rückt die Würgespaghetti wieder auf Platz Eins."
„Wo ist der Rest?", wollte ich wissen.
Er hob die Augenbrauen.
Ich seufzte. „Satan mit seinem Dreizack, heiße, sünderverschlingende Fegefeuer, Folterapparate, Lava und Totenköpfe ..."
„Klischees."
„Was ist hinter den Klippen?"
Die Frage missfiel ihm. „Leben. Tod. Die Spanne dazwischen."
„Verlockend."
„Warte – du weißt um die Klippen?", seine Stimme wurde mit einem Schlag abgehakt leise.
„Vorhin standest du an ihrem Abgrund. Ich bin dir kurzerhand gefolgt." Entschuldigend zuckte ich bei der Erklärung die Achseln.
„Wann war das?", fragte er nun mit einer Intensität, die ihn unmenschlich erscheinen ließ. Sein Blick hielt meinen weiterhin gefangen. Unsicher blickte ich weg.
„Kurz nachdem ich diesen Reiter abgehängt habe, der mir wiederum die Hunde vom Hals geschafft hat", mein Blut kochte bei der Erinnerung. „Diese abscheulichen, hartnäckigen ..."
„Wie bitte? Du hast –?"
„Mich vor ihm versteckt?"
„Und die Hunde hast du –?"

„Gar nichts. Höchstens etwas getreten." Die Arme verteidigend vor der Brust verschränkt, fügte ich aufrichtig hinzu: „Und sie mit Erde beworfen."

Ich hoffte, dass er meine Motive verstand, denn wenn sein Starren ein Indiz war, hatte ich mit an Sicherheit grenzender Wahrscheinlichkeit eine Grenze überschritten. Nicht, dass ich es nicht wieder getan hätte, wenn mein Leben davon abhing. Aber das Letzte, was ich wollte, war, ihm Ärger zu bereiten. Was, wenn er die Konsequenzen meines Verhaltens zu tragen hatte? Stille legte sich kaum auf uns, da erklang sein warmes Lachen erneut. Lauter. Tiefer. Den Kopf in den Nacken gelegt, wippte sein ganzer Oberkörper unter dem harmonischen Geräusch, das bislang das Authentischste an ihm war. Erleichtert, aber erschöpft, fuhr ich mir über die Augen.

„Bravo", erwiderte er und drückte wie zur Bestätigung meine Hand. Seine Wärme übertrug sich auf mich und ich hielt inne, um das wohlige Pulsieren darin zu genießen, vergaß, dass ich mich nicht mehr daran erinnern konnte, ihm meine Hand überhaupt gereicht zu haben.

„War das falsch?", fragte ich nervös.

Er schüttelte ungläubig den Kopf und fuhr sich durchs dichte, seidige Haar. „Nein. Ich bin aufrichtig beeindruckt. Das ist selten der Fall."

Um mein ausgelassenes Herz zu beruhigen, wanderte mein Blick suchend umher. Die Engel lächelten zufrieden und streckten ihre Wangen in die Wärme der Sonne, machten es den Blumen nach, die in einer sanften, kühlen Brise wippten.

„Es ist wunderbar still und friedlich hier."

Der Junge nickte höflich. „Nicht wahr?"

Seine Augen strahlten sanft und vermischten sich mit dem Himmel. Es war schwierig, sich auf etwas anderes zu konzentrieren, wenn sein Blick auf mich gerichtet war. Diese Gedanken schwirrten mir gleichzeitig im Kopf herum und ich blickte eher abwesend auf die sehr vertraut wirkende Geste zwischen mir und einem Fremden – merkte ebenso beiläufig, wie sein Blick interessiert meinem folgte. Noch bevor er verstand, dass er unsichtbare Muster mit seinem Daumen auf meiner Haut zeichnete, zog er seine Hand derart heftig zurück, als hätte er sich an mir verbrannt.

„Wie zum Teufel ...?", fragte er und musterte mich ungläubig, indes ich instinktiv meine Arme hinter dem Rücken versteckte. Meine Haut erzählte noch von der Erinnerung an seine Berührung, da kam ihm anscheinend ein neuer Gedanke, der sein Gesicht schauderhaft verdüsterte. Blitze und Donner tauchten den Garten binnen eines Herzschlags in tiefste Nacht und seine Halsschlagader pulsierte stark genug, dass ich es selbst in stockfinsterer Dunkelheit erkennen konnte.

„Nein! Niemals“, dröhnte er bebend und seine Lippen krümmten sich passend zu dem schwarzen Blick, mit dem er mich plötzlich voller Abscheu bedachte. Das Gewitter darin machte seine Augen paradoxerweise nicht gefährlich, sondern nur noch verlockender. Gerade als ich den Mund öffnete, um ihm das zu sagen, zeigte er im Licht eines Blitzes anklagend auf meinen Oberkörper. Hagel fiel ohrenbetäubend um uns und ließ mich frösteln.

„Du! Hinfort. Auf der Stelle!“

Er war nicht nur sauer, er war ausser sich. Wie eine Welle ging der Zorn von ihm aus. Ich fühlte sie physisch gegen mich schlagen und trat näher, um ihn durch den Lärm besser zu verstehen.

„Warum?“, fragte ich perplex, hauptsächlich, um mich von dem sich verlierenden Gefühl in meinem Körper abzulenken.

„Weil es beginnt.“

„Es?“

„Du hast ihn abgehängt.“

Verwirrt blinzelte ich zu ihm hoch. *Ihn?*

„Den Reiter?“

„Ja“, ein Muskel in seinem Kinn zuckte. Es war die pure Faszination und zog mich unwiderstehlich an. Selbst die Art, wie seine Hände sich zu Fäusten ballten, weckte Verlangen in mir. Ich schluckte hart und mein Blick fiel auf seine Lippen.

*Was stimmt nicht mit mir? Wie komme ich jetzt darauf, seinen Mund berühren zu wollen?*

Mein Magen verkrampfte sich und ich suchte nach Ablenkung, während traurige Blütenköpfe an meinen Beinen vorbeiflossen und sein Gesicht hart wie Stein wurde.

*Worüber haben wir uns gerade unterhalten?*

Ich riss meinen Blick von ihm fort und hin zu der Stelle, an der das Mädchen verschwunden war.

Der Reiter ...

„Entweder das oder er hat das Interesse an mir schlichtweg verloren.“

„Die Höllenhunde haben dich nicht gekriegt.“

„Nein, sie haben den Platz für deinen Reiter frei gemacht.“

„Sie hatten im Vorfeld gewiss genug Zeit.“

Ich erinnerte mich an ihr paralysierendes Schnapp-Spiel und schwieg vorsichtshalber. „Vielleicht war ich den Aufwand nicht wert, der nötig gewesen wäre, mich zu Tode zu ängstigen“, sagte ich letztlich mehr zu mir selbst.

„Das bezweifle ich“, stieß er zwischen zusammengekniffenen, perfekten vollen Lippen hervor.

*Hör auf damit!*

„Wir werden dich jetzt los.“

Er knirschte wie zur Bestätigung mit den Zähnen und nahm meine Hand um mich unsanft vorwärts zu zerren. Das Unwetter teilte sich vor uns und ließ uns trocken hindurchgehen. Aus einem irrwitzigen, undefinierbaren Grund war ich überzeugt davon, dass er sich beherrschen würde, keine unmittelbare Gefahr auf mein Leib und Leben von ihm ausging. Es störte mich jedoch, wie er mich musterte. Es störte mich, dass ich der Ursprung seiner Wut war.

„Und ich greife auch noch ein", entfuhr es ihm verbittert und er fluchte: „Pandoras verdammte Büchse."

„Nochmal?"

„Still."

„Aber -"

„Sei still!"

*Ich denke nicht.* „Was bin ich für dich? Eine Plagewelle?"

Zur Antwort rammte er seine Finger tiefer in mein Fleisch.

„Au!" Ich versuchte, ihm meine Hand zu entreißen, ein sinnloses Unterfangen, wie ich nach kurzer Zeit feststellen musste. „Du hast mir nicht zu befehlen, was ich tun und lassen kann." Meine Stimme wurde definitiv lauter und mein Gebärden rabiater.

„Das sehe ich anders."

„Das ist dein gutes Recht."

Mein Herzschlag beschleunigte. Ich zog und zerrte weiter.

„*Das* ist keine Option."

„Nimm deine Hand von mir!", fuhr ich ihn schließlich schreiend an und übertrieb: „Du tust mir weh!"

Sein Griff lockerte sich minimal. Mit einem entschlossenen Ruck befreite ich mich und sprang von ihm zurück. Entsetzt rieb ich über mein Gelenk und starrte ihn dabei an. Keine Spur mehr von Prickeln und Kribbeln. „Was ist eigentlich dein Problem?"

„Wie viel ist dir dein Leben wert?", stellte er eine Gegenfrage, die ich nicht erwartet hatte.

Aber sie verdeutlichte mir schlagartig, dass wir uns in seiner Welt aufhielten und nach seinen Regeln spielten. Wenn er mich hierbehalten oder den Hunden zum Fraß vorwerfen wollte, hatte er vermutlich die Macht dazu. Wenn der Reiter ihm wieder über den Weg lief und er mich ihm einfach mitgeben wollte, konnte er es vermutlich.

*Warum auf eine Fangfrage antworten? Will er verhandeln?*

Quälende Schreie drangen an mein Ohr und ich schluckte hart. „Drohst du mir gerade?"

Ich blinzelte und im nächsten Moment stand er dicht vor mir, seine Augen brannten mit fesselnder Intensität. Ein Zwinkern später waren sie schwarz.

Tote Augen.

Mein Herz schlug heftig gegen meine Brust, in meinem Hals, meinen Ohren, ich konnte die Geräusche um uns nicht mehr unterscheiden. Er beugte sich zu mir herab, bis wir Nase-an-Nase waren. „Das Leben steckt voller guter und vieler schlechter Wendepunkte. Du bist hier nicht in Disneyland. Du befindest dich in einer höchst brenzligen Lage, hast eine der schlimmsten Abzweigungen überhaupt genommen, und wenn du Glück hast und schlau bist, folgst du, widersetzt dich nicht, tust genau was ich von dir verlange und schaffst es vielleicht durch die Nacht."

„Warum hast du mir geholfen?"

Es war eine spontane Eingebung. Eine unschuldige Frage, die mich beschäftigte, seit er seine gestellt hatte. Doch sie änderte alles. Ich fühlte, wie die Wut in einer letzten Anwandlung über seinen Körper glitt, verging und er wieder an dem Punkt stand, wo er mich eben losgelassen hatte. Unschlüssig. Mit einem letzten Blick wandte er sich von mir ab. Um mutiger zu wirken, um die Benommenheit abzuschütteln, stützte ich die Hände in die Hüften und räusperte mich.

„Meinetwegen. Geht es halt nach deinem Kopf: Dein Plan lautet?"

Er versteckte seine Ungeduld schlecht. „Dich zurückschicken."

Mitzuhalten war wie gegen den Strom schwimmen. Und ich war ausgelaugt. „Dazu musst du mich nicht zwingen. Sag mir wie und wo, und ich garantiere, du siehst mich von hinten."

Ich hielt die Luft an, weil er wieder näher trat, diesmal in einer normalen Geschwindigkeit. Je mehr er den Abstand zwischen uns verringerte, desto stärker ging mein Puls, feuchter waren meine Handflächen. Ich hätte mir gern vorgelogen, es läge an der Angst vor dem, was er mir sagen oder antun könnte, aber wenn ich ehrlich war, lag es einzig an ihm, seinem Gang und den unmöglich vielen Dingen, die mich verbotenerweise zu ihm zogen, statt mich von ihm wegzutreiben. Von den nun stahlfarbenen Augen zu den angespannten Muskeln, die ihn noch imposanter und größer wirken ließen, über den disziplinierten Ausdruck auf seinem bildschönen Gesicht bis zu dem betörenden Duft, den sein Körper ausströmte.

„Vielleicht sollte ich dich einfach überzeugen?", fragte er wenige Zentimeter vor mir und ein diabolisches Glimmen sprenkelte dabei seinen Blick. Die Wende gefiel ihm. Falls ich Zeit hatte abzulehnen, verstrich sie ungenutzt. Ungetrübt redete er weiter. „Unter normalen Umständen würde ich das nicht dem Zufall überlassen, ausnahmsweise gewähre ich dir jedoch freie Wahl. Denk an deine Wendepunkte. Entscheide weise."

Warmer Wind kam zwischen uns auf und zog an meinem Kleid, meinen nackten Füßen, meinen Haaren, fächerte sie wie einen Vorhang um mein Gesicht, sodass ich ihn und den verschlungenen Pfad des Gartenweges nicht mehr erkannte. Das Lied endete und ein neues setzte ein. Ich hielt meine Haare zurück und wartete.

„Du kannst fort und zurück in dein Leben, versuchen alt zu werden und das hier zu vergessen, oder“, er legte den Kopf ein wenig schief, seine Augen blitzten verführerisch, „hierbleiben. Für immer.“

Meine Augen flatterten an ihm vorbei in den Garten, doch er schüttelte den Kopf.

„Nicht *hier* im Garten. An diesem Ort.“

Ich betrachtete ihn sorgfältig, fühlte seinen Atem auf meinen erhitzten Wangen, seine Körperwärme, und verstand in diesem Augenblick, dass ich nicht hätte zögern dürfen. Er bot mir an, lebend aus diesem Albtraum zu entkommen und ich war tatsächlich unentschlossen?

„Mit dir?“

Fassungslos starrte er mich an. „Mit *jeder* dazugehörigen Konsequenz.“

Widerwillig wandte ich den Blick von ihm ab.

„Bin ich tot?“

„Noch nicht.“

Der Junge beugte sich leicht zu mir vor, starrte auf meine linke Hand, die sich mechanisch nach ihm ausstreckte, und einen Anflug von Traurigkeit auf seinem Gesicht hervorrief.

„Was soll's sein, Melody?“, er streichelte meinen Namen, als wäre es der reizendste Klang auf der großen, weiten Welt, und ich kam nicht umhin zu hoffen, er würde mir eine dritte Alternative aufzeigen. Stattdessen drehte er meine Hand behutsam, und während er das tat, bröckelte sein zurückweisender Schutzwall und fiel in sich zusammen. „Ich hasse es zwischen den Stühlen zu stehen. Warum erlaube ich dir also, dass du mich in dein Schlamassel verwickelst?“

Meine Augen weiteten sich in Schock. „Werde ich dafür noch bezahlen?“

„Nein.“

„Wirst du?“

In seinen Pupillen flackerte es und ich konnte mitverfolgen wie ihm etwas bewusst wurde. Ohne nachvollziehen zu können, was, kehrte Gewissheit darin ein und er begriff, was mir entging. Mit dem leisesten Hauch eines Zitterns in der Stimme sagte er: „So wie ich das sehe, haben wir beide keine Wahl.“

Und mit diesen Worten trat er von mir zurück, fuhr sich unruhig durchs Haar und versteifte sich. Verdutzt beobachtete ich ihn und gefror, derweil mein Magen sich verknotete und in meinem ganzen Körper ein Prickeln einsetzte. Feinste Strahlen zeichneten sich auf meiner Haut ab, wurden aus ihr geboren und tauchten mich in ein gleißend helles Licht, das aus meiner Mitte entsprang. Erst schwach, danach heller und großflächiger, bedeckten sie nacheinander jeden Zentimeter von mir. Durch mich und in mir machte sich Wärme breit, flutete mein Bewusstsein und verschlang jedes Detail, das mich ausmachte, verwob es in eine Symphonie aus Gefühlen, Erinnerungen und Wärme, stetige, durchdringende Wärme.

Wie eine Ertrinkende versuchte ich, mich an ihm festzuhalten, doch der Wind bauschte sich zu einem Sturm auf und zerrte an mir, peitschte mich orientierungslos gegen den Boden und in die Luft, zog mich in seine Spiralen und ließ dadurch die Umwelt in Weiß versinken, drehte und drehte mich, bis ich die Augen schließen musste und die Welt um mich herum samt ihm schließlich in ruhiger, wohliger Schwärze ertrank.

## *Kapitel 2*

„Mimi, wenn du mich hören kannst, drück meine Hand."

Die Stimme klang besorgt, vertraut und unruhig. In sie mischten sich weitere Klänge, Türen, die auf und zu gemacht wurden, Musik, Anfeuerungsrufe, ein Poltern. Ich kämpfte mir den Weg frei, durch dicken Nebel auf die vielen gedämpften Stimmen zu, die in meinem wummernden Kopf hallten, laut und weit weg, nah und doch fern. Dann roch ich Zimt und wusste, ich war bald da.

„Sollen wir sie aufrichten?"

„Ich glaube, es wäre besser, sie nicht noch mehr zu bewegen."

„Weil das viel anders ist als ihr ständiges Um-sich-Treten."

„Wenigstens wissen wir, dass sie sich nichts an der Wirbelsäule getan hat", flüsterte die erste Stimme leicht gereizt zurück.

„Bist du sicher, dass sie nur ohnmächtig ist? Die Wunde sieht schlimm aus."

„Sie bewegt sich, sie spricht, das sind wichtige Funktionen, wenn du mich fragst. Und sie ist deren fähig."

„Aber warum wacht sie nicht auf?"

„Ich weiß es nicht", lautete die knappe Antwort.

„Wir müssen sie zu einem Arzt schaffen." Eine neue, belegte Stimme erklang dicht an meinem Ohr. „Mimi? Melody!"

„Anschreien ist bestimmt hilfreich, Drew."

„Hör auf zu klugscheißen und hilf mir lieber, sie hochzunehmen. Wir fahren jetzt ins Krankenhaus."

Ein leises Pochen setzte ein. Es vibrierte in meinem Kopf. Der Zimtgeruch wurde stärker.

„Das reicht. Ich rufe ihre Tante an."

*Tante.*

Meine Ohren klingelten bei dem Wort.

Das vage Bild einer jung gebliebenen Frau mittleren Alters kam mir in den Sinn. Sie hatte dunkle Haare und ein ovales Gesicht, wie jemand, den ich kannte. Liebte. Vermisste.

„Nein!", rief ich energisch und schlug die Augen auf.

Um mich herum stand eine Handvoll Leute, die meisten mit besorgten Mienen. Sobald ich zu sprechen begonnen hatte, erstarrten sie und schauten mich an. Es wirkte wie Leben im Standby.

„Melody!", zwei Arme umfingen mich stürmisch und drückten mir die Luft aus der Lunge, „dem Himmel sei Dank."

Ich bedeutete ihr, den Griff zu lockern, während Abbys Getränk in der Hitze ihrer euphorischen Geste überschwappte und neben mir auf dem cremefarbenen Teppich landete. Sie nannte mich nie bei meinem vollen Namen. Nur wenn sie wütend war. Oder panisch.

Irgendetwas war faul.

„Warum liege ich auf dem Boden?", schaffte ich in einem Zug hervorzubringen. Mit extrem belegter und brüchiger Stimme, als wäre ich eben erst nach tagelangem Schlaf aufgewacht. Den Versuch, mich dabei aufzusetzen, bereute ich sofort, nachdem mir bittere Übelkeit mit Schallgeschwindigkeit die Speiseröhre hochstieg. Meine Sicht wurde milchig-trüb, aber das Handy erkannte ich noch rechtzeitig.

„Nein. Bitte!", ich brach ab, um wenigstens den wichtigsten Gedanken zu formulieren, den ich hatte, „bitte niemanden anrufen."

„Bleib liegen", Abby steckte ihr Handy wieder weg, setzte sich neben mich, hob vorsichtig meinen Kopf und bettete ihn zaghaft auf ihrem Schoß. Ihre langen hellbraunen Haare kitzelten mein Gesicht und ich versuchte sie wegzuwischen. Ihren wachsamen Augen, sonst in der Farbe von Erde, fehlte der Glanz, aber das ihr eigene zimtige Aroma haftete ihr nach wie vor an. Die leiseste Bewegung führte dazu, dass es mir heiß und kalt den Rücken herunterlief. Sie bemerkte mein Frösteln, legte mir prüfend die Hand auf die Stirn, nickte zufrieden und verteilte, ganz in ihrem Element, Befehle an die Anwesenden.

„Tori, bring ihr ein Glas Wasser, Drew, hol ihr eine Kompresse, oberstes Fach im Kühlschrank. Michelle, sieh zu, dass du die Musik leiser drehst und den Leuten Bescheid gibst, und oh – hol den Sekt aus dem Kühler!" Noch während sie sprach, entfernten sich Schritte, eine Tür wurde geöffnet, laute Musik erklang, gemischt mit vielen Stimmen und lautem Lachen, ehe sie ins Schloss fiel und es stiller wurde. Wir waren plötzlich allein.

„Was ist passiert?", wollte ich wissen, da ich mich etwas gesammelt hatte und endlich in der Lage war, mich aufzurichten.

„Sag du mir das! Wir haben dich länger nicht gesehen, und da fiel Tori ein, dass du Getränkenachschub holen wolltest. Also bin ich hinterher, nachschauen, wo du bleibst. Ich dachte, dir wäre vielleicht ein schnuckliger Kerl über den Weg gelaufen und du seist mit ihm verschwunden." Ich verdrehte die Augen, so gut ich trotz Kopfweh konnte, und ihr Grinsen verschwand, indes sie fortfuhr: „Du lagst reglos am Ende der Kellertreppe, Süße. Ich bin zu dir, habe an deiner Schulter gerüttelt, mit dir geredet, aber du hattest blaue Lippen, warst verdammt blass und einfach nicht zu Bewusstsein zu kriegen, da habe ich Drew gerufen. Er hat dich in das nächstgelegene Zimmer getragen. Mein Gott, Mimi, dein Gesicht, weiss wie Schnee! Deine Hände ganz kalt, dein Puls schwach. Ich dachte für einen Moment, du seist –" Ihre Stimme erstarb und sie schluckte schwer. „Na, jedenfalls meinen wir, du wärst gestolpert und dabei wohl auf deinem

Hinterkopf gelandet." Ihre Augen fixierten meine Haare. Ahnungsvoll suchte ich die Wunde und stöhnte, sobald ich den riesigen Schnitt fand. Ich tastete an ihren Rändern entlang und atmete durch den Mund, weil ich klamme Feuchtigkeit fühlte. Die Frage hing noch in der Luft, aber ich konnte mich beim besten Willen nicht erinnern, also zuckte ich hilflos die Schultern.

Abby schaute mir beruhigend in die Augen und erzählte weiter: „Sie hat stark geblutet, aber sofort aufgehört, nachdem wir den Seidenschal zur Kompresse zweckentfremdet haben. Sorry, er war das Einzige, was wir schnell auftreiben konnten."

„Du wirst aufs Krankenhaus bestehen, hab ich recht?"

„Verwette deinen Allerwertesten darauf", sagte sie, während ich verwirrt auf das am Boden liegende Geschenk meines Onkels blickte und die Augen schloss. Rot-bräunliche Flecken vermischten sich mit dem Batikmuster.

„Geht es?"

Bilder von Sternenregen blitzten in meinem Bewusstsein auf und wechselten sich mit Schatten von rot unterlaufenen und meerblauen Pupillen ab. „Ich kann kaum die Augen offen halten."

Matt machte ich sie zu und rieb mit der rechten Hand vorsichtig darüber.

„Kein Problem, du verpasst nicht viel. Nur Sean in deinem neuen Bikini, Grant, wie er in 'nem Tanga auf der Theke strippt und – Himmel, Herrgott und Jesus!", ich öffnete die Augen wieder, da sie sich die Hände geschockt vor dem Mund schlug und aus dem Fenster in Richtung Swimmingpool blickte, „Hayden, wie er sich von Michelle einen Zehner in den String stecken lässt."

„Oh mein Gott, sei still. Ich werde nie wieder in der Lage sein, meine Augen *zuzumachen*."

Abby schmunzelte. „Was mich anbelangt, habe ich diese Eigenheit bereits seit der Sache mit der Pubertät und der gemischten Sportumkleide abgelegt."

Grinsend schüttelte ich den Kopf und meine Verletzung pochte anklagend, ließ mich abrupt innehalten. Nachdenklich betrachtete ich die Luke-Skywalker-Lampe auf dem Nachttisch. „Ich erinnere mich gerade an deinen Ratschlag, mich mehr unter Menschen zu mischen ..."

„Mimi", sie lächelte jenes sie charakterisierende warme Lächeln, das mich öfter unterstützt hatte, denn ich zählen konnte. „Das solltest du auch. Es wird Zeit, mal wieder nur an dich zu denken. Herauszukommen. Wann hast du das zuletzt getan?"

„Und wie wird das enden? Mit einer Platzwunde am Kopf. Mit einem Notaufnahmebesuch", ich lachte bitter auf. „Wieso ihnen auch nicht etwas Neues zum Reden geben?"

Mit einer wegwischenden Handbewegung folgte sie meinem glasigen Blick. „Für den Tratsch kannst du nichts, noch kannst du was dagegen unternehmen. Ob du willst oder nicht, du bist und bleibst das Interessanteste, was diesem Kaff in letzter Zeit – jemals! – passiert ist. Die Geschichte war überall in den Medien – was erwartest du da von gelangweilten Kleinstädtern? Auch wenn dein Unfall eben, jetzt da ich genauer darüber nachdenke, irgendwie die richtige Dramatik vermissen lässt. Wärst du von uns gegangen, hättest du wahrscheinlich unsterblich werden können."

Heimgesucht von dem mulmigen Gefühl, nahe dran gewesen zu sein, versuchte ich, die letzten verstörenden Visionen von Schlössern und Hunden zu vertreiben. Am hartnäckigsten widerstand die Vision eines verhüllten dunklen Prinzen dem Bedürfnis, vergessen zu werden. Ich konnte noch die Hitze seiner Hand spüren, wo er meine gehalten hatte. Den unterschwelligen Schmerz in meinem Gelenk, an dem er mich hinter sich gegen die Höhlenwand geschleudert hatte. Erstaunt hob ich die Rechte vor die Augen und schnappte nach Luft. Meine Hand umgab ein zartes, rotes Seidenband. Abby starrte mich unsicher an, bereit jederzeit doch noch ihr Handy zu zücken.

Theatralisch verdrehte ich die Augen und konzentrierte mich wieder auf unser Gespräch.

„Unsterblich in Mainfield, Kalifornien. Welche Siebzehnjährige träumt nicht davon?"

„Achtzehn", korrigierte mich eine tiefe, freundliche Stimme, und Drew trat wieder in das Zimmer meines kleinen Cousins, in der einen Hand einen Plastikbeutel mit Eiswürfeln, in der anderen Sektgläser. „Es ist fünf nach Mitternacht."

„Happy birthday, Süße!", quietschte Michelle klatschend, lief an ihm vorbei, um mich behutsam zu umarmen und an ihre parfümierte Brust zu drücken. Ich bat sie, mir beim Aufstehen behilflich zu sein, doch Drew war schneller und stützte mich, bis ich einigermaßen sicheren Halt fand. Und das dauerte. Die Welt drehte sich um mich, während ich seufzend darauf wartete, dass sie zusammenbrach.

Sobald ich als Zeichen, dass ich zurechtkam aufblickte, stellte Abby sich auf meine andere Seite. Eingehüllt in den süßlichen Geruch ihres Shampoos und das nach Ingwer und Zitrusöl riechende Aftershave von Drew hielt die Drehung irgendwie an.

„Danke", lächelte ich und drückte mir abwechselnd die Kompresse an die Stirn und Drew und Abby an mich. Kaum war jeder fertig mit seinen Gratulationen, schwang die Tür auf und Tori stellte die Flasche daneben, verhinderte ein neuerliches Zufallen, musterte mich eindringlich, befand meinen Zustand für akzeptabel und drehte sich weg, um den Daumen in Richtung Küche zu heben.

Hektisches Treiben war auszumachen, dann wurden meine Gäste leiser.

Anfangstakte erfüllten leise, aber anschwellend das dicht bevölkerte Wohnzimmer, die ersten Sekunden von „Happy birthday to you" erklangen. Die meisten Stimmen fielen gleich in den Gesang der CD mit ein und nach und nach sang die gesamte Feiermeute mit. Abby nahm schnell ihr Halstuch ab und band es mir um den Kopf damit die Wunde provisorisch verdeckt war und es wahrscheinlich sogar noch hip wirkte. Sobald der Stoff sie berührte, biss ich mir vor Schmerzen auf die ohnehin bereits zerbissene Lippe, was sie Gott sei Dank nicht bemerkte. Sie half mir zur Tür, wo ich leicht nervös an meinem funkelnden Paillettenkleid, das nagelneu und sauber aussah, zerrte, ehe sie meine Hand festhielt und ich nickend schluckte. Ich bestand darauf, zwei, drei weitere Meter ohne Hilfe zu gehen, bis ich im Kreis meiner Gesellschaft angelangte, die gerade zum gesanglichen Höhepunkt kam.

„Happy birthday, liebe Mimmmiiii, happy birthday to yooouuu!"

Auch wenn sie einen mittelmäßigen Chor abgaben, war ich derart ergriffen von der Geste, dass ich Mühe hatte, nicht in Tränen auszubrechen. Das musste ihnen bereits zum Hals heraushängen.

Ich beschloss, Abby zuzustimmen. Es war an der Zeit, damit aufzuhören, mein Leben zu vernachlässigen. Ein neues Lebensjahr war eine gute Gelegenheit, den Blick nach vorn zu richten. Dankbar verbeugte ich mich im Rausch des tosenden Applauses und vergaß völlig, wie aufgelöst ich anmuten musste, meine zerstörte Frisur, mein zerlaufenes Make-up. Papierschlangen flogen kreuz und quer durch die Luft und trafen auf bunten Konfettiregen, der auf mich prasselte, indes eine Hand aus der Menge mir ein Glas mit prickelndem Sekt reichte.

Ich nahm mir einen kleinen Moment Zeit und blickte verbunden von einem zum anderen. Ein Augenpaar fiel mir in der Masse besonders auf. Es gehörte einem schlaksigen hochgewachsenen Jungen, der leicht abseits innerhalb einer kleinen Gruppe stand und mir aufmunternd zulächelte. Ich konnte sein hübsches Gesicht keinem bestimmten Namen zuordnen, aber seine hellbraunen, aufrichtigen Augen waren mir auf Anhieb sympathisch.

„Danke", setzte ich an und musste mich räuspern, um meine Stimme wiederzufinden. Mit einem Strahlen, wie ich es seit Monaten nicht mehr auf meinem Gesicht gefühlt hatte, riss ich mich von dem mir aufmunternd zuzwinkernden Jungen fort und musterte die festlichen Gesichter. Mein Blick verharrte in der Ecke, in der Abby Gates, Tori

Sullivan, Michelle Yang, Drew Gardener und sein Zwillingsbruder Sean standen und mir feierlich zuprosteten.

„Wie ihr euch alle denken könnt, waren die letzten Monate für mich nicht leicht“, fing ich an und brach fast wieder ab. Der Kloß in meinem Hals formte sich hartnäckig. „Seitdem ich denken kann, war das Haus meiner Tante, war Mainfield, stets der Ort, an dem ich die besten Sommer meines Lebens verbracht habe.“ Begleitet von einem zustimmenden Pfeifkonzert fuhr ich fort: „Hier gibt es das beste Minzeis, die schönsten Sonnenuntergänge und die nervigsten Bademeister“, wir gedachten kurz Mr. Gordon, der das große Freibad bewachte und leidenschaftlich gern herumbrüllte, jährlich ein neues Geschwür entwickelte, „hier bekam ich meinen ersten Kuss“, die Menge grölte und ich prostete in Drews Richtung, „und das schon im stolzen Alter von elf Jahren, neun Monaten und zwanzig Tagen. Hier leben meine allerbesten Freunde – Abby, Drew.“ Sie wurde rot, aber warf mir eine Kusshand zu und ich lächelte amüsiert. „Aber am wichtigsten ist: Hier habe ich mich niemals einsam gefühlt.“

Stille befiel bei meinen letzten Worten abrupt den Raum. Ohne mein Zutun, dachte ich doch an meine Familie und was mich heute, unverhofft schnell, in die Mitte meiner hiesigen Freunde geschleudert hatte. Räuspernd beendete ich das Schweigen. „Aber heute ist kein Tag, zum traurig sein. Heute bin ich dankbar. Dankbar für eure Unterstützung, für diese Überraschungsparty, für roten Sekt“, mit einer flüssigen Geste erhob ich das Glas mit der importierten Marke, die ich hauptsächlich wegen der Farbe mochte. Gut dreißig Hände machten es mir nach.

„Mainfield ist der Ort, an dem ich die schönsten Sommer verbracht habe – und das wegen euch.“

„Auf Mimi!“, sagte Drew und hob das Glas.

„Auf Mimi!“, hallte es im Chor.

***********************************

Natürlich fuhren wir in die Notaufnahme, sobald ich mein Glas leer getrunken hatte und selbstverständlich alarmierte eine der freundlichen Krankenschwestern meine Familie, die aufgelöst zu meinem eisernen kleinen Freundeszirkel dazustieß. Drew, Sean und Abby weigerten sich den Aufforderungen der Schwestern Folge zu leisten und mich zu verlassen, völlig egal, wie oft sie aufgefordert worden waren.

Tante Madison und Onkel Trevor wurden soeben von dem älteren Bereitschaftsarzt darin eingewiesen, ab morgen täglich das Pflaster meiner frisch genähten Wunde zu wechseln, bedankten sich herzlich bei meinen Freunden für ihre tolle Reaktion und baten sie, mir morgen die streng benötigte Ruhe zu gewähren. Eine leichte Gehirnerschütterung und eventuelle Narben waren wahrscheinlich. Sobald der Arzt „Stressvermeidung" sagte, wusste ich, dass ich mich vorerst von meinem Handy verabschieden konnte, und gab es Maddy freiwillig, bevor sie es auf kreativem Wege einkassierte.

Sie fingen Samstagnacht um kurz nach eins damit an, mich wie ein rohes Ei zu behandeln und hörten bis Montagmorgen damit nicht mehr auf, als meine Tante erschien, um mir erneut beim Duschen zu helfen. Die letzten achtundvierzig Stunden waren dank der Schmerz- und Schlaftabletten in einem Sumpf von Müdigkeit an mir vorbeigezogen und obwohl ich vor dem Zubettgehen nicht an den Jungen aus meinem Traum denken wollte, tauchte er in einem wieder auf.

Und plötzlich erinnerte ich mich, warum er mir bekannt vorgekommen war.

Er und ich hatten uns in meinem Kopf schon oft getroffen, stets an einem Ort, der voller Magie steckte, im wundervollsten Sinne des Wortes. Meinem persönlichen Himmel,

New Haven, Connecticut.

In dem Traum kenne ich jede Bewegung der Grashalme, jede Veränderung der kleinen, weißen Wolken, die sich genau, wenn ich ihn entdeckte, vor die Sonne schoben. Ich warte unter einer raschelnden Baumgruppe und starre gebannt auf eine hohe Gestalt, die auf den steinernen Stufen vor dem Hauptgebäude steht und sich unterhält. Obwohl sich zwischen uns Hunderte anderer Studenten befinden, sehe ich nur ihn, die elegante Kurve seiner Schultern, die Art, wie seine rechte Hand lässig in der Hosentasche steckt, über seiner linken Schulter hängt ein schwarzer Rucksack. Beim Anblick seiner zerzausten dunklen Haare, seiner breiten Schultern zögere ich. Ich weiß nicht warum, aber ich bin unsicher, verspüre Angst und Wut zugleich, meine Emotionen mischen sich in mir zu Verzweiflung und lassen mich nervös meinen Taschenspiegel aus der Tasche herausholen. Ich bin älter, meine Augen verraten, wie verletzt ich bin, dicke schwarze Ringe zeugen von schlaflosen Nächten. Das Gesicht ist gerötet, die Haare verschwitzt von dem warmen Tag. Es muss Frühling sein, die Blätter über meinem Kopf fangen an zu blühen, dennoch liegt ein flüchtiger Geruch von Schnee schwebend in der Luft. Eine Glocke ertönt pünktlich und im Takt der Schläge gehe ich los, halte auf ihn zu, meine Hände werden mit jedem Schritt kälter, die Innenflächen feuchter.

Ding. Ding. Ding.

Ich zähle die einzelnen Schläge, um mich abzulenken und laufe nun beinahe, komme ihm näher, indes seine rechte Hand aus der dunklen Jeans, deren Marke ich kenne, weil wir sie zusammen ausgesucht hatten, in den Nacken fährt und er lacht. Das blonde Mädchen bei ihm stupst ihn flirtend an und entdeckt mich, weil ich gerade den Mund aufmache, um ihn zu rufen.

Ding.

Sie verabschiedet sich hastig und starrt mich an, während er sie schnell umarmt, ihr Kiefer fest zusammengepresst, offene Ablehnung und Mitleid deutlich in ihrem Blick. Er wendet sich neugierig in meine Richtung, da machte ein neues Gefühl in meinem Herzen sämtliche anderen zunichte. Kummer.

Er treibt mir Tränen in die Augen, erschwert jeden Schritt und es braucht unmenschliche Kraft, um bei ihm anzukommen.

„Dreh dich nicht um", sage ich leise, bleibe stehen und spüre, ich könnte es nicht, wenn er mich dabei ansieht. Was es ist, das ich machen will, weiß ich nicht. Ich kann kaum die Konturen seiner Wange ausmachen, doch er hält seufzend inne und kommt meinem Wunsch nach.

Der letzte Glockenschlag ertönt und er sagt meinen Namen, doch der Gong verschluckt seine Stimme. Trotzdem fühle ich die Liebe darin. Jetzt, da ich sie auch außerhalb meiner Fantasie gehört hatte, klingt seine Stimme noch schöner, noch unwiderstehlicher.

Mir stockt der Atem – eine Sekunde lang habe ich Hoffnung. Mit dem nächsten Wort ist sie nur noch eine Erinnerung.

„Geh", erwidert er entschlossen und versteift sich.

Ich zwinkere und wache auf.

Ich hatte diesen Traum, seit ich denken konnte.

************************************

„Mimi?"

„Bin wach", antwortete ich und streckte mich behutsam in meinem viel zu großen Bett, bevor ich mich aufsetzte. Das Zimmer war mir vertraut und doch blickte ich mich jeden Morgen aufs Neue verdutzt darin um. Es war nicht mehr das größte im zweiten Stock der Liverpool Road in Hartford, Connecticut, um das ich mich monatelang vor unserem Einzug mit Anna gestritten hatte. Vor meinem Fenster schneite es nicht.

Seltsam, wie die alltäglichsten Dinge wie Vorhänge, Bettwäsche, ein Schreibtischstuhl, sich ganz anders anfühlen konnten. Das machte es schwierig, sich das Frühere zu bewahren und sich gleichzeitig seinem neuen Leben zu stellen. Alles, was mir von meiner kleinen Schwester und meinen Eltern geblieben war, stand eingerahmt auf meinem Schreibtisch oder klebte in einem Album. Und das war bei Weitem nicht genug, um mich nicht, trotz der liebevollen Zuneigung, dem Halt und dem Verständnis, die mich umgaben, trostlos und verlassen zu wähnen. Es erklären, war sinnlos, in Worte zu fassen unmöglich, denn es gab niemanden in meinem Leben, der nur annähern dnachvollziehen konnte, was ich durchmachte. Umso entscheidender war es, dass keiner von ihnen erfuhr, wie schwach ich mich fühlte. Isoliert. Anormal. Das würde sie nur noch mehr belasten. Ich unterdrückte gewohnt konsequent die Tränen und tupfte mit einem Ärmel sicherheitshalber unter meinen trockenen Augen, bevor ich das Einzige tat, was half: Die Erinnerungen beiseiteschieben.

Meine Tante trat ein, öffnete die Gardinen und das Fenster. Sonnenlicht flutete die Holzdielen und machte meine neue Heimat zur Gewissheit. Jeder Monat hier war ein Sommermonat.

„Wie geht es dir?", fragte Madison und beugte sich über mich, um mein Fieber zu prüfen. Ihre gewellten dunklen Haare und die warm schimmernden braunen Augen verliehen ihrem hübschen Gesicht eine Mütterlichkeit, die sie schon vor Marc besessen hatte. Sie war erst Anfang dreißig und fiel durch ihren jungen Kleidungsstil stark auf, zu dem immer auch ein Farbklecks gehörte. Heute war es ein roter Rock mit Regenschirmmotiven zur schwarzen Bluse und dazu passenden Ballerinas. Sie war ausgeglichen, gelassen und blieb selbst ruhig, wenn sie Plätzchen backten, einen Film entwickelte und gleichzeitig mit meiner Oma telefonierte. Allgemeinhin hatte sie wenig mit meiner Mom gleich, aber die Art wie sie ihre Augenbrauen hochzog, erinnerte mich zu sehr an sie, als dass es mich kalt lassen könnte.

„Gut", antwortete ich schnell, um mich auf andere Gedanken zu bringen, und stellte fest, dass es stimmte. Mein Kopf tat nicht weh und meine Glieder fühlten sich nicht länger bleiern an.

„Schön", lächelte meine Tante zufrieden und half mir behutsam aufzustehen. „Soll ich schon mal ins Badezimmer vorgehen?"

*Oh, Herr.*

„Maddy?", fragte ich zögernd und seufzte. „Ich weiß, ihr macht euch Sorgen und es tut mir leid, dass ihr meinetwegen nicht zur Ruhe kommt. Aber mir geht es wirklich besser."

„Wie viel besser?"

„Kann-sich-alleine-fertigmachen-und-anziehen-besser."

„Du bist –"

„– volljährig. Man hat mir schon früh beigebracht, Schubladen und Schranktüren zu öffnen oder an Wasserhähnen zu drehen. Du siehst, ich bin vorbereitet."

„In Ordnung", gab sie nach und grinste. „Aber beeil dich. Marc will dir noch was für deinen ersten Schultag geben, bevor sein Bus kommt."

„Okay", erklärte ich und stand schon vor meinem offenen Schrank. Ich würde mich nie daran gewöhnen, dass Sommer, Herbst, Frühling und Winter hier T-Shirt-Zeit bedeuteten, also schnappte ich mir eher halbherzig meine weiße Bluse mit dem Schleifchenmuster und, von Madison inspiriert, einen dazu passenden schwarzen Minirock und lief ins großzügige Badezimmer, um eine ausgedehnte Dusche zu nehmen. Ich wechselte mehrfach von Heiß auf Kalt und genoss das Prickeln meiner Haut jedes Mal, wenn sich der Körper auf die neue Temperatur umstellen musste. Dann fiel mir mein Cousin ein und ich band mir die Haare in einem losen Pferdeschwanz zusammen um die Wunde zu verstecken, sparte mir die Spangen, obwohl die ersten dunklen Strähnen herausfielen, rannte die Treppe hinunter in die Küche, wo mein Onkel gerade vom reichlich beladenen Tisch aufstand, und nahm Platz.

Frühstück bedeutete in diesem Haus wirklich die wichtigste Mahlzeit des Tages.

„Guten Morgen", sagte er und lächelte verschlafen, während Marc sich auf seinem Stuhl zu mir umdrehte.

„Wow!", schmatzte er mit vollem Mund und starrte mich an, „es wird aber auch Zeit, dass du aufhörst, dich zu verstecken."

Die Herren des Hauses waren sich erschreckend ähnlich, nicht nur was die Haar- und Augenfarbe betraf, auch den Haarschnitt hatte Marc seinem Dad nachgemacht und sich beständig selbst dessen Gesten abgeguckt. Als Trevor mir zuzwinkerte, tat es sein Sohn ihm nach. Maddy verdrehte die Augen und ich wünschte ihm einen guten Morgen und küsste ihn auf seinen brünetten Haarschopf, schnappte mir eine Schüssel, kippte Müsli hinein und vermischte es mit Joghurt.

„Marc hat recht", erklang Maddys Stimme, „es ist eine Schande bei einem so hübschen Mädchen."

Um nicht rot anzulaufen, ging ich nicht darauf ein und wandte mich stattdessen an meinen Cousin. „Deine Mom hat mir gesagt, ich würde etwas von dir kriegen?"

„Oh, ja! Warte!" Mit einem Satz sprang er auf und flitzte in sein Zimmer. Es polterte und ein Spielzeugauto flog auf den Flur, gefolgt von einem zufriedenen „Ha!" und schon kam er wieder zurück. Rote Flecken hatten sich auf seinen Wangen gebildet und ließen ihn entzückend verwegen aussehen. Aber aus Respekt vor seinem Alter – er war immerhin schon neun Jahre alt und damit, wie er mit dem Fuß aufstampfend erklärt hatte, „kein kleines Kind mehr", verkniff ich mir jegliche verräterische Äußerung. „Eigentlich wollte ich dir das zum Geburtstag schenken, aber dann dachte ich wegen dem Rot und

Grün, dass es besser zu Weihnachten passen würde. Aber dann hast du dir vorgestern wehgetan und jetzt musst du auf diese neue Schule und ich habe mir für's Weihnachtsgeschenk noch etwas viel Besseres ausgedacht und hier!", plapperte er aufgeregt, und ehe ich mich versah, hielt er mir etwas Glänzendes vor die Nase und ließ es hin und her baumeln. „Hoffentlich findest du es schön."

Ungläubig blinzelte ich von ihm zu dem Objekt, auf das helles Sonnenlicht fiel, und griff schließlich nach dem schönen Armband. Es bestand aus aneinandergereihten Perlen, rot, grün, bicolor, und einer silbernen Kugel, die den Magnetverschluss bildete.

„Das hast du gemacht?" Ich war sprachlos und drehte das Schmuckstück in meiner Hand.

„Es ist eine Art Glücksbringer", sagte er stolz und nahm es mir ab, um es an meinem Gelenk zu befestigen. „Und es geht ganz einfach, siehst du?" Klapp, rastete der Magnet ein und hielt das selbst gemachte Geschenk fest an meinem Arm. „Und es passt super zu deinem anderen Armband", stellte er begeistert fest, und betrachtete meine Hand näher.

Neben dem strahlenden Perlenschmuck erschien mein *anderes Armband* komplett unscheinbar. Das glänzende, aber ansonsten schlichte Band gehörte fest zu mir, seit ich Samstagfrüh aus meiner Bewusstlosigkeit erwacht war.

„Ist das von Abby?"

„Ja", murmelte ich.

Es war die eine Sache, die ich nicht abzunehmen wagte, weil sie Zeugnis dafür war, dass die Traumwelt meines dunklen Prinzen existiert hatte.

„Danke, Marc!", sagte ich und drückte ihn fest an mich „Das ist der schönste Schmuck, den jemals jemand für mich gebastelt hat."

Er wollte antworten, da ertönte eine laute Hupe und drängte ihn zur Eile. „Viel Spaß heute, Mimi", rief er und lief zu seiner Mutter, die ihm den Schulranzen reichte, zu seinem Vater, der ihm einen Zehndollarschein zusteckte, und schließlich durch die Haustür direkt in den Schulbus.

Gerade da ich mich umdrehte, erschien sein Kopf wieder in der Tür. „Möge die Macht mit dir sein!"

Noch lange, nachdem sie hinter ihm zugefallen war, lachte ich.

„Beeil dich, Drew ist jeden Moment da", sagte mein Onkel, band sich seine Krawatte um, drückte bekräftigend meine Schulter und ließ mich allein in der Küche zurück. Ich schlang mein Frühstück hinunter und wunderte mich, wie tief ich in Gedanken versunken sein musste, um nicht einmal zu bemerken, dass meine Tante aufgebrochen war. Hastig stellte ich mein Geschirr in die Spülmaschine, holte meine Tasche und verließ zusammen mit Trevor das Haus.

„Du schaffst das schon", ermutigte er mich, bevor er mir ebenfalls zehn Dollar aufdrängte, seine Aktentasche mit dem geprägten Namen seines Immobilienbüros achtlos auf die Hinterbank schleuderte, sein charmantestes Kunden-gewinnen-Lächeln aufsetzte, in seinen Geschäftswagen einstieg und aus der Einfahrt heraussetzte. Ich winkte, indes er an mir vorbeirollte, und fuhr damit fort, sobald Drews Ford um die Kurve erschien. Mit einem eleganten U wendete er den Wagen und brachte ihn am Bordsteinrand zum Stehen. Aus den offenen Fenstern erklang ein Song von Rihanna, der auf Up-Tempo gemixt war. Vermutlich von Sean.

„Guten Morgen, Sonnenschein", grinste er hinter seiner Sonnenbrille. „Wie fühlst du dich heute?"

„Okay", antwortete ich, stieg ein und schnallte mich an, ihn verstohlen von der Seite betrachtend. Seitdem wir uns als Kinder angefreundet hatten, zog mich etwas Undefinierbares an Andrew Gardener an, doch niemals war ich wirklich imstande gewesen, es in Worte fassen zu können. Selbst nachdem wir unsere Sommerromanze vor zwei Jahren durchlebt und zugunsten unserer Freundschaft beendet hatten, ging von ihm noch immer etwas aus, das mich faszinierte. Vielleicht lag es an den Hormonen, die offen um ihn tanzten. Denn während ich mich von klein und dünn zu klein und dünn verwandelt hatte, durchlief sein Körper während der Pubertät eine ganze Transformationskette und ließ Drew zurück.

Anders als der dickliche Andy war Drew groß, sportlich und ausnehmend einnehmend. Seine dunklen Augen, die früher etwas groß für sein Gesicht gewesen waren, passten schlagartig perfekt hinein und zu seinen dunklen Locken, die einst zerzaust und nun verwegen wirkten. Wenn er verschmitzt grinste, musste ich stets lachen, weil es mich derart an den immerfort Streiche spielenden Jungen, der er gewesen war, erinnerte. Eines Sommers kam ich nach Mainfield und er spielte plötzlich in der Footballmannschaft, das Jahr darauf war er bereits einer der besten Spieler des Teams. Und seit dieser Zeit hatten sich nicht nur sein Aussehen, Kleidungsstil und Körperbewusstsein verändert, sondern auch seine Wirkung auf das andere Geschlecht, weshalb er sich kaum vor Mädcheninteresse retten konnte. Zum Glück war er auch jemand, der sich darauf nichts einbildete.

Heute schämte er sich für Fotos aus seinen Kindertagen. Mir waren sie die liebsten. Vor allem, wenn sie einen kleinen Jungen zeigten, der mir einen Schmetterling gefangen hatte und stolz in einem Glas überreichte. Oder mir Anweisungen gab, wie ich unseren Legoturm noch höher und schöner bauen könnte – oder behauptete, dass eine Prinzessin, die ich an jedem Geburtstagen sein wollte, auf einen

Thron gehörte und sofort anfing, aus Brettern einen zu bauen. Das Bild, in dem er grinsend auf ein Eis zeigte, das mir aus meiner Tüte gefallen war und den Bordstein vor seinem Haus zierte, hing in meinem alten Zimmer über meinem Schreibtisch. Wir waren elf und zwölf und ich kniete weinend daneben, meine Finger klebrig von dem Versuch, die schmelzende Masse im freien Fall zu fangen. Gleich nachdem Maddy das Foto geschossen hatte, reichte Andy mir sein Eis und sagte, ich sei ein typisches *Mädchen.* „Warum weint ihr andauernd?"

„Jungs weinen auch", schluchzte ich.

„Ja, wenn wir uns weh tun. Aber nicht wegen dem da! Gott, ihr seid gigantische Riesen-Babys!"

Sein Naserümpfen war der Grund, wieso ich mich bückte, während er dazu überging, den Kopf zu schütteln, dass die Locken nur so flogen. Meine Hände drückten den Blumenerdeklumpen fest zusammen und ich hätte fast gelächelt, denn Andy musterte mich plötzlich wachsam. Er taumelte zurück, während ihn die volle Ladung ohne Vorwarnung ins Gesicht traf. Braun regnete es ihm aus den Haaren und der Kleidung und fiel auf seine neuen weißen Schuhe.

„Matsch-Attacke!", rief ich lachend und hatte bereits die nächste Portion Erde in der Hand und wurfbereit, bis Andy sie mir mit einem großen Satz wegschlug. Aufschreiend riss ich reflexartig beide Hände hoch, beobachtete, wie das Eis im hohen Bogen auf die Straße flog und unter einem Satz Reifen landete. Zur gleichen Zeit traf mich eine Ladung Gras-Erde-Gemisch, bei der ich hätte schwören können, die Regenwürmer zu riechen. Schnell hielt ich ihn fest, schnappte mir seinen Arm und zwickte ihn, bevor ich seine Haut unter meinen Fingern drehte.

„Aua! Wofür war das?"

„Zur Klärung", sagte ich, und er schnaubte, stellte mich vor sich hin und klopfte mein Kleid pflichtbewusst ab. Gründlich pickte er daraufhin meine Haare frei von Dreck und ich fiel mit ein und befreite seine. „Du weinst nicht, obwohl du Schmerzen hast und ich weine nicht, weil ich ein Mädchen bin."

„Schon klar", grinste er, nahm meine Hände in seine und wirbelte mich plötzlich herum. Wir führten lachend einen seltsamen Tanz auf, um uns vollends freizuschütteln. Ich warf meine Mähne vor und zurück, als er mit einem Mal innehielt und seinen Arm um meine Schulter legte.

„Warte, wie meinst du das?", seine runden Augen musterten mich plötzlich besorgt. „Stimmt was nicht?"

„Abby und ich haben uns wegen ihrer blöden Geburtstagsfeier gestritten und Annas Mandeln werden heute entfernt und ich bin nicht bei ihr und ich wollte einfach an nichts davon denken und ein Eis essen und nicht einmal das hat geklappt!"

Die Worte kamen schnell hintereinander aus meinem Mund geschossen, ohne Satzzeichen oder Unterbrechungen, und lange nachdem ich fertig war, betrachtete er mich einfach nur stumm, bevor das Leben in ihr zurückkehrte, er ins Haus lief und mit einer Dose in der Hand zurückkam. Er liebte das Unberechenbare. Fast mehr, wie ich es tat.

„Was – ", er richtete bereits den Strahl auf mich und kalte Sprühsahne landete in meinem Gesicht. Andy lachte noch, da griff ich bereits nach der Dose, entriss sie ihm, verrieb einen Sahne-Kilimandscharo zwischen meinen Händen und sprang ihn mit Kampfgeschrei an, rang ihn kompromisslos zu Boden, weil er weglaufen wollte, und setzte mich kichernd auf ihn. Er versuchte mich von sich herunterzurollen, sobald meine Hände unter sein T-Shirt fuhren und auf seinem Bauch landeten, jedoch vergeblich. Quietschend vor Genugtuung drückte ich sein Shirt darauf und massierte die Sahne ein.

„Gibst du auf?"

„Gegen ein Mädchen?", schnaubte er und ich quiekste unter seinem Gebären aber behielt die Oberhand.

„Ich kann das den ganzen Tag. Gibst du auf?"

Seine Schultern bebten vor Lachen unter meinem Versuch seine Haare anzuvisieren. Nach ergebnislosen Treffern, sprühte es Weiss in sein Ohr und seine Bewegungen wurden resignierter, aber sein Grinsen breiter. „Und jetzt?"

Er nickte bereitwillig.

„Ich will es hören, Andy. Gibst du auf?"

„Ja. Ich ergebe mich."

An dem Tag hatte er gelernt, seine Shirts in die Hose zu stecken. Ich schaute auf und entdeckte Maddy mit ihrem Apparat am Anschlag. Von dem Moment, indem er losprustete, gibt es drei Bilder.

Eins, auf dem man meine zufriedenen Augen sieht.

Eins, das zeigt, wie er versucht, meine Hände zu greifen.

Und eins von der Seite und aus größerer Entfernung, das anhand unseres Strahlens festhält, wie mein bester Freund es geschafft hatte, mich die Sorgen vergessen zu lassen.

„Woran denkst du?", erkundigte er sich, und fuhr an, ließ parallel die Klimaanlage herunter- und die Fenster hochfahren.

„Das Wetter."

„Aha."

„Den ersten Schultag."

„Sicher."

„Galileo und der Papst?"

Mit einem Stirnrunzeln schürzte er die Lippen. „Die Erde dreht sich um die Sonne, Galileo irrte sich nicht, der Papst schon. Außerdem ist sein Ausspruch ‚Und sie bewegt sich doch' heutzutage nachgewiesen nur eine Legende. Können wir jetzt zur Wahrheit übergehen und du gibst mir eine ehrliche Antwort?"

Seine warmen Augen bohrten sich aufmerksam in meine. Drew war stets clever gewesen.

„Und du willst wirklich aufs Community College?"

Betreten wandte er sich ab. „Es ist hier, oder?"

„Hast du dir das Notre-Dame-Prospekt überhaupt durchgelesen?"

Sean hatte es ihm letztens unter seine Sachen geschummelt.

„Notre Dame liegt in Maryland, Mimi."

„Du hättest ein Sport-Stipendium dafür, Drew."

„Dir mag Entfernung nichts ausmachen. Aber ich will nicht zu weit fort von daheim."

Manchmal verblüffte es mich, wie grundsätzlich gegensätzlich wir zwei waren. Man musste nur wissen, was der andere wollte, sich wünschte oder plante, indem man das Gegenteil davon wählte.

Drew schoss mir einen schwer lesbaren Seitenblick zu. Ich hätte am liebsten weitergeschwiegen, aber mir war klar, dass er auf eine Reaktion drängte.

„Dich", beantwortete ich schließlich seine ursprüngliche Frage ohne dass mir entging, wie er mit der Suche nach einem Radiosender innehielt.

„Und woran genau?"

„Deine zahlreichen Facetten. Sarah, Sabrina, Danielle, Nancy, Tamara, Julia – "

„– vergiss Marianne nicht", sein rechter Mundwinkel schob sich verräterisch nach oben, ehe er den Blinker setzte und sich in den reger werdenden Morgenverkehr einfädelte. Das Grinsen erreichte seine Augen nicht. Mein Impuls, ihn in den Arm zu nehmen und zu sagen, er müsse sich jemandem anvertrauen, wurde stärker, aber er brauchte Zeit. Nicht etwa Ablenkung wie den Dating-Marathon, den er in den letzten Monaten veranstaltete. Was er auch suchte, er würde es in keiner anderen finden. Nicht bis er sich damit auseinandergesetzt hatte und sich eingestand, dass man seine Ex-Freundin nicht vergaß, weil man zwanzig andere küsste. Abby und ich registrierten, dass er sich etwas vormachte. Er litt. Er bockte. Am liebsten wäre ich zu diesem Mädchen gefahren, hätte von ihr Details verlangt und ihm endlich geholfen. Leider waren die beiden nur ein paar Wochen miteinander ausgegangen und hatten penibel darauf geachtet, dass das keine hohen Wellen schlug. Niemand kannte ihren Namen. Was ich wusste, war, sie hatte Drew eiskalt erwischt. Und dass er sich öffnen würde, wenn er sich dafür bereit fühlte. An jenem Tag würde ich für ihn da sein.

„Ein Mann muss manchmal tun, was ein Mann tun muss", erklärte er seufzend und bog ein letztes Mal ab auf die Hauptstraße Mainfields. „Nur weil du nicht aus dem Vollen schöpfst, muss ich mich nicht auch zurückhalten."

Sein Fenster glitt summend hinunter und er winkte einem Fahrer, der gerade vergeblich versuchte, sich in den Verkehr einzureihen. Augenblicklich stieg die Hitze im Auto. Ohne ihn zu fragen, drückte ich auf den elektrischen Fensterheber und ließ es wieder hochfahren.

„Mir liefen die Verehrer noch nie scharenweise nach."

„Ein weiteres plastisches Beispiel deiner verzerrten Wahrnehmung", erwiderte er und piekste mich in den Oberarm. Ich grinste, piekste zurück und suchte nach meinem Handtaschenspiegel, um meine Lippen zu betrachten. Sie waren noch rissig, aber wenigstens war von den Bissspuren nichts mehr zu erkennen. Mit ein wenig Balsam ließ sich das meiste in den Griff kriegen. Gerade da ich zu einer Antwort ansetzen wollte, fiel mir plötzlich ein imposantes neues Gebäude auf. Die Fassade war aus lauter kleinen blauen und roten Mosaiksteinen zusammengesetzt, mit eingefassten, bogenartigen Eingängen, die momentan noch durch ein heruntergefahrenes Rollgitter versperrt waren und den Blick auf einen großen hellen Gang freigaben, den links und rechts namhafte Geschäfte säumten. „Vegard Plaza", las ich laut vor und runzelte die Stirn ob der goldenen Buchstaben. *Vegard?*

„Das neueste, tollste, beliebteste Einkaufzentrum Mainfields", erklärte Drew genervt. Als wäre die gute Laune und unsere Blödelstimmung durch zwei Worte wie weggeblasen. „Es gesellt sich hoheitlich in die Reihe von Vegard's Kitchen ein, das neueste, tollste, beliebteste In-Restaurant; Vegard Island, der neueste, tollste, beliebteste Indoor-Spielplatz samt Mini-Vergnügungspark und Vegard's Coffeeshop – "

„ – der neueste, tollste und beliebteste Coffeeshop Mainfields?"

„Du siehst ihn gleich, wenn wir daran vorbeikommen. Er ist unverwechselbar: Achte einfach auf das Kaffeehaus, vor dem eine Million Menschen Schlange stehen."

„Warum sagt mir Vegard was aber andererseits doch wieder nicht?"

„Es ist ein Familienname, aber du kennst, glaube ich, keinen von ihnen. Am ersten Tag der Sommerferien fliegen sie zu einem ihrer anderen Häuser und kommen am Morgen des ersten Schultags pünktlich zurück. Sie verbringen keine Urlaube in der Stadt. Oder dem Land. Oder dem Kontinent", schloss er ironisch und doch war etwas in seiner Stimme, das nicht zu dem flapsigen Top passte.

„Aber ihr habt mir von ihnen erzählt ..."

„Abby und Michelle vermutlich am meisten. Ihre Eltern arbeiten seit ein paar Jahren für den Clan. Mutter, Vater, drei Kinder." Seine Abneigung für die Familie war fast greifbar, wie er das Wort Clan betonte.

„War hier nicht letztes Jahr noch die Buchhandlung?", fragte ich abgelenkt mit Blick auf das nun in Sichtweite kommende, dem Einkaufszentrum in nichts nachstehende Café. Seine Außenwände waren mit denen des Plazas identisch, nur anstelle der Torbögen war eine elektrische Schiebetür eingefasst. Gerade wurde sie durch die vielen Kunden allerdings blockiert. Goldene Buchstaben auch hier.

„Man sagt, es sei echtes Gold." Drews Stimme unterbrach meine Beobachtungen. Er fuhr langsamer, die Ampel vor uns sprang auf Rot.

„Und um auf deine Frage zurückzukommen: Doch. Aber soviel ich gehört habe, liefen die Verkäufe schlecht. Kaum war der Laden zum Verkauf ausgeschrieben, war er auch schon vom Markt. Es ist, als hätten sie vor, die Stadt einzunehmen." Er quittierte die wartende Menge mit einem unbeeindruckten Seitenblick und schüttelte irritiert den Kopf. „Erst besaßen die Vegards gewichtige Anteile an den neuen Siedlungen im Westen – das ist seit ihrem Auftauchen ein offenes Geheimnis. 2004 kauften sie sich in die Bank und die Zeitung ein. Vor gut einem Jahr eröffneten sie das Restaurant und in diesem Frühjahr folgte der Rest. Das Einkaufszentrum hatte letzten Monat seine fulminante Eröffnung. Jay-Z und Tom Cruise waren anwesend. Landesweite Berichterstattung inklusive, angeblich war jedes Hotelzimmer der Stadt und des Umkreises ausgebucht."

„Wahnsinn."

„Mr. Vegard gehören allein in den USA die größten Sender, unter anderem Chanel 2, Music-World und PlusAction. Die Familie besitzt zwölf Hotelketten, drei Plattenfirmen und etliche Airlines, neben ihren Anteilen an namhaften, börsennotierten Telekommunikations- und Ölunternehmen. Man mixe Pop-, Film- und Showstars dazu und ergänze die Masse um Politiker. Sie bauen sich von hier aus ihr eigenes Imperium auf. Soviel ich gehört habe, werden sie Anfang nächsten Jahres weiterexpandieren. Zum heutigen Tag sind sie auf vier Kontinenten vertreten."

„Was fällt ihnen auch ein, sich nicht mit Mainfield zu begnügen?", fragte ich und konnte bereits die Umrisse der Schule erkennen.

„Du redest immerhin von meiner Geburtsstadt."

„*Stadt* ist so ein Wort", setzte ich an und leckte mir über die Lippen. Ich liebte es, ihn zu triezen. Der Erdbeergeruch von meinem Labello stieg mir in die Nase und beruhigte mich.

„Hartford ist auch nicht gerade New York."

„Im Vergleich zu Mainfield schon."

Mit einem Zungenschnalzen bog er auf den Parkplatz und sofort vergaß ich, worüber wir gerade noch geredet hatten. Vor dem achteckigen, alten Gebäude der Abraham Lincoln High School hatte sich anscheinend die gesamte Schülerschaft versammelt und redete, lachte oder scherzte in der prallen Morgensonne. Dank seiner exponierten Lage und beeindruckenden Größe vereinte die Schule zwei Bezirke und bildete eine Schülerschaft aus über tausend Leuten. Die meisten Kurse und Klassen waren doppelt oder dreifach belegt, sodass die durchaus reale Chance bestand, sechs Stunden lang nicht einen meiner Freunde zu sehen.

Ich betete zu den Göttern des Glücks und beobachtete Drew dabei, wie er parkte, ausstieg und um die Motorhaube herumging.

Es war wie in einer dieser Hollywood-Komödien. Sobald er mir die Tür öffnete und beim Aussteigen half, verstummten viele und starrten mich an. Nicht, dass ich damit gerechnet hatte, mich unsichtbar über den ersten Schultag zu retten. Aber wie sehr ich sie zu beschäftigen schien, war mir bis zu diesem Moment auch nicht wirklich bewusst gewesen. Genau deshalb, dachte ich, hatte ich mich verkrochen. Diese Neugier, all das Mitleid. Unsicher schlug ich die Augen nieder und spürte meine pochende Wunde zum Takt meines Herzens wummern. Ich hoffte, sie war nicht auszumachen, musste nicht noch mehr auffallen.

„Denk dir nichts", verkündete Drew leise, aber zuversichtlich, legte den Arm um meine Schulter und zog mich sachte in Richtung Eingang. „Oder besser noch: Versuche sie zu verstehen. Da macht vor Monaten die Kunde von deiner Ankunft die Runde, von der bezaubernden Mimi Campbell, die ominöserweise im vorletzten Schuljahr zu unserem Schulkörper hinzustößt, aber – und das ist der wahre Twist – live und in Farbe niemals höchstpersönlich auftaucht. Gerüchte, sie sei auf unbestimmte Zeit freigestellt worden, wechseln sich mit anderen, sie sei zurückgefahren, ab. In der Zwischenzeit", er lief jemanden grüßend schnurstracks auf das Gebäude zu und hielt mir, sobald wie ankamen, galant die Tür auf, „haben dich aber wenige Auserwählte zu Gesicht bekommen und bezeugen erstens sowohl deine Anwesenheit in unserem bescheidenen Ort als auch zweitens deine Schönheit."

Ich lachte, weil er mir zuzwinkerte, und hauchte ihm einen Kuss auf die Wange. Er war wirklich umwerfend charmant, wenn er es darauf anlegte. Mit gestrafften Schultern trat ich ein. Vor mir tat sich eine große Aula auf, dahinter ein längerer Gang, den rechts und links Spinde säumten. Auf Höhe der Mitte gingen beidseitig weitere Flure ab. Aus der Vogelperspektive war das Gebäude vermutlich ein überdimensionales Pluszeichen. Noch dabei mir das vorzustellen, wurde ich sanft nach rechts gedreht und blickte auf eine holzgetäfelte Tür, die in dem sonst von Metall und Gipswänden beherrschten Gebäude fehl am Platz wirkte.

„Das Sekretariat ist das Reich von Miss Potter. Hier kriegst du deinen Stundenplan. Keine Sorge, du hast nur eine Woche verpasst, das holst du locker auf. Nach der dritten Stunde treffen wir uns an deinem Spind – Nummer 251 – und gehen zusammen in die Mensa. Abby und der Rest sind vermutlich längst vor Ort, sie hat mir übrigens noch gesagt, ich soll dir ausrichten: ‚Du rockst das schon.'"

Nervös biss ich mir auf die Unterlippe und fühlte mich noch stärker von den Schülern unverhohlen von Kopf bis Fuß gemustert. Drew nahm meine Hand in seine, lenkte meine Aufmerksamkeit völlig auf sich und lächelte ermutigend. „Du bist eine Campbell! Du rockst das ganz bestimmt. Los, mach sie fertig!"

Zaghaft lächelnd nickte ich.

„Das ist die richtige Einstellung. Viel Erfolg!"

Mit einer Verbeugung, die dermaßen tief war, dass sie mich wieder zum Lachen brachte, verabschiedete er sich und ging hinaus auf den Vorplatz, vermutlich um seinen Freunden Rede und Antwort zu stehen.

Ich klopfte, holte tief Luft und trat ein.

Die nächsten zwei Stunden vergingen wie im Flug. Die Lehrer wussten Bescheid und hießen mich willkommen, die meisten Mitschüler begrüßten mich freundlich, einige kamen zu mir, um sich zu unterhalten, wieder andere, um sich vorzustellen oder einfach „Hallo" zu sagen. Eine Gruppe von Mädchen in grau-schwarzen Cheerleaderuniformen musterte mich abschätzend und die Lauteste von ihnen, ein zierliches, dunkelblondes, stark geschminktes Mädchen namens Shelby, fand es wohl lustig, meinen Stuhl mit ihrem Fuß anzurempeln und „Freak" zu raunen, während ich von der Tafel abschrieb.

„Kann ich dir irgendwie weiterhelfen?", fragte ich sie schließlich, woraufhin sie einen auffällig rosanen Schmollmund zog und die Schultern zuckte. Kaum kicherte sie hysterisch weiter, wurde es mir zu blöd und ich rutschte einfach weg, sodass sie nicht mehr an mich heranreichte. Scheinbar war sie schlau genug, um nicht auf meine Frage einzugehen, aber nicht schlau genug, um einfach hinterherzurutschen. Das blieb vorerst die einzige besondere Begebenheit an diesem Morgen. In der Summe lächelte ich nett und erntete dasselbe distanzierte Lächeln zurück. Als die Klingel das Ende der zweiten Stunde verkündete, hatte ich einen leichten Krampf in den Wangen und eine Ahnung, dass ich mich den Cheerleadern hier nicht anzuschließen brauchte, war aber ansonsten zufrieden.

Mit dem Auffinden des Geschichtsraumes ließ ich mir trotzdem Zeit. Ich hatte festgestellt, dass es am einfachsten war, zuletzt das Klassenzimmer zu betreten, da ich eh gezwungen wurde, nach vorne zu kommen um mich vorzustellen und mir dadurch wenigstens nicht die Mühe machen musste, unter bohrenden Blicken und über gefährlich in den Gang hineinragende Beine und Taschen vorzulaufen oder mir selbst einen Platz zu suchen. Becky, eine rothaarige Amazone, fand es wenig berauschend, dass ich mir vor der ersten Stunde ausgerechnet „ihren" Platz ausgesucht hatte. Es war einer der äußersten in der letzten Reihe und sie saß anscheinend seit ihrem ersten Schultag vor vier Jahren dort. Weil ich merkte, dass das ihr Ernst war, räumte ich ihn freiwillig. Am Ende hatte mir Mr. Sanders einen zugewiesen.

Völlig in Gedanken versunken hielt ich neben dem mit Stimmengewirr erfüllten Raum 105. Im Klassenzimmer kursierte mein Name und daran verknüpftes lautes Gejohle. Ich gab mich kurz dem Tagtraum hin, was es wohl bedeutete, Privatunterricht zu erhalten und wischte mir über die Stirn.

„Wenn der Libellenschwanz im Dunkeln leuchtet, trinken wir Milch aus Strasssteinbechern."

Ich konnte spüren, wie leichter Atem meine Schulter kitzelte. Ungläubig drehte ich den Kopf nach links und blickte geradewegs in zwei graubraune Augen.

„Du!"

Mit einem fragenden Blick richtete sich der Junge wieder auf und drückte die Schultern durch. Dabei fiel mir unsinnigerweise auf, dass er über der Lippe eine kleine halbmondförmige Narbe hatte, die meiner am Nacken ähnlich war. Es gab mir ein Gefühl von Vertrautheit.

„Ich habe gehört, dass man sich ablenken soll, wenn der Stress zu groß wird", ignorierte er mein Beinahe-Quietschen mit einer Selbstverständlichkeit, als rede er über das Wetter.

„Kennen wir uns?", fragte ich und überhörte seinen Kommentar, was ihn aber nicht weiter störte.

„Wir sitzen im selben Boot. Gabe", stellte er sich vor und reichte mir die Hand. Nachdenklich nahm ich sie und lächelte zurück.

„Du warst am Freitag auf meiner Geburtstagsfeier."

Er nickte. „Ein Bekannter hat mich mitgenommen. Er meinte, ihr wärt nett und dass ich nicht früh genug damit anfangen könnte, in Mainfield Anschluss zu finden. Übrigens alles Gute nachträglich – persönlich." Fasziniert starrte ich in seine freundlichen Augen, die kurz nach meinem Unfall trostspendend aus der Menge hervorgestochen hatten, und erinnerte mich an sein freundliches Zwinkern. Aus der Nähe betrachtet waren sie von unmöglich langen Wimpern eingerahmt, die ihm etwas Anmutiges verliehen. Er war gut anderthalb Köpfe größer und die Art, wie er seinen Rucksack lässig über einer Schulter trug, strahlte ein gutes Selbstbewusstsein aus, das durch sein sympathisches Lächeln aber nicht arrogant wirkte. Mein Blick wanderte weiter. Auf seinem grauen T-Shirt prangte die rote Rolling-Stones-Zunge, die farblich zu seinen schwarzen Röhrenjeans und Chucks passte. Er hatte kurzes, dunkles Haar und kleine Grübchen in den Wangen. Alles an ihm wirkte stimmig, als ruhe er in sich selbst. Gabe war sicher kein Testosteronheld, aber genauso wenig ein typisches Schulbandmitglied. Gutaussehend, auf eine verträumte, poetische Art, wie ein sensibler Herzensbrecher, der dir ein Lied schrieb, um es dir dann bei Kerzenschein selbst auf der Gitarre vorzuspielen.

Ich stellte ihn mir mit einem Notenblatt und Stift bewaffnet vor und räusperte mich, immer noch lächelnd. „Danke. Ich bin Mimi."

„Ist mir nicht entgangen", versicherte er.

„Weil du auf meiner Geburtstagsfeier warst –"

„– und praktisch die ganze Stadt von dir redet."

„Du bist auch neu an der Lincoln?"

„Mein erster Tag", nickte er mit ernster Miene und legte seine Hand feierlich schwörend auf sein Herz.

„Oh", das änderte die Sache. Ich war selig, mir die Aufmerksamkeit mit ihm zu teilen. Denn dass er mit seinem Aussehen und Outfit auffiel, stand außer Frage. „Und wie läuft es bei dir?"

Ein paar unserer neuen Mitschüler, die nah an der Tür saßen, verstummten, da ihnen unser Gespräch auffiel. Gabe blickte kurz zu ihnen und zog mich etwas fort, bevor er zu einer Antwort ansetzte: „Offenbar gibt es in den einzelnen Klassenzimmern feste Lüftungszeiten. Und die sind nicht *vor* der Stunde."

„Dein Ernst?"

„Leider schon."

„Sitzplätze sind auch nicht verhandelbar", warnte ich ihn. Wir guckten uns einen Moment lang schweigend an und lachten beide los. Im Raum war es totenstill geworden, doch am Ende des Ganges ging knarzend die Tür zum Lehrerzimmer auf und ein älterer, untersetzter Mann mit einer Kaffeetasse in der einen und einem Buch in der anderen Hand schlenderte fix auf uns zu. Sein kariertes Hemd und den braunen Pullunder musternd, tippte ich spontan darauf, dass es sich um unseren Geschichtslehrer handeln musste.

„Weiter geht's", seufzte Gabe in Richtung des näher kommenden Mannes.
„Außerirdische werden uns den Krieg erklären, sollte der Strasssteinbecher jemals gestohlen werden", erwiderte ich.
„Darüber hinaus tränken wir zur Strafe nur noch Chlorwasser, das nach Vanillesorbet schmeckt", grinste er und hielt dem ihn verstört musternden Lehrer und mir die Tür.

************************************

Mein Spind, tatsächlich Nummer 251, entpuppte sich als ein leicht ramponiertes Blechmonstrum direkt neben Drews. Gerade dabei meine Bücher darin abzuladen und nach meiner Tasche greifen, tauchte sein Gesicht plötzlich neben mir auf.
„Hau ab."
Ich zuckte zusammen, ob des kritischen Blickes, der seine Augen zu schmalen Schlitzen verzogen hatte.
„Wie bitte?"
„Eine Sekunde", sagte er und legte seine Hand auf meinen Unterarm, während er mit dem anderen um mich herumgriff.
„Sie hat kein Interesse", stellte er klar, und zerrte einen Jungen unseres Alters unsanft weg, den ich weder bemerkt noch gehört hatte.
*Wie lange steht er schon da?!*
„Drew, Alter", er verwies demonstrativ auf seinem Arm, der unter Drews Griff an der Druckstelle weiß wurde.
„Sag ‚Bye, Mimi'."
„Bye, Mimi?"
„Das war dein Stichwort, Finn. Verzieh dich." Drews Stimme machte klar, was passieren würde, wenn nicht, und nach einem letzten Blick, der ihm von meinem Freund ein „beweg dich" einbrachte, trottete Finn davon. Zwei weitere Schüler, die mir bis dato flirtend zugelächelt hatten, schreckten auf, während Drew sie anstarrte, und verschwanden so schnell, dass ich schwören könnte, sie hätten eingebaute Motoren.
Erst nachdem sie außer Sichtweite waren und Drew den Gang gecheckt hatte, ließ er mich los und setzte ein zufriedenes Lächeln auf.
„Psycho", grinste ich und stieß ihn mit dem Ellbogen.
„Ich passe nur auf dich auf."
„Kontrollmonster."
„Ja, ja, danke mir später", sein Lächeln wurde nur breiter und ich stöhnte. „Wie war es?"
„Beeindruckend unspektakulär", erklärte ich, indes er die Kombination für sein Schließfach eingab, es öffnete, seine Footballjacke

hineinschmiss und die Tür mit einem lauten Knall zudonnerte. Erleichtert nickte er.

„Was habe ich gesagt?“

Ich lehnte mich mit der Schulter an den Metallschrank und legte mir nachdenklich den Zeigefinger an die Lippen. „Dass dich ein guter Katalysator locker zweihundert Dollar kosten wird, ein Drive beim Football aus vielen Plays besteht oder dass du dir lieber mit einer heißen Nadel in den Augapfel stechen würdest, als dir jemals einen Irokesen schneiden zu lassen. Und das sind nur die Highlights der letzten Tage.“

„Schön zu merken, dass einem zugehört wird“, erwiderte er feixend, nahm meine Hand und zusammen liefen wir in die Richtung, in die viele Schüler scharenweise strömten. Er versuchte mich gegen das Rempeln und Stoßen abzuschirmen und öffnete die Schwingtür zu den heiligen Hallen.

Die Mensa war riesig und obwohl es zwei Pausenblöcke gab, war sie bereits im ersten, meinem, restlos überfüllt. Wir kämpften uns den Weg zur Essensausgabe frei und trieben mit dem Strom in den hintersten Bereich, wo die Tische weiter auseinander standen. Ich drückte die Schultern durch und versuchte selbstsicher auszusehen und nicht wie das Mädchen, das jedes Augenpaar anstarrte, weil sie glaubten meine Geschichte zu kennen, sie einen Fernseher, ein Zeitungsabo oder Radio besaßen. Einige Jungs pfiffen, ehe sie sich an mir vorbeidrängelten, und warfen mir eindeutige Blicke herüber, die meisten Mädchen begnügten sich mit hasserfülltem Stieren. Und die ganze Zeit über kam ich mir vor wie in einem Fischschwarm gefangen und fragte mich, was passieren würde, wenn sich einer dazu entschloss, in die Gegenrichtung zu wollen. Abby sah uns kommen und rutschte auf, sodass wir uns mit viel Fingerspitzengefühl zwischen sie und Michelle quetschten. Ein Blick auf mein angespanntes Gesicht und sie schielte und lächelte mich albern an.

Puff! Der Großteil meiner Anspannung verflog.

Es war der Sommer vor unserer Einschulung, in dem sie festgestellt hatte, dass ich Grimassen toll fand. Wir lagen in ihrer Hängematte unter den Blättern zweier Eichen, den einzigen Bäumen in ihrem Garten, die stark genug waren, um etwas Derartiges daran zu befestigen, und redeten über den ersten Schultag.

„Bist du aufgeregt?“, fragte ich, während sie den Rest vom Zitroneneis ihrer Mom schleckte. Sie legte den Holzstiel auf den Beistelltisch und warf mir über den Gläsern ihrer runden, blauen Sonnenbrille hinweg stirnrunzelnd einen langen Blick zu. Ihr rechtes Bein hing fast auf dem Boden, das linke war nah an meinem Gesicht. Ich fühlte, wie sie meins unabsichtlich streifte, weil sie sich einen zerzausten

Pferdeschwanz band, und wartete. Nach einer kleinen Ewigkeit schloss Abby die Augen. Das bedeutete, sie dachte angestrengt nach. Nach zwei Minuten öffnete sie sie wieder.

„Was, wenn mich die anderen Kinder nicht mögen?"

„Mach dir darum keine Sorgen. Sie werden dich lieben", versicherte ich ihr.

„Was, wenn ich sie nicht mag?"

„Du magst Andy – er passt auf dich auf. Das hat er mir versprochen."

Sie verzog die Miene trotzig. Abby war eine Kämpfernatur, sie brauchte niemanden, der sie beschützte, schon gar keinen Jungen. Sie konnte Bäume hinaufklettern, sprang vom höchsten Klettergerüst und angelte Fische mit ihren bloßen Händen. Sie war es, die mir beigebracht hatte, Fußball zu spielen oder Frösche zu fangen. Salto rückwärts zu machen.

„Was ist mit dir? Freust du dich?"

Ich hatte seit Wochen meine Kleidung für die Einschulung, meinen Ranzen, selbst meine Haarspangen für diesen Tag ausgesucht. Doch je näher er kam, desto mulmiger wurde mir zumute. Dadurch, dass ich in den Kindergarten vom Arbeitsplatz meiner Eltern gegangen war, standen die Chancen hoch, dass ich die Einzige in der ersten Klasse sein würde, die niemand kannte. Ich hörte das leise Klirren des Sprenklers, der den Rasen bewässerte, und spielte nervös mit meinem Haar. „Manchmal ja, aber ich weiß nicht, ob es nicht komisch sein wird, die Neue zu sein."

„Die sind alle neu, Mimi. Es ist der erste Schultag!"

„Das meine ich nicht."

Ich schaute hoch in die Wipfel des Baumes, von dem ich ein paar Wochen zuvor bei einem unserer Kletterwettbewerbe heruntergefallen war. Zum Glück schaffte ich es, mich auf dem Weg nach unten an einem Ast festzuhalten und Abby abzubremsen, die unmittelbar nach mir auch den Halt verlor. Wir hatten untereinander gehangen, ihre Hand fest in meiner, ihre Beine fünf Meter über der Erde, und so lange hysterisch gelacht, dankbar füreinander, dass uns die Tränen gekommen waren.

„Wir sind endlich quitt", hatte ich grinsend bemerkt, sobald sie heruntergesprungen und ich neben ihr gelandet war. Ich war fünf Jahre alt und Carrie Armstrong hatte mir auf meiner Geburtstagsfeier meinen roten Buntstift einfach weggenommen. Abby war zu ihr gelaufen und hatte sie dafür in den Arm gezwickt, bis sie ihn fallen lassen musste.

„Die regt sich schon wieder ab", hatte meine beste Freundin mich beschwichtigt, indes Carrie weinend zu ihrem Dad gelaufen war. Ein

Jahr später wischte Abby meine Bedenken erneut mit einer energischen Geste weg.

„Du warst schon immer hübsch, Mimi. Ich glaube, dass dir das helfen wird."

Der Satz hatte ihrem Blick zufolge eine tiefere Bedeutung, die mir entging.

„Und wenn das nicht hilft, kennst du die Wasserpistolenweltmeisterin", fügte sie hinzu und ahmte Andys und Grants Gesichtsausdruck nach, während wir sie gestern von ihrem Fenster aus beschossen hatten. Grant hätte beinahe eine Bruchlandung hingelegt, so unvorbereitet traf ihn der Wasserstrahl im Gesicht. Ich lachte und hielt mir die Hand vor den Mund, weil mir einfiel, dass ihre Grandma letzte Woche gestorben war und ihre Mom das unpassend finden könnte. Abby hingegen presste ihre Hände gegen die Wangen und schielte und ich hielt mir den Bauch, weil sie Andy perfekt imitierte. „Ihr zwei kichert besser nicht weiter, wir sind Jungs! Wir haben erfunden wie man Wasserbomben wirft."

Ich schreckte auf, gerade da ich den echten Drew „sexy" sagen hörte und Abby ihm daraufhin die Zunge herausstreckte, bevor sie mir zuzwinkerte und ihr Gesicht wieder normal wurde. Michelle verwies darauf, dass es das Sinnvollste für Gesichtsmuskeln wäre, sie regelmäßig zu beanspruchen und erbrachte den Beweis, indem sie ein Schnute zog.

Das ganze Essen über drehte sich um meine Party. Ständig prasselten Fragen auf mich ein, Ratschläge, witzige Begebenheiten, Klatsch und Tratsch. Den Unfall ließen sie weg, wofür ich ihnen unendlich dankbar war. Ich hatte beschlossen, neu anzufangen, und in diesen Momenten am Tisch lachte und erzählte ich fröhlich. Dabei fühlte mich einfach wohl und vergaß für vergängliche Minuten, dass ich eigentlich nicht hierher gehörte.

Minuten später war die Pause auch schon um.

Vorsichtshalber nahm ich mir einen Apfel mit und hoffte, ihn irgendwann zwischen den Stunden essen zu können, doch nach der letzten Stunde, ausgerechnet Sport, hatte ich noch nicht einmal hineingebissen und freute ich mich darauf, stand wieder an meinem Spind und sortierte die nötigen Bücher für meine Hausaufgaben.

Zuerst war es nur ein Wispern.

Hätte es nicht meine Gedanken durchkreuzt, wäre es mir nicht aufgefallen. Aber wie ein Radio, das man langsam lauter dreht, bahnte es sich schleichend den Weg in mein Bewusstsein und meine Aufmerksamkeit. Erstaunt hielt ich inne und horchte.

Ein herrlicher Klang erfüllte wie aus dem Nichts kommend den ganzen, belebten Korridor und griff mit klammen Händen nach meinem Herz, als eine unendlich traurige Stimme den mir nur flüchtig bekannten Text zu singen begann, erst zaghaft, schließlich entschlossener. Verwundert stellte ich meine Bücher zurück in den Spind und schloss die Tür, lauschte intensiver, erkannte aber nicht mehr denn ein paar Worte: „Amores dolores …"

Dasselbe hatte sie wiederholt, während ich mich vor dem Reiter im Gebüsch versteckt hatte.

Vorsichtig ließ ich meinen Blick nach allen Seiten wandern, aber außer mir hielt niemand sonst inne, um ihr zuzuhören. Keiner blieb stehen und ließ sich von der großartigen Sängerin in ein Land entführen, wo es weit und friedlich war.

Alles war wie immer und nichts war wie sonst.

Und dann erklangen Huftritte.

Schreie.

Sengende Hitze und verzweifelte Stimmen, Wiesenduft und Blumenaromen.

Drew, der bei einem Freund stand und mir etwas zurief, ein Wort, das ich, von der lauter werdenden Musik übertönt, nicht verstand. Das Crescendo der schönen Stimme verdrängte ihn und schließlich auch jeden anderen Schüler vollständig aus meiner Wahrnehmung, filterte sie durch ein Netz von Gerüchen und Geräuschen. Ich blinzelte hoch in eine viel zu große Sonne und hielt die Luft an. Wandte mich zurück zu meinem Spind. Und plötzlich war ich allein.

Das Gedränge im Gang war verschwunden, die Gespräche verhallt, meine Mitschüler fort. Die Schule, wie leer gefegt, trug Züge einer Bühne, auf der das melancholische Lied sich entfalten, widerhallen, empfunden werden konnte.

Nach einem flüchtigen Moment der Verwirrung legte sich abgrundtiefe Ruhe auf mein aufgewühltes Gemüt und mit ihr trat ein tiefer Seelenfrieden ein. Ich gab dem Drang nach und schloss genüsslich die Augen, lehnte mich dabei an den Metallschrank, der meine einzige Verbindung zur Realität war, und beschloss, den Augenblick auszukosten, bis das Lied verhallen würde. Es war mir ein elementares Bedürfnis, dem ich nicht widerstehen konnte.

Einer Eingebung verdankte ich es, dass ich sie dennoch plötzlich wieder öffnete.

Intuitiv wandte ich den Kopf in Richtung Eingangstür und erstarrte.

Eine Hand an der eingelassenen Glasscheibe, ganz, als wäre er gerade im Begriff gewesen, sie aufzustoßen und eintreten zu wollen, in der anderen einen Notizblock stand der Junge mit der Kutte da und sah mich fassungslos an. Seine Augen so blau wie in meiner schwammigen Erinnerung, seine Statur so groß und breit wie vor zwei Nächten. Das Einzige, was ihn von meinem Retter unterschied, war seine Kleidung. Eine mit den Initialen der High School versehene Footballjacke, aus der ein marineblauer Polokragen hervorblitzte, und Jeans, die seine Proportionen perfekt betonten.

„Amores dolores, voluptas dolores", ertönte es nun empfindlich lauter. Das Lied verwandelte sich in eine Arie, die sich liebevoll an mich schmiegte, aber mich genauso wenig dazu bewegen konnte, meinen Blick von ihm abzuwenden, wie er sich scheinbar damit quälte, meinen zu halten.

Die Sekunden vergingen und in seine Augen mischte sich ein undefiniertes Grauen, das ich nur am Rande registrierte. Ein flaues Gefühl machte sich als Reaktion darauf in meiner Magengegend breit. Erst war es nur ein Druck auf meinen Unterleib, unmittelbar darauf schien er meinen ganzen Körper zu durchwandern. Meine Hände wurden kalt und taub und Schlieren vernebelten mir die Sicht, während mir unsichtbare glühende Fäuste mit brachialer Gewalt gleichzeitig wuchtige Hiebe in den Bauch und auf meine Wunde versetzten.

Ich verdankte es reiner Willenskraft, nicht ohnmächtig zu werden.

Unsicher blickte ich zu ihm, unfähig einer Regung, da der allgegenwärtige Schmerz jede Faser meines Seins infiltrierte, meine Adern sprengte, Knochen zertrümmerte – bis in die kleinsten Atome – und das physisch, mir die Luft aus der Lunge presste und ich mir hilflos an den Hals griff. Sein Blick folgte meiner Handbewegung und huschte augenblicklich von meinem mit Schweißperlen bedeckten Gesicht zum Handgelenk, indes er einen Schritt auf mich zu machte. Zuerst dachte ich, er würde mir helfen. Und in dieser flüchtigen Annahme empfand ich friedlichste Wärme, ähnlich der Rast nach einem endlosen Marsch. Mein Körper summte glücklich und schwerelos.

Doch dann überlegte er es sich anders und beim neuerlichen Anblick seiner plötzlich von Schmerz gefluteten Augen schauderte es mich.

Sie brannten hasserfüllt.

Die offene Abneigung traf mich heftig und ich drehte mich schützend weg, ahnend, was nun folgen würde. Mein gebeutelter Körper zitterte stärker, ein Umstand, den ich nicht für möglich gehalten hatte, meine Eingeweide bebten unter dem lauten, verzweifelten Geschrei, fühlten sich an, wie wenn sie versuchen würden sich neu zu einem matschigen Brei zusammenzusetzen.

Und dabei scheitern.

Gerade da ich versuchte, die Tränen mit Gewalt zurückzuhalten, verstummte das Gezerre abrupt. Mit ihm brach das Lied ab und der Schmerz verflog schnell genug, dass mein Körper sich fast übergab, bevor er hilflos von einer genervt dreinblickenden Menschenmasse achtlos hin und her geschleudert wurde. Orientierungssuchend erhaschte ich einen Blick auf meinen Spind, der auf der anderen Seite des Ganges war, bevor mich jemand packte und aus dem Schülerstrom zog.

„Mimi?"

Ich erkannte eine rote Nietenzunge, spürte zwei Arme, die sich beschützend um mich legten. Der Versuch, vorsichtig tief einzuatmen, scheiterte kläglich und ein Schluchzen entrang sich meiner Kehle. Ebenso schlecht war es um meine Standhaftigkeit bestellt. Ich gab auf und reduzierte mich darauf, mich zu beruhigen.

Es schien eines meiner Hobbys zu werden, mich regelmäßig am Rande der Hyperventilation zu bewegen. Mein Magen flau, mein Kopf leicht, fragte ich mich, ob es sich in etwa so anfühlen musste, wenn der Druckabfall in einem Flugzeug einsetzte, und zuckte bei der Vorstellung zusammen.

„Hey, kannst du mich hören?" Gabes Gesicht tauchte vor meinen Augen auf, Besorgnis malte sich darauf ab.

„Ja."

„Schön. Hier, trink das."

Begierig riss ich ihm die Wasserflasche aus der Hand und verschluckte mich zweimal dabei, das kühle Nass meine Kehle hinunterzuspülen.

„Danke."

„Geht es dir gut?" In seinen Augen erkannte ich mein leichenblasses Spiegelbild und nickte. „Du klappst mir doch nicht zusammen, oder?"

Der feine Schweißfilm auf meinem Gesicht kühlte meine erhitzten Wangen. „Nachwehen vom Freitag", erklärte ich ihm halbherzig und starrte zur Eingangstür. „Mein Kopf bringt mich fast um."

Von dem Jungen keine Spur mehr.

Mein Gegenüber wirkte unüberzeugt.

„Was hast du mit ihr gemacht?", erklang eine neue wütende Stimme und ich realisierte, dass ich noch halb an Gabes Brust lehnte. Peinlich berührt streckte ich die Hand nach Drew aus, der vermutlich kurz davor war sich auf ihn stürzen. Er zog mich fort von meinem neuen Bekannten und stattdessen zu sich. Sein forschender Blick glitt dabei von Gabe zu mir.

„Er hat mir geholfen", fühlte ich mich verpflichtet, ihn zu verteidigen, und fügte hinzu: „Drew, das ist Gabe. Er ist auch neu."

Sie reichten sich die Hand und musterten sich dabei gegenseitig. Die Geste erinnerte mich an alte Western, wo die Kontrahenten sich umkreisten, bevor einer das Duell mit dem schnellsten Schuss beendete. Offenbar schenkte Drew mir schließlich Glauben und entspannte sich, während Gabe ihn einfach höflich anlächelte.

„Meine Wunde“, sagte ich kryptisch und fühlte, wie es mir mit jedem Atemzug besser und besser ging.

„Was hältst du von einem Besuch bei der Schulschwester?“

„Nichts.“

„Mimi, du bist bleich wie ein Tischtuch.“

Ich fühlte mich wieder blendend. Zumindest körperlich. „Das legt sich.“

Gabe seufzte. „Am besten, du legst dich wirklich ein wenig hin.“

„Zu Hause, ja.“

Demonstrativ nahm ich die Tasche aus meinem Schrank und sperrte ihn zu.

Drew nahm sie mir ab. „Das heißt wohl, wir fahren?“

„Ja.“

„Wie du meinst.“

„Können wir dich vielleicht irgendwo absetzen?“, fragte ich Gabe, dessen Blick noch einmal von Kopf bis Fuß über mich huschte und am Ende den Kopf schüttelte. „Mein Onkel holt mich ab.“

„Los geht’s.“ Drew ergriff meinen Arm, um mich von dem Neuen fortzuziehen. Und mich gleich darauf wieder loszulassen, als hätte er einen Stromschlag abgekriegt. In derselben Sekunde fühlte ich es auf meiner Haut knistern.

Das rote Seidenarmband glühte.

## *Kapitel 3*

„Wie war der erste Tag?"

In meinen Adern prickelte es und ich dachte an den Jungen, der aus meinem Traum in die Realität entschlüpft war. Den ganzen Abend über hatte ich mir den Kopf zerbrochen, wie das möglich sein konnte und kam zu einer plausiblen Erklärung: Ich kannte ihn vom Sehen. Möglicherweise war er jemand, der mich irgendwann angesprochen hatte – in einem der vielen Sommer hier. Möglicherweise hatte ich sein Gesicht, bei Gott es war ein gut aussehendes, irgendwo abgespeichert und aus den Tiefen meiner Erinnerung hervorgeholt, nachdem ich ohnmächtig wurde.

Möglicherweise kaufte sich gerade ein Eskimo einen Kühlschrank.

„Melody?"

„Ja?"

„Wie dein erster Schultag war?"

„Oh", ich schluckte den letzten Bissen von Madisons Gulasch hinunter und lächelte. Auch wenn ich keinen Appetit verspürte, war das Abendessen, wie das Frühstück und eigentlich jede Form der Essensaufnahme, ein festes Ritual in ihrem Haushalt, an dem ich gern teilnahm. Jeder hatte etwas zu erzählen. Jeder hörte dem anderen zu.

„Ganz ok."

„Sind deine neuen Mitschüler nett?" Marc kaute und redete und die Mischung aus beidem war das Gegenteil von appetitlich.

„Schon", nickte ich, „und höflich. Niemand hat ein Wort über sie verloren."

Meine Verwandten schauten mich betreten an. Es missfiel ihnen, dass ich meine Familie nicht bei ihren Namen ansprechen konnte. Wenn ich ehrlich war, missfiel es sogar mir selbst. Aber es war noch zu frisch und tat unsagbar weh. Das letzte Mal, als ich über sie sprach, hatte zur Folge, dass ich tagelang zusammengerollt auf einem Bilderteppich gelegen und geweint hatte. Meine verzweifelte Tante musste Abby rufen, die mit mir zusammen die Fotos in ein Album klebte. Erst danach hatte ich mich dazu bereit erklärt, wieder zu essen oder zu duschen.

Das Album lag nun auf meinem Nachttisch.

„Hast du auch neue Leute kennengelernt?" wechselte Onkel Trevor geschickt das Thema. Es war seit meiner Ankunft seine Hauptaufgabe, wenn er merkte, dass ich ihnen zu entgleiten drohte.

„Nicht viele. Da ist Carol, ein Mädchen in meinem Englischkurs, das mir angeboten hat, mir ihre Aufzeichnungen zu leihen. Sie war freundlich“, ich zuckte die Schultern, „oh und Gabe, war heute auch sein Einstand.“

„War jemand Interessantes dabei?“ Die Art, wie meine Tante bei der scheinbar harmlosen Frage rot anlief, war niedlich. Ich wusste, wie sehr sie sich wünschte, ich würde jemanden finden, der besser zu mir passte als Cameron.

„Hmmm.“

„Das wäre ja schon was, wenn's wahr ist“, grinste meine Tante und zwinkerte mir zu. „Wer hat denn Eindruck auf dich gemacht?“

„So viel Eindruck war es nicht“, erwiderte ich entschieden, vermied aber sicherheitshalber jeglichen Blickkontakt. Nach der Sache am Nachmittag traute ich meinem Körper nicht mehr. „Und ich weiß es nicht“, beantwortete ich ehrlich ihre Frage. „Hatte noch keine Gelegenheit, mit ihm persönlich zu reden.“

„Aber es gibt einen *Er*.“

„Es ist gewiss keine Sie.“

„Hat Er einen Namen?“, überging sie meinen Cousin nach einem gepfefferten Seitenblick.

„Unbekannt“, lamentierte ich.

„Kennen ihn die anderen?“

„Möglich.“

„Groß, klein, dünn, kräftig, blond, brünett?“

„Sternzeichen, Aszendent, Zahnbürstenfarbe ...“

„Trevor!“, funkelte sie ihn an.

„Was? Ich will ihr nur helfen.“ Er schnitt sich ein großes Stück Fleisch zurecht und kaute genüsslich, bevor er an mich gerichtet sprach: „Schön ausweichen. In deinem Alter war deine Tante berüchtigt für ihre Verhörkünste.“

„Wie hätte ich sonst herausfinden sollen, ob ein gewisser Trevor Gray mit mir ausgehen will?“

„Vielleicht, indem du ihn einfach gefragt hättest?“

„Er hatte eine Freundin.“

„Das hat Katie nur behauptet“, führte ich an und ersparte meinem Onkel die Antwort.

„Damit keine auf die Idee kommt, sich an ihn ranzuschmeißen“, ergänzte mein Cousin mit vollem Mund. „Weil sie ihn für sich haben wollte.“

„Aber das hat ihr auch nicht geholfen“, fielen wir beide bei meiner Tante mit ein und rollten demonstrativ mit den Augen.

„Wir kennen die Geschichte, Mom.“

„Und wir sind froh, dass du Katie durchschaut hast und Onkel Trevor doch zu deiner Abschlussparty eingeladen hast.“

„Und ich bin froh, dass ihr zwei uns aufmerksam zuhört“, grinste Madison und ergriff über den Tisch hinweg meine Hand, um sie zu drücken. „Vergiss nie, dass du nichts zu verlieren hast. Deine Mutter und ich, wir haben stets versucht, das zu kriegen, was wir wollten – weil nichts weniger im Leben erstrebenswert ist.“

Das Gespräch hing mir nach, lange nachdem ich im Bett lag und gipfelte darin, dass ich mich unruhig hin und her wälzte. Meine Kopfschmerzen waren erneut da und die vielen sich im Kreis drehenden Gedanken hatten alle nur mit *ihm* zu tun.

Die Fragen, die mich wachhielten, waren dieselben: Wie konnte es sein, dass es ihn gab? An welchem verlassenen Ort hatte ich ihn zum ersten Mal getroffen und wovon erzählte die schöne Melodie, die so traurig wie mitreißend war?

Warum verschwand alles andere um mich herum, sobald ich ihn sah?

Warum fühlte es sich wie Sterben an, wenn er in meiner Nähe war?

Warum hatte er eine Hauptrolle in meinem ältesten Traum innegehabt, lange bevor ich ihn kannte?

Und warum konnte ich nicht einfach aufhören, über all das nachzudenken?

Das Lied unserer Begegnung wehte in Fetzen um mich und ließ mich stöhnen. Es war real gewesen wie der Wind. Wie die Schmerzen.

Übermüdet tastete ich nach dem Glas Wasser auf meinem Nachttisch und schluckte zwei Schmerz- sowie eine Schlaftablette. Dann wartete ich darauf, dass die Wirkung einsetzte und versuchte, mir die Farbe seiner Augen auszumalen. Ozeanblau, ungetrübt und hell.

Gedankenverloren blinzelte ich mehrmals zum Wecker, der nach Mitternacht anzeigte, und stützte mich auf meine linke Hand, starrte auf das rote Band um mein Gelenk, das tiefrot leuchtend meine Haut wärmte. Ich hatte vorhin eine Dreiviertelstunde lang versucht es abzunehmen, daran gezogen und mit den Zähnen gezerrt. Doch als selbst die Schere ihm nichts anhaben konnte, schließlich eingesehen, dass es vermutlich noch etwas länger zu mir gehören würde.

***********************************

„Guten Morgen!“ Gut gelaunt stieg ich in Drews Auto und schnallte mich an.

„Na, du?“, grinste er überrascht und setzte sich die Sonnenbrille auf den Kopf. „Wie fühlen wir uns gerade?“

„Ausgezeichnet“, bestätigte ich und ließ das Beifahrerfenster herunter sobald er anfuhr damit der Wind mir durch die hochgesteckten Haare wehen konnte. Ich hatte mir heute besonders viel Mühe mit meinem Styling gegeben und das weiße Sommerkleid an, das ich mir im

Frühjahr von meiner Mom ausgeliehen und ihr nie wieder zurückgegeben hatte.

„Da hat aber jemand gute Laune."

„Es ist ja auch ein schöner Tag."

„Jeder Tag ist ein schöner Tag in Kalifornien. Hat viel mit der Lage und dem Klima zu tun."

„Hört, hört."

„Mal im Ernst, was ist los?"

„Nichts. Es geht mir einfach etwas besser – nehme ich an." Für einen Augenblick schlug ich die Augen nieder, bevor ich wieder lächeln konnte. „Ihr tut mir gut."

„*Leben* tut dir gut. Rauskommen und nicht in Lethargie versinken."

„Schätze, ich war anstrengend die letzten Monate?"

„Du hattest jedes Recht dazu. Wir haben uns einfach Sorgen gemacht", er räusperte sich und bog ab, „es ist ein offenes Geheimnis, dass wir unsere alte Mimi zurückwollen."

„Sie kommt wieder", erklärte ich leise und hoffte, es wäre die Wahrheit. Drew nahm einen tiefen Atemzug, den er zu kaschieren versuchte. Dann drehte er den Kopf und das Licht in seinen Augen leuchtete stark, aber versteckt. Er würde mir gleich etwas Unangenehmes mitteilen.

Ich wappnete mich und wartete, um keinen Druck auszuüben.

„Seit du hier bist, verstellst du dich die meiste Zeit über, Mimi. Du setzt dein falsches Lächeln auf, du lachst und wirkst interessiert, gehst wieder ans Telefon, stellst Fragen."

Ich fuhr mir übers Gesicht und lehnte den Kopf zurück.

„Aber das ist Fassade und deine engsten Freunde – wir spüren das. Da ist etwas in deinem Blick, etwas bedrückend Labiles. Es macht mich fertig. Wenn ich wüsste wie, würde ich die Traurigkeit darin verscheuchen. Schließlich ist es das, was ich mache, stimmt's? Mein ganzes Leben habe ich versucht, dich zu beschützen, ob du wolltest oder nicht", er lächelte schwach bei dem Zusatz. „Und nun brauchst du mich am meisten, aber egal was ich probiere, ich komme nicht weiter: Wie bekämpft man Geister?"

Mein Körper sank in sich zusammen und ich faltete die Hände krampfhaft, um sie nicht zu ringen. Drew gab niemals auf, nicht wenn es ums Abnehmen ging, seine drei Sommerjobs, um Geld sparen – er spielte sogar Football mit einem verstauchten Arm. Es war unerträglich, ihn dermaßen ratlos zu erleben. Es tat weh.

„Drew, tu das nicht", erwiderte ich. „Bürde dir das nicht auf."

„Du bist mir wichtig und du leidest! Da werde ich kaum wegsehen. Mir fällt kein sanfter Weg ein, also mache ich es kurz und schmerzlos: Es wird Zeit zu heilen, Mimi. Dein Leben geht weiter, so beschissen und unvorstellbar grausam die Vorstellung auch sein mag. Du wirst es nicht aufhalten können."

Ich hasste die Erinnerung daran. Als wäre ihre Abwesenheit nicht in jeder Sekunde eines jeden Tages präsent. „Sie haben auch keine Gelegenheit weiterzuleben."

„Aber du schon. Mach was draus. Lebe dieses Leben, lebe ein Leben voller Freude, wie sie es sich für dich gewünscht hätten. Wie du es verdient hast! Lebe. Allein schon aus Respekt vor deiner Familie."

Eine Träne rollte mir die Wange hinunter und ich wischte sie schnell weg. Es war hart, ihm zuzuhören. Doch notwendig. Faktisch betrachtet, stimmte jedes Wort. Ich war jung und gesund. Das sollte ich schätzen, nicht wegwerfen. Stattdessen haderte ich mit mir.

„Wie funktioniert Freude?", fragte ich. „Ich kann mich nicht mehr erinnern."

„Doch, das tust du. An deinem Geburtstag gab es Momente, in denen du wieder du selbst warst. Unbeschwert. Glücklich. Abby hat zig Bilder aus zig Winkeln davon geschossen, du hättest ihr Gesicht sehen müssen, ganz fleckig und aufgeregt. Sie hat auf der Suche nach dem perfekten Standort Leute umgelaufen und aus dem Weg geboxt. Ich schwöre dir, das Mädchen wäre eine verteufelt gute und verdammt beängstigende Paparazza."

Das Lachen sprudelte ohne Vorwarnung aus meiner Brust. Drew hielt seine Hand wie eine Kamera hoch und machte klick.

„Genau so", nickte er.

Die Spannung verließ meine Glieder.

„Sie haben dich geliebt, Mimi. Deswegen bist du es ihnen schuldig. Versuche es."

„Okay", ein Kloß im Hals machte meine Stimme rau.

Drew schaute mich an, nachdenklich, geduldig. Ich drückte seine Hand kurz.

„Versuchen wir's."

Ich verschwieg, dass ich seit Wochen nichts anderes tat. Dass ich mit jedem Versuch scheiterte. Und mit jedem Scheitern wurde ich antriebsloser und gewillter, in dem Stillstand zu versinken, den sie hinterlassen hatten. „Können wir jetzt das Thema wechseln?"

Er stimmte seufzend zu und entschied sich zu meinem Grauen für eins, das von meinem Standpunkt aus betrachtet definitiv weniger emotionsgeladen war: Football.

Ich fuhr in den Stand-by-Modus und beschränkte mich auf „Aha", „Oh je" und „Hmmm" sowie das regelmäßige, bestätigende Nicken, das ihm völlig auszureichen schien, bis auf einmal die Musik aus dem Radio weg war, beziehungsweise von statischem Rauschen ersetzt. Drew erzählte ungerührt weiter.

*Das Einzige, was mich über das Gespräch rettet, und es wird mir einfach genommen?*

Entschieden, mir das nicht bieten zu lassen, bearbeitete ich die funkelnden Metallknöpfe der teuren Anlage, drückte herum und las dabei Schlagwörter, die für mich keinen Sinn machten, aber vermutlich der Grund für den utopischen Preis waren. Mein Prinzip: Drehen, warten, hoffen. Da das Display funktionierte, nahm ich an, es sei nichts Weltbewegendes, sondern etwas, das auch von einem Techniklaien wie mir behebbar wäre. Doch nichts tat sich. Gerade als ich mich mit der Stille arrangierte, gelang mir ein Durchbruch – die Anzeige erlosch komplett.

Genervt lehnte ich mich zurück in meinen Sitz, als die Musik mit einem Mal wieder so laut durch die Lautsprecher hallte, dass ich zusammenfuhr. Meine Freude wandelte sich in Herzrasen und meine Hand gefror, mein Arm, ich erstarrte zur Salzsäule.

„Amores dolores, omnia vincit amor ...", schallte es durch das vibrierende Auto und machte aus der stickigen, heißen Luft ein Mekka des Wohlbefindens. Ich roch Rosen, Vanille und Frühling, spürte frische Brisen und hörte Wasserfontänen.

„Drew", flüsterte ich.

Wenn das wirklich passierte, wollte ich, dass es mir jemand bestätigte. Jemand, der nicht vor ein paar Tagen auf den Kopf gefallen war.

Aus Angst, die Stimme würde durch meine Intervention verschreckt werden, flüsterte ich erneut, doch er reagierte nicht. Verständnislos drehte ich den Kopf und verstand, warum. Neben der Tatsache, dass er mich nicht gehört hatte, redete er auch ungestört weiter, gestikulierte mit einer Hand, während er die andere am Lenkrad ließ, und zeichnete wohl einen Spielzug nach.

„... stell dir das vor, drei Defense-Leute und kein einziger ..."

Drew war in seiner eigenen Welt.

Seine Erklärungen versickerten ins Nirwana, weil neue Geräusche, ängstliches Wimmern, schmerzerfülltes Geheul und wehleidige Klagen um mich herum losbrachen, gegen die Autowände hallten, zurückgeworfen wurden und dabei mit der unsichtbaren Sängerin und deren himmlischem Gesangvehement verheerend im Widerspruch standen, eine verstörende Symphonie daraus geboren wurde.

„Armes, schönes Kind ... Tod."

Die warnende, aus Tausenden von Einzelstimmen bestehende Stimme diente als Vorlauf für den plötzlichen Schmerz. Mit Rückblick auf gestern hätte ich es wahrscheinlich kommen sehen müssen. Trotzdem – oder gerade deshalb – trafen mich die stählernen Schläge auf Kopf, Lunge, Herz, Wirbelsäule und Magen aus heiterem Himmel.

Man gewöhnte sich einfach nicht daran, von innen heraus zerquetscht zu werden.

„*Tod!*"

Das Wort pochte in jeder einzelnen Zelle meines Körpers und zerrte an meinem Verstand, ein Ohr erfüllt von den Schreien der Verdammten und eins voll von dem zärtlichen Lied fühlte ich mich in einem Schraubstock gefangen, während ich merkte, wie mein Armband unerträgliche Hitze ausströmte und der mir nun schon bekannte Wiesen- und Blütenduft praller um mich wehte, den aufkeimenden, beißenden Gestank von brennenden und verfaulenden Körpern verdrängte. Augen tauchten vor meinem Fenster auf, hässlich verzogene Münder, die mit mir redeten, während verfaulte Finger auf mich deuteten.

Klopf, klopf, schlugen flache Hände und Köpfe monoton gegen die Scheibe.

Darüber schwebte die wohlklingende Stimme und leitete mich weg von den Fratzen, richtete meine Augen stattdessen auf die nähere Umgebung, die in der Glut einer unbarmherzigen Sonne versengte. Ich entdeckte lachende Gesichter und Gabe, der mir zuwinkte, indes er auf seinem Fahrrad an uns vorbeifuhr – und dann platzte Äderchen um Äderchen in meinem Sehfeld auf, bis mir das Blut vor Augen stand.

Inmitten des rosa Schleiers erhoben sich zwei schwarze gekrümmte Schatten, die sich soeben groß und schwer mitten auf der Straße vor uns an der Kreuzung aufstellten, ihr dreckiges Fell trocknete bereits zu einer brüchigen braunen Kruste, ihre toten Augen bohrten sich direkt in meine. Ein Kloß im Hals verhinderte, dass ich nach Luft schnappen konnte. Die Ampel sprang auf Rot, drei Wagen fuhren noch weiter und genau durch die Kreaturen hindurch, deren frische Narben rosa hervorstachen, jetzt da die Höllenhunde den Kopf in den Nacken legten, zornig heulten und ihren Blick schließlich wieder auf mich richteten. Ich fühlte förmlich, wie dringend es sie nach Revanche verzehrte.

Verderben stand in ihren Gesichtern während die ersten Fußgänger durch sie hindurchliefen. In ihrer Position verharrend, waberten sie wie eine Fata Morgana und warteten. Der Schmerz in meiner Brust verdoppelte sich.

Entschlossen sie zu ignorieren, riss ich mich zusammen und schaute wieder weg – und war überrascht, als ich merkte, dass meine Bewegung gespiegelt wurde. Stahlblaue Augen huschten soeben von ihnen zu mir. Ich blinzelte und fühlte die Erleichterung.

In einer größeren Gruppe von Leuten, deren Cheerleaderuniformen und Footballjacken sie als Schüler der Abraham Lincoln High auswiesen, stand er vor dem „neuesten, tollsten und beliebtesten“ Coffeeshop Mainfields. Er betrachtete mich aufmerksam und Verwunderung zeichnete sich auf seinem unmöglich gut aussehenden Gesicht ab, bis sich sein Ausdruck wandelte und in Schock überging.

Drew rollte noch und hielt schließlich an der Ampel in der ersten Reihe. Sobald die Bremslichter leuchteten, machten die Hunde ihre ersten Schritte auf mich zu. Meine Ohren klingelten, mein Kopf vibrierte und das Lied ging in den schrillen Schreien fast unter, die sämtliche Farben der Welt in triste Grautöne verwandelten. Entkräftet schmeckte ich Blut und ahnte, dass es nicht von meinen Lippen kam.

Instinktiv war mir klar, dass ich diesmal nicht entkommen würde. Dass sich die Spielregeln geändert hatten, seit ich ihrer Welt entkam. Bestenfalls starb ich in einem Auto neben meinem besten Freund durch Wesen, die nicht real waren.

Hilflosigkeit griff mit eisernen Händen nach mir und Millionen flimmernde Punkte trübten mir die Sicht, ehe ich meine Augen von ihnen fortriss und auf mein wärmer werdendes Armband lenkte.

Eine Eingebung sprengte sich den Weg in mein Bewusstsein und ließ mich die Tür aufreißen, gerade da der erste Hund mit Gepolter auf die Motorhaube sprang und seine verrotteten Zähne fletschte. Einen Moment lang starrten wir uns gegenseitig an, bis mein Sichtfeld sich klärte und der Brechreiz, den sein Atem verursachte, mir deutlich machte, wie nah er mir tatsächlich bereits war.

„Vergiss es“, raunte ich ihm entschlossen zu und lief los.

Durch Autos hindurch, zwischen Radfahrern und einem Mofa, das sich durch die Autogassen schlängelte und gerade noch vor mir anhalten konnte. Mein Blick auf das Ziel geheftet, veränderte sich der Asphalt unter meinen nackten Füßen und wurde zu der rot gefärbten Erde, deren geronnenes Blut unter meinen Schritten nach links und rechts wegspritzte. Auf meinem Kleid, meinen Beinen, sogar im Gesicht landeten die Tupfer und ätzten sich durch meine Haut hindurch. Ich rutschte und rannte weiter, als ich ein nahes, rhythmisches Plätschern hörte und das Lied mir den Takt vorgab, obwohl mein Körper mit jedem Meter starrer wurde, meine Muskeln zäh wie feste Zuckermasse, Schmerzen flammten auf und gingen tiefer. Etwas streifte mich am Rücken, bevor ein Grollen erklang und beide Hunde wütend nach meinen nun offenen Haaren schnappten.

Ich betete zu jeder Gottheit, die mir einfiel, dass sie mir beistehen möge, und legte einen Zahn zu, dann preschte ich schon auf den Gehsteig und durch die ersten Menschen. Dabei stieß ich ein Kind um, das prompt gellend losschrie.

Der Junge sah mich und trat intuitiv einen halben Schritt zur Seite, während ich kurz vor der Fensterscheibe hinter ihm einen Vollstopp einlegte und zum Stehen kam. Atemlos drehte ich mich, machte einen kleinen Schritt nach rechts und schob ihn damit unfreiwillig zwischen mich und meinen Verfolger.

Klassisches Déjà-vu.

Jeder Nerv in meinem Körper summte. Meine Fersen brannten. Es war still um uns geworden, also streckte ich aus meinem sicheren Versteck den Kopf vor. Der Höllenhund war noch da und wirkte, als würde ihn die ständige Jagd nach mir wahnsinnig machen, lief brummend vor dem Jungen, durch seine Freunde hindurch, auf- und ab. Der andere Hund machte einen größeren Bogen und näherte sich mir von der Seite. Dabei vermieden es beide penibel, den Jungen zu berühren oder anzublicken. Dessen Augen waren auf die zwei gerichtet, seine Lippen bewegten sich lautlos. Letztlich öffnete er sie und sagte ein einziges Wort: „Apage."

Es war nur ein Flüstern, doch die Biester hörten es und versteiften sich. Der Große knurrte und schnappte keuchend nach Luft – ein Blinzeln später verschwammen sie zu einer Armada von Schatten und vergingen.

Seit dem Moment, in dem ich bei ihm angelangt war, waren keine drei Sekunden vergangen.

Die Geräusche um mich herum erwachten gleichzeitig zum Leben, während der Boden zu einem normalen Gehsteig wurde, die Fratzen verschwanden und die letzten Silben des Liedes verklangen.

„Was zur Hölle …?", eine Mädchenstimme quietschte und eine zweite schrie auf, weil es Kaffee auf ihre Uniform regnete.

„Achtung!", rief ein kräftig gebauter Junge, der links neben mir stand, und sprang dabei aus dem Weg, sobald ein weiterer Becher in der Luft der Schwerkraft nachgab und wieder im freien Fall auf den Boden zusteuerte.

Auf uns zu.

Eine Hand packte mich und zog mich fort, im nächsten Augenblick klatschte das Gebräu auf den Boden und sprenkelte die Fassade. Autos hupten und Menschen lachten von weit her, eine ältere Dame schrie in ihr Handy. Ich betrachtete meine Beine, Hände, Kleidung – kein einziger Fleck. Jemand ließ mich sofort los, doch das Prickeln auf meiner Haut verriet, wem ich das Wohl meines blütenweißen Kleides verdankte.

„Sieh dir das an, du Freak!"

Shelbys Stimme durchkreuzte meine Beobachtungen, während sie sich bedrohlich vor mir aufbaute, an exakt derselben Stelle, an der eben noch das Höllenmonster gestanden hatte, und mir ihre hellblaue Tasche vor die Nase hielt. Mehrere Kaffeekleckse zeichneten sich darauf ab wie ein abstraktes Gemälde. An der Art, wie sie mich anfuhr und dabei ihre glänzenden Haare über die Schulter warf, ihre Lippen spitzte und kleine, wippende Bewegungen machte, erkannte man, dass sie es gewohnt war, im Mittelpunkt zu stehen.

„Das ist eine beschissene Birkin Bag! Französischer Import, Auflage zweihundert Stück, wohlgemerkt *weltweit.* Meine Mom stand auf der Warteliste – drei Jahre lang – bevor sie überhaupt die Zusage dafür erhielt. Die Tasche ist wertvoller wie ein Kleinwagen!"

Ich hatte Mühe zu verstehen, was sie da schrie.

Zwischen meinem ächzenden Körper und der lauten Stille um mich schien mir das Problem um eine dreckige Tasche eher gering.

„Wir müssen uns unterhalten", wandte ich mich an meinen Retter und die Wucht seines Blickes hätte mich umgeworfen, wäre nicht der Schmerz in meiner Brust derart angeschwollen, dass ich mich vornüberbeugte, tiefere Atemzüge nahm. Er war nah genug, dass ich fühlen konnte, wie er zögerte. Ich roch Cranberry und Pfeffer und den erdigen Geruch, den seine Haut ausströmte.

„Nein, danke."

Mit einer Hand wischte ich mir den Schweiß von der Stirn und hielt inne, musterte ihn.

„Kurz?"

„Niemals." Entschieden streckte er das Kinn vor.

Wenn ich das richtig verstand, war er der Einzige mit Antworten auf die Frage, warum ich neuerdings täglich wahr gewordene Albträume durchlebte – und weigerte sich, mich aufzuklären. Sollte das ein Scherz sein?

„Es tut mir leid, aber ich fürchte, *das ist keine Option*", presste ich durch die Zähne hindurch hervor und erinnerte ihn damit exakt an seine Worte.

„Dann versuch mal, mich zu zwingen."

In der Millisekunde, die es brauchte, um die Abneigung in seinem Gesicht zu erkennen, verlor ich die Kontrolle. Es war wie ein Erwachen. Er war der Grund für meinen geschundenen Körper, sein Dasein Auslöser meiner Qualen, ich wusste es mit der Sicherheit, mit der ich wusste, dass zwei und zwei vier ergibt. Und damit färbte ein neuer Gedanke meine Seele schwarz: Ich wollte, dass er auch litt.

Wiedergutmachung.

Jetzt.

Ohne ihn aus den Augen zu lassen und das Knirschen in meinen brechenden Knochen ignorierend, sprang ich mit einem Satz vor und ohrfeigte ihn. Der Klang hallte wider und trübte seine Augen schwarz. Triumphierend lächelte ich und vergaß für einen Moment das Brennen meines Körpers. Erst da ich erneut ausholte merkte ich, zu spät, wie seine Hände vorschnellten und meine Rechte mühelos in der

Luft abfingen, die Linke ergriffen. Er hielt sie fest, drängte mich weg und schlug mich hart gegen die Wand des Cafés. Mit einer fließenden Geste schloss er den letzten freien Platz zwischen unseren Körpern und beugte sich zu mir herunter, sein Gesicht so nah an meinem, dass ich spürte, wie sein Atem meine Wangen kitzelte. Und mit einem Mal besaß er etwas Urgefährliches, das bis eben noch nicht da war.

Es machte ihn noch attraktiver.

Ich musste mich ernsthaft zusammenreißen, derart abgelenkt war ich von seinem schön geschnittenen Gesicht und der einen Strähne, die ihm in die Stirn fiel. Am liebsten hätte ich sie ihm zurückgestrichen.

Aber da war die Sache mit seinen Händen, die meine festhielten.

„Wir zwei haben uns nichts zu sagen", zischte er und an der Art, wie sich seine Muskeln am Hals anspannten, war erkennbar, wie sehr er gerade um Fassung rang. Mein Lächeln erlosch. „Weder heute noch morgen noch in fünfzig Jahren. Ich weiß nicht, wie du es geschafft hast herzukommen, aber du tätest gut daran, mich in Frieden zu lassen."

Wut wanderte über sein Gesicht.

Ich wollte ihm noch mehr weh tun, irgendwie, und kam mitten im Formulieren dieses Wunsches wieder zur Besinnung. Mein Kopf pochte, dort wo ich mit der Wunde gegen die Fassade geprallt war. Ich studierte seine Haltung, seinen Ausdruck, seinen Zorn genauer und fragte mich, ob ich tatsächlich der Auslöser dafür war.

Er war dermaßen das Gegenteil von meinem Retter vor wenigen Nächten, dass ich anfing, in mancherlei Hinsicht an meinem Verstand zu zweifeln. Mir mag es schlecht gehen, dachte ich, aber was war der Grund für sein rabiates Verhalten?

„Was ist mit dir geschehen?", fragte ich traurig.

Schweigend schloss er kurz die Augen. „Bleib einfach fern von mir."

Auch wenn sein Wunsch mich störte, musste ich ihm widerwillig zustimmen. Es war wahrscheinlich das Beste, gemessen an den ganzen Sachen, die passierten, seit ich ihm begegnet war. Oder die Höllenqualen, die seine Gegenwart seit Neuem in mir auslösten. Am meisten erschreckte mich jedoch die Selbstverständlichkeit, mit der ich ihn eben noch hatte leiden lassen wollen. Ich nickte und zerrte gleichzeitig an meinen Händen.

„Einverstanden", gab ich nach und er wirkte erleichtert. Dann drückte er fester zu, bevor er meine Hände endlich losließ. Nur mühsam hielt ich seinem Blick stand. Keiner von uns bewegte sich.

Krämpfe machten sich in meinem Magen breit und meine Kopfwunde fühlte sich an, als würden die Nähte wieder aufplatzen.

Ich musste dringen Abstand zwischen uns bringen.

„Wenn du möchtest, dass ich dich in Ruhe lasse, musst du damit beginnen, einen Schritt zurückzutreten“, erklärte ich ruhig und drückte die Schultern durch, um mich neben ihm nicht klein und hilflos zu fühlen.

*Aber wenn du es nicht möchtest, tu's nicht,* setzte ich in Gedanken hinzu. Noch bevor ich den Satz zu Ende gedacht hatte, bohrten sich Millionen brennende Nägel in meine Haut. Am liebsten hätte ich laut losgelacht. *Das sind wirklich schlüssige und nicht im Ansatz widersprüchliche Gedanken, Mimi.*

Er knirschte mit den Zähnen und noch bevor ich verstand, was passierte, schlug er mit der flachen Hand neben meinem Kopf gegen die Wand. Das Glas daneben erzitterte derlei stark, dass ich mein Gesicht schützend wegdrehte. Ich nahm einen tiefen Atemzug und hoffte, er würde nicht erneut ausholen, um besser zu zielen. Sobald er die zweite Hand zur Faust ballte, schaute ich ihn erschrocken an.

Und plötzlich war es, als sähen wir uns zum ersten Mal.

Das Blau in seinem Blick multiplizierte und intensivierte sich, während er sich weiter zu mir vorlehnte. Irrtum, bemerkte ich: Ich zog ihn näher. Meine Hände hatten sich irgendwie in sein T-Shirt vergraben und während ich am Rande realisierte, dass ein unbekanntes Gefühl in mir aufflackerte, fühlte ich klar und deutlich, wie verzweifelt ich ihn küssen wollte.

Die Reflexion meines irrsinnigen Verlangens verdunkelte seinen Blick, je näher ich seinen Lippen kam.

„Kann es sein, dass du deine Tabletten heute nicht genommen hast?“, zischte Shelby und riss mich seitlich von ihm fort, bevor sie sich zwischen uns stellte. Augenblicklich regenerierte sich mein Körper.

„Wie bitte?“

„Bleib ihm bloß vom Leib, du Irre.“

Ein helles Lachen entrang sich meiner Kehle und machte sie nur wütender.

Wenn so eine Kleinstadt-Barbie glaubte, mich einschüchtern zu können, nachdem gerade Horrorwesen versucht hatten, mich zu zerfleischen, musste ich sie über ihren Irrtum aufklären.

„Shelby? Das ist doch dein Name?“

„Und?“

„Shelby“, ich räusperte mich hörbar und stellte mich direkt vor sie, genoss es, wie das Blut wieder begann, in meine Glieder zu fließen. „Wir haben seit gestern zusammen Englisch. Ich bin die, die dich in solchem Umfang beschäftigt, dass du permanent Sachen über sie flüsterst“, ich hob die Hand vor ihr Gesicht, weil sie den Mund aufmachte. „Nein, das tut nichts zur Sache, aber es bedeutet, dass ich bei deinem bahnbrechenden Referat über ‚The Conquest of Canaan‘

dabei sein durfte. Und ich muss sagen, ich erwarte nicht viel von jemandem, der denkt, das Arizona, Montana, Georgia und Virginia nach den Wohnorten der Töchter von George Washington benannt wurden. Jetzt mal unter uns – wenn wir der Logik folgen – was ist mit North und South Dakota beziehungsweise North und South Carolina? Heißen die Staaten so, weil Dakota und Carolina Washington in ihrem Leben einmal umgezogen sind?"

Lachen brach um uns herum aus.

„Du stellst mich nicht wirklich gerade als dumm hin ...?"

„Nein", erwiderte ich und erkannte aus den Augenwinkeln, wie Drew sich den Weg durch die Fußgänger zu uns bahnte. „Das schaffst du bestimmt auch ganz allein. Im Grunde bin ich nur zutiefst erstaunt, dass du weißt, dass ‚französisch' bedeutete, deine Tasche sei importiert."

Das Lachen wurde schallender, selbst ihre Freundinnen drehten sich weg, um zu grinsen.

„Was ich damit sagen will, ist, dass es mir nicht gleichgültiger sein könnte, was du willst oder nicht willst. Also mach dir nicht die Mühe, es mir mitzuteilen."

„Whoa", entfuhr es einem groß gewachsenen Jungen mit blonden zurückgegelten Haaren, seine dunkelbraunen Augen funkelten mich hitzig an, „heiß *und* schlagfertig. Keine Ahnung, wie's euch geht, aber ich mag sie jetzt schon."

Shelbys Augen verengten sich zu kleinen Schlitzen.

„Du Miststück wirst ..."

Bitte nicht die Ich-hacke-dir-die-Augen-aus-solltest-du-es-wagen-nicht-zu-Kreuze-zu-kriechen-Rede.

„Erspar uns die Ansprache."

„Ansprache?"

„Sei origineller."

„Originell?"

„Was bist du? Ein Echo?"

Sie starrte mich an und leckte sich über die Lippen, indes sich drei ihrer Freunde Tränen aus den Augen wischten. „Wenn du nicht sofort dein dreckiges –"

„Klappe, Shelby", erklang Drews Stimme hinter mir und tatsächlich machte sie nach einem kurzen Blick auf ihn den Mund wieder zu. Ich entspannte mich sichtlich, da er soeben neben mir stehen blieb und seinen Arm um mich legte, dabei die anderen knapp grüßte. Seine Hand rieb sanft über meine wunde Haut und verteilte wohltuende Wärme darauf.

*Tut das gut.*

„Alter! Sag bloß ..."

„Leute, das ist Mimi."
Als wäre damit tatsächlich alles geklärt, begrüßten sie mich einstimmig – bis auf den Jungen und Shelby. Ich fühlte meine Wangen unter den unverhohlenen Blicken des Blonden glühen, der mich wie ein Verhungernder anstierte, dem man was zu essen vorsetzte. „Das ist *Mimi*? Deine Mimi?"
Drew erwiderte das Grinsen nicht, verstärkte aber seinen Griff um mich stark genug, dass ich taumelte. Mir gegenüber verspannte sich mein Unbekannter.
„Wieso beim heiligen Jesus und der verdammten Jungfrau Maria hast du dieses Schätzchen so lange vor uns versteckt gehalten?", fragte der Blonde und starrte mich noch immer an. Hatte er überhaupt geblinzelt?
„Weil ich euch kenne", erwiderte Drew und schnippte mit den Fingern vor seinem Gesicht herum. „Hey! Ihre Augen sind hier!"
Nur langsam glitt sein anzüglicher Blick hoch in mein Gesicht und bohrte sich in diese. „Ja, da sind sie. Und sie sind genauso schön wie der Rest von -"
„Ein letztes Mal: Mimi ist tabu. Sie macht weder deine nähere Bekanntschaft noch die deiner Freunde", knurrte er leise und schoss mit seinem Blick tödliche Giftpfeile auf den Jungen, der Drew lediglich desinteressiert musterte.
„Drew, ich glaube, ich kann auf mich selbst aufpassen", lächelte ich und drückte seine Taille kurz. Er seufzte und drehte sich, hielt mich auf Armlänge von sich, um mich gründlich zu scannen. Nicht nur Shelby schien das zu interessieren, auch die anderen sahen uns aufmerksam an.
„Was war das dann für ein Stunt eben?", fragte er mich und fand wohl, dass mir nichts fehlte.
„Wirf ihr das nicht vor. Ich wäre auch über eine dreispurige Straße gelaufen, wenn ich sie gewesen wäre und mich erblickt hätte", grinste der kräftig gebaute Junge neben mir. Drew starrte ihn nieder, auf seinem Gesicht stand groß und unmissverständlich geschrieben, was er von dem Spruch hielt.
„Mimi, das ist Matt."
„Enchanté, Mademoiselle."
„Und Luke."
Der attraktive blonde Junge mit der losen Zunge trat vor und nahm meine Hand. Er war groß und schlank und die Art, wie er dastand, sicher und energisch. Zusammen mit dem Leuchten in seinen Augen, den Grübchen auf den Wangen und dem verführerischen Lächeln konnte ich mir vorstellen, wie nervös er Mädchen machte.

„Viel von dir gehört, Mimi“, er führte meine Hand an seine Lippen und hauchte einen Kuss darauf. Seine Augen glitten dabei von Drew zurück zu mir, ehe er sie unschuldig klassisch schüttelte. Ich war dabei, etwas darauf zu erwidern, als Drew mich unsanft von ihm wegzog.

„Hände weg, Luke! Fang gar nicht erst an. Du hast genug anderweitige Auswahl. Und richte das auch deinem liebreizenden Cousin und Connor aus. Matt, für dich gilt das Gleiche. Tabu ist tabu.“

Er stierte nur meinen dunkelhaarigen Helden an, obwohl er jeden anderen außer ihm direkt ansprach. Luke lachte schallend auf und ich fühlte, wie Drew sich verspannte und einen Schritt auf ihn zu trat. Sie waren ungefähr gleich groß, nur dass mein bester Freund ihn böse anfunkelte und Luke augenblicklich verstummte.

„Guter Gott, beruhige dich. Tabu ist tabu, schon klar“, hob Luke beschwichtigend die Hände.

„Das ist mein voller Ernst, Lucas. Fass sie noch einmal an und ich revanchiere mich persönlich dafür.“

Luke murmelte etwas in der Art von, er „würde es darauf ankommen lassen“.

*Rückzug. Sofort.*

„Luke, Matt, es hat mich gefreut, aber ich finde, das war genug Testosteron für einen Vormittag“, sagte ich und packte Drews Hand, um ihn fortzuziehen.

„Mimi?“, rief uns Luke hinterher. Ich drehte mich im Gehen um und lief rückwärts weiter. Dabei spürte ich, wie Drew seine Finger mit meinen verwob, um den Zug zu erhöhen. Fragend hob ich die Augenbrauen.

„Wir müssen uns am Samstag unbedingt weiterunterhalten“, erklärte er mir zwinkernd.

„Okay“, antwortete ich und blickte zu Drew, der stehen geblieben war und entschieden den Kopf schüttelte.

„*Nur* unterhalten“, setzte ich hinzu und grinste ihn an.

„Du wirst mein Tod sein, Melody Isobel Campbell“, brummte er, wirbelte mich herum und betonte meinen vollen Namen, wie jedes Mal wenn er seinen Standpunkt verdeutlichen musste. Sobald ich Luke zuwinkte, packte Drew mich an der Taille und schob mich entschlossen von der Gruppe fort.

„Ohne mich wäre dein Leben doch sterbenslangweilig“, erwiderte ich lächelnd und küsste seine Wange.

Sein Schnauben war Antwort genug.

„Du hättest umgebracht werden können. Autos sind gefährlich, Mimi“, sagte er, sobald wir außer Hörweite waren, und begann mit seiner Standpauke, die er unterbrach, da wir den auf dem Gehsteig mehr schlecht denn recht geparkten Ford erreichten und er mich anschnallte, bevor er um den Wagen herumlief und selber einstieg. Er steckte den Schlüssel ins Schloss. Doch statt den Motor zu starten, schlug er gegen das Lenkrad und begann seine Nasenrücken-Massage. Eine Gewohnheit, die ihm half, Stress abzubauen.

„Mir geht's bestens", sagte ich schuldbewusst und drückte seine Hand. „Tut mir leid, wenn ich dich erschreckt habe."

„Bitte sag mir, dass es eine einleuchtende Erklärung dafür gibt, dass du plötzlich einen auf Action-Star machst und", er stöhnte und schloss kurz die Augen, bevor er weiterredete, „ich flehe dich an, versichere mir, dass sie nichts mit Morgan zu tun hat."

*Morgan.*

Helle Blitze zuckten durch meine Wahrnehmung und in meinen Adern. Wohlige Schauer. Kribbeln.

„Wer?"

„Morgan Vegard", kam die kurz angebundene Antwort, bei der er gereizt zu der Gruppe blickte. Ich verbot mir es ihm gleichzutun. Er merkte, dass ich nicht antworten würde, setzte sich in einer gleitenden Bewegung seine Ray Ban auf und ließ den Wagen an. Er symbolisierte einem Fahrer vorbeizurollen, bevor er sich in den fließenden Verkehr einfädelte, sobald die Ampel auf Grün sprang. Dann preschte er davon, als wäre der Teufel persönlich hinter ihm her.

Eine Zeit lang sagte keiner ein Wort.

„Vegard wie in ‚Vegard Plaza'?"

„Plaza, Kitchen, Island, Coffeeshop und wer weiß, was noch alles kommen wird: Krankenhäuser, Schulen, Parfümerien, Polizeipräsidien. Der Himmel ist die Grenze für jemanden wie seinen Vater."

„So reich?", fragte ich verwundert.

„Morgan hat so viel Geld, dass er sich damit den Hintern abwischen könnte und trotzdem noch reicher wäre als die Vereinigten Arabischen Emirate."

Einen derartige Summe konnte ich mir kaum vorstellen, geschweige denn, wie es sich anfühlen musste, sie zu besitzen. Nachdenklich legte ich den Kopf schief.

„Magst du ihn deswegen nicht?"

Drew setzte seine Brille wieder ab und steckte sie ins aufgeknöpfte Hemd. „Nein. Das hat einzig und allein was mit seiner Persönlichkeit zu tun", erklärte er kryptisch und fuhr langsamer, weil die Lincoln näher kam. „Also, ich warte. Was hast du dir dabei gedacht?"

„Nenne es eine Eingebung."

„Welcher Art?"

„Ich dachte, ich hätte jemanden wiedererkannt." Er runzelte die Stirn.
„Im Coffeeshop."
„Im Coffeeshop", wiederholte er ungeduldig.
„Von früher – aus Hartford", erwiderte ich und schloss erschöpft die Augen. Wenn es nur mehr nach Fakt und weniger nach Frage geklungen hätte.
„Und?"
„Wahrscheinlich habe ich mich geirrt."
„Mimi?"
„Hmmm?"
„Das nächste Mal, wenn du denkst, du würdest jemanden von früher aus Hartford wiedersehen und das Verlangen verspürst, sofort zu ihm zu müssen, tu mir den Gefallen und geh über eine Ampel."
„Okay", grinste ich schwach und war dankbar, dass er das Thema fallen lassen wollte.
Offensichtlich hatte er nicht mitbekommen, was noch passiert war. Dass ich auf jemanden losgegangen war, der mir das Leben gerettet hatte. Weil er imstande war, mir die unerträglichsten Schmerzen zu bereiten.
„Drew, was ist am Samstag?"
„Eine Party bei Luke."
„Und?"
„Und ich bin mir nicht sicher, ob wir dahin sollten. Ich mag es nicht, wie er dich angesehen hat. Luke ist ein Frauenheld. Und grad solo."
„Du bist doch auch da", warf ich ein.
„Du warst erst auf einer Party."
„Und deshalb muss ich jetzt pausieren?"
„Nein", schüttelte er den Kopf, „sondern, weil du dich laut Arzt schonen solltest."
„Das wäre Schonung vom Schonen", gab ich zurück, „ich mache seit Monaten nichts anderes."
„Warum willst du überhaupt hin?" Seine rechte Augenbraue war hochgezogen.
„Die Frage lautete eher, warum willst du es nicht? Seid ihr nicht in derselben Mannschaft?"
„Schon."
„Und erzählst du nicht dauernd von den legendären Feten der Tigers?"
„Mimi ..."
Ich griff nach dem einen Strohhalm, von dem ich wusste, er könnte Erfolg bringen.
„Hast du mir nicht vorher noch erklärt, mehr aus meinem Leben machen zu müssen? Warum nicht mit Kleinigkeiten wie Ausgehen beginnen? Ich *will* mich wieder normal fühlen, Drew. Was erleben,

Spaß haben. Neue Leute kennenlernen. Wie an meinem Geburtstag. Bitte?"

„Warum greifen Frauen gleich zu unfairen Mitteln, wenn sie etwas unbedingt haben wollen?" Er schnitt eine ungläubige Grimasse. „Glaubst du, ich erkenne meine eigenen Waffen nicht?"

„Ich befolge deinen Rat, sonst nichts. Weil er gut war. Und du recht hattest."

„Die Jungs, die du eben getroffen hast, sollte keine Frau, die etwas auf sich hält, kennenlernen wollen. Das endet für die Mädchen stets schlecht."

„Wer sagt, dass ich wegen ihnen hingehe?"

„Der Umstand, dass es Lukes Party ist."

„Wir nehmen Sean, Grant, Abby und die Mädels mit – und ich verspreche, Luke nicht die geringsten Hoffnungen zu machen. Außerdem", ich befeuchtete grinsend meine Lippen, „wird sie bestimmt auch da sein."

„Wer?"

„Shelbys Freundin. Die hübsche, zierliche Brünette mit den großen blauen Augen?"

„Brooke?" Das Strahlen auf seinem Gesicht verriet ihn, bevor es schnell erlosch.

„Es gefiel ihr nicht, dass du mich angefasst hast."

Seine Augen wanderten zu mir, er rang sichtlich mit sich.

„Kein Luke."

„Nein", versprach ich.

„Und erst recht kein Morgan."

„Nein", meine Stimme wurde leise. „Definitiv kein Morgan."

************************************

Der Rest des Vormittags war unspektakulär. Natürlich machte mein Auftritt vom Morgen die Runde in der Schule, aber niemand sprach mich direkt darauf an und was den Tratsch hinter meinen Rücken betraf, hatte ich mir in den letzten Monaten ein dickes Fell wachsen lassen, weshalb es mich schlichtweg nicht sonderlich interessierte. Genauso wenig wie Shelbys Versuche, nach meinem Stuhl zu treten oder mich im Unterricht mit Papierkügelchen zu bewerfen. Morgan lief mir nicht über den Weg, ein Umstand, der willkommen war. Ich hätte ihm nicht in die Augen schauen können. Und ich wollte meinem Körper Zeit geben, sich zu erholen, bevor er neuer Folter ausgesetzt wurde.

Außerdem versuchte ich aufrichtig, mein Versprechen zu halten.

In der festen Überzeugung, dass ich mich letztlich damit abfinden würde, das Thema der Woche an der Lincoln High zu sein, sperrte ich nach der letzten Stunde mein Schließfach ab. Vielleicht konnte ich Abby überreden, endlich die Roller Blades mit mir auszuprobieren, die ich von Maddy geschenkt bekommen hatte. Sie selbst fuhr seit ich sie kannte, während ich es nicht mal schaffte, darauf zu stehen. Aber nichts war vergleichbar mit den Bauchschmerzen, die man vom vielen Lachen mit der besten Freundin bekam.

„Oh mein Gott", quietschte in der Nähe ein Mädchen auf ihrem Weg zum Ausgang und starrte wild auf ihr Handydisplay. Ihre Begleitung beugte sich über ihre Schulter, las mit und rief: „Leute! Es passiert! Jetzt!"

Sie wendeten augenblicklich.

„Komm mit", sagte Abby und tauchte aus dem Nichts hinter mir auf, nahm meine Hand und riss mich mit sich, „das musst du erleben."

Wir folgten einer Schülertraube in Richtung Mensa. Auf dem Weg dahin schlossen sich immer mehr Leute an, hektisch plappernde Mädchen und feixende Jungs, die sich an uns vorbeidrängten oder per Telefon Freunde zum richtigen Ort lotsten. Als wir durch die offenen Glastüren traten, war der Raum schon voll.

„Was ist los?", schrie ich meiner Freundin über laute Musik ins Ohr und hielt mich mühsam an ihr fest, kämpfte mich durch die Massen nach vorn.

„Das machen sie jedes Jahr kurz nach Schulbeginn", brüllte sie und winkte jemandem zu, den ich nicht ausmachen konnte. „An einem wechselnden Ort auf dem Schulgelände."

„Wer?"

Doch sie hörte mich nicht. Etliche Meter weiter blieb Abby abrupt stehen und ich knallte mit voller Wucht gegen sie. „Gleich geht's los. Sieh selbst."

Wir hatten uns tatsächlich bis in die zweite Reihe durchgeschlagen. Tori und Michelle hielten bereits die Stellung und zogen uns mit etwas Mühe in ihre Mitte. Ihre Gesichtsausdrücke waren unverfälscht wie eh und je. Vorfreude pur. Was auch in den beiden vorging, las man ihren Mienen sofort ab. Sie gehörten zu der Sorte Menschen, die ihr Herz auf der Zunge trugen.

„Das ist der endgültige Beweis dafür, dass sie den Verstand verloren haben", sagte Michelle und drückte mich kurz zur Begrüßung. Überschwänglich. Noch eine Sache, die sie mit Tori teilte: Enthusiasmus für alles und jeden, wenn sie es nur wollte.

„Was denn?" Meine Neugier regte sich, bis Abby nach Luft schnappte und meinen Kopf nach vorn drehte.

Da wo mittags noch Tische gestanden hatten, parkte jetzt ein Auto. Nicht irgendeins. Es war ein Oldtimer, sein schwarzer Lack auf Hochglanz poliert, jede Felge strahlte silbern. Aufbereitet wie aus einer Fachzeitschrift für Sammler und Liebhaber.

Abby grinste Michelle an, die gerade ihr Handy wegsteckte: „Myer wird ihn eigenhändig dafür köpfen."

„Bitte", erwiderte Tori, „es ist *Morgan*! Abschlussballkönig, Sportstar, Einserkandidat, Rebell, Sexgott. Der könnte die Schule abfackeln und keiner würde ihn anrühren."

Bei der Erwähnung seines Namens zuckte ich unmerklich zusammen. Das waren die Attribute, die man mit ihm verband?

„Er hat die Krönung boykottiert", unterbrach Abby meine Gedanken. „Die Idioten dieser Schule wählten ihn mit null Gegenstimmen, aber er hat sich geweigert, auf die Bühne zu gehen, um Zitatanfang, ‚diesen Schwachsinn amerikanischer Popkultur mitzumachen' , Zitatende."

Tori pickte einen Fussel von ihrem Kragen. „Dem Komitee blieb nichts anderes übrig, als den Zweitplatzierten aufrutschen zu lassen."

„Warum lässt er sich zur Wahl aufstellen, wenn er sie am Ende nicht annimmt?"

„Gerüchten zufolge erlaubt er Shelby, seinen Namen für ihren Wahlkampf zu verwenden, damit sie eine Weile von seiner Bildfläche verschwindet. Sie wird garantiert Königin und er trifft sie davor wochenlang nur noch im Bett."

Meine Kehle wurde trocken bei der Vorstellung. *Shelby ist seine Freundin?*

„Damit ist er definitiv zu weit gegangen." Sean tauchte mit Drew und zwei anderen im Schlepptau hinter uns auf. Er brüllte, damit wir ihn halbwegs verstanden. „Da kann auch sein Name ihn nicht mehr retten."

„Verdammte Scheiße. Wenn er fliegt, haben wir keinen Quarterback mehr."

Drew drehte sich zu seinem Freund, den ich vom Sehen flüchtig kannte, und lachte zynisch. „Das wievielte Mal machen die das jetzt schon?" Anstatt auf eine Antwort zu warten, winkte er ab, „und wie oft sind sie deshalb auch nur beurlaubt worden?"

Abby nickte. „Es ist eine Schande. Das, was die Natur Morgan an Aussehen und Geld in die Wiege gelegt hat, überbot sie nur noch bei der Verteilung von Hochmut und Arroganz."

Ich runzelte die Stirn. „Er ist unfreundlich?"

„Er ist ein verwöhnter, reicher Bengel. Und so verhält er sich auch am liebsten."

Ich schaute sicherheitshalber Drew an und fühlte mein Herz schwer werden, da er zustimmend nickte. „Nicht, dass es irgendjemanden abhalten würde, ihn dennoch zu verehren“, fügte Abby bissig hinzu.

Die Musik schwoll an, mehr und mehr Menschen strömten in den rettungslos überfüllten Raum. Die Temperatur stieg und mit ihr die Stimmung.

Dann verstummte das Lied und die Menge mit ihm.

Die Ersten begannen laut zu kreischen, sobald die Türen aufschwangen und das Cheerleader-Team der High School durch eine Gasse Einzug in den Raum hielt. Sie positionierten sich vor dem Auto und Shelby gab das Kommando. Ein ohrenbetäubender Knall leitete das neue Musikstück ein.

Zwei fremde Hände legten sich sofort schützend auf meine Ohren und ich drehte mich, um Drew dafür zu danken, blickte aber stattdessen in Gabes freundliche Augen. Er zwinkerte mir zu und ich nahm seinen Arm und zog ihn neben uns. Drew und die anderen waren bereits wortlos verschwunden. Noch bevor ich mich wundern konnte, warum, ging ein Raunen durch die Menge und ich wandte mich wieder nach vorn. Pompons schwingend vollführten die Cheerleader ihre, zugegebenermaßen, atemberaubende Choreographie und bildeten gerade eine menschliche Pyramide. Shelby sprang von ganz oben herunter und schüttelte ihre Puschel über dem Kopf, während sie vor der ersten Zuschauerreihe auf und ab lief. Erst jetzt fiel mir die Band-Absperrung auf.

„Lincoln High!“, rief sie und die Menge rief zurück. Abby verdrehte die Augen und Gabe lachte laut. Sie fragte, ob wir sie hören könnten, und jeder klatschte frenetisch zum Beweis. Shelby riss die Schüler mit, das musste man ihr lassen. Nach einer Minute, in der die anderen Cheerleader um das Auto herumtanzten und Flickflacks geschlagen hatten, bis mir schwindelig war, ließ sie die Schüler den Namen der Tigers buchstabieren. Kaum geendet, wurde der Speisesaal dunkel.

Zwei Scheinwerfer richteten sich auf den Eingang und in der Stille der leiser gedrehten Musik flüsterte ich Abby ins Ohr: „Das ist ja wie bei einem Konzert.“

Ihre Augen hefteten sich auf den Eingang und ich folgte ihnen.

Sie trugen die Schulfarben Schwarz und Rot. An der Spitze lief Luke ein, dicht gefolgt von einem weiteren stattlichen hellblonden Jungen und Matt. Als Vorletzter marschierte ein mir entfernt bekanntes Gesicht in die Mensa und schließlich Morgan.

„Und da kommt der Popstar“, raunte meine Freundin mir bei seinem Anblick zu. Die Menge vergaß sich wie auf Kommando. Ich unterdrückte den Drang mitzuklatschen, als ich Abby erneut mit den Augen rollen sah. Die Menschen riefen seinen Namen, jubelten, stampften mit den Füßen. Selbst die Wände erzitterten. Fehlte nur noch, dass sie sich vor ihm verbeugten.

„Morgan, wir lieben dich!“

„Hierher Morgan, schau hierher!“

„Du rockst, Morgan!“

„Alter, schlag ein!“

In der einen freien Ecke hinter der Absperrung stand Brooke etwas abseits und grinste ihn an. Sobald er zurücklächelte, versetzte es mir einen Stich ins Herz. Sie war extrem gutaussehend, ihre langen Haare fielen in dichten Locken über ihre Schultern und verliehen ihr elfenhafte Eleganz. Gemessen daran, wie er Brooke anstrahlte, verblasste Shelby daneben. Aber wie passte es zusammen, dass eine Frau wie sie es Morgan durchgehen ließ, sich parallel auch noch mit einer anderen zu treffen? *Vielleicht sind sie ja beide mit ihm zusammen*, witzelte meine innere Stimme, doch mir war nicht nach Lachen.

Unter Zurufen setzten die Fünf in ihren Football-Trikots den Weg zum Wagen fort. Jeder trug einen großen dunklen Lautsprecher auf der Schulter.

„Liebe Mitschüler“, erklang Shelbys Stimme durch ein Mikrofon, „willkommen zum alljährlichen Herbstritual.“

Applaus.

„Wie ihr mittlerweile wisst, ist das unser Abschlussjahr, also wollen wir noch einmal all eure Unterstützung. Lauter denn je zuvor.“

Der Applaus brach nicht ab. Tori und Michelle gingen voll mit, während Abby den Kopf schüttelte. Ich gestand, dass mich die Aura, das Gemeinschaftsgefühl, mitriss. Ich wollte wissen, was passieren würde, und starrte gebannt zu Shelby, die gerade das Mikro ablegte und mit ihren Mädchen zur Seite trat. In der Zwischenzeit waren die Jungs angekommen und luden die schweren Geräte in das Auto, bevor sie für die Zuschauer sichtbar die Fenster per Knopfdruck auf einer Fernbedienung schlossen und die Türen zuknallten. Luke zog demonstrativ am Griff. Der Wagen war verschlossen. Als hätte er das Schloss erfunden und nicht bloß benutzt, jubelten meine Mitschüler ungebrochen.

Gabe schnaubte. „Rufet und sie werden kommen“, sagte er sarkastisch.

„Was ist schlimm daran?“, fragte Michelle und er schaute sie nachdenklich an.

„Nichts. Es ist typisch Mensch.“

Bevor ich etwas darauf erwidern konnte, schnitt *seine* Stimme durch meine Gedanken.

„Willkommen zum Herbstritual!“ Gezwungenermaßen hielt er wieder inne, weil er sich vermutlich selbst ob des Lautstärkepegels nicht mehr hören konnte. Er hob beschwichtigend die Hände und augenblicklich wurde es ruhiger.

„Es ist nicht leicht, sich jedes Jahr aufs Neue zu übertreffen, aber wir können behaupten, dass es uns dieses Mal gelungen ist. Da es für uns das letzte Herbstritual sein wird“, die Masse verfiel in Buhrufe und Pfiffe, bis er seine Hände wiederholt hochnahm und sie verstummten, „wollten wir sicher sein, dass selbst die Generationen nach uns sich daran erinnern!“

Wahnsinn brach aus.

Die Cheerleader sprangen in Saltos durch die Jungs und wedelten mit ihren Pompons.

Seine Freunde blickten sich vielsagend an. Die Spannung in der Luft war so dick, dass man sie in Scheiben schneiden konnte. Morgan grinste lässig und fuhr fort:„ Aber warum überzeugt ihr euch nicht selbst? Zückt eure Kameras und Handys, ich will brauchbare Aufnahmen auf Facebook, Twitter und YouTube. Wir starten gleich den Countdown.“

Damit traten sie einen Schritt von dem Wagen zurück und mit einem Mal war es in der Mensa still, man hätte eine Stecknadel fallen hören können. Ein Meer von Händen mit Geräten ging in die Luft.

„Aber vorher –“, rief er ins Mikro, „wer holt den Titel?“

„Tigers!“, brüllte die Masse homogen zurück.

„Was tun wir immer?“

„Angriff! Drive! Touchdown!“

„Und was nie?“

„Aufgeben!“ Trillerpfeifen und Trommeln trieben die Lautstärke in die Höhe.

„Also – was ist wichtig?“, fragte er belustigt und zeigte auf das Auto.

„Versuchungen zu leben“, versuchte jeder, ihm am lautesten zu antworten.

„Ein hirnrissiges Motto“, erklärte Abby schnaubend.

„Das der Tigers?“

„Das seiner Clique.“

„Zehn, neun, acht“, begann Shelby und die Cheerleader fielen mit ein – wie schließlich jeder im Raum außer Abby und Gabe. Selbst ich zählte mit.

„Drei, zwei“, Morgans Hand mit der Fernbedienung ging in die Höhe, „eins – “

Und er drückte zwei Knöpfe hintereinander.

Dann ging alles ganz schnell: Dumpfer Bass erklang, erst leise, schließlich laut und lauter und brachte den schönen Oldtimer von innen heraus zum Vibrieren. Die ganze Karosserie erzitterte, bis mir auffiel, dass es der Boden selbst war, der sich bewegte. Ein leises

Splittern folgte, noch eins und noch eins und die Jungs duckten sich, als mit einem unangenehmen, knackenden Geräusch plötzlich sämtliche Autoscheiben dem Druck der ohrenbetäubenden Bässe und vibrierenden Drums nachgaben und in Millionen Splitter zerbarsten.

Es regnete Kristall durch den Saal, da auch noch zusätzliche, über dem Wagen schwebende Säcke aufplatzten und den Lack in einem weiteren Glashagel bedeckten, ehe auch sie in die Menge spritzten. Der Boden wummerte und die Musik aus dem Auto griff plötzlich auf uns über. Der Effekt ließ nicht lange auf sich warten.

Nach ein paar Schrecksekunden drehten die Schüler durch. Sie jubelten und hoben die Splitter auf, um sie auf den Wagen zurückzuwerfen. Feierten eine große, wilde Party. Und ich erwischte mich dabei, wie ich lachend mitmachte. Tori und ich schnippten uns gerade gegenseitig mit feinen Glaskügelchen an, da Michelle meine Hand nahm und daran zerrte. „Morgan Vegard starrt dich an."

Die Musik traf mich unvorbereitet, aber nicht unverhofft, denn ich realisierte, dass ich sie in Gedanken die ganze Zeit mitgesummt hatte.

„Odi et amo …" – „Ich hasse und liebe zugleich", ein Zitat von Catull.

*Huch?*

Zögernd wandte ich mich in seine Richtung. Seine Augen ruhten tatsächlich auf mir.

Keine Abneigung, kein Zorn. Nur Ruhe und der Funken einer Ahnung, dass er ein Lächeln unterdrückte.

„Was in Herrgottsnamen geht hier vor sich?", dröhnte eine tiefe, laute Stimme über das Wummern, und Morgan drückte geistesgegenwärtig auf den Aus-Knopf, bevor er sich umdrehte und ich mich wieder verlassen fühlte. Das Lied war fort.

„Direktor Myer", grüßte er freundlich und mir fiel auf, dass die Kameras und Handys wieder herausgeholt und draufgehalten wurden.

„Mr. Vegard! Sie erklären mir auf der Stelle, was hier los ist!" Der Mann stürmte auf ihn zu und schaffte es, dass keinem der Moment entging, indem er das beschädigte Auto erblickte.

„Zur Hölle, warum steht –", brach er mitten im Satz ab.

Sein Gesicht erinnerte an ein Chamäleon, änderte sich von Weiß zu Rot und färbte sich schließlich dunkel. Ich fürchtete um seine Gesundheit, da sein linkes Auge deutlich zu zucken begann. Es war wie bei einem Autounfall. Man konnte sich einfach nicht abwenden. Luke und die anderen traten vorsichtshalber einen Schritt zurück und ich erwartete jeden Moment, dass auch Morgan sich mit einer beschwichtigenden Geste oder beruhigendem Wort zu erklären versuchte.

Auch wenn mir schleierhaft war, wie er das anstellen wollte.

Tatsächlich hob er die Hand – und warf dem schwer schnaubenden Mann klirrend ein Bund Schlüssel zu.

„Die haben wir uns ausgeliehen."

Nichts an seiner Stimme deutete auf Panik hin. Hätte ich es nicht besser gewusst, er hätte auch über das Wetter reden können.

„Raus", stieß der Schuldirektor gefährlich leise hervor und wandte sich dann brüllend an die versammelte Schülerschaft. „Alle! Sofort! Bis auf Sie", er deutete auf die Spieler und Cheerleader und seine Stimme hatte einen gefährlichen Unterton. „Und ganz besonders Sie, Mr. Vegard."

Keiner rührte sich.

„Wer in den nächsten zwei Minuten noch dasteht, darf sich auf vier Monate Nachsitzen freuen – in denen er der Schule bei der Renovierung des D-Traktes behilflich ist!"

Das setzte die Masse in Gang.

Tori und Abby reichten mir beide die Hand, doch ich bat sie, schon vorzugehen. Ich hatte weder Lust, mich durchzuquetschen, noch Angst vor dem Nachsitzen. Mr. Myer war beeindruckt von meinen Schulzeugnissen, fand mich auf Anhieb sympathisch. Ich würde mich locker herausreden können.

Die Mensa wurde leerer und mit ihr verebbten die vielen geflüsterten Konversationen.

Gerade als ich endlich auch hätte losgehen können, war ich dazu nicht mehr imstande.

„Sola beata est ea anima amans …"

Es war anders wie eben. Das Gefühl war dringlicher. So als brauchte er mich hier.

Ich musste nicht zu ihm sehen, um zu wissen, dass er mich unter den Schülern wiedergefunden hatte. Nur diesmal konnte ich es auch fühlen. Denn in dem Moment, da das Lied sich auf meine Haut legte, schoss der erste Krampf durch mich hindurch.

*Nein*, zwang ich mich, aufrecht stehen zu bleiben. *Das ist* mein *Körper*. Die Stimme würde mich genauso wenig einlullen, wie der Schmerz mich zermürben.

„Gehen wir", sagte Gabe und hob seinen Rucksack vom Boden auf.

Ich versuchte es.

Es ging nicht.

Ich versuchte, nicht zu Morgan zu schauen.

Es ging nicht.

Niedergeschlagen drehte ich den Kopf in seine Richtung. Nach außen wirkte sein Gesicht entspannt, aber ich erkannte, dass er um Fassung rang. Er wollte zu mir, wollte weg, wollte irgendetwas. Ich konnte es nicht ausmachen, aber es schaffte eine unangenehme Unruhe in mir.

Meine Lunge begann sich anzufühlen wie punktiert, ich konnte nicht mehr atmen. Meine Füße waren kurz davor, unter mir nachzugeben, und meine Ohren klingelten. Dennoch streckte ich mich der hellen Sonne entgegen und verlor mich in der schönen Stimme.

Gabe griff nach meiner Schulter und wirbelte mich zu sich herum.

„Komm." Die Art, wie seine Augen in meinen verschwanden, verdrängte den Schmerz kurzzeitig. Genauso wie die Wärme und die Melodie. Was zurückblieb, war Kälte und eine unmögliche Sehnsucht, die ich nicht in Worte zu fassen wagte.

„Kann nicht", flüsterte ich und sein Blick wurde härter, nachdem er ihn von mir ab- und Morgan zuwandte. Verwirrt beobachtete ich, wie seine Augen sich veränderten, und riss mich von ihnen los, um herauszufinden, was das bewirkte.

Es bot sich mir eine komische Szene.

Auf der einen Seite Gabe, dessen Auftreten ruhig schien, selbst jetzt da er die Lippen zu einer schmalen Linie zusammenpresste, und auf der anderen ein überraschter Morgan, der beim Anblick meines neuen Bekannten seine Gefühle nicht annähernd gut unter Kontrolle hatte und ganz offen provokant dessen Musterung standhielt.

Beide machten einen Schritt aufeinander zu und dann passierte etwas, was ich nicht verstand: Eine Erkenntnis machte sich anscheinend bei Morgan breit und ließ Gabe zurückweichen, während Morgan ihn fixierte wie eine Katze in der Sekunde, bevor sie sich auf die verängstigte Maus stürzt. Seine ganze Körperhaltung war bedrohlich.

„Gabe", ich legte meine Hand auf seinen Arm und war dankbar, dass daraufhin der Blickkontakt zu Morgan abbrach. Seine Pupillen weiteten sich und schrumpften, indes sie sich wieder auf mich konzentrieren mussten. „Dir nach."

Mit einem kleinen Lächeln, das mich wohl beruhigen sollte, ging er vor. Begierig darauf, die Qualen zu vertreiben, hätte ich ihn am liebsten angeschoben, doch wie ihm erklären, was mich folterte? Ich verkniff mir jegliche Gedanken und hielt durch.

Sobald wir durch die Tür getreten waren, war ich wieder ich.

## *Kapitel 4*

Am Mittwochmorgen freute ich mich auf einen Tag, an dem ich mich die ganze Unterrichtszeit über wohlfühlen würde. Doch bereits vor der zweiten Stunde begegnete ich Matt und Morgan und fühlte meinen Magen krampfen. Mit dem Einsetzen der ersten Schmerzen wich ich vor ihnen aus und nahm einen Umweg zum Klassenzimmer.

„Warum sind *die* heute da?", fragte ich Abby, während wir uns draußen zum Mittagessen hinsetzten. „Müssten die nicht für ein paar Tage vom Unterricht suspendiert worden sein?"

Mir war es erfolgreich gelungen, meine Freunde davon zu überzeugen, dass ein Picknick mehr Spaß machte, als in der stickigen Mensa zu schwitzen.

Hauptsächlich ging es mir darum, *ihm* aus dem Weg zu gehen.

Ich wollte mein Versprechen halten. Und gleichzeitig meinem Körper nicht noch mehr zumuten. Überraschenderweise wirkte es tatsächlich. Außer dem Zwischenfall in der Frühe ging es mir prächtig.

„Wer? Mr. Junggeselle des Jahres?" Michelles Augenbrauen fuhren hoch, bevor sie meinem Blick hinein folgte, wo die Clique rund um Morgan und Luke gerade polternd an ihrem Tisch Platz nahmen. Natürlich setzte er sich neben Brooke.

„Wessen Meinung nach?"

„Die der Times", erklärte sie, gab etwas in ihr Smartphone ein und drehte es mir zu: eine Online-Suchanfrage für Morgan Vegard. Ich nahm ihr das Gerät aus der Hand und schnappte nach Luft, sobald ich die Bilder mit Daumen und Zeigefinger vergrößerte. Darauf zu sehen war eine Party am Strand, feiernde Gäste, Lichterketten und mindestens sechs Gesichter, die ich aus Filmen kannte, A-Celebrities, darunter ein junger Oscarpreisträger und ein Model. Und Morgan, offensichtlich in eine Unterhaltung mit einem Pop-Sternchen vertieft, über das ich zuletzt gelesen hatte, dass sie demnächst für den neuesten Duft von Hugo Boss vor der Kamera stand. Sein Arm war um ihre Schultern gelegt, sie verträumt zu ihm aufschauend, ihre Augen groß und glänzend wie auf ihrem letzten Albumcover. Ein Fetzen unseres ersten Treffens strebte an die Oberfläche meines Bewusstseins, die schwache Erinnerung, sein Gesicht gekannt zu haben.

Ich dachte, es läge an meinem Traum. Kannte ich ihn aus der Zeitung?

Abby seufzte missbilligend. „Scarlett, Serena, Taylor. Such dir eine aus, er hat bestimmt ihre Nummer. Nur Morgan Vegard kann Nein zu ihnen sagen und trotzdem Einladungen zu den VIP-Partys nachgeworfen bekommen."

„Wenn sein Vater nach L. A. muss, fliegt Morgan manchmal mit", nahm mir Michelle die Antwort auf meine nächste Frage vorweg.

„L. A.?"

„Mr. Vegard plant den Kauf und damit einhergehend die Fusion zweier großer Filmstudios."

Tori nahm mir das Handy aus der Hand, tippte wild auf den Bildschirm, einmal, zweimal, und reichte es mir zurück.

In großen schwarzen Buchstaben prangte auf der Website einer renommierten Tageszeitung die Schlagzeile: „Verhandlungen mit Vegard Corp. gehen in die heiße Phase." Darunter war ein Bild mit zwei Männern im Anzug, die sich mit Handschlag vor dem Tor einer Produktionsfirma begrüßten. Da der Fokus auf dem überlebensgroßen Logo des Studios lag, waren die Menschen signifikant klein. Unter dem Bild verwies man auf Mr. Vegard und Anthony Jackson, die Firmenchefs der betreffenden Institutionen.

Noch dabei ihr das Mobiltelefon zurückreichen, betrachtete ich Abby unschlüssig, die erklärte: „Die Vegards haben ihre Privatsphäre wie Fort Knox geschützt. Ihre Villa befindet sich in den Coulder Heights, Normalsterbliche kommen nur rein mit Besucherausweis. Mr. Vegard reglementiert strikt jegliche Fotoaufnahmen seiner Kinder, außer sie dienen einem Selbstzweck, Publicity, PR oder dazu, ihren Machtanspruch zu begründen, weshalb sie manchmal in Rankings auftauchen."

„Lokal siehst du Morgan nach jedem Sieg der Tigers in Daddys Medien", fügte Michelle mit einer abwehrenden Handbewegung an. „ Er ist das Aushängeschild der Dynastie. Nachfolger für den Firmenthron."

Sie hielt inne und lächelte verträumt. Ich grinste schwach bei der Vorstellung, wie sie Morgan auf einem Schimmel in glänzender Rüstung drapierte – inklusive der Krone auf dem Haupt, die er beim Abschlussball konsequent verweigert hatte. Brauchte nicht jedes Mädchen einen Traumprinzen? Selbst wenn es ein dunkler Prinz war …

„Gerüchten zufolge hält Morgan öffentliche Auftritte auf das Minimum begrenzt, weil er sie prahlerisch und unnötig findet."

Abby brach in schallendes Lachen aus. „Wir reden von dem Jungen, der eine 15-Millionen-Dollar-Jacht für sich und seine Freunde mietet."

Drew, Sean und Terrance, der Junge von gestern, der uns den Platz unter der großen Eiche freigehalten hatte, starrten nun düster in Richtung Mensa. Bislang hatten sie zugehört und in ihrem Essen herumgestochert. Inmitten der anderen Schüler stach Morgan tatsächlich stark hervor, aber das lag meiner Meinung nach in erster Linie an seinem Aussehen. Nie im Leben hätte ich vermutet, eine milliardenschwere Berühmtheit vor mir zu haben.

Terrance fuhr sich wütend durch die hellbraunen, zerzausten Haare: „Unterm Strich ist und bleibt seine Hoheit unantastbar. Und das ist alles, was du über ihn wissen musst, Mimi."

„Selbst Coach Bellazzo kann ihm nichts", ergänzte Drew und warf sich dabei genervt eine Pommes in den Rachen. Sein hübsch geschnittenes Gesicht mit Dreitagebart verdüsterte sich und er fuhr sich über die Stirn, blickte von seinem Tablett erneut zum Schulgebäude.

„Was war denn?", fragte Abby besorgt.

„Nennen wir es einfach ein beschissenes Training", erwiderte Terrance und zuckte die Schultern. Drew nickte grimmig

Sean hakte nach: „Gestern?"

„Heute wird's kaum besser werden. Bellazzo war in Höchstform nach der Aktion mit Myers Karre."

Ich schluckte und rollte die Cocktailtomate lustlos in meinem Salat herum. „Ihr habt das abbekommen?"

„Es hat jedenfalls nicht die Richtigen getroffen."

„Wisst ihr, an Tagen wie diesen würde ich Mainfields Goldjungen am liebsten eine reinhauen. Wer ist dabei?", erklang eine weitere Stimme und Grant tauchte zusammen mit einem Fremden neben uns auf. Er war es gewesen, der die Idee dazu gehabt hatte, meinen Geburtstag zu feiern. Das schlechte Gewissen, mir etwas aufgedrängt zu haben, das mich fast gekillt hätte, las man an seinen sechsundzwanzig SMS, die sich über das Wochenende auf meinem Handy angesammelt hatten. Es hatte mich zwanzig Minuten Überzeugungsarbeit gekostet, bis ich ihm glaubhaft versichern konnte mich amüsiert zu haben. Auf eine abstrakte Weise war ich sogar dankbar, auch wenn ich ihm das niemals erklären würde. Sein Einfall hatte mich aus der Lethargie gezwungen und mir dabei Morgans Bekanntschaft beschert.

Das war insofern gut, weil es meinem Leben neuen Stoff zum Nachdenken bot. Und jegliche Gedanken, die nichts mit meiner Familie und letztem März zu tun hatten, waren ein Fortschritt.

„Habt ihr noch zwei freie Plätze?", fragte Grant soeben und entfaltete dabei sein typisches verschlafenes Lächeln. Es war nicht nur das Beste an ihm, sondern auch das Einzige, was sich in den letzten Jahren nicht verändert hatte. Grant war entgegen gängigen Erwartungen zum typischen Surferboy mutiert, Sonnenbrille im Haar, Gel in den Haaren. Und das als Kind zweier Hippies.

„Ist Wasser nass?", erwiderte Tori und rutschte auf, um ihm und seinem Tablett Platz zu machen.

„Wenn gefroren, nicht“, seine Begleitung, dunkelrote Haare, blasses Gesicht, aber hochgewachsen und unmöglich breit gebaut, lachte aufgrund ihrer Schnute, reichte mir die Hand und sagte mit Nachdruck: „Tony.“

„Mimi“, erwiderte ich freundlich und bedeutete ihm, sich zwischen mich und Abby zu quetschen. Langsam stapelten sich die Tabletts aufeinander und aus der Not heraus fing Michelle an, wahllos von dem Essen zu nehmen, das ihr am nächsten war und machte das damit salonfähig. Einzelne Gespräche entstanden und ich versuchte mich an mehreren gleichzeitig zu beteiligen, was nicht schwer war, weil sie sich um eins drehten: die Tigers. Abby und Drew beobachteten mich kontinuierlich, besorgt, der Trubel könnte mich überfordern, auslaugen oder dazu führen, dass ich tot umfiel. Ich unterdrückte ein Stöhnen oder Augenrollen, nahm demonstrativ den Muffin von Grants Tablett und biss hinein, um zu beweisen, dass ich in Ordnung war.

Abby sagte, solange man Appetit hatte, ging es einem prächtig.

Ich hatte keinen, würde aber nichts tun, damit sie ihren gepolsterten Kokon noch weiter um mich spannten. Zuweilen wurde es sehr stickig darin.

Grant bemerkte meinen Klau, funkelte mich an und biss dafür in meinen Donut, während er noch auf seinem Schnitzel herumkaute. Als wir beide mit vollem Mund auflachten, entspannten sich auch meine besten Freunde. Aus dem Essenstausch entwickelte sich ein Essenskampf, bei dem geworfen und geschimpft wurde, gefeilscht und sabotiert, gewitzelt und gelacht, und es brauchte ein strenges Wort von Miss Potter, um uns wieder leiser werden zu lassen, beziehungsweise weitgehend zur Vernunft zu bringen. Sobald sie sich entfernte, warfen sich Terrance, Drew, Grant und Tony bedeutungsvolle Blicke zu.

„Vermutlich gehen sie Spielzüge durch“, erklärte mir Tori, „um die Arme niederzutackeln“.

Abby räusperte sich. „Lincoln-Lektion, die zweite: Mimi, ich präsentiere dir offiziell einen Teil der Offensive Linemen der Lincoln High Tigers.“ Ihr Zeigefinger wies auf Grant, „Center“, er verbeugte sich, „Guard“, Terrance tat es ihm nach, „und Tackles“, Tony salutierte.

Ich grinste und klatschte kurz Beifall. „Ich hab zwar keine Ahnung, was das bedeutet, aber ich bin beeindruckt.“

Was ich kannte, war Drews Position: Wide Receiver. Um mich nicht komplett als Laie zu outen, fügte ich hinzu: „Oh, und herzlichen Glückwunsch. Wie ich hörte, seid ihr diese Saison bislang ungeschlagen.“

Die Aussage traf wohl ins Schwarze. Die heitere Stimmung verflog augenblicklich.
„Entschuldigt, aber“, fragte ich unsicher, „ist das nicht etwas Gutes?“
Grant schnaubte verächtlich. „Schon lange nicht mehr.“
„Seit wann?“
„Seitdem *das* genau das Problem ist“, sagte Drew. Die anderen schauten weg. „Denn wenn Morgan plötzlich gesperrt werden würde, wäre es damit vorbei“, er lachte ein bitteres Lachen.
„Unser Kapitän ist nämlich, so ungern ich das auch zugebe, ein verdammt talentierter QB, ungeschlagen nach Punkten und Siegen. Wir befinden uns überhaupt in einem Zeitalter, das sich Morgan-Ära nennt, was im Klartext heißt, dass wir seit neunzehn Spielen unbesiegt sind. Außerdem gibt sein Daddy den Sponsor und kauft uns tolle Ausrüstung oder Trikots und spendiert uns Aufenthalte im Trainingslager. Wer würde es da wagen, ihn vom Unterricht zu suspendieren?“
*Lediglich zehn Sekunden gesprochen und dabei doch viel verraten*, dachte ich. Rhetorische Frage. Sarkasmus. Abneigung.
Nachdenklich trommelte ich mit den Fingern auf mein Knie. „Ist er ein guter Kapitän?“
„Er ist in allem gut, was er macht.“
„Lass das andere eine Sekunde außen vor“, bat ich ihn kopfschüttelnd und folgte meinem Bauchgefühl. „Wenn die Tigers auf dem Feld sind und die Uhr tickt und ihr befindet euch im Angesicht eurer Gegner: Ist Morgan dann ein guter Kapitän oder nicht?“
„Der beste“, murmelte Terrance nach kurzem Zögern und Grant, Drew, selbst Tony nickten widerwillig. „Bei einem Spiel funktioniert er einfach. Seine Instinkte sind präzise, seine Taktik ist ausgeklügelt. Wenn er einen Zug ansagt, kannst du sicher sein, dass er ihn vorher durchanalysiert hat und wir Erfolg damit haben.“
Drew zuckte ungelenk die Schulter. „Als Team stehen wir zu einhundert Prozent hinter ihm.“
„Als eigenständige Personen, die Frauen und Regeln respektieren – nicht so sehr.“
„Sieh dir einfach mal ein Spiel an, Mimi! Zum Teufel, vergiss das Spiel!“ Michelle fächerte demonstrativ mit der Hand vor Toris Gesicht herum, bevor diese weitersprach. „Schau dir mal Morgan auf dem Feld an und du erfährst am eigenen Körper, dass es einen Gott gibt. Elasthan, das sich um Muskeln dehnt und streckt und erahnen lässt, was darunter liegt …“
„Jeder von uns trägt diese Uniform“, schnaubte Grant verächtlich.

„Und jeder von euch sieht heiß darin aus“, beschwichtigte Michelle ihn mit einem lasziven Augenaufschlag, „aber Morgan, wenn er einen Pass wirft …“

„Matt und Luke sind auch im Team?“, zählte ich laut auf. Zum einen, weil ich sie in ihren Trikots gesehen hatte, aber hauptsächlich, um das Thema zu wechseln, bevor mir meine Fantasie entglitt. In meine Wangen kroch bereits Hitze hinauf bei der Vorstellung, wie sich seine festen Muskeln mit jeder Bewegung –

„Luke ist Runningback“, sagte Terrance und nickte. „Granofsky spielt auch Tackles. Und schließlich Jared. Er ist Lukes Cousin, ebenfalls Guard wie ich.“

„Waren sie gestern im Training?“

„Wenn ihr Herr und Meister nicht erscheint, halten sie sich bequemerweise auch gleich fern.“

„Wow, das ist Teamgeist“, erklärte ich scherzhaft. Keiner lachte. Ich schwor mir, nichts mehr zu dem Thema von mir zu geben und aß weiter.

„Nicht dass das das Ende der Fahnenstange wäre“, schnaubte Grant, „kein Morgan bedeutet auch keine Shelby und keine Shelby führt zwangsläufig zu keinen Cheerleadern.“

Drew lachte. „Mädchen Nummer eins und zwei werfen ihre Beine eben nur für Vegard in die Luft.“

„Wer?“

„Mädchen Nummer eins – Shelby“, erklärte Michelle und machte ein Würgegeräusch, weil Besagte soeben in die Mensa kam und wie in einem schlechten Liebesfilm auf Morgan zustürmte, um auf seinen Schoß zu springen. „Sie ist die Hauptverantwortliche für sein Wohlergehen und nimmt ihre Aufgabe extrem ernst. Die zwei führen seit Jahren ein On/Off-Ding, das *sie* Beziehung nennt. Ha! Er toleriert lediglich aus einem mir unbegreiflichen Grund ihr Geschwätz über ihren Paarstatus und sie gibt sich damit zufrieden, dass es ihm immer gleichgültiger wird.“

„Der Grund ist, dass er sie *flachlegt*“, grunzte Tony, „und sie alles, überall und so oft, wie er möchte, für ihn macht.“ Drinnen leckte sich Shelby lasziv ihre Finger, bevor sie ihre Arme besitzergreifend um ihn schlang, während ein anderer Cheerleader Morgan durch die Haare fuhr und seine Wange küsste. Ich fühlte unkontrolliert Galle hochsteigen.

Tori war das Schauspiel ebenfalls nicht entgangen. „Dafür braucht er Shelby nicht.“

„Wirklich? Hast du ihn jemals jemanden außerhalb des Doppel-D-Kommandos bemerken sehen?“, fragte Tony.

„Er hat Mimi bemerkt.“

Drew verschluckte sich und blinzelte zu Abby, der die Augen fast herausfielen.

„Das war ein Scherz", murmelte Tori und zwinkerte mir verschwörerisch zu. Meine Augen wanderten unauffällig zurück zu Morgan.

„Die andere Konkubine ist Amber", Drew war meinem Blick gefolgt, „Mädchen Nummer zwei. Wenn Shelby nicht kann, rutscht sie auf den Chefposten und stellt sicher, dass es ihm an nichts mangelt."

„Ihr macht Witze."

„Nach ihr kommt Nummer drei. Jenna, ein extrovertiertes, perverses Ding, das ihm in den Schritt greift, wenn der Coach mit ihm redet."

Mein Mund klappte auf, doch Terrance fuhr verächtlich fort: „Nummer zwei und drei hassen sich, hauptsächlich weil sie Schwestern sind."

„Das sind Nummer elf und sechzehn auch. Gerüchte besagen, sie würden ihn zusammen vernaschen."

Ich schlug mir die Hände deprimiert vors Gesicht ob Michelles Konversationston.

„Wie viele Mädchen gibt es?", presste ich dumpf durch meine Finger hervor, unsicher, ob ich die Antwort hören beziehungsweise mögen würde.

„Zu viele", grunzte Tony und Abby ergänzte: „Und sie ähneln sich bis hin zu der Nuance ihres Nagellacks. Ehrlich – schau sie dir an. Gleiche Posen, gleiche Sprache, gleiche Klamotten. Manchmal denke ich, sie werden aufs Bimbo-Sein getrimmt, auf einer eigenen, grusligen, inoffiziellen Akademie."

„In Zahlen?"

„Das ganze Cheer-Lager. Sie dulden keine Außenseiter. Marie Fuller musste letztes Jahr erst vortanzen, bevor sie mit ihm ausgehen durfte."

„Mädchen treten bei, um mit Morgan zu schlafen", nickte Abby stirnrunzelnd. „Sind sie im Pott, fangen sie ganz unten an, Kaffee bringen, Trikots waschen, Sklavendienste."

Drinnen schlug Shelby Jenna die Hand weg, da diese verführerisch an seinem Ohr knabberte und Morgan dabei im Nacken massierte. Ich hielt mit dem Essen inne und schluckte, ehe er Shelby neben sich setzte, um in Ruhe weiteressen zu können.

„Wenn du jetzt denkst, so wäre nur Morgan, gestatte es uns, dir die Augen zu öffnen."

„Und ich biete jetzt schon Bowling an, alternativ zur Party am Freitag", grinste Drew.

„Ich will hingehen."

„*Noch*. Noch willst du das … Michelle?"

Sie tupfte sich mit ihrer Serviette den Mund und faltete sie akkurat, bevor sie sich vorbeugte und die Stimme deutlich senkte. „Luke ist bekannt dafür, nur auf Frauen zu fliegen, die vergeben sind. Keine Jagd, kein Interesse. Bist du ein Kerl und er sucht sich zufällig deine Freundin aus, kannst du dich vorsorglich von ihr verabschieden. Er legt die Auserwählte flach und behält sie, bis die nächste Herausforderung ins Haus steht. Jared, sein Cousin, ist kurz davor, Vegards Flachlege-Bilanz zu torpedieren. “

Drew grinste und warf sich eine Pommes in den Mund. „Gott allein weiß, wie schwer er dafür arbeiten musste."

„Luke und Jared suchen sich ihre Freundinnen selber aus?"

Dass sich diese Frage überhaupt stellte, war komisch-tragisch.

Michelle und Tori erklärten zusammen: „Der Bienenschwarm dient exklusiv dem König."

Bilder von nackten Körpern, die sich um Morgan schlängelten, schwirrten mir im Kopf herum.

„Diese Mädchen da", ich zeigte räuspernd auf die Mensa, „schlafen mit Morgan im vollen Wissen, *dass* er es mit jeder tut?"

„Schöne, neue Welt", spöttelte Tony und zuckte die Achseln, „ich persönlich finde das schade, da sie dadurch unantastbar werden."

„Morgan erlaubt ihnen keine Beziehungen?"

Aus einem mir unerfindlichen Grund lachten meine Freunde plötzlich schallend.

„Süß", erklärte Drew und zwickte mir in die Wange. Ich schlug seinen Arm weg. „Morgan wäre vermutlich der Erste, der sie weiterreichen würde, wenn er könnte. Glaubt man den Geschichten in der Umkleide, geht er völlig neue kreative Wege, um die Weiber auf Abstand zu halten, Nummer eins und zwei ausgenommen, da sie den bitter benötigten Puffer zwischen ihm und den anderen …"

„… notgeilen Schlampen?", half Tony aus und Drew nickte,

„… bilden. Er steht nicht drauf, sich zu binden, hatte noch nie eine Freundin, außer du zählst Sex zu den Eckpfeilern einer Beziehung, dann hatte er Hunderte."

„Der springende Punkt ist", Grant warf mit einer Pommes nach ihm, die er auffing und aß, „dass er daraus keinen Hehl macht. Jede Frau, die sich ihm an den Hals wirft, weiß, dass er sich nicht einfangen lässt. Auf der Party nach dem Finalspiel letzten Herbst hat er sich auf einen Tisch gestellt und erklärt, er habe es satt, dass man die anwesenden Frauen auf Sex reduziert und versprochen, er würde sich höchstpersönlich darum kümmern, dass sie ab sofort gut behandelt werden." Ich hob fragend eine Augenbraue in die Höhe. *Das klang doch sympathisch.* „Anschließend bat er jede Feministin im Raum, die Initiative zu ergreifen, wenn sie Lust auf die Nacht ihres Lebens mit ihm hätte. Ungelogen habe ich innerhalb eines Herzschlages fünfzig Hände in die Höhe fliegen sehen. Und ich könnte schwören, vier davon waren seine Vertretungslehrerinnen."

Meine Kopfwunde pochte bei Tonys Erklärung.

„Und willst du wissen, was das Beste an der Aktion war?"

„Nein", sagte ich leise, doch Grant war in voller Fahrt. „Dass er es ihnen sogar noch *sagt*! Er hält ihnen den Spiegel vor, erzählt den dummen Hühnern seit Jahren, dass er sie verarscht, sie wissen, dass er sie nur benutzt! Herrgott, letztens sagte er zu Amber, sie solle sich gefälligst was Ausgefalleneres einfallen lassen, schließlich sei er nicht Mr. Missionarsstellung."

Abby rammte sich die Handballen in die Augen und Michelle und Tori kicherten.

„Und trotzdem laufen sie ihm nach. Willst du dich für die Menschheit schämen, Mimi? Dann achte morgen auf den Zirkus, der ausbricht, wenn er und seine Freunde aus dem Auto steigen."

„Moment!" Drew klang abgelenkt, ihn beschäftige augenscheinlich ein mächtiges Rätsel, ehe ihn für jeden offensichtlich ein Geistesblitz erhellte. „Seine Bettgeschichten sind in den letzten Wochen regelrecht explodiert, so als würde er um sein Leben schlafen. Andererseits", er blickte hitzig zu Grant, Tony und Terrance, „ist euch nicht auch aufgefallen, dass er nicht mal mehr mit ihnen ausgeht? Wann habt ihr ihn zuletzt mit einer von ihnen mehr Wörter wechseln hören als ‚Hi' und ‚Bis später'?"

„Er nimmt Shelby nicht mit zur Schule, heute hat ihre Mom sie abgesetzt", warf Tony ein. „Und er gibt keiner mehr etwas aus. Das letzte Mal, dass er Jenna einen Slushy spendiert hat, war in der Halbzeit gegen die Titans."

„Er ignoriert Anrufe und SMS, schaltet sein Handy öfter aus. Als es beim Umziehen minutenlang durchklingelte, hat er es gegen die Wand geworfen, dass die Teile in jede Himmelsrichtung flogen."

Grants Augen leuchteten verschwörerisch. „Und er hat Luke erzählt, er müsse dringend hier raus, ein Wochenende ohne Frauen verbringen."

„Das erklärt auch seinen Frust auf dem Feld. Vielleicht liegt es doch nicht an deinem hübschen Gesicht, Andrew! Oder deinem bescheidenen Fangspiel."

„Halt die Klappe", blaffte Drew Terrance an.

„Aber wie erklärt Drews Leistung eurer Meinung nach, dass er sich seinen Harem auf Abstand hält?"

„Heilige Scheiße!", rief Grant und seine Augen sprühten Funken der Aufregung, „Das ist es! Vegard hat bei seinen Bimbos die letzte Stufe weiblicher Unterwürfigkeit gezündet. Er muss nicht länger nett zu ihnen sein und sie ziehen sich dennoch für ihn aus. Das ist wie der Heilige Gral!"

Drew schlug ihn gegen den Hinterkopf. „Das ist der Gipfel der Idiotie."

„Jesus, ich denke, du hast es." Grant und Terrance verengten die Augen zu schmalen Schlitzen und musterten Morgan.

„Er hat die Schnauze voll", sagte Tony und kratzte sich gedankenverloren am Kinn. „Er macht mit ihnen rum und basta!" Zur Verdeutlichung klatschte er in die Hände. „Jared hat ihm erst am Montag vor dem Training gedankt – für die ‚scharfen Miezen' vom letzten Wochenende."

„Arschloch", spie Abby hervor.

Der Appetit war mir endgültig vergangen. Letztes Wochenende war mein Geburtstag gewesen. Da hatten wir uns kennengelernt. Dieser Frauenheld soll mein Retter mit den warmen Augen und dem strahlenden Lächeln gewesen sein? Das letzte Stück Ritterlichkeit, das ich ihm bewahren wollte, rieselte wie Sand durch meine Finger. Er war ein egoistischer Schwerenöter mit einem Ego größer wie die Erde. Und er machte keinen Hehl daraus.

„Das ist krank", sagte ich und legte mir die Hand auf den Magen. „Warum tun Frauen das? Sind sie sich nichts wert?"

Michelles Augen klebten an der Scheibe der Cafeteria. „Komm du erst in den Genuss, von Morgan Vegard beachtet zu werden, und du wirst denken …"

Ich würde mich übergeben, wenn ich noch ein einziges weiteres Detail über sein Privatleben erfuhr. Wollte ihn verabscheuen, wie er mich hasste. Er war der Stereotyp Mann, dem man sein Heiligtum abschnitt. Bis vor einer Woche hätte ich nach Ort und Zeit des Eingriffs gefragt und selbst das Skalpell geführt. Doch dann wiederum dachte ich an den Jungen, der mich aus dem finstersten Ort in Sicherheit geleitet, der vor mir gekniet und mir das Haar aus dem Gesicht gestrichen hatte, derart vorsichtig, als sei ich aus Glas. An ihm war mehr dran, trotz seines Rufes. Da war etwas Verborgenes, das ich in den ehrlichen Momenten unserer ersten Begegnung greifen hätte können, wenn ich denn gewollt hätte.

Ich fragte mich, ob es dafür nun zu spät war. Ob das umwerfende Lächeln, das imstande war, aus meiner Angst prickelndes Wohlbefinden zu machen, wiederkehren würde, wenn ich es nur stark genug hervorzulocken versuchte.

„Mimi!" Drews Stimme ließ mich in die Realität zurückfahren.

„Entschuldige, was hast du gesagt?"

„Ich will, dass du dich von ihm fernhältst", knurrte er, seine Augen ernst, seine Stimme fest, aber leise. „Wenn er dich anspricht oder auch nur ansieht, sagst du mir Bescheid und ich kümmere mich darum. Er ist ein Hurenbock und ich will verdammt sein, wenn ich ihn an dich ranlasse."

„Ist das eine Warnung?", fragte ich und lächelte angespannt. Was, wenn ich ihn an mich ranlassen wollte? *Wow, sachte Mimi.* Meine Wangen wurden rosa, während ich an die vielen Dinge dachte, die ich ihm wahrscheinlich erlauben würde.

„Ein gut gemeinter Rat. Morgan kommt nicht infrage, Luke und Jared – ebenfalls verboten."

„Matt?", fragte ich und lachte, da sein Gesicht zusammenfiel und er mich entsetzt anstarrte.

Terrance, Grant und Tony grinsten sich an.

„Ich denke, sie kann sich selber helfen", zwinkerte Grant mir zu. Dankbar strahlte ich zurück. Innen donnerte gerade ein Teller gegen eine Fensterscheibe und Luke hob triumphierend die Hände in die Luft, als jeder am Tisch zu lachen anfing. Ein weiterer, großer, schrankartig gebauter, dunkelblonder Junge, der problemlos Model für Dopingmittel sein könnte, riss ihn zurück auf den Sitz. Sein Shirt spannte an seinem Oberkörper und im Gesicht besaß er jene charmante Attraktivität samt Grübchen, die wohl in der Familie lag.

Jared Lenoire.

„Habt ihr ihr schon erzählt, was sie mit Henry Lambert angestellt haben?", fragte Grant seine Kumpel.

„Wer ist das?"

„Ein ziemlich kluger, ziemlich schüchterner Junge. Er hat letztes Jahr den Debattierclub ins Leben gerufen. Freundlich, aber eben zurückhaltend. Soll sich angeblich schlecht über die da geäußert haben."

„Und?", fragte ich und nahm den vorletzten Bissen von meinem Schokomuffin.

„Am Abend vor deiner Geburtstagsfeier haben sie ihn mit Paketklebeband an einer Straßenlaterne festgeklebt. Mit einem Schild, auf dem stand: ‚Denk nach, bevor du sprichst'."

„Drecksäcke", entfuhr es Abby, bevor sie sich die Hand vor den Mund schlug. „Sorry – aber ich kenne Henry."

„Oh, Mann", seufzte ich und konnte es kaum glauben. „Das ist wirklich böse."

„Henry hat gestern die Schule gewechselt. Man sagt, er sei seitdem permanent auf Beruhigungsmittel. Obwohl etliche Zeugen die Aktion beobachtet haben, hat kein einziger von ihnen eingegriffen. Erst die Polizei hat ihn runtergeholt. Nach über drei Stunden öffentlicher Demütigung."

„Seine Eltern haben Anzeige erstattet. Das eingeleitete Verfahren, wurde heute bereits eingestellt." Meine Augen richteten sich auf Tori. „Hat mein Dad beim Frühstück erzählt."

Ihr Vater war der dienstälteste Polizist der Stadt.

„Wie kann das sein?"

„Mr. Vegard", erwiderte sie und die anderen nickten. „Oh, wartet, wenn wir gerade dabei sind, unsere Pause den Vollidioten zu widmen", Abby hob die Hand und rief jemanden zu uns, „fällt mir noch ein entzückendes Beispiel für ihre traumhaften Charaktere ein."

Zwei Jungs kamen vom Parkplatz und grüßten, noch bevor sie ganz da waren, reihum, ehe der Kleinere von beiden das Wort an Abby richtete. Ihrem Aufzug zufolge waren sie unscheinbar, einfarbige Shirts, lange Jeans. Der größere von ihnen trug Schuhe, die mich an meinen Opa erinnerten, und hatte eine dazu passende Hornbrille, hinter der seine Augen stecknadelgroß wirkten. Der andere, adrett, hatte seine Haare sorgfältig nach hinten gekämmt. Es stand ihm, war aber fehl am Platz, wenn man seine zerschlissene Jeans und den schwarzen Fleck auf seinem Ärmel betrachtete. Sein Gesicht war voller Sommersprossen und gerade da die Sonnenstrahlen durch das dichte Blätterwerk fielen, leuchteten seine roten Haare lichterloh.

„Abby!", sagte er fröhlich, „perfektes Timing. Ich hatte gehofft, dich abzufangen. Du warst am Montag nicht zufällig in Geschichte?"

„Zufällig doch", lächelte Abby und nahm ihren Notizblock, aus dem tausend verschiedene Zettel ragten, zur Hand.

„Hier", sagte sie und hielt ihm ein paar zerknitterte Blätter hin. Ich verstand nicht, was die beiden mit unserem Gespräch zu tun hatten, aber Michelle stupste mich an und in ihren aufgeregten Augen stand geschrieben, dass ich abwarten solle.

„Hat dich dein Dad am Wochenende etwa wieder die Spätschicht machen lassen?", fragte sie dann den Jungen und lächelte ihn ebenfalls freundlich an.

„Sein Vater ist Pächter der Shell-Tankstelle am Ortseingang", klärte Tony mich auf, während der Rothaarige den Kopf schüttelte. „Schön wär's. *Ausnahmsweise* Morgan und Co."

Er warf seinem Freund einen amüsierten Blick zu, so als wäre die Aussage tatsächlich lustig gewesen.

Abby wirkte nicht unbedingt begeistert. „Ich weiß, dass es sich für euch rentiert, aber wie lange lasst ihr das noch mit euch machen?"

„Es ist nicht nur das Geld."

„Das sind Arschlöcher!" Mit ihrer Hand zeigte sie auf die Mensa.

„Und ihre Touren geraten langsam, aber sicher außer Kontrolle", sagte Terrance und erntete von den Neuankömmlingen einen nachdenklichen, aber zustimmenden Blick. „Genau wie sie."

Der Junge steckte Abbys Notizen weg und starrte Terrance dabei herausfordernd an: „Wer soll sie bitteschön daran hindern? Ihr?"
„Woran?", fragte ich und griff nach meiner Limo. Noch bevor ich die Dose aufmachen konnte, nahm Drew sie mir ab und erledigte das an meiner Stelle. Sobald er sie mir zurückreichte, seufzte ich laut. Dachte er jetzt etwa schon, mir wäre durch meine Verletzung am Hinterkopf die Fähigkeit abhanden gekommen, eine Lasche umzuklappen? Wie gern hätte ich seinen Blick gesehen, wenn Monsterhunde hinter mir her waren. Oder Schmerzen mich von innen heraus verbrannten.
„Dave, das ist Melody", stellte Abby mich vor und riss mich aus meinen allzu plastischen Gedanken. „Sie ist neu an der Lincoln. Sag ihr doch bitte, was du Profitables in deiner Freizeit machst."
„Hi, Melody", schüchtern reichte er mir die Hand. „Viel von dir gehört."
„Mimi", korrigierte ich und schüttelte sie kurz. „Nur Gutes hoffe ich."
Seine Augen waren sanft, aber auch übermüdet. „Nur."
Unter meinem durchdringenden Blicken vergaß er zu antworten. Sekunden verstrichen, in denen nichts passierte.
„Vegard …", half Grant ihm auf die Sprünge.
„Ach", wischte er das Thema mit einer Handbewegung fort, „das ist schnell erklärt. Wenn Morgan, Luke und die anderen um die Häuser ziehen wollen, fahren Dan, John, Murray oder ich sie eben."
Ich rieb mir die Stirn. „Ihr bringt sie zu der Location?"
„Und sie können trinken, ohne Angst um ihre Führerscheine zu haben", nickte er. „Oder Autos."
„Weiter." Auf Abbys Gesicht zeichnete sich ein Stirnrunzeln ab.
„Wenn sie fertig sind, rufen sie uns an, damit wir sie wieder abholen – was wir natürlich machen."
„Ihr fahrt sie hin und zurück?"
„Sie und ihre Begleitungen. Irgendwie müssen sie ja heim", entgegnete er. „Ich gebe zu, am Anfang war die Koordination mühsam, manchmal sind wir gegen Morgen eingeschlafen, haben das Telefon nicht gehört. Morgan hat uns vor Kurzem diese neuen handlichen Handys besorgt, die man überallhin mitnehmen kann", wie zum Beweis zog er sein iPhone aus der Tasche, „deren Nummer nur sie haben. So wissen wir, was los ist, wenn es klingelt."
„Warum um alles in der Welt tut ihr das?", entfuhr es mir. Ich bemerkte den Blick in Daves Augen und räusperte mich sofort. „Sorry."
„Wie gesagt: Sie bezahlen uns. Gut. Und sie sind umgänglich. Sie lassen uns die Wagen nach Hause mitnehmen und manchmal verlangen sie sie erst Tage später zurück und wir können sie solange benutzen." Er deutete zum Parkplatz, „hat jemand zufällig Lust auf eine kleine Spritztour mit 'nem Fünfer?"

Wir schüttelten einheitlich die Köpfe und er fuhr fort.

„Sie wollen lediglich, dass wir die Fahrzeuge wieder auftanken und das ist ziemlich easy, wenn der eigene Vater eine Tankstelle betreibt“, zwinkerte er mir zu.

Sein Freund brach zum ersten Mal sein Schweigen. „Und zu erzählen, man hinge mit Morgan Vegard und seinen Freunden ab, ist der Popularität hier auch nicht unbedingt abträglich“, er ignorierte die ungläubigen Blicke meiner Freunde und wandte sich an mich. „Ich bin Murray.“

Der Name passte.

„Freut mich“, antwortete ich mit belegter Stimme und wartete höflichkeitshalber, bis ich die nächste Frage stellte. „Wie gelangt ihr überhaupt zu ihnen? Wenn ihr sie hinfahrt, müsst ihr doch irgendwie nach Hause und letztlich wieder zurück, damit ihr sie abholt. Fahrt ihr mit ihren Autos?“

Dave schaltete sich wieder ein. „Das ist nicht gestattet. Da müssen Zug, Bus und Taxi herhalten. Wird problemlos durch die Einnahmen abgedeckt. Manchmal warten wir vor dem Haus oder Club, je nachdem wo wir sind.“

„Vier von euch machen das?“

„Eigentlich fünf, aber Tim ist grad im Krankenhaus“, erwiderte er knapp und machte erste Anstalten zu gehen. Mit Blick auf die Mensa wurde er stets unruhiger.

„Warte“, Tori schluckte. „Erzählt Mimi doch schnell, was haben Morgan und Luke letztes Mal mit euch gemacht, nachdem ihr euch verspätet habt.“

„Sie waren betrunken“, erwiderte er verteidigend.

„Was ist passiert?“, hakte ich nach und mochte das Gefühl nicht, das sich in meinem Magen ausbreitete.

„Der Bus hatte Verspätung und sie mussten deshalb auf uns warten.“

„Und?“

„Sie waren sauer. Wir mussten nackt nach Hause laufen.“

„Mitten in der Nacht?“

„Es war schon nach Tagesanbruch. Sie wussten, unser Weg führte an der katholischen Kirche vorbei, gerade passend zum Frühgottesdienst.“

„Sie waren betrunken“, wiederholte Murray.

„Außerdem hat uns Morgan die Ausweise abgenommen“, fügte Dave zögerlich hinzu. „Dadurch konnten wir nicht an dem Bandwettbewerb teilnehmen. Aber er konnte ja auch nicht ahnen, dass es ausgerechnet an diesem Samstag war.“

„Er wusste es“, zischte sein Freund laut genug, dass jeder es hören konnte. „*Deshalb* hat er sie eingesammelt.“

Abby legte den Kopf schräg und schaute mich zufrieden an. Murray hingegen fixierte unser Essen und ich reichte ihm wahllos das erstbeste Salamisandwich.

„Danke", sagte er und nahm es zögernd entgegen. Er war es wohl nicht gewohnt, etwas unentgeltlich zu bekommen. Ich lächelte ihn aufmunternd an und er sprach plötzlich weiter. „Tim hat es besonders schlimm erwischt. Letztes Jahr fing Matt was mit seiner kleinen Schwester an. Nachdem sie sich getrennt hat, ist Granofsky ausgerastet. Angeblich hatte er ihr zuvor bei der Führerscheinprüfung geholfen", er rieb Daumen und Zeigefinger aneinander, um anzuzeigen, auf welche Art er ihr behilflich gewesen war. „Kaum war sie mit ihm fertig, stand eines Nachts ihre Garage, samt neuem Wagen, lichterloh in Flammen. Tims Eltern sind nicht, ähm, wohlhabend. Sie hatten jahrelang auf den Wagen gespart. Bei dem Brand sind beide Autos bis auf die Karosserien heruntergebrannt. Niemand traut sich laut auszusprechen wer es war, aber eigentlich kann es sich jeder denken."

„Die Liste ist beliebig fortsetzbar", seufzte Michelle und spreizte ihren Zeigefinger ab, um weiter aufzuzählen. „Als Morgan vorletzten Winter völlig blau quer über eine Kreuzung schleuderte, kamen vier Leute, die ihm nicht mehr ausweichen konnten, ins Krankenhaus, drei Wagen hatten Blechschäden. Es folgte keine Anzeige, keine Vernehmung, nicht mal 'ne Beweisaufnahme."

„Stattdessen gründete sich unser Fahrservice", warf Dave ein.

„Klausuren werden mit Eins bestanden", ihr Mittelfinger folgte, „selbst von Matt. Mandy sitzt neben ihm in Mathe. Sie hat gesagt, in den letzten beiden Prüfungen hat er jeweils nur ein leeres Blatt abgegeben."

„Regelmäßig schwänzen sie, tagelang kommen sie nur zu den letzten Stunden – ", fuhr Tori fort,

„ – meist wenn sie davor feiern waren", ergänzte Dave,

„ – aber keiner von denen hat jemals nachgesessen."

„Sie gehen manchmal mitten im Unterricht. Stehen auf, packen ihre Siebensachen und spazieren zur Tür hinaus – fahren ins Vegard Center oder zum Lake Hunt. Die Lehrer tun so, als bemerkten sie es nicht." Tony presste die Worte fast hervor. „Letzten Donnerstag beschlossen Morgan und Shelby während ihres Referates, dass Wasserstoffbrücken etwas Uninteressantes sind. Noch ehe die Tür ins Schloss fiel, hielt es Ms. Fisher einfach für sie zu Ende. Sie bekamen eine Eins."

„Nicht zu vergessen ihre Herbst- und Frühjahrsrituale", sagte Grant. „Das letzte hast du ja miterlebt. Vor den Sommerferien haben sie die Turnhalle geflutet."

„Wozu das denn?", verschluckte ich mich an meiner Limo.

„Unsere Gegner um die Meisterschaft letztes Jahr waren die Sharks", Drew verdrehte die Augen. „Nach dem letzten Spiel hat jemand ihr Maskottchen geklaut und versenkt."

„Will ich wissen, was ihr Maskottchen war?"

„Eine meterlange vergoldete Haistatue, die angeblich über hundert Jahre lang in Besitz der Schule war. Vor jedem Spiel rieben die Spieler deren Flosse. Nach dem Sommerritual hat die Mannschaft es in kleinen, zersägten Stücken zurückgekriegt – nachdem die Feuerwehr das Wasser abgepumpt hatte."

„Ich dachte, ihr hättet gewonnen."

„Haben wir auch."

Abby fuhr fort. „Geld regiert die Welt. Die Vegards zogen her und brachten ihr Vermögen mit. Du kennst doch den schicken neuen Vorort im Westen?"

„Die Spellman-Siedlungen?"

„Ausnahmslos Eigentumswohnungen. Sie waren daran beteiligt. Nach dem einträglichen Verkauf flossen Spenden an den Bürgermeister, die Polizei, die Krankenhäuser, Stiftungen und Schulen. Sie schufen Vergnügungsstätten und Arbeitsplätze. Ihre Kinder saßen brav neben ihrem Daddy, während er Schecks unterschrieb und für die Übergabe posierte. Die Lokalblätter waren voll von seiner ‚Großzügigkeit'. Und die Kleinen fand jeder süß … Dann wuchsen sie heran und was sie auch anstellten – es wurde toleriert. Morgan fing mit Sport an und sobald er den ersten Titel in der Geschichte der Lincoln High für die Basketballmannschaft einfuhr, wurde er zum Helden. Die Halle der Schule war wieder voll, der Ticketverkauf boomte, die Stadt schloss sich zu einem Kollektiv zusammen, verbunden durch sportlichen Erfolg. Dann langweilte Basketball ihn und er fing mit Football an, ebenso erfolgreich, und voilà, die Massen sprechen ihn vollends heilig. Dass er ein Gesicht hat, für das man sterben würde, erledigte den Rest."

Das stand mir wahrhaftig bis oben. „Wie kommst es, dass diese Aussage mir langsam zum Hals heraushängt?"

„Weil es jeder sagt. Oder denkt."

„Und aus all diesen Gründen sind sie beliebt?"

„Wir sind beliebt", erklärte Grant und winkte einem hübschen Mädchen, das die Geste erwiderte, „die sind …"

„Der Olymp der Beliebtheit."

Die Klingel unterbrach Michelles letzten Satz. Mein Kopf summte voller Informationen.

„Genug von ihm. Ich brauche jetzt drei Stunden Ablenkung, wenn ich Matt nachher im Training nicht ummähen soll", sagte Tony. Drew stand auf und klopfte den Dreck von seinen grau-blau gestreiften Shorts, bevor er Abby die Hand reichte.

„Hat mich gefreut, Mimi", erklärte Dave und Murray nickte. Sie verabschiedeten sich von den anderen und gingen diskutierend in Richtung Schule. Ich schwankte zwischen Frust, Wut und Verzweiflung, ohne mir erklären zu können warum.

Morgan war ein Fremder. Es konnte mir herzlich egal sein, was er mit seinem Leben anstellte.

Tony half mir auf.

„Weißt du, was das Schlimmste an ihrem Benehmen ist?", fragte er mich und zeigte mit dem Kinn in Richtung der Mensa. Nachdenklich schüttelte ich den Kopf.

„Dass niemand da ist, um es ihnen zu verbieten."

*************************************

Am Donnerstag setzte ich meinen Spießrutenlauf fort, selbst wenn ich mir dabei lächerlich vorkam, gerade dem Jungen aus dem Weg zu gehen, dem die meisten Mädchen dieser Schule entgegengelaufen wären. Nach gestern jedoch fühlte ich mich mehr denn bestärkt in der Entscheidung, mich von ihm fernzuhalten. Ich hatte meine Freundinnen spontan zum Kochen eingeladen, dabei waren weitere haarsträubende Einzelheiten über ihn ans Licht gekommen.

Michelle rührte gerade den Teig für die Pizza an und Tori und Abby kämpften mit Oliven- und Champignondosen, da Marc in die Küche gestürmt kam.

„Wie lange noch?"

„Der Backofen heizt schon", sagte ich und reichte ihm die Salami. „Mach die bitte auf und leg sie auf den Tisch zu dem Schinken."

„Mimi?", fragte er und zerrte dabei an der Plastikpackung.

„Ja, Süßer?"

„Glaubst du, du wirst bald zu einem Spiel wollen? Eins der Tigers? Jetzt, wo es dir besser geht? Drew spielt doch mit und Abby geht bestimmt auch." Er plapperte aufgeregt.

„Und was ist mit uns?", fragten Michelle und Tori gespielt beleidigt.

„Ihr seid doch bei jedem Spiel da", entgegnete er und riss mit einem Ruck die Verpackung auf. Salami flog durch die Luft und klatschte auf den Boden, den Tisch, mir auf den Kopf.

Ich lachte, schüttelte die Scheibe aus meinem Haar und steckte sie mir in den Mund. Marc schlug peinlich berührt die Augen nieder.

„Wir haben noch mehr Schinken", munterte ich ihn auf und reichte ihm eine neue Packung. „Diesmal mit Gefühl. Stell dich am besten an den Tisch, dann fallen sie da darauf."

„Also, was sagst du?“, fragte er nach einigen ruhigen Sekunden und ich hörte mit dem Ausrollen des Teiges auf.
„Lassen dich deine Eltern nur in Begleitung dahin?“
„Ja.“
„Was meint ihr?“, wandte ich mich lächelnd an meine Freundinnen. „Wollen wir uns einen Abend Football mit dem größten Tigers-Fan Mainfields antun?“
„Ich weiß nicht recht.“ Abby fuhr sich mit dem Finger ans Kinn.
„Kinder können anstrengend sein“, sagte Michelle.
„Ich werde so ruhig sein, dass ihr vergesst, dass ich überhaupt dabei bin.“
„Bis sie gewinnen“, sagte Abby.
„Oder verlieren“, fügte ich an.
„Biiiitttteeeee!“ Er klammerte sich an den Küchentisch, bis seine Knöchel weiß hervortraten. Der Schinken hatte das Öffnen schadlos überstanden.
„Aber nicht dieses Wochenende“, warf ich ein.
„Einverstanden“, quietschte er und rannte mich fast um in seinem Eifer, uns stürmisch zu umarmen. „Und die Tigers können gar nicht verlieren.“
Etwas quietschend, dass sich nach „die Neuigkeit unbedingt Mom und Dad erzählen“ anhörte, rauschte er ab. An der Tür blieb er kurz stehen. „Weißt du, was mega-obercool wäre?“
„Was, Süßer?“
„Ein Autogramm von Morgan – auf meinem Trikot!“
Weg war er.
Wie auf Kommando flutete mich Wärme, sobald ich seinen Namen hörte. Seufzend widmete ich mich wieder dem Teig.
„Wenn ich es mir aussuchen dürfte, hätte ich viel lieber etwas ganz anderes von Morgan“, schmunzelte Tori nach ein paar Sekunden des Schweigens und kam mit der Tomatensoße zu mir.
„Und das die ganze Nacht“, grinste Michelle und fing an, sie auf dem Teig zu verteilen.
„Ihr seid genauso verblendet wie die anderen Hühner, die den Boden unter seinen Füßen küssen“, spie Abby und machte sich am Schraubverschluss des Maisglases zu schaffen. „Wenn ich noch einmal diesen behämmerten Song hören muss …“
„Womanizer!“, kreischten die zwei ganz aus dem Häuschen.
Ich haderte mit der Frage, ob ich dafür eine Erklärung wollte, da gab Michelle sie bereits: „Britneys Lied ist Morgans Universal-Ton. Nachricht, E-Mail, Anruf, egal.“
„Auf einer Skala von eins bis ich-wandere-nach-Kanada-aus: Wie peinlich findest du es, dass sie das wissen?“

Ich lachte und Michelle warf mit ihrer Schürze nach Abby: „Die ganze Schule weiß das. Ertönt es, kriegt das entsprechende Mädchen ihre Periode oder Krämpfe, Nasenbluten oder Migräne – und verschwindet auf Nimmerwiedersehen irgendwo auf dem Weg vom Klassenzimmer zur Krankenschwester."

„Um später mit einem verklärt-glücklichen Blick wieder aufzutauchen …", ergänzte Tori.

„Ich brauche eine halbe Stunde zum Packen, Mimi. Wann bist du fluchtbereit?"

„Jetzt tu nicht so. Als ob du ihn von der Bettkante schmeißen würdest."

„Würde ich in der Tat. Im Leben gelten nicht nur Geld und Aussehen."

„Ha!" Tori kratzte den letzten Rest aus dem Glas und legte den Mais neben mich auf die Arbeitsplatte, während ich schweigend den Käse auf die Soße verteilte. „Nenn mir eine Sache, die darübersteht."

„Charakter."

Erneutes Schweigen machte sich in der Küche breit und Abby nickte zufrieden. „Wie heute bereits zur Genüge ausgeführt."

„Nun ja", Michelle war plötzlich kleinlaut, „selbst Dave hat es gesagt: Er kann schon auch nett sein."

„Aber noch öfter kann er es nicht."

„Abby", raunte ich sie an und wandte mich ab. Es war nicht meine Aufgabe, ihn zu verteidigen, wenn er mich am liebsten mit Gewalt gegen Sachen schleuderte oder mir drohte.

„Es stimmt schon, dass er es sich aussucht. Zu wem er nett ist und zu wem nicht, meine ich", sagte Tori und blickte von einer zur anderen. Nur Abbys Blick mied sie. „Hat sich aber noch niemand darüber beschwert."

„Natürlich nicht, Michelle", Abby fuchtelte ungeduldig mit den Händen, „du, Tori, Shelby und jede andere habt das Pech, denselben Geschmack zu haben wie 99,9 Prozent der Frauen. Das verschafft ihm die Bewunderung der Jungen. Was wiederum bedeutet, Mr. Wow bekommt, was und wen er will. Super für ihn, schlecht für den Rest. Bankrott, Streit, Mord, Totschlag – wie viele würden das in Kauf nehmen, um in seinem Zirkel zu sein?"

„Luke und Matt und die anderen sehen weder arm noch nach Waisen aus", sagte ich.

„Luke und *Matt*?" Ihre Stimme überschlug sich förmlich. „Granofsky? Hast du uns zugehört? Dieser Höhlenmensch ist schlau, wie die Nacht hell ist. Und zufällig sitzt sein Opa im Senat. Und Luke, oder auch Jared meinetwegen, sind beide Söhne aus gutem Hause. Ihre Väter, die Lenoire-Brüder, besitzen Weingüter in Südfrankreich, Spanien, Kalifornien, Australien, überall! Diese Kette ist beliebig weiterführbar."

„Er hat es doch gar nicht nötig, sich einflussreiche Freunde zu suchen. Sein Vater hat genug Geld."

„Das ist es ja. Es geht hier nicht ums Finanzielle. Er verkehrt halt nur unter seinesgleichen."

Michelle leckte sich die Lippen. „In jeder verdammten Hinsicht. Morgan, Luke und Jared, das ist, als hätte man die unheilige Dreifaltigkeit, gesteckt in das Äußere von Göttern."

„Sex-Göttern", nickte Tori und musterte verträumt ihre Hände. „Gemacht, um die Frauenwelt zu beglücken – sei's auch von Weitem."

Abby warf den Spülschwamm nach ihr und traf sie am Rücken. „Kalte Dusche gefällig?"

„Spotte du nur", funkelte sie sie an und legte die Schürze auf den Tresen. „Aber ich danke Gott jeden Tag für diese wandelnde Abercrombie-&-Fitch-Reklametafel. Stimmt's, Mimi?"

„Definitiv", grinste ich und duckte mich, weil eine Küchenpapierrolle nun auf mich zuflog.

„Nicht hilfreich", grummelte Abby.

„Genauso wenig wie lügen", erwiderte ich und hielt meine Hand zum Pfadfinderschwur hoch. „Morgan umgibt sich also mit reichen Freunden. Na und? Sein Leben, seine Entscheidung."

„Und mit Mädchen, die in Gottes Lichter-Universum Sparlampen sind."

„Shelby", grinsten Tori und Michelle.

„Brooke auch?", fragte ich. Sie wirkte auf mich äußerst wachsam.

Meine Freundinnen klappte der Mund auf.

„Brooke?", echote Abby und grinste die anderen an.

„Vorsicht, sag nichts Falsches über Brooke", warnte Tori mich.

„Habe ich nicht."

Das Telefon klingelte und beendete das Gespräch. Ich bedeutete ihnen weiterzumachen und bis ich meine Oma abgewimmelt hatte, war die Pizza bereits im Ofen und die Mädels dabei, den Tisch zu decken. Die Stimmung war wieder locker, nicht mehr im Geringsten geladen, und ich ließ ich es gerne gut sein.

***********************************

„Erde an Mimi", Gabe schüttelte mich sacht.

„Ich sag doch, manchmal ist sie wie auf einem anderen Stern."

Ich blinzelte und erkannte erst ihn, danach Abby. Einzelne Augen, Nasen und Münder setzten sich allmählich zu Gesichtern zusammen.

„Hi", sagte ich perplex und versuchte die Erinnerung an gestern abzustreifen.

„Faszinierend", feixte Gabe und strich sein Guns N'Roses-Shirt glatt. Dank seiner Outfits konnte ich mir mittlerweile ein reges Bild von seinem Musikgeschmack machen. „Wir haben wieder Kontakt."

Abby kniff die Augen zusammen. „Und? Bist du dabei?"

„Bei …?"

„Wie viel hast du mitbekommen?"

„Kommt drauf an. Steht ihr schon lange hier?"

„Fang am besten von vorne an", grinste Gabe und Abby sah sich um.

„Ich wollte wissen, ob du mitkommst. Um die Ecke hat eine Eisdiele aufgemacht. Beeilen wir uns, sind wir zur Pause zurück."

„Ähm – wir haben jetzt eigentlich Unterricht", wies ich sie dezent auf meinen Geschichtsraum hin.

„Nicht, wenn Mr. Salinger krank ist", sinnierte sie.

„Und du wüsstest davon, weil …"

„… ich zufällig am Lehrerzimmer vorbeilief, während Miss Potter das verkündete. Und bevor du jetzt weiterredest", sie blickte sich wieder um, „ja ich hätte eigentlich Chemie. Aber meine Laborpartnerin ist heute nicht da und sie hat die Aufzeichnungen. Also bevor ich in Lethargie verfalle, will ich lieber ein Erdbeer-Sahne-Eis mit meiner besten Freundin essen."

„Haben die auch Pfefferminz?", fragte ich und lächelte, indes sie die Mundwinkel verzog.

„Ich schwöre dir, Mimi, du hast den widerlichsten Eisgeschmack der Welt."

„Pfefferminz hört sich gut an", warf Gabe ein und Abby wandte sich ihm zu.

„Mit einer Kugel Gummibärchen- und Marshmallow-Kaugummieis dazu?"

„Bah."

„Eben: abartig."

„*Einzigartig* ist das Wort", erklärte ich ihr.

„Das ist *dein* Wort", lächelte Abby und Gabe tat es ihr nach. Ich ignorierte sie und fragte ihn, ob er mitkommen wollte.

„Kommt drauf an."

„Worauf …?"

„Ob ich eingeladen bin."

„Sicher", antwortete Abby und ich hakte mich bei beiden unter.

Sobald wir das Schulgebäude verließen und strahlender Sonnenschein meine Wangen wärmte, begann ein hitziges Gespräch über schlechte und gute Rock-Alben, das Video zu „November Rain" und ob Mick Jagger tatsächlich dermaßen herausragend tanzte, dass er ein eigenes Lied darüber verdiente.

„Ich mag Maroon 5", sagte ich und erntete ungläubige Blicke. Der Gehweg unter unseren Füßen war erfreulich stabil und zeigte keine Spuren von Blut.

„Sie mag auch Christina Aguilera", erklärte Abby über meinen Kopf hinweg und Gabe starrte mich an, als würde mir ein Horn aus der Stirn wachsen.

Ha! So einfach würde sie nicht davonkommen. „Rate mal, wer mich auf eins ihrer Konzerte mitgenommen hat."

„Da waren wir zwölf!", erklärte Abby entrüstet.

„Und textsicher."

Wir betrachteten uns einen Moment lang stumm und grinsten dann wie Honigkuchenpferde.

„Da sind wir", verkündete sie schließlich und Gabe hielt uns galant die Tür auf.

Während wir in dem kleinen, süßen Geschäft mit einer Theke lang genug, dass sie um die Ecke ging, hinter einer jungen Familie anstanden, bemerkte ich den liebevoll dekorierten Innenraum, an den Sitznischen angrenzten. Überall hingen Poster und Plakate mit Pop-Art-Motiven von Eisessenden, in der Gruppe, allein, kopfüber. Es war wie ein Regenbogen guter Laune.

„Schön hier", sagte ich und nahm die Karte von der Theke.

„Gelateria Vegard" stand mit goldenen Lettern darauf.

Neugierig schlug ich sie auf und ließ die anderen über meine Schulter mitlesen. Es wurden drei verschiedene Eisbecher, wobei meiner der einzige war, von dem die anderen sich weigerten zu probieren.

Zur Strafe bewarf ich sie draußen mit meinen Cocktailkirschen. Daraufhin stürmten sie mit Ananas- und Bananenstücken in der Hand in meine Richtung. Ich schrie vergnügt und startete meine eigene Verfolgungsjagd.

Als wir endlich anfingen, unser Eis zu essen, waren es eher Milchshakes.

Wir setzten uns auf die kühlen Steinstufen vor dem Haupteingang und ich fühlte mich derart herrlich albern, dass ich die Zeit vergaß. Wir erzählten und lachten, und nachdem Abby sich an einer Erdbeere verschluckte und Gabe ihr fest auf den Rücken klopfte, fiel mir auf, wie unkompliziert er war und wie leicht man mit ihm auskam. Ich kannte ihn erst seit Tagen, doch es fühlte sich an wie Jahre.

Neuerdings saßen wir sogar in Geschichte zusammen und dank der abstrakten Figuren, die er wahllos auf seinen Notizblock schmierte und bei denen ich es mir zur Aufgabe gemacht hatte zu erraten, wer die historischen Vorbilder waren, vergingen die Minuten wie im Flug.

„Gib dir einen Ruck. Du musst einfach mit", sagte ich gerade zum dritten Mal. Die schüchternen Blicke, mit denen Abby ihn bedachte, waren mir nicht entgangen. „Schließlich bist du auch neu. Die ganze Schule wird auf der Party sein."

„Ich hab jeglichen Anschluss, den ich brauche, danke sehr", erwiderte er charmant und lächelte uns an.

„Und dein ganzer Anschluss wird dort sein", sagte Abby und verzog den Mund zu einer Schnute.

„Was findet ihr nur an Luke?"

„Wer sagt, dass wir wegen Luke hingehen?"

„Der Umstand, dass die Party in seinem Haus steigt."

*Ist männliche Logik wirklich dermaßen universal?*

„Er unterschätzt uns." Abby klang verblüfft.

„Er wird sich das noch abgewöhnen", versicherte ich ihr.

„*Er* sitzt neben euch und kann euch hören."

„Er wird wieder in das Gespräch einbezogen werden… ", versicherte sie,

„… wenn er zusagt und am Samstag mitkommt."

Stöhnende Laute quittierten meinen Vorschlag.

„Bitte?", fragte ich und klimperte mit den Wimpern, wie ich das in alten Hollywoodfilmen gesehen hatte. Er lachte und ich hatte das Gefühl, dass es seine Wirkung verfehlte. Doch schließlich murmelte er: „Okay."

Zur Belohnung herzten wir ihn kurz in einer Art Zangengriff.

„Außerdem werden Drew und die anderen Jungs auch da sein", versuchte ich ihm noch mehr Gründe zu geben. Auch wenn ich mit Blick auf Abby nicht glaubte, dass sie nötig waren. „Du bist uns nicht hilflos ausgeliefert."

„Auch da gibt es bestimmt Schlimmeres", sagte er und half erst Abby und im Anschluss mir auf die Beine, bevor er unsere Becher wegwarf.

„Noch fünf Minuten bis zur Pause", stelle ich mit einem Blick auf die Uhr fest. „Treffen wir uns in der Mensa? Ich muss schnell zum Spind, meine Tabletten holen."

Natürlich begannen meine Kopfschmerzen, sobald ich wieder in der Nähe der Schule war.

„Wir sind die, die die Essensausgabe besetzen."

„Bis gleich", nickte ich und öffnete die Tür.

„Beeil dich", rief Gabe mir hinterher.

Ich sprintete den Gang hinunter und bog gut gelaunt in den linken Trakt ab, als ich wie vom Donner gerührt stehen blieb. Vorsichtig ging ich zurück um die Ecke und verfluchte die Schmetterlinge in meinem Bauch, die bei seinem Anblick unbedingt flattern mussten.

„Ich meine es, Brooke. Halt sie mir vom Hals." Morgans Stimme klang wütend und rau, ich fuhr regelrecht zusammen.

„Und ich meine es, wenn ich sage, dass du ihr Unrecht tust. Sie erscheint doch freundlich."

„Und wenn sie Mutter Teresa wäre – "

Brooke fiel ihm ins Wort. „Was ich damit sagen will ist, dass du versuchen solltest, die Dinge von ihrem Standpunkt aus zu betrachten. Das arme Mädchen hat überhaupt keine Ahnung. Du hättest an ihrer Stelle auch Fragen."

„Ich wünschte einfach, sie würde wieder verschwinden."

Der Klang seiner Stimme hatte sich verändert. Ich riskierte einen Blick, just da er sich an einen Spind lehnte. Brooke tat es ihm nach und gemeinsam starrten sie auf einen Punkt, den ich nicht ausmachen konnte. Dann fuhr ein Ruck durch seinen Körper und er stieß sich wieder ab.

„Was haben sie überhaupt für ein Recht, sich einzumischen?"

„Das hatten wir schon Morgan. *Du* hast gewählt, nicht sie."

„Es ist mein Leben, von dem wir hier sprechen."

„Und Mimis. Sie kann nichts dafür – und du hältst nicht mehr lange durch", sagte sie fast zärtlich und griff nach seinem Arm.

Am liebsten hätte ich ihr den abgehackt.

*Jesus.*

Hatte ich das gerade wirklich gedacht?

Morgan riss sich unter der Berührung sichtlich am Riemen. „Ich finde, es läuft okay."

„Weil ihr euch meidet. Das werden sie nicht ewig zulassen", sie schloss gequält die Augen, „und sie *leidet,* Morgan."

Sein Kopf schnellte in ihre Richtung. „Inwiefern?"

„Ich kann es fühlen. Tiefe, starke Schmerzen. Ihr Körper wird in Stücke gerissen, jedes Mal, wenn sich eure Blicke treffen."

Ich schnappte nach Luft und kroch zurück in mein Versteck.

„Das ist nicht mein Problem." Er klang jetzt trotzig.

„Nein. Aber versuch wenigstens, sie nicht mehr direkt anzuschauen."

„Morgan?"

Eine dritte Stimme fiel mit ein, die ihn über die gesamte Länge des Ganges rief. Ich biss mir innen in die Wange, um nicht vor Schreck aufzuschreien. Ein zügiger Blick auf die Blondine in Cheerleader-Uniform mit grellpinker Uhr am Handgelenk, und ich grüßte in Gedanken Mädchen Nummer dreizillionen.

„Was gibt's, Sidney?"

„Wir haben da drinnen eine kleine Meinungsverschiedenheit bezüglich des heutigen Ausflugsziels." Sie kicherte. Ein vermutlich zur Perfektion trainiertes Geräusch. „Scheinbar gibt es Vetos über die Art des Transportes und die Anzahl der Teilnehmerinnen."

Ich brauchte sein Gesicht nicht zu sehen, um zu verstehen, dass ihn das herzlich wenig interessierte. Das darauffolgende Schweigen sprach Bände. Die Pause dehnte sich, ehe Brooke sich erbarmte: „Werft eine Münze."

Der offene Sarkasmus brachte Morgan zum Lachen. Sidney ihrerseits hörte sich verloren an.

„Und was bringt das?"

Nun versuchte Morgan es mit Problemmanagement. „Würfelt, schreibt eine Liste, stimmt ab, helft euch irgendwie selbst."

„Amber sagte, sie will nichts entscheiden, solange du nicht –"

„Warum kümmerst du dich nicht ums Menü, Sid?", unterbrach er sie. „Und stell sicher, dass sie Kartoffelecken haben, keine Pommes, kein Püree. Wir treffen uns am Tisch und reden weiter."

„Kommst du denn gleich?"

„Keine Sauce. Kein Salat."

Sie wiederholte die Bestellung, als sei es das neue Vaterunser. „Sei unbesorgt, ich kümmere mich persönlich darum. Aber, Morgan? Wann, glaubst du, dass du wiederkommen wirst?" Sie kam neben ihm zum Stehen, indes ich gerade einen neuen Blick wagte, und fuhr mit einem rosa lackierten Fingernagel seine Brust nach. *Wie sich das wohl anfühlt?*

„Lass uns allein", antwortete er und entfernte ihre Hand.

„Darf ich dich heute Abend wieder treffen? Meine Eltern sind verreist."

„Nein. Ich hatte bereits, was ich wollte. Du bist jung, musst einiges lernen, viel nachholen. Aber Sex ist nichts, was *ich* dir beibringen werde."

„Was?", fragte sie verwirrt und blinzelte zu Brooke hinüber, die den Kopf wegdrehte. „Wir hatten doch Spaß! Das hast du selbst gesagt!"

„Du hast gebettelt und dich dabei ausgezogen. Ich bin ein Mann. Soviel ich weiß, haben dich genug Leute im Vorfeld gewarnt, dass es mir nur ums Bett geht. Nicht mehr. Nie."

„Aber … wenn ich … vielleicht könnte ich …"

Morgan schüttelte den Kopf. „Mach was Sinnvolles und besorg mir mein Essen."

„Ja, sicher, kein Problem", stammelte sie widerwillig. Ihre Sohlen quietschten auf dem Linoleum, während sie ging, begierig ihm jeden Wunsch zu erfüllen. Kaum war sie verschwunden, schaute er Brooke an.

„Hör zu", Morgan rieb sich übers Gesicht, sein Ton ausdruckslos, „dieses Mädchen ist ein Bauernopfer in ihrem Spiel. Das tut mir zwar leid, aber ich kann es nicht ändern. Was ich jedoch beeinflussen kann, ist deren nächster Schachzug. Und ich werde ihnen zuvorkommen."

„Ich verstehe dich, wirklich", sagte Brooke und verschränkte die Arme vor der Brust, „aber dann tu euch den Gefallen und starr sie nicht dauernd an!"

Es dauerte lange, bevor er antwortete. „Meinst du, das hätte ich nicht versucht? Denkst du etwa, ich würde es nicht wollen?"

Ein metallisches Scheppern krachte durch die leeren Flure, als er gegen den Spind trat, und machte es schwer, seine nächsten Worte zu verstehen: „Wenn wir Glück haben, vertreiben sie diese Schmerzen ja vielleicht wieder dorthin zurück, wo sie hergekommen ist."

Ich hatte genug gehört und machte auf dem Absatz kehrt. Unschlüssig wohin, lief ich hinaus, atmete die frische Luft tief ein.

*Wer würde was nicht ewig zulassen? Und wer hat wen wofür gewählt? Warum weiß Brooke, wie ich mich fühle? Und was habe ich ihm bloß getan, dass er mich so sehr hasst?*

„Du siehst blass aus", bemerkte Sean, zehn Minuten später, da ich zu meinen Freunden stieß, „macht deine Wunde Probleme?"

Ich nickte und nahm mir den Apfel von Drews Tablett.

„Wo ist dein Essen?"

„Kein Hunger", brummte ich.

„Nächstes Mal holen wir uns das Eis *nach* der Pause."

Ich sah Gabe an, ohne ihn wirklich zu sehen.

„Mimi, geht's dir gut?"

„Ja", versicherte ich und schluckte den Brechreiz hinunter. „Bestens."

Tori und Michelles Augen hingen gebannt an der Mensa, unfreiwillig folgte ich ihrem Blick, zusammen mit den anderen. Shelby, auf Angriffskurs getrimmt, straffte soeben die Schultern und steuerte mit Mädchen Nummer zwei und drei im Schlepptau ihren gewohnten Tisch an, sichtlich darauf erpicht ihre Hüften aufreizend zu schwingen, damit auch jeder, der es wollte, in den Genuss des Anblicks ihrer Unterwäsche kam. Sie hielt hinter Morgans Stuhl an, dem Sidney gerade das Essen schnitt, und hauchte einen Kuss auf seinen Nacken, ehe sie auf den Platz neben ihn rutschte und mir einen Todesblick zuwarf, der Darth Vader eingeschüchtert hätte, während sie einen Arm lasziv um ihn legte.

Was das Theater sollte, war mir ein Rätsel.

Ich hielt wenig davon, mich von jemandem einschüchtern zu lassen, schon gar nicht von scheinheiligen Fremden, die ihren „Freund" mit fünfzig anderen teilten, aber die einundfünfzigste Partei auf dem Scheiterhaufen verbrennen wollte, die nichts anderes getan hatte, als sich mit ihm zu unterhalten.

„Achtung, Kugelhagel", kicherte Michelle und warf sich schützend vor mich. Dabei wurde ich umgerissen und landete schwungvoll auf Grants Schoß, der unsanft gegen Tony prallte – dessen Brei flog haarscharf an Gabe vorbei. Abby duckte sich und trat wild um sich, um den Angriff abzuwehren, und erwischte dadurch Terrance. Meine Hände schossen vor, weil er nach vorn fiel und ein ganzes Tablett geräuschvoll abräumte. Mehrere Wasserflaschen kippten um wie Dominosteine und ihr gesamter Inhalt schwappte direkt auf mich zu. Ich ließ die geretteten Teller ins Gras fallen und robbte rückwärts gegen Grant, der mich mit einer Hand festhielt und mit der anderen die Flaschen wegkickte, dabei streifte sein Ellbogen einen aufstöhnenden Tony.

Ich spürte den Druck um meine Körpermitte, sobald Grant mich packte und mühelos mit sich drehte. Coach Bellazzo gebührte Lob für das viele Training, das er den Tigers auftrug.

„Süß ihr beiden", grinste Terrance uns an und rieb sich die Rippen, da wo Abbys Flip-Flop ihn erwischt hatte. Er handelte sich eine mentale Backpfeife von mir ein, indes Grant Tony erklärte, er solle sich gefälligst verziehen, damit ich aufstehen könne. Dieser murmelte etwas von unsittlicher Berührung in Richtung Michelle und richtete sich die Hose. Gabe und Abby beseitigten stumm das Chaos.

„Was sollte der Mist?"

„Jemand musste Mimi vor der Irren beschützen", sagte Michelle todernst, wartete bis Grant mich absetzte, und tastete meine Arme und mein Gesicht nach Protokoll ab. „Das arme Kind wurde ja von Nummer eins regelrecht gegrillt."

„Danke. Aber sein Schätzchen kann mir nichts", ich drehte mich in Grants Schoß und versuchte meinen Hollywood-Augenaufschlag bei ihm, „nicht solange Drew seine Bodyguards positioniert hat."

„Ohne mich säßest du jetzt in einer Pfütze."

„Ohne mich wärst du jetzt nicht der Held der Stunde."

„Jeder hätte an meiner Stelle dasselbe getan", erklärte er mit stoischem Blick, als ginge es um die Entschärfung einer nuklearen Waffe und nicht um literweise Wasser.

„Bescheidenheit ist eine Zier", sagte Drew.

„Rette deine eigene Maid und wir reden weiter!"

Ich lachte, als das brennende Prickeln meine Haut aufritzte wie eine rostige Rasierklinge.

„*Ich* war es, die Mimi gerettet hat", verkündete Michelle.

„Michelle", erklärte ich unter Anstrengung, „Shelby ist mir schnuppe."

„Weil du ihn ihr nicht wegnehmen möchtest oder weil du ihr in ihren operierten Arsch treten würdest, sollte sie dich angreifen?"

Ich betrachtete Tony unfähig sie zu verstehen, und schluckte, da das Ziehen meinen Kopf erreichte und das Lied aus zig Lautsprechern ertönte.

„Du willst doch nur dabei sein, wenn sich zwei Mädchen prügeln“, sagte Abby und verdrehte die Augen.

„Heiße Bräute“, korrigierte Terrance, „Jungs wollen dabei sein, wenn sich heiße Bräute prügeln. Möchte ich Hausfrauen beim Todeskampf beobachten, kann ich mich auch in den Supermarkt zu den Haushaltsreinigern stellen und warten, bis es nur noch einen Waschmittelkarton gibt.“

Ich rutschte von Grant weg und beugte mich vor, um eine Pommes zu greifen und mich zu beschäftigen, da fühlte ich, wie der Schmerz abrupt stoppte.

*Gott sei Dank.*

Unauffällig blickte ich zur Mensa und die Kartoffel fiel mir aus der Hand. Morgan betrachtete mich weiterhin. *Das ist ein Novum*, dachte ich. Die Schmerzen hatten einfach mittendrin aufgehört.

„Das beantwortet nicht die Frage.“

Drew wartete gespannt. Aus der Art, wie er den Kopf schief legte, schloss ich, dass er das schon länger tat. Ich hing an seinen Lippen bei dem Versuch, mich an die Frage zu erinnern.

„Ich würde“, setzte ich an und fühlte seinen Blick weiter auf mir ruhen – das schenkte mir irrationalerweise Vertrauen und ich klang zu meiner eigenen Überraschung überzeugend und stark, während ich fortfuhr, „keiner in den Arsch treten, die Wartenummern für Sex mit ihrem Freund verteilt. Die Arme bekommt so schon vom Leben jeden Tag eine mit.“

Selbst die Punks klatschten Beifall, indes meine Freunde meiner kleinen Rede applaudierten und ich mich leicht in beide Richtungen verbeugte. Mittendrin setzte plötzlich etwas bei mir ein, das sich wie Multi-Organversagen anfühlte. Ich schluckte schwer. Mein Blick ging zurück über die Schulter und rastete mit seinem ein. Die Geräusche der Welt verstummten, selbst das Lied verstummte, sobald ich taub wurde und die unsichtbaren Hände gewähren ließ, die meinen Kopf unter Wasser drückten und mich ertränken wollten. Morgan musterte mich mit einer Intensität, die ich nie zuvor erlebt hatte und mit niemandem sonst erleben wollen würde. Shelbys Hand kraulte nun seine Haare. Sie schnurrte irgendwas in sein Ohr, das hundertprozentig nicht jugendfrei war, und wanderte mit der anderen Hand tiefer zu Regionen seines Körpers vor, über die ich nicht nachdenken wollte und sollte, seinem Blick folgte und mit Genugtuung begann, an seinem Hals herumzulecken. Zusammengekniffene Augen und die in Falten gelegte Stirn verrieten seine Anspannung. Er erstarrte, indes mein Herz schneller zu schlagen anfing und Jared nun ebenfalls aufsah, mich mit einer Sicherheit, die beeindruckend war, fand. Nach und nach wurde der ganze Tisch ruhig und immer mehr interessierte Blicke blieben an mir hängen, während Morgans Augen mich nicht eine Sekunde lang verlassen hatten. Unter all der Aufmerksamkeit entzündete sich das tödliche Nass, das ich am Rande wahrgenommen hatte, mich von Kopf bis Fuß einhüllte, und ein imaginärer Funke setzte mich in Brand.

Geschockt fuhr mein Blick an mir hinab, meine Kleidung trocken, meine Haare auch, züngelten die Flammen hoch und ich roch verbranntes Fleisch, meine Beine waren tiefrot und warfen Blasen. Ich biss mir auf die Zunge, bis ich Blut spürte. Echtes Blut, zweifellos.

Drinnen stieß Morgan Shelbys Hand unsanft weg, nachdem sie soeben mit einem triumphierenden Grinsen am Ziel ihrer Reise ankam.

Die Flammen verglommen zurück zu einem Funken und verschwanden. Zurück blieb nur die Erinnerung an die Flüchtigkeit leichten Rauchgeruchs und himmlischer Balsam, der sich auf meine Haut legte. Das kühlte und entspannte. Irritiert blickte ich auf meinen Unterarm, auf dem nun kleine grün-silberne Punkte um mein Armband tanzten wie Licht, das sich in einem Diamanten brach. Es war vermutlich das Schwierigste, was ich bis dahin tun musste – unter Berücksichtigung der letzten Tage und der Tatsache, dass meine Familie innerhalb von neun Minuten ausgelöscht wurde, erhielt diese Tatsache eine signifikante Bedeutung – aber mit immenser Sinnesgewalt und dem Mut der Entschlossenheit drehte ich ihm den Rücken zu und faltete meine Hände im Schoß, um nicht die heißen, grellen Flammen, die nun meine Haut am Bauch und Oberkörper alsbald durchfraßen, löschen zu wollen oder meine Nase zuzuhalten, in der sich Schwefel festbiss. Meine Handflächen schmolzen zu einem grauen Klumpenberg zusammen, wobei sie vor meinen Augen mit meinen Knochen eine Verbindung eingingen, die mir den Magen umdrehte. Der Schmerz, bei lebendigem Leib zu verbrennen, loderte unerträglich und –

„Mimi?"

Drews Finger schnippten zweimal vor meinem Gesicht herum. Der rote Brand hatte mir die Unterarme genommen.

„Ja?"

„Was hast du verloren?"

Er drehte meine linke Hand mit einem besorgten Blick herum. Schnaufend fixierte ich meine fünf Finger, die zitterten.

„Mimi?"

„Wo?"

„Du murmeltest, du willst ‚sie wiederhaben'. Und mein Gefühl sagt mir, du könntest jeden Moment in Tränen ausbrechen."

Ich hatte tatsächlich laut vor mich hin geredet.

Mit Blick auf meine Hände zog sich der Schmerz langsam zurück und erlaubte es mir, wieder klarer zu denken. „Mein Schmuckkästchen", ich folgte dem Einfall und zuckte mit der Schulter, um die Sache abzutun, „ich dachte gerade an mein Schmuckkästchen. Es ist in Hartford geblieben. Ich vermisse drei Ringe, die Mom mir geschenkt hat."

Abby warf einen Blick auf mein Gesicht und erkannte, dass ich log. Die Sorgenfalte auf ihrer Stirn wurde tiefer, doch sie sagte nichts. Ich entriss Drew schwach lächelnd meine Hand, um sie zu testen, zu fühlen, dass sie noch da war.

„Bitte doch einfach deine Oma darum, sie schickt sie dir sicher nach", schlug meine beste Freundin vor.

„Tolle Idee."

„So oder so", unterbrach Michelle, erpicht darauf, den Themenwechsel zu unterbinden, „Shelby ist in den nächsten drei Stunden bei mir, also halte dich vom naturwissenschaftlichen Block fern."

„Oder von ihrem Eigentum allgemein", nickte Tori.

„Ich verstehe einfach nicht, was sie – "

„Du bist Cheerleading-Material, Mimi", unterbrach sie mich und hob abwehrend die Hand, damit ihr das nicht passierte, „du bist hinreißend, nicht zu groß und nicht zu klein, hast eine Figur, für die dich selbst das Doppel-D-Kommando hassen könnte, bist bei Wettbewerben aufgetreten, standest oben auf der Pyramide. Du kennst die ‚Los! Kämpft! Siegt!'-Routine auswendig und die Jungs würden dir in Scharen nachlaufen, wenn Drew seine Beschützerprobleme in den Griff kriegen und es ihnen zugestehen würde, sich dir zu nähern."

„Absolut. Die Kerle an dieser Schule sind eine tickende Zeitbombe aus Oberflächlichkeit und Hormonen."

„Du bist ein Kerl an dieser Schule, Grant", konterte Michelle.

Sein Surferboy-Grinsen fand einen Weg auf seine Lippen. „Und ich spreche aus Erfahrung. Wäre ich nicht der ernannte Aushilfs-Bodyguard, würde ich auch – hmmm – nee", er zwinkerte mir zu, „doch nicht. Irgendwie nimmt es einem den Zauber, hat man das Objekt der Begierde bereits in seinem Hannah-Montana-Schlafanzug gesehen."

„You get the best of both worlds", sangen Abby und ich automatisch in imaginäre Mikrofone, wie zu unseren Teenie-Zeiten, wenn wir stundenlang taten, als sei mein Bett die Bühne und wir Miley.

„Und sie singen gehört hat."

„Was Michelle sagen will", Tori schnippte mit der Zunge, „ist, dass die Jungs dich heiß finden. Selbst diejenigen, die sich noch nicht entschieden haben, welchem Lager sie angehören, schenken dir

Beachtung – und damit erfüllst du zu einhundert Prozent die Voraussetzungen, um dem Schlampen-Squad beizutreten."

Ich bedachte Abby mit einen belustigten Blick, weil sie anzüglich mit den Augenbrauen wackelte, und öffnete lächelnd das letzte Wasser. „Das waren ziemlich überzeugende Gründe. Ich bewerbe mich sofort."

Michelles Augen blitzten. „Du könntest mit Morgan schlafen."

Ich verschluckte mich derart stark, dass ich dachte, er würde mich wieder betrachten, dem Gefühl des Erstickens zufolge. Grant schlug mir lachend auf die Schulter. „Nicht die gängige Reaktion auf diese magischen Worte", grinste er, „aber sie macht dich liebenswert."

Zungenschnalzend nahm ich eine ganze Handvoll Pommes und warf sie ihm ins Gesicht. Er seufzte und fischte sich welche aus dem Haar. Abby half ihm und reichte ihm eine, die sich darin verfangen hatte. Zur Belohnung bot er sie ihr an. Ihr Gesichtsausdruck war unbezahlbar. Schließlich stopfte er sie sich in den Mund und schielte zu mir herüber.

„Du warst schon früher schwer unter Kontrolle zu halten."

„Ich glaube, du verwechselst uns."

„Bam!"

Grant agierte plötzlich und Ducken war sinnlos. Ich lachte, als mir die Spaghetti vom Kopf fielen und in meinem Schoß landeten. Drew zückte sein Handy und ich hörte mehrmals „Klick", während ich mir mit den Fingern die Haare durchbürstete. Sobald ich sicher war, er hätte zwanzig Bilder, schleuderte ich eine Nudel in seine Richtung und traf seinen Pudding.

Sein Kopf neigte sich bedrohlich. Seine Augen glitten zur Seite. Ich stürzte mich in derselben Sekunde auf meinen Fruchtjoghurt wie er, nur saß ich näher und erreichte ihn vor ihm.

„Hey!"

Drew ergriff Luft, weil Abby ihm seinen Pudding direkt vor der Nase wegnahm und Grant hinstellte.

„Du hast angefangen, fairerweise beendest du es auch", sagte sie.

„Wer hat dich zum Schiedsrichter erkoren?", fragte Drew verstimmt und bedeutete seinem Freund, ihm den Nachttisch wiederzugeben. Dieser stellte ihn als Reaktion darauf hinter sich und zeigte ihm den Stinkefinger. Michelle, Tony und ich lachten.

„Die Evolution", gab Abby zurück. „Jene besagt, dass Frauen Männern in Reife um Jahre voraus sind." Ihr Blick huschte von dem Pudding essenden Grant zu dem augenscheinlich schmollenden Drew und sie nickte, ihre Mundwinkel unscheinbar zuckend.

Just da traten aus der Mensa Morgan, Luke, Jared, Matt und ein Junge, den ich nur vom Sehen kannte, der aber in Mathematik dem Lehrer erklärt hatte, er sei deswegen zu spät, weil es geklingelt hatte, bevor er den Raum betreten konnte. Einen Schritt hinter ihnen folgten Shelby, Amber, Dana und Jenna sowie ein Mädchen, aus einem meiner Fortgeschrittenen-Kurse, schließlich noch eine Gruppe Mädchen, die jung waren und kaum der Abschlussklasse angehörten, dafür aber wild kicherten. Morgan würdigte uns keines Blickes, genau genommen niemanden, doch indes er auf unsere Gruppe zuhielt, verengten sich seine Augen kurz und ich wusste, er zwang sich dazu wegzugucken.

Ich dankte ihm insgeheim und atmete erleichtert auf.

Fünf Mädchen, die aufgestanden waren, um ihm entgegenzukommen, grüßten ihn kichernd, bevor sie zur Seite traten, um Platz zu machen. Auch sie ließ er links liegen. Ihre Stimmung sank innerhalb eines Herzschlages von aufgeregt zu niedergeschlagen.

Wie es sich anfühlen musste, bei jedem Schritt einen Scheinwerfer auf sich gerichtet zu fühlen? Dann wiederum, hielt ich mir vor, wussten sie, dass sämtlich Blicke auf sie gerichtet waren. Sie wussten es und es war ihnen egal. Vermutlich weil ihnen klar war, wie einschüchternd perfekt sie waren. Nichts an ihrem Gang zeugte von dem Bewusstsein, permanent observiert zu werden. Jeder Schritt der Jungs war sicher, kräftig, geschmeidig.

Uns trennten geschätzte fünfzehn Meter.

Luke stoppte den Zug, weil er hektisch anfing, in seinen Taschen herumzukramen und nach einem kleinen Wortgefecht zurück in die Cafeteria sprintete. Die Art, wie sich seine Oberarme anspannten, indes Morgan die Hände in die Hosentaschen steckte und eine Unterhaltung mit Jared begann, zeugte von dem Unwillen, warten zu müssen.

Oder es hier draußen zu tun.

Die Jüngsten erkannten dies und umstellten ihn, sechs Hände überall. Shelby wirkte nicht glücklich darüber, aber gab ihnen mit einer Geste zu verstehen, dass es okay sei. Morgan grinste, packte sich die einzige Rothaarige und seine schönen roten Lippen legten sich auf ihre.

Michelle, Tori, Mädchen Nummer eins bis drei und die Freundinnen der Auserwählten, selbst die Punks starrten ihn plötzlich lüstern an. Das junge Ding fing an, in seinen Armen zu stöhnen.

*Was er mit ihr auch gerade anstellt, es hört sich an, als wäre er exzellent darin.* Missmutig spürte ich die ersten rauen, kalten Finger der Eifersucht über mein Herz kratzen.

*Ich hätte bestimmt auch Spaß daran, ihn zu küssen.*

Je nervtötend lauter das Mädchen wurde, desto tiefer spürte ich einen Stich, der schließlich ein Ausmaß erreichte, das ich fürchtete. Der Drang, ihr einen Eimer kaltes Wasser über den Kopf zu schütten, wurde unerträglich stark.

Das Mädchen warf den Kopf in den Nacken und lachte.

Wie eine Hyäne. Meine Fantasie ließ Bilder von ihr in einer einsamen Steppe entstehen, umgeben von hungrigen Löwen und Tigern, die eine Sekunde davor waren, ihre Beute in Stücke zu reißen und sie –

*Whoa.*

*Atme, Mimi.*

Meine Vorstellungskraft ging mit dir durch. *Reiß dich gefälligst zusammen! Die Arme hat dir nichts getan. Gut möglich, dass sie ein freundliches, nettes Mädchen ist.*

Ich biss mir in die Unterlippe, um mich zu beruhigen.

Meine Finger, Hände und Arme hatten von dem Drang, sie auf die Rothaarige zu richten das Kribbeln angefangen. Also biss ich noch kräftiger zu und spürte das Blut in meinem Mund. Selbst das war um Welten besser, denn dem Drang nachzugeben und herauszufinden, wohin das führte.

Ich müsste nur genau zielen und warten, was geschah.

*Nein*!

Und überhaupt – was ging es mich an? Warum nur konnte ich nicht aufhören, über ihn nachzudenken? Woher diese Besessenheit, ihn ständig beobachten zu wollen? Sich seine Augen, sein Lächeln einzuprägen? Ich warf ihm einen verstohlenen Blick zu und mein Herz gefror, um ohne Vorwarnung doppelt so schnell weiterzuschlagen.

*Bitte. Nicht. Nein. Nein. Nein!*

Verknallte ich mich gerade in den Schulplayboy? Wurde ich zum Stereotyp der Lincoln-High-Schülerin?

*Morgan kann machen, was er will. Mit wem er will.*

Ich würde lernen, das zu akzeptieren.

Oder besser noch würde ich lernen mitzuspielen, mich abzulenken. Mich auch nur anzusehen, mündete bei ihm in Vorwürfen, Abneigung und Zorn, aber ich schmachtete ihn an? Mein Kampfgeist wurde auf den Plan gerufen. Schön. Wen könnte ich küssen, damit mein Interesse eine neue Richtung einschlug? Drew war reizvoll, aber nichts Neues. Meine Augen schweiften suchend umher, da ließ Morgan das Mädchen los, als hätte er sich an ihr verbrannt.

„Zwanzig Mäuse, dass eine von ihnen oben ohne ist, bevor sie aus Mainfield raus sind“, grinste Grant in die Stille und legte den Schein auf den Rasen. Ich schüttelte den reizvollen Gedanken, ihn zu meinem Auserkorenen zu machen, ab. *Nicht Grant. Das ist unangemessen, verrückt.*

Terrance nickte. „Bin dabei.“

*Nein.*

„Gehe mit“, sagte Drew gleichzeitig und der Stapel war drei Scheine dick.

„Und wie genau wollt ihr das nachprüfen?“, integrierte ich mich in ihren Diskurs, zwang mich meine Konzentration umzuleiten. Das Ganze war daneben. Ich musste mit niemandes Gefühlen spielen oder ihn gar verletzen, damit ich von Morgan loskam.

Selbst wenn ich eine gewissen Neigung für ihn entwickelte, spielte es keine Rolle. Weil er niemals ähnlich empfinden würde. Und weil er jemand anderen mochte. *Vor allem* weil er zu einer anderen gehörte.

„Es wird Bilder davon geben“, zuckte Grant mit der Schulter. „Es tauchen ständig Bilder ihrer Feiern auf.“

„Arrogantes, selbstverliebtes … “, grummelte Abby.

Ich schaute sie scharf an. Morgan hatte sich mir gegenüber, zumindest wenn es darauf ankam, wunderbar verhalten. Er hätte mich zerfleischen lassen können, den Kaffee mich verbrühen. Stattdessen hatte er sich um mich gekümmert. Selbstverständlich würde eine Handvoll guter Taten, egal ob sie im Verborgenen geschehen oder nicht, seinem über Jahre perfektionierten Ruf keinen Abbruch tun. Und war ich ehrlich, verstand ich selber nicht, wieso ich ihn ständig verteidigen musste, aber mein Mund entwickelte ein Eigenleben. „Sind wir nicht besser als die? Besser als Gerüchte streuen?“

„Öffne deine Augen. Es sind keine Gerüchte.“

„Aber Lästereien. Unser eigenes Leben ist nicht derart langweilig, dass wir ständig über ihres reden müssten.“

Meine Freunde murmelten, manche zustimmend, manche abwertend.

Ich wandte mich von Abby zu Drew. „Kommt schon, Leute. Wie würdet ihr es finden, wenn euer Verhalten immerzu kommentiert werden würde?“

„Korrigiere mich, falls ich mich irre“, warf er ein, „aber dermaßen öffentlich, wie sie es halten, legen sie es darauf an.“

„Über sie zu reden, ja. Aber nicht jedes Muskelzucken zu bewerten. Wen schert es, was sie mit ihren Freundinnen anstellen? Warum sie schwänzen oder keine Moral zeigen? Vielleicht ist es, weil es sie keinen feuchten Kehricht interessiert. Vielleicht hat es aber auch ganz andere Gründe. Wir wissen, dass wir nichts wissen. Und dass weder Morgan noch seine Freunde da sind, um sich zu verteidigen oder etwas richtigzustellen.“

Gabe nickte zustimmend. „Indem wir über sie reden, grenzen wir uns nicht mehr von ihnen ab. Und wir fördern ihr Verhalten.“

Abby ließ den Kopf genervt kreisen, bevor Gabe ihr Gesicht drehte und ihre Zornesfalte mit einem Lächeln verbannte. Ich kannte sie wie meine Westentasche. Sie würde einsehen, dass da was dran war.

„Aber beobachten dürfen wir?“, fragte Michelle. „Objektiv und unbewertet?“

„Sicher.“

„Ein Insider wäre Spitzenklasse“, murmelte Tori ernst. „Bewirbst du dich jetzt, könntest du vielleicht morgen bei ihrer nächsten privaten Party dabei sein.“

Drew grunzte und Terrance lachte.

„Ein Hoch auf die Selbstbestimmung“, seufzte ich und stieß mit Drew darauf an. Die Flasche glitt durch meine verschwitzten Finger und bei dem Versuch, sie aufzufangen, preschte auch Grant vor. Wir knallten mit den Köpfen gegeneinander und meine Wunde meldete sich mit stechenden Schmerzen zurück.

„Au“, sagten wir gleichzeitig und ich blinzelte ihn benommen an. Seine Lippe blutete, wo er draufgebissen hatte, und er rieb sich das Kinn. „Das war's. Ab jetzt halten wir einen vorgegebenen Sicherheitsabstand ein.“

„Tut mir leid, Grant.“ Ich nahm ein Taschentuch in die Hand und beugte mich vor, um es draufzuhalten. Er grinste verschmitzt, ehe er mich fragte: „Hey, zärtlicher bitte! Kannst du den Schmerz nicht einfach wegküssen?“

*Kinderspiel*, lächelte ich in mich hinein. Wie sich herausstellte, musste ich niemanden zum Küssen suchen. Jemand hatte mich gefunden. Ich lachte, weil er übertrieben die Lippen schürzte. Die Sängerin beweinte ihren Liebsten und seiner Nähe Gewissheit, bevor Tori aufgeregt flüsterte: „Sie kommen.“

Ich nahm Grants Kinn in meine Hand und meine Wahrnehmung verschwamm zu einem Klecks aus Farben. Kalter Schweiß brach mir aus, ich beugte mich hastig vor und hauchte vorsichtig einen Kuss auf sein Kinn – und plötzlich war der Spuk vorbei.

Sobald er fast auf gleicher Höhe mit uns war, wurde Morgan langsamer und sein Tross mit ihm. Ich bemerkte Shelbys Blick und lächelte freundlich, sie zerfetzte mich ihrerseits in der Luft. Es gefiel mir, wie sich das Rot auf ihren Wangen um Nuancen verdunkelte und ich strahlte noch mehr. Shelby zog daraufhin an Morgans Hand und flüsterte ihm etwas ins Ohr, bevor sie hinter Grant trat. Die ganze Zeit über sprang ihr Blick von mir zu Abby, die, wie ich feststellte, die Hände zu Fäusten geballt hatte. In meinem Kopf hörte ich einen imaginären Ringrichter die erste Runde einläuten.

Nach außen wirkte ich gelassen und legte meine Gabel zurück auf den Teller. „Kann ich dir weiterhelfen, Shelby?“

„Wie gefällt dir Mainfield?“

Abby und Drew rückten auf. Terrance und Grant versteiften sich. In wenigen Sekunden würde sich meine Brigade formieren. Bereits ihrer

Spiele müde erwiderte ich. „Es ist warm, sonnig und voller neuer Geschäfte. Warum?"

„Bleib fern von uns oder du wirst dich nach Hartford zurücksehnen."

Ich lachte schallend los. „Damit du besser schlafen kannst?"

„Sei nicht lächerlich. Wir sind Cheerleader. Und was bist *du*?"

„Jemand, der Selbstachtung besitzt. Warum hilfst du nicht einem deiner *Cheerleader*, sich neue Unterwäsche für deinen Freund auszusuchen? Freundest dich zur Abwechslung mit einer an, die nicht früher oder später mit ihm im Bett landen wird? Oder untergräbst weiterhin zweihundert Jahre Frauenbewegung im Namen deines hormongesteuerten Herrn und Meisters?"

Tony war nicht der Erste um mich herum, der lachte, aber er war der Einzige, der selbst dann nicht damit aufhören konnte, als Shelbys Kopf unmittelbar vor der Explosion stand. Das ganze Blut verlieh ihr einen Hautton wie auf der Sonnenbank eingeschlafen. Da erfasste mich eine leichte Welle der Übelkeit. Überrascht huschten meine Augen an ihr vorbei. Morgan redete mit Jared und beobachtete mich aus den Augenwinkeln. Er –

*lachte*?

Unmissverständlich! Die kleinen Fältchen um seine Augen zeichneten sein Gesicht weicher. Ich liebte das tiefe, melodische Geräusch.

„Shelby", seufzte Drew und schüttelte den Kopf. Das Mädchen hatte sich keinen Zentimeter gerührt. „Wann siehst du endlich ein, dass du für ihn auf einer Stufe mit seinem Wagen stehst? Nützlich und schön, aber austauschbar. Du hast ihm nichts zu bieten, was er sich nicht auch bei anderen holen könnte."

Ihre Lippen waren zu einer schmalen Linie gepresst. „Weil du ihn kennst."

„Was gibt es da zu kennen? Jeder, der Augen im Kopf hat, erkennt, wie ihr euch von ihnen behandeln lasst. Seid ihr euch nicht zu schade dafür?"

„Siehe Frauenbewegung", verwies Abby auf meinen Kommentar. „Kusch, Fifi, Herrchen wird unruhig."

Die Augen fielen ihr fast aus dem Kopf, als sie sich panisch in Richtung Morgan umblickte, der sich weiterhin entspannt mit seinen Freuden unterhielt. Sie verdrängte die Erleichterung auf ihrem Gesicht, doch es reichte, um in mir Mitleid zu erwecken.

„Das da", ich deutete auf den Kokon schnatternder Konkubinen, die sich, wie ich feststellte, tatsächlich auf dieselbe Art ihre Haare nach hinten strichen, „ist nichts für mich, mach dir keine Sorgen."

Sie musterte mich aufmerksam, ehe sie sich zufrieden zum Gehen wandte. „Vergiss das bloß nie."

„Versprochen", murmelte ich und Abby rief ihr hinterher: „Falsche Richtung, Shelby. Die Schule liegt hinter dir. Mir ist klar, dass ich viel verlange, aber gib Bildung eine Chance."

Shelby hielt inne und musterte Abby von Kopf bis Fuß. „Wenn ich dich sehe, verzichte ich", erklärte sie schließlich boshaft und stemmte ihre Hände in die Hüfte.

Abby lächelte eisig. „Roboter."

„Freak."

„Klon."

„Shelby!"

Luke gab ihr ein unmissverständliches Zeichen.

„Komme!", zwitscherte sie und lief los.

*Gott bewahre mich davor*, schwor ich mir im Geheimen und betrachtete sie dabei, wie sie Jenna etwas zurief und schließlich im Inneren von Morgans Wagens verschwand, *jemals so zu enden.*

Vielleicht würde ich ihm nie näher kommen. Aber ich würde Morgan lieber ein Jahr lang aus der Ferne bewundern und mich sehnsüchtig nach ihm verzehren, als eine Minute damit zu leben, ihn mit zig anderen zu teilen.

Frustriert über diese Aussichten nahm ich meine Flasche wieder zur Hand und drehte den Verschluss auf. Das würde ein langes, langes Jahr werden.

***********************************

„Sag das noch mal, damit ich dich richtig verstehe." Meine Tante hielt mir ein kurzes rotes Kleid an den Körper und runzelte die Stirn.

„Ich bin auf einer Party eingeladen und du hilfst mir gerade bei der Kleiderauswahl."

„Und woher kennen wir diesen Luke?"

„*Ich* kenne ihn über Drew. Und du kennst ihn vermutlich auch. Er spielt für die Tigers." Theoretisch war daran nichts gelogen. „Luke gibt anscheinend jedes Jahr an seinem Geburtstag seine eigene Christmasparty und dieses Mal gehe ich ebenfalls hin."

„Weihnachten an seinem Geburtstag? Im September?"

„Er war ein Frühchen, das ursprünglich um Heiligabend auf die Welt kommen sollte. Das ist ihm zufolge Grund genug, um beide Termine auf einen zu legen."

Wir schüttelten zeitgleich belustigt den Kopf. „Warte! Lucas Lenoire?"

Ihre Augen waren plötzlich groß und ernst. Ob der Junge ahnte, wie weit sein Ruf bereits vorgedrungen war? Hatte er Angst, dass er irgendwann an Eltern geraten würde, die von seinem Frauenverschleiß gehört hatten? Würde deren Tochter sich überhaupt von einem etwaigen Verbot abhalten lassen? Oder heimlich aus dem Fenster steigen, um ihn dennoch zu treffen?

Die letzten Fragen hätte ich mir zweifellos sparen können.

„Glaube schon."

„Abby und Drew kommen auch?"

„Sie holen mich sogar ab."

„Okay."

Ich brummte missbilligend und nahm einen fransigen Jeansrock aus ihrem Schrank. „Scheinbar bin ich neuerdings nicht mal mehr in der Lage, eine Adresse in Mainfield zu finden. Als wäre ich sechs Jahre alt."

„Es ist lieb gemeint", antwortet Maddys Stimme dumpf. Sie kramte hingebungsvoll ganz hinten zwischen ihren klappernden Bügeln. „Das wird dir gefallen", sagte sie nach wenigen Momenten. „Ta-da!"

*Wow.*

Es war Liebe auf den ersten Blick. Das rote, trägerfreie Kleid reichte mir bis zur Hüfte, hatte einen hohen Seitenschlitz und schwarzen Spitzenbesatz an der Vorderseite, durch den die Haut blitzen konnte. Der Seidenstoff glänzte matt und fühlte sich leicht an.

„Höchste Zeit!" Ich umarmte sie und rannte in mein Zimmer, um endlich meine Haare zu trocknen. War der richtige Moment dafür erst verstrichen, fingen sie an, sich zu Locken zu kräuseln.

„Deine Mom hatte dasselbe Problem", lächelte Maddy, sobald sie mit einer Schuhschachtel in der Hand und dem Kleid über der Schulter hinterherkam. Gedankenverloren hängte sie es am Türrahmen auf, stellte sich hinter mich und bürste wortlos meine Haare. Ich schlug die Augen nieder und hoffte, sie würde das Thema ruhen lassen.

„Wie willst du sie tragen?", fragte sie seufzend.

„Offen." Ich betrachtete mich skeptisch und war froh, dass ich ab heute meine Wunde nicht mehr abdecken musste. Und obwohl ich es mir niemals laut eingestehen würde, freute ich mich auf diese Party. Und auf einen bestimmten Jungen, der unter den Gästen sein würde. Morgan hatte einfach beschlossen, mich nicht leiden zu können? Ich würde ihm beweisen, was ihm dadurch entging.

Eine Stunde später stand ich vor einem sprachlosen Drew und grinste ihn an.

„Wahnsinn", pfiff er durch die Zähne und nahm meine manikürte Hand, um sie zu betrachten. Dann drehte er mich um die eigene Achse und pfiff erneut, nachdem er das gewagte Dekolleté am Rücken entdeckte. „Es passt erstklassig zu dir."

„Keine Ahnung, wie lange ich auf diesen Schuhen laufen können werde", warf ich ein und sein Blick wanderte zu den schwarzen,

schwindelerregend hohen High Heels, an dem er hängen blieb und sich verdüsterte. Absätze war ich nicht mehr gewohnt.
„Damit hast du mir offiziell den Abend verdorben."
„Warum?" Ich öffnete Abby, da ich sie durchs Fenster auf den Eingang zuhalten entdeckte.
„Weil ich nicht von deiner Seite weichen kann. Hast du den leisesten Schimmer, wie Jungs in meinem Alter sind?"
„Wie du", erklärte Abby und schob ihren Kopf durch die Tür. „Aber hallo, fremde Frau!"
Sie trat ein und pfiff nach einem Rundumblick auf meine Garderobe. „Wer sind Sie und was haben Sie mit unserer Mimi gemacht?"
„Sieh dich selber an", gab ich anerkennend zurück und lobte ihren dunkelblauen Mini-Rock mit weißem Top.
„Als wir in eurem Alter waren, war zu viel Haut strafbar", ertönte die Stimme meines Onkels. Ich erkannte noch aus den Augenwinkeln, wie er mit der Kamera meiner Tante hantierte, da blitzte es auch schon doppelt.
„Eine Vorwarnung wäre fair", sagte Drew, wuschelte sich durchs Haar und trat in unsere Mitte. „Noch mal auf drei, bitte."
Wir winkelten strahlend jeweils James-Bond-mäßig ein Bein vor ihm an und er legte seine Arme grinsend um uns.
„Drei", sagte Trevor und ich liebte das Foto bereits jetzt.
„Das war aufrichtig", flüsterte Drew Abby zu, die in Gedanken versunken nickte.
„Ein Unterschied wie Tag und Nacht."
„Worum geht es?"
„Süße", raunte meine Freundin leise, vorsichtig und zögernd. „Lass uns kurz über deine schauspielerische Leistung in letzter Zeit reden."
Mein Herz setzte aus und die gute Laune verschwand schlagartig um sich vor meinen Augen in blanke Furcht zu wandeln. Über den Kloss in meinem Hals hinweg und mit schwitzigen Händen entgegnete ich, vermutlich schnippisch. „Lass es uns *nicht* tun."
Drews Ansprache war noch frisch.
„Niemand hält dir dein Verhalten vor", ihre Stimme war brüchig geworden und Drew übernahm.
„Was wir ausdrücken möchten ist, dass du mehr bist als die Summe der letzten Monate."
Er lag falsch. Dieser, zugegeben kurze, Zeitabschnitt machte mich aus. „Bin ich nicht."
„Sehr wohl", erwiderte Drew streng. „Und sei dir sicher: wir werden dir weiterhin auf den Wecker gehen, Mimi. Morgens, mittags, abends. Mit dir reden, dich mürbe machen. Diese Dämonen vertreiben."
„Welche Dämonen?"

„Die, die aus Sonnenlicht Schwärze machten und dich in ihr gefangenhalten. Die dir verbieten Farben zu erkennen. Du warst ein Regenbogen. Jetzt bist du tristes Grau. Außer in flüchtigen Momenten, in denen die Farbe durchschimmert, wie vorhin."

Um meinen Schmerz zu verbergen lachte ich ein unnatürlich, scharfes, hässliches Lachen. Es war dermaßen hässlich und unnatürlich, dass selbst ich zusammenzuckte.

„Du willst es nicht wahrhaben", schüttelte Abby den Kopf. Ihre ganze Haltung, ihr Gesicht änderte sich und nach einem Blick auf Drew erhaschte ich einen Moment Enttäuschung bei beiden. Sie kaschierten ihn, dennoch war er unmissverständlich da.

„Was?"

„Mimi."

„Was?", fragte ich scharf.

Drew schüttelte den Kopf. Abbys Finger wickelten sich um meine Unterarme und sie drückte zu, ehe sie sagte: „Verlass diese hermetisch abgesicherte Festung in deinem Kopf und schau dich um. Nur für eine Minute! Du hast alle Hände voll damit deine neue Welt anzunehmen, deinem Kummer auszuweichen, weshalb du dich in ein Schneckenhaus verziehst und nichts um dich herum wahrnimmst."

„Du hast keinen Schimmer, wie es ist."

„Es schert mich einen feuchten Kehricht!"

Die Wucht ihres Ausrufes schleuderte mich zurück und ich war dankbar, dass Drew plötzlich hinter mir stand und mich stützte. „Du gibst dich auf, findest Ausflüchte weshalb, warum. Tragödien geschehen. Diese hat dir genug genommen und jetzt erlaubst du auch noch, dass sie dich unter sich begräbt. Erkenne endlich, dass du Schlachten schlagen musst, um einen Krieg zu gewinnen. Eine nach der anderen."

„Was glaubt ihr, was ich mache?!"

Drew war knallhart. „Davonlaufen."

„Deinen kampflosen Rückzug vorbereiten."

„Ich kann höchstens versuchen, was in meiner Macht steht", erklärte ich leise und fühlte meinen Hals mit Emotionen zuschwellen. Und ob es ihnen passte oder nicht, anderes war nicht drin. Ob richtig oder falsch, es war was es war. „Aber ich gebe was ich kann, um damit glücklich zu werden."

Der ganze Raum starrte mich an, meine Tante, mein Onkel, meine Freunde. Jeder wollte drauf antworten. Aber die Sekunden verstrichen und mein Herzschlag beruhigte sich, schließlich wurden Abbys Augen sanft und sie gab mir einen Ruck bis ich gegen sie stolperte, mein Gesicht an ihrem Hals. Ihre Hände glitten an meinen Hinterkopf und strichen mir über das Haar. Drew schloß den letzten Abstand und seine starken Arme legten sich um uns.

Erneutes Klicken.

Ob ich dieses Bild lieben könnte, war unklar. Oder jemals anschauen.

„Ich kann glücklich werden", flüsterte ich kaum hörbar. Sie drückten mich fester.

„Wir möchten es glauben", raunte Drew in mein Ohr und mein Magen rumorte.

„Aber solange das in Arbeit ist, stehen wir daneben und drangsalieren dich weiter. Was es auch benötig, um zu dir durchzudringen."

„Zu deinem eigenen Besten", schloss Abby.

Wie Tage zuvor, gab ich ihnen Hoffnung. „Okay."

Wie zuvor, war es eine Lüge.

Erleichtern schnaufte sie. „Okay."

„Da das nun erledigt ist . . Können wir?" Drew riss sich zusammen, schnappte sich mit einem halb-echten Grinsen unsere Taschen und legte die Hand an die Klinke. Auf sein Stichwort erwachte der Flur wieder zu leben. Meine Tante wischte sich über die schimmernden Augen und mein Onkel schluckte schwer. „Ich will sie um spätestens ein Uhr wieder hier haben."

„Jawohl, Sir."

„Zwei Uhr ist auch nicht schlimm", korrigierte meine Tante heiser und stellte sich neben ihren Mann.

Maddy war sicherlich froh und erleichtert Zeugin meines emotionalen Ausbruchs zu sein, auch wenn sie es nicht zugeben würde, mich streiten, ja sogar mich ausgehen zu sehen. Nicht, dass sie mich bedrängt hätte, aber anhand der hundert Gespräche über meine mangelnde Redebereitschaft oder mein Einsiedlertum wusste ich, sie befand, ich legte mir selbst eine Strafe auf, indem ich mich beispielsweise daheim verkroch.

„Danke", ich hauchte ihnen vorsichtig einen glossigen Kuss auf die Wange und schob meine Freunde durch die Tür und zu Drews Wagen. In der Abendluft streichelten feine Brisen meine Wangen, Abby nahm meinen Unterarm und zog mich mit sich, machte sich über jeden von Drews Football-Stickern auf der Stoßstange lustig, indes er das Auto aufsperrte und mich huckepack auf den Beifahrersitz schleudern wollte. Ich quietschte, wehrte mich mit Händen und Füßen, prustete und schnappte nach Atem, verhandelte meine Freilassung und löste sie lächelnd ein, indem ich Abby ablenkte. Es war warm, ich freute mich auf die Party und verspürte sogar wieder aufflackernd die Lust am Neuen. Den ganzen Weg über erzählten mir die anderen von Lukes letzter Weihnachtsparty. Es überraschte wenig, dass diese nichts mit Konvention am Hut hatte.

Umso besser.

Das Haus wo sie stattfand, konnte man hören, bevor es in Sichtweite kam. Viele Autos parkten kreuz und quer im sauber gemähten Vorgarten, teils in Blumenbeeten, teils in Büschen. Wir fanden einen winzigen Spot in der Einfahrt neben einem teuer aussehenden Cabrio, bei dem ich Angst hatte, es beim Aussteigen zu zerkratzen. An der Straße standen weitere Fahrzeuge, blockierten Auffahrten und Garagen. Die ganze Schule war anwesend. Eine schwere Haustür aus dunklem Holz stand weit offen und gab den Blick frei auf einen DJ, der sein Pult hinter einer einladenden hellbraunen Ledercouch aufgebaut hatte. Die Party hatte erst angefangen und schon lief die Musik auf voller Lautstärke. Selbst im Flur wackelten die auf einem Holzregal stehenden sauber polierten, sicher sündhaft teuren Glastiere bedenklich unter dem Rhythmus des Weihnachtsmedleys. Beeindruckt, dass man den Mash-up von „Jingle Bells“ und „In my head“ in tanzbare Musik umwandeln konnte, folgte ich Drew ins Wohnzimmer. Ich hielt seine Hand fest, guckte mich staunend um und entdeckte massenweise Weihnachtsdeko: Wahllos hingen weißgefärbte Tannenzapfen, Santa-Mützen und Mistelzweige von Dachbalken, die quer durch den riesigen Raum verliefen. Das Haus fiel von außen auf, aber innen erstrahlte es in ausschweifendem Luxus. Glaskugelleuchten, Holzvertäfelung, ein offener Kamin. Die Weingeschäfte von Lukes Dad liefen augenscheinlich ausgezeichnet.

„Ho, ho, ho. Trinkt und bleibt brav“, rief Luke und stolzierte mit einem Santa-Bart und rotem Bademantel durch die versammelten Leute, prostete jedem zu. Auf dem, was einst eine antike Kommode gewesen sein musste, räkelte Amber sich auf dem Rücken. Ihr Top war nach oben gerollt worden, vermutlich von den zwei dümmlich grinsenden Kerlen, die links und rechts von ihr knieten und aus ihrem Bauchnabel Shots tranken. Luke nahm eine Flasche Wodka aus der Hand eines Gastes und schüttete es über das lebende Glas, sodass sich vier andere ebenfalls auf sie stürzten und sie laut kicherte.

„Sät meine Lieben, dann kann Daddy kommen und die Früchte ernten.“

Die anderen hoben die Daumen in die Luft und Amber warf ihm eine Kusshand zu. Ich schwor mir im selben Moment, heute nach zwei Drinks aufzuhören.

Luke setzte fabelhaft gelaunt den Rundgang fort, klatschte da ab, haute hier auf einen Hintern, griff dort nach einem Gesicht und küsste es. Sobald er uns entdeckte, torkelte er herüber und zog seinen roten Bademantel mit einer Hand zurecht. Die Hälfte seines Getränks landete darauf.

„Andrew! Welche bezaubernde Schönheit bringst du mir?", fragte er und führte meine Hand an seine Lippen. Abby führte zugleich hinter seinem Rücken in einer Geste den Daumen an den Mund. Tapfer lächelte ich ihn an und entzog ihm dezent, aber bestimmt meine Rechte. Drew hielt sich dem Himmel sei Dank zurück. Noch.
„Alles Gute zum Geburtstag."
Sein Mund lächelte, doch seine Augen waren auf Halbmast und hingen an meinen Lippen.
„Danke für die Einladung", probierte ich es erneut.
„Ich danke dir."
Er warte eindeutig auf mehr.
„Ihr habt ein schönes Haus. Sehr … geschmackvoll", erklärte ich aus Mangel an Adjektiven. „Und weitläufig. Die komplette Schule scheint mitzufeiern."
Unter seiner Musterung wurde ich hibbelig, unterband aber es zu zeigen. Zugleich funkelte der Schalk in seinem Blick und ich merkte, wie er sich zusammenriss um nicht loszulachen.
„Yeah. Danke."
„Luke!"
Eine halbnackte Brünette rettet die Situation, schmiss sich ihm an den Hals und betrachtete ihn mit rehbraunen, lüsternen Augen. „Du hast gesagt, du kommst zurück. Das war vor einer Stunde, seitdem tanze und tanze und tanze ich, aber nie mit dir."
Ihre grellrosa Lippen verzogen sich schmollend.
„Gleich, Stella", sagte er und strich ihr mit der Hand über die Wange. Dafür erntete er mehr alberne Blicke und ein Kichern. „Heb mir den nächsten Tanz auf, einverstanden?"
„Wirklich?"
„Ehrenwort."
„Das ist kein Trick?"
„Würde ich dich anlügen?"
Er beugte sich zu ihr und küsste sie, sie strahlte daraufhin selig und ging mit einem lasziven Hüftschwung fort. Luke sah ihr nach, ehe er sich seufzend wieder uns zuwandte und offen grinste. „In der Küche findet ihr, was ihr braucht. Ist es nicht da, ordert es. Kreditkarten liegen auf dem Prospekte-Stapel. Meine Verpflichtungen rufen leider. Aber habe ich Zeit, finde ich dich", er schloss mich schneller in eine Umarmung, denn ich blinzeln konnte, und ergänzte an meinem Ohr: „Verstecken zwecklos." Zugegebenermaßen stand ihm der permanente Schalk in seinem Blick verflucht gut. Damit setzte er seinen Rundgang fort.

„Hat einer von euch Michelle gesehen?“, fragte Tori plötzlich neben mir und glättete ihr enges pinkes Oberteil. „Sie suchte das Klo, wo das auch sein mag.“
Abby wollte ihr antworten, doch stattdessen fuhr ihre Hand hoch und sie winkte jemanden. Gleich darauf waren Sean und Gabe da.
„Schaut mal, wem ich beim Einparken fast draufgefahren wäre“, grinste Drews Zwillingsbruder, war sein Ebenbild und dabei ganz anders, verschlossener, im Vergleich zu ihm.
„Gabe“, lächelte ich und meine beiden Armreife klimperten, weil ich mir eine Strähne aus dem Gesicht strich. Ich reichte Abby einen davon.
„Ein Unfall hätte mir zumindest das Erscheinen erspart.“
„Warum so grimmig? Das ist das Fest der Liebe“, grinste Tori.
„Der freien Liebe“, korrigierte Michelle und zeigte hinter sich. In einer Ecke vor der Küche fielen Jared und Sidney praktisch übereinander her. An der Art, wie ein zierliches, dunkelblondes Mädchen sie musterte und über den Raum hinweg geladen zu ihnen stampfte, war die Kleine Haifischfutter. Kaum angekommen flüsterte sie Jared etwas ins Ohr und während dessen Zunge noch im Mund seiner Auserwählten steckte, glitt seine Hand an den prallen Busen des Neuankömmlings. Ihr Gesicht erhellte sich und sie schubste die andere mit ihrer Hüfte weg, ehe sie selbst da weitermachte, wo die Vorgängerin aufgehört hatte.
„Das ist wie in einem Porno“, erklärte Abby und drehte mich weg.
„Einfachste Urinstinkte“, grinste Sean, „gelebt von einfachen Menschen.“
Ich lachte auf. „Es leben die Hormone!“
„Aber bitte in einem abgesperrten Zimmer.“
„Abby, unser Fortpflanzungstrieb ist elementar.“
Wir drehten uns in Drews Richtung, der abwehrend die Hände hob und dabei Bier verschüttete.
„Gott gab *uns*, damit *wir* geben.“
Gabe seufzte auf. „Oh Herr – wie verhöhnen sie dich.“
Wir lachten bei seinem gequälten Blick in Richtung Jared.
„Da braucht jemand dringend einen Drink“, sagte Abby und nahm seinen Arm. „Wer will sonst?“
Ich meldete mich als Letzte. Zehn Augenpaare starrten mich entgeistert an.
„Wir erinnern uns genausten daran, was am Samstag passiert ist. Jeder einzelne“, tadelte Drew und ich stemmte die Hände in die Hüften.
„Zum letzten Mal: Ich habe an meinem Geburtstag nichts außer Cola getrunken. Und den Sekt um Mitternacht. *Danach.* Was passiert ist,

war schlicht und ergreifend ein Ausrutscher auf einem Treppenabsatz."
„Also Cola?"
„Mit Rum. Auch bekannt als Cuba Libre."
„Mimi …"
„Drew …", erwiderte ich im selben mahnenden Tonfall. „Ich bitte euch, das kann nicht euer Ernst sein. Wir waren auf etlichen Partys, wo wir genug Cocktails hatten und ich danach keine Treppen hinuntergeflogen bin."
„Jetzt bringt ihr schon ihren Cuba Libre", stöhnte Tori und ich dankte ihr, doch niemand rührte sich.
„Meine Beine sind völlig in Ordnung. Ich kann ihn mir jederzeit auch selber holen."
„Einer schadet schon nicht", lenkte Abby daraufhin mit hochgezogener Augenbraue ein und ging voran. Vermutlich weil sie wusste, dass der Cocktail extrem schwach ausfallen würde, wenn sie ihn mir mixte. Gabe lief ihr hinterher, ebenso Tori und Michelle. Sean entdeckte Freunde draußen am Swimmingpool und verließ uns ebenfalls. Allein mit Drew beschwerte ich mich über die unangemessene Sie-ist-ein-rohes-Ei-Attitüde und erwartete seine einlenkende Zustimmung, die aber ausblieb. Tatsächlich war er während meines Monologs ungewöhnlich still geworden, die Augen fest auf etwas gerichtet. Ich folgte ihnen und entdeckte den Mittelpunkt seines Interesses.
„Geh zu ihr. Unterhaltet euch", schlug ich vor und musterte neidisch Brookes lange Beine, die in engen schwarzen Lackleggins steckten.
„Ganz so einfach ist das nicht."
„Nicht, wenn du es kompliziert machst."
Unsicher blickte er mich an.
„Du bist mein bester Freund, ich lösche keine deiner Mails. ‚Weil sie eine Art an sich hat, zu schweben, sobald sie sich bewegt', das stand in einer deiner Beschreibungen."
„Ich habe niemals Namen erwähnt, Mimi."
„Der Buchstabe ‚B' und deine unverblümten Blicke bedürfen keines Sherlock Holmes'. Sie ist dir unter die Haut gegangen, richtig?"
„Da ist sie noch."
Unauffällig biss er sich auf die Lippen und legte resigniert den Kopf in den Nacken.
„Spricht dafür, mit ihr zu reden."
„Wozu? Es spielt keine Rolle. Was war, war vorher."
„Vor was?", winkte ich ab, „vor einem halben Jahr? Was riskierst du groß? Niemand sagt, dass du sie ihm ausspannen sollst. Aber mit ihr sprechen – das ist keine Straftat."
„Wem ausspannen?" Seine Augenbrauen hatten sich verengt.

„Morgan“, erklärte ich.
„Das ist widerlich.“
„Er ist ihr Bruder.“ Abby hielt mir ein prall gefülltes Glas hin.
„Oh“, perplex schaute ich von ihr zu ihm zu Brooke. „Das ändert die Sache.“
„Hoffentlich“, grinste Drew und nahm von Gabe eine geöffnete Bierflasche entgegen.
Die Reue in seinem Blick verdüsterte seine Aura. Bestimmt zog ich ihn abseits. Drew musste darüber reden. Und in dieser Sekunde war ich mir sicher, er wäre endlich dazu bereit.
„Was ist passiert?“
Er lachte humorlos und betrachtete sie ein letztes Mal, bevor er die Stimme senkte und antwortete. „Wie das Leben spielt. Du triffst jemanden und kommst ihm nahe. Alles scheint perfekt. Und dann ändert sich einer von beiden von einem Tag auf den nächsten und verschließt sich. Man redet nicht mehr miteinander, man kommt nicht mehr an den anderen ran. Erinnerungen verblassen und plötzlich ist die Person, die man kennt, nur noch jemand, den man mal zu kennen glaubte.“
„Solche Veränderungen kommen nicht über Nacht.“
„Sie wollte sich damals nicht anvertrauen – sie wird es auch jetzt nicht.“
„Du hattest sie wirklich gern?“
„Ich hätte ihr die Welt zu Füßen gelegt.“
Mit einem großen Schluck spülte er den Schmerz hinunter.
„Ist das wahr, geh zu ihr. Zeig ihr, dass dich nichts davon abhalten kann, keine Launen, keine Geheimnisse, kein Vorwand.“
„Warum?“
„Weil es ihr nicht gefällt, dass du mich zur Schule mitnimmst, oder es sie stört, dass du mich umarmst. Ich war am Dienstag vor dem Café dabei, ich habe ihr Gesicht gesehen. Oder von mir aus, weil du nicht aufgehört hast, an sie zu denken, und sie auch keinen neuen Freund hat. Und weil du sonst eines Tages zurückblicken wirst und feststellen musst, dass du etwas aus falschem Stolz vermieden hast. Und mit diesem Bedauern zu leben ist tausendmal schwerer, als gleich verletzt zu werden, aber wenigsten zu wissen, woran du bist.“
Resigniert legte er den Kopf in den Nacken. „Wahrscheinlich sollte ich sie abpassen, bevor ihr Bruder kommt. Er ist nicht gerade mein größter Fan.“
„Hey, ihr zwei, wir wollen anstoßen“, rief Michelle über ihre Schulter.
Ich hauchte Drew einen aufmunternden Kuss auf die Wange und wir gesellten uns wieder zu ihnen.

„Auf eine Party mit neuen Freunden", Abby hob ihr Glas und nickte in die Richtung von Gabe, „keine Unfälle", damit war wohl ich gemeint, „und auf Weihnachten."

Eine gute Stunde später streifte ich auf der Suche nach einem Bad staunend durch das Haus. Von dem zentralen Wohnzimmer, in dem die Möbel zur Seite geschoben waren, um eine Tanzfläche zu schaffen, gingen etliche Türen ab, an der linken hinteren Seite führte eine Treppe ins beleuchtete Obergeschoss. Wie magisch davon angezogen fand ich mich vor dem Aufgang wieder, meine Hand strich gerade über das weiche, polierte Holzgeländer.

„Sieh mal einer an, wen der Weihnachtsmann hier angeschleppt hat", säuselte eine zuckersüße Stimme hinter mir.

Betont langsam drehte ich mich um. „Hey, Shelby."

„Was? Überhaupt nicht schlagfertig unterwegs heute, du Freak?"

„Du würdest es eh nicht merken", wandte ich mich ab und folgte dem Geländer mit Blicken nach oben.

„Hey, Melody? Warum heißt du überhaupt so? Mochte dein Dad ein bestimmtes Lied, bevor du geboren wurdest oder was?"

„Fuhr deiner etwa einen Shelby Mustang?"

„Was?"

„Dein wievielter Drink?", fragte ich mit einem Blick auf ihren halbleeren Plastikbecher.

„Geht dich nichts an." Sie trat näher und legte den Kopf schief. Ihre Stimmung schlug schlagartig um. „Du bist echt hübsch, weißt du das? Mit deinen großen grünen Augen und den dunklen Haaren."

Noch während sie nach ihnen griff, fiel sie fast auf die Stufen.

„Und du riechst wie eine Schnapsbrennerei." Ich hielt sie mit einer Hand auf Abstand und suchte gleichzeitig die Leute nach ihren Freunden ab.

„Lass mich!", nuschelte sie schwer verständlich und schlug nach mir. Dabei verlor sie endgültig das Gleichgewicht. In allerletzter Sekunde fing ich sie und stabilisierte sie mit einem beherzten Griff um die Hüfte. Ihr Drink hatte weniger Glück und landete auf den untersten Treppen.

„Wir bringen dich lieber in Sicherheit." Auf mich gestützt war von ihrer schlanken Figur nichts mehr zu spüren. Ich versuchte auf meinen Absätzen nicht zu stolpern und war erschrocken und dankbar, als jemand sie mir auf halbem Weg zur Couch abnahm.

„Sie hielt früher bis Mitternacht durch", sagte Matt grinsend und balancierte in der einen Hand eine Wodkaflasche und hielt mit der anderen Hand die arme Shelby fest. „Ich kann sie für dich übernehmen."

„Das wäre super", seufzte ich erleichtert.

„Du bleibst doch sicher länger?“ Die anzügliche Inspektion meines Outfits ließ mich instinktiv einen Schritt zurücktreten.

„Ja.“

„Wie ich. Wir sollten massig Zeit haben, uns kennenzulernen.“

*Nein, danke.*

Wahllos schaute ich mich in dem konstant voller werdenden Raum um und entdeckte doch tatsächlich eine Menschenschlange vor einer Tür anstehen. „Entschuldige“, wies ich auf das Badezimmer und zuckte mit den Schultern, zwängte mich an ihm vorbei, „man sieht sich.“

„Bestimmt“, erwiderte er und taumelte mit seiner Begleitung in die andere Richtung davon.

Das Bad, selbst die Toilette, war aus Marmor und nachdem ich beim Händewaschen an goldenen Wasserhähnen drehte, wusste ich endgültig, dass es nichts gab, was es nicht gab.

Zutiefst beeindruckt gesellte ich mich zu Tori, die mit ein paar Freundinnen in der Nähe des Ganges stand, und erwischte mich dabei, wie ich mich ausgelassen amüsierte. Wir teilten uns zwei Bloody Marys und redeten über die Lincoln High und Drew, den ein dunkelblondes Mädchen namens Amy „super schnucklig“ fand.

„Er ist nicht dein Freund, oder? Bitte sag mir, dass ihr kein Paar seid.“

Beinahe hätte ich mich verschluckt.

„Wo hast du das denn her?“

Tori hob eine Augenbraue in meine Richtung. Amy hingegen gaffte erstaunt. „Soll das ein Scherz sein? Das ganze Footballteam hat eine Wette am Laufen.“

„Bis auf Drew“, grinste ihre europäische Begleitung, die seit Kurzem Au-pair bei ihnen war.

„Ich hoffe, die Quoten stehen phänomenal für die Nein-Seite“, sagte ich und kam nicht umhin aufzulachen. „Wir sind nur Freunde.“

„Und damit hast du dich soeben dafür qualifiziert, mit *mir* befreundet zu sein“, prostete Amy mir zu und ich stieß mit ihr an. Sie war euphorisch, ich wollte ihr die Stimmung nicht mit dem Thema Brooke kaputt machen. Sobald ich das Glas an meinen Mund führte, war es leer. Zur selben Zeit wechselte die Musik und ein langsamer Song setzte ein. Immer mehr Paare fanden sich auf der Tanzfläche, drehten sich zum sanften Takt des Liedes. Jetzt taten sich neue Wege zur Küche auf. Ich ergriff die Gelegenheit beim Schopfe.

„Bin gleich zurück.“

„Hey“, eine Hand landete auf meiner Schulter. Großartig. Ich war keine fünf Meter weit gekommen. „Lust zu tanzen? Ich habe gehört, das sei dein Lieblingslied.“ Der blonde Junge lächelte und drehte mich um die eigene Achse, ehe ich ihm langsam, aber strikt meinen Arm entzog. Seine Hand rutschte an meiner Taille entlang, bis seine Finger auf meinem Hintern liegen blieben.

„Ich habe sie zuerst gekannt, also behalt deine fetten Griffel bei dir, Tristan“, erklang eine weitere Stimme unweit, gerade da ich auf mein Glas verwies. Neben uns erschien das Gesicht eines Jungen aus meinem Mathekurs. Er hatte mir erst heute seinen Stift geliehen und obwohl er nicht wie ein Mann vieler Worte wirkte, war die Geste nett und ich ihm dafür dankbar.

„Hi, Alex“, grüßte ich freundlich.

Er lächelte, bevor seine Hand Tristans abwehrte, die sich wie eine Schlange an meiner Unterwäsche entlangschlängelte. Bequemerweise behielt er den beleidigten Gesichtsausdruck eines Kleinkind bei, dem man sein Lieblingsspielzeug verweigerte.

„Du hast Rachel, Schwachkopf, überlass uns auch noch welche von den Guten.“

„Scheiß auf Rachel“, gab Alex trotzig zurück und schaute sich vorsichtig um. „Aber da wir gerade davon reden: Wo ist Laura?“

„Scheiß auch auf Laura“, erwiderte Tristan und grinste süffisant. Den Blick kannte ich. *Oh, oh* … „Ich opfere Laura auf einem Scheiterhaufen, um mit dir ausgehen zu können, Baby. Was sagst du, Mimi?“

*Arme Laura*, das *sage ich.*

„Nun“, rettungssuchend schaute ich mich nach dem kleinsten, greifbaren Strohhalm um. „Das ist ein sehr interessantes Angebot. Wirklich. Aber ich denke Drew ist da hinten und ich habe so ein Gefühl, dass es ihm unangenehm wäre, sollte …“

Tristan schüttelte den Kopf, beugte seinen Trizeps eindrucksvoll und sagte nach der kleinen, eigens für mich inszenierten Show. „Drew, Alex, ich – wir sind Tigers. Tigers halten zusammen, Tigers teilen. Dieser gesegnete Umstand verschafft mir ungeahnte Vorteile.“

Alex lachte und erwiderte laut genug, dass Tristan es hören konnte: „Sein Nachteil ist sein Gesicht“, er legte den Arm um mich und zwinkerte seinem Freund zu. „Zieh Leine und überlass die erste Liga der ersten Liga.“

Meine Wangen, selbst meine Ohren liefen an vor Scham.

„Tristan! Was in Dreiteufelsnamen machst du?“

Die hohe, empörte Stimme übertönte die wummernde Musik und ließ uns zusammenzucken. Augenblicklich wurde meine Schulter freigegeben. Ich lobte die große Blondine mit kirschroten Strähnen still für ihr Timing, sobald sie auf die Jungs zustürmte und über ihre Schulter zurückrief: „Trish? Schnell, hol Rachel! Soll sie mitkriegen, was für einen notgeilen Trottel sie sich angelacht hat!“

„Wow, stopp!“, Alex’ Grinsen fiel in sich zusammen, bevor er sich hastig verabschiedete und einem leicht strauchelnden Mädchen durch die Menge hinterherpreschte, „Trish! Warte!“

Zufrieden drehte sich die Furie uns zu und lächelte Tristan eisig an. „Nun zu dir.“

„Laura, mach jetzt bloß kein Theater. Ich habe mich nur mit ihr unterhalten.“

Er warf mir einen flehenden Blick zu, den ich mit Schweigen quittierte.

*Soll sich sein Scheiterhaufen-Opfer ihr eigenes Bild machen.*

„War mir ein Vergnügen, Laura“, erklärte ich ihr und ließ die beiden stehen.

Um weiteren, möglicherweise missgedeuteten, Blickkontakt zu meiden, starrte ich konsequent auf die teuren Teppiche und suchte das Muster in ihnen, während ich mich vor bis in die Küche quetschte, zum Waschbecken, das einen großen Metalleimer mit gekühlten Getränken beherbergte. Drei weitere standen auf der Marmortheke, umzingelt von Knabberzeug und Dips, M&M’s und Gummibärchen. Letztlich fand ich einen Plastik-Kübel auf dem Boden, der nur Alkoholfreies enthielt und entsprechend unbeliebt war. Ich kniete nieder, suchte eine Coke und hörte Laura Tristan anschreien, wurde passend zu ihr fertig, sprich zwischen den Eiswürfeln fündig. Nachdem ich mich aufrichtete, merkte ich, wie sämtliche Wärme aus meiner Umgebung gesaugt wurde.

Aus meinen Adern.

Die Worte „sese omnes amant“ erfüllten die Luft und durchschnitten den Coldplay-Remix. Ich schmeckte Tod und Verzweiflung, entdeckte steinerne Augen, die mich verfolgten. Die Wände kamen auf mich zu, der Raum wollte mich zerquetschen. Ein dunkelhaariger Junge reichte mir etwas und gerade da ich fragen wollte, ob er mich verwechselte, rempelte ich Luke an, der es mir wegnahm und ihm zurückgab.

„Spiel mit Zoey“, erklärte er meinem Gegenüber, der die Limettenhälfte nun skeptisch musterte, ehe er sich mit einem letzten Blick auf mich vom Acker machte. *Eine Limette?*

Luke beugte sich vor, damit ich ihn verstand. „Bleib fern von Zitronen und Limetten und trink besser nicht von dem Erdbeer-Limes, egal wie viele dir versichern, er sei schwach. Keine Frucht-Shots, keine Longdrinks mit Fruchtspießen. Wenn du den Abend genießen willst, Hände weg von allem Fruchtigen. Ich habe sie beim Anrühren beobachtet und Jared später damit herumhantieren sehen.“ Er lachte leise über meinen Gesichtsausdruck, nahm mir die kühle Flasche aus der Hand, um sie wegzustellen, und tadelte kopfschüttelnd: „Du bist doch gerade volljährig geworden.“

Ohne zu fragen griff er neben sich und fischte einem Mädchen, das sich soeben einschenkte, das Glas aus der Hand. Ihre Beschimpfungen ignorierte er galant, selbst nachdem sie ihn „Arschloch" nannte, warf er ihr lediglich eine Kusshand zu. Matt hatte das Ganze beobachtet und ging schließlich kopfschüttelnd dazwischen, gab der Rothaarigen ihr Getränk wieder und mir ein anderes.

Kaum hielt ich es in meinen Händen, dirigierte Luke ihn weg und widmete sich mir mit ungeteilter Aufmerksamkeit. Seine dunklen Augen waren in einem wirklich attraktiven Gesicht eingelassen. „Bist du doch? Letztes Wochenende?"

Ich räusperte mich und konzentrierte mich auf seine Fragen. „Am Samstag."

„Und du hast gefeiert, erzählt man sich."

„Mit Freunden, ja."

Luke stützte sich auf die hellgraue Marmortheke und fuhr mit dem Finger den Rand seiner Bierflasche nach. „Und jetzt erkläre mir, Mimi, warum ich nicht dazu eingeladen war."

Mein Herz hatte angefangen zu rasen, pumpte Blut durch meine Ohren und brachte sie zum Rauschen. Dunkle Fäden in meinem Sichtbereich machten aus dem Gesicht des Gastgebers eine bösartige Fratze. Ich wischte die Benebelung, so weit es ging, weg und unterdrückte den Impuls, wütend aufzustampfen. Es war unfair, dass ich Morgans Blicken hilflos ausgesetzt war, ohne zu wissen, von wo aus er mich beobachtete.

*Ich soll ihm ausweichen, aber er muss es nicht?*

„Weil wir uns nicht kannten."

Luke, mittlerweile bademantellos und nur in kurzen Shorts, die muskulöse Beine offenbarten, entfuhr ein kleines Lächeln, indes er mir eine Hand um die Schulter legte. *Warum nur gehen die Jungs an diesem Abend sofort auf Tuchfühlung?*

„Das würde ich gern ändern."

Ich verspannte mich weiter und versuchte das Zittern zu unterdrücken. Bemerkte er, dass der Inhalt meines Glases hin und her schwappte?

„Das wird schwer werden …", meine Stimme verlor sich. „Wir haben unterschiedliche … *Freundeskreise.*"

Seine vollen Lippen verzogen sich zu einem Grinsen, er kippte wortlos die Flasche und prostete mir zu. „Du hast dich mit Shelby hervorragend geschlagen. Wenige geben ihr Kontra."

„Eigentlich hab ich einen längeren Geduldsfaden. Aber sie hat etwas an sich, das mich irgendwie provoziert."

Luke beobachtete mich einen langen Moment, bevor er auflachte. „Was das wohl sein könnte …?"

Seltsamerweise hatte ich den irrwitzigen Gedanken, er könnte auch an einen umwerfenden Quarterback denken und spürte die Röte in meinen Wangen. Wie auf Kommando erreichten mich neue Qualen. Ich schaute mich auf der Suche nach einer Idee um, die aber auf sich warten ließ. Überall fielen Menschen übereinander her, auf Tischen, dem Boden, der Treppe. *Wo war Drew?*

Luke versuchte, mich wieder an sich heranzuziehen.

„Hast du Drew gesehen?", fragte ich ihn still.

„Negativ." Er nahm einen langen Zug aus seiner Flasche und warf sie achtlos weg. Ich wischte mir über die feuchte Stirn. Luke legte mir die Hand auf den Rücken und schob mich zur Seite, weil vier Leute ein Bierfass vorbeitrugen. Himmel, warum tanzten Flecken auf meinen Sichtfeld? Seine Hand lag schwer auf mir, als mir schwindeliger wurde und ich um Halt rang. „Du kriegst gerade einen blassgrünen Gesichtston, Mimi. Wie viel hast du heute Abend getrunken?", fragte er, unterzog meine Pupillen einer sorgsamen Prüfung. Ich mochte seinen gebieterischen Ton nicht, war aber dankbar für die Stütze.

„Keine zwei Cocktails. Ich bin nicht betrunken."

*Bitte lass mich gehen. Bitte lass mich gehen können.*

*Bitte ....*

„Soll ich vielleicht mit dir an die frische Luft?"

*Luft. Gute Idee.* „Hmmm, nein, danke, das kriege ich alleine hin. Bleib du nur bei deinen Gästen."

Ich machte mich von ihm los und griff sofort erneut nach seiner Hand, da mir unsichtbare Messer tiefe Furchen ins Gesicht gravierten. Ein Schnitt, zwei, drei, zwanzig. Es kamen binnen Sekunden Dutzende hinzu, das erste Blut begann meine Arme und Beine herunterzurollen und sammelte sich auf dem Boden neben Lukes Füßen zu einer kleinen Pfütze. „Mimi?", fragte er besorgt.

Seine Augen huschten über die rechte Schulter.

Ich schluckte und widerstand dem Drang, mein Kleid in Fetzen zu reißen, um die Blutung zu stillen. Die Erde kippte rapide zur Seite.

„Sorry", meine Stimme klang weit weg, „aber ich muss wirklich *dringend* hier raus."

*Und mich verstecken.*

*Bis Morgan wieder weg ist.*

Er nickte an mir vorbei, dann umschlossen seine Finger meine Hand und er bahnte sich ohne ein weiteres Wort schubsend den Weg aus dem stickigen Raum, hielt erst an der Terrassentür des Wohnzimmers an und lehnte mich dagegen. Ich begrüßte die Kühle auf meiner Haut. Die Menschen teilten sich erneut und Shelby tauchte neben uns auf. „Was hat sie?"

„Geh feiern, Shelby."

Eine neue Lethargie legte sich auf mich, weil seine Stimme aus weiter Ferne klang: „Mimi? Ich geh gerne mit dir."

Shelby schnaubte. „Bring sie einfach hoch in eins der Gästezimmer und lass sie ihren Rausch ausschlafen."

„Ich bin nicht betrunken", wiederholte ich, zugleich Luke ihr erklärte: „In ihrem Zustand würde ich sie nicht mal in meinem Zimmer *schlafen* lassen. Sie wäre gefundenes Futter für jeden Besoffenen, der zufällig hineintorkelt."

„Ihre Freunde finden sie schon rechtzeitig."

Wie ich ihre Stimme hasste. Um mich davon abzulenken, führte ich mein Glas an den Mund und nahm einen großen Schluck, bevor ich durchzuatmen wagte.

*Normales Wasser?*

Soviel Verantwortungsbewusstsein hatte ich Matt gar nicht zugetraut. Vielleicht war er doch netter, denn gedacht.

Obwohl ich mich anscheinend ausserhalb Morgans Reichweite befand – das Lied war komplett verstummt, das Gefühl in den Gliedern kam zögerlich zurück und meine Haut hatte zwar einen feinen Schweißfilm, war aber sonst völlig unversehrt – fühlte sich mein Kopf noch leicht an. Mit einem Blick auf meine Freunde entschied ich, während Luke und Shelby diskutierten, sie außen vor zu lassen. Bat ich jemanden, mich zu begleiten, würde das ohnehin nur dazu führen, dass er oder sie fragte, ob wie es mir gehe, ich würde ehrlich antworten und er oder sie mich für erschöpft oder blass aussehend befinden. Das würde darin gipfeln, dass ich schneller daheim landete, als ich „Ihr spinnt doch" sagen konnte.

Außerdem wollte ich keinen von ihnen stören. Abby und Gabe standen beim DJ und gingen mit ihm CDs durch, das letzte Mal, dass ich Drew gesehen hatte, unterhielt er sich gerade mit Brooke – juchhu! – und Terrance mit Sean und Grant. Michelle und Tori waren schon länger unauffindbar. Ich nahm an, sie hatten irgendwelche Jungs kennengelernt.

„Leute? Habt Spaß, okay? Geht tanzen. Ich komme zurecht."

Ich fühlte, wie Lukes Finger mir das Haar hinters Ohr strichen, bevor er nickte. Er zog mich an seinen Körper, fixierte meinen Nacken mit seiner Hand und raunte: „Sag Drew, er soll dich öfter mitbringen", bevor er die Terrassentür öffnete und wartete. Sobald sie lautlos hinter mir zuglitt, war ich woanders. Die dröhnende Musik verklang fast vollständig und die Hitze verlor sich in der kühlen Nacht. Ein paar Leute standen am Pool herum, unterhielten sich und rauchten, etliche Paare besetzten engumschlungen teuer aussehende Bast-Liegestühle und waren mit sich selbst beschäftigt. Ich gewährte ihnen die nötige Privatsphäre und ging unauffällig an ihnen und der Gruppe vorbei in einen entlegeneren Teil des Grundstücks, nahe einem kleinen Kräutergarten. Daneben spendeten am Tag hochgewachsene Bäume Schatten, zwischen denen die Luxusvariante eines Baumhauses befestigt war, das wiederum den Blick auf ein aufblasbares Kinderbecken ermöglichte, in dem das Wasser stand und einige Blätter trostlos auf der Oberfläche trieben.

Ich beugte mich gerade darüber, da begann der Boden unter mir sich zu drehen. Erst langsam, schließlich schnell und schneller wand sich der Wirbel um mich und meine Umgebung und zwang mich in die Knie. Um mich abzustützen, ließ ich mein Glas fallen und hörte ein dumpfes Geräusch, weil es im Wasser aufschlug. Sekunden später wurde mir schlecht.

Etwas stimmte nicht.

Diese Übelkeit war anders, nicht vergleichbar mit den Schmerzen, die Morgan bei mir auslöste – oberflächlich und kalt. Entsprechend panisch reagierte mein Körper auf den unbekannten Impuls. Ich versuchte ihn abzuwehren, wieder aufzustehen und ins Haus zu gelangen, aber meine Koordination war das Letzte und meine Augen nicht imstande, sich auf einen Punkt zu konzentrieren.

*Ruhig bleiben. Versuch dich aufzurichten.*

Doch allein die Frage, wie ich dafür Arme und Beine bewegen musste, blieb unbeantwortbar. Mein Kopf schien plötzlich leer und das Blut floss aus meinen Händen und Füßen und ließ sie kalt zurück.

Die Musik wurde laut und wieder leise, doch das konnte ich mir auch eingebildet haben. Am schlausten war es vermutlich, sich nicht von der Stelle zu rühren und abzuwarten, bis jemandem auffiel, dass ich fehlte. Darin hatte ich Übung.

Ich verlagerte das Gewicht und setzte mich so hin, dass keiner unter mein Kleid gucken konnte, dann dachte ich an Anna und wie sie sich vorstellte, auf einer einsamen Insel zu sein, wenn sie gestresst war. Sacht schloss ich die Augen.

Blaues Meer umspülte meine Füße.

Möwen kreisten mit festen Schwingen über meinen Kopf.

Dolchstöße durchhieben meine Brust.

Dem Schmerzimpuls folgend griff ich mir panisch ans Herz. Es blutete unter meinen Fingern kläglich aus. Angsterfüllt schlug ich die Augen auf, um prüfend an mir herabzustarren. Nichts. Hunderte Violinen gaben ein wundervolles Crescendo, bei dem mir der Schweiß ausbrach, spitze Zähne wühlten sich dabei in meine Haut und gruben sich tiefer und tiefer, hundertfach und schnell, mit dem Ziel, mich zu zerfleischen. Noch bevor die Sopranstimme einsetzte und der Himmel über mir zu einem fulminanten Sternenregen wurde, an dessen Horizont Klageschreie ertönten, sah ich ihn am Pool stehen.

Selbst verschwommen und in schwarz-weiß, erkannte ich an der Art, wie er die Schultern durchstraffte, dass es Morgan sein musste. Erkannte an seinem Spiegelbild im Wasser, dass er sich bewegte.

Und er kam genau auf mich zu.

Eiserne Fäuste hieben auf mich ein, zertrümmerten meine Knochen, einen nach dem anderen. Mehrere Hände wurden mir gereicht, zerfetzte, verfaulte Hände, die zu keinem Körper gehörten. Ich schlug nach ihnen und wich zurück, mein Armband leuchtend rot. Ein Reiter galoppierte auf seinem schnaubenden Tier dicht hinter mir vorbei, doch ich hatte keinen Zweifel, sollte ich mich umdrehte, wäre da niemand. Nachdem die Höllenhunde im Kräuterbeet ihre wartende Position einnahmen, ohne ein einziges Blatt zu zerknicken, und die Sängerin zärtlich anfing, stets eine Zeile zu wiederholen, war alles, was ich mit Sicherheit wusste, dass ich das nicht lange ertragen würde.

„Mimi?“

Die Art, wie seine Stimme meinen Namen aussprach, sprengte sich in mein Bewusstsein ähnlich einer Offenbarung. Durch den Schmerz hindurch flackerte Sehnsucht auf. Bis meine Wunde am Kopf aufriss und das Blut in Strömen meinen Nacken entlang lief.

„Geh weg“, bat ich, doch er kam ungetrübt wenige Meter vor mir zum Stehen. Ich schloss wieder die Augen und konzentrierte mich darauf, nicht ohnmächtig zu werden.

Das Einzige, was sich rührte, war der Reiter. Sein ungeduldiges Tier stampfte auf.

Anstatt Morgans sich entfernende Schritte zu vernehmen, machte mich ein anderes Geräusch neugierig und ich blinzelte um zu erkennen, wie er vor mir Platz nahm.

Je näher er mir war, desto selbstzerstörerischer gebärdete sich mein Körper.

Stromschläge jagten unkontrolliert durch mich hindurch und mündeten in Schwärze. Doch ganz gleich wie sehr ich es versuchte, ich konnte nicht aufstehen.

„Bitte“, meine Stimme war nur ein Flüstern, „bitte hör auf mir wehzutun.“

Er hatte eine elegante schwarze Hose an, die zu einem Anzug gehören musste, und an seinem weißen Hemd die obersten Knöpfe geöffnet. Sein Profil schwebte keinen Meter vor mir und war makellos, indes er den Reiter anvisierte und dabei eine Handbewegung vollführte. Geschöpfe, Gerüche und Geschmäcker erstarrten. Mein Körper stand still. Die Nachtluft sandte eine Brise durch den Garten und spielte mit seinen Haaren, schickte seinen Duft zu mir. Ich atmete tief ein, inhalierte seinen herben, frischen Geruch, der sich mit der Hitze seiner Haut vermischte. Es war wie ein perfektes Stillleben und ich versuchte, es mir detailliert einzuprägen. Dann war der Moment vorbei und er wandte den Kopf, um mich zu betrachten. Augenblicklich flutete neuer Schmerz jede Faser meines Seins.

„Amore dolores", sang ich das Lied still mit, um nicht darüber nachzudenken, wie jedes Organ in mir anfing zu versagen.

„Darf ich etwas versuchen?" Seine Frage durchkreuzte meine Bemühung und an dem verzweifelten Punkt, an dem ich angelangt war, hätte ich ihm sogar erlaubt, mich bewusstlos zu würgen, nur um eine Sekunde befreit durchatmen zu können. Ich nickte vorsichtig. Nein, ich traute ihm nicht, aber wie viel Schaden konnte er mir ernsthaft zufügen? Zusätzlich?

Er streckte eine Hand aus und nahm meine in seine.

Ich schreckte vor der ungewohnten Berührung zurück, doch da hielt er meine Rechte bereits fest umklammert. Zuerst fühlte ich nur das Prickeln auf meiner Haut, ehe Flammen durch meinen Arm schossen. Momente später flackerte in seinen Augen Schmerz auf, während sich meiner verflüchtigte und die Welt um uns in einer Symphonie aus Farben versank. Was in mir eben schrecklichen Qualen ausgesetzt war, heilte auf wundersame Weise, durchdrungen von der wohligsten Wärme.

Kaum ließ er mich los, fühlte ich mich wie nackt.

„Wie hast du das gemacht?", fragte ich ihn. Er schüttelte den Kopf.

Von dem Reiter war nichts übrig und die skelettierten Hände machten keine Anstalten mehr, mich zu erreichen. Meine Schmerzen waren wie weggeblasen. Einzig das Lied tanzte zwischen uns.

Damit würde ich zurechtkommen.

Unsicher zupfte ich an einem Grashalm und seufzte. „Danke."

Die Art, wie er sich auf den Armen zurücklehnte und mich musterte, zeugte von reinstem Hochmut. Er wirkte sichtlich bemüht. Bemüht, sich zurückzuhalten.

Wovon wollte ich gar nicht erst herausfinden. Mir lag nur am Herzen, dass mein Zustand einigermaßen stabil blieb. Und nichts weniger war in Gefahr, solange Morgan bei mir saß.

„Nun – das war ziemlich toll, aber ich denke, ich schaffe den Rest. Du kannst ruhig zurück zu deinen Freunden."

Flüchtig drehte er sich um und warf einen Blick auf das Haus. In meinem Magen spielten die Schmetterlinge förmlich verrückt. Ich hasste es, dass er in Reichweite war, ich ihn küssen wollte.

Noch mehr aber, dass ich es nicht konnte.

Kaum, dass er dazu überging, mich wieder nachdenklich zu mustern, musste ich unter seinem intensiven Blick schlucken. Mein Gesicht wurde heiß und mein Magen zog sich zusammen. Dass er mich mit so geringem Aufwand derart in Mitleidenschaft ziehen konnte, war kaum fair.

Er machte keine Anstalten zu gehen. Oder zu reden. Dann würde ich eben seine Aufmerksamkeit dafür nutzen, mit *ihm* zu sprechen.

„Ich will nicht unhöflich sein, schließlich hast du mir wahrscheinlich gerade das Leben gerettet – zum dritten Mal. Aber wie clever ist es, jemandem zu helfen, der einem ‚sein Leben' zerstört und den man ‚vom Hals geschafft' bekommen möchte?" Ich zeichnete die Anführungsstriche in die Luft und starrte ihn herausfordernd an. „Das Problem hätte sich vielleicht gerade von selbst erledigt."

„Du belauschst mich?"

„Nicht mal *die* Frage willst du beantworten?"

„Warum bist du hier?" In seinem Blick loderte es.

„Weil ich eingeladen wurde."

„Von Luke", sagte er amüsiert.

„Und?"

„Wie gut kennst du Luke?"

„Was tut das zur Sache?"

Er setzte sich wieder auf und überging meine Frage.

Öfter mal was Neues.

Während er weitersprach, deutete er mit der Linken auf sein Hemd. „Ich sollte gerade auf dem Bankett meiner Eltern sein."

Gedankenverloren schweiften seine Augen zu seiner Rechten und meine taten es ihnen nach. Meine Hand lag zurück in seiner. Verwirrt dachte ich darüber nach, sie wegzuziehen, spürte aber, wie richtig es sich anfühlte, dass meine Hand in seine *gehörte* – und sagte das Erstbeste, was Sinn machte: „Brooke ist auch da."

Er winkte ab. „Weil sie annahm, dass ich erscheinen würde. Sie will sichergehen, dass ich keine Dummheiten mache."

„*Warum* bist du hier?" Es war eher, dass ich laut nachdachte, als dass ich von ihm eine Antwort darauf erwarten würde. Überraschenderweise gab er mir eine.

„Ehrlich? Ich wollte da sein, wo du bist."

Ich blickte sprachlos in seine Augen, musste ermessen, wie sinnlos es war, mich über seine Worte zu freuen. *Das ist der berühmt-berüchtigte Morgan Vegard! Wie hoch stehen die Chancen, dass das nur einer seiner Sprüche ist?*

Eine Ahnung machte sich in mir breit und ich teilte sie ihm vorsichtig mit. „Soll das bedeuten, dass wir beide hier erscheinen *mussten*?"

Unumwunden hielt er meinem Blick stand. „Das soll bedeuten, dass wir es uns nicht wirklich aussuchen konnten. Es wird schwerer werden, das zu tun, was wir wollen, wenn das was wir wollen, einander meiden ist."

„Das ist das, was du willst", hielt ich ihm vor und hätte mich am liebsten dafür geohrfeigt. Mein Mund war schneller gewesen als mein Verstand.

Seufzend legte er meine Hand zurück auf mein Knie. „Weil es das Beste für mich ist. Und für dich."

Bei seiner belehrenden Art kochte in mir die Wut hoch.

„Ich kann dir nicht sagen, wie satt ich es habe, dass andere Leute entscheiden, was das Beste für mich ist. Meine Tante, Abby, Drew. Aber es wird schlichtweg lächerlich, wenn nun noch Fremde, die mich offensichtlich mit einer fanatischen Leidenschaft verabscheuen, es plötzlich auch zu wissen meinen. Und nur damit das klar ist, ich meide dich bereits. Aber", ich zuckte mit den Schultern und verdrängte das schlechte Gewissen, lauter geworden zu sein, „da dein Glück derart davon abhängt, werde ich mich verstärkt bemühen, dir nicht mehr unter die Augen zu treten."

„Das wird nichts nutzen", sagte er nüchtern.

„Und warum nicht?", funkelte ich ihn an.

Morgan kniff die Lippen zusammen und drehte den Kopf weg.

Um uns war es ruhig geworden.

„Wo war ich letzten Freitag?", versuchte ich es anders. „Was ist das?", ich zeigte auf mein Armband, „und woher kommt dieser Song?"

Selbstverständlich erhielt ich keine einzige Erklärung. Noch nicht einmal eines Blickes wurde ich gewürdigt. „Herrgott, Morgan! Ist es wirklich zu viel verlangt, begreifen zu wollen, warum das mit mir geschieht?"

Ich war auf einhundertachtzig, als er sich endlich dazu bequemte, den Mund zu öffnen: „Beruhige dich."

„Fahr zur Hölle", entgegnete ich und stand entschieden auf. Meine Beine fühlten sich an wie Wackelpudding. Die Bäume um mich griffen nach mir und vermischten sich mit dem anklagenden Flüstern der Nacht. Mittendrin hörte ich mein rasendes Herzklopfen und spürte wie ich abhob, um zu fliegen. Im nächsten Moment wurde mir schwarz vor Augen.

## *Kapitel 5*

Ich erwachte in einem fremden Bett.

In Unterwäsche.

Angst brach durch entsetzliches Kopfweh, als ich nach dem Laken griff und es mir schützend vor die Brust hielt. Meine Augen waren geöffnet, dennoch erkannte ich mein Umfeld nur verschwommen.

„Ganz ruhig", sagte eine mir bekannte Stimme und strich mir zärtlich übers Haar. „Ich bin's. Du bist in Sicherheit."

Tageslicht flutete das hell eingerichtete Zimmer, das ich wiederzuerkennen begann.

„Abby?"

Beim Klang meiner blechernen Stimme erschrak ich regelrecht. Ich versuchte mich zu räuspern, richtete mich vorsichtig auf. Meine Verletzung wummerte etwas und mein Hals war wie ausgetrocknet, doch meine Augen justierten sich letztlich und gaben den Blick frei auf meine erschöpft, aber erleichtert wirkende Freundin.

„Gott sei Dank." Das Bett schaukelte leicht, da sie sich neben mich setzte und aus einer Thermoskanne Tee in eine Porzellantasse einschenkte. Der Dampf ähnelte einem fliegenden Segelboot.

„Was ist passiert?", wollte ich wissen und biss mir voller Unbehagen auf die Unterlippe.

„Woran kannst du dich erinnern?"

„An", ich zuckte zusammen vor Schmerzen, „Lukes Party letzte Nacht. Wir sind zusammen hin und … mir war heiß, also bin ich nach draußen gegangen, frische Luft schnappen."

„Was noch?"

„Eine Unterhaltung mit Morgan. Dann … nichts."

Sie nickte ernst.

„Wir denken, jemand hat dir K.-o.-Tropfen ins Getränk gemischt."

„Was?" Ich spürte Tränen auf meinen Wangen und schaute bang unter die Decke.

„Nein, keine Sorge. Niemand hat dich angefasst", versicherte sie mir und ich entspannte mich ein wenig. Bei den letzten Worten reichte sie mir die Tasse und setzte sich im Schneidersitz auf die andere Seite des Bettes. Sie trug ihren Schlafanzug, die tiefen Ringe unter ihren Augen verrieten allerdings, dass sie nicht viel Ruhe abgekriegt hatte.

Meine kalten Hände nahmen begierig die wohltuende Hitze auf, während sich meine Gedanken im Kreis drehten. „Warum bin ich hier?"

Sie wirkte, als könne sie die Erklärung selbst nicht fassen.

„Morgan fand es schlauer, wenn wir dich in der Verfassung nicht nach Hause bringen. Und egal wie stark ich nachdenke, auch mir fällt nichts annähernd Plausibles ein, wie ich Maddy hätte erklären können, wieso du reglos und nicht ansprechbar bist oder ich unbedingt bei dir übernachten will."

„Maddy!", schrie ich und Abbys Hand legte sich beruhigend auf meine.

„Sie weiß Bescheid. Ich habe ihr letzte Nacht auf die Mailbox gesprochen und sie heute Morgen angerufen. Offiziell haben Tori, Michelle und du spontan beschlossen, bei mir zu übernachten. Wo es doch unweit der Partylocation ist."

„Deine Familie?"

„Ist bei meiner Großtante zu Besuch und kommt erst am Abend wieder."

„Gut." Ich lehnte mich gegen das metallene Bettgestell und versuchte meine Gedanken zu ordnen, indes eine empfindliche Information mit Verspätung mein Gehirn erreichte.

„Morgan?", fragte ich schrill. Kopfschüttelnd räusperte sie sich.

„Dir ist echt was entgangen."

War da der Anflug eines Grinsens auf ihrem blassen Gesicht?

„Wie lange hast du geschlafen?", fragte ich besorgt und fuhr mit der Hand an ihre Stirn. Abbys Augen waren blutunterlaufen.

„Ein paar Stunden. Ich habe mir alle sechzig Minuten den Wecker gestellt, um nach dir zu sehen. Das war echt gruselig, Mimi. Du hast stundenlang nicht einen Muskel bewegt."

„Tut mir leid."

„Nein", sagte sie vehement, „mir tut es leid. Mir hätte auffallen sollen, dass du weg bist, aber Clive, der DJ, Gabe und ich, wir waren so vertieft in unser Gespräch, dass ich nicht drauf geachtet habe."

„Du bist meine Freundin, nicht mein Babysitter."

„Drew wird mich umbringen."

„Warum?"

Sie schluckte. „Er hat sich nicht wohlgefühlt und ist kurz vor dem Zwischenfall gefahren. Ich glaube, er hat nach dir gesucht, dich aber nirgends gefunden, also hat er mich versprechen lassen, dass ich dich nicht aus den Augen lasse und – Gott", sie schluchzte, „stell dir vor, dir wäre was zugestoßen." Ich stellte meinen unberührten Tee auf den Nachttisch und strich ihr eine Träne fort. „Es ist wie letzte Woche, da hätte ich auch viel früher nachschauen gehen müssen."

„Mir fehlt nichts", machte ich klar und zwang sie dazu, mich anzuschauen. „Keine Beule, keine Blessuren, nicht ein Kratzer. *Du* hast mir nichts in den Drink getan, *du* hast mich nicht die Treppe hinuntergeworfen. Solche Sachen passieren einfach."

Sie wirkte nicht überzeugt.

„Als du dir letzten Sommer den Arm gebrochen hast, habe ich mir das etwa vorgeworfen?"
„Damit hattest du ja auch nichts zu tun."
„Genauso wenig wie du jetzt."
„Du hättest Gabe sehen sollen", sie fuhr sich mit der Hand über das gerötete Gesicht, „verflucht, du hättest Morgan sehen sollen!"
Benebelt griff ich wieder nach meinem Tee und nahm einen kleinen Schluck. Mein Körper fühlte sich an wie ausgedörrt, es war eine Wohltat, die heiße Flüssigkeit meinen Magen erreichen zu spüren.
„Was war mir Gabe und Morgan?"
„Die sind sich an die Gurgel gesprungen, und Matt und – warte", sie hob die Hand, um ihre Gedanken zu sammeln, „ich fange besser von vorne an."
Sie schenkte sich auch eine Tasse ein und schluckte, es kostete sie deutlich einiges an Überwindung zurückzuschweifen. „Drew fährt heim und wenig später fehlte von dir noch immer jede Spur, also fragte Gabe mich, ob wir dich in dem wilder werdenden Chaos nicht auftreiben sollten. Kaum will ich antworten, schon knallt es und Morgan taucht in der Terrassentür auf. Jeder wird augenblicklich still, Clive hält die Musik an, der ganze Raum starrt zu ihm. Sein Gesicht war rot – ich glaube, er bebte vor Wut. Morgan geht zu Luke, der mit uns bei Clive steht, und fragt ihn, wo Matt sei. Luke, der Arme, erwidert, er wisse es nicht, und dann schreit Morgan ihn schon an, er solle ihn gefälligst suchen", sie grinste mich an, „ich glaube, unser Gastgeber ist mit einem Schlag nüchtern geworden."
Ich grinste zurück und sie wurde wieder ernst. „Matt kriegt den Aufruhr mit, tritt hinzu und bevor er sich versieht, tickt Morgan aus, packt ihn am Kragen und zerrt ihn nach draußen, fragt ihn dabei und ich zitiere: ‚Was war das für ein Zeug?'"
Perplex verdaute ich die Information. „Matt?"
Abby trank ihre Tasse mit einem Zug leer und mied meinen Blick. „Wahrscheinlich. Brooke meinte, er hätte das schon vor Monaten auf einer College-Verbindungsparty versucht."
Wütend schlug ich mit der Faust auf die Matratze. „Dem kratz ich die Augen aus."
„Das wird nicht mehr nötig sein", schmunzelte meine Freundin und ergänzte: „Morgan hat sich darum gekümmert. Aber ich will nicht zu viel verraten. Warte bis du's morgen mit eigenen Augen siehst."
„Was passierte danach?"
„Sie verschwanden nach draußen und Matt kam nicht wieder. Wenig später trug er dich auch schon rein. Ich glaube, mein Herz hat ausgesetzt, als ich dich erkannte. Du warst unnatürlich weiß, wie eine Wachspuppe."

„Jemand trug mich rein."
„Morgan", korrigierte sie mich, „er legte dich auf die Couch und eine Sekunde später war ich schon bei dir. Er wollte Sachen wissen, wo du wohnst, wo deine Tasche sei, mit wem du hergekommen seist. Auftritt Gabe."
„Oh-oh, so wie du das sagst, folgt nichts Gutes."
Abby hielt inne und spielte mit einem unsichtbaren Staubkorn auf ihrer Hose.
„Es kann unmöglich noch schlimmer werden", tröstete ich uns beide. Doch sie erzählte weiter und ich nahm es zurück.
„Gabe befiehlt ihm, er solle die Hände von dir lassen, und Morgan lacht ihn daraufhin aus."
„Das erfindest du gerade."
„In der nächsten Sekunde gehen sie aufeinander los und die Art, wie sie das taten, war echt beängstigend. Der Couchtisch ging dabei zu Bruch und Grant, Luke und Jared mussten eingreifen, um sie voneinander zu trennen. Die haben sich minutenlang geprügelt und nicht einer von denen hatte hinterher einen Kratzer!"
Gequält massierte ich meinen Nasenrücken auf Drew-Art und war erstaunt, dass es mir tatsächlich half.
„Morgans Freunde mussten Gabe schließlich festhalten, während er dich ins Auto verfrachtete. Ich sagte ihm, dass er mich auch mitnehmen muss, weil ich sonst nicht zögern würde, mich vor sein Auto zu schmeißen. Dann hätte er zwei Bewusstlose zu versorgen."
Es tat gut zu lachen. Ich hätte gern Mäuschen gespielt.
„Und schon waren wir auf dem Weg. Der Junge hat vielleicht einen Fahrstil. Bin froh, dass du das nicht mitgekriegt hast. Jedenfalls schlägt er vor, dich zu mir zu bringen, und kaum stimme ich zu, macht er weiter mit seinem Verhör. Ob du jetzt länger bleiben würdest, warum genau du in Mainfield bist, wieso du die letzten Monate nicht vor die Tür getreten seist?"
„Himmel, was hast du ihm gesagt?"
„Dass er dich das am besten selber fragen soll. Er gab daraufhin noch mehr Gas, es war klar, dass ihn die Antwort gestört hat. Kein Wunder. Ich bin sicher, er ist was anderes gewöhnt. Na jedenfalls wird er plötzlich ganz still. Wir erreichen endlich meine Auffahrt, da dreht er sich zu mir um und … ist dir jemals aufgefallen, wie gut dieser Mensch aussieht?" Ihre Augen wurden ganz rund.
Ich versuchte nicht durchzudrehen und bedeutete ihr weiterzuerzählen, doch sie starrte mich nur weiter an.
„Ja", gab ich schließlich zu. Es war kein großes Geheimnis.

„Der gehört verboten. Oder auf einen Laufsteg. Aber ich drifte ab. Morgan dreht sich also zu mir, guckt mir tief in die Augen und fragt: ‚Was läuft da zwischen Mimi und Drew? Sind sie wirklich ein Paar?'"

„Hat er nicht", entfuhr es mir. Fassungslos schüttelte ich den Kopf und kostete das schöne Gefühl in meinem Herzen aus. *Kann es sein, dass Morgan mich auch ein wenig mag?*

„Wie konntest du denken, dass ich das nicht herausfinden würde?", fragte Abby entrüstet und zwickte mich in den Arm. „Wir reden von Morgan Vegard!"

„Es gibt nicht viel herauszufinden."

„Genauso macht es den Anschein", erklärte sie sarkastisch.

„Ehrlich: Ich dachte, er würde mich nicht mögen."

„Hmmm", machte sie und mied meinen Blick plötzlich. „Vielleicht tut er das auch nicht mehr."

„Abby …", meine Stimme brach ab, „das ist nicht lustig."

Sie hob die Augenbrauen und schenkte sich seelenruhig nach.

„Raus mit der Sprache – was hast du getan?"

„Seine Frage bejaht."

Jegliches Kribbeln hörte schlagartig auf. Stattdessen wurden meine Finger taub.

„Ich mag ihn nun mal nicht, egal wie attraktiv er ist oder ob er dir hilft. Er ist ein Frauenheld, arrogant und schert sich um keine Regeln. Und manchmal wirkt er regelrecht gefährlich."

„Das gibt dir nicht das Recht, ihn anzulügen."

„Ich habe dir einen Gefallen damit getan. Himmel, Mimi, du hast ihn nicht mit Gabe erlebt."

Am liebsten hätte ich sie geschüttelt. Angeschrien. Ein Kissen nach ihr geworfen.

„Ich bin deine beste Freundin", Abby beugte sich vor, um meine ungeteilte Aufmerksamkeit zu erhalten, „und ich würde niemals etwas tun, das dir schaden würde. Dessen bist du dir voll bewusst, oder?"

Blitze schossen aus meinem Blick, sobald ich ihren erwiderte.

„Ja", presste ich mühsam hervor.

„Schön. Denn ich habe beiläufig hinzugefügt, dass das allerdings schon ein paar Jahre her sei und ihr euch am Ende dieses Fiaskos darauf verständigt habt, Freunde zu bleiben. Und seien wir ehrlich, ihr zwei wart ein Fiasko."

„Und Morgan …?"

„Kurzum: zufrieden."

Ich fiel ihr um den Hals und drückte sie fest. „Du bist die Größte."

„Sag bloß", grinste sie und stellte unser beider Tassen ab, bevor sie mich zurückdrückte.

„Lass uns schlafen gehen“, bat sie und reichte mir ein Aspirin, das ich dankend annahm, bevor sie zu mir unter die Decke schlüpfte und seufzte. In der Ruhe der folgenden Minuten versuchte ich meine Gedanken zu sammeln. Lange nachdem ich mir sicher war, sie wäre eingeschlafen, wälzte sie sich geräuschvoll. Ich lächelte vor mich hin und fragte so beiläufig wie möglich: „Du bist nicht zufällig in Gabe verknallt?“

Sie zuckte zusammen.

„Dachte ich mir.“

„Tori, glaube ich, auch“, sagte sie leise.

„Apropos – wo waren die zwei?“

„Haben anscheinend die Location gewechselt. Irgendeine Amy kannte noch jemanden, der feierte und bei dem weniger war.“

Sie verstummte, doch ihre Unruhe war spürbar. Ich suchte ihre Hand unter der Decke und drückte sie. „Gabe ist ein netter Kerl – und ihr habt den gleichen Musikgeschmack.“

„Sei bloß still. Das ist ätzend.“

„Warum?“

„Was warum?“

„Warum das ätzend ist. Du magst ihn, das ist doch was Schönes. Sei glücklich und aufgeregt, tanze in deinem Zimmer herum vor Freunde – und all das.“

Sie warf mir einen vielsagenden Blick zu. „Ich glaube, er mag *dich.*“

Ihr Murmeln war ein halbes Brummen und verräterisch reizend. Ich wusste, sie rollte die Augen, sobald ich loslachte.

„Oh, Süße“, sagte ich und drehte mich ihr zu. „Fang an zu tanzen. Das Einzige, was er an mir mag, ist, dass ich ihn an seine kleine Schwester erinnere.“

„Woher weißt du das?“

„Weil er es mir gesagt hat.“

„Ehrlich?“

„Absolut. Los, schnapp ihn dir.“

Abby räusperte sich, ihre Augen wanderten über die Decke, den Boden, das Laken. Überallhin, nur mich mieden sie. Schließlich stöhnte sie und schluckte. „Mimi? Bitte sag mir, dass du nicht anfängst, *ihn* zu wollen.“

„Ich …“ Deprimiert schloss ich den Mund und fuhr mir über die Stirn. Mir war warm und kalt zugleich. „… kann es nicht kontrollieren, für wen ich Gefühle habe.“

„Von sämtlichen Männern Mainfields ist es ausgerechnet Morgan?“

Ihre Augen bohrten sich nun anprangernd in meine. Nachdenklich war ich an der Reihe wegzustarren, bis ihre Hand meine kurz stärkend drückte. Die Pause wurde lang und das Ticken ihrer Uhr laut, da gab ich es zu.

„Ja."

„Herzliches Beileid."

Ihr Tonfall war ernst, doch dann traf mich ein Kissen im Gesicht und ich lachte erleichtert auf. Wenn ich die nächste Zeit überstehen wollte, brauchte ich meine beste Freundin. Es kam nicht infrage, den Cheerleadern beizutreten, und anders drang man in das Mädchennummern-Fort um ihn nicht ein. Ich warf es zurück und sie fing es grinsend, knautschte es und legte sich mit dem Bauch darauf.

„Mimi?", sie drehte sich ebenfalls um. Ihr Grinsen war verflogen, „du weißt, dass Morgan Vegard der Mount Everest für Frauen ist? Hunderttausende guter Gründe und gebrochener Herzen, die den Aufstieg pflastern …"

„Hmmm."

„Er wird auch deins brechen."

„Mir ist bewusst, warum ich nichts mit ihm zu tun haben sollte, Abby", versicherte ich ihr und spürte sie erleichtert seufzen.

„Spitze. Du bist nämlich viel zu gut für ihn. Das wäre wie Zucker und Salz, Harfen und Drums, Römer und Karthager, Links und Rechts."

Sie drehte sich ein paarmal und suchte die richtige Schlafseite, wurde langsam ruhiger.

Noch während ihre Atmung in einen gleichmäßigen Rhythmus verfiel, erstreckte sich der Berg vor mir, den sie beschrieben hatte, groß, steil, gefährlich, gepeitscht von bedrohlichen Winden, und dennoch zog er mich magisch an. Was ich gesagt hatte, war wahr, aber etwas, das genauso ehrlich war, schrie mir zu, ich müsse den Aufstieg wagen. Über die Herzen drübersteigen und die Gründe aus dem Weg räumen, bis ich am Ziel war.

Ich wollte Morgan wirklich – und allein diese unbequeme Wahrheit forderte mich auf, das Risiko einzugehen, ungeachtet der Konsequenzen.

Abby zuckte im Schlaf und riss mich aus meinen Gedanken. Sie stumm betrachtend, wurden meine Lider schwerer. Ein neues Gefühl bereitete mir Angst und ließ meine Knie zittern, baute sich in mir auf und drängte wie ein Vulkanausbruch an die Oberfläche. Wohltuend prickelte es in den Adern und wärmte meine Haut.

Was es auch war, das ich in meinem Blut spürte, ich brauchte es. Was immer mich zu Morgan trieb, ich liebte es.

Mit dem Gedanken an seine Berührung entglitt ich in die schützende Dunkelheit der Träume, zugleich das neue, bittersüße Etwas in mir den letzten Widerstand durchbrach, mein Herz erreichte und laut triumphierte.

**********************************

Ab Montag war alles anders.

Drew lag mit einer Magen-Darm-Grippe im Bett und so fuhr ich mit dem Fahrrad. Schlecht, weil es ein langer Weg war. Super, da ich dadurch wach wurde. Ich schaffte es diesmal wirklich, das Gesprächsthema der Lincoln zu werden – Morgans Auftritt machte die Runde, jeder wollte einen Blick auf mich erhaschen – und Matt passte mich noch vor der Schule ab, um sich zu entschuldigen.

Zumindest hoffte ich, dass es Matt war.

Sein Gesicht war leicht geschwollen und ich wollte gar nicht herausfinden, was er unter der großen Sonnenbrille versteckte. Ich erkannte ihn nur an seiner Stimme. Ich schloss mein Fahrrad ab und hätte ihn fast reflexartig mit meiner Tasche niedergeschlagen, als er mir auf die Schulter tippte.

Alarmiert zuckte er zusammen.

„Was ist dir denn zugestoßen?“, fragte ich geschockt, bis mir einfiel, dass ich die letzte Person auf Erden war, die Mitleid mit ihm haben sollte. Er überhörte meine Frage und trat einen Schritt zurück.

„Ähm, Mimi?“

„Melody“, korrigierte ich und er drückte abwehrend die Schultern durch. Es war überdeutlich, wie ungern er dieses Gespräch mit mir führte.

„Hör mal, es tut mir wirklich leid. Das war eine absolute Schnapsidee und ich schwöre dir hoch und heilig, dass ich keinerlei … Hintergedanken dabei hatte“, er rang sichtlich nach den richtigen Worten und wollte wohl die Stirn in Falten legen, wobei er schmerzverzerrt den Mund verzog. „Wie fühlst du dich?“

Das war der andere Punkt:

Mir ging es schlechter. Sonntagabend hatte ich es noch auf die K.-o.-Tropfen geschoben und Maddy erklärt, ich hätte einen Kater, aber nachdem ich heute Morgen aufwachte, war das Hämmern in meinem Kopf nur schlimmer geworden.

„Einigermaßen.“

„Soll ich dir ein Wasser bringen?“

Man merkte ihm an, dass er lieber woanders wäre. Auf einem anderen Planeten. Er wurde sekündlich unruhiger und hibbeliger.

„Nein“, seufzte ich. „Halt dich in Zukunft einfach von mir fern.“

Seine Augen huschten umher, als würde er etwas suchen.

„Matt!“

„Ja?“

„Hau ab.“

„Okay“, nickte er erleichtert, „und sorry wegen, ähm, du verstehst. .“

Ich machte eine entlassende Handbewegung und er lief fast von mir fort.

Wir hatten uns keine Minute unterhalten, und doch war es mir im Laufe des Gespräches schwerer gefallen, mich auf ihn zu konzentrieren. Jede Zelle in mir ächzte und schmerzte bei jedem Atemzug. Auch das war neu. Ich schien mich nicht mehr so leicht zu regenerieren.

Erneuerung Nummer drei war allerdings mein größtes Problem: Denn während mein Körper die Strapazen der letzten, qualvollen Tage deutlich schwerer wegsteckte, wurden die unheimlichen Wesen aus der Hölle spürbar penetranter.

In der ersten Stunde hielt ich ein Referat über Metamorphose. Es lief ziemlich unspektakulär, bis ich von meinen Aufzeichnungen aufblickte und den Höllenhund auf meinem Platz entdeckte.

Er tat nichts außer mich anzustieren und nach Verwesung zu riechen. Während ich weiterredete, stand er auf und setzte sich in Bewegung, machte stetig Platz zwischen uns wett – Schritt für Schritt. Gemütlich. Unter seinen Pfoten brach der Boden auf und gab den Blick frei auf gen Himmel strebende Hände, die nach mir tasteten und schließlich meine Knöchel fanden. Hilfesuchend sah ich mich um, doch keiner meiner Klassenkameraden bemerkte mein Dilemma. Ich referierte weiter und versuchte, mir nichts anmerken zu lassen, selbst als der Druck der kalten Klauen meine Haut in Eis verwandelte und meine Aufmerksamkeit auf die emporsteigenden Klippen richtete. Niemand verfolgte die Laufbahn des Kometen mit, niemand hörte die Schreie. Meine Stimme gab nicht preis, dass sich in naher Ferne gerade eine neue Legion von Gliedmaßen auf mich zu bewegte, flüsternd, schreiend. Nicht, wie das Gras unter mir anfing zu glühen oder das enthauptete, zehnjährige Mädchen, welches darin saß und weinte und weinte. Ihr Kopf lag neben ihr.

Sobald das Monster einen Meter vor mir anhielt und mir seinen Atem ins Gesicht blies, zitterten meine Hände dermaßen stark, dass ich meine eigene Schrift nicht mehr lesen konnte.

„Miss Campbell?“

Mrs. Kendall musterte mich durch ihre Brille hindurch besorgt. „Miss … Melody?“

Widerwillig drehte ich den Kopf in ihre Richtung. Der Hund schnüffelte an meinem Haar. Die Hände umklammerten meine Fußknöchel und drückten einmal, zweimal. Knack. Knack. Mein rechtes Bein knickte um.

„Fühlen Sie sich wohl?“

„Nein“, wisperte ich und wich zurück, bis ich gegen die Tafel prallte. Der Hund kam mir hinterher.

„Wollen Sie zur Schwester?“

„Bitte“, flehte ich das Ungeheuer an und sie entließ mich auf eigenen, ausdrücklichen Wunsch allein aus dem Klassenzimmer.

Ab da blieb das Wesen ständig in meiner Nähe.

Gabe wurde selbst ganz blass, als er wie gewohnt zur der dritten Stunde vor der Tür auf mich wartete.

„Sag nichts“, bat ich ihn und lehnte mich mit der Stirn an die kühle Wand. Das Humpeln war besser geworden, auch wenn ich meine Knöchel noch nicht ganz zu belasten wagte. Er war pink und geschwollen, aber höchstwahrscheinlich nur in meinen Augen. Die Leute, die an uns vorbeiliefen, starrten mich nämlich fragend an. Der Höllenhund nahm indes neben mir Platz und wartete darauf, dass ich zusammenbrach.

Gabe beugte sich vor und stellte sich zwischen uns. Ich bildete mir ein, wie der Hund vor ihm zurückwich, und lachte los. Flüstern entfachte sich wie ein Lauffeuer um uns.

„Du gehörst ins Bett“, diagnostizierte mein neuer Freund und hielt mir Traubenzucker vor die Nase. Halbherzig nahm ich eine Tablette und schob sie mir in den Mund.

„Hast du heute schon was gegessen?“

„Nicht viel.“

„Verspürst du Hunger?“

„Nicht viel.“

„Holen wir dir was“, sagte er vehement und legte mir den Arm um die Schulter. Ich drückte ihn dankbar, machte mich aber von ihm los. Eventuell müsste ich unvorbereitet um mein Leben laufen. Da wollte ich mich lieber frei bewegen können.

Auf dem Weg zur Mensa drehte ich mich einer Eingebung folgend um, es waren bereits zwei Hunde, die uns folgten. Der Untergrund schwankte zwischen blutdurchtränkt, glühend und – mir bis dato völlig unbekannt – spitzen Steinen. Natürlich trug ich Schuhe. Und natürlich konnte ich alles so fühlen, als wäre ich barfuß. Die Luft stank nach Schwefel und die ersten Schreie mischten sich in die Alltagsgeräusche.

Zu allem Überfluss krampfte plötzlich mein Körper.

Ich fühlte, wie Gabe sich in dem Moment, in dem das Lied einsetzte, versteifte und rief mir ins Gedächtnis, dass er sich mit Morgan geprügelt hatte.

*Apropos Morgan.*

Natürlich musste ich ihm über den Weg laufen.

Ich tat mein Möglichstes, das Feuer in meinen Adern und die Klingen, die meine Haut durchschnitten, zu blocken, während ich in seinem Blick das Zögern sah. Doch plötzlich war da ein rasender Schmerz, ähnlich dem Empfinden meine Arme und Beine an vier Autos gekettet zu wissen, die in verschiedene Richtungen losfuhren, und ignorieren wurde sinnlos.

Im selben Moment änderte sich der Ausdruck seiner Augen zu kalt und undurchdringlich.

Wenigstens eine Sache blieb scheinbar beim Alten.

Der größere Hund knurrte und ich vergaß den Knoten, der sich in meinem Magen deshalb bildete.

„Einen Augenblick“, bat ich Gabe mit Blick zu dem Klassenzimmer, vor dem Morgan mit Jared stand und sich unterhielt. Meine Gedanken überschlugen schnell die Alternativen, aber mit ihm direkt vor mir und den Höllenwesen hinter uns gingen sie mir aus.

Gabe nahm mir die Entscheidung ab, ergriff meine Hand und wendete.

„Nein, warte“, versuchte ich ihn zu warnen, ohne wie eine Verrückte zu klingen, doch er zog mich einfach mit sich. Ich schloss die Augen und klammerte mich an seinen Arm, in der Hoffnung, die Tiere würden nicht angreifen, wenn noch jemand bei mir war, und tatsächlich traten sie zur Seite und ließen uns durch.

Der Rest des Tages verschwamm. Egal, was ich machte, die Höllenhunde waren in der Nähe. Sie griffen mich zwar nicht direkt an, jagten mir aber genug Angst ein, indem sie nach mir schlugen, sprangen oder mich umkreisten, dass ich nach der letzten Stunde fast aus dem Gebäude rannte. Ich wollte nur noch nach Hause.

Beim Abendessen brachte ich keinen Bissen hinunter und als ich später ins Bett fiel, hatte ich nur die Brezel gegessen, zu der mich Gabe gezwungen hatte. Die ganze Nacht über saßen die zwei Tiere neben meinem Bett und Stimmen flüsterten mir ins Ohr. Der Dienstag kam und ging und kurz nachdem ich am Nachmittag ins Bett fiel, hatte sich die Anzahl meiner grusligen Verfolger verdoppelt. Die neu hinzugekommenen Höllenhunde waren sogar noch größer und zusammen bildeten sie einen mich ständig triezenden Zirkel.

Trevor fragte mich beim Abendessen, was heute in der Schule los war, und ich versuchte mich zu erinnern: Das einzige, was ich wusste, war Schwärze und Angst.

Nachts wurden die Stimmen lauter und kurz nach Mitternacht gab es noch eine Neuerung, die mich zweifellos weiter zermürben sollte: Zahlreiche Bilder von Menschen – jungen, alten, Frauen, Männern und Kindern, die über dasselbe Gräberfeld wie ich liefen, sowie ein Rudel Höllenhunde, ihnen dicht auf den Fersen. Sie überwältigten die Verzweifelten und pinnten sie am Boden fest, bevor sie anfingen, sie in Stücke zu reißen. Haut und Knochen flogen um sie und das Blut spritzte bis zu mir, wo es sich auf meiner Kleidung verewigte. Jeder,

der überwältigt wurde, ließ einen neuen Grabstein entstehen. Ihr Blut tropfte von meinen Wänden.

Paralysiert verkroch ich mich unter die Decke und hielt mir die Ohren zu, doch ich konnte ihre Schreie weiterhin hören. Genauso wie das schwere Atmen meiner vier Wächter.

Am Mittwochmorgen war ich seit über achtundvierzig Stunden ohne Schlaf und hatte vergessen, was Hunger bedeutete. Allein der Gedanke daran, aus dem Bett aufzustehen, machte mich müde. Ich duschte, um das Gefühl, wie gerädert zu sein, etwas auszuschalten, und stützte mich dabei an die Fliesen, um nicht auszurutschen. Ich betrachtete mich in ein Handtuch gehüllt im Spiegel und merkte erst, dass ich schrie, da meine Tante gegen die Tür hämmerte.

„Mimi? Bist du da drin? Was ist los?"

Ich schlug mir die Hände vor dem Mund, um aufzuhören, und brauchte drei verschiedene Sprechansätze, bevor ich mit einigermaßen fester Stimme sagte: „Eine Spinne."

Meine Tante stöhnte hörbar. „Soll ich sie für dich wegschaffen?"

„Hab ich schon – danke."

„Wir warten mit dem Frühstück auf dich", erklang ihre gedämpfte Stimme, bevor ihre Schritte wieder verhallten. Meine Gedanken kreisten längst erneut um mein Spiegelbild. Fröstelnd betrachtete ich es, während sich die vier Schreckgestalten neben der Tür das Maul schleckten.

Da wo meine Augen sein sollten, waren leere Höhlen. Aus Mund und Nase krochen mir Maden und andere Würmer, aber das Schlimmste waren meine Haare: Sie standen lichterloh in Flammen. Ich klammerte mich ans Waschbecken und hinterließ blutige Abdrücke. Als ich meine Hände umdrehte und sie wirklich voller Blut waren, rieb ich daran und entdeckte die vielen, kleinen Einstiche, aus denen es floss. Das Muster erinnerte an einen Kometenschwarm.

Panisch atmend hustete ich einen weiteren Blutregen, der auf dem Spiegel keinen einzigen Tropfen hinterließ. Es war gleichgültig geworden, was ich tat, ob in Morgans Nähe oder nicht, ich blutete und hörte damit nicht mehr auf.

Schluchzend wandte ich mich ab und rammte die Hände frustriert gegen die Wand. Die Spirale aus Irrsinn, Wahrnehmung und Realität drehte sich weiter und riss mich tiefer in ihren Strudel. Nicht mehr lange und ich würde den Verstand verlieren.

Ab da ging es mit meiner Verfassung steil bergab.

Auf dem Weg zur Schule wurde ich dreimal fast überfahren. Ich fragte mich, ob es nicht besser wäre, es auf ein viertes Mal ankommen zu lassen und es einfach hinter mich zu bringen, aber stattdessen stieg ich auf halber Strecke ab und schob mein Bike. Es war ein schöner, sonniger Tag, doch ich ging unter einer viel heißeren Sonne denn meine Mitmenschen und konnte anstelle der Geschäfte weite Landschaften und ein Steinmassiv erspähen. Wenn ich mich anstrengte, sogar den Garten und das Schloss. Einer der vier Hunde hatte das Nichtstun, sobald ich an einem Fußgängerübergang warten musste, satt und holte mit seiner mächtigen Pranke aus. Mein Ausweichen kam eine Sekunde zu spät – ich fühlte es bereits feucht an meiner Wange herunterlaufen, ehe ein roter Tropfen auf dem Bordstein landete.

Wütend warf ich mein Fahrrad zur Seite und schlug zurück.

Ein älterer Herr, der neben mir stand, bekam meinen Drahtesel ab und ich entschuldigte mich, kurz bevor Tier Nummer eins, der allererste, dem ich im Vorhof entkommen war, schnaubte und die Zähne ausfuhr. Wortwörtlich: Sie wurden in seinem Maul länger und schärfer. Die anderen drei stellten sich geschlossen hinter ihn und zusammen drängten sie mich auf die Straße.

Ich machte vor ihnen einen Schritt zurück und schließlich einen zweiten, während die Hunde stehen blieben und einer nach dem anderen seine Angriffshaltung einnahm.

„Miss!“, schrie der Mann erschrocken, „Miss! Der Lkw!“

Seine Stimme war wie eine Ohrfeige. Ich wandte den Kopf nach rechts und hörte das dröhnende Hupen, als ich die Augen müde schloss und hoffte, dass das Auto mich vor den Hunden kriegte.

Es war so schnell vorbei, dass ich nur einen Windhauch spürte.

Und dann lag ich auf etwas Hartem und fühlte mich nur noch gut.

Einen Moment später schrien mehrere Stimmen, griffen zwei Hände nach mir.

„Mimi?“

Ich erkannte die Stimme und seufzte. Vieles war erträglich, wenn Morgan lange genug bei mir blieb, wartete bis mich einer der Reiter erwischte. Vielleicht würde er mich wieder in den Garten führen und mich anlächeln, damit ich keine Angst hatte.

„Mimi, sieh mich an!“

Ich blinzelte und entdeckte zuerst mein Fahrrad.

Wir waren nicht in dem zauberhaften Garten. Die Stimmen gehörten nicht zu den Mündern ohne Gesichter. Zu den Händen gehörte ein Körper.

Seiner.

„Hörst du mich?“

Er verlagerte vorsichtig das Gewicht unter mir, damit ich mich aufrichten konnte. Dann hieb etwas Glühendes mehrmals auf meine Wirbelsäule ein. Noch bevor der Schmerz schlimmer wurde, krabbelte ich rückwärts von ihm runter und zählte in Gedanken unsere Bundesstaaten alphabetisch durch um mich abzulenken.

Morgan stand ebenfalls auf und blickte zu der Versammlung von Leuten, die mich aufmerksam beobachteten.

„Miss? Soll ich einen Notarzt rufen?“ Eine junge Mutter hielt ihr Kind an der einen Hand und das Handy in der anderen. In der Ferne konnte ich den Lkw kleiner werden sehen.

… *Colorado, Connecticut, Delaware* …

„Ist mit ihr alles in Ordnung?“, wandte sie sich nun an Morgan.

… *Hawaii, Idaho* …

Der alte Mann klatschte in die Hände. „Miss!“

„Mist“, entfuhr es mir. Die Schmerzen hatten sich durch meine Aufzählung gefressen und setzten zur nächsten Stufe an, bestraften meinen Geist, indem sie meinen Verstand betäubten. Sekundenlang bestand die Welt um mich aus Nichts, Stille, Leere und Kälte. Keine Menschen, keine Fahrzeuge. Langsam, öffnete sich der Himmel über mir, fielen Steinbrocken, groß und klein, auf mich und zerfetzten meine Haut, brachen mir die Knochen im Leib, trafen mich am Kopf und dem rechten Auge. Ich riss mich mehr schlecht denn recht zusammen und versuchte den älteren Herrn durch die Höllenqualen hindurch anzulächeln. „Es geht schon.“

„Sind Sie sicher?“

„Ja.“

„Und Ihrem Freund?“

Die Felslawine riss jäh ab, nun da ich mich Morgan zuwandte. Ich war erstaunt, dass er schwitzte. Er klopfte sich den Staub von den schwarzen Shorts, in denen lässig sein gleichfarbiges, rot kariertes Hemd steckte, und schüttelte den Kopf. „Ich bin okay.“

„Sie können von Glück sprechen“, mischte sich der ältere Herr ein und hielt mir mein Fahrrad hin. Ich griff danach und war selig, dass ich mich darauf stützen konnte. Mein geschundener Körper nähte sich zugegeben spärlich wieder zusammen, aber mein Verstand hinkte hinterher, rang noch um die so bitter benötigte Erholung.

Die Hunde hatten sich auf einen moderaten Abstand verzogen.

Durch das Hämmern meines Kopfes entfaltete sich unsere Melodie, die der Alte übertönte. „Und Sie“, er zeigte auf Morgan, „Sie sind wahrhaft irrsinnig schnell, mein Junge. Ich könnte schwören, dass ich Sie vorhin noch vor dem Café Ihres Vaters gesehen habe.“

„Ich habe gute Reflexe“, sagte er und nahm mir das Fahrrad ab. „Wollen wir?“

Ich nickte, dankte den besorgten Passanten und ließ dem Schmerz freien Lauf, während ich Morgan betreten mit etwas Abstand hinterherlief.

Explosionsartig breitete sich mit jedem Schritt eine rollende Kältelawine in mir aus. Jetzt, da ich sämtliche Reserven restlos aufgebraucht hatte, war ich nur noch unendlich erschöpft. Der Rest schrumpfte zur Bedeutungslosigkeit zusammen. Ich konnte mich nicht mehr gegen die Qualen zur Wehr setzten, sah nicht wirklich auf meine bis aufs Fleisch zerkratzten Hände. Oder bemerkte, dass wir abseits der Hauptstraße einen kleinen, ruhigen Park betraten, der neu sein musste. Morgan führte mich tief hinein, von dem Lärm der Straße weg, lehnte mein Fahrrad an den erstbesten Baum und kam im Anschluss daran zu mir in den Schatten. Obwohl es noch früh war, spielten unweit von uns bereits Kinder auf einem Drehkarussell, ihre lachenden Mütter schwatzten auf einer Bank und schienen derartig unbekümmert, dass ich eifersüchtig wurde.

Ich starrte zwei Eichhörnchen nach, die sich jagten, räusperte mich und drängte das Gefühl zurück, indes er die Arme vor der Brust verschränkte und mich ohne Vorwarnung anfuhr: „Was hast du dir bloß dabei gedacht?"

Automatisch wehrte ich ab. „Das geht dich nichts an."

„Hast du mitbekommen, dass die Fußgängerampel rot war? Fuck, hast du überhaupt darauf geachtet?"

Unsicher wich ich seinem Blick aus. Meine Innereien führten einen neuen Kampf gegen sich selber, und jemand zog mir genüsslich die Haut bei lebendigem Leibe vom gebrochenen Körper.

*Bringt es endlich zu Ende*, bat ich.

„Rot bedeutet hier in Mainfield ‚stehen bleiben', und wenn mich nicht alles täuscht, in Hartford auch", sagte er. „Ist dir bewusst, wer gewinnt, wenn ein Mensch sich mit einem 14-Tonner anlegt?"

Ein Schmetterling flog dicht über dem Gras und bestand doch nur aus einem schwarzen Skelett.

„Mimi! Hast du mir nichts zu sagen?"

Beim frustrierten Tonfall in seiner Stimme lächelte ich. „Eine Sache vielleicht."

„Ich höre."

„Wie fühlt es sich an, keine Antworten zu erhalten?"

Er trat näher und das wütende Funkeln in seinen Augen verriet, wie mühsam er sich beherrschte.

„Das ist kein Kräftemessen", sagte er derartig leise, dass ich Mühe hatte, es überhaupt zu hören. Das Blut rauschte nun lauter in meinem Körper und vermischte sich mit dem zweiten Vers des Liebesliedes. „Du verstehst es nicht, oder? Das eben", er zeigte auf die Straße hinter sich, „war verdammt knapp! Ich hatte einen Augenblick lang Angst, es nicht rechtzeitig zu dir zu schaffen!"

Seine Stimme klang aufrichtig, beinahe hätte ich es ihm abgekauft.

„Was willst du von mir hören?", fuhr ich ihn ebenfalls frustriert an. Überdimensionale Reiben legten sich auf jeden Quadratmillimeter meines rohen Fleisches und machten sich daran, zu hobeln.

„Warum du beim Betrachten eines Lkw, der auf dich *zufährt*, verflucht noch mal, glücklich aussiehst!", antwortete er aufgebracht und erschuf um uns etliche Feuerschneisen, die, kaum da, wieder zu Staub zerfielen.

Selbst meine Fingernägel schmerzten, als das Gras hinter mir plötzlich raschelte. Ich musste mich nicht umdrehen, um zu wissen, dass die Hunde da waren. Der Gestank verriet sie.

Die schlaflosen Nächte und vielen Hinrichtungen, das Wispern toter Münder, die Angst vor jedem Schritt, das Gefühl, jeden Moment zerfleischt werden zu können, und das viele Blut, gepaart mit der Tatsache, dass meine Wahrnehmung zum Zerreißen gespannt war und mich ständig trog, mein Körper zu oft unmenschlichen Schmerzen ausgesetzt war, um noch heilen oder durchhalten zu können, forderten in diesem Moment ihren Tribut. Der Zusammenbruch war eine Frage der Zeit gewesen, aber ich hätte mir gewünscht, er erwischte mich in einem einsamen Moment, wenn ich mich in meinem Bett verkriechen konnte.

„Morgan", meine Stimme war brüchig. Es war schwer, sich das einzugestehen. „Ich kann einfach nicht mehr."

Momente verstrichen und die erste Träne lief mir die Wange hinunter.

Dann färbte Horror seine Augen dunkel wie ein Sturm auf hoher See. Entkräftet fuhr ich mir mit der Hand übers Gesicht, und hörte wie er hart schluckte.

„Du *wolltest*, dass er dich erwischt?"

Ich mied konsequent seinen Blick.

„Schau mich doch an", lachte ich bitter und richtete meine Augen endlich auf ihn. Falten hatten sich auf seiner Stirn gebildet. Ich unterdrückte den Impuls, sein Gesicht zu berühren, und spürte, wie die nächste Träne unkontrolliert hinunterlief.

„Was das auch ist – es lässt mich nicht essen, nicht schlafen. Es hat sich in mein Bewusstsein geschlichen, beherrscht meine Gedanken. Tag und Nacht", ich roch verrottende Leichen und schluchzte, „es spielt mit meinen Sinnen. Die da", ich wies auf die *fünf* Hunde, „reiben mich auf und wüsstest du, wie es sich anfühlt, wenn ich in der Schule bin und …"

Seine linke Hand fuhr an mein Gesicht. Ich verstummte augenblicklich und hielt absolut still, aus Angst, er würde sie wieder wegnehmen, sollte ich mich bewegen. Vorsichtig zeichnete sein Daumen den frischen Kratzer nach. Augenblicklich verschwand der Schmerz.

„ – wir uns sehen?", beendete er den Satz und betrachtete mich unglücklich.

In mir vibrierte jeder Nerv, aber was ich fühlte, war der schönste Zauber. Ich schwebte leicht und frei über dem Boden und hatte Probleme, mich eines anderen Zustands zu entsinnen, während er das Gesicht wegdrehte und ich sein Profil betrachtete. Seine Wimpern waren abgesenkt, während er in den wolkenlosen Himmel wie auf eine Zauberkarte starrte, die ihm sagte, was als Nächstes kam. Von dem verwegenen Morgan Vegard blieb in diesem Moment nichts, was mich gelinde gesagt, überraschte. Was ich erkannte, war ein wehmütiger Rastloser, der sich nach einer Ruhe sehnte, die er sich selbst zu verweigern schien. Dann streifte mich sein Blick wieder und Mainfields Milleniumsquarterback war zurück und blinzelte, betrachtete seine Hand.

„Weine nicht."

Sein Handy klingelte mitten in meine Gedanken und ich wappnete mich für die neuerliche Schmerzenswelle, da er sie mir entziehen würde. Seine Berührungen heilten. Aber sobald sie zur Erinnerung wurden, kam der Schmerz doppelt zurück.

Ohne mich aus den Augen zu lassen, zückte er etwas, das nur aus einem Bildschirm bestand. Es war flach und schwarz und ich wusste, es kostete ein Vermögen. Shelbys Lächeln erleuchtete das Display und ich begriff, dass ich nicht hier sein durfte. Allein mit ihm. Ich war keine dieser Frauen, die sich in anderer Beziehungen drängten oder vergebene Männer begehrten. Obwohl seine Hand noch auf mir ruhte. Und ich nicht umhinkam, mir vorzustellen, wie es sich anfühlen würde, wenn sie meinen Körper entlangfuhr.

*Höchste Zeit aufzuwachen, Mimi.*

Mit all der Würde, die mir noch blieb, nickte ich zum Abschied und ging schweren Herzens zu dem Baum mit meinem Fahrrad. Er hingegen antwortete. „Ja?"

Sekunden, in denen ich durchatmete, vergingen rastlos. Dann erklang seine feste Stimme, die keine Widerrede duldete. „Geht vor."

Ich konnte fühlen, wie er mir nachblickte, und erreichte mein Bike um es zu inspizieren. Keine einzige Delle oder Schramme.

„Sobald ich hier fertig bin."

Eins der Kinder stolperte beim Fangenspielen im Sandkasten und fiel hin, das andere half ihm sofort beim Aufstehen. Die Szene erinnerte mich an Abby. Es war auf einem Spielplatz gewesen, dass wir unsere gemeinsame Liebe für Erlebnisparcours entdeckt hatten: Strecken, die man ablaufen musste und dabei durch Zweigkreise hüpfen oder unter Schaukeln durchkriechen. Wir waren keine vier Jahre alt und sie hatte mich einfach gefragt, ob wir nicht zusammen einen aufbauen wollten.

Es wurde der kürzeste, aber verrückteste Parcours der Geschichte. Und wir zwei unzertrennlich.

*Wann ist es kompliziert geworden? Seit wann habe ich Geheimnisse vor ihr?*

„Weil das wichtig ist“, sagte Morgan ruhig ins Telefon, seine Stimme ganz weit weg. Ohne mich umzudrehen, nahm ich mein Bike und einen tiefen Atemzug, bevor ich es wendete. Erst weil ich den Ausgang gar nicht und anstelle der Höllenhunde nur graue Schatten ausmachen konnte, wurde mir klar, wie sehr ich weinte.

*Atme.*

*Tief.*

*Mach kleine Schritte und schau auf den Boden.*

Ich schniefte kurz und ging los, suchte nach Ablenkung und betrachtete verwundert die Normalität um mich. Wie selbstverständlich drehte sich die Welt weiter. Genauso wie am Tag nach dem Absturz, da unser Nachbar die Zeitung vom Rasen geholt und mir dabei zugewunken hatte. Wie trotzdem irgendwo jemand seinen Morgenkaffee aufgebrüht hatte und zur Arbeit gefahren war, ein anderer seine Brötchen schmierte oder seine Kinder in die Schule brachte – obwohl für mich Stillstand herrschte. Die Welt drehte sich, ganz gleich, was geschah. Mit der Zeit lernte ich das zu schätzen. Jetzt gerade war es zu viel.

Kurz vor dem Parkausgang blieb ich im Schatten unter einem alten, tiefhängenden Baum stehen, um mich zu orientieren, wischte mir mit dem Saum meines Shirts über blutgetränkte Wangen, fand ein Taschentuch und putzte mir die Nase. Nachdem ich es weggesteckt hatte, kämmte ich mir mit zittrigen Fingern durch das Haar. Die belebte Hauptstraße mit ihrem Autofluss voll drängelnder, hupender Fahrer machte mir ein wenig Sorge und ich überschlug die Wahrscheinlichkeit für meine Chancen, es *nicht* bis zur Schule zu schaffen. Weil ich eine Ampel übersah oder mich zu vergewissern vergaß, bevor ich abbog.

„Denk nicht mal daran“, erklang Morgans Stimme hinter mir. Müde drehte ich mich ihm halb zu, gerade da er sein Handy wegsteckte, und protestierte auch nicht selbst als er den Abstand zwischen uns schloss und nach meinem Fahrrad griff. „Das nehme ich mit.“

Der Ton war ausschlaggebend.

Trotzig blinzelte ich durch neue Tränen hindurch. Ich wollte doch nur fort. Aufhören, stark zu sein. Das Lied verdrängen, ihn nicht mehr sehen. Roboterhaft wischte ich mir mit dem Handrücken über die Augen. „Ich war nur überfordert und beruhige mich gleich.“

„Dafür eignet sich ein langsamer Spaziergang hervorragend.“

Er zog ruckartig am Lenkrad und befreite es aus meinem Griff. Weil ich mich daraufhin am Sattel festhielt, seufzte er. Es war unglaublich schwer, ihn nicht anzuflehen, mich wieder zu berühren. Ihn nicht darum zu bitten, mich anzuschauen wie vorhin. Als nähme er mich wahr, als wäre ich nicht nur ein unangenehmer Holzsplitter, der tief in seiner Haut steckte. Wenn ich mich nicht lächerlich machen wollte, musste ich Abstand zwischen uns bringen. Einen ganzen Ozean. Da das aber jenseits des Möglichen lag, würde es auch die Schule tun. So oder so musste ich schnellstens hier weg. Das brachte mich zurück zu meinem Fahrrad. Ich versuchte ihn mit einem versöhnlichen Lächeln zu überzeugen.

„Morgan. Ich kann auf mich selbst aufpassen."

„Das habe ich gesehen."

„Lass los."

Amüsiert lächelte er mich an. „Nein."

Verstand er denn nicht, dass er es nur schlimmer machte? Konnte er nicht die Ironie hinter dem Ganzen erkennen, dass es seine Anwesenheit, sein Schweigen war, die mich erst in diese verzweifelte Lage gebracht hatten? Wollte *er* nicht, dass ich ihm vom Leibe blieb?

Mein Ton wurde härter. „Wie alt bist du? Acht?"

„Nicht ich bin es, der in dem Zustand durch den Morgenverkehr fahren möchte."

„Deine Freunde warten."

Er zuckte die Schultern. „Sie sind längst fort."

„Es ist mein Leben!"

„Und ich werde es retten, wie oft ich kann!"

Erstaunt hielt ich inne und runzelte die Stirn. Die Worte hingen noch zwischen uns, da huschte Verwunderung bereits über sein schönes Gesicht und erreichte das Blau seiner Augen. Fast gleichzeitig glätteten sich seine Züge und er musterte mich eindringlich.

Mit einem dumpfen Geräusch schnitt mir im selben Augenblick etwas die Kehle durch. Trotz des Glühens an meinem Hals versuchte ich weiter zu atmen und konnte es nicht. Indes schlug die Dolchspitze erneut zu und stach mir in den Bauch. Ich krümmte mich, starrte an mir hinab. Die Klinge drehte sich langsam und jagte gleichzeitig durch mich hindurch, zersplitterte an meiner Wirbelsäule. Die Luft ging mir aus und vor meinen Augen sprangen dunkle Punkte, die zu Blut wurden. Ein weiterer Dolch durchdrang mein Herz.

Meine Hände ließen das Fahrrad los – griffen nach der Waffe und erfühlten Luft. Kalter Schweiß brach mir aus. Ich hatte einen Moment lang Zeit, mich von meinem Leben zu verabschieden.

Dann machte Morgan einen Schritt vorwärts und zog mich an sich.

Die Klingen in meinem Oberkörper wurden dadurch tiefer ins Fleisch gerammt und verzehnfachten das Gefühl der Zerstörung. Ich sah

nichts mehr, schmeckte Tod und wand mich fort von ihm, doch seine Umarmung wurde stärker und die Schmerzen in mir größer.
„Bleib ruhig“, flüsterte er mir ins Ohr und strich mir dabei das Haar von der feuchten Stirn. „Versuch dich nicht dagegen zu wehren. Sie sind nicht echt.“
Geschlagen kniff ich die Augen zu.
*Und wie sie das sind.*
„Mimi“, seine Stimme trieb mit dem Wind, „du musst mir jetzt helfen, okay?“
Warm und kalt wechselten sich in mir ab. Helle Lichter und dunkle Schatten, als mein Herz langsamer und seltener schlug und ich die rechte Hand auf die klaffende Wunde an meiner Brust legte.
„Nein“, er nahm sie in seine und schob sie fort. „Da ist nichts.“
Durch die letzten Schleier hob ich den Kopf zu ihm und blinzelte. Er konnte den Dolch erkennen?
„Was … tun?“, fragte ich.
„Du wirst gleich einen Druck auf dir spüren. Weich ihm nicht aus. Lass ihn zu. Versuche deinen Körper zu entspannen.“
Das Lodern wurde stärker und erreichte selbst meinen Verstand, bis ich endlich nickte.
Morgan blickte mich ein letztes Mal an und schloss die Augen. Gebannt hörte ich ihn etwas sagen, das ich nicht verstand, und plötzlich traf mich eine gnadenlose Härte mit solcher Wucht, dass ich froh war, festgehalten zu werden. Die Kraft legte sich auf meine Schultern und erdrückte mich von innen, während sie von außen stetig ungleich stärker wurde. Der Zwang vor ihr zurückzuweichen wurde unbeschreiblich, doch da regte sich bereits etwas Neues in mir, ein brachiales Gefühl, dass sich schnell den Weg durch die zentnerschwere Last bahnte und ihr entgegenstrebte.
Ich wand mich unter den Flammen und dem Zerren in meinem Innern und merkte an der Art, wie sich Morgans Körper allmählich versteifte, wie stark er mitempfinden musste.
Sekunden später war alles vorbei und ich keuchte verzweifelt, darauf wartend, dass ich mich erneut zu Mimi zusammensetzte.
Jetzt, da ich einzig und allein ihn spürte, fiel mir auf, wie bemüht ich trotz seiner Nähe war, mich von ihm fernzuhalten. Wie sehr mir der Spießrutenlauf in Fleisch und Blut übergegangen war. Ohne zu zögern oder mich um das Brennen zu scheren, schloss ich den letzten verbliebenen Zwischenraum mit einem kleinen Schritt und seufzte, als ich meinen Kopf an seine Brust legte.
Starker Wind kühlte meine heiße Haut, wirbelte um uns und türmte Staub und Blätter auf. Ich beobachtete staunend die Mauern höher und höher steigen und erkannte die zahlreichen Gesichter, die sich in

ihnen spiegelten und mich die letzten Tage verfolgt hatten. Die traurigen Fratzen schwiegen. Wie auf Kommando hoben sie die Hände und verbargen ihr Gesicht.

Einen Moment später war auch das vorbei und die Blätter fielen zu Boden.

Alarmiert betrachtete ich daraufhin Morgan. Seine ganze Statur flimmerte und flackerte wie ein Störbild bei einer Fernsehunterbrechung.

„Morgan?“, fragte ich unsicher und wollte sein Gesicht berühren.

Unkontrolliert wechselte sich das Blau in seinen Augen mit Schwarz ab, indes sein Körper daran arbeitete, innezuhalten und allmählich konstanter wurde, sodass sein Umriss leichter zu erkennen war.

„Kann ich irgendetwas tun?“ Meine Tränen waren versiegt, ich fühlte mich ausgezeichnet. Ihn hingegen so zu erleben, fiel schwer.

„Halt einfach still“, sagte er leise.

Ich ließ meine Augen wandern und verfolgte zögernd die Spur der Verwüstung in seinem Körper, auch wenn ich keine Ahnung hatte, woher ich sie erkennen konnte. Meine Gedanken rasten bei dem Versuch, irgendetwas zu finden, über das ich mit ihm reden konnte, belanglos genug, um mir nicht schwerzufallen, aber dennoch interessant genug, um ihn abzulenken.

Es entpuppte sich als Kunst.

„Ich bin langweilig geworden“, gestand ich mir laut ein.

„Nichts an dir ist langweilig. Allein schon, dich dabei zu beobachten, wie du dir das einredest, ist unterhaltsam.“

Als er mein Stirnrunzeln sah, lachte er auf. „Schau mich nur missbilligend an. Das fasziniert mich lediglich noch mehr.“

Ein neuer Tremor ebbte in ihm ab und ließ mich eine Antwort vergessen.

„Oh Gott“, stieß ich plötzlich hervor und hätte mir am liebsten an den naiven Kopf geschlagen. Natürlich war mein Schmerz verebbt. Er war auf Morgan übergegangen.

„Das … hättest du nicht tun sollen“, stotterte ich und verstärkte meinen Griff, um ihn zu stützen. Ich spürte nur das Abbild, ein Nachbeben der Anstrengung, und konnte mir vorstellen, wie er sich fühlte. Sein Oberkörper bäumte sich auf, dann traf sein klarer Blick schließlich mit voller Wucht auf meinen und alles, was ich sagen konnte, war: „Es tut mir wirklich leid.“

Er schaffte es tatsächlich, mir zuzuzwinkern, zugleich etwas durch seine Adern jagte, das unter seiner Haut sichtbar war und in seiner Brust mündete. Ich legte meine Hand darüber und spürte eine schnelle Kontraktion. „Schmerz vergeht.“

„Kommt er wieder?“

Sein Lächeln wurde nachsichtig. „Vermutlich nicht."

Ich biss mir auf die Unterlippe und legte mein Ohr an sein Herz. Vorsichtig schob er das Kinn auf mein Haar - ich bekam mit, wie sich die Muskeln in seinen Oberarmen dabei anspannten. Sein Körper war kalt und hart wie Stein.

„Warum?"

„Die einen machten es, um dich zu schützen. Die anderen", er klang verbittert, „um mich zu testen."

Ich begriff kein Wort. Aber eine andere Frage brannte mir stärker unter den Nägeln.

„Sie hören auf dich, richtig?" Unsere Blicke huschten zu den Höllenhunden und er seufzte schwer.

„Das müssen sie."

Ich schluckte den Riesenkloß in meinem Hals hinunter und ordnete meine Gedanken.

„Weil irgendetwas ‚beginnt'?"

„Das hast du dir gemerkt?"

„Es klang ziemlich ernst."

„Das ist es auch."

Wärme durchbrach die Starre in ihm und breitete sich durch seine Haut auch auf mich aus, zaghaft verschwand das Gefühl für Zeit und Raum und mit ihm die Last, die sich bereits natürlich anzufühlen begonnen hatte. Ich merkte, wie er das Gewicht verlagerte, weil dadurch sein Griff lockerer wurde, und wehrte mich dagegen, indem ich meinen um ihn festigte. Er schnalzte mit der Zunge, bevor er mich schließlich gewähren ließ. Sobald er weitersprach, war seine Stimme fest. „Mimi, du wirst nicht aufgeben. Das erlaube ich nicht."

„Hmmm?" Sein Herz schlug gleichmäßig und beruhigend. Als wäre es niemals anders gewesen.

„Vielleicht können wir was ist nicht mehr ändern. Aber ich werde den Teufel tun und zulassen, dass es dich zerstört."

Licht und Ruhe schwelgten in mir, ehe ich nickte. Ich konnte spüren, wie er lächelte, und stellte mich auf die Zehenspitzen, um die Stelle an seinem Hals zu küssen, die noch leicht pulsierte.

„Mir gefällt die Vorstellung, ich wäre ich dir doch nicht egal."

Er wurde einen Moment lang still. Gleich darauf fuhr seine Hand unter mein Kinn und er hob meinen Kopf an, um mir in die Augen zu sehen. Die vertraute Intimität zwischen uns schockierte mich und brannte sich auf ewig mit diesem Moment in meinen Verstand ein, indes meine Finger bereits automatisch an seiner Seite hochglitten, den Stoff seines Hemdes streichelten. Die Intensität seines Blickes wurde dabei stärker, und das prächtigste Blau tanzte darin, indes das

Lied der Unsichtbaren zu einer Symphonie anschwoll, die jedes andere Geräusch auslöschte.

„Ich bin mir bewusst, dass ich jetzt nicht hier sein dürfte", seinen Worten haftete ein leiser, zynischer Unterton an, „und ich weiß, dass es verrückt ist und ich mich dermaßen fern von dir halten sollte, wie es physisch nur geht, aber … und diese Einsicht ist schuld daran, dass ich es nicht schaffe und vermutlich durchdrehen werde …bin ich bei dir, *fühle* ich." Frust überzog seine Augen wie Wolken, die den Mond verhingen, und ließ sie matt zurück. „Schachmatt, richtig? Du bist imstande mich frei zu machen und gleichzeitig zu vernichten."

„Das muss sich nicht widersprechen", warf ich verwirrt ein. Ich wünschte, ich könnte seinen Schmerz auslöschen, wie er mir meinen genommen hatte. Sein Herz schlug lauter und ich hielt die Luft an, weil er seinen Handrücken einen Augenblick an meine Wange legte, die Berührung derart sanft, dass ich sie kaum registrierte. Seine Augen konzentrierten sich auf meine Lippen, die sein Daumen nun nachfuhr, während ich den Impuls niederkämpfte, mehr zu wollen, und darauf wartete, dass er mich küsste.

Stattdessen huschte Morgans Blick an mir vorbei und er stutzte. Widerwillig folgte ich ihm. Das Bild, das sich mir bot, war absurd. Fünf mächtige, angsteinflößende Höllenkreaturen, die mich vor einer halben Stunde fast umgebracht hatten, verneigten sich nun einer nach dem anderen in unsere Richtung und jaulten leise.

Sein Gesicht verdüsterte sich. „Verdammt noch mal!"

„Ist es wegen Shelby?", flüsterte ich schuldbewusst, doch er hörte mich nicht.

Nach ein paar flüchtigen Momenten wurde ich erneut der Fokus seiner Aufmerksam und er erklärte schließlich abweisend: „Verschwinde."

„Warum?", schaffte ich hervorzubringen, da trat er bereits entschieden von mir zurück. Ich drückte meine Schultern ungelenk durch und musterte erst die Tiere, bevor ich mich ihm zuwandte.

„Weil mein Leben perfekt war, bis du aufgetaucht bist", spie er, seine schönen Augen kalt wie Eis. Ein bedrohlicher Laut sammelte sich in seinem Rachen, der mir Gänsehaut verursachte.

Mein Armband leuchtete auf und ich schaute irritiert herab.

„War?", fragte ich ihn und wollte zurück in seine Arme. Er streckte parallel dazu seine rechte Hand aus und hielt mich auf Abstand. Verzweifelt fuhr ich mir über meine Kleidung und glättete sie, nur um mich zu beschäftigen. „Das ist es noch."

„Was weißt du schon?" Morgans Stimme war der blanke Hohn.

Das Fass lief über.

Es war unglaublich, wie stark ich auf seine Ablehnung reagierte.

„Nichts“, fuhr ich ihn an und verbot mir, auf seinen Mund zu starren. „Gar nichts weiß ich! Und wieso? Weil du dich weigerst, es mir zu erklären! Was läuft denn gerade? Was ist *das*?“, ich zeigte auf uns und ahnte, er verstand, was ich meinte, „und warum fällt es dir schwer, mich einzuweihen, wenn es dir scheinbar genauso schwer fällt, es nicht zu tun?“

„Richtig. Das hätte mir nicht passierten dürfen. Nicht mir.“

„Morgan“, versuchte ich seinen Panzer zu durchbrechen, aber es war zu spät.

Glühender Zorn tanzte aus jedem Blick von ihm. „HALT DEN MUND! Du bist schuld daran! Mein Leben läuft aus dem Ruder und das wegen –“

„*Dein* Leben?“, meine Stimme überschlug sich förmlich. Seine Nähe war mir plötzlich zuwider und ich vergrößerte die Kluft zwischen uns. Der augenscheinliche Vorwurf meiner Worte spiegelte sich auf seinem Gesicht. „Glaubst du etwa, für mich ist das leicht?“

„Das habe ich nicht behauptet.“

„Ich habe dich nicht um deine Hilfe gebeten, Morgan. Ich habe dich niemals um *irgendetwas* gebeten, außer um einige lausige Antworten.“ Die Spannung zwischen uns wurde greifbar.

„Es ist ohnehin schwer genug für mich“, sagte ich und schüttelte den Kopf.

„Genau das ist das Problem“, erwiderte er ausdruckslos. „Es geht nicht um dich oder mich. Es geht um was viel Größeres.“

„Und was wäre das genau?“

Eine Moment lang fixierte er mich nachdenklich. Dann, ebenso rapide wie er aufgebraust war, wurde er still.

„Klasse. Lass mich raten: Deine Redezeit ist vorbei“, verkündete ich sarkastisch. „Soll *ich* dir ein Geheimnis verraten? Manchmal wünsche ich mir, ich könnte deine Gedanken lesen. Und willst du erfahren, was daraufhin passiert?“ Sein Ausdruck blieb verschlossen. „Im nächsten Moment wundere ich mich, ob ich mit der Wahrheit überhaupt umgehen könnte. Was habe ich dir nur getan, dass du mich in diesem Maße ablehnst? Du kennst mich überhaupt nicht.“

Er fuhr sich mit den Fingern durchs volle Haar, sein Gesicht aufgewühlt, seine Geste getrieben. „Wir können es gerne dabei belassen.“

Mein Körper tat wieder weh.

Diesmal hatte es nichts mit seinen Augen zu tun, die distanziert auf mir ruhten.

„Einverstanden“, hörte ich mich sagen. Warum drängte mich dennoch mein ganzes Sein hin zu dem Jungen, mit dem jedes Gespräch zwangsläufig im Streit endete, fügte mir seine Gegenwart nicht gerade die höllischsten Schmerzen zu?

Unfähig mich zu rühren, blickte ich ihn erschöpft an. „Eine letzte Frage?"

Ich wartete, bis er zögernd nickte.

„Wurdest du", ich hielt seiner Musterung stand, „sehr hart dafür bestraft, dass meine Seele entkam?"

Morgan legte kurz den Kopf schief. Als er antwortete, bildete ich mir tatsächlich ein, dass er mich anerkennend anblickte. „Im Gegenteil."

Seine Züge wurden augenblicklich ein wenig zu schön und seine Augen ein wenig zu schwarz um normal zu sein, und mit einer fließenden Bewegung machte er auf dem Absatz kehrt. In der nächsten Sekunde war er verschwunden.

## *Kapitel 6*

Pünktlich zu Beginn der zweiten Stunde kam ich vor der Schule an.

Gabe überholte mich klingelnd und sperrte sein Fahrrad ab, rief mich lauthals zu sich. Ich kam verschwitzt bei ihm an, hob eine Hand damit er mit seiner Äußerung wartete und trank vollkommen erschlagen meine Wasserflasche aus.

„Gute Morgen, Victoria's Angel", grinste er letztlich nach einem prüfenden Blick auf mein Äußeres. Ich fischte daraufhin stirnrunzelnd meinen kleinen Spiegel aus der Tasche und lachte, meine Mascara löste sich auf und die Haare kräuselten sich wild. Mit einer schnellen Handbewegung band ich sie mir zu einem lockeren Pferdeschwanz zusammen und wischte im Anschluss das schwarze Massaker aus meinem Gesicht.

„Mir egal, was du von mir hältst. James Blunt denkt, ich sei wunderschön", erklärte ich ihm und steckte den Spiegel weg.

„Dein Musikgeschmack steht seit diesem Moment deinem Eisgeschmack in nichts mehr nach", verkündete er kopfschüttelnd und musterte mich eindringlicher. „Was ist mit deinem Fahrrad passiert?"

„Frag nicht." Es war mit Morgan verschwunden. „Aber ich schätze, es wird Zeit für ein eigenes Auto."

„Lust mit mir zusammenzulegen?"

Er passte sich meinem Schritt an, sobald wir auf den Eingang zusteuerten, und ich zeigte nur verhaltenen Enthusiasmus. „Und eine Hälfte des Innenraums ist ‚Hello, Kitty' und eine U2?"

„Autsch", erwiderte er und runzelte gen Himmel blickend die Stirn, „und dabei fällt es mir bereits schwer mich festzulegen, was ich schlimmer finde. ‚Hello, Kitty' oder dass du annimmst, ich würde auf U2 stehen."

„Was hast du gegen Bono? ‚In the name of love' kommt sogar im Elephant Love Medley vor."

„Wo?"

„Moulin Rouge? Der Film?"

Er starrte mich lange an und sagte schließlich: „Du hast deinen Humor zurück, das ist positiv. Und du siehst heute Pi mal Daumen besser aus als die letzten Tage."

„So fühle ich mich auch", erwiderte ich nun ebenfalls grinsend mit einem Blick auf die acht Hunde, die mir in Zweierreihen folgten. Die Dynamik der Gruppe hatte sich auf eine Weise verändert, die ich nicht einordnen konnte.

Er folgte meinem Blick und hob dann die Augenbrauen.
„Vermutlich hatte ich mich irgendwie am Samstag noch bei Drew angesteckt."
Im Vergleich zu ihm ging es mir nahezu blendend. Erst gestern hatte ich versucht ihn anzurufen, doch nachdem sein zweiter Satz in einem Hustenanfall gipfelte, hatte seine Mom mich auf später vertröstet. Mein Herz schlug zum ersten Mal seit gefühlten Jahrhunderten normal und keines meiner Organe machte Anstalten, sich zu verknoten oder zu zerreißen. Wenn ich einatmete, brannte es nicht und meine Kopfwunde heilte still vor sich hin.
Es war fast wie früher.
Bis zu dem Moment, da ich an Morgan dachte.
Und mein Herz anfing, sich nach etwas zu sehnen, auf das ich in seinen Armen einen kurzen Blick hatte erhaschen können. Etwas Absolutes. Richtiges. Etwas, das er offensichtlich nicht wollte. Er hatte seine Entscheidung getroffen und ich ahnte, dass ich diesen neuen Schmerz ertragen musste. Und nach dem letzten halben Jahr ahnte ich auch, ich könnte es überstehen.
Aber nicht, sollte ich ihn täglich sehen müssen.
„… weshalb ich logischerweise verschlafen habe", beendete Gabe seine Erzählung, von der ich bis auf diesen Satz nichts mitbekommen hatte.
„Wenigstens nur eine Stunde. Geschichte ohne dich zieht sich ewig."
Entschieden wiegelte er ab. „Die Ewigkeit ist länger."
„Als …?"
„… und fühlt sich anders an", fuhr er mit einem verklärten Blick fort. Sobald ihm einfiel, dass er nicht allein war, blieb er jedoch stehen und begann in seinem Rucksack herumzusuchen.
„Bevor es untergeht: ich brauche dringend deine Meinung. Was hältst du davon?"
„Nevermind", las ich den Titel der CD, die er mir hinhielt. „Das Nirvana-Album?"
Er pfiff durch die Zähne. „Kennst du einen Song von – "
„Smells like teen spirit", unterbrach ich ihn.
„Außer *dem* …"
„Come as you are."
„Zählt. Tolles Lied", lobte er und merkte, wie gebannt ich auf das Cover starrte. „Ist was nicht in Ordnung?"
„Hmmm."
„Mimi? Stimmt was nicht?"
*Viel*, dachte ich.
„Anna", war es, was ich laut erwiderte. Ihr Gesicht schwebte mir vor Augen. Die Sommersprossen auf ihrer Nase, das Trommeln ihrer Finger, wenn sie tagträumte.

„Deine Schwester?“ Er zog mich abseits des Weges, damit sich eine Gruppe Skateboarder an uns vorbeidrängen konnte. „Mochte sie das Lied?“

„Platz eins ihrer All-Time-Favorites – ihr Zimmer war voll mit etlichen Bildern und Postern von Bands. Eins davon zeigte Kurt Cobain und im Vordergrund war der Text zu ‚Come as you are‘ abgedruckt. Die meisten Sachen wurden regelmäßig ersetzt. Das nicht. Ich habe es mitgenommen.“

„Weil sie Cobain liebte?“

„Eher den Spielraum an möglichen Interpretationen bei seinen Texten. Manchmal hörte sie ein Lied auf Endlosschleife, um Beweise für eine Theorie zu entwickeln.“

Gabe wirkte beeindruckt. „Meine Interpretation lautet: Cobain war ein Genie und die Texte sollen verwirren. ‚Bleach‘ hat etliche Lieder, die nur aus einer Strophe bestehen. Was soll das schon Tiefsinniges bedeuten?“

„Vielleicht ‚Zeit ist Geld und ich habe keins von beiden‘?“

Wir zuckten die Schultern und lachten. Gabes verklang zuerst und seine Augen wurden tief und warm. „Sie sind vor Kurzem verstorben, habe ich gehört.“ Ich bestätigte traurig und er streichelte mir daraufhin beruhigend über den Rücken. Es war dieselbe Geste wie bei Morgan.

Doch ich empfand nicht halb so viel dabei.

„Es ist sicher furchtbar, eine solche Tragödie durchzumachen.“

„Ich warne dich, sag mir jetzt bloß nicht, wie leid dir das tut. Dass es wieder werden wird. Ich will kein Mitleid und keine tröstenden Worte. Und ich werde nicht über sie reden.“

„Okay“, er hob abwehrend die Hände. „Erst wenn du bereit dafür bist.“

Mit einem Seitenblick auf seine Armbanduhr stellte ich fest, dass die zweite Stunde längst begonnen hatte.

„Zurück zur CD?“, fragte er vorsichtig und ich konnte ihm nicht genug dafür danken, dass er kein Aufhebens darum machte. Die Menschen tendierten in der Regel dazu, in meine Abwehrhaltung zu dem Thema unverdaute Konflikte hineinzuinterpretieren. Das Letzte, was ich wollte, war noch jemand, der mir erklärte, dass mein Leben sich einrenken würde, falls ich mich öffnete.

Ich war keine Konservendose.

„Abby wird begeistert sein“, bestätigte ich und genoss, wie er rot wurde. „Huch, ist das möglich? Wird Gabe gerade verlegen?“

Ich zwickte ihn in die glühende Wange, was einen weißen Fleck in der Röte hinterließ. Er schlug feixend meine Hand weg.

„Es ist nur, dass ich das lange nicht mehr gemacht habe – jemanden mögen.“

„Derartig verbittert scheinst du eigentlich gar nicht."

„*Auf diese Art und Weise*", korrigierte er und wehrte meine Hand erfolgreich ab, als ich mich erneut nach ihm streckte. Mein Schwung riss mich nach vorn und ich landete in seinen Armen. Wir blinzelten uns an und mussten beide lächeln.

Dann ging es ganz schnell.

Die Hunde stellten ihre Ohren auf und ich versuchte mitzuhorchen, hörte aber nichts. Plötzlich ertönte ein ohrenbetäubender Aufprall, unmittelbar gefolgt von einem metallischen Scheppern, noch einem und noch einem und gleich darauf brach ein Sturm los. Hupen dröhnten, Türen knallten, Menschen brüllten und fluchten. Wir sahen auf, machten uns voneinander los und drehten die Köpfe gleichzeitig zur Straße.

„Zum Teufel, was sollte das denn?", fuhr ein dicklicher Junge aufgebracht zwei Männer mittleren Alters an, einer im schicken Anzug und einer in Jeans, die wild gestikulierend neben einem Auto standen, das durch den Auffahrunfall zwischen Geländewagen und Minivan eingequetscht worden war. Er schälte sich dabei mühsam aus dem Fahrersitz des Vans und war auf dem Weg zu den streitenden Parteien, zu denen auch die Beifahrerin des Geländewagens dazu stieß, da ein viertes Auto ungebremst hinten hineinfuhr. Eine zweite, zeternde Frau stieg aus und jeder schrie jeden durcheinander an, gestikulierte grob und schaukelte dadurch die Gemüter weiter und weiter hoch, bis der Schlipsträger plötzlich auf die Rückbank verschwand und mit einer Eisenstange in der Hand zurückkehrte.

Anscheinend war er die Diskussion bereits leid.

Jemand schrie ohrenbetäubend eine Warnung, da holte der Mann auch schon aus und zielte. Die Zeit verging plötzlich langsamer, als er mit einem kehligen, wütenden Laut die Stange herabfahren ließ und brutal auf sein Gegenüber einhieb. Zweimal, dreimal, viermal. Das Geräusch brechender Knochen durchdrang meine Ohren.

„Bleib hier", rief Gabe und lief los. Ich griff nach meinem Handy, um 911 zu wählen. Atemlos gab ich die Adresse der Schule durch und forderte Krankenwagen und Polizeibeamte an, ehe ich auflegte und ebenfalls zu der surrealen Szene rannte. Blut floss oder klebte auf immer mehr Kleidung, ich konnte es riechen, es spritzen sehen, während der Angreifer wahlloser auf die anderen einschlug. Drei Passanten griffen ein, doch der Mann war dermaßen in Rage, dass er es schaffte, sich ständig loszureißen und weiterzuwüten. Der beleibte Junge schaute flüchtig zu mir, lief dabei zu seinem Kofferraum, kramte darin und trieb allen Ernstes einen abgehalfterten Baseballschläger auf. Mit Schwung nahm er Anlauf und schlug nach dem Mann, traf im Eifer des Gefechts aber eine der Frauen in den

Unterleib, die röchelnd zu Boden fiel. Sein eigentliches Ziel zischte wie ein Tier und machte einen Schritt zurück.

„Aufhören!“, befahl Gabe und duckte sich unter dem nächsten Schlag des Jungen hinweg. Ich war nahe genug, um zu erkennen, dass seine Augen schwarz wie der Tod waren, und sobald ich mich zu dem Mann mit der Eisenstange drehte, schimmerten seine ebenfalls dunkel und leer.

Wie eine Seuche griff der Hass um sich, bis fast jeder irgendetwas zu einer Waffe umgewandelt hatte: Bücher, Äste, Taschen. Ein Jugendlicher, der mit seinem Hund spazieren ging, gesellte sich hinzu und trat nach der Frau, die am Boden lag. Selbst der Hund rammte seine Zähne in den Oberarm der Bewusstlosen. Nachdem sein Herrchen das bemerkte, flackerten seine Augen kurz zurück ins Dunkelbraune. Schließlich gewannen die Instinkte aber die Überhand und er machte ungerührt weiter.

„Hey!“, fuhr ich ihn an und stieß ihn mit Gewalt weg von seinem Opfer. Pechschwarze Augen blickten mich an und zugleich doch nicht. In der Ferne waren Sirenen zu hören. Die andere Frau hielt ihre Nagelfeile fest umklammert und schlich sich von hinten an den Mann in Jeans heran, der gerade den Baseballschläger abwehrte.

Ich hob das Handy auf, das aus der Handtasche der Bewusstlosen auf die Straße gerollt war, entschuldigte mich bei ihr für den Schaden und warf. Es traf den Jeansträger mit voller Wucht am Rücken. Er drehte den Kopf und erspähte die sich ihm nähernde Frau, wirbelte herum und sprang damit nicht nur aus ihrer, sondern auch aus der Reichweite des Schlägers. Damit wurde es automatisch zum Kampf Nagelfeile gegen Holzknüppel.

„Was sollen wir tun?“, fragte ich Gabe, der eingriff, indem er sich mutig zwischen sie stellte. Die Unfallbeteiligten waren an einem Punkt angelangt, wo sie zweifellos vor nichts mehr zurückschreckten.

„Geh aus der Schusslinie.“

Röchelnd spuckte die Frau zu meinen Füßen Blut. Ich kniete mich neben sie, da sie ihre Augen öffnete. Sie waren schwarz. Mit einem beherzten Griff packte sie meine Haare und zog knurrend mein Gesicht zu sich herunter.

Was zur Hölle passierte gerade?

Mit einem Kinnhaken beförderte ich sie zurück in die Bewusstlosigkeit und schaute mich nach der näher kommenden Polizei um. Um mich tobten Gewalt und eine Feindseligkeit, die jeglicher Basis entbehrte – wegen einiger Auffahrunfälle? Wegen des bisschen Blechschadens?

Die ersten Einsatzwagen kamen um die Ecke geschossen, und jemand packte mich am Arm und zerrte mich fort.

„Mimi, bist du okay?“

Voller Fassungslosigkeit betrachtete ich Gabe und stutzte. „Ist es dir auch aufgefallen? Ihre Augen?“

Er nickte und marschierte wortlos weiter, meine Hand fest umklammert. Auf dem Rasen vor der Schule angekommen, ließ er mich los und ich runzelte mit Blick auf die Einsatzwagen weiterhin ungläubig die Stirn. „Als wären sie nicht sie selbst.“

„Waren sie nicht“, sagte er und beobachtete gedankenverloren die aufgebrachte Masse, die von den Beamten mit Schlagstöcken getrennt werden musste.

Noch mehr Gewalt.

„Wie meinst du das?“

Gabe seufzte und fuhr sich übers Gesicht. „Vergiss es.“

„Nein“, schüttelte ich vehement den Kopf. „Das werde ich nicht. Du verschweigst doch etwas. Und egal, was jetzt kommt, ich verspreche dir, dass ich dich nicht für verrückt erklären werde. Nicht nach dem, was ich gesehen habe. Nicht nach den letzten zehn Tagen meines Lebens.“

Die nun wieder bewusstlose Frau verschwand auf einer Trage in einem der drei Krankenwagen. Gabe war sichtlich hin- und hergerissen. Er griff nach seinem Rucksack und reichte mir anschließend meine Tasche.

„Bitte“, flehte ich ihn an. Ich brauchte nicht noch weitere Rätsel.

Er gab endlich, jedoch mit mangelnder Überzeugung, nach. „Wie bibelfest bist du?“

Ich überschlug schnell und gestand: „Sehr. Meine Eltern erzogen uns im christlichen Glauben.“

„Sagen dir die sieben Todsünden etwas?“

„Neid, Faulheit, Hochmut, Geiz, Völlerei – “, zählte ich auf.

„– Wollust und *Zorn*“, beendete er und wartete.

„Zorn hat sie rasend gemacht?“, versuchte ich zu kombinieren.

„Zorn hat sie bösartig werden lassen.“

Das erste Polizeiauto fuhr los. Gabe schaute ihm gedankenverloren nach.

Ich starrte auf die zurückgebliebenen Fahrzeuge, die anmuteten, als würden jeden Moment ihre Halter einsteigen und sie fortfahren. „Wärst du nicht wütend, wenn dir jemand hinten drauffahren würde?“

Das zweite und dritte Polizeiauto preschte dem ersten mit quietschenden Reifen hinterher. Sobald der Junge im letzten Wagen an uns vorbeifuhr, schlug er mit der Hand gegen die Fensterscheibe und schrie uns an.

Gabe wandte sich ab und mir zu: „Das meine ich nicht.“

Stirnrunzelnd betrachtete ich das übriggebliebene Szenario. Allmählich begann ich, diesen Tag aus vollem Herzen zu verabscheuen.

„Ihre Augen“, murmelte ich und fühlte, etwas Signifikantes entging mir gerade, „als wären sie nicht sie selbst gewesen.“

„Weiter …“

„Es war nicht *ihr* Zorn.“

Gabes Blick flackerte zufrieden, er nickte.

„Wessen dann?“

Ein Bild manifestierte sich plötzlich in mir. Von dem einzigen Menschen, dessen Augen imstande waren, sich zu verdunkeln und zusammen mit dem Blau auch sämtliche Wärme dieser Welt zu verbannen. Mein Herz schlug heftig gegen die Rippen, während ich mich stockend umdrehte und seinem finsteren Gesicht begegnete, das uns musterte. Die Hunde heulten leise und stellten sich geschlossen schützend vor mich. Und selbst das Lied trieb so sachte um uns, dass es nur meiner Einbildung entsprungen sein könnte.

„Morgans.“

*************************************

„Woher ahntest du das?“, fragte ich Gabe später auf dem Weg zur Mensa. Er lächelte schüchtern und tat die Frage ab.

„Mein Vater ist Geistlicher.“

„Wirklich?“, erwiderte ich unsicher und unterdrückte ein deprimiertes Lachen. War ich schon derartig aufgerieben, dass ich niemandem mehr traute?

„Und er lässt dich mit diesen T-Shirts herumlaufen?“, ertönte Abbys Stimme hinter uns, bevor sie neben uns auftauchte und sich bei mir unterhakte.

„Ich wohne bei meinem Onkel“, erinnerte Gabe sie nach einem schnellen Blick an sich herab. Auf schwarzem Hintergrund war eine skelettierte Madonna abgebildet, die einen „Zeitgeist“ in den Händen hielt. „Außerdem ist das Kunst.“

„Habe nie etwas Gegenteiliges behauptet.“

„Da fällt mir glatt ein . .“ Mir entging nicht, wie sie sich über meinen Kopf hinweg anlächelten, und das erinnerte mich an die Nirvana-CD. Sie freuten sich bestimmt, ein wenig unter sich zu sein, und ich brauchte dringend Zeit für mich. „Ich muss mich für irgendeinen Sportkurs eintragen.“

„Was, jetzt?“

Abby war definitiv misstrauisch, dennoch löste ich mich von ihr und übergab ihren Arm Gabe.

„*Jetzt* weiß ich endlich, was ich wählen möchte“, zwinkerte ich ihr zu.

„Aha. Und das wäre?"
„Bis später, Leute!"
Zusammen mit meiner höllischen Entourage machte ich mich gemütlich auf den Weg zum Sekretariat und stieß die Tür auf, da rutschte mir mein Block aus der Hand und knallte mit einem dumpfen Ton auf den Boden. Klickend fiel sie wieder ins Schloss, indes Miss Potter gerade ein Telefonat entgegennahm.
Lose Blätter verteilten sich wie ein Teppich auf dem dreckigen Boden. Ich gratulierte mir im Stillen und bückte mich genervt, um sie einzusammeln. Das laute Schnauben an meinem Ohr riss mich aus der Monotonie, als der mir am nächsten stehende Höllenhund plötzlich lossprintete und aus seinem Grollen ein lautes Knurren wurde. Überrascht schaute ich auf und erstarrte, weil mein Blick auf ein Paar blaue Augen traf.
Brooke stand am Ende des Ganges an ihrem Schließfach und sah zu mir.
Zu *ihm*.
Das Monster riss den Kopf nach hinten und jaulte wie unter Schmerzen auf, wurde schneller. Seine potenzielle Beute schluckte und schloss die Augen, ihr Angreifer war beinahe bei ihr angekommen. Ein Ruck ging durch meinen Körper und die aufgelesenen Aufzeichnungen flogen um mich, gleichzeitig streckte ich meine Hand aus und machte einen Schritt vorwärts. Meine Gedanken rasten und die Sekunden wurden endlos.
Ohne Vorwarnung setzte das Biest zum Sprung an.
„Desinere!"
Wie ein abgeschossener Vogel fiel der Höllenhund auf den Boden und landete unmittelbar vor seinem Ziel mit einem dumpfen Aufprall auf seinem Bauch, rappelte sich aber sofort wieder auf. Genervt schüttelte er sich ausgiebig und ließ mich dabei nicht aus den Augen, haderte offen mit sich selbst. Ich wartete und fühlte dabei ein eigenartiges Summen in mir, das von der immensen Anspannung herrührte. Jeder Muskel war starr. Gleich darauf breitete sich eine flüssige Wärme in meinen Adern aus und machte mich so schwindelig, dass ich mich an der Wand abstützen musste. Mit eingezogenem Schwanz kam der Hund währenddessen zurück und gesellte sich zu den anderen in den Halbkreis hinter mir.
*Desinere?!*
Verwirrt starrte ich auf meine am Körper herunterfahrende Hand und fragte mich, was das zu bedeuten hatte.
„Bravo", ertönte eine beeindruckte Stimme und Brooke kam applaudierend zu mir. Das Geräusch wurde von den Wänden zurückgeworfen. Weit entfernt hörte ich die zahlreichen Stimmen aus

der Mensa, konnte das Essen riechen. Mit einem strahlenden Lächeln beobachtete sie mich erwartungsvoll.

Ein Blick auf mein benommenes Gesicht und sie lachte hell und umarmte mich.

„Entschuldige, falls ich dich erschreckt habe“, erklärte sie und machte sich los, um zu den Tieren zu treten. Sorgsam kniete sie sich vor ihren Angreifer und hielt die rechte Hand hin. Der Höllenhund legte bereitwillig seine Vorderpfote darauf und winselte.

„Ruhig, Tatius“, flüsterte sie, weil der allergrößte und allererste Hund, dem ich damals begegnet war, hörbar knurrte. Nach einem Blick auf mich wurde er wieder friedvoll und Brooke legte dankbar die andere Hand über die Pranke ihres Aggressors. „Curare.“

Ein dunkler Schatten baute sich beim Klang des Wortes über ihr auf, flüchtig und derart im Wandel, dass man ihn kaum begreifen konnte, ehe er sich streckte und die Form eines gespannten Tuches bekam, sanft herabflog, um sich auf den Punkt zu legen, wo Mensch und Höllenwesen sich berührten.

Sofort verstummte das klägliche Jammern des Hundes und ein zufriedener Ausdruck legte sich auf sein Gesicht. Sie hatte ihn tatsächlich geheilt. Kurz nachdem Brooke wieder aufgestanden war und nun den Hund kraulte, als wäre nicht sein Fell von toter Erde und sein Gesicht von Narben und Blutflecken gekennzeichnet, fragte ich mich, ob ich meinen Sinnen noch trauen durfte.

„Es wird höchste Zeit, dass wir uns unterhalten“, sagte sie freundlich, aber ernst.

„Du meinst über das da?“ Ich versuchte meine Stimme ruhig zu halten, deutete explizit in Richtung Rudel. „Beinhaltet deine Unterhaltung zufällig Sätze der Art ‚Bleib mir fern‘, ‚Es ist besser, wenn du nichts weißt‘ oder kryptische Andeutungen ohne weitere Erklärungen? In diesem Fall, muss ich dein Angebot leider ablehnen. Davon hatte ich bereits genug.“

„Morgan?“

Ich nickte und sie bückte sich, um meine Blätter aufzuheben. Überrascht tat ich es ihr nach. Kaum fertig, reichte sie sie mir und seufzte murmelnd: „Wir wünschten uns, er wäre weniger stur.“

„Es ist wie gegen eine Mauer rennen – immer und immer wieder“, erklärte ich missmutig.

„Oder mit sich selbst zu sprechen.“

„Und sobald der Frust sich langsam anbahnt –“

„– wird er noch wortkarger –“

„– bis er schließlich gar nichts mehr sagt“, endeten wir beide gleichzeitig. Wir schauten uns an à la „Was will man da schon

machen?“ und lachten auf. Die Art, wie ihre Augen dabei glitzerten, ließ sie um ein Vielfa
ches hübscher aussehen. Ihre Haare waren zu einer Hochsteckfrisur geflochten, aus der sich einzelne Strähnen gelöst hatten, die nun fröhlich mitwippten. Ihr schön proportioniertes, leicht gebräuntes Gesicht mit hohen Wangenknochen und vollen Lippen war gerötet, sie fuhr sich lächelnd darüber und pustete sich die Haare aus der Stirn. Ich ertrank in der Wärme ihrer Augen und verstand, warum Drew sie mochte. Sie wirkte ehrlich, freundlich und warmherzig – man kam da vermutlich schwer drum herum.

„Ich bin Brooke“, hielt sie mir die mit einem filigranen Silberring geschmückte Hand hin, und ich konzentrierte mich auf das Hier und Jetzt. „Ich weiß. Ich bin Mimi.“

„Ich weiß.“

Sie deutete fragend auf den Ausgang und ich folgte ihr gern. Hinter uns trotteten vierundzwanzig Pfoten auf dem kalten Steinboden und machten dabei platschende Geräusche, die sich wie Saugnäpfe anhörten. Kaum hatten wir das Schulgebäude hinter uns gelassen, bog sie in Richtung Eisdiele ab. Wir nahmen in der Morgensonne auf einer Holzbank Platz und ich gestattete mir einen Augenblick, die Ruhe zu genießen.

„Schieß los“, begann sie aufmunternd. Brooke drehte sich zu mir um und setzte sich im Schneidersitz hin, drapierte ihr türkisfarbenes Kleid um ihre Knie und legte den Kopf auf ihre gefalteten Hände.

„Woher kenne ich das lateinische Wort für ‚aufhören‘?“, fragte ich mit Seitenblick auf die Hunde.

„Latein ist die offizielle Sprache der Disceptatori“, erwiderte sie höflich, aber mit Nachdruck, und fuhr nach meinem Stirnrunzeln fort: „Das bedeutet ‚Schiedsrichter‘. Sie sind in etwa die Wächter zwischen Gut und Böse. Das ist ihr Zeichen“, mit einer fließenden Bewegung griff sie nach meinem Arm und zeigte auf das Seidenarmband. „Als ihre Auserwählte hattest du theoretisch stets Zugang zu der Sprache.“

„Und praktisch?“

„In der Praxis bedeutet die Tatsache, dass du in der Lage bist, auf Latein zu kommunizieren, dass mein Bruder sich endlich anfängt festzulegen.“

Meine Unzufriedenheit stand mir wohl ins Gesicht geschrieben, denn Brooke nahm meine Hand und fuhr vorsichtig über die glatte Oberfläche meines Schmuckstückes. Unter ihrer Berührung wurde es wärmer. „Ich verstehe, dass das, was in den letzten Tagen geschah und noch auf dich zukommen wird, kompliziert für dich ist und dir viel abverlangt – aber versuch, deinen Geist für Unmögliches zu öffnen. Denn ob du willst oder nicht, du bist mitten drin in einer fantastischen Geschichte. Und mit so einer hat es vor mehreren tausend Jahren auch begonnen."

„Erzähl sie mir", bat ich aufgeregt. Sie lächelte zufrieden und ließ meine Hand los. Ich winkelte die Beine an und stützte den Kopf auf die Knie, um mein leichtes Zittern zu verbergen.

„Zu einer Zeit, als es friedlich war auf Erden, herrschte Gott im Himmel, unterstützt von seinen fünf Erzengeln, die wiederum die anderen Engel betreuten. Das Prinzip funktionierte seit Hunderten von Jahren, ohne dass es jemals angezweifelt wurde."

„*Fünf* Erzengel?"

Sie bedeutete mir abzuwarten. „Einer von ihnen, Laurentius, Gottes Günstling und für seinen sprudelnden, wachen Geist bekannt, fing eines Tages an, das himmlische System und die Rolle der Engel darin zu hinterfragen. Mitunter waren es unangemessene Fragen, auf die er keinerlei befriedigende Antworten erhielt und die dennoch oder gerade deshalb zu Forderungen seinerseits führten. Unter anderem für Gleichheit statt Hierarchie, das Recht, auf Erden zu wandeln, Willensfreiheit – die man ihm und seinesgleichen schließlich gewährte. Kaum reichte man ihm den kleinen Finger, wurde er gierig und wollte die ganze Hand. Also zettelte er eine Meuterei gegen Gott und dessen Gesetze an. Gott schlug den Aufruhr nieder und bestrafte ihn schweren Herzens mit der Vertreibung aus dem Himmel. An dem Tag wurde Laurentius zum gefallenen Engel."

„Luzifer?"

Sie nickte und sah dabei bedrückt aus. „Laurentius stürzt in die Hölle und die Hölle vereint sich mit ihm. Er versteht, dass er an diesem Ort Gott sein kann und keinem unterstellt ist, selber die Regeln macht, anstatt ihnen zu folgen."

„Moment", unterbrach ich sie, „ich dachte, Michael habe Satan gestürzt."

Mit einer Handbewegung tat Brooke den Einwand ab. „Das stimmt. Aber vieles drum herum wurde verändert. Luzifers Rolle in der himmlischen Geschichte wurde heruntergespielt und damit auch die Bedrohung, die er für das Heilige Reich darstellte. Du musst verstehen, dass die Bibel aus einer Sammlung verschieden datierter Schriften besteht, die in einem Zeitraum von 1200 Jahren entstanden sind. Überlieferungen wurden ausgeschmückt, gekürzt oder weggelassen, je nachdem, was ins Bild passte oder dem widersprach. Stell dir eine Patchworkdecke vor, aus zig einzelnen Bestandteilen zusammengenäht. Irgendwie wurden diese Teile passend gemacht und verknüpft und ergaben am Ende eine Decke, auch wenn sie einzeln für sich genommen verschiedener Farbe, Material und Größe sind."

„Du willst sagen, die Kirche passte die Bibel ihren Vorstellungen an?"

„Ein Umstand, der innerhalb der Theologie durch die historisch-kritische Methode bereits aufgegriffen wurde, aber“, sagte sie und legte den Kopf zwinkernd schief, „ich schweife ab. Es ist nur, dass mich die Thematik fesselt, frag meine Familie, die kann ein Lied davon singen. Gerade, seitdem du in unser Leben getreten bist. Aber zurück zum eigentlichen Punkt. Geht ja gerade um dich.“

„Diese Disceptatori …?“, erinnerte ich sie und hoffte, dass ich mir die Benennung richtig gemerkt hatte. Ihre Aussagen schwirrten mir im Kopf herum und benebelten meine Sinne auf angenehmste Art und Weise. Auch wenn es schwer zu beschreiben war, aber das Armband war schöner und geschmeidiger denn je zuvor und in mir regte sich dadurch ein Gefühl von Ankommen. So als käme der Heimathafen nach einer endlosen Überfahrt endlich in Sicht. Es war ein schönes Prickeln.

Und es machte mir Angst.

„Lange vor Himmel und Hölle existierte bereits eine weitere Macht. Wesen, die im Hintergrund agierten und die Erde beobachteten, ohne sich aktiv einzumischen. Sie erschufen Sterne und Sonnen und bereisten die Universen, bis sie schließlich Zeuge der Schöpfung wurden und entschieden, hier zu bleiben. Jahrhundertelang hielten sie sich bedeckt, dann kam es zum Eklat zwischen Gott und seinem Günstling. Den Disceptatori war klar, dass die verhärteten Fronten zum Krieg führen würden, als weitere Engel Laurentius’ Weg gingen und auch zu Rebellen wurden. Dieser rekrutierte sie und sie folgten ihm in die Unterwelt, damit fiel er bei Gott endgültig in Ungnade. Ein Kampf wurde unausweichlich. Die Disceptatori griffen zum ersten und vorerst letzten Mal ein und stifteten Frieden durch einen Vertrag.“

Vier Kinder liefen mit ihrem tropfenden Eis an uns vorbei und schreckten uns dadurch auf. Mir war gar nicht aufgefallen, wie gebannt ich an ihren Lippen hing, doch jetzt, da eine Pause entstand, nahm ich mir die Zeit, meinen eigenen Gedanken nachzuhängen.

„Okay“, sagte ich laut und sprach doch nur mit mir selbst, „mir ist nicht entgangen, dass das, was gerade vor sich geht, nicht von dieser Welt sein kann. Aber ich verstehe nicht, was *meine* Rolle dabei sein soll.“

Auf ihrem Gesicht machten sich rote Flecken breit und zeugten von ihrer Erregung. Dennoch schaffte sie es, absolut ruhig zu klingen. „Der Vertrag beinhaltete drei Klauseln. Erstens: ein gemeinsames Archiv über die Taten der Menschen, das neutral verwaltet der Klassifizierung dient.“

„Du meinst, das darüber entscheidet, ob man nach dem Tod nach oben oder unten kommt?“

„Genau. Zweitens: die Verantwortung, keinen Sterblichen direkt zu beeinflussen. Jeder Mensch muss selbstbestimmt handeln, entschliesst er sich, sich dem Guten oder Bösen zuzuwenden. Und drittens die strikte Trennung beider Reiche, das heißt keinerlei Überschneidungen. Mit einer Ausnahme", endete Brooke und lächelte mich vielsagend an.

„Mich?", fragte ich verwirrt und im nächsten Moment leuchtete das Armband wie zur Bestätigung dermaßen purpurn, dass es mich blendete. Das Licht der Sonne schien für wenige Augenblicke heller zu strahlen, ehe sich der Himmel in friedlichster Nacht verdunkelte und das einzigartige Feuerwerk aus Sternen sich vor meinen Augen entfaltete. Sie stiegen auf, explodierten und fielen zu Asche zusammen. In naher Ferne ertönten dazu einzelne Schreie, die ich aber zu verdrängen lernte und nicht wirklich wahrnahm.

„Naturtalent", lobte Brooke und hob ihrerseits die Hand. Sie vollführte eine schnelle, drehende Bewegung und die goldenen Sterne gruppierten sich zu den Umrissen einer überdimensionalen Sternschnuppe.

Fasziniert betrachtete ich die Himmelsanordnung und fragte schließlich: „Du siehst sie auch?"

„Es sind Spielereien." Sprach es und bewegte ihr Handgelenk erneut – und aus der Sternschnuppe wurde ein im Lichterglanz erstrahlender Tannenbaum. „Harmlos, aber schön."

Als hätte ich nie etwas anderes getan, schnippte ich bei ihren Worten und das Bild zerfiel wieder zu dem Septembertag der Realität.

Noch während die Impressionen sackten, schluckte ich.

Mit einem frustrierten Lachen fuhr ich mir übers Gesicht und entdeckte aus den Augenwinkeln das Verständnis in ihren Augen. „Sagen wir, ich glaube dir – und das bedeutet nicht, dass ich es tue. Neben Gut und Böse existiert und interveniert also eine dritte Partei, die diese beaufsichtigen? Dass du recht hast und sie für eine Art Gleichgewicht sorgt und aus irgendeinem Grund einen stinknormalen Menschen erwählt, um was auch immer damit zu bezwecken. Aber –", mit einem Blick auf die Höllenhunde zwang ich mich weiterzufragen, „warum greift sie ausgerechnet jetzt ein? Nach Jahrtausenden, in denen es nicht nötig war?"

„Weil mein Bruder vor rund einem Monat volljährig geworden ist", lautete die schlichte Antwort und bevor ich die Chance hatte, darauf zu reagieren, fuhr sie fort. „Gegenfrage: Hört ihr sie noch?"

„Sie?", fragte ich voller Unbehagen und fragte mich, was genau sie aus dem Arsenal der unmöglichen Geräusche meinte. Worte, Schreie, Huftritte?

„Die Sirene."

Weitere Puzzleteile glitten mühelos ineinander und ergaben einen neuen Ausschnitt.

„Sirene, natürlich!“, schlug ich mir an die Stirn, als es mir wie Schuppen von den Augen fiel und ich sogar begann, den Text zu verstehen. „Warte, er kann sie auch hören?“

„Nur er und du. Genauso wie nur ihr den Schmerzen ausgesetzt wart. Oder besser erst nur du, bis Morgan sich eingemischt hat.“

„Es kam auch vor, dass sie kurzzeitig von allein abebbten“, warf ich ein, „vor Freitagabend. Und obwohl sein Blick auf mir ruhte.“

„Erinnerst du dich, in welchen Situationen?“

„Ja“, ich schloss kurz die Augen. Auf Grants Schoß. Während Shelbys Sondervorstellung zum Thema Verführung in der Öffentlichkeit.

„War das zufällig der Fall, wenn etwas im Sinne meines Bruders lief?“

Hmm. So hatte ich das nicht gesehen. Aber überlegte ich es mir: Es war, nachdem ich mich von Grant gelöst hatte – und weil Shelbys Verhalten bei mir auf offene Ablehnung traf. Das eine Mal ging ich auf Abstand zu einem attraktiven Jungen, das andere Mal sah man mir an, dass mich andere Frauen im Zusammenhang mit ihm störten.

Der grobe Rahmen meines Puzzles war plötzlich gelegt.

Was zunächst anmutete wie ein gesichtsloses, kleinteiliges Legespiel, entwickelte sich vor meinen Augen zu einem Motiv. Ich befand mich im Sortierstadium, hatte es mit einer Fortgeschrittenenvariante zu tun, jedoch war der Schwierigkeitsgrad dadurch determiniert, die Teile überhaupt zu erkennen. Endlich begriff ich das. Ganz, als lägen sie bereits die ganze Zeit vor mir auf dem Tisch. Nur dass ich mich auf die fehlende Motivik konzentriert hatte, statt einfach nach der Form zu gehen.

Abwesend betrachtete ich die Stücke näher.

„Die einen wollen mich beschützen, hat Morgan gesagt.“

Brooke stimmte zu. „Schmerzen und Sirene sind Werkzeuge verschiedener Seiten. Eins soll euch trennen, eins euch zusammenführen. Eins davon habt ihr eliminiert“, schloss sie und grinste.

„Was, wenn das zweite auch gerade verschwindet?“ Ich erinnerte mich aufgewühlt an seinen Blick, wie er von freundlich zu abweisend wurde und wie furchtbar es sich angefühlt hatte, nachdem er mich offen abgewiesen hatte. „Ihr Lied wird mit jedem unserer desaströsen Treffen leiser.“

Sie quietschte und ihre Augen glühten förmlich vor Spannung. Dann bemerkte sie meinen Blick und seufzte verständnisvoll. „Mein Bruder mag zwar stolz und uneinsichtig sein, aber er ist nicht dumm, Mimi. Tief drinnen weiß er, dass er es nicht aufhalten kann. Vermutlich will er dich nur schützen.“

„Dein Bruder hat mir klar und deutlich zu verstehen gegeben, was er will.“

„Dich auf Abstand halten“, verdeutlichte sie mit einem wissenden Nicken.

Getroffen wegen seines ziemlich offensichtlichen Wunsches verbot ich mir, ihr zu antworten. Es war zwecklos, mich vor ihr zu verstellen, das ahnte ich. Also mied ich lieber ihren Blick und am liebsten auch das ganze Thema und ließ lieber meine Beine rechts und links von der Sitzbank auf den Boden gleiten, sodass ich mich auf meinen Händen abstützen konnte. „Was habe ich ihm bloß getan?“

Als ich merkte, dass ich es laut gedacht hatte, wurden ihre Augen auch schon sanft. „Du wirst –“

„Brooke, da bist du endlich! Wir haben dich schon überall gesucht …“, die Stimme verhallte und ich guckte herüber.

„Hey, Shelby“, grüßte Brooke sie unverfänglich, „Dana.“

Beide warfen sich einen bedeutungsschwangeren Blick zu, bevor sie dazu übergingen, mich zu ignorieren. „Wir wollen los – kommst du?“

Brooke wandte sich erneut an mich. „Geht's dir gut?“, fragte sie flüsternd und legte ihre Hand auf meine Schulter. Dankbar lächelte ich sie an und sie verstand und lächelte zurück.

„Wir setzen das fort“, versprach sie und nickte unruhig ihren Freundinnen zu.

„Sicher“, antwortete ich, ahnend, das wäre eher unwahrscheinlich. Sobald Shelby Morgan davon berichtete, uns zusammen angetroffen zu haben, würde er das nicht noch einmal erlauben.

Sie beugte sich vor und erklärte leise: „Nimm dir Zeit, es auf dich wirken zu lassen. Und geh heute nicht joggen oder ähnliches. Ich habe zwar Dios Kreuzbandriss rückgängig gemacht, aber er muss dir folgen und es wäre hilfreich, er würde sich schonen. Sie sind Verletzungen nicht wirklich gewohnt.“

„Nun“, erwiderte ich und folgte ihrem Blick zu dem Hund, der sie vorhin noch angegriffen hatte. Er umkreiste Shelby aufmerksam, weil diese ungeduldig mit dem rechten Fuß aufstampfte.

„Mach's gut“, verabschiedete Brooke sich und stand mit einer eleganten Bewegung auf. Ich stammelte ein leises „Bye“, indes sie zu den anderen trat und dabei durch das Tier hindurchlief, das ihr nachsah und sich schließlich hinsetzte.

„Dios?“, fragte ich und seine Ohren drehten sich zu mir, bevor er langsam aufstand und in meine Richtung kam. Konzentriert darauf bedacht, das Rumoren in meinem Inneren zu ignorieren, wartete ich, bis er da war und vertrieb mir die Zeit mit Gedanken an Thanksgiving. In zwei Wochen würde ich es im Garten mit Gegrilltem und kühlen Drinks begehen.

Kein Vergleich zu den letzten siebzehn.

Im Sitzen war das Monster auf Augenhöhe mit mir. In seinem Gesicht las ich den Gehorsam, auch wenn er ihn widerwillig leistete. Ich beugte mich vor und er tat es mir nach. Dort wo zwei Narben ein Auge zerstört hatten, zuckte die leere Höhle und ich streckte unsicher eine Hand aus, um ihn zu berühren.

Ich hielt die Luft an und roch doch den süßen Gestank von Verwesung. Schließlich lagen meine Finger auf seinem Kopf.

Allerdings nur kurz.

Wie vom Blitz getroffen zog ich sie zurück, sobald ich das schleimige Nass auf seinem Fell fühlte. Er knurrte missmutig. In dem Augenblick, in dem ich wusste, dass es Blut auf meiner Hand war, verstand ich, was Brooke mir erzählt hatte.

Mit einem Frösteln, das mir durch sämtliche Knochen ging, stand ich ebenfalls auf und machte mich auf den langen Weg nach Hause. Mit der Gewissheit kamen neue Fragen. Ich lief an meinem Rudel vorbei und folgte Tatius, der Rest kam hinterher.

Ich war irgendwie zwischen Gut und Böse geraten.

Steuerte auf das „Unausweichliche“ zu.

Wegen Morgan.

## *Kapitel 7*

Daheim angekommen, verbrachte ich den Rest des Tages damit zu recherchieren. Ich googelte „Erzengel", „Höllensturz" und „Luzifer", aber was ich im Neuen Testament oder apokryphen Büchern fand, waren die Geschichten, die ich bereits kannte. Meine Suchergebnisse zu den „Disceptatori" kamen innerhalb von 0,023 Sekunden. So lange brauchte Google, um mir zu zeigen, wie viele Latein-Übersetzungshilfen es gab. Das Wort war ein Substantiv. Sonst nichts.

Ich durchsuchte Blogs und Foren, landete bei fiktiver Literatur und Poesie, durchforstete Kirchenwebsites und las Graphic Novels, beteiligte mich sogar am Fanchat eines PC-Spiels. Was ich fand, war dasselbe: Himmel und Hölle koexistieren und belohnen die Guten beziehungsweise bestrafen die Schlechten, wenn sie sich nicht, wie in dem Spiel, um die Seelen Einzelner stritten.

Eine Seite fragte in großen Lettern: „Was kommt DANACH?"

Kurzzeitig überlegte ich, ob ich nicht eine Antwort verfassen sollte und sie ins Gästebuch posten: „Hast du Glück, kommst du in den Himmel. Falls nicht, bist du hoffentlich auserwählt von den Disceptatori."

Oder du triffst auf *ihn* und er rettet dich.

Um dich daraufhin zu hassen.

Ich verkniff mir den Kommentar und suchte die Bücher im Arbeitszimmer meines Onkels durch, aber die meisten waren Hand- und Rechtsbücher zum Thema Immobiliengeschäfte.

Nach dieser eher bescheidenen Ausbeute lief ich rastlos durchs Haus und landete schließlich vor dem Bücherregal im Wohnzimmer. Meine Mutter und meine Tante waren die Töchter eines Pastors und einer einfachen, streng religiösen Frau, hatten die Bibel sozusagen mit der Muttermilch aufgenommen. Dementsprechend zerschlissen war die Ausgabe in der Regalwand, die Blätter fielen fast auseinander – aber wenigstens musste ich sie nicht lange drangsalieren, bis ich im Alten Testament fündig wurde. Eine vergilbte Seite war aus einem anderen Buch herausgerissen und in die Bibel gesteckt worden, ich faltete sie behutsam auseinander und las zuerst den Text, der am Rand farbig gekennzeichnet war.

„Allgemein bekannt ist der Umstand, dass es der Erzengel Michael war, der die Inkarnation des Bösen bezwang, eine einst göttliche Kreatur, die sich mit ihrem freien Willen weigerte, Gottes Allmacht anzuerkennen und sich dessen Herrschaft zu beugen. Der Name Michael, aus dem hebräischen Mi-ka-el (Wer-wie-Gott), bezeugt die richtenden Worte, die der Erzengel seinem ehemaligen Gleichgesinnten entgegensetzte, bevor er ihn hinab ins Reich der Verdammung stürzte: ‚Wer ist wie Gott?'

Neue Studien befassen sich mit den unmittelbaren Folgen des Engelssturzes und legen den Fokus auf die Genealogie. Theologen aller Konfessionen glauben vermehrt an die Möglichkeit, dass der gefallene Engel dem apokryphen äthiopischen Henochbuch entsprechend als ‚Azazel' auf Erden wandelte, und, wie andere Gottessöhne neben ihm, mit sterblichen Frauen das Geschlecht der Nephilim zeugte. Das 1. Buch Mose 6,4 definiert, dass diese Nachkommen, Riesen an Stärke ohnegleichen, als ‚hochberühmte Helden der Vorzeit' galten und sich hervortaten durch Boshaftigkeit, das Wissen um Himmelsgeheimnisse und ihren unstillbaren Appetit auf Menschen und Vieh.

Eine weitaus kontroversere Variante zur Genealogie des Satans hat ihren Ursprung in seiner Namensgebung. Wörtlich übersetzt bedeutet der Namen Luzifer ‚Lichtträger' (lat.). Im Alten Testament berichtete das Buch Ezechiel 28,14 vom sterblichen König von Tyrus. Er wandelte ‚im Garten Gottes, geschmückt mit Edelsteinen jeder Art, mit Sarder, Topas, Diamant, Türkis, Onyx, Jaspis, Saphir, Malachit, Smaragd' und war schön und mächtig, ‚ein Gott', der ‚wandert inmitten der feurigen Steine'. Sein menschliches Herz korrumpierte, sein ‚großes Handeln' wurde voll ‚des Frevels' und sein Verhalten zur ‚großen Missetat' befunden. Infolgedessen stürzte Gott den Lichtbringer von seinem Berge in die Tiefe, wo er ‚ein Feuer aus ihm hervorbrechen' ließ. Satan dürstete es nach Rache und er verführte Eva zum Sündenfall. Mit der Vertreibung der Menschen aus dem Paradies galten Frauen gemeinhin als anfälliger für teuflische Beschwörungen, was er und seine Anhänger ausnutzten. Eine neue Erblinie entstand, an deren Spitze ein Lichtzauberer steht, ein Kind, das mit Tag und Nacht spielen konnte. Des Weiteren –"

Ich schloss das Buch mit einem Knall. Wie viele Theorien konnte es zu einem Thema noch geben?

Unzufrieden machte ich kehrt auf mein Zimmer. Die Stille des Hauses dämpfte meine Rastlosigkeit und machte sie gleichzeitig unüberhörbar. Meine Gedanken schwirrten während ich die Heilige Schrift auf meinen Schreibtisch legte und meinen iPod anmachte, mich vor meinen Laptop setzte, in Richtung Fenster drehte und die tief stehende Sonne entdeckte. Ich tendierte verstärkt zu Brookes biblischer Patchworktheorie und das wiederum machte mich verstärkt nervös – wie sollte ich mir etwas erschließen können, falls sämtliche Hilfen, die ich zur Verfügung hatte, sich widersprachen? Überall lagen meine mittlerweile müden Höllengefährten kreuz und quer im

Zimmer und starrten mich aufmerksam an, spürten meine innere Unruhe.

Vielleicht ging ich das falsch an.

Mit einem Kugelschreiber bewaffnet überschlug ich, was mein Leben in den letzten Tagen von normal zum wahrgewordenen Albtraum verwandelt hatte, und startete mit meinen allersten Erlebnissen. Blut. Leid. Höllenkreaturen. Verlorene Seelen. Ich legte den Stift beiseite und gab „Höllenreiter" in die Suchmaschine ein. Noch bevor ich die Ergebnisse las, erschienen *sie* auf den Bildvorschlägen. Ein rotes und ein schwarzes Pferd. Zwei weitere, weiß und grau-kränklich rahmten sie ein. Die Gestalten derer, die auf ihnen saßen, unterschieden sich von denen, die mich und das Mädchen gejagt hatten, was nicht allzu verwunderlich war: Sie hatten dem Künstler vermutlich nie Modell gestanden.

„Die apokalyptischen Reiter".

Ich ergänzte mit einem flauen Gefühl im Magen meine Liste und schrieb zuletzt „Höllenhunde" auf.

*Himmel gegen Hölle.*

Meine Gedanken rasten um dieselbe Frage. Was, wenn das, was Brooke mir erzählt hatte, tatsächlich die Wahrheit war?

Mein Verstand sträubte sich mit allen Mitteln gegen die Möglichkeit, aber meine Augen sahen und meine Ohren hörten es, meine Hände fühlten und meine Nase roch die Tatsachen.

Die Sternschnuppe existierte, weil Brooke sie geschaffen hatte. Die qualvollen Schmerzen waren echt gewesen, ebenso wie das Lied der Sirene. Morgan hatte beides mit mir geteilt und machte sie damit real.

*Morgan.*

Schon bei seinem Namen flatterte mein Körper, als bestünde er aus Millionen summender Glühwürmchen, und jegliche Angst schrumpfte in sich zusammen. Er war mächtig und stark und kam es darauf an, das spürte ich, würde er mich beschützen können. Wie er es schon einmal getan hatte.

Aber wovor?

Die Höllenwesen taten mir nichts. Nicht mehr. Meine Visionen von Verwesung waren vergangen und die klagenden Schreie verstummt. Ich biss auf meinem Kuli herum, mein Blick fiel zufällig auf die Bibel und um meine Finger zu beschäftigen, schlug ich sie wahllos auf. Das Buch Genesis erschien vor meinen Augen und ohne hinzusehen murmelte ich den wohl bekanntesten Satz des Werkes, als eine seltsame Form der Aufregung Besitz von mir ergriff.

„Im Anfang schuf Gott Himmel und Erde."

Anfang.

*Alles auf Anfang.*

Zurück zu Brookes Ausführungen.

Ihr zufolge gehörte ich weder zu Gut noch zu Böse, sondern war geschickt worden vom einzigen unparteiischen Lager. Mein Armband schmiegte sich bei dem Gedankengang enger an meine Haut und ließ sie prickeln.

Weiter.

Der Zeitpunkt war nicht willkürlich, sondern abhängig von Morgans Person und dem Umstand, dass er achtzehn Jahre alt geworden war. Erduldete ich folglich die kuriosen Begebenheiten, weil Morgans Zeit für wer-weiß-was gekommen war …

*Ist es meine Aufgabe, ihm dabei zu helfen.*

Die Erkenntnis keimte zaghaft in mir auf und überrannte mich, sobald ich verstand, ungebremst mit der Intensität einer eiskalten Welle. Sie flutete mich von innen und trug mich auf sich fort, begleitet vom angenehmen Gefühl, das man als Kind hatte, wenn man an seinem Geburtstag oder Weihnachtsmorgen aufwacht und ahnt, etwas ganz Besonderes, Aufregendes, stand an dem Tag bevor. Millionen Glühwürmchen tanzten vor meinen offenen Augen und legten sich wie ein feiner Film auf meine Haut. Ich merkte, dass ich erleichtert lächelte.

Die Lösung war so simpel wie brillant.

Einen Augenblick später entsann ich mich seiner zurückweisenden Haltung und das Gefühl verschwand. Er hatte sich schon dafür entschieden, sich *nicht* von mir helfen zu lassen, lange bevor ich bereit war, es für ihn zu tun.

Tatius richtete sich auf, da ich den Zettel vom Block riss und ihn an meine Pinnwand heftete, halb versteckt unter dem 007-Foto von letztem Samstag. Abby, Drew und ich strahlten unverfälscht in die Kamera und ich erlaubte mir ein wenig an die Zärtlichkeit in Morgans Blick zu denken, als er mich heute in den Arm genommen hatte.

Am liebsten hätte ich frustriert gelacht.

Auch wenn es manchmal den Anschein machte, er würde mich mögen, endete jedes Zusammentreffen mit der ernüchternden Erkenntnis, dass er sich mich vom Hals schaffen wollte. Und insofern mich unsere erste Begegnung nicht täuschte, weder der Ort dafür, noch welche Verkettung es ausgelöst hatte, ahnte ich, dass er mir damit einen Gefallen erwies.

Mir folgten keine weißen Wölkchen oder Engel mit Harfen, sondern Schmerz, Leid, geschundene Seelen und Höllenhunde. Seine Augen wurden schwarz und sein Zorn entzündete sich in anderen. Morgan stand für eine Welt, die die Disceptatori zum funktionierenden Einklang mit einer anderen gebracht hatten. Und eins wusste ich mit Sicherheit: dass seine Welt nicht die Gute war.

Warum weigerte ich mich dennoch daran zu glauben, dass er schlecht sein konnte?

„Ich habe das Buch behalten, weil es mich an sie erinnert. Aber natürlich kannst du es haben“, sagte eine Stimme hinter mir. Ich drehte den Kopf zur Tür und sah direkt in Maddys Gesicht.

„Hi.“

„Störe ich?“

„Niemals“, sagte ich und versuchte zu lächeln. „Was meintest du?“

„Die Bibel“, antwortete meine Tante und kam zu meinem Schreibtisch. Ich lief schnell an ihr vorbei und schloss meinen Laptop, bevor sie einen Blick auf die vier Reiter werfen konnte. Klug wie sie war, stellte sie keine Fragen, sondern nahm stattdessen das Buch und schlug die erste Seite auf. „Megan Fielding“, stand in sauberer, dunkelblauer Schrift in der rechten oberen Ecke.

„Sie hat Mom gehört?“

Meine Tante nickte und fuhr zärtlich über den Namen. „Sobald sie aufs College ging, hat sie sie mir dagelassen. Ich fand's toll, weil meine verschwunden war und Dad das wahrscheinlich nicht sonderlich begeistert hätte. Aber da wir dieselbe Ausgabe hatten, ist ihm unser Tausch nie aufgefallen.“

„Hast du das jemals gebeichtet?“

„Schon. Aber nicht ihm“, grinste sie. Dann wurde sie plötzlich ernst und musterte mich intensiv. „Ist es in Ordnung, über sie zu sprechen?“

„Es wird leichter“, wiegelte ich geübt ab. „Trotzdem höre ich lieber zu.“

„Gut, denn ich muss dir unbedingt erzählen, wie sie mit sechzehn Jahren ein angefahrenes Stachelschwein nach Hause gebracht hat, das sich als schwanger entpuppte.“

„Drei Ferkel kamen einen Tag später – und schliefen am liebsten bei Grandma und Grandpa im Bett.“

„Du kennst die Geschichte?“

„Es war das K.-o.-Argument gegen Dad, als er für einen Hund war.“

„Das ist auch meins, für den unwahrscheinlichen Fall, dass Marc sich das in den Kopf setzt.“

Maddy nahm auf dem Bett Platz und klopfte neben sich. Es war fühlbar wie mannigfach sie das Thema bedrückte, sie sich aber zwang, es nicht zu zeigen. Ich trat hinzu, setzte mich wartend daneben und sie seufzte traurig. „Du hast eine ganze Menge von ihr. Die Augen, die Grübchen in den Wangen, dein Lächeln. Die Geselligkeit und das Blitzen in deinem Blick. Die Art, am Ringfinger zu drehen, falls dich etwas beunruhigt“, sie streichelte mir eine Strähne hinters Ohr. „Und du bist so mutig – du stellst dich deinen Dämonen.“

Ich beäugte den Höllenhund zu meinen Füßen und unterdrückte eine Antwort. Mit einem Wisch ihres Daumens über mein Armband fuhr sie fort: „Anna war da eher wie dein Vater und Grandma."

Beim Gedanken an meine Schwester wurde es mir tausendmal schwerer ums Herz. „Sie war definitiv ein Papa-Kind", nickte ich. „Und das hat sie ihr Leben gekostet."

„Das stimmt nicht und das weißt du auch. Ihre Zeit war gekommen und deine eben nicht. Es erscheint dir vielleicht unfair, aber es ist Gottes Plan."

*Oder der der Disceptatori.*

Wir schwiegen und Maddy wurde unruhig, also schubste ich sie neckend und fragte, was los sei. „Wie viel Lust hättest du auf einen Kurztrip nach San Diego?", fragte sie und band sich die Haare mit drei gekonnten Griffen zu einem Pferdeschwanz zusammen.

„Wann?"

„Übers kommende Wochenende. Geht direkt am Freitag nach der Schule los."

„Warte!", schrie ich aufgeregt auf und drückte ihre Schultern. „Heißt das, du hast den Auftrag gekriegt?"

Noch bevor sie antwortete, leuchtete ihr Gesicht. „Ist das nicht unglaublich? Ein internationales Topmodel! Das Cover des Temptuous Magazine!"

„Ahhhh! Das ist ja Wahnsinn! Herzlichen Glückwunsch, Maddy!", gratulierte ich aufrichtig und umarmte sie enthusiastisch, riss sie mit mir bis wir umfielen und im Liegen weiterkicherten. Meine Tante war eine ausgezeichnete Fotografin und verdiente dennoch gerade genug mit ihrer Arbeit, dass sie die monatlichen Kosten für ihr kleines Fotostudio decken konnte. Sie hatte es verdient, Erfolg zu haben.

„Der Haken ist, dass es eine ganze Fotostrecke wird. Sie haben uns für zwei Nächte ins Hilton eingebucht – du und dein Cousin könntet euch eine Suite teilen."

„Verlockend", grinste ich, „aber wäre es schlimm, wenn ich lieber hierbleiben würde?"

„Nein", seufzte sie, „natürlich nicht. Ich will nur nicht, dass du dich in diesem großen Haus einsam fühlst."

„Dieses Haus ist mein Zuhause", warf ich ein und sie lächelte mich dankbar an. „Ich schnapp mir einfach Abby und die Mädels und wir machen eine gute alte Pyjama-Party."

„Mit Kissenschlachten und Eisgelage?", fragte eine statische Stimme. Wir starrten gleichzeitig zu Trevor, der schmunzelnd im Türrahmen stand, den Telefonhörer in der ausgestreckten Hand.

„Hey, Abbs", grüßte Maddy.

„Hey, coolste Tante der Welt!" Sie klang glücklich durch den Lautsprecher und ich konnte mir vorstellen, was der große, rockliebende Grund dafür war.

„Bist du dabei?", fragte ich der Form halber und lächelte da sie „Soll das ein Scherz sein?! Wann geht's los?" kreischte.

„Das wäre geklärt. Ich fange gleich mit dem Abendessen an", sagte meine Tante. Sie nahm ihrem Mann den Telefonhörer ab, hielt ihn mir hin und drückte dann die Muschel gegen ihre Brust. „Bist du sicher?"

„Ist sie!", erklang die dumpfe Stimme meiner besten Freundin und ich nickte, nahm den Apparat entgegen, stellte den Lautsprecher aus und legte mich aufs Bett.

Normalität war zu einem Luxusgut geworden, nach dem ich mich sehnte. Mein Onkel schloss die Tür und ich bedeutete ihr anzufangen.

Eine Dreiviertelstunde später hatte ich ihr erklärt, dass ich einen Hitzeschlag erlitten und deshalb in der Pause nach Hause gegangen war, und ihr außerdem dreimal versichert, dass Gabe auf sie stand. „In der CD waren Karten für die Rolling Stones, Abby. Entweder er bewahrt sie prinzipiell zwischen Rohling und Booklet auf oder er will, dass du mit ihm hingehst."

„Das ist schier unglaublich!"

„Und romantisch."

„Das auch – und ich habe dennoch keinen blassen Schimmer, was ich tun soll. Geh ich morgen zu ihm und tue, als wäre alles wie gehabt, oder frage ich ihn, ob es sein Ernst ist?"

„Nichts von beidem. Du gehst zu ihm und sagst Ja. Kein Quietschen, nervöses Geplapper, kein Kreuzverhör. Nur ein einfaches Ja und dazu ein freundliches Lächeln."

„Wie soll ich bitteschön nicht nervös sein?"

„Weil der Wasserfall des Pelikans regenbogenfarbene M&M's ausspuckt."

„Oh, nein", ich konnte den exakten Moment benennen, in dem sie die Augen verdrehte, „seine bescheuerte Ablenkungstaktik?"

„Probier's aus. Es hilft. Und bist du erst vollkommen entspannt, sag zu. Den Rest erledigt er."

„Du bist so clever", sinnierte sie. „Im Gegensatz zu mir."

„Du bist nicht weniger schlau, sondern unsicher. Großer Unterschied."

„Das meinte ich nicht", druckste sie und ich runzelte die Stirn. „Morgan?"

Ich saß mit einem Schlag aufrecht. „Ist was passiert?"

„Eben nicht", stöhnte sie und ich beruhigte mich etwas. „Ich blöde Kuh erzähle dir am Sonntag wie romantisch es war, dass er sich um dich gekümmert hat und kaum kommt es drauf an, verhält er sich weiterhin wie ein A– “, sie brach ab und räusperte sich, „ – wie Morgan Vegard.“

„Wie genau ist das deine Schuld?“, fragte ich. „Du hast doch nichts erfunden. Außerdem kann niemand von dir verlangen, dass du verstehst, was vor sich geht, wenn nicht einmal ich das begreife.“

„Oh, ich begreife schon was“, ihre Stimme hatte einen versteckt amüsierten Unterton, der mich jedes Mal zum Schmunzeln brachte.

„Teilst du deine Weisheit mit mir?“

„Heute nach der Schule hat er Gabe praktisch mit Blicken pulverisiert, als der ihm sagte, dass du kein Interesse hättest und er sich einen anderen Zeitvertreib suchen solle.“

„Gott schütze Gabes gutes Herz“, warf ich ein, „er ist wirklich der große Bruder, den ich niemals hatte.“

„Das wäre eher Drew.“

„Nein, Drew ist der Bruder, den ich niemals wollte.“

Abby lachte. „Er passt nur auf dich auf, Mimi.“

„Ihr zwei habt die Definition von aufpassen neu erfunden. Fehlt nur noch, dass ihr Protokoll führt über mein Essens-, Rede- und Schlafverhalten, Miss Ein-Cocktail-ist-ihr-Tod!“

„Wir lieben dich auch.“

„Dann hör auf, Gabe in Mini-Drew zu verwandeln. Es kann nicht sein, dass sich sogar mein neuer Freund für meine Keuschheit einsetzt.“

„Schon mal darüber nachgedacht, dass wir Morgan einfach nicht ausstehen können? Dass er einfach nichts für dich ist?“

„Schon mal darüber nachgedacht, dass ich achtzehn Jahre alt bin?“

Abby atmete genervt ins Telefon. „Bitte …“

„Ich bin die Älteste von uns vieren.“

„Und du schweifst vom Thema ab. Zurück zu Morgan und meiner These?“

Dass sie ablenkte, verbuchte ich zufrieden als Rundensieg nach Punkten. Sie fischte in trübem Wasser und fühlte den Grund nicht mehr unter den Füßen. Ich merkte mir mein Argument für spätere Zwecke und machte mir einen mentalen Vermerk, es nicht zu oft einzusetzen, damit es seine Überzeugungskraft nicht verwirkte. *Diese Diskussion ist lange nicht vorüber, liebe Abby.* Aber sie würde warten können, bis ich wieder ganz bei Kräften war. Und ich war gespannt auf ihre Theorie.

„Ich höre?“

„Es ist Tage her und er lässt es nicht sein, Mimi. Morgan kann nicht damit aufhören. Er sieht nach dir, mischt sich ein, macht sich die Mühe, Gabe zu erklären, er solle sich um seine eigenen Sachen scheren, und wofür das Ganze? Für eine Frau, mit der er offiziell kein Wort wechselt? Vertraue mir: Du bist ihm nicht egal. Kann sein, dass er das nicht weiß oder es nicht zugibt. Aber ich schwöre dir, da ist irgendwas."

„Ja", stimmte ich lachend zu. „Frust, Ärger und das Bedürfnis, mich postwendend zurück nach Connecticut zu senden."

Abby war still. Schließlich seufzte sie. „Aber du magst ihn wirklich? Trotzdem?"

Sie anzuschwindeln stand nicht zur Debatte, ich würde mir selbst nicht glauben. Also resignierte ich und verdrängte schnell den Impuls, ihr Glauben schenken zu wollen, ebenfalls weit weg in den hintersten Teil meines Bewusstseins. Es war einfach, sich dem Wunsch hinzugeben, und nahezu unausweichlich, sich sofort darin zu verlieren. Wie in seinen stürmischen Augen oder seiner zärtlichen Berührung. Der Ablageort meiner Verdrängungen wurde stetig voller, dachte ich resigniert, als ich ihre Versicherung dorthin verbannte, wo sie mich nicht verletzte, wo sie meinem Leben vor diesem Frühling Gesellschaft leistete und sie mich nicht verfolgen konnte, wenn sie sich als falsch herausstellte. Zugleich wappnete ich mich gegen naive Fantasien. „Nicht jedes Märchen hat ein Happy End."

„Aber nach Cameron …"

Noch ein Name, eine andere Geschichte, von der ich mich distanziert hatte und die deshalb auch am heillos überfüllten Fleck ruhte. Eine Saite meines Herzens erklang leise, als ich an einen Jungen mit einem Strauß Blumen und einer Ansteck-Orchidee am Jackett dachte.

*Stopp!*

Ich warf die Tür zu der Erinnerung und dem allegorischen Ort zu, verbarrikadierte sie mit Holzbalken, mauerte sie ein und hing ein Schloss davor. Das war mein altes Leben, mit alten Gesichtern und alten Erinnerungen. Ich schluckte, ehe ich zu einer Antwort bereit war.

„Cameron ist Hartford, ich lebe jetzt in Mainfield. Außerdem war er nicht halb so schlimm wie Mick und damit hast du viel mehr Anrecht auf einen gescheiten Kerl als ich."

„Er hat sich zumindest nicht den Namen seines toten Hautieres auf den Arm tätowieren lassen."

„Von Freunden."

„Mit einer Nähnadel."

„Du gewinnst, ich verliere, und damit genießt du jetzt gefälligst das Gefühl, einem netten Jungen wie Gabe zu gefallen."

Jemand klopfte auf der anderen Leitung an und ich schaltete ihn grinsend dazu.

„Apropos netter Junge", begrüßte ich ihn, „Drew sag Hi zu Abby."

„Hi, Abby!"

„Andrew! Du hast wieder eine Stimme."

Er hustete und ich stellte mir vor, wie wir beide synchron den Telefonhörer weghielten.
„Ich wollte mich nur zurückmelden“, sagte er und keuchte, „inoffiziell. Der Doc meint, ich muss noch ein paar Tage das Bett hüten, aber immerhin erlauben mir meine Mutter und Sean wieder das telefonieren.“
„Darf man dich besuchen?“, fragte ich und überschlug, wo ich das Hausrezept für Hühnerbrühe fand.
„Laut Arzt oder meiner Mom?“
„Klares Nein“, erklärte Abby und ich legte den Gedanken ad acta.
„Was gibt's Neues an der Lincoln?“
Seine Neugier erntete absolute Stille.
„Ist das euer Ernst? Ich rede mit *zwei* Frauen und keine davon will mich mit dem neusten Klatsch und Tratsch beliefern?“
„Was ist mit Sean?“, fragte Abby schließlich.
„Der sitzt seit Tagen in der Bücherei und genießt sein Streberdasein. Also raus damit. Ihr verheimlicht mir doch irgendwas.“
„Was weißt du von letztem Samstag?“, fing meine Freundin an.
Er fragte nach: „Du meinst die Party? War voll, geniale Musik. Irgendwann wurde mir schlecht. Hab Mimi nicht gefunden und mich ins Bett geschleppt. Die Nacht lang durchgebrochen. Wieso?“
„Weil ich gesehen habe, wie du mit Brooke geredet hast – lange“, ging ich dazwischen, bevor sie weitererzählen konnte. Während er stöhnte, ertönte von unserer gemeinsamen Freundin: „Hört, hört.“
„Mit Klatsch meinte ich etwas, das nichts mit *mir* zu tun hat.“
„Wie war's?“, ignorierte ich den Einwand.
„Angenehm“, gestand er nach einer kurzen Pause. „Es war zumindest nicht mehr steif.“
Ich lachte. „Könnte daran liegen, dass sie jetzt Gewissheit hat bezüglich unseres nicht existierenden Paar-Status.“
„Bitte?“
„Bedank dich bei deinem Footballteam. Es läuft gerade eine Wette darauf, ob das Gerücht wahr oder falsch ist.“
„Diese Schwachköpfe. Wie lang kursiert der Mist schon?“
„Ich würde sagen, länger.“
„Wenigstens hast du das richtiggestellt. Granofsky wird dafür bluten.“
Abby schaltete sich wieder ein. „Warum gerade er?“
„Weil es immer Matt ist. Der nimmt den Mund voller wie's geht.“
„Schätze, das fällt ihm zur Zeit eher schwer.“
„Abby!“, fuhr ich sie an, doch es war zu spät.
„Wovon redest du?“ Drew klang angespannt und ich hätte am liebsten geschrien. Das würde unschön ausgehen.

„Morgan hat sich um ihn gekümmert", erklärte Abby vorsichtig. „Eine Meinungsverschiedenheit auf Lukes Party."

„Ist das dein Ernst? Verdammt! Da gehen die sich endlich gegenseitig an die Gurgel und ich verpasse das. Lasst mich raten, Vegard hat gewonnen?"

„So was von."

„Gut für Matt", freute sich Drew. „Was war der Anlass?"

„Keine Ahnung. Du, Mimi?"

„Nein", erwiderte ich und hörte meinen Onkel nach Marc und mir rufen. „Essen ist fertig", informierte ich meine Freunde und verabschiedete mich zügig. Als Abby bereits aufgelegt hatte, fiel ich Drew noch mal ins Wort. „Warte. Wie sehr magst du mich?"

„Kommt drauf an, was du willst."

„Mir dein Auto ausleihen?"

Er wurde kurz ruhig und hustete schließlich. „Sean meinte, du hättest Fahrradfahren für dich entdeckt."

„Ist auf Dauer anstrengend", wiegelte ich ab. „Bitte. Nur für morgen und Freitag?"

„Klar. Komm einfach in der Früh vorbei. Ich sag meiner Mom, sie soll dir die Schlüssel geben." Er hustete wieder und seine Stimme wurde kratzig. „Pass mit der Schaltung auf."

„Ich dachte, es sei eine Automatik."

„Test bestanden."

Ich lachte. „Danke, Drew."

„Zu Diensten. Guten Appetit."

„Sieh zu, dass du wieder auf die Beine kommst. Du fehlst mir."

„Ich bin schneller zurück, als du sehen kannst. Pass auf dich auf. Und hab ein Auge auf Abby und diesen Gabe."

„Aye, aye, Sir!"

*************************************

Am Donnerstagmorgen fuhr ich mit einem unguten Gefühl auf den Parkplatz. Die Nacht war bescheiden gewesen, ich hatte bis in die Morgenstunden kein Auge zugemacht und sobald ich es nach Sonnenaufgang geschafft hatte einzuschlafen, schreckte ich regelmäßig hoch. Allerhand lag im Argen und ließ mich nicht zur Ruhe kommen. Beim duschen wusste ich nicht viel, aber eine Sache mit Bestimmtheit: Es war unumgänglich, Morgan zur Rede zu stellen.

Mit einem mulmigen Gefühl nahm ich meine schwere Tasche von der Rückbank – freundlicherweise wünschte sich Mr. Grind in seinem Geografieunterricht täglich den Weltatlas – und hielt zielstrebig auf die Schule zu. Es war genug Zeit, um Morgan zu suchen, und fairerweise auch herauszukriegen, wo damit anfangen.

Wie sich herausstellte, war zumindest das leicht.

Kaum trat ich durch den Eingang, sah ich die Menschentraube. Eine Versammlung hatte sich eingefunden, dort wo der Gang enger wurde und die starren Reihen der Spinde begannen. Ich wollte eigentlich nur vorbei, als ich eine Stimme hörte, die ich kannte.

„Was soll ich denn tun? Ich bin krank."

„Du bist doch auch in der Schule", erwiderte eine zweite Person und spätestens jetzt blieb ich wie angewurzelt stehen. Mit etwas Mühe und etlichen gemurmelten Entschuldigungen bahnte ich mir den Weg in die vordersten Ränge, wo Murray gerade seine Brille abnahm und sie nervös an seinem schwarzen Shirt rieb. Luke breitbeinig vor ihm, Jared und Matt hatten sich hinter ihm aufgebaut. Morgan lehnte an dem Spind neben dem hibbeligen Murray und betrachtete ihn belustigt.

„Weil ich meine Unterlagen holen wollte", rechtfertigte sich der Arme und an der Art, wie er schwitzte und der fahlen Blässe seiner Haut, brauchte es Scheuklappen um nicht wahrzuhaben, dass er in ein Bett gehörte. Luke trat näher und knallte ihn unsanft gegen den Spind.

„Lauscher aufstellen. Du und deine Freunde werdet fürstlich entlohnt für eure Dienste. Da frage ich dich, kann es zu viel verlangt sein, dass wir erwarten, für das Geld auch die entsprechende Leistung zu erhalten?" Er schaute demonstrativ zu seinen Mitschülern und mehrere dumme Hühner, darunter Shelby und Dana, kicherten tatsächlich. „Ich meine Nein."

„Die anderen kommen ja …", stieß Murray vorsichtig hervor und Luke schüttelte den Kopf.

Flüstern entbrannte unter den Zuschauern und machte es schwerer, dem Ganzen zu folgen.

„Bist du bereits hirntot? Wir haben vier Wagen bestellt, also werden vier Wagen da sein", schaltete sich Jared ein. Er fuchtelte dicht vor Murrays Augen herum, drohte ihm offen, dabei blitze unter seinem Shirt eine dicke, fette Narbe unschön am Arm hervor. Ich hatte nur eine vage Ahnung, wie aufbrausend er werden konnte, da trat er schon ohne Vorwarnung mit dem Fuß gegen den Spind. Direkt zwischen Murrays Beine. Das Scheppern durchdrang das Munkeln und ließ die Lautstärke der Kommentare ansteigen, Handys klickten und blitzen bei etlichen Bildaufnahmen.

Murray schluckte.

„Wie ich das sehe", erklang auf einmal Morgans Stimme und jedes Geräusch verstummte wie auf Kommando, „hast du zwei Möglichkeiten." Er stützte sich langsam ab und ging lässig zu Luke, der daraufhin etwas zurücktrat. Mit einem heimtückischen Lächeln beugte er sich zu seinem Aushilfschauffeur herab und fuhr im freundlichsten Tonfall fort. „Option A: Du legst dein Handy brav neben dein Kopfkissen, saubere Klamotten daneben, und sobald es klingelt, antwortest du, hörst dir die Adresse an und fährst los. Bist du da, sind wir zufrieden, keiner wird sauer, keine Demütigungen folgen, nichts, was deine Chancen auf ein Stipendium gefährden könnte. Keine Konsequenzen."

„Was ist Option B?"

„Ziemlich genau das Gegenteil von Option A."

Bei seinen letzten Worten brach die Menge in Gelächter aus, eine Gruppe Mädchen schmachtete ihn offen an und wurde daraufhin von Shelby angepöbelt. Ich bemerkte nur den in sich zusammengefallenen Murray und konnte fühlen, wie mein Blut zu kochen begann. Mir wurde anders, eine reine Form von Wut breitete sich rasend in mir aus und ich ließ meine Tasche fallen. Das Lied erklang, während die Menge Morgans interessiertem Blick folgte.

„Murray", meine Stimme war eventuell etwas leise, aber dafür ziemlich fest, „komm her."

Verstört blinzelte der Angesprochene und setzte sich die Brille wieder auf, bevor er automatisch einen Schritt auf mich zu machte. Seine Augen waren hinter den verstärkten Gläsern winzig, aber die Furcht darin war deutlich. Jareds Hand schnellte vor und warf ihn wieder zurück gegen den Spind. Die Menge teilte sich und ich stand plötzlich keine fünf Meter von ihm entfernt. Im direkten Vergleich zu seinem Opfer war er Goliath. Oder verglichen mit mir.

„Was mischt du dich denn ein?"

Ich sagte mir, dass ich die Grenze bereits überschritten hatte, es nun kein Zurück mehr gab und mich sein anblaffender Tonfall nicht aus der Ruhe bringen würde. Wir starrten uns an, mit dem Unterschied, dass er meine Unruhe bemerkte und ich seine suchte. Seine dunklen Augen glitten offen lüstern über meinen Körper und mir dämmerte, dies war das erste Mal, dass ich mit ihm sprach oder ihn auch nur aus nächster Nähe betrachtete.

„Hast du grade deine Zunge verschluckt? Was du willst, hab ich gefragt."

Ich beschloss, es würde für alle Zeit das Maximum bleiben – obwohl ich verstand, warum die Mädchen sich darum schlugen, eine der zwei oder drei zu sein, der er für wenige Stunden seine Aufmerksamkeit schenkte. Sie fanden ihn garantiert ungehobelt, aber attraktiv, was Jared auf eine unzähmbare und stämmige Art definitiv war. Ich betete, dass keine von ihnen hoffte, ihren Märchenprinzen unter seiner Schale zu finden. Er suchte mit Sicherheit nicht nach einer

Undercover-Prinzessin. Hatten die Frauen Glück, war es ein gegenseitiges Geschäft: Er benutzte sie für sein Vergnügen und sie ihn zur Aufpolierung ihres Rufes. Ich machte unbewusst den Reißverschluss meiner Strickjacke zu und runzelte die Stirn. „Ich will, dass du diesen armen, offensichtlich nicht gesunden Jungen in Ruhe lässt“, erwiderte ich und freute mich, dass es so ruhig klang.

Er lachte, bevor er antwortete. „Und was zum Teufel geht dich das an?“

„Es schmerzten Liebe und die Lust“, sang die Sirene bekümmert auf Latein und schaffte es kurz, dass ich die Situation neben ihrer reichen, feinen Stimme vergaß. Ohne Morgan anzusehen, zwang ich meine Aufmerksamkeit zurück auf die Szene.

„Es geht jeden etwas an, der ein wenig Anstand besitzt.“

Jared kam auf mich zu, das Gesicht gerötet vor Empörung oder der Anstrengung sich zusammenzunehmen. Er fragte laut, dass jeder es hören konnte: „Warum bist du dann die Einzige, die sich einmischt?“

„Weil *vier* von euch einen Einzelnen bedrohen. Und das nur, weil ihr zu faul seid, um nach Hause zu laufen!“, schrie ich fast in sein überhebliches Gesicht und spürte, wie sich meine Hände zu Fäusten ballten. Tatius erschien neben mir und knurrte, Speichel tropfte ihm von den Lefzen. Ich tätschelte kurz seinen Kopf und widerstand dem Impuls, vor Jared zurückzuweichen, als er noch näher kam. Sobald er sich vorbeugte, konnte ich sein teures Aftershave riechen. Sein Blick traf mit leeren Augen auf meinen. Die Sängerin hingegen erzählte gefühlvoll von vergangener Liebe und einem hohen Preis, den die Liebenden zahlen mussten. Aus den Augenwinkeln beobachtete ich, wie Murray unruhiger wurde. Aufmunternd schaute ich ihn an – das schien meinem Gegenüber überhaupt nicht zu passen. Er legte den Kopf schräg und wischte jeglichen Zweifel an der Ernsthaftigkeit seiner Worte mit einer Handbewegung weg, die knapp vor meinem Gesicht vorbeizog. „Wenn ich du wäre, würde ich jetzt die Klappe halten und mich verziehen.“

„Sonst was? Bedrohst du auch noch Frauen?“ Ich lachte ein bitteres Lachen. „Deine Mutter muss irre stolz auf dich sein.“

Sein Gesicht wurde tatsächlich röter – ein Umstand, den ich faszinierend fand. Seine Footballjacke bebte und nachdem ich verstand, dass er vor Wut zitterte, zitterte ich plötzlich auch. Etwas in mir trotzte der Schwerkraft und machte mich leicht, fast war ich überzeugt davon schweben zu können, erlaubte ich es meinem Körper. Mein Armband schmiegte sich an mein Handgelenk, als tiefster Frieden sich auf mich legte und durch das Lied der Unbekannten verstärkt wurde. Jared war alles andere als friedlich. Seine Mundwinkel zuckten.

„Nimm das zurück, du kleine Schlampe! Jetzt sofort!“

Selbst Shelby sah mich mittlerweile mitleidvoll an.

„Ich habe weder Angst", erklärte ich ihm tonlos, „noch will ich was von *dir*. Lass ihn einfach in Ruhe."

„Pech. Jetzt will ich nämlich was von dir."

Ein Teil von mir wünschte sich, er würde tatsächlich etwas unternehmen. Ein anderer schreckte vor meinem Wunsch zurück.

„Entschuldige, aber gibt dir das wirklich einen Kick? Schwächere bedrohen? Ist dein Ego so winzig?"

Ein Raunen ging durch die Menge und Jareds Augen blitzten unkontrolliert.

„Halt's Maul!"

„Und falls nicht?"

Sein Unterkiefer mahlte. „Für wen hältst du dich eigentlich?"

In der abrupten Totenstille meiner Mitschüler und der Vergänglichkeit des Liedes tauchte sein Gesicht Millimeter vor meinem auf. Ich verweigerte die Antwort. Stattdessen hielt ich seinem Blick stand.

„Tsts", schnalzte er mit der Zunge. „Hat dir das keiner beigebracht? Man sollte keine schlafenden Riesen wecken, nicht wenn man irgendwo neu ist, Mimi", seine Augen verengten sich unheilvoll, „wer weiß, ob man damit nicht auf die Schnauze fliegt."

Sprach es aus, während seine rechte Hand bedrohlich nach hinten glitt und ich weiterhin versuchte, nicht zurückzuweichen.

*Das wird er nicht tun.*

*Hoffentlich.*

Die Hand ballte sich zu einer Faust und –

„Fass sie nicht an!" donnerte Morgans Stimme tief und rau und den ganzen Flur durchflutete plötzlich ein unterschwelliger elektrischer Strom, der Funken warf. Er packte seinen überrumpelten Freund und schleuderte ihn mit voller Wucht gegen die Wand. Etliche Schüler sprangen aus dem Weg, als ein aufschreiender Jared an ihnen vorbeisegelte. An der Stelle, wo er mit der rechten Schulter aufkam, entstand eine kleine Delle im Metall der Schrankwand. Ich schaute auf, als ich Morgans Blick auf mir spürte. Seine Augen waren aufgewühlt, er versuchte sich scheinbar unter Kontrolle zu bringen. „Bist du okay?"

„Ja", antwortete ich verstört und probierte es mit einem kleinen Lächeln, das sich erstaunlicherweise echt anfühlte. Erleichterung zeichnete sein Gesicht für den Bruchteil einer Sekunde weich, bis mich ein Geräusch aufschreckte und ich schnell an ihm vorbeiblickte. Jared fuhr sich perplex an den Arm und starrte dabei vor Wut kochend von seinem Freund zu mir.

„Was zur Hölle, Alter?", brüllte er und ich zuckte unwillkürlich zusammen. Morgan schob mich hinter sich, während Jared mühsam die betroffene Hand ausstreckte und schmerzverzerrt das Gesicht verzog. Er wägte wohl ab, wem sein Angriff mehr Schaden zufügen würde, und kam schnaubend auf uns zu.

In seinen Augen stand der blanke Hass geschrieben.

Das wiederum machte Morgan rasend. Mit einer schnellen Bewegung war er bei ihm und rammte ihn erneut gegen denselben Spind, dabei fixierte er seinen Unterarm unter Jareds Kinn und hebelte ihn damit aus den Schuhen. Sprichwörtlich. Seine Füße baumelten Zentimeter über dem Boden.

„Was machst du – denn? Lass – mich sofort runter“, presste er abgehackt hervor und strampelte wild mit den Füßen. Sein Gesicht war wieder feuerrot.

„Erstens bin ich hier“, antwortete Morgan und verstärkte den eisernen Griff um sein Opfer, „also sieh mich gefälligst an und nicht sie.“

Der Bitte wurde sofort nachgekommen.

„Zweitens entschuldigst du dich jetzt bei Mimi.“

Trotzig drehte Jared den Kopf weg. Morgan schüttelte seinen und ich hörte mich dazwischengehen, bevor es eskalierte.

„Ist schon gut. Ich möchte nicht, dass ihr euch streitet. Gestattet Murray einfach eine kleine Auszeit“, wiederholte ich im vollen Wissen, es war sinnlos.

„Ich denk nicht dran“, erwiderte Morgan und hieb Jared ein drittes Mal gegen die Wand. Der Putz bröckelte und doch war nicht ein Muskel in seinem Körper angespannter als bei mir.

„Tut mir leid“, stieß Jared nun zwischen zusammengebissenen Zähnen hervor und bat im Anschluss mit erstickter Stimme, endlich heruntergelassen zu werden.

„Drittens“, ignorierte Morgan ihn, „lässt du sie in Frieden. Rührst du sie an, bist du erledigt. Schickst du jemand anderen vor, bist du erledigt. Kriege ich auch nur Wind davon, wie du mit ihr redest, bist du erledigt.“

„Verstanden.“

„Matt?“

Granofsky setzte sich in Bewegung und eilte zu ihnen. Dabei fiel mir auf, wie penibel er darauf achtete, mich nicht zu streifen. Als er mir sogar zunickte fragte ich mich, ob ich es mir eingebildet hatte. Morgan wirkte zufrieden. „Stell dich kurz vor Jared und halte ihm vor Augen, was passiert, sollte er sein Versprechen vergessen.“

Jareds geweitete Pupillen flimmerten widerwillig zu dem abschwellenden Gesicht seines Kumpels und hinüber zu Luke, der beharrlich auf den Boden starrte. Meine Kinnlade klappte hinunter.

Ein neues Gefühl durchstreifte mich, das Verlangen nach etwas, das ich mehr wollte, als ich in Worte fassen konnte.

*Jemanden.*

Morgan drückte seinen Kopf zum Abschluss gegen das Metall und trat schließlich zurück, Jared machte sich schnaubend los und richtete seinen Polokragen betont gelassen, warf mir einen letzten scharfen Blick zu und stürmte geladen hinaus. Die Türen schwangen mit einem dumpfen Knall hinter ihm zu und nachdem er außer Sichtweite war, hörte man einen ohrenbetäubenden Schrei, der mich aus meiner Trance holte. Meine Instinkte erfassten, was gerade geschehen war, und der Nebel meiner Wahrnehmung löste sich auf. Impulshaft drehte ich mich in Richtung der Wand samt den Überresten der Auseinandersetzung, zu Luke, der mich komisch anstierte, und traf letztlich auf Shelbys geladenes Gesicht. Ich realisierte, wie glimpflich es ausgegangen war und was hätte passieren können, wäre Morgan nicht dabei gewesen, und meine Hände wurden kalt. Um irgendetwas zu tun, fuhr ich mir mit den Fingern durchs offene Haar und kämmte es vor, sodass es mich vor den neugierigen Musterungen abschirmte. Alle Augen lagen auf mir, als ich meine Tasche vom Boden aufhob und zu Murray aufsah.

Schock sprenkelte sein bleiches Gesicht.

Und dann sprangen seine Augen hinter mich und ich wirbelte angsterfüllt herum.

Morgan hob die Hand, fing meine zum Wurfgeschoss gewordene Tasche, bevor sie ihn treffen konnte, und schmunzelte. Die Hunde traten nervös winselnd zu uns, doch nach einem Blick aus Morgans Augen wichen sie zurück und verhallten zusammen mit den Huftritten eines unsichtbaren Pferdes. Von Angesicht zu Angesicht standen wir uns gegenüber und mein Unbehagen wuchs, bis ich mir mit klammen Fingern an mein Armband griff und sich dadurch das Blau seiner Augen änderte.

Aufmerksam scannte er mich von oben bis unten durch.

Mehr brauchte es nicht, damit ich vergaß, wie man sich bewegte.

Ich überspielte meinen inneren Aufruhr, indem ich seiner Prüfung mucksmäuschenstill standhielt und befand, ich leistete überzeugende Arbeit. Doch im nächsten Moment huschte eine Vorahnung über sein Gesicht und ehe ich begriff, lächelte er bereits das strahlende Lächeln unserer ersten Begegnung. Es traf mich blitzschnell und unvorbereitet und tat – verboten gut. Der Effekt setzte fast augenblicklich ein und versprach mir Sicherheit, Hoffnung, Vertrauen. Von seiner Aura hypnotisch angezogen, glitten meine Hände in seine. Begierig zog er mich näher und ich versank vollkommen in seinem Blick.

„Danke“, hörte ich mich sagen, als seine Hand an mein Haar fuhr, um es zurück über meine Schulter zu streifen. Die Erinnerung an seine früheren Berührungen blockte alles andere und führte uns fort von dem Schulkorridor, an einen Ort, wo Licht und Wärme herrschte. Zusammen erschufen wir ihn gemeinsam – und standen auf einmal im erblühten Garten. Der Brunnen plätscherte sachte und zeigte sein schönstes Wasserspiel. Lächelnde Engelsfiguren, die zufrieden dreinschauten, uns entgegenguckten, erfreuten sich daran. Regenbogenfarbene Funken schwebten durch die Luft und tanzten zum Takt der Sirene, deren Lied über Liebe und Leid uns umhüllte. In seinen Augen flackerte das Mädchen auf, das er anblickte, und doch erkannte ich mich nicht darin. Denn obwohl sie wie ich anmutete, war sie in einen grünen glänzenden Stoff gehüllt, der ihren Körper verspielt umschiegte und in der Brise um uns wehte. In ihren Augen loderten Flammen.

„Ich hab's dir versprochen", sagte er und bei seinen Worten erwiderte ich sein Lächeln. Ich beugte mich vor und spürte ihn mit jedem Sinn.

„Mimi, bleib weg von ihm."

Eine weitere bekannte Stimme drang an mein Ohr und die friedliche Szene um uns ging in einem Feuersturm auf.

Ich fühlte Morgans Erstaunen und hörte das Wispern der Menge. Gabe tauchte mit Abby im Schlepptau zwischen den Leuten auf und musterte mich streng. Morgans Hände wollten sich mir entziehen, doch ich hielt seine Linke tapfer fest. Er blickte schnell zu mir, dann verschränkten sich unser Finger ineinander und das Lächeln auf seinem Gesicht veränderte sich zu einem breiten Grinsen. Luke und Matt flankierten uns und ich spürte den Ärger in der Luft so stark wie die Spannung, die noch in mir steckte. Und das Gefühl, seine Hand nie wieder loslassen zu wollen. Selbst die Sirene klang mit einem Mal fröhlicher.

Gabes Augen bohrten sich in meine und ihr Lied entfiel mir.

„Bitte", fügte er nachdrücklich hinzu.

Unsicher, was tun, wanderte mein Blick zu Morgan. Er streichelte mit seinem Daumen gedankenverloren über meine prickelnde Haut und betrachtete gleichmütig einen immer unruhigeren Gabe. „Warum sollte sie?"

„Misch dich nicht ein, Morgan."

„Was tust du gerade?"

Die Atmosphäre um uns lud sich wieder auf.

„Mimi? Kommst du bitte her?", fragte Abby schüchtern und sichtlich überfordert.

Die Klingel zur ersten Stunde ertönte. Keiner bewegte sich.

Soviel stand fest: Ich wollte nicht fort von ihm. Auf der anderen Seite wollte ich nicht, dass er sich mit Gabe anlegte. Ich konnte mir bildlich vorstellen, wer den Kürzeren zog.

„*Klassisches Patt*", hörte ich meinen Dad sagen.

Mein Körper schmerzte bei der Vorstellung, von ihm weg zu sein, vergleichbar stark wie er vor Kurzem wehgetan hatte, weil ich in seiner Gegenwart weilte. Ich schloss die Augen um ihn nicht mehr zu sehen und konnte ihn dennoch weiterhin spüren. Meine Willenskraft heraufbeschwörend machte ich mich mit einem Ruck los und trat wild entschlossen einen Schritt vor. Gabe nickte zufrieden. Flüstern begleitete meine vorsichtige Drehung, damit ich mich von Morgan verabschieden konnte. Mit einem Seufzer suchten meine Augen ihn und trafen auf seinen Blick, der mir den Boden unter den Füßen wegzog.

Verletzt.

Alles, was ich dachte war: Er wirkt *verletzt*.

Morgan Vegard?

Handys waren auf uns gerichtet. Leute hielten die Luft an. Mir war bewusst, dass die ganze Schule darüber reden würde.

Und es war mir einerlei.

Mit einer beschwichtigenden Geste in Richtung Gabe ließ ich Morgan nicht aus den Augen und lächelte ihn traurig an. „Ich muss", erklärte ich ihm flüsternd und hoffte, er würde es verstehen. Er starrte zu meinen Freunden.

„Verstanden."

Einem letzten Impuls folgend, streckte ich die Hand zögerlich aus und streifte seine leicht mit meinen Fingerspitzen. Als er wieder zu mir schaute, erkannte ich meine eigene Ratlosigkeit. Offenbar fiel es ihm genauso schwer, mich gehen zu lassen.

„Mimi?", fragte Murray und half mir – Gott sei Dank – damit.

Er räusperte sich und trat zögerlich zu uns, machte um die drei Footballer einen beachtlichen Bogen. Dankbar reichte ich nun ihm die Hand und sah, wie ein dunkler Schatten dabei Morgans Augen durchzog. Murray wohl auch, denn er schüttelte vehement den Kopf. Ich ergriff sie einfach und zog ihn mit mir fort.

„Was ist hier los, Herrschaften?", steckte Direktor Myer den Kopf aus dem Sekretariat, offene Entrüstung in der Stimme. „Der Unterricht hat vor drei Minuten offiziell begonnen. Also gemäß dem Fall sie haben Freistunde – und ich weiß, welche Kandidaten dazugehören und welche nicht – rate ich Ihnen, sich schleunigst in Bewegung zu setzten. Zack, zack", er klatschte in die Hände und zerstreute damit die Umherstehenden, denen das sichtlich widerstrebte.

„Warte", sagte Murray und drehte sich auf halbem Wege um.

Mit Blick auf die sich auflösende Menge, Gabe und Abby, ließ ich ihn los und drängte ihn dazu, sich zu beeilen.

„Morgan? Heißt das jetzt, ich muss am Freitag arbeiten oder nicht?"

Eine kleine Pause entstand, in der sich die drei beratschlagten. Am Ende winkte Morgan mit einer entsprechenden Handbewegung ab. „Betrachte mich als gecancelt.“

„Das ist ein Scherz“, fiel Luke protestierend ein, „Shelby schmeißt die Party kaum unseretwegen.“

Eifersucht ließ vor meinen Augen unkontrolliert ein Bild entstehen, das sie auf dem blutdurchtränkten Gräberfeld zeigte, ein apokalyptischer Reiter mit erhobenem Schwert ihr dicht auf den Fersen. Morgan lachte auf und seine Augen funkelten, sobald er mich anvisierte.

„Sie wird's überstehen. Und du“, er blickte zu Murray, „kurier dich aus fürs nächste Mal.“

Während ihres kurzen Gesprächs waren meine Freunde zu uns getreten.

„Das reicht. Wir gehen“, Gabe zerrte mich fast fort und Murray trottete wie ein Dackel hinterher. Ich konnte die Blicke der anderen auf meinem Rücken fühlen, da wir endlich vor meinem Klassenzimmer ankamen und Gabe sich mit vor der Brust verschränkten Armen hinstellte. Abby schwankte zwischen Verwunderung und Frust und Murrays Auge zuckte nervös.

„Was jetzt? Erteilst du mir Hausarrest?“, fragte ich, um die Stimmung zu lockern. Gabe sah aus, als hätte er jeglichen Sinn für Humor verloren.

„Er ist kein guter Umgang.“

„Wer? Jared?“

„Stell dich nicht dumm.“

Wie er mich anfuhr, störte mich gewaltig. „*Er* hat mir eben geholfen.“

„Geholfen wobei? Das warst nicht du, Mimi. Du provozierst niemanden.“

„Sie hat *mir* geholfen“, schaltete Murray sich ein.

„Miss Gates! Warten Sie auf eine Einladung?“, erklang eine fünfte Stimme hinter uns und Abby lief rot an, indes sie ihrer Lehrerin antwortete. Ihre Wangen waren ganz fleckig.

„Nein, Ms. Foster.“

„Dann bewegen Sie sich augenblicklich an Ihren Platz!“

Sie formte mit ihrem Mund das Wort „nachher“ in meine Richtung, winkte Gabe hastig zu und verschwand im Klassenzimmer. Die Frau deutete demonstrativ auf ihre Armbanduhr.

„Sind gleich weg“, erklärte Gabe ihr lächelnd. Aus irgendeinem Grund schien sie das zu besänftigen und sie schloss knarzend die Tür.

„Ich müsste auch los“, sagte Murray und ich wünschte ihm gute Besserung, ohne ihn anzuschauen. Als er sich allerdings bei mir bedankte, lächelte ich ihn doch an und wartete damit Gabe meine ungeteilte Aufmerksamkeit zu schenken, bis er fort war.

„Du hast dich mit einem Kerl angelegt, der dich in Grund und Boden hätte stampfen können. Der sich nicht darum schert, wem er eins reinhaut."

„Was hat das mit Morgan zu tun?", fragte ich herausfordernd.

„Es ist sein Freund!", warf Gabe aufgebracht ein. „Das ist sein Umgang. Das – *so* ist er!"

„Ist er nicht."

Wir schwiegen betreten und sein genervter Blick wanderte umher, flehentlich zur Decke, erschlagen zum Boden und blieb hinter mir hängen um sich zu erhärten. Als ich mich umdrehte entdeckte ich wie das Subjekt unseres Streits noch immer zu uns starrte. Seine Freunde verabschiedeten sich von ihm, doch er schien das kaum zu realisieren.

„Er ist gefährlich."

„Ist er nicht", wiederholte ich mit Nachdruck.

„Probe auf's Exempel", murmelte Gabe und ehe ich mich versah, riss er mich in seine Arme. Seine Hände lagen auf meinem Rücken und pressten mich an sich. Ich war Sekunden davor, ihn zu ohrfeigen, da drehte er behutsam meinen Kopf und zwang mich, Morgan erneut anzusehen.

Ich blinzelte zweimal, um zu verstehen.

Ein drittes Mal, um zu begreifen, dass es ihm gut ging.

Denn wenn man sich nur auf seine Gestalt konzentrierte, konnte man leicht den Eindruck gewinnen, dass etwas auf schreckliche Weise nicht in Ordnung war. Sein Körper vibrierte, erst schwach, dann heftiger, als stünde er unter Strom. Im nächsten Moment verschwammen seine Konturen an den Rändern und machten es den Augen schwerer, ihn zu greifen. Er spreizte die Hände seitlich ab und im nächsten Augenblick donnerte es und ein gewaltiger dunkelroter Lichtimpuls prallte gegen die Wände und fraß sich durch die Mauern der Schule. Erst nachdem ein weiterer folgte, begriff ich, *er* gab die Stöße weiter an seine Umgebung. Der Boden unter uns erzitterte und brachte das Gemäuer zum Beben. Die ersten Schreie erklangen aus den Räumen um uns und Leute riefen „Erdbeben", da begann mein Kopf zu schmerzen. Mit einem Ruck machte ich mich von Gabe los, der mich nicht daran hinderte, und einen Schritt auf Morgan zu. Im selben Augenblick war es vorbei und Morgan blinzelte, als erwache er aus einer Starre.

Ungläubig betrachtete er seine Hände und schließlich meine irritierten Augen. Einen Augenblick später machte er auf dem Absatz kehrt und ging.

Der Tag wurde verrückter.

In der ersten Stunde ergänzte ich meine Liste um den Punkt „Telekinese" und ließ das Erlebte sacken. Keine Ahnung, was wir durchnahmen oder wie ich zum nächsten Klassenzimmer gelangte. Was mit Morgan passiert war schien mir logisch, wenn ich an die Vorgeschichte dachte und mir vorhielt, dass er kein normaler Mensch war. Seine Wut entlud sich nicht wie bei anderen, die Kissen oder Sandsäcke traten.

Weitaus gruseliger als Morgans Version eines Erdstoßes war die zuckrig-süße Art Danas, die sich in der zweiten Stunde von Shelby weg- und neben mich hinsetzte. Nicht nur, dass sie mir einen Kaffee mitbrachte, sie hörte auch nicht auf, von den Vorzügen eines konfrontationsstarken Freundes zu sprechen und erklärte mir in Endlosschleife, wie sehr sie sich gewünscht hatte, jemand würde Jared endlich die Meinung sagen, seit sie ihn letzten Monat „in den Wind schiessen musste". Ich erwiderte das Nötigste, ein Umstand, der sie weder bremste noch sonderlich störte, und floh fast aus dem Zimmer, sobald die Klingel mich erlöste.

Vor der Tür knallte ich gegen eine hektisch wirkende Abby, die mich, sobald ich „Hallo" sagte, wissbegierig mit Fragen löcherte, ohne mich wirklich zu Wort kommen zu lassen.

„Was im Namen der heiligen Mutter Maria war das vorhin?", fragte sie mit großen Augen und schnappte endlich nach Luft, dann hielt sie mich am Ärmel fest, als sie stehen blieb und leiser weitersprach. „Du hast gesagt, zwischen euch liefe nichts."

Die Enttäuschung auf ihrem Gesicht, nicht eingeweiht worden zu sein, brachte mich um. Sie war schon lange einer der wichtigsten Menschen in meinem Leben. Das wir uns ein gutes Jahrzehnt selten sahen, hinderte uns nicht daran, jeden Abend zu telefonieren und später zu skypen. Täglich zig SMS zu schickten. Keine Entfernung hatte uns entfremdet, im Gegenteil. Wir waren eng miteinander, gingen zusammen durch ziemlich jede Phase, Herzschmerz, Prüfungsangst, Teenager-Dramen. Ich würde mein Leben für sie riskieren und, zweifellos, andersrum.

Sie kannte meine Hoffnungen, Träume, Geheimnisse, mich. In- und auswendig.

Bis vor kurzem.

„Es ist nicht *nichts*. Aber was es sein mag, es ist kompliziert. Und schwer zu erklären."

Sie beugte sich vor, ihre Augen auf ihrem Arm ruhend, ehe sie ihn fortnahm. „Versuch's."

„Abby", ich fuhr mir betrübt übers Gesicht und erwiderte ihren Blick aufrichtig, „du weißt, wenn ich könnte, würde ich – in meinem ganzen Leben habe ich dir nie etwas verschwiegen. Bitte glaube mir, dass ich keine Ahnung habe, wie es zu benennen ist. Oder besser: Was immer es ist, Morgan scheint es nicht zu wollen und ich denke, dass er mir damit einen Gefallen tut."

Tausend Fragezeichen schwirrten in ihren Pupillen. „Hast du mit ihm geschlafen?" Sie hob fragend die Augenbrauen und ich lachte los.

„Was? Nein. Habe ich nicht. Aber ich wünschte, es wäre so einfach."

„Gabe gefällt das gar nicht. Er sagt, Morgan übe schlechten Einfluss auf dich aus."

„Gabe soll sich gefälligst um seine Sachen kümmern."

„Warst du heute Morgen dabei? Die ganze Schule redet davon!"

Mein Schnauben ließ sie verstummen.

„Versuchen wir es anders: Sag bloß, du wärst nicht ratlos, wenn deine beste Freundin und der beliebteste Junge der Schule, den eben selbige vor seinen ganzen Freunden geohrfeigt hat –", sie ließ den Satz unfertig in der Luft hängen und ich stöhnte auf.

„Das war ein – Missverständnis."

Ihre Augen bohrten sich in meine.

„Ich erzähle dir Dinge, denen ich irgendeine Bedeutung beimesse", hörte ich mich sagen und fühlte mich wie die undankbarste Person auf der Welt. Ich hasste es, sie zu belügen. Aber wie sollte ich ihr jemals alles erklären können? „Tut mir leid."

Sie ließ den Kopf kreisen und fuhr etwas beschwichtigender fort. „Jedenfalls habe ich ehrlich Probleme zu verstehen, was mit euch vor sich geht. Erst magst du ihn offensichtlich kein Stück und knallst ihm eine, wenige Tage später prügelte er einem seiner Freunde die Birne blau, weil der dich mit Tabletten betäubt – obwohl er das verdient hat, dieses Arschloch", fügte sie hinzu, „und besteht darauf, dich *persönlich* in mein Bett zu legen. Montag drauf ignoriert ihr euch, als wäre es nie anders gewesen, um ein paar Tage später wieder an dem Punkt zu sein, wo er wegen dir seinem besten Freund eins reinhaut."

„Vereinfacht gesprochen …"

„…bedeutete das, meine Theorie bewahrheitet sich: Er mag dich, du magst ihn. Aber warum trefft ihr euch nicht einfach und bringt es hinter euch? Geht aus, bleibt daheim oder im Auto, aber geht euch endlich an die Wäsche! Findet ein Ventil für eure sexuelle Überspannung. Warum ist es so kompliziert? Was soll das Hin und Her?"

Unter anderem wegen Sirenen, Höllenwesen und magischen Armbändern.

„Abby …"

„Nein, lass es sein", winkte sie ab und legte mir beruhigend die Hand wieder auf den Arm, drückte ihn. „Ich weiß, dass du noch nicht bereit dazu bist, dich zu öffnen, und ich respektiere es. Aber bind mir keinen Bären auf und erspar uns dieses „es nicht näher beschreiben" können.

Ich bin nicht blind. Die Art, wie Morgan dich ansieht, spricht Bände. Oder wie du ihn anschmachtest. Er scheint dauernd in deiner Nähe zu sein, wenn du ihn brauchst, und du läufst gerade rot an. Also wann immer du mit mir darüber reden willst, bin ich da. Aber ich gehöre nicht zum Morgan-Fanclub und gebe Gabe recht, wenn er sagt, du wärst besser ohne ihn dran."

„Hör auf, dir Sorgen um mich zu machen."

„Geht es dir gut?"

„Ja", antwortete ich ehrlich. „Bestens. Mag sein, dass es anders wirkt und mir ist es herzlich egal, ob das jetzt eigenartig klingt, aber ich brauche dich, Abby. Und ich muss wissen, dass du zu mir stehst, egal, was Gabe denkt."

„Das versteht sich von selbst", schlug sie einen sanfteren Ton an und ich zog sie erleichtert an ihrem Arm näher um ihre Wange zu küssen. Sie nutze das Manöver um die Stimme zu senken. „Hast du etwa Mick vergessen? Ich hätte es verstanden, wenn du nach dem ersten Treffen schreiend davongelaufen wärst. Aber was hast du wundervoller Mensch mir damals ins Ohr geflüstert?"

„‚Sind das wirklich seine Haustiere oder ist er zu bequem, den Kammerjäger zu rufen?'"

„Das andere", grinste sie mich an. „Du sagtest: ‚Er ist dein Freund. Und wenn du ihn dir ausgesucht hast, werde ich –"

„– so lange nach einer guten Eigenschaft in ihm suchen, bis ich dich verstehe'", beendete ich und sie nickte. Wir lächelten uns an und mein Stimmung hob sich aufgrund der ihr eigenen, ansteckenden Leichtigkeit.

„Ich hab dich lieb."

Abbys Lächeln vervielfachte sich. „Gleichfalls, Schnecke."

Wir verbrachten Momente in unserer eigenen, komfortablen Blase.

„Suchen wir Gabe", sagte sie schließlich nachdem wir vom Schülerstrom angerempelt wurden und wir machten uns auf den Weg zu Geschichte. Natürlich wartete er vor der Tür. Und natürlich lächelte er, als wäre nie etwas geschehen, vor allem, da er entdeckte wer an meiner Seite ging.

„Was hat er zu den Karten gesagt?", flüsterte ich ihr zu, noch außer Hörweite.

„Wir hätten wohl ein Date", erwiderte Abby erneut strahlend. „Am Samstag."

„Ich will jedes bisschen darüber hören."

Stille quittierte meine Bitte. Ein Seitenblick offenbarte gedankenverlorenes Starren auf ihre Flip-Flops.

„Abby?"

„Vielleicht gehe ich nicht."

„Wie meinen?“ Diesmal blieb ich stehen. Ein dumpfes Geräusch prasselte an mein Ohr weil jemand gegen mich stieß. Ich ignorierte es und fixierte sie weiter. Abby schluckte und bewunderte nun das fesselnde Schema eines abgewetzten Kaugummis, der auf dem Boden klebte. „Warum solltest du dir diese Chance entgehen lassen?“

„Sie spielen in San Francisco“, nachdenklich schaute sie nun an mir vorbei. Erwähnte ich, dass sie mich in- und auswendig kannte? Nun, dass war keine Einbahnstrasse. Demonstrativ stampfte ich energisch mit dem Fuß auf. „Keinesfalls! Ist das dein Ernst? Ich werde eine Nacht rumkriegen. Es ist das Haus meiner Tante – und keine Gefängniszelle.“

Ihre Augen huschten zu ihm und ich wirbelte sie herum.

„Abby, hör her. Ich bin erwachsen und – glaube es oder nicht – schon öfter allein zu Haus gewesen. Ich kuschle mich einfach in eine Decke und lege einen Film ein und vermutlich schlafe ich längst, wenn du anrufst, um zu berichten.“

„Mimi, ich –“

„Über die Live-Musik …“

„Aber –“

„Ob ihr gute Plätze hattet …“

„Hör auf damit.“

„Wie der Gute-Nacht-Kuss war …“, grinste ich und hatte sie mit dem Argument am Haken. Zufrieden packte ich sie an den Schultern und schob sie weiter. „Da das geklärt ist, sollten wir zu ihm gehen, sonst denkt er noch, wir reden über ihn.“

„*Er* ist sich dessen bewusst“, erwiderte Gabe und legte den Kopf schräg, sobald wir ankamen. „Wieder Freunde?“, fragte er mich und ich sah ihn an und konnte ihm nicht böse sein. Nicht, weil er sich um mich sorgte oder am Wochenende mit meiner besten Freundin ausging.

„Freunde“, umarmte ich ihn und verabschiedete mich unauffällig. An meinem Pult angekommen erlaubte ich mir einen raschen Blick zurückzuwerfen, gerade da er Abby anstrahlte und ihr liebevoll über die Wange strich. Meine Brust schwoll an vor Glück und ich summte vor mich hin, selbst nachdem er sich neben mich setzte.

„Tolle Idee, die Tickets in der CD zu verstecken.“

Er zuckte die Achseln und grinste verschmitzt. „Ich hoffe, die Stones gefallen ihr. Abby sagte, sie hätte sie noch nie live erlebt.“

„Vermutlich würde sie mit dir selbst zu Justin Timberlake mitgehen und es würde ihr gefallen“, beruhigte ich ihn.

Er räusperte sich mehrmals.

„Na los“, forderte ich ihn auf.

Gabe drehte seinen Stift mehrfach konzentriert zwischen seinen Fingern, ehe er resigniert seufzte und seinen Mut zusammennahm, um mich geradeheraus zu fragen. „Ich hab gehört, ihr Exfreund sei das Gegenteil von mir?"

„Ja."

„Ist das gut oder schlecht?"

Ich unterdrückte ein Lächeln und schlug meinen Block auf. „Im Vergleich zu ihm bist du ein Engel." Er runzelte die Stirn und ich fuhr lobend fort. „Und damit das Beste, was ihr passieren kann."

Geschichte verging dank Gabe und seinem Porträt von Abby im Flug. Er fing das Leuchten in ihren Augen perfekt ein und waltete großer Sorgfalt sobald es um ihren Mund ging und das Lächeln darauf. Jeder Bleistift-Strich zollte ihr Tribut. Ich fand es unglaublich gelungen. So freute ich mich umso mehr, als sie mir in der Pause gegenübersaßen und sich gegenseitig mit Trauben fütterten. Dennoch gestand ich mir ein dankbar für Michelle und Tori zu sein, die wenige Minuten später laut plappernd dazustießen. Mit einem Blick auf die beiden Turteltauben verdrehten sie die Augen.

„Dafür wurden Dates geschaffen", grinste Tori sie an, bevor sie mich anvisierte und wartete, bis ich meine Aufmerksamkeit ausschließlich auf sie lenkte. „Stimmt es, dass du dich mit Jared angelegt hast?"

„Und dass Morgan ihm das Kinn gebrochen hat?"

„Und das, weil er gesehen hat, wir ihr euch küsst?"

Ich massierte mir den Nasenrücken und wandte mich zuerst an Tori. „Ja zu Nummer eins, klares Nein zu zwei", ich drehte den Kopf zu Michelle, „und *nicht in tausend Jahren* zu Nummer drei."

„Was auf jeden Fall stimmt, ist, dass Shelby eben vor Morgan ausgetickt ist", sagte Grant und setzte sich mit Terrance und Tony im Schlepptau zu uns in den Schatten.

Ich blickte ungewollt zur Mensa, wo Morgan mit seinen Freunden, inklusive einem wieder feixenden Jared, an seinen Tisch kam und gerade Luke einen Football zuwarf. Matt fing ihn mit viel Tamtam und warf ihn im Anschluß weiter. Ein weiterer Junge aus ihrem Kreis, der einen Apfel auf dem Kopf balancierte, duckte sich, sodass die Frucht abgeschossen wurde. Die Menge klatschte. Shelby war nirgends in Sicht. Ich wandte mich schnell ab und hoffte, er hätte nichts bemerkt.

„Ausgetickt?", Terrance grinste breit, „sie hat sich aufgeführt wie eine wild gewordene Furie! Ich saß in der letzten Reihe und hab selbst da einen Stift abgekriegt."

„Stift?"

Grant nickte erheitert. „Stifte, Kreide, Cammys Nagellack. Sie hat mit allem nach ihm geworfen, was sie in die Finger gekriegt hat."

„Was ist ihr Problem?“, fragte ich entsetzt, stellte mir die Szene bildlich vor.

„Genau dasselbe hat Morgan sie auch gefragt“, warf Terrance ein, „und ihr dann geraten, eine Therapie zu machen.“

Tori und Michelle lachten und selbst Abby lächelte kurz, ehe sie ihre Lippen schürzte und sagte: „Sie ist keine echte Blondine. Mit vierzehn Jahren hat sie angefangen, sich die Haare zu färben, und seitdem sinkt ihr IQ mit jedem Bleichen.“

„Ich würde ihr gerne helfen“, sinnierte Grant und ein grunzender Tony haute ihm mit seinem Löffel auf den Kopf. „Die ist irre. Lass dich bloß nicht mir ihr ein.“

Er grüßte daraufhin reihum und legte seine Jacke ab. „Seit der ‚Trennung‘ ist sie eine tickende Bombe. Wenn ich du wäre, würde ich mich von ihr fernhalten“, riet er mir und nahm sich einen Löffel Kartoffelbrei. „Am Ende spießt sie dich auf mit ihren Haarklammern.“

„Liegt das nicht Monate zurück?“

Michelle schüttelte den Kopf in Richtung Terrance, der gefragt hatte. „Auf Connors Party war sie noch mit ihm. Summa summarum, hat er sie ungefähr um seinen Geburtstag aufs Abstellgleis gestellt.“

„Ich dachte, sie sei sein Mädchen Nummer eins?“

„Das ist sie auch“, nickte Tori mir zu. „Aber es gab eine Zeit, da hatte sie exklusivere Rechte. Jetzt ist sie unterm Strich nur wieder eine von vielen mit der Herrschaftsgewalt über organisatorische Pflichten.“

„Was Tori damit sagen will, ist: Shelby hatte ein paar Monate lag das Privileg, sein einziges Sexspielzeug zu sein“, gurrte Michelle und schubste ihre Freundin an.

„Dreh und wende es, egal. Mimi hat sich nicht bei den beiden eingemischt“, verteidigte mich Abby.

„Ist denn bekannt, warum er sich von ihr distanzierte?“

Zwölf Augen stierten mich schlagartig an. Nur Gabe betrachtete lieber seine Umgebung.

„Man sagt, er habe sich mit ihr gelangweilt“, druckste Tori herum, „dass sie ihm verboten hätte, etwas ohne sie zu unternehmen – jemals.“

„Außerdem soll sie krankhaft eifersüchtig sein“, ergänzte Michelle.

Meine Gedanken rasten. Und mit einem Mal mochte ich Shelby etwas mehr. Ein kleines bisschen mehr.

„Die Wahrheit liegt in der Mitte“, sagte jemand hinter uns und ich lächelte. „Auf dem Punkt gebracht würde ich es so formulieren, mag es hart klingen oder nicht: Ihm war es mit ihr nie ernst – sie will das nicht wahrhaben.“

Momente der Ruhe vergingen, schließlich riss Grant sich als erster meiner Freunde zusammen.

„Hi, Brooke", grüßte er sie freundlich und gab sich Mühe, sie dabei nicht anzustarren. In diesem Bestreben wandte er sich an mich und rieb sich übers Kinn.

Brooke folgte seinem Beispiel und fragte: „Darf ich mich zu euch setzen?"

Sie balancierte ihr Tablett in einer Hand und streichelte mit der anderen leicht über Dios Kopf, der sich an ihr Bein schmiegte. Beim Anblick ihrer kurze Hose bekam ich Gänsehaut. *Wie sich sein vor Blut starres Fell daran anfühlte?*

„Natürlich", antwortete ich und rutschte auf.

Abby hob fragend eine Augenbraue, indes Tony Brooke mit dem Essen half und es für sie auf den Boden stellte. Mit dem Daumen nach oben bedeutete ich meiner besten Freundin, dass das in Ordnung gehe, ehe Morgans Schwester neben mir Platz nahm und freundlich in die Runde blickte.

Die plötzliche Stille drückte auf die Stimmung und aus Mangel an Fantasie griff ich das alte Thema auf. „Kommt schon, Leute. Jeder von uns hat erlebt, wie schwer es ist, wenn man sich eingestehen muss, dass eine Beziehung nicht funktioniert."

Abby schüttelte den Kopf. „Vergleiche anderthalb Jahre nicht mit vier Dates."

„Was?", entfuhr es mir überrascht.

„Nicht mal", flüsterte Brooke.

„Sie hatten circa vier exklusive Dates", Tori beugte sich vor, bevor sie weiterredete. „Da wird man ja wohl erwarten dürfen, dass sie noch bei Verstand ist, nachdem er ‚Schluss' macht."

„Das würde bedeuten, dass sie davor bereits mental stabil war", warf Michelle sarkastisch ein.

„Oder überhaupt jemals mental auf der Höhe", sagte Terrance zwischen zwei herzhaften Bissen von seinem Apfelkuchen und erhielt von Tony einen Stoß mit dem Ellbogen, der dezent auf Brooke verwies.

„Schon gut", erwiderte diese, „Shelby ist in Ordnung, reisst sie sich zusammen. Aber ich war dabei, als unser Biologielehrer in der sechsten Klasse über Parapsychologie monologisierte, weil er mitangehört hatte, wie Shelby behauptete, sie könne mit ihren Gedanken Dinge bewegen", erklärte Brooke und nahm sich ihr Sandwich, um es auszupacken. „Sie hat wirklich gedacht, sie beherrsche Telekinese."

„Und?", fragte Tony und nahm sich mit Messer und Gabel bewaffnet sein Riesenschnitzel zur Brust.

„Ich hab sie gefragt, wie sie darauf kommt, und sie sagte, ich solle genau zusehen, grad jetzt würde sie mit reiner Gedankenkraft ihre Arme und Beine bewegen."

Tony lachte zuerst los, riss dabei die Hand mit der Gabel hoch und beförderte sein Schnitzel in hohem Bogen Richtung Abby, die schreiend auswich und fast auf Gabes Schoß landete, bevor sie es mit dem Fuß erwischte und in unsere Richtung zurückkickte. Brooke fiel kichernd mit ein und duckte sich, während ich gegen Grant robbte, der vor Lachen halb lag. Das Fleisch landete auf dem toupierten Kopf eines Punks. Sein Aufschrei ließ restlos jeden ins Gelächter einfallen. Wir hatten uns dermaßen schlecht unter Kontrolle, dass wir mit jedem Fluch der Jungen aufs Neue loslachten. Als mir die Tränen kamen und ich nicht mehr erkennen konnte, wie viel Mühe es Tori und Michelle machte, sich gegenseitig zu stützen, oder wie Terrance und Grant sich die Seiten hielten, kicherte ich glücklich und befreit.

„Das ist unsere Spezialität", grinste ich, „wir sollten das ab jetzt regelmäßig machen."

Brooke blickte mich neugierig an.

„Wir sind versiert, was den Dominoeffekt anbelangt."

„Andere waschen wöchentlich ihr Auto oder gehen ins Fitnessstudio", erklärte Grant und hielt sich noch immer die Seite, „wir scheinen uns auf ausartende Essenschlachten zu spezialisieren."

Er richtete sich auf und zeigte anklagend auf mich. „Und Ihr, Holde, gelobtet letztes Mal, einen Sicherheitsabstand einzuhalten!"

„Mein Herr, *Ihr* platziertet Euch neben *mich*."

„Mitnichten, Ihr suchtet meine Nähe. Mich dünkt, Ihr braucht die Sicherheit meiner starken Arme."

„Sie ist die holde Maid und er ihr Held", erklärte Terrance der auflachenden Brooke.

Grant verwies wortlos auf sein Kinn und ich küsste es ergeben.

„Bitte versprich, dass du noch mehr solcher Geschichten auf Lager hast", bat Abby Brooke, als ich mich aufrichtete, und wischte sich über die Augen, während sie ihr Top glättete.

„Tonnenweise", zwinkerte Brooke, da Grant bereits auf seinem Handy herumtippte.

„Drew wird das lieben", murmelte er. Sein Foto prangte neben dem Empfängernamen.

„Er kennt die Story", erklang Brookes Stimme mit einem Mal leise, aber ernst. Ich sah das Durcheinander in ihren Augen und drückte tröstend ihre Hand. Grant zuckte die Schultern und steckte das Telefon weg. „Spar ich mir eben die dreißig Cent."

„Nichts für ungut, aber bist du nicht ihre beste Freundin?", fragte Michelle und wechselte damit galant das Thema.

„Nicht mehr, seit sie meinen Bruder stalkt."
„Auflauern und so?"
„Und nächtliche Anrufe", nickte sie.
Ich musste nachfragen, um sicherzugehen, dass ich nichts missverstanden hatte. „Waren sie auf vier Dates oder ein richtiges Paar?"
„Das erste für ihn, letzteres für sie. Mein Bruder ist ziemlich stringent, was feste Freundinnen anbelangt: Er will keine."
„Apropos Stalking, ich hab da vor Kurzem was gelesen", stieg Tori in das Thema mit ein und begann mit der Zusammenfassung eines Artikels über Leo DiCaprio. Die Jungs kapselten sich fast gleichzeitig ab und redeten über das morgige Spiel. Bis auf Gabe. Der musterte Brooke aufmerksam und umgekehrt, bevor ich herzhaft in meinen Apfel biss und wie beiläufig bemerkte: „Drew hat nach dir gefragt. Gestern."
*Genau genommen hat er von dir erzählt.* Aber die Intention war dieselbe. Ich merkte, wie Brookes Körper sich versteifte und sie wahllos nach einem Donut griff.
*Bingo.*
„Du hast ihn besucht?"
Mit einem Kopfschütteln biss ich erneut ab und kaute betont langsam. „Wir haben telefoniert. Seine Mom lässt ihn zurzeit keinen Besuch empfangen."
„Sie ist eine sehr freundliche Frau", nickte Brooke und fuhr sich über den Nacken. „Hat mir mal gesagt, ich sähe aus wie eine Nymphe."
„Treffend", stimmte ich zu.
„Geht's ihm besser?"
„Am Montag ist er wieder da."
„Und", sie dehnte das Wort und fuhr sich mit dem Zeigefinger über die Lippen, „was hat er dir gesagt?"
„Er vermisst dich."
Wie bei einer Vollbremsung zuckte sie zusammen und riss den Kopf zu mir herum. „Wie war das?"
„Naja, nicht direkt. Aber zwischen den Zeilen. Er ist glücklich, sich am Samstag mit dir unterhalten zu haben."
„Ihr steht euch echt nah, oder?"
„Er ist neben Abby mein bester Freund", bejahte ich lächelnd.
„Darf ich ehrlich zu dir sein?", fragte sie zögernd und nahm einen großen Schluck Wasser. Ich bedeutete ihr ruhig weiterzureden. „Manchmal, wenn er mir von dir erzählt hat, wurde ich neidisch auf das, was ihr habt. Kam mir irgendwie spanisch vor, ihr hattet zu viele gemeinsame Erinnerungen."
„Du mochtest es nicht?"

„Ich kannte dich zwar nicht, habe dich aber dennoch nicht leiden können", sagte sie und zuckte entschuldigend mit den Achseln. „Das war kindisch und es tut mir leid. Aber es fiel mir schwer zu glauben, dass Männer und Frauen lediglich Freunde sein können."

„Was hat deine Meinung geändert?"

„Du." Ich wartete, bis sie die Flasche wegstellte und weitersprach. „Theoretisch könntest du mit jedem Jungen in diesem Kreis ausgehen und bist doch nur mit ihnen befreundet. Du bist offen, klug, liebenswert und wie du aussiehst, muss dir keiner mehr sagen, und dennoch …"

Um meine Verlegenheit zu überspielen, musterte ich Gabe und griff zu meiner Coke. Seine Augen bohrten sich in Brookes Profil.

„Ich habe Drew und dich letzte Woche beobachtet", gestand Morgans Schwester, ohne ihn zu bemerken, und ich lachte kurz.

„Absolut nachvollziehbar", versicherte ich ihr und sie entspannte sich, erleichtert.

„Ihr seid wirklich nur Freunde."

„Wirklich."

„Schön für mich. Und meinen Bruder."

Um mich nicht zu verschlucken, setzte ich die Dose wieder ab. In ihren Augen, die so sehr wie seine und doch ganz anders waren, las ich ihre Aufrichtigkeit. Unfähig darauf etwas Brauchbares zu erwidern, drehte ich die silberne Dose in meiner Hand.

„Er hat es mir erzählt, weißt du?"

„Was genau?", mein Herz raste.

„Sagte, er habe Abby gefragt und sie hätte ihm versichert, dass ihr nicht zusammen wärt. Wir saßen beim Frühstück mit unseren Eltern, mitten in einer Konversation und haben herzhaft lachen müssen."

Die Vorstellung, Morgan würde über *irgendetwas* herzhaft lachen, kam mir absurd vor.

„Hat Drew dir jemals erzählt, was mit uns passiert ist?"

Ihr Blick hatte sich verdunkelt. Ich dachte zurück an Lukes Party. „Nicht genau. Er meinte, du hättest dich verändert. Zurückgezogen. Drew kann wohl selber nicht genau den Finger drauf legen."

„Ich war einfach ein Feigling."

Ihre Finger zupften wahllos Gras aus.

„Deine Vergangenheit entscheidet nicht über deine Zukunft, Brooke. Solltest du noch was für ihn empfinden, sag ihm das."

„Und falls ich am Ende denselben Fehler noch mal mache? Ihm noch mal weh tue?"

„Wirst du nicht."

„Du klingst sicher. Warum?"

„Weil du dazugelernt hast. Stehen die Anzeichen wieder auf Sturm, siehst du ihn sich zusammenbrauen. Man verliert eine Liebe und lernt dadurch den Wert der Liebe erst schätzen. Das erste Mal mag es also ein Fehler sein, das zweite Mal ist es eine Entscheidung."

Dave winkte vom Parkplatz herüber. Ich erwiderte es und er warf mir daraufhin eine Kusshand zu. Murray hatte ihm wohl aus erster Hand berichtet.

Brookes Blick schweifte von dem Jungen zu mir und sie spielte kurz bedrückt mit ihrem Plastiklöffel. „Morgan wird das nicht gefallen."

„Muss Morgan eben lernen, damit klarzukommen. Ist es sein Leben oder deins?"

Sie lehnte sich auf ihren Händen zurück und grinste mich schief an. „Wie ich dich einschätze, wird er ebenfalls lernen, was es bedeutet, Gegenwind zu bekommen. Apropos lernen. Hast du versucht", sie richtete sich auf und flüsterte in mein Ohr, „deine Fähigkeiten einzusetzen?"

Die sechs Höllenhunde, die in zwei Reihen hinter uns saßen, gähnten einheitlich. Langsam fragte ich mich, ob sie mich mein Leben lang begleiten würden. Oder ihr Gestank nach Pest und Tod.

„Ehrlich gesagt, setze ich gerade nur das Puzzle zusammen – soweit es mir möglich ist."

„Alle Zeit, die du brauchst."

Das nächste geschah im Affekt, in der Ahnung, dass es richtig war.

Brooke spürte sie im selben Augenblick wie ich und nach einem kurzen Blickwechsel taten wir auch haargenau das Gleiche: Umdrehen und die rechte Hand ausstrecken, wie ein Officer, der einen Wagen anhält.

„Sistere!", unsere tonlosen Stimmen verschmolzen zu einer und die apokalyptischen Reiter gefroren an Ort und Stelle zu Salzsäulen. Die Punks folgten der Richtung unserer Augen und sahen eine menschenleere Straße. Was ich sah, war weitaus spektakulärer: vier Reiter in voller Montur, deren monströse Pferde nebeneinander aufgereiht waren und böse zu den Höllenhunden blickten, die wiederum aggressiv zu den Gäulen starrten. Die Pferde standen auf einem ehemals grünen Streifen und kreierten ein dunkles Loch um sich und ihre Herren, indem sie das Licht einfingen und es nicht mehr freigaben. Dort wo die Hufe auf der Erde aufkamen, blieb graue Asche zurück.

„In omni aetate" – „Zu jeder Zeit", ertönte es aus ihren Mündern und mutete nur entfernt menschlicher Stimmen an. Ihre schwebenden, dunklen Klangfarben ließen mich an eine Höhle denken, in die jemand hineinrief. Ganz der Schall, der daraufhin zurückgeworfen wurde, klang die Artikulation des schwarzen Reiters, als er sich vor mir verbeugte. „In aeternum."

Die fremden Vokabeln waren jetzt derartig vertraut, wie jene meiner eigenen Muttersprache. Ich verstand ihn, ohne mir des Übersetzens gewahr zu sein.

„Bis in die Ewigkeit", wiederholten nun auch die anderen drei und verneigten sich ebenfalls, während ihre trübe Präsenz vermehrt das Leben in ihrer Umgebung auslöschte.

Die ersten Bäume welkten wie Gras.

„Was sollen wir tun?", fragte ich Brooke.

„Schick sie zurück", wisperte sie und ließ daraufhin ihre Hand herabfahren, bis sie in ihrem Schoß lag.

Ohne großartig darüber nachzudenken fanden die Worte aus meinem tiefsten Inneren den Weg über meine Lippen. „In tempore venire" erwiderte ich seinen Gruß, was übersetzt bedeutete „zur *rechten* Zeit".

Mit einem harten Zug wendete der dritte Reiter augenblicklich sein schwarzes Pferd, Symbol für Tod und Hunger, und ritt davon, hinterließ eine braune Wiese, sobald er darüber galoppierte und verschwand mit einem Sprung dorthin zurück, wo er hingehörte. Seine Begleiter folgten ihm auf dem Fuße und verschwanden gleichermaßen. Sekunden nach dem letzten, gewann der Rasen seine ursprüngliche Form und Farbe wieder und die Bäume erstrahlten in voller Pracht.

Brooke grinste mich an und ich grinste zurück. An den anhaltenden Gesprächen hinter uns begriff ich, dass keiner etwas mitbekommen hatte. Bis auf die Punker – die uns vermutlich für durchgeknallt hielten.

„Wie hat sich das angefühlt?", quietschte sie aufgeregt, doch ehe ich zu einer Antwort angesetzt hatte, hörte ich die Sirene.

„Oh-oh", entfuhr es mir.

„Brooke!", donnerte Morgans Stimme da schon quer über den Campus. „Was wird das?!"

Wahrscheinlich drehte sich jeder zu ihm um, wir zwei jedoch zuletzt.

Jared, Luke und Matt erschienen neben ihm im Durchgang zum Speisesaal, Luke war als Einziger begeistert.

„Omnia vincit amor", sang die schönste Stimme und ich versuchte anstelle Morgans, mich in den Text zu vertiefen, um Details über die Bedeutung ihres Liedes zu erfahren. Schließlich brüllte er nicht mich an. Mitfühlend drückte ich Brookes Finger, die ihren auf uns zu stampfenden Bruder strahlend anlächelte.

„Morgan?"

Die Erde erzitterte praktisch unter seinen Schritten. Beherrschter, als ich es ihm zugetraut hätte, suchte er nach Worten, sobald er sich vor unserem Essensplatz aufgebaut hatte. Das hellblaue Vintage-Shirt bildete im Tageslicht einen würdigen Altar für seine unglaublichen

Augen, in dem es ihre umwerfende Farbe verzigfachte – selbst, da sie trüb waren, zogen sie jeden in ihren Bann. Sein Schatten fiel über mein Gesicht. „Was glaubst du, was du da gerade machst?"

Nur wir drei erfassten die Bedeutung seiner offenen Anklage. Doch er klang nicht nur wütend, sondern nahezu besorgt, bevor seine Augen von mir zu ihr und zu dem Ort schweiften, an dem vor Kurzem die Natur starb und neugeboren wurde.

Brookes Lächeln erlosch. „Mit ihr *reden.*"

„Hier vorsorglich die nächsten Worte: ‚Mach's gut'", sagte er kurz angebunden und bückte sich, um ihre Sachen aufzusammeln. „Verabschiede dich."

„Morgan?", fragte ich vorsichtig und hätte mein Bein dafür gegeben, dass er mich ansah. Doch er vermied konsequent jeden Blickkontakt. „Was ist schon dabei?"

„Hör ihr zu", versuchte es jetzt auch seine Schwester und warf genervt die Hände in die Luft. Er funkelte sie an. „Das ist hochgradig schwachsinnig!"

„Du kommst mit", erwiderte er knapp, nahm ihre Hand und zog sie unsanft auf die Beine. Sie seufzte und gab widerwillig nach, entriss ihm aber ihren Arm.

„Nein."

Morgan machte einen Trichter hinter sein Ohr und beugte sich zu ihr herab. „Hast du den Verstand verloren?"

„Sie hat Anspruch darauf."

„Du katapultierst sie auf deren Schachbrett", gab er zurück.

„Ich gebe ihr, was sie benötigt."

„Du nimmst ihr die Wahl." Sie verstummte abrupt. „Brooke, es steht dir nicht zu. Nicht über ihren Kopf hinweg."

Seine Schwester fand ihre Stimme wieder, nachdem er warnend flüsterte: „Das hat ein Nachspiel."

„Ich bin sicher", verkündete sie trotzig.

Er reichte ihr ihren mit Sticker beklebten Ordner und die Wasserflasche und zeigte regungslos in Richtung Schule. Brooke trat zurück. Ihre Augen plädierten hilfesuchend.

„Morgan –", versuchte ich es erneut.

„Halt dich da raus, Mimi."

Ich stand nun ebenfalls auf und klopfte mir das Gras von meinem Jeansrock. „Wir haben uns nur unterhalten."

„Fuck", hörte ich ihn raunen, bevor er sich mir fluchend zudrehte, „Unterhaltungen beinhalten den reinen Austausch von Erzählungen! Ihr bewegt euch auf dünnem Eis."

Seine Augen waren aufgewühlt. Stahlfarben, wie ich sie ein einziges Mal vorher gesehen hatte.

In der Hölle.

„Es ist nichts geschehen."

„Brooke, geh rein", befahl er kühl, bar jeglicher Rest-Geduld und ohne mich aus den Augen zu lassen. Seine Schwester entging das nicht. Sie blickte schnell zwischen uns hin und her und folgte letzlich seiner Anweisung. „Bye, Mimi."

„Bye."

Wenn ich angenommen hatte, dass er sich jetzt, wo sie in Sicherheit war, entspannte, lag ich gründlich daneben. Selbst das Lied der Sirene und die Anwesenheit meiner Hunde trösteten mich nicht darüber hinweg, wie fiebrig seine blau-schwarzen Augen glänzten.

„Jetzt kommt, ich soll mich auch noch von *ihr* fernhalten, richtig?", fuhr ich ihn frustriert an.

Er registrierte meine interessiert dreinblickenden Freunde, packte mich am Handgelenk und zog mich mit sich fort. An den Punks und weiteren verstummenden Gruppen vorbei, bevor er neben dem Gehweg stehen blieb, außerhalb jedermanns Hörweite.

„Sie ist in Ordnung", sagte ich betont ruhig und machte mich von ihm los, „ihr ist nichts passiert."

Er rang mit sich. Das konnte ich wiederum aus einem mir unerklärlichen Grund nicht lange mitansehen. Besorgt, mein Blick würde ihm meine Schwäche verraten, drehte ich mich von ihm weg. Mit einer schnellen Bewegung packte er mich an den Schultern und wirbelte mich zu sich herum.

„Seit wann kannst du das? Sie befehligen?"

„Die apokalyptischen Reiter oder die Höllenhunde?", erkundigte ich mich sicherheitshalber. Sein Antlitz verzog sich, als stünde er kurz vor einem Schlaganfall. „Wie bitte?"

„Seit gestern", antwortete ich knapp, um seine Nerven zu schonen, und trat von ihm und seiner Berührung zurück. Seine Hände glitten langsam in die Hosentaschen, seine Augen in eine unbekannte Ferne. Der Impuls, ihn stehen zu lassen, und ein viel stärkerer, ihm um den Hals zu fallen, wechselten sich in mir ab und kämpften sich gegenseitig nieder. Währenddessen entwich jede Farbe aus seinem Gesicht.

„Mich trifft keine Schuld", brach es plötzlich kraftlos aus mir hervor, „ganz egal, wie das auf dich wirkte. Ich habe weder um die Anwesenheit der Höllenhunde gebeten noch irgendwelche apokalyptischen Reiter gerufen. Genauso wenig wie ich was dafür kann, dass es dir nicht zu passen scheint, wie mein Leben sich entwickelt oder besser: wie es gerade aus den Fugen gerät – oder dass ich heute hier bin." Er runzelte die Stirn und ich redete weiter. „Es ist nichts Persönliches und habe ich dadurch dein perfektes Leben durcheinander gebracht, entschuldige ich mich dafür. Aber, unter uns, allmählich gehen mir die Ideen aus, wie ich dazu überhaupt imstande sein soll. Hast du Angst, ich würde jemandem etwas verraten?"

„So bist du nicht."

„Nein", stimmte ich zu. „Und sicher würde ich Brooke nicht in Gefahr bringen *wollen*."

„Natürlich nicht."

Genervt von seinem beiläufigen Ton warf ich die Hände in die Luft. „Was ist es dann, Morgan? Was in Gottes Namen –"

„Du hättest entscheiden sollen."

Verstört blinzelte ich ihn an. „Am ersten Abend?"

„Ich ließ dir die Wahl zwischen Leben und Sterben und du konntest sie nicht treffen!"

„Und was genau geht *dich* das an", mit Mühe hielt ich das Zittern in meiner Stimme unter Kontrolle, „wenn *ich* keine Wahl treffen wollte?"

Er hob eine Augenbraue.

*Das kann doch nicht sein Ernst sein!* „Wärst du nicht auch überrumpelt gewesen?"

Als könne er nicht umhin, starrte er auf mein Armband. Und schwieg.

„Oh, spielen wir jetzt wieder nach deinen Regeln?", blaffte ich ihn an, „du darfst Fragen ignorieren, aber wenn ich das tue, ist das nicht mehr okay? Sehr beständig, Morgan. Fast genauso nachvollziehbar wie die Bitte, dich in Ruhe zu lassen, obwohl du dich permanent in mein Leben einmischt."

Ich wappnete mich innerlich gegen seine Antwort, doch er wurde plötzlich ganz ruhig. Seine nächsten Worte waren leise genug, dass ich sie nur schwer verstand. „Das hast du nicht verdient."

Ihre Bedeutung plätscherte seicht in meine Wahrnehmung. „Antworten?"

„Keine Spielchen. Dir ist klar, was ich meine."

„Nein, Morgan, das ist es nicht und das versuche ich dir auch seit fast zwei Wochen zu erklären. Also hier ist deine Chance. Was geht mit mir vor?"

Er warf mir einen letzten wohlwollenden Blick zu, betrachtete die Hunde und zog die Mauer zwischen uns wieder hoch. „Zieh Leine."

Ich konnte nicht mit Bestimmtheit sagen, was mehr wehtat, die hundertste Abweisung oder das Gefühl, dass alles sinnlos geworden war. Zu *wissen*, er würde mich niemals in seiner Welt haben wollen. Tränen schossen mir unkontrolliert in die Augen und erzeugten einen flackernden Schmerz in seinen, als er meine Hand nahm, um mich in seine Arme zu ziehen. Genau damit beging er einen Fehler. Den letzten.

„Nein", sagte ich und entriss sie ihm wieder. „Rühr mich nicht an!"

Das Blau in seinen Augen wurde zu einer zähen, unbeweglichen Masse und intensivierte sich anschließend zu etwas, das ich nicht bestimmen konnte.

*Klasse. Noch mehr davon.*

„Mimi …“

„Und sprich mich nicht an!“

Er straffte die Schultern und machte einen Schritt auf mich zu. „Bitte.“

„Sonst was, Morgan? Packst du mich und zerrst mich weg? Lässt mich einfach stehen und verschwindest? Drohst mir? Erneut?“

Sein Mund verzog sich zu einer versteinerten Grimasse, die mir das Blut in den Adern gefrieren ließ und mich an den kuttentragenden Jungen aus der Hölle erinnerte. Die Erkenntnis traf mich mit voller Wucht. Ich blickte auf seine Hände, deren Innenflächen anfingen rot zu glühen.

Er war kein normaler High-School-Schüler, sondern jemand, der Verwüstung, Leid und Tod ausgesetzt war und sich wahrscheinlich mit daran beteiligte.

Er war etwas, das Verwüstung, Leid und Tod auslösen konnte.

Blut rauschte mir in den Ohren, bevor eine Erschütterung durch seinen Körper jagte und er sich alarmiert umschaute. Seine Augen sprangen von mir zu unserer Umgebung und dann ging es Schlag auf Schlag. Er fällte eine Entscheidung und presste seine glühende Hand gegen den Baum hinter uns. Ich vernahm das brutzelnde Geräusch, während Luke und die anderen gemütlich auf uns zukamen. Intuitiv stellte ich mich schützend vor ihn, hörte, wie er die Borke verbrannte und wartete still, bis er mich wieder ansehen konnte. Einen Moment lang starrten wir uns beide überwältigt an, ehe ich lächelte und meine Hand auf seine legte. „Wow.“

Soviel zu meinem Ausbruch.

Ich nahm seine Hand weg und drehte sie um, betrachtete sie. Keine Spur von Hitze. Vorsichtig fuhr ich die Linien darin nach und spürte am Rande, wie er mich dabei in den Arm nahm.

„Tu das nicht“, bat er und ich ließ seine Hand sofort los.

„Bist du es nicht leid, dass wir uns andauernd streiten?“, fragte ich stattdessen und lehnte den Kopf an seinen Brustkorb. Das beruhigende Wiegen seiner Atmung entspannte mich und der Geruch nach Seife und ihm suggerierte Frieden. Ich bildete mir ein, dass auch er an meinem Haar tief einatmete und spürte, wie er eine Strähne zwischen seine Finger nahm und damit spielte.

„Wäre es ansonsten nicht langweilig?“, erwiderte er mit einer Leichtigkeit, die mich verblüffte.

„Zur Abwechslung vielleicht. Aber tief in mir bin ich leider eine dieser harmoniebedürftigen Langweilerinnen. Obwohl – warte“, ich überlegte fix, „ich kann auch anders. Diesen Monat erst habe ich mich mit meiner Tante zerstritten. Die Lasagne ist mir verbrannt, also habe ich ihr eingeredet, das läge an ihrem Backofen."

Seine Hand streichelte über meine Wange. „Wegen einer Lasagne?"

„Vier Zwischenschichten! Nicht nur drei – die kann jeder."

„Das hast du verhauen?"

„Hast du mir zugehört? Es lag am Backofen!"

Er lachte und etwas riesiges Schwarzes drängte sich dabei zwischen uns.

„Remanere, Tatius."

Nicht nur der Hund hielt inne, auch Morgan versteifte sich bei meinem Befehl. Am liebsten hätte ich mir auf die Zunge gebissen. Das behaarte Monster trat artig zurück und ich tat es ihm nach.

Schweren Herzens.

Fühlte, ihn so vertraut mit Namen anzusprechen, war eine Dummheit gewesen.

Jegliche Unbeschwertheit zwischen Morgan und mir war sofort wie weggefegt. Ich wurde dieses Tanzes überdrüssig, als er die Arme vor der Brust verschränkte. Morgan hatte wirklich ein einzigartiges Geschick, mich binnen Wimpernschlägen jede Emotion der Welt durchlaufen zu lassen, dachte ich, fragte aber stattdessen laut: „Was willst du eigentlich von mir?"

Er starrte mich an und zwang sich zu einer Antwort, die keine war. „Schwer zu beschreiben –"

Ich scherte mich nicht um Etikette und unterbrach ihn eiskalt. Als wäre das nicht schon traumatisch genug.

„Dann hier ein gut gemeinter Ratschlag von jemandem, der es satt hat. Ich brauche dich nicht, um mich zu tyrannisieren, dich von mir zu distanzieren, von einem Moment auf den anderen nett von dir behandelt zu werden, bis dir wieder einfällt, dass du mich am liebsten ignorierst. Wenn du mich *in irgendeiner Form* in deinem Leben haben willst, finde einen Weg, mich zu einem Teil davon zu machen. Denn ehrlich gesagt sehe ich es nicht mehr ein, andauernd zurückgewiesen zu werden. Bis dahin: Lass mich in Ruhe."

Mit diesen Worten wendete ich abrupt und lief los, hielt mir die Ohren zu, um das Lied nicht mehr zu hören, das meine Emotionen mit Füßen trat. Stumm nahm ich meine Sachen und atmete erst wieder durch, sobald ich das Gebäude erreichte.

„Liebe besiegt alles"? – zur Hölle damit.

***********************************

Ich quälte mich durch die vierte und freute mich auf die fünfte Stunde Geografie mit Abby. Ein Blick auf meine schimmernden Augen und sie stellte keine Fragen, sondern erzählte ununterbrochen von Plänen für die Schlummerparty. Zwischen „Flaschendrehen" und „Matthew McConaughey Filmen" entfuhr ihr das Wort „Penner", dazu lächelte sie charmant und legte mir den Arm bestärkend um die Schulter. Gemeinsam überlebten wir die hinterhältigen Volleyball-Schmetterbälle in Sport, wobei Abby jedes Mal so elegant in Deckung ging, dass sie den Ball unabsichtlich zurückpfefferte und sogar unsere eigene Mannschaft sie schließlich bat, einfach nur in der Ecke zu bleiben. Ich konnte wieder lächeln, als wir uns vor der Umkleide verabschiedeten und ich sie einem breit grinsenden Gabe überließ.

Meine Stimmung kippte beim Anblick des weißen Zettels, der in meinem Spind steckte. Missmutig zog ich ihn hervor, sah mich gewissenhaft um, ohne jemand Bekanntes zu entdecken und faltete ihn auseinander.

Geh heute zeitig ins Bett. Keine Tabletten.

B.

Da er nicht von Morgan war, behielt ich ihn und vergaß ihn sogar – fast.

„Mir wäre es wohler, wenn du mitkämst", betonte Maddy zum wiederholten Mal über ihren leeren Spaghettiteller hinweg.

„Weil irgendwelche Rowdys das Auto von Trevors Kollegen demoliert haben?", fragte ich irritiert. Meine Onkel schnaubte, nahm die Fernbedienung von der Theke hinter sich und schaltete den kleinen Fernseher in der Ecke der Küche ein. Wir hörten mit dem Geschirrklappern auf, um besser zu verstehen.

„… ruft die Bevölkerung von Mainfield auf, sachdienliche Hinweise an die lokale Polizeistelle weiterzuleiten", las eine Nachrichtensprecherin vom Teleprompter ab. „Wir schalten jetzt live zu Blaire Tabbs, die sich vor einem der vielen Tatorte befindet. Blaire, was können Sie uns Neues berichten?"

Das Bild wechselte auf eine hübsche junge Korrespondentin, die vor einer Polizeiabsperrung stand. Hinter ihr war ein Supermarkt erkennbar.

„Guten Abend, Mackenzie. Ich habe soeben mit dem zuständigen Polizeisprecher reden können und seiner Aussage zufolge gibt es bislang keine konkreten Hinweise, dass die Taten direkt miteinander zusammenhängen. Die wenigen bekannten Tatsachen sprechen freilich eine andere Sprache. So gingen laut Zeugenaussagen die Beteiligten wahllos aufeinander los, nachdem sie zuvor ihre Einkäufe in den Fahrzeugen verstaut hatten. Ohne Vorwarnung oder vorangegangene Streitigkeiten. Fünfzehn der zwanzig Opfer gaben bei ihrer Festnahme zu Protokoll, sich nicht mehr an den Auslöser der Schlägerei erinnern zu können, bei dem ein Mann eine Gehirnerschütterung und ein Kind einen Armbruch erlitten hatte. Im Falle der prügelnden Taufgesellschaft und des Eklats bei der Schulaufführung in der Washington Elementary School, bei dem rund einhundert Menschen ärztlich versorgt werden mussten, soll das ähnlich gewesen sein."

„Bestehen Zusammenhänge zwischen den Handgemengen und den Autobeschädigungen?"

„Auch dazu kann bei derzeitigem Kenntnisstand nichts Konkretes gesagt werden. Allerdings standen die betroffenen Fahrzeuge nicht in Nähe der Tatorte und wirkten laut Polizei eher willkürlich ausgewählt. Die Polizei erklärte weiterhin, sie habe bislang über zweihundert Anzeigen wegen Sachbeschädigung aufgenommen. Rund die Hälfte, im Falle der angezündeten Pkw, wegen schwerer Sachbeschädigung. Ein paar Tatverdächtige werden zurzeit zu den Vorfällen vernommen, aber es ist mehr als wahrscheinlich, dass es nicht die letzten Vorkommnisse dieser Art sein werden."

„Danke, Blaire", nickte die Nachrichtensprecherin und suchte eine andere Kamera, indes ihre Kollegin weggeblendet wurde. Dann hielt sie sich die rechte Hand an die Ohrmuschel und räusperte sich. „Soeben erreicht uns eine neue Meldung. Offenbar wurden mehrere Einsatzwagen ins Vegard Plaza gerufen, wo im Kinobereich vor Kurzem eine neue Massenschlägerei ausgebrochen sein soll. Wir halten sie darüber selbstverständlich auf dem Laufenden."

Mit einem Klick schaltete meine Tante den Kasten aus und drehte sich zu mir. „Deswegen."

Trevor schüttelte den Kopf. „Die Leute sind schlichtweg verrückt geworden. Wenn ihr mich fragt, war es nur eine Frage der Zeit, bis die Ersten durchdrehen. In einer Kleinstadt."

Mein Mund stand offen und mein Magen rebellierte. Die Worte „Schlägereien", „wahllos", „grundlos" schwirrten mir im Kopf herum und erzeugten in mir Bilder von dem Verkehrsunfall vor der Schule und schwarzen Augen.

All diese Menschen konnten sich nicht mehr an den Grund für ihr Ausrasten erinnern?

*„Es ist nicht ihr Zorn."*

Mit einem Ruck stand ich auf und warf dabei den Stuhl um.

„Mimi?", fragte Marc und mein rasendes Herz übertönte ihn.

„Was hast du?" Mein Onkel guckte mich besorgt an und ich blinzelte, um nicht auf mein Zimmer zu rennen.

„Mimi? Du machst mir Angst."

Mit meinem besten falschen Lächeln bedachte ich erst Marc, richtete anschließend meinen Stuhl wieder auf und setzte mich steif hin. „Sorry“, ich fuhr ihm durch die Haare, „das wollte ich nicht. War nur ein doofer Flashback.“

„Genauer?“, fragte Maddy mit einer hochgezogenen Augenbraue und ich erzählte ihnen von dem Auffahrunfall bis zu dem Baseballschläger und der blutenden Frau. Details verschwieg ich meinem Cousin zuliebe. Sachen wie „Blutspucken“, „ein Freund und ich sind dazwischen gegangen“ oder „Auslöser dafür ist vermutlich Morgan Vegard“.

„Als wäre das ein Virus“, seufzte Trevor und wischte sich den Mund mit einer Serviette.

„Ein Bösartigkeits-Virus“, fügte Marc hinzu und grinste stolz.

„Es ist hier nicht sicher.“

Nachdenklich betrachtete ich meine Tante. „Die einzige Konstante soweit ist der Ort. Es passiert da, wo Massen aufeinandertreffen. Was ich wollte, war eine Pyjama-Party mit Freundinnen veranstalten. Daheim.“

„Und solltet ihr auf die Idee kommen wegzugehen?“

„Im Schlafanzug?“

„Ich meine es ernst.“

Um nicht übereilt zu antworten, trank ich einen Schluck Wasser. „Ich verspreche hoch und heilig, mich von allem fernzuhalten, was mit Menschenansammlungen zu tun hat“, sagte ich und hob die Hand wie zum Schwur.

Maddy starrte unschlüssig zu Trevor und der zu mir.

„Onkel Trevor, ich bitte dich. Das “, ich gestikulierte zum Fernseher, „ist in der Innenstadt. Wir wohnen wie weit davon entfernt?“

„Sie hat nicht ganz unrecht …“

„Und wie alt bin ich?“

„Auch da –“

„– schon gut, schon gut“, winkte meine Tante ab. „Du bist volljährig, ich weiß. Und vernünftig. Damit gehen mir auch die Argumente aus, um dich mit uns zu schleifen. Aber versprich mir eine Sache.“

„Ich werde mein Handy griffbereit haben, falls doch was passiert.“

„Braves Kind.“

Marc tätschelte mir den Kopf.

Zurück in meinem Zimmer nahm ich mir „Emma“ von Jane Austen vor und hoffte, es würde mich nicht nur ablenken, sondern unsagbar müde machen. Damit ich nicht weiter obsessiv über tote Augen, zornige Gesichter und Hass sinnierte. Ungefähr in der Mitte angelangt gähnte ich zum ersten Mal und als ich es drei Kapitel vor dem Ende zur Seite legte, waren die Höllenhunde längst eingeschlafen und meine Augenlider bleiern. Ich löschte das Licht, streckte mich herzhaft und griff zu meinen Schlaftabletten. Mein Blick fiel auf das weiße Papier auf meinem Nachttisch. Ich legte sie wieder weg und hoffte, Brooke wüsste, was sie da verlangte.

Kaum hatte ich die Augen geschlossen, fühlte ich bereits, wie ich fiel.

Lautlos glitten die Wände meines Zimmers auseinander und die kühle Luft trug mich auf brennenden Schwingen hinfort, einem Loch entgegen, warf meinen Körper in einem Strudel aus Licht und Dunkelheit hin und her, der mich so unvorbereitet eingesogen hatte, dass ich nicht einmal mehr schreien konnte. Weiter, schneller.

Und dann wurde plötzlich alles grell.

Im nächsten Augenblick fühlte ich Boden unter den nackten Füßen und Hitze auf meiner Haut. Schreie überall und der gewaltigste Donnerschlag, der mir durch jede Faser meines Seins fuhr und mich erschüttert zurückließ. Ich riss mir die Hände schützend vor das Gesicht und bekam Angst um mein Leben, als der Grund unter mir erzitterte und in einer Feuerfontäne explodierte, deren Funken hoch über die Klippenränder flogen. Eine männliche Stimme sagte etwas in einem absurd ruhigen Tonfall und ich begriff, dass die Funken Blutstropfen waren.

Meine Beine trugen mich kaum, doch ich zwang mich dazu, mich vorsichtig aufzurichten und die Augen offen zu halten. Die gleißende Sonne blendete mich und durchdrang meine Haut schmerzhaft wie die Trockenheit, die sich auf sie legte. Splitter flogen um mich.

Um uns.

Außer mir waren noch zwei verhüllte Gestalten anwesend, die mir den Rücken zuwandten und hinausblickten über das Brachland, in dem Frühling, Sommer, Herbst und Winter mit Tageszeiten und Witterungsbedingungen konkurrierten. Einer von ihnen war zweifellos Morgan. Als er von der anderen Person energisch wegtrat und sich an den äußersten Rand stellte, erkannte ich ihn. Seinen angespannten Körper. Wie er den Kopf in den Nacken legte.

Die zweite Person sprach und er drehte den Kopf von ihr weg.

Ich verstand nicht, um was es ging, aber Morgan richtete seine Kapuze, fummelte uncharakteristisch an ihr herum. Nervös trat ich näher. Er war anders. Seine Stimme dunkler.

„Sie ist in Gefahr und ich kann sie nicht beschützen", erklärte er gerade ernst und ich verringerte den Abstand weiter.

Natürlich war ich auch neugierig. Auf der anderen Seite wollte ich mich dringend in Sicherheit fühlen. Das ging nur in seiner Nähe.

„Das wird sie auch bleiben, weil du sie nicht einweihst." Die andere Stimme war nicht nur tief und autoritär und erinnerte mich in vielerlei

Hinsicht an seine eigene. Vor allem enthielt sie nicht die leiseste Spur von Menschlichkeit.

Blinzelnd musterte ich die beiden genauer. Der zweite Mann war etwas schmaler gebaut und minimal kleiner, aber trotzdem genauso einschüchternd. Um ihn herum wirbelten schwarze Schatten, die seine Gestalt umspielten und sich gleichzeitig nach ihrer Umgebung streckten, bevor sie verschwanden und die Ahnung ihrer Böswilligkeit mit sich nahmen.

„Morgan?", fragte ich vorsichtig und stellte entsetzt fest, dass kein Ton meiner Kehle entsprang. Unsicher fuhr ich mir mit der Hand an den Hals und probierte es erneut – meine Stimme blieb stumm. Stattdessen glitt die rechte Hand von Morgans Begleiter unauffällig hinter dessen Rücken und gab mir unmissverständlich ein Zeichen.

„Hab Geduld."

Mein Blick blieb an dem großen Insignienring an

seinem Finger hängen. Da fuhr eine hohe Feuerwand an den beiden vorbei in den Himmel und zahlreiche Klageschreie ertönten. Die geschundenen Leiber zweier Menschen, ihre verrotteten Körper, waren darin gefangen und flehten mich mit leeren Augen an. Ein Paar kam mir bekannt vor und die Idee dieser Ahnung drehte mir den Magen um. Morgan hob die Hand zu den Flammen und die Körper verpufften zu einem wehenden Ascheschleier, dann senkte er sie und die nun einsam lodernde Feuerbrunst sank augenblicklich zurück in die Tiefe.

Keine fünf Meter hinter ihnen stehend fiel es mir schwer bei Bewusstsein zu bleiben, während der widerliche Gestank verbrannten Fleisches uns umwehte. Ich trotzte dem ebenso stark wie dem Drang, mich umzudrehen und wegzulaufen. „Warum meint jeder von euch besser zu wissen, was das Beste für Mimi ist?"

„Sie werden ihr nichts tun, Morgan."

„Hör auf damit!", donnerte seine unbeherrschte Stimme und ich fuhr zusammen, „du glaubst genauso wenig daran wie ich."

„Doch das tue ich."

„Was, wenn du dich irrst? Du kennst die Umstände und Bedingungen, die Sinnlosigkeit. Ich würde sie dem aussetzen! Stößt ihr etwas zu, könnte ich mir das nie verzeihen."

Ich ahnte, es ging ihm miserabel, als ich seine Statur dabei beobachtete, wie sie kaum merklich zusammensackte. Der Drang, meine Arme um ihn zu legen und ihn zu halten, bis er besänftigt war oder mich fortschickte, wurde unbeschreiblich, weshalb ich den Blick auf den Boden senkte, die Augen fest zusammenpresste und tief durchatmete. Erst nachdem ich ihn aufstöhnen hörte, blickte ich auf. Sein Begleiter hatte ihm die Hand auf den Arm gelegt und schien ihm damit zu helfen.

„Du gibst dir die Schuld an etwas, in das du sie nicht verstrickt hast. Es steht dir nicht zu, höhere Wahrheiten infrage zu stellen. Was du jedoch in der Hand hast, ist Einfluss auf sie auszuüben, zu deinem, zu ihrem Vorteil."

Mit seiner bestimmten Stimme beruhigte sein Begleiter nicht nur Morgan, sondern seltsamerweise auch mich. Eine Pause entstand, bevor er weitersprach.

Gesetzter.

„Mimi ist nur so …", Morgan nahm seine Hände erklärend zu Hilfe, „zerbrechlich."

Die Sehnsucht, mit der er meinen Namen aussprach, verschaffte mir Hoffnung. Doch die Hand seines Begleiters bedeutete mir, mich nicht zu rühren.

„Sie ist aus Millionen erwählt worden. Die Disceptatori machen keine Fehler. Vertraue ihrem Urteil. Fällt dir das schwer, vertraue Melody. Sie hat bereits bewiesen, dass sie ihrer Entscheidung würdig ist."

„Nur weil es deren Regeln sind, muss ich mich ihnen nicht beugen."

„Selbst falls sie dir ein solches Verhalten gestatten, vergiss nicht, was das für Mimi bedeutet."

Ein schriller, lauter Schrei durchbrach das Frösteln, das sich auf mich gelegt hatte.

Morgan schluckte niedergeschlagen. Seine Begleitung trat näher zu ihm und seine Hand rutschte nun hinauf um auf Morgans Schulter zu landen. „Magst du sie?"

Die Luft entwich aus meiner Lunge.

*Bitte. Sag. Ja.*

„Es würde gegen jedes meiner Prinzipien verstoßen."

Lautes Lachen erklang, da mein offensichtlicher Verbündeter ihm auf den Rücken klopfte. „Manche Frauen sind es wert, dass man für sie Verstöße begeht."

„Nicht wenn sie dafür diesen Preis zahlen müssen."

„Laut Brooke ist sie stark."

„Es spielt keine Rolle, wie stark sie ist …", presste Morgan mühsam hervor, beugte sich an den Klippen hinab und vollzog eine kleine Drehung mit der Hand. Ein einzelner geschundener Körper schwebte aus dem Dunkeln hoch vor die beiden und mit einer weiteren Bewegung seiner Finger begann der Mensch sich mit vor Angst aufgerissenen Augen in der Luft zu drehen, „… sie werden versuchen, sie zu brechen."

Mit diesen Worten musterte er sein Opfer und ließ es qualvoll von innen heraus ausbluten, bevor er es schließlich durch eine Explosion erlöste. Erst sammelten sich kleine rote Punkte in der Körpermitte des jungen Mannes, dann verzerrte sich sein Gesicht zu unbändigem Schmerz und sein Mund zu einem Schrei, bevor es ihn in Millionen Stücke zerriss, die Asche ähnlich herabregneten. Eine Welle der Betäubung ging durch mich und ich stützte mich auf die Knie, um einzuatmen und nicht ohnmächtig zu werden. Der andere sprach weiter, als wäre er gerade Zeuge eines Regenbogens geworden.

Nicht einer brutalen Schlachtung.

Amüsiert schüttelte er den Kopf, bevor er tadelnd anfügte: „Zu brechen, um sie wieder aufzubauen."

Der nächste Donnerschlag war noch brachialer und spuckte Hunderte Körper, die reglos in den Flammen schwebten. Einzig die Bewegung in den Augen zeugte von dem Rest Leben darin und verschwand zuletzt, sobald das Feuer sie züngelnd zu Nichts reduzierte. Die Asche sammelte sich und verdichtete sich zu einem schwarzen Ball, der gen Himmel raste, um sich dort in viele kleine Sterne zu verwandeln.

„Mag sein", gab Morgan nach, während er auch zu dem Schauspiel über uns blickte.

Sein zufriedener Begleiter fragte: „Gesetzt den Fall, Mimi wäre hier, was würde sie dazu sagen?"

Ein Kribbeln ergriff Besitz von mir, mischte sich mit dem Krampf in meinem Inneren und ergab ein komisches Zerren in meinem Herzen.

„Vermutlich, dass ich aufhören soll, sie auszuschließen."

„Und …?"

„Sie hat recht."

„Es ist nicht falsch, als gleichwertig behandelt werden zu wollen", stimmte sein Begleiter zu und ließ sein Handgelenk hinter dem Rücken einmal kreisen. Ohne die Chance zu haben, etwas zu sagen, bevölkerten die filigransten weißen Strahlen meine Haut und wurden heller mit jedem Stück, das sie weiter erklommen, bis sie mich letztlich vollständig bedeckten. Ich spürte die angenehme Hitze lange bevor ich wusste, sie würde mich durchdringen und genoss sie zusammen mit den Bildern meiner Eltern und Schwester, die um mich schwirrten.

Diesmal schaffte ich es, mich aufrecht zu halten, indes das Licht mich vom Boden hob und im Auge des Wirbels drehte. Mit einem letzten Blick zu ihnen schloss ich die Augen.

Und machte sie in meinem Bett wieder auf.

## *Kapitel 8*

Benebelt griff ich nach meinem Wecker und starrte auf die Anzeige.
4:17.
Er rutschte mir durch die Finger und ich bemerkte verspätet, wie verschwitzt ich war, stand wie in Trance auf, um zu duschen. Meine Schlafsachen klebten an mir, selbst mein Armband war dunkelrot. Um niemanden zu wecken, ließ ich die Lichter aus und schlich mich ins Bad, wo ich Tatius die Tür vor der Nase zuknallte.
Die nächsten Stunden verbrachte ich damit, wach zu werden. Zu rekapitulieren. Hatte Morgan eben wirklich zugegeben, falsch gehandelt zu haben? Ich riss sämtliche Fenster auf und lüftete, setzte mich davor und ordnete meine Gedanken. Die furchtbaren Eindrücke.
Sobald meine Tante begann in der Küche rumzuwerkeln, zog ich mein weißes Lieblingskleid an und schlüpfte in beige Ballerinas, bevor ich mir noch mal mit der Bürste durchs Haar fuhr und aufgeregt in die Küche trat, um Maddy zu helfen. Während die Eier brieten und die Pfannkuchen gewendet wurden, unterhielten wir uns über anstehende Filmstarts, Weihnachtsgeschenke und sangen zu „I got you babe" mit.
Ich umarmte sie zum Abschied und wünschte Maddy wundervolle Aufnahmen, Marc viel Spaß in den Museen und Trevor starke Nerven, die beiden bei Laune zu halten.
Nachdem Marc aus dem Haus zu seinem Bus geflitzt war, nahm ich meine Tasche und winkte, bevor ich mich hibbelig auf den Weg zur Schule machte. Keine Ahnung, was sich geändert hatte.
Aber etwas verlieh mir neuen Mut.
Gewissheit.
Ich ließ die vorderen Autofenster herunter, ignorierte die Nachrichten über die „brutalen Übergriffe" des letzten Tages und drehte die Musik lauter, als „Walking on sunshine" gespielt wurde. Fast hätte ich die Sirene überhört, denn Gabe stoppte mit seinem Bike an einer Ampel neben mir und hielt sich an der Beifahrertür fest, um mir zu erklären, Mainstream-Pop sei wie Tinnitus für die Ohren der Menschen. Sein Kopf drehte sich gleichzeitig mit meinem in Morgans Richtung und sein fröhliches Lächeln erlosch.
Mit einem kurzen Nicken stieß er sich vom Wagen ab und fuhr trotz roter Ampel einfach weiter. Besorgt sah ich ihm nach, doch er schaffte es sicher auf die andere Straßenseite. Morgan und seine Clique standen vor dem Coffeeshop der Vegards. Keine Shelby, keine Dana. Dafür hoben sowohl Luke als auch Matt und Brooke die Hand

zum Gruß. Ich erwiderte ihn und winkte Brooke dabei gleich zu mir. Morgan schüttelte warnend den Kopf und ich warf ihm daraufhin einen entsprechend aussagekräftigen Blick zu. Sobald er es Brooke schließlich gestattete, eilte seine Schwester praktisch im Laufschritt zu mir.

„Steig ein", forderte ich sie auf und beugte mich zur Beifahrertür vor, um sie zu öffnen.

Ihr Gesicht grinste mich an, sie setzte sich und hielt mir einen dampfenden Kaffee hin.

„Latte Macchiato?", fragte sie, während es Grün wurde und ich Gas gab, ihr Bruder im Rückspiegel kleiner wurde. Seine Augen glühten förmlich. Dann verstummte das Lied der Sirene und das Radio übernahm wieder die Musik, sodass ich sie erleichtert anlächelte und dankend einen Schluck nahm.

„Lecker", lobte ich und freute mich über ihr zufriedenes Lächeln.

„Nur einer der vielen tollen Aspekte daran, eine Vegard zu sein: kostenloser Kaffee, wann man will."

„Haben wir hier etwa einen Coffeeholic?"

„Stammt er von unseren Plantagen, ja", erwiderte sie und seufzte. Der wehmütige Klang entging mir nicht.

Zurück zum Wesentlichen.

„Wie schlimm war es gestern?", fragte ich sie aus den Augenwinkeln.

„Hast du die News gesehen?", konterte sie und biss sich auf die Unterlippe.

Geschlagen nahm ich noch einen Schluck, bevor ich den Becher in die Halterung steckte. „Sorry."

„Eins muss man dir lassen, Mimi. Ich hab noch keinen gesehen, der es geschafft hat, Morgan so auf hundertachtzig zu bringen", erklärte sie und drehte ihren Cup verspielt in den Händen. „Na ja, bis auf mich. Zusammen wären wir in der Lage, ihn zugrunde zu richten, hat er gebrüllt."

Brooke warf den Kopf zurück und lachte, ich schluckte schwer.

„Was hab *ich* ihm denn getan, bitte schön? Du warst in ‚Todesgefahr', schon klar", ich betonte das Wort absichtlich, „aber das ist doch nicht meine Schuld gewesen!"

Ihr Lachen wurde herzlicher, als sie erst gedankenverloren über das Armaturenbrett strich und sich schließlich zu mir drehte. „Es ist herrlich erfrischend, dich auf dem Schlauch stehen zu sehen. Dabei ging es nie um mich. Ich bin mit dem Monstergedöns aufgewachsen. Er hatte Angst um *dich*."

Die Schule kam in Sichtweite und mit ihr die fröhlichen, ahnungslosen Schüler. Vor mir drehte sich der gleichartige, verzweifelte Junge um seine eigene Achse, verzweifelt, indes er auf der Spitze einer Flamme erst verblutete und dann in der Unterwelt zu Staub explodierte, und meine Laune verdüsterte sich schlagartig. „Ich war letzte Nacht dort."

Tiefe Furchen bildeten sich auf ihrer Stirn und auch ihre Fröhlichkeit war mit einem Mal verflogen. „Ich weiß. Sorry für die Art und Weise, aber wir waren der Meinung, dich nicht vorher einzuweihen, sei besser. Damit du objektiv bist."

„Zumindest über diese abartige Körperfontäne hättest du was sagen können."

„Was hast du erwartet? Eine Hölle ohne Fegefeuer?"

„Nein", erwiderte ich und versuchte, die Bilder zu verdrängen. „Schätze, ich habe gar nichts erwartet. Den Garten vielleicht."

„Der Garten der Genüsse ist Sterblichen strengstens untersagt", sagte sie akribisch. „Woher weißt du davon?"

„Weil ich da hineingelaufen bin, um mich zu verstecken, damals. Vor dem schwarzen Reiter."

„Das geht gar nicht, Mimi. Nicht ohne Erlaubnis von mir, meinem Bruder oder …"

Ihre Stimme verstummte, während ich auf den Parkplatz fuhr und irgendwo in dem halbleeren hinteren Bereich hielt, wo wir ungestört reden konnten. „Oder …?"

Ich machte den Motor aus, nahm meinen Kaffee und wartete.

„Luzifer", erklärte sie sachlich.

„Luzifer? Der Teufel?"

„Teufel, Satan, Antichrist, Mephisto, er hat viele Namen."

„Laurentius?"

„Den hat er abgelegt."

Nervös warf ich den Kopf in den Nacken. „Ist er das gewesen? Letzte Nacht an den Klippen?"

„Natürlich."

*Natürlich.*

Mit einem einzigen Zug leerte ich meinen Becher und versuchte, nicht allzu schockiert zu wirken. Ich hatte den Teufel getroffen? Und er hatte mit mir kommuniziert? Ich notierte die augenscheinliche Vertrautheit zwischen ihm und Morgan auf meiner mentalen Liste und betrachtete den schönen Tag vor der Windschutzscheibe.

Erst da ich erleichtert lächelte, sah Brooke mich fragend an.

„Wenigstens ist es nicht Morgan."

„Wer?"

„Der Teufel. Das war meine neueste Theorie."

„Vergiss die Theorien. Was hat er gesagt?", drängte Brooke.

„Luzifer?"

„Mein Bruder."

„Ich hätte recht“, antwortete ich, „und dass er mich vor irgendetwas beschützen will.“

„Sehr gut. Weiter.“

„Soviel ich verstanden habe, will er nicht nach den Regeln der Disceptatori spielen oder überhaupt nach irgendwelchen, die nicht seine eigenen sind.“

„Oh, Morgan“, grinste sie verschwörerisch, „das tust du doch schon längst.“

„Brooke, was würde mir zustoßen, würde er das tatsächlich tun? Ihre Regeln brechen?“

Sie drehte die Musik auf und beugte sich vor. „Das können wir nur mutmaßen, da ihr die ersten eurer Art seid. Aber weil du sterblich bist, glauben wir, dass du dafür büßen müsstest.“

„Die Disceptatori töten Menschen?“

„Nein“, sie fuhr sich mit der Zunge über die Lippen, „sie bestrafen sie.“

Laute Bässe dröhnten über ihre Stimme, als drei weitere Fahrzeuge um uns herum parkten und dabei durch die Höllenhunde fuhren wie durch eine Fata Morgana. Und genau wie ein Trugbild in der prallen Sonne flackerten die sechs düsteren Kreaturen kurzzeitig auf. Um sich im nächsten Moment wieder neben einer Dana zu manifestieren, die bereits ausstieg, noch bevor die Räder des silbernen Audis stillstanden. Wir beiden erkannten, auf wen sie zuhielt, seufzten gleichzeitig und lachten wegen desselben Gedankens.

Kaum stiegen wir ebenfalls aus, tauchte ihr Gesicht schon neben meinem auf.

„Mimi, Gott sei Dank. Rette mich. Die …“, sie zeigte auf die Jungs in ihren Autos, „… diskutieren seit Minuten nur über Mist.“

Da mir nichts anderes einfiel, fragte ich sie höflichkeitshalber nach Shelby.

Dana betrachtete abrupt desinteressiert ihre manikürten Nägel. „Die taucht noch auf. Insofern sie sich das nach ihrem Zusammenbruch gestern überhaupt traut.“

Ungläubig wandte ich mich an Brooke, die um den Wagen kam.

Wenn man solche Freundinnen hatte, brauchte man keine Feinde mehr.

Eine Tür wurde geöffnet und mehrere Motoren ausgeschaltet.

„Das ist ein dämlicher Codename“, hörte ich Luke sagen, sobald er aus dem dunkelblauen SUV neben mir sprang um einem wasserstoffblonden Size-Zero-Mädchen beim Aussteigen zur Hand zu gehen.

Dank Tori und Michelle wusste ich, ihr Name war Alicia.

„Das sagst du nur, weil er nicht dir eingefallen ist“, rief Matt über unsere Köpfe und kletterte aus dem Wagen, aus dem Dana geflohen war. Auch er stellte sich zu uns und ich fühlte fast körperlich, wie es mir zwischen den beiden Pkw langsam zu eng wurde.

„Kein Mensch versteht den", fiel Morgan mit ein und knallte den Kofferraum seines schwarzen BMWs zu, bevor er seiner Schwester ihre Tasche zuwarf. Gekonnt fing sie sie blind auf.

„*Ich* verstehe ihn", betonte Granofsky.

„Der Sinn hinter einem Code ist, dass alle Eingeweihten ihn kapieren", schnaubte Jared und schlug erst bei Morgan, dann bei Luke ein.

„Wer sagt das?"

Morgan sah ihn stirnrunzelnd an. „Die Logik."

„Ein Codename soll codieren."

„Du weißt doch gar nicht, wie man codieren schreibt", schnaubte das blonde Fliegengewicht.

„Aber du, Einstein."

„C-o-d-ieren."

„Das ist das sinnloseste Gespräch seit Langem", erklärte Morgan schmunzelnd und gesellte sich zu mir. „Und das heißt schon was, ziehen wir Jareds Monolog über Curaçao letzte Woche mit in Betracht."

„Die Insel?", fragte ich beeindruckt.

„Schön wär's", gab er grinsend zurück.

„Der Likör. Hast du gewusst, dass er aus Orangenschalen hergestellt wird?", fragte mich Jared, als hätte er die Atomspaltung entdeckt.

„Hast du gewusst, dass er ursprünglich transparent ist und nachträglich eingefärbt wird?"

Die anderen starrten mich an und ich hatte das Bedürfnis nachzuschauen, ob mir ein Horn aus der Stirn wuchs.

„Lebensmittelfarbe?"

„Nein, Jared. Autolack", verdrehte Dana die Augen.

„Ohne Scheiß, die Welt ist voll von Wundern. Der Bauchnabel zum Beispiel. Wozu brauchen wir den?" Jared stierte provozierend von einem zum anderen.

„Ich schwöre dir, manchmal denke ich, du nimmst die Frage ‚Wie dumm kann man sich eigentlich anstellen' als Herausforderung", grummelte Matt.

Lukes Grinsen zog sich über das ganze Gesicht. „Und das ist *Granofsky*, der das sagt."

Er stieß Morgan an, der stieß Matt an, der wiederum die Schultern zuckte und wir lachten alle los.

Sobald ich aufhörte, fühlte ich mich wohler in der Gruppe.

Sie wirkten nett.

Und wurden von jedem, der anwesend war, offen beneidet. Denn je voller der Parkplatz wurde, desto mehr Leute schaute verstohlen zu uns. Schmachtend auf der einen Seite, verständnislos auf der anderen. Mädchen Nummer drei bis dreizehn standen in den Startlöchern, überquerten den Rasen mit schwingenden Hüften und glänzenden Augen, die über Luke und Jared glitten und sehnsüchtig funkelten, ehe sie bei Morgan hängen blieben. Am liebsten hätte ich ihnen Taschentücher gereicht. Sie sabberten wie ausgehungerte Tiere. Mit Blick auf sie vermisste ich auf einmal meine eigenen Freunde und lächelte in die Runde, um meine Verabschiedung vorzubereiten. So interessant das auch sein mochte, ich brauchte keinen Platz in der ersten Reihe bei der Morgan-Show.

„Warte", unterbrach Matt meine Gedanken und griff an mir vorbei. „Ist das etwa Drews Karre?"

Die Art, wie er sich an mir vorbeidrängte, um über den Lack zu fahren, war mir suspekt. „Ja", zuckte ich mit den Schultern. „Warum?"

„Beim letzten Spiel hat er eins volle Kanne auf die Mütze bekommen und so starkes Nasenbluten, dass ihm davon schwindelig wurde. Er hat Grant trotzdem nicht seinen Wagen fahren lassen."

„Dein Ernst?", hob Luke fragend die Augenbrauen und beugte sich durch das offene Fenster in den Innenraum. Das Mädchen neben ihm klammerte sich an seinen Arm, als wäre es allein nicht überlebensfähig. „Wie hast du ihm seinen Ford abgequatscht?"

„Was hatte ich groß für eine Wahl, seit mein Fahrrad gestohlen wurde?", funkelte ich Morgan an und wäre fast ins Straucheln gekommen, weil er mich anlächelte.

„Fahr ihm bloß keinen Kratzer rein", riet Jared mir und ich kämpfte noch um Fassung, da hörte ich ihn fragen: „Kann er heute Abend spielen?"

*Konzentriere dich, Mimi.* Es war Freitag. Das bedeutete Football.

„Vermutlich nicht."

„Kommst du?"

Ich unterdrückte mit Mühe ein Lachen. „Ich bin kein Go-Tigers-Girl."

„Das ändern wir schon noch", trällerte Dana und betrachtete mich mehrfach von Kopf bis Fuß.

„Proben waren im August", erklang eine neue, säuselnde Stimme, die so dick aufgetragen war, dass sich meine Nackenhaare aufstellten. Die Cheerleader, nach Rangordnung sortiert, warfen sich regelrecht auf Morgan. Luke hielt Alicia wie einen Schutzpanzer vor sich, sie hatte ihre Krallen demonstrativ in sein Shirt gerammt und war bereit, sich auf jede Einzelne stürzen, die versuchte, ihn anzulangen. Jared saß auf der Motorhaube seines Wagens und hielt bereits drei Mädchen im Arm.

Ich wandte mich Jenna zu, die ich zum ersten Mal aus unmittelbarer Nähe betrachtete. Trotz der Hitze klebte eine Tonne Make-up auf ihrem Gesicht, die Mascara zerlief bereits und nahm den Smokey Eyes die Dramatik, die ihre in die Hüften gestemmten Hände zu unterstützen versuchten. Ihr Shirt, vorn zusammengeknotet und eher ein Sport-BH, entblößte ihren Busen, Bauch und Rücken, ihr Rock war mehr Gürtel denn Kleidungsstück. Der Fantasie blieb in ihrem Falle nicht mehr viel überlassen. „Dir auch einen guten Morgen."

„Morgen. Das Cheerleading-Vortanzen fand bereits statt", wiederholte sie giftig und zeigte auf ihren Uniformrock, als sei die Tatsache, dass sie einen trug und ich nicht, mein Pech. Luke schnippte in Jareds Richtung und formte „Pass auf". Mit ihm schenkte mir jetzt auch der letzte Anwesende Beachtung. Morgan war davor einzugreifen, aber ich hielt ihn zurück. Obwohl ich verstand, woher die ganze Ablehnung kam, die mir Shelby und ihre Freundinnen entgegenbrachten, fand ich, dass es mir reichte. Von denen hatte ich sowieso nichts zu erwarten außer Feindseligkeiten – und mein Leben war auch ohne das unnötige Drama verrückt. Jenna ließ ihren rosa Kaugummi gekonnt platzten und ergänzte in die Stille: „Falls es dir nicht aufgefallen sein sollte."

Ich lächelte freundlich. „Danke", meine Augen weiteten sich plötzlich vor Schreck „Und ist *dir* aufgefallen, dass du deine Kleidung daheim vergessen hast?"

Jared und Luke lachten so stark auf, dass sie fast auf dem Boden beziehungsweise auf der Motorhaube lagen. Die anderen Mädchen formten ihre Münder zu einem O und hielten kollektiv die Luft an.

„Ist schon okay", spie Jenna hervor, „ich wär auch frustriert, wenn ich nur gucken und nie anfassen dürfte."

„Du meinst wie jetzt?", fragte ich und legte meine Hand auf Morgans Oberarm. Blitz und Donner zuckten elektrisierend über meine Finger, sobald ich ihn berührte, und rissen mich fast von den Füßen. An der Art, wie er unscheinbar zuckte, wettete ich drauf, dass auch er es gespürt hatte.

Jennas Augen spuckten Tod und Verwüstung. „Das darfst du nicht."

„Verklag mich."

Sekundenlang starrte sie mich an, bis sich ihre Stimme schließlich änderte und sie versöhnlich schnurrte, an mir vorbei zu Morgan wisperte: „Außerdem haben wir mehr Cheerleader, als wir brauchen."

Das verführerische Glitzern ihrer Augen ließ Bilder von den Mädchen in meinem Kopf entstehen, die sich reihenweise anstellten, um ins Team zu kommen.

*„Sie treten ein, damit sie mit ihm schlafen können."*

Die Aussage verwirkte auch eine Woche später nicht ihr Ziel. Schaudernd wich ich vor ihm zurück, stellte mir unfreiwillig die lange Schlange vor seinem Schlafzimmer vor. Beim besten Willen: Eher würde ich über Mails mit ihm kommunizieren, bevor ich zu einem Randvermerk in Shelbys Terminplaner wurde: Mimi – 15.00 - 15.30 Uhr, am Samstag, dem 3. Oktober.

„Erspar dir die schlaflosen Nächte. Niemand will dir deinen Spot im Team nehmen."

Jenna verzog das Gesicht. „Das kann auch niemand, Süße. Wach auf und sieh ein, dass sich das Leben in meiner Stadt oder an meiner Schule niemals um dich drehen wird. Apropos: Nettes Armband. Meine Nichte hat auch so eins aus Perlen, sie ist fünf."

Ich blickte auf Marcs Geschenk. Ein Gefühl von Liebe wärmte mich. „War das eine Beleidigung? Nicht ich bin es, die den Schmuck einer Fünfjährigen wiedererkennt."

Ihre Anläufe, um zu verstehen, was ich damit gemeint haben könnte, spiegelten sich unzensiert auf ihrem Gesicht. Der Groschen fiel und mit ihm ihre Geduld.

„Verabschiede dich auf ewig von einer etwaigen Vortanz-Option! Selbst wenn du jetzt plötzlich –"

„Jenna, bevor du dich wiederholst, finde ich es nur fair dir mitzuteilen, dass ich auch dieses Mal keine Intention habe dir zuzuhören."

„Was?"

„Welches Wort bereitet dir Probleme?"

„Die Tatsache, dass ich dich nicht mag."

„Und dabei hab ich mir doch solche Mühe gegeben …"

„Wirklich?"

Luke lachte noch lauter und klatschte bei Morgan und Jared ab.

„Mimi, in diesem Moment liebe ich dich", grinste Luke.

„Der Moment ist wieder vorbei", erwiderte Morgan in seine Richtung, während Jenna sich kampfbereit machte. Ich verdrehte die Augen und ließ sie stehen. Solche Mädchen taten mir leid. Ihr Stern ging nach der High School unter. *Viel Spaß im Diner. Und möge der Trinkgeld-Gott dir allseits wohlgesinnt sein.*

Mit einem kleinen Winken verabschiedete ich mich von Morgan, der sich von seinen meisten Fans befreit hatte und mich anlächelte. Seine Augen funkelten. „Danke für deine Aufmerksamkeit", erklärte ich, bevor ich mir einen Weg durch die Cheerleader bahnte, die gegen mich drängten, mich wegdrückten, Ellbogen ausgefahren, wie ein einziges Monstrum, das mit zig Armen nach seinem Opfer griff, um es zu zermalmen.

„Mimi, warte!"

Die wütenden Tentakel gefroren beim Klang seiner Stimme. Etliche Münder klappten weiter auf, indes ich anhielt und die Schultern straffte. Mich ungläubig umdrehte. Er würde mich nicht überreden.

Er würde mich nicht berühren dürfen. Rein faktisch würde ich ihn so lange meiden, bis er mich einweihte.

Die Mädchen traten zur Seite und bildeten eine Gasse, während er auf mich zuhielt, seine Augen warm und –

aufgeregt?

„Ja?"

„Lass mich nicht mit ihnen allein", bat er und zwinkerte mir zu, wobei er seinen Arm lässig um meine Schultern legte, sich vorbeugte und flüsterte, „und sowohl sorry wegen Jenna als auch danke."

Ich fühlte seinen süßen Atem auf meiner Wange tanzen und mehrere Mädchen „OMG" sagen, die nur auf den einen Moment warteten, an dem er von mir abließ, um mich hinzumeucheln.

„Gern geschehen", erwiderte ich. Zum einen, weil mich die anderen nicht störten, solange er da war, und zum anderen, weil es stimmte. Der Aufruhr um uns wurde lauter. Mit einem Kopfverweis in Richtung Schulgebäude erklärte er: „Ladies – eure Dienste werden nicht länger benötigt."

Niemand rührte sich.

Niemand sah weg.

Himmel, ich hatte das Gefühl, dass niemand atmete.

Unruhig wanderte mein Blick von Dana über Jenna zu dem Rest der Cheerios. Ratlosigkeit mischte sich auf ihren Gesichtern mit offener Empörung und wurde letztlich zu Erleichterung, als Shelby, die einen Teil des Schauspiels mitbekommen haben musste, neben uns auftauchte. Ihre Hand legte sich beruhigend auf Morgans freien Arm.

„Du bist verstört, Baby", hauchte sie verführerisch, ohne mir Beachtung zu schenken. Ihr dick aufgetragener Lipgloss roch nach Marshmallows und Zucker. „Mimi ist neu und schwer zu kriegen, und das macht den Reiz für dich aus. Aber ich hasse sie, Morgan. Wir alle. Das weißt du. Sie hat ihre eigenen Freunde. Sie hat Drew! Und Grant! Lass sie nicht zu deiner Sorge werden. Kümmere dich um uns."

„Halt den Mund", erwiderte er und entzog ihr den Arm.

„Erst nachdem du einsiehst, wie lächerlich du dich aufführst. Du kannst es so viel besser erwischen."

„Vollkommen richtig."

Der Druck auf meiner Schulter wurde stärker. Shelby griff erneut nach seiner Hand, doch Morgan starrte sie nur eisig an.

„Ich denke, es ist besser, wenn wir –"

„Du hast mir nicht zu sagen, mit wem ich Zeit verbringen kann oder nicht, Shelby."

„Verwette deinen Arsch drauf, dass ich das habe!", schnauzte sie ihn an, „Du gehörst uns und wir wollen dich nicht in ihrer Nähe. Ich bin nicht blind. Du hast für meinen Geschmack zu viel Spaß daran, dich mit ihr zu beschäftigen. Und ich erkenne es, wenn jemand versucht, mir an den Karren zu fahren. Seid sicher, dass ich nicht daneben stehen werde, um es mitanzusehen." Sie warf mir einen vernichtenden Blick zu. Ihre Mundwinkel zuckten wild und eine Vene an ihrer Stirn pulsierte.

Morgans Blick wurde zig Grad kälter. Die Mädchen zuckten einen Schritt zurück.

„Gerade du müsstest es besser wissen, als mir zu drohen. Mach diesen Fehler nicht, rate ich dir. Niemand droht mir."

„Das würde ich nie tun!"

„Niemals", schmollte Jenna und Shelbys Klon-Chor fiel bestärkend mit ein.

„Schick die Schlampe weg und alles wird wieder gut."

Shelby rang um jeden Zentimeter Fassung, sich nicht auf Morgan zu stürzen. Oder mich. Entsprechend trat er vor mich und beugte sich leicht zu ihr hinunter. Zentimeter vor ihrem feucht-zuckrigen Mund sagte er: „Geh weg."

Obwohl ich mein Bestes tat nicht loszulachen, entwich es mir, ehe ich mir die Hand vor den Mund schlug und schnell auf die Zunge biss.

„Verzieht euch! Alle!"

Seine Stimme war nicht viel lauter, dennoch strauchelten die Mädchen und nach einem letzten sehnsuchtsvollen Blick löste sich die Menge widerwillig auf. Er erteilte ihnen einen Korb. Und er wollte, dass ich es mitverfolgte.

Jenna starrte Shelby unschlüssig an. Keine von beiden hatte sich einen Millimeter bewegt. Shelby warf ihre Haare über die Schulter und stolzierte erhobenen Hauptes von dannen, ein Umstand, der die Verwirrung von Nummer drei noch vergrößerte.

„Waren selbst drei Worte zu viel für dich?"

„Morgan, Liebling …"

Er fuhr sie entnervt an. „Jenna, du machst mich noch fertig. Zum letzten Mal: Ich bin nicht dein Süßer, Schätzchen, Liebster oder Liebling. Zwischen uns ist *nichts*", er adressierte seinen letzten Satz auch an Shelby, die zurücksah und vermutlich jeden Moment losweinen würde.

„Mimi könnte ja vielleicht doch vortanzen", presste Jenna durch zusammengebissene Zähne hindurch hervor. „Es gibt bestimmt eine Möglichkeit, sie nachträglich im Team aufzunehmen, wenn sie gut ist und die Mehrheit von sich überzeugt."

„Mimi wird nichts dergleichen tun", entgegnete Morgan streng in einem Ton, der ihm unwahrscheinlichen Sexappeal verlieh, „lasst sie zufrieden, lasst *mich* zufrieden."

„Bitte", Jenna erstickte fast an dem Wort.

Ich hatte hier nichts zu suchen. Das ging mich nichts an.

Meine Hand umklammerte meine Tasche und meine Augen flimmerten zum Eingang, bis seine Finger sanft über meinen Oberarm strichen und ich zu denken vergaß, von fortgehen ganz zu schweigen.

„Tschüß, Jenna", er nickte ihr zu und schob mich bestimmt zurück zum Wagen. Wieso war ich überhaupt noch da? Wo blieb meine Selbstbestimmung? Nichts hatte sich geändert. Ich durfte mich nicht einlullen lassen von diesem Gefühl perfekter Sicherheit, Geborgenheit, Anziehung … *Nein!* Kaum kamen wir an, machte ich mich von ihm los.

„Lust auf einen Kaffee?", fragte er belustigt reihum, während Jenna zu schluchzen anfing. Aus Neugier und Mitleid wollte ich mich umdrehen, doch Morgan schüttelte langsam den Kopf und ich widerstand.

„Hab mein Limit schon überschritten", seufzte Alicia.

„Wäre mein dritter", nickte Matt. „Aber Kaffee geht immer!"

Jared wiegte den Kopf hin und her. „Bei mir auch. Was ist mit euch?"

Seine drei Damen schüttelten in einer simultanen Bewegung die Köpfe.

„Bin dabei", sagte Dana und sagte zu Brooke, „ich bring dir einen mit."

„Mimi?"

„Nein, danke."

Der Latte und die Ereignisse der letzten Minuten reichten, um mich wach und meinen Verstand am Rotieren zu halten. Außerdem musste ich mich irgendwie von der Gruppe abseilen, bevor meine Hand wieder nach Morgan zu tasten versuchte.

„Abgemacht. Auf geht's Leute, Kaffee holen und zack zack! Wissen ruft", erklärte Matt mit einem Blick auf die Uhr und packte sich Jared, der eine quietschende Dana mit sich zog und von seinem Tross verfolgt wurde. Kaum waren die sechs weg, atmete ich befreiter auf.

„Mimi, das ist Alicia", stellte Luke mir seine neue Freundin offiziell vor. Ich grüßte sie freundlich und hörte am Rande, wie Brooke sich hastig verabschiedete. „Muss noch zu Miss Parson, bevor sie sich fragt, wo mein Referat über die faszinierenden Mägen einer Kuh bleibt", sagte sie. „Ihre Worte, nicht meine. Wir sehen uns."

*Da waren's nur noch vier.*

„Sind das Extensions?", fragte Alicia in die herrliche Stille und griff mit ausgestreckten Fingern nach mir. „Die sind ja Wahnsinn!"

„Keine Extensions, keine Kontaktlinsen", schüttelte ich den Kopf und wehrte ihren Versuch höflich ab, trat hilfesuchend näher zu Morgan.

„Eine natürliche Schönheit", sagte er und meine Hand lag bereits in seiner, noch bevor er zu einer Antwort angesetzt hatte. Hitze sprenkelte meine Wangen, als sich seine Eroberung Luke mit einem kleinen „Oh" schnappte und in Richtung Schule zog.

„Pause?", rief er über die Schulter und Morgan hob sein Kinn an, was wohl Zustimmung suggerierte.
Sobald sie ein paar Meter weg waren, drehte ich mich ihm zu. *„Wer bist du?"*
Er lachte und schnappte sich meine Tasche, damit wir uns auch auf den Weg zur ersten Stunde machten. „Sagen wir einfach, ich habe es mittlerweile auch satt, mich andauernd mit dir zu streiten."
„Gut, dann können wir uns ja unterhalten."
„Könnten wir."
„Aber werden wir es auch?"
Mit einer schnellen Bewegung überholten vier Höllenhunde uns und wendeten, da Morgan stehen blieb. Die halbe Schülerschaft beobachtete mich dabei, wie ich ihm genug Zeit für die richtige Reaktion gab und er sie damit verstreichen ließ, mich kritisch zu betrachten.
„Falsche Antwort", erklärte ich schließlich und streifte seine Hand ab.
„Genau genommen habe ich gar nicht geantwortet."
„Eben."
Fasziniert von dem flüssigen Samt seiner Augen ordnete ich meine rasenden Gedanken. Um uns war es mucksmäuschenstill geworden. Weil ich nicht die Erste sein wollte, die das Schweigen brach, verstrichen die nächsten Momente ungenutzt.
*„Es ist nicht falsch, als gleichwertig behandelt werden zu wollen."*
Die Worte hallten in mir und ich reagierte intuitiv. „Tu's eben nicht. Aber du kennst meine Konditionen. Schweigen bedeutet: Halt Abstand."
Ohne ihn aus den Augen zu lassen und mit einer physischen Überwindung, die beinahe imstande war, mir den Boden unter den Füßen wegzureißen, hielt ich ihm die ausgestreckte Hand hin und forderte demonstrativ meine Tasche, ohne dem omnipräsenten Impuls zu erliegen, ihn dabei zu berühren. Mein Körper schmerzte leicht und unterstrich meine aufsteigende Unruhe. Mit einer Dringlichkeit, an die ich mich niemals gewöhnen würde, stellte ich mir vor, wie einfach es wäre, die Lücke zu schließen und ihn zu küssen.
Dann biss ich mir auf die Unterlippe und funkelte ihn an.
„Nein", war alles, was er erwiderte, und ich dachte, er verweigere mir die Aushändigung der Tasche. Doch im nächsten Augenblick nahm er meine Hand, führte sie an seinen Mund und küsste sie sanft. Feuer brannten auf der betroffenen Stelle und befielen meine Sinne. „Ich *will* dich berühren. Und du willst das auch."
Drei Mädchen fächerten sich bei seiner Aussage übertrieben gegenseitig Luft zu. Ich rang nach Worten und schloss die Augen in wissender Vorahnung, dass ich ihn sonst gewinnen lassen würde. Betont

gelassen schüttelte ich den Kopf und begann flüsternd, damit meine Stimme fest war. „Ich bin nicht Shelby oder Jenna, Morgan. Und auch keine deiner anderen …“, ich riss mich zusammen, um die Mädchen nicht zu beleidigen, „… Zeitvertreibe. Meine Regeln, deine Wahl.“

Mit der anderen Hand fischte ich nach meiner Schultasche, fühlte einen kleinen Triumph, als ich sie mir umhängte, und streckte die Schultern durch. Seine Augen loderten tiefblau und ein kleines Lächeln umspielte seine Lippen.

„Einverstanden.“

Verdutzt beschwor ich mich, meine Erwartungen niedrig zu halten. Der tiefe Fall könnte mich ansonsten empfindlich treffen.

„Wenn das ein Trick sein soll …“

„Himmel, Mimi, entspann dich.“ Er trat näher, nahm mir die Tasche wieder ab und lächelte die hyperventilierenden Mädchen an, die dabei fast kollabierten. „Versprochen. Wir unterhalten uns in der Pause.“

„In der *heutigen* Pause?“

Er bedachte mich kurz mit einem durchdringenden Blick und nickte.

***********************************

Natürlich war ich überpünktlich am vereinbarten Treffpunkt auf den Stufen vor dem Eingang. Ich schlug die ersten Minuten damit tot, mir die Sonnenstrahlen aufs erhitzte Gesicht scheinen zu lassen. Dann vibrierte mein Handy und ich wusste, er würde absagen.

*Er hat deine Nummer gar nicht*, rief ich mir ins Gedächtnis.

Erleichtert ging ich ran und brauchte ein paar Anläufe, um die Stimme am anderen Ende durch das Schluchzen hindurch zu verstehen.

„Zwei – Abby – Auto.“

„Michelle?“

„Pa-pa-Parkplatz! Abby!“

„Michelle, atme tief durch. Ich kann nicht folgen“, erwiderte ich ruhig und hörte, wie sie sich zusammenzureißen versuchte.

„Hol Abby“, schniefte sie, „und – damit Treffen – auf Parkplatz.“

Ein herzzerreißendes Wimmern verdeutlichte, wie schlecht es ihr ging, noch ehe ich mich erkundigen konnte. „Alles klar“, sagte ich schnell und befragte meine Uhr. „Gib mir fünf Minuten.“

Ich klappte mein Handy zu und lief los, wieder hinein und durch den Gang in Richtung meiner besten Freundin, nahm dabei haarscharf die Kurve nach links und beschleunigte gerade wieder, als mich etwas packte und zurückhielt. „Hey, wohin? Ich war gerade auf dem Weg zu dir.“

Morgan beobachtete besorgt, wie ich die Hände in die Hüfte stützte und nach Luft rang. „Sorry. Ich muss Abby finden“, keuchte ich und erlaubte mir zehn Sekunden, um mich gegen das kühle Metall der Spinde hinter uns zu lehnen. Ich fühlte, dass etwas fehlte, konnte es aber nicht greifen. Stattdessen spürte ich plötzlich meine Hand in seiner kribbeln. „Wir reden später?“

„Was ist mit Abby?“

„Nicht Abby“, erwiderte ich. „Michelle. Eine andere Freundin.“

Verwirrt hob er eine Augenbraue und zog mich mit einem schnellen Blick auf die Mensa ein paar Meter weiter, wo er mir bedeutete auszuharren. Die Leute pilgerten scharenweise zum Speisesaal und schwangen die Türen auf und zu, wehte der penetrante Geruch von frittiertem Essen herüber. Ich atmete durch den Mund und hörte meinen Magen knurren, zückte mein Handy und schrieb Abby. Kaum steckte ich es weg, gab er eine Kombination in den Spind vor uns ein, registrierte meine Unruhe, solange ich nach meiner Freundin Ausschau hielt, und reichte mir eine Papiertüte. „Nimm das mit, du musst essen.“

Ich realisierte, dass wir immer noch Händchen hielten und sah nicht ein, seine Rechte loszulassen.

„Danke“, sagte ich und steckte das Paket mit der anderen Hand in meine Tasche. Das Getuschel um uns wurde lauter, die Blicke bohrender.

„Siehst du das auch?“, fragte ich unsicher und wies mit dem Kopf auf unsere Mitmenschen.

„Ich sehe nur dich“, erwiderte er leise und drückte dabei meine Hand. Und einfach so verschwand bei seinen Worten jegliche Unruhe und machte Frieden Platz. Es gab nur noch ihn und mich und meine Finger, die vorsichtig auf Wanderung gingen und über die wie ein „U“ geformte Stelle unter seinem Adamsapfel strichen, mich, die mit Genugtuung bemerkte, wie er auf die Berührung reagierte. Dann erkannte ich das Verlangen in seinen Augen und vergrub meine freie Hand in sein Shirt, um ihn zu mir herabzuziehen. Mein Herz hämmerte in freudigster Erwartung in einer fast zerspringenden Brust.

Brunnenrauschen schwebte um uns.

„Besorgt euch ein Zimmer“, räusperte sich Abby und Morgan grinste wenige Zentimeter vor meinem Gesicht. Er hauchte einen Kuss auf meine Nasenspitze, drehte ihr den Kopf zu und sagte: „Hi, Abby.“

Meine Freundin hätte fast der Schlag getroffen, sobald er sie ansprach. „Hi – Morgan.“

Sie riss sich blinzelnd von seinem Lächeln los und hielt mir stattdessen fragend ihr Handy hin. „Morgan. Spind. Jetzt?“

„Rhetorisch komprimiert“, zuckte ich die Schultern und er grinste noch breiter.

„Weil …?“
„Keine Zeit für ganze Sätze.“
„Soll ich die Mediatorin für euch spielen? Du weißt, ich bin nicht besonders in Konfliktsituationen.“
„Über den Konfliktteil sind wir hinweg“, brachte ich sie auf den neusten Stand und fühlte, wie er meine Finger streichelte, sein Blick sich in mein Profil bohrte. „Michelle geht's bescheiden. Wir müssen zu ihr.“
„Wir und Morgan?“
„Nur wir.“
„Wo ist sie?“
„Ich denke, sie will wegfahren. Wir treffen uns an ihrem VW.“
„Okay, ich hol meine Sachen und los geht's.“
Sie runzelte die Stirn, blickte Morgan ratlos an und lief rüber, doch er konzentrierte sich längst wieder auf mich. „Wann kommst du zurück?“
Mein Blick folgte Abby, die zwanzig Meter von uns hastig Sachen in ihren Spind warf. „Keine Ahnung.“
Morgan überschlug kurz und diktierte schließlich: „Tatius, mittere.“
*Auf keinen Fall.*
„Es geht vermutlich um irgendeinen Jungen. Er braucht nicht mitzugehen.“
„Entweder er oder alle sechs.“
„Er“, antwortete ich, wie aus der Pistole geschossen und er lächelte zufrieden. Der Höllenhund stellte sich neben mich, sein Schweif strich gleichmäßig über den Boden. Ein lautes Grollen entfuhr ihm, sobald er verstand, dass er die anderen zurücklassen musste. Morgan verlagerte seine Aufmerksamkeit auf ihn und der Hund winselte und senkte ergeben den Kopf.
Abby knallte währenddessen geräuschvoll ihr Schließfach zu.
„Ich könnte mich an diesen neuen Morgan gewöhnen“, erklärte ich aufrichtig. „Und daran“, ich hob unsere ineinander verflochtenen Hände hoch und befeuchtete meine Lippen mit der Zunge. Sein Blick blieb an ihnen hängen und der Rücken seines Zeigefingers glitt über meine Wange hinab zu meinem Kiefer.
„Kannst du dableiben?“
Mir war heiß und trotzdem schmolz ich bei der Wärme in seinen Augen mehr dahin.
„Sie braucht mich.“
Morgans Hand verschwand und ich vermisste sie augenblicklich. Abby, die wieder bei uns stand, warf ihre Stirn in zig Falten.
„Keine Sorge, ihr seht euch wieder“, stammelte sie und seine Augen flackerten von mir, zu ihr, zu Tatius und zurück. Ohne auf eine

Reaktion zu warten, nahm Abby meine freie Hand und zog mich mit den Worten „bye, Morgan!“ fort.
Ein ungutes Gefühl beschlich mich.
Konsequent schüttelte ich es ab.

**********************************

Wie sich herausstellte, hatte Michelles Frisör gestern ihre Frisur verbockt. Statt ihrer langen gewellten Haare wuchs ihr jetzt ein Konglomerat verschiedener Stufen aus dem Kopf, das auf Bob-Länge getrimmt war. Sie war mit den Nerven am Ende und als mir die grellgelb leuchtenden Strähnchen darin auffielen, konnte ich ihr dafür sogar irgendwie Sympathie bezeugen.
Wir schwänzten, fuhren ins Vegard's Plaza und bestellten kreuz und quer sämtliches Essen, was sie in dem Food Court da hatten, teilten uns zudem die wundervollen Lachs-mit-Frischkäse-Bagels, die mir Morgan zugesteckt hatte, ließen sie die Geschichte ihres Frisörbesuchs ausführlich erzählen und schimpften und fluchten lange genug auf Roman, den Figaro, bis sie, statt zu weinen, Tränen lachte. Zusammen riefen wir ihn auf ihrem Handy an und reichten es reihum, damit ihm jede die Meinung geigen konnte. Michelle überließen wir das glorreiche Finale, um im Anschluss süße Haarspangen mit Strassblüten kaufen zu gehen und ihre Haare damit zu schmücken. Das Ergebnis begutachtend, lächelte sie deutlich entspannter. Aber erst da wir den Vergleich zu Angelina Jolie in „Salt“ herbeiredeten, hörte sie auf, von ihrem Wunsch nach einer Glatze zu sprechen. Nach Schulschluss hatte sie ihre Haare bereits gern, schließlich waren sie „Rock'n'Roll-Material“.
Meine Stimmung war durchmischter.
Ich hatte mich wohl oder übel in mein Schicksal gefügt, demnächst keinerlei Geheimnisse, die mich betrafen, zu lüften. Das Einzige, was mich aufbaute, war die Gewissheit, dass Morgan und ich uns immer über den Weg zu laufen schienen und er bereit war, mit mir zu reden.
Hoffentlich.
Wir schmiedeten weit nach Schulschluss auf dem Schulparkplatz noch letzte Pläne für den Filmeabend, stritten, wer für welchen Salat oder Sekt zuständig sei, verabschiedeten uns und verteilten uns auf unsere Wägen. Der Schlüssel steckte schon in der Zündung, da mir siedend heiß einfiel, dass heute die Fristen zur Wahl eines Sportkurses ausliefen. Um nicht willkürlich von jemandem den Kursen mit der geringsten Teilnehmerzahl zugeteilt zu werden, beschloss ich lieber zurückzulaufen und mein Glück im Sekretariat zu probieren. Ein Großteil der Fahrzeuge von Morgans Freunden war zwar weg,

dennoch sperrte ich sicherheitshalber Drews Ford mit meinen Sachen ab und joggte zurück in die Eingangshalle.

Zum Eintragen sollte ich nie kommen.

„Mimi!“ Brooke klang aufgelöst und ungewohnt fahrig, als ich sie im menschenleeren Gang antraf.

„Was ist geschehen?“, fragte ich sie von einem unguten Gefühl beschlichen, je länger ihre Augen verschreckt durch die Aula glitten.

„Ich habe dich gesucht. Du musst mir helfen.“

„Was fehlt dir?“

Gehetzt schüttelte sie den Kopf. „Nicht mir.“

Sämtliches Gefühl entwich aus meinen Gliedern.

„Wo ist er?“

Sie packte meinen Arm und wir liefen los. Das Adrenalin pumpte in meinem Körper, bevor ich die erste Erschütterung fühlte und ihr stetig weiter hinterherlief, hinaus aus dem Gebäude, über den hinteren Rasen, durch den abgedunkelten, kühlen Eingang zum Footballstadion und vor die Trainerbank aufs offene Feld.

Ich rüstete mich gegen alles Erdenkliche: Fegefeuer oder Blutströme. Endlich gewöhnten sich meine Augen an das grelle Tageslicht und ich erkannte, ich war auf rein gar nichts wirklich vorbereitet.

Das Bild war so normal.

Und dann wiederum war es vieles, nur nicht von dieser Welt.

„Hör mir bitte zu. Es liegt einzig an dir.“

Gabes Stimme war gewohnt ruhig und klar und trotzdem anders. Melodischer. Als läge ein unsichtbarer Glockenklang darüber und trüge sie hinfort. Er stand Morgan am anderen Ende des Spielfeldes gegenüber und wirkte zu entspannt. Obwohl sie hundert Meter auseinander standen, sprachen sie in normaler Lautstärke. Und ich war in der Lage, sie einwandfrei zu verstehen.

Morgans Stimme hingegen war kalt und grausam spöttisch. „Dein übersteigerter Ehrgeiz ist bestimmt nur schwer zu befriedigen. Was lässt dich glauben, ich würde dich anhören *wollen*?“

„Mimi. Wir beide wollen nur das Beste für sie.“

Ein flackernder Glanz durchstreifte Morgans Augen. Brooke schaute mich aufmerksam an. Im nächsten Moment übertrug sich die Spannung in der Luft auf die zwei, sie hoben wie in einer bizarren Spiegelbewegung die Hände und richteten sie auf den jeweils anderen. Mit einem zischenden Geräusch entlud sich Feuer aus Morgans Handflächen und traf auf flüssiges Gold, das aus Gabes entsprang, um sich in der Mitte des Stadions zu einem großen elektrischen Energieball zu verweben. Die Druckwelle, die der geladene Riese erzeugte, reichte bis zu uns und brachte mich ins Straucheln, doch Brookes Hand packte meinen Oberarm und gab mir wieder Halt.

„Nimm niemals wieder ihren Namen in den Mund!“, brüllte Morgan wütend und machte einen Schritt auf Gabe zu, der daraufhin einen zurücktrat. Schweiß hatte sich auf seiner Stirn gebildet, er rang sichtbar um Haltung.

„Beherrsche dich“, bat er und flimmerte wie ein schlecht empfangener TV-Sender, rammte seine Füße tiefer in die Erde, um für mehr Stabilität zu sorgen, während Morgan gleichgültig lächelte. „Ich bin nicht gekommen, um mit dir zu kämpfen.“

„Warum dieses Treffen?“

„Zum Verhandeln.“

Augenblicklich ließ Morgan seine Hände sinken und Gabe tat es ihm nach, bevor er nickte.

„Ich höre, Gabriel.“

*Gabriel.*

Morgans Stimme setzte ihm ein Denkmal der Verachtung, indem er den Namen überbetonte.

Ich fühlte den Kloß im Hals und Brookes Hand, die in meine glitt, und wie meine Wahrheit für alle Zeit ersetzt wurde. Natürlich hätte ich schreien können.

Mir die Augen reiben.

Doch ich blieb eigenartig still, während sich die Gestalt des schlaksigen Jungen zu verändern begann. Sein an ihm schlabberndes Shirt wurde plötzlich von einer breiteren Brust ausgefüllt, während seine Gesichtszüge im Wandel mehrere Jahre übersprangen und sich allmählich in eine schöne Maske umformten und glätteten.

Das war kein Siebzehnjähriger mehr.

Er vollführte innerhalb weniger Sekunden den Sprung zum Mann. Übermenschlich attraktiv und gleichzeitig zerbrechlich, entwickelten sich Muskeln und Sehnen an seinen Armen und Beinen und verliehen ihm eine stattliche Statur. Doch damit hörte die Metamorphose nicht auf. Weißbläuliches Licht hüllte zuerst sein Gesicht und dann seine ganze Gestalt ein, bis es sich wie eine Decke auf seinen Rücken legte und sich dort, aus dem nun reinsten Weiß, das ich jemals gesehen hatte, etwas zu entfalten begann – groß und immer größer. In einem leuchtenden Bogen dehnte sich eine glitzernde Schicht Staub über seinen Kopf aus und legte sich auf das entstandene Paar Flügel, die sich, wie nach einem langen Schlaf erwacht, wohlig gen Himmel streckten. In der Zeit hatte sich auch das Umfeld um Morgan einmal komplett verändert. Seine Kutte manifestierte sich aus dem Nichts und legte sich auf seine normale Kleidung, passte sich ihm wie eine zweite Haut an, unterdessen schwarze Schatten um ihn tanzten und sich gestaltengleich hinter ihm langsam aufrichteten. Morgan klatschte in die Hände und das Echo seiner Bewegung verharrte in der Luft, vervielfältigte sich. Die dunklen Begleiter streckten sich durch und verharrten augenblicklich. Jedes bisschen Licht wurde von ihnen absorbiert, sodass sich um Morgan dunkelste Nacht gebildet hatte, während Gabe sein Umfeld erleuchtete.

Ich begriff nicht, warum das passierte, wusste aber, was ich beiwohnte.

Gegenüber standen sich ein Erzengel und sein Widersacher.

„Brooke? Was geht vor sich?", flüsterte ich und sah zu meiner Linken, wo sie die ganze Zeit über meine Hand festhielt. Bis zum nächsten Augenblick zumindest, weil ich sie ihr entzog und mir entsetzt vor den Mund schlug. Um den Körper meiner neuen Freundin hatte sich feinste Seide gehüllt und formte ein knappes, dunkles Kleid, das durch ausgeschnittene Muster ihre mit schwarzen Symbolen gesprenkelte Haut förmlich streichelte. Die Kühle, die es ausströmte, erinnerte mich an einen Wintermorgen in Hartford: eisig und verschneit.

„Warum jetzt?", fragte Morgan und ich konzentrierte mich wieder auf ihn, zwang mich dazu zurückzublicken, in die Richtung der zwei Protagonisten, deren Fronten klar verhärtet waren.

„Weil sie sich entscheidet. Und sie wählt falsch."

„Weil sie *mich* wählt?"

„Weil sie nicht *weiß*, was sie wählt", korrigierte Gabe und seine Flügel schwangen um ihn. Als Antwort darauf rührte sich die Schattenarmee und flankierte Morgan in mehreren Reihen zu beiden Seiten. Ein neuer Feuerball schoss in Gabes Richtung, doch er war schneller und stieß sich vom Boden ab, sodass die Flammen ihn um Haaresbreite verfehlten und in die Mauer hinter ihm stießen, wo sie ein Loch in der Größe eines Fußballs hinterließen. Bei dem Aufprall erbebte der Boden, selbst Sekunden nach dem Einschlag zitterten die Wände hinter mir und ich hörte die Zuschauerränge vibrieren. Ich starrte in den Himmel und erwartete, dass er wieder herunterkam, Gabe blieb jedoch schwebend in der Luft und beäugte seinen Widersacher. Morgan lachte ihn aus und nannte ihn einen Feigling. Sein Gegner setzte wieder auf der Erde auf. Der Widerhall seiner mächtigen Flügelschläge bei der Landung wurde von den leeren Rängen zurückgeworfen und mischte sich mit den letzten Wellen der Erschütterung.

Sie stritten, oder besser bekämpften sich, um mich?

Was tun? Eingreifen? Sie es mit sich selbst ausmachen lassen? Ich machte einen unsicheren Schritt vor, da sprach Gabe weiter.

„Der Himmel unter der Herrschaftsgewalt des allmächtigen Vaters verlangt ihre direkt Zurückweisung als Auserwählte durch dein Wort."

„Der Himmel soll sich damit an die Disceptatori wenden."

„Wir möchten keine dritte Partei einschalten."

„Ihr wollt nur keine Abweisung. Der Vertrag wurde von beiden Seiten unterzeichnet. Mimi steht unter keiner Vormundschaft und wählt aus freien Stücken. Eure Einmischungen sowie sämtliche Übergriffe wurden von unserer Seite wie vereinbart toleriert. *Wir* haben uns an die Abmachung gehalten. Damit entfällt die Basis für jegliche Verhandlungen."

„Tu das nicht, Morgan."

„Was genau?", fragte er und schnippte mit den Fingern. Ein kleiner Feuerball entstand vor seinen Augen. Wurde größer. „Das?" Morgan drehte sein Handgelenk und der Ball verfehlte Gabe um Haaresbreite.

„Ich appelliere nicht an deine Moral, sondern an dein Herz."

Interessiert legte Morgan den Kopf schräg. Gabe legte seine Hand wie zum Schwur auf die Brust. „Das Antreten einer gerechten Herrschaft definiert sich unserer Meinung nach nicht über die Beteiligung einer Sterblichen."

„Wir haben die Regeln nicht gemacht."

Ich zuckte zusammen. Bislang dienten ebenjene Regel ihm als Rechtfertigung gegen mich. Und jetzt sprachen sie plötzlich für meine Person?

Ich spürte einen schwachen Windhauch und drehte mich um. Brooke war verschwunden.

„Aber ihr könnt einwilligen in unsere Auslegung des Vertrags. Zusammen widerlegen wir die Disceptatori und Mimi wird nie etwas davon erfahren."

„Nein", lehnte Morgan kategorisch ab.

„Ich nahm an, du wärst offener. Des Weiteren, dass du an ihr Wohl denkst."

„Ergeben zwei Annahmen eine Tatsache?"

„Nein. Deine Rücksichtslosigkeit kam uns zu Ohren. Wir hatten lediglich gehofft, *sie* wäre es dir wert, diese kurzzeitig zu vergessen."

„Ihr wisst rein gar nichts über mich! Mimi gehört zu mir und kein Veto des Himmels wird daran etwas ändern." Mit diesen Worten legte er die Hände wie zum Gebet aufeinander und entfachte dadurch eine lodernde rote Flamme, in deren Zentrum er stand und die ihn einhüllte. Die Luft roch nach Gewitter, als diese sich säulenartig aufbaute und schließlich meterhoch in die Luft ragte. Er führte die Hände auseinander und das flammende Ungetüm reagierte wie ein Akkordeon, züngelte um Morgan und ließ seine Kutte flatternd um seinen Körper wehen. Ich blinzelte, um ihn durch das Wabern besser erkennen zu können, zugleich lächelte er und hetzte das Inferno auf Gabe. Blitzschnell flog sein Opfer hoch, doch die Flamme folgte geschwind seiner lautlosen Bewegung, selbst da Gabe zur Seite auswich. Der grelle Blitz traf ihn an der linken Schulter und hinterließ ein verrußtes Loch und eine klaffende Wunde. Augenblicklich fiel er wie ein Stein vom Himmel. Die Erde barst unter dem Aufprall dort, wo er ungebremst aufschlug und eine spitzkantige Schlucht erschuf, deren Ränder rauchten.

Stille legte sich über das Stadion. Ich war nicht imstande, mich zu rühren. Mein Herz schmerzte und 99 Prozent meiner Glieder waren verkrampft, selbst das Atmen machte mir Probleme, während mein Verstand und meine Sinne mit der Überreizung kämpften.

Mit einer gleitenden Bewegung kroch Gabe gleich darauf aus dem Krater und richtete sich sofort wieder auf, nur um zu erkennen, wie die Heerschar schwarzer Kämpfer sich lautlos auf ihn stürzte. Gebannt beobachtete ich, wie der Engel in letzter Sekunde mit den Händen einen Halbkreis um sich zeichnete, an dem das flüssige Schwarz abprallte, ehe es gleich darauf zu einer Pechwolke anwuchs und sich wie Tausende hungriger Würmer durch die Schicht zu fressen begann. Ich sah Gabes fahrigen Augen an, dass er fieberhaft nach einem Ausweg suchte. Dann schoss er auf einmal senkrecht wie eine Rakete in die Luft und richtete seinen goldenen Strahl auf das lebende Pech. Die glänzende Farbe traf auf die vielen kleinen lichtlosen Punkte und ließ sie einen nach dem anderen wie ein obskures schwarzes Feuerwerk zerplatzen. Ein leises kollektives Stöhnen folgte und die Schattenkrieger zerfielen zu Asche, in deren Form sie den Boden berührten. Was sie hinterließen, war der beißende Geruch nach Tod, der sich in meine Lunge fraß. Heißer Wind blies über den Rasen und verglühte meine Wangen, als Morgan erneut ansetzte und mit seinen Händen eine Feuermauer erschuf, die das Gras um ihn zu braunem Nichts versengte. Gabe schickte sie zurück, indem er seinen Strahl kleiner, aber komprimierter hielt, und gewann mit der Taktik Zentimeter um Zentimeter. Gerade bevor der Goldschein Morgan zu nah war, sein gnadenloses Gesicht erhellte, verschwand Brookes Bruder, wie sie es getan hatte. Ich zwinkerte. Morgan tauchte plötzlich direkt neben einem verblüfften Gabe auf, der etwas zu spät die Hände herumriss, und hielt sie mit seinem Feuerstrahl aneinander gefesselt.

„So muss das nicht sein“, appellierte Gabe außer Atem und betrachtete seinen Gegner eindringlich.

„Oh, doch. Denn *das* wollte ich schon seit deinem ersten Schultag tun.“ Morgan lächelte verachtend und legte urplötzlich seine Hand auf Gabes Schulter. Wie vom Blitz getroffen krümmte der sich und entriss sich dem Griff, bevor er zurücktaumelte und erneut zu flackern begann. Gerade als ich dachte, er wäre besiegt, verstand ich das Straucheln in Morgans Augen und bemerkte, dass auch Gabe

Hand an ihn gelegt hatte. Mit einem kleinen grimassenhaften Lächeln hielt er ihn an seinem Handgelenk fest.

Die Detonation war stark wie ein Sprengsatz, weil sie sich schreiend aufeinander warfen und am Boden zu ringen begannen. Es entstand eine Mischung aus hellem Licht und Feuer, die sie einhüllte, bevor sie von einer Druckwelle auseinandergeschleudert wurden. Wo sie einschlugen, hinterließen sie zwei weitere stattliche Krater, die sich tief in das Spielfeld eingruben.

„Nein!", schrie ich, sobald ich die Verwüstung registrierte und sie sich mühsam aufrichteten, um weiterzukämpfen, „das ist doch Wahnsinn!"

Ich rannte in die Mitte zwischen ihnen und streckte meine Arme aus. Gabe entdeckte mich zuerst und schluckte augenblicklich schwer. Seine Augen, das einzige, was ich an ihm wiedererkannte, sahen mich so geschockt an, wie ich mich fühlte. Morgans Augen hatten einen anderen Ausdruck: Sie verrieten den fieberhaften Versuch, die Wut unter Kontrolle zu bringen. Ich adressierte meine Bitte an beide: „Hört auf damit."

„Das ist gefährlich, Mimi. Tritt zur Seite", erklärte Gabe. Entschieden schüttelte ich den Kopf, fasziniert von seinen prächtigen Flügel, in denen das Licht tanzte.

„Er hat recht", sagte Morgan, „du solltest nicht hier sein."

„Warum nicht? Damit ihr euch umbringt? Wegen *mir*?"

Sie schnaubten unüberzeugt, funkelten sich aber über meinen Kopf hinweg an. Mit Müh und Not riss ich mich zusammen.

Was tun?

„Geh, Mimi!", dröhnte Gabes Stimme und ließ mich auffahren. „Verschwinde von hier!"

Morgans Fassung löste sich komplett auf. „Sag ihr nicht, was sie tun soll!"

Mit diesen Worten hielt er unmöglich schnell auf mich zu. Weil er mich möglichst sanft beiseiteschieben wollte, war er für eine Sekunde unachtsam. Und das war mehr, denn Gabe benötigte: Mit einer einzigen Geste seiner Hand bohrte sich der goldfarbene Strahl in den Jungen, den ich mehr wollte, als alles andere auf der Welt, und trat auf der anderen Seite aus seinem Rücken hervor. Morgan wurde von der Wucht bis ans Feldende zurückgeworfen, taumelte und beschwor unter sichtbarer Anstrengung einen weiteren Schattenkrieger herauf, der sich vor ihn stellte und ihm damit Zeit verschaffte, sein Feuer zu generieren. Doch noch ehe er sich wirklich zur Wehr setzen konnte, änderte Gabe den Einschlagswinkel, indem er zwei Meter vom Boden abhob. Morgan keuchte und versuchte, seinen Stand trotz der größer werdenden Wunde zu optimieren, Schweißperlen traten ihm dabei auf die Stirn. Gabe bemerkte dies, tadelte ihn und nahm die zweite Hand zur Hilfe – das grelle goldene Licht drang daraufhin durch Morgans ganzen Oberkörper und zwang ihn vollends in die Knie.

Einer Sonnenfinsternis gleich legte sich bei diesem Anblick ein durchdringendes Gefühl auf mich.

Zorn.

Er löschte das Vorstellbare aus meinem Bewusstsein, schrieb jemals gekannte Empfindungen um und erzählte anstelle dessen von Rache.

Genugtuung.

Tod.

Es dürstete mich nach schmerzvoller Vergeltung. Mein Armband brannte sich in meine Haut und verschmolz mit ihr, ein schwarzer Schleier benetzte meine Augen und ein böser Schauer breitete sich auf meinem Körper wie ein Flammeninferno aus.

Morgan beobachtete mich und ein kleines Lächeln umspielte seine Mundwinkel, während Gabes Augen den reinsten Horror widerspiegelten, sobald ich meine rechte Hand auf ihn richtete.

„Tu's nicht", bat er und sein Blick flehte schwach um Verständnis.

„Abgelehnt", hörte ich meine höhnische Stimme antworten, schloss die Augen, um mich zu konzentrieren, und fühlte die Hitze in meinen wummernden Adern. Bevor ich mich versah, bildete sich ein mächtiger Feuerstrahl in mir, sammelte sich auf meiner Haut, fuhr durch meine Hände hindurch und zielte genau in Gabes Richtung. Der Rückstoß fuhr mir durch die Knochen und ließ mich stolpern, doch ich behielt die Zielrichtung bei und traf den fliegenden Engel genau in seinen Oberkörper. Gabes Angriff auf Morgan wurde augenblicklich schwächer, weil er eine seiner Hände abspreizte, um uns so beide auf Abstand zu halten: Morgan, indem er auf ihn schoss, mich, indem er meinen Strahl mit seinem abzuwehren versuchte. Seine Augen glänzten fiebrig und sein Körper zuckte wie unter Krämpfen.

„Mimi?"

Die Stimme war wieder die des musikverrückten, Röhrenjeans tragenden Gabe und ich blinzelte verwirrt. Der feine Schleier lüftete sich von meinen Sinnen und das zerstörerische Gefühl in mir verpuffte. Ich begriff, dass ich gerade dabei war, *einen Freund umbringen zu wollen.*

„Oh Gott!" Ich riss die Hände hinter meinen Rücken aus Angst, sie könnten sonst weiteren Schaden anrichten – und Gabe realisierte das.

Allerdings zu spät.

Mit barbarischer Gewalt durchstieß das flüssige Gold meine Brust und presste mir die Luft aus der Lunge. So hart, dass ich nicht einmal schreien konnte. Einen Moment später war es vorbei und Gabe ließ bestürzt die Hände sinken.

Dann geschah alles in Zeitlupe.

Ich schaute an mir hinab und fand – nichts.

Kein Loch, kein Blut, noch nicht mal einen Kratzer. Keine quälenden Schmerzen. Einer Bewegung im Augenwinkel folgend, blickte ich erstaunt wieder auf.

Morgan starrte ungläubig auf meine zitternden Hände, die ich schützend auf meine Brust gelegt hatte, und noch während ich um Luft rang, erstarrten seine von Pein durchzogenen blauen Augen zu kalter Härte. Schwarze Fäden krochen wie feinster Rauch durch sie und verdunkelten sie zu der beängstigendsten Düsternis, die ich je gesehen hatte, indes sie sich wieder auf einen immer noch erschrockenen Gabe richteten. Ich verstand, dass Morgan dachte, ich sei verletzt, und setzte an ihm zuzurufen, es ginge mir gut. Da vernahm ich schon ein leise knackendes Geräusch, mit einer flüssigen Bewegung entzündete sich ein Funken im Nichts und Morgans Kutte fing Feuer.

Die Worte blieben mir im Halse stecken.

Ekstatisch bewunderte ich, wie die Spur der Flammen sich über seine Haut ausdehnte und ihn unbestimmt flackern ließ. Gabe machte etliche schnelle Schritte zurück und ich tat es ihm gleich, dabei musste ich mir die Hand vor Augen halten, weil die Hitze unerträglich wurde, meine Haare zu versengen begann.

„Morgan?“, erklang Gabes Engelsstimme. „Beruhige dich! Sieh sie an!“

Morgan legte die Handflächen wieder aufeinander. Sein Blick loderte.

Gabe schluckte und zeigte zu mir. „Sieh sie dir an! Mimi fehlt nichts!“

Doch Morgan hörte ihn längst nicht mehr. Das Rot um ihn waberte, der Geruch und Geschmack von brennendem Donner erwachte erneut zum Leben. Mit beängstigender Genugtuung zog Morgan seine Hände auseinander und diesmal war die seiner Bewegung folgende Flamme alarmierend gefräßig und brannte lichterloh. Turmhoch reichte sie von der einen Seite des Stadions zur anderen und drehte sich spiralartig, umspielte seine Gestalt, erschuf und verbündete sich mit einer unendlichen Leichtigkeit, die ich gebannt mitverfolgte.

„Morgan! Denk an den Vertrag!“

Am Rande nur spürte ich die wachsende Unruhe seines Kontrahenten, doch es war nicht genug, um mich von dem unglaublich schönen Anblick loszureißen.

Ein Vorgeschmack auf Morgans Wut löste sich von dem riesigen Flammenkörper und flog seitlich gegen die Tribünenplätze. Die Kugel war klein wie ein Tischtennisball, sprengte aber dutzende Plätze im Umkreis des Einschlagortes in Fetzen. Ein Holzstück von der Größe eines Tannenzapfens flog dicht an meinem Ohr vorbei.

Und mit einem Mal war ich hellwach.

*Der Vertrag!*

Ich ging ihn schnell durch und kam auf die dritte Klausel: Tötete Morgan Gabriel, hätten sich damit die Seiten überschnitten und der Vertrag wäre gebrochen.

Die Disceptatori würden ihn dafür bestrafen.

Ich wollte lieber nicht herausfinden, wie.

Mit einem Blick auf ihn wusste ich, er würde mich nicht sehen. Riefe ich ihn, würde er mich nicht hören. Gabe rannte die Zeit davon. Morgan bewegte die Hände auseinander, als zeige er jemandem die Ausmaße eines Killerwals, und die Flammen gingen verspielt mit. Meine Gedanken rasten.

Im nächsten Moment lief ich los.

Ich hörte das Blut in meinen Ohren rauschen und ignorierte das Wackelpudding-Gefühl in den Beinen und das Ziehen in meiner Brust, nahm nur Morgan wahr und wie er den Mund zynisch verzog, bevor sich seine Körperspannung änderte und seine Schultern sich allmählich strafften. Jemand brüllte meinen Namen, doch ich achtete nur auf mein Ziel und sprintete wie vor zwei Wochen. Nur rannte ich diesmal nicht um mein Leben. Sondern um seins.

Mit jedem Schritt, den ich auf ihn zu machte, wurden meine Gedanken leiser und meine Instinkte übernahmen.

„Vergib mir Vater, denn ich werde sündigen“, donnerte Morgans Stimme gefährlich leise, während er die Hände langsam auf seinen Widersacher richtete.

Ich betete zu Gott, schloss die Lücke zwischen uns und landete in seinen ausgestreckten Armen. Hoffen und Bangen vermischten sich in dem Bruchteil eines Wimpernschlags, als der Impuls in seinem Körper auf meinen übersprang und mein Verlangen entfachte. Jegliche Einsichten – die sengende Hitze *auf*, sowie das sinnliche Prickeln *in* mir, die Angst, ihn zu verlieren, Gabes Transformation und die unglaublichen physischen und psychischen Torturen der letzten Wochen – löschten sich gegenseitig aus, weil ich verstand, dass es auf diesen einen Augenblick hinausgelaufen war.

Immer schon. Unaufhaltsam.

Ohne darüber nachzudenken, gab ich mich blind dem Moment hin und meine Lippen berührten seine. Feuer griff auf mich über wie ein Kitzeln oder das Gefühl von Salz auf trockener Haut. Er blinzelte und seine Augen, wieder das vertraute endlose Meer, sahen mich verblüfft an. Zwischen einem Moment der Glut und dem nächsten, in dem er wieder zu meinem Morgan wurde, erwiderte er den Kuss plötzlich mit einer Dringlichkeit, die mich atemlos machte, mich schwach und gleichzeitig stark fühlen ließ. Das Feuer schlängelte sich durch meine Adern, ehe meine Knie nachgaben und seine Arme sich fester um mich legten, stützend um meine Taille fuhren. Schon seine leichteste Berührung formte riesige Wellen der Erschütterung und riss meine Gefühle achtlos mit sich, öffnete mein Bewusstsein für seine Nähe: Zum Rhythmus seines Herzschlags mischte sich meiner, meine Atmung harmonisierte mit seiner, selbst seine Hand passte perfekt auf die Stelle an meinem Rücken, an der sie nun hochfuhr. Als hätte mein Körper darauf gewartet, arbeitete er seinem zu. Ich öffnete bereitwillig die Lippen und neckte seine Zungenspitze zärtlich mit meiner, bevor er mich hochhob und ich mich, sein Herz gegen meines schlagend, vergaß. Tod, Verwüstung, Zerstörung und Leid wurden unwichtig, genauso wie die Wahl zwischen Gut und Böse.

Ich würde da sein, wo er war, denn nichts in meinem Leben, nichts außer diesem Augenblick fühlte sich wahrer, echter und richtiger an. Ich spürte den Lufthauch, sobald etwas Mächtiges emporstieg und Gabe war verschwunden. Plötzlich war überall Wind, eine Leichtigkeit befiel mich und Morgan, der sich von mir löste und mein Lächeln erwiderte. Die Funken darin tanzten um mich und machten mich schwindelig, ich bemerkte den Garten der Genüsse und die Weite der Landschaft und erkannte, dass die Funken echt waren. Sie verglühten neben uns und wurden zu dem prächtigen Feuerwerk, wie ich es einst von dem Gräberfeld und auch den Klippen aus beobachtete hatte.

Nur dass ich mich jetzt mittendrin befand. Neugierig streckte ich eine Hand aus und berührte den glänzenden kleinen Stern, bevor ich nach unten blickte. Sein Griff wurde stärker und mein Verstand begriff, dass wir nicht länger in Mainfield waren.

Wir schwebten.

Fasziniert beobachtete ich, wie der Funkenregen an uns beiden vorbeiflog und sich teilweise auf sein Haar legte. Morgans Augen waberten plötzlich und er wurde blass, die Hölle verschwand und das Stadion wuchs aus der Erde empor. Wir glitten vorsichtig hinab und landeten auf sicherem Boden.

Kaum fühlte ich das Gras unter mir, spürte ich bereits, wie er mich losließ, an mir vorbei guckte und erleichtert wirkte, nun da ich ebenfalls laute Schritte vernahm. Schließlich erlosch das Licht in seinen Augen und er brach zusammen.

# Teil II
# Die Ausbildung

## *Kapitel 9*

Überwältigt bestaunte ich das Zimmer, in das meins geschätzte fünfmal hineinpasste, und versuchte die Eindrücke der letzten Stunden zu verarbeiten. Wie ein gewisser Jemand, den ich auch ohne Kutte an seiner Stimme erkannte, sich über Morgan beugte und Luke und Jared befahl, ihn zum Wagen zu bringen. Wie er sich daraufhin zu mir umdrehte und mich fragte, ob mir was fehle. In der sonoren Stimme von letzter Nacht. Mein Verstand hinkte hinterher, weshalb ich erst unbestimmte Zeit an seinen meerblauen Augen hängen blieb, ehe ich seinen Insignienring überhaupt wahrnahm. Dann kam ich schlagartig zu mir.

Er stand in der Blüte seines Lebens und strahlte eine unmögliche Präsenz aus, hatte leicht gewelltes, dunkles Haar, ein markantes Gesicht, reifer als Morgans, aber mit denselben verstörend gut aussehenden Zügen.

Laurentius.

Lawrence Vegard.

Brooke tauchte aus dem Nichts auf und zog mich fort, doch ich bestand darauf, mit ins Krankenhaus zu fahren. Nur dass wir nicht ins San Josephs Hospital fuhren, sondern auf ein hotelgroßes Anwesen, versteckt hinter einer Reihe hochgewachsener Palmen. Sobald wir das schmiedeeiserne Tor passiert hatten und auf die lange Auffahrt gelangten, erstreckte sich vor unseren Augen eine Villa, die dermaßen imposant war, das Brooke ihr Zuhause in „West- und Osttrakt“ gliederte. Mächtige Säulen schmückten einem griechischen Tempel gleich den Eingang und setzten sich im ersten und zweiten Stock an den Balkonverzierungen fort. Über den schweren, aus Massivholz gearbeiteten Eingangstüren ragte ein großes verschnörkeltes goldenes V, das sich auch in den Zäunen wiederfand. Wir hielten vor einer breiten, elegant geschwungenen Treppe. In der Mitte eines Rosenbeets, das die Insel der Auffahrt bildete, stieg aus einem riesigen Brunnen eine Wasserfontäne elegant zum Himmel und fiel in einem weiten Bogen wieder zurück. Die Vorderfront war im Erdgeschoss komplett verglast, Turmaufbauten an den Seiten verliehen dem Anwesen etwas dezent Schlossartiges. Während seine Freunde Morgan über die mit roten Teppichen ausgelegte Marmortreppe in den ersten Stock hochtrugen, zählte ich zwei Wohnzimmer und einen mit Stuck verzierten Raum, der wie ein Tanzsaal anmutete, entdeckte den Infinity Pool im Garten und ein weiteres Haus am Ende des Tennisplatzes.

Ja, *Tennisplatz*.

Ich konnte nicht mit Bestimmtheit sagen, wie lange ich schon in der Tür seines abgedunkelten Zimmers stand und den regungslosen Körper im Bett betrachtete. Zehn Minuten, eine halbe Stunde? Irgendwie schien es mir falsch, sein Zimmer ohne seine Erlaubnis zu betreten. Also verharrte ich im Rahmen und lauschte seinen gleichmäßigen Atemzügen.

Natürlich hatte ich eine Million Fragen an seinen Vater oder seine Schwester, und sie waren auch bereit, sie mir zu beantworten. Aber ich wollte nicht eine einzige stellen. Nicht bevor Morgan aufwachte.

„Melody?"

Ich zuckte zusammen und befürchtete, einem der zahlreichen Bediensteten erneut erklären zu müssen, dass ich nichts brauchte. Mit dem freundlichsten Lächeln, das ich trotz bleierner Müdigkeit imstande war hervorzubringen, drehte ich mich um.

Die zierliche Frau war selbst mit Absätzen kleiner als ich, aber von einer unglaublichen Aura umgeben. Das Lächeln auf ihren Lippen, die teure Bluse, die in einem schwarzen Stiftrock steckte, der schwere Silberschmuck mit eingefassten Achaten und die Art, wie sie den Kopf schief legte, waren mir so fremd wie vertraut. Ich kannte sie erst seit Sekunden, hätte jedoch jede Wette darauf abgeschlossen, dass sie voller Leben steckte.

„Mimi", korrigierte ich automatisch und ihre Augen erhellten sich.

„Freut mich sehr, Mimi. Ich bin Morgans Mom: Grace Vegard."

Erfreut ergriff ich ihre ausgestreckte Hand und schüttelte sie.

„Auch wenn ich mir andere Umstände gewünscht hätte, finde ich es schön, dich endlich kennenzulernen."

Eine unbeschreibliche Anmut lag in der Geste, da sie ihre linke Hand kurz und behutsam über meine legte und sich dann die schulterlangen Haare hinter die Ohren strich. Zedernholzfarben wie Brookes und Morgans waren sie, nur deutlich gelockter. Ihre helle Haut bildete einen schönen Kontrast dazu und unterstrich die hellblauen Augen, die sie ihrer Tochter vererbt hatte. Wie ich sie musterte, fuhren diese an *mir* entlang und machten ihre hübschen Züge weicher.

„Jetzt wird mir einiges klar", erklärte sie schmunzelnd und noch bevor ich etwas darauf erwidern konnte, nahm sie mich fest in den Arm. „Danke, dass du vorhin eingegriffen hast. Er kann schrecklich unbeherrscht sein." Ich atmete ihr rosiges Parfüm ein und fühlte mich plötzlich wohl in diesem fremden, riesigen Haus, einfach nur aufgrund ihrer Herzlichkeit. In ihren freundlichen Augen konnte ich die Mischung aus Klugheit und Übermut erkennen, die mich an meine eigene Mutter erinnerte, und nach einem schnellen Blick auf die sichtbaren Lachfältchen mochte ich Grace auf Anhieb. Sie ließ mich los, blieb aber auf Armlänge entfernt. Meine Augen sprangen zu dem dunklen Spot, wo Morgan lag, und ich seufzte.

„Hat er starke Schmerzen?"

Sie folgte meinem Blick und schluckte. „Er heilt, das heißt ja. Aber sie sind nicht vergleichbar mit dem, was du die letzten Wochen durchmachen musstest."

Fragend sah ich auf und sie ergänzte: „Brooke hat es mir gezeigt. Es tut mir leid."

„Mir nicht", sagte ich leise und blickte dabei zu Morgan, als mir etwas auffiel. „Wo ist Tatius?"

Grace lachte und schüttelte den Kopf. „Das fragt Aiden auch jeden Morgen. Aber was das betrifft, habe ich mich durchgesetzt. Im Haus herrscht striktes Verbot alles Unterirdischen. Mein Mann hat ihn und sein Rudel zurückgeschickt, seine Dienste werden in deinem Falle nicht länger benötigt."

„Oh", ich konnte nicht fassen, dass mich ihre fehlende Präsenz störte. Oder das der Sirene.

„Die ist auch nicht mehr vonnöten", antwortete Grace.

Verwundert blickte ich zu ihr und sie strahlte mich gutmütig an. „Telepathie. Eine schreckliche Angewohnheit – das erste Jahrhundert, nachdem ich es entwickelt hatte, ist es mir ständig passiert, dass ich auf Fragen geantwortet habe, die gar nicht laut gestellt wurden. Lawrence amüsiert sich köstlich darüber."

Ich verstand kein Wort und sie musste das bemerkt haben, denn mit einem Seufzen griff sie zurück aufs eigentliche Thema. „Die Gesänge der Sirene sollten euch zueinander führen – genauso wie dein Schicksal es vorherbestimmt hatte. Je mehr ihr euch einander hingegeben habt, desto insignifikanter wurden sie. Als eure Herzen sich schließlich bedingungslos für den anderen öffneten, verstummte sie komplett."

„Also heute", spezifizierte ich.

„Wer hätte gedacht, dass er sich derart schnell fügt?", sprach sie zu sich selbst und musterte liebevoll ihren Sohn. „Wir hatten Bedenken, er würde sich sträuben."

„Das hat er", ich erinnerte mich an unsere Begegnungen und die Abweisung der letzten Wochen.

„Aber nicht aus den Gründen, die unsere Familie vorhergesehen hatte", verkündete sie und die Art, wie sie das sagte und dabei meinen Unterarm drückte, ließ es wie ein Kompliment klingen. „Apropos Familie. Wen sollen wir kontaktieren? Ich möchte nicht, dass sich deine Sorgen um dich macht."

„Sie sind das Wochenende über in San Diego."

„Oh, eine wundervolle Stadt“, sie musterte mich unsicher, indes ich an das leere Haus dachte. „Wie dem auch sei. Wärst du folglich ganz allein daheim“, in ihrem Ton schwang unverhohlen eine Nuance Freude mit, „möchtest du heute Nacht vielleicht lieber bei uns bleiben? Ich bin sicher, Morgan wird nach dir fragen, wenn er aufwacht, und wir haben drei wundervolle Gästezimmer zur Auswahl, die thematisch verschiedene Gebiete umfassen. Ich empfehle das Pariser Zimmer“, zwinkerte sie mir kokett zu und ich musste trotz meiner purpurnen Schamesröte lächeln. „Außerdem kommst du dadurch in den Genuss von Pancakes à la Carlton zum Frühstück – ich möchte nicht zu viel verraten, aber er hat eine ganz eigene Interpretation von Ahornsirup kreiert.“

Erschöpft überschlug ich das Angebot und fand nur Gründe dafür – ihm nahe sein, nicht heim zu müssen und sich fragen, wie es ihm ging, Antworten erhalten. „Das klingt wirklich verlockend. Aber ich muss ablehnen.“

„Weil du nicht willst oder du denkst, es gezieme sich nicht?“

Mein Zögern verriet mich und sie nickte bestätigend. „Das dachte ich mir. Ich lasse Stephanie augenblicklich alles für dich vorbereiten“, sagte sie, bevor sie kehrtmachte.

„Danke“, erwiderte ich und schloss gequält die Augen. „Grace?“

Sie drehte sich fragend um. Nervös biss ich mir auf die Unterlippe. „Solche Verletzungen sind bei ihm eher die Ausnahme, oder?“

Ihr helles Lachen traf mich, bevor sie wieder ernst wurde und von mir zur Tür ihres Sohnes schaute. „Definitiv.“

Erleichtert erwiderte ich ihr Lächeln.

„Mimi?“

Nun war es an mir, fragend eine Augenbraue hochzuziehen.

„Willkommen in unserer Familie.“

Sie ging nahezu schwebend zur Treppe, der rote Teppich verschluckte ihre Schritte klanglos, legte eine Hand auf das Geländer und verschwand elegant in Richtung Erdgeschoss. Ich haderte mit mir selbst, ob bleiben oder hinterherlaufen, da erblickte ich am Ende des Ganges Carlton. Der Butler beobachtete interessiert, wie ich vor Morgans Zimmer herumlungerte, und wirkte, als würde er gleich kommen, um mich zum dritten Mal nach meinen Wünschen zu fragen. Mit einem schnellen Schritt übertrat ich die Schwelle und stand plötzlich im Raum, schloss die Tür leise, bis sie klickend einrastete. Hinter den Baumwipfeln ging die Sonne einem roten Riesen gleich unter, doch das Licht reichte aus, um mir einen ersten Eindruck zu verschaffen. Es war ungewöhnlich geschnitten, wie ein T, an dessen Kopfseite Fenster vom Boden bis zur Decke reichten, die jetzt größtenteils von schweren Vorhängen verdeckt wurden. Direkt davor, auf einem dunkelbraunen Holzpodest erhob sich ein großes Bett aus demselben Material und thronte über der normalen Bodenhöhe. Der warme Braunton fand sich auch zu meiner Rechten in der Ledercouch wieder, vor der ein kleiner Glastisch mit Büchern und einem Laptop stand, dahinter ragten versetzt Regale aus der Wand, voller DVDs, CDs und Büchern. Ich trat näher und bestaunte die zweiunddreißig akkurat aneinandergereihten schwarzen Britannica-Bände, die den größten Teil des Platzes einnahmen, und ging daraufhin neugierig weiter. Ein Schreibtisch schloss sich links an und beherbergte einen PC sowie einen Drucker, Scanner und sonstige Büroausstattung. Die teuer aussehende Hi-Fi-Anlage stand auf der anderen Seite des Zimmers und verteilte die Musik auf insgesamt sechs Funklautsprecher, die im gesamten Raum teils aufgehängt waren, teils auf dem Boden standen. Ich fand keinen Fernseher, war aber sicher, dass es ihn gab und wurde bei meiner Suche danach von einem wundervollen Holzschrank angezogen, auf dessen Schiebetüren Plakate mit Grundrissen von Passagier- und Militärflugzeugen klebten. Seiner beachtlichen Dimension zufolge hatte Morgan zehnmal so viel Kleidung wie ich.

Dafür, dass hier ein Junge wohnte, war es ziemlich aufgeräumt. Allerdings besaßen die Vegards Hauspersonal, das vermutlich für die Familie Ordnung hielt. Ich fuhr über die Maserung des Holzes und hörte, wie er sich bewegte, sodass ich meinen Kopf vorsichtig zum Bett drehte. Morgan lag auf dem Rücken, seine rechte Hand über der Decke, die Haare fielen ihm ins Gesicht.

Selbst im Schlaf war er viel zu schön.

Um ihn nicht durch eine unüberlegte Berührung zu wecken, lief ich, ohne ihn näher zu betrachten, an dem Bett vorbei und zum Schreibtisch. Die Dämmerung brach herein und ich schaltete die Leselampe neben dem PC an, drehte sie aber weg von ihm.

Post-its mit handgezeichneten Football-Spielzügen, eine Postkarte aus Bali und ein aufgeschlagener Block lagen wahllos verstreut auf dem Tisch, auf dem auch eine Weltkarte ausgebreitet war. Überrascht griff ich nach dem Brief, der auf der PC-Tastatur lag und von dieser Woche datierte, und musste blinzeln, um ihn richtig zu erkennen. Das Emblem am Briefkopf hatte mich mein Leben lang begleitet, angetrieben, beflügelt. Ich las die Worte lautlos: „Lux et veritas" – „Licht und Wahrheit", das Motto der Yale University.

Direkt hinter der standardisierten Begrüßung hieß das Auswahlgremium Mr. Morgan Vegard als zukünftigen Studenten in seinen Reihen herzlich willkommen. Ich überschlug die Fristen in meinem Kopf und war beeindruckt, wie schnell er seine Zusage erhalten hatte. Schweren Herzens legte ich den Brief bestimmt weg und kam dennoch nicht umhin, stolz auf ihn zu sein. Wenn er von Yale träumte, war er mir ähnlicher, als ich es für möglich gehalten hatte.

Ein winziges Detail, das mir bekannt vorkam, zerstreute meine Gedanken um altehrwürdige Gebäude und die Campus-Bibliothek mit der größten Büchersammlung der Welt, und zog meine Aufmerksamkeit stattdessen auf sich. Unter der leicht zerschlissenen geografischen Darstellung der fünf Kontinente ragte an einer Seite unscheinbar ein Bild hervor, das ich erst fragend betrachtete, bevor ich es schlagartig wiedererkannte. Ich hielt die Luft an und zog es behutsam aus seinem Versteck, starrte darauf und sah Abby, Drew und mich. Wie Drew, den Arm um uns gelegt, in die Kamera meines Onkels grinste und von uns Mädels eingerahmt wurde. Zumindest sah ich das vor meinem geistigen Auge. Denn da, wo meine Freunde stehen sollten, war das Foto umgeknickt worden, sodass der Ausschnitt lediglich ein fröhliches Mädchen zeigte, das verführerisch in die Kamera lachte.

Mich.

„Hey."

Seine heisere Stimme hallte durch die Stille und durchschnitt meine Gedanken, so dass ich heftig erschrak; das Bild fiel mir aus den Händen und ich riss den Stuhl, an dem ich lehnte, fast um. In der flüchtigen Pause, die daraufhin entstand, versuchte ich händeringend mein Herz zu beruhigen und legte den Schnappschuss zurück. Dann drehte ich mich ihm zu und fühlte eine Welle der Erleichterung, ob seiner wachen Augen, die mich aufmerksam beobachteten.

„Hey", erwiderte ich flüsternd, während mein Blick unkontrolliert weiter zu seinem grauen Shirt glitt, das sich um seinen Oberkörper spannte, weil er sich mühsam aufsetzte. Sicherheitshalber lehnte ich mich erneut an den Stuhl. Ich wunderte mich, dass es ihm nichts ausmachte, mich anzutreffen. „Ich hoffe, es ist in Ordnung, dass ich hier bin?"

Er runzelte die Stirn, ignorierte die Frage und schüttelte sich das Kissen, insofern es mit den Verletzungen ging, unbeholfen auf.

„Gefällt's dir?", presste er durch zusammengebissene Zähne hindurch hervor, einigermaßen zufrieden mit seinem Werk.

„Dein Zimmer?"

Seine Augen flackerten, ehe er nickte.

Beeindruckt schaute ich mich erneut um. „Es ist … ziemlich weitläufig."

„Das auch", lachte er und zuckte gleichzeitig vor Schmerz zusammen. „Und es ist das Einzige, in dem sich meine Mutter nicht kreativ austoben durfte. Deshalb die puristische Einrichtung."

„Es passt zu dir."

„Gut. Du sollst dich wohlfühlen", sagte er erschöpft und mein Blick glitt erneut zu seinem Oberkörper, der sich unregelmäßig hob und senkte von der Anstrengung jedes einzelnen Atemzugs.

„Wie geht es dir?", fragte ich mit belegter Stimme. Er legte den Kopf erschöpft gegen die Lehne, wobei seine Augen preisgaben, wie stark er litt. Als wüsste er, dass ich in ihnen lesen konnte, schloss er sie.

„Mir würde es besser gehen, wenn du herkämst."

Mein Körper reagierte unverzüglich, doch ich riss mich zusammen und schüttelte den Kopf. Er brauchte Ruhe und nicht jemanden, der ihn permanent anstarren oder anfassen wollte. Mit einem kurzen Blick zur Tür legte ich mir potenzielle Ausreden bereit, die es ihm ersparten, mich rauszuschmeißen und ihm Privatsphäre und Ruhe erlaubten. Denn bei Gott, ich wäre am liebsten gar nicht mehr gegangen. Sowohl meine Tante als auch möglicher Hunger waren meiner Meinung nach legitim. Ich entschloss mich gerade für Maddy, da sprach er plötzlich weiter.

„Wartest du schon lange?" Ich wünschte mir, ich könnte seinen Blick deuten, aber das Blau lag immer noch hinter verschlossenen Lidern verborgen.

„Keine Ahnung", erklärte ich ehrlich, „vielleicht eine halbe oder ganze Stunde?"

Nachdem ich daheim ausgiebig geduscht hatte, um den Schwefel- und Rauchgeruch von meiner Haut zu scheuern, hatte ich mich umgezogen und Trevor angerufen, um mit den dreien über San Diego zu reden, im Anschluss eine Telefonkonferenz mit den Mädchen abgehalten und ihnen abgesagt. Es fühlte sich falsch an, ausgelassen zu lachen, während es jemandem, der mir am Herzen lag, schlecht ging. Sie hatten einhellig gemeckert, bis ich ihnen erklärte, dass ich bei Morgan vorbeischauen musste. Danach drehte sich alles um Sex, Morgan, und Sex mit Morgan. Ich hatte sie nach bestem Ermessen abgewimmelt, lediglich Abby wollte morgen die Details und drohte damit, mir andernfalls kein Alibi bei meiner Tante zu verschaffen.

Natürlich hätte ich ihr sowieso alles erzählt. Alles Unspektakuläre zumindest. Morgan öffnete die Augen genau in der Sekunde, in der ich nachdenklich auf seinen Schreibtisch blickte. So viel hatte sich verändert. Gabe. Ich. Nur Morgan, dachte ich zumindest, hatte ich ein Stück weit einzuschätzen gelernt. Und ausgerechnet jetzt fand ich sein Aufnahmeschreiben von der *einen* Universität, um die sich meine Träume drehten, und war mir auch darüber nicht mehr sicher.

„Es ist immer schon Yale gewesen", sagte er in meine Zweifel hinein und lächelte geheimnisvoll, sobald ich meinen Blick auf ihn richtete,

„seit ich denken kann. Ich mag weder Kälte noch die Ostküste, und trotzdem war es von Anbeginn mein Wunsch, in Yale zu studieren."
Seinem Tonfall zufolge, hätte er auch über den Koloss von Rhodos reden können oder jedes andere der sieben Weltwunder.
„Yale ist eine hervorragende Uni."
„Das sind Stanford oder Berkeley auch und wesentlich näher."
„Nicht wenn man Geisteswissenschaften anstrebt. Oder Tradition."
„Und du möchtest beides?"
Ich faltete die Hände vor der Brust und mied seinen forschenden Blick. „Was willst du? Außer schönem Wetter."
„Nach *Yale*."
„Zweitausend Meilen weit weg …"
„Ja", bestätigte er und seine Augen glänzten aufgeregt. „Obwohl mir Kalifornien tagtäglich fehlen wird."
„Warum solltest du … ", wunderte ich mich und meine Stimme erstarb, weil ich verstand, worauf er hinauswollte. „Warte", bat ich und fuhr mir skeptisch übers Gesicht, „ist das deine dezente Art anzudeuten, dass du dein Leben lang nach Yale wolltest, weil es mein Traum ist? Das ist doch verrückt."
„Verrückter als Höllenhunde, Erzengel und Feuerbälle?"
Frustriert legte ich den Kopf in den Nacken. Es war zum Haare raufen.
„Hast du deine Bewerbung schon abgeschickt?"
„Nein", gestand ich traurig und fühlte den Kloß im Hals, „was gut ist – denke ich. Ehrlicherweise bezweifle ich, nach Connecticut zurückgehen zu können, falls sie mich nehmen."
„Mimi?", das Reden schien ihn Kraft zu kosten. „Warum Yale?"
Vor meinem inneren Auge entstand ein Bild. Ich, in Hartford am Küchentisch sitzend und den Bewerbungsaufsatz verfassend. Jeden Sommer einen. Meine eigene verrückte Tradition. Mom und Dad kamen und gingen, lasen über meine Schulter und gaben mir Hinweise und Tipps, halfen mir bei den Formulierungen oder lobten einen schlüssigen Zusammenhang. Aus dem Fenster sah ich Camerons Haus und blickte ich ins Wohnzimmer, saß Anna mit einem Buch und Kopfhörern auf den Ohren, aus denen betäubend laute Musik erklang, vor dem Sofa und las.
„Nirgendwo sonst würde ich lieber studieren", sagte ich, um ihn nicht warten zu lassen, und rang um einen akzeptablen Konversationston. „Es gibt da ein Bild von mir, ich bin fünf oder sechs Jahre alt und sitze mit dem Yale-Pulli meines Dads auf der Schaukel in unserem Garten. Die Ärmel sind eigentlich viel zu lang und schlampig hochgekrempelt und es ist Frühsommer, also zu warm für einen Pullover. Doch ich lache und bin einfach nur glücklich, ihn tragen zu dürfen." Seine Augen brachen das Licht und bekamen einen

zärtlichen Schimmer, nachdem ich über den Briefkopf strich und weitererzählte. „Es gab für mich keine Alternative, keine andere Option, mit der ich mich abgefunden hätte. Von klein auf schwärmten meine Eltern uns von Yale vor – vermutlich in erster Linie, weil sie sich dort kennengelernt hatten – und traut man der Legende, fing ich, nachdem ich Handsome Dan gestreichelt hatte, auch damit an. Yale hier, Yale da, meine kleine Schwester hat sich, kaum das sie schreiben konnte, schriftlich bei meiner Mom beschwert, wollte, dass meine Eltern mir das Wort verbieten.“ Ich dachte zurück an mein erstes Spiel gegen Harvard, zu dem sie mich als Kind mitgenommen hatten, und die niedliche Bulldogge, die der Uni als Maskottchen dient, und verdrehte die Augen. „Vermutlich stimmte es und ich redete wirklich den lieben langen Tag von nichts anderem. In meinem Zimmer hingen Wimpel an der Wand und Lagepläne, Plakate von den Whiffenpoofs – Anna wurde nie müde zu betonen, ich sei ein besessener Nerd, aber ich behaupte, sie war bloß sauer, weil ich Sachen wusste, die ich ihr nie erklären wollte, zum Beispiel was Skull & Bones ist.“

„Was dachte sie denn, was es wäre?“

Ich legte mir den Finger grinsend an die Lippen. „Mal überlegen. Der Name eines Theaterstücks, das sich mit Knochenfunden auf dem Campus befasst, ein Schmucktrend für Erstsemester, ein geheimer Bund, der Studenten ermordet, weil er Organhandel betreibt – das war zumindest die Story zum vorletzten Halloween.“

„Melody Campbell kann gemein sein?“

„Nur falls jemand sie einen besessenen Nerd nennt“, sagte ich und lachte dann auf, „oder eins deiner Nummerngirls ist.“

Scheinwerfer tanzten an seinen Fenstern vorbei und durchdrangen für wenige Sekunden den lichtschluckenden Vorhang. In dem matten Licht, das auf sein nun ebenfalls grinsendes Gesicht fiel, wirkte er unnatürlich blass.

Er wurde plötzlich ernst. „Deine Eltern waren Yalies?“

Mein Kopf begann aufgrund der Thematik in vertrauter Weise wehzutun. Ungeachtet dessen, fühlte es sich erstaunlich richtig an, sie durch Erzählungen zu würdigen. Sie nicht durch eisernes Schweigen zu verdrängen, wie ich es sonst tat. *Anfangen, sie zu vergessen.* Abby würde vor Begeisterung schreien, würde sie mich sehen können. Sie versuchte seit Monaten vergeblich, dieses Gespräch mit mir zu führen.

„Yale Medical School“, sagte ich schließlich leise. Sie waren unfassbar stolz gewesen, dass ich in ihre Fußstapfen treten wollte. Malten sich aus, einmal mit ihrer Tochter zusammen im selben Krankenhaus zu arbeiten. Im gleichen OP zu stehen, Seite an Seite. Sie würden nichts davon tatsächlich erleben. Genauso wenig wie ich es mir noch zutraute, dieses anspruchsvolle Studium zu ihrer Zufriedenheit zu schaffen. Oder überhaupt.

Aber zurück zu jemandem, der das Potenzial besaß: „Wofür interessierst du dich?"

„In letzter Instanz für die Law School."

Ich vertrieb die Bilder der Vergangenheit und konzentrierte mich auf ihn. „Das ist wunderbar, Morgan. Ich gratuliere dir."

Benommen schüttelte er den Kopf. „Sie werden dich nehmen."

Dankbar lächelte ich ihn hölzern an. „Da wäre ich mir nicht sicher …"

„Sie werden, weil ich mich sonst niemals dort beworben hätte. Wie ich sagte: Für mich gab es nur *eine* Universität, ich schickte *eine* Bewerbung raus. Würdest du nach Harvard, Boston oder ans Mainfield Community College gehen, wäre ich zwangsläufig auch dort gelandet. Danke, dass du klug bist und meine Zukunft nicht aus Burgerfleisch wenden und Pommes auftauen besteht. Und jetzt bitte –", sagte er mit einer festeren Stimme und legte dabei eine Hand, Handfläche nach oben, neben sich, „würdest du *bitte* zu mir kommen?"

Seine Augen, durchzogen von erheblicher Unruhe, blickten mich fast flehend an.

„Morgan, ich denke …"

„Bitte?"

Eine kleine Ewigkeit starrte ich einfach still zu ihm und badete in seiner allgegenwärtigen Präsenz, die den gesamten Raum wie Sauerstoff füllte. Ich hatte bereits das halbe Zimmer durchquert, bevor ich begriff, dass ich zielstrebig über drei Stufen zu ihm auf das Bettpodest stieg, weil ich mich der Anziehung zwischen uns nicht erwehren konnte. Wem machte ich was vor? Ich versuchte es ja nicht einmal. Oben angekommen drehte ich mich um und schaute ungläubig auf die schattenhaften Umrisse der Möbel. Ich kam nicht umhin, mich wie auf einer Bühne zu fühlen. Während unserer Unterhaltung war es draußen dunkler geworden, Konturen und Formen beherrschten das Zimmer. Er klatschte zweimal in die Hände und ein weiches Licht erhellte den Raum. Mit einem weiteren Klatschen dimmte er es herunter und schuf eine vertrautere Atmosphäre.

Ich setzte mich neben ihn und legte meine Hand zögerlich in seine. Sobald meine Haut seine berührte, seufzte er und entspannte sich sichtbar. „Danke."

Verstohlen betrachtete ich seine attraktiven Züge, seinen muskulösen Körper, das zerzauste Haar, die Abdrücke auf seinem Gesicht, die vom Kissen herrührten, die langen Wimpern und vollen Lippen. Er erholte sich von einem apokalyptischen Kampf und sah trotzdem aus wie ein verdammtes Supermodel. Selbst im Schlafanzug. Die feinen Härchen auf meinen Armen stellten sich auf, da er meine Hand drückte. Mit der anderen fuhr er sich mühsam übers Gesicht und legte sie anschließend hinter seinen Kopf.

Eher zufällig erkannte ich auf der Suche nach Ablenkung die filigran eingeschnitzten Figuren hinter ihm, die auf dem Kopfende des Bettes den Kreislauf des Lebens darstellten. Es glich einem wahren Kunstwerk, wie die einzelnen Stationen eines jeden Menschen ausgearbeitet waren, von der Geburt bis zum Tod und dem Auffahren in den Himmel oder Abfahren in die Hölle. Ich beugte mich vor, um sie näher zu betrachten, und fuhr mit meinen Fingern behutsam die schmalen Linien nach.

„Mimi."

Seine Stimme klang angestrengt. Mir war nicht aufgefallen, wie weit ich aufgerutscht war, bis ich den Kopf wendete und in zwei blitzenden Topasen versank. Sein Gesicht schwebte Zentimeter vor meinem und er drehte den Kopf leicht, um mich besser anschauen zu können. Er hatte einen leichten Bartschatten, der ihm eine ungeschliffene Reife verlieh und zu den Wünschen in seinem Blick passte. Mit einem entschuldigenden Lächeln und zu schnellem Puls lehnte ich mich zurück. Sein Griff um meine Hand wurde stärker, als würde er es nicht gestatten, dass ich auf die Idee käme, sie ihm zu entziehen.

„Du siehst erschöpft aus", sagte er mit milder Stimme. Sein Blick tastete jeden Winkel meines Gesichtes ab. Ich fuhr mir mit der Linken an die gewohnten Augenringe, indes die Überreste meiner Wunde am Hinterkopf pulsierten.

„Das war nur ein weiterer langer Tag in der endlosen Reihe langer Tage zuvor."

„Seit wann hast du nicht mehr richtig geschlafen?"

„Wann haben wir uns kennengelernt?", gab ich mit einem schwachen Lächeln zurück und sehnte mich plötzlich wirklich nach einem Bett.

„Hier ist eins", erwiderte er sanft und schlug die Decke einladend zurück. Verwirrt betrachtete ich erst ihn und daraufhin die riesige Matratze. Um meine Überraschung zu verbergen, räusperte ich mich lautstark und dachte an den lockenüberhäuften, zerknautschten Anblick, dem ich ihn zwangsweise aussetzte, sollte er morgen neben mir aufwachen.

Das Supermodel und der Freak.

„Sei nicht lächerlich", amüsierte er sich und ich legte den Kopf schief.

*Oh Herr, bitte lass das Zufall gewesen sein.*

„Telepathie?", fragte ich zaghaft und betete, er hätte lediglich super geraten. *All die Gedanken, die mich in seinem Beisein beschlichen haben …*

Das Funkeln in seinen Augen blieb diesmal länger. „Nicht ausgereift wie bei meiner Mom“, nickte er, „aber geht es um jemanden, der mir wichtig ist, reicht es aus, in seiner Nähe zu sein, wenn er oder sie an etwas denkt, das mich neugierig macht.“

„Das funktioniert auch bei mir?“, fragte ich und dachte an Grace' Aussage über die verstummte Sirene und dass er eine Entscheidung zu meinen Gunsten getroffen hatte. „Seit heute?“

„Von Anfang an“, seine Stimme klang verwundert. „Obgleich das bei unserem ersten Treffen – in der realen Welt – nicht wirklich vonnöten war. Die Ohrfeige war aussagekräftig genug.“

Ich zuckte bei der Erinnerung zusammen. „Diesbezüglich –“

„– hattest du recht“, unterbrach er mich bestimmt. „Ich hätte dir eine Menge ersparen können, hätte ich es nur gewollt.“

Eine andere Form von Schmerz legte sich auf seine Züge und ich erahnte, dass er in erster Linie auf die körperliche Marter anspielte, spürte die teuflische Folter plötzlich erneut – so real, wie sie für mich gewesen war. Seine Augen verdunkelten sich, während er den Druck auf mein Inneres, Dolchhiebe und das Gefühl bei lebendigem Leibe gehäutet zu werden, mitfühlte. Schützend legte er seine andere Hand auf meine kalte. „Entschuldige. Ich war töricht.“

Die Leiden waren wie weggefegt.

„Du wolltest deine Freiheit nicht verlieren“, begriff ich endlich und hätte am liebsten frustriert aufgelacht. Sein *perfektes Leben* hatte er nicht aufgeben wollen. „Wer kann dir das verübeln?“

Morgan nickte, als könne er verstehen, wie ich auf diese Folgerung kam. „Ich wollte dich loswerden“, erklärte er finster. „Vom ersten Tag an. Aber nicht aus Abneigung“, er lachte verbittert, „alles, nur nicht das. Sondern weil ich wusste, ich würde dir nicht fernbleiben können. Ich hasste dich höchstens dafür, dass du mir unter die Haut gingst.“ Sein gequälter Ausdruck erreichte mein Herz. „Ich beobachtete und fühlte durch Brooke, was sie dir antaten, damit wir uns voneinander fernhielten, und folgte dem in der Hoffnung, es würde funktionieren. Aber du warst stark, du hast dich nicht gebeugt.“ Morgan hielt inne, schaute mich durchdringend an, stieß sich mühsam von der Lehne ab und glättete seine schwarze Schlafanzughose, die aus einem matt glänzenden Stoff gemacht war. Dann setzte er sich umständlich im Schneidersitz hin, umständlich, weil er die ganze Zeit über meine Hand nicht einen Augenblick loslassen wollte. Ich realisierte nur am Rande, wie die Wärme langsam in seine Haut zurückkehrte und seinen Wangen etwas Farbe verlieh, und wartete zufrieden ab, bis er wieder zur Ruhe kam. „Und ich fing an, dich genauso wenig meiden zu wollen wie du mich. Während bei dir die Visionen zunahmen, begann ich, *dich* wahrzunehmen, komplett zu erfassen – du warst wie eine schöne Erinnerung, die man lange vergessen und doch nie vermisst hat, bis sie wieder da ist. Sahst du mich an, war es, als würdest du *mich* sehen. Nicht das Bild, das ich vermittle. Ich sah zurück – und mir gefiel, was ich entdeckte: Wie sehr du dich von allen anderen unterscheidest und dass du alles tust, um Harmonie in dein und das Leben derer zu bringen, die du liebst. Wie wichtig du deinen Freunden bist, wie beeindruckt deine Umgebung auf dich reagiert. Du entpupptest dich als geistreich, du schlägst andere mit ihren eigenen Waffen, aber schwelgst anschließend nicht in deinem Triumph, sondern glättest die Wogen. Ein Lachen von dir und die Spannung löst sich. In deiner Nähe fühlt man sich einfach wohl. Mimi, du warst und bist fesselnd auf eine Art, die sonst niemand da draußen beherrscht oder auch nur ausstrahlt."

Seine Aufmerksamkeit in Ehren, aber es fiel mir doch schwer, ihm zu glauben, egal wie vehement mein Körper andererseits bereits dabei war, es zu tun. Nicht, dass es nötig gewesen wäre, schließlich war Morgan der Telepathie fähig, aber ich befand es schlagartig für äußerst wichtig, ihn auch begreifen zu lassen. „Du hast mich genauso angesehen, Morgan. Es war die ganze Zeit da, in deinen Augen."

Sein rechter Mundwinkel glitt leicht nach oben, er hob neugierig eine Augenbraue und ich fuhr fort: „Nur, dass ich es nicht einordnen konnte. Manchmal kam es mir bei deinen Musterungen vor … manchmal schien es, als blicktest du mir direkt in die Seele. Meist verstand ich dann sekundenlang, wieso du dich lieber zurückziehst. Vermutlich betrachtete ich dich mit derselben Mischung aus Faszination und Verwirrung."

„Und wenn diese Sekunden um waren?"

Resigniert zuckte ich die Schultern. „Du befandest was mit uns vor sich ging, mich, nicht für wert. Das habe ich zu respektieren versucht."

Morgan murmelte schnell etwas, ehe er mit der flachen Hand auf das Bett schlug. „Ich habe *täglich* mit mir gerungen, zur Hölle! Es war ein zäher Kampf und ich gab dir die Schuld dafür." Voller Leidenschaft funkelten seine Augen mich an. „Verstehst du denn nicht? Vom ersten Moment an, hattest du Einfluss auf mich. Davor hat es mir mein Leben lang gegraut: jemandem Kontrolle über mich zu gestatten oder schlimmer, sie einfach entrissen zu bekommen! Und lass mich dir sagen: Du hast eine rekordhafte Affinität, meine Vorsätze über den Haufen zu schmeißen." Zwischen harten Atemzügen klang seine Stimme heiser und belegt, doch seine Mundwinkel umspielte ein Lächeln. „Die letzte Schlacht war die schwerste. Ehrlich gesagt, ist sie nicht entschieden. Nachdem meine Selbstsucht letztlich verflog, kam nämlich eine neue Sorge hinzu, die mir so fremd war, dass sie mich, im wahrsten Sinne des Wortes, bis aufs Mark erschütterte: Was, wenn du herausfindest, wer ich bin und dich von mir abwendest?"

„Du hättest deine Freiheit wiedergewonnen", antwortete ich und registrierte den Schock auf seinem Gesicht.

„Ich will meine Freiheit nicht. Nicht mehr. Mimi, ich habe nie an die Menschen geglaubt … oder an Gefühle. Plötzlich setzt man mir eine von ihnen vor, selbstlos, gütig, mit einem großen Herzen, und sie ist kämpferisch, sie trotzt sogar dem Tod. Sie ist viel zu schön für all das Gute das sie verkörpert, und es gelingt ihr, mir vor Augen zu halten, was mir die ganze Zeit über fehlte. Eine Sekunde und was ich kannte, lebte, geriet einfach so", er schnippte mit den Fingern, „ins Wanken. Meine Welt stürzte über mir ein und du standest lachend daneben. Und kaum verstand ich das, wollte ich neues: Mit dir zusammen sein, dich berühren, dich spüren. Nur meine Freiheit, die war nichts mehr wert." Morgan lachte auf, ohne das kleinste Anzeichen von Freude darin.

Während seiner Bekenntnisse zerriss mir ein Gefühl, zaghaft und zärtlich, auf angenehmste Weise das Herz. Wochenlang hatte ich versucht, dass er mit mir redete und gehofft, er würde mich nicht verabscheuen, gedacht, er sei wütend auf mich, obwohl er es auf sich selbst war, und die ganze Zeit über –

„Du mochtest mich?"

„Nein", erwiderte er aufgewühlt, „ich habe mich in dich verliebt."

Ich war solchermaßen überrascht über die Selbstverständlichkeit in seiner Stimme, dass ich zu sprechen vergaß und hart schluckte.

Mit einem traurigen Lächeln auf den Lippen beugte er sich vor und suchte meinen Blick.

„Ich habe es lang genug verleugnet, dann mit mir gehadert und es schließlich versteckt. Es reicht. Ich wollte dich nicht wegstoßen. Niemals habe ich gegen *dich* rebelliert. Nur gegen mein abgekartetes Schicksal. Meinst du, du kannst irgendwann darüber hinwegsehen, wie ich mich dir gegenüber verhalten habe?"

Eine absurde Frage. Auf der Suche nach Worten fand ich: „Selbstverständlich."

Er schüttelte den Kopf. „Das ist viel zu einfach. Du müsstest böse sein. Tu mir den Gefallen. Sei wütend."

„Du wurdest schon geohrfeigt", erinnerte ich ihn und er grinste. „Außerdem", ich befahl meinem Herzen, nicht in der Brust zu explodieren, indes ich zum unangenehmen Teil überging, „muss ich mich auch bei dir entschuldigen. Es tut mir leid, dass ich dich vorverurteilt habe."

„Tut mir leid, dass ich ein Idiot war, der deine Vorurteile bestätigt hat."

Wir lächelten uns einen Moment lang an und mein Puls beschleunigte, als mir seine Nähe körperlich bewusst wurde.

„Und da wir gerade dabei sind …", begann er, legte einen Arm um meine Taille, hob mich an und zog mich mit einem geübten Handgriff auf seinen Schoß, sodass ich rittlings auf ihm saß und das Blau seiner Augen aus nächster Nähe betrachten konnte. Er stützte sich auf seinen Händen ab, und lächelte unverschämt umwerfend, bevor er fortfuhr: „… möchte ich etwas klarstellen. Zu keiner Zeit habe ich dich gehasst. Nicht eine Sekunde lang. Ganz egal, wie oft du dir das eingeredet hast."

*Großer Gott …*

Meine Wangen wurden ganz warm. „Morgan?"

„Ja?"

„Gedankenlesen ist nicht nur unfair, sondern auch gespenstisch. Versprich mir, dass du dich ab sofort aus meinem Kopf raushältst."

„Einverstanden. Falls du mir versprichst, ab jetzt nichts mehr vor mir zu verbergen."

„Ich habe dir noch nie etwas verheimlicht."

„Nein, du hast mir nur verboten, dich anzufassen. Ein ziemlich durchtriebener Zug von jemandem, der gelinde gesagt durch und durch rational ist."

„Es war die letzte Option, die für mich Sinn machte", gab ich zu und legte meine Hand auf seinen Oberkörper. Seine Atmung wirkte erneut gehetzter. Dabei fühlte ich den leichten Schauer, den meine Berührung in ihm auslöste, und frohlockte insgeheim. Es war nur recht und billig, dass auch ich diese Wirkung auf ihn hatte. „Was passiert gerade mit dir?"

Er blickte zur Decke und suchte nach der passenden Erklärung.

„Stell dir vor, du erhitzt etwas auf höchster Stufe im Ofen oder einer Mikrowelle. Mir geht es ähnlich wie diesem Etwas. Mein Körper und die Organe waren heute lange Zeit einer extrem hohen Hitze ausgesetzt und müssen jetzt ihre Form, Konsistenz und Funktion zurückerhalten."

„Autsch."

„Dafür sah es spektakulär aus", versuchte er halbherzig zu witzeln, doch die Bilder standen mir in ihrer ganzen Pracht vor Augen und sorgten dafür, dass mir das Lachen im Hals stecken blieb. Ich zog meine Hand zurück, entsann mich an das Entsetzen in Gabes Gesicht, als ich ihn mit diesem vernichtenden Strahl attackierte, und fühlte die Wut in meinem Magen. Nachdenklich betrachtete ich meine Handinnenfläche.

„Was ist mit mir geschehen?", fragte ich mich laut und merkte, wie er mich mit wachsender Unruhe betrachtete. Sanft, aber bestimmt, nahm er meine Hand, führte sie an seine Lippen und küsste sie. „Nichts, wovor du dich fürchten solltest. Deine Gaben sind erwacht."

Die eintretende Stille war gellend laut und erhöhte meinen Adrenalinspiegel auf brutalste Art und Weise.

„Mimi", er fuhr mit der Hand unter mein Kinn und zwang mich dadurch, ihn direkt anzublicken, „ich weiß, wie schwer das für dich ist, aber es war nur eine Frage der Zeit. Siehst du dein Handgelenk? Dein Armband ist verschwunden."

„Ja. Bei dem Kampf."

„Das Armband war eine Art steckender Schlüssel. Deine Gaben hast du seit ungefähr zwei Wochen, sie bildeten das dazugehörige Schloss. Wann du ihn umdrehen würdest, lag an dir, aber", er strich mir liebevoll ein paar Strähnen hinters Ohr und lächelte, „die Menschheit, Gott und mein Vater danken dir vermutlich dafür, dass du es heute getan hast und dadurch eine Art Apokalypse verhindert hast."

„Das war nur der Mut der Verzweiflung. Ich dachte, Gabe würde dich umbringen."

„Er kann mir nichts anhaben."

„Woher hätte ich das wissen sollen? Ich hatte solche Angst und", meine Hand zitterte plötzlich, „vollkommen unverhofft habe ich ihn nur verabscheut. Er ist mein Freund und ich habe mir gewünscht … ", ich rang nach Worten, „… *so sehr* gewünscht, dass er leidet."

Mir graute vor der Stärke der Emotion, die ich nie wieder fühlen wollte, und ich biss mir verstört auf die Unterlippe. Meine Hand wurde kalt und mit ihr mein ganzer Körper.

„Wie hat es sich angefühlt?", fragte er und verschränkte seine Finger mit meinen.

Noch ein Stromschlag, der diesmal durch uns beide schoss. Stirnrunzelnd fixierte ich unsere Hände. „Als würde das Blut in meinen Adern kochen."

Müdigkeit vermischte sich mit Furcht vor dem Erlebten und dem, was vor mir lag. Dazu kam die Erleichterung, Morgan atmen zu hören und bei ihm zu sein.

„Wir beginnen morgen mit deinem Training. Du musst lernen, deine Kräfte einzusetzen, für den Fall, dass du sie brauchst. Und das wirst du", sein Blick wurde trüb. „Aber das nächste Mal stehen wir es gemeinsam durch."

Impulsiv wollte ich nachfragen, was er damit meinte, hatte aber von Übersinnlichem genug für einen Tag.

Für ein ganzes Leben.

„Woran denkst du?", fragte er aufmerksam.

Ich seufzte resigniert. „Normalität. Schätze, ich sehne mich gerade nach ganz normalen Dingen."

„Wie Hausaufgaben und die Frage, was es zum Abendessen gibt?"
„Genau. Banales: Sich frei bewegen können, ohne dass einem ein Rudel Höllenhunde auf Schritt und Tritt folgt oder meine Hände anfangen, Todesstrahlen auf Erzengel abzufeuern."
Er lachte und zog mich noch näher. „Machen wir das zur Devise für den Rest des Abends. Kein weiteres Wort über Himmel und Hölle."
Noch mitten im Satz verlagerte sich mein Fokus unfreiwillig und sobald er den Mund schloss, hing mein Blick gebannt an seinen Lippen. Ich spürte seinen Herzschlag, der im Takt mit meinem schlug und gerade beschleunigte, deutete seinen Blick, und begriff frohlockend, dass er mich genauso dringend küssen wollte wie ich ihn. Mein Atem ging automatisch schneller, die Schmetterlinge in meinem Bauch flogen kreuz und quer, je näher sein Gesicht mir kam. Ich schenkte ihm ein schelmisches Lächeln, legte dabei eine Hand an seinen Brustkorb und stieß ihn sanft, aber bestimmt zurück. „Was wird das?"
Morgan hob die Augenbrauen. „Was glaubst du?"
„Dass du ziemlich geschwächt bist und deine Kräfte schonen musst."
Seine Augen waren wachsam, während er reglos in seiner Position verharrte und sein Gesicht direkt vor meinem schwebte. „Mir geht's gut."
Ich verstärkte den Druck meiner Hand auf seinen Brustkorb und rutschte gleichzeitig auf. Die Hitze der Reibung entging mir nicht und rang Morgan ein leises Stöhnen ab, was jeden Nerv in mir zum Prickeln brachte. Das Flackern in seinem Blick verschlug mir den Atem und ich beugte mich fasziniert vor, zwang mich jedoch, mein Verlangen zu zähmen. Seit ich ihn kannte, machte ich das, was er von mir verlangte. Zeit, den Spieß einmal umzudrehen.
„Jemand, den ich kenne, sagte mir einst ‚dann versuch mal, mich zu zwingen'."
„Mimi …"
„Du kennst diese Person – es ist die Sorte erfolgsverwöhnter, frauenverschlingender Quarterback."
Er lachte und fuhr mit seinem Zeigefinger meine Unterlippe nach. Mir lief das Wasser im Mund zusammen. „Die sollen besonders schwierig sein."
„Du hast keine Ahnung. Sinnlos zu erklären, dass Zwang in seinem Fall nichts brachte."
Seine Augen leuchteten hell wie das Feuerwerk am 4. Juli. „Also, was hast du gemacht?"
„Ihm mein Fahrrad geschenkt. Zumindest geht er davon aus."
Erstaunlich, wie glücklich mich das Geräusch seines Lachens machte. Morgan schüttelte den Kopf und sein Griff wurde noch enger. Ich spürte seinen Atem auf meinen Wangen und liebte das Funkeln in

seinem Blick, als er mir über die Haare strich. Ich lächelte ihn an und er lächelte zurück.

„Kann ich es wieder gutmachen?“

„Mit einem Kuss?“

„Vorerst“, nickte er und mein Blick glitt zu seinem leicht geöffneten Mund. Die Hitze unseres ersten Kusses klang in meinem Körper nach und ließ mich leicht frösteln. Ich schlang bei der unfreiwilligen Erinnerung unbewusst die Arme um mich. Er musste meine Gedanken nicht lesen, um zu verstehen, woran ich dachte.

„Manche Leute sollen ja Angst vor Feuer haben“, bemerkte er trocken, tiefe Falten auf der Stirn.

Ich grinste wegen seines fassungslosen Ausdruckes und beugte mich vor, begierig darauf, ihn endlich anzufassen, fuhr mit der Zunge sanft an seinem Hals entlang und schmeckte ihn, hinterließ eine feine Spur herauf bis zu seinem Kinn, das ich mit vielen kleinen Küssen bedeckte, hörte sein Stöhnen, bevor er mich packte und neben sich legte, sodass er mit einer weiteren flüssigen Bewegung auf mir lag, sein Körper meinen fixierte und meine Hände über den Kopf ans Bett pinnte. Ich konnte nicht atmen, mein Herz raste und ich hatte plötzlich Angst, Angst davor, wie sehr ich ihn küssen wollte. Meine Welt reduzierte sich auf mein Verlangen, mit diesem Tunnelblick nahm ich nichts anderes mehr wahr. Morgans Augen sprangen zu meinen Lippen. Er hielt absolut still, warte auf meine Erlaubnis. Also erlaubte *ich es mir*, in dem silbernen Schimmer seiner Pupillen zu versinken. Ich schluckte, bevor ich mich vorbeugte und den Abstand zwischen uns schloss, mein Mund seinen fand. Fast augenblicklich raste der schönste Schmerz über meine Haut und ein bekanntes, feines Geräusch drang an mein Ohr und ließ mich auffahren, derweil sich feine Funken, kleine Blitze auf unserer Haut entluden und selig darauf tanzten. Cranberry, Erde, jeder Geruch, den er ausströmte, durchdrang mich, sobald ich meine Lippen leicht einladend öffnete. Morgan seufzte und seine Zunge glitt begierig in meinen Mund. Seine Lippen waren unglaublich weich und passten perfekt auf meine, sein Geschmack explodierte in mir, die Blitze leuchteten greller. Ich befreite meine Arme und sein Kuss, mit jedem Moment hingebungsvoller, wilder, wurde sanft. Meine Hände strichen über sein Gesicht zu seinem Haar hoch, vergruben sich darin, und obwohl er sich schwer auf mir anfühlen musste, fühlte es sich einfach nur richtig an. Seine rechte Hand fuhr verspielt an der Seite meines Körper entlang und ich hätte wetten können, darauf Brandspuren zu finden, als er der Rock an meinem Oberschenkel hochschob, das Prickeln seiner Berührung meine nackte Haut erfasste. Er erreichte meinen Slip und zog die Hand weg und ich rollte mich auf ihn, glitt mit meinen Fingern unter sein Shirt.

„Morgan? Schatz, kannst du mich hören?"

Die Stimme war rein und klar und nah genug, dass ich zusammenfuhr und mich aufsetzte, weil ich erwartete, seine Mutter neben uns stehen zu sehen. Halb entsetzt, halb in Trance stellte ich erleichtert fest, dass wir allein waren, obwohl ihre Stimme erneut erklang.

Morgan seufzte, seine Augen, jetzt in der Farbe eines Sommersturms, lächelten mich entschuldigend an, bevor er eine Hand ausstreckte und unter eins der Kissen griff, um ein handyähnliches Gerät zum Vorschein zu bringen. Er legte es neben sich und drückte „Annehmen" auf dem Touchscreen.

„Hey, Mom."

„Wie fühlst du dich?"

„Gerade ging es mir noch blendend", lachte er und ich warf ein Kissen nach ihm, das er abfing. Sein spitzbübisches Grinsen erwidernd wollte ich irgendwie von ihm heruntersteigen und fand mich festgehalten wieder. Seine muskulösen Arme lagen schwer auf meiner Taille, streichelten die Haut unter meinem Top.

„Ist Mimi bei dir?"

„Ja."

„Perfekt! Richte ihr aus, wir erwarten sie in zehn Minuten im Speisezimmer. Mirabelle und Daniel zaubern gerade grandios Leckeres zu ihren Ehren, die ganze Küche duftet schon."

„Mom?"

„Ja, Schatz?"

„Sag Stephanie, sie soll Carlton zum Tischdecken hochschicken. Wir essen hier."

„Kommt gar nicht infrage", erwiderte seine Mutter streng. „Wir sind nicht richtig dazu gekommen, uns mit ihr zu unterhalten. Dein Vater und ich möchten Mimi auch kennenlernen."

Mir wurde heiß und kalt bei der Vorstellung, dem Teufel bei Tisch gegenüberzusitzen. Millionen abstruser Gedanken jagten mir gleichzeitig durch den Kopf: Wie verhielt man sich? Was besprach man? Gab es auch Tischgebete für die andere Seite und hießen die dann überhaupt noch Gebete? Durfte man ihm direkt in die Augen sehen oder war das ein Affront?

Die Stimme seiner Mutter wurde wieder weicher, als sie weitersprach, und ich ahnte, solange sie dabei war, würde es entspannt zugehen und mir nichts Schlimmes widerfahren. „Keine Sorge, Mimi. Er wird diesmal auf sein Gewand aus Menschenhaut verzichten – ich konnte ihn sogar überreden, die Hörner abzunehmen."

Sie lachten beide und bei dem harmonischen Klang lösten sich meine Sorgen in Luft auf. „Ich bin gleich da."

„Nein", widersprach Morgan entschieden und war schlagartig wieder ernst, „ist sie nicht. Mom, ich verstehe euch: Aber Mimi ist das ganze Wochenende hier. Genug Zeit für jeden, sie zu belagern."

„Versprochen?"

Ich war überrumpelt von seiner Wochenendplanung, weshalb ich nicht reagierte, geschweige denn verstand, dass die Frage an mich gegangen war. „Wochenende?", fragte ich ihn lautlos.

„Wochenende", bestätigte er leise.

„Hallo?"

Die Aussicht auf die nächsten achtundvierzig Stunden machte mich schwindelig. „Versprochen", sagte ich schließlich und sie gab nach, nicht ohne anzufügen, dass mein Zimmer bezugsfertig wäre. Ich bedankte mich und verdrängte die Information sofort. Noch könnte ich mich wachhalten.

Ihn noch mal küssen. Und ein weiteres Mal und nie wieder damit aufhören.

„Oh, Schatz, bevor ich es vergesse. Jared und Luke haben sich gemeldet. Ich soll dir sagen, das Spielfeld sehe aus wie neu und die Tigers würden gewinnen."

„Wem von ihnen hat Bellazzo die Ehre des QB zuteilwerden lassen?"

„Jared. Er sei wohl der Aggressivere", lachte seine Mom und selbst ich konnte mir ein Grinsen nicht verkneifen.

Minuten später wurde aufgedeckt.

Das Sesamhühnchen mit Austernpilzen in Weinsauce von Daniel und Mirabelle war ein Gedicht. Wir saßen an einem extra aufgestellten runden Tisch in der Mitte seines Zimmers, Morgan hatte die Beleuchtung auf Kerzenschein reduziert und eine Café-del-Mar-CD eingelegt. Wir lachten über diverse Sportgeschichten und er erzählte mir von Ibiza und Segeltörns am Mittelmeer, die Zeit verging wie im Flug. Als Carlton abräumen kam, antwortete er auf meine Frage nach der Uhrzeit mit „zwei Minuten nach zweiundzwanzig Uhr, Miss Melody". Es fühlte sich seltsam an, von einem gesetzten Mann mit graumeliertem Haar und teurer Uniform mit „Miss" angesprochen zu werden, doch er insistierte.

Überhaupt fiel mir das Emblem der Bediensteten erst jetzt, da er sich galant vor mir verbeugte, ins Auge. Ein goldenes, verschlungenes V, um das sich eine rote Schlange rekelte, war auf das schwarze Revers jeder Uniform gestickt worden, die sie mit Stolz trugen.

„Carlton ist der Butler, Stephanie die Haushälterin und Mirabelle und Daniel sind offensichtlich eure Köche. Fehlt noch jemand?", fragte ich ihn, sobald der Butler mit dem Tisch das Zimmer verlassen hatte und ich mich zu Morgan auf die Couch setzte. Sie war überraschend bequem, und hatte die Macht, dich in ihren weichen Polstern versinken zu lassen. Mit einem Schluck trank ich mein Wasser aus, bevor ich das Glas vorsichtig abstellte. Selbst Profanes schmeckte in diesem Haushalt irgendwie besonders, vermutlich dank der Limetten- und Zitronenscheiben, die in der Kristallkaraffe zwischen den Eiswürfeln schwammen.

„Cynthia hat heute frei, sie hilft sowohl Stephanie mit dem Haushalt als auch Daniel in der Küche. Levi kümmert sich um die Gärten, sein Sohn Chip um den Fuhrpark und schließlich wäre Mary, sie ist Aidens Kindermädchen."

„Kindermädchen?"

Morgan nickte und streckte sich, ehe er mich zu sich zog. Seinen Augen fehlte der Glanz von eben. Ich spürte zwar, wie sich seine Muskeln entspannten, aber ich bemerkte auch die Mühe, die es ihm bereitete. Kein Wunder, war er heute Mittag noch eine lebende Fackel. „Mein Bruder ist fünf. Du lernst ihn morgen früh kennen."

„Apropos", räusperte ich mich und versuchte optimistisch zu denken. „Wärst du mir sehr böse, wenn ich mich jetzt gerne hinlegen wollen würde?"

„Natürlich nicht", erwiderte er erstaunt.

„Schön, meine Augen fallen mir fast zu", lächelte ich entschuldigend und erinnerte mich an die imposante Größe des Hauses und den nur allzu hilfsbereiten Carlton und fragte: „Wo ist das Pariser Zimmer?"

„Hast du etwas liegen lassen?"

„Ich hatte genau genommen gar nichts dabei. Deine Mom meinte, Stephanie würde sich um etwaige Eventualitäten kümmern." Ich hoffte, diese beinhalteten auch einen Schlafanzug. „Halte mich für altmodisch, aber am Nachmittag war ich noch fest davon ausgegangen, heute Abend nach Hause und in *mein* Bett zu gehen."

„Was stimmt nicht mit meinem?", fragte er herausfordernd.

Stirnrunzelnd starrte ich zu dem Podest. Mädchen Nummer eins bis tausend schwebten vor meinem inneren Auge, wie damals in meiner Vorstellung, in Reih und Glied, um sich darin wälzen zu dürfen. „Die Tatsache, dass es deins ist, vielleicht?"

„Du kannst ja richtig entzückend sein."

„Gute Nacht", entgegnete ich kopfschüttelnd und stand entschlossen auf. Zugegebenermaßen hatte ich nicht mehr viele Prinzipien, seit ich wusste, was es hieß, bei Morgan zu sein, aber mit Sicherheit zählte Ehrbarkeit dazu. Meine Eltern hatten ihre Töchter richtig erzogen.

Dann fragte ich eben doch Carlton nach dem Weg – falls ich ihn in diesem Palast jemals wiederfand.

Mein Fokus auf die Tür, setzte ich einen Fuß vor dem anderen. Ich schaffte keinen ganzen Meter.

„Halt", mit Nachdruck in der Stimme hielt er mich am Arm fest. „So war das nicht gemeint. Das Letzte, was ich möchte, ist, dich auf Sex zu reduzieren, und wenn du das entsprechend aufgefasst hast, entschuldige ich mich dafür. Aber", er stand ebenfalls auf, legte mir die Hände auf die Schultern und sah mich durchdringend an, „ich habe zwei Wochen lang darauf verzichtet, neben dir einzuschlafen und die letzten Nächte hat mich das fast umgebracht. Du bist jetzt hier und von mir aus kannst du am äußersten Rand des Bettes liegen, eine Laken-Kissen-Barriere zwischen uns errichten oder ich belege mich, dich, oder auch uns beide mit einen Bannspruch deiner Wahl, solange du nur bei mir schläfst."

Mein Widerstand war zu Staub zerfallen, ehe er fertig war. „Trotzdem muss ich rüber. Ich habe keinen Schlafanzug."

Er ging wortlos zu seinem Schrank, suchte kurz und drehte sich mit einem ausgebreiteten Zelt in der Hand zu mir um.

„Wie wählerisch bist du?"

„Was ist das?", gab ich zurück und trat zu ihm, um das Teil zu betrachten.

„Es ist nicht Haute Couture, aber ziemlich bequem", erklärte er und hielt mir ein Trainings-Shirt mit dem Emblem der Tigers hin. Es reichte mir vermutlich bis zu den Knien, fasste sich weich an und roch nach Waschmittel und Citrus. Nach ihm.

„Perfekt", urteilte ich und nahm es dankbar entgegen.

„Das Badezimmer ist genau gegenüber. Der rechte Schrank beinhaltet lauter Gästezeug, nimm dir einfach, was du brauchst."

„Okay. Bis gleich."

Er zog mich ein letztes Mal zu sich und strich mir mit dem Daumen zärtlich über die Wange. „Bis gleich."

Nickend huschte ich auf den Gang und in ein Badezimmer aus Tausendundeiner Nacht, mit goldverzierten Mosaikböden und -decken und Wasserhähnen, die wie in Lukes Haus die Form von goldenen Schwänen hatten, fand besagten Schrank und wusch mir das Gesicht, putzte die Zähne und bürstete mir das Haar. Ich hörte eine Tür und tippte, er machte sich auch fertig. Mein Blick fiel auf mein fahles Gesicht und ich beschloss, mir ein wenig Mühe zu geben und suchte ein Peeling oder eine Maske. Make-up, Cremes, Puder in zig Nuancen, Badezusätze und Duschgel, kleine Döschen und Quasten, wohin das Auge reichte, verteilt auf der Granitablage und den oberen Regalen des Schrankes. Ein Zettel mit meinem Namen hing an einem kleinen Haarbürstenpaket mit drei unterschiedlichen Utensilien, direkt neben den nach Wildblumen duftenden Handtüchern, Schwämmen und einem Bademantel, der zu flauschig wirkte, um nicht über ihn zu streichen. Zuerst hatte ich Hemmungen mich an den teuren Gästeprodukten zu bedienen, aber dann machte ich neugierig den anderen Schrank auf, um mich vor einem Kosmetikprodukteberg wiederzufinden, der den Marken nach teurer war wie eine durchschnittliche Monatsmiete und meine Meinung änderte. Ich griff nach dem gefalteten Zettel und öffnete ihn gespannt. Die Schrift war schön geschwungen und eindeutig weiblich.

*Mimi,*

*Ich habe mir die Freiheit genommen, meine Lieblingsprodukte einzukaufen, da ich nicht wusste, was du bevorzugst. Brooke und ich lieben es, das Bad zu einem Tempel umzugestalten, also fühle dich frei, Kerzen anzuzünden (unterste Schublade links) und dein Bad nach eigenen Wünschen zu halten. Bei dem Thema Make-up waren Morgan und ich uns uneinig. Offenkundig bräuchtest du keins und wärst auch ohne „atemberaubend schön", aber auch das solltest du selber entscheiden, selbst wenn ich in diesem Punkt die Meinung meines Sohnes teile.*

*Fehlt etwas, teile es bitte Stephanie mit.*

*Viel Spaß beim Entdecken,*

*Grace*

Ich lächelte gerührt wegen der Mühe, die sie sich gemacht hatte, und suchte die Kerzen, stellte sie auf die Ablage unter dem Spiegel und entschloss mich, sie noch nicht anzuzünden. Ich hatte nicht vor, das Badezimmer lange zu besetzten, ungeachtet davon, dass sich der leckere Duft nach Äpfeln und Honig bereits durch das bloße Auspacken dezent im Raum verteilte. Während ich eine schimmernde Fruchtlotion auf meinen Körper auftrug, dämmerte mir, was für eine Kehrtwendung mein Leben genommen hatte. Bilder von Toten in einer Blut- und Lavafontäne, knöcherne Finger, die sich nach mir streckten, leere Augen, die mich beobachteten, und mein skelettiertes Spiegelbild vom Mittwochmorgen bauten sich vor mir auf. Ich entsann mich daran, vor Tatius und apokalyptischen Reitern in der sengenden Hitze davonzulaufen, fühlte das Gräberfeld unter meinen Füßen und bekam plötzlich unerklärbare Angst vor mir selbst. Ich begriff warum, als eine Stimme in meinem Inneren mein lächelndes Ebenbild fragte, ob ich alles noch mal durchmachen würde, sollte es mich erneut zu Morgan führen. Mit einem energischen Knall schloss ich die Schranktür, schlüpfte in sein Shirt und legte die Hand auf die Klinke, bevor ich meinem abgewandten Gesicht die Frage bejahte und über den flauschigen Teppich regelrecht zu seinem Zimmer lief.

Die erduldeten Strapazen machten mir nicht mehr das Geringste aus.

Vorausgesetzt man gedachte des Ungeheuerlichen, das mich heimgesucht hatte, war Morgan nicht zu nahe zu kommen vielleicht das Richtige, aber ihm nahe zu sein, fühlte sich unglaublich richtig an. Es war unmöglich, ihm zu widerstehen. Und obwohl ich erst seit wenigen Stunden bei ihm war, wollte ich bereits jetzt nie wieder fort. Es war krank und verdreht. Aber …

… ich hatte endlich das Gefühl zu leben.

Morgan stand am Fenster und schaute durch einen Spalt im Vorhang zum Vollmond. Gefesselt von dem bildgewaltigen Anblick, dem Mondlicht in seinem Haar und auf seinen Schultern, verharrte ich reglos minutenlang in der Tür. Schließlich weigerte sich mein Körper, einfach tatenlos dazustehen, weshalb ich leise die Tür schloss, zu ihm trat und ihm die Hand leicht auf den Rücken legte. Er seufzte und zog mich vor sich. Interessiert folgte ich seinem Blick zum Himmel. Dann schloss er die Arme um meine Mitte, legte sein Kinn auf mein Haar und sinnierte: „Hast du jemals auf die erste Strophe des Liedes der Sirene geachtet?“

„Welches von beiden?“

„Das erste, fröhlichere.“

„Geachtet vielleicht, aber nicht verstanden“, gestand ich ihm.

„Veni dulcis amiga mea, cum qua iocari suaviare et teneras delicas sumere et in amore finire“, sagte er und die Worte kamen mir vertraut vor. Ich schloss vorübergehend die Augen, um sie in mir klingen zu fühlen. „Das bedeutet ungefähr: Komm, meine süße Freundin, spielen wir das Spiel des Kusses und lass und die schönen Freuden genießen –“

„– und in Liebe sterben.“

„Richtig.“

„Das ist das *fröhlichere* Lied?“

Sein Lachen hallte in mir, bevor er mich auf eine Armlänge von sich hielt und um die eigene Achse drehte. Das Shirt flatterte wie ein Kleid um meine Oberschenkel.

„Ich habe noch nie etwas gesehen das sexier ist als du in diesem Shirt“, sagte er und seine Augen glänzten. Ich knickste vor ihm und stieg die Stufen zum Bett hoch. Er betrachtete meine nackten Beine und ein sinnlicher Schauer verlieh mir eine Gänsehaut. „Aber ich verstoße gegen mein Versprechen. Zurück zur Normalität."

*Gerne.*

„Ich habe ein eigenes Bad?", fragte ich.

„Und tonnenweise Make-up, das du niemals verwenden wirst. Mom war unerbittlich."

„Ich muss ihr unbedingt danken. Das ist sehr nett", lächelte ich und setzte mich auf den Bettrand. Er ging zur anderen Seite, um das Intercom-Handy auszuschalten und legte es auf seinen Schreibtisch, wo er mein Foto in die Hand nahm und länger betrachtete.

„Ich brauche dringend ein anderes Bild", erklärte er über die Schulter, „eins, wo ich mit drauf bin."

„Wie bist du überhaupt an dieses gekommen?"

„Nur weil unser Name nicht explizit draufsteht, bedeutet es nicht, dass es nicht uns gehört."

„Der Fotoshop auch?", fragte ich und zog die leichte Decke über meine Beine.

„Knapp 80 Prozent dieser Stadt – und anderer", erwiderte er, als rede er über das morgige Wetter und kam nach. Ich arrangierte das Shirt und schaute ihn ungläubig an.

„Meine Familie hat Geld, was soll's?"

„Die Kennedys haben Geld – *du* bist schwerstvermögend."

„Nicht ich – meine Eltern", korrigierte er und legte sich vorsichtig wieder hin, war aber anscheinend wirklich darauf bedacht, den Abstand zwischen uns zu wahren. Ich tat es ihm nach, stützte mich auf die linke Hand, er sich gleichzeitig auf seine rechte, obwohl mir der kurze Schmerz in seinem Blick dabei nicht entging. So verharrten wir eine Weile in stummer Bewunderung des jeweils anderen.

„Woher hat du gewusst, wie lange meine Familie fort sein wird?", durchbrach ich schließlich das Schweigen.

„Sagen wir, ich habe meinem Glück auf die Sprünge geholfen."

„Indem du meiner Tante den Auftrag beschafft hast?"

„Weiß man erst, wo ihre Schwächen liegen, kann man jeden Menschen wunderbar manipulieren", erklärte er und trommelte mit den Fingern auf dem Laken. „Ein gewisser Zeitschriftenverleger aus San Diego beispielsweise ist sich neuerdings darüber bewusst, dass eine charmante Fotografin aus Mainfield ihre Visionen umsetzt, als wäre der Betrachter mittendrin in der Szene, wobei sie dennoch die Mode in den Mittelpunkt stellt."

„Es ist das *erste* professionelle Modeshooting für Maddy", warf ich ein und fuhr mit meinen Fingern seine nach.

„Das spielt keine Rolle. Entscheidend ist, dass dieser Mann Annie Leibovitz verehrt und er jetzt felsenfest der Meinung ist, deine Tante sei nichts Geringeres als seine ganz persönliche Leibovitz. Er entdeckt sie, sie macht ihn reich und berühmt."

„Hochmut", nickte ich, „und Geiz."

„Neben Zorn die häufigsten Sündenfälle. Finde die Achillesferse eines Menschen und es ist denkbar einfach, seine Gedanken und Handlungen zu beeinflussen. Sie betteln förmlich darum."

„Was, wenn es sich um jemanden handelt, der wunschlos glücklich ist?"

„So jemand existiert nicht. Jeder hat eine Schwachstelle. Sogar Luzifer und Gott."

„Aber", warf ich ein und runzelte die Stirn, „woher konntest du dir sicher sein, dass ich nicht mitfahren würde?"

„Ich habe gehofft, dass dich ein Einzelzimmer mit deinem Cousin genug abschreckt. Falls nicht, wäre die Reservierung storniert worden und die Alternative noch unangenehmer ausgefallen."

Ein Auto fuhr soeben die lange Auffahrt hoch und parkte mit quietschenden Reifen. Gleich darauf wurde eine Tür geöffnet und Schritte entfernten sich, eine andere Person kam, stieg ein und die Tür wurde wieder geschlossen, der Motor heulte auf und der Wagen fuhr mit, erneut, quietschenden Reifen davon. Morgans Blick streifte zum Fenster. „Brooke ist zurück."

„Lief das Spiel zu eurem Gunsten?"

„Meine Schwester erzählt es gerade unserer Mom." Er kniff angestrengt die Augen zusammen, ähnlich den Bemühungen sich auf ein winziges Licht in der Ferne zu konzentrieren. „Wir haben gewonnen. Und das, obwohl neben mir auch Drew gefehlt hat. Unsere Defense war sinnvoll aufgestellt, hat keinen Raumgewinn zugelassen. Aber die Crows haben uns trotzdem im letzten Viertel mit ein paar Big Plays im Spiel gehalten."

„Klingt toll", nickte ich und war insgeheim ein wenig neidisch, nicht per Telepathie mit meiner Umwelt kommunizieren zu können. Wie viel einfacher wäre es, Missverständnissen vorzubeugen oder sie aufzuklären, bevor sie zu Problemen wurden? „Und ich freue mich für die Tigers."

„Ehrlich?", seine Augen wurden wieder groß und tief, während sie in meine eintauchten. „Und das aus dem Mund des Anti-Go-Tigers-Girls?"

Mit einem kleinen Schubs lächelte ich ihn an. „Was sagt sie über den Raumgewinn?"

„598 Yards."

„Ist das gut?"

„Schon", grinste er und legte seinen Kopf aufs Kissen. In der Stille regten sich in mir Schuldgefühle.

„Morgan? Bereust du es, das Spiel verpasst zu haben?"

Sein Brustkorb sah Gott sei Dank immer weniger danach aus, als würde ihm das Atmen schwerfallen.

„Nein. Ich liebe Football, aber es werden noch etliche Spiele folgen", versicherte er mir. „Und persönlich wäre ich gerade nirgendwo lieber."

„Nicht einmal auf Shelbys Party?", flüsterte ich und dachte an die Art, wie sie ihn anfasste oder dass sie auch zusammen hier gelegen hatten. Meine rechte Handfläche wurde heiß und ich ballte sie reflexartig zur Faust, damit er das nicht mitbekam. Er musterte mich dabei nachdenklich, nahm sie und zwang mich dazu, sie wieder zu öffnen. Sein Zeigefinger fuhr die Linien darin nach, kühlte meine Eifersucht und Haut.

„Wie kommst du darauf?"

„Sie ist deine Exfreundin."

Er lachte auf. „Nicht wirklich. Wir hatten unseren Spaß miteinander – Shelby macht mehr draus. Sie hat sich in etwas hineingesteigert, das es letztlich nicht war."

„Aber wer weiß, wenn ich nicht aufgetaucht wäre …"

„… bliebe sie meine Ex-Irgendwas. Sie ist mir nicht wichtig, sie war es nie. Und es wäre nicht die erste Party, die damit enden würde, dass sie ein Drama daraus macht."

Ich fragte mich, wie ich mich fühlen würde, ihm so nahe zu kommen um mit dem Prädikat Ex-Irgendwas zu enden und hoffte inständig, dass ich das nicht bald selbst herausfände.

„Wo bist du mit deinen Gedanken?"

„Sie tut mir leid", gab ich kleinlaut zu. Er drückte meine Hand, bevor er seine Lippen leicht auf meine legte. *Verdammt, er ist wirklich ein Meister darin, mich verrückt zu machen.*

„Du weißt, dass das mit uns was anderes ist", murmelte er abwesend und ich befeuchtete meine Lippen nachdenklich.

„Ich kann sie trotzdem nicht leiden. Deinen ganzen Fanclub nicht."

Seine Mundwinkel bogen sich in einer fließenden Bewegung nach oben. „Fanclub?"

„Sie sind oberflächlich und nervtötend und, glaubt man den Gerüchten, auch widerwärtig."

„Weil sie sich an uns halten?"

Ich drehte den Kopf und öffnete den Mund, schloss ihn aber gleich wieder, um mich zusammenzureißen. Ich hatte aus erster Hand erfahren, wie viel Tratsch in den Gängen einer Schule nichts weiter als Tratsch war. Andererseits hatte ich sie zusammen gesehen. Jeden Morgen, jede Pause. Manchmal nach Schulschluss. Es war schwer, die Bilder zu blocken, aber ich versuchte es standhaft. In diesem Augenblick gehörte er mir. Und solange der Augenblick anhielt, würde ich ihn nicht kaputt machen. „Egal“, erklärte ich schließlich und versuchte mich wieder zu entspannen. „Muss schön sein, umgarnt zu werden.“

Er riss seine Aufmerksamkeit von meinem Mund und zuckte gleichgültig die Schulter. „Es gibt Schlimmeres. Und falls es dich beruhigt: Ich mag Drew auch nicht.“

„Das ist was anderes. Er ist der Exfreund deiner Schwester.“

„Ist er nicht“, seine Augen wurden für den Bruchteil einer Sekunde schwarz. Er atmete schwer und haderte offenbar mit sich.

„Was?“

„Hat er es dir nie erzählt? Drew und ich waren einst befreundet.“

Überrascht schüttelte ich den Kopf.

Das war mir neu.

„Die ersten Mannschaftssiege haben wir bei Sean und ihm gefeiert und noch bevor wir den Führerschein in der Tasche hatten, sind wir zusammen mit Luke, Jared und Grant durch die Autohäuser gezogen. Das allererste Herbstritual war sogar seine Idee. Wir sind nur miteingestiegen, weil es sich nach Spaß anhörte.“

„Wirklich?“ Erstaunt überschlug ich, was mir Drew über Morgan erzählt hatte, konnte mich aber an nichts erinnern, was vor dem ersten Schultag und seiner Hasstirade auf die Vegard’sche Expansionspolitik lag. „Was ist passiert?“

„Eines Tages kamen wir aus dem Sommerurlaub wieder und sobald ich ihn traf, fühlte ich eine profunde Abneigung. Es war, als hätte er mich verraten oder mein Vertrauen missbraucht. Ehrlich gesagt, konnte ich es mir selber nicht erklären.“

„Aber das hat er nicht?“

„Zumindest nicht, wie ich gedacht hatte“, lächelte er schwach und ich versuchte zu folgen.

„Wann war das?“

„Der Sommer vor zwei Jahren.“

Ich verstand und verschränkte die Arme hinter den Kopf, um den bildgewaltigen Schattenspielen in seinem Blick zu entgehen, suchte nach den passenden Worten, ohne der damaligen Geschichte zwischen Drew und mir Unrecht zu tun. „Vorletztes Jahr kam ich ausnahmsweise früher nach Mainfield und es war, glaube ich, sogar mein erster Abend, an dem wir Toris Geburtstag nachfeierten. Ich erinnere mich genau daran – das Haus war proppenvoll und warm und ich noch müde vom Flug, aber ich wollte keine Spaßbremse sein, also habe ich jegliche Partyspiele mitgemacht, sämtliche Getränke mitgetrunken. Irgendwann in den Morgenstunden bat ich Drew, mich nach Hause zu begleiten. In erster Linie, weil er in der Nähe wohnt, aber auch, weil er fertig aussah und ich nicht wollte, dass er Auto fuhr.

Der Arme hatte locker das Doppelte von mir intus. Wir haben uns deshalb gestritten." Ich lächelte kurz bei der Vorstellung, wie mahnend er mich angefunkelt hatte, indes er mir letztlich seine Schlüssel zu dem neuen Ford aushändigte. Offiziell hatte er seinen Führerschein noch gar nicht besessen. „Er hat eingelenkt und wir verabschiedeten uns, ich setzte mich ans Steuer, fuhr mit Schwung aus der Auffahrt auf die Strasse, während ich wendete. Da kam ein Wagen um die Ecke geschossen, hupend und signalisierend, den ich nichtsdestotrotz übersah und überhörte und nachdem Drew geistesgegenwärtig kurzerhand die Schlüssel aus der Zündung zog und wir allein deswegen nicht umgenietet worden, war klar, dass keiner von uns beiden mehr fahrtüchtig war. Er nahm meine Hand und hat mich zu Fuß nach Hause begleitet, wobei ‚stolpern' bei mir eher zutraf. Teilweise habe ich Sachen doppelt gesehen, Bäume, Laternen, Hunde, Drew. Er hat sich minutenlang totgelacht, weil ich ihm partout nicht glauben wollte, dass Sean nicht bei uns war", amüsiert schüttelte ich den Kopf. „Na, jedenfalls machten wir irgendwann Witze über den Ausdruck ‚Freunde mit gewissen Vorzügen' und bevor er mich an der Haustür verabschiedete, küsste er mich."

Morgan wandte den Blick ab.

„Es war eine Schnapsidee und genau genommen stand außer Frage, dass das funktioniert. Aber keiner hat es ausgesprochen und je länger es sich hinzog, desto mehr begann unsere Freundschaft darunter zu leiden. Ein paar Wochen später trafen wir uns in unserer Lieblings-Eisdiele, redeten ausführlich und als wir von dem Tisch aufstanden, beschlossen wir Freunde zu bleiben, wieder zu werden – und das war's." Ich lächelte ihn verständnisvoll an, doch er betrachtete mich still. „Ich erzähle dir das nicht, um dich zu ärgern, ich will nur, dass du verstehst, wie unbedeutend es war. Für uns beide. Drew ist ein toller Kerl und einer meiner besten Freunde und was am Wichtigsten ist: Er mag Brooke. Gib ihnen eine Chance."

„Du fährst seinen Wagen."

„Weil du mein Fahrrad nicht rausrückst." Endlich schenkte er mir ein leichtes Grinsen. „Drew und ich zusammen, das war schräg an der Schwelle zu unangenehm. Er weiß alles über mich, jeden Schönheitsfehler und Makel, kennt meine Geheimnisse. Für mich war er stets mein Bruder und ich verwette meine Zimmereinrichtung darauf, dass er nie ernsthaft was von dem Mädchen wollte, das ihm beim Naseschnäuzen half, bis er vierzehn war."

„Wie war das?" Morgans Augen fielen ihm fast aus dem Kopf.

Todernst erwiderte ich: „Seine Mom ist die Sorte Natur-Medikamente-vor-Chemie. Waren Sean oder Drew krank, analysierte sie ihre

Krankheit anhand des Taschentuchs. Verständlich, dass ihre Söhne das, hmmm, befremdlich fanden. Drew weigerte sich eines Tages standhaft, obwohl er mit Grippe röchelnd im Bett lag, also rief sie mich und auf wundersame Weise hat er sich gebeugt, sobald ich ihm das Tuch unter die Nase hielt. Ich möchte glauben, es lag daran, dass ihm schwante, seine Mom würde mich festhalten, bis sie bekam, was sie wollte. Er war zehn. Es wurde zum Running Gag."

Morgan lachte.

„Oh! Es wird noch besser. Als wir ganz klein waren, spielten Abby, er und ich oft Mutter, Vater, Kind. Er war der Vater, las Zeitung und spielte Fußball und ich war die Mutter und strickte und kochte und backte. Meine Küche war ausgestattet mit echtem Besteck und Tellern und zu essen gab es die Reste von meiner Tante. Eines Tages habe ich versucht, allein Muffins zu machen und sie Drew gegeben. Das war sein erster Aufenthalt in der Notaufnahme. Ich werde niemals vergessen, wie die Schwester mich beiseite nahm und erklärte, dass Knete nicht essbar ist."

Morgan lachte stärker, Tränen standen ihm in den Augen.

„Bist du sicher, wir reden von demselben Typen? Kennt meine Schwester diese Seiten an ihm?"

„Keiner. Klassifiziert unter 'Top Secret'. Es ist in unser aller Interesse, wenn das so bleibt."

„Diese Geschichten sind unbezahlbar."

„Du würdest dich wundern, wie viele ich davon auf Lager habe. Er war Teil meines Lebens, solange ich denken kann. Länger noch als Abby."

Bei meinen Worten wurde sein Blick wieder undurchdringlich. „Es macht mich wahnsinnig, ihn zu sehen und zu wissen, dass er dich angefasst hat."

„Hat er nicht", korrigierte ich augenblicklich, „wir haben nie miteinander geschlafen. Vermutlich ahnten wir, dass das automatisch das Ende unserer Freundschaft bedeuten würde. Egal wie sehr wir sie danach zu kitten versuchen. Das war es uns nicht wert."

Während meiner Beteuerung mischten sich auf seinem Gesicht die großartigsten Emotionen zusammen, erzählten von Verständnis und Vernunft, bis schließlich zum Schluss eine Art Unsicherheit überwog.

„Morgan, ist schon okay. Auch ohne dich ewig zu kennen, bin ich mir bewusst, dass du, was Frauengeschichten anbelangt, kein Heiliger bist." Wir grinsten uns an wegen des Vergleichs. „An der Lincoln sprechen sich solche Sachen schnell herum."

„Wie schnell?"

„Tag drei", erklärte ich, „und ich bekam einen Crashkurs zur Klarstellung wer dein Mädchen Nummer eins, zwei, drei etc. ist, dass es eine Rangordnung gibt, in der sie mit dir umgehen, hatte gesehen, was es bedeutet, wenn du Mädchen Nummer zwei Mädchen Nummer eins – und nur fürs Protokoll: Das ist Shelby – vorziehst, und erfahren, dass du und dein Footballteam allgemeinhin als BesTigers bekannt seid, wobei Jared und du euch um den schmeichelhaften Titel Besteiger des Jahrzehnts streitet. Angeblich scheiden sich die Geister bei der Frage, wer von euch beiden es schafft, bis zum Ende des Schuljahres am meisten Sex mit Frauen zwischen sechzehn und fünfundzwanzig Jahren gehabt zu haben. Aktuell liegst du knapp vorn."

Morgan starrte mich sekundenlang an, ehe er blinzelte und seinen Nasenrücken massierte. „Diese verfluchten Ranglisten gehen mir seit Jahren auf den Zeiger." Er schüttelte entnervt den Kopf, ehe er mir sein bekanntes Grinsen schenkte. „Gut, dass du neu an der Schule bist."

„Aber ich kenne die Geschichten bereits."

„Überleg mal, was du jetzt bereits gehört hast und dann stell dir vor, du wärst seit vier Jahren an der Lincoln."

Ich schürzte die Lippen und stöhnte. Wäre das der Fall, hätte ich es nicht nur gehört, sondern live mitbekommen. „Vermutlich wäre ich längst deinem Charme erlegen", erklärte ich sarkastisch.

„Vermutlich wäre ich ein Vorzeige-Heiliger", gab er mit einem anmaßenden Grinsen zurück und rutschte auf. „Monogamie und all das."

„Wer sagt, dass ich mit dir zusammen wäre?"

„Wärst du's?"

„Es ist im Rahmen des Denkbaren", murmelte ich und meine Augen fuhren lüstern über seinen Körper. Er zog mich in seine Arme, unsere Nasen Zentimeter voneinander entfernt. Ich konnte nicht mit Bestimmtheit sagen, worauf er wartete, bis mir unser Gespräch wieder einfiel.

„Jedenfalls", räusperte ich mich, „kenne ich genug Stories über dein Liebesleben, um mich ein Leben lang von dir fernzuhalten. Der Punkt ist: Was vor mir war, interessiert mich nicht. Solange ich Shelby und Co. meiden kann", fügte ich hinzu.

„Sie sind Schnee von gestern."

*Tja. Das ist nur die halbe Miete*, dachte ich und schluckte.

„Mimi", er hielt inne und atmete tief durch, „ich will dich. *Nur* dich. Vergangene Fehler kann ich nicht wiedergutmachen, aber ich kann dir garantieren, dass diese Mädchen mir nichts bedeuteten", erklärte er nach einer Pause und seine Stimme war auf einmal heiser, als er mein Gesicht zu sich drehte und sich vorbeugte, um jeden Millimeter davon mit kleinen Küssen zu bedecken, mein Kinn, meine Augen, Stirn, Wangen. „Glaubst du mir?"

Ich studierte sein Gesicht, seine Augen und Züge. Mehr Zeit würde ich nicht haben, um eine Entscheidung zu fällen: Gab ich mich der Eifersucht hin oder dankte ich welcher Macht auch zuständig war, dafür, dass dieser Junge aufrichtig mit mir sein wollte? Dass ich ihm wichtig genug dafür war. Schlussendlich zeichneten meine Fingerspitzen seinen perfekten Wangenknochen nach und ich lächelte. Es brauchte Mut mich einzuweihen. Er verdiente sich den Vertrauensvorschuss. „Sicher."

Ohne es bewusst zu steuern, fiel mir plötzlich Cameron ein – und er erstarrte.

„Wer ist Cameron?", seine Augen hatten sich im Bruchteil einer Sekunde zu Schlitzen verengt.

„Du hast versprochen, das nicht mehr zu tun."

„Ich wollte nur sichergehen, dass es dich wirklich nicht belastet", erwiderte er und seine Pupillen waren nun schwarz wie die Nacht und gewannen an Tiefe. „Wer ist *Cameron*?"

„Mein Exfreund", seufzte ich, „und ehemaliger Nachbar."

Das Laken raschelte unter mir und ich dachte, es läge an einer seiner Bewegungen. Doch nachdem das ganze Bett zu beben begann und er mich kurios reglos anstarrte, richtete ich mich auf.

Ich nahm seine glühende Hand und umschloss sie mit kalten Fingern, zwang ihn dazu, mich anzuschauen, und hörte das Klirren der Karaffe auf dem Tisch. „Ich bin achtzehn, Morgan. Vielleicht habe ich mein Leben nicht derartig ausschweifend gelebt wie du, aber ich hatte Beziehungen und war schon mal verliebt. Cameron war", ich wollte nicht an ihn denken, aber sein Gesicht schwebte mir erst recht vor, wenn ich es zu blocken versuchte, „der Erste. Der Einzige. Es ist so, wie du gesagt hast – für mich zählt es nicht mehr. Es war vor meinem Umzug und lange, bevor wir uns begegnet sind." Das Zimmer, der Flur vibrierte, vielleicht sogar das ganze Haus – ich spürte mit einem Anflug von Panik, dass ich nicht an ihn herankam. Also änderte ich die Taktik und betete, dass meine Intuition richtig war.

„Damit ich das verstehe: Bei dir ist das kein Problem, eine Vergangenheit zu haben, aber wenn's um mich geht, ist es eine Straftat?", fuhr ich ihn an und hoffte, mein Tonfall war ähnlich hitzig, wie er sich in meinen Ohren anhörte. Ich zog meine Hand weg, als hätte ich mich an ihm verbrannt, und lachte zynisch. „Wer bist du, mein Vater? Denkst du, ich bin dir Rechenschaft über mein Leben schuldig, weil du dich plötzlich dazu entschlossen hast, mich nicht weiterhin wie den letzten Dreck zu behandeln?" Seine Augen funkelten. „Wage es ja nicht, mich zu verurteilen! Du weißt gar nichts über mich, nichts darüber, was vor Mainfield oder diesem Monat war. Und so ehrlich es mir auch leid tut, dass ich deinem keuschen Ideal

nicht entspreche, finde ich es unheimlich amüsant, dass *du* das Urteil darüber fällst."
In seinen Körper kehrte langsam wieder Spannung zurück.
*Weiter im Text, Mimi.*
„Hätte ich dich vielleicht belügen sollen? Dir was verschweigen oder vormachen? Dich behandeln wie du mich?", fragte ich ihn und meine Stimme war nicht nur anklagend, sondern wurde auch lauter. „Denn wenn es das ist, was du möchtest, geh zurück zu Shelby!"
Überfordert von dem Ansturm an Emotionen, die auf mich einprasselten, wünschte ich mich weg von ihm um tief durchzuatmen und schloss frustriert die Augen.
Als ich sie wieder öffnete, stand ich im Flur.
Verwirrt blinzelte ich und fühlte, wie die Erschütterung des Bodens und der Wände abrupt aufhörte. Dann wurde es unnatürlich ruhig und im selben Moment begann eine neue, starke Bewegung. Die Welt drehte sich plötzlich um *mich* und auf der Suche nach Halt in dieser taumelnden Umgebung lehnte ich mich an die erstbeste Wand. Schwerelosigkeit und Druck prasselten gleichzeitig auf mich ein und ich prüfte, ob meine Wahrnehmung mir einen Streich spielte, spürte aber eindeutig, dass ich mich zwickte. Deprimiert harrte ich der Dinge, die mir widerfuhren und verweigerte meinem Verstand, sich damit zu beschäftigen.
Es wurde einfach zu viel.
Stattdessen wartete ich, bis sich das klamme Gefühl in meinem Bauch und Kopf legte und Organe und Glieder sich weniger matschig anfühlten. Was letztlich zurückblieb, war reiner Schwindel und das Bedürfnis, mich hinzusetzen. Vorsichtig stieß ich mich von der Wand ab und wandte mich nach rechts, wo ich seine Tür vermutete.
Ich stand links.
Und Morgan mit verschränkten Armen vor mir.
„Dein Zimmer liegt in der anderen Richtung", sagte er, seine Stimme so leise wie kalt. Ich erkannte in ihm den Morgan, den ich kennengelernt hatte, betete, dass es mir irgendwann leichter fallen würde, ihn zu verstehen oder anzusehen, ohne ihn berühren zu wollen und riss mich zusammen.
„Danke."
Er nickte mich musternd, sein Blick undeutbar. Ich wollte uns noch einen Streit ersparen und machte einen großzügigen Bogen um ihn, da machte er einen schnellen Schritt nach rechts und ich lief fast gegen ihn. Gefangen zwischen dem Wunsch, ihn wegzustoßen und ihn anzuflehen, bei ihm bleiben zu dürfen, fuhr ich mir mit den Händen frustriert durchs Haar.
„Bitte, Morgan. Lass mich einfach durch."

„Das kann ich nicht", erwiderte er, „und ich will's auch nicht."

Sein Hände umfassten mein Gesicht, und er fixierte meinen Blick mit seinem. Im nächsten Augenblick spürte ich seinen Mund auf meinem und im Rücken die raue Wand, gegen die er mich presste. Seine Hände glitten unter mein Shirt und meine fuhren unter seins, während seine Zunge an meinen Lippen entlangfuhr und ich sie bereitwillig öffnete. Der Drang, ihm näher zu sein, noch näher, setzte mir zu. Mir wurde wieder schwindelig und plötzlich fühlte ich ein kühles Laken unter mir. Atemlos schob ich ihn fort und sah mich um. Seine Lippen waren leicht geschwollen, eine unscheinbare Schweißschicht lag auf seiner Haut und die Haare waren zerzaust. Seine blauen Augen folgten meinen. Wir waren wieder in seinem Zimmer.

„Meine Willensstärke ist erschreckend gering, wenn es um dich geht", erklärte er, „aber ich werde daran arbeiten. Bitte", flüsterte er und küsste meine Wange, „hab Geduld mit mir."

„Ähm, okay", erwiderte ich perplex und hätte zu allem mein Einverständnis gegeben. „Vermutlich sollten wir das Thema Ex-Beziehungen trotzdem vorerst meiden."

„Nein, du hast recht. Ich war es, der von dir verlangt hat, keine Geheimnisse zu haben. Und es *war*, bevor wir uns begegnet sind." Seine Augen schimmerten, er blickte an mir vorbei. „Irgendwie hatte ich diese wilde Hoffnung, ich sei der Erste, mit dem du etwas dermaßen Wichtiges erlebst." Er rang die Hände und atmete tief durch. „Danke, dass du ehrlich warst und es mir erzählt hast."

„Bist du mir böse?"

Er lachte freudlos auf. „Ich bin wütend, dass du mit ihm zusammen warst. Aber wen will ich belehren? Sieh dir meine Vergangenheit an."

Erleichtert schluckte ich. Er nahm meine Hand und platzierte einen Kuss in die Innenfläche. Mit einem bekräftigenden Nicken stimmte ich ihm zu. „Wir haben beide eine Vergangenheit, die uns ausmacht und uns heute hierhergeführt hat."

Mein Herz setzte aus, weil er mein Gesicht wieder in seine Hände nahm und sanft an meiner Unterlippe knabberte. „Definitiv."

Als ich die Spitze seiner Zunge neckte, huschte etwas Flatterndes dicht an seinen Fenstern vorbei und im Takt der verklingenden Flügelschläge dröhnte auch mein Kopf, hörte aber auf sich zu drehen, sobald Morgan mich wieder ansah. Ich nutzte die Klarheit des Momentes, um mich zu sammeln und ihn zu fragen: „Was ist gerade mit mir passiert?"

„Deine Kräfte scheinen sich nach dem Vorfall heute schnell zu entfalten. Das, was du eben gemacht hast, nennt man Abitio – Teleportation."

„Wie funktioniert das?"

Morgans Blick ruhte weiter auf mir und benebelte meine Sinne. „Wie jede andere Gaben auch: durch Willenskraft. Du hast dich mit aller Macht weggewünscht, der Flur war die nächstliegende Option, dem nachzukommen. Das nächste Mal stell dir vor, wo du hinwillst, ein konkretes Ziel. Damit entgehst du der Willkür. Denk nicht: ‚Fort von hier', denk dir stattdessen: ‚In die Küche'."

Natürlich hörte sich seine Erklärung unmöglich an. Aber was war schon normal nach heute Mittag?

„Wie weit kommt man damit?", fragte ich, „könnte ich bis zum Pool oder bis zu Abby?"

„Entsinne ich mich richtig, sind es in den ersten Tagen keine weiten Entfernungen. Aber diese Kraft ist die, die sich mit am rasantesten entwickelt."

„Verglichen mit …?"

Er bewegte sich vorsichtig und ein verdächtiges, schwaches Knirschen erinnerte mich daran, dass er sich noch regenerierte.

Meine Fragen konnten warten.

„Warum erklärst du es mir nicht morgen und wir versuchen uns jetzt auszuruhen?"

Mit einem Stirnrunzeln wandte er sich auf den Rücken und schloss die Augen „Nenn mir fünf Sachen, die dich definieren."

„Hmmm?" Ich legte mich ebenfalls matt hin. Unsere Hände suchten und fanden sich.

„A là Humor, Sparsamkeit, etc.?"

„Keine Charaktereigenschaften, die will ich selbst entdecken. Die wirklich wichtigen Dinge, die dich zu Mimi machen und einzigartig sind. Sachen, die deine Familie und Freunde wissen und die auf den ersten Blick irrelevant scheinen. Dein erstes selbst gezeichnetes Bild zum Beispiel. Was war darauf zu sehen?"

„Keine Ahnung", antwortete ich ehrlich. „Aber das erste, das am Kühlschrank hing, zeigte einen Delfin, der aus hohen Wellen in die Sonne springt. Zumindest interpretieren meine Eltern das. In Wahrheit sind es kraklige Striche und tonnenweise Wasserfarbe."

„Keine kreative Ader?"

„Nein, die Gene gingen exklusiv an meine kleine Schwester."

„Weiter", forderte er wissbegierig. Ich rückte mir das Kissen zurecht und drehte mich ihm zu.

„Mein Lieblingsbuch ist ‚Emma' von Jane Austen, weil mich die Tatsache fasziniert, dass ich die Protagonistin die meiste Zeit der Handlung über gar nicht mag. Genauso wenig wie Champignons, seitdem Abby mich als Kind darauf aufmerksam gemacht hat, dass sie wie kleine Gehirne aussehen."

Während ich sprach, bestaunte ich sein Profil, das er mir jetzt zudrehte. Ich spürte, wie ihm das Thema gefiel, unterdrückte ein Gähnen und legte mir nachdenklich den Finger an die Lippen. „In der vierten Klasse habe ich Tom Clifford vom Klettergerüst geschubst, weil er meiner Freundin Tammy das Pausenbrot geklaut hatte, und später hoch und heilig vor dem Rektor geschworen, er hätte auch meins genommen. Jeden Sonntag spiele ich eine Stunde lang mit meinem Cousin auf der Xbox unter der Voraussetzung, dass er im Anschluss eine Stunde mit mir Fahrrad fahren muss. Ich bilde mir ein, dass der Frische-Luft-Aspekt im Vordergrund steht, aber seltsamerweise landen wir immer bei einem Eis im Park – und hier kommt etwas, das dir jeder wird einreden wollen: mein Eisgeschmack."

Er hob eine Augenbraue, doch ich winkte ab. „Du wirst es erleben und dann solltest du objektiv sein."

Auch er legte sich auf die Seite.

„Noch mehr?"

„Falls du kannst", sagte er und seine Augen funkelten wie Diamanten. Mit einem erschöpften Blick in ihr Leuchten fuhr ich fort. „Jedes Weihnachten schaue ich ‚Die Geister, die ich rief', weil ich den Geist der gegenwärtigen Weihnacht liebe, und nach meinem High-School-Abschluss wollte ich mir ein Tattoo stechen lassen – und nein, diese zwei Dinge stehen in keinerlei Zusammenhang miteinander. Im Nacken habe ich eine halbmondförmige Narbe, seit ich mit zwölf vom Trampolin gestürzt und auf einem spitzen Stein gelandet bin. Meine Mom hat mich damals daheim genäht, das finde ich bis heute cool. Ich liebe jegliche Sorte von Beeren, allen voran Himbeeren, hasse aber Plastikobst, weil ich als Kleinkind an einer Traube fast erstickt wäre. Äpfel sind meine absoluten Lieblingsfrüchte, da es sie in den verschiedensten Geschmäckern gibt – entsprechend esse ich niemals zwei von der gleichen Sorte nacheinander. Gestern zum Beispiel hatte ich einen süßlichen roten Apfel, also wird der nächste ein grüner oder süß-säuerlicher."

Ich hielt inne und strich ihm eine Strähne aus dem Gesicht, er beobachtete mich dabei und schaffte es allein dadurch, meinem Herzen zuzusetzen.

„Jetzt du", flüsterte ich.

Er riss seinen Blick von mir los und ich kuschelte mich an seine Seite, legte meinen Kopf auf seine Brust und spürte, wie sich seine Arme fest um mich schlossen.

„So interessant bin ich vermutlich nicht", wiegelte er ab.

„Stell dein Licht nicht unter den Scheffel, du warst bestimmt schon als Kind kein Langweiler. Schieß los – aber bitte nichts Übernatürliches."

Mit einem letzten prüfenden Blick in meine neugierigen Augen setzte er an. „Als ich dreizehn war, hab ich einen Sommer lang jeden Tag ‚Jump' von Kriss Kross gehört, bis meine Mutter irgendwann die CD weggeworfen hat", ich schaute erheitert zu ihm auf und grinste, „angeblich habe ich sogar meine Klamotten falsch herum getragen, eine Tatsache die ich trotz Fotobeweisen vehement bestreite. Ich liebe Enzyklopädien", er hielt inne, unschlüssig, ob das gut oder schlecht bei mir ankam, und ich nickte anerkennend. „Habe ich vorhin gesehen. Du besitzt die gesamten Bände der Encyclopaedia Britannica, das ist beeindruckend."

„Kann gut sein, dass wir beide Nerds sind."

„Vorsicht", neckte ich ihn und er fuhr fort.

„Wenn ich Vanille rieche, wird mir schlecht, egal ob als Parfüm, Dessertfüllung oder Sirup. Ich esse fast nichts Süßes, außer es besteht aus Schokolade und oder hat damit zu tun. Ich mag die ‚Jets', vor allem weil sie ‚Jets' heißen und weil wir, als ich klein war, mit einem Jet nach New York geflogen sind, um sie spielen zu sehen."

„Privatflugzeug?"

„Was sonst?"

„Ein Learjet?"

„Du kennst dich aus?", fragte er interessiert.

„Ja, mit Filmen. Da haben die Reichen immer Learjets."

„Umfasst das deine ganze Kenntnis zu dem Thema?"

„Fürchte schon."

„Das kann man ändern."

„Lenk nicht ab. Wir waren bei den ‚Jets'. Erzähl weiter."

„Mal überlegen. Meine Schwester hatte früher einen Hamster, Buddy. Sie war bei Shelby und ich nahm ihn zum Spielen mit in den Garten, dabei ist er in den Pool gefallen. Hab's nicht gleich bemerkt und als Carlton ihn rausgefischt hat, war er bereits tot. Brooke denkt bis heute, er sei weggelaufen."

Ich zwickte ihn und sein Herzschlag beschleunigte. Er hielt meine Hand fest und verflocht unsere Finger ineinander.

„Das war gemein", murmelte ich tadelnd.

„Es war ein Unfall – genauso wie es Zufall war, dass ich ‚Matrix' gesehen habe. Aber seitdem habe ich großen Respekt vor dem Science-Fiction-Genre – und Computer-Hackern."

„Ich hatte Respekt vor dem Osterhasen", warf ich ein, „er war mir suspekt, weil er so riesig war."

„Das ist süß", sagte er und zog die Decke über uns.

„Das musst du jetzt sagen", erwiderte ich und schloss müde die Augen.

„Ich meine es."

Seine Lippen küssten zärtlich mein Haar.

„Und jetzt schlaf", ordnete er an. Ich konnte ihn kaum noch hören.
„Nacht."
„Gute Nacht, Mimi."
„Oh, Morgan?"
„Ja?"
„Nur damit du es weißt, falls es nicht ohnehin schon klar ist: Ich war schon in dich verliebt, bevor du mir auf der Party letzten Samstag geholfen hast."
Ich spürte, wie er lächelte, und entspannte mich völlig, geborgen in seinen Armen. Dann hörte ich ihn etwas auf Latein sagen, bevor er das Licht ausmachte. In der Dunkelheit gab es nur noch seine Atmung, seinen Körper und mich und zum Rhythmus seines Herzschlags sank ich in einen tiefen Schlaf.

# *Kapitel 10*

Die Blätter unter meinen Sohlen knirschen leicht, wie durch Morast stampfe ich zu dem Jungen auf der Treppe. Jeder Schritt fällt mir schwer, und ich schwitze, da nun die Wolke weiterzieht und die Sonne auf den Campus scheint. Nur der Wind kühlt mich – und meine eisigen Hände, die ich kribbeln fühle.

Entschlossen mit ihm zu sprechen, ihn nicht wieder entkommen zu lassen, setze ich einen Fuß vor den nächsten. Eher zufällig fällt mein Blick auf jemand anderen, der mich still beobachtet. Oder vielmehr: Ich *weiß*, dass er da ist, spüre seine Neugier. Er sitzt in dem am Bordstein geparkten, silbernen Wagen mit abgedunkelten Scheiben und ist bitterlich enttäuscht.

Von mir?

Im Versuch, nicht an ihn oder seinen Schmerz zu denken, wende ich mich meinem ursprünglichen Ziel zu, beobachte die hübsche Blondine, wie sie ihm gerade einen Witz erzählt, dabei ihre Hände zu Hilfe nimmt, einen Gegenstand beschreibt. Ihr Yale-Shirt hat dieselbe Farbe wie meins. Grau mit dunkelblauem Schriftzug.

Fünf, sechs, zähle ich die Glockenschläge und nehme ihren Rhythmus als Takt. Jede Regung seines Körpers ist mir vertraut, selbst die Art, wie er sein Gewicht von einem Bein auf das andere verlagert, je unruhiger er wird.

Ich erkenne die Form seiner Schultern, die Farbe seiner Haare, die Marke seiner Jeans. Er lacht, nachdem seine Begleitung die Pointe bringt, und sie schubst ihn verträumt an.

Sein Name bleibt mir im Hals stecken und ich bin fast lautlos, dennoch sieht sie mich zu ihnen treten. Eine hastige Verabschiedung später stehe ich bei ihm und kämpfe den Drang nieder, ihn anzufassen.

*Dass es mir ständig schwer fallen muss* – als erliege man einem magnetischen Kräftefeld.

Doch er ist mir so nah, dass ich ihn berühren könnte, würde ich es mir nur gestatten. Und neben diesem einen bescheidenen Wunsch habe ich in jenem endlosen Moment sonst keinen anderen auf dieser Welt.

Natürlich weiß er sofort, wer ich bin, auch ohne einen Laut von mir gegeben zu haben.

Ungezählte Emotionen warten um uns herum darauf, endlich benannt zu werden. Dann kristallisiert sich eine einzelne heraus und seine Resignation überträgt sich auch auf mich: Er ist es einfach nur leid, stets dasselbe Gespräch mit mir zu führen.

„Dreh dich nicht um", bitte ich. Augenblicklich merke ich, dass es ihm schwer fällt und beiße mir nervös auf die Unterlippe. Starre auf seine Oberarme, die mich einst festgehalten, mich beschützt hatten. Der letzte Glockenschlag verwehrt mir den Genuss, ihn mich ansprechen zu hören und trägt meinen Namen dem Wind zu, der an meinen Haaren zieht.

„Geh", sagt er heiser und seine Statur verspannt sich dabei. Wenn ich ihn jetzt ziehen ließe, würde er mir entgleiten.

Räuspernd nehme ich meinen Mut zusammen: „Rede mit mir."

„Es ist bereits alles gesagt worden."

„Bitte."

Er zögert, obwohl seine Worte keine Widerrede geduldet hatten, eine Hand um den Rucksack, die andere zu einer Faust geballt. Auch er hat eine schwere Zeit. Selbst er kämpft mit seinen Gefühlen.

„Ein Semester noch", sagt er schließlich angeschlagen, jedoch sanft, und dieser neue Tonfall verwirrt mich, „wir schaffen das. *Du* schaffst das. Du bist stark."

„Du glaubst an mich?"

„Immer."

Das silberne Auto fährt mit durchdrehenden Reifen davon. Er dreht sich mir zu und sein wundervoller Geruch steigt mir in die Nase. Ich schließe genüsslich die Augen und halte mich daran fest, lasse mich darin treiben. Fühle seine Hand an meiner Wange hochgleiten. Dankbar lege ich mein Gesicht hinein, folge dem Kribbeln, erlaube es der Hitze, mich zu fluten. Gerade bevor mein Herz zu rasen beginnt, entzieht er sich meiner Berührung. Ich höre ihn seufzen und öffne die Augen wieder, da wendet er sich endgültig ab.

Neuer Schmerz dringt an die Oberfläche, mein Verlust roh und unerklärlich genug, dass meine Augen anfangen zu brennen. Anklagend frage ich seinen Rücken: „Es ist wegen ihr, richtig?"

Er lacht verbittert und schüttelt schließlich den Kopf.

„Geh", wiederholt er flüsternd und lässt mich einfach stehen, als ich verzweifelt aufschluchze.

**********************************

Ich spürte den Kloß, der mir tief im Hals steckte, schnappte nach Luft und ließ das Erlebte sinken. Ein Hauch verbrannter Kautschuk mischte sich mit dem Geruch nach Laub und legte sich schwer auf mich, während ich weiterhin die Umrisse des Gebäudes, der Bäume, der vielen Studenten schemenhaft ausmachen konnte.

Morgans.

Da wo er fortgegangen war, verflüchtigten sich jetzt Schatten zu nichts.

Die letzten Fetzen unserer Konversation schwirrten mir noch im Kopf herum, während sich der Rest ob des gedämpften, goldenen Lichts, das auf mein Gesicht fiel, verlor. Meine Wange ruhte auf einem verführerisch duftenden Kissen und ich atmete tief ein, um mir den Geruch einzuprägen. Da regte sich etwas neben mir und plötzlich war ich hellwach. Ich öffnete die Augen und starrte gebannt auf Morgans leicht geöffnete Lippen. Seine Haare fielen ihm ins Gesicht und er lag halb auf der Decke, der rechte Arm über seine Augen drapiert. Auf der linken Seite liegend, ruhte mein rechtes Bein auf seiner Hüfte. Er schlief auf dem Rücken, meine freie Hand auf seinem Oberkörper, der sich mit tiefen, festen Atemzügen hob und senkte. Ich versuchte nicht zu schaudern, hatte aber keine Chance, mich des Glücksgefühls zu erwehren. Es war das friedlichste Aufwachen, das ich mir vorstellen konnte.

Um ihn nicht zu wecken, entfernte ich mein Bein vorsichtig, drehte mich auf die andere Seite und rutschte etwas von ihm fort in Richtung seines Nachttisches, auf der Suche nach der Uhrzeit. Als ich seine Armbanduhr ausmachte und mich nach ihr strecken wollte, seufzte er und rückte plötzlich auf, umschlang mich und zog mich an sich. Ich fühlte seinen heißen Atem im Nacken und das Kitzeln seiner Haare, als er sich den bequemsten Spot zum Weiterschlafen suchte und ihn schließlich fand, sein Körper meinen Rücken erwärmte, sodass ich die Uhr wieder hinlegte, um ihn nicht völlig aufzuwecken. Glücklich schloss ich die Augen und lauschte seiner tiefen, gleichmäßigen Atmung. Minutenlag lag ich still, ehe das Prickeln seiner Nähe anfing, mich unruhig zu machen und ich zur Ablenkung verfolgte, wie vor seinen Zimmerfenstern der Tag erwachte. Die ersten Vogelgesänge erklangen, das Plätschern des Brunnens mischte sich darunter und wurde abgerundet von dem leisen Rumoren der Dienstboten im Erdgeschoss. Nachdem ich angestrengt gelauscht hatte und sicher war, er schliefe fest, nahm ich vorsichtig seine Hand, legte sie auf mein Kissen und schlüpfte aus dem Bett. Vor seinem Schrank überlegte ich, welche Seite er gestern geöffnet hatte, hoffte es war die rechte und ließ sie geräuschlos aufgleiten. Meine Augen überflogen die sauber gefalteten Stücke und fanden das Regal mit Trikots und Sportsachen. Ich suchte eine Trainingshose mit Kordelbund, fand eine schwarze mit goldenen Streifen – diese Farbe schienen die Vegards zu lieben – und schlüpfte hinein.

Noch auf dem Weg zur Tür zog ich die Kordel fest und krempelte die Hosenbeine hoch, um dann barfuß ins Bad zu laufen. Ich erledigte meine Morgentoilette, duschte ausgiebig und ließ meine Haare an der Luft trocknen, um niemanden durchs Föhnen aufzuwecken. Beim nächsten Blick auf seine Uhr, die ich, um sie nicht irgendwo zu verlegen, ums Handgelenk trug, war es nach halb neun.

Ich ging zur Treppe, stopfte das Shirt in die Hose und machte mich auf den Weg ins Erdgeschoss. Hier traf ich auf Stephanie, deren freundliches Mittvierziger-Gesicht voller Sommersprossen war. Sie band gerade ihr rotes Haar zu einem Dutt. Ich fragte sie nach dem Weg in den Garten.

Sie geleitete mich durch „das größere der beiden Wohnzimmer“ zur Veranda und öffnete die Gardinen, um die beiden Glastüren aufzumachen. Meine Augen blieben währenddessen wie magisch an dem riesigen Ölporträt der Familie hängen, das über dem hohen Steinkamin thronte. Alle fünf Vegards lächelten mich an und wäre nicht die Schönheit in jedem Antlitz von denselben Grundzügen geprägt, hätte man annehmen können, es sei eine Werbeaufnahme mit Models. Teure Perlen hingen an Grace' Hals und fanden sich auch im Haarschmuck Brookes wieder, die ein Baby auf dem Schoß hielt und vor ihrem stolz lächelnden Vater auf einem samtenen Sofa saß. Neben ihr funkelten die lebhaften Augen ihres großen Bruders, dessen Züge noch nicht so ausgeprägt wie heute waren, aber damals schon unverschämt attraktiv. Er hatte beschützend eine Hand um seine jüngeren Geschwister gelegt, seine Mom wiederum beide Arme um ihn.

„Möchten Sie eine Tasse Kaffee, Miss Melody?“

„Nein, danke“, lächelte ich. Stephanie nickte, verbeugte sich leicht und entschwand. Das satte Gras im Garten wog sachte hin und her und mit einem verträumten Blick darauf trat ich barfuß auf die polierten schwarzen Marmorplatten, die an den Pool anschlossen und von der Morgensonne aufgeheizt wurden. Der Ausblick verschlug mir die Sprache: Palmen und Eichen säumten eine Fläche groß wie der Schulcampus, auf der sich außer dem Pool auch noch ein Tennisplatz und ein Landeplatz für Hubschrauber befanden. Zu meiner Rechten stand ein großes Haus, das über mehrere separate Eingänge verfügte und aus dem jetzt ein junger Mann kam, der den Kragen seiner Uniform zurechtzog. Ich vermutete, es war Chip, der Sohn des Gärtners.

„Das sind die Bedienstetenquartiere“, erklärte mir eine sonore, tiefe Stimme freundlich. Ein mulmiges Gefühl beschlich mich und wie zum Beweis tauchte Lawrence Vegard auf einmal neben mir auf. Er folgte meinem Blick zu dem Gebäude. „Wie hast du geschlafen?“

Etliche Momente Pause breiteten sich zwischen uns aus in denen ich ihn offen musterte. Er stand da mit einer Tasse dampfendem Kaffee und hielt sein entspanntes Gesicht in die Sonne. Seine dunkle Hose gehörte augenscheinlich zu einem teuren Anzug, aber das weiße

Hemd war oben aufgeknöpft und seine Haare schimmerten nass vom Duschen.

„Hervorragend, danke“, erwiderte ich zögernd und sah ihn nach wie vor verstohlen von der Seite an. Er gewährte mir einige Augenblicke, dann reichte es ihm und er warf mir einen erheiterten Blick zu. Ertappt wandte ich mich schnell ab.

„Du musst keine Angst vor mir haben“, sagte er und bat mich zu einer rustikalen Holzbank an der Westseite des Hauses, „ich bin kein menschenfressender Dämon. Außer natürlich zu den Zeiten, in denen das Küchenpersonal streikt.“

Ich versuchte zu lächeln und nahm neben ihm Platz.

„Wissen Ihre Angestellten, für wen sie arbeiten?“, fragte ich, um das Schweigen zu durchbrechen und irgendwomit zu beginnen, während wir beide beobachteten, wie der junge Mann nun offenbar mit seiner Erscheinung zufrieden war und in Richtung der Garagen verschwand.

„Ausnahmslos. Es sind Seelen, die einst von mir begnadigt worden sind.“

„Begnadigt? Sie meinen wie in ‚ihnen die Schuld erlassen‘? Das ist möglich?“

„Kommt darauf an“, antwortete Grace plötzlich und tauchte joggend neben uns auf. Das Lächeln auf ihrem verschwitzten Gesicht war innig, so als freue sie sich über meine Neugier, und sobald ich zu ihrem Mann blickte, wirkte er ebenfalls erfreut. Sie lief um die Bank herum und küsste ihn auf die Wange, zeigte anschließend auf ihre kurzen Hosen und das Top und sah mich entschuldigend an, joggte vor uns auf der Stelle. „Sorry, wenn ich euch störe, aber ich habe Stimmen gehört und wollte sichergehen, dass es euch gut geht.“

„Warum sollte es nicht?“

„Weil, mein Schatz, Mimi, anders als unsere Kinder, nicht von klein auf mit der Unterwelt konfrontiert wurde. Oder dem Himmel. Da können deine Lektionen schnell zu viel werden.“

„Eigentlich“, fügte ich an und versank kurzzeitig in ihre strahlenden Augen, „bin ich das schon … irgendwie. Mein Großvater war Reverend in der St.-Baptiste-Gemeinde in Connecticut. Er hat auf eine christlich geprägte Erziehung Wert gelegt. Auch bei seinen Enkeln. Natürlich ging es eher um Gottes Glorie, aber er erzählte uns auch von der anderen Seite.“

Lawrence nahm einen Schluck Kaffee und nickte. „Hat er euch erklärt, warum man in der Hölle landet?“

„Weil man sündigt.“

Die Vegards lächelten wie über einen Witz, den sie so oft gehört hatten, dass die Pointe nicht mehr befriedigte.

„Es geht nicht nur um die zehn Gebote." Grace hielt inne und setzte sich im Schneidersitz vor uns hin, pustete sich erhitzt eine Strähne aus der Stirn. Sie wirkte selbst bei diesem Thema so positiv, dass ich verstand, woher Brooke ihre Art hatte. „Sonst wäre der Vorhof restlos überlaufen mit Sonntagsarbeitern, Philosophen oder Fremdgehern. Es geht auch um das Einhalten gewisser Verhaltenskodexe sozialer Art. Ungeschriebene Gesetze. Bringt sich beispielsweise jemand um, steht er im Bestrafungskanon viel weiter unten als jemand, der wahllos andere Leben auslöscht."

„Weil der erste nur sich selbst schadet –", verdeutlichte Lawrence.

„– und der zweite Unschuldigen", beendete ich. „Also ist die Tat das Gewichtungsinstrument für die Bestrafung?"

„Zusammen mit der Motivation ... war es ein Unfall oder Absicht? Geplant oder Kurzschluss? Entschied jemand etwas bei klarem Verstand oder war er oder sie krank?"

„Was ist mit Gedanken? Wenn jemand einen Anschlag *plant*?"

„Führt er ihn nicht aus, kann sich sein Blatt noch wenden, da zumindest ein Rest Gutes in ihm steckt. Einsicht kann dich bis ins hohe Alter ereilen und wenn man Glück hat, wird einem vergeben." Lawrence' Tonfall wurde bei seinen letzten Worten emotionslos. Grace griff aufmunternd nach seiner Hand und er schüttelte entschieden den Kopf, bevor er mich wieder anvisierte. „Nehmen wir Mary, unser Kindermädchen. Sie hat vor vier Jahren ihren Verlobten erschlagen, weil dieser ihr Baby ertränkte, und wurde auf der Flucht von der Polizei erschossen. Als Mörderin landete sie in der Hölle und als ihr Richter saß ich über die Tat zu Gericht. Ich spürte ihre Verzweiflung, verstand ihre Beweggründe und sandte sie zurück."

„Das geht?" Sprachlos suchte ich nach den richtigen Worten für die nächste Frage. „Ich dachte, die Disceptatori machen die Regeln."

Morgans Dad lachte auf. „Die Regeln für die Koexistenz zwischen Himmel und Hölle. Stirbt ein einfacher Mensch und trennt sich die Seele vom Körper, entscheidet einzig das Buch über sein Schicksal. Im Bruchteil einer Sekunde richtet es über die Betroffenen und gewährt ihnen entweder Eintritt ins Paradies oder weist sie ab und sie landen am Ende der Welt. Mit dem Betreten von Himmel oder Hölle gehört die menschliche Seele Gott oder mir. Und ich bin in meinem Reich der Einzige, der das Urteil des Buches revidieren kann."

„Welches Buch meinen Sie?"

„Das Buch des Lebens", übernahm seine Frau wieder. Hinter ihr setzte der Wind die kristallklare Wasseroberfläche in Bewegung und kreierte leichte Wellen, die die Oberfläche streichelten. So friedlich. So rau. „Jeder Mensch schreibt darin seine eigenen Seiten. Am Tag an dem er stirbt, ist die Geschichte vorbei und das Buch wird versiegelt."

„Bildet deren Aufbewahrung die erste Klausel des Disceptatori-Vertrages?“

„Ja“, lobte Morgans Vater, „es gibt zwei Kopien eines jeden Buches. Eine für oben, eine für mich. Ich sehe, unsere Tochter hat dich eingeführt.“

„Sie ist eine dankbare Schülerin“, informierte ihn Brookes Stimme, die sich im Durchgang grinsend ihren Bademantel zuknotete und zu uns gesellte. „Was ist denn hier los?“

„Mimi erhält ihre erste Stunde in Sachen Unterwelt“, grinste ihre Mom und klopfte neben sich. Brooke wünschte mir einen guten Morgen, umarmte mich kurz und nahm im Anschluss ihrem Vater die Kaffeetasse weg.

Keiner der drei schien sich an meinem Aufzug zu stören.

„Lasst euch nicht unterbrechen“, forderte sie Lawrence auf und trank einen großen Schluck. „Was möchtest du noch wissen?“

„Heißt Absolution Vergebung in Form von Pakten?“

Grace hob die Hand in Richtung ihres Mannes wie ein Schulkind, das sich meldet, um für ihn zu antworten. „*Nur* in solcher Form. Lawrence glaubt an das Eine-Hand-wäscht-die-andere-Prinzip. Anders wäre es auch nicht zu rechtfertigen, warum die Handvoll Auserwählte solch ein Privileg erfährt.“

„Du musst verstehen, dass es unter normalen Umständen gar nicht erst dazu kommt, dass ich mich mit irrenden Seelen auseinandersetze. Selten schafft es jemand bis in die Nähe des Gartens, geschweige der Klippen – und woanders als bei den Büchern oder beim Fegefeuer halte ich mich selten auf.“

„Weil es Ihnen gleich ist, was mit ihnen geschieht?“ Meine Frage klang anklagend und sobald sie geäußert war, hätte ich mich am liebsten dafür geohrfeigt. Aber das Bild von dem kleinen Mädchen, das vor meinen entsetzten Augen vom roten Reiter geköpft worden war, ließ mich nicht los. Ihr Flehen, ihre Schreie und Angst.

Lawrence’ Augen waren rein und weit, indes er meinen Blick erwiderte und ruhig antwortete. „Holly hatte es nicht anders verdient.“

Natürlich konnte auch er Gedanken lesen.

„Was kann ein Kind anstellen, damit es *das* verdient?“

„Warten, bis die Eltern das Zimmer verlassen, um der eigenen Großmutter das Sauerstoffgerät auszustellen, weil es sich im Krankenhaus langweilt.“

„Oh Gott“, flüsterte ich und schlug mir die Hände vor dem Mund, bevor mir schlecht zu werden drohte.

„Bitte nicht *seinen* Namen“, grinste Brooke und wurde von ihrer Mutter zu Ernsthaftigkeit ermahnt.

„Sie brennt jetzt zusammen mit den anderen. Und ich bin überzeugt davon, dass sie die Ewigkeit dafür nutzen wird, um sich über ihre glorreiche Tat Gedanken zu machen“, sinnierte er. Es war genau dieser Moment, in dem er entspannt dasaß, der Schatten des Hauses über sein Gesicht fiel und seine Augen meine fixierten, dass ich ihn zum ersten Mal als das sah, was er war: die Inkarnation des Teufels. In seinen schönen, menschlichen Zügen loderte plötzlich eine allgegenwärtige titanenhafte Macht, die seine Augen schwarz wie Pech färbten und seinem Antlitz Geisterhaftes verlieh, derweil er über Sünder, Verdammnis und das Ewige Feuer dozierte.

Überhaupt jagte mir sein Blick mit einem Schlag Angst ein, denn die Metamorphose ging bei ihm viel weiter. Seine Augen waren nicht wie bei seinem Sohn einfach nur unheimlich aufgewühlt oder düster. Sie sahen *mich* an, doch zurück blickte ich in den *Tod*. In Sekundenbruchteilen änderten Lawrence' Pupillen ihre Farbe, blaue, braune, smaragdgrüne, schwarze, graue Augenpaare flackerten darin tausendfach auf, erloschen und wurden doch vereint von der reinsten Form profunder Angst. Flehend starrten sie zu mir, schmerzverzerrt lösten sie einander in dem makabren Spiel ab. Ich griff nach irgendetwas darin, das ich kannte und zu verstehen versuchte, während das Schauspiel an Geschwindigkeit verlor. Schließlich verwandelten sie sich in den honigfarbenen Holly-Ton und ihre Hände griffen durch sie hindurch nach mir. Und ich begriff.

Ich blickte in das Antlitz der Verdammten.

In jedes Augenpaar, das in der Hölle litt.

Sein Blick glitt nach unten und blieb an dem Steinboden haften. Nachschauend, was darauf Interessantes lag, glitten die massiven Platten wie Eisschollen auf dem Meer auseinander. Ein kleiner Aufschrei entfuhr mir beim Blick in eine weite Tiefe, die von roten und schwarzen Flüssen durchzogen wurde. Schwefel- und Brandgeruch schlugen mir im selben Augenblick entgegen wie die kleinen leuchtenden Punkte unter mir zu stumm flehenden Augenpaaren wurden.

„Was hat dein Vater mit ihnen gemacht?“, flüsterte ich Brooke zu, die sich ein sicheres Fleckchen Erde mit mir teilte und die Feuerfunken, die um uns heraufspien, ablenkte und in den Himmel schoss. Dutzende Hände streckten sich nach ihnen und brachen dabei ab, um sofort nachzuwachsen. „Außer ihren Körper zugrunde gerichtet.“

Ein Wesen schlug seinem Nachbarn den Kopf entzwei, was der mit einem schrillen Lachen quittierte. Hunderte Stimmen fielen mit ein.

„Sie sind dabei, den Verstand zu verlieren“, sagte Brooke und ihre Mom erklärte weiter: „Das Feuer richtet ihren Körper zugrunde, der Wahnsinn ihren Geist.“

Ein Gerippe flog mir aus der Tiefe entgegen, gleichzeitig stellte Brooke klirrend den leeren Kaffeebecher vor sich auf den Marmor und der Boden wurde augenblicklich wieder eins. Sie wartete, bis ihr jeder seine ungetrübte Aufmerksamkeit zuteil werden ließ, lächelte mich an und schnippte mit den Fingern.

Vor meinen Augen wechselte die Tasse ihre Form und wurde zu einer bauchigen Vase. Noch in dem Prozess, streckte ihr Vater die Hand in Richtung des bunt verzierten Glases aus und ein gutes Dutzend roter Rosen manifestierten sich nacheinander darin, reckten ihre erhabenen Köpfe gen Sonne. Verblüfft bewunderte ich die Knospen, die sich öffneten, bis sie in voller Blüte standen. Grace nahm eine heraus und roch daran. Zwischenzeitlich, und ich gebe zu beeindruckt, starrte ich von Brooke zu ihrem Dad.

„Versuche es", ermunterte er mich. Ich runzelte ratlos die Stirn.

„Wie?"

„Durch Suggestion. Indem du dir etwas detailliert genug bildlich vorstellst, dass du meinst, du kannst es fühlen, schmecken, riechen, hören. Binde alle Sinne mit ein."

Nachdenklich erinnerte ich mich an den erstbesten Platz, wo ich solche Rosen gesehen hatte, erkannte die Bäume hinter Drews Haus, suchte mir einen aus, fühlte, wie ich auf die unter meinem Gewicht leicht wippenden Äste kletterte und roch die intensiven Blüten daran, als ich sie berührte, um sie abzureißen.

„Wundervoll!", klatschte Grace und Brooke fiel mit ein. Mein Blick klärte sich wieder und in der Vase erschien eine kleine Magnolienblüte. Nur wenige Sekunden nach ihrer Inkarnation löste sie sich wieder zu Staub auf, den der Wind verwehte.

„Mit der Zeit wird das Bild bleiben", versprach mir Lawrence zuversichtlich, „je mehr du dir das wünscht. Für den Anfang war das ausgezeichnet."

„Ich habe für ein leeres Blatt Papier fast einen Monat gebraucht", zwinkerte Brooke mir zu.

Carlton tauchte geräuschlos neben uns auf und räusperte sich dezent.

„Ich störe Sie nur ungern, Sir", er sprach zu Lawrence, verbeugte sich aber auch vor Grace und grüßte schließlich Brooke und mich. „Mr. Talbot ist am Apparat und Master Aiden ist soeben wach geworden und verlangt nach seiner Mutter."

„Bürgermeister Talbot?", fragte ich Brooke und sie nickte.

Lawrence blickte widerwillig zu Grace, die die Schultern zuckte.

„Du müsstest sehen, wie ungern er mit dem Präsidenten spricht."

„Dem Präsidenten wovon?", fragte ich, das Schattenspiel der schwingenden Palmenblätter beobachtend. Brooke und ihre Mutter warfen mir einen kurzen Blick zu.

„Dieses Landes?“ Meine Stimme überschlug sich fast.

„Sie sind gleich. Egal welches Land“, seufzte Lawrence und erhob sich. „Decken Sie auf, Carlton.“

„Jawohl, Sir.“

Mit einem letzten Blick und einem Wangenkuss an seine Frau verabschiedete er sich, ging zum Wohnzimmer und verschwand durch die Tür ins kühle Innere.

„Zeit fürs Frühstück“, seufzte Brooke. Sie stand auf und nahm die Vase vom Boden, die sich in ihrer Hand zurück in eine Tasse verwandelte. Carlton sammelt sie ein, sichtlich unbeeindruckt von dem Wandlungsvorgang, und verließ uns mit einer eleganten Verbeugung. Ich fragte mich, was für eine Straftat ihm erlassen wurde und Grace erklärte „Suizid“, bevor sie sich bei ihrer Tochter und mir einhakte und uns zum Haus lotste.

„Wie war deine Nacht?“

Ich hoffte inständig, Grace las nicht, weder an meinem Gesicht noch meinen Gedanken ab, wie ich an Morgan dachte. Das Bedürfnis bei ihm zu sein traf mich mit voller Wucht, sobald ich das Haus betrat und mir seiner Anwesenheit darin bewusste wurde.

„Ich habe wunderbar geschlafen“, erklärte ich schließlich, und hoffentlich, diplomatisch.

„Apropos letzte Nacht. Wo warst du gestern?“, fragte Brooke und schloss die Türen, „ich habe auf dich gewartet.“

„Wo?“

„Am Meer.“

Überfordert runzelte ich die Stirn, bis sie plötzlich die Augen verdrehte. „Mein Herr Bruder, typisch.“

„Ich wünschte, dir folgen zu können.“

„Geduld“, erklärte Grace. „Wir verderben dir nicht den Spass. Apropos, da wir gerade davon reden“, die Augen ihrer Mom sprangen aufgeregt von ihr zu mir, während wir vor dem Treppenabsatz anhielten, „verrätst du uns, was du getan hast?“

Ich verstand nicht und sah sie unsicher an.

„Das war mindestens eine Sechs auf der Richterskala“, ergänzte sie schmunzelnd und Brooke fügte an: „Wenn ich mich anstrenge, schaffe ich eine gute Zwei. Und selbst dabei hat es meistens was mit dem Verschwinden seines Handys zu tun.“

Zwei Augenpaare blitzten erheitert und ruhten schließlich neugierig auf meiner Person.

„Das Beben?“

Ihr Nicken war simultan.

„Nun", ich dehnte das Wort unnötig, um mir Zeit für eine Erklärung zu verschaffen, „Morgan erfuhr unbequeme Dinge über einen meiner Exfreunde ..."

Brooke legte stöhnend den Kopf in den Nacken, dann zuckte sie mit den Schultern und zog eine Fluppe in Richtung ihrer Mutter, bevor sie meine Hand nahm und mich die Treppe hochzog. Wir verabschiedeten uns im ersten Stock von Grace, die mit süffisanter Stimme auftrug, ihren Sohn „nicht zu schonen". Im Anschluß drehte mich ihre Tochter nach rechts in Richtung Morgans Zimmer und sagte „sein Trakt", schob mich allerdings in die andere Richtung und erklärte: „Mein Trakt. Im Erdgeschoss befinden sich Wohnzimmer eins und zwei, Bibliothek und Arbeitszimmer meines Vaters. Außerdem das Speisezimmer, ein alter Tanzsaal, den wir für Empfänge nutzen, und die Küche. Im zweiten Stock haben wir das Schlafzimmer meiner Eltern, Aidens Zimmer, weitere Zimmer und die Gästeunterkünfte. Zusätzlich gibt es einen Weinkeller, in dem man sich mühelos verlaufen kann, und ein paar Kerker für Sünder."

„Falls die Hölle überfüllt ist?"

„Oder es schnell gehen muss."

Wir grinsten uns an.

Oben steckte ihre Mutter soeben vorsichtig den Kopf durch eine blaue Zimmertür, an der gelbe Holzsterne klebten, bevor sie ganz darin verschwand.

„Klärst du mich auf?", fragte ich, indes ich mit ihr an einer blassrosa Zimmertür vorbeilief und sie sich ein Schmunzeln verkniff, aber ohne Zögern meiner Bitte nachkam.

„Morgan hat ungeheuerliche Kraft, seine Gaben wirken sehr stark in ihm. Das macht ihn impulsiv in seiner Wut. Über die Jahre lernte er das zu steuern. Heute hat er sich in 99 Prozent aller Fälle perfekt unter Kontrolle, wir merken es nicht einmal mehr, wenn Zorn ihn übermannt. Seitdem er allerdings *dich* kennt", zwei weitere Zimmern wurden links liegen gelassen. In das dritte auf der rechten Seite traten wir jedoch ein, „gab es Momente, wo es ihn eiskalt erwischte, ausreichend hart, dass er die Beherrschung verlor. Es war eine Frage der Zeit, bis du hier sein würdest, und meine Mom und ich wetteten darauf, was es sein könnte, das ihn so fassungslos macht, dass er sich selbst in deiner unmittelbaren Anwesenheit kurz vergisst."

„Und?"

„Ich war für Drew. Mom für einen Exfreund."

Ich überging ihre Aussage, zugunsten einer eigenen. „Außer man sieht ihm in die Augen."

„Wie meinen?"

„Seine Pupillen sind ein Indikator für das Umschlagen der Stimmung."

Ihr fragender Blick war Reaktion genug. Offensichtlich las nur ich in dem schönsten Blau, das die Welt je gesehen hatte.

Unschlüssig, was ich davon halten sollte, befand ich es für schlauer, mich in dem Zimmer umzugucken. Ein Himmelbett mit roter Seidentagesdecke und einem Berg bunter Kissen befand sich an der linken Kopfseite. An der Fensterseite des großen, in Rosétönen gestrichenen Raumes standen neben einem Schminktisch bequem aussehende weiße Lederwürfel, die man vermutlich wunderbar zusammenstellen konnte, und ein Glastisch, auf dem sich Bücher stapelten. Das Phänomen des geschriebenen Wortes setzte sich fort an der rechten Wandseite, die nur aus Regalen bestand. Auch sie waren weiß. Auf dem am tiefsten hängenden Regal stand eine Soundanlage, die in Metallicrot schimmerte und farblich zu den drei CD-Ständern passte. Neben dem Bett hing ein weißer Flachbildfernseher und auf ihrem Schreibtisch lagen ein kleiner Laptop und das Vegard'sche Intercom-Handy. Überall zierten Filmplakate mit Audrey Hepburn die Wände, außer über den Lederwürfeln, da hing eine Collage von Freunden und Familienmitgliedern. Neben ihrem Arbeitsplatz waren Kleiderstangen aufgestellt worden, an denen Blusen und Jacken hingen. Wie teuer die Outfits waren, verrieten einzelne Etiketten von Labels, die ich nur aus Fernsehen und Zeitschriften kannte.

„Mimi?", erklang ihre Stimme dumpf und ich bemerkte, dass ich allein im Zimmer stand. Auf der Suche nach ihr entdeckte ich einen bogenartigen Durchgang neben dem Bett.

„Komm rein."

Ich nahm den roten Perlenvorhang zur Seite und stand gleich darauf in einem begehbaren Kleiderschrank. Akkurat waren die drei Seiten aufgeteilt in Schuhe, Kleider, Oberteile, Hosen und Röcke. Brooke stand in der Mitte des mit Spiegeln und Lichtern ausgekleideten mittelgroßen Raumes und hielt mir drei verschiedene Kleider hin.

„Ich nehme an, wir haben dieselbe Größe. Damit hast du bei meinem derzeitigen Mailänder Lieblingsmodell die Wahl zwischen Rot, Schwarz und dem hier", sagte sie und hielt mir ein kurzes, trägerloses Kleid in maritimem Design hin. Perplex nahm ich es ihr aus der Hand und befühlte den angenehmen Stoff, bestaunte es und antwortete zögernd: „Eigentlich wollte ich schnell nach Hause und da was einpacken."

„Ausgezeichnete Wahl", lobte sie und überhörte meinen Protest.

„Brooke – das brauchst du wirklich nicht zu tun."

„Ich *insistiere*", erwiderte sie in haargenau demselben Tonfall wie Carlton und beäugte mich dabei genauso pikiert, dass ich zwangsläufig lachen musste. Ich rechnete ihr die Mühe hoch an, die sie sich gab, damit ich mich in diesem Haus wohlfühlte.

„Du hast viel von deiner Mom", erklärte ich und zog mir das Shirt über den Kopf. „Sie ist auch sehr herzlich."

„Sie ist ein Unikat", lächelte Brooke freundlich und half mir, in das Kleid zu steigen. Dann drehte ich mich um, hob die Haare an und sie schloss vorsichtig den Reißverschluss an der Seite. „Mein Dad hatte Glück, in vielerlei Hinsicht. Die beiden sind sprichwörtlich wie Tag und Nacht sind."

„Das waren meine Eltern auch. Sie sagten immer, sie würden sich dadurch perfekt ergänzen."

„Ähnlich dir und meinem Bruder?"

Mein Blick wanderte von meinem Spiegelbild zu ihr.

„Ich nehme an, deswegen haben mich die Disceptatori ausgesucht."

Es klang wie eine Feststellung, war aber auch eine Frage.

Brooke nickte. „Auch. Aber lass uns das besprechen, wenn Morgan dabei ist."

Sie verschwand leichtfüßig in ihr Zimmer und kam mit einer Schmuckschatulle wieder. „Probiere die aus", sagte sie und brachte ein paar dezente Perlenohrringe zum Vorschein, „die müssten super dazu passen."

„Danke", erwiderte ich aufrichtig und drückte ihre Hand. „Für all deine Erklärungen und das Ablenkungsmanöver von eben."

Brooke erwiderte lächelnd meinen Händedruck und band mir den kordelartigen Gürtel an der Vorderseite zu einem losen Knoten zusammen. Das Endergebnis im Spiegel war einem Foto aus der Vogue gleich. Nachdem ich mich zu ihr drehte, erörterte sie mysteriös: „Mein Vater kann einschüchternd sein, keine Frage. Aber er ist mehr als nur das personifizierte Böse, das die Welt aus ihm macht. Du wirst es noch erkennen."

Unsicher steckte ich mir die Ohrringe an und nickte.

„Er hat durchaus auch menschliche Züge", räumte ich ein. Meine Freundin beobachtete mich aufmerksam und bekräftigte zögernd: „Heute mehr als je zuvor."

Sie war im Begriff mir mehr anzuvertrauen, aber ein Geräusch im Gang ließ uns aufschrecken. Eine helle Jungenstimme quietschte auf und jemand lief über unseren Köpfen polternd durch den Flur.

„Aiden wird gerade angezogen", lächelte Brooke. Eine Tür wurde zugeknallt und eine andere geöffnet. „Weckst du Morgan?"

„Absolut."

Allein der Gedanke ihn wiederzusehen ließ die Schmetterlinge in meinem Bauch flattern. Ich half ihr noch beim Aussuchen eines Outfits, das zu ihrem weißen Jeansrock passte, und riet ihr zu

Sandalen statt Flip-Flops. Dann schloss ich die Tür hinter mir und hörte, wie sie eine Melodie zu summen begann. Voller Vorfreude und mit demselben Song auf den Lippen ging ich an der Treppe vorbei in Richtung „Morgans Trakt" und hörte gleich darauf die Dusche laufen. Es war fast lächerlich, dass sich große Enttäuschung ihn mir breitmachte, ihn nicht sofort anzutreffen, also zerstreute ich dieses Gefühl und trat ins lichtdurchflutete Zimmer, fand das Bett unordentlich, den Schrank offen und mehrere Fenster gekippt. Zuerst ging ich zu seiner Docking-Station und wählte an seinem iPod die Playlist mit dem Titel „Chill". Zu den Klängen der Red Hot Chili Peppers machte ich das Bett und fand auf der Suche nach Zeitvertreib sein Bücherregal, zog das erstbeste Buch hervor und las: „Der Herr der Ringe".

Zufrieden mit der Wahl machte ich es mir auf der Couch bequem, fuhr über den Einband aus dunklem Leder und schlug es gespannt auf. Ich testete, inwieweit meine Haare schon trocken waren und legte sie dafür über meine rechte Schulter, eine Angewohnheit, die ich seit meiner Kindheit hatte. Gedankenverloren zwirbelte ich eine Strähne um den Finger und wollte eigentlich nur kurz reinlesen, aber nach den ersten fünf Seiten war ich so tief in die Welt der Hobbits versunken, dass ich alles andere um mich vergaß.

Die Couch gab unter einer Bewegung nach und jemand küsste meinen Nacken.

Ich hob schnell den Zeigefinger, der abwesend mit meiner Strähne gespielt hatte und bedeutete ihm, dass ich nur noch den Satz zu Ende lesen wollte. Dann merkte ich mir die Seitenzahl, klappte das Werk zu und drehte mich lächelnd um. „Guten Morgen."

„Morgen", sagte er und betrachtete mich erstaunt von Kopf bis Fuß.

Schulterzuckend lächelte ich. „Brooke bestand darauf."

Bemüht, ihn *nicht* anzustarren, hing mein Blick an seinen dunkelblauen Shorts und dem Handtuch um seine Schultern. Vielleicht lag das mit daran, dass es sonst nichts weiter zum Anstarren gab.

Sonst war er nackt.

An den Anblick könnte ich mich gewöhnen. Und an sein verschmitztes Grinsen auch.

Es war nicht das erste Mal, dass ich bemerkte, wie viel Selbstvertrauen er ausstrahlte, egal ob er an einem Mensatisch saß oder in ein Mikrofon vor rund tausend Schülern sprach – oder in seinem Zimmer war. Wahrscheinlich stand er genauso selbstsicher auf dem Spielfeld, wenn eine ganze Stadt ihre Hoffnungen auf einen Footballtitel in seine Hände legte oder die Linsen einer Paparazzi-Meute auf ihn gerichtet waren.

Immer schien er mit sich, seinem Auftreten und der Umwelt im tiefsten Einklang zu sein.

Ich bewunderte das an ihm und wünschte mir, ich wäre manchmal auch selbstsicherer. In Gedanken bei der alten Mimi stand ich nachdenklich auf und wollte das Buch zurücklegen. Eine Sekunde später lag seine Hand auf meiner und er legte das Werk weg, nahm mich in den Arm und küsste mich. Ich stellte mich auf die Zehenspitzen und fühlte seine Arme, die sich sachte um meinen Rücken schlangen, dann flatterte es in meinem Magen, weil er mich vom Boden hob. Er lächelte, sobald ich bereit war und seine Zunge endlich meine berührte. Ich fuhr mit meinen Händen durch seine nassen Haare und genoss das Gefühl, sie zwischen meinen Fingern zu fühlen.

Nach einer wunderschönen kleinen Ewigkeit machte er sich von mir los. Seine Augen klar wie der Himmel, fuhr er mit der Hand über den leichten Stoff des Kleides an meinem Rücken entlang. „Du solltest aufhören, solche Sachen zu tragen. Sie beeinträchtigen meinen Verstand."

„Was genau sind solche Sachen?"

„Kleidung."

Mein Stirnrunzeln zauberte ein weiteres Lächeln auf sein Gesicht. Er legte seine Stirn an meine und erklärte: „Ich musste vor Kurzem feststellen, dass es völlig egal ist, was du anhast, du bist einfach prinzipiell umwerfend. Selbst in einem schlichten rosa Top mit schwarzen Hotpants. Persönlich ziehe ich es aber neuerdings vor, dich in meinen Sachen zu sehen."

„Woher weißt du, was ich in Sport trage?", setzte ich an und winkte wieder ab, sobald er belustigt grinste. „Vergiss es."

„Was machen wir nur mit dir?", raunte er und knabberte an meinem Ohr.

„Ich könnte anfangen, nackt herumzulaufen", schlug ich vor und mein Puls und Herzschlag beschleunigten sich. „Zumindest hier drin."

Schwer schluckend verfolgte er den Kurs meiner Hände, die über seinen Oberkörper hinabglitten, seine stählernen Bauchmuskeln nachfuhren und unmittelbar über dem Bund stoppten. Ein schwacher Schauer folgte meinen Fingern.

„Wie hast du geschlafen, Mimi?"

„Sehr gut. Wie fühlst du dich?"

„Könnte Bäume ausreissen", flüsterte er heiser und sehnsüchtig in Richtung seines Bettes.

Nichts hätte ich lieber getan, als mich ihm hinzugeben, aber seine Familie wartete auf uns und so machte ich mich von ihm los und lächelte aufmunternd. „Frühstück?"

„Nicht wirklich", erwiderte er und beäugte mich durchdringend.

„Ich bin noch länger da, Morgan."
„Vorhin bist du auch einfach verschwunden", wandte er ein. Ich legte fragend den Kopf schief bei seinem halbernsten Vorwurf: „Du hättest mich wecken können."
„Warum? Dein Körper brauchte den Schlaf. Außerdem wollte ich nicht weglaufen. Nur hinunter in den Garten."
„Ich weiß", er nahm meine Hände in seine, „klasse Leistung, die Magnolie."
Bei seinem Lob fühlte ich mich stolz und schuldig zugleich.
Er hätte dabei sein sollen.
„Deine Mom?"
Er nickte und ich verschränkte meine Finger mit seinen. Seltsam, wie schnell sich diese Geste vertraut und richtig anfühlte. „Wenn du also weißt, dass ich nur vor die Tür gegangen bin, was stört dich?"
„Der Umstand, dass ich aufwachte und du weg warst."
„Ich war rastlos."
„Und ich hatte mich darauf gefreut, dich zerzaust und mit diesem heißen, verschlafenen Blick zu sehen." Seine Hände fuhren meinen Rücken entlang und umschlossen meinen Hintern.
„Mimi?"
„Ja?", antwortete ich plötzlich atemlos.
„Du wirst dich heute umziehen. Dieses Kleid ist zu kurz und zu eng. Das würde selbst Blinde und Alte verrückt machen und ich teile nicht."
„Noch nicht mal einen Anblick?"
„Allein der Gedanke, dass dich andere ansehen, missfällt mir", erwiderte er und der Druck seiner Hände erhöhte sich.
„In Ordnung. Ich ziehe mich um", gab ich mit einem großzügigen Lächeln nach. „Worauf stehst du außerdem nicht?"
Morgan zwinkerte mir zu. „Darauf, für eine Nacht benutzt zu werden."
„Es tut mir leid", ich unterdrückte mein Grinsen, ehe ich mich losmachte und zur Tür ging. „Ich schätze, all die Geschichten über deine Abenteuer in Umkleideräumen, Chemielabors und Abstellkammern haben den Umstand verdeckt, dass allein Aufwachen deine Gefühle verletzen würde."
Ein Kissen kam in meine Richtung geschossen. Ich quietschte und hob schützend die Arme vors Gesicht, ehe es geradewegs zurückflog, ohne mich auch nur erreicht zu haben.
Ich lachte immer noch, da packte Morgan mich und warf mich über seine Schulter. Er setzte mich aufs Bett und ging vor meinen Knien in die Hocke. „Drei Fragen. Nummer eins: Wie stehen die Chancen, dass du sämtliche Geschichten über mich in eine metaphorischen

Kiste packst und sie im Sankt-Nimmerleins-Land in Treibsand versenkst?"
„Realistisch."
„Würdest du im Nachhinein die Nacht lieber im Pariser Zimmer verbracht haben?"
„Nein."
Morgan nickte erfreut. „Warum hast du mich nicht aufgeweckt?"
„Alles, was ich wollte, war, dich nach dem anstrengenden Tag gestern ausschlafen zu lassen. Du wirktest friedlich – ich hab's einfach nicht übers Herz gebracht."
Ich überlegte fieberhaft, wie die Zweifel in seinem Blick zu zerstreuen wären, als er meine Gedanken unterbrach. „Der Ohne-dich-aufwachen-Teil war mein Ernst."
Ich krabbelte auf seinen Schoß und warf ihn damit fast um. Als er sich auf seinen Händen abgestützt und uns beide stabilisiert hatte, beugte ich mich vor und berührte seine Lippen ganz sanft. Kleine Schockimpulse tanzten auf meinen, ich sah ihn an und schwor an seinem Mund: „Du hast mir gefehlt. Seit ich das Bett verlassen habe. Morgan, ich gelobe hoch und heilig, dass ich nicht vorhatte, wegzugehen. Und ich verspreche, das nie wieder zu tun. Nicht ohne mindestens einen Zettel zu hinterlassen."
„Das will ich dir auch raten", verkündetet er und schenkte mir endlich sein ihm eigenes die Welt dahinschmelzen lassendes Lächeln, das er nur für mich aufsetzte, rappelte sich auf und zog mich mit zum Kleiderschrank, wo er ein weißes Poloshirt herausfischte und hineinschlüpfte.
„Wie kannst du bloß mit Musik lesen?", fragte er.
„Ich kann *nur* mit Musik lernen."
Er hob eine Augenbraue, während ich ihm antwortete und dabei seine Armbanduhr abmachte. Kommentarlos legte er sie sich um, ehe ich zur Musikanlage ging und den iPod ausschaltete. An der Tür zog ich ihn ein letztes Mal an seinem Shirt zu mir herunter, stellte mich auf die Zehenspitzen und küsste ihn sanft.
Das Frühstück wurde eine ganz besondere Erfahrung.
Zuerst entpuppte sich Aiden als kleiner Engel. Seine Haare, im Vergleich zu seinen Geschwistern heller, schimmerten im Sonnenlicht und ergaben zusammen mit den blauen Augen ein originalgetreues himmlisches Abbild. Demgegenüber stand sein lebhafter Charakter, auch wenn er zu meinem Erstaunen die meiste Zeit über ruhig an seinem Platz saß und ohne zu murren sein Obst aufaß. Zur Mitte des königlichen Mahls kämpfte er sich von seiner Mutter über seinen Bruder vor auf meinen Schoß und wir teilten uns ein Omelette und mein Glas frisch gepressten Orangensaft. Gegen Ende des

Frühstücks beschlich mich das Gefühl, einen neuen besten Freund zu haben.

„Meine Schwester hat das auch!" Aiden zog gerade herzhaft an meinem Gürtel, dessen Knoten nicht im Geringsten nachgab. „Ich will auch eins! Kann ich das haben?"

„Nein, Schatz. Das gehört Mimi", rügte Grace ihn.

„Brooke sagt auch immer nein!", erklärte er und zog eine Schnute.

„Willst du ein tolles Armband, Aiden? Das kannst du sogar wirklich tragen – nicht wie bei dem ollen Gürtel, der dir nicht passt", flüsterte ich und griff nach dem Haarband, das ich um mein Handgelenk trug. Es bestand aus kleinen schwarzen Kügelchen, die matt glänzten. Ich legte es ihm doppelt um die rechte Hand und nickte feierlich.

„Oh", das Strahlen, während er die Hand drehte, bedeckte sein ganzes Gesicht, „danke, Mimi, es gefällt mir!"

„Mir auch. Ich finde schön, wie es funkelt. Soll ich es dir schenken?" Ich sah zu Morgan und lächelte. Sein eigenes Grinsen wurde breiter.

„Ja, ja, ja! Darf ich es behalten, Daddy?"

Lawrence nickte kaum merklich. „Mimi hat es dir schenkt, es ist deins."

Carlton erschien auf dem Höhepunkt von Aidens lautem Quietsch-Taumel und tauschte schmunzelnd den zweiten, halbleeren Brotkorb gegen einen vollen mit duftenden, dampfenden frischen Brötchen aus. Er stellte Pancakes mit Butter- und selbstgemachtem Ahornsirup hin, ebenso hausgemachte Marmeladen, Wurstaufschnitt, Käseplatten und und und …

Grace, Brooke und ich unterhielten uns über die Schule, Mode, Shoppen und den neusten Film mit Kate Hudson, Morgan, Aiden und ihr Dad debattierten die Sportseite der Zeitung auseinander.

Als das Essen beendet war und wir schon beim Kaffee saßen, holte Mary, eine hübsche junge Frau mit blasser Haut und hellblondem Haar, die mich an Skandinavier erinnerte, den Kleinen, um ihn für den Geburtstag seines Freundes fertig zu machen und ich musste ihm versprechen, auch morgen früh mit ihnen zu essen. Mit einem großen Indianerehrenwort schwor ich es feierlich und seine kleinen Kinderarme umschlangen mich dankbar, bevor er zu seinem Kindermädchen lief. Ich schaute ihm nach und wir winkten uns zum Abschied. Morgans Hand, die die ganze Zeit über auf meinem Oberschenkel gelegen hatte, begann zeitgleich zu prickeln. Sein Dad wartete, bis sein Jüngster fort war, dann stand er auf und bat mich, ihn in sein Arbeitszimmer zu begleiten.

Ich nickte zustimmend und wunderte mich ob Lawrences schnellem Blickaustausch mit Morgan, der mich im Gegensatz aufmunternd anlächelte. Er erhob sich ebenfalls und wir folgten zusammen seinem schweigenden Vater durch das Wohnzimmer, vorbei an dem imposanten Ölgemälde und der Treppe, an der Küche, in der laut herumgewerkelt wurde und es nach orientalischen Gewürzen und Nelken roch, und nach rechts durch einen kleinen Gang bis zur letzten, mit Leder verkleideten Tür. Sobald wir sie hinter uns geschlossen hatten, wurde es kalt. Die Vorhänge waren zwar offen, aber das Sonnenlicht kam nicht wirklich herein, genauso wenig die Wärme der Strahlen oder das Zwitschern der Vögel direkt vor den hohen Fenstern. Es war, als wäre der Raum hermetisch gegen das Leben abgeriegelt.

Die Bücherregale an drei der vier Wandseiten waren teilweise verglast, auf einem runden Beistelltisch hinter dem mächtigen Eichensekretär lagen Dokumente und über einer Stuhllehne hing sein Jackett. Ein Laptop stand verwirrend nah an einer antik anmutenden Schreibmaschine, aber alles in allem wirkte es wie ein normales Büro. Ohne großes Tamtam blieben wir in der Mitte des Raumes stehen, Lawrence streckte mit einem letzten prüfenden Blick zu uns die Arme nach links und rechts aus und schloss die Augen.

„Apparere!"

Auf seinem Befehl hin erhob sich eine gewaltige Feuersäule wie eine Fontäne aus dem lodernden schwarzen Teppich und entzog dem Raum die Luft zum Atmen, flog zischelnd und brutzelnd um seinen Dad, bevor sie mich und Morgan einhüllte und sich schließlich zwischen uns dreien einpendelte. Die Hitze sprenkelte mein Gesicht und ließ die vorangegangene Kälte sofort vergessen. Morgan brachte mich außerhalb ihrer Reichweite und ich beobachtete gefesselt, wie das Rot und Gold des Flammenpfeilers knisterten, bis er sich auf Augenhöhe verfestigte und zu schimmernder Lava wurde. Vor mir entstand ein kelchartiger Feuerfluss, dessen Bewegung, leicht und samtig wie eine Lavalampe, plötzlich innehielt und erstarrte. Die Welt stand komplett still, bis auf einmal ein gewaltiges Poltern durch das großzügig geschnittene Zimmer ging und aus dem Inneren des ruhenden Feuers ein fußballgroßer schwarzer Diamant emporstieg, der vor unseren Augen zum Globus wurde. Ich erkannte die Kontinente, die Meere und Gebirgsketten, ehe Blau, Grün und Braun verblassten und schließlich eine durchsichtige gläserne Kugel zurückblieb, die sich wie eine Blüte schwebend auf die statischen Feuerblätter legte.

Lawrence' Augen ruhten auf meinem faszinierten Gesicht, indes seine Hände langsam sanken und er mit derselben unmenschlich vibrierenden Stimme wie auf den Höllenklippen mit mir zu sprechen begann.

„Der Gläserne Globus ist ein Instrument, das die Vorkommnisse in Himmel und Hölle miteinander vereint, indem er diese Episoden, bei denen die Grenzen der beiden verschwimmen, offenbart – und zwar beiden Seiten."

Die Blüte leuchtete bei seinen Worten hell wie die Sonne.

„Ich bin sicher, du akzeptierst mittlerweile, dass ich das bin, was einige Weltreligionen allgemein als Teufel bezeichnen."

Ich schluckte, war dankbar, Morgan neben mir zu wissen und ergriff seine Hand.

„Meine Tochter hat dir von den Disceptatori erzählt", verwies sein Vater auf unser erstes Gespräch und vollführte eine drehende Bewegung aus dem Handgelenk, sobald ich nickte. Ein Bild baute sich in der facettierten Kugel auf: das Abbild dreier vermummter Lichtwesen, die sich in absoluter Dunkelheit grell gegen ihren Hintergrund abhoben. Anstelle ihrer Gesichter zeigten sich Millionen glitzernde Funken im Wettstreit, weiße, rote, blaue, so als sei ihre Haut mit Edelsteinen besetzt. Von ihnen ging weder Gefahr noch Zuflucht aus, einzig Anmut und Weisheit.

„Sie mischen sich weder in die Belange der Menschen noch in die Herrschaftsbereiche des Himmels oder der Hölle ein, sie respektieren unser Wirken getrennt voneinander und wir respektieren sie dafür. Jedoch", er erschuf ein neues Bild und ich beugte mich vor, um es besser zu erkennen, „trug sich in der Geschichte eine Begebenheit zu, bei der sie, obwohl sie sich selbst als Unparteiische bezeichnen, einschreiten mussten."

Vor meinen Augen kämpfte im Gläsernen Globus eine jüngere Version von Lawrence mit einem ihm in Statur und Anmut in nichts nachstehendem Engel. Nicht nur, dass der heutige Teufel in dem bewegten Bild viel weichere Gesichtszüge hatte, insbesondere die erhabenen Schwingen an seinem Rücken machten ihn zu einem völlig anders wirkenden Wesen. Die Federn flatterten zusammen mit seinen langen Haaren im Wind, als Michael und Laurentius in einem erbitterten Zweikampf miteinander rangen. Der bekannte Sturz stand unmittelbar bevor. Nachdem die Sphäre zeigte, wie sein damaliges Ich von seinem himmlischen Bezwinger in die Tiefe gestoßen wurde, verdunkelte sich Lawrence' Blick in der Gegenwart und wurde hart.

„Ihr Eingreifen empfand ich damals als ärgerlich, im Nachhinein gestehe ich, war es durchaus das Beste. Mehrere Jahrtausende vergingen nach meiner Verbannung, und Gott", ein bedrohliches Knurren schwang bei dem Wort mit, „und ich regelten die Koexistenz beider Reiche allein, traten Unvorhersehbarkeiten auf, beriefen wir ein Konzil ein. Es funktionierte, weil wir aufeinander angewiesen sind und die Basis des Vertrages gewahrt wurde. Veränderungen", in der Kugel erschien eine bildschöne junge Frau, die in einem altrosafarbenen bestickten Spitzenkleid in einem Ballsaal tanzte und die ich an ihrem Lächeln und ihren Augen als Grace erkannte, „traten ein, die ich niemals vorhersehen hätte können.“ Seine Stimme wurde menschlich, je länger er das Bild seiner Frau liebevoll betrachtete, und schließlich lächelte er, sodass ich ihn erstaunt anstierte. Die Kleidung seiner heutigen Ehefrau wurde moderner und ihr Bauch runder. Schließlich hielt sie ein Baby im Arm, von dem ich wusste, es war Morgan, und auch auf mein Gesicht zauberte sich ein Lächeln. „Gott und ich tagten davor und einigten uns nach erbitterten Streitereien auf einen Kompromiss, ausgehandelt durch die Disceptatori. Es war das erste Mal seit meinem Sturz, dass sie sich wieder zu Wort meldeten, und das Ergebnis war eine Allianz, die ein Bruch mit jeglich bis dato Dagewesenem darstellte. Hier“, seine Augen huschten von dem Abbild seiner kleinen Familie direkt zu mir, „kommst nun du ins Spiel, Melody.“

Ich streckte die Schultern durch und wappnete mich gegen seine nächsten Worte. Mein Herz schlug schnell genug, dass ich das Blut tosend in meinen Ohren rauschen hörte.

„Morgan ist mein ältester Sohn und letzten Monat war sein achtzehnter Geburtstag – damit gilt er in der Welt der Sterblichen als erwachsen. Es war aber nicht nur seine Volljährigkeit, die er an jenem Tag erlangte, der erste September war auch das Datum, auf das sich die drei Parteien noch vor seiner Geburt geeinigt haben. Es ist der Beginn *seiner* Ära.“

„Sie meinen“, ich hörte am Rande, wie fremd meine Stimme klang, „er ist der neue Luzifer?“

Sein Vater und er schienen kurz stumm miteinander zu kommunizieren. Letztlich übernahm Morgan das Wort.

„Die Nachfolge ist nicht so einfach geregelt wie bei Menschen, wo der Sohn die Geschäfte in zweiter Generation übernimmt. In unserem speziellen Fall muss ich mir die Nachfolge verdienen.“

„Welche Rolle spiele ich dabei?“

„Wenn man es salopp formulieren will, warst du unter anderem der erste Prüfstein.“

Noch mitten im Rätseln, was er damit meinen könnte, redete Morgan weiter. Sein Gesicht wurde blasser, zweifellos ein schlechtes Omen. „Ich bin das Kind meiner Eltern, und obwohl ich durch meine Mutter auch einen Teil rein menschlicher Gene besitze, tendiere ich stark zur dunklen Seite. Die Disceptatori erkannten dies und legten fest, dass der Thron nur an jemanden gehen dürfe, der in der Lage ist, auch gerechte Entscheidungen zu treffen.“

In der Kugel manifestierte ich mich plötzlich selbst, gelangte in eine Aschewolke auf dem Gräberfeld im Vorhof. Ich verfolgte mit, wie meine Verwirrung Angst wich und fühlte die Furcht, sobald mein anderes Ich sich in dieser zerklüfteten, toten Welt umsah.

Ein Puzzleteil steckte sich in meinem Bewusstsein gleichzeitig in ein weiteres und ergab ein größeres Bild.

„Als du mich bei unserer ersten Begegnung gerettet hast, bist du dieser Forderung nach Gerechtigkeit also nachgekommen?"

Lawrence ließ das Bild anhalten und wählte seine nächsten Worte mit Bedacht. „Sein Einsatz hat die Pfade eurer beiden Schicksale miteinander verschlungen."

„Ich hatte recht?", fragte ich mich flüsternd und versuchte, meine Gedanken für die Anwesenden in Worte zu fassen. „Brooke erzählte mir bereits, was passiere, passiere jetzt, weil du volljährig wurdest. Automatisch geriet ich darüber ins Grübeln", wandte ich mich an Morgan und begann aufgeregt auf und ab zu laufen, „und ich erinnere mich daran, wie du reagiert hast, wenn Gabe in meiner Nähe war. Ich weiß, dass das Chaos in der Stadt ausbrach, weil du gegen unsere Freundschaft bist und wütend wurdest, und ich weiß, was ich in dem Moment gefühlt habe, in dem Gabriel dich angriff, und dass es *nicht* Nächstenliebe und Aufopferungsbereitschaft waren. Und, dass diese Emotionen aus dem Wunsch heraus gespeist wurden, dir beizustehen." Ich hielt inne und runzelte die Stirn. „Sollte ich mich folglich nicht komplett täuschen, ist es meine Aufgabe dir dabei zu helfen, deinen Herrschaftsanspruch durchzusetzen."

„Mimi", er nahm meine Hände in seine und sein Vater beobachtete uns aufmerksam. „Du sollst mir nicht nur helfen – du musst deinen rechtmäßigen Platz einnehmen."

„Der wäre?"

„An meiner Seite."

Seine Worte hingen zwischen uns in der Luft, als wären sie viel zu bedeutend, um einfach ins Nichts zu entschwinden. Ich dagegen wünschte mir, mich rühren zu können und ihn nicht nur einfach anzustarren. Er musterte mich angespannt und die Farbe seiner Augen erinnerte plötzlich an grauen Stahl. In der folgenden Stille begriff ich und weigerte mich doch zu begreifen.

Ich hörte den frustrierten Ton in meinem Lachen, während ich seinem Blick standhielt. „Als *Herrscherin* über die Unterwelt?"

„Du bist reinen Herzens. Ohne dich entsteht kein Gleichgewicht."

„Ich dachte, du hättest dein Rechtsempfinden bereits unter Beweis gestellt."

„Ich habe ihnen nur gezeigt, dass ich imstande bin, so zu urteilen, wie sie sich Gerechtigkeit vorstellen. Weil es um dich ging. *Nur* weil es um dich ging. Aber Menschen im Allgemeinen", kaltblütig starrte er zu seinem Vater und ein Schauer lief mir dabei bis in die Tiefen meiner Seele, weil er emotionslos weitersprach, „bedeuten mir nichts."

„Deswegen braucht er dich. Die Disceptatori erkennen Morgan in dubio pro reo an, aber sie kennen wie ich die Dunkelheit in seinem Herzen. Diese trübt seinen Geist, seine Moral. Du bringst Licht hinein."

„Nein", ich schüttelte den Kopf und trat von ihm zurück, hätte seinen Dad am liebsten angefleht mir zu sagen, dass das ein grausamer Scherz sein musste. „Ich bin die Enkelin eines Priesters. Mein erstes Buch war eine Kinderbibel, bis letztes Jahr ging ich regelmäßig zur Kirche, war bei den Sternsingern. Jahrelang habe ich lernschwachen Kindern Nachhilfe gegeben – ehrenamtlich! Ich habe noch nie geklaut oder jemandem etwas Böses an den Hals gewünscht. Meine Eltern waren gute Menschen. *Ich* bin ein guter Mensch …" Meine Stimme verhallte, ein Kloß hatte sich in meinem Hals gebildet.

„Und das bleibst du auch."

Als ich zurück zu Morgan sah, erkannte ich den Schmerz in seinen Augen.

„Warum bestraft man mich dann?"

„Niemand bestraft dich", griff Lawrence wieder ein, seine Stimme normal, tröstlich. „Im Gegenteil."

Morgan hob die Hand und bedeutete ihm, nicht fortzufahren, doch sein Vater war entschlossenen. „Sie hat ein Anrecht darauf."

„Worauf?", fragte ich leise und mit der unheilvollen AhnungVerheerendes zu hören.

In Lawrence' Blick stand ein Blinzeln später nur eisiger, finsterer Tod geschrieben. Seine Worte zementierten dies. „Der einzige Grund, warum du heute hier stehst und damals nicht mit deiner Familie in dieses Flugzeug gestiegen bist, ist, weil du die zukünftige Königin sein *wirst*."

„Meine –", ich brach ab, sobald reinster Terror durch meine Adern floss und mein Herz pechschwarz färbte. „*Familie*?"

„Du bist verschont worden", bestätigte er und vor meinen Augen wurde es kurz dunkel, als ich die lächelnden Gesichter meiner Mutter und Schwester heraufbeschwor, die mir eine Kusshand zuwarfen und hinter dem Gate ins Terminal verschwanden, spürte den dicken Schmatzer meines Dads auf der Stirn, nachdem er mir eine rasche Besserung wünschte und versprach, in einer Woche am Flughafen in Athen mit einem kalten Erdbeer-Milchshake in der Hand auf mich zu warten.

Weil ich diese Milchshakes liebte.

Die kleinen Erdbeerstückchen darin.

Mein Vater war niemals in Griechenland angekommen.

„Was, wenn ich mich dagegen entscheide?"

Morgan drehte sich schweigend zur Kugel. Die Lippen seines Vaters waren ein dünner Strich.

„Ihr Menschen bewohnt paradoxerweise ein deterministisches Universum, in dem jedes Individuum eine freie Wahl hat – auch du, Mimi. Ebenso wie jedes Individuum von Natur aus alle Fertigkeiten auf den Weg miterhält, um für sich persönlich die beste Wahl zu treffen. Bei dir übernahmen die Disceptatori die Vergabe der Ressourcen – jede Wahl, die du treffen wirst und die dir als beste suggeriert werden wird, wird in ihrem Sinne ausfallen. Zu deinem Wohle."

„Ich bin also eine Marionette …", warf ich ihm vor.

„Welcher Mensch, das frage ich dich, ist das nicht? Im positivsten Sinn! Vereinfacht gesagt: Ist jemand zum Lehrer geboren, entdeckt er im Laufe seines Lebens die Fähigkeit zu lehren, begeistern, aufklären zu wollen, Polizisten fühlen den Drang zu beschützen, Richter wollen Recht und Ordnung. Was möchtest du?"

„Früher wollte ich, wie meine Eltern, den Menschen helfen – heilen."

„Und jetzt?"

Meine Augen trafen auf Morgans.

*Bei ihm sein.*

Die Antwort war so klar wie vernichtend und ich spürte Lawrence' zustimmenden Blick, der sie ebenfalls hören konnte.

*Ich würde nichts unversucht lassen, um bei ihm zu bleiben.*

*Ich bin verflucht.*

Die Wände des Raumes kamen plötzlich auf mich zu und obwohl ich versuchte zu atmen, drang kein Tropfen Sauerstoff in meine Lunge. Ich keuchte und glitt zu Boden und spürte wie eine Träne an meiner Wange entlanglief, indes der Gläserne Globus schwarz wurde und ins rote Lavameer zurückversank, welches sogleich zu Asche zerfiel. Lawrence trug seinem Sohn hastig etwas auf, wollte sich zu mir knien, doch ich wandte schnell den Kopf ab und er verstand. Mit einem weiteren Blick auf mich verließ er lautlos das Zimmer.

Ich wünschte mir, Morgan würde mich auch allein lassen.

Ich wünschte mir, er hätte mich nie gerettet.

Ich wünschte, ich wäre an Bord des Flugzeugs mitverbrannt.

Dann hob mich etwas vom Boden auf und ich fand mich in seinen Armen wieder. Sofort regte sich Widerstand in jeder Faser meines Seins. Hass auf die Ungerechtigkeit, die meiner Familie widerfahren war, und darüber, dass er mich vor dem Gespräch nicht vorgewarnt hatte, mich einfach ins Messer hatte laufen lassen, Angst vor dem, was kommen würde und was das aus mir machte, und ich schlug auf ihn ein, wollte weg, doch er gewährte mir keinen Millimeter Abstand.

Trotz immenser Anstrengungen konnte ich nichts gegen ihn ausrichten und begann schließlich resigniert, erschöpft, zu weinen. Ich fühlte, wie sein Shirt nass wurde und Morgan beschwichtigend auf mich einredete, mich sachte wiegte. Irgendwo zwischen dem Klang seines beruhigenden Herzschlags und seinen Händen, die mich behutsam streichelten, hörte ich auf, mich verzweifelt und einsam zu fühlen und realisierte, wieso er mir nichts gesagt hatte.

Nicht weil er mir Schaden zufügen wollte oder es nicht für nötig befand. Es war, wie er erklärt hatte: Morgan hatte Angst davor, von mir zurückgewiesen zu werden. Der Grund war schlichtweg Unsicherheit.

Selbst jetzt, da das eingetreten war, was er so fürchtete, blieb er bei mir. Stand zu mir. Tröstete mich. Mit dieser Erkenntnis kam eine weitere einher: Er hatte den Triebwerkschaden nicht verursacht. Er hatte die Tickets für den Flug nicht gebucht.

„Tut mir leid", schluchzte ich schließlich. Es schien, dass alles, was wir in den letzten vierundzwanzig Stunden taten, sich zu entschuldigen war.

„Ich bin froh, dass du es weißt", flüsterte er zurück. Minuten vergingen, in denen ich einfach nur bei ihm war, gehalten wurde.

„Es gibt mehr Dinge im Himmel und auf Erden, als eure Schulweisheit sich erträumt, Horatio", dachte ich laut an das Lieblingszitat meines Großvaters.

„Hamlet?"

Mit einem kurzen Nicken hob ich den Kopf, um ihn anzusehen, und fühlte mein Herz brechen. Denn obwohl er es geschickt hinter seinem Lächeln verbarg, kannte ich sein Gesicht mittlerweile genug, um gewahr zu werden, wie sehr ich ihn mit meiner offenen Zurückweisung getroffen hatte. Für mich war die Hölle ein Ort aus meinen Albträumen, aber für ihn war sie Bestimmung, Zukunft. Alltag. Wie schwer das für jemand in seinem Alter sein musste, wie viel Verantwortung und Druck auf ihm lasteten, war ich gar nicht imstande mir auszumalen. Gedankenversunken hielt ich inne in seinem Blick, in dem sämtliche Visionen der Unterwelt entsprangen, die er mit mir geteilt hatte: ein schöner Garten mit fröhlichen Steinengeln, das grüne Seidenkleid, das das Feuer in meinen Augen unterstrich, all die Sterne am Himmel, durch die wir bei unserem ersten Kuss geschwebt waren, und die Sicherheit, die mich nur mit und bei ihm einhüllte. Er würde niemals zulassen, dass mir etwas zustieß.

Wem machte ich was vor?

Ich hatte mich bereits in mein für mich damals noch unklares Schicksal gefügt, sobald er vor einer Woche trotz der Zweifel die unsichtbare

Barriere zwischen uns überschritten hatte, um mich von meinen Schmerzen zu erlösen. Sobald er mich von dem Truck weggezogen hatte. Mich vor Jared beschützt und sich wegen mir mit Gabe bekriegt hatte.

Und ich?

Ich würde jede Stunde wiederholen, wenn es mich wieder zu ihm führte.

Wir hatten uns unabhängig voneinander für den anderen entschieden und das trotz einer übermenschlichen Instanz, die uns zu entfremden versucht hatte.

Weil es Schicksal war.

Weil es mein unmögliches, sich erfüllendes Schicksal war.

„Es liegt auf der Hand, dass wir komplett unterschiedlich sind“, sprach ich meinen nächsten Gedanken aus und machte mich vorsichtig von ihm los. Ich wischte mir die letzten Tränen weg und nahm einen tiefen Atemzug. „Du bist ein Hitzkopf, ungestüm und deine Stimmung kann eine ganze Stadt im Chaos versinken oder die Erde beben lassen. Du bist imstande, deine Emotionen auf Menschen zu übertragen und sie dazu zu verleiten, sich gegenseitig die Köpfe einzuschlagen. Mir hingegen“, mit einem Seufzen ging ich an den Platz, an dem zuvor die Kugel geschwebt hatte, und betrachtete den unscheinbaren schwarzen Teppich, „wurde meist vorgeworfen, *zu* beherrscht zu sein, *zu* pragmatisch. Das letzte Mal, dass ich wütend wurde, war wegen dir. Und davor“, ich zuckte die Achseln und trat wieder zu ihm, „vermutlich mit dreizehn, weil Bud Cleves meine Schwester gekränkt hatte.“

Er öffnete den Mund, doch ich schüttelte den Kopf und legte mir meinen Finger demonstrativ auf die Lippen. „Sehe ich das richtig? Ihr habt mir gerade erklärt, dass ich kein schlechter Mensch bin?“

Morgan nickte bejahend.

„Und die Disceptatori suchten mich aus, *weil* dem so ist“, fuhr ich fort und drückte zugleich entschlossen die Schulter durch – schob die Last in einem Befreiungsschlag von mir. „Ich war in der Hölle und ich kenne die Bibel. Es landet niemand unverschuldet darin.“

Seine Augen waren leicht getrübt, die Spannung, die von seinem Körper ausging, sicht- und fühlbar. Er beobachtete mich still, aber höchst aufmerksam.

„Jeder Sünder, der sich in der Hölle befindet oder landen wird, gehört Religionen an, die ihn oder ihr im Vorfeld das Strafmaß für schlechtes Verhalten lehrten?“

„Ausnahmslos jeder weiß um die Konsequenzen seines oder ihres Handelns nach dem Tod.“

„Und weder die Disceptatori noch dein Vater oder du verlangen von mir, mich als Person aufzugeben?"
„Ja."
„Gut. Denn ich will nicht, dass die Hölle mich verändert."
Er schüttelte sofort vehement den Kopf. „Es ist dir vom Wesen her unmöglich, böse zu werden."
Ich wartete bis er verstand und genoss den Schauer auf meiner Haut da seine Augen aufleuchten wie einen nächtlichen See beim Blitzeinschlag. „Heißt das –"
„– das heißt, dass mich das", noch im Sprechen dachte ich zurück an einen bestimmten Schmuckstand auf einem Pariser Markt und augenblicklich erschien die perfekte Kopie dessen, was ich in meinem Kopf kreierte, auf meiner Handfläche, „viel zu sehr fesselt." Morgan nahm den kleinen schlichten, silberfarbenen Schlüssel und drehte ihn zwischen den Fingern. „Das heißt, dass ich mich seit langer Zeit wieder wie *ich* fühle und dass das vor dir niemand sonst geschafft hat. Mir ist bewusst, was es heißt, keinen Grund zu haben, morgens aufzustehen und dass ich gestern nicht einschlafen wollte, weil die Realität so viel besser war als jeder Traum. Außerdem", seine Augen wurden wieder rein und weit, „glaube ich an dich und daran, dass du deiner Aufgabe gerecht werden wirst."
Eine leuchtende Funkenwand entstand bei meinen Worten aus dem Nichts und wirbelte um mich herum, bis genau jenes grüne Kleid, das ich in seiner Vision getragen hatte, sich vor uns manifestierte und wie eine zweite Haut zärtlich an meinen Körper schmiegte. Ich ahnte, wie feuerrot meine Augen sein mussten, als ich seinen faszinierten Blick wie durch eine getönte Sonnenbrille hindurch erkennen konnte, und lächelte.
„Morgan, ich will weder gegen Gefühle ankämpfen noch irgendwann auf meinen Partner blicken und mich zu dir wünschen." Demonstrativ nahm ich seine Hand und spürte das Kribbeln beim Berühren seiner Finger. „Ich brauche dich nicht nur – ich will auch bei dir sein. Ist *das* der einzige Weg, gehe ich ihn weiter. Und jetzt, da du den Schlüssel zu meinem Herzen hast", sagte ich bei seinem Blick auf das silberne Symbol in seiner Hand, „musst du dich auch nie wieder fragen, ob mich irgendetwas von dir trennen kann."
„Du wählst … mich?", seine Stimme, sonst tief und fest, klang zum ersten Mal überwältigt.
„Wagen wir es."
Er starrte mich einfach nur an.
Ich hingegen lächelte zuversichtlich. „Sind wir ehrlich, ist die Grenze längst überschritten worden. Ich will bei dir sein und du bei mir, richtig?" Ich wartete, bis er nickte. „Damit hätten wir die perfekte

Ausgangslage. Die besten Dinge im Leben werden einem nicht geschenkt, sind es aber wert für sie zu kämpfen, Morgan. Ich habe keine Probleme mit den Konsequenzen."

Schatten entzogen seinem Blick schlagartig jegliche Wärme, sobald ich das ausgesprochen hatte.

„Noch nicht."

„Gibt es mehr, das ich wissen sollte?"

Er zögerte die Antwort hinaus. Schließlich: „Tatsächlich wäre da noch ein kleiner Haken."

„Was? Soll ich geopfert werden?", fragte ich breit grinsend und freute mich, weil er tatsächlich zurücklächelte.

„Wir müssen antreten."

„Wozu?"

Er wurde erneut ernst. „Im Kampf um den Thron."

„Okay", ich biss mir nachdenklich auf die Unterlippe und neue Funken hüllten mich ein. „Was bedeutet das genau?"

„Dass uns die Disceptatori drei Aufgaben stellen werden, die beweisen sollen, dass wir als Einheit funktionieren."

„Wir bestreiten sie zusammen?"

„Ja." Er ließ mich keine Sekunde aus den Augen.

„Denkst du, wir könnten es schaffen?"

Zu meiner Überraschung antwortete er nicht, sondern zog mich in seine Arme.

„Versprich mit etwas", sagte er an meinem Haar und wartete bis ich nickte, hielt mich danach eine Armlänge von sich, um mich beschwörend anzugucken. „Völlig egal, wie das ausgeht, du wirst in erster Linie an dich selbst denken. Ganz gleich, was noch passiert."

„Was meinst du?"

„Versprich es", bestand er, seine Stimme streng.

„Aber sagtest du nicht eben, wir bilden eine Einheit?"

„Mimi!"

„Versprochen."

„Danke." Seine Augen strahlten kurz mit einer unglaublichen Intensität und er entspannte sich ein wenig. „Und nun, um deine Frage zu beantworten: Ich bin überzeugt davon, dass wir es schaffen werden."

Wärme floss durch meine Adern. An mir herabschauend bemerkte ich, dass mein Kleid wieder dem von Brooke gewichen war. Doch das war längst nicht alles. An meinem rechten Handgelenk wurde soeben mein Seidenarmband aus einem weiteren Funkenregen wiedergeboren.

Diesmal war es schwarz.

Morgan steckte den Schlüssel behutsam in seine Hosentasche und nahm meine rechte Hand, um sie neben seine linke zu halten. Auch um sein Gelenk tauchte ein Seidenband auf, dasselbe Material, dieselbe Farbe, nur begleitet von erheblich mehr und ausschließlich dunklen Funken. Dann glitzerten seine Augen stärker als die Blitze zusammen, sobald er merkte, wie ich den Abstand zwischen uns schloss, um ihn zu küssen.

Alles daran war anders. Es war nicht nur der aufrichtigste und ehrlichste Kuss meines Lebens, sondern gemessen an der rohen Intensität, dem Wendepunkt, den er besiegelte, auch unglaublich zärtlich. Es beraubte mich meiner Sinne, je länger seine Lippen auf meinen verweilten und seine Zunge mit meiner spielte. Meine Knie gaben unter mir nach und Morgan stützte mich, bis ich anfing, das Ziehen in meinem Körper zu fühlen.

Bis ich anfing, ihn überall zu fühlen.

Kaum kribbelte es bei mir von Kopf bis Fuß, machte er sich auch schon sanft von mir los und lächelte auf mich herab. Ich bemerkte fast gar nicht, wie er mein Gesicht streichelte und kam erst zu mir, da er heiser raunte: „Du ahnst gar nicht, wie satt ich es hatte, dich nicht küssen zu dürfen."

Seine Worte brachten die Luft um uns zum Brennen. Ich verzichtete auf eine Antwort und schlang stattdessen meine Arme um ihn, begierig darauf, ihn weiterzuküssen, weiterzuspüren und hätte beinahe vor Erleichterung gelächelt, sobald er meinem Wunsch nachkam. Im nächsten Augenblick sehnte ich mich nach seinem Zimmer – mit einer Dringlichkeit, die mir den Verstand raubte. Schwindel wechselte sich mit Taumel ab und er blinzelte erstaunt, weil wir gleich darauf in seinem gemachten Bett landeten.

„Mimi, nein", widersprach er an meinem Mund und ich merkte, wie meine Hand an seinem Shirt zerrte.

„Warum nicht?"

„Weil du es stets mit diesem Tag verknüpfen wirst."

„Dem Tag, an dem ich realisierte, dass ich dich will?"

„Der Tag, an dem du realisiertest, *wen* du willst."

„Denjenigen, der mich wieder zu einem glücklichen Menschen macht", verbesserte ich seinen kritischen Tonfall leichthin. Seine Finger glitten über meinen Rücken und hoch an mein Haar, wo sie sich verhakten, damit er mein Gesicht zu sich heranziehen konnte.

„Es ist ja nicht so, dass ich in der Hölle *brennen* werde", witzelte ich und konnte es selbst nicht fassen. Mein Sinn für Humor war das Letzte, womit ich jetzt gerechnet hätte. Es zeugte allerdings eindrucksvoll von der Richtigkeit meiner Worte: Ich wurde wieder zu der alten Mimi. Es war das unbeschreiblichste, erhabenste Gefühl.

„Bist du dir absolut sicher?"

Ich hielt ihm mein Armband zum Beweis vors Gesicht. „Und du?"

Wortlos packte er mich und im nächsten Moment lag er auf mir. Der Augenblick, in dem sich zu seiner Berührung Glut mischte, war atemberaubend. Wie eine Symbiose aus Verstand und Gefühl verschmolz dabei in seinen Augen jedes Wort, was er zu mir gesagt, jede Berührung, die er mir hatte zuteilwerden lassen, und verklärte sich zu Hunger und Wollust. Ungeduldig schob ich sein Shirt hoch und öffnete den obersten Knopf seiner Hose, fuhr dann leicht über seinen durchtrainierten Bauch und verschränkte die Finger schließlich hinter seinem Nacken. Er zögerte einen Augenblick, schien einfach nur über mir zu schweben, seine Augen fest mit meinen verschmolzen, unsicher darüber, wie ernst es mir war, also zog ich ihn zu mir und küsste ihn. Seine Finger bewegten sich langsam an meinem Bauch entlang nach oben, umrandeten meinen BH, schoben ihn zur Seite und schlüpften darunter. Als es mir fast unerträglich wurde, ihn nicht ganz auf meiner Haut zu spüren, zog ich ihm sein Shirt über den Kopf und warf es achtlos auf den Boden.

Er war wirklich zu attraktiv, wie gemacht für meine neugierigen Hände, dachte ich, als ein erregender Nebel meinen Verstand umhüllte, mein Blick seine durchtrainierten Bauchmuskeln, die Venen an seinen definierten Oberarmen, seinem Hals abtastete. Jegliche Gedankenkontrolle fiel spätestens weg, während er mich auszog und es dabei schaffte, sich selbst zu entkleiden. Unsere Sachen landeten auf dem Boden, bevor ich als Dankeschön kleine Pfade mit meiner Zunge auf seinem Körper verteilte und das leise Stöhnen vernahm, nachdem ich sanft darauf pustete. Ich bedeckte seinen Körper mit kleinen Küssen und sanften Bissen, knabberte an seiner Unterlippe, gestattete es aber nicht, dass er mich festhielt, und ahnte, wie stark er mit dem Verlangen rang, mich einfach dazu zu zwingen. Ich fühlte seine Vorfreude an meinem Oberschenkel und presste hart dagegen. In seinem Blick zündete ein Feuer, sobald er den Spieß umdrehte und meine Lippen, Hals, Brüste und Bauch mit Küssen benetzte, ehe seine Zunge meinen Bauchnabel umkreiste und sein heißer Atem meinen Körper streifte, der sich unter dem brennenden Sehnen wand. Fordernde Lippen berührten die empfindlichsten Stellen, einige, von denen ich gar nicht geahnt hatte, wie erotisch sie sein konnten. Er küsste einen unsichtbaren Pfad entlang meines Oberschenkels und seine Hände brachten dabei meinen Körper dazu, sich nach viel mehr zu sehnen. Als wäre es das erste Mal, erforschte und erkundete er, behandelte jeden Zentimeter meiner Haut mit derselben Hingabe.

Den Rest erlebte ich wie in einer Seifenblase, losgelöst von der Erde, ließ ihn erforschen und genoss es, wie jede einzelne Berührung neue Feuer entfachte. Die wenigen klaren Gedanken, die ich noch fassen konnte, drehten sich immer mehr um den durchdringenden Instinkt, dass er mir nicht nah genug war. Unsere Blicke trafen sich, und was er auch in meinem las, malte ein anmaßendes Lächeln auf seine Lippen und er ließ sich noch mehr Zeit.

*Oh schöne, süße Qual …*

„Bitte“, stöhnte ich mühsam, da aus Bedürfnis eine Notwendigkeit wurde und mein Körper sich derlei nach ihm sehnte, dass ich ihn bedenkenlos anflehen würde, hätte er es verlangt.

Er schmunzelte an meinem Nacken. „Ich hätte dich niemals in die ‚schnell und hitzig‘-Schublade gesteckt.“

*Bitte?! Mein ganzer Körper schreit nach nichts anderem!*

„Schnell und hitzig hört sich wundervoll an – eine Minute länger hingegen und ich fange an, dich sexuell zu missbrauchen. Außerdem“, ich suchte ein K.o.-Argument und fand es, „kenne ich zärtlich und rücksichtsvoll bereits, Morgan.“

Er lächelte und während ich die Augen schloss, explodierte alles, was mich ausmachte, als er meiner Bitte endlich nachkam.

## *Kapitel 11*

Mein Gesicht war noch erhitzt, während ich mich in der hellen Garage umschaute. Morgan legte mir den Arm um die Schulter und gab mir die benötigte Zeit, die vielen teuren Wagen auf mich wirken zu lassen. Ich suchte hoffnungslos das Muster, nach dem die Vegards ihre Fahrzeuge auswählten und genoss die Klimaanlage auf meiner heißen Haut. Da streckte er seine freie Hand plötzlich demonstrativ aus und hielt sie mir unter die Nase.

„Schlüssel."

Automatisch schaute ich an seinem Hals, wo er meine selbst geschaffene Version an einer Lederkette trug.

„*Auto*schlüssel", korrigierte er und steckte den anderen unter sein Shirt, damit ich nicht auf den – absurden – Gedanken kam, ihn zurückzuverlangen.

„Ich fahre", erwiderte ich.

„Schon. Aber nicht Drews Auto."

Während ich nachdenklich mit dem klirrenden Schlüsselbund in der Hand spielte, entgegnete ich: „Morgan, das ist dermaßen weit weg von einer brillanten Idee, dass sie am Horizont verschwindet."

Schmunzelnd, schüttelte er den Kopf. „Du fährst nicht mehr damit", entgegnete er daraufhin jedoch ernüchternd fest, „hast du mich verstanden?"

Ich hob eine Augenbraue wegen seines Befehlstons und gab nach. „Womit sonst?"

„Such dir eins aus", lautete die kryptische Aussage, bevor er mich auf die Wange küsste und sagte: „Wir treffen uns bei dir."

Als wolle er sich jeden Winkel meines Körpers genau einprägen, sah Morgan mich von Kopf bis Fuß an und gab, sobald er sichtlich zufrieden war, jemandem hinter mir ein Zeichen. Gleich darauf tauchte ei

n junges, kantiges Gesicht vor meinem auf, ein lächelnder blonder Mann, den ich von heute Morgen wiedererkannte. Er nahm jetzt höflich seine Baskenmütze ab und neigte den Kopf zum Gruß. „Miss Melody, mein Name ist Chip. Wenn Sie wollen, kann ich Ihnen bei der richtigen Auswahl behilflich sein."

„Oh", dankbar lächelte ich zurück und erkannte die Begeisterung für Fahrzeuge in seinen dunklen Augen, mit denen er meinem hastigen Blick auf die geparkten Pkw um uns folgte. „Das wäre nett."

„Bis gleich", raunte Morgan in mein Ohr. Mit einem letzten Blick zu dem Jungen schlenderte er gemütlich in Richtung Ausgang.

Chip konnte es kaum erwarten, mit seiner Beratung loszulegen. Noch während er den roten Mercedes neben uns wie ein stolzer Vater anlächelte, dessen Kind zum ersten Mal läuft, beschlich mich das Gefühl, dass seine Expertise bei dieser Familie von Autofans vermutlich oft ungewürdigt blieb. Bestimmt gab es für ihn nichts Schöneres denn einem Laien zur Hand zur gehen.

Damit hatte er mit mir sechs Richtige plus Superzahl gezogen.

„Nun, Miss Melody. Was darf's sein?" Seine Augen beschlich ein fiebriger Glanz und er deutete aufgeregt von einem Auto zum anderen. „Deutscher, Italiener, Japaner? Unter 200 PS oder drüber? Kurzhuber oder Langhuber, Vorder- oder Hinterradantrieb?"

Ich starrte Chip fasziniert an und runzelte die Stirn, als ich merkte, dass er tatsächlich eine Antwort darauf erwartete. „Hmmm, nun", in Gedanken beim Ford schluckte ich unsicher, „eins mit Automatikgetriebe?"

Morgans schallendes Lachen erklang plötzlich und hallte von den Wänden wider, dann schlug die Ausgangstür hinter ihm zu und es wurde still.

„Okay", Chip ignorierte mein dümmliches Grinsen und versuchte es anders. „Limousine, Cabrio oder Standard?"

Wenigsten das konnte ich beantworten. Mainfield bedeutete ewigen Sommer. „Cabrio."

„Ausgezeichnete Wahl. Ich habe genau das Richtige für Sie, ist erst diesen Montag nach langer Überfahrt bei uns eingetroffen. Das Prachtstück hat ein gutes Fahrwerk und knapp 500 PS, also seien Sie vorsichtig mit dem Gaspedal, sonst sind Sie in vier Sekunden bei 100 km / h." Während er redete, kramte er einen Schlüsselbund von der Größe eines Babykopfes aus seiner Hose und fädelte einen schwarzen Schlüssel davon ab.

Ich erkannte das Logo und fühlte, wie mein Mund trocken wurde.

„Ein Porsche?"

„911 Turbo Cabrio", nickte er und bedeutete mir, ihm zu folgen.

„Kann ich nicht irgendwas anderes haben? Einen Volvo? Ford? Volkswagen?"

„Sobald sich das Auto seinen Fahrer ausgesucht hat, gibt es kein Zurück. Machen Sie sich keine Sorgen, das Getriebe läuft wie geschmiert und das Fahrwerk ist ein Gedicht. Der Motor muss erst eingefahren werden, aber da eignen Sie sich vermutlich bestens dazu."

Wir blieben vor einem schwarz glänzenden Wagen stehen, bei dem es mir die Sprache verschlug. Nicht nur, dass er nagelneu war, ich konnte die Farbe förmlich riechen, das helle Leder im Innenraum, die verchromte Ausstattung.

„Viel Vergnügen damit." Chip gab mir den Schlüssel und erklärte, er würde sofort die Garagentore öffnen.

Ich versank zwischenzeitlich in den bequemen Sitzen, bestaunte die fünf Rundinstrumente vor mir und ließ zögernd den Motor an. Er schnurrte leise wie eine zufriedene Katze. Die Garage ging auf und sobald ich mich an das helle Sonnenlicht gewöhnt hatte, rollte ich so langsam hinaus, dass Chip mich fragend ansah. Morgan war längst verschwunden und Gott im Stillen dafür dankend, dass ich mich in Mainfield auskannte, fuhr ich gemütlich zum Tor und drückte auf den in eine Stahlblüte eingelassenen Knopf „Öffnen".

Mein Fuß strich kaum über das Gas, sofort heulte der Wagen auf und beschleunigte. Es dauerte ein paar Minuten, bis ich ein Gefühl für das Fahrzeug entwickelt hatte und aus der Unsicherheit Spaß wurde. Der Porsche reagierte präzise genug, dass ich das Lenkrad in den Kurven mit einem Finger hätte bedienen können. Dennoch mahnte meine innere Stimme mich regelmäßig zur Vorsicht und entsprechend drosselte ich meinen Eifer und hielt ich mich schweren Herzens ans vorgegebene Tempolimit. Lange bevor ich über die Hauptstraße fuhr, vorbei an anderen Autos, deren Fahrer mich neidvoll musterten oder mit mir flirteten, fühlte ich mich bereits in dem Wagen wohl. Sobald ich aber in unser Wohnviertel bog, das mit seinen kleinen Vorgärten und auf der Straße spielenden Kindern im Vergleich zu Morgans abgeriegeltem Villenvorort trivial wirkte, bemerkte ich erst richtig, wie anders ich gegenüber gestern war.

Entspannter.

Selbstsicherer.

Ausgeglichener?

Marcs Freunde spielten über drei Gärten hinweg Baseball. Sie erkannten mich, hielten inne, winkten und schrien. Ich nahm auf der Stelle das Tempo raus, falls mir eins der vielen Kinder im Eifer des Gefechts beim Toben vor den Wagen lief, und fuhr neben Drews Ford die Auffahrt hoch, wo ich gewissenhaft die Handbremse anzog.

Sicher ist sicher.

Besonders, falls das Auto so viel wie das Haus meiner Tante kostete – samt Einrichtung.

Morgan lehnte belustigt an der Motorhaube und schüttelte den Kopf, während ich ausstieg. „Die Bezeichnung *Sport*wagen kommt nicht von irgendwoher."

Ich versuchte ihn anzufunkeln und lief an ihm vorbei, um die Haustür aufzusperren. Kaum stand ich im Flur, hatte er mich bereits eingeholt und zusammen gingen wir durch das Wohnzimmer, das, im Gegensatz zu seinen zweien, unscheinbar auf ihn wirken musste, direkt in die Küche.

„Wartest du schon lange?“
Mit einem schnellen Blick in den Kühlschrank nahm ich zwei Wasserflaschen heraus und reichte ihm eine.
„Achtzehn Jahre“, antwortete er und packte mich. Einen Wimpernschlag später standen wir vor meinem Zimmer. Mein Magen war noch in der Küche, ebenso wie die Flaschen.
„Daran muss ich mich definitiv gewöhnen“, seufzte ich und hielt mich an ihm fest, um nicht zu taumeln.
„An Teleportation?“
„Und deine charmante Seite. Du bist ein einziger Widerspruch.“
„Und?“
„Ich fürchte, das gefällt mir.“
„Willkommen auf der dunklen Seite.“
Wir grinsten uns an.
„Ts, ts“, schnalzte er mit der Zunge. „Viel Erfolg in Zukunft. Du bist grad aufgesessen. Der wilde Ritt kommt erst …“
Mein Herz beschleunigte bei seinem plötzlich unverhohlenen Blick. Ich hatte so ein Gefühl, dass er das hören könnte und verdankte dieser Erkenntnis die Willenskraft um endlich den Blickkontakt zu brechen. Mit der Hand auf der Klinke sah ich ihn vor der geschlossenen Tür zögernd an. „Eine Sache vorweg: Ich war nicht wirklich auf Besuch vorbereitet – entschuldige die Unordnung.“
„Mach dir keinen Kopf“, nickte er, bevor ich sie aufstieß.
Seine Augen weiteten sich und er trat vorsichtig, aber neugierig ein.
„Genauso hatte ich es mir vorgestellt“, lächelte er nach kurzer Inspektion begeistert. Um nicht nur blöd herumzustehen, kramte ich meinen Rucksack unter dem Bett hervor und ging über den Gang ins Bad, meinen Kosmetikkoffer zu packen. Nicht, dass ich viel brauchte, wenn man die Mini-Parfümerie, die Grace gekauft hatte, bedachte. Mit fahrigen Bewegungen warf ich das Nötigste hinein: Zahnbürste, Kamm, Haargummis, Deo, Rasierer. Zurück in meinem Zimmer, fand ich ihn reglos vor meinem Schreibtisch stehend, wie er eins der aufgestellten Bilder genauer betrachtete. Das erste zeigte meine große Familie inklusive Großeltern, Onkel und Tanten. Das zweite war von letztem Jahr auf einer Barbecueparty bei Drew und eher ein Schnappschuss von Abby, Drew, Grant und mir vor dem Grill, bewaffnet mit Grillzangen und Schürzen. Das dritte …
*Verdammt.*
„Das ist also Cameron.“
Ich legte meine Sachen auf das Bett und stellte mich neben ihn, während er den dunklen Holzrahmen vom Tisch nahm. Meine Handflächen wurden feucht.

„Auch“, erwiderte ich und fragte mich, wie er unter zehn ihm fremden Personen ausgerechnet ihn gefunden hatte.

Dann erinnerte ich mich daran, gestern an sein Gesicht gedacht zu haben.

Und seine Augen fanden nicht nur Cam – sie blieben auch an einer anderen Person hängen.

„Trägst du eine Cheerleaderuniform?“

Seine Stimme verbarg mit keinem Deut seine Bestürzung. Es war fast witzig mitanzusehen, wie er versuchte, sein Bild von mir um den Punkt „Cheerleading“ zu erweitern.

„Ja“, erklärte ich und mit Blick auf die anderen fünf Mädels, die zwischen wiederum fünf Spielern standen und die gleiche grau-rote Uniform anhatten, die Insignien der Hartford Union High School groß auf unserer Brust. Betrachtete mein lächelndes Gesicht und Cameron neben mir, einen Arm um meine Taille, sein Grinsen frech und frei.

„Football?“

„Basketball.“

Sein Schnauben machte deutlich, was er von der Sportart hielt, die er selbst vor drei Jahren noch ausgeübt hatte.

„Das Foto steht nicht hier wegen *ihm*. Das Paar rechts von uns?“

Seine Augen folgten meiner Anweisung.

„Sie waren sehr gute Freunde.“

„Waren?“

„Vorletztes Silvester, nach einer Feier, befanden sie sich auf dem Heimweg. Der führte an einem ungesicherten Bahnübergang vorbei. Man sagt, sie standen zu dicht dran, als der Intercity in voller Fahrt vorbeirauschte, der Sog hat sie direkt auf die Gleise gezogen. Der Notarzt konnte nichts mehr tun. Ich hatte zu der Zeit einen Naturtick und liebte Holz, deshalb haben sie mir den Rahmen zu Weihnachten gebastelt. Er ist handgeschnitzt.“

„Das wusste ich nicht“, er fuhr gedankenverloren mit dem Finger die Rauten- und Flechtornamentik des Kirschholzes nach und stellte dann das Bild wieder hin. „Es ist wirklich furchtbar. Aber, Mimi?“

Ich wandte mich von dem Bild ab und schaute fragend auf in sein Gesicht.

„Erwähne nie wieder ‚uns‘ im Zusammenhang mit einem anderen.“

„Ich mache sogar etwas viel Besseres“, lächelte ich und nahm das Bild, drehte es um und zog die Fotografie hervor, legte sie zu meinen anderen Erinnerungen aus Hartford in einen Pappkarton unter meinem Bett und den nun leeren Rahmen in meine oberste Schublade. „Warten wir auf unser erstes Foto.“

„Das musst du nicht tun.“

„Ich mach's gerne."
Irgendetwas beschäftigte ihn, das konnte ich spüren. Um ihn nicht zu drängen, stützte ich mich auf die Tischplatte und strich über meinen Block, aus dem Gabes selbst gezeichnetes Porträt von Abby herausragte. War es wirklich erst vorgestern gewesen, dass er ihre Haare mit bestimmten Strichen nachgezeichnet hatte?
„Warum hat es mit euch nicht funktioniert?", fragte Morgan nach einer längeren Pause, in der ich über die seltsamen Irrungen und Wirrungen des Lebens nachdachte und zu dem Schluss kam, dass es langweilig wäre, wenn sie nicht existierten.
Nach einem abwägenden Blick aus dem Fenster erlaubte ich es mir, ihn vorsichtig zu mustern. Erste schwarze Schlieren durchzogen seine Augen.
*Er will, dass ich ihm nichts verschweige.*
„Wir haben uns irgendwann unterschiedlich entwickelt – und uns gegenseitig damit das Herz gebrochen."
„Wann war das?"
„Die Trennung?"
Er bejahte und sofort mischte sich in seinen Pupillen dunkles Grau wo sonst Meerblau regierte und half mir dabei zu verstehen, wie stark ihm das Thema missfiel.
„Knapp vor dem letzten Valentinstag." Um ihm die nächste Frage zu ersparen, ergänzte ich: „Wir waren anderthalb Jahre zusammen."
„Du bist gegangen?"
„Es war das einzig Richtige."
„Ist er derselben Ansicht?"
In Erinnerung an mein letztes Gespräch mit Cameron erklärte ich voller Inbrunst: „Und selbst falls nicht, würde das nichts mehr ändern. Ich habe damit abgeschlossen", schwarze Augen musterten mich, „lies meine Gedanken, Morgan. Er bedeutet mir nichts mehr. Jedenfalls nicht, wie du denkst."
Sekundenlang starrte er mich an und die Abwesenheit einer Reaktion ermöglichte es ganzen Wirbelstürmen in seinem Blick zu toben. Letztlich legten sie sich langsam und mit einem zufriedenen Gesichtsausdruck wurden seine Augen wieder strahlend und warm.
„Hast du deswegen mit dem Cheerleading aufgehört?", fragte er und nahm die Bibel meiner Mom zur Hand.
Ich hielt die Luft an. Vergaß zu verstehen oder Buchstaben zu Sätzen aneinander zu reihen.
„Was ist los?"
„Du kannst das Buch einfach so anfassen?"
„Ich kann sogar in die Kirche, Hostien essen, beten, Rosenkränze tragen. Meine Mom …?"

„Richtig", schüttelte ich den Kopf und fuhr fort zu packen, suchte nach meinem Schlafanzug, fand ihn und legte ihn wieder weg. „Du bist auch menschlich."

„Du weichst der Frage aus."

Zwischen Schrank und Rucksack hin- und herlaufend überschlug ich, ob ich einen Bikini brauchen konnte, und warf ihn schließlich rein. „Hmmm. Nein. Vermutlich hatte es viel mit Macy und Brady zu tun, dem Paar, von dem ich dir gerade erzählt habe. Sie war der Grund, wieso ich damit angefangen habe – wir haben in der neunten Klasse zusammen vorgetanzt. Und als Macy nicht mehr da war, war es für mich nicht mehr dasselbe."

„Warum machst du hier nicht weiter? Fängst woanders von vorne damit an?"

Ich faltete gerade meine kurze Hose und blinzelte ihn mit gerunzelter Stirn ironisch an.

Eine wegwischende Handbewegung später erklärte er: „Shelby kann dir gar nichts. Ich klär's mit ihr."

„Nein, danke. Ich vermisse es kein bisschen."

Inzwischen hatte er sich zu meinen Büchern vorgearbeitet, nahm sie einzeln aus dem Bücherschrank und schlug sie auf, überflog Notizen von mir, die ich mir angewöhnt hatte, an den Rand zu kritzeln, und ging zu meinem Nachttisch, wo das Fotoalbum lag, das ich mit Abby zusammengestellt hatte. Er setzte sich und griff danach. Um meine Nervosität zu überdecken, begann ich, mein Handyladekabel zu suchen. In dem Moment, als er die erste Seite aufschlug, drehte ich mich weg und vermied entschieden, das Foto auch nur ansatzweise zu beachten.

„Du bist die Kopie deiner Mom", erklärte er mit bewundernder Stimme und trotz eines mulmigen Gefühls riskierte ich doch einen schnell Blick auf den letzten Schnappschuss mit uns vieren. Er zeigte meine Familie bei einem Picknick in New Heaven. Mom saß neben einer breit grinsenden Anna, die einen Arm um sie und einen um meinen zwinkernden Dad gelegt hatte, und ich lag quer vor ihnen, diente ihnen als Stütze. Meine lachende Mutter, die wegen des starken Windes ihr flatterndes Halstuch festhielt, winkte mit der freien Hand in die Kamera. Hinter uns wehte eine Yale-Fahne.

„Das ist die gängige Meinung", antwortete ich und fühlte Stiche im Herzen bei der Erinnerung an diesen unbeschwerten, sonnigen Tag.

„Ihr wirkt glücklich zusammen. Harmonisch."

Ohne etwas darauf zu erwidern, machte ich weiter mit der Suche.

„Hmmm", er hielt das Bild auf Abstand. „Anna und du wart ziemlich unterschiedlich – und doch habt ihr dasselbe strahlende Lächeln."

„Wir hatten vor allem eine schöne Kindheit. Dank der besten Eltern."

„Wie viel jünger war sie?"
„Zwei Jahre, drei Monate und drei Tage."
Achtlos warf ich das gefundene Kabel in die Seitentasche meines Rucksacks.
„Und sie war eher kreativ?"
Ich schloss kurz die Augen und nickte. „Du hast es schon treffend erfasst, wir waren wie Tag und Nacht. Sie war das chaotische Genie der Familie, hat es geliebt, auf Leinwand zu malen oder zu zeichnen, Bilder, die oberflächlich nur Schattenspiele waren, bis man darunter ihr wahres Motiv erkannte, meist Gesichter, auf denen sich markante Emotionen eines Menschen spiegelten … Ich hingegen", ich legte die Stirn in Falten, „war die Lernplan aufstellende Perfektionistin. Sie liebte Nirvana und Oasis, ich gehöre zur Bryan Adams und Rihanna-Fraktion. Während sie im Orchester spielte, warf man mich in die Luft, Pompons schwingend und Schlachtrufe schmetternd. Sie trat in Theaterstücken auf, ich war einfach nur beliebt. Wollte sie Spaß haben, ging sie zu Poetry Slams, meine Freunde und ich feierten wilde Partys", ein freudloses Lachen erkämpfte sich den Weg aus meinem Bauch an die Oberfläche. „Zudem hatte Anna das Pech, ihr Leben lang ‚die kleine Schwester von' gewesen zu sein: in der Junior High und der High-School, sogar im Kindergarten. Andere wären deshalb sauer geworden, aber sie hat immer gesagt, sie fände das in Ordnung, schließlich sei ihre Schwester ein toller Mensch."
„Ihr habt euch echt nahegestanden, oder?"
Ich nickte erneut und überflog flüchtig ihr zweidimensionales Gesicht. Der Schmerz, es niemals wieder morgens über mir schweben zu sehen, war zermürbend. Seit sie krabbeln konnte, hatte sie mich geweckt. Erst weil sie in mein Zimmer stolperte, das direkt neben ihrem lag, und zu mir ins Bett kroch, um weiterzuschlafen. Dann, weil sie entdeckte, wie viel Spaß auf meiner Matratze hüpfen machte, und schließlich, weil es unsere eigene kleinen Tradition war. Sie setzte den Wecker jeden Tag fünf Minuten bevor meiner losging, um sicherzustellen, dass sie ihren Job machte. „Sie war ein Mama-Kind, besaß ihre Leidenschaft, dasselbe Lachen, die gleiche Art, die Lippen zu schürzen, sobald ihr etwas missfiel – ich klebte förmlich an meinem Dad. Rein äußerlich hatte meine Schwester alles von ihm, die dunkelblonden Haare, die Grübchen, selbst das Muttermal am Ellbogen. Aber charaktertechnisch", amüsiert legte ich den Kopf schief und dachte an seine Eigenheiten, „war Dad mein siamesischer Zwilling. Derselbe Sinn für Humor, manchmal trocken, manchmal sarkastisch, immer eigen. Ich habe seinen Hang zur Sparsamkeit geerbt, besaß teilweise mehrere Spardosen oder Geld auf einem Sparkonto. Laut Maddy ist Dads Genpool außerdem schuld an

meinem fehlenden musikalischen Talent, dem ausgeprägten Geselligkeitstrieb und der stoischen Ausgeglichenheit. Behältst du das im Hinterkopf, waren Anna und ich wie Feuer und Eis. Deshalb gab es keine Rivalitätskämpfe. Sie war so sehr mein Gegensatz, dass wir uns absolut jeden Gedanken, Wunsch, jede Idee und Hoffnung anvertrauen konnten, wissend, die andere hätte einen 180-Grad-Blickwinkel darauf. Fast wie bei Drew und mir, nur ohne das Testosteron. Wir haben uns nie in die Haare gekriegt, sei es wegen Klamotten, Hobbys oder Jungs. Im März hat sie sich zum ersten Mal verliebt, irgendjemand aus ihrem Kunstkurs. Ich bin froh, dass sie dieses Gefühl noch kennenlernen durfte."

Mit Blick auf meine verräterisch schimmernden Augen schlug er das Album zu. „Es tut mir leid, dass du das durchmachen musstest."

Nachdem er es wieder sorgsam zurückgelegt hatte, stand er auf und nahm mich stumm in den Arm. „Aber es ist in Ordnung, sie zu vermissen."

„Es ist unendlich komplizierter. Mehr", erwiderte ich frustriert. „Es ist dieses beklemmende Gefühl, davongekommen zu sein. Ich habe meine gesamte Familie verloren, binnen einer Viertelstunde. Und dann die Vorwürfe. Die vielen Vorwürfe, die man sich macht – weil sie gestorben sind und ich weiterlebe. Das ist einfach unfair."

„Mimi, du kannst nichts dafür, wie die Würfel fallen. Manchmal wird einem ein Weg nicht nur aufgezeigt, man wird regelrecht auf ihn draufgepeitscht. Du hast überlebt, du musst einen Weg finden, dankbar zu sein."

„Deshalb?"

„*Trotzdem*. Was sein soll, geschieht. Der Unterschied besteht darin, wie man mit dem ‚Warum' umgeht. Ob du dich auf der Suche nach der Antwort verbrauchst oder akzeptierst, dass manches einfach nicht in deiner Hand liegt. Die großen Fragen sind vor allem groß, weil sie unerklärlich scheinen."

„Scheinen?"

„Ich persönlich bin Verfechter der ‚Alles-hat-seinen-Grund'-Theorie."

„Welchen hast du für den Tod von 267 Passagieren, die in den Urlaub oder nach Hause zu ihren Familien wollten?"

„Bedaure, aber ich fürchte, du musst ihn selbst finden", sagte er und lächelte tröstend, führte meine Hand an seinen Mund und küsste erst die einzelnen Fingerknöchel, die Hand, den Arm hinauf und bis zu meiner Schulter, den Nacken und folgte auf der anderen Seite seinem Weg mit gleicher Sorgfalt hinunter, bis zu meinem anderen Handgelenk. „Nur vorweg: Er ist niemals direkt auf Anhieb erkennbar."

„Die Zeit liefert mir deiner Meinung nach irgendwann von selbst eine plausible Erklärung?“

Das war ein neuer Standpunkt.

„Verlass dich drauf. Aber da Zeit nichts ist, was du beeinflussen kannst, musst du sie überbrücken. Vergiss niemals, was war, aber lerne damit zu leben.“

Meine Atmung wurde mühsam. Leise wollte ich wissen: „Wie?“

Morgan zögerte. „Wie hast du es bisher angestellt?“

Der erste Reflex war, ihm zu versichern, dass ich daran arbeitete, jeden Tag ein wenig. Aber Fakt war, ich scheiterte daran. Drew hatte das erkannt, Abby vermutlich ebenfalls. Morgan würde mich auch durchschauen. Mein Selbstschutz-Modus verletzte ihn am Ende noch, sollte er merken, dass ich geschwindelt hatte.

„Verdrängung“, flüsterte ich letztlich.

„Hat das funktioniert?“

„Wie sich herausgestellt hat, macht es die Dinge schlimmer“, lachte ich bitter.

„Wenn ich raten müsste, würde ich sagen, du hast Angst, es sonst nicht ertragen zu können.“

„Eine faire Annahme“, gab ich schulterzuckend zu. Besser als es abzustreiten.

„Genau damit liegst du falsch. Etwas nicht anzusprechen führt dazu, dass sich das Etwas in dir aufstaut. Verdrängung macht das Geschehene nicht wett und dreht die Zeit nicht zurück. Es frisst sich lediglich in deine Seele und betäubt sie.“

„Was spricht gegen Betäubung?“

„Es ist eine temporäre Lösung.“

„Und was wäre eine permanente?“

„Nach vorne schauen, nicht zurück. Keiner wird sie ersetzen. Du hast eine Mutter, einen Vater, es existierte nur eine Anna. Deshalb bewahre sie dir, halte die kostbare Zeit mit ihnen in Ehren. Aber, Mimi, ist oder wurde dir etwas Wertvolles zuteil, solltest du es nicht ersetzen müssen. Finde stattdessen Vergleichbares, das genauso gut und richtig ist. “

Morgan lächelte aufmunternd und betrachtete mich wie damals im Garten, als ich hyperventilierte, weil ich Zeugin einer Enthauptung geworden war. Die Überzeugung und Sicherheit, die in seinen Augen mitschwang, übertrug sich dabei zaghaft auf mich. Ähnlich einem Blatt im Wind, das willkürlich hin und her geschleudert wurde, bis es sich dazu entschloss, auf den unsichtbaren Schwingen zu tanzen.

„Du hast recht“, stimmte ich ihm verblüfft mit einem winzigen Lächeln zu.

Ich musste so denken, wenn ich bei gesundem Verstand bleiben wollte.

„Wollte Anna auch nach Yale?“

„Nein. Sie hatte noch Zeit herauszufinden, wo die Reise hingeht, aber Mom war fest der Meinung, sie würde eines Tages in New York landen, eine heruntergekommene Galerie kaufen, sie auf Vordermann bringen und ihre Kunst darin ausstellen.“

„Du nicht?“

„Mein Dad und ich waren Anhänger der Schriftstellerinnen-Theorie. Anna hätte das Potenzial dazu gehabt.“

Morgans Blick erhielt einen sanftmütigen Anklang. „Ich mag es, wie du von ihnen erzählst. Deine Augen samt diesem verklärten Leuchten und dein Gesicht wird ganz rosig. Als sähest du sie vor dir, als wären sie bei dir.“

„Wie gesagt: Einfacher ist es, nicht an sie zu denken, nicht über sie zu reden. Die Erinnerungen an die guten, schönen Tage sind oftmals schier unerträglich.“

Er lachte leise.

„Was?“

„Wir reden gerade über deine Schwester und deine Eltern – und du erträgst es.“

Fasziniert hielt ich inne. Es war tatsächlich das erste Gespräch über sie, das ich weder im Keim erstickt noch abgebrochen hatte. Ein Blick zu ihm und ich öffnete mich komplett. „Ich finde es schön, sie mit dir zu teilen. Mit Maddy, Trevor, meiner Großmutter, selbst bei Abby und Drew ist es anders. Vermutlich ist es leichter, nicht dauernd zu hören: ‚Weißt du noch, als …‘, ‚Es fühlt sich an wie gestern, als‘, ‚mir kommt es vor, dass …‘.“

„Das war ein schönes Kompliment.“

Um mich zu beschäftigen, spielte ich mit meinem Ring. Wie weit konnte ich gehen? Wie viel ihm aufbürden, bis er um seinen Thron fürchtete, weil seine Verbündete die Stabilität einer Pusteblume aufwies?

„Ich habe Angst, dass die Erinnerungen verblassen. Je länger ich schweige.“

Die Worte verließen meinen Mund ohne mein Zutun.

„Du solltest ihr Leben feiern“, nickte er bekräftigend und ich fühlte, während ich ihn anstarrte, eine Welle von Emotionen über meinen Kopf hinwegspülen, die dermaßen intensiv waren, dass sie mir Mut, aber auch Angst machten, obwohl ich sie noch nicht benennen konnte. „Wann immer du über deine Familie reden willst, bin ich da.“

Aus Angst, nichts sagen zu können, nickte ich nur und legte den Kopf an seine Schulter. Er strich mir beruhigend übers Haar, die freie Hand fest um meinen Rücken, mich stützend, beruhigend, und ich versprach mir, jegliches in meiner Macht Stehende zu tun, um seiner würdig zu sein.

„Woran denkst du gerade?"

„Daran, wie wundervoll du bist."

Er hielt abrupt inne und hob mein Kinn an, sein Blick dunkel und hell zugleich. „Du gehörst mir."

Hingerissen von dem Spektakel in seinen Augen vergaß ich fast zu atmen, bis seine heisere Stimme meine Gedanken durchdrang. „Sag es."

„Ich gehöre dir", flüsterte ich und er hob mich hoch und küsste mich hungrig, verlangend, bis meine Knie schwach wurden. Weil ich mich von ihm trennen wollte, beugte er sich vor und hielt mein Gesicht mit seinen Händen fest. Ich klammerte mich an ihn, als hinge mein Leben davon ab, aber auch weil ich annahm, meine Beine würden mich allein nicht tragen. Sobald seine Lippen meine endgültig verließen, kribbelte es in jeder Faser meines Seins.

Lächelnd seufzte ich.

„Du verdienst mehr als das", erklärte er, seine Augen hell und aufgewühlt, „mehr als ein Leben wie jeder andere. Und ich werde sicherstellen, dass du erhältst was dir zusteht."

„Ich habe alles, was ich brauche."

Zur Bekräftigung küsste ich die Stelle an seinem Hals, an die ich mich zum Einschlafen gekuschelt hatte. Ich hätte für den Rest der Zeit in seinen Armen bleiben können, nah an seinem Körper, wo die Hitze mich wärmte und sein Herzschlag meinen anfeuerte.

Es schien unmöglich, nach so kurzer Zeit genug für ihn zu empfinden, um eine solche Ehrlichkeit zu verspüren. Aber es geschah, direkt vor meinen Augen. „Du warst mein Ritter in schimmernder Rüstung seit dem Moment, als du mich vor Tatius gerettet hast – und bist es geblieben."

Er wollte widersprechen, doch ich legte meinen Finger auf seine Lippen. „Genug von mir. Hast *du* dich jemals ungerecht behandelt gefühlt?", fragte ich ihn und setzte mich wieder aufs Bett.

„Wegen meinem Vater?" Ein paar Augenblicke vergingen, in denen er unbewegt zu dem Fotoalbum schaute. Schließlich sprach er weiter und klang dabei beherrscht. „Nein. Es ist, wie es ist. Und ich möchte keine andere Familie."

„Und wegen mir?"

Nun nahm er auch Platz, ergriff meine Hand erneut und begann sie zu reiben, spürte vermutlich, wie kalt sie war. „Wie meinst du das?"

Räuspernd bezog ich in einer hilflosen Geste mit ein, was mir einfiel. „Yale. Das Ende deiner Freundschaft zu Drew und wer weiß was sonst noch, wovon du momentan keine Ahnung hast. Manipuliert worden zu sein von den Disceptatori, ohne es zu merken."

Auf der Suche nach den passenden Worten legte er den Kopf ein wenig schräg. „Mag sein, dass ich ihr Vorgehen lange abgelehnt habe", erwiderte er und schaute mich dabei durchdringend an. „Aber ich behaupte, dass sie mir zu keinem Zeitpunkt direkt geschadet haben. Sie hatten Kenntnis darüber, was das Beste für mich ist und haben mir den Weg dahin geebnet. Also nein – ich fühle mich nicht unfair behandelt. Im Gegenteil. Ich könnte ihnen nicht dankbarer sein."

Bei seinen letzten Worten zwinkerte er mir zu.

Etwas schwach Scheinendes legte sich dabei um uns. Ich blinzelte und es war weg.

„Ein sonderbares Leben ist es, das du geführt hast – im Vergleich zu mir oder dem Rest der Welt."

„Es ist das einzige Leben, das ich kenne. Für mich hat es nichts Sonderbares." Er deutete auf meinen Schreibtisch. „Ich persönlich empfinde Gottesdienste als bizarr."

„Du hast keine Ahnung, was dir entgeht, wenn deine Klamotten tagelang nach Weihrauch riechen", erklärte ich ihm scherzhaft und spürte, wie mein Herz einen Schlag lang aussetzte. Von nun an würde es anders werden: Ich war an der Seite eines Mannes, der mich beschützen, alles Schlimme von mir fernhalten würde, dessen Leben seit unserer Geburt die zweite Seite meiner Medaille ausmachte und der mir jenen Halt geben würde, den ich oft dringend benötigt und doch schmerzlich vermisst hatte. Meine Tante und Freunde waren zwar stets bemüht ihr Bestes zu geben, aber ihr Einfluss auf mich war im Vergleich zu Morgans begrenzt.

Morgan musste einfach nur fragen, damit ich mich ihm anvertraute. In der heimlichen Hoffnung, er hätte die richtige Lösung, die passende Reaktion. Und erstaunlicherweise schien das der Fall zu sein. Jemand, der mich erst gestern in seinem Leben willkommen geheißen hatte, besaß keine vierundzwanzig Stunden später bereits mehr Macht über mich als meine besten Freunde und engste Familie zusammen. Ich brauchte seine Berührung wie die Luft zum Atmen – physisch und psychisch.

Er entdeckte meine Dockingstation auf dem Nachttisch. „Musik ist dir wichtig, oder?"

„Sehr."

„Perfekt", er rieb die Hände aneinander. „Finden wir heraus, was Melody zuletzt gehört hat …"

Er drückte Play und ich verzog unfreiwillig das Gesicht zu einer Grimasse.

Die ersten Takte von „Closer to the edge“ ertönten und durchdrangen die Stille des leeren Hauses. Beeindruckt drehte er sich zu mir. „30 Seconds to Mars?“

„Warum Worte suchen, wenn Lieder es für dich formulieren?“

Gemeinsam lauschten wir den Lyrics und ich spürte jedes einzelne Wort der ersten Strophe, faltete summend meine Schlafsachen. Der Refrain toste soeben laut durch mein Zimmer und in dem Moment nahm er sie mir aus der Hand und warf sie achtlos aufs Bett.

„Die brauchst du nicht“, sagte er leichthin, hob mich auf seinen Schoß und zog meine Unterlippe zwischen seine Zähne, um sie sanft zu beißen. Ungläubig was das mit mir anstellte, fragte ich mich zum hundertsten Mal, wann ich mich an seine Nähe gewöhnte. Seine Zunge stupste meine nur leicht an und mir wurde klar, dass das vermutlich nie anders werden würde.

„Hmmm“, schnurrte ich verführerisch und machte mich kurz los. Ich drehte mich in seiner Umarmung etwas, bis ich beide Beine hinter seinem Rücken verschränken und dichter aufrutschen konnte. Zufrieden schlang ich daraufhin die Arme um seinen Nacken und blickte in seine blauen Augen, in denen helle Punkte der Aufregung schimmerten. Seine Finger spielten indes mit dem Gürtel an meinem Kleid und glitten im Anschluss weiter entlang bis zu meiner Hüfte.

„Kleidung wird eindeutig überschätzt“, murmelte ich, bevor seine Finger unter den Saum krochen und nackte Haut berührten. Elektrisierend.

Er lachte und zog sie wieder heraus. „Wieso nur habe ich das Gefühl, dass ich gerade kein gutes Mädchen vor mir sitzen habe?“

„*Auf* dir“, korrigierte ich und fuhr mit der Zunge neckend über seine Oberlippe, zufrieden, als ich die Erregung in seiner Hose fühlte. „Aber auf deinen Wunsch hin, könnte ich wieder anständig werden“, sagte ich mit hochgezogenen Augenbrauen und bewegte mich von ihm fort.

Er umfing meinen Hintern mit beiden Händen und zog mich wieder zurück.

„Schön hierbleiben, Baby“, raunte er heiser und brachte meinen Körper zum Kribbeln, ehe er sich vorbeugte und mich küsste. Beinahe augenblicklich war seine Hand zurück unter meinem Saum und verschwand um zu meinem String hochzufahren. Ein leidenschaftliches, tiefes Stöhnen entfuhr ihm und ich richtete mich auf, sodass er sich weiter vortasten konnte. Diesmal ergriff ich die Initiative, meine Zunge begehrte Einlass.

Unser Kuss dauerte an und machte mich nahezu willenlos, bis plötzlich mein Handy hörbar lange vibrierte und ich mich seufzend und nach Atem ringend von ihm löste, um die Musik auszuschalten und ranzugehen. Maddy meldete sich aus der Mittagspause, erzählte von der Reise, dem Hotel, dem tollen, wunderhübschen Model, und als sie fragte, wie es mir ging, erklärte ich ihr wahrheitsgetreu, dass ich mich zumindest nicht allein fühlte. Sie wirkte erleichtert und ich war froh, dass sie nicht nachhakte. Nach ein paar Minuten musste sie zurück zum neu umgebauten Set und ich wünschte ihr weiterhin viel Spaß, legte auf und wollte nichts lieber denn das Handy weglegen, um dort weiterzumachen, wo sie uns unterbrochen hatte. Morgan hingegen, dessen Hände die ganze Zeit über an meinem Hinterteil geruht hatten, nahm mir dezent das Telefon aus der Hand, tippte etwas ein und wartete.

Wenige Augenblicke später klingelte sein Handy gedämpft und er verkündete mit seinem großspurigsten Grinsen. „Du hast mich ab heute auf Schnellwahltaste."

„Lass mich raten: Die Eins?"

„Wo ich hingehöre", nickte er und drückte fröhlich weiter. Ich erkannte das Menü zur Auswahl des Klingeltons. „Ich mag Britney, aber ich boykottiere Womanizer."

Morgan runzelte fragend die Stirn.

Ich lachte, glitt von ihm runter und wälzte mich auf den Bauch, um ein Oberteil aufzuheben, das auf der anderen Seite des Bettes heruntergefallen war. Währenddessen legte er das Handy endlich auf den Nachttisch und beugte sich vor, um einen feinen Kuss auf die empfindliche Stelle zwischen meinen Schulterblättern zu hauchen. Ein kleiner Schauer jagte mir über den Rücken und bescherte mir einen weiteren genialen Geistesblitz. Mit einer einzigen Bewegung drehte ich mich um und begann ihn unter dem Shirt zu kitzeln. Von seinem Lachen angestachelt kletterte ich auf ihn um besseren Zugang zu erhalten. Je mehr er sich wehrte, desto mehr spornte mich das zu Höchsttaten an. Sobald er sein Dilemma erkannte, versuchte er sich mir zu entziehen. Doch ich war schneller und kleiner, was mich flinker machte. Ich erhaschte eher zufällig einen kurzen Blick auf sein Gesicht, das mich einfach nur liebevoll musterte, und hielt für den Bruchteil einer Sekunde überrascht inne, um sicherzugehen, meine Einbildung spielte mir keinen Streich. Morgan schlug erbarmungslos zurück.

Er landete auf mir und ging zum Angriff über, mit einer Hand erwischte er die Stelle an meinem Bauch, die bei mir am sensibelsten war, und brachte mich so sehr zum Lachen, dass ich mich verschluckte. Ich schlug nach ihm – er nahm daraufhin seinen Mund zu Hilfe und pustete mir auf den Bauch. Mir dämmerte endgültig, dass ich mich in einem aussichtslosen Kampf befand, da seine Finger seitlich über meiner Hüfte landeten und die Partie perfekt umkreisten. Jegliches Winden und Drehen war vergebens.

„Aufhören", kicherte ich und japste nach Luft. „Stopp! Stopp!"

Morgan klemmte mein tretendes Bein zwischen seine und machte sich daran, einen Zahn zuzulegen.

„Bitte", seine Stimme versteckte ein Lächeln und ich startete einen letzten halbherzigen Versuch ihn fortzudrücken, ehe ich aufgrund ernsthaften Sauerstoffmangels die weiße Flagge schwenkte.

„Bitte", wiederholte ich und er folgte dem schließlich, legte seine Hand flach auf meine prickelnde Haut und wurde still wie eine Statue, seufzte in Richtung des Fensters. Sämtliche Freude verließ mich bei dem aufgewühlten Anblick.

„Ist alles okay?"

„Nein. Ja. Beides", erklärte er und ich stützte mich auf die Ellbogen. Die nächste Minute zog sich, in der er nichts sagte, sondern abwesend wegblickte und ich versuchte, nicht frustriert aufzustöhnen.

Was hatte ich mir nur dabei gedacht?

Das war Morgan Vegard, verflucht noch mal, er könnte jedes Mädchen, das er wollte, dazu bringen, alles mit ihr anzustellen, was er wollte. Er könnte jetzt gerade Sex mit einer fleischgewordenen Männerfantasie wie Shelby haben. Und ich kitzelte ihn wie ein wildgewordener Teenie?

„Tut mir leid", erklärte ich aufrichtig, „das war kindisch."

Er drehte sich mir perplex wieder zu. Vermutlich bereute er bereits, was er im Arbeitszimmer gesagt hatte. „Was?"

Kopfschüttelnd dachte ich an die Worte seines Vaters und wollte es nicht noch unangenehmer machen. „Ist egal."

Ich schämte mich plötzlich und das, obwohl es mir eigentlich prächtig gehen sollte. Ich konnte mich nicht erinnern, wann ich das letzte Mal so befreit gelacht hatte.

„Mimi", er legte Daumen und Zeigefinger unter mein Kinn, machte es mir unmöglich wegzublicken. „Was tut dir leid?"

Mein Herz setzte aus. „Mein Benehmen. Mir ist bewusst, dass du jemand Erwachsenen an deiner Seite brauchst und –"

„Nein, nichts ist okay", unterbrach er mich streng, „weil ich anfange zu vermissen, was ich schon vor zwei Wochen hätte haben können und mich dafür ohrfeigen könnte. Ja, mir geht es blendend, weil du bist, wie ich es mir in meinen kühnsten Träumen ausgemalt hatte und beides, weil diese Erkenntnis bitter und süß zugleich ist", sagte er sachlich und verdoppelte meinen Puls mit einem Blick aus seinen großartigen Augen, weil ich darin etwas entdeckte, was meine ganze Panik auslöschte: Ehrlichkeit.

„Du meinst das wirklich“, erklärte ich und biss zärtlich in seinen Finger, der sich auf meinen Mund gelegt hatte.
„Jedes einzelne Wort.“
Mit einer eleganten Bewegung zog ich ihn zu mir herunter.
„Ich habe hier zwei heiße Latte Macchiato und bin bereit, sie mit dir zu teilen, wenn du mir dafür irgendetwas verboten Scharfes aus deinem Kleiderschrank …“
Abby tauchte plappernd in der Tür auf, verstummte jedoch, nachdem sie uns entdeckte. Ihr Blick wanderte von mir zu Morgan und sie stolperte fast über den Teppich.
„Morgen, Abby“, grüßte er sie freundlich und setzte sich auf, arrangierte mit einer Hand den Kragen seines Polohemdes, zog mich mit der anderen hoch und drapierte seinen Arm locker um meine Hüfte.
„Hallo“, ihre Augen observierten ihn ungläubig und landeten erneut auf mir. Offensichtlich überfordert reichte sie mir schließlich still einen Kaffeebecher.
„Hi, Abbs. Setz dich“, gestikulierte ich zu dem Schreibtischstuhl.
Meine Freundin sah aus, als wüsste sie nicht, was das bedeutete.
„Ich wollte euch nicht stören“, murmelte sie stirnrunzelnd.
„Tust du nicht“, versicherte ich ihr und drehte mich entschuldigend Morgan zu.
Dieser begriff und stand amüsiert auf. Er half mir ebenfalls auf die Beine und nahm einen großen Schluck von meinem Latte. „Dann bringe ich Drew mal seinen Wagen zurück.“
Er händigte mir den Kaffee wieder aus und ich dankte ihm insgeheim.
„Der ist hervorragend“, erklärte er Abby.
„Er ist aus eurem Coffeeshop.“
„Ich weiß“, nickte er und verwies auf die Beschriftung des Bechers, bevor er mich in die Arme schloss und seine Augen meine beinahe in Trance versetzten, als sie sich von neutral zu verführerisch funkelnd wandelten. Abby, höchst aufmerksam, beinahe auf der Lauer, schürzte die Lippen ehe sich auf ihrer Stirn weitere Falten bildeten und ich konnte förmlich hören, wie sich die kleinen Rädchen in ihrem Kopf auf höchster Stufe drehten, da er sich lächelnd zu mir beugte und mir einen dieser kleinen, unwirklichen Küsse gab, die dermaßen sanft waren, dass seine Lippen meine federleicht berührten. Kaum dass sie sich lösten, wurde das Strahlen meiner Augen von seinen zurückgeworfen.
„Pass mir auf sie auf, Abby“, erklärte er ihr, während er mich losließ und wandte sich schließlich zum Gehen.
„Klar“, antwortete sie verwundert.
„Morgan?“

Er hielt in der Tür inne. „Sei nett zu ihm – bitte?“

Mit einem unverschämt verwegenen Grinsen erwiderte er kryptisch: „Verlass dich drauf.“

Und damit war er weg.

Eine Sekunde später jaulte der Motor auf. Abby schien das glücklicherweise gar nicht mitzubekommen.

Sie betrachtete wortlos meine gepackte Tasche, setzte sich neben mich und probierte von ihrem Kaffee. Testweise bewegten sich ihre Lippen und formten tonlos eine Frage. Mit Vorsicht in den Augen schaute sie anschließend über ihren Latte hinweg in mein Gesicht. „Hat er hier geschlafen?“

„Nein.“

„Hast du hier geschlafen?“

„Nein.“

Ein vielsagendes Lächeln später nahm sie noch einen Schluck. „Hast du bei oder mit ihm geschlafen?“

Mein Gesicht verriet mich, ehe ich zu einer Antwort angesetzt hatte.

„Ist nicht dein Ernst!“, quietschte sie und stellte ihren Becher schwungvoll auf meinem Nachttisch ab. „Wie ist das denn passiert? Und damit meine ich nicht die technischen Details, mit denen bin ich vertraut, aber vor einer Woche hast du ihn wie die Pest gemieden und gestern haltet ihr plötzlich Händchen und heute seid ihr …“

„Atme, Abby.“

„… keine Zeit dafür. Was seid ihr?!“

„Seelenverwandte?“, fragte ich über-unschuldig, trank meinen Kaffee weiter und ignorierte ihren von Skepsis triefenden Blick.

„Du und Morgan?“

„Morgan und du.“

„Morgan und ich?!“

„Grammatikalisch richtig lautet es: ‚Morgan und du‘.“

„Hör auf mit dem Klugscheißen und erzähl mir, was passiert ist!“

Ich wählte die Kurzfassung: Ihm ging es am Freitag schlecht, ich machte mir Sorgen und schaute vorbei. Wir haben über alles geredet und unsere offensichtlichen Probleme aus der Welt geschafft, er wollte, dass ich blieb, irgendwann küssten wir uns …

Großzügig übersprang ich, was davor war: den Nachmittag. Den Kampf. *Gabriel.*

„Ich wünschte, Gabe ginge bei mir auch so ran“, sagte sie mitten in meine Überlegungen und mir wurde klar, dass ich gestern den Jungen, für den sie schwärmte, eiskalt hätte umbringen können.

Den Jungen, der eigentlich gar kein Junge war.

„Geht’s ihm gut?“, fragte ich schuldbewusst.

„Wieso?“

„Hast du heute mit ihm gesprochen?"

„Sicher", erklärte sie verdutzt, „er brauchte meine Adresse, um mich später abzuholen."

Die Option, dass er sich immer noch auf Erden befand, war mir abwegig genug erschienen, dass ich sie gar nicht bedacht hatte.

„Wieso sollte es ihm nicht gut gehen?", fragte Abby und ich hörte die Unsicherheit aus jeder Silbe. Was auch zwischen ihm und mir geschah, spielte momentan und in Abbys Welt erst recht keine Rolle. Das durfte ich ihr nicht kaputt machen. Nicht heute.

„Na, weil es doch euer erstes Date ist", grinste ich ausweichend und fühlte mich um einen Zentner leichter, weil sie mir Glauben schenkte und erleichtert nickte.

„Deshalb bin ich eigentlich gekommen. Ich wollte mir deinen roten Minirock ausleihen?"

„Moment", mein Handy vibrierte hörbar.

Ich las den Namen neben dem Absender „Drew" und öffnete die SMS neugierig.

Was zum Teufel …?

Morgan hatte das Auto offensichtlich abgeliefert.

Ich versagte dabei, nicht aufzulachen, trug Abby auf, sich aus dem Schrank zu suchen, was sie brauchte, und antwortete:

Kann's erklären. 16 Uhr, Aunt Molly's?

Keine zwei Sekunden, nachdem ich sie verschickt hatte, kam postwendend zurück:

Auf die Erklärung bin ich gespannt.

„Was hältst du davon?"

Ich blickte von dem Display zu Abby, die sich den gewünschten Rock und ein schwarzes Oberteil prüfend anhielt, und ging naserümpfend zu ihr. Mit einer konkreten Vorstellung vor Augen machte ich mich auf die Suche nach einem neuen Top und wühlte dabei meinen halben Schrank um, verharrte ein wenig beim Anblick des Pailettenkleides und wünschte mir Stephanie her, die die Unordnung wieder beseitigen würde. Eher beiläufig merkte ich, wie Abby sich mit einer Schulter an die Schranktür lehnte.

„Schickes Teil", sagte sie leise und strich über mein Kleid.

„Ist nur geliehen."

Sie senkte den Blick und seufzte, bevor sie nachdrücklich fragte: „Bist du sicher, dass du weißt, worauf du dich da einlässt?"

„Zu einhundert Prozent."

„Du wirst es mit ihm nicht leicht haben."

„Das habe ich auch nicht erwartet."

Abby war mit meiner Reaktion unzufrieden. „Ich verstehe ja, was dich an ihm reizt. Aber Morgan Vegard ist kein Kind von Traurigkeit."

„Dessen bin ich mir bewusst."
„Er hat das Aussehen. Er hat das Geld. Er hat seine Groupies. Zusammen ergibt das epochalen Herzschmerz direkt voraus."
„Wenn du das sagst …"
„Jemand wie er lässt nichts anbrennen", fuhr sie unbeeindruckt fort und streckte sich, bevor sie weitersprach. „Steck alle Schülerinnen der Lincoln High zusammen in die Mensa und erwähne seinen Namen – ich garantiere dir, jede Dritte fängt an zu weinen, weil er ihr irgendwann das Herz gebrochen hat."
Ich hob eine Augenbraue.
„Von mir aus jede Vierte. Aber Morgan ist nicht bekannt für seine Rücksicht auf die Gefühle anderer. Schon gar nicht, handelt es sich um Frauen. Und er schafft es ständig und überall, einen seine Grundsätze vergessen zu machen. Letzten Monat hat er es sogar vollbracht, dass sich intelligente und reflektierte College-Studentinnen um ihn geprügelt haben."
„Und?"
„Mimi", sie legte ihre Hand auf meine und ich hielt inne. „Du bist mir wichtig und in letzter Zeit geht es endlich aufwärts. Ich will nicht, dass er das kaputt macht."
Hitze färbte meine Wangen rot beim Gedanken an seine blauen Augen, die auf mir ruhten. Abby lag richtig, es war viel zu leicht, sich in Morgan zu verlieben. Nicht nur wegen des Offensichtlichen. Es war vor allem die Aufmerksamkeit, die er mir schenkte. In seiner Anwesenheit, und selbst allein, fühlte ich mich besonders, weil er mir das mit jedem Blick und jeder Berührung vermittelte. Mich begehrte.
„Abby", imitierte ich ihren Tonfall und reichte ihr das cremefarbene Seidenoberteil, an dem das Preisschild noch dranhing „probier's damit."
Ihr Mund verzog sich zu einem verträumten Lächeln und ihre Kritik verpuffte ins Nirwana. Sie hielt sich das klassisch geschnittene Top vor den Oberkörper und drehte sich vor dem Spiegel an der Innentür des Schrankes. Zufrieden setzte ich mich aufs Bett und trank den Kaffeebecher mit wenigen Zügen leer. Als sie meine Reaktion bemerkte, folgte sie mir und auf dem kurzen Weg zum Bett verdüsterte sich ihr Gesicht wieder besorgt.
„Mimi, ich möchte dir echt nicht auf die Nerven gehen. Aber er hat einen schlechten Einfluss auf die Leute. Sieh dir an, wie seine Freunde und er sich aufführen!"
„Das bedeutet nicht, dass ich genauso werde."
Als sie daraufhin tatsächlich wegblickte, zwang ich sie mit schierer Entschlossenheit dazu, mich erneut direkt anzusehen. Rief ihr unseren Schwur ins Gedächtnis und drückte ihre Hand. „Hatten wir

nicht beschlossen, jedem wohlwollend eine Chance einzuräumen? In Gedenken an Mick?“

Ein Aufstöhnen leitete die Kapitulation ein. „Schon. Aber ich kenne meine beste Freundin. Sie lässt sich nicht darauf ein, gleich am ersten Abend mit einem Typen zu schlafen. Mick hat mich nie in jemand anderes verwandelt. Morgan hingegen ist wie Anakin – er zieht jeden auf die dunkle Seite der Macht.“

*Nah dran.*

„Und falls ich dir jetzt erzähle, dass er es war, der nichts überstürzen wollte, und ich die, die ihn gedrängt hat?“

Mit demselben Blick hätte sie mich auch bedacht, hätte ich ihr eröffnet, jeden Tag meine Duftkerzen anzubeten. „Morgan *Vegard*?“

„Vertrau mir einfach“, bat ich und fühlte wie ihre Finger meine umschlossen und zudrückten. *Strike eins und zwei.* „Und jetzt fang endlich an, dich auf heute Abend zu freuen!“

„Wir sprechen gerade über dich.“

„Mein Privatleben haben wir lange genug erörtert. In deinem gibt es ja seit Kurzem auch eine interessante Neuerung. Spuck's aus. Wie sehr konntest du letzte Nacht nicht schlafen?“

„Gar nicht“, erklärte sie zwar zögernd, aber mit fiebrigem Glanz im Blick. *Strike drei. Geschafft!* „Gabe ist einfach … anders. Er lacht über dieselben Sachen wie ich und verdreht nicht die Augen, sollten meine Witze verdreht und kurios werden.“

Sie plapperte weiter, aber jetzt, da ich wusste, wer Gabriel in Wirklichkeit war, trübte eine Ahnung meine für sie empfundene Freude: Was, wenn er sich nur mit ihr abgab, um unauffällig in meiner Nähe sein zu können? Was, wenn sie Mittel zum Zweck gewesen war und seine Aufmerksamkeit ihr gegenüber abrupt aufhörte, sobald er mein neues, schwarzes Armband erspähte?

Unruhe machte sich in mir breit und ich wünschte mir fieberhaft, indes ich die Anspannung unterdrückte, Morgan wäre endlich zurück. Ein leichtes Prickeln in mir rührte von der Intensität meiner Bitte. Gerade bevor Abby zum Ende ihrer Ausführungen kam, hupte es draußen zweimal.

„Er ist da“, erklärte ich hörbar erleichtert. Meine Freundin verdrehte die Augen.

„Mimi?“

„Hmmm?“

„Wäre es sehr dreist, sich zusätzlich diese Halskette auszuleihen?“, fragte sie kleinlaut mit meinem Schmuckkästchen auf dem Schoß und hielt eine dünne, filigrane Kette hoch.

„Nein“, wiegelte ich ab, steckte meine Clutch in den Rucksack und schloss ihn. „Aber pass darauf auf.“

„Keine Angst", sagte sie und umarmte mich auf dem Weg zur Tür. „Was habt ihr zwei vor?"
Mit hochgezogenen Augenbrauen wartete sie auf meine Antwort.
„Einfach gemeinsam Zeit verbringen …"

***********************************

Als wir wieder bei ihm daheim ankamen, war das Mittagessen bereits aufgetragen worden und die ganze Familie saß draußen zusammen.
„Wir hatten schon befürchtet, ihr hättet uns vergessen", scherzte Grace. Ich nahm neben Morgan Platz, der mir den Stuhl zurechtschob.
„Mimi musste erst ihre Freundin davon überzeugen, dass ich sie nicht korrumpiere", erwiderte Morgan belustigt, während Carlton aufdeckte und mir einen Teller mit lecker duftendem Lammcurry vor die Nase stellte. Mein Magen knurrte. Wie hungrig ich war, spürte ich erst weil mir der köstliche würzige Duft in die Nase stieg.
„Wer ist diese Freundin und ist sie Single?", ertönte eine mir bekannte Stimme und Jared und Luke schlenderten lässig durch die Verandatür auf uns zu, um sich mir gegenüber hinsetzten. Erst jetzt fiel mir auf, dass für zwei Personen mehr gedeckt war.
„Was ist mit Christina?", fragte Brooke Jared, der direkt neben ihr Platz nahm.
„Wer?"
„Die Kleine von meiner Geburtstagsparty", half Luke ihm auf die Sprünge.
„Die von vor oder nach Mitternacht?"
„Woher soll ich das wissen?"
„Brünett?"
Brooke starrte ihn ungläubig an. „Nein."
„Die Kleine mit dem Zungenpiercing?"
„Ja, Jared, genau die! Ich weiß noch, dass ich sie fragte, wo sie es her hat, damit ich mir dort auch eins stechen lassen kann."
„Ehrlich?"
Brooke kratzte sich an der Nase.
„Ich würde sagen, sie war nichts Ernstes", beendete Morgan grinsend das Hin und Her für Jared, der zustimmend nickte.
„Meinst du allerdings diese scharfe Blondine, war sie zumindest meiner Meinung und Erfahrung nach erinnerungswürdig genug, um sie mal richtig –"
„Benimm dich, Lucas", ging Grace dazwischen und er schloss weise den Mund.

Nachdem Carlton sich dezent entfernt hatte, fuhr Jared fort: „Apropos Benehmen: Ich hab da eine Sache herausgefunden, die muss ich euch erzählen."

Fast augenblicklich seufzten die anderen gequält.

Lawrence wandte sich mir vom Kopf des Tisches mit einem angedeuteten Lächeln zu: „Mimi, du musst wissen, Jared entdeckt jeden Tag Sachen, die er uns unbedingt erzählen muss."

Der Angesprochenen nahm unbeeindruckt einen großen Schluck Wasser und runzelte die Stirn, während wie uns einen guten Appetit wünschten.

„Komisch", sagte er und drehte sein halbleeres Glas zwischen den Fingern. „Bin ich der Einzige, dem grad auffällt, dass Wasser keinen Geschmack hat?"

„Es ist ja auch *Wasser*", sagte Brooke.

Die Erklärung reichte ihm vollkommen. „Wenn Chuck Norris ins Wasser fällt, wird er nicht nass. Das Wasser wird Chuck Norris."

Außer mir lachte keiner. Aber auf vielen Gesichtern erkannte ich ein Lächeln.

„Er hat sieben von zwölf Schritten erfolgreich absolviert", erklärte mir Luke und sah mich dabei ernst über den Tisch hinweg an. „Aber die Sucht ist härter, als im Vorfeld gedacht."

„Ich fand den gut!", erwiderte ich schulterzuckend.

Jareds Blick dankte mir.

„Nicht", bat Brooke mit heiteren Augen, „stachel ihn bloß nicht an. Es gab Zeiten, da hat er täglich Dutzende Chuck-Norris-Witze vom Stapel gelassen."

Ein Stück Fladenbrot flog ihr entgegen. Lawrence lenkte die Flugbahn ab, bevor es in der Soße landen konnte und mahnte Jared mit einem einzigen Blick ab. Grace streichelte seine Hand, ehe sie sich die beiden zur Brust nahm.

„Jared, mit Essen spielt man nicht. Sei dankbar, welches zu haben. Brooke, lass ihn zufrieden."

Die zwei starrten sich sekundenlang an, ehe Brooke ihre Schultern durchdrückte. „Der war vielleicht wirklich nicht schlecht."

„Die Entschuldigung ist lahm, aber ich nehme sie an", schmatzte Jared und wandte sich wieder der Runde zu. „Ich habe ein wenig recherchiert –"

„– gegoogelt",

„– nenn es, wie du willst, Luke. Und da stolpere ich über einen Artikel –"

„– Blog",

„Klappe. Jedenfalls … wusstet ihr, dass Pazifisten Menschen sind, die Gewaltlosigkeit lieben?"

„Was hast du gedacht, was das bedeutet?", fragte Grace und nahm von dem ofenwarmen Naan, bevor sie den Korb an Brooke weiterreichte.

„Surfer?"

Einen Augenblick lang war es so still, dass man eine Stecknadel hätte fallen hören können, im nächsten lachte jeder los, sogar Lawrence. Ich war unsicher, ob mir das überhaupt zustand, schließlich kannte Jared mich nicht gut genug, um es mir nicht übel zu nehmen.

„Man kann auch am Atlantik surfen", fand Morgan als erster seine Stimme wieder und wischte sich eine Lachträne aus dem Augenwinkel. „Oder am Mittelmeer …"

„Jetzt *weiß* ich ja, was es ist. Sean Penn ist Pazifist."

„Mahatma Gandhi war der bekannteste", ergänzte ich und griff nach meinem Naan.

„Ich mag nur amerikanische Sportler."

Das Naan fiel mir aus der Hand und teilte das Soßenmeer auf meinem Teller. „Das ist kein Sportler."

„Das Gleiche gilt für Sänger oder Schauspieler. Hey, warte! Ist das diese Slumdog-Braut?"

„Der Kontinent stimmt zumindest", warf Brooke ein.

„Das Geschlecht nicht ganz", Luke schüttele den Kopf in Richtung seines Cousins. „Wie kann man Gandhi nicht kennen?"

„Wer ist Gandhi?", fragte Jared mich.

„Der Anführer der Unabhängigkeitsbewegung in Indien."

Er verzog den Mund.

„Du hast sicher schon von ihm gehört", probierte ich es anders. „In Geschichte."

Sein Gesicht war leerer wie Regenwassertonnen in Afrika. Ungläubig legte ich meine Gabel hin. *Schräg*. „Das ist ja wie fragen, wer Martin Luther King war."

„Wer *war* Martin Luther King?"

Noch während er sprach, fuhr eine meiner Augenbrauen in die Höhe. Alles an seinem Blick verriet, dass er die Frage ernst meinte, also riss ich mich zusammen und suchte nach einer einfachen Antwort.

„Vertrau mir, Mimi. Du magst es ihm gar nicht erklären", verdrehte Brooke die Augen und Luke stimmte ihr zu. Jared sprang ohnehin bereits zum nächsten Thema. Ich folgte ihrem Rat und begnügte mich stattdessen mit den leckeren Speisen und Morgan, der mit seiner Mutter über ihre nicht vorhandenen Kochkünste witzelte. Im Laufe des Mittagessens beobachtete ich erstaunt die Chemie der gemischten Runde und wenn ich beim Warten aufs Abräumen etwas mit Sicherheit festgestellt hatte, dann die offensichtliche Vertrautheit zwischen den Vegards und Morgans Freunden. Diese war so groß, dass die beiden Jungs sogar Essen von Brookes Teller klauten und

Carlton ihre Vorlieben kannte – Lukes Knoblauch-Naan und Jareds Lassi mit Pfeffer.

„Nun, Mimi", sagte Luke soeben und türmte den letzten Reis mithilfe seines Messers auf seine Gabel, „du verbringst jeden Sommer in Mainfield?"

Um die Zeit, bis ich meinen letzten Bissen geschluckt hatte, zu überbrücken, nickte ich vorerst. Nach einem Schluck Wasser erwiderte ich: „Seit ich drei bin. Erst mit meiner Familie, später alleine."

„Das ist ja wunderbar!", bemerkte Grace aufgeregt, „du kennst das alte Mainfield?"

„Es hat sich ziemlich verändert", gestand ich in Gedanken bei den Vegard'schen Geschäften mit dem markanten Mosaikmuster. „Was hat *euch* eigentlich in eine Kleinstadt verschlagen?"

„Oh, der Name", sagte Morgans Mom so charmant, dass es nach Ritterschlag klang. „Die Stadt heißt wie mein Geburtsort – ist aber nicht durch Erinnerungen vorbelastet."

„Bist du aber seit vierzehn Jahren regelmäßig hier vor Ort", griff Jared das alte Thema auf, da sie offensichtlich nichts näher erörtern wollte, und hakte nach, „wie kommt es, dass ihr euch nicht schon vorher begegnet seid?"

„Weil sie mit Drew befreundet ist", ging Luke sachlich dazwischen.

„Das klingt, als wäre es was Schlimmes", warf ich ein und kam nicht umhin, gereizt zu klingen.

„Das ist es auch. Denn er hat dich uns vorenthalten. Hätten wir früher gewusst, dass du hier bist, wären wir auch früher mit deinem Training gestartet."

„Lucas", blaffte Grace ihn an. „Andrew ist ein überaus sympathischer junger Mann."

Sie schaute schnell zu ihrer Tochter, die in ihrem Essen herumstocherte, ebenso wie Morgan und Jared. „Außerdem, wie wäre das vonstattengegangen: ‚Bist du zufällig Melody Campbell? Wir müssen nämlich morgen mit deiner Ausbildung zur Königin der Nacht beginnen'."

Ihr unkonventioneller Ton zauberte bei dieser Vorstellung ein Grinsen auf meine Lippen. Erst da Jared und Luke sich erheiterte Blicke zuwarfen, begriff ich, was sie gerade gesagt hatte. Und dass Lawrence Jareds Fladenbrot abgelenkt hatte.

Und auch sie grinsten.

„Sie gehören dazu?", raunte ich.

„Dank ihren Vätern", antwortete Morgan.

„Den Weinhändlern?"

„Das waren sie nicht immer“, Lawrence’ Stimme war freundlich, als rede er über den Nachtisch, der soeben von Stephanie, Mirabelle, einer entzückenden älteren Dame, die ein rundliches Oma-Gesicht hatte, und Carlton herausgebracht wurde. „Aber wir sitzen direkt an der Quelle. Wollt ihr zwei nicht lieber die Geschichte erzählen?“

Die Cousins wischten sich den Mund mit ihren Servietten ab und drehten sich mir angespannt zu. An der Art, wie Luke sich aufsetzte, erkannte man, dass sowohl er, aber auch der nun unnahbar dreinblickende Jared, sich für die kommende Ausführung wappneten. Und dass sie die Story nicht jeden Tag erzählten.

„Vor über zwölf Jahren – bevor die Vegards hierher zogen, besaß mein Dad einen kleinen Supermarkt am Rande der Stadt“, setzte Luke an, „Jareds Vater, sein Zwillingsbruder, war Koch in einem Diner. Sie waren so arm, dass sie und unsere Mütter zusammen in einem Ein-Zimmer-Apartment lebten.“

Ich erinnerte mich an die Weihnachtsparty letzte Woche in seiner Villa, die Holzvertäfelung, den Pool, die sündhaft teuren Möbel und beugte mich in Erwartung einer interessanten Geschichte neugierig vor.

„Sie verdienten beide genug, um uns sechs durchzubringen, dennoch kam es vor, dass uns am Monatsende der Strom abgestellt wurde, weil das Geld nicht reichte – meine Mom war zum zweiten Mal schwanger, da lernte mein Vater auf einer Grundschulveranstaltung Lawrence kennen und klagte ihm sein Leid – sie verstanden sich auf Anhieb“, Luke sah mich an und Jared simulierte mit den Fingern auf dem Tisch einen Trommelwirbel. „Morgan und ich gingen zu dem Zeitpunkt in dieselbe Klasse, spielten im selben Fußballverein. Lawrence lud unsere Familie bald nach dem ersten Kennenlernen zu sich nach Hause ein, um mehr über die Karrierepläne meines Dads rund um das Thema Weinimport zu erfahren, und wir brachten Jared und seine Eltern mit, die ja mit zu unserer Familie gehörten. Man kann sagen: Wir drei Kinder freundeten uns an, sobald wir die Türschwelle überschritten hatten. Unsere Väter befürworteten das. Daraufhin schlossen Lawrence, mein Dad und mein Onkel einen Vertrag. Unsere Väter erhielten einen stattlichen Kredit und die Zusage auf gesicherten Erfolg. Sie kauften sich als Pächter in Weingebiete in Frankreich, Spanien und Kalifornien ein, suchten Betriebe und Restaurants zum Vertrieb und knüpften Kontakte, die sie bei einer Weiterempfehlung mit Sonderleistungen belohnten. Die zwei stampften ihren Handel quasi selbst aus dem Boden und verbuchten im ersten halben Jahr bereits Einnahmen im fünfstelligen Bereich. Ihre Gewinne haben sich seitdem stetig erhöht. Ziemlich genau zur Geburt meines kleinen Bruders kauften sie sich ihre ersten Häuser.“

„Weil sie einen Pakt mit dem Teufel eingingen“, stellte ich fest. Jared nickte.

„Haben sie ihre Seelen an Sie verkauft?“, fragte ich Morgans Dad direkt und war erstaunt, dass er den Kopf schüttelte.

„Nicht ihre – unsere.“

Entgeistert starrte ich zurück zu Luke, dessen Augen leuchteten. Hell und klar, von der Ehre strotzend, die ihm zuteil wurde. Morgan beobachtete mich und sobald ich seinen Blick auf mir spürte, ging es mir etwas besser.

„Wir gehören zur Unterwelt.“

„Aber ihr seid Menschen.“

„Genau wie du“, fügte Luke lachend an.

Grace nahm ihr Löffelchen und mischte die Mangocreme mit der Kugel Vanilleeis. „Sie sind von klein auf rekrutiert und ausgebildet worden. Sobald sie ihr Soll erfüllt haben, ist der Vertrag erfüllt und sie sind frei.“

„Ausgebildet wofür?“

„Dir zu helfen.“ Morgan sprach zum ersten Mal und seine Stimme war ernst. „Ich habe dir von den Aufgaben erzählt, die uns für eine Herrschaft qualifizieren.“

„Drei insgesamt.“

„Die letzte davon musst du allein antreten.“

„Nicht allein“, korrigierte Lawrence, „nur ohne Morgan.“

Lukes Zuversicht kannte keine Grenzen und er sagte: „*Wir* begleiten dich dabei.“

Jared startete einen zweiten, lauteren Trommelwirbel, indem er seine Hände als Drumsticks benutzte. Auf dem Gipfel der Schläge verkündete Luke: „Tada! Damit hast du dir soeben deinen eigenen Doppelpack Bodyguards erworben!“

„Seit wann?“

„Seit heute“, erwiderte Luke und zeigte mit dem Löffelchen auf mein schwarzes Armband.

Jared grinste nun ebenfalls von einem Ohr zum anderen. „Wir übernehmen außerdem den physischen Teil deiner Kampfausbildung.“

„Spar dir das dreckige Lachen“, herrschte Morgan ihn an. Ich fuhr mir an die Stirn, um zu testen, ob ich Fieber hatte.

Grace musterte mich. „Fühlst du dich nicht wohl?“

„Doch“, wiegelte ich schnell ab und wich vor der aufkeimenden innerlichen Zerrissenheit zurück. Die Mangocreme stand direkt vor mir, doch ich spürte keinen Appetit mehr.

„Sie sind mit sechs Jahren gekommen – und nie wieder weggegangen“, witzelte Brooke und Jared grunzte.

„Hör auf damit, das macht man nicht. Und setz dich gerade hin, du kriegst noch einen Buckel", Grace ließ Jared keine Chance, patzig darauf zu antworten, „ich meine es nur gut."

„Ja, ja." Während dieser der Anweisung Folge leistete, schob ich meinen Nachtisch von mir weg.

„Mir ist nicht danach", erklärte ich Morgan.

„Ich kann dich verstehen", hörte ich seine Mom von ganz weit weg sagen. Durch Berge von Watte hindurch. Sie gab ihrer Tochter ein Zeichen und stand auf. Brooke tat es ihr nach. „Mimi, wir haben genau das Richtige für dich! Folge uns unauffällig."

„Du kannst aber auch bleiben", erwiderte Morgan mir, während sein Dad die Jungs in ein Gespräch verwickelte, um uns etwas Privatsphäre zu ermöglichen. „Sollen wir wegfahren?"

Grace stellte ihr leeres Glas ab und zwinkerte mir zu.

„Nein."

„Möchtest du in die Stadt?"

Stumm schüttelte ich den Kopf.

„Was dann?"

„Etwas Abstand würde wirklich helfen." Sein Gesicht verdunkelte sich und ich fuhr eilig fort. „Morgan, versuch mich zu verstehen. Meine ganze Welt hat sich verändert und das innerhalb weniger Stunden. Gestern war mein größtes Problem herauszufinden, was mit mir los ist, vor einem Monat war meine größte Angst, nicht von Yale aufgenommen zu werden. Ich brauche etwas Zeit, um mich mit allem zu arrangieren. Du hilfst mir dabei und deine ganze Familie ist unglaublich nett – aber ich muss es in erster Linie mit mir selbst ausmachen."

„Du willst darüber nachdenken."

„Ich will mich lediglich an die vielen Neuerungen in meinem Leben gewöhnen können, ohne dass eine Sekunde später die nächste Wendung um die Ecke kommt. Durchatmen. Bevor mir alles zu viel wird."

Ein kleines Lächeln machte sich auf seinen Lippen breit. „Normalität?"

„Neue Normalität. Eine, die dich beinhaltet."

„Die alte ist im Vergleich auch ziemlich langweilig", neckte er und seine Augen wurden zu Samt.

„Kommst du?", fragte Grace und hielt mir ihre mit Armbändern behangene rechte Hand hin, die ich dankend nahm, wobei ich einen wahren Klimperregen entfachte. Brooke und sie führten mich in den zweiten Stock und obwohl der Flur genauso designt war wie eine Etage tiefer, hingen hier alle haufenweise pompös eingerahmte Bilder. Ich erkannte „Die Barke" von Manet neben der letzten Tür auf der linken Seite, vor der wir stehen blieben.

„Das ist der einzige Raum in diesem Haus, zu dem die Männer keinen Zutritt haben“, sagte Brooke und legte die Hand auf die Klinke. „Auch weil sie die nötige Leidenschaft nicht besitzen.“

Die Tür glitt auf und sie trat zur Seite.

Im hellsten Sonnenschein tat sich ein Raum von der Größe unseres Wohnzimmers auf, überall hingen Glasregale an den Wänden, auf denen kleine verschiedenfarbige Fläschchen und Flakons standen. Außerdem erkannte ich Gewürze, getrocknete Kräuter und Blumen, Reagenzgläser und Messbecher und allerhand, was ich nicht zuordnen konnte. Mittig war eine bordeauxfarbene Couchgruppierung auf einem gleichfarbigen Fransenteppich aufgestellt worden.

„Hast du jemals dein eigenes Parfüm hergestellt?“, fragte Grace und führte mich vor das erste Regal zu unserer Linken.

„Nein“, erwiderte ich fassungslos und nahm die kleine Porzellanflasche in die Hand, die sie mir hinhielt, um daran zu riechen. Vor meinen Augen entstanden Nelkenfelder.

„Parfüm besteht hauptsächlich aus Alkohol, destilliertem Wasser und natürlichen Essenzen“, sagte Brooke, nahm mir das Gefäß ab und reichte mir dafür einen wunderschönen diamantartigen Flakon. „Hat man es ein paarmal gemacht, ist es einfach. Was du wissen musst, sind die Mengenverhältnisse und Kompositionsregeln. Wir erklären dir das Nötige über Riechstoffe, Verdünnungsklassen und Duftnoten und in einer Stunde hast du dein eigenes Eau de Melody. Und du wirst feststellen, das Mischen fegt deinen Kopf komplett leer – was du dafür brauchst, sind einzig deine Sinne.“

„An die Arbeit, meine Damen“, klatschte Grace in die Hände und reichte uns zwei Schürzen. Sie band sich selbst auch eine um, öffnete einen kleinen Kühlschrank, mischte uns Sekt mit Orangensaft und die nächsten sechzig Minuten wurden für mich die ausgelassensten seit Langem. Nicht nur, dass wir uns durch die seltsamsten Essenzen schnupperten und gegenseitig mit abenteuerlichen Mischungen übertrumpfen wollten, wir alberten auch herum und bespritzten uns mit verschiedensten Aromen, während sie mich Schritt für Schritt durch ihren persönlichen Parfümworkshop leiteten. Kopf-, Herz-, Basisnote bildeten den Verlauf des Parfüms, indem sie sich abwechselten. Am Anfang tat ich mich schwer damit, die richtigen Öle für die einzelnen Wahrnehmungen auszusuchen, doch Grace entpuppte sich als Improvisationstalent, die spontan auswählte und mir dadurch viel Kombinationshickhack ersparte.

Meine Gedanken kreisten um ätherische Öle und das Mischverhältnis von Rosenholz, Zypresse, Mandarine, Ylang Ylang und Patschouli, die Unbeschwertheit des Moments, wenn wir lachten, und die

Herzlichkeit der beiden, die mich so selbstverständlich in ihr Treiben miteinbezogen.

Mein erster Duft entpuppte sich nach anderthalb Stunden als fruchtig-frisch.

„Setz dich", forderte Brooke mich auf und reichte mir mein zweites, halb leeres Sektglas, sobald sie den nun vollen Flakon mit der rosaroten Flüssigkeit auf dem Glastisch abgestellt hatte. Ihre Mutter setzte sich neben uns und prostete mir zu.

Mein Gesicht war ganz heiß, diesmal aber vom Lachen und der Geschäftigkeit.

„Vielen Dank", sagte ich und meinte es aus vollem Herzen.

„Liebes, du musst dich dafür nicht bedanken." Grace lächelte mich an. „Wir sind dir dankbar. Für das, was du für Morgan tust."

„Es ist nicht selbstverständlich", ergänzte Brooke, „und wir verstehen, wie viel es dir abverlangt."

Ich dachte an Morgan und musste auch lächeln. Vielleicht war es das – vielleicht auch nicht.

Eine Frage drängte sich mir auf, eine, die mich seit gestern beschäftigte. Ich drehte mich verstohlen zu Grace, ohne zu wissen, wo ich beginnen sollte.

„Frag nur", ermutigte sie mich und an den nach oben geschwungenen Mundwinkeln ahnte ich, sie wollte es mir erzählen. Ein Blick auf die feinen Lachfältchen um ihre Augen und meine Hemmungen verschwanden.

„Morgan sagte, du seist sterblich?"

„Nun – jetzt wieder. Dennoch bin ich es eine lange Zeit über nicht gewesen."

Mein verwirrter Blick brachte sie kurz zum Lachen. „Ich sehe schon – am besten, ich beginne von vorne."

„Oh! Zeit für *die* Geschichte", erklärte Brooke frohlockend und setzte sich im Schneidersitz hin. „Du wirst sie lieben!"

Ihre Mutter füllte ihr Glas auf und seufzte. Den Blick verträumt in eine Zeit gerichtet, die es nicht mehr gab, setzte sie an.

„Meine Familie, ursprünglich aus Schottland, kam irgendwann im Laufe des 17. Jahrhunderts nach England, nachdem sich mein Urgroßvater, ein aufstrebender junger Kaufmann, während einer seiner zahlreichen Geschäftsreisen in eine Engländerin verliebte. Das Mädchen kam aus einer angesehen Familie und zum Dank dafür, dass er für sie nach Essex zog, schenkten ihre Eltern ihnen eine beträchtliche Summe für sein ohnehin florierendes Handelsgeschäft. Was folgte war, dank seinem Fleiß und gutem Geschäftssinn, der Inbegriff des sozialen Aufstiegs. Jede Generation vermehrte den Reichtum der Buchanans und gab ihn getreu an ihre Söhne weiter, mein Urgroßvater an meinen

Großvater und als dieser es meinem Vater vermachte, waren wir einer der größten Großgrundbesitzer in Essex – ziemlich genau um das Jahr 1800. Meine Eltern hatten wovon andere träumten, ein stattliches Vermögen, großes Ansehen und gesunde Kinder, nur eine Sache war ihnen nicht vergönnt: ein Sohn. Stattdessen hatten sie drei Töchter."

Auf Grace' schönem Gesicht zeigten sich nun dunkle Schatten. „Versteh mich nicht falsch, ich war nie unglücklich, meine Eltern waren fürsorglich und sehr liebevoll – aber ich spürte, dass ihnen etwas fehlte. Als meine Mom zum vierten Mal schwanger wurde, hätte mein Vater alles dafür getan, endlich den ersehnten Stammhalter zu kriegen."

„Auch seine Seele an den Teufel verkauft?"

„Selbst das", nickte Grace traurig und Brooke winkelte die Beine an und legte ihren Kopf darauf. „Eines Nachts hörte ich laute Stimmen, ich konnte nicht schlafen. Es war die Nacht vor meinem zwölften Geburtstag und ich folgte ihnen nach draußen in den Garten, wo mein Vater sich gerade von einem gut aussehenden, elegant gekleideten Herrn verabschiedete. Mein Dad schlich sich ins Haus zurück, ohne mich zu entdecken – dafür tat es sein Geschäftspartner."

Ich atmete hastig Luft ein weil ich merkte, dass ich sie angehalten hatte. „War er sauer?"

„Nein, oder zumindest erinnere ich mich nicht daran. Er stellte sich als Lawrence vor und ich weiß noch, wie mir das Herz bis zum Hals schlug, weil seine Präsenz selbst im Dunkeln, selbst mit dem einschüchternden, teuren Anzug und dem riesigen, dunklen Schattentross hinter ihm einnehmend und beeindruckend war. Anstatt mich ins Bett zu schicken, rief er mich zu sich, fragte nach meinem Namen und unterhielt sich mit mir, vermutlich weil er spürte, wie nervös ich wegen der seltsamen Begebenheit war. Ich weiß, dass er mich relativ am Anfang fragte, was ich gern las – zu der Zeit waren es hauptsächlich Bücher über das Ausland – und er seufzte schwermütig: ‚Kein Ort der Welt ist es wert, seine Heimat zu verlassen.' Ich denke, ich habe ihn mit meinem kindlichen Horizont nicht wirklich verstanden, ihn stattdessen mit meinen Fragen gelöchert. Doch er zeigte sich erstaunlich geduldig und erzählte mit schließlich von seinen vielen Reisen, von fremden Sitten und Gebräuchen, anderen Kulturen. Ich hätte ihm stundenlang zuhören können – und tat es auch. Als die Sonne aufging, saß ich immer noch mit ihm auf der Bank vor der großen Eiche. Er musste mich beinahe zwingen hineinzugehen und selbst da tat ich es nur widerwillig. Kaum war ich im Haus, verschwand er. Danach sah ich ihn nicht wieder. Fünf Monate später wurde das Baby geboren."

„Ein Junge?"

„Sie nannten ihn Edward. Ich dachte, meine Eltern wären am Ziel ihrer Träume angelangt. Doch mit den Jahren, die mein Bruder heranwuchs, wurde mein Vater unruhiger, getrieben, wirkte gehetzt und verunsichert. Meinen neunzehnten Geburtstag feierte ich zusammen mit der halben Ortschaft und meinem Verlobten Carl. Da meine Eltern nicht eintrafen, ging ich in ihr Zimmer und fand meinem Vater mit Fieber im Bett, er sprach wirres Zeug, erspähte unsichtbare Augen. Meine Mutter war außer sich und aufgrund meiner Beharrlichkeit weihte sie mich schließlich in das Geheimnis um seinen Verfall ein: ein Pakt mit Luzifer. Für jedes Jahr, das Edward lebte, wurde meinem Vater eins abgezogen. Nun war er schon jenseits der fünfzig, ehe mein Bruder auf die Welt kam, rauchte Zigarren und trank Alkohol, war nie der Gesündeste. Ich fühlte die Verzweiflung meiner Mutter, sie würde es sicher nicht überleben, wenn er nicht mehr sein sollte, genauso wie sie mit Geld nicht umgehen könnte, wenn mein Dad nichts mehr verdiente. Aus Verzweiflung begann ich auf den Teufel zu schimpfen. Ich steigerte mich rein und tobte und wütete, bis sie mich rausschickte. Vor der Tür traf ich auf Lawrence. In dem Augenblick *wusste* ich, wer er war. Seine Augen waren so schwarz wie der Tod, als sie mich musterten und er mich plötzlich auch erkannte."

„Mein Dad hatte sie nie vergessen", ging Brooke dazwischen, ihr Gesicht konzentriert. „Er sagt ständig: Mom war der einzige Mensch im Laufe der Jahrtausende, der keine Angst vor ihm gezeigt hatte. Bis heute. Sie war anders."

„Das hatte ihm imponiert und deshalb behielt er die Geschichte meiner Familie im Auge."

„Und dann schlug er deinen Eltern die Revision des Paktes vor?"

„Nein, nein, das ist gar nicht nötig gewesen. Ich stand also an diesem Abend vor ihm und alles, was ich wollte, war bei ihm zu sein, zu bleiben, ihn bar jeder Vernunft zu berühren – obwohl ich verlobt war und bis dahin dachte, ich liebte Carl."

„Kommt mir bekannt vor", seufzte ich und wir lachten.

„Um abzukürzen: Wir verliebten uns und er wollte meinem Vater den Pakt aus Liebe zu mir erlassen, doch das war schlichtweg unmöglich, deshalb schrieben wir ihn kurzerhand um. Ich wurde das Pfand. Lawrence stimmte nur zu, weil wir da längst beschlossen hatten zusammenzubleiben. Wir beriefen ein Konzil ein und traten vor Gott, der unsere Liebe als wahr und das Dilemma anerkannte, das damit verbunden war, sollten wir nicht erhört werden. Er gestattete unsere Verbindung, weil er wusste, sie würde sich positiv auf Lawrence auswirken – dadurch dass ich den Platz meines Vaters eingenommen hatte, bewies ich Selbstlosigkeit und Nächstenliebe und weil ich akzeptierte, im Falle einer Verbindung mit Lawrence nicht mehr bei meiner Familie, nicht mehr in dieser Welt leben zu können, gestand er mir Gerechtigkeitssinn zu. Ich wurde in die Hölle verbannt und man belegte mich mit ewiger Jugend. Es kümmerte mich nicht. Wir bezogen ein Schloss im Vorhof", ich dachte an den weißen Prachtbau auf dem Hügel vor dem Garten der Genüsse und sie nickte, „genau jenes – und ich legte einen Garten an. Ich hatte mit seiner Arbeit nichts zu tun und er hielt es strikt von mir fern. So bitter das klingt, mir fehlte es Jahrhunderte lang an nichts. Bis vor einigen Jahren."

Sie strich liebevoll über Brookes Kopf. „Zu dem Zeitpunkt da ich Lawrence kennenlernte, waren Familie und Mutterschaft weit weg von mir, ich war jung, unbeschwert. Mit jedem vergehenden Jahrzehnt aber fingen diese Wünsche stärker an, wie dunkle Wolken über mir zu schweben, ließen mich nicht mehr los. Ich sehnte mich danach, das zu bekommen, was einer jeden Frau von Natur aus zusteht. Nur war das in meinem Fall, wie du dir sicher vorstellen kannst, nicht einfach. Lawrence erkannte, wie sehr es mich belastete, und lenkte ein, sobald ich regelrecht in Depressionen versank. Ein weiteres Konzil folgte und wir trugen unser neues Anliegen vor. Gelinde gesagt, reagierte die Gegenseite mit Schock. Es brauchte Jahre, bis sie überhaupt wieder bereit war, uns anzuhören. Man prüfte und erfasste, wie groß mein Bedürfnis war. Ich spielte mein Ass aus, verwies auf jedes meiner ‚guten' Attribute, die sich auch durch das Leben in der Unterwelt nicht im Mindesten geändert hatten, und flehte Gott um Gnade und Verständnis an. Monate vergingen und er schlug uns schließlich einen Kompromiss vor, den ich sofort akzeptierte: Schwangerschaft bedeutete, ich wurde wieder sterblich."

„Und Lawrence?"

„Er folgte mir in dieses Schicksal. Der zweite Teil des Kompromisses war für mich vergleichbar schlimmer: Mein erster Sohn …"

„… musste, sobald er volljährig wird, die Aufgabe seines Vaters übernehmen?", schloss ich.

„Zusammen mit einer Auserwählten", nickte sie.

„Heißt das, Morgan und ich werden unsterblich, sollten wir die Prüfungen bestehen?"

„Ja", sagte Brooke.

„Warum waren die Disceptatori in meinem Fall vonnöten, wenn davor auch alles ohne sie aushandelbar war?"

„Eine schlaue Frage", lobte Grace. „Schätze, daran war ich schuld. Kaum war Morgan geboren und ich hielt ihn das erste Mal in den Armen, wurde ich vertragsbrüchig. Ich wollte und konnte meinem unschuldigen Baby nicht dieses Schicksal aufbürden, nur weil seine Mutter selbstsüchtig gehandelt hatte. Ich zerriss den Vertrag. Hinzu kam die Tatsache, dass, hätten beide Seiten Morgans Partnerin mitwählen dürfen, jede davon ihr bestes Pferd im Stall vorgeschoben hätte. Einer hätte sich übervorteilt und der andere übergangen gefühlt und im besten Falle wäre es wieder zum Vertragsbruch gekommen. Die Disceptatori schalteten sich somit in deinem Falle zur richtigen Zeit ein."

„Werde ich sie jemals zu Gesicht bekommen?"

„Früher als du denkst", nickte Brooke und stand mit einem Blick auf die Uhr auf.

„Sie wird dich zu ihnen führen", erklärte Grace mysteriös.

„Wolltest du mich deshalb heute Nacht abholen?"

„Ganz genau." Wir liefen gemeinsam zur Tür. „Aber Morgan hat dich ausgeladen."

„Wie?"

Sie drückte eine Taste auf dem Intercom und ordnete Stephanie, das Zimmer wieder aufzuräumen. „Ein Bannspruch."

Mein Blick wanderte von ihr zu ihrer Mom, deren Hand auf der Klinke ruhte und die darauf wartete, dass ihre Tochter das Gerät zurücklegte.

„Grace?"

„Ja, Liebes?"

Ich wählte meine Worte mit Bedacht. „Was, falls ich es vermassle? Es so verbocke, dass ich den Ansprüchen nicht genüge?"

Mutter und Tochter wechselten einen verständnisvollen Blick, ehe sie mich mit Wärme in den Augen anschaute: „Wie es kommt, wird es richtig sein. Sich darüber den Kopf zerbrechen, macht die Aufgabe nur schwerer."

„Ich will ihn nicht enttäuschen", gestand ich.

„Mimi, mach dir keine Sorgen. Das wirst du nicht. Morgan hat mir mehrmals gesagt, er ist sich sicher, dass ihr das zusammen schaffen werdet. Du müsstest ihn mittlerweile gut genug einschätzen, um zu verstehen: Er kriegt, was er haben will."

Wir lachten und mein Herz wurde leichter dabei.

„Mein Bruder hat ein Leben lang mit der Bürde seiner Zukunft gelebt", schaltete sich Brooke ein, „und er macht es wunderbar, weil es seinem Naturell entspricht. Berge sind dazu da, erklommen zu werden. Keiner kann das wie Morgan. Und seit er dich kennt …", ihrer Mutter stimmte bekräftigend zu. „Morgans einzige Unsicherheit warst du, Mimi."

„Ich weiß."

*Ich wäre auch unsicher, wenn meine Bestimmung von einem unbedarften Außenstehenden abhinge.*

„Nein, du missverstehst. Morgan hat stets eine Leere in sich gespürt, und obwohl er es niemals zugegeben hätte, war sie da, ich habe sie wahrgenommen. Und sie wurde mit der Zeit größer. Verständlich, bedenkt man, dass du am anderen Ende des Landes warst. Er hat sich nie weiter als oberflächlich auf ein Mädchen eingelassen, weil die Verbindung zu ihr fehlte, aber auch, weil er nie sicher war, ob sie ihn wegen seines Status will. Und plötzlich kommst du und boom", sie klatschte in die Hände, „seine Prioritäten, seine Ansichten und Perspektiven verschieben sich. Zum Guten. Er hat gar nicht mitbekommen, wie er sich dir gegenüber öffnet oder wie schnell er sich in dich verliebt. Es ist natürlich für ihn."

Ich verstand, was sie meinte. Ihn in mein Herz zu lassen, war so instinktiv …

„Wie atmen."

Brooke lächelte. „Es spielt keine Rolle, was ab jetzt passiert, wie ihr euch schlagt. Ihr habt euch gefunden. Morgan wird nicht zulassen, dass du überfordert wirst. Er kennt deine Limits und deine Stärken. Auch das ist natürlich für euch beide: den anderen zu verstehen."

„Du bist seine einzige Unsicherheit gewesen", wiederholte Grace und zwinkerte mir zu. „Weil er nicht wusste, wie dir diese neue Welt bekommt. Seit er einsieht, dass du sie willentlich wählst, kann ihn nichts mehr auf Erden aufhalten. Deine Lernbereitschaft zusammen mit seinem Willen wird euch unbesiegbar machen."

Ich fragte mich, ob ich diese Sicherheit in meine mir in die Wiege gelegten Talente jemals ausleben können würde wie er. Oder ob mich seine Welt früher oder später zermalmen und wieder ausspucken würde.

Grace nickte, als hätte ich meine Bedenken laut geäußert, also nahm ich meinen Mut zusammen und stellte eine letzte Frage an die Frau, die einst wie ich gewesen war.

„Hattest du jemals Zweifel?"

Ihre Gesichtszüge wurden erst nachdenklich und schließlich weich. „Ich habe es nie hinterfragt. Über die Ungerechtigkeit geklagt? Ja, manchmal. Aber ich bin meinem Herzen gefolgt. Was wir haben, war echt … von Anfang an." Sie hielt inne und ihr Blick trübte sich kurz: „Apropos Lawrence. Er braucht mich. Wir sehen uns nachher – Brooke, denk an die Macarons." Sie hauchte uns beiden einen Kuss auf die Wange und lief zur Treppe.

„Fährst du in die Stadt?"

„Hatte ich vor", antwortete Brooke und folgte mir auf den Gang. „Brauchst du auch was?"

Das war ja das reinste Kinderspiel.

„Kennst du Aunt Molly's? Mayflower Ecke Trenton Street? Die haben den leckersten Karottenkuchen der Welt."

„Oh, Daniel macht einen hervorragenden –"

„Der ist bestimmt klasse, aber unmöglich wie der von Molly's."

Nach einem überraschten Blick schloss sie die Tür hinter uns. „Okay, auf dem Rückweg schaue ich dort vorbei und bringe dir einen mit."

„Eigentlich", ich fuhr mir mit dem Zeigefinger an die Lippen, „haben die Samstags um sechzehn Uhr Probierstunde. Wer zuerst da ist, kann sich durchs Sortiment schlemmen, bevor er kauft."

„Das wäre eine neue Idee", grinste sie mich an und schaute auf ihre Armbanduhr. „Und neu ist genau, was ich brauche. Eine knappe Viertelstunde, das dürfte ich schaffen."

Kaum beschlossen, beschleunigte Brooke bereits ihre Schritte Richtung Treppe. Ich bedeutete ihr, dass sie nicht auf mich warten solle.

„Viel Spaß!", rief ich ihr hinterher.

„Euch auch!"

Ich sah ihr lächelnd nach und dann auf mein Handy. Mit den Autos, die diese Familie fuhr, schaffte sie es vermutlich sogar, zu früh da zu sein.

In der plötzlichen Stille atmete ich tief durch. Teleportierte mich in Morgans Zimmer und steckte den Flakon in meinen Rucksack, bevor das Kribbeln in mir losging, weil mein Körper wusste, wo es als Nächstes hinging. Ich schloss die Augen und dachte: zu Morgan.

Als ich sie wieder öffnete, flog eine Kanonenkugel direkt auf mich zu.

## *Kapitel 12*

„Nimm die Hände hoch“, brüllte Luke und ich gehorchte automatisch. „Wünsch dich zu Jared!“

Ich fühlte die starke Benommenheit, gerade erst angekommen zu sein, in meinem Magen und wie Metall meine Schulter ganz leicht streifte, während ich an Jareds Gesicht dachte und ihn daraufhin umriss. Sein Körper federte den größten Teil unseres Zusammenpralls ab und ich hörte, wie die Kugel mit einem lauten Geräusch im Pool landete. Gleichzeitig griff Jared um mich herum, damit ich durch den starken Schwung nicht wieder von ihm runterrollte.

Sekunden vergingen, in denen nichts geschah, außer dass mein Körper an Konsistenz gewann, dann schnaufte Jared und rappelte sich unter mir auf.

„Ich steh auf stürmisch.“

„Sorry“, lächelte ich entschuldigend und bemerkte wie Morgan und Luke auf uns zuliefen, „bin Anfängerin.“ Jared nickte grinsend, blickte an mir vorbei und nahm sofort die Hände weg, hielt sie demonstrativ hoch.

Ich wurde von ihm gehoben und schnell auf eigene Beine gestellt. Mein Gleichgewichtssinn brauchte länger weswegen ich stillhielt, bis die Welt aufhörte, sich zu drehen, und mich an Morgan lehnte. Er nahm mein Gesicht in seine Hände und suchte es prüfend ab. „Hat sie dich erwischt?“

Aus den Augenwinkeln verfolgte ich mit, wie Luke seinem Cousin beim Aufstehen half und der sich Erde von der Shorts klopfte.

„Mir fehlt nichts“, erklärte ich. Morgan entspannte sich.

„Himmel, das war knapp“, sagte Luke und wollte mir wohl aufmunternd auf die Schulter klopften, begrub den Einfall aber, sobald er in Morgans Gesicht sah, der mich nun sicher im Arm hielt.

„Du hast ausbaufähige Reflexe“, verkündete Jared, „und viel Schwung für so ein Persönchen.“

Wir grinsten uns an. Intuitiv ergriff ich Morgans Hand und hörte dadurch auf zu zittern.

„Wenn meine Lehrer zufrieden sind, bin ich es auch.“

„Bewahre dir die Einstellung und wir kriegen keine Probleme miteinander.“

Wellen platschten hörbar über den Rand des Pools. „Was war das?“, fragte ich mit Blick auf die unruhige Wasseroberfläche.

„Football“, klärte Jared mich auf.

„Mit einem Bleigeschoss?“

„Sich bei Spielen oder im Training ständig zurückhalten zu müssen, frustriert auf Dauer. Aus der Not haben wir damit begonnen, uns hier auszutoben."

„Das ist ziemlich anstrengend, kann ich mir vorstellen", sinnierte ich bestätigend und zog dabei mein Kleid glatt. „Sich permanent zusammenzureißen und nicht eine Sekunde vergessen zu dürfen."

„Man gewöhnt sich. Am schwersten hat es Morgan. Dir dürfte nicht entgangen sein, wie aufbrausend er werden kann – und was das als Quarterback bedeutet."

„Hinzu kommt, dass man mich nicht nur mit einem Team voller Sterblicher, sondern auch privat mit Freunden geschlagen hat, die das herzlich wenig interessiert", ergänzte er.

„Und Granofsky", grinste Jared.

Luke nickte. „Und neuerdings wäre da Mimi …"

„Ich provoziere ihn nicht", protestierte ich.

„Nein, *du* überlebst die Hölle. Flirtest auf Partys mit mir –"

„– das hast du geträumt –"

„– legst dich mit Herkules an …", wir blickten zu Jared, „… und befreundest dich mit Engeln."

„Gabe ist nett."

„Dermaßen nett, dass Morgan regelmäßig davor war, die Stadt in Anarchie zu stürzen. Du hättest ihn auf dem Spielfeld erleben sollen, unser Hengst hier war ein wandelndes Pulverfass. Die letzten Wochen hat er seine Gegenspieler reihenweise ins Krankenhaus befördert. Die Ärzte gewähren ihm schon Mengenrabatt."

„Kann sein, dass ich ein wenig überreagiert habe."

„Morgan, Alter, im Vergleich dazu war Hiroshima *ein wenig* überreagiert."

„Ich stehe übrigens genau neben euch", bemerkte dieser trocken.

„Im Namen der Stadt und aller darin lebenden Menschen bitten wir dich, ihn gut zu behandeln", schloss Luke und duckte sich, weil ein Feuerball nach ihm zielte.

Ich lachte und die anderen fielen mit ein.

„Da wir gerade bei ‚Training' sind. Ihr wollt heute beginnen?", fragte ich, durch den Adrenalinstoß plötzlich voller Tatendrang, und fuhr fort, nachdem sie bestätigten. „Soll ich mich umziehen? Oder geht es ausnahmsweise auch darin?"

„Bequemere Sachen wären besser", sagte Luke und Jared ergänzte: „Die sehen allerdings nicht so an dir aus."

„Jared!", donnerte Morgan. „Ich sage es dir gerne noch einmal: Eine einzige Hand da, wo sie nicht hingehört, und wir treffen uns auf den Klippen wieder."

„Wie soll ich sie trainieren, wenn ich sie nicht anfassen darf?“, gab der bissig zurück.
„Indem du ihr die Waffen erklärst.“
„Nahkampf übernehme ich“, ergänzte Luke.
„Für dich gilt dasselbe.“
„Ich habe eine Freundin, Morgan.“
„Dann weißt du ja, wie ich mich fühle.“
Jared und Luke wechselten einen langen Blick.
„Du willst keine feste Freundin, dachte ich“, bemerkte Jared und spie das Wort voller Ablehnung kurz und schmerzlos aus.
„Mein Gefühl sagt mir, es ist an der Zeit, etwas Neues auszuprobieren.“
„Probiere Bungeejumping“, er warf mir einen entschuldigenden Blick zu, „ist nichts Persönliches. Oder lass dich tätowieren.“
„Morgan steht auf größere Herausforderungen“, zwinkerte ich ihm zu. Er lächelte mich an.
Luke schnaubte. „Alter. Ehrlich. Das ist kitschig und bizarr.“
„Irgendwie absurd – wenn's von dir kommt“, nickte Jared.
„Vor zehn Sekunden hast *du* mir erklärt, du hättest eine Freundin, Luke“, Morgans Augen funkelten.
„Ist was dran.“
Jared fuhr sich durch die Haare. „Ihr seid beide verloren. Mein Ruf leidet vermutlich bereits unter eurem schlechten Urteilsvermögen.“
Ich musterte ihn. „Nur bis dich auch eine einfängt.“
„Ha! Als ob.“
Er führte seine Hand an den Mund und sonderte bereits Kuss-Geräusche aus, doch die Hand zuckte im letzten Moment plötzlich zurück. Seine Stimme imitierte einen nervigen, mädchenhaften Quietschton: „Oh, Babe, ja, sag's mir ein letztes Mal, ich bin wirklich die Einzige für dich? Bis ans Ende der Zeit, nur du und ich? Wirklich und tatsächlich?“ Er klimperte mit den Wimpern, ehe er verächtlich grunzte. Ich unterdrückte ein Grinsen.
„Du hast ja keine Ahnung, wie nah dran das ist“, seufzte Luke und klopfte Morgan auf die Schulter. „Checke die Verhandlungsbasis, bevor du etwas unterschreibst. Sobald die Tinte trocknet, ist's gelaufen. Dieses Paar-Ding ist die letzte Bastion vor der Monogamie.“
„Es ist der Inbegriff von Monogamie“, korrigierte ich. „Siehe Semantik. Paar. Synonym für ‚zwei'?“
„Ich lebe monogam?“
Luke starrte mich entsetzt an.
„Alicia hat deine Eier am Haken, Junge“, nun war es Jared, der grinste.
„Alicia hat Glück“, erwiderte ich. „Und wahrscheinlich alle Hände voll zu tun in nächster Zeit.“

Jared hob eine Augenbraue in meine Richtung. „Mach dich nicht klein, du datest den König der Zahlen. Freu dich auf die Riege der Verstoßenen – auch bekannt als Mädchen Nummer eins, zwei, drei, vier, fünf …“

„Trainiert mich bis Montag früh ausschließlich in Nahkampf und es wird schon.“

Er lachte. „Ganz wie du wünschst.“

Morgan funkelte ihn an und Jareds Lachen erlosch. Mit einem Kloß im Hals fragte ich: „Warum kannst du mich nicht trainieren?“

„Weil das kein Training wäre“, antwortete Luke für ihn. „Er würde dich niemals hart rannehmen, geschweige, dir weh tun können.“

„Aber ihr habt damit keine Probleme?“

„Bestehen darüber Unklarheiten nach deinem letzten Intermezzo mit Jared?“

„Welches niemals damit geendet hätte, dass ich zugeschlagen hätte“, warf sein Cousin nun ein und suchte meinen Blick. Er wirkte trotzig, aber nachdrücklich. „Nur um das klarzustellen: Mag sein, dass ich temperamentvoll und unbeherrscht wirke, und ja, oft gehe ich zu weit, aber ich schlage keine Frauen.“

„Außer zu Trainingszwecken?“

„Einzige Ausnahme.“

„Jetzt wo das geklärt ist, geh dich umziehen“, ordnete Luke an und mit einem letzten Blick zu Morgan stellte ich mir wieder sein Zimmer vor. Diesmal war ich zügiger da, verglichen mit den Malen zuvor. Ich schlüpfte in meine Sportsachen und suchte ein Haargummi, da ließ mich eine Bewegung herumfahren. Morgan stand in der Tür und beobachtete mich.

„Mir gefällt das nicht“, sagte er nachdenklich.

„Mir auch nicht“, erwiderte ich und trat zu ihm, indes ich mir die Haare zu einem Dutt zusammenband. „Aber ich muss es lernen.“

Ich legte ihm die Hände um den Nacken, stellte mich auf die Zehenspitzen und küsste ihn. Sobald ich mich losmachte, packte er mich, hob mich hoch in alter Brautmanier, brachte mich zu der Couch und setzte sich mit mir hin.

„Ich bleibe hier, sofern das okay für dich ist.“

„Warum?“

„Weil ich das nicht mitansehen werde“, sagte er entschlossen. Ich verzog den Mund zu einer Schnute, bis ich die Qual in seinen Augen erkannte.

„Ist in Ordnung“, flüsterte ich und fuhr mit meinen Fingern sein Gesicht entlang, um sie zu vertreiben.

„Sobald du fertig bist, kommst du zu mir. Noch bevor du duschst. Ist das klar?“

Auch ohne es zu verstehen, fühlte ich, wie ernst es ihm war, und stimmte zu.

„Übrigens werde ich dich sehr wohl ausbilden", sprach er weiter und verschränkte seine Arme hinter meinem Rücken. „Insofern es deine anderen Kräfte betrifft. Du kannst mehr, als dich durch den Raum transportieren oder Sachen generieren."

„Dieser rote Flammenstrahl?"

„Zum Beispiel."

„Fliegen?"

„Ja."

„Heute?", fragte ich hoffnungsvoll, doch er schüttelte den Kopf.

„Heute Abend machen wir was ganz Normales. Nur du und ich."

***********************************

„Reiß dich zusammen, verflucht noch mal. Geh in Deckung!"

Nach über einer Stunde, in der ich mich an den harschen Ton Jareds und den unermüdlichen Drill Lukes gewöhnt hatte, kippte meine Konzentration merklich. Die Vegards verfügten über einen Trainingsraum im Keller, aber meine zwei Instrukteure bevorzugten heute eher die starke Hitze. Sie hatten damit begonnen, mich auf dem Tennisplatz vor die Ballmaschine zu stellen und das Tempo langsam zu erhöhen. Meine Aufgabe war es gewesen, den Bällen auszuweichen. Ohne mich wegzuteleportieren oder einen Schläger herbeizuzaubern.

Einzig durch Reflexe und Schnelligkeit.

Es hatte mehrere Minuten gedauert, bis ich nicht mehr zusammenzuckte, wenn mich ein Ball traf, fünf, bis ich die Schmerzen ausblendete und weitere fünf, um zu merken, ich konnte mich so schnell bewegen, dass die Sicht vor meinen Augen verschwamm. Es fühlte sich an, wie unter Wasser zu gehen oder durch einen Sumpf zu waten, aber schließlich wich ich den meisten Bällen tatsächlich irgendwie aus.

Danach kam der unangenehme Teil.

Luke hatte mir meinen Tarsus gegeben: ein Schwert, das augenscheinlich nur aus einem Griff bestand. Zumindest bis man mit Hilfe reiner Willenskraft die Klinge ausfahren ließ. Sie war durchsichtig und erinnerte mich an Glas, war aber hart und extrem scharf.

„Normale Waffen richten nichts gegen übersinnliche Kreaturen aus", hatte Jared erklärt. „Neben dem Tarsus gibt es spezielle Pfeile und Bögen, eine Art Feuerwaffe, die wir Phergaton nennen, und das hier", während er aufzählte, hatte sich das Arsenal neben uns manifestiert, zuletzt fünf schwebende schwarze Kristallkugeln, die um sich selbst rotierten.

Luke griff vorsichtig eine heraus und warf sie in Richtung des Hauses. Der Ball beschleunigte und ein rotes Licht begann ihn von innen heraus zu durchdringen. Kurz vor der Hauswand drehte er nach oben ab und warf ein feingliedriges Feuernetz um das riesige Gebäude.

„Die Neola-Sphären reagieren auf die Wünsche ihres Werfers. Such dir ein Ziel aus und sie werden es für dich einspinnen. In der Regel wirken auf dieses Ziel Tausende von Hitzegraden ein und es fällt innerhalb weniger Sekunden wie Asche in sich zusammen – außer du befiehlst ihnen, es nicht zu verbrennen."

Er zog die Sphäre ab, sie kam zurückgeflogen und reihte sich wieder zu den anderen ein. Bahnen umeinander ziehend drehten sie sich unermüdlich weiter um die eigene Achse. Ein gläsernes Mini-Planetensystem.

„Mit etwas Übung kannst du mehrere auf einmal generieren, aber Vorsicht: Deine Gedanken müssen die ganze Zeit über dem Bestimmungsort gelten, sonst programmierst du sie um."

Nach der Neola-Einführung reichte Luke mir wieder den Tarsus und sie wiesen mich ein in Haltung, Technik und Taktik. Sobald ich die Grundstellungen des Kampfes einigermaßen beherrschte, erfolgte Lukes erster Hieb.

Ich versuchte meinen Körperschwerpunkt auszubalancieren und wehrte ihn eher schlecht als recht ab, verhinderte aber, dass seine Klinge meine rechte Seite traf. Jared stellte sich hinter mich und führte meine Hände, zeigte, wie ich den Griff am besten fasste, korrigierte meine Haltung und ermahnte mich unermüdlich, viel mehr auf Angriff zu gehen.

Eine halbe Stunde später wurde das Schwert in meiner Hand stetig schwerer und meine Kraft schwand zusehends. Schweiß rann mir in die Augen, ich blinzelte ihn fort und wich Lukes Stößen weiterhin einigermaßen aus, doch ich schaffte es nicht wirklich, mehr zu tun als das.

Er hatte mich bereits im Gesicht, an Rücken und Unterleib erwischt, immer mit dem Knauf, immer mit voller Wucht. Ich wusste nicht, ob ich dankbar dafür sein sollte, dass er die Klinge verschwinden ließ, bevor er zustieß, oder ihn bitten sollte, mich einmal richtig umzuhauen, damit das Training vorbei war. Versuchte ich mich zu ducken, bekam ich Hiebe, drehte ich mich weg, bekam ich Hiebe. Egal was ich tat, ich wurde getroffen. Selbst nachdem ich wegsprang oder die Hände hochriss, spürte ich den Schlag auf meine Glieder.

„Wo bist du mit deinen Gedanken?", fragte Luke gerade streng und umkreiste mich weiter, sein Schwert hoch über den Kopf erhoben. In den letzten Minuten war ich etliche Male gestolpert und hingefallen, entsprechend unsicher wich ich jetzt vor ihm zurück. Ich beobachtete seine Bewegungen und sah den Angriff kommen, doch als ich meinen Tarsus zur Verteidigung hob, war die Klinge verschwunden.

Mein Verstand war blank.

Ein zischendes Geräusch durchschnitt die Stille. Lukes Hand fuhr blitzschnell herab und ich kam auf Biegen und Brechen neben Jared wieder zu mir. Genau genommen fiel ich neben ihm in die Knie und ließ mich schließlich dankbar auf den Rücken fallen.

Meine Atmung war keuchend, meine Innereien krampften wegen der ständigen Angriffe und des hohen Tempos und nun zusätzlich unter dem Druck der schnellen Teleportation. Jared beugte sich über mich. „Was machst du da?"

„Sterben."

„Nein, tust du nicht. Steh auf, wir sind lang nicht fertig."

„Ich bin's."

Der Klang von Lukes Lachen verdrängte den Wunsch aufstehen und weitermachen zu wollen, um Morgan nicht zu enttäuschen. Wenige Sekunden später tauchte er neben mir auf, ließ dabei die Klinge einfahren und setzte sich vor mich hin. „Game over?"

„Mission accomplished", grinste Jared und reichte mir die Hand, allerdings fühlten sich meine Beine bleiern an und ich wagte nicht, sie zu belasten.

„Mir ist völlig egal, was du für Sorgen oder Probleme hast. In den Stunden, in denen wir trainieren, ist das Training alles, woran du denkst."

„Kommt es hart auf hart, hast du auch keine zweite Chance", ergänzte sein Cousin.

„Ich werde mich mehr anstrengen", versprach ich nickend und ertastete vorsichtig den Kratzer unter meinem Auge, wo mich Luke gleich zu Beginn erwischt hatte. Ein tiefer Schnitt, ich spürte geronnenes Blut. Jared und Luke wechselten einen vielsagenden Blick, dann erklärte Luke meine erste Übungseinheit für beendet.

„Du wirst sehen, sobald du reinkommst, findest du Gefallen daran."

Meine Zweifel standen mir ins Gesicht geschrieben, da drang ein neuer Schmerz in mein Bewusstsein und ich schaute mir alarmiert meinen Knöchel an. Er leuchtete in den schönsten Regenbogenfarben und war geschwollen.

„Mimi, wir tun das, um dir zu helfen", erklärte Jared und etwas an der Art, wie er mich dabei betrachtete, ließ mich vergessen, dass ich ihn vor ein paar Tagen ungemein furchteinflößend fand. Aktuell hatte er entfernt Ähnlichkeit mit einem riesigen Bären, der sich Sorgen machte.

Ich lächelte ihn an. Er nahm meine Hand vom Knöchel und drückte sie leicht.
„Ich werd's überleben."
„Geh duschen."
„Mimi?"
Ich drehte den Kopf so schnell zu Luke, der zum leeren Wohnzimmer schaute, dass mir schlecht wurde und es viermal unmittelbar nacheinander knackste. „Vermutlich sollst du erst zu Morgan, aber tust du uns den Gefallen und gibst du uns etwas Vorsprung?", grinste er. „Dein Körper regeneriert sich seit heute viel schneller als unsere – die Wunden beginnen vermutlich bereits zu heilen. Ich hingegen muss nachher Alicia abholen."
„Du meinst, sie weiß nichts von deiner dunklen Seite?"
„Die ist Teil meines einzigartigen Charmes."
„Fünf Minuten?"
Meine Sachen klebten an meiner Haut, ich fühlte mich schrecklich und die Sonne knallte erbarmungslos vom Himmel.
„Locker", die zwei reichten mir jeweils eine Hand und halfen mir auf die Beine.

***********************************

Ich hörte sie weggehen und wartete, bis ich das Röhren der Automotoren hörte. Dann hielt ich es nicht mehr aus, das Blut, den Dreck und Schweiß von mir abwaschen wurde zum nagenden, übermächtigen Bedürfnis. Viel zu erschöpft, um mich zu teleportieren, nahm ich den Weg durch das Haus und stutzte, weil sowohl Carlton, Stephanie wie auch Chips Vater Levi, ein älterer Herr mit streng geschnittenem Schnurrbart und einem kleinen Buckel, an dem die Uniform spannte, mich besorgt anstierten. Kommentarlos humpelte ich an ihnen vorbei und hoch in den ersten Stock, wo, wie ich wusste, rechts neben dem Aufgang ein großer Spiegel hing. Kaum hatte ich die obersten Stufen endlich erklommen, hörte ich gellende Musik aus Morgans Zimmer, die locker jeder Disco Konkurrenz gemacht hätte. Ich trat vor den Spiegel ohne aufzusehen und löste nervös mein Haargummi, bevor ich es wagte, nach einem tiefen Atemzug mein Spiegelbild zu betrachten.
Das erste Wort, das mir durch den Kopf schoss, war: Totalschaden.
Mein Gesicht wies neben dem Kratzer auf meiner linken Wange, der tatsächlich schon zu verschwinden begann, auch ein blaues Auge auf, meinen Hals zierten rote Striemen und die beiden Farben mischten sich zusammen mit einem hellen Grünton, als ich meine Arme und Beine musterte, die Blutergüsse und Prellungen sprenkelten. Von

einer sadistischen Neugier getrieben wollte ich mein Shirt anheben, da spürte ich mein Herz beschleunigen.

„Dreh dich um."

Ich schmeckte Blut in meinem Mund und das Pochen in meinen Gelenken beim Klang von Morgans Stimme und war unsäglich dankbar für meine langen Haare, die die Sicht auf mein Gesicht verdeckten.

„Ich wollte gerade zu dir."

„Schön."

„Vielleicht sollte ich vorher doch –"

„Hör auf, Zeit zu schinden", seine Stimme klang angespannt.

Resignation flutete mich. Warum das Unvermeidliche hinauszögern?

In der Hoffnung, dass Luke und Jared aufs Gas traten und über alle Berge waren, bemühte ich mich trotz meines pochenden Fußknöchels um Haltung und wandte mich ihm langsam zu.

Er stand rund fünf Meter von mir entfernt, im perfekten Abstand, um mich in meiner ganzen Pracht bewundern zu können. Seine Augen glitten sorgsam über jede einzelne Blessur und blieben besonders an den Blutergüssen hängen, während sie mit jedem Zentimeter, den sie meinen Körper weiter abtasteten, dunkler und gefährlicher wurden. Sobald er mir wieder ins Gesicht blickte, glühten sie und sprühten Funken des Zorns. Seine Hände waren zu Fäusten geballt und ich spürte, wie der erste Schub von ihm ausging und der Boden sich unter mir bewegte, die Wärme seines Körpers meinen erreichte und selbst auf mein Armband übersprang.

Gefährlich leise fragte er: „Wer war das?"

„Morgan –"

„Wer von den beiden hat dir das ANGETAN?", fuhr er mich grollend an und klirrend fiel der Spiegel neben mir zu Boden. Der rote Teppich dämmte seinen Aufprall, warf unter der zunehmenden Erschütterung kleine Falten.

„Keiner", erwiderte ich ruhig. Mein Knöchel knickte von der Belastung, auf wackligem Grund zu stehen, um und mir wurde kurz schwarz vor Augen. „Luke und Jared haben nur ihre Pflicht erfüllt. Sie sind dazu da, um mich vorzubereiten, richtig? Damit ich was lerne." Das Zittern unter mir mischte sich mit Schwindel. „Sie haben sich weitestgehend zurückgehalten … und das meiste klingt ab. Gib ihnen nicht die Schuld für meine mangelnde Koordination oder Ausdauer."

Ich stolperte zu ihm und versuchte zuversichtlich zu klingen. „Eine heiße Dusche und etwas Zeit, danach werde ich schon wieder."

Er rang sichtlich um Fassung und mir entging nicht, wie hart er sich bemühte, bei mir zu bleiben, sich *nicht* zu seinen Freunden zu teleportieren. Doch als ich seinen Arm mit meinen Fingern berührte, klärte sich sein Blick und das Beben stoppte abrupt. Er streckte die Hand nach meinem Gesicht aus und streichelte mein Kinn, meine Wange, den Kratzer. Wohlige Ahnungen von Feuer durchzogen mich, ehe er den Schnitt heilte.

„Es ist mir vollkommen egal, was mein Vater davon hält: Das war's. Ich lasse dich nicht noch einmal mit ihnen trainieren“, erklärte er und zog mich mit zum Badezimmer.

„Ich will aber.“

„Das interessiert mich nicht, Mimi.“

Ohne mich anzusehen stieß er die Tür auf und machte sich los, drehte die Dusche an und ließ die Kabine offen. Er legte zwei Handtücher heraus und schaute endlich in meine Richtung. Ich lehnte am Türrahmen und fühlte mich plötzlich schläfrig. Mit verschränkten Armen stand er am Waschbecken und räusperte sich wartend, selbst über die Distanz war seine Anspannung spürbar.

„Morgan, sei vernünftig“, bat ich inständig. „Die beiden machen das klasse. Falls du diesen Teil übernimmst, habe ich zwar keine einzige Wunde mehr, aber wie lange würde ich im Kampf bestehen – wenn's zählt?“

Ich zog mein Oberteil aus und bemerkte zufällig den ausgeleuchteten Spiegel neben ihm. Auf meinem Bauch breitete sich ein fußballgroßer Bluterguss aus, der sich über meine Seite zum Rücken hin ausdehnte und dort am schwärzesten war, wo mich erst die Tennisbälle erwischt hatten und später Lukes Knauf.

Ich erwartete das Schlimmste, doch Morgan musterte mich einfach nur, Schmerz auch in seinen Augen. Dampfschwaden breiteten sich allmählich in dem Raum aus und trieben die Temperatur hoch. Ich hob fragend eine Augenbraue in seine Richtung.

„Auf Probe. Siehst du in den nächsten drei Tagen ähnlich oder genauso aus, war's das“, sagte er langsam, betonte dabei jedes Wort, damit mir die tief greifende Bedeutung dahinter nicht entging.

„Einverstanden“, erwiderte ich abgekämpft. Alles, was weiter als drei Meter von mir entfernt war, konnte ich schwerer und schwerer erkennen. Völlig unvorbereitet straffte meine Haut sich plötzlich an einigen Stellen und lenkte mich ab. Ich schaute erst zum Spiegel, der jetzt beschlagen war, schließlich direkt an mir herab und beobachtete, wie die Farben meiner Verletzungen verblassten. Berauscht von dem Gefühl, dazu imstande zu sein, suchte ich seinen Blick, wie ein Kind am Weihnachtsmorgen, wandte mich von meinem sich regenerierenden Oberkörper zu ihm. Sein Shirt klebte von dem aufsteigenden Dampf durchtränkt an ihm und zeichnete dezent seine muskulösen Konturen nach, seine Haare, zerzaust, fielen ihm in die

Stirn – er musterte mich schweigend. Unsere Augen begegneten sich und mein Verstand schaltete auf Stand-by.

Erst als ich mich daran erinnerte, wieso das Wasser lief, setzte ich mich in Bewegung. Ohne ein Wort führte mein Weg an ihm vorbei und ich spürte seinen intensiven Blick auf mir, bis ich wegen der dichten Dampfschwaden nicht länger imstande war, ihn wahrzunehmen.

Wenige Sekunden später fiel die Tür ins Schloss und ich seufzte.

Der Dunst machte es unmöglich, die eigene Hand vor den Augen zu erkennen. Ich entkleidete mich mit Bedacht und stieg unter die Dusche. Dank der großzügig geschnittenen Kabine, in die locker sechs Personen passen würden, fühlte ich mich trotz mangelnder Sicht nicht eingeengt, und obwohl ich den Wasserstrahl auf eine milde Massage einstellte, schmerzte es, sobald er auf die vielen Wunden traf. Ich biss die Zähne zusammen, griff nach dem Duschgel und fragte mich gerade, wieso sich das ausgerechnet in einer glitschigen Glasflasche befand, da fiel mein Blick auf das Armband. Einen Moment später berührte mich etwas an der Schulter und ließ mich herumfahren.

Morgans Reflexe waren so schnell, dass ich gar nicht mitbekam, wie er die Flasche auffing.

„Was suchst du hier?"

„Das Letzte, was du brauchst, sind Schnittverletzungen", erklärte er mir sanft und öffnete sie.

„Danke", murmelte ich, beruhigte meine angespannten Nerven und das rasende Herz und begnügte mich damit, ihn von oben bis unten zu betrachten. Nach einer kleinen Pause räusperte ich mich dezent. Wasser lief an seinem Gesicht herab, verfing sich in seinen langen Wimpern, die hungrige Augen versteckten.

„Deine Sachen", sagte ich schließlich und deutete auf Shirt und Shorts, die komplett durchnässt waren. „Wir stehen hier unter einer Dusche. Entweder ziehst du sie aus oder du wartest vor der Tür."

Ich schickte ein Stoßgebet zum Himmel und hielt die Luft an. Sekundenlang geschah nichts weiter, dann legte er seine Kleidung betont bedächtig ab und ich unterdrückte ein Grinsen, als er sie achtlos ins Waschbecken warf.

Er war viel zu ernst.

Also fing ich mit meinen Händen Wasser auf und bespritzte ihn, den Schmerz in meinen Gelenken ignorierend. Morgan duckte sich zu spät und blinzelte ungläubig, während ich lachte und ihn erneut bewarf. Er verbarg ein Lächeln mehr schlecht als recht und trat zwei kleine Schritte vor, umfasste meine Arme und zog mich an sich, küsste mein Haar, ehe er seine Hände auf meine Hüfte hinabgleiten ließ. Ich schlängelte mich leicht unter seinem Griff und befreite mich daraus, um mich dem zu widmen, wonach mir gerade am meisten der Sinn stand: mit meinen Fingern über seine Muskeln zu fahren und sie nachzuzeichnen. Gerade als ich dabei war, zum Heiligtum vorzudringen, beugte er sich zu mir herab, um mich zu küssen, nahm meine Hände und hob sie über meinen Kopf gegen die Wand, immobilisierte mich. Er saugte und knabberte an meiner Unterlippe und ich ließ ihn ein wenig zappeln, ehe ich es nicht eine Sekunde länger aushielt und meinen Mund erfreut ein wenig öffnete, meinen Oberkörper an ihn drängte. Das Bedürfnis, jede Faser seines wundervoll gestählten Körpers auf meiner Haut zu spüren, wärmte mich von innen heraus. Ich vernahm ein leises Zischen über das Wasser hinweg und Morgan lachte an meinem Mund, nachdem die Entladung in Form eines Blitzes meine Arme aus seinem Griff befreite. In seinem Blick tanzte die Aufregung, dennoch machte er sich von mir los und die Flasche, deren Inhalt entfernt nach Orangenschalen roch, tauchte erneut in seiner Hand auf.

„Das mache ich“, erklärte er und zeichnete mein Schlüsselbein nach, verteilte das kühle Duschgel auf einen Schwamm und fuhr damit behutsam über meine brennende Haut, derweil ich atemlos versuchte, mich abzulenken. Jedes Mal, wenn er zu einem Fleck, Kratzer oder Bluterguss kam, küsste er ihn. Sobald meine Haare gewaschen und gespült waren, blieb mir nur übrig, stillzustehen und ihn gewähren zu lassen. Meine Hände lagen sicher um seine Taille und dank seiner bloßen Anwesenheit und zärtlichen Berührungen umwob mich alsbald eine angenehme Ruhe und hüllte meinen lädierten Körper ein. Ich schloss die Augen und genoss den Zitrusduft, der sich mit seinem Geruch mischte und den ganzen Raum erfüllte.

Sobald er sich umdrehte, um die Flasche abzustellen, bemerkte ich die schwarze Schrift zwischen seinen Schulterblättern: „Ex flammis orior.“

„Bezieht sich das nicht auf den Phönix?“, fragte ich und fuhr die Buchstaben nach, die anhand ihrer Gestaltung verkörperten, was sie verkündeten: dass Morgan tatsächlich aus Flammen entstand.

„Der Phönix war ein Ausdruck der Wandlungsliebe meines Vaters, den die Menschen entlehnt haben.“

„Wie lange hast du die Tätowierung?“

„Seit meinem ersten Tag in der Unterwelt.“

„Oh.“

„Keine Sorge. Du wirst vermutlich keine haben. Und wenn, dann kriegt sie kein Sterblicher zu Gesicht. Für ihre Augen ist sie unsichtbar.“

Ich zog die Luft unfreiwillig ein. Morgans Tattoo verschwamm vor meinen Augen.

„Tut es sehr weh?“

„Nein", antwortete ich leise, weil seine Finger nun wieder über mein Schlüsselbein fuhren, das purpurn leuchtete.

„Und ehrlich?"

„Es geht", lachte ich und legte meine Hand auf seine. „Aber vergiss nicht, mit wem du es hier zu tun hast: Ich habe Höllenhunde und apokalyptische Reiter überlebt!"

Anstelle einer Erwiderung zog er mich behutsam in seine Arme und hielt mich fest. Das Wasser rann über meinen Rücken, ich fühlte jede Kontraktion seines Körpers und gemeinsam verbrachten wir einfach Minuten in unserem eigenen Kokon damit wir meinen Heilungsprozess ungestört fortschreiten ließen. Meine Haut prickelte und kribbelte verstärkt, hatte aber nichts mit meinen Verletzungen zu tun. Als ich es kaum noch aushielt, testete ich meinen Knöchel und stellte mich leicht auf die Zehenspitzen. Es fühlte sich sicher an, also streckte ich mich und fand in dem dichten Dampfvorhang seinen Mund. Er hob mich sanft vom Boden, ich schmeckte ihn, spürte ihn und vor meinen Augen tanzten wieder schwarze Punkte. Egal, wie oft ich ihn küsste, es schien niemals auszureichen, ihn völlig zu erfassen. Seufzend glitten meine Hände an seinem Rücken hoch und kratzten vorsichtig darüber, zugleich erreichte seine Hitze mich. Er unterbrach unseren Kuss, suchte meinen Blick und schenkte mir sein umwerfendstes Lächeln.

„Stimmt was nicht?", fragte ich perplex.

Anstelle einer Antwort machte er sich völlig von mir los und trat zurück. Ich verstand und war bemüht, nicht zu enttäuscht zu sein. „Sorry, mir ist entfallen, wie abscheulich ich gerade auf dich wirken muss …"

Mit seinem nächsten Kuss brachte er mich zum Verstummen. Ehe ich mich versah, fühlte ich wieder die Fliesen hinter mir und begrüßte ihren kühlenden Effekt, während Morgan seine Hände zu beiden Seiten meines Kopfes an die Wand stützte und mich außer mit seinen Lippen nicht berührte.

„Ich sagte dir, du bist wunderschön", raunte er an meinem Hals, knabberte vorsichtig daran, weiter hinab zu meinen Brüsten, küsste sie und setzte die Reise über meinen Körper fort. Sämtliche Warnleuchten gingen bei mir an, die mich aufforderten, mich zu schonen. Doch das, was ich wollte, was ich brauchte, lag jenseits dessen.

Und ich spürte, er würde mich nicht daran hindern.

Ich setzte alles auf eine Karte und befreite mich mit einem Ruck aus seinem Griff. Wir schauten uns einen flüchtigen Moment stumm an, bevor seine Augen tausend Feuerwerken gleich glänzten. Mit einem

zufriedenen Lächeln schmolz sein Widerstand und er ließ mich gewähren.
Kein Schmerz, keine Hitze drangen mehr in mein Bewusstsein. Nichts außer den Empfindungen, die er in mir auslöste, und der Sicherheit, bei ihm zu sein. Und in diesen gehüllt liebte ich wie nie zuvor.

*********************************

„Für eine Pfarrersenkelin war das ziemlich unmoralisch“, sagte Morgan süffisant und reichte mir einen Bademantel, nachdem er sich selbst ein Handtuch umgewickelt hatte.
Amüsiert schlüpfte ich hinein und zog den Knoten seitlich fest. „Wenn du's für dich behältst, verrat ich's auch keinem.“
„Sonst was?“
„Lernst du *meine* böse Seite kennen.“
„Ist das ein Versprechen?“
„Es ist eine Drohung“, erwiderte ich und schlug mit einem weiteren Handtuch nach ihm. Es traf die Luft. Als er mich auslachte, jagte ich ihn damit über den Gang.
„Mimi?“
Wir drehten uns gleichzeitig zu Brooke um, die am Treppengeländer stand. Meine Wangen erröteten, doch sie winkte mich allenfalls neugierig herüber. Ich reichte Morgan das Handtuch und er hob fragend eine Augenbraue, nachdem sie mich erneut rief.
Auf dem Weg zu ihr fiel mir mein Plan, sie ohne ihr Wissen mit Drew zu verabreden, ein und zu der Scham gesellte sich ein mulmiges Gefühl.
Schließlich stand ich vor ihr und versuchte ein aufmunterndes Lächeln. „Auf einer Skala von eins bis zehn: Wie sauer bist du?“
„Weshalb?“, fragte sie verunsichert.
Der Gedanke, dass Drew es verhauen haben konnte, war mir gar nicht in den Sinn gekommen. „Oh, nein“, stöhnte ich, „sag mir nicht, dass er es nicht geschafft hat, dich anzusprechen!“
„Hat er – Drew wartet gerade unten“, lächelte sie schüchtern. Verwirrt und etwas zu spät, erkannte ich das Strahlen über ihrem ganzen Gesicht. „So viel Hinterhältigkeit hätte ich dir gar nicht zugetraut.“
„Einer Pfarrersenkelin?“
„Du entsinnst dich daran, dass mein Bruderherz nicht sein größter Fan ist?“
„Überlass deinen Bruder mir und sag Drew dass er's nicht verbocken soll“, grinste ich und umarmte sie.
„Ich würde ja sagen, sag's ihm selber“, fing sie an und musterte mich von oben bis unten, „aber erstens ist dein Outfit nicht dafür geeignet

und zweitens sieht man noch dein blaues Auge. Wie schlimm war es mit den Jungs?"

„Es sieht furchtbarer aus, als es sich anfühlt. Trotzdem freue ich mich auf einen eher unspektakulären Abend."

„Kommt ihr mit ins Soap?"

„Diesen Club?"

Ich hatte davon gehört – und auch von der Tatsache, dass eine einfache Cola dort zwölf Dollar kostete.

Brooke nickte und flüsterte: „Drew führt mich aus und hat verraten, dass er später dahin möchte. Aber was soll ich anziehen? Und was, wenn ich mit meiner Wahl übertreibe? Er mag es nicht, wie ich mich manchmal ‚auftakle', aber ehrlich gesagt, habe ich keine Ahnung, was ihm gefallen könnte und nicht nach Tussi anmutet. Wenn ich aber jetzt schon zu lange brauche, nimmt er automatisch an, ich takle mich auf und am Ende wird er ungeduldig und ich habe noch nicht einmal damit angefangen, ein Outfit herauszusuchen!"

„Brooke", ich drehte mich zu Morgan, der uns mit interessiertem Blick beobachtete, und bedeutete ihm, ins Zimmer vorzugehen. Dann schnappte ich mir seine kleine Schwester und zog sie schnurstracks in ihre üppiges Ankleidezimmer. „Drew wird dich umwerfend finden, egal, was du anziehst, also mach dich nicht verrückt. Aber du hast Glück. Heute Morgen erst habe ich meine ausgezeichneten Beraterfähigkeiten bei meiner besten Freundin unter Beweis gestellt. Und zufällig weiß ich, was er an einer Frau mag und wo ich dieses tolle Outfit bei dir gesehen habe", erklärte ich und streckte mich nach dem obersten Regal, nahm eine kurze schwarze Satin-Shorts und eine gleichfarbige durchsichtige Strumpfhose. Daraufhin ging ich ihre Kleiderbügel durch, zog ein schlichtes weißes Oberteil und eine mit Perlen bestickte schwarze Weste hervor und reichte sie ihr.

„Dazu am besten flache Schuhe, damit du sowohl den ganzen Abend als auch das Tanzen ohne Schaden überstehst. Außerdem findet Drew Absätze zwar gut, aber noch mehr mag er es, dass er die Frau um anderthalb Köpfe überragt. Dezenten Lipgloss, nur Wimperntusche. Du hast schöne Augen, die sprechen für sich. Und jetzt zieh dich endlich um und genießt die Zeit!"

Sie riss die Strumpfhosen-Packung auf und lächelte. „Ich habe mich häufig gefragt, wie es mit einer große Schwester wäre."

Geschmeichelt betrachtete ich ihr Gesicht. Sie erwischte mich dabei. „Ihr müsst auch kommen. Die ganze Clique wird da sein."

„Du schaffst das auch ohne Unterstützung."

„Aber es würde mich freuen. Uns beide."

„Ich tue, was ich kann."

„Mehr verlange ich nicht", sagte sie und zog ihre Schuhe aus.

„Brauchst du weitere Hilfe?“

„Nein. Außerdem habe ich Morgans Geduld vermutlich bereits mehr als ausgereizt.“

„Bis später“, sagte ich und wollte ihr Zimmer verlassen, da erschien sie an der Tür zum Durchgang.

„Mimi? Danke.“

„Grüß ihn von mir.“

Mit diesen Worten lief ich schnell an der Treppe vorbei, bevor Drew mich am Ende doch noch zufällig erblickte, und huschte in Morgans Zimmer.

„Sie hat ein Date mit Drew?“, fragte er von der Couch aus, kaum dass die Tür ins Schloss gefallen war. Dieser Teil könnte sogar komplizierter werden, als die beiden wieder zusammenzubringen, dachte ich und verkniff mir ein Lächeln.

„Sieh mich nicht so an“, erklärte ich ihm stattdessen, während er seinen Laptop auf den Boden stellte. Er hatte sich umgezogen, trug jetzt lange Jeans und ein dunkelblaues Abercrombie-Hemd, das die Farbe seiner Augen unmöglich intensiv lodern ließ. „Überdies hast du versprochen, keine Gedanken mehr zu lesen.“

„Keinen *deiner* Gedanken.“

Unschlüssig, wie ich es am geschicktesten anstellen sollte, trat ich dicht vor ihn. „Bist du glücklich?“

Zu meiner Überraschung nahm er meine Hand und zog mich auf seinen Schoß, bevor er antwortete. „Sehr.“

„Und warum darf deine Schwester es nicht sein?“

Seine Finger trommelten auf meinem Oberschenkel. „Warum habe ich das Gefühl, dass ich darauf nur falsch antworten kann?“

„Weil du die richtige Antwort kennst.“ Ich zog den Bademantel fester und stand auf, um mich ebenfalls anzuziehen. Nachdenklich nahm ich meine engere Kleiderauswahl ins Visier und legte dafür drei verschiedene Kombivarianten auf sein Bett. „Drew ist neben Abby mein bester Freund, gehörte irgendwann auch zu deinen Freunden. Du erinnerst dich folglich sicherlich daran, dass er ein aufrichtiger, toller Kerl ist, sonst hätte ihn sich Brooke vermutlich auch nicht ausgesucht. Ich lege meine Hand dafür ins Feuer, dass er sie ausgezeichnet behandeln wird.“

„Habe ich eine Wahl?“, fragte er und stand plötzlich neben mir und deutete auf die erste Zusammenstellung: „Das da.“

Ich schlüpfte in den kurzen grauen Stoffminirock mit breitem Dehnbund und einem passenden, enganliegenden altrosa Top. In Gedanken versunken wollte ich mir anschließend die Haare föhnen gehen, aber er hielt mich zurück und bedeutete mir zu warten. Gespannt setzte ich mich aufs Bett. Morgan öffnete seine oberste

Schreibtischschublade und nahm etwas heraus. „Ich habe die Zeit deines Trainings dafür genutzt, mir etwas einfallen zu lassen", erklärte er und setzte sich zu mir, „und ich denke, das Ergebnis wird dir gefallen."

In der nächsten Sekunde hielt er mir eine türkise Box hin.

Ich sah von dem Schriftzug in sein Gesicht. „Wo genau gibt es hier einen Tiffany's Store?"

„In Houston", lächelte er.

„Texas?"

„Nicht, dass ich hinfahren musste."

Mit klammen Händen nahm ich das Kästchen und runzelte die Stirn. „Das ist nicht nötig, Morgan. So bin ich nicht."

„Und genau deswegen will ich es dir schenken."

Ich spürte seinen Blick auf mir, bevor ich den Deckel anhob, und schluckte. An einer dünnen silbernen Kette hing ein herzförmiges Schloss, das Licht fiel auf den Anhänger und brach sich in den vielen eingefassten runden Steinen, sodass funkelnde Sterne auf meinem Gesicht tanzten. Aus Angst, sie könnte meiner Fantasie entsprungen sein, fuhr ich vorsichtig mit meinem Zeigefinger über die facettierte Oberfläche und starrte zugleich Morgan an.

„Gefällt's dir?"

„Sie ist … wow."

„Gut."

„Ich kann sie nicht annehmen, Morgan."

Er lachte auf. „Ich dachte mir, da ich schon die Schlüssel-Schloss-Metaphorik eingeführt habe, sollte ich zumindest versuchen, sie auch zu überbieten." Seine Hand fuhr zu dem Schlüssel, den ich ihm heute Morgen hergezaubert hatte. „Auch wenn *das* unbezahlbar ist."

„Aber", ich suchte nach Worten, schloss die Schachtel, öffnete sie erneut und bestaunte versteinert den glänzenden Pendant, „das ist einfach zu viel. Gib es zurück und schenk mir einen Strauß Blumen – ich mag Orchideen. Und rote Rosen."

„Du kriegst welche. Aber die Kette gehört dir. Würdest du mir eine Freude machen und sie heute Abend tragen?"

„Morgan …"

„Für mich?"

Morgan, ich …"

„Mimi. Gefällt sie dir?"

„Ich liebe sie!"

„Wer sagt's denn? Mission erfüllt."

Meine Hand schloss sich um den Anhänger. „Es muss ein Vermögen gekostet haben."

„Nichts, was du mir nicht wert bist. Probiere sie an."

„Ist das dein Ernst?"
Er nahm mir die Schatulle ab und bedeutete mir, mich umzudrehen. Mit gemischten Gefühlen hielt ich mir die Haare hoch, doch sobald ich das Stück auf meiner Haut fühlte, wusste ich, er hatte mich überzeugt.
Man hätte mir die Kette von meinem toten Körper reißen müssen, um sie mir wieder abzunehmen.
„Ausgezeichnet", erklärte er zufrieden, kramte ich in meiner Clutch und zog den aufklappbaren Taschenspiegel heraus. „Die Verkäuferin sagte, es sei das perfekte Geschenk für jemanden, dessen Funkeln man unterstreichen möchte."
„Sind das Zirkonia?"
„Zirkonia, die auch als Brillianten bekannt sind", erwiderte er und genoss sichtlich meinen Schock, „sie sagte was von einem Karat."
Fassungslos betrachtete ich den Glitzer der Steine. „Wieso hast du dich beraten lassen?"
„Es eine Premiere."
„Mit *mir* vielleicht", dachte ich gefangen von dem schönen Stück und merkte zu spät, dass ich es laut ausgesprochen hatte. Ich sog scharf die Luft ein. „Das klang ganz fürchterlich und überhaupt nicht wie es gemeint war", erklärte ich eilig und legte schnell den Spiegel wieder weg, um mich allein auf ihn zu konzentrieren. Er starrte mich zerknirscht an. „Tut mir ehrlich leid, ich habe nicht nachgedacht, bevor ich geredet habe."
„Freud'scher Versprecher?"
„Nein", flüsterte ich, unsicher, wie meine Stimme klingen würde. Schließlich war das Morgan Vegard, um den es sich handelte. Mainfields Superstar und Frauenmagnet par excellence.
„Du glaubst mir nicht", seufzte er.
„Nein, Morgan, ich –"
„Lass nur, ich kann nachvollziehen, wie du darauf kommst", erwiderte er angeschlagen und stand dann auf. Gerade als die Panik, ihn verärgert zu haben, in mir aufstieg, hielt er mir seine Hand hin und zog mich auf die Beine. „Mimi, sicherlich bin ich der Letzte, der behaupten wird, das meiste, was man über mich erzählt, sei nicht wahr. Aber die Leute wissen nicht alles und nur allzu oft stilisieren sie dich hoch – passiert das, ist es genau genommen egal, was du tust oder sagst, sie wissen es besser. Ich kann meine Vergangenheit nicht ändern, selbst wenn ich es wollte. Aber", er zog mich näher zu sich und küsste meine Nasenspitze, „ich habe niemals einer Frau etwas geschenkt – noch sie mit nach Hause genommen."
„Okay."

„Wie kriege ich das nur in deinen Kopf?“, fragte er mit einem kleinen Lächeln und spielte abwesend mit einer meiner Haarsträhnen. „Meine Frauengeschichten, die Flirts und Dates – ich habe noch nie für irgendjemanden etwas gefühlt, nicht für eine von ihnen, das schwöre ich dir. Ich habe keiner vor dir erzählt, sie sei schön oder auch nur interessant, sie waren beides nicht. Nicht verglichen mit dir. Nichts ist vergleichbar mit dir“, endete er mit einem intensiven Blick in meine weit aufgerissenen Augen. Erleichterung malte sich zaghaft auf mein Gesicht und ich atmete die Luft aus, die ich bei seinen Worten angehalten hatte. Verbarg mein Gesicht an seinem Oberkörper, indes er glücklich in sich hineinlachte und seine Arme sich um mich schlossen.

„Das war wunderschön“, erklärte ich ihm an seiner Haut.

„Du bist wunderschön“, erwiderte er und schaffte es, dass sich mein Puls noch mehr beschleunigte. Er hob mein Gesicht an und gab mir einen Kuss auf die Stirn. Seine Augen blitzten auf, sobald sie meinen begegneten.

Da wir soeben dabei waren …

„Aber du bist der Quarterback der Tigers?“

„Stimmt.“

„Deiner Familie gehört die halbe Stadt?“

„Das halbe Land. Und Teile anderer Kontinente.“

*Gute Überleitung.* Ich räusperte mich. „Man findet dich auf Times-Listen?“

„Yup.“

„Du gehst gerne auf Hollywoodpartys?“

„Nicht wegen dem Protz, nicht wegen den Promis. Ausschließlich wegen dem Event.“

„Standen deine Groupies bei dir vor der Tür?“

„Sie wollten sogar auf dem Rasen campen. Die Polizei hat sie vom Grundstück eskortiert und meine Eltern haben einstweilige Verfügungen erwirkt.“

Das erklärte den Zaun und die Überwachungskamera.

„Man sagt, du seist zielstrebig.“

„Definitiv.“

„Verwöhnt?“

„Kommt drauf an.“

„Arrogant?“

„Höre ich zumindest oft.“

„Einser-Schüler?“

„Ziemlich sicher.“

Mittlerweile lächelten wir beide. „Studentinnen haben sich wegen dir geprügelt?“

Sein leises Lachen brachte meinen Körper zum Vibrieren. „Das ist leider wahr. Keine Ahnung, was das sollte."

„Jede Dritte oder Vierte?"

„Jede Dritte oder Vierte was?"

„Wenn ich alle Schülerinnen der Lincoln High in der Mensa versammle und deinen Namen sage, bringe ich damit jede dritte oder vierte aus Liebeskummer zum Weinen?"

„Wer hat dir denn so was erzählt?"

„Nicht ausweichen."

„Möglich, dass es ein paar gewesen sind …"

„Ein paar mehr vielleicht?"

„An der Lincoln jede dritte, nimmt man die High Schools der Umgebung zusammen, verschiebt sich das Mengenverhältnis."

„Gab es Listen bezüglich der Reihenfolge?" Enttäuschung schwang in meiner Stimme mit.

„Bitte?"

Ich wartete stoisch auf eine Reaktion, bis er plötzlich in schallendes Lachen ausbrach. Verächtlich schnaubend verstärkte er den Druck auf meine Taille und erklärte: „Die Menschen haben definitiv zu viel Zeit zum Tratschen. Nein, keine Listen", ich musterte ihn weiter, während er das Bild abzuschütteln versuchte. „Unglaublich."

Der Trommelschlag seines Herzens blieb gleichmäßig und ich atmete erleichtert auf. Das wäre eine Sache gewesen, an der ich länger zu knabbern gehabt hätte. Morgans Zungenschnalzen brachte mich zurück in die Gegenwart.

„Außer der Vorhof-Geschichte hast du auch noch das alles gewusst – und dich trotzdem auf mich eingelassen?", fragte er ungläubig und hob mein Gesicht dabei an.

„Meine Freunde kennen dich nicht", erwiderte ich bestimmt. „Und sobald ich das Gefühl habe, dass du nur mit mir spielst, bin ich schneller weg, als du dich hinterherteleportieren kannst."

Es war als Albernheit gemeint, doch seine Pupillen wurden reglos und eindringlich. „Das war ein Scherz", fügte ich hinzu und mein Lächeln erlosch.

„Nicht witzig", erklärte er.

„Hätte ich die Fülle an Infos über dich nicht mit einem Augenzwinkern hingenommen, wäre ich in diesem Moment nicht bei dir."

Die Farbe kam zurück in seine Blick. „Dabei hast du keinen Schimmer von den illegalen Autorennen …"

„Dafür von eurem Fahrservice", schüttelte ich den Kopf und dachte an Dave und Murray, „von Harry Lambert und der Straßenlaterne, eurem regelmäßigen Schwänzen, den Frühlings- und Herbstritualen –

an dieser Stelle: Warum sollte man eine Halle fluten?! – den Klausuren, die ihr immer besteht –“

„Aufhören. Das hört sich schlimm an.“

„Streitest du es ab?“

„Nein“, diesmal grinste er und ich verdrehte die Augen.

„Weil man Versuchungen leben soll?“, fragte ich.

„Weil es meiner Meinung nach bislang nichts von Bedeutung gab, das es wert gewesen wäre, darauf Rücksicht zu nehmen.“

Er küsste mich zärtlich. Nachdem er von mir abließ, ich von ihm zurücktrat und wieder nach meiner Halskette tastete, vibrierte ich förmlich vor Glück. Das Adrenalin jagte durch meine Blutbahn.

„Danke“, flüsterte ich.

„Wofür?“, wiegelte er ab und wechselte galant das Thema. „Können wir los?“

„Gleich nachdem ich meine Haare irgendwie gebändigt habe“, erwiderte ich. „Gehen wir auch ins Soap?“

„Eigentlich nicht.“

„Was dir auch vorschwebt, könnten wir *danach* ins Soap?“

„Warst du schon mal da?“

„Eigentlich nicht“, gab ich zu und begrüßte den Schauer auf meiner Haut, weil er mich anblitzte.

„Mitbekommen, warum der Club so heißt?“

„Nein.“

„Dann gehen wir hin.“

***********************************

Ich konnte mir nicht vorstellen, wie dieser Abend übertroffen werden könnte.

Wir besuchten ein Sushi-Restaurant, wo man auf Kissen am Boden Platz nahm, direkt neben dem mit Köstlichkeiten beladenen Laufband, und jeder sich seine Rollen nach den eigenen Wünschen belegen konnte. Eine kleine Musikgruppe spielte im Zentrum auf Saiteninstrumenten und Flöten und da die Außenfenster verdunkelt und die Innenbereiche dezent geschmückt waren, hatte man wirklich das Gefühl, vorübergehend in Asien zu sein. Wir fütterten uns gegenseitig mit unseren verrücktesten Kreationen und ich beobachtete die Skepsis, mit der er meine Schinken-Kartoffel-Rolle probierte, und lachte selbst eine Stunde später noch darüber, als wir Hand in Hand Richtung Soap liefen. Er zog mich gerade hinter sich über die Hauptstraße, da legte ein rotes Auto mit quietschenden Reifen eine Vollbremsung hin und ließ ein lautes Gehupe los.

Morgan lachte, ehe er vor dem roten Van stehen blieb, um meine Finger mit seinen zu verschränken und sie einzeln zu küssen. Die Ausgeglichenheit, die er ausstrahlte, lief jedes Mal, wenn er mich berührte, durch mich hindurch und klang in meinem Bewusstsein nach. Ich kicherte, sobald er meinen rechten Zeigefinger in den Mund nahm und verführerisch leckte, wobei seine wunderschönen Augen im Licht der Scheinwerfer in zig Nuancen funkelten. Elanvoll sprang ich daraufhin in seine Arme und schlang meine Beine um ihn, er tat zwei Schritte vor und ich fühlte etwas Hartes an meinem Hintern. Morgan stützte sich links und rechts auf der Motorhaube ab und ich zog seinen Kopf zu mir herunter, um ihn zu küssen. Während er an meiner Unterlippe knabberte, legte er mich auf das Blech, das vom Motor angewärmt war und sanft unter mir vibrierte. Das Gefühl, so sorglos zu sein wie früher, wieder atmen zu können, als ob das Stück, das man mir mit meiner Familie gewaltsam weggenommen hatte, ersetzt worden wäre durch ein neues, flutete mich, und sein Kuss wurde tiefer, sanfter. Hier, in seinen Armen, an seiner Seite, ihn atmend, fühlend und schmeckend, war ich wieder ganz.

Ein lautes Scheppern ließ mich den Kopf herumreißen und mir fiel augenblicklich wieder ein, wo ich war, was ich tat. Morgan gab mir belustigt einen Kuss auf die Stirn, ehe er mich hochhob und wegtrug. Ein weiterer Wagen fuhr irgendwo dagegen, doch er setzte mich behutsam auf dem Bordstein ab und zwinkerte der Halterin des roten Familienwagens zu, deren Mund weit genug offen stand, dass ihr Kinn ihr Dekolleté berührte. Ich fragte mich, ob der Guten bewusst war, dass sie nach einem Achtzehnjährigen gierte oder ob sie überhaupt die Autos neben sich bemerkte hatte, die bei unserer kleinen Einlage ineinandergekracht waren.

Jeder Fußgänger starrte zu uns herüber.

„Ich habe das Gefühl, gleich eine Rede halten zu müssen“, erklärte ich ihm nervös lächelnd. Derartige Aufmerksamkeit wurde mir zuletzt zuteil, weil mein Schicksal in den Sechs-Uhr-Nachrichten gebracht wurde. Anscheinend war ich die Einzige, die durch die Tragödie um den Absturz zur Vollwaise geworden war.

„Ich kenne einen Weg, wie du dich schneller daran gewöhnst“, sagte er, sein Blick intensiv auf meinen Mund gerichtet.

„Übung?“

„Genau.“

„Morgan –“

„Mimi, sie starren eh schon. Du musst dich darauf einstellen, von nun an im Rampenlicht zu stehen, und da das meine Schuld ist, finde ich es nur fair, dir dabei zu helfen.“

„Was hältst du von Hilfe durch Entwöhnung?“

„Nichts“, er beugte sich zu mir herab und hielt Zentimeter vor meinem Gesicht inne. Mein Atem stockte, sein Duft vernebelte mir die Sinne und seine Augen funkelten hell und dunkel zugleich. Er wartete, bis ich mich von dem Graublau fortriss, und fuhr dann fort: „Geben wir ihnen etwas zum Tratschen.“

Seine Lippen schlossen den letzten Abstand und er platzierte kleine Küsse auf meiner Ober- und Unterlippe, fuhr sie gewissenhaft mit der Zunge nach und verzehnfachte damit das Kribbeln darin. Als er mich endlich küsste, zerrann all meine Unentschlossenheit zu nichts und meine Arme flogen zu seinem Nacken hoch, um ihn näher zu fühlen, sobald seine Zunge meine fand und mit ihr spielte. Es war leicht, das drumherum zu vergessen und in einer Welt zu leben, in der es nur ihn und seine Zärtlichkeit gab – obwohl die Realität einsetzte, nachdem wir uns voneinander lösten. Mainfields Einwohner verfielen regelrecht in Voyeurismus und voilà! fand ich mich wieder auf dem Präsentierteller.

Morgan hatte mich vorgewarnt, dass es in der Stadt angenehm sei im Vergleich zu der Aufmerksamkeit, die nationale Medien ihm zollten, wenn er unterwegs war und erkannt wurde. Trotz des Kloßes im Hals bei der Vorstellung, inmitten einer Paparazzi-Meute zu sein oder mein Gesicht in einem Hochglanz-Magazin wiederzufinden, glaubte ich ihm, wenn er mir versicherte, dass seine Familie die Angelegenheit unter Kontrolle hatte.

Für die Welt war er der Sohn eines Magnaten.

Ich würde lernen, damit umzugehen. Er konnte sich auf mich verlassen.

Und wie ich feststellen musste, gewöhnte man sich an die Blicke schneller als gedacht. Wie zur Bekräftigung nahm ich seine Hand und drückte sie fest, arrangierte meine Frisur und Kleidung und sagte: „Versprich mir, dass du das wieder machst, und ich werde liebend gern Mainfields neueste Attraktion.“

Morgan schenkte mir sein strahlendes Lächeln. „Deal.“

Der Weg zum Soap wurde wie der Gang über ein Minenfeld. Wildfremde Menschen gratulierten ihm zum baldigen Rekordtitel der Tigers, bemühten sich um Small Talk mit mir und Aufmerksamkeit von ihm, sodass wir für einen halben Kilometer eine Dreiviertelstunde benötigten.

„Nervt's dich schon?“, fragte er beim Einbiegen in eine kleine, verkehrsberuhigte Seitenstraße.

„Nicht wirklich“, zuckte ich die Achseln. „Dich?“

„Man gewöhnt sich“, erwiderte er und ergänzte tadelnd: „Menschen.“

„Sind wir vielleicht gerade ein wenig überheblich?“, neckte ich ihn.

„Sind wir nicht. Fakt ist: Sie und ich befinden uns nicht auf gleicher Augenhöhe."

Ich vergaß, was ich darauf erwidern wollte, weil ich die leuchtend gelbe Reklametafel sah, auf die wir zuhielten, welche den Namen „Soap" in verschiedenen Tönen buchstabierte und dabei den halben Hinterhof erleuchtete. Meine Augen taten vom Hinsehen allein weh.

„Schaumparty?", las ich laut vor. Wir durchquerten den Hof und hielten direkt vor dem Türsteher, der einen Schrank verschluckt zu haben schien. Seine Haare waren zu einem Pferdeschwanz zusammengebunden, an sich unterschied er sich nicht von den Türstehern, die ich sonst kannte – bis auf seine Lederjacke von Burberry.

„Morgan!", grüßte er und kam freudig auf uns zu, „wie geht's dir, Kumpel?"

„Bestens", er ergriff die dargebotene Hand und schüttelte sie, „und selbst?"

„Phänomenal", grinste er.

„Carter ist nicht nur der Besitzer des Soap, er weiß auch eine schwarze Kreditkarte zu schätzen", informierte Morgan mich und stellte mich dem Mann vor.

„Warum ich nicht hinter den Kulissen arbeite?", fragte der bullige Kerl mit Dreitagebart mich und reichte mir die Hand. „Das fragen sich die meisten. Stimmt's oder habe ich recht?"

„Es ist zumindest ungewöhnlich", gab ich zu und lächelte entschuldigend.

„Ach, Schätzchen, ganz egal ob schwarz, braun oder gepunktet – ein Hund bleibt ein Hund. Ich habe an dieser Stelle angefangen und kann jetzt nicht mehr aufhören."

„Ein guter Grund."

„Ein hübsches Mädchen", erklärte er Morgan und sobald Carters Blick etwas zu lange an mir hängen blieb, lotste er mich an ihm vorbei und wir betraten einen dunklen, weiten Gang. Die Musik drang bis in die Garderobe vor, die, wie der Rest, in fluoreszierendem Licht strahlte und aufgemalte Seifenformen reflektierte. Ich wunderte mich über den freien Eintritt und verstand, nachdem wir dem Gang gefolgt waren, der in einem großen rechtwinkligen Raum mündete. Neben der vollen Tanzfläche fiel eine weitere Leuchttafel auf. Ich blinzelte, weil ich begriff, dass die 12-Dollar-Cola kein Witz gewesen war – und was man hier für einen Cocktail verlangte.

Ohne schwarze Kreditkarte sollte man im Soap besser nicht feiern.

Morgan schaute sich um und ich nutzte die Zeit und entdeckte seltsame Aussparungen in der Wand oder Absenkungen im Boden sowie das zentrale DJ-Pult, das höher lag – und an zwei Seiten die abgetrennten

VIP-Bereiche mit schwarzen Sofas und einer eigenen Bar. Die Discokugel über dem rotierenden DJ war riesig, ähnlich seinem Podest und als bemerkte er, dass ich ihn beobachtete, hob er eine Hand und winkte.

Nein, nicht mir.

Er blickte zu Morgan.

Der halbe Raum.

Ich unterdrückte den Fluchtimpuls und hielt mich an meiner Clutch fest. Morgan nahm meine Hand und bahnte uns den Weg durch die Tanzmeute.

Es verbreitete sich wie ein Lauffeuer.

Die ersten Mädchen versuchten noch, sich an ihn ranzuschmeißen.

Dann bemerkten sie mich und das Flüstern ging los.

Wir waren nicht ganz durch, da kannten die meisten meinen Namen.

Große Neuigkeiten sprechen sich wohl überall auf der Welt mit Lichtgeschwindigkeit herum. Mit der Rate, wie sie Details über mich erfuhren, änderte sich ihre Haltung mir gegenüber.

Ich schaffte es aus der Unbedeutsamkeit zum Staatsfeind in unter einer Minute.

Es war komisch-tragisch: Gestern war ich die arme Waise aus Connecticut, die man bemitleidete, heute bereits in tiefe Ungnade gefallen. Zumindest bei den Frauen.

Ich visierte Morgan an, der selbstbewusst an der tuschelnden Meute vorbeilief. Er ließ es einfach aussehen, sich selbst in dieser Situation wohlzufühlen und ich beschloss, es ihm gleichzutun.

Was interessierten mich die anderen?

Es war *mein* Leben.

Als wir bei seinen Freunden ankamen, trug ich mein Haupt erhoben. Luke und Alicia warteten direkt hinter dem Clubangestellten, der an einer Kordel stand und den Weg freigab, weil er Morgan erkannte. Wir landeten in einer der hintersten Ecken und ich machte ein Checkliste vom Inventar: ein runder Bistro-Tisch und sesselartige kirschrote Ledergarnituren, auf denen Jacken und Taschen sowie Jared und zwei exotische Schönheiten lagen – eine in jedem Arm. Matt stand bei einem anderen Jungen, der mir als Connor, Danas Bruder, vorgestellt wurde, und Dana bei Brooke. Mir entging nicht, wie Jared und Luke mich mit unauffälligen Blicken nach Blessuren absuchten, ebenso wenig, wie mir unmöglich entgehen konnte, dass Shelby auf uns zuhielt.

Zumindest jemand, der ihr ähnelte. Oder treffender, ihre Gothic-Variante inklusive Lack- und Leder-Ausstattung.

Sie ignorierte mich – zu meiner Freude.

Morgan hingegen wurde die Ehre ihrer ungeteilten Aufmerksamkeit zuteil.

„Man sagt, er hätte dich geschwängert“, flüsterte mir stattdessen eine Stimme ins Ohr. Mit einem breiten Grinsen drehte ich mich um und umarmte Drew, der in der einen Hand einen Drink balancierte und die freie Hand dafür nutzte, um mich fest an sich zu drücken. Mein Herz schlug mir bis zum Hals, als er mich mit einem traurigen Blick bedachte, den er jedoch schnell unter Kontrolle brachte, und ein Lächeln aufsetzte, das seine Augen nicht erreichte.

„Ist was nicht in Ordnung?“

„Morgan? Von tausend Schülern der Lincoln musste es Morgan Vegard sein?“

Ich atmete tief ein. „Von allen, denen ich von ihm erzähle, müssen es da meine besten Freunde sein, die ihn am liebsten per Gerichtsbeschluss von mir fernhalten wollen?“

„Ich traue ihm nicht“, zuckte er mit den Schultern und machte mich mit seiner Sturheit verrückt.

„Wie gut kennst du ihn?“

„Gut genug.“

„Wie viel Zeit verbringst du mit ihm?“, spezifizierte ich streng.

„Nur die, die ich muss: auf dem Feld.“

„Was hältst du davon, ihm jenseits von Football eine Chance einzuräumen, eine Art Test, vierzehn Tage lang? Bestätigt er in der Zeit eins deiner Vorurteile in Bezug auf mich, nehmen ich Abstand und lasse es langsamer angehen. Aber falls nicht, begräbst du mir zuliebe das Kriegsbeil und hältst dich, was meine Beziehung betrifft, im Hintergrund.“

„Beziehung!?“

„Vierzehn Tage, Drew …“

„Keinen länger“, sagte er nachdrücklich und hielt mir die Hand hin. Ich schlug ohne zu zögern ein und schüttelte den Kopf ob seines erleichterten Stöhnens. Offensichtlich dachte er wirklich, in zwei Wochen sei das Problem aus der Welt geschafft.

„Wie fühlst du dich?“, fragte ich, um uns abzulenken, sodass mir fast entging, wie er an mir vorbei zu Brooke blickte, die ihm zuzwinkerte.

„Seit heute medikamentenfrei“, erklärte er und richtete seine Aufmerksamkeit zurück auf mich. Sein Gesicht hatte einen dezenten Rotton angenommen und ich kniff ihm mit einem „süüüüß“ in die Wange. Er schlug die Hand schnaubend weg. „Aber bevor wir über mich reden, erzähl mir nicht, du willst nicht die ganze Story erfahren.“

Sein Grinsen war ansteckend.

„Tu dir keinen Zwang an: Was erzählt man sich?“

„Die Blondine da drüben hat eben ihren Freundinnen erklärt, dass ihre Cousine von dem Frisör ihres Gärtners gehört hat, dass Morgan und du letztes Jahr eine kurze, aber folgenschwere Affäre hattet", sagte er belustigt. „Du warst längst in Hartford, am verarzten deines gebrochenen Herzens, nur um dort herauszufinden, dass du schwanger bist. Er bestritt die Vaterschaft, weil er dachte, er sähe dich eh nie wieder, daraufhin hast du dein Kind verloren. Deshalb bist du letzte Woche ausgerastet, als ihr euch zufällig in der Früh getroffen habt, und hast ihm eine geknallt. Weil er dir wehgetan und dein Leben zerstört hat."

„Und ich bin zurück, um sein Leben mit meiner Anwesenheit in einen Albtraum zu verwandeln?"

„Die erste Schafft-ihm-Melody-vom-Hals-Bewegung formiert sich vermutlich in diesem Augenblick."

„Moment", ich kniff die Augenbrauen zusammen, „er richtet meinen Körper und mich zugrunde – aber ich bin die Böse?"

„Willkommen in Mainfield."

„Und das denken die sich innerhalb von Minuten aus?", fragte ich fasziniert.

„Es ist *Mainfield*."

„Mainfield braucht dringend ein neues Klatschthema", gab ich Morgan recht.

„Also ist es bloß erfunden?"

Seine Augen weiteten sich geschockt.

„In welcher Dimension wäre ich dermaßen melodramatisch?"

„In unserer hättest du ihm vermutlich ins eingebildete Gesicht gelächelt und dadurch deine Überlegenheit bewiesen", erwiderte er. Seine Augen glitten abermals zu Brooke, jedoch sprach er leise weiter. „Mimi? Keine Ahnung, wie du das angestellt hast, aber ich schulde dir was."

„Ihr habt es gemacht – ich habe höchstens nachgeholfen."

„Definitiv der verrückteste Tag meines Lebens", sagte er.

„Willkommen im Club."

Sein Gesicht verspannte sich. „Er kam mir heute früh zu freundlich vor. Ich hätte ihm gleich die ‚Tust-du-ihr-weh-tu-ich-dir-weh'-Rede halten sollen."

„Das ist nicht nötig", erklärte Morgan plötzlich hinter mir und schlang seine Arme um meine Mitte. Sein Herz klopfte an meinem Ohr schneller als sonst: „Ich kann freundlich sein."

Drew beobachtete ihn finster, was Morgan dazu brachte, an meinem Nacken zu knabbern. Ich stieß ihm den Ellbogen in die Rippen. Seine Schwester fand zu uns und hauchte mir einen Begrüßungskuss auf die

Wange, bevor sie Drew das volle Glas abnahm und zwei Strohhalme hineinsteckte.

Drews Lippen lächelten eisig, seine Unterkiefer hingegen mahlten. Seine Hände verschwanden in den Hosentaschen. Ich verspannte mich und trat unbewusst etwas von Morgan weg. Dieser zog mich mit fragendem Blick zurück an seine Seite und meine Gedanken sprangen unfreiwillig zu Drews letzten Besuch in Hartford. Cameron war ihm über den Weg gelaufen. Es war nicht neu, dass Drew sich damit schwertat, seinen Beschützerinstinkt abzuschalten. Er fixierte mich aufmerksam und ich nickte ihm unmerklich zu, hoffte, er wusste sich zu benehmen.

„Zwei Wochen", formten meine Lippen in seine Richtung.

Er starrte mich weiterhin nachdenklich an.

„Damit wir keine Probleme miteinander bekommen", sagte er schließlich und hielt Morgans prüfendem Blick stand, „Mimi ist meine beste Freundin. Das bringt Verantwortung mit sich, die ich nicht ablege, weil sie mit jemandem zusammen ist. Stell dich darauf ein. Braucht sie mich, bin ich weiterhin für sie da. Ist sie unglücklich oder macht gute Miene zum bösen Spiel, erkenne ich das. Und bist *du*", seine Stimme senkte sich zu einem tiefen Raunen, „dafür verantwortlich, ziehe ich dich dafür zur Rechenschaft."

Ein kurzer Seitenblick zu Morgan enthüllte dessen Überraschung. Seine Hand in meiner lächelte er mit etwas wie Verständnis in seinen Augen. „Das respektiere ich", sagte er amüsiert. „Und nur damit wir uns verstehen: Brooke ist meine *Schwester*."

Drew rieb sich nun leicht nervös den Nacken und legte ihr den Arm um die Schultern. „Solange sie mich will, werde ich sicherstellen, dass sie glücklich ist."

Brooke und ich entspannten gleichzeitig und wir lächelten uns erleichtert an. Morgan trat einen Schritt vor und hielt Drew die Hand hin. Der ergriff sie und schüttelte sie einmal fest, bevor er wieder losließ.

„Pass auf sie auf", mahnte Drew.

„Du auch."

Mein Herz schwoll an vor Stolz, als Morgan sich mir zuwandte und die Lichter der Discokugel auf seinem Gesicht und Körper hypnotische Muster zeichneten.

„Was?", fragte ich ihn und spielte mit seinen Händen, indem ich jeden Finger nachfuhr.

„Ich glaube meine Schwester ist in hervorragenden Händen."

„In den besten. Was ist mit dir? Immer noch eifersüchtig?", neckte ich.

„Falls du dich fragst, wie ich die Vorstellung finde, dass er in deiner Nähe ist, lautet die Antwort: Meine Begeisterung hält sich in Grenzen.

Aber ich verstehe, warum er es sein möchte. Du bedeutest ihm viel. Ich weiß, wie es sich anfühlt, alles für dich stehen und liegen lassen zu wollen – und Drew kennt dich ewig. Ich versuche mich daran zu gewöhnen. Das bin ich Brooke und dir schuldig."

Seine Schwester lachte gerade herzhaft los. Drew pustete die Wangen weiter auf und machte zweifellos seinen Dad nach – der Gute hatte mindesten siebzig Kilo zu viel auf den Hüften.

„Er wird sie gut behandeln", versicherte ich ihm.

„Und ich dich."

Ich seufzte und dachte daran, wie Drew mich angefleht hatte, dem Glücklichsein eine Chance zu geben. Ich war mir damals unsicher gewesen, ob es mir gelingen würde, die alte Mimi auferstehen zu lassen. Dann tauchte Morgan auf und ohne dass ich es mitbekam, hatte er das Zauberstück vollführt, sie aus ihrem sicheren Versteck hervorzulocken. Mühelos. Hatte es geschafft, die Mauer, die mich gefangenhielt, Brocken um Brocken abzutragen, meinen aus Kummer und Leid gebauten Panzer entfernt und die Frau dahinter gefunden, die ohne den Schutz ihrer falschen Fassade lachte und scherzte und sich fallen lassen konnte. Und das Ganze war für ihn lachhaft selbstverständlich gewesen.

Sicher, Hartford-Mimi war noch höchst schreckhaft. Aber sie traute sich hervor.

Die logische Schlussfolgerung aus diesem unglaublichen Kunststück in sagenhafter Zeit war eine Frage: Wie gesund konnte das sein? Diese seltsame Gewissheit, dass ich ohne ihn nicht mehr selbstständig atmen können würde?

„Morgan? Du bist unglaublich."

„Musst du gerade sagen!"

Er beugte seinen Kopf herab und mein Körper verfiel in Ekstase schon in Erwartung seines Kusses. Seine Lippen hatte meine nur leicht berührt, da tauchte Brooke sich räuspernd neben uns auf und ihr Bruder seufzte genervt, ehe er sich ihr zuwandte.

„Wie findest du's?", fragte sie mich gespannt und nippte an dem Caipirinha.

„Es hat was", gab ich nach einem eingehenden Rundblick zu, „aber ich verstehe nicht, wieso die Leute so ein Aufheben darum machen."

Die beiden Geschwister lächelten geheimnisvoll.

Alicia, die weiterhin verloren ohne Luke wirkte, hielt seine Hand fest umklammert, als dieser sich mit Dana und einem sichtlich betrunkenen Connor im Schlepptau zu uns gesellte.

„Jetzt, da wir komplett sind, kann's ja endlich losgehen – die erste Runde auf mich."

„Connor, du bist überdicht", sagte Dana und wich seinem Umarmungsversuch aus.
„Wen kümmert's? Die Bullen haben mein Auto einkassiert – ich kann also trinken, bis ich kotze."
„Das heißt nicht, dass du es musst."
„Ja, Mom."
„Apropos – du hast Tim", warf Luke ein und drehte sich nach rechts, wobei er aufgeregt gestikulierte. „Was ist mit euch? Braucht ihr auch einen Fahrer?"
Brooke, an die die Frage ging, wandte sich an Drew, der alles andere als begeistert von der Vorstellung war.
„Nein", sagte sie schließlich. „Wir halten uns mit dem Alkohol zurück und fahren selber."
Eine Kellnerin in ihrem viel zu knappen Neonbikini tauchte auf und hielt uns ein Tablett voller bunt gefüllter Schnapsgläser unter die Nase. Ich winkte ab und Connor dankte mir dafür und nahm zwei.
„Was möchtest du?", fragte Morgan und stellte wie die anderen sein leeres Glas wieder zurück. Die Zahlen auf der Preistafel vor Augen, erwiderte ich schlicht: „Ein Wasser."
„Und …?"
„Eiswürfel."
Morgan seufzte. „Mimi …"
„Zitrone?"
Vierzehn Augen verfolgten das Spektakel gebannt mit. Er rührte sich nicht und ich hielt weiter meinen Mund.
„Mojito", meldete Drew sich zu Wort, da das Schweigen unangenehm zu werden begann, „bestell ihr einen Mojito – mit Gin statt Rum und anstelle von Soda sollen sie mit Zitronenlimonade auffüllen."
„Gin und Zitronenlimonade", wiederholte Morgan, bevor er sich verabschiedete und ich Drew anfunkelte.
„Oh, Mimi, du musst noch soooo viel lernen", stammelte Connor, dabei rutschte er plötzlich aus. Er erwischte den nächstbesten Tisch und räumte ihn ab, schließlich drehte er sich zweimal um die eigene Achse, fing sich aber im letzten Moment und kam zurück, um dort weiterzumachen, wo er aufgehört hatte: „Das Leben ist kurz und die Jugend auch."
„Oh richtig, du bist ein paar Monate älter, erhelle uns mit deiner Lebensweisheit", erklang Jareds Stimme und ich roch das klebrig-süßliche Parfüm der Mädels, bevor sie bei uns ankamen.
„Hey, Mimi."
„Hi, Jared."
„Wie fühlst du dich?"

„So gut wie neu", erwiderte ich und er lächelte wegen der Zweideutigkeit. Dann spürten wir die Blicke der anderen auf uns und Jared drehte sich um.

„Matt", brüllte er. „Beweg deinen fetten Arsch hierher, du Idiot."

Luke schnaubte entnervt. „Granofsky ist sich nicht sicher, ob er sich dir nähern darf."

„Warum?", fragte Drew und mein Verstand arbeitete schlagartig auf Hochtouren.

„Er hat sich letzten Samstag mit ihr ein Eigentor geleistet", fuhr Luke fort und ignorierte meine alarmierten Gesten.

„Was genau?"

„Nichts Weltbewegendes", fiel ich ein, bevor er darauf antworten konnte. „Abby und ich haben dir doch erzählt, dass es eine Meinungsverschiedenheit zwischen Morgan und ihm gab."

„Weswegen sie sich geprügelt haben."

„Genau. Denn Matt hat", mein Verstand arbeitete zäh wie Brei, als hätte jemand meine Fantasie gelöscht, „im totalen Vollrausch … geglaubt …"

„… bei ihr landen zu können", schloss Luke und zuckte die Schultern, während mir der Schweiß auszubrechen drohte, „sie wollte nicht und es endete damit, dass Morgan eingreifen musste."

„Weshalb das?"

„Denkst du, Mimi hätte ihn sich alleine vom Hals schaffen können?"

Drews Augen sprangen von ihm zu mir. „Ist er dir blöd gekommen?"

„Wie sie bereits erklärte: Es war nichts Weltbewegendes", meldete sich Jared nun zu Wort.

„Mimi?"

„Es ist, wie sie es sagen."

„In Ordnung", bemerkte Drew schließlich nach einem intensiven Blick zu Luke und Jared und ich ahnte, dass er uns tatsächlich Glauben schenkte. Brooke drehte sich dezent weg.

„Ein Mojito, die Dame", erklang Morgans Stimme und seine Hand hielt mir ein randvolles XXL-Glas hin, das aussah, wie von einem Kleinkind mit Neonfarben bepinselt, aber vermutlich ein überteuerter Designer kreiert hatte, „die Barkeeperin hat sich selber auch einen nach deinen Vorgaben gemixt und gratuliert dir zu deinem Geschmack."

„Als ob ich den nicht längst bewiesen hätte", lächelte ich ihn an.

Ein Skatergirl schob sich zwischen unsere Gruppe und platzierte ein weiteres Tablett auf den Tisch, ehe sie eine Tequilaflasche aus ihrem Gürtel zog und die Schnapsgläser reihum auffüllte. Zum Schluss zauberte sie ein Glas voller Limettenscheiben und -hälften hervor und drapierte es in die Mitte.

Die Jungs nickten zufrieden und sie rollte davon.
„Vergiss es“, fauchte eine von Jareds Begleiterinnen, weil Dana danach griff.
*Was ist derartig besonders an Mainfields Zitrusfrüchten?*, dachte ich an Lukes Party zurück. Morgan schickte bereits die nächsten Frauen weg, die ihre Hände danach ausstreckten und verkündetet feierlich: „Auf den Abend“, während seine Freunde ein Glas in die Hand nahmen.
„Ich muss das nicht trinken, oder?“, fragte ich mit einem unbehaglichen Gefühl, sobald Luke mir auch eins in die Hand drückte. Harte Sachen hatten eine Tendenz bei mir, den Weg durch meinen Magen zurück an die Oberfläche zu nehmen.
„Nein, musst du nicht“, erwiderte er und reichte mir stattdessen eine Limettenscheibe.
*Okay …*
Drew und Jared grinsten, da zählte er auch schon von drei an rückwärts. Bei eins stieß er mit den anderen an. Die Mädchen bissen wie auf Kommando in ihre Scheiben hinein und ich machte es ihnen nach. Ich verzog kurz das Gesicht, als die Säure auf meiner Zunge prickelte, da legte sich Morgans Hand um meinen Nacken. Es ging so schnell, dass ich keine Zeit hatte, den Geschmack mit meinem Mojito wegzuspülen. Musste ich auch nicht. Er leckte verführerisch die Reste von meinen Lippen und brachte mich dadurch zum Lachen, erstickte den leisen Ton aber, sobald seine Arme um mich glitten und seine Zunge langsam durch meine geöffneten Lippen zu meiner vorstieß. Eine Hand fuhr in mein Haar, die andere lag ruhend an meinem Rücken, der Geschmack von Tequila mischte sich mit dem von Zitrus und das Wissen, dass seine Freunde um uns standen, verschwand aus meinem Bewusstsein. Morgan zu küssen wurde schöner und schöner. Mein ganzes Sein lechzte nach seiner Berührung. Er schickte langsam seine Hände auf Wanderung, von meinem Kopf zu meiner Taille, bis ich vergaß, wo ich war, wieso und wie lange schon und alles, was ich noch wahrnahm der Weg seiner Hände war, da er sie jetzt an meinen Rücken pinnte und sein Knie zwischen meine Beine schob, sodass ich an seinem Mund aufstöhnte und sein Körper sofort darauf reagierte. Gerade als ich ahnte, dass ich aufhören musste, weil ich mich sonst nach Privatsphäre sehnte und mit ihm in einem geparkten Auto landete, somit an der Stelle an der wir standen folglich nur ein Häufchen verpufftes Nichts hinterließ, bewegte er sich und ließ von mir ab.
Er strich sich benommen durch sein Haar und erlaubte es mir, ihn so lange wie möglich überall zu spüren: Ich war bei Gott keine Nonne, aber dieser Mann schaffte es, dass ich mich nach ihm verzehrte – und das nur, indem er mich küsste. Vorsichtig legte ich die Finger auf

meine Lippen, wo ich ihn noch schmeckte, horchte dem Rhythmus meines Herzen, der seine Geschwindigkeit angenommen hatte, und genoss das Ziehen von meinem Magen bis zu den Zehen. Überall prickelte es. Die Lichter des Clubs und die Musik perlten auf meiner Haut. Morgan nahm meine Hand in seine und streichelte Kreise mit seinem Daumen auf meine überempfindliche Haut, indes ich mich daran zu erinnern versuchte, wie man richtig atmete.

Noch während seiner Umarmung enthielten seine Augen Tiefe durch die Belustigung darin. Das und Genugtuung. Sprachlos lächelte ich und warf die Limettenscheibe weg. Dieses Trinkspiel könnte locker mein Favorit werden.

„Abgefahren", seufzte Dana mit tiefen Furchen auf der Stirn. „Das war …"

„Genug Kopfkino für die nächsten Stunden", bemerkte Luke anzüglich und schlug seiner Begleitung auf den Arsch. „Baby, wie sehr möchtest du mit mir vor die Tür gehen?"

„Bah, du Perverser!", schnaubte Alicia und schob ihn von sich, „du lässt dich von deinen Freunden in Fahrt bringen, um es mir dann zu besorgen?"

Drew sah aus, als wäre ihm schlecht, sodass sogar Brooke lachen musste.

„Es war definitiv stimulierend", meldete sich Luke wieder zu Wort und erhielt noch einen Schubs von seiner Freundin.

„Ich brauche jetzt zuallererst eine Zigarette", sagte Jared.

„Du rauchst nicht", erwiderte Morgan, seine Stimme rauer als sonst.

„Wenn das so weitergeht und ihr eins von diesen zuckersüßen, klebrig-ekelhaften Taubenpärchen werdet, zahlt ihr meine Therapiesitzungen", er leerte sein zweites Glas mit einem Zug und wischte sich den Mund mit dem Handrücken ab. „Ehrlich. Dieses permanente Sich-Anfassen-oder-Anstarren ist verflucht anstrengend. Ich übergebe mich noch."

„Meine Damen und Herren, Jared Lenoire, der Poet!"

„Schnauze, Connor! Du warst heute nicht dabei."

„Sie sind heiß aufeinander. Was soll's?", fragte Dana.

„Zwei Tage", erwiderte Jared kryptisch, „warte achtundvierzig Stunden und wir rollen das Gespräch wieder auf."

Inmitten ihres Gezeters betrachtete ich den Cocktail in meiner Hand wie zum ersten Mal und fand die Tatsache überraschend ablenkend.

„Mimi?"

Ich blinzelte zu Brooke und schluckte. Drews süffisantes Grinsen bemerkend, fühlte ich erstmals, wie wabbelig meine Knie waren. „Ja?"

Ohne Morgans Hand an meinem Rücken wäre ich vermutlich gestolpert, dankbar blickte ich auf und versank im Licht seiner Augen. Auch das lenkte ab.

Brooke seufzte, gab Drew ihr Glas, der daraus weitertrank und fragte ihren Bruder: „Bist du zufrieden?“

„Lass sie doch.“

„Ich denk nicht dran“, erwiderte sie und versuchte es erneut „Lust zu tanzen?“

„Te amo“ erklang gellend durch die Lautsprecher. Ich betrachtete Rihanna als Zeichen und nickte. Die Jungs erklärten, sie kämen nach. Brooke nahm meine und Danas Hand und wies mit dem Kinn auf die Tanzfläche. Mir entging nicht, wie unsicher Alicia zu Luke guckte. Kurzerhand reichte ich ihr mein Getränk, schnappte sie und zog sie einfach mit uns.

Kaum hatten wir uns ein wenig Platz auf der Tanzfläche erarbeitet, begannen kleine Drüsen über uns auch schon einen feinen Wasserperlen-Vorhang freizusetzten und kühlten damit die Gemüter der Feierwütigen.

Die laute Musik dröhnte und durchdrang mich mit jedem neuen Song, Sprühnebel bedeckte meine Haut und ich schloss genüsslich die Augen. Die Mädchen und ich tanzten ausgelassen, lachten und landeten irgendwann auf einer Reihe Lautsprecherboxen, direkt neben dem DJ, der uns mit schnellen Beats antrieb. Die ganze Zeit über spürte ich Morgans Blick. Er unterhielt sich mit Connor und Jared und versuchte gleichzeitig, sich Shelby sowie allerhand anderen weiblichen Andrang vom Hals zu halten. Selbst aus der Ferne wirkte er dabei charmant, aber bestimmt, dennoch ließen besonders zwei junge Damen einfach nicht locker. Sie flüsterten ihm permanent ins Ohr. Während eine von ihnen ihn umarmte, schoss sein Blick direkt zu mir. Genau davor hatte ich Angst gehabt. Frauen kannten Morgan als Aufreißer und liebten ihn dafür. Ich senkte den Blick auf meinen wieder in meinen Besitz gelangten Mojito und schwor mir, dass mich das nicht verstimmen würde.

Ich drückte die Schultern durch und wollte mich abwenden, da ich aus den Augenwinkeln vernahm, wie er das Mädchen unsanft wegstieß, ehe er die beiden grimmig vom Platz verwies. Mit hängenden Köpfen trotteten sie zu ihrer Clique. Morgan lächelte mich aufmunternd an und hielt den rechten Daumen hoch. Ich atmete erleichtert auf, lächelte zurück und konzentrierte mich von da an nur noch auf die Stimmung der Mädchen, die sich gerade um mich drehten, und den Bass, der den stickigen Raum ausfüllte – schob den Rest von mir. Im Soap gehörte es offenbar dazu, dass die Kellner und Bedienungen von Zeit zu Zeit durch die Menge liefen und Knicklichter verschenkten, beziehungsweise wahllos auf die Tanzenden warfen. Wir deckten uns mit den Leuchtbändern ein und hängten sie uns um den Hals, trugen sie als Armband oder Krone. Kaum leuchteten wir wie Lichterketten, kam ein Partyfotograf und knipste uns. Wir stießen auf das Bild an und verschütteten dabei unsere Getränke, was nur dazu führte, dass wir noch mehr lachten. Nachdem Alicia fast von ihrer Box fiel, räumten wir den Platz für eine weitere johlende Mädchenmeute, tauschten mit ihnen einen Teil unseres „Schmuckes" und schlossen uns Freundinnen von Dana an, die eher abseits standen. Glitzerstaub regnete auf uns herab und spätestens jetzt war mir klar, dass das Soap durchgeknallter war, als ich es einer Kleinstadt wie Mainfield zugetraut hatte. Mir war heiß, also trank ich meinen Mojito aus. Kaum war mein Glas leer, tauchte das Bikinigirl aus der Lounge neben mir auf, nahm es mir weg und drückte mir ein neues in die Hand.

Der Alkohol fing an, sich in unserer Runde bemerkbar zu machen, und hatte den angenehmen Nebeneffekt, dass Alicia sich als wahre Quasselstrippe entpuppte, sobald sie sich traute, mit uns herumzualbern. In ihrem Fall nach geschätzten zehn Cocktails. Es grenzte an ein Wunder, dass sie über eine weitgehend intakte Hand-Fuß-Koordination verfügte.

Wir sangen soeben aus vollem Halse mit zu „Alejandro", da gesellte sich eine größere Gruppe von Jungs zu uns. Einem ziemlich imposanten Typ, dessen Hände so fix auf mir landeten, dass ich ihm neidlos Talent in der Beziehung zugestand, blieben gerade ein wenige Sekunden, bevor ihm sein Freund etwas zuraunte und er an mir vorbei zu unserer Lounge blickte. Morgan schüttelte mahnend den Kopf. Der Junge, dessen Freund ihn mit „Johnny" ansprach, trat daraufhin zurück und ließ mich in Ruhe.

Wenige Minuten später küsste er Shelby, seine Hand wanderte dabei unter ihren Saum.

„Das ist nur Show", erklärte mir Brooke, „tu ihr nicht den Gefallen hinzusehen."

„Das ist in erster Linie traurig", erwiderte ich und fächerte mir mit einer Hand Luft zu. Außer Atem hielt ich mit dem Tanzen inne und drehte mich von Shelby und ihrem neuen Freund weg.

Unsere Unterhaltung wurde unterbrochen, die Musik leiser gestellt und ein lauter Gong ertönte.

Die Gäste des Soap drehten bei dem metallenen Klang schier durch, kreischten und johlten. Brooke winkte Drew zu sich.

„Was jetzt?", fragte ich und wischte mir über die verschwitzte Stirn.

„Schaumparty!", nuschelte Alicia und Dana lachte los.

„Ich empfehle dir, langsamer zu machen“, sagte sie und nahm ihr die Pina Colada weg, um sie in einem Zug auszutrinken, „sonst haut's dich noch hin.“

„Wer von euch braucht eine Ab-küühhll-ung?“, schrie der DJ ins Mikro und projizierte einen schwebenden, grünen Lasercountdown über seinem Mischpult. Ich entdeckte Morgan an der Spitze unserer Truppe, die sich den Weg durch die Menschen zu uns bahnte.

Nur zu wissen, er wäre gleich bei mir, war revitalisierend. Ob ich es mir eingestehen wollte oder nicht: Selbst im gleichen Raum wie er hatte ich ihn vermissen können.

*Freu dich auf Sonntagabend*, flüsterte meine gemeine innere Stimme mir zu.

„Weiter weg habt ihr keinen Platz gefunden?“, fragte Drew soeben lächelnd und nahm Brooke in den Arm, die ihn aufgeregt küsste.

„Hast du eine Ahnung, was gleich passiert?“, fragte ich ihn, nachdem er sich von ihr losgemacht hatte.

„Schon. Aber meine Lippen sind versiegelt.“

„Vielleicht suche ich ja einfach den Jungen von vorhin und er erzählt es mir“, scherzte ich und musste an die Geschwindigkeit denken, mit der er sich verzogen hatte. Ich kannte Sprinter, die im Wettkampf langsamer waren. Vermutlich würde ich ihn nie wieder von Nahem sehen. Drew warf mir einen tadelnden Blick zu, bei dem ich beschwichtigend die Hände hob und lachte: „Oder auch nicht.“

„T Minus 120“, meldete sich der DJ zurück und startete den Countdown.

Luke schnappte sich eine strauchelnde Alicia und Jared kümmerte sich intensiv um nunmehr eine Begleiterin, die für meine Begriffe viel zu nüchtern war und sein Gesicht aufaß. Matt tauchte mit Connor auf, der seine Schwester flankierte. Er begrüßte mich hastig und gerade als ich mich nach Morgan umschauen wollte, packte mich jemand und schleuderte mich galant im Kreis herum.

„Himmel“, stöhnte ich und fiel in seine Arme. Sicherheitshalber nahm er mir das Glas ab.

„Kannst du noch?“

„Mir ist schwindelig, aber ja. Es macht Spaß hier!“

Er stupste meine neonpinke Krone an. „Kann ich bezeugen.“

„Du hast mir gefehlt“, lächelte ich statt einer Reaktion und liebte es, wie seine Augen mich anfunkelten.

„Wirklich?“, zog er mich auf, nahm mein leeres Glas und winkte der Bedienung. „Noch einen?“

„Für mich nicht“, erwiderte ich und dankte ihr. Sie hob die Augenbrauen in Morgans Richtung, bevor sie mich fragte: „Ein Wasser vielleicht?“

Ich nickte, sie verstaute mein Glas und sie fuhr wieder fort.
„Man könnte meinen, du versuchst mich betrunken zu machen."
„Du magst Mojitos, ergo kriegst du welche."
„So funktioniert die Welt nicht", sagte ich entrüstet.
„Meine schon. Und damit seit Kurzem auch deine. Außerdem bin ich der Meinung, du bist viel zu vernünftig, um es so weit kommen zu lassen", er zeigte auf Alicia, die gerade Luke anschrie, weil er ihr keinen Drink mehr holen wollte.
„Aber lustig ist es schon."
„Nein – *das* wird lustig."
Alle fielen mit ein, sobald von dem Countdown noch zehn Sekunden übrig waren – in den letzten drei vor Ablauf der Zeit schwoll die Musik wieder an.
Auf „Eins" öffneten sich die Wandeinsparungen, die sich als kleine Luken entpuppten, und Schaum strömte durch sie herein. Etliche Wasserfontänen, die aus installierten Duschköpfen über uns kamen, verwandelten gleichzeitig dazu die Tanzfläche in einen Swimmingpool – gleich darauf strömte auch noch ein nach Zuckerwatte riechender Zusatz hinzu.
Keine halbe Minute nach dem Ende des Countdowns stand ich knietief in Schaum und lieferte mir eine ausgelassene Schlacht mit den anderen. Aus dem anfänglichen „alle gegen alle" wurde bald der Krieg der Paare und obwohl Luke und Morgan taktisch am klügsten vorgingen, scheiterte ihr Sieg an ihren Partnerinnen – die erste war betrunken und die zweite musste so sehr lachen, dass ich am Ende eher mit Ducken beschäftigt war, um nicht noch mehr Schaum zu schlucken.

***********************************

Auf der Mädchentoilette war danach erwartungsgemäß die Hölle los.
Jede Besucherin klebte vor einem Spiegel, ratschte und zog ihr Make-up nach. Ich hatte bei mir versucht zu retten was ging und stand – auf Brooke wartend – neben dem Eingang. Meine Idee, Abby anzurufen, begrub ich aufgrund des Lärmpegels und der fortgeschrittenen Uhrzeit und schwenkte stattdessen auf SMS schreiben um. Ich grinste, weil die Antwort umgehend kam, und las, dass sie und Gabe noch unterwegs waren.
„Kommst du?", fragte Brooke mich und machte der Nächsten in der Schlange hinter ihr Platz. Ich schickte sie vor und erklärte, schnell antworten zu wollen. Eine Minute später drückte ich „Senden", da rempelte mich jemand so hart an, dass ich nach vorne krachte und mein Handy durch Glück auffing, bevor es im Spülbecken landete.

Ein graziler, dünner Körper baute sich vor mir auf und presste mich dabei gegen die Seitenwand.

„Hey, du Freak."

Ich blinzelte in zwei schwarz umrandete Augen und unterdrückte ein Seufzen.

„Hallo, Shelby."

Sie legte den Kopf schief und schnauzte boshaft: „Auf einmal ganz alleine?"

„Es sind mindestens dreißig weitere Mädchen im Raum."

„Unter uns? Deine cleveren Sprüche stehen mir bis hier", sie unterstrich die Aussage, indem sie ihre Finger auf Augenhöhe hielt.

„Zwischen uns kann es auch ziviler hergehen, denkst du nicht?", versuchte ich die Wogen halbherzig zu glätten, doch sie lachte eisig. „Du klaust mir meinen Freund und meine beste Freundin und meinst, damit würdest du davonkommen?"

„Ich habe dir gar nichts geklaut."

„Du bist kein Cheerleader! Und bis du das wirst – und ich garantiere, das ist am Sankt-Nimmerleins-Tag – behältst du deine dreckigen Pfoten bei dir. Niemand rührt ihn an ohne mich zu fragen, schon gar nicht Streberinnen wie du."

Mein schallendes Lachen hallte in ihr boshaftes Gesicht, bevor sie die letzten Worte bitter ausspie. Mühsam zischte sie über den Krach der Feier, verzerrt, leise, ich musste mich regelrecht anstrengen, um sie zu verstehen: „Kriege ich mit, wie sich deine Nuttenlippen jemals wieder bis auf einen Meter an das Gesicht meines Freundes –"

„Er ist nicht dein Freund", fuhr ich unsanft dazwischen und beschloss, dass die Zeit reif war, Mädchen Nummer eins die Augen zu öffnen. Sie fing an, mir mit ihrer Besessenheit auf die Nerven zu fallen.

„Küss ihn noch einmal, du Schlampe, und du wirst dir wünschen, nie geboren worden zu sein."

Darauf würde ich es ankommen lassen. „Unheimlich originell, Shelby."

„Hau ab aus meinem Club."

„Ich bin mit Freunden hier – und verlasse *Carters Club* zusammen mit ihnen."

Ihre Augen flimmerten wie verrückt, bei dem Versuch sich gewaltsam zusammenzureissen. „Das ist *meine* gottverdammte Clique!"

Ich spürte den Alkohol, roch ihre starke Fahne und wollte uns beide nicht in eine peinliche Situation bringen, also steckte ich mein Handy weg, schnappte meine Clutch, verabschiedete mich von ihr und ließ sie einfach stehen.

„Hey! Wohin?", rief sie mir nach und ich hörte ihre Schritte in dem gut isolierten Gang hinter mir schneller werden. Klack, klack, klack. „Hast du vor, dich hilfesuchend hinter Mamas Rockzipfel zu verstecken?

‚Buhu, die böse, böse Shelby lässt mich nicht in Ruhe!' Oh warte", das Klacken verhallte, „das geht gar nicht. Sie ist ja tot."

Das Blut gefror mir in den Adern.

Mir wurde schwarz vor Augen, ehe mein Herz plötzlich in diesem neuen, bedenklichen Rhythmus der Wut schlug, eisern und laut, den ich seit gestern im Footballstadion fürchtete.

Shelby fing indes an zu lachen. Ein piepsiges, ekelhaftes, Lachen, voller Triumph und Grausamkeit. Dieser Tropfen brachte das Fass zum Überlaufen – ich blieb ebenfalls stehen. Vorsichtig nahm ich einen tiefen Atemzug und drehte mich zu ihr um.

Den Gefallen würde ich ihr nicht tun.

„Das ist vielleicht dein Niveau Shelby, aber nicht meines."

Ihr Blick war durchtrieben.

„Vielleicht ist das aber auch besser", fuhr sie mit ihrer Rede unbeeindruckt fort, ohne mit der Wimper zu zucken. „Keine Mutter will mitansehen, was Verzweiflung aus ihrer ehrbaren Tochter macht."

Ich hätte von dannen ziehen sollen. Aber ich konnte es nicht.

Stattdessen breitete sich Zorn mit einer solchen Geschwindigkeit in mir aus, dass mein Körper unter dem Druck schmerzte. Hitze durchzog meine Eingeweide und verbrannte mich tief drinnen.

„Außer natürlich, besagte Tochter lernt das von ihrer *ehrbaren* Mutter."

„Halt gefälligst deinen Mund", erwiderte ich flüsternd und spürte, wie mein Armband wärmer wurde. Aus den dunkelsten Ecken des breiten Korridors sammelten sich erst schleierhaft, dann konkret große, dunkle Schatten und schlängelten sich wie Säulen unter meinem Blick geschlossen hinauf zur Decke. Dort angekommen verbanden sie sich zu einem riesigen, schweren Schwarm, der mich an Fledermäuse erinnerte und über unseren Köpfen geradewegs auf die Deckenmitte zuhielt. Zentimeterdick formierte sich die lichtlose Ansammlung, ihre lautlosen Flügel schlugen im Takt meines Verdrusses. Innerhalb von Sekunden war die fluoreszierende Decke nicht mehr zu erkennen und die Temperatur stieg.

„Ist das von Morgan?", fragte Shelby ungerührt und griff nach meiner Kette. Ich schlug ihre Hand weg und inhalierte dabei einen flüchtig-rauchigen Geruch, blickte erstaunt auf meine Innenfläche und erkannte rote Punkte, die sich zu einem Muster gruppierten, an der Stelle, wo am Freitag der Feuerstrahl entstanden war. Es war dasselbe Schema, dem die Schatten gefolgt waren: fledermausartige, frische Blutpunkte.

*Beruhige dich, Mimi.*

Mein Armband glühte stärker denn meine Handfläche.

„Das ist selbst mir neu", erklärte Shelby, ohne von alledem etwas mitzubekommen, ungewöhnlich heiter, während sich meine Rechte hinter meinem Rücken allmählich zur Faust ballte. Die Schatten gehorchten der Geste, rutschten augenblicklich näher zusammen und bildeten einen tödlichen Wirbel direkt über ihrem Kopf.

Meine Gedanken überschlugen sich.

*Morgan.*

Er musste irgendwo in der Nähe sein. Und er war der Einzige, der mich noch aufhalten konnte.

Es.

„Sag's nicht, Shelby."

„Oh, ich wollte nichts sagen. Außer einer Sache vielleicht, falls es dir bezüglich der Halskette nicht selbst aufgefallen ist: Du schläfst mit einem Mann und er schenkt dir dafür teuren Schmuck?", sie fuhr sich provokant mit der Zunge über die Lippen, legte den Zeigefinger drauf. „Wozu macht dich das genau? Einem Flittchen? Seiner Hure?"

Mich einmal kurz vergessen dürfen, war alles, was ich mir wünschte. Langsam öffnete ich die Hand und die Schatten sanken bis auf Zentimeter über sie.

„Wie redest du eigentlich mit meiner Freundin?"

Morgans donnernde Stimme durchschnitt augenblicklich meine Gedanken. Ich gefror, Gott sei Dank, mitten in der Bewegung – ebenso wie die Dunkelheit an der Decke. Seine Augen wurden eine für normale Menschen nicht wahrnehmbare Nuance dunkler, als er hinter ihr die Arme vor der Brust verschränkte. Shelbys Gesicht verzog sich zu einer befriedigten Grimasse, bis sie ihren Fehler bemerkte und zu ihm herumwirbelte.

„Du meintest *sie*?"

„*Selbstverständlich* meine ich Mimi."

Das war zu viel für das arme Mädchen. Sie verlor jegliche Selbstbeherrschung, ihr Körper zitterte vor Wut, ihr Mund klappte auf und zu, ehe sie sich darauf beschränkte, wild vor seinem Gesicht herumzufuchteln. „Tickst du nicht ganz sauber? Du mochtest sie nicht einmal!"

„Wer wüsste das, wenn nicht du?"

„Und wie ich das weiß! Ich kenne dich, Morgan –"

Er schnitt ihr geradewegs das Wort ab. „Dann *weißt* du ja auch, dass du dich in den nächsten Sekunden verziehen wirst. Und gewöhn dich daran, dass Mimi dazugehört."

„Bis du dich auch mit ihr langweilst."

Sein Blick wurde kalt. „Es gibt einen Punkt, Shelby, an dem Verhalten peinlich wird."

Meine Hand begann höllisch zu schmerzen, weshalb ich sie fester zur Faust ballte. Dankbar für dieses Ventil rammte ich mir die Fingernägel in die Haut, und das mit solcher Wucht, dass ich die kleinen Stiche spürte, die sie brutal aufrissen. Ein Zischen und der beißende Geruch frischer Brandverletzungen folgten.

Morgan schaute besorgt zu mir.

Ich hob meine andere Hand in seine Richtung und bedeutete ihm, sich nicht weiter einzumischen. Mein Körper rebellierte gegen die immense Anstrengung, die Flamme in mir zu unterdrücken, da wandte Shelby sich mir überrascht zu und ich trat einen Schritt näher. Offenbar hatte sie ganz vergessen, dass ich auch anwesend war.

Ich war mehr als gewillt, ihr Erinnerungsvermögen aufzufrischen.

Die Schatten über mir folgten meiner Bewegung, Morgan drehte augenblicklich seine Rechte mit der Innenfläche nach oben und schnippte. Das Geräusch verschwand im Musikwummern – und das Meer aus Schwarz verschluckte die Dunkelheit.

Shelby kniff trotzig die Lippen zusammen. Das Blut in meiner Hand vermischte sich mit Hitze und Schweiß.

„Du hältst mich für verzweifelt?“, meine Stimme klang nur entfernt nach mir, so bedrohlich und feindselig wie sie war. „Nicht *ich* bin es, die hier in Strapsen und Corsage steht und einem Typen nachstellt, der dich öfter abserviert hat und offensichtlich vergeben ist“, ich genoss die Unsicherheit in ihrem Blick, bevor ich fortfuhr. „Du hältst *mich* für verzweifelt? Geh und frag Johnny, warum er dich nachher mit nach Hause nehmen wird. Oder warte – ich erkläre es dir. Was vor mir steht, ist der traurige Abklatsch einer billigen, nuttigen Möchtegern-Domina, die mich an jemanden erinnert, der tagaus, tagein ebenso billig wie erbärmlich ist“, ich lachte herzlos. „Die Wahrheit ist, Shelby, dass du recht haben könntest – vielleicht bin ich wirklich eine, die mit Morgan schläft, damit er ihr teuren Schmuck kauft. Aber alles, was *du* jemals von Männern kriegen wirst, sind die Fünfdollarscheine, die sie dir in deinen String stecken, während du an einer Polestange für sie tanzt.“

„Das nimmst du zurück, du –“

„– und nur damit wir uns verstehen: Meine Mom mag tot sein, aber wenn ich sehe, was du gerade darstellst, wünschte ich mir im Sinne deiner Mutter, sie wäre es auch.“

Ein zufriedenes Lächeln bahnte sich den Weg auf mein Gesicht, zugleich ihre Augen leicht schimmerten.

„Habe ich etwas vergessen?“, fragte ich Morgan.

Er sah mich mit großen Augen an und schüttelte den Kopf.

„Ich denke nicht“, erklärte er schließlich mit einem breiten Grinsen. Shelby funkelte mich manisch an, ihre verbliebenen Sicherungen brannten offensichtlich gleich durch.

„Schön“, nickte ich und hielt ihm meine linke Hand hin. Er trat um seine Exfreundin herum, um sie zu ergreifen. Kaum verschränkten sich unsere Finger ineinander, kehrte das Leben in sie zurück.

„Das … du … ich …“, presste sie mühsam mit zittriger Stimme hervor. „Ich mach dich fertig, du kleine Schlampe.“

„Tu das“, lächelte ich und wollte direkt wieder zu ihr. Morgan hielt mich zurück.

„Nein. Sie ist es nicht wert.“

Mit diesen Worten lotste er mich an ihr vorbei und knallte sie grob gegen die Wand, sobald sie mich anspringen wollte.

„Was findest du nur an ihr?“, kreischte sie irre und lief uns zögerlich hinterher. „Zur Hölle mit dir! Mit euch! Mach nur, Mimi. Genieß die nächsten sieben Tage mit ihm. Denn genauso lange interessiert ihn eine Frau“, ihre Stimme wurde wegen der Musik unverständlich. „Ich habe deine Launen bereits häufig mitgemacht, Morgan! Hörst du? Du kommst wieder, du Scheißkerl! Und an dem Tag werde ich da sein.“

Seine Schultern bebten vor Lachen, er drehte sich ein letztes Mal zu ihr: „Viel Spaß beim Warten.“

Ohne auch nur ein einziges Mal zurückzublicken, ließ ich mich von ihm zurück in den VIP-Bereich führen, wo er weiterhin grinsend seine Jacke nahm. Die anderen waren bereits weg, lediglich die benutzten Gläser zeugten von ihrer früheren Präsenz sowie die vielen verschütteten Flaschen teuren Wodkas und Champagners. Mein Kopf wurde klarer, als er wieder meine Hand nahm.

„Was ich ihr an den Kopf geworfen habe, war echt abscheulich“, sagte ich schuldbewusst, nachdem wir den Saal durchquert und die Musik hinter uns gelassen hatten.

Im Gang vor der Garderobe blickte er sich um. „Es geschieht ihr recht. Sie zerreißt sich seit Wochen das Maul über dich.“

„Aber ich war derart ...“

„... plastisch?“

*Nuttig.*

*Billig.*

Polestange?!

Morgan sprach laut genug, dass ich ihn hören, aber ihn sonst niemand anderes verstehen konnte. „Das ist die Unterwelt – sie kitzelt deine dunklen Instinkte aus dir heraus.“

„Aber wir sind nicht in der Hölle.“

„Das müssen wir auch nicht sein. Sie vernetzt sich mit dir. Auf einer Unterbewusstseins-Ebene.“

Mir gefiel die Idee mäßig. „Was? Wie lange schon?“

„Seit dem Vorfall gestern mit Gabe. Das war das erste Mal, dass du puren, ungefilterten Emotionen ausgesetzt warst, die negativer Art sind. Du hast sie zugelassen und damit das Prozedere ausgelöst."

Unruhig schluckend, biss ich mir auf die Unterlippe. „Habt ihr mir nicht hoch und heilig versichert, die Hölle würde mich nicht verändern?"

„Dem ist auch so – du bist lediglich viel zu hart zu dir. Deine Verbindung zur Unterwelt bündelt nur Gefühle, die du in dir trägst. Sie erschafft keine neuen oder verwandelt gute in schlechte. In dem Moment, in dem sie auf deine Emotionen zugreift und sie intensiviert, hast du es in der Hand, den Ausgang zu steuern. Wie du eben eindrucksvoll bewiesen hast. Ich, Luke oder Jared, wir hätten uns an deiner Stelle nicht im Zaum gehalten. Du zügelst dich, Mimi. Das bestätigt deine Gutartigkeit."

Ich starrte auf eine Badekugel, die neben seinem Kopf an der Wand aufgemalt war, und dachte an die Tränen in Shelbys Augen. Morgan bugsierte mich behutsam in eine Seitennische und legte seine rechte Hand wortlos über meine. Neue Wärme flammte auf, intensiver, scharf wie geschliffene Messer, und ehe ich mich versah, war von den Zeichen meines Zorns oder den tiefen Schnitten nichts mehr übrig.

„Meine reinen, negativen Emotionen, die offen ausgelebt wurden, machen die Dinge zwischen mir und Shelby vermutlich nicht angenehmer", seufzte ich resigniert. Nach dem Abflachen meiner Nerven, fühlte sich mein Kopf schwer an.

„Vermutlich nicht", erwiderte er nachsichtig, „aber es hat demonstriert, dass die Armbänder funktionieren."

Schlagartig vergaß ich Mädchen Nummer eins.

*Das* war es also.

„Das ist es!" Mein Herz raste, ich lächelte ihn aufgeregt an. „Du hast es gefühlt, nicht wahr?"

„Und wie", erklärte er amüsiert und betrachtete sein Handgelenk. „Dad sagt, sie seien aus demselben Stoff gefertigt und wurden am Ende von den Disceptatori zerteilt. Dadurch existieren sie auch getrennt voneinander als Einheit."

„Der andere spürt anhand seines Armbandes, wenn einer von uns seine Kräfte einsetzt?"

„*Damit* einer von uns seine physischen Kräfte freisetzen kann, müssen – du hast es erfasst – *Emotionen* auf ihn einwirken, ganz egal welche, Hauptsache –"

„– negativer Art."

Er küsste meine geheilte Handfläche und nickte.

„Geschieht das, fängt das Blut sprichwörtlich an zu kochen – und das Armband überträgt diese Reaktion auf sein Pendant."

„Indem es diese innere Wärme des Betroffenen abgibt?“
„Exakt.“
„Das heißt, ich kann sauer werden, ohne dass du es merkst – solange es nicht wie eben in Jähzorn umschlägt.“
„Abneigung in Hass, Ekel in Abscheu, Besorgnis in Angst, Traurigkeit in Kummer“, komplettierte er.
„Mit den positiven Gefühlen funktioniert das nicht?“
„Das wäre die andere Seite“, lächelte er und wies mit dem Zeigefinger nach oben.
Ich schaute von ihm zu dem Paar, das soeben engumschlungen zu seiner eigenen Musik an uns vorbeitanzte und fühlte mein Herz paradoxerweise leicht werden.
Seufzend zog ich sein Gesicht zu mir und küsste ihn leidenschaftlich.
„Wofür war der?“, fragte er, als ich einen weiteren Kuss auf seine Lippen platzierte.
„Für meinen tollen Freund, der nicht nur meine Ehre verteidigt, sondern mich auch meisterlich von meinen Sorgen abgelenkt hat.“
„Hmmm“, raunte er und drängte mich gegen die Wand, hob mich hoch, meine Beine umschlangen automatisch seine Mitte. Er benetzte meinen Nacken mit winzigen Küssen.
„Ich mache es toll?“
„Hmmm-mmm“, stöhnte ich, „ausgezeichnet.“
„Dieser Beziehungskram ist gar nicht übel“, verkündete er an meiner Haut und biss zärtlich hinein, seine Daumen strichen über meine Brüste, meine Hände legten sich um seine Schultern und führten seinen Mund an meinen, wo seine Zunge mit Hingabe meine triezte. Instinktiv spreizte ich die Beine weiter und er trat vor und schloss den letzten verbliebenen Abstand.
Die Hitze seiner Haut brannte an den Stellen, die er berührte. Seine Finger glitten an meine entblößten Oberschenkel.
„Vielmehr stellt sich gerade heraus, dass ich auf Beziehungen stehe“, sein Lächeln wurde zweideutig. In dem Moment begann sein Handy zu vibrieren.
„Wir sollten aufhören“, hörte ich mich atemlos sagen.
„Auf keinen Fall.“
„Stopp“, kicherte ich, weil das Klingeln lauter wurde und hielt seine Hände fest. Er ließ mich nur teilweise los und fischte sein Handy hervor. Ich küsste sein Kinn, während er es hochhielt. Nach einem schnellen Blick aufs Display erklärte er: „Murray ist da.“
Sofort hielt ich inne. „Wir fahren heim?“
Morgan nickte sanft, die Enttäuschung auf meinem Gesicht vermutlich sichtbar. „Das war ein langer Tag für dich und neben der Tatsache,

dass es morgen weitergehen wird, wirst du diese Nacht auch kaum schlafen. Also: Ja, wir gehen. Du gehörst ins Bett."

Er seufzte, setzte mich widerwillig ab, nahm mein Gesicht in die Hände und küsste mich eilig ein letztes Mal, bevor wir hinaus in die kühle Nacht liefen, wo die anderen bereits warteten. Seine Stimme war verräterisch heiser, doch er ergänzte: „Vergiss nicht, ich bin ein toller, fester Freund."

*Überlass es Morgan, mich mit einer Aussage um den Finger zu wickeln.*

Lächelnd lenkte ich ein und lehnte den Kopf an seine Schulter. „Okay."

„Was machst du?"

„Mich an dir festhalten."

Morgan lachte auf. „Nicht das. Dein Ausdruck, du siehst – trotzig aus. Woran denkst du?"

„‚Mein Freund.' Das klingt wundervoll."

„Nicht wahr?"

Nun war es an mir aufzulachen. „Eine kleine Warnung. Du bist nicht der Einzige in dieser Beziehung, der auf Herausforderungen steht."

„Bedeutet?"

„Hast du geglaubt, mir entgeht dein Unglaube jedes Mal, wenn du das sagst? Ich werde dir beweisen, dass eine Beziehung Spaß und Geborgenheit bedeutet. Nicht das Ende der Welt."

„Vorsicht, Mimi. Das mag vergebene Liebesmühe sein."

„Weil du schon etliche hattest?"

Er drehte mich und legte mir den Arm auf den Rücken, um mich beim Gehen sanft zu stützen.

Drew und Brooke standen etwas abseits, sie hatte sich zu ihm in die warme Footballjacke gekuschelt, er strich ihr soeben eine Strähne aus den Augen. Ich freute mich für die beiden.

Morgan ignorierte sie dezent und ich trat zu Dana.

„Wo ist Connor?"

Sie zeigte in die Dunkelheit, in der ich mit etwas Mühe die Umrisse mehrerer schwarzer geparkter Wagen ausmachen konnte. „Schläft."

„Hat jetzt jeder seinen Fahrer?", fragte Morgan und legte mir seine Jacke um die Schultern, weil die Luft auf meiner erhitzten Haut anfing, mir Gänsehaut zu verursachen.

„Tim", sagte Jared und kniff seiner Begleitung ins Hinterteil. Sie wurde rot und schmachtete sein Profil an, als hätte sie soeben einen Pokal überreicht bekommen.

„Dave", erklärte Luke.

Dana stöhnte. „Wir nehmen Morton."

„Nehmt ihr Morton, kriege ich Rob", schloss Matt.

Morgan zwinkerte mir zu. „Brooke", rief er, „in einer halben Stunde bist du daheim!"

Sie nickte und er wartete, bis Drew dasselbe tat.
Scheinwerfer leuchteten nacheinander in unterschiedlichster Art auf und die Jungs setzten sich zielsicher in Bewegung.
„Danke, dass wir hergekommen sind“, erklärte ich ihm und unterdrückte ein Gähnen. Er rubbelte die Hände über seiner Jacke und grinste.
„Hast du dich wohlgefühlt?“
„Sehr!“
„Somit hatten wir beide was davon.“
„Spielst du etwa gerade vor *mir* ungeniert auf die durchsichtigen Shirts der Bedienungen an?“ Ich stupste ihn und er lachte, während ich mich fragte, wie viel Carter bezahlte, dass er es sich leisten konnte, nur Frauen einzustellen, die Modelmaße hatten und die auch noch ohne BHs in engen weißen Shirts bedienten, die um Schlag Mitternacht nass wurden.
„Mein Motiv war definitiv selbstsüchtiger. Ich wollte klarstellen, zu wem du gehörst.“
„Okay“, ich dachte an Johnny und lächelte. „Frau kann Mann sagen, dass Mann die Kerle im Umkreis von Meilen um Frau eingeschüchtert hat.“
Morgan drückte meine Hand. „Mann zufrieden.“
Kaum bei dem Wagen angekommen, stieg Murray aus und öffnete die hintere Tür. Er starrte mich lange an, bis ich ihn freundlich grüßte, er sich fing und die Augen niederschlug. Morgan half mir hinein.
Ungewöhnlich in sich gekehrt.
„Was beschäftigt dich gerade?“
„Die kommenden Aussichten.“
„Hmm?“, fragte ich ihn und rutschte auf, nachdem die Tür hinter Morgan geschlossen wurde. Er legte den Arm um mich und ich meinen Kopf an seine Schulter. Murray joggte derweil um das Auto.
„Wenn das ein Sneakpeak war, dämmert mir langsam, wieso Drew jetzt erleichtert ist.“
Neugierig blinzelte ich hoch. Sein Finger glitt unter mein Kinn und ich vergaß alles beim Blick in seine Augen. Er seufzte und beugte sich vor, um mich zu küssen. Als er wieder aufschaute, beobachtete ich ihn aufmerksam.
„Was hat Drew damit zu tun?“
Morgan unterdrückte ein Lachen, das seine Lippen verrieten. „Er hat dich offiziell zu meinem ‚Problem‘ erklärt.“
Das Auto fuhr an und leise Musik erklang. „Mir war nicht bewusst, dass ich jemandes Problem bin.“
„Er warnte mich, dass du das nicht verstehen würdest.“

Frustriert legte ich den Kopf in den Nacken. Erst hassen sie sich und jetzt reden sie über mich, als seien sie Verschworene?

„Worum geht's gerade noch mal?"

„Um deine unwiderstehliche Ausstrahlung, Mimi, und warum sie das andere Geschlecht anzieht wie Motten das Licht. Deine Augen", er küsste meine Lider, „deine Haare", verspielt drehte er eine Strähne zwischen seine Finger, „deine Lippen", er legte mir die Strähne hinters Ohr und strich vorsichtig über meinen Mund, „deinen Körper und dein Gesicht. Drew hat mir erklärt, dass du gut darin bist, dir Jungs vom Leib zu halten –"

„– also warum dann –"

„– falls du bemerkst, dass sie dir nachstellen."

Meine Finger fuhren über meine Lippen, die noch von seiner Berührung prickelten, indes ich nachdachte. Es stimmte durchaus, dass ich selten bemerkte, wie mich Jungs ansahen, andererseits verstand ich auch nicht, was sie in mir erkannten. Stand ich vor dem Spiegel, machte ich zwei Augen, eine Nase und einen Mund aus, Arme und Beine.

„Seit wann hörst du auf Drew?"

„Ich habe seinem Urteilsvermögen immer vertraut", erwiderte er lässig. „Er hat Intuition auf dem Feld. Brooke zuvorkommend behandelt. Außerdem kann er kein schlechter Mensch sein, bedenkt man, wen er als beste Freundin hat."

Mein Stirnrunzeln wurde ausgeprägter. Morgan entging das nicht.

„Mimi, ich sehe endlich ein, dass ihr nicht *so* füreinander empfindet. Genau genommen habe ich sogar eingesehen, für wen ihr so empfindet."

„Teilen sich die beiden Glückspilze zufällig einen Nachnamen?"

„Tatsächlich tun sie das", grinste er erfreut.

Ich seufzte schwer.

„Was muss ich tun, damit du mich anlächelst?"

Morgans Stimme holte mich in die Gegenwart zurück. Auf seinem Gesicht tanzte ein amüsiertes Lächeln. Es war schwer, sich nicht davon anstecken zu lassen, also versuchte ich es auch nicht und erwiderte postwendend. „Gar nichts."

***********************************

Eine Dreiviertelstunde später suchte ich mein Schlafshirt und konnte mich beim besten Willen nicht erinnern, wo ich es gelassen haben könnte. Kurzerhand klaute ich ihm seins und stieg träge ins Bett. Mit dem „Herrn der Ringe" bewaffnet stützte ich mich auf die Ellbogen und begann zu lesen, fest entschlossen, auf ihn zu warten, bis er den klebrigen Schaum aus seinem Haar gewaschen hatte, doch bereits beim ersten Umblättern verschwamm die Schrift vor meinen Augen zu einem Buchstabenbrei. Meine Arme wurden schwer und ich drehte mich auf den Rücken und klatschte so lange in die Hände, bis die Helligkeit im Zimmer auf Dämmerungslicht heruntergefahren war, schnappte mir Morgans Kissen und las weiter. Vier Absätze später fuhr ein Auto die Auffahrt hoch und ich hätte darauf gewettet, dass Drew Brooke heimbrachte.

Es dauerte, bis der Motor wieder angelassen wurde und sie sich endlich verabschiedet hatten. Ich stellte mir Brookes Strahlen bildlich vor, wie sie ihm hinterhersah. Mit einem Lächeln auf den Lippen schloss ich die Augen, drehte mich zur Seite und kuschelte mich zufrieden an Morgans Kissen. Konzentrierte mich auf seinen Geruch, die Geräusche des Hauses, das leise Summen einer Stromleitung, den Wind, der um die Außenfassade peitschte und Brookes Schritte auf dem Gang, als sie zu ihrem Zimmer schlich.

Das Nächste was ich wahrnahm war weit weg und gedämpft, es hätte auch ein Traum sein können. Eine Tür, die beinahe lautlos zugemacht wurde, ein gleitendes Geräusch, das folgte, und schließlich das Rascheln der Laken. Jemand beugte sich über mich und fischte das Buch aus meiner Hand. Die Dunkelheit konnte ich nicht sehen, aber ich wusste, dass sie sich auf mich legte, sobald die hellen Punkte hinter meinen Lidern verschwanden. Morgan vergrub sein Gesicht in mein feuchtes Haar und atmete tief ein. Er presste seinen Oberkörper an meinen Rücken und sandte Hitze durch mich hindurch, die mich ermahnte, wer er war, ehe mein Körper sie annahm und abkühlte. Ich hörte ihn zufrieden seufzen und rutschte weiter zu ihm auf, liebte es ihn zu spüren. Leise wünschte er mir schöne Träume.

„Du hast lange gebraucht“, murmelte ich ins Kissen, „das Bett fühlt sich leer an ohne dich.“

Er lachte und ich zog seine Arme enger um mich, atmete seinen Geruch ein und entschwand gleichzeitig tiefer in absoluten Frieden.

„Nächstes Mal duschst du wieder mit mir zusammen“, erwiderte er müde an meinem Nacken und küsste ihn, bevor er sein Bein um meins schlang.

„Okay, gute Nacht.“

„Gute Nacht, Mimi“, wiederholte er und ich fühlte ihn lächeln. Ich küsste seinen Arm und entglitt sanft in einen Sog aus Schwärze und Stille.

Hitze brannte auf meiner Haut, da es plötzlich wieder hell wurde.

Ich zwang mich dazu, die Augen zu öffnen, und blinzelte: Wasser umspülte meine Beine.

# *Kapitel 13*

„Eine Führung gefällig?“

Brooke tauchte hinter mir auf, schaute an mir vorbei in die tief stehende Sonne. Vor uns spülten feine Wellen Wasser an einen Strand mit rotsilbernem Sand, der von dem Sonnenschein nicht nur warm war, sondern geradezu matt glänzte, ähnlich angelaufenem Messing.

„Hier hast du schon gestern auf mich gewartet?“, fragte ich und fuhr mit der Hand vorsichtig über ihren rechten Arm, auf dem ein rautenförmiger Ausschnitt in ihrem schwarzen Kleid das Omega-Zeichen preisgab.

„Vergeblich“, nickte sie und ihre Augen funkelten, als ich nun an mir selbst herabblickte und den Schimmer des grünen Stoffes begutachtete. Er lag mir an, bildete eine zweite, kühlende Haut. Die Gischt umspülte meine Füße und fühlte sich so real an wie die Sonnenstrahlen.

„Träume ich?“

„Du schläfst zwar – aber das ist Wirklichkeit.“

„Wie ist das möglich?“

Ihre Hände breiteten sich aus und schlossen dabei die gesamte Umgebung mit ein. „Durch Stratigrafie. Die Erde besteht aus verschiedenen Ebenen. Für Menschen ist es simpel, logisch: Bergspitzen stellen die höchsten, der Meeresgrund die tiefsten dar. Für uns geht das Ganze weiter. Das Himmelreich ist die entfernteste höchste Ebene, das Reich meines Vaters die niedrigste. Sie existieren alle – und so wie du nur bei Bewusstsein den Mount Everest besteigen kannst, schaffst du es nur bei Bewusstsein in den Vorhof.“

„Wie viele Seelen befinden sich gerade darin?“

Ganz sicher rechnete ich nicht damit, dass sie mir das genau beantworten konnte. Aber Brooke legte den Kopf in den Nacken und begann zu summen. Bei näherem Hinhören verstand ich, dass sie einfach nur sehr schnell redete:

*Sheila, Taylor, Ben, Christian …*

Sie zählte auf.

Ein feiner Glanz verteilte sich dabei auf ihre Kleidung, dann flatterten ihre Augenlider wild, bis sie schließlich aufgerissen wurden und sie verstummte.

„511“, ihre Stimme wirkte belegt. „Exklusive Ewiges Feuer.“

Aufgeregt, fasziniert wollte ich nachfragen, ob sie wüsste, wo diese Menschen sich im Augenblick in der Unterwelt befanden, durch wessen Einwirkung sie letztlich sterben würden und warum. Doch nachdem sie die Hand hob, verpufften meine Gedanken.

„515."

Deprimiert kratzte ich mir den Nasenrücken. 515 Seelen, denen Höllenhunde oder apokalyptische Reiter an den Fersen klebten. Die Zahl geisterte in meinem Bewußtsein herum, Mitleid und Faszination vermischten sich in mir. Ich bemerkte ihre Lider erneut elektrisiert zucken, wollte ablenken, bevor sie die Nummer der Armen erneut aktualisieren konnte. Gedankenversunken wanderte mein Blick aufs Meer. Weit und breit nur ruhiges Wasser.

*Ein besseres Thema*, entschied ich. „Hat das Meer einen Namen?"

„Es ist das Meer der Tränen."

Quasi zur Bestätigung ertönten tränenerstickte Schreie hinter, über, neben uns. Rufe, verzweifelt und voller Schmerz, schufen eine andersartige, einzigartige Welle, die meine Knöchel umspülte.

„Ruhe", sagte Brooke und plötzlich verdrängte das Geräusch von Meeresbrandung die Schreie ins Nichts.

„Kein Latein?"

„Nur im Beisein der Fünfer."

„Fünfer?", schüttelte ich fragend den Kopf.

„Oh, das ist eine Marotte unsererseits, die auch geografischen Ursprung hat. Meine Mom hat uns früher etliche Eselsbrücken gebaut, um die signifikantesten Parameter der Hölle spielend zu erlernen. Sie waren prägnant, aber auch lustig – kindgerecht eben."

Ihr Lächeln richtete sich auf eine schwarz glänzende Muschelschale, die vor unseren Augen zu einem weglaufenden Krebs wurde. Wir folgten ihm auf seinem Weg ins Nass, worin er hastig verschwand. Erst nachdem die Wasseroberfläche sich beruhigte, fiel ihr ein, dass sie ihren Gedanken unterbrochen hatte. „Unterteilt man das Planeteninnere in die wichtigsten Abstufungen, ist die fünfte Schale der Erde – ausgehend vom Kern – die Erdkruste. Sprich die Erdoberfläche, auf der die Menschen leben."

„Ihr nennt Menschen Fünfer?"

„Der Begriff ist oben ebenfalls geläufig." Sie grinste, während mein Blick automatisch zum Himmel ging, selbst wenn ich jetzt wusste, dass er etliche Ebenen weit entfernt war und die Kopie vor meinen Augen nichts Jenseitiges an sich hatte. „Natürlich wird er offiziell nicht verwendet, da er eine ‚respektlose Wertung' beinhaltet – zumindest gemäß dem Urteil des Erzengelrats."

„Aber in der realen Welt kommunizieren wir auf Latein mit Bewohnern der Hölle?"

„Befinden wir uns unter Menschen, geschieht jegliche Art der Intervention in der Sprache der Disceptatori, hier in der Unterwelt spielt sie hingegen keine Rolle. Du könntest auch auf Französisch, Rumänisch oder Swahili reden, jede Sprache wird verstanden."

„Die Hölle – ein multikultureller Ort", witzelte ich schwach.

„International wie ihre Sünder. Und trotzdem werden sie vor denselben Richter geführt."

Meine rechte Hand brannte und verlor unerwartete jegliches Gefühl in den Gliedern, worauf mein Körper prompt reagierte indem er mich vornüberfallen ließ. Im letzten Moment fing ich mich und ruderte zurück.

Ein roter Funkenschauer flog um meinen Arm. Ich sprang weg, doch er folgte mir wie ein Bienenschwarm, summend und tanzend um meine rechte Hand.

„Was ist das?"

„Deine Ausrüstung."

*Lichter?*

„Es sind Funken der Hoffnung. Sie gehören zu denjenigen Sündern, die sich im Zweifel befinden."

„Sünder, die aktuell leben?"

Brooke bejahte. „Uns infolge dessen durch die Lappen gehen könnten."

Die Formation verharrte in einer Schleife, streckte sich zu einem starren Strich und hing schließlich an einem Ende lose herab. Vorsichtig öffnete ich die Hand und die Funken legten sich wärmend hinein.

„Eine Peitsche?"

„Was bringt die stärkste Form der Hoffnung hervor?"

„Mut?"

„Fällt dir mehr ein?"

Ich umschloss meine Waffe fest und bewegte sie über meinem Kopf und nach vorn in die Luft, folgte dem Fluss der Funken. Sie wurde lang und dünn und knallte wie der hellste Donner. „Kampfgeist."

„Die Peitsche gehört zu dir wie die Kutte zu Morgan und die Zeichen zu mir. Bald schon wird sie ein Teil deines überirdischen Seins."

„Unterrichten mich die Jungs auch darin?"

„Nein. Der Umgang ist dir natürlich gegeben."

„Wann soll ich sie einsetzen?"

„Wann dir danach ist. Zögere nicht, vertraue jeder Eingebung. Intuition lügt nicht. Bis dahin gewöhne dich an ihre Beschaffenheit und ihr Gewicht."

Ich befahl meiner neuen Waffe, sich kleinzumachen und rollte sie über die Schulter.

Mit einem Nicken deutete sie nun auf das Meer.

„Der Vorhof ist an seinen Seiten von Wasser umgeben“, fuhr sie mit ihrer Einweisung fort und bedeutete mir, ihr zu folgen, „zum einen, weil es früher der reguläre Transportweg ankommender Seelen war, zum anderen, damit diese, erst gefangen, nicht entkommen können– sollten die Höllenhunde oder Reiter sie aus irgendeinem Grund nicht rechtzeitig ausfindig machen.“

Wir schlenderten Seite an Seite mit den Füßen im Wasser zum weißen Schloss, das majestätisch auf einer kleinen Kuppel thronte. Der massive Bau bestand aus einem fremdartigen Gestein, das die Sonnenstrahlen zu reflektieren imstande war. Er ragte mit seinen beiden Türmen, die sich auf der Meeresoberfläche spiegelten, endlos ins Firmament. Betrachtete man die Fassade länger, fiel auf, dass sie sich verwandelte – in kleinen, unscheinbaren Schritten. Hier verschwand ein Fenster, da entstand eine Treppe. Das Wasser projizierte seine wehenden Flaggen, die auf den Turmspitzen thronten, aber sobald ich den Blick auf das Schloss selbst richtete, flatterten sie bereits über dem Eingang. Das Vegard'sche Emblem als Symbol des Hausherrn war allgegenwärtig.

Sternschnuppen flimmerten über unseren Köpfen und ich roch den Duft von Blumen. Wären nicht die Hitze, Schreie, der blutdurchtränkte Sand und die entfernten Huftritte gewesen, es hätte eine Szene aus einem Reisekatalog sein können.

„Du bist Empathin?“, fragte ich sie gespannt geradeheraus. „Ich meine, deine Mom und Morgan haben erzählt, dass sie durch dich am eigenen Leib erfahren konnten, welche Schmerzen die letzten Wochen über auf mich eingewirkt haben. Und eben schienst du die Qualen jener 515 Seelen zu spüren.“

„Man kann sagen, ich erfülle mehrere Funktionen. Alle speisen sich aus einer Quelle“, sie schenkte mir ein herzliches Lächeln. „Mein hauptsächlicher Daseinszweck ist es, Interaktionen zwischen dieser Welt“, sie verwies auf ihre Kleidung und die schwarzen Symbole auf ihrer Haut – Alpha, Omega, Kreise – leuchteten wie Diamanten, „und den Disceptatori zu ermöglichen. Ich bin ihr Sprachrohr.“

„Eine Hohepriesterin?“

„Mythisch, praktisch, gut, ich.“ Ich erwiderte ihr Lächeln. „Als Frau steht es mir nicht zu, aktiv in die Unterwelt einzugreifen, aber ich darf helfen. Die Verwaltung der Bücher und Verträge obliegt seit Kurzem mir und ja, die Disceptatori schenkten mir auch die Gabe der Empathie.“

„Sie kommunizieren mit dir?“

„Sollten es die Umstände gebieten“, spezifizierte sie, „bemächtigen sie sich meiner Seele.“

„Darum hast du mich am Mittwoch in der Schule angesprochen und eingeweiht!“ Meine Stimme überschlug sich förmlich.

„Es ist an der Zeit gewesen.“

„Hat mein letztes Armband deshalb öfter geleuchtet?“

„Sein Leuchten hatte eher mit dem Bekenntnis zu der Sache zu tun. Es sollte dir in ausgewählten Situationen Kraft geben. Außerdem“, sie sah mich bedeutungsvoll an, „zeigte dir das Armband dadurch, dass deine Kräfte heranreifen.“

Während wir uns unterhielten, kam auch der Garten der Genüsse näher. Obwohl wir ein gemütliches Tempo wählten, erreichten wir den zu Beginn lediglich durch Umrisse erkennbaren Ort binnen Minuten.

„Wozu dieses Kleid?“, fragte ich sie und zupfte an meinem Saum, „ich meine, *deins* macht Sinn. Aufgrund deines Hohepriesterin-Status stehst du für den Anfang und das Ende, den ewigen Kreis des Lebens …“

„Was sind das für Aspekte?“

„Hauptsächlich religiöse.“

Brooke hielt auf eine der zahlreichen Pforten des Gartens zu und der Geruch von Pollen, Früchten und Blüten setzte sich in meiner Nase fest.

„Richtig“, lobte sie meine Bemerkung. „Himmel und Hölle sind beides religiöse Instanzen, die Symbole beziehen sich darauf. Du bist römisch-katholisch getauft worden. Wofür steht Grün im Christentum?“

„Grün ist die Farbe der Auferstehung“, überschlug ich laut denkend. „Hauptsächlich die Jesu Christi, aber im weitesten Sinne verweist Grün auch auf die Auferweckung der Toten für das letzte Gericht.“

„Ausgezeichnet“, verkündete sie mit einem stolzen Lächeln und stoppte uns vor dem Eingang. „Somit ist dein Kleid das Symbol prophetischen und apokalyptischen Schaffens. Prophetisch, weil du von den Disceptatori ausgewählt wurdest, und apokalyptisch, weil du in der Lage bist, das Gleichgewicht zwischen Gut und Böse empfindlich zu gefährden.“

„Du meinst, wie am Freitag mit Morgan und Gabriel?“

Sie lächelte erneut, nahm meine Hand und drückte sie bekräftigend, ehe wir die grüne Oase betraten. Der Garten war genauso, wie ich ihn in Erinnerung hatte, und doch erkannte ich ihn kaum wieder. Wir liefen auf eine Felswand zu, den Ausgang, durch den Morgan mich beim ersten Aufeinandertreffen hinausgezerrt hatte.

„Er hat sich in der Tat verändert“, sprach Brooke nachdem sie mein Gesicht beobachtete und bog ab. „Warte, ich zeige es dir“, sie beugte sich zu einem bunten Rosenbeet und riss eine weiße Blüte ab. „Hier ist sämtliches ständig im Wandel. Nehmen wir diese Blume – sie war gestern vertrocknet."

Gerade da ich sie anfassen wollte, stand sie auf und zog mich weiter, einen engen Pfad entlang. „Am deutlichsten wird es aber hierbei", erklärte sie mir fröhlich, bevor wir um die Ecke bogen und uns im Zentrum des Gartens befanden, bei dem verfallenen Engelbrunnen.

Da wo letztes Mal verwitterte und verkommene Steine das Wasserreservoir ausmachten, bestand der Zierbrunnen nun aus poliertem Marmor, der wie neu anmutete. Schwarze Linien durchzogen den hellen Stein und ließen ihn prächtig glänzen, das Wasserspiel plätscherte in eleganten Fontänen gen Himmel wo sich das Licht in jedem einzelnen Tropfen brach.

„Wunderschön", wisperte ich und trat näher, streckte meine rechte Hand aus, um an dem wertvollen Material entlangzufahren, welches eine angenehme Kälte abstrahlte. Kaum hatte ich einen Schritt gemacht, entdeckte ich die Augen einer Engelstatue und musste zweimal hinschauen.

Aus den traurigen Kindergesichtern waren strahlende geworden, die ihre runden Backen genüsslich der Sonne entgegenstreckten. Entzückt fuhr ich einem Engel über die

Wange – er drehte den Kopf und schmiegte ihn in meine Hand. „Was ist passiert?"

„Erinnerst du dich an deine ersten Stunden hier? Die Nacht deines Geburtstags?"

Wie hätte ich das vergessen können?

In dem Garten hatte ich mich versteckt, hier unterhielten Morgan und ich uns zum ersten Mal. Es war verfallen und düster gewesen, der Brunnen in einem desolaten Zustand. Selbst das Wetter war miserabel.

Dämmerung brach über der Nacht meiner Ahnungslosigkeit herein und ich sog die Luft ein.

„Der Zustand des Vorhofes passt sich Morgans Befinden an?!"

„Eigentlich an das meines Vaters. Aber mein Bruder übernimmt mehr und mehr", antwortete sie und riss eine Blume ab. Augenblicklich entstand eine neue, während sie sich ihre ins Haar steckte, „wie man unschwer erkennen kann."

„Aber das würde bedeuten", ich befeuchtete meine Lippen, um mir einige Sekunden Zeit zu verschaffen und den Gedanken zu verarbeiten, „der Vorhof … lebt?"

Sie bedachte mich mit einem vielsagenden Blick, der ihre Augen in funkelnde Edelsteine verwandelte.

„Wünsch dich in die Bibliothek", sagte sie, als mein Herz sich langsam beruhigte. Ich ließ den Engel los, der sich wieder in seine

Ausgangsposition begab, und konzentrierte mich. Ihre Hand lag auf meinem Arm und wurde schlagartig kalt. Nein, nicht sie, *mir*. Brooke klatschte leise in die Hände und ich blinzelte und trat meinerseits zurück.

„Voilà!"

Wir standen im Inneren der Höhle.

„Habe ich was falsch gemacht?", fragte ich skeptisch.

Vor uns befand sich eine braune, poröse Steinwand, die sich in ihre Umgebung aus Erde nahtlos eingefügt hatte. Brooke verneinte und wies auf einen Teil der Wand zu ihrer linken Seite, der im Vergleich dunkler und fester war. Unsicher stellte ich mich davor. Vor meinen erstaunten Augen erschien auf Schulterhöhe ein rechter Handabdruck im Gestein.

„Wahrscheinlich wird es sich unter deiner Haut erwärmen. Das hat nichts zu bedeuten. Ich möchte, dass du sie genau dort lässt, bis ich meine wegnehme, ok?"

„Alles klar."

Brooke legte ihre Linke schwebend über einen weiteren Abdruck und wartete, bis ich meine Hand Zentimeter über meinem positioniert hatte. Sobald sie nickte, drückte ich meine Hand hinein.

Sie passte perfekt.

„Öffnen", sprach sie und mit einem schweren Ächzen des Raumes erhitzte sich die raue Oberfläche, bis schließlich die ganze Wand von feinen goldenen Fäden durchzogen und zu Funken wurde, die verglühten. Sie fielen mir durch die Finger auf meine Füße und gaben im Anschluss den Blick auf einen unbegreiflich großen taghellen Raum frei, der mit Regalen vollgestellt war. Mehrere Bögen schmückten die Decke und schufen Sektionen, in denen sich Buch an Buch an Buch aneinanderreihte, und Bereiche mit Glasvitrinen voller Papierrollen. Ich konnte das Ende der Bibliothek mit bloßem Auge nicht erkennen. Brooke gewährte mir Vortritt in den Raum, in dem die Luft voll von Ledergerüchen hing. Überwältigt sah ich mich um: Die Bücher wirkten wie genormte Werkausgaben – alt, schwer und mit ledernem Einband.

Aus den Augenwinkeln nahm ich eine fließende Bewegung wahr und drehte den Kopf dorthin.

Eine rote, zähe Flüssigkeit tränkte die Wände und malte feine Flüsse darauf, die ewig nachkamen, sobald sie unten im Boden versickerten.

„Das Blut der Brennenden. Hier entlang", erklärte Brooke und deutete nach rechts.

Gemeinsam durchschritten wir den an beiden Seiten von Kerzen beleuchteten Mittelgang. Auf dem lehmigen, von Nebelschwaden überzogenen Boden war in regelmäßigen Abständen das Symbol des

Allsehenden Auges gegen den dunklen Hintergrund eingelassen. Brooke vermied es draufzutreten und ich tat es ihr nach. Sie gab mir genug Zeit, um mich umzublicken, und blieb vor einem vollgestellten Regal stehen.

„Was du ausmachst, ist ein Teil meiner Aufgaben – die Ordnung sämtlicher Bücher des Lebens wahren. Wie meine Eltern dir bereits erklärt haben, befindet sich in ihrem Inneren“, sie nahm eins der Werke hinaus und strich über die glatte Oberfläche, „die Lebensgeschichte jeweils eines Menschen – von der es insgesamt zwei Kopien gibt.“

„Die andere befindet sich im Himmel“, ergänzte ich und studierte die Ausgabe in ihrer Hand. „Diese ist versiegelt. Das heißt, der Mensch ist verstorben?“

„Was fällt dir noch auf?“, überging sie meine Frage.

„Sie sind gleich dick“, sagte ich und nahm das Buch, das sie mir behutsam reichte. Es war schwer und leicht zugleich. Brooke lächelte mich aufmunternd an. „Das müssen sie sein. Zur Geburt hat jedermann dieselbe Chance, alt und glücklich zu werden.“

Unter meiner Berührung begann sich das Cover des Buches zu verändern. In der Mitte, platziert in einem dezenten Rahmen, kristallisierte sich mit schnellen Zügen ein scherenschnittartiges Bild heraus. Als hätte mich das Leder verbrannt, ließ ich den Band fallen.

Brooke reagierte geistesgegenwärtig und fing ihn auf.

Ein Gesicht strahlte mir auf dem Cover plötzlich entgegen.

*Mein* Gesicht.

„Schlag es auf“, schlug sie vor und reichte es mir mit hochgezogenen Augenbrauen zurück. Das Siegel war gebrochen.

„Darf ich das denn?“

„Ich erlaube es.“

Aber wollte ich das überhaupt?

Ohne großartig darüber nachzudenken, zählte ich rückwärts von drei bis eins und blätterte um.

„Melody Isobel Campbell“ stand silbern auf der ersten Seite geschrieben.

Brooke trat neben mich und legte mir ihren Arm bekräftigend um die Schulter. Ich blätterte von Unsicherheit und Neugier getrieben weiter. Wie bei einem Roman gliederte sich der Text ab der zweiten Seite in Kapitel.

Unter „16.9.1996“ standen Details zu meiner Geburt. Ich überflog den Inhalt, der mich als Baby beschrieb, mir Eigenschaften zuordnete und erste Prognosen lieferte. Im selben Modus überflog ich auch die nächsten Seiten. Die schwarze Tinte hatte akribisch festgehalten, was ich wann getan, vollbracht, gemieden hatte und inwiefern das

Auswirkungen auf meine Person und mein Leben nach sich zog. Von einer inneren Unruhe ergriffen schlug ich hastig vor bis zum 16.9.2014.

Der Text brach mitten im Satz ab, der Rest war leer. Ich blätterte weiter. Nichts. Weiß.

Erhofft sich Schutz vor dem Bösen und wendet sich nichts wissend demselben zu, in die Tiefe, ihm nach. Der vierbeinige Tod auf ihren Fersen zögert und gehorcht, überrumpelt vom schwarzen Prinzen, der in Melody seine Gefährtin erkennt und entsprechend handelt. Seine Entscheidung ist deren Willkür unterlegen dadurch wählt er sie und erfüllt deren Pakt. Vorbei –

„Vorbei", wiederholte ich dumpf. Überwältigt blickte ich auf in ein paar verständnisvolle blaue Augen und fragte sie und auch mich: „Wo steht der Rest?"

„Es gibt keinen Rest. Das Buch des Lebens dokumentiert das *Menschen*dasein."

„Natürlich", erwiderte ich zu sachlich und reichte es ihr zurück.

Nachdem Brooke es zurückgeräumt hatte, schwieg sie längere Zeit. Der Gang führte uns weiter in die Tiefe der Bibliothek, auf dessen Seiten ich die kostbaren Schätze bestaunte, die in den Regalen standen und so viele Geschichten zu erzählen hatten. War eins versiegelt, hoffte ich, dass die entsprechende Person aufgefahren war, war es das nicht, betete ich, dass sie das irgendwann würde.

Ein paar Regale waren frei oder spärlich genutzt. Dahinter huschten meine Augen von einer Papierrolle zur nächsten. Sie waren haargleich, weswegen ich nicht umhinkam, über ihre unterschiedlichen Inhalte nachzudenken. Was trieb jemanden in die Arme des Teufels? Was war mit diesen Menschen geschehen?

Waren sie einsam gewesen? Hatten sie Schulden gehabt? Ängste? Verluste, mit denen sie nicht zurechtkamen? Meine Gedanken wanderten unfreiwillig zu meinen Eltern. Hätte auch ich einen Pakt mit Laurentius abgeschlossen, falls ich sie dadurch hätte retten können? Sie wiederhaben?

„Wie kommt man auf die Beine, Mimi?"

Brookes Frage klang leise in der Weite der Bibliothek.

Ein Seitenblick genügte, damit mein Drang zu konkretisieren gestillt wurde. Sie hatte noch nicht geendet. Morgans kleine Schwester strich sich über ihr Kleid, durchs Haar, über die Regale, tat alles, um ihre Hände zu beschäftigen. Als sie merkte, dass ich nicht drängte, wurde sie mutiger: „Wenn einem das Liebste auf der Welt für immer genommen wird – wie macht man dann weiter?“

Das Lachen meiner Familie klang in mir.

„Jemand gab kürzlich einen Rat: Man stellt sich“, meine Antwort war kaum ein Flüstern. „Der Kummer – er verschwindet nicht einfach, egal wie oft man schreit und um sich schlägt oder zusammenbricht.“

„Also akzeptiert man ihn schließlich?“

„Stück für Stück. Leider habe ich um die Hälfte des Weges herum aufgegeben. Aber am Anfang? Die ersten Wochen? Da hörst du auf, die Wahrheit zu verleugnen, und gehst das Unvermeidliche an“, stimmte ich zu.

„Und wann warst du, am Anfang, in der Lage, dich mit ihrem Tod auseinanderzusetzen?“

Ich drehte den Ring meiner Mutter an meinem Finger und beobachtete, wie sich die Lichter in dem Smaragd brachen. „Nie. Ich war nie so weit. Niemand ist es. Und das war der Grund, wieso ich um drei Uhr morgens ein Flugticket online gebucht, einen Koffer gepackt und unter anderem meiner Großmutter einen Brief geschrieben habe. Vier Stunden später war ich auf dem Weg hierher. Ich habe die ersten beiden Wochen in Mainfield damit verbracht, mich davon zu überzeugen, dass sie nicht in Hartford auf mich warteten, dass sie nicht einen Anruf entfernt waren. Dass es die richtige Entscheidung war. Und eines Abends, als ich auf dem Boden lag, weil es da am sichersten war, weil er hart war und mir verdeutlichte, dass das die Realität war, dass ich nicht nur träumte, ließ ich den Gedanken an eine Welt ohne sie stückweise zu.“

„Das ist das Bewundernswerteste, was ich je gehört habe.“

„Nicht so sehr, wenn einem keine andere Wahl gelassen wird.“

Ich lief gedankenversunken weiter, eingesponnen in meinem Kokon aus Stimmen und Gesichtern, die ich nie wieder hören würde und meine Kehle wurde trocken und eng.

„Ich war drei, da ließ Dad die Palmen pflanzen“, Brookes Erzählung vertrieb die Schatten meiner Vergangenheit, „Morgan und ich haben sie sofort untereinander aufgeteilt. Er wollte die vorderen, die näher am Pool stehen, und ich die letzte Reihe, weil sie wie ein U angeordnet sind und man vom Haus aus nicht gesehen wird, sobald man dazwischen liegt.“

Ich konnte ihr nicht folgen.

Wieso lächelte sie?

„Bis heute liege ich gerne unter meinen Palmen, ein Radio mit Classic Rock läuft an meinem Ohr und meist steht ein kleiner Ventilator daneben und summt. Würdest du dich jemals dazulegen und, was weiß ich, dabei vielleicht mit mir reden wollen, steht es dir frei. Ach, was rede ich? Ich würde mich freuen."

Ich nickte dankbar und fühlte mich plötzlich selbst am dunkelsten Ort der Welt gesegnet. Morgan und seine Familie hatten mich mit offenen Armen empfangen, sie sorgten sich bereits jetzt um mich, als wäre ich ein Teil davon. Ich fühlte Brookes Aufrichtigkeit und dass sie sich um mich bemühte – jemanden, den sie vor einer Woche nur flüchtig kannte – rührte mich erneut fast zu Tränen. Nur waren es diesmal Tränen der Freude.

Aus Mangel an Worten drückte ich ganz fest ihre Hand.

Die Stille danach war eine gänzlich andere. Stummer Einklang.

„Woran denkst du?", fragte ich sie schließlich.

„Du bist Hals über Kopf in dieses Abenteuer gestürzt", erklang ihre melodische Stimme nach eine Weile. „Glaubst du, du wirst deine Entscheidung bereuen?"

„Nein", sagte ich und schaute mich weiter um. Sie drängte nicht, doch ich fühlte ihre Neugier. „Das könnte ich gar nicht – weil es sich richtig anfühlt."

„Mein Bruder hat Glück."

Ich lächelte, sie seufzte und fuhr anschließend mit ihren Lektionen fort. „Neben den Büchern bewahren wir hier auch die Verträge auf, die die Menschen mit meinem Vater schließen. Die entsprechenden Vitrinen sind hermetisch verschlossen, niemand außer ihm kann sie öffnen."

„Nicht einmal du?"

„Nein."

„Verbringst du viel Zeit in der Bibliothek?"

„Jede Nacht."

„Und die Bücher schreiben sich selber?"

„Immerzu, jede Sekunde eines Lebens."

„Das heißt, theoretisch könntest du Drews Buch suchen, aufschlagen und nachlesen, was er gerade denkt, macht, will …"

„Theoretisch, aber das sind keine Spielsachen."

„Der Gedanke kam dir aber?"

„Viel zu oft", gestand sie und hielt an: „Halt dich fest."

Sie streckte eine Hand aus, als hielte sie wie im Polizeihandbuch jemanden an. In derselben Sekunde bewegte sich der Steinboden unter uns. Wie auf einem unsichtbaren Rollband wurden wir mit rasender Geschwindigkeit nach vorn gezogen, die Bücher und Vitrinen verschwammen an beiden Seiten und ehe ich mich versah, standen wir erneut vor einer braunen Steinwand.

„Was ist dahinter?", fragte ich ahnungsvoll, weil ich die Hitze durch die dicke Gesteinsschicht wabern fühlte.

„Das Herzstück und der Grund, warum niemand in der Hölle landen will – das Ewige Feuer."

Noch im Reden trat sie wie vor der Bibliothek an die eine Seite und ich folgsam auf andere. Wir wiederholten das Ritual von vorhin und die Wand löste sich auf.

Keine Ahnung, was ich erwartet hatte.

Aber was ich vorfand, war tausendmal schlimmer als jegliche Vorstellung, deren ich fähig war.

„Lass es nicht an dich herankommen", sagte Brooke, „das sind keine Menschen mehr."

Meine Augen flackerten hilflos von einem zum anderen, allein in meiner unmittelbaren Nähe waren es Hunderte Gesichter, die zurücksahen mit Fratzen, dermaßen abscheulich, dass es mir den Magen umdrehte.

„Mimi", Brooke drehte mich resolut zu sich. In ihrem Blick erkannte ich mich, meine blutunterlaufenen, schreckgeweiteten Augen. „Das ist nicht der Moment, um Mitleid mit ihnen zu bekommen – es sind schlechte Seelen, die dafür die Konsequenzen tragen. Sie verdienen es."

Ihre Worte erreichten meinen Verstand im selben Moment wie die Bilder um mich herum, gleichzeitig entwickelte mein Kopf ein Eigenleben und wandte sich ihnen wieder zu: In einem bestialisch stinkenden Graben, der lediglich von oben angeleuchtet wurde, wenn es ein Sonnenstrahl über die hohen Klippenwände schaffte, brannten Gestalten. Die Flammen züngelten meterhoch an ihren Gebeinen, die von der permanenten Gluthitze schmolzen, und ließen sie allmählich, wie eine brennende Kerze, verschwinden. Das Einzige, was entfernt an Menschliches erinnerte, waren die Gesichter der lebenden Fackeln, die einheitlich in Schmerz verzerrt gen Himmel schauten. Die noch Kraft hatten, schrien, die fast verglüht waren, wimmerten. Doch weder das noch der ekelerregende Geruch nach brennendem Fleisch war das Schlimmste.

Es waren ihre Augen.

In ihren Augen flimmerte das Antlitz des Täters.

Lawrence.

„Wie viele sind es?", flüsterte ich und atmete tief durch.

„Millionen. *Viele* Millionen."

„Was geschieht, sobald sie …", ich fühlte den Brechreiz, als einer der Sünder, eine ältere Frau, nach vorn sackte, weil ihre Beine wie Streichhölzer umknickten.

„Warte", erwiderte Brooke und zeigte auf einen brennenden Jungen. In seinen Augen erlosch das Licht und während er es merkte, spürte ich seine Erleichterung darüber, dass das Martyrium endlich beendet war.

Er fiel in sich zusammen und die Flamme schoss hoch in den weit entfernten blauen Himmel, wo sie explodierte und zu einem Stern wurde.

An seiner Stelle entstand ein neuer Brandherd.

„Wie lange dauert es, bis sie ‚vergehen'?"

Das Wort erstickte mich fast.

„Jahrhunderte, Jahrtausende. Kommt darauf an, warum sie hier sind."

Ich fuhr mir über das schwitzende Gesicht und fühlte die trockene Hitze, indes vor unseren Augen der freie Platz des Jungen zischte, rot und röter wurde und sich in ihm ein neuer Körper entfaltete – wie eine Knospe, die sich mühsam öffnete. Momente später erschien ein älterer Mann. Er realisierte, was mit ihm geschah – zappelte und strampelte, doch die Flammen breiteten sich erbarmungslos über seine nackte Haut aus und färbten sie schwarz.

„Ein Leidensweg geht zu Ende – ein neuer beginnt", sagte Brooke mit festem Blick auf ihn und die Symbole auf ihrer Haut wurden dabei schwärzer.

„Wo – ist sein – Kopf?", presste ich hervor.

Brooke zog mich weg und zurück zu der Wand, die sich wieder zwischen uns und der Bibliothek aufgebaut hatte.

„Damit eine Seele nicht zurückkann, muss sie von ihrem Kopf, dem Bewusstseins-Zentrum des Körpers, getrennt werden. Dafür sorgen Höllenhunde und apokalyptische Reiter. In der Zeit, die sie für ihren Zugriff brauchen, hat jeder die Chance, wiederbelebt zu werden. Wird der Mensch auf Erden für tot erklärt, erhält er sein Haupt zurück."

„Wie viele Hunde gibt es?"

„Genau wissen wir es nicht – aber jeder Höllenhund kann gleichzeitig an mehreren Orten sein – genau wie jeder Reiter. Tatius und sein Rudel sind die ältesten. Er berichtete zuletzt von rund zweitausend Verbänden."

„Aber nur vier apokalyptische Reiter?"

„Die Reiter haben eine Sonderstellung. Sie jagen besondere Fünfer. Ebenso steht es um die Dämonen, eine weitere Gattung, die in der Unterwelt existiert. Morgen Nacht werden wir auf einen von ihnen treffen."

Ihre Augen sprangen hinter mich und ich folgte ihnen. Eine Feuerstelle, die sich ziemlich abseits befand, löste sich und spuckte vulkanähnlich ihren kokelnden Körper hoch in die Luft.

Mit der Erinnerung an Lawrence und Morgan, die auf den Klippen standen und über mich redeten, trat ich vor und beobachtete das absurde Schauspiel. Tatsächlich hielt das Flammenmeer den ausgezehrten Körper über die Klippen hoch, drehte und wirbelte ihn herum.

Bis ein Rumpeln durch die Wände fuhr und der Körper von schlimmem Wimmern und Schreien begleitet in Einzelstücke auseinandergerissen wurde. Die Flamme kam zurück und der geschundene Mann entstand erneut vor meinen Augen und brannte weiter.

Ich wollte es nicht hören. Musste aber fragen.

„Was war das?“

Brooke wirkte selbst, als knabbere sie an dem Gesehenen. „*Das* passiert den Bösartigsten unter ihnen regelmäßig. Alle Jahre bestraft das Fegefeuer sie, indem es sie ihrem Gebieter zuführt und er ihr Strafmaß auf null zurücksetzt.“

„Indem ihr Gebieter sie zerreißt?“

„Es existieren verschiedene Möglichkeiten, wie ein Körper auseinandergenommen werden kann. Denn das muss er, damit er imstande ist, sich gleich darauf neu zusammenzusetzen.“

Tatsächlich war die Haut des Betroffenen wieder fest. Und am Verkohlen.

Ich schüttelte den Kopf und suchte Brookes Blick, um nicht auf einen der Millionen anderen zu treffen. „Das machst du klasse, Mimi“, lobte sie und stellte sich zufrieden zurück vor die Wand. „Wollen wir?“

„Bitte“, erwiderte ich und atmete die kühle, frische Luft ein, sobald das Fegefeuer wieder hinter der trennenden Steinwand verschwand und wir auf der anderen Seite davon im Mittelgang der Bibliothek standen. Ich ließ Brooke los und dankte meiner Gabe zur Teleportation im Stillen: So ging es deutlich schneller, statt darauf zu warten, bis die Wand sich entfernte und wieder aufbaute.

Nun, da sowohl der Anblick als auch die Geräusche des Ewigen Feuers hinter uns lagen, lehnte ich mich zum Durchatmen vorsichtig gegen eins der Bücherregale.

„War derjenige, der eben den Sünder zerriss, Morgan oder dein Dad?“, fragte ich.

„Mein Vater höchstwahrscheinlich“, kam die Antwort, wobei sie sich ebenfalls abstützte. „Morgan ist ungestümer, was die Methoden anbelangt – und kreativer.“

Zu meiner Erleichterung führte sie das nicht näher aus.

Minutenlang starrte ich auf die zusammengerollten Verträge in einer Vitrine und versuchte mir vorzustellen, was sie beinhalteten oder *wen*. Warum die Vereinbarungen ursprünglich eingegangen wurden. Es half und in der Tat ging es mir dadurch etwas besser.

„Wie hältst du das bloß jeden Tag aus?“, fragte ich Brooke bewundernd.

„Ich mache darum einen Bogen“, grinste sie schwach.

„Darf ich das auch?“

„Ja“, seufzte sie und mir fiel auf, dass ihr Gesicht so bleich war, wie meins es sein musste, „das ist Morgans Aufgabe.“

Mit der Erleichterung darüber wuchs mein Respekt vor ihm. Wenn das sein Schicksal war, hatte ich nie wieder Grund, mich über meins zu beschweren.

„Du weißt gar nicht, wie glücklich du dich schätzen kannst.“

In der Ruhe der Bücher-Anordnung und der Stille der kalten Erde kam es mir vor wie eine kleine Ewigkeit, seit ich diesen Ort betreten hatte. „Wieso?“, fragte ich schließlich.

„Weil du mit ihm über all das reden kannst.“

Mein Herz schlug mir immer noch bis zum Hals. Ich spürte ihre Schwermut und sah, wie sie die Finger ineinander verschränkte. Schlagartig dämmerte mir, wie selbstverständlich diese Tatsache mir bislang erschienen war und obwohl sie es nicht anklagend formuliert hatte, litt Brooke offenkundig darunter, ihr Leben geheim halten zu müssen. Verbergen. Ihr komplettes *Dasein*. „Hattest du dich deswegen von Drew getrennt?“

Sie wurde ruhig und musterte mich müde.

Die Luft um uns begann zu schwirren und plötzlich bäumte sich ihr Körper auf, wurde vom Boden in die Luft gerissen und zuckte dabei unkontrolliert wie bei einem Krampf. Dann hüllte weißes Licht sie ein und ihre Glieder entspannten sich augenblicklich. Ihre Haut, gesprenkelt von den religiösen Zeichen, glitzerte an den Stellen ihrer Symbole und ließ diese dreidimensional wirken. Das Licht erhellte die Bibliothek und schmerzte in den Augen, bevor es sich intensivierte, und sie sanft zurück auf die Füße stellte, die sogleich unter ihr wegsackten. Darin getaucht trat ich zu ihr, um sie irgendwie zu stützen, setzte mich auf den kalten Boden und lehnte ihren Kopf an meine Schulter.

„Brooke?“

Sie schluckte, starrte allerdings durch mich hindurch. Mit zitternden Händen zerrte sie an ihrem Kragen, bekam kurzzeitig keine Luft. Schließlich japste sie, atmete tief ein und ihr Körper versteifte sich bis in die letzte Faser.

„Es ist soweit“, es waren eindeutig ihre Lippen, die sich bewegten – aber ihre sonst so melodische, helle Stimme klang beim Sprechen wie klirrendes Glas. „Sie laden euch vor.“

„Die Disceptatori?“

Brooke nickte.

„Jetzt?“

Erneutes Nicken.

„Was soll ich tun?“

Ihr Körper vibrierte und sie schüttelte den Kopf, als würde sie versuchen, einen Albtraum loszuwerden.
„Wach auf."

**********************************

Mit dem Geschmack von Kohle auf der Zunge schlug ich die Augen auf. Um mich herum war es still und dunkel, Morgan lag neben mir und atmete tief und regelmäßig, doch nichts davon nahm mir die Beklemmung in der Brust. Ich rang um etwas, das sich mir entzog – einen Traum, der bedeutend war.

*Denk nach, Mimi.*

Draußen kreischte ein Vogel und die Schreie der verbrennenden Verdammten fielen mit ein.

Ruckartig setzte ich mich auf.

Brooke. Mit der Erinnerung an sie kam auch der Rest zurück.

Ich fühlte kalten Schweiß auf meiner Haut, vom Aufenthalt im Fegefeuer.

„Morgan", ich rüttelte leicht an seiner Schulter.

Hatten sie mich oder uns zu sich gerufen?

*Sie laden euch vor.*

„Morgan!"

Er blinzelte, sobald ich die Decke zurückschlug. Kaum, dass ich zu seinem Schrank lief, war er schlagartig wach.

„Was ist los?", fragte er und stand innerhalb einer Sekunde neben mir. Ich ließ die Türen aufgleiten, klatschte in die Hände und kniff die Augen zusammen, da es im Zimmer taghell wurde. „Wir müssen zu Brooke."

„Warum?"

Ungeduldig suchte ich nach dem erstbesten passenden Teil und wurde nervös, weil meine Augen noch mit der Umgewöhnung kämpften und ich eher helle Flecken sah als Kleidung. Er griff an mir vorbei und reichte mir eine kurze Hose, in die ich gerade reinschlüpfte, während die Tür aufging und seine Schwester darin auftauchte.

„Folgt mir."

Ich tastet gehorsam nach seiner Hand und spürte im direkten Vergleich mit der Wärme, die seine Haut abgab, wie eisig meine war.

„Kann mir bitte jemand erklären, was vor sich geht?"

„Die Disceptatori", war alles, was Brooke erwiderte. Er konzentrierte sich auf sie und sie warf ihm einen nickenden Blick über die Schulter zu. Sein Griff um meine Hand wurde sofort stärker.

„Fantastisch", sagte er und klang so aufgeregt, wie ich es war – nur schien er *freudig* erregt. Dann blieb Morgan stehen, reichte seiner

Schwester die freie Hand und im nächsten Moment verschwamm durch die Teleportation der Flur zu bunten Schlieren, Wind zog an meinem Haar und gleich darauf standen wir im Arbeitszimmer seines Vaters. Kaum betreten, veränderte sich unsere Kleidung in die aus der Unterwelt und die Tür fiel hinter uns ins Schloss.

Wir vier waren nicht allein.

Lawrence, in seiner Kutte, hatte das Gesicht auf die durchsichtige rotierende Kugel von heute Morgen gerichtet, die nun, im Dunkel des Raumes, prächtig schillerte. Auf der anderen Seite des Büros standen uns gegenüber drei weitere Gestalten, zwei davon um einen fragilen Mann, der mich gütig ansah.

Seine Gesichtszüge waren zart, seine Haare von hellstem Silber durchzogen und wären da nicht seine Begleiter gewesen, einerseits Gabriel, der mich still anblickte, und Michael, den ich aus der Erzählung und Lawrence' Bildern vom Höllensturz kannte, hätte ich ihn sicher nicht erkannt.

Ihn für jemandes übersinnlich anmutenden Großvater gehalten, einen Aushilfs-Santa Claus möglicherweise.

Aber ich wusste, es war der Allmächtige. So sicher wie ich seine Aura um uns schweben fühlte, die mich in Wohlgefühl tauchte. Denn da, wo mir in Lawrence' Augen die Sünder der Unterwelt entgegenblickten, starrte ich bei Gott in flüssiges, sanftes Gold. Sein Blick fühlte sich auf meiner Haut leicht und stark an, heiß und kalt, nah und fern zugleich.

Im Gegensatz zu den Flügel seiner anwesenden Erzengel, die ihre Hälfte des Zimmers erhellten und dabei mit ihren Heiligenscheinen offen konkurrierten, besaß der Himmlische Vater nichts dergleichen – und doch schien er heller zu strahlen als die beiden zusammen. Aus sich heraus, mit der Weisheit und Erfahrung von Jahrtausenden. Wie Mondschein bei Nacht flutete das weiche Licht aus seinem Inneren durch den Raum hinweg und machte mich schwerelos, betäubte meine Nervosität. Ich hörte mich befreit seufzen.

Sogleich blickte er freundlich zu mir und hob die rechte Hand wie ein Priester zum Segen.

Morgan zog mich augenblicklich näher.

Wir stellten uns neben Lawrence, der bedächtig seine Kapuze absetzte und seinem Sohn bedeutete, es ihm nachzumachen.

Ich nutzte dessen Unaufmerksamkeit, um Gabriel – aus Angst, ihn am Freitag schwerer verletzt zu haben – verstohlen zu mustern, und lächelte erleichtert, keine entsprechenden Wunden an ihm zu entdecken. Er ertappte mich dabei und lächelte zurück.

Michael war der Einzige in dem Raum, dessen Gesicht einer undurchdringbaren Maske glich. Dennoch mochte ich ihn auf Anhieb

– seine dunkelbraunen Haare fielen ihm in die Stirn und verliehen ihm einen rauen Glanz, den seine funkelnden grünen Augen wieder wettmachten, die mich besorgt anschauten. In der rechten Hand hielt er ein geigenähnliches Instrument.

Die Erzengel hatten dieselbe Figur: breite Schultern, gemeißelte Oberkörper, ein markantes Kinn und unmöglich makellose Gesichter, die da, wo Morgan und Lawrence eine dunkle Schönheit umgab, Anmut und Herrlichkeit auszeichnete. Alles an ihnen bestand aus Sonnenlicht, hell genug, dass es schwer war, sie länger anzusehen, ohne dass die Augen austrockneten. Ihre Gesichter hingegen ähnelten sich weniger, wenn sie auch beide unverkennbar glimmernde Pupillen hatten. Bewegungslos, fast wie versteinert, harrten sie den Dingen, die kamen. Ich fragte mich, wie Raphael und Uriel optisch hineinpassen würden, da trat Brooke an den Gläsernen Globus und Morgan forderte mich auf, es ihr gleichzutun.

Sechs Hände legten sich ihrer Anweisung folgend auf das prickelnde Glas der Kugel, das sich unter der Berührung wie eine Wasseroberfläche kräuselte. Ihr inneres Licht wechselte von schwarz zu weiß und zurück, die Feuersäule unter ihr erlosch und die Wände verschwanden nach jeder Seiten hin.

Wir waren nicht mehr im Haus der Vegards.

Wir waren nirgendwo. Und allerorts zugleich.

Einem Glashaus ähnlich befanden sich um uns transparente Scheiben, die Momentaufnahmen des Lebens abbildeten. Überall Menschen – redend, lachend, streitend, spielend. Der Ton fehlte und die Bilder ihrer Gesichter überlappten sich, aber gezeigt wurden Leute mannigfacher Nationen, verschiedensten Alters. Als schaue man eine weltweite Reality-Dokumentation.

„Kniet nieder."

Morgan und ich folgten Brookes Aufforderung und meine Augen wanderten automatisch zum Boden. Auch dieser bestand aus Glas – wir bewunderten Bäume, Flüsse, Berge, Blumen und Wiesen.

Die anderen fixierten zur selben Zeit mit Argusaugen die sich nun drehende Kugel.

Neugierig richtete auch ich meine Aufmerksamkeit darauf und wurde sogleich in ihren Bann gezogen. Die Kugel kreiste sachte um eine unsichtbare Achse, immerzu um einen festen Punkt. Dann wirbelte sie wie ein langsam werdender Kreisel unregelmäßiger, bevor sie mit einem lauten Rascheln zu einem riesigen Schwarm der schönsten funkelnden Schmetterlinge zerfiel. Deren Flügel tropften vom feinsten Tau benetzt. Sie flogen dicht an den gläsernen Scheiben vorbei und betrachteten das menschliche Treiben darin, um gleich darauf jeden der Anwesenden zu umkreisen, zuletzt Morgan und mich. Brookes Kleid wehte durch den starken Wind, den die Schmetterlinge um sie kreierten, ehe sie sich hinter ihr gruppierten und drei Gestalten erschufen. Langsam, vorsichtig, ihre Leichtigkeit zelebrierend, verwandelten sich die herrlichen Insekten in die hochgewachsenen Konturen der mächtigen Weisen und absorbierten sämtliches Licht dafür, das sich ausschließlich um sie sammelte. Ganz zum Schluss verschmolzen die letzten der vielen Falter an der Stelle ihrer Gesichter und ließen dort, anders als auf den hellen Gewändern, die ihre Statur komplett verhüllte, ihren ursprünglichen Flügelglanz zurück.

Schimmernde Lippen, glänzende Augen, funkelnde Wangen – das war das Erste, was man an den Disceptatori bemerkte.

Eine unbestimmte verzehrende Sehnsucht in einem sonst simplen Erscheinungsbild, die durch ihr zeitloses Aussehen genährt wurde. Sie hätten dreißig sein können oder fünfzig, sehr alt oder ziemlich jung. Keine Falten, keine Regungen zeugten von dem Alter der drei. Anmutig wie Schwäne bewegten sie sich mit der Ruhe und Grazie der Ewigkeit und wischten sich kurz simultan ihre hüftlangen weißen Haare, die mich an wehende Seide erinnerten, über die Schultern. Unter ihren Füßen entstand ein Teppich voller Schmetterlinge, die aufgeregt mit den Flügeln flatterten, auf den Wind warteten, um loszufliegen.

„Erhebt euch." Brookes Stimme klang wieder scheppernd, ihr ganzer Körper vibrierte, ihre schwarzen Symbole glänzten im selben farbigen Ton wie die beinahe durchsichtigen Gesichter der Disceptatori.

Ich richtete mich auf und starrte gebannt auf die Wesen, die dermaßen an mich geglaubt hatten, dass sie mich aus Millionen für Morgan aussuchten – und fühlte die erregte Schwingung in mir, während sie federleicht auf uns zuschwebten, ohne die Insekten unter sich zu berühren. Mit jedem Schritt verwelkten die zurückgelassenen Schmetterlinge zu nichts und neue entstanden vor ihren Füßen.

Brooke trat an meine Seite und nahm meine rechte Hand, Morgan hatte die andere nie losgelassen.

Auf dem Weg zu mir formierten sich die drei, um ihrem Schmächtigsten den Vortritt zu gewähren. Er blieb vor mir stehen und ich holte tief Luft, wobei er seine Hand ausstreckte und sanft auf mein Herz legte. Es war die zärtlichste Sommerbrise.

„Melody", seine Stimme war hell bevor dunkel, laut anschließend leise, hoch derweil tief – und unglaublich friedvoll, „willkommen."

„Willkommen", wiederholten die beiden anderen im Chor und wandten sich um, „an euch alle."

„Habt Dank", antworteten die zahlreichen Anwesenden.

Seine Hand, in ein warmes Licht gehüllt, ruhte weiterhin auf mir und verlieh mir eine unbeschwerte Leichtigkeit. Ich wagte mich nicht zu rühren und wartete wie er, bis seine Begleiter sich neben ihn stellten, erst danach atmete ich tief ein. Er sprach weiter, seine kristallene Haut funkelte dabei durch das reflektierte Licht seiner Begleiter wie geschliffene Diamantsplitter.

Die drei waren ausnahmslos atemberaubend schön.

„Melody, unser Wahl ist getroffen worden, als du noch nicht imstande warst, für dich selbst zu wählen. Heute, an diesem Ort, mit deiner Volljährigkeit, brauchen wir die Bestätigung aus deinem Munde: Nimmst du sie an?"

„Ja", erwiderte ich ohne zu zögern, „das tue ich."

„Morgan, Sohn des Luzifer", Morgans Gegenüber spiegelte die Geste meines Disceptators und ich drehte den Kopf, bekam mit, dass sein Körper kurz einem Streichholz gleich aufflammte, sobald dieser Morgan berührte, „Gott und deine Eltern vereint waren es, die in deinem Falle bestimmten. Auch dir steht es zu, dem heute und hier zu widersprechen."

„Ich nehme an", seine Antwort kam so schnell wie meine, seine Stimme so fest wie immer. Ich drückte seine Hand und er lächelte mich aus den Augenwinkeln an.

„Ausgezeichnet", säuselten die drei gemeinsam – es klang wie eine Symphonie. „Mit eurer einstimmigen Zusage ist der Vertrag besiegelt, in *Anwesenheit* aller und *vor* allen Zeugen. Kommen wir nun zu den Reifeprüfungen."

Sie schwebten galant in die Mitte des Raumes und sprachen abwechselnd weiter. Schmetterlinge wurden dabei welk, neue entstanden und warteten.

„Jeder von uns wird euch eine Aufgabe stellen", begann der Erste, der bis dato nicht viel gesagt hatte. „Um die drei Prüfungen zu bestehen, müsst ihr Willen und Entschlossenheit zeigen, Vertrauen, Mut, Vernunft und Fairness beweisen. Haltet euch an die vorgegebene Zeit und beachtet die Regeln. Hört auf eure Intuition sowie die Instinkte des jeweils anderen. Arbeitet für euch, aber Hand in Hand. Ihr seid zu zweit, aber strebt nach derselben Sache."

„Morgan", das Wesen, das ihn gerade nach seiner Entscheidung gefragt hatte, übernahm jetzt das Wort, „du bist mächtig, hast ein starkes Herz, einen scharfen Verstand und viel Kraft. Du bist furchtlos, aber auch blind – und das macht dich schwach und zu einer Bedrohung."

Morgan runzelte die Stirn, hielt aber den Mund.

„Melody", das Wesen, dessen Berührung ich noch auf meiner Haut spüren konnte, blickte mich mit verständnisvollen Augen an und richtete seinen Blick auf Morgan, bevor es mir weitererklärte: „Du stellst dich hohen Erwartungen, die deine Seele in Zerwürfnis bringen und dir Kraft rauben. Aber *dein* Herz ist nicht nur rein, sondern auch gütig. Du erkennst den Wert eines jeden Daseins, schätzt jede Form des Lebens. Du bist klug und geduldig. Nutze das dafür, ihn zu lehren, die Waagschale gerade zu halten, seinen Geist zu öffnen für all jene mit Schwächen und Stärken, Gefühlen und Fehlern."

„Menschen?", fragte ich irritiert.

„Menschen", bestätigte er, indes Gott hinter ihm bejahend lächelte. „Morgans Augen sind offen, doch er verharrt in Dunkelheit. Er muss *sehen.*"

Der Dritte hob die Hände und bezog uns dadurch beide in seine Worte ein. „Ihr sollt zweifeln, wachsen, lernen, staunen. Habt Respekt vor euren Schwächen, damit werden sie zu Stärken. Seht die Sterne und verwandelt sie zu Lichtern."

Anmutig trat Brooke wie auf Befehl zu ihnen und streckte ihre Arme in unsere Richtung aus. Unsere Hände mit den schwarzen Seidenarmbändern hoben sich wie angezogene Magnete und deuteten in ihre Richtung, prickelten und durchliefen die Farben des Regenbogens, ebenso wie Brookes Kleid. Als kommunizierten sie miteinander.

„Habt Selbstvertrauen und beweist Diplomatie", sagten die Disceptatori, dabei pendelten sich die Farben auf unseren Seidenbändern kurzzeitig bei Violett ein, „Respekt vor Leben", sie wurden grün, „seid weise", das wärmste Blau erschien und wandelte sich zu Rot, „erinnert euch eurer Stärken und haltet einander die Treue".

Wir nickten und sie fuhren fort. „So erlangt ihr Reife", Orange leuchtete auf, „Einheit in Ewigkeit", bei diesen Worten wurden die Armbänder gelbgolden, bevor sie wieder den gewohnten Schwarzton erhielten: „Und werdet eurem Machtanspruch gerecht."

Unsere Arme sanken ebenfalls, nachdem Brooke erschöpft ihre sinken ließ.

Im Raum hatte sich während der Szene eine angespannte Atmosphäre gebildet. Die Himmelsseite, angeführt von der einnehmenden Präsenz Gottes, wirkte zwiegespalten, während Lawrence zufrieden nickte.

Schließlich war es Michael, der sprach: „Im Namen des Vaters habe ich an euch eine Frage."

„Sprecht."

„Mit Melody wurde uns nach Grace eine zweite gute Seele von der Unterwelt genommen. Wir respektieren die Abmachung und ihren freien Willen, jedoch – möchten wir in die Aufgabenstellung miteinbezogen werden."

„Die Prüfungen unterliegen nicht eurem Ermessen, noch sind wir euch Gefälligkeiten schuldig“, antwortete derjenige der Disceptatori, der bislang eher beobachtend tätig war. Seine Stimme war ein Flüstern, ein Säuseln im Wind, zugleich jedoch ein starker Sturm, der jede Sekunde aufbegehren würde. „Aber ich verstehe eure empfundene Ungerechtigkeit. Deshalb werdet ihr eine Aufgabe mitgestalten dürfen.“

„Habt Dank“, Michael verbeugte sich und blickte zu Gabriel, der mit dieser Entscheidung unzufrieden wirkte. Mein Magen fühlte sich flau an bei dieser Wende, beruhigte sich letztlich erst bei der Vorstellung, dass es die Guten waren, die mitmischen würden. Sie würden es uns nicht schwerer machen.

„Bestehen weitere Fragen?“

„Wann?“, fragte Morgan und ich erkannte an seinem Profil, dass er am liebsten sofort losgelegt hätte.

„Erwartet die erste Prüfung, sobald der Mond den Planeten einmal umkreist hat“, antwortete der Disceptator, nachdem seine Begleiter mehr und mehr verblassten, bis sie schließlich wieder das Meer an Schmetterlingen bildeten. Er hingegen verschwand unter unseren Blicken zäher, wie ein Nebel bei Sonnenschein, und wandte sich ein letztes Mal an Morgan und mich: „Was kommt und bleibt, liegt nun an euch.“

Damit flatterten die drei erneut in Form der Falterschar um jeden herum, formierten sich zurück zu der Glaskugel und ehe ich mich versah, vergingen die Glaswände und wir standen wieder in Lawrence’ Arbeitszimmer.

Die Heiligenscheine der Erzengel glühten förmlich in der schwachen Morgendämmerung, die durch das Zimmer zog, und bildeten einen extremen Gegenpol zu den dunklen Kutten von Morgan und seinem Vater, die mit der Finsternis zu verschmelzen schienen. Brooke nickte erst der Gegenseite zu und musterte mich schließlich erschöpft. Ihre Haut war gräulich, ihre Augen eingefallen, als sie zu ihrem Vater ging und sich an ihn lehnte.

Lawrence nahm sie in den Arm und hielt Gottes nachdenklichem Blick stand, der seinerseits ungeduldig von seinen Begleitern angesehen wurde. Die beiden wollten spürbar lieber früher denn später von hier fort. Morgan drehte sich, absichtlich die Engel keines Blickes würdigend, mir zu. Gerade als er zum Sprechen ansetzte, durchschnitt eine neue schöne Stimme die Stille der endenden Nacht.

Der Allmächtige sprach und es war, wie ich es mir vorgestellt hatte, wie sie es dir in den Gottesdiensten beibrachten: Er klang belehrend und kraftvoll, zugleich war sein Tonfall ruhig und erhaben. Fast schien es, dass Gott und Luzifer ein bis dato stilles Streitgespräch laut weiter austrügen. „Du fandest Gnade vor mir, Laurentius. Mehr als einmal. Vergiss nicht, wem deine Kinder ihre Existenz verdanken."

Unter seine Worte mischte sich ein himmlischer Klang, der nur wenige Takte andauerte und nachhallend durch das Zimmer geisterte. Michael, der gerade mit Musizieren beginnen wollte, legte das Instrument wieder vom Kinn ab.

„Meiner Frau und mir", erklärte Lawrence, ohne dem Beachtung zu schenken, augenblicklich und mit entschiedenem Nachdruck. „*Unsere* Kinder existieren, weil wir uns für sie entschieden haben."

„Ohne die Zustimmung Gottes", erklärte Michael, „wäre eure Entscheidung nichtig gewesen."

„Worauf willst du hinaus?", fragte Morgans Vater und starrte sein Gegenüber erzürnt an, wobei graue Rauchschwaden seine Figur zu umhüllen begannen.

„Zolle Respekt."

„Ich bin ihm zu nichts verpflichtet. Das ist vorbei", erwiderte Luzifer. Einen Wimpernschlag später war das, was von ihm übrig blieb, ein Flammenmeer mit seinem Antlitz.

„Du warst der Schmied deines Schicksals, Laurentius", mischte sich nun Gabriel ein. Wie er dastand, reglos, beherrscht, war es schwer vorstellbar, dass ich ihn einst für einen stillen Jungen mit besonderem Musik- und Kleidungsgeschmack gehalten hatte.

Seine Autorität schüchterte mich regelrecht ein.

„Zum Glück, wie ich meine", Lawrence lächelte grimassenhaft. „Was nutzt es dem schönsten Edelstein, wenn sein Strahlen in einer Fassung gefangen ist?"

Jetzt, da die Kugel nicht länger existierte, eine unsichtbare Grenzlinie fehlte, trennte beide Seiten nur wenige Meter Luft voneinander. Ich bezweifle, dass einer von uns Jüngeren sich getraut hätte, in der Art mit den himmlischen Dreien zu reden, oder auch nur ansatzweise harsch zu klingen. Gott beobachtete die Wandlung seines einstigen Lieblingsengels gespalten. „Genug der Schuldzuweisungen. Sie ermüden lediglich und verbittern was bereits verdorben ist. Das Geschehene ist unveränderbar." Er warf seinen Engeln einen strengen Blick zu, der die Spannung im Raum spürbar verringerte. Verblüfft stellte ich fest, dass sich selbst in diesem Blick noch Güte spiegelte. Die beiden nickten stumm und starrten wieder in Morgans Richtung, auf unsere Hände. Der Allmächtige seinerseits sprach einzig zu dem verlorenen Sohn: „Lass es mich nicht reuen."

„Morgan und Mimi werden sich als würdig erweisen", erwiderte Lawrence nach einer kleinen Pause, in der er wieder zu sich selbst wurde, mit Nachdruck. Die Sicherheit in seiner Aussage ehrte mich.

„Dann sei dem so“, erwiderte Gott und trat einen Schritt auf mich zu, hielt währenddessen aber den Blickkontakt zu ihm aufrecht, „du magst stolz und uneinsichtig sein, Laurentius, aber du hast mich niemals belogen. Und deine Kinder sind nicht nur Grace’ Fleisch und Blut, sondern auch mein Wille.“

Mit jedem Zentimeter, den er mir näher kam, schwirrten mir hunderttausend Fragen durch den Kopf: Wie wäre es, wenn ihn die ganze Menschheit zu Gesicht bekommen könnte? Hasste er mich, weil ich zur falschen Seite gehörte – gehören wollte? Kannte er meine Familie? Hatten sie ihn zu Gesicht bekommen? Ging es ihnen gut, da wo sie waren?

Sein strahlendes Licht um ihn herum durchdrang mein Bewusstsein.

„Du fehlst ihnen“, verkündete seine reine, klingende Stimme und während er das sagte, schossen mir plötzlich Tränen in die Augen.

Tränen der Freunde.

Sein Kopf nickte bei meiner stummen Frage. „Anna erzählt ständig von dir.“

„Richtet ihr bitte aus, dass ich dank Grace und Brooke etwas gefunden habe, um meine Kreativität zu entfalten“, flüsterte ich und meinte es aus vollem Herzen.

Er beugte sich vor und nahm meine Hände in seine. Ein Gefühl von Liebe überrollte mich, zugleich ich in seinen Augen die meiner Mutter, meiner Schwester und meines Vater erkannte, bevor sie wieder zu hellem Sonnenschein wurden. „Erinnere dich an das, was dein Großvater lehrte. Was war sein Abschluss bei jeder Sonntagsmesse?“

Psalm 23.

„‚Und ob ich schon wanderte im finstern Tal, so fürchte ich kein Unglück; denn du bist bei mir‘“, rezitierte ich. Er nickte und ich fühlte die Wärme der Worte, war wieder zehn Jahre alt und hörte meinem Opa von der ersten Reihe aus gebannt zu. „Denn wer glaubt, ist stark und wird niemals verlassen sein.“

Morgan schnaubte und trat beschützend neben mich, Gabriel unverzüglich zu Gott, der seinerseits beschwichtigend die Hand hob. Sobald er sie mir entzog, fühlte ich die Abwesenheit seiner Berührung. „Ganz gleich, ob im Himmel, auf Erden oder im Reich der Finsternis: Verliere niemals deinen Glauben, Melody – auch nicht an dich selbst.“

Bei diesen Worten verneigten sich die beiden Anführer über Gut und Böse voreinander. Begleitet von einem fulminanten goldenen Funkenregen und dem schönsten Streicherlied entschwanden die himmlischen Geschöpfe und wir waren unter uns.

Ich holte zittrig Luft und biss mir auf die Unterlippe, ordnete hastig meine Gedanken. Es war vollbracht: Wir waren offiziell im Spiel. Mein Leben war nicht mehr das, was es einst gewesen war, meine Zukunft übernahm jetzt die Kontrolle über meine Existenz.

Es war zu spät, um umzukehren.

Es war falsch zurückzusehen.

Durchdrungen von Zuversicht atmete ich befreit.

Ganz egal, was vor mir lag, es war das Richtige.

„Einen Monat“, sagte ich laut und suchte Morgans Blick.

Im schummrigen Licht des Zimmers funkelten seine Augen. „Das Abenteuer beginnt.“

# Teil III
# Die Prüfungen

## *Kapitel 14*

„Als wir klein waren, sagte uns meine Mom beim ins Bett bringen: Wenn die Sonne aufgeht, umarmt der Tag seinen Freund, die Nacht“, erklärte Morgan, lehnte sich auf den Händen zurück und schloss die Augen.

Ich saß zusammen mit ihm am Pool, meine Beine baumelten im Wasser, mein Kopf lehnte an seiner Schulter. Wir hielten still und lange Zeit hatte jeder seinen eigenen Gedanken nachgehangen, doch allmählich wurde die Dunkelheit heller und mit dem Licht kam die Gewissheit um das Neue, das uns bevorstand. Ich hatte ihm vorgeschlagen hochzugehen, ich käme bald nach, doch er war, seit wir das Arbeitszimmer seines Vaters verlassen hatten, nicht von meiner Seite gewichen.

„Was hältst du von ihnen?“, wollte er wissen, da ich keine Anstalten machte, mich zu Wort zu melden.

„Den Disceptatori? Sie sind … unglaublich“, allein der Gedanke an ihre Haut, ihre Aura, ihre Existenz ... „Und obwohl sie übermächtig sind, wirken sie …“

„Nicht bedrohlich?“

„Ja! Freundlich. Im Gegensatz zu den Schwingungen zwischen deinem Vater und Michael – oder dir und Gabe.“

„Das sind zwei unterschiedliche Paar Schuhe. Im ersten Falle gebe ich zu, dass mein Dad mit Schuld daran trug, dass es zwischen den beiden eskaliert ist. Was mich und Gabriel betrifft –“

„– verhält sich's genauso“, schloss ich für ihn. „Ihr seid natürliche Feinde, aber das heißt nicht, dass man sich bekriegen muss. Was geschähe mit der Welt, würde man nur dadurch Auseinandersetzungen lösen?“

„Sie wäre ehrlicher.“

„Weil Brutalität gleichbedeutend mit Ehrlichkeit ist?“

„Du wirst das unmöglich verstehen.“

„Beuge dem vor.“

Es war überdeutlich, dass ihn mein vorwurfsvoller Ton verärgerte, er es mir gegenüber aber nicht zeigen wollte. Ein Blick in Morgans trübe Augen reichte vollkommen, um den Missmut darin zu erkennen.

„Nehmen wir stattdessen einfach deine Lösung“, sagte er höhnisch, „Beenden wir Auseinandersetzungen, politische, private, geschäftliche, indem man sich die Hände reicht, im Kreis tanzt und ‚Kumbaya‘ singt.“

„Das Ganze ins Lächerliche zu ziehen ändert nichts am Grundproblem. Du musst Schwierigkeiten, die du mit anderen Leuten hast, ansprechen. In diesem Sinne“, ich krempelte mein Shirt hoch und wandte mich ihm im Schneidersitz zu, „gibt es etwas, was du gerade loswerden willst?“

Er stützte sich auf seine Ellbogen und legte nachdenklich den Kopf in den Nacken. „Nein.“

„Morgan …“

„Nein“, wiederholte er fester und schaute mich weiter an. Ich war überrascht, seine Augen einfach nur blau vorzufinden. „Schon in Ordnung. An dem, was du sagst, ist was dran.“

Erstaunt runzelte ich die Stirn und seufzte leise. Bei ihm kam ich einfach nicht mit. Dachte ich, ich kannte mit Sicherheit seine Reaktion, trat schließlich das Gegenteil ein.

Morgan lachte, nachdem ich mich nach hinten auf den Rücken fallen ließ. Ein leichter Wind wehte meine Haare ins Gesicht, ich ergriff sie und drehte sie in einen Pferdeschwanz, den ich über meine Schulter legte.

„Könntest du noch entzückender dreinschauen?“

„Du nennst es entzückend – ich nenne es durcheinander“, erklärte ich.

Er beugte sich vor und musterte mich liebevoll. Dann verzogen sich seine Mundwinkel und mit dem frechsten Grinsen aller Zeiten sagte er: „Vernichtend.“

„Was ist vernichtend?“

„Denkst du wirklich, ich sei ein dermaßen verlorener Fall von Engstirnigkeit?“

Ich fühlte das Brennen in meinen Adern und schüttelte den Kopf. „Ich bin wohl die eine Person in dieser Stadt, die das *nicht* denkt. Außer deiner Familie, die von Natur aus darauf programmiert ist.“

„Das reicht mir völlig“, erwiderte er leise und fuhr mit dem Zeigefinger meine Lippen nach. So wie ein Blitz imstande ist, den gesamten Himmel zu erhellen, reagierte ich unmittelbar auf seine Nähe, indem ich seine Hand festhielt und die Fingerspitzen nacheinander küsste. Seine Halsmuskeln spannten sich an und er schluckte. Ich verfolgte mit, wie sich der Ernst in seinem Blick verflüssigte, weil ich, dem Wummern meines Herzens folgend, ihn an seinem T-Shirt ergriff und an seiner Unterlippe zu knabbern begann, um anschließend mit meiner Zunge drüberzufahren. Sein Puls beschleunigte sich, während meine Finger unter sein Shirt fuhren. Ich spürte einen Ruck durch seinen Körper gehen, als er meinen Kuss erwiderte. Stärkerer Wind kam auf und ich fröstelte, ignorierte es jedoch, da seine Hand unter mein Oberteil glitt und er mich näher zog. Morgan rollte mich auf sich, unbeirrbar mühelos, wie wenn ich eine Feder wäre, was ich für ihn vermutlich tatsächlich darstellte. Unsere Nasen berührten sich, weil ich den Kopf hob, um das Blau seiner Pupillen ausgehungert betrachten zu können. Seine Finger zeichneten feine Linien auf meinen Rücken. Mit der Sicherheit, dass mein Herz sich beruhigen würde, schloss ich die Augen und legte den Kopf auf meine Lieblingsstelle, an seine Schulter, in die Kuhle zu seinem Hals.

Er nahm eine Hand von mir, um seinen Kopf darauf zu stützen, derweil die andere weiter unbeschreiblich leicht unsichtbaren Spuren folgte, die ich nur erahnen konnte. Meine Haut brannte elektrisiert und sein wundervoller Herzschlag hallte stark und schnell an meinem Ohr. Fasziniert legte ich meine Hand darauf. „Morgan, was ist Glück?"

„Hmmm?"

Ich lachte an seinem Hals, hauchte einen Kuss drauf und richtete mich auf, sodass ich rittlings auf ihm saß, meine Hand suchte seine und hielt sie fest. Er beobachtete mich und ein Lächeln, das die Antwort auf meine Frage hätte sein können, umspielte seine Lippen.

„Falls du Glück beschreiben müsstest", sagte ich, meine Stimme etwas rau vor Müdigkeit, „wie würdest du das anstellen?"

Er legte seine andere Hand an meinen Hinterkopf, zog mich zu sich und küsste mich, doch ich schob ihn lächelnd wieder weg, was ihm ein tiefes Stöhnen entlockte.

„Geld?"

Er schüttelte den Kopf, „Geld ist wichtig, wenn man es nicht hat."

„Erfolg?"

Wieder ein Kopfschütteln.

„Gesundheit?", probierte ich es weiter.

„Das hier", sagte er und legte seine Hand auf meinen Oberschenkel, „dieser Moment, das ist Epiphanie. Was nutzen dir Erfolg, Reichtum, Gesundheit oder Schönheit, ohne jemanden, mit du es teilen kannst?"

„Du hast es doch mit jemandem geteilt. Mit Mädchen Nummer eins, zwei, drei …"

Seine Hände langten unter mein Shirt und brachten mich zum Schweigen, kitzelten meine Haut.

Lächelnd zog er sie nach einer Weile wieder heraus und strich über mein vom Lachen erhitztes Gesicht. „Jemand Besonderem."

„Aber ist Glück nichts ausser einem flüchtigen Moment", dachte ich laut über seine Worte nach, „wie kann es ausfüllen?"

Er stützte sich auf die Ellbogen und musterte mich. „Momente vergehen und machen Platz für neue Momente, Mimi. Und wenn Glück wahr und ehrlich empfunden ist, kann es eine endlose Kette von Momenten bilden, die andauern. Da! Das war einer und hier folgt schon der nächste."

Der Blick aus seinen weichen, wasserblauen Augen, wie er dasaß mit einem großen zufriedenen Lächeln auf seinem attraktiven Gesicht, ohne sich zu bewegen, seine Aussage lebte und mich anblickte, als wäre ich seiner würdig und nicht nur Melody Campbell aus Hartford, Connecticut, der zufällig die Gunst des Schicksals zuteilgeworden war, für ihn ausgesucht worden zu sein, nahm mir wegen der Gewaltigkeit des Ganzen die Luft zum Atmen.

„Mimi?“, fragte er verwirrt. Ich schüttelte den Kopf und blickte zum Haus, zum Pool, in den Himmel, überallhin, um einen klaren Kopf zu bekommen, während ich mich fragte, wie es sich anfühlen würde, Shelby zu sein, einfach nur hilflos zuschauen zu können, indes er eine andere so ansah.

Langsam setzte er sich auf, zog mich auf seinen Schoß und drückte mich fest gegen seinen Körper, der warm und hart war. Dann vergrub er sein Gesicht an meinem Hals und küsste ihn zärtlich.

*Er gehört mir.*

Ich wich vor der Intensität dieses Gefühls zurück, sobald der Satz meinen Verstand erreichte und mich in die besitzergreifende Version meiner selbst verwandelte, die von Verlangen getrieben wurde und eher sterben wollte, bevor sie diesen Jungen wieder aufgab. Ich, die Cameron eine Woche lang ignoriert hatte, weil er klammerte und mich jeden Tag sprechen, treffen, besuchen wollte, schwor mir gerade einen Weg zu finden, jede Frau auf dieser Welt in die Schranken zu weisen, sollte sie bei ihm Anklang finden.

Das Gefühl, ihn unter mir zu spüren, begann mich wahnsinnig zu machen. Seine Lippen erreichten mein Kinn.

„Was machst du nur mit mir?“, flüsterte ich, überrascht, dass ich imstande war, mir selbst fremd und überaus vertraut zu sein.

„Was meinst du?“, fragte er.

„Das“, ich fuhr den Weg nach, den er über meinen Körper genommen hatte. Er starrte mich durcheinander an.

„Wieso? Was habe ich getan?“

„Es ist schwer erklärbar, Morgan.“

„Bitte?“, bat er und richtete die geballte Macht seines Blickes auf mich. Es wäre viel einfacher für ihn meine Gedanken zu lesen, und dennoch oder trotzdem, tat er es nicht. Ich seufzte geschlagen.

„Mich stört der Gedanke an dich und anderen Frauen.“

„Na, das hoffe ich doch“, nickte er mit hochgezogenen Augenbrauen.

„So sehr“, ergänzte ich und errötete wie verrückt, „dass ich sie in lebende Fackeln verwandeln werde, schenkst du ihnen länger als die gesellschaftlich konformen drei Sekunden Aufmerksamkeit.“

Er lachte heiter und umarmte mich erneut. Gefrustet befreite ich mich etliche Minuten später aus seinem stählernen Griff, da vibrierte sein

Körper noch immer und er schenkte mir sein großspurigstes Grinsen. „Ich bin auch eifersüchtig."

„Das ist das kleinste Problem."

Am liebsten hätte ich mich verkrochen und dieses Gespräch vergessen. Ich klang wie eine Besessene. Er spielte mit den Fingern meiner rechten Hand, zog daran, sodass er meine Aufmerksamkeit zurückerlangte. „Und das größere lautet …?"

Meine Stimme war nur ein Wispern. „All das Neue macht mir Angst."

„Ich weiß, dass es das tut", erwiderte er mit einer Aufrichtigkeit, die ich auf seinem Gesicht wiederfand, „aber ich bin da und passe auf, dass nichts passiert. Mit der Zeit wird es dir leichter fallen, Emotionen und Kräfte auseinanderzuhalten, und irgendwann merkst du, dass du deine Gaben kontrollierst und nicht andersrum."

Er beugte sich vor und küsste mich leidenschaftlich, bis mein Körper sich nach seinem sehnte und eine Lawine lostrat, die sich durch meine Adern wand und mein Herz entzündete. Gleich darauf knisterte es und kleine Funken sprühten zwischen uns.

„Revidierst du?", lachte ich. Die Lichter erhellten unsere Gesichter, und er lachte mit.

„Übung macht den Meister."

Ich fing ein paar Funken mit meinen Händen auf, doch sie erloschen kalt auf meiner Haut, ehe ich sie richtig berührte.

Eine zarte Morgenröte hatte zwischenzeitlich eingesetzt und wir hielten inne. Ich legte meinen Kopf wieder an seine Schulter, gebannt von dem wunderschönen blassrot-lilanen Farbenspiel am Himmel, sicher in seiner Umarmung.

Ein Geräusch aus den nahen Baumwipfeln ließ mich auffahren und ich zitterte unscheinbar, erschöpft wegen meiner Fahrigkeit und flatternden Nerven. Um irgendetwas zu tun, flocht ich meine Haare provisorisch zusammen. Da spürte ich seinen Blick auf mir. Mit flackernden Augen starrte er zwischen mir und meinen zitternden Händen hin und her, hob mich schnell von sich runter und legte sich hin, den Kopf auf meinen Oberschenkeln, die Beine ausgestreckt und an den Knöcheln überkreuzt. Unsere Blicke trafen sich, als er meine linke Hand nahm und sie auf sein Herz legte. Ich freute mich auf die Berührung, ehe ich sie spürte, und schloss dankbar die Augen. Einen Wimpernschlag später atmete ich tief durch. Sein Herzschlag war ruhig und fest, ein stetiger Takt in meiner sich rasend drehenden Welt.

Ohne darüber nachzudenken kraulte meine andere Hand sanft seinen Kopf. Ich öffnete die Augen, indes er seine gerade schloss, sein Körper sich im selben Moment wie meiner entspannte.

************************************

„Mit deinem neuen kreativen Hobby meintest du das Parfüm mischen?"

„Anna würde die Idee lieben", sagte ich.

„Bestimmt. Du bist eine wundervolle Schwester. Anna trägt das in sich. Ebenso wie sie dich spüren kann, sobald du ihr fehlst. Solche Bande zerstört nichts."

„Selbst der Tod nicht?"

„Kein Tod und keine Ewigkeit."

Eine einzige Träne entwischte mir und rollte unbemerkt meine Wange hinunter.

Wie nach einem langen Winterschlaf erwachten zig kleine und große Begebenheiten von früher, Erinnerungen an meine Familie, das Leben, den Alltag, und bauten sich zu einer intensiven Schockwelle aus. Trauer und Verluste gehören zum Leben. Ich ließ diese Gewissheit zum ersten Mal meinen Körper reinigen. Natürlich ging jeder anders damit um, aber der beste Weg zurück aus der Depression war jener, den Morgan aufgezeigt hatte: sich ihr nicht zu verschließen. Und obwohl meine Trauer unkontrollierbar war, wehtat und in der Lage war, mich in die Knie zu zwingen, konnte ich am Ende nichts anderes für meine Gesundheit tun, als sie zuzulassen. Seufzend wischte ich mir über die Wange. Die einsame Träne war kein Zeichen von Kummer, sondern Freude. Ich fand mich endlich, zugegebenermassen langsam, mit der Gewissheit ab, dass sie nicht mehr da waren. Meine Familie war ein Geschenk, das ich besessen hatte. Eins das ich schätzen würde, bis zum Tage an dem ich starb. Aber meine Familie war auch fort. Daran konnte ich nichts ändern. Folglich probierte ich eine neue Taktik: Arrangierte mich, indem ich mich an den Gedanken herantastete, statt ihn beiseite zu schieben. Das Flugzeug war abgestürzt. Das hatte mich verändert. Ich würde nie wieder dieselbe sein, aber ich wurde wieder zu jemandem, den ich erkannte. Dinge änderten sich und das Leben ging gnadenlos weiter. Aber das war in Ordnung. Weil ich dabei war zu lernen, Vergangenes hinter mir zu lassen. Weil ich nur dadurch Morgan kennengelernt hatte. Weil das, die Regentschaft, in meiner Hand lag. Manches war in Stein gemeißelt, manches lag in meiner Hand. Und ich hatte es satt, Dinge entgleiten zu lassen. Höchste Zeit aufzusitzen und die Zügel wieder in die Hand zu nehmen. Morgan bemerkte meinen verklärten Blick und ich hörte die Rädchen in seinem Gehirn sich drehen, während er auf der Suche nach einem aufmunternden Thema war. Um mich lächeln zu sehen. Dabei stand sein Leben auch auf dem Kopf. Unter seinen Augen waren dunklen Schatten zu erkennen. Ich fuhr sie sanft nach.

„Müde?"
„Es ist der Preis eines unvergesslichen Wochenendes."
„Wie kannst du sicher sein, was das Bestehen der Prüfungen betrifft?", fragte ich ihn, an den Kampfgeist zurückdenkend, mit dem er den Disceptatori entgegengetreten war. Die letzten Minuten hatten wir schweigend verbracht, zufrieden, zusammen zu sein.
„Nenn es eine Ahnung", lächelte er und betrachtete dabei sein Armband. „Und woher kommt deine Gewissheit?"
Vogelgesänge setzten ein und untermalten das Bilderbuch-Szenario.
„Jemand wie du glaubt an mich – und das ist ein schönes Gefühl."
„Jemand wie ich?"
„Ja", ich bewunderte die vom leichten Wind aufgewühlte Wasseroberfläche, auf der die warmen Töne des neuen Tages reflektiert wurden. „Du besitzt so viel Selbstvertrauen, bist von dem, was du tust und willst, so überzeugt, dass es mich, deine Umwelt, jeden, zwangsläufig in seinen Bann zieht, Morgan. Es ist, wie sie vorhin gesagt haben: Du bist furchtlos und klug. Wenn du mir versicherst, es ist machbar, glaube ich das. Dann glaube ich, dass ich es kann."
„Du hast mein umwerfendes Aussehen vergessen", witzelte er, bevor er wieder vollkommen ernst den Kopf schüttelte. „Würde ich sagen, du versagst, wäre deine Reaktion, es hinzunehmen?"
Verblüfft biss ich mir auf die Unterlippe und erwog seine Variante sorgsam. Mein Leben lang hatte ich Dinge getan ohne Unterstützung von außen. Von klein auf ein Wildfang, begann ich mit acht Jahren, zugefrorene Wasserfälle hochzuklettern, war seit der High School Flyer bei den Cheerleadern, jene Tänzerinnen, die beim Akrobatikteil einer Performance in die Luft geworfen wurden. Ungezählte Male in über fünf Meter Höhe eine Figur ausführen oder an einem Seil Stockwerke hoch über dem Boden zu baumeln, war kein Problem für mich gewesen. Bis eines Tages ein Flugzeug in den Atlantik fiel. Mit ihm zerbrach mein Vertrauen in mich.
„Kann ich nicht sagen", erwiderte ich leise und mied seinen Blick.
„Aber ich: Ob du in etwas gut bist oder schlecht, liegt allein bei dir."
Morgan legte den Kopf zur Seite und zwinkerte mir zu. Unüberzeugt malträtierte ich meine andere Lippe.
„Bei dir hört sich das leicht an."
„Es *ist* leicht, weil du darüber entscheidest. Natürlich kannst du Herausforderungen meiden, um den Preis, niemals zu spüren, wie sich Erfolg anfühlt. Gib dir die Chance darauf. Lebe! Oder verpass Großartiges."
Was Morgan sagte, ergab Sinn. Und es machte mich traurig, weil ich an die alte Mimi dachte. Es war erschreckend, wie sehr ich mich in den

letzten Monaten verändert hatte. Meine Stimme klang wie durch den Reißwolf gedreht und wehmütig. „Chancen leben. Das konnte ich früher hervorragend."

Ich war eine Kämpfernatur, das Wort aufgeben mir fremd.

„Was hat sich geändert? Du hast dich einem neuen Leben, einer ganzen Schule gestellt, hast mir meinen Mist nicht durchgehen lassen, dir Shelby vom Hals gehalten. Du trainierst, um dich auf ein Leben für die Hölle vorzubereiten. Vor einer Stunde standest du Gott und intergalaktischen Wesen gegenüber, du hast mit der Unterwelt und Luzifer zu tun. Und all das machst du wunderbar!"

Ich lächelte zaghaft, indes sich eine angenehme Wärme in meinem Herzen breitmachte. Vielleicht hatte ich es falsch betrachtet. Was, sollte die alte Mimi tatsächlich irgendwo in mir stecken, sich gar verstärkt rührte, um auf sich aufmerksam zu machen? Genau wie im Soap unter den Blicken der anderen. „Von deinem Standpunkt aus, bin ich Wondergirl."

„Das bist du von jedem Standpunkt aus."

„Weißt du eigentlich, wie sehr du mir gerade geholfen hast?"

Er lächelte, weil ich ihn zu mir zog, um ihm meine Dankbarkeit zu zeigen. Ich legte mein ganzes Gefühl in den Kuss, bis ich atemlos war. Warum konnte das keine Gabe sein: Luft nicht zum Leben brauchen?

Meine Hand fuhr an meinen Mund, um seinen Geschmack nicht zu verlieren. „Wo hast die letzten Monate nur gesteckt?"

„Genau hier", seine Finger fuhren zu meinen hoch und ebenfalls meine Lippen entlang. Vorsichtig, sanft. „Darauf wartend, dass du auftauchst und mein Leben zerstörst."

Ich grinste und entfachte damit ein kleines Feuer in seinen Augen. Seine Hand streichelte meine Wange und landete in meinem Haar, glitt hindurch und verharrte an meinem Nacken. „Danke, dass du mein Leben zerstört hast – und mir meinen Mist nicht hast durchgehen lassen."

„Morgan?"

„Ja?

„Danke, dass ich mich wieder lebendig fühle."

Er nahm meine Hände und küsste sie, seine Wärme strahlte auf mich über. Mit einer schnellen Drehung meiner Hände verwob ich unsere Finger ineinander und er zog mich sogleich zu sich. Das Gefühl von Einheit setzte augenblicklich ein, ich fühlte mich unbesiegbar. Wir schenkten uns gegenseitig das ehrlichste Lächeln.

Morgan war der Erste, der die himmlische Ruhe um und in uns durchbrach. „Darf ich dir etwas zurückgeben?"

„Darf ich es ablehnen?"

„Und ob du das nicht darfst", erwiderte er nüchtern.

Sicherheitshalber fragte ich: „Ist es Schmuck?“

„Nein“, erwiderte Morgan lachend. „Es ist ein Rat. Mimi, du musst wieder aus dir selbst Kraft schöpfen lernen. Vertrauen heißt, auch dann an etwas glauben, wenn es keinen vernünftigen Grund dafür gibt.“

„Wie an Gott und den Teufel?“

„Wie an das hier.“ Er stand auf und zog mich auf die Beine, hielt mir seine ausgestreckten Hände hin. Ich ergriff sie erwartungsvoll. Innerhalb eines Wimpernschlags wirbelte eine kleine Welle Luft um und unter uns auf und wir hoben ab.

Es fühlte sich an wie selbstverständlich, dass wir beide, Hand in Hand, dazu imstande waren.

Ich blickte auf den Boden unter meinen Füßen, der sich sachte, aber stetig entfernte und empfand das eigenartige Ziehen und Zerren der Schwerkraft, die auf mich verstärkt einwirkte. Mehr noch: Ich sah den Verlust der Gravitation anhand Morgans wehender Haare und spürte sie mit dem einsetzenden Schwindelgefühl. Mein Puls und Atem beschleunigten, als die Kälte der Morgenluft durch meine Kleidung fächerte. Zudem mischte sich, sobald ich begriff, dass ich keinerlei sicheren Halt unter mir hatte, die Angst herunterzufallen hinzu und ich versteifte mich merklich. Mir fiel das breite, rote Dach der Vegard'schen Villa unter uns auf und ich stellte mir bildlich vor, wie Morgan mich kurz losließ und ich daraufhin entweder ins All abdriftete oder auf dem Marmor aufprallte. Mit einer einzigen gleitenden Bewegung war ich bei ihm und klammerte mich fest.

„Entspann dich, Mimi. Dir geschieht nichts.“

Seine Stimme war schwer zu verstehen, doch sie klang zuversichtlich.

„Ich möchte, dass du mir zuhörst“, sagte er kurz darauf. Wir hielten in einer bestimmten Höhe an und da ich nicht reagierte, wartete er, bis ich ihn direkt mit weit aufgerissenen Augen anstarrte. Das Gefühl der Unsicherheit hatte sich verdoppelt, seit ich wusste, *wie* hoch wir waren. „Mimi?“

*Zehn Meter? Zwanzig?*

„Mimi, wir haben wenig Zeit. Sobald die Sonne aufgeht, müssen wir unten sein. Konzentrier dich. Ich halte dich, vertrau mir“, erklärte er und wartete, bis ich nickte.

Der Wind peitschte uns entgegen und zeichnete dabei seine Kette ab. Ich legte meine Finger darauf und fühlte die Wärme des kleinen Schlüssels. Und mit einem Mal hörte ich ihn klar und deutlich. Durch meine Blockade und meine Furcht hindurch.

„Sehr gut“, lobte er und grinste, als ich sogar ein dünnes Lächeln zustande brachte. „Wichtig ist, dass du verstehst, dass wir nur zu zweit fliegen können. Mein Vater ist ein gefallener Engel, sein Körper ist ursprünglich dazu geschaffen worden, sich in der Luft fortzubewegen. Genetisch besitzen meine Geschwister und ich dieselbe Veranlagung zu fünfzig Prozent. Aber nur dem, der ihn beerbt, ist dieses Privileg vorbehalten – seinem Nachfolger. Ich brauche dich und du mich dafür, damit keiner von uns beiden diese Macht missbraucht."

„Verstanden."

„Das Konzept des Fliegens ist, hat man es erst begriffen, nicht sonderlich schwer. Der Körper verdrängt durch den Auftrieb Luftmasse, dadurch entsteht Druck, den du ausgleichen musst."

„Wie stelle ich das an?"

„Fliegen ist wie Teleportation und das Generieren von Sachen oder Feuer – entscheidend ist dein Geist. Du musst es spüren. Hier", er tippte an meine Schläfe. „Es ist keine Vernunft oder basiert auf Logik. Fliegen ist vielmehr intuitives Wissen und Handeln", er sah schnell an mir vorbei, um ein konkretes Beispiel zu suchen. „Schon auf einer Achterbahn gewesen?"

Fasziniert betrachtete ich den Horizont, wo feines goldenes Licht sich über die Erde ergoss und sie allmählich tränkte.

„Ja", erwiderte ich flüsternd.

Der Griff um mich wurde stärker. „Glaubst du mir, dass dir nichts passieren wird?"

„Ja", diesmal war meine Stimme fester.

„In Ordnung", erwiderte er und hauchte mir einen kleinen Kuss auf die Stirn, zweifellos um mich auf etwas Größeres vorzubereiten. „Schließ deine Augen."

Ich schüttelte meine Zweifel ab und mit einem letzten Blick auf das erwachende Mainfield tat ich, wie mir geheißen. Die Luft war kühl im Gegensatz zu der Hitze, die Morgan ausströmte, und, da ich mich ans Schweben allmählich zu gewöhnen begann, gab ich auch nicht mehr dem Drang nach, unter mir etwas ertasten zu wollen. So völlig ohne meinen wichtigsten Sinn war alles, was ich wahrnahm, sein gleichmäßiger Herzschlag an meinem Ohr und seine Arme, die mich sicher hielten.

„Halte dich einfach an meine Worte. Stell dir vor, du wärst auf einer Achterbahnfahrt. Wie fühlt es sich an, während man die Schwelle überschreitet, an der die Fahrt nach oben endet und der Wagen plötzlich nach unten schnellt?"

Fast gleichzeitig mit seiner Frage baute sich das Bild vor mir auf und ich spürte die Leichtigkeit in meinem Magen, das mulmige Prickeln darin in dem Moment, bevor es bergab ging. Ich kniff die Augen fester zusammen und nahm den Reiz wahr, sobald die Beschleunigung mich gegen den Sitz presste, den Kontrollverlust, weil mein Körper vom Sitz abhob, und die Erinnerung an diese Empfindung mit der Gegenwart verschmolz.

Die Temperatur pendelte sich ein, oder vielleicht gewöhnte sich mein Körper auch nur einfach daran, und die gefühlte Beschleunigung entzündete sich in meinen Venen. Im selben Moment ging ein Ruck durch Morgan.

„Das ist es!“, triumphierte er, „genau so! Du hast es, Mimi!“

Ich sah sein Lächeln und überließ mich zufrieden ganz meinen Emotionen, merkte gar nicht, wie angenehm und intensiv die Erfahrung war, bis ich spürte, dass wir uns leicht um unsere eigene Achse drehten. Auf einmal nahm ich den Wind überall wahr. Selbst an meinem Bauch und Gesicht.

„Nun“, sagte er umsichtig, „keine Sorge. Das ist ganz normal.“

Ich war zu abgelenkt von einer Tatsache, die ich nicht begreifen konnte, verstand nicht sofort. „Wofür?“

„Das erste Mal.“

Meine Lider flogen auf und ich blickte geradewegs in sein stolzes Gesicht, zugleich mir dämmerte, warum meine Kleidung wild umherflatterte. Wie bei einem Computerabsturz löschte mein Verstand, was er sich gerade noch hart erarbeitet hatte. Morgan hatte sich von mir gelöst und hielt lediglich meine Hände, exakt wie bei der Startposition. Panik mischte sich mit dem seltsamen Gefühl des Verrats. Mir wurde schwarz vor Augen, die Schwerkraft erkämpfte sich mit voller Wucht ihr Vorrecht zurück und riss mich aus dem Gleichgewicht. Morgans Hände schnellten vor und packten mich, zogen mich zurück an seine Seite und sicherten mich gegen den Sturm um uns ab.

„Tief durchatmen“, flüsterte er an mein Ohr, über das Blut, das laut in meinen Adern rauschte. Die Luft um uns war dünn geworden und machte es mir schwer, der Aufforderung nachzukommen, und je länger ich versuchte, den Schwindel von der Drehung wegzudenken, desto stärker drehte sich mein Magen weiter.

„Können wir runter? Bitte?“

„Mimi“, sagte er und seine Arme spannten sich an meinem Rücken an, „verzeih mir. Dich loszulassen war nicht richtig, aber du hast es dermaßen toll gemacht, dass ich ausgeblendet habe, wie neu das für dich ist …“ Er brach ab, weil ich ihn unsicher musterte, fuhr mir über die kalte Wange und seufzte reumütig, „Du bist wirklich begabt. Glaube mir, wenn ich dir versichere, dass Fliegen etwas Schönes ist – dass es unglaublich viel Spaß macht. Lass es dir nicht kaputt machen von Ängsten.“

„Woher willst du wissen, wie viel Spaß es macht, wenn du ohne mich nicht fliegen konntest?“

„Ich sagte, *wir* können es nur zusammen. Das bedeutet nicht, dass mein Dad und ich es nicht geübt haben, bevor ich dich kannte."
„Wie lange davor?"
„Vier Jahre?"
„Wie war das möglich?"
„Sagen wir, mein Vater hat gewisse Regeln ausgedehnt …"
„… gebrochen?"
Wir lachten beide auf.
„Er hat letztes Jahr damit aufgehört. Sagte, ich solle mich darauf freuen, dich kennenzulernen. Es wäre anders mit dir."
„Hatte er damit recht?"
Er gab mir einen Stups auf die Nasenspitze. „Hundertprozentig."
Sanftes Licht spiegelte sich auf seinem Gesicht, in der Ferne flog ein Flugzeug an seinem Kopf vorbei. Es würde nicht lange dauern, bis man uns im Tagesanbruch erkennen können würde. Also nickte ich beklommen, schloss wieder die Augen und sah mich in Disneyland zusammen mit Anna ins Space Mountain einsteigen. Ich fühlte die Schulterbügel und die Vibration der Schienen, folgte dem Gefühl, als sie uns wie eine Kanonenkugel abschossen, sandte den Impuls weiter und spürte, wie Morgan mir wieder mehr Freiraum gewährte.
Das aufregende Kribbeln entstand in meinem Magen und ich fror es ein, hielt es fest, entspannte mich, so gut es ging, und öffnete die Augen.

************************************

„Ich bin gar nicht müde", machte ich mir die Mühe, Morgan zu informieren, egal, wie sinnlos dieses Unterfangen war. Wir gingen soeben von der Veranda zurück ins Haus, meine Arme und Beine zitterten noch vor Erregung, festen Boden unter meinen Füßen zu spüren. Und wegen der Kälte in hundert Meter Höhe.
„Natürlich nicht", lächelte er und machte die Terrassentür leise hinter mir zu. „Sieh mal, ich kenne das Gefühl, nie wieder landen zu wollen. Fliegen gerät schnell zur Sucht. Aber es strengt auch an und du musst deine Kräfte einteilen. Wir haben einen Monat bis zur ersten Prüfung. Bis dahin musst du fit sein."
„Das bedeutet bei dir vor allem viel Schlaf?"
„Nein, *guter* Schlaf. Dein Körper regeneriert sich hauptsächlich nachts."
„Wache ich denn wieder im Vorhof auf?", fragte ich beiläufig.
„Falls du es willst."
Ich mied konsequent seinen Blick und lief in Gedanken versunken weiter neben ihm her, selbst als er in dem Durchgang vom

Wohnzimmer zur Treppe stehen blieb, bemerkte ich es nur am Rande. Möglicherweise half es ja, mich vorm Hinlegen abzulenken.

Ich schaute zu ihm zurück und durch ihn hindurch, stellte mir den Garten der Genüsse vor, seine bunten Blumen und schönen Wasserspiele, um *nicht* an die geschundenen Kreaturen und ihr Elend zu denken. An kokelnde Leiber und anklagende Augen.

Mein Blick durchbohrte die Statue in der Empfangshalle. Das entsetzliche Grauen zu fühlen.

„Warte, Mimi“, sagte er und vertrieb meine Gedankenspiele durch den Klang seiner Worte. Natürlich merkte Morgan, wie aufgewühlt ich war. „Du musst da nicht jede Nacht hin.“

„Bist du jede Nacht dort?“

Er fuhr sich abwesend mit der Hand übers Gesicht. „Für mich gehört das dazu.“

Mein Mund verzog sich zu etwas, das hoffentlich wie ein tapferes Lächeln anmutete.

„Ich verstehe“, erwiderte ich und rieb mir erschöpft die Augen. „Vermutlich ist das sogar der beste Weg: Je schneller ich zurück bin, desto schneller gewöhne ich mich daran.“

Auch wenn ich es bevorzugte, lieber nie wieder einzuschlafen.

Mich schauderte es davor.

„Moment“, er trat zu mir, drehte mich, damit er in meinem Gesicht besser lesen konnte und betrachtete mich aufmerksam. „Was ist heute Nacht passiert?“

In der Ruhe des schlafenden Hauses und unter seinem intensiven Blick kam es mir plötzlich lächerlich vor, mich bei ihm darüber auszuheulen, wie grausam die Hölle sein konnte. Wem erzählte ich das?

Er hatte ohnehin schon genug mit mir am Hals: einen Menschen, der alles von Grund auf lernen musste. Das Letzte, was er brauchte, waren meine Probleme.

*Reiß dich zusammen, Mimi. Sei stark.*

„Nichts Besonderes. Vermutlich liegen meine Nerven einfach blank“, zuckte ich mit den Achseln. „Aber ich pflichte dir völlig bei: Wir sollten uns hinlegen.“

Es gab einen Moment, in dem er etwas darauf erwidern wollte, doch ich machte mich los und spazierte zur Treppe. „Kommst du?“

Er streifte mich mit einem Blick und schaute dann wieder zurück auf den Weg, den wir gekommen waren, als läge da die Antwort auf seine Frage. Die Zeit verstrich, ich lehnte mich ans Geländer. Morgan starrte nun ebenfalls auf die griechische Gottheit, deren Statue die Tür neben der Küche zierte. Er wurde kategorisch stiller, seine Stimmung verschlechterte sich zusehends. Ich versuchte zu erraten, was in ihm vorging, und rechnete mit einer baldigen Erschütterung des Hauses, seines Körpers, doch nichts tat sich und das verunsicherte mich noch mehr.

„So wird das nichts, fürchte ich", stieß er schließlich nach einer endlosen Pause mühsam hervor und versuchte mich mit dunklen Augen aufmunternd anzusehen, gab es aber kurz darauf wieder auf. Ich spürte den Kloß in meinem Hals wachsen und setzte mich auf die unterste Stufe.

*Rede mit ihm.*

„Morgan", setzte ich hilflos an, brach aber ab, weil ich ihn partout nicht anlügen wollte. Und unabhängig davon, was ich ihm erzählt hätte, es wäre nicht die Wahrheit gewesen.

Er hob eine Hand in meine Richtung und bemühte sich um Gelassenheit. „Ich verstehe, dass du nicht wünschst, mich deine Gedanken lesen zu lassen und ich respektiere deine Bitte. Aber im Gegenzug hast du versprochen, ehrlich zu mir zu sein. Keine Ahnung warum, vermutlich denkst du, es wäre unangebracht oder unangemessen oder was auch immer, aber du verheimlichst etwas und es bedrückt dich. Also lasse ich dir hiermit die Wahl: Entweder du erzählst es mir oder ich hole mir die Antwort auf eine andere Art und Weise."

„Es könnte der Alkohol sein", erwiderte ich mit einer Gefühlsmischung aus Frust und Besorgnis. „Ich vertrage nicht sonderlich viel davon."

Enttäuscht schüttelte er den Kopf. Es brachte mich fast um.

„Das ist es nicht", erwiderte er daraufhin mit wachsender Unruhe.

„Können wir nicht einfach –"

„Nein. Zehn Sekunden."

Er begann tatsächlich rückwärts zu zählen.

„Meinetwegen! Da du *offensichtlich* darauf bestehst", fuhr ich ihn scharf an und war dennoch dankbar, sobald er bei vier abbrach. „Deine Schwester hat mir vorhin einige Sachen gezeigt, das Meer, die Peitsche. Die Bibliothek und", meine Stimme klang abgehackter, „das Fegefeuer. Ich tue mein Bestes, um mir einzureden, dass sie verdient haben, was mit ihnen geschieht – aber unter ihnen waren Menschen dabei, Frauen, Kinder. Und sie leiden unsäglich."

Ich lehnte den Kopf zurück und konzentrierte mich auf die Stuckleiste aus Rosetten an der Decke.

*Blocke die Bilder, blocke die Gerüche.*

„Das ist irgendwie der Sinn dahinter", bemerkte er mit einem schwachen Lächeln und setzte sich neben mich. „Warum hast du das nicht gleich gesagt?"

„Weil es mir nicht zusteht, dich damit zu nerven. Brooke hat erklärt, der Aufenthalt dort sei für mich nicht notwendig, aber für dich wäre er normal. Und allein der Gedanke daran, dass du das jeden Tag ertragen musst …“, ich schaute ihn traurig an und sein Gesicht entspannte sich.

„Du machst dir Sorgen um *mich*?“

„Ich kriege diese Bilder einfach nicht aus meinem Kopf. Diesen Geruch, all die gequälten –“

„Stopp“, befahl er mit Nachdruck und strich mir ein paar Strähnen hinters Ohr. „Hör auf damit. Erstens sind das keine Menschen. Nicht mehr. Es sind hüllenlose Seelen. Sie besitzen keinen Namen, sind niemandes Väter, Mütter, Söhne oder Töchter. Zweitens sind sie, wie du schon folgerichtig erkannt hast, *schuldig*. Drittens: Sehe ich deiner Meinung nach deprimiert aus?“

Ich hob eine Augenbraue ob des Funkelns in seinen Augen.

„Nicht.“

„Was nicht?“, gab ich zurück.

„Du darfst dich nicht über Sachen aufregen, die sich deiner Kontrolle entziehen. Das ist meine Realität. Oft ist sie hässlich. Aber, Mimi, es ist auch deine. Mitgehangen, mitgefangen, Baby.“

Ich machte den Mund auf, um etwas zu erwidern und schloss ihn, nachdem er mir verschmitzt zuzwinkerte.

Er wartete gar nicht erst auf eine weitere Reaktion. „Meine Eltern haben uns, und insbesondere mich, von klein auf daran gewöhnt, mit dem Leid da unten umzugehen“, sagte er bedachtsam. „Und du wirst es mir jetzt nicht glauben, aber selbst du kriegst noch die nötige Distanz zu dem Ganzen. Garantiert. Das führt uns zu viertens und dem Allerwichtigsten: Belastet dich das nächste Mal etwas, dann sollst du – streich das – *musst* du mit mir darüber reden. Ich brauche dich, Mimi. Und ich will, dass du das verstehst.“

„Das tue ich“, erwiderte ich einsichtig und riss meinen Blick von der Decke los, um mich auf ihn zu konzentrieren. „Mach dir keine Gedanken, wir haben ganze vier Wochen Zeit. Sobald es drauf ankommt, gehört meine Aufmerksamkeit der Sache“, ich schubste ihn mit dem Ellbogen an.

„Ich brauche dich nicht nur für die Prüfungen“, erklärte er sichtlich erheitert. „Was ich damit meinte ist: Ich brauche dich in meinem Leben.“

Mein ganzer Körper verspannte sich bei dem Bemühen, die Bedeutung seiner Worte zu erfassen. Ich konnte fast mitverfolgen, wie die Ahnung eines Gefühls über meine Haut bis zu Morgan ausstrahlte, und merkte, dass er auf eine Reaktion meinerseits wartete.

„Ist das dein Ernst?“, fragte ich und senkte die Stimme aus Angst, jemand könnte mithören. Seine Augen verdunkelten sich und ich bemerkte erst dadurch, wie unfair meine Worte gewählt waren.

„Stopp. Du missverstehst. Das sollte kein Vorwurf sein, vielmehr Ungläubigkeit", ich nahm seufzend seine Hand und versuchte meine Gedanken zu ordnen, bevor ich sie äußerte. Das Thema hatte mich schlichtweg eiskalt erwischt. „Nachdem meine Familie", fing ich von vorn an, „verunglückte", erleichtert sprach ich das Wort zum ersten Mal ohne Wertung aus, „begann ich damit, mich lediglich allein wohlzufühlen. Keinen Grund zu finden aufzustehen ist ein ziemlich überzeugender Grund gewesen, sich dazu zu zwingen. Die Welt, das Leben war ein Konzept, das vor meinem Fenster stattfand. Ich ließ es langsam angehen. Kleine Schritte. Frühstücken, mich abends zu meiner Tante ins Labor setzen, einzelne Freunde empfangen. Und selbst da ich das Gefühl hatte, dass es ein guter Tag gewesen war: Jeden Abend, stets kurz nach Anbruch der Dunkelheit und die meiste Nacht über, stellte ich mir dieselben Fragen – und insbesondere eine: Warum tue ich das überhaupt?" Ich schmeckte den bitteren Geschmack dieser Zeit auf meiner Zunge und schluckte, bevor ich fortfuhr. „Wenn man die wichtigsten Menschen im Leben verliert, stellt man fest, dass es egal ist, wie viel Zeit man mit ihnen verbracht oder wie sehr man sie geliebt oder ihnen das gezeigt hat. Es macht immer den Anschein, es sei nicht genug gewesen. Und das tut weh. Aber vielmehr verbittert es dich, nachdem du verstehst, dass es Menschen waren, von denen du sicher warst, sie würden dich nicht verlassen. *Niemals* im Stich lassen. Mir haben das innerhalb von wenigen Monaten vier Menschen angetan, Morgan. Und jeder der vier wollte ursprünglich bei mir bleiben."

„Weshalb du denkst, dass ich das auch werde?", fragte er nach einer kleinen Pause und legte mir den Arm um die Schulter.

„Nein", schüttelte ich den Kopf. „Ich meine lediglich, dass du nicht so absolut denken solltest. Schau dir mein Leben an –", begann ich, doch er schnitt mir das Wort ab.

„Deine Familie hat sich nicht von dir abgewendet, Mimi. Ein schreckliches Unglück hat euch entzweit. Und Cameron … keine Ahnung, was mit euch geschehen ist, aber ich bin sicher, es lag hauptsächlich an seinen Problemen."

„Du weißt davon?"

„Ich habe recherchiert", gestand er und küsste meine Stirn, meine Wange, meine Lippen. „Sauer?"

„Weswegen sollte ich?", gab ich zurück. Es war mir egal.

„Fassen wir zusammen: Die einen sind von dir getrennt worden und der andere hat sich selbst ein Bein gestellt. Und jetzt kommen wir zu mir. Auf mich könnten fünf Flugzeuge stürzen, es würde mich nicht töten. Und mein Geheimnis kanntest du, bevor wir uns näher gekommen sind. Da ist also nichts Großes mehr, was ich dir vorenthalten könnte."

„Kennen wir uns wirklich erst seit zwei Wochen?"

Seine Augen wurden weich wie Samt. „Es fühlt sich länger an, stimmt's?"

„Wie ein ganzes Leben."

„Außerdem solltest du die Schicksalsgeschichte nicht vergessen, die mich dir zwangsläufig aufdrängt", scherzte er, „ob du willst oder nicht."

„Und wie ich will", beteuerte ich aufrichtig und lehnte meine Stirn an seine.

„Schön zu hören", erwiderte er und binnen eines Wimpernschlags standen wir in seinem Zimmer. Er machte Licht, nahm meine Hände und grinste. „Persönlich war ich kein Romantiker."

Ich unterdrückte ein Lachen bei dem Gedanken an den Morgan unserer ersten, zweiten, dritten Begegnung. „Tatsächlich?"

Mit einem unschuldigen Blick nickte er. „Genau genommen konnte es mir nicht gleichgültiger sein, wie sich die Frauen an meiner Seite fühlten. Shelby hatte nicht ganz unrecht mit der Aussage, dass jede mich schnell langweilte. Vielleicht lag es an ihnen, vermutlich größtenteils an mir. Ehrlich gesagt, habe ich ihnen nie wirklich zugehört. Diese dummen Hühner, die über meine Witze lachten, obwohl sie nicht witzig sind, oder schlimmer, auf ihre Kosten. Ich war ihrer Oberflächlichkeit und Albernheiten müde. Kürzlich kamst du – und du warst vom ersten Tag weiter als sie."

Ich lächelte in mich hinein. „Mein Vater nannte mich seine ‚Oma-Tochter'. Er sagte, manchmal erinnere ich ihn an eine alte Frau im Körper einer jungen."

„Der Körper ist definitiv das Entscheidende dabei …"

Ich zwickte ihn in den Arm, weil er anzüglich grinste.

Sein Lächeln verblasste und die Funken in seinem Blick wurden stärker.

„Mit dir …", er legte den Kopf schief um mich nachdenklich zu mustern, „… war das von Anfang an anders. Der Moment beim Herbstritual, deine Freundinnen und du, wie ihr euch mit den Glasscherben beworfen habt – du warst losgelöst und unbeschwert, ich hätte dir stundenlang zusehen können. Prinzipiell mochte ich keinen deiner Freunde – außer sie brachten dich zum Lachen. Und schon drauf gekommen, warum ich auf Lukes Party gegangen bin?"

„Weil er dein Freund ist?"

„Weil mich allein der Gedanke, dich nicht zu sehen, gestört hat. Geschweige denn, dich nicht *ausgelassen* zu sehen. Umgekehrt hätte ich dich am liebsten wachgerüttelt, als du diese Woche anfingst, dich in dein Schneckenhaus zurückzuziehen. Damit wir uns nicht falsch verstehen: Ich habe den Umgang, die Aggressivität, mit der Tatius und die anderen Hunde auf dich losgelassen worden sind bemerkt, ebenso den Mist, den der Himmel mit dir anstellte. Ich wollte es genauso wenig an mich herankommen lassen wie du, hatte schließlich weniger Grund dazu. Aber spätestens nach der Sache mit deinem Fahrrad und dem Lkw – mach ähnlichen Scheiß bloß nie wieder – hätte ich Gabriel stellvertretend für die da oben am liebsten den Kopf abgerissen." Während er sprach, waren wir zu der Couch gegangen und hatten Platz genommen. „Was ich damit sagen will, ist: Mit dir ist es anders. Bist du glücklich, geht es mir gut – bist du es nicht, gibt es nichts, was ich nicht tun würde, um das zu ändern. Und damit kommen wir zu Beispiel A", er blickte zum iPod und sogleich erklang leise Musik und füllte den großen Raum mit Leben.

„Bryan Adams?", fragte ich, nachdem ich „Anything I do", erkannte.

„Es ist eine ganze Mimi-Playlist. Ich bin der Linie treu geblieben. Bryan Adams, Rihanna, Phil Collins, Meat Loaf, Adele …"

„Sugarbabes? Train? Pink? Maroon 5?"

„Check."

„… Katy Perry?"

„‚One of the boys', ‚Teenage Dream' und ‚Prism'."

„Justin Bieber?"

Er hielt inne, als sei ihm der Allmächtige erneut erschienen.

Ich lachte und hörte ihn erleichtert aufatmen, wurde aber wieder ernst beim Refrain des Liedes. Wie oft hatte ich es mit Abby zusammen gehört?

„Das ist unglaublich lieb, Morgan", sagte ich gerührt. „Hab vielen Dank. Das hat noch nie jemand für mich getan."

Diese Geste schätzte ich fast genauso wie die schöne Kette, auch wenn ich ihm das niemals gesagt hätte.

„B", fuhr er zufrieden fort und hielt plötzlich zwei schmale Papierhüllen in der Hand.

„Was ist das?", fragte ich neugierig und er reichte sie mir. Ich öffnete eine, fischte das schwarz bedruckte Papier heraus und überflog es, da setzte mein Herzschlag aus.

Meine Augen glitten zurück zu den obersten Zeilen.

„Flugtickets?"

„Der Winter fehlt dir", erklärte er mit einem schelmischen Lächeln auf den Lippen, „und weil er in den nächsten Jahrhunderten hier nicht vorhergesagt wird, bringen wir dich einfach dahin, wo er ist."

„Wann habe ich denn davon erzählt?"

„Mir gar nicht. Aber Abby."

Ungläubig starrte ich von dem Ticket zu ihm. Er half meinem Gedächtnis auf die Sprünge. „Letzten Dienstag."

„In der Schule?!"
„Beim Mittagessen. Sie fragte, was du in den Weihnachtsferien vorhast und ob ihr nicht einen Kurztrip ans Meer machen wollt. Du sagtest, es sei Weihnachten, daraufhin Abby: Na und? Du hast eingelenkt und gesagt, es sei eine Überlegung wert, du hieltest sie auf dem Laufenden. Aber gedacht hast du: An Weihnachten baut man Schneemänner, keine Sandburgen."
Er hatte es geschafft. Ich lief tatsächlich rot an. Aus irgendeinem Grund wollte ich aber nicht, dass er mich für undankbar hielt. „Das hatte nichts mit Abby oder Mainfield zu tun. Hin und wieder sehne ich mich eben nach der kalten Jahreszeit."
„Trifft sich hervorragend. In deinen Händen hältst du den Ausweg. Wir machen einen Kurztrip in die Kälte."
Er genoss meine Verwunderung, nahm die Tickets, um sie wegzulegen, und lehnte sich zurück, während meine Gedanken von links nach rechts sprangen.
„Wer ist wir?"
„Wir beide."
„Wann?"
„Nächstes Wochenende."
„Da ist nicht Weihnachten."
„Für dich schon."
„Was hat das mit Schnee zu tun?"
„Ah, die relevante Frage", lobte er und richtete sich wieder auf. Er erinnerte mich an ein Kind, das sich stundenlang nach Lust und Laune in seinem Lieblings-Süßwarenladen austoben durfte. „Ziel unserer Reise ist Bishop, eine Stadt im Skigebiet Mammoth Mountain. Meine Eltern besitzen dort eine kleine Berghütte. Das macht drei Tage voller Snowboarden, Käse- oder und Schokofondue, knisterndem Kaminfeuer und Schnee – tonnenweise."
„Sagtest du nicht, du würdest Kälte verabscheuen?"
„Halt mich einfach warm."
„Ich bin sprachlos, Morgan. Und das klingt verlockend", lachte ich. „Aber was genau erzähle ich meiner Tante?"
„Genau genommen müsstest du ihr gar nichts erzählen. Du bist achtzehn", noch bevor ich protestierten konnte, legte er mir einen Finger auf die Lippen, „aber weil du du bist und unnötig vorbildlich erzogen: Wie wäre es mit der Wahrheit? Du fliegst mit deinem Freund übers Wochenende weg."
„In fünf Tagen", sagte ich nüchtern. „Mit meinem Freund, von dem sie bis zu diesem Wochenende gar nichts wusste?"
„Sie lernt mich morgen kennen und bis Freitag wird sie mich lieben."
„Wie kommen wir dahin?"

„Mit der guten alten Methode: Learjet."

„Wenn ein Privatflugzeug die gute alte Methode ist, was ist die neue?"

„Teleportation. Aber die Entfernung ist nicht ganz ohne und mit Ausrüstung und Gepäck wärst du so erschöpft, dass du nichts mehr vom Urlaub hättest."

„Und warum Snowboarden und nicht Skifahren?"

„Weil du dir beim Skifahren drei Jahre hintereinander den Knöchel verrenkt hast und du seitdem nur noch snowboardest."

„Ziemlich beeindruckend", sagte ich und stützte den Kopf auf meine Hand. „Aber weißt du, was ich tausendmal toller finde?"

„Erzähl's mir."

„Dass du dich vorhin trotz offensichtlichem Frust ausreichend unter Kontrolle gebracht hast, dass nicht mal ein winziges Staubkorn zu beben anfing."

„Das ist toller als Winter?"

Nickend lächelte ich ihn an. „Und es macht mich, ehrlich gesagt, ziemlich stolz. Weil es bedeutet, dass du an dir arbeitest", ich nahm Morgans Hand und verschränkte meine Finger mit seinen, „und das sollte belohnt werden."

„Definitiv", bestätigte er grinsend. „Ich hätte auch schon eine Idee: indem wir nach Bishop fliegen."

„Versprich mir, mir die nächsten Jahrzehnte keine teuren Geschenke zu machen – und mit Maddys Einverständnis", lenkte ich ein und legte mein Kinn auf seinen Brustkorb, um ihn anzusehen. „Aber keine Sorge, ein Blick auf mich und meine bescheuert glänzenden Augen und sie wird dich wirklich lieben. Keine Tricks nötig."

„Würde eh nicht funktionieren", erinnerte er mich und strich über mein Haar, „sie ist kein schlechter Mensch. Was hingegen den ersten Teil betrifft", er hob meinen Kopf sanft an und küsste mich zärtlich, „vergiss es."

„Morgan, ich fühl mich nicht wohl dabei."

„Es ist nur Geld. Wir haben genug davon und nach meinem Vater und Gott ist es auf dieser Welt die maßgeblichste Instanz – gewöhne dich daran."

„Aber wie soll ich da mithalten?"

„Warum solltest du das müssen?"

Ich verwies schweigend auf die Tiffany's Box, die auf meiner Seite des Bettes auf dem Nachttisch lag, „und deshalb", fügte ich an und wünschte mir die Tickets wieder in die Hand. „Das ist zu viel."

„Das liegt nicht in deinem Ermessen", erwiderte er durchdringend. „Hast du dir Gedanken darüber gemacht, was du gerade tust? Du krempelst dein ganzes Leben für mich um."

„Weil ich es möchte. Du musst mich nicht bei Laune halten."

„Mimi“, er sah mir fest in die Augen, „es ist ziemlich simpel: Möchte ich eine Turnhalle fluten, geht sie unter. Will ich morgen die Mona Lisa kaufen, hängt sie nächste Woche hier. Und wenn ich dir was schenken möchte, dann“, ich unterdrückte die offene Ablehnung vor seinem selbstsicheren Gesicht, „werde ich auch das tun.“

Ich biss mir auf die Unterlippe. „Niemand sagt was dagegen, dass du dein Geld für dich ausgibst. Es ist nur …“

Mein Zögern verriet mich.

„Sprich weiter.“

„Es soll nicht den Anschein erwecken, Geld sei mir derart wichtig. Die Kette hat Tausende von Dollar gekostet!“

„Ich werde so tun, als hätte ich das überhört, denn ansonsten könnte mich das zornig stimmen“, seine Augen waren verklärt. Er nahm meine Hände in seine. „Ich habe dir diese Kette gekauft, weil ich sicher war, dir damit eine Freude zu machen. Und weil es mein Vorrecht ist, Geld auszugeben, wann und wo es mir passt. Du gehörst jetzt zu mir, Mimi. Dein Glück liegt mir am Herzen.“

„Hmmm“, ich schluckte die Erwiderung hinunter.

„Für die Zukunft gilt: So leid es mir tut, aber in der Angelegenheit hast du leider keine Wahl.“

„Aber bin ich es nicht, die deine Geschenke annehmen muss?“

„Warum streiten wir uns über Geld? Man müsste meinen, einer der Vorteile viel davon zu besitzen, ist es, keine Gedanken daran zu verschwenden!“

Sobald ich protestieren wollte, schüttelte er belustigt den Kopf. „Ich weiß, dass du das nicht nötig hast und es vermutlich für verschwenderisch hältst. Aber lass das bitte meine Sorge sein.“

Er rutschte näher und hob mein Kinn an, sodass er meinen Blick mit seinem fixieren konnte.

„Dein Leben wird sich verändern, nicht nur durch das Übersinnliche, sondern auch im Alltäglichen. Eine Änderung, an die du dich schnell gewöhnen solltest, ist meine Lust darauf, dich zu verwöhnen.“

„Dagegen habe ich nichts“, grinste ich.

„Auch im finanziellen Sinn“, ergänzte er zwinkernd und ich seufzte auf. „Wehre dich dagegen, aber ich garantiere dir, es wird nichts daran ändern. Ich genieße es bereits jetzt zu sehr.“

Ich befand es für klüger, ihm keine Widerworte zu geben, sondern ließ ein wenig Zeit verstreichen. Sobald mein Blick wieder zu ihm wanderte, erkannte ich Unsicherheit in seinen Augen und fragte mich, ob ich sie verursacht hatte. „Alles okay?“

Wortlos nahm er mich noch fester in den Arm und seufzte.

„Habe ich meinen Standpunkt bezüglich uns beiden klargemacht?“

„Das musstest du gar nicht“, sagte ich, „es bestand kein Anlass dazu.“

„Das ist es ja gerade. Es ist zum Haare raufen. Jedes Mal wenn mir jemand erzählte, er hätte dies und das Romantische für seine Freundin getan, und wie schön er es fand, sie dadurch zu überraschen, tat er mir leid. Es wirkte verzweifelt. Schwach. Ich war froh, das nicht nötig zu haben. Sieh mich nun an. Mich und meinen Ehrgeiz, sich selbst zu überbieten, wie ich das Wort Freundin sage, als wäre es eine Trophäe."

„Das klingt nach Bedauern."

„Nein", lachte er und küsste mich mit einer Innigkeit, die meinen Körper unter Strom setzte, „es klingt nach jemandem, der bis vor Kurzem der festen Überzeugung war, Verliebtheit sei eine chemische Reaktion, übersprudelnde Einbildungskraft vielleicht oder meinetwegen etwas, das mit Sex verwechselt wird, und nun feststellen muss …", er suchte nach den richtigen Worten und mir kam Grace plötzlich in den Sinn.

„… dass es echt ist?"

Mit einem Nicken nahm er meine Hand. „Auf eine entspannt beruhigende Art."

„Oh, noch", ich schmunzelte, „aber spulen wir ein wenig in der Zeit vor. Du wirst sterben wollen, wenn ich sterbe, aufhören zu essen und zu schlafen, sollte ich nicht bei dir sein, und dein ganzes bisheriges Leben wird dir sinnlos erscheinen, sobald wir uns erst Rasierer und Zahnbürste geteilt haben!"

„Mimi?"

„Was?"

„Du hast heute Morgen meine Zahnbürste benutzt."

Ich zog scharf die Luft ein, während ich meine Morgenroutine durchging. Es stimmte, ich hatte nicht darauf geachtet, sondern eher …

„Hey, Moment! Wir haben getrennte Bäder!"

Er lachte lauthals und floh zum Bett, wo ich mich sogleich auf ihn warf, um ihm jede Fluchtgelegenheit abzuschneiden. „Nicht witzig!"

„Doch, schon …"

Ich stützte mich auf die Ellbogen und musterte ihn zärtlich. „Du bist ganz anders."

Seine Hände rahmten mein Gesicht ein. „Du bist genauso, wie ich gedacht habe. Einfach umwerfend."

„Wow. Du entdeckst wirklich gerade deine romantische Seite."

Er setzte sich zufrieden auf, küsste meine Wange und schlug anschließend die Decke für mich zurück.

Ich kroch darunter und sobald ich sie zurechtrückte, fühlte ich die Aufregung der letzten anderthalb Stunden sacken. Die Sonne war längst aufgegangen und obwohl die schweren Gardinen das Licht dämmten, reichte es aus, mich daran zu erinnern, dass die meisten bald aufstehen würden. Morgan löschte zwischenzeitig die Zimmerbeleuchtung und machte die Musik aus.

Mit einem genüsslichen Strecken drehte er sich mir zu.

„Wir können fliegen“, murmelte ich fasziniert und fühlte wieder den Adrenalinkick, den man zum Starten und Landen brauchte.

„Das gefällt dir bisher am besten, stimmt's?“

„Es gibt nichts, was mir nicht gefällt. Bis auf diesen Horror-Feuerstrahl.“

Morgan lachte. „Auch als Phlegeton bekannt?“

„Horror-Feuerstrahl trifft's besser“, verkündete ich, probierte gar nicht, mir das Lächeln zu verkneifen. „Wie machst du das? Ich meine, wieso erscheint es bei dir leicht, dieses Doppelleben zu führen?“

„Ich kenne es nicht anders. Und ich bin nicht alleine. Wir helfen uns gegenseitig, falls wir einen schlechten Tag haben – lassen es am anderen aus. Jared ist unser beliebtester Prügelknabe.“

„Weil es ihm Spaß macht, sich ständig mit euch zu messen?“

„Exakt“, grinste er. „Luke regelt das außerdem, indem er Autorennen fährt und Brooke – naja, geh in ihr Bad und sieh dir die Parfümsammlung an.“

„Und was stellst du an?“

„Frag nicht.“

„Was ist es?“

Resigniert seufzte er. „Jagen. Vorzugsweise mit Tatius. Deswegen war es letzte Woche vorne und hinten unheimlich deprimierend. Nicht nur, dass es dir bescheiden ging, selbst mein Hund war unverfügbar.“

„Also hast du es an hilflosen Menschen ausgelassen?“

„Niemand sagt, dass ich stolz darauf bin. Es ist aber faktisch nichts Gravierendes passiert.“

„Wie viele davon sind im Krankenhaus gelandet?“

„Und wie viele davon haben überlebt?“

„Alle hoffe ich.“

„Also halb so schlimm.“

„Was jagt ihr?“

„Wen“, korrigierte er mich und ich kannte die Antwort. Sie laut zu hören war nur Formsache.

„Seelen?“

Er nickte und wechselte sogleich galant das Thema. „Kleiner Nachtrag: Du allein hast es in der Hand, dem Ruf des Vorhofes zu folgen. Möchtest du nicht hin, existiert eine einfache Formel, die dir den Zutritt verwehrt. Lediglich laut aussprechen.“

Intuitiv ahnte ich, welche er meinte.

Und schwieg.

„Nimm dir eine Auszeit, Mimi."
„Ich komme zurecht", erwiderte ich bestimmt und drehte mich erschöpft auf den Rücken. „Kann man auch tagsüber dorthin?"
„Nur mein Vater."
„Du also erst nach den Prüfungen?"
„Gott sei Dank."
„Nicht *sein* Name", grinste ich. Er wollte mich packen und ich versuchte ihm quietschend zu entgehen, was mir jedoch nicht gelang. Ich wehrte mich mit jeglichen Mittel und griff sogar auf die Kitzeltaktik zurück, gab mich aber geschlagen, da er mich einfach zurückkitzelte.
Nachdem ich sein Friedensangebot angenommen hatte, zog er mich schließlich außer Atem zu sich und ich kuschelte mich dankbar an ihn, legte meinen Kopf an seine breite Schulter und küsste seinen Hals.
„Schlaf schön", sagte ich und fuhr mit meiner linken Hand über seinen Bauch und unter sein Shirt.
„Du auch", erwiderte er und küsste mein Haar, legte dann seine Hand auf meine.
Mit einem letzten kleinen Lächeln schloss ich die Augen und horchte auf seine gleichmäßige Atmung, während mein Körper sich ihr anpasste und dadurch automatisch beruhigte. Er streckte sich genüsslich und ich fühlte seine Lippen an meiner Wange: „Ich könnte dich niemals verlassen – ich bin verrückt nach dir."

***********************************

Wir schliefen bis mittags, aßen auf dem traumhaften Steinbalkon im ersten Stock, der zu seinem Studierzimmer gehörte und den Blick auf den großen Garten freigab, und lagen anschließen mit Brooke, Jared und Luke am Pool. Nach einer himmlischen halben Stunde unter der warmen Sonne mit einem kalten Fruchtcocktail drehte ich mich vom Bauch auf den Rücken und streifte die Träger von den Schultern, um nahtlos braun zu werden. Ein anerkennender Pfiff ließ mich auffahren, ehe ein „Autsch" ertönte. Ich hob meine Sonnenbrille und drehte den Kopf. Morgan funkelte Luke und Jared genervt an.
„Augen nach vorn."
Er machte eine begleitende Bewegung mit der Hand und wartete, bis seine Freunde dem grinsend Folge leisteten. Zufrieden beugte er sich vor und flüsterte mir ins Ohr: „Diese beiden besitzen keinerlei Manieren."
Gerade da ich antworten wollte, sah ich das tanzende Blau in seinen Augen, während er den Blick über meinen roten Bikini gleiten ließ,

der meiner Meinung nach nicht mehr zeigte oder verbarg als Brookes schwarzer Zweiteiler.

„Auch wenn ich mir gerade überlege, ob ich sie nicht erblinden lassen sollte, solange du nur dieses winzige Nichts anhast“, seine Stimme war jetzt ein heiseres Wispern, er fuhr mit dem Zeigefinger mein Schlüsselbein nach, „oder jeden Mann dieser Welt in deinem Beisein.“

Ich schüttelte lachend den Kopf. „Luke und Jared werden mich schnell vergessen. Es gibt tonnenweise attraktive Frauen da draußen.“

Morgan hob eine Augenbraue. „Das glaubst du wirklich, stimmt’s?“

„Was glaube ich?“

„Du denkst, du seist wie jede andere Frau.“

Ich zuckte die Achseln und setzte meine Brille wieder auf. Seine Hand schoss vor, um mich daran zu hindern. „Entweder bist du blind oder du verbringst zu wenig Zeit vor einem Spiegel. Werde nur rot, aber vertraue mir, wenn ich dir versichere, dass du jeden Mann um den Finger wickeln wirst, indem du diese unschuldigen smaragdgrünen Augen auf ihn richtest und lächelst.“

Ich studierte sein Gesicht aufmerksam und lächelte tatsächlich. „Andere Männer interessieren mich nicht. Ich habe da bereits einen im Auge, der mich genug beschäftigt.“

„Der Glückspilz.“

Ich lachte erneut, griff nach seiner Kette und zog ihn zu mir, küsste seine Lippen. Jared und Luke wechselten mit Brooke einen Blick.

„Mach weiter so, Mimi, und du hast ihn bald Balladen singend unter deinem Balkon stehen.“

Lukes hämisches Grinsen verwandelte sich in empörtes Rufen, als seine Liege umkippte und ihn unter sich begrub. „Fuck! Wer bringt dir deinen Ball nach vorne, solltest du mich verärgern, du Sack?“

Morgan zeigte sich unbeeindruckt. „Lenny wartet schon lange darauf, dass dich einer umtackelt. Er hat Potenzial und verdient eine Chance.“

Luke schnaubte und richtete seine Liege wieder auf. Er brauchte dafür nur zwei Finger. „Niemand kennt dein Passspiel wie ich.“

Jared, bis dato eher still, streckte sich und ich kam nicht umhin, seine Muskeln zu bemerken, die sich anspannten und wieder glätteten. „Wenigstens verhält er sich menschlich, Mr. Dreißig-Kilometer-die-Stunde.“

„Nicht ich habe die Menschenpyramide aus Tyrants-Defense gebastelt“, spie Luke zurück, was bei seinem Cousin zu einem breiten Lächeln führte.

„Habt ihr das Wimmern von dem Kerl gehört, der ganz unten lag? ‚Ich mach dich fertig, Lenoire! Du bist tot, du Arschloch!‘“

„*Dein Arsch gehört mir*“, imitierte Luke eine tiefe, genervte Stimme.

„Ihr Coach fand das nicht witzig", ging Morgan dazwischen, „ich dachte, ihm platzt die Halsschlagader, während er Bellazzo anschrie."

„Haben wir gewonnen oder nicht?"

„Haben wir das jemals nicht?"

Sie grinsten sich an.

Brooke, die links von mir lag, fuhr sich mit den Händen durch die Haare und band sie zu einem hohen Pferdeschwanz zusammen, wobei sie mich anfunkelte. „Falls dich diese Ego-Beweihräucherung genauso langweilt wie mich, bist du herzlich eingeladen, mit mir ins Wasser zu gehen und abzukühlen."

Ich überschlug, wie offen ich sein konnte, und entschied, dass die anderen die Wahrheit verkraften könnten. „Sie könnte mich langweilen, würde ich ein Wort davon verstehen."

Morgans kleine Schwester kniff die Augen gegen die starke Sonne zusammen und seufzte. Offenbar hatte sie damit gerechnet. „Lucas ist Runningback der Tigers, eine Position –"

„– die außerordentlich wichtig und ausschlaggebend für den Spielverlauf ist", beendete er für sie.

Morgan schnalzte mit der Zunge und lehnte sich dann auf den Händen zurück. „Football besteht aus Lauf- und Passspielen. Bei letzteren kommt der Runningback ins Spiel. Der Quarterback übergibt ihm den Ball und der Runningback läuft los und versucht, so viele Yards wie möglich gutzumachen."

„Es gibt einen Runningback pro Spiel?"

Falls ihn meine Frage schockte, zeigte er es nicht. Anders Luke und Jared.

„Ja", nickte Morgan. „Deshalb das aufgeblasene Ego."

„Sagt der Richtige", Brooke fächerte sich Luft zu. Ihre Nase hatte trotz Sonnenschutz bereits einen leichten Rosaton.

Interessant. Der sterbliche Teil in ihr verpasste ihr soeben einen Sonnenbrand?

„Was wäre Football ohne Quarterback?"

„Du hast nur Glück, dass Bellazzo dir deinen Hintern küsst."

„Weil ich gut bin."

Jared verschränkte die Arme vor der Brust. „Was auch immer, Goldjunge."

„Pass auf, Freundchen."

„Schwimmen klingt auf einmal verlockend", erklärte ich Brooke, indes die zwei sich über alle Liegen hinweg anstarrten, als würden sie das am liebsten mithilfe einer Kanonenkugel klären. Sie ergriff wortlos meine Hand und ich folgte ihr die Stufen hinab ins Wasser.

„Das tun sie ständig", sagte sie, sobald wir hüfthoch im Wasser standen. „Jared knabbert bis heute daran, dass der Coach Morgan vor drei

Jahren nach fünf Minuten Probetraining die Position regelrecht nachgeschmissen hat. Bellazzo ist richtig vernarrt in ihn, es gibt nicht mal einen richtigen Ersatz."

Ich erinnerte mich an Grace' Erklärung, Jared sei für ihren Sohn am Freitag eingesprungen.

„Aber insgeheim lieben sie sich, seit sich Jared und Morgan mit acht Jahren in der Schulpause grün und blau geschlagen haben – oder hätten, falls beide dazu in der Lage gewesen wären. So erwischte es nur Jared. Luke trennte die zwei Kampfhähne todesmutig, etwas, was er bis zum heutigen Tage perfektioniert hat."

Beim Versuch mir die beiden als Kinder vorzustellen, schmunzelte ich.

„Dad war richtig stolz. Er sagte, das würde ihre Freundschaft festigen." Jemand packte mich von hinten und trug mich auf beiden Armen ins tiefe Wasser. „*Liebe* ist ein wenig übertrieben", erklärte Morgan. Der Sonnenschein schimmerte auf seinem fabelhaften Oberkörper und allein dieser Anblick hätte gereicht, damit mir schwindelig wurde. Zu allem Überfluss brachen sich die Sonnenstrahlen auf der Wasseroberfläche und wurden von seinen meerblauen Augen zurückgeworfen. Zum Glück tauchten Luke und Jared neben uns auf und zogen ihre Bahnen, bevor Luke es sich letztlich auf einem aufblasbaren Gummiboot bequem machte, das sanft umhertrieb.

„Unsere Eltern waren weniger begeistert – sie haben nächtelang mit Licht geschlafen, aus Angst, Lawrence würde sie holen kommen", erklärte Jared grinsend und tauchte elegant unter. Ehe ich auch nur zwinkern konnte, war er am anderen Ende des Pools.

Luke sah ihm nach, ehe er sich mir zuwandte. Morgans Hände glitten gerade unter meinen Hintern um mich an sich zu ziehen. Ich hatte keine andere Wahl, schlang die Beine um ihn und lächelte ihn an.

Nicht, dass ich irgendetwas anderes lieber getan hätte.

„Kam er?"

„Ja", antwortete Luke und paddelte zu Brooke, die gemütlich eigene Bahnen zog. „Um uns zu sagen, dass er sich sicher sei, die richtige Wahl getroffen zu haben."

Die drei lachten bei der Erinnerung. Hätte ich nicht Abby und Drew, würde ich sie um ihre Freundschaft beneiden. Freunde waren kostbar. Gerade als Sohn des Teufels, konnte ich mir vorstellen, war es nicht leicht, jemandem zu vertrauen.

Wir spielten Wasserball, wobei ich mich wacker schlug, aber dennoch Meilen unter dem Leistungsniveau der anderen blieb. Mein Team, bestehend aus Morgan, Luke und mir gewann zwei von drei Partien.

Aiden stieß später mit Mary hinzu und plantschte mit seinen Schwimmflügeln im Wasser. Für eine Stunde kam es mir vor wie ein ganz normaler Sonntagnachmittag. Dann regte der Kleine sich auf, weil Mary ihm seine Sonnenkappe aufsetzen wollte, und im Eifer seines Wutanfalls verbrannte er ihren Arm.

Brooke griff ein und heilte das duldsame Kindermädchen, während ich Aiden zu beruhigen versuchte, indem ich mir einen Strohhut herbeigenerierte und ihn mir von ihm auf den Kopf setzen ließ – und plötzlich waren Hüte ganz toll und er wollte sogar nur noch damit herumlaufen.

Es war nach vier Uhr, als Luke mit dem Training beginnen wollte, und nach sechs, als ich mir erschöpft und von Seitenstechen geplagt die Seite hielt.

Ich wischte mir mit meinem Top übers Gesicht und fühlte die geplatzte Unterlippe, die ich mir bei meinem letzten Ausweichmanöver zugezogen hatte. Vermutlich sah ich nicht halb so schlimm aus wie gestern, doch heute musste ich abends nach Hause und war auch nur ein winziger Bluterguss sichtbar, würden Maddy und Trevor nachhaken.

Indes ich Luke und sein flinkes Schwert nicht aus den Augen ließ, meine Beine zwang, stets in Bewegung zu bleiben und die Klinge meines Tarsus mehr flackerte als stabil war, wiederholte ich in Gedanken das, was mir Jared und Luke das ganze Training über eingebläut hatten:

Fokussieren.

Antizipieren.

Reagieren.

Durch den Hindernisparcours hindurch, den ich unter erschwerten Bedingungen samt Tarsus absolvieren musste: Am Boden entlang- und durch Sand robbend, durch Reifen und über Säcke springend und kurze Strecken auf Maximalgeschwindigkeit laufend, hatten sie mich an ihre Dreierregel gewöhnt. Jetzt, da meine Kräfte schwanden und trotz der Anstrengung, wusste ich, ich machte mich, hörte verstärkt auf mein Bauchgefühl, achtete akribisch auf meine Gedanken.

Meine Lehrer fanden wohl, ich sei dafür bereit und starteten nun mit der letzten Übungsphase.

Zweikampf stand auf dem Plan.

„Fokussieren!“, brüllte Luke. Mit drei großen Schritten war er bei mir und schlug mit seiner offenen Hand in Richtung meines Halses. Ich wich aus, indem ich mich duckte, doch er folgte der Bewegung und war ebenso schnell wie ich, griff an mir vorbei und zwischen meine Hände, umfasste meine Waffe seitlich an der Klinge und warf sie fort. Ich wünschte sie mir zurück und hielt sie gleich darauf wieder sicher in der Hand.

„Antizipieren“, erklärte ich ihm und hörte Jareds schwere Schritte, als er sich mir von hinten näherte, grätschte aber zuerst meinen vorderen

Angreifer und riss ihm mit einer schnellen Beinabfolge den Boden unter den Füßen weg, bevor ich herumwirbelte und Jared mit der flachen Hand ins Gesicht schlug.

Verdammt.

Jared grinste lediglich und fing meine Hand in der Luft ab, drehte sich und rammte mir seinen Ellbogen ins Brustbein. Ich flog rückwärts und schlug hart auf, holte tief Luft und rappelte mich wieder hoch. Dann, gleichzeitig mit Luke, griff ich nach Pfeil und Bogen und entging nur knapp seinem Angriff, indem ich anlegte, schätzte, zielte, auf seine rechte Schulter schoss – und diese wie durch ein Wunder traf. Sein Pfeil wurde dadurch abgelenkt und flog irgendwo in die Palmen hinter mir.

Er nickte beeindruckt und entschied sich dafür, sein Schwert weiter ausfahren zu lassen und in seine linke, unverletzte Hand zu nehmen. Wir umkreisten uns und auch ich ließ den Bogen fallen und generierte wieder den Tarsus.

„Nicht schlecht, Mimi", sagte er und trat auf mich zu, zog sich den Pfeil ohne den Hauch einer Anstrengung aus der Schulter. „Du bist flexibler bei der Wahl der Waffe, belastbarer unter Druck. Aber deine Deckung –", mit einer schnellen Bewegung hieb ich Jared in den Unterleib und hörte ihn aufstöhnen,

„– ist schon viel besser?", beendete ich für ihn. Beim Anblick meines selbstgefälligen Grinsens stach Luke kompromisslos zu. Ich reagierte, jedoch eine Millisekunde zu spät. Die scharfe Klinge streifte meine rechte Seite gerade in dem Moment, da ich meinen Tarsus dazu benutzte, seinen zweiten Stoß wegzuschlagen. An der Stelle, wo er mit der Spitze mein Top erwischt hatte, entstand eine dunkelrote Schliere auf meiner Kleidung. Abgelenkt starrte ich kurz auf die sich bildenden, wie Batik anmutenden Flecken.

Die Wunde war frisch, doch dank Adrenalin spürte ich sie nicht.

„Dieses Zögern kann dich dein Leben kosten."

Und mit diesen Worten hieb Luke wieder nach mir.

Ich drehte meinen Oberkörper schützend weg und parierte seinen Schlag, den er so brachial ausführte, dass es Funken schlug, als die Klingen sich begegneten – und gleich darauf dazu führte, dass sich mein Armband plötzlich erwärmte.

Ohne Zögern hob ich zum ersten Mal die Hand, das vereinbarte Zeichen für eine Unterbrechung, um zu Morgan zu sehen. Er stand zusammen mit Brooke am Rande des Geschehens. Sie war blass um die Nase und hatte ihm beruhigend die Hand auf den Arm gelegt, doch gemessen an der Reaktion meines Armbands, machte sie etwas falsch.

„Du gehst zu weit, Luke“, erklärte Morgan seinem verschwitzten, schwer atmenden Freund.
„Das hast nicht du zu entscheiden“, gab Luke mit aufgeputschter Stimme zurück.
„Mimi ist doch erst dabei, das zu lernen“, versuchte Brooke es mit ein bisschen mehr Fingerspitzengefühl, „kein Grund, sie gleich dermassen hart ranzunehmen.“
„Sie hat einen Monat!“, entgegnete Luke mit solcher Verbissenheit, dass es mir durch Mark und Bein ging. „Vier Wochen, bevor sie wer-weiß-was angreift! Ist es so weit, soll sie dafür gewappnet sein. Also sag weder du noch dein Bruder mir, wie ich sie darauf vorbereiten soll. Das ist einzig und allein unsere Aufgabe!“
Ehe ich mich versah, schleuderte er zu mir herum und packte mein Handgelenk, sodass ich nun mit dem Rücken zu ihm stand und wir in dieselbe Richtung blickten.
*Perfekt.*
„Reagieren“, wisperte ich ihm zu, krümmte meinen Arm und rammte ihn Luke mit aller Kraft, die ich mobilisieren konnte, in die Magengrube. Er rang hörbar nach Luft und ließ mich los, einen Schritt später war ich frei.
„Kämpfen ist mehr als gutes Timing“, schaltete sich nun Jared tadelnd zu. Er stieg über ihn drüber und nahm dessen Platz ein. Dabei wirkte er nicht annähernd ähnlich begeistert, wie ich mich fühlte. Im Gegenteil: Er schwang seinen Tarsus hart genug über dem Kopf, dass er pfeifend die Luft durchschnitt, „es geht um Disziplin. Arbeite mehr mit dem Geist“, und mit diesen Worten preschte er vor und holte aus. Augenblicklich blockte meine Waffe seine, als er von vorn auf meinen Bauch zielte. Dann drehte er sich und visierte meinen Kopf an – ich handelte unbewusst und wehrte den Angriff mit einem rigorosen Schlag ab, der gelungen, fest war, und unsere beiden Schwerter wegfliegen ließ. Er hatte seins schneller wieder und stieß zu, traf erneut die Seitenwunde, die Luke mir verabreicht hatte, bevor der Tarsus in meiner Hand ausgefahren war.
Diesmal spürte ich *alles*. Im vollen Bewusstsein, dass Morgan dabei war, blieb ich möglichst ruhig stehen und atmete tief durch.
„Jared, verflucht!“
Weder mein Armband noch der Schnitt brannten annähernd so stark wie Morgans Augen, der jetzt einen Schritt auf uns zumachte.
„Vergiss es, Kumpel“, raunte Luke. „Du hältst dich raus.“
„Warum fangt ihr nicht langsam an?“, rief er und machte sich von Brooke los. „Ihr beide gegen eine Anfängerin? Ist das euer Ernst?“
„Du die geistigen, wir die körperlichen Kräfte“, erinnerte ihn Jared, „wie es Lawrence verfügt hat.“

Luke nickte. „Vielleicht wäre es einfacher, wenn ihr drinnen warten würdet.“
„Vielleicht wäre es klüger, sie zuerst in der Kunst der Verteidigung zu unterrichten“, erwiderte Morgan postwendend.
„Ihre eigene Waffe kann sie nicht umbringen“, gab Luke den Tarsus schwingend zurück und erst da bemerkte ich, dass ich die Klinge meines Schwertes nicht ausfahren konnte.
Dass es nicht mein Tarsus war.
Jared beobachtete mich amüsiert. „Hättest du deinen Geist erforscht, wäre es dir aufgefallen.“
Wütend über mich selbst, ließ ich den nutzlosen Knauf los und stürzte mich auf ihn.
„Fokussieren, Mimi“, hörte ich Jared sagen, indes er seine Waffe ebenfalls beiseite legte, mich packte und ich seinen Angriff nicht blockte, sondern, wie gestern gelernt, umlenkte. Dabei nutzte ich seinen Schwung, drehte mich um hundertachtzig Grad und rammte meinen Fuß in seinen, bevor ich ihn mithilfe der Hebelwirkung über mich drüber schmiss. Binnen Momenten stand er dank schneller Reaktionen wieder auf den Beinen und packte meinen rechten Arm. Ich hörte Brooke aufschreien.
Eine Sekunde später riss er ihn mir hinter den Rücken und es knackte.
Es fühlte sich an, als ziehe jemand den Stecker zu meinem Sehvermögen: Jegliche Sicht verschwamm, mir wurde schwarz vor Augen, weil es mir die Luft aus der Lunge drückte und ich den Schmerz durch jede Faser meines Bewusstseins jagen spürte.
Mein Armband glühte schmerzhaft und Jared ließ mich verwirrt los. Einen Wimpernschlag später riss Morgan ihn zu Boden.
In der Zeit, die ich brauchte, um meine Stimme zu finden und die Delle auf meinem Unterarm wahrzunehmen, rammte Morgan Jared sein Knie bereits in die Rippen und fixierte ihn. Der erste Schlag folgte auf dem Fuß. Zwei, drei, vier. Erbarmungslos und präzise.
„Morgan – nicht“, presste ich hervor. Nach einem Blick in seine Augen wusste ich, es war sinnlos.
Sie waren düster und leer.
Jared hingegen starrte perplex hinein, steckte etliche Schläge weg, bevor er seinen Kontrahenten mit einem geglückten Kinnhaken erwischte und mit einem wütenden Schrei von sich herunterstieß. Er kam taumelnd wieder hoch und ballte die Hände zu Fäusten – genauso wie Morgan. Aus Jareds Schläfe tropfte Blut und sein linkes Auge war geschwollen, trotzdem standen sie kaum aufrecht, ehe sie wieder aufeinander losgingen. Der laute Donnerschlag, als sie frontal gegeneinanderprallten, unterstrich meine Befürchtung: Sie waren imstande, sich zu zerfleischen.

Eher abwesend registrierte ich, wie Brooke vorsichtig meine gesunde Hand packte, um mich fortzuziehen, und Luke schnell dazwischenging, da bearbeitete Morgan gerade mit seiner Faust erneut Jareds Gesicht, was sich anhörte, als würde dessen Nase brechen.

Luke war schnell, aber Morgan war zornig und schmetterte ihm mit einem nach Kampfsport aussehenden Schlag den Fuß in den Oberkörper. Er gewann dadurch wertvolle Sekunden, in denen Luke unkoordiniert rückwärts taumelte, und hielt plötzlich einen Tarsus in der Hand. Mit einem gezielten Schlag hieb er auf Jared ein, der sein Schwert sichtlich mühsam ausfahren ließ und dadurch das Gröbste noch rechtzeitig abfing.

„Morgan!“, schrie Luke und stellte sich zwischen ihn und seinen Cousin, um sie auf Abstand zu halten. „Jared! Hört auf!“ Er blickte von einem zum anderen und wich nicht aus der Kampflinie, selbst dann nicht, als beide an ihm vorbeizukommen versuchten und ihn fast mit ihren Schwertern erdolchten.

„Hey! Beruhigt euch, verdammt noch eins!“

Ich tastete nach meinem Armband und fühlte, wie es an Hitze verlor. Allmählich.

Alle drei atmeten schwer.

„Was hast du dir dabei gedacht?“, brüllte Morgan plötzlich einen fluchenden Jared an, dem das Blut nun in Strömen aus der Nase lief.

„Ich wollte ihr meinen Standpunkt beweisen.“

„Sie hat einen gebrochenen Arm!“

„Vermutlich war es zu viel des Guten.“

„Du vermutest richtig“, entgegnete Morgan und zielte mit dem Tarsus auf seinen Oberkörper. Der Stoß wurde von Lukes Schwert geblockt, der darunter vibrierte. Er hatte seine liebe Mühe damit, die beiden auseinanderzuhalten.

„Warum reagieren wir uns nicht etwas ab?“ Ich zuckte zusammen, weil Brooke mir ihre kalten Finger auf die Bruchstelle legte.

„Tut mir leid“, flüsterte sie. „Ich muss es leider anfassen. Genau genommen sollte ich dir gar nicht helfen, das verzögert nur deine Fähigkeiten zur Selbstheilung. Aber – oh, Himmel“, sie legte mir sanft die Hand um die Schulter, da mir vor Schmerz Tränen in die Augen schossen, „es sieht aus wie ein offener Bruch. Halte still, ich beeile mich auch.“

„Danke“, erwiderte ich.

Luke ermahnte gleichzeitig die beiden Streithähne.

Morgans Griff um das Schwert war wieder fester.

Mein Armband heißer.

„Ich habe dich vorgewarnt, Jared. Euch beide. Welchen Teil von: ‚Übertreibt es nicht‘ habt ihr Idioten nicht verstanden?“

Luke schnaubte und sah mit seinen ausgestreckten Armen immer mehr aus wie ein Dirigent. „Warst du die letzten Stunden dabei? Sie hat Talent fürs Kämpfen, Morgan – sie ist jetzt schon weit. Und sie lernt sehr schnell. Verletzungen gehören bei dem Tempo dazu."

Morgans ganze Haltung zeugte von seinem inneren Kampf um Selbstkontrolle. Ich fühlte, wie er sich abmühte, eine Entscheidung zu fällen und schließlich zähneknirschend und mit einem langen Blick auf mich einlenkte. Die Klinge seines Schwertes verschwand. Luke atmete auf. Genau wie ich. Selbst Brooke.

Die Haut an meinem Unterarm fühlte sich jetzt an, als streife jemand mit einem Dutzend Rasierklingen darüber, darunter hingegen spürte ich die heißen Wellen, die meinen Knochen ummantelten und ihn erneut zusammenwachsen ließen. Morgan starrte Jared aufmerksam an, der hielt seinem Blick trotzig stand.

Brooke lächelte schwach, aber zufrieden, und gab meinen Arm im gleichen Moment frei, in dem auch Lukes Arme sanken.

„Das hätten wir", verkündete sie und bedeutete mir vorsichtig, meine Finger zu einer Faust zu ballen. Ich erwartete das Schlimmste wegen ihres kritischen Blickes, doch die Bewegung löste nichts aus – noch nicht einmal ein Ziehen. Ich seufzte befreit und umarmte sie kurz, wünschte mich anschließend zu den Jungs und sah die Erleichterung auf Lukes Gesicht, sobald ich neben ihm auftauchte.

„Es war keine Absicht, sondern Teil meines Trainings", erklärte ich Morgan, nachdem er meinen Arm begutachtet hatte, und trat vor ihn, weil er den armen Jared weiterhin fixierte. „Wenn ich es also nicht persönlich nehme, solltest du das auch nicht tun."

„*Ich* entscheide, *wie* ich *was* aufnehme", sagte er mühsam beherrscht und warf Jared aussagekräftige Blicken zu, bevor er mich mit unverhohlener Wut beiseite nahm, „du, mach dich fertig. Ich fahre dich nach Hause."

Fragend drehte ich mich zu meinen Lehrern um. Sie nickten mitfühlend.

„Für heute sind wir durch", erklärte Luke und reichte mir sportlich die Hand, „eine stattliche Leistung."

„Freut mich zu hören", erwiderte ich. Jared räusperte sich und ergriff als nächster meine Hand. „Tut mir aufrichtig leid", sagte er und versuchte, sie nicht allzu fest zu drücken. Seine Stirnfalten verrieten seine Aufgewühltheit.

„Schon vergessen", lächelte ich. Mit seiner Platzwunde an der Stirn, den blutunterlaufenen Augen, der ramponierten Nase und seiner Größe und Figur erinnerte er mich mehr denn je an einen Boxer. „Etwas sagt mir, dass du heute Abend – wie heißt sie noch mal? – das Mädchen von gestern?"

„Tanesha?“
„Tanesha“, wiederholte ich, während er sich über die Stirn fuhr und eine blutige Spur zurückließ, „einiges erklären musst.“
„Ach, was. Frauen sollen ja auf Kämpfer stehen“, grinste er süffisant.
„Brooke wird sich um ihn kümmern“, ging Morgan ungehalten dazwischen und sein Tonfall veranlasste Jared augenblicklich dazu, meine Hand loszulassen. Seine Oberlippe zuckte.
Morgans Schwester tauschte bedeutungsvolle Blicke mit den Cousins aus. Sie gesellte sich zu uns und ich bildete mir ein, dass sie mich aufbauend anlächelte. Ich verstand, dass sie ab hier übernahm.
„Macht's gut“, verabschiedete ich mich erschöpft und stellte ich mir das Badezimmer vor und verschwand.
Eine Dreiviertelstunde später packte ich hastig meine Tasche und fischte mein Handy aus dem Rucksack. Dabei heilte die letzte sichtbare Verletzung an meinem Unterschenkel. Der Tarsus-Schnitt oberhalb meiner Hüfte war tief und brauchte länger, wurde aber von meinem Top verborgen. Als ich das Telefon einschaltete, stöhnte ich laut: knapp fünfzehn Anrufe in Abwesenheit, rund die Hälfte von Maddy. Drei von Abby und der Rest von Tori, Michelle und vier unterdrückten Nummern.
Neuigkeiten machten in Mainfield wirklich schnell die Runde.
Ich schrieb Maddy, ich sei gleich da, Abby, dass ich mich heute Abend bei ihr melden würde und den Mädels, dass es wahr sei.
Dann packte ich meine Sachen und machte den Rucksack zu.
„Das wird unschön“, sagte ich wehmütig mit Blick auf das gemachte Bett. Mir graute es vor der bevorstehenden, einsamen Nacht.
„Dann bleib.“
Morgans Stimme erklang direkt hinter mir. Mit einem Ruck stellte ich den Rucksack auf den Boden, drehte mich um und schaute in zwei tief getrübte graue Augen. Aufmerksam die Veränderung in ihnen betrachtend, ließ er mich gewähren, indem er einfach nur dastand und auf mich herabblickte. Als sie immer dunkler wurden, nahm ich seine Hand und zog ihn mit mir auf die Couch.
„Was ist los?“, fragte ich.
Er antwortete nicht. Stattdessen entzog er mir seine Hand und wandte den Kopf ab. Sah in den frühen Abend hinaus und folgte still einer vorbeiziehenden Schwalbe.
„Habe ich etwas falsch gemacht?“, versuchte ich es anders. „Ist es wegen vorhin? Ich wollte dir nichts vorschreiben. Es war nur meine Sicht der Dinge.“
Keine Reaktion.
„Hast du vielleicht Angst, ich würde nicht schnell genug lernen? Dass die Zeit nicht reicht?“ Ich zählte auf, was mir einfiel und fühlte eine

Mischung aus Unsicherheit, Neugier und Furcht in mir aufsteigen, weil sich seine Stirn in Falten legte.

„Du hast nichts falsch gemacht“, erklärte er schließlich seinem Fenster.

„Du bist dir darüber im Klaren, dass sie mich hart rannehmen müssen, oder? Dass ich noch öfter mit Verletzungen aus dem Training kommen werde?“

„Das ändert nichts daran, dass der Bruch unnötig war“, erwiderte er kopfschüttelnd. „Aber ich kenne Jared und weiß, wann er Dinge vorsätzlich macht – und dass das nicht der Fall war.“

„Moment“, warf ich überrascht ein, „das gerade hat nichts mit den beiden zu tun?“

„Nein.“

„Also liegt es doch an mir“, schloss ich, „raus damit: Was ist es?“

„Es ist trivial.“

„Das macht keinen Unterschied, solange es dich stört. Morgan, sieh mich an.“ Eher mechanisch folgte er meiner Bitte. „Rede mit mir.“

Bevor er antwortete, wurden seine Augen für eine Sekunde glanzlos: „Es ist so simpel wie logisch: Mir gefällt der Gedanke nicht, dich alleine zu lassen, Mimi.“

„Mir auch nicht“, gestand ich und lächelte ihn beschwichtigend an. Ich war selbst verblüfft, wie wohl ich mich bei ihm fühlte. Es war schwer zu glauben, dass ich mich, neben der Faszination durch seine unglaubliche Anziehungskraft, auch stundenlang mit ihm sprichwörtlich über Gott und die Welt unterhalten konnte, bei einem Eistee, mit meinen Beinen auf seinem Schoß. Dass wir so lange beim Essen lachten, bis es kalt war, oder wir mit einem Blick verstanden, was in dem jeweils anderen gerade vorging.

„Zu sagen, ich würde nicht lieber hierbleiben, wäre gelogen. Aber es ist der denkbar schlechteste Weg, dich meiner Familie vorzustellen. Das mit uns ist mir wichtig, also machen wir es von Anfang an richtig.“

„Warum ist richtig gleichbedeutend mit langsam? Wenn es sich für mich richtig anfühlt, mit dir einzuschlafen und aufzuwachen, warum mich gesellschaftlicher Konvention unterwerfen?“

„Morgan –“

„Außer du findest, wir gehen es zu schnell an.“

Es fiel mir immer noch schwer, ihn unsicher zu erleben, es passte nicht zu dem Morgan Vegard, den ich kennengelernt hatte. Mit zusammengekniffenen Augen und still wie ein Stein musterte er mich wartend. Herausfordernd.

Seufzend spielte ich mit seinem Shirtsaum, ließ ihn zwischen meine Finger gleiten.

„Könnte ich, würde ich hier einziehen", erklärte ich ihm und lächelte ihn ehrlich an. Offenheit war mir wichtig, nur hatte ich Angst, er könnte es falsch verstehen. Natürlich fiel ihm mein Zögern auf.

„Aber?"

Ich räusperte mich und versuchte meine Gedanken akkurat in Worte zu fassen.

„Aber wir müssen uns aneinander gewöhnen, reflektieren, dass der andere zu einem gehört. Fangen wir an, Sachen zu überstürzen, holt uns das später ein. Außerdem", ich wischte mit dem Handrücken über die Unschlüssigkeit auf seinem Gesicht, „lernen wir uns dadurch intensiver kennen, als hockten wir non-stop aufeinander. Warp-Geschwindigkeit führt nur dazu, dass man sich erdrückt. Und ich will nicht, dass du mich irgendwann satthast."

Morgan lächelte erleichtert und nahm meine Hand. Küsste jeden einzelnen Finger, ehe er antwortete: „Mach dir darüber keine Sorgen. Eine Ewigkeit reicht nicht aus, um genug von dir zu kriegen."

Eine dünne Linie hatte sich auf seiner Stirn gebildet, da wo seine Sorgenfalte war.

„Da ist mehr …"

Ich ließ ihm Zeit, eine Antwort auf meine implizierte Frage zu finden und hoffte, ich könnte mit ihr umgehen. Was Morgan betraf, lagen sämtliche Emotionen so nah beieinander, dass sie ineinander übergingen.

„Es ist nur, dass ich mich plötzlich auf vollkommen fremdem Terrain bewege", erklärte er, begleitet von einem selbstironischen Lachen, im Versuch, den Zynismus zu überspielen.

„Fremd", erwiderte ich zustimmend, „aber nicht feindlich. Wie du sagtest: Ich bin volljährig. Sobald meine Tante und mein Onkel dich ausreichend kennengelernt haben, können wir die Nächte verbringen, wo wir wollen. Ich will zwar ihr Einverständnis, aber ich brauche nicht ihre Erlaubnis."

„Deal", sagte er und hielt mir die Hand hin.

Ich schlug schmunzelnd ein. „Das war einfach."

Noch während ich redete, erinnerte ich mich an unser Gespräch von heute Morgen und verstand siedend heiß, *was* er gemeint hatte.

*Wie.*

Voller Einsicht sprach ich weiter. „Verwechsle deinen Wunsch nicht mit Schwäche. Schwach wäre es zu tun, als sei alles in Ordnung, weil man denkt, ansonsten gäbe man sich eine Blöße."

„Aber ist es nicht eigenartig, wie man von Fremden zu Freunden und mehr wird – und gar nicht merkt, dass man sich ein Stück weit vom anderen abhängig macht?"

„Es ist eigenartig, bis man feststellt, dass man es gerne tut."

Im Erdgeschoss lief Aiden gerade lachend nach draußen, wo ein Wagen anhielt. Lawrence kam von seinem Geschäftstreffen zurück.

An einem Sonntag.

Irgendetwas sagte mir, dass es kein normaler Termin gewesen und in der Unterwelt-Bibliothek ein neuer Vertrag erschienen war. Von hellem Quietschen begleitet warf sein Vater den Kleinen vermutlich hoch in die Luft und fing ihn wieder auf. Das spielten die zwei öfter.

„Und das soll kein Anzeichen von Schwäche sein?", fragte Morgan schließlich und fuhr sich nachdenklich durch die Haare.

„Ist es schwach, als Kind an den Weihnachtsmann zu glauben oder einem Regenbogen nachzujagen? Von der Schaukel zu springen? Durch den Regen zu laufen, obwohl es ungesund ist? Nein, es macht das Leben schöner", sagte ich und suchte seinen Blick. „Du bist und bleibst du, Morgan. Daran ändert sich nichts. Betrachte mich als die Kirsche auf der Torte, die dein ‚perfektes' Leben ist", verwies ich grinsend auf unser Gespräch im Park. „Oder warte, muss es bei dir unbedingt was mit Schokolade sein, dann als leckere Trüffelpraline."

Momente vergingen und wie auf einer Leinwand, die durch Pinselstriche zum Leben erweckt wird, kehrte das Gefühl in seine Augen zurück, wurden sie langsam wieder blau. Er begann sich zu entspannen.

„Schwer, diese Logik zu widerlegen."

Ich gab ihm einen schnellen Kuss und lächelte zufrieden.

Kopfschüttelnd musterte er mich. „So fix geht das? Du hörst dir ein Problem an und findest innerhalb von Minuten eine passende Lösung?"

„Schüchtert dich das ein?", fragte ich neckend und fuhr mit dem Zeigefinger über das weiche Leder der Lehne.

„Dazu bräuchte es schon mehr."

„Wie Lösungsvorschläge innerhalb von Sekunden?"

„Vielleicht", erwiderte er gedankenverloren, bis ein Funke sein Gesicht erleuchtete und in seinen Augen verging. „Du erteilst ausgezeichnete Ratschläge, weißt du das?"

„Mag sein", sagte ich halb ernst, halb scherzhaft, „hängt viel davon ob, ob man sie richtig auffasst."

„Sprich ob man sie befolgt oder nicht?", fragte er und deutete ein Schmunzeln an.

„Das hast du jetzt gesagt. "

## *Kapitel 15*

Zwanzig Minuten später hielt Morgan in unserer Auffahrt. Den ganzen Weg über hatten wir wenig gesprochen, jeder hatte es vorgezogen, seinen eigenen Gedanken nachzuhängen. Jetzt, da er den Motor ausschaltete und Ruhe alles war, was existierte, blickte ich zu dem Lexus meines Onkels und ahnte, wir hatten nicht sonderlich viel Zeit, ehe jemand uns entdecken würde.

Morgan forderte mich dennoch auf, eine Sekunde Geduld zu haben, brachte schnell die Tasche in mein Zimmer und saß tatsächlich innerhalb eines Wimpernschlags wieder auf dem Fahrersitz.

Dann stieg er aus und lief in alter menschlicher Manier um das Auto herum, öffnete die Beifahrertür und half mir auszusteigen, bevor er mich zur Tür begleitete, wo er mich seufzend in den Arm nahm.

„Mach keine Dummheiten."

„Ist das nicht mein Text?", gab ich zurück und verschränkte meine Finger hinter seinem Rücken, sodass er noch näher treten musste.

„Ich meine es ernst. Du musst auf deine Kräfte achten. Gerade am Anfang fällt es schwer, sie zu kontrollieren", erwiderte er an meinem Ohr und senkte dabei die Stimme.

„Mach dir um mich keine Sorgen. Mit Emotionen im Griff haben kenne ich mich aus."

„Ist irgendetwas, meldest du dich", fügte er eindringlich hinzu.

„Jawohl, Sir."

Der Schein in seinem Blick dämpfte meine Wahrnehmung. „Und übrigens: So perfekt ist mein Leben nicht gewesen, wenn eine Steigerung möglich war."

Ein einziger Satz und meine Welt drehte sich runder.

„Unfassbar, wie falsch ich mit meiner Einschätzung über dich lag", erklärte ich ihm grinsend.

„Vielleicht wollte ich ja, dass du mich falsch einschätzt."

„Weil es mich abstoßen sollte?"

„Weil ich bin wie ich bin. Warum dir etwas vormachen?"

„In diesem Augenblick bist du aber anders. Schon die letzten Tage."

„Das liegt an dir."

„Also ist es kein anhaltender Zustand?", fragte ich halbernst.

„Ich behandle diejenigen gut, die ein Anrecht darauf haben. Die ich dafür als wert erachte."

Weil ich nichts darauf erwiderte, pendelte sich sein Blick zwischen Nachdenklichkeit und Neugier ein. „Was dachtest du, wie ich sei?"

„Du kennst meine Gedanken."

„Nur diejenigen, bei denen ich dabei war."

In seinem Gesicht war die Anspannung sichtbar. Mir fielen die zahlreichen Geschichten über ihn ein, sein Image, seine Haltung und ich kam zu dem Entschluss, dass er es sich sowieso ausmalen konnte. „Ich dachte, dass unter deiner rauen Oberfläche mehr schlummert, als du zeigst – aber niemand sich die Mühe macht, es zu entdecken. Sie sind zu abgelenkt von der äußeren Hülle."

Der Mond über uns warf einen hellen Schein auf das Grün des Rasens und das Blau des Asphalts und tauchte die angenehme Nachtluft, die sich kühlend wie Seide auf mich legte, in eine Märchenkulisse.

„Treffend erfasst", lobte er und rieb sich abwesend den Nacken, „aber ich halte dagegen, dass ich das nicht gestatte. Ich bin zufällig gerne geheimnisvoll."

„Du willst Fünfer beeindrucken?"

„Witzig", lachte er auf, „aber, nein, dieser Tag wird nie kommen. ‚Geheimnisvoll' ist positiv, die Menschen fühlen sich zu dir hingezogen, fasziniert, bleiben aber auf Abstand. Ich kann es nicht riskieren, sie so nah heranzulassen, dass sie mich als einen der ihren behandeln."

„Keine Sorge, vielleicht können sie es nicht benennen – aber dass du besonders bist, fällt ihnen auf."

„Weil es dir aufgefallen ist?"

Eine Grille zirpte und bildetet das i-Tüpfelchen dieser magischen Nacht. „Nein. Weil ich Augen im Kopf habe. Selbst diejenigen, die dich nicht mögen, bewundern dich insgeheim. Sie verurteilen dein Verhalten, aber wünschen sich, wie du zu sein."

Er musterte mich verblüfft.

„Was ist?"

„Dasselbe dachte ich die letzten Wochen über dich."

Der Gedanken war dermaßen absurd, dass ich mich fast verschluckte. „Ich bin nichts Besonderes, Morgan. Nicht wie du."

„Du wurdest auserwählt aus wie vielen Millionen potenziellen Christen?"

„Das war dumm. Natürlich findest du ein Gegenargument", seufzte ich melodramatisch.

Seine Augen leuchteten zufrieden, indes er sich zu mir beugte und mich zum Abschied küsste.

„Mimi ist zu Hause!", erklang plötzlich eine aufgeregte Stimme von drinnen und in dem Augenblick, in dem ich mich von Morgan losmachte, wurde die Tür bereits ungeduldig aufgerissen.

Marcs Grinsen erlosch, sobald er verstand, dass ich nicht allein war – um im nächsten Moment wieder breiter auf seinem Gesicht zu erscheinen, da er begriff, wer mich begleitete. Ich hörte ein leises

Wimmern, ehe mein kleiner Cousin sich ein paarmal um sich selbst drehte und hinter sich starrte, um sicher zu sein, dass das kein Scherz war, sich schließlich sammelte sich, und in den Observierungsmodus fuhr: Gaffen.

Ich ließ ihm genug Zeit, fand schließlich, er sei stabil und holte tief Luft.

„Komm her“, sagte ich lächelnd und streckte meine Hand aus, die er augenblicklich ergriff. Ich machte Platz und schob ihn zwischen Morgan und mich.

„Darf ich dir meinen Cousin Marc vorstellen?“, machte ich die zwei miteinander bekannt, „Marc, das ist –“

„ICH WEISS, WER DAS IST!“, brüllte der Kleine aufgeregt, sprengte damit ein Trommelfell, und ergriff die dargebotene Hand, um sie zu schütteln. „Du bist Morgan Vegard!“

Morgan blickte ihn freundlich an. „Hi, Marc.“

„Marc ist der größte Tigers-Fan Mainfields“, erklärte ich ihm grinsend, aber kopfschüttelnd. Mein Cousin machte keinerlei Anstalten, seine Hand wieder freizugeben und ich fuhr ihm beruhigend durch die zerzausten Haare.

„Eine Tages werde ich auch einer von euch sein“, sagte er überzeugt.

„Welche Position?“

„Quarterback.“

„Schon mal gespielt?“

„Ja. In unserer Schulmannschaft – und jedes Wochenende mit meinem Dad.“

„Was hältst du davon, wenn *wir* mal ein paar Bälle werfen gehen und du mir zeigst, was du draufhast?“

Marc ließ mit offenem Mund seine Hand los, japsend, als hätte ihm jemand gerade angeboten, zum Mond zu fliegen. Zum Glück für die angespannten Nerven meines kleinen Cousins tauchte seine Mom nun in der Tür auf.

„Was geht hier draußen aufregendes vor sich?“, fragte sie amüsiert. Ihre Augen wurden groß und größer vor Überraschung, aber falls sie Morgan sofort erkannte, überspielte sie ihr Erstaunen und betrachtete uns letztlich allenfalls neugierig.

Ihn.

„Maddy, darf ich dir Morgan Vegard vorstellen? Morgan, das ist meine Tante Madison.“

Ihr Blick wurde Grade intensiver. Ich hätte Geld dafür gezahlt, zu erfahren, woran sie gerade dachte – dann hörte ich Morgan reden und erhielt meine Antwort kostenlos.

„Mrs. Gray, es freut mich sehr, Sie kennenzulernen. Und es tut mir leid, dass Mimi sich heute nicht früher bei Ihnen gemeldet hat. Ich fürchte, das ist größtenteils meine Schuld, ich habe sie in Beschlag genommen", erklärte Morgan mit einwandfreien Manieren und einem bezwingenden Lächeln.

„Schon okay", erwiderte sie gelassen, jetzt da sie wusste, was der Grund war und blickte mich vielsagend an. Sie wischte sich die rechte Hand an ihrer Schürze ab und begrüßte ihn. „Für die Freunde meiner Nichte bin ich Maddy."

„Hey, ich will bei eurer Party auch mitmachen", witzelte Trevor, der das Trio komplettierte und den Türrahmen zum Bersten brachte. „Wer verkauft was und was kostet es?"

„Mein Onkel Trevor", komplettierte ich und folgte seinem Blick, als er mit hochgezogener Augenbraue Morgans Hand schüttelte und ihn als Einziger misstrauisch beäugte. Sekunden vergingen schweigend, bis sich seine Augen verengten und er schwerer atmete. Genau genommen konnte ich es ihm kaum verübeln. Morgan war nicht nur unmöglich attraktiv, er fuhr auch ein ziemlich teures Auto und war zu gut angezogen, um ihm unlautere Absichten bei Mädchen nicht vorwerfen zu können. Selbst seine Schnürsenkel schrien: Ich habe Geld! Tonnen und Tonnen davon.

„Guten Abend, Sir", grüßte Morgan meinen Onkel höflich, ließ dessen Hand los und nahm meine dafür.

„Du hast meine Nichte heimgebracht?"

Keinem entging die unterschwellige Frage. „Ja. Wir waren schwimmen und haben die Zeit vergessen."

Das war nicht gelogen. Wir hatten heute am Pool gelegen.

„Ich hatte mich darauf verlassen, dass sie mich irgendwann satthat und im Vertrauen darauf nicht auf die Uhr gesehen …"

„Keine Sorge, wir sind nicht böse. Bestimmt habt ihr euch prächtig amüsiert. Und wer würde das Mimi nicht gönnen? Nach der schweren Zeit? Stimmt's Trevor?"

Maddy warf meinem Onkel einen scharfen Blick zu und er riss sich mehr am Riemen. Morgan drückte meine Hand und ich lächelte automatisch. Er überspielte die Spannung in der Luft glaubhaft.

„Richtig. Morgan Vegard, wie er leibt und lebt", erwiderte mein Onkel ehrlich und betrachtete die vertraute Geste zwischen uns unschlüssig, während er seinen Beschützerinstinkt mühsam zu Boden rang. In dem Punkt stand er meinem eigenen Vater in nichts nach. Vorsichtshalber trat ich vor und küsste seine Wange. Die Wirkung setzte umgehend ein und sein Ton wurde einen Deut weicher. „Die Company deines Vaters hat vor Kurzem unser Immobilienbüro übernommen."

„Das bedeutet nichts Schlechtes, hoffe ich."

„Bislang nicht", entgegnete er und sah auf den Porsche in der Auffahrt und zurück zu seiner Frau, die mit den Schultern zuckte, als würde sie sagen, sie wisse auch nicht, was gerade vor sich ging.

„Gerüchte besagen, er sei ein höllischer Arbeitgeber", erwiderte Morgan und lachte. Es war ein offenes, unbefangenes Lachen, selbst Trevor fiel mit ein. Auch ich grinste über die gelungene Metapher.

Maddy lächelte breit und fragte ihn: „Morgan, wenn du Hunger hast, möchtest du uns heute zu einem verspäteten Abendessen Gesellschaft leisten?"

***********************************

Die nächste Stunde verging rasend und mit solch angeregten Unterhaltungen, dass ich mich irgendwann entspannt zurücklehnte und Morgan dabei zusah, wie er meine Familie, einen nach dem anderen, um den Finger wickelte.

Er gewann meine Tante für sich, indem er ihr half, die Dips für die selbstgemachten Tacos herzustellen, wobei er sich als Hobbykoch entpuppte, Trevor, indem er mit ihm über Grundstückswerte und die prekäre Immobilienlage in Kalifornien diskutierte und Marc – einfach nur, indem er atmete.

Morgan wusste genau, was wem zu sagen und wann es ratsamer war zu schweigen, so zu antworten, dass er in einem Moment meinen Onkel zum Lachen brachte und gleich darauf meiner Tante ein Kompliment aussprach, oder ein Gesprächsthema zu wählen, mit dem keiner sich in seiner eigenen Meinung gekränkt fühlte.

Ich beobachtete ihn dabei und verliebte mich noch mehr in ihn.

Zu dem Zeitpunkt, als nur noch unsere leeren Teller vor uns standen, war niemandem danach, vom Tisch aufzustehen. Stattdessen redeten wir über San Diego, das Wochenende und die Kulturangebote der Stadt und ich fand mich schließlich sogar in einem Gespräch über Football wieder, das mir tatsächlich Spaß machte.

„Er ist ziemlich charmant", flüsterte meine Tante mir zu, indes ich ihr das dreckige Geschirr reichte und sie begann, es in die Spülmaschine einzuräumen.

„Nicht wahr?", fragte ich und lächelte ihn durch den Raum hinweg an.

Er erwiderte es und ich fühlte tatsächlich ein verräterisches Glühen in meinen Wangen aufsteigen. Kopfschüttelnd drehte ich mich zu Maddy, die mich aufmerksam betrachtete. „Wie lange geht das schon mit euch?"

„Oh", unbeholfen zuckte ich die Achseln, „es ist ziemlich frisch."

„Gut", seufzte sie und schlug spielerisch mit dem Geschirrtuch nach mir, „ich hätte es nämlich persönlich genommen, würdest du mir deinen Freund verschweigen. Noch dazu, wenn es Morgan Vegard ist."

„Weil sein Dad einflussreich ist?"

„Weil ich ein Auge auf ihn haben will."

„Spielst du auf seinen Ruf an?", fragte ich ungläubig und lehnte mich an die Theke.

„Du meinst, dass die Vegards für Wohlstand, Prestige und Ansehen stehen und ihre Kinder in dieser Stadt, diesem Staat oder meinetwegen Land gewisse Vorteile genießen? Vielleicht. Aber, zugegeben, Morgan wirkt erfrischend nett und mir ist nicht entgangen, wie er dich ansieht", ihre Augen wurden weich, sobald sie zum Tisch blickte, „außerdem habe ich selten sonderlichen Wert auf das Geschwätz der Leute gelegt. Ich bilde mir lieber selbst mein Urteil."

„Und wie lautet es?"

„Du magst ihn – und er mag dich."

„Präzise, Watson", grinste ich und nahm die Karaffe mit selbstgemachter Orangenlimonade aus dem Kühlschrank.

Maddy kippte Eiswürfel hinein und suchte passende Gläser, bevor sie ihr Werk zufrieden begutachtete und schließlich sagte: „Mimi, ich mische mich nicht ein, weil ich der Meinung bin, ihr beide seid alt genug. Aber ich hätte eine Bitte."

„Die wäre?"

„Lass ihn dich uns nicht vorenthalten. Wir wollen auch noch was von dir haben."

Ich fühlte ein leichtes Unwohlsein bei dem Gedanken, wie es nach den Disceptatori-Prüfungen weitergehen würde und legte den Kopf erschöpft in den Nacken. „Wie kommst du darauf?"

Nichts in ihrem Blick deutete von Unüberbrückbarem, sodass ich mich für meine Hirngespinste rügte und zwang tief durchzuatmen.

„Meinst du, ich sei nie jung gewesen? Ich weiß, wie es am Anfang einer Beziehung ist, seit ein gewisser Chris Campbell damals meine große Schwester regelrecht entführt hat. Und ich erinnere mich an die erste Zeit mit deinem Onkel. Man will am liebsten jede freie Sekunde zusammen verbringen ..."

„Sieht Morgan etwa aus wie eine Klette?", fragte ich und wir lächelten uns an.

„Nein. Aber wenn ich du wäre und mein Freund würde so aussehen", erklärte sie verschwörerisch leise, „würde *ich* zu einer werden."

Jetzt schlug ich nach ihr. „Schließt das Aktivitäten hier mit ein?"

„Natürlich nicht", sagte sie gutmütig, „falls er uns erträgt, kann er selbstverständlich so oft bei uns sein, wie es ihm Spaß macht."

„Super", sagte ich zufrieden, woraufhin sie die Augen rollte.

„Mich beschleicht ein Gefühl, dass wir in nächster Zeit oft Besuch haben werden."

Morgan blieb eine weitere Stunde, brach dann aber auf, weil Marc vor Müdigkeit fast vom Stuhl fiel. Mein Onkel lud ihn postwendend für den nächsten Morgen ein und ich brachte ihn bis zur Tür, um ihn zu verabschieden. Nachdem er sein Auto aus der Auffahrt zurücksetzte, schloss ich sie und lehnte mich von innen dagegen, genoss es, seinen Kuss auf meinen Lippen prickeln zu spüren, die Hitze seines Körpers, als ich meine Finger durch seine Haare gleiten ließ und er seine Hände unter meinen Hintern geschoben und mich hochgehoben hatte, sodass der Kuss noch intensiver wurde. Mit einem breiten Grinsen auf den Lippen setzte ich mich zu Marc auf den Boden vor der Couch und wir sahen alle zusammen die letzte Folge unserer Lieblingsserie, bevor ich mir das Telefon schnappte, den dreien eine gute Nacht wünschte und auf mein Zimmer ging.

„Bevor du etwas sagst", erklärte ich, sobald Abby nach dem ersten Klingeln abgenommen hatte. „Ich schwöre, du bist die Erste, die heute von mir hört."

„Das will ich dir auch raten", hörte ich sie schnippisch knapp antworten, ehe ihre Stimme sich überschlug: „Ich habe dir nämlich massig und ich meine ungeheuer, überproportional, unerhört massig, zu erzählen."

„Warte", ich legte lachend das Telefon zur Seite und schlüpfte in meine Schlafsachen, „jetzt. Und von vorne, bitte. Wie war das Konzert?"

Mehr Stichworte brauchte es nicht, um sie zum Reden zu bringen. Und sie dabei zu halten.

Doch während sie mir aufgeregt von Gabes Idee, nach den Stones in einem Lokal mit Live-Musik essen zu gehen, berichtete, begann mich etwas gewaltig zu stören. Etwas, was ich nicht erfassen konnte und das mich deshalb verrückt machte. Als suchte ich einen verlegten Schlüssel und konnte ihn beim besten Willen nicht finden. Abby erzählte mir gerade von Gabes verrückter Angewohnheit, an seinem Essen zu riechen, bevor er es in den Mund steckte, da hätte ich am liebsten laut losgelacht.

Der Schlüssel lag die ganze Zeit über in meiner Hand: Mich nervte mein Top.

Ich stimmte meiner Freundin zu, dass es das Mindeste sei, einen richtigen Abschiedskuss zu erwarten, wenn das Date einen ins Konzert und zum Dinner einlud und schloss anschließend die Augen, um mir mein Schlafshirt von letzter Nacht detailliert vorzustellen. Wenige Sekunden später hielt ich es in der Hand, zog mein Oberteil aus und Morgans an und wunderte mich, nachdem ich es auf der Haut spürte.

Im nächsten Augenblick lachte ich wirklich los.
„Was ist?", fragte Abby verwundert. „Ich bin meilenweit vom Highlight entfernt."
„Er hatte es gerade an", erklärte ich ihr und fühlte mich augenblicklich besser.
„Wer?"
„Morgan."
Das Shirt war noch warm.
Ich stellte mir Morgans Blick vor, als es von seinem Körper verschwand und nahm schallend lachend mein Handy zur Hand.
Sorry :)
Kaum hatte ich die SMS abgeschickt und Abby, die nur Bahnhof verstand, bedeutet, meine Worte zu ignorieren und einfach fortzufahren, kam seine Antwort:

Behalte es. Oder: Bring es mir zurück.

Morgen.

Jetzt.

„Und kannst du glauben, was er daraufhin gesagt hat?"
„Was?", fragte ich perplex und wischte mir das Grinsen vom Gesicht.
„Nichts. Er hat mich einfach in den Arm genommen und geküsst."
Abbys Stimme wurde zu einem Ton, den nur Hunde vernahmen.
„Das klingt gar nicht nach Gabe", erwiderte ich glücklich, „aber es sprich für meine brillante These."
„Die wäre?"
„Er steht auf dich, Dummchen!"
„Oh, und wie", sagte sie räuspernd. „Ich war schon auf dem Weg zur Tür, da rief er mich zurück zu seinem Wagen und sagte, er würde sich melden – spätestens jedoch sobald er zurück ist."
„Zurück wovon?", fragte ich plötzlich skeptisch.
„Soviel ich verstanden habe, fährt er über die Feiertage heim. Nach Los Angeles."
Los Angeles – spanisch für „Die Engel", wiederholte ich in Gedanken und merkte beinahe zu spät, wie ernst Abby geklungen hatte.
„Abbs, es ist doch vollkommen nachvollziehbar, dass seine Familie ihn sehen will. Sein Dad ist Geistlicher. Natürlich ist es ihm wichtig, Sonntag im Kreise seiner Familie zu verbringen."
„Du denkst also nicht, dass das nur eine Ausrede war?"
„Nein, Gabe belügt dich nicht."
Denn das wäre eine Sünde – und Gabriel ist ein Erzengel.

„Das dachte ich auch nicht“, hörte ich sie seufzen, „er ist ein lieber Kerl.“

„Ich mag ihn auch“, verkündete ich und realisierte, dass das der Wahrheit entsprach. Gabe war stets freundlich zu mir gewesen. Selbst als er es nicht mehr sein musste. Und er hatte eine extrem angenehme Art an sich.

„Er hat sich genauestens an den Zapfenstreich meines Dads gehalten, sagte, er müsse eh was vorbereiten.“

Unsere letzte Begegnung fiel mir ein. Der Gedanke, dass er sie nach Hause gebracht hatte, um sich danach mit den Disceptatori sowie Himmel und Hölle zu treffen, kam mir erst jetzt.

Noch eine auf Täuschung basierende Beziehung, noch ein Doppelleben – nach Brooke und Drew, Luke und Alicia. Meine beste Freundin und ihr Engel.

Nur ich genoss den Vorzug, mich nicht verstellen zu müssen. Das Display meines Handys erlosch gerade, da nahm ich es, um zurückzuschreiben.

Reizvoller Gedanke. Aber wir hatten einen Deal?

Diese Antwort dauerte länger.

Und ich halte ihn ein …

Abby sprach ungeniert weiter, während ich mein Handy anlächelte.

Ich wusste, ich kann mich auf dich verlassen …

Immer, Mimi.

Sehe dich später in der Hölle. Möglicherweise? Vielleicht …?

Hey, nicht jeder hängt zwischen Büchern und in Gärten rum.
PS Ich bin der mit der Kutte.

Reuevoll, dass er gerade allein in seinem großen Bett lag, schüttelte ich den Kopf und umklammerte schweren Herzens meine Kette. Wie auf Kommando kam eine neue SMS:

Irgendwo auf der Welt zieht ein Depp gerade eine Tür auf,
auf der „BITTE DRÜCKEN“ steht

Ich verschluckte mich bei dem Versuch, nicht erneut loszulachen.

LOLOLOLOLOL

:) Nacht, Mimi

Schlaf schön, Morgan

„Apropos Kerle", leitete Abby soeben geschickt über, ehe ich mein Mobiltelefon auf lautlos stellte und weglegte, „wie war das Wochenende mit Mr. Superhot?"

„Super hot", erwiderte ich und wir lachten beide.

Ich erzählte ihr von der tollen Villa und dem eigenen Parfümzimmer der Vegards, brachte sie auf den neuesten Stand, was Morgans Schwester und Drew anbelangte und schloss damit, dass wir zusammen im Soap waren. Prinzipiell ließ ich nichts aus, außer es implizierte Übernatürliches. Dennoch konnte ich mich nicht des Eindrucks erwehren, dass es sich falsch anfühlte, ihr meine neue Seite vorzuenthalten. Abby war seit ich denken konnte meine beste Freundin. Es gab nichts, das ich über sie nicht wusste. Und dann änderte sich mein ganzes Leben und sie ahnte es noch nicht einmal?

Zum Glück plapperte sie aufgeregt über Drew und Brooke, wollte alles wissen über Jared und Luke, wie sie waren, wie sie in Badehosen aussahen, ob das Haus wirklich einen eigenen Flugplatz hatte, Morgans Wandlung zum Gentleman – und so quatschten und zogen wir uns gegenseitig auf. Als ich zum ersten Mal auf meinen Wecker blickte, zeigte er bereits weit nach Mitternacht an. Sie ließ mich erst auflegen, nachdem ich ihr versprochen hatte, dass sie mich in den nächsten Tagen weiter ausquetschen dürfen würde.

Ich stellte das Telefon auf meinen Nachttisch, löschte das Licht auf altmodische Weise – durch Knopfdruck – und fühlte mich zwar müde, aber nicht imstande einzuschlafen.

Meine Gedanken kreisten um Morgan. Er fehlte mir mehr, denn ich es für möglich gehalten hätte. Ich fragte mich, ob das auch an den Disceptatori lag, ob sie dadurch dafür sorgten, dass wir zusammenblieben und wischte den lächerlichen Gedanken beiseite, bevor ich mich auf den Bauch wälzte, mir mein Kissen über den Kopf zog und erst ruhiger wurde, weil ich mich auf den Stoff auf meiner Haut konzentrierte.

Ihn roch.

Mithilfe einer überzeugend lebhaften Vorstellung, ihn neben mir zu spüren, erwachte ich mit einem entspannten Lächeln auf den Lippen am Meer der Tränen. Der Himmel war grau und schwer, die Wellen kälter als Eis. Meine Peitsche in der Hand, den Blick auf das Schloss gerichtet, begrüßte ich Brooke.

„Probleme gehabt einzuschlafen?“, fragte sie mich verständnisvoll.

„Morgan etwa auch?“

„Er war schon pünktlicher“, erwiderte sie und hakte sich bei mir unter.

Mit einem kleinen Lächeln auf unseren Gesichtern machten wir uns gemeinsam auf dem Weg zur Höhle. „Wartest du schon lange?“

„Nein. Ich spüre, wann du eintriffst.“ Brooke musterte den Horizont und schloss kurz die Augen, dann setzte sie hinzu: „Außerdem vergeht die Zeit hier schneller. Was im Wachzustand eine Stunde ist, kommt dir hier vor wie maximal zehn Minuten. Anders würde man dieses Umfeld nicht täglich ertragen.“

„Hmmm“, erwiderte ich und mein Lächeln erlosch augenblicklich, weil ich auf das weite Gräberfeld zu unserer Rechten blickte. Soeben manifestierten sich darauf vor unseren Augen und unter einer sengenden Sonne mehrere Seelen nacheinander. Eine kleine Touristengruppe, die sich eng zusammenkauerte und sich ängstlich und verwirrt nach allen Seiten umsah. Den Anwesenden blieb nicht viel Zeit zu realisieren, wo sie waren. Nur Sekunden nach ihrem Erscheinen tauchten die ersten Höllenhunde knurrend auf. Mörderisch und schnell erlegten die Tiere unbarmherzig zwei der schwächeren Jüngeren, ehe die anderen mit irrsinnigen Angstschreien vor ihnen wegliefen.

Die Hetzjagd auf ihre Seelen hatte begonnen.

„Es gab ein Fährunglück vor Estland“, erklärte Brooke. Ich wandte den Kopf ab. „Hunderte Tote.“

„Nun“, schluckte ich und zwang mich dazu, auf die Gischt des Meeres zu starren und die verzweifelten Hilferufe zu ignorieren, „wenn nur zehn davon hier landen, finde ich das tröstlich.“

„Zehn bislang“, korrigierte sie sanft.

Wie viele der Opfer waren wohl Kinder?

Wie vielen starben in diesem Augenblick?

Wie vieler Menschen Leben wäre nach heute Nacht nicht mehr dasselbe?

Diese Gedanken wirbelten wild in meinem Kopf herum. Ich spürte, wie Brooke mich beobachtete. Bemüht, das tragische Unglück nicht an mich herankommen zu lassen, lächelte ich tapfer und scheiterte sogleich. *Tu wenigstens, als ließe es dich kalt.*

„Empathin“, entgegnete Brooke daraufhin, und ich gab auf.

„Ist es nicht wahnsinnig anstrengend, jede Emotion deines Umfeldes wahrzunehmen?“

„Nur in der Theorie. Praktisch bestimme ich, was ich wahrnehmen will und was nicht. Es ist wie der Lautstärkeknopf an der Fernbedienung.

Habe ich kein Interesse, schalte ich auf ‚stumm'. Morgan und meine Mom handhaben das genauso. Nur mein Vater muss jederzeit auf ‚Empfang' sein."

Die Schreie der letzten drei Überlebenden verklangen, nachdem sich vier Höllenhunde auf sie geworfen hatten und ihre Glieder in jegliche Himmelsrichtungen spuckten.

„Die Ruhe danach ist das Schlimmste."

Mit diesen Worten blieb sie stehen und trat bestimmt vor mich. Unsicher, wo neu anzufangen, seufzte sie.

„Stimmt was nicht?", fragte ich vorsichtig.

Sie entschied sich für die Gerade-heraus-Taktik.

„Ich wusste nicht, wie schlecht es dir nach unserem letzten Ausflug zum Fegefeuer gehen würde."

Die Anklage in ihrer Stimme war überdeutlich zu hören. Resigniert schüttelte ich den Kopf. „Dein Bruder hätte das für sich behalten können."

„Morgan wollte nur sicherstellen, dass ich nächstes Mal besser überlege, was ich dir zumute und was nicht."

„Wozu denn?", fragte ich und schloss unsere gesamte Umgebung in meine Geste mit ein. „Das ist die Hölle! Nicht du musst was ändern, sondern ich. Ich muss begreifen, was alles dazugehört. Dass es Teil des Lebens ist, eine Konsequenz, die sich daraus ergeben kann."

„Ich hätte trotzdem mehr auf die Geschwindigkeit achten sollen, mit der ich dich heranführe."

„Brooke", beinahe hätte ich bitter aufgelacht, „du machst das fantastisch. Seien wir einfach realistisch. Ihr habt recht, wenn ihr sagt, dass es im Auge des Betrachters liegt. Das", ich zeigte auf neu formierte Seelen, die über einen nun matschigen, blutdurchtränkten Boden vor den Hunden und zwei Reitern um ihr Leben liefen, „sind keine Samariter gewesen. Ihre Bücher – sie *selber* – haben über ihr Schicksal entschieden. Die Hölle führt es nur aus."

Sie hatte offensichtlich Probleme damit, mir zu glauben.

„Fühlt es sich an, als würde ich dich belügen?"

Sekundenlang schaute sie mir tief in die Augen, las in ihnen wie in einem Spiegel, der die Wahrheit reflektiert. Während die kühlen Wellen meine Beine umspülten und der Wind mir durch die Haare und den dünnen Stoff meines Kleides wehte, blinzelte sie und ihre Pupillen wurden winzig klein, bevor sie wieder Normalgröße erreichten.

„Das ist die richtige Einstellung, Mimi!", lobte sie erleichtert und ich hörte den Stein von ihrem Herzen fallen.

„Morgan kann ziemlich überzeugend sein", erklärte ich das Mysterium meines Sinneswandels.

„Du sagst das so, als wäre es was Gutes“, erwiderte sie lächelnd. „Oder was Neues.“

„Weißt du, was in der Tat neu ist?“

„Ich höre.“

„Ich fange an, meine Kräfte zu mögen.“

„Ach, was“, witzelte sie. Zum Beweis nahm ich sie an die Hand und wünschte mich in die Bibliothek. Das Beschleunigungsgefühl, das mir bei den ersten Malen noch Übelkeit verursacht hatte, dauerte nun keine Sekunde mehr. Wenige Augenblicke später formte sich die braune Gesteinswand vor unseren Augen und wir kamen vor dem getarnten Eingang zum Stehen. In mir entfaltete sich ein allgegenwärtiges, aber höchst angenehmes Kitzeln.

„Nicht schlecht“, sagte Brooke und ließ schmunzelnd meine Hand los. „Und wie ist Einzel-Teleportation im Vergleich dazu?“

„Schneller“, antwortete ich, stellte mir mein Haargummi vor, generierte es und band mir die Haare zu einem Pferdeschwanz. „Ich erkläre es mir so: Wenn ich alleine ‚reise‘“, ich formte die Anführungsstriche mit meinen Fingern und trat vor die rechte Wand „zerfallen die Teilchen in meinem Körper und setzen sich woanders ihrem Muster folgend wieder zusammen – ich bekomme nichts davon mit, bin erst an Punkt A und komme an Punkt B wieder zu mir. Reise ich hingegen in Begleitung, ist das ein vollkommen anderer Transportvorgang –“

„– wir konnten eben schemenhaft erkennen, wo entlang wir reisten“, bestätigte sie.

„Genau. Das muss im Umkehrschluss bedeuten, dass wir uns einfach nur blitzschnell fortbewegt haben – wie mit einem Jet fliegen.“

„Eher in einer Rakete“, erwiderte sie und ich nickte. Sie platzierte ihre linke Hand vor dem dunklen Gesteinsabdruck. Ich zählte bis drei und unsere Hände berührten wie auf Kommando gleichzeitig das Gestein.

„Öffnen“, befahl Brooke. Diesmal war ich auf die starke Wärme vorbereitet und konnte die Goldschlieren, die stark im Kontrast zu dem dreckigen Braunton standen, dabei beobachten, wie sie sich ihren Weg durch den dicken Stein bahnten.

Funken entstanden, entzündeten sich aneinander und gleich darauf verpuffte die Wand und wir standen wieder im hell erleuchteten Raum.

Brooke bedeutete mir, ihr zu folgen und zusammen stellten wir uns vor eine der vielen Glasvitrinen in der Nähe des Eingangs, wo sie eine Hand hob und ihre Augen sich wieder fokussierten.

„Erscheine“, sagte sie – und innerhalb des Glasschrankes tat sich etwas.

Eine der untersten Papierrollen begann sich wie auf Kommando zu drehen und brachte damit die anderen in ihrer Umgebung in Wallung.

Die Bewegungen des Dokuments wurden hektischer, bis es bebte. Kurz darauf verschwand es und tauchte in Brookes offener Hand auf.

Sie warf das Schriftstück in die Luft, wo es ausgerollt schwebend vor uns verharrte. Ich stellte mich neben meine Freundin, um besser mitlesen zu können.

Der Vertrag datierte zurück auf einen Herbsttag vor über dreißig Jahren, geschlossen von Henry Carpenter jr. und durch seinen geleisteten Bluteid besiegelt.

Der Text war kurz, gerade einmal zwei Sätze, die festhielten, dass Mr. Carpenters Ehefrau aus dem Koma erwachte – im Gegenzug verkaufte ihr Ehemann seine Seele dem Teufel. Ich las mir das Wichtigste durch, da flackerte eine der beiden Signaturen hellrot auf, die ich, dank des Schlangenemblems darunter, als Lawrence' erkannte. Die Temperatur um uns stieg merklich und mein Kleid klebte förmlich an meinem Körper, bis der dunkle Schriftzug verschwand, ihn ein unsichtbarer Radierer penibel auslöschte. Daraufhin flammte der Name des Auftraggebers auf und brannte sich tiefer in die Rolle ein, bevor das ganze Dokument schließlich in Flammen aufging und nur noch Asche verblieb.

„Der Vertrag hat sich soeben erfüllt“, hörte ich Brooke flüstern.

„Die Seele ist da?“

„Seit genau zehn Sekunden“, erwiderte eine neue Stimme hinter uns.

Sie war anders als die vielen übersinnlichen Stimmen der letzten Tage und doch war sie auch mit am normalsten. Beim Sprechen pointierte der Redner bestimmte Silben ein wenig, verlieh ihnen damit den Anschein eines verblassten Akzentes, den man nicht zuordnen konnte. Es war eine Harmonie aus Festigkeit und Klang, die sich durch den ganzen Körper arbeitete und ihn in Wellen erfasste. Und dennoch wirkte jedes Wort rau.

Brooke blinzelte, bevor sie mich regelrecht anfuhr.

„Sieh ihm nicht zu lange in die Augen“, ordnete sie an, derweil die Gestalt an uns vorbeischritt und sich dahin stellte, wo eben das Schriftstück vergangen war.

„Melody, nehme ich an“, richtete er das Wort an mich und ich arbeitete mich von unten nach oben vor, um mir die nötige Zeit zu geben, mich auf sein Gesicht vorzubereiten. Der Mann hatte eine schwarze Kutte an und anders als die warmen Erdtöne von Lawrence und Morgan schrie dieser Aufzug geradezu „Tod“, „Elend“ und „Ende“. Seine Hände waren von einem durchscheinenden Weiß, durch das man die Venenkanäle darunter erkannte, ebenso der Teil seines Gesichts, der nicht von der Kapuze bedeckt und verblüffend angenehm war. Es besaß eine hübsche Symmetrie und maskuline

Züge, auch wenn sie wirkten, als seien sie dabei, sich vollends zu entwickeln. Seine silbernen Haare umrahmten kinnlang das Gesicht.

„Mimi, das ist Pharo", stellte Brooke ihn mir vor. Ich ergriff seine dargebotene Hand und schaute vorsichtig in seine Augen.

Abscheuliche weiße Würmer durchzogen seine schwarzen Pupillen.

Überrumpelt und angewidert ließ ich die Hand los und wich zurück.

Das Wesen lachte spröde. „Wenn dich das bereits anwidert, warte bis du auf Ilja triffst."

Die Art, wie sein Brustkorb sich hektisch, doch rhythmisch hob und senkte, abgehackt wie nach einem Exzess und dabei schwer wie unter großer Last, war so verkehrt wie natürlich. Es passte perfekt zu ihm.

Mit einem schnellen Blick auf Brooke trat ich erneut vor ihn, sobald er geendet hatte. „Ich entschuldige mich wegen meiner ungestümen Reaktion. Es war unangebracht."

„Du bist in der Unterwelt gelandet, gewöhne dich an Abscheulichkeiten."

„Pharo ist ein Dämon", erklärte Brooke scharf. „Neben Höllenhunden und apokalyptischen Reitern sind Dämonen die dritte und letzte feste Instanz der Hölle."

„Und ich möchte behaupten, auch die interessanteste", ergänzte Pharo mit einem scheppernden Unterton und öffnete seine Kutte. Da wo sein Oberkörper an die Hüfte anschloss, befanden sich weitere Hunderttausende Maden, die ihn bedeckten.

Brooke stöhnte ungehalten. „Hör sofort auf damit!"

Pharo lachte und die Maden verwandelten sich in hellste Haut, die mich an Gabriel und Michael erinnerte.

„Sind Dämonen etwa diejenigen Engel, die Laurentius in die Hölle folgten, bevor die Disceptatori eingriffen?"

„Sind sie", erwiderte das Wesen, ehe es Brooke vermochte. „Wir befanden, dass Laurentius' Fragen begründet waren, und hatten es satt, dass nur Gott in den Lauf der Welt eingreifen konnte. Also änderten wir die Spielregeln."

Meine Neugier überwand den Abscheu und ich blickte ihm zurück ins Gesicht. „Inwiefern?"

„Wir schlossen uns Laurentius und seiner Regentschaft an – die weitaus *offener* ist", grinste er vielsagend und begann, um uns herum zu stolzieren. „Seitdem wandeln wir auf Erden zwischen Gottes Lämmern und machen uns die Gemütsverfassung und Schwächen seiner Schöpfung zunutze. Es ist ein großer Spaß."

„Habt ihr erst herausgefunden, wie ein bestimmter Mensch am leichtesten steuerbar ist, verführt ihr ihn?"

„Wissen wir, wie wir ihn oder sie verführen können, halten wir demjenigen vor Augen, was seine Optionen sind."

„Verstößt das nicht gegen die zweite Klausel des Vertrages, dass niemand in seinem freien Willen beeinträchtigt werden darf?"

„Wir *beeinträchtigen* niemanden", korrigierte er mit einem intensiven, dämonischen Schmunzeln und fuhr sich mit der Hand über das Gesicht, sodass dort Blut zurückblieb, das sich augenblicklich in Goldtränen verwandelte. „Ist ein Mensch allerdings von sich aus bereit, mit dem Teufel einen Pakt einzugehen, helfen wir ihm gerne auf die Sprünge."

„Dämonen arbeiten mit gehirnmanipulierenden Stoffen, die dem Verstand vorgaukeln, was immer sie wollen", sagte Brooke, als seine Wangenknochen in sich zusammenfielen und stattdessen ein neues Gesicht mit seinen Augen in meins zurückblickte. „Täuschungen."

Annas vertraute Züge änderten sich zurück zu Maden und schließlich wieder zu Pharos Antlitz. „Ich kann dir deine größten Wünsche zeigen – oder deine schlimmsten Albträume."

„Wie viele von euch gibt es?", presste ich hervor und wischte seine mentalen Spielereien beiseite.

„Zwölf."

„Habt ihr noch etwas Himmlisches an euch? Einen Überrest?"

„Wie kommst du darauf?", wollte er wissen und blieb verwundert stehen.

„Deine Augen", erklärte ich ihm und sah tief hinein, „sie haben denselben Schimmer wie Lawrence' und Gabriels. Wie mit Diamantstaub bestäubt. Nur dass du dich, ebenso wie Lawrence, bemühst, das zu überdecken."

„Dein Ruf steht dir in nichts nach", nickte Pharo. Er trat näher und das Licht ließ seine grauen Augen erstrahlen. „Man munkelt, du bist des Thrones würdig, dass du weit bist für deine Zeit."

„Aber habe ich auch recht?"

„Wir haben unsere Flügel behalten", erwiderte er kurz angebunden, „genauso wie unsere individuell stärkste Eigenschaft. Auch wenn wir damit …", er ließ seine Kutte über die Schultern gleiten und drehte sich um. An seinem Rücken wuchsen schwarze Flügel und streckten sich in die Höhe und Breite, bevor sie wie welke Blumen wieder in sich zusammenfielen, „… nicht mehr fliegen können."

Die einzelnen Federn umgab ein teeriger Glanz.

„Nun rate, was *seine* stärkste Eigenschaft war", richtete Brooke ihr Wort an mich, ohne ihn dabei aus den Augen lassen.

Pharo zog sich wieder an.

„Feinfühligkeit", ging der Dämon dazwischen und verzog den Mund dabei, als schmecke er etwas Bitteres auf der Zunge. „Ich bin imstande, mich in die emotionalen Belange der Menschen hineinzuversetzen."

„Also, nur damit ich das richtig verstehe", ich blinzelte von ihm zu Brooke und zurück. „Dämonen bringen bereitwillige Menschen mit Lawrence zusammen, der einen Pakt mit ihnen eingeht. Diese Seelen durchlaufen nicht den regulären Weg der Sünder, der über Höllenhunde und apokalyptische Reiter führt, sondern landen, sobald ihr Vertrag erfüllt wird und in Flammen aufgeht, direkt im Fegefeuer?"

„Brennt die Seele, verbrennt ihr Vertrag", bestätigte Brooke.

„Und du hast Henry Carpenter jr. zu seinem Glück verholfen?", fragte ich Pharo sarkastisch.

„Mrs. Carpenters Wohlergehen lag in den Händen ihres lieben Ehemanns. Alles, was er tun musste, um sie wiederzukriegen, war seine Forschungen einzustellen."

Mir gefiel es gar nicht, wie triumphierend er dabei in die Runde guckte. „Woran arbeitete er?"

„Er machte seinerzeit beträchtliche Fortschritte in der Mukoviszidose-Forschung. Sein Institut war führend, was die Medikation auf diesem Gebiet betraf", erwiderte er und streckte die Hand aus, um seine langen Finger zu betrachten, „Auslöser dafür war die akute Erkrankung seiner Gattin. Die entzückende Kathy Carpenter lebte seit ihrer Geburt mit der Diagnose. Als ich auf ihren Fall aufmerksam wurde, wartete sie bereits monatelang hochdringlich auf eine neue Lunge. Es war eine Schande – eine so freundliche junge Frau und liebevolle Mutter vegetierte förmlich vor sich hin", Pharo zuckte gleichgültig die Schultern. Die Geste stand im krassen Gegensatz zu seiner geheuchelten Anteilnahme. „Kathys Kräfte schwanden, man versetzte sie ins künstliche Koma – ich wartete, bis die Dreimonatsfrist ihrer Ärzte abgelaufen war und schlug ihrem Mann den Deal seines Lebens vor."

Er brüstete sich, als hätte er einer alten Dame über die Straße geholfen: „Eine neue Lunge und die Aussicht auf ein normales Leben für seine Frau, seine Seele und das Ende von Carpenter Pharmaceutics für uns. Bis heute gibt es kein Heilmittel für diese tückische Stoffwechselerkrankung. Keiner kam dem jemals wieder so nah wie der gute Henry."

Wut kroch in mir hoch, die ersten Blutpunkte formierten sich auf meiner Handinnenfläche, während ich in sein selbstgefälliges Gesicht starrte. Doch ehe ich mich in das weiche Netz aus Zorn hineinfallen lassen konnte, nahm Brooke meine Hand und zwang mich, in ihre beschwichtigenden Augen zu sehen. Mein Armband war bereits warm, kühlte sich aber ab. Ich dachte daran, Morgan ungern von seinen aktuellen Aufgaben abziehen zu wollen und ahnte gleichzeitig, dass er augenblicklich bei uns auftauchen würde, sobald unsere Armbänder ansatzweise glühten.

Zwangsläufig fuhr ich mein Gemüt herunter, indem ich mich auf Brooke konzentrierte.

Ich überschlug meinen letzten Gedankengang, bevor er uns über die Geschichte der Carpenters aufgeklärt hatte.

Es betraf Dämonen. Und den Himmel.

Pharo lächelte mich in dem Moment an, da mir einfiel, was ich ihn fragen wollte.

„Die Hölle arbeitet mit Dämonen, um von menschlichen Schwächen zu profitieren", probierte ich meine Stimme aus und freute mich, dass sie neutral klang, „was setzt der Himmel ein, um Menschen zum Gutsein zu rekrutieren?"

Der Dämon lachte: „Etwas, was allgemeinhin als Kirche bezeichnet wird."

**********************************

Ich spürte, dass ich wieder erwachte, mich das weiße Licht zurück in mein Zimmer geleitete und ins Bett legte.

Brooke hatte mir erklärt, dass es ein Übergangsmittel war, damit der Austritt aus der Unterwelt von positiven Gefühlen begleitet wird. Und es stimmte. Jedes Mal, wenn ich in den Strudel geriet, der mich zurück in die Normalität brachte, projizierte das Licht lebensgroße Bilder um mich, die beruhigten: Ausschnitte meiner Vergangenheit und von Menschen, die ich liebte.

Behutsam öffnete ich die Augen und seufzte.

Pharo ließ mich selbst im wachen Zustand schwer los. Das Wissen um Dämonen war schlimmer als das um Höllenhunde oder Reiter.

Dämonen wandelten unter uns.

Im Versuch, mir die Müdigkeit, die auf meinen Gliedern lag, dennoch zu bewahren, drehte ich mich um – und sah in ein paar amüsierte, meerblaue Augen.

Morgan legte mir blitzschnell die Hand auf den Mund, damit ich nicht laut aufschrie, und lachte leise. Sobald ich ruhig wurde, nahm er sie wieder fort und streckte sich genüsslich.

„Guten Morgen", wünschte er mir.

Vermutlich klappte mein Mund auf bei der Selbstverständlichkeit, mit der er sich eins meiner Kissen aufschüttelte und sich mir dann zudrehte, sodass wir uns besser anschauen konnten.

„Bist du wirklich hier?", fragte ich und runzelte die Stirn. Testweise streckte ich eine Hand nach ihm aus und er ergriff sie tatsächlich. Schlagartig war ich hellwach.

„Schon länger", erwiderte er.

„Wie lange?“
„Dein Bett ist bequemer, als es aussieht.“
Ich grummelte Unverständliches und erforschte sein Gesicht.
„Sag mir nicht, dass ich was damit zu tun hatte.“
Schweigend hob er die Augenbrauen. In der Ruhe vor dem Morgengrauen hörte ich den Wind leise um das Haus schleichen.
„Morgan?“, hakte ich nach.
„Ich dachte, ich solle es dir nicht sagen“, grinste er. „So viel zu ‚Pass auf deine Kräfte auf‘“, fügte er an und schüttelte den Kopf, nahm sich anschließend mühsam zusammen und arrangierte die luftige Decke halb über uns. In naher Ferne bellte ein Hund entrüstet, während ein Auto vorbeifuhr.
„Tut mir ehrlich leid“, murmelte ich und schlug mir die Hände vors Gesicht. Ich fühlte, wie mir das Blut in die Wangen schoss, und stampfte wütend in die Luft. „Es war absolut unterbewusst.“
Morgan lachte und ergriff meine Hände, um sie zu küssen. „Dir muss nichts leidtun, ich wünschte nur, du wärst vorsichtiger.“
„Weil ich dich herbeigeneriert habe?“
„Weil du dir die Falschen herbeiwünschen könntest. Oder Dinge generieren vor den Augen anderer oder –“
„– Schatten auf jemanden hetzen?“, stöhnte ich resigniert.
„Ja“, begann er vorsichtig und ließ mir Zeit, bis ich mich zusammengerissen oder zumindest etwas beruhigt hatte. Am liebsten hätte ich mich aus Scham vor ihm verkrochen. „Nicht, dass Shelby es nicht verdient hätte – aber es bringt dich in die Gefahr, entdeckt zu werden. Fliegst du auf, wird es kompliziert.“
Als müsste ich mir und ihm beweisen, mich im Griff zu haben, hob ich meine Hände in Richtung der Ecke, in der mein halboffener Schrank stand. Die Sonne war noch nicht aufgegangen, die Dunkelheit der Nacht sammelte sich dort. Das Gefühl in meinem Inneren koppelte sich mit dem Stechen auf meiner rechten Handfläche, von dem ich auch ohne hinzuschauen wusste, es ähnelte der roten Version der Schattenformation, die nun ähnlich einem flügelschwingenden großen Greifvogel von unten nach oben an die Decke stieg.
„Wie halte ich es auf?“, fragte ich ihn und konzentrierte mich darauf, die Dunkelheit reglos an der Decke zu fixieren.
„Dilabi“, sprach er und der Schatten zerfiel wieder zu dem, was er war: der Absenz von Licht.
„Geht das mit jedem Schatten?“
„Ausnahmslos. Setz sie richtig ein und sie sind starke Waffen oder wertvolle Unterstützung.“
„Bei deinem Kampf gegen Gabe, waren die Schatten erst Krieger und später Würmer“, rief ich mir ins Gedächtnis.

„Sie sind das, was du möchtest", erklärte er sachlich.
„Warum sind sie dann nicht Rosenblüten?", fragte ich bissig. „Was, wenn ich jemandem ungewollt Schaden zufüge?"
„Du hast dich für das Böse entschieden, Mimi. Das ermöglicht der Hölle einerseits leichteren Zugang zu deiner dunklen Seite, andererseits stattet sie dich dadurch mit Macht aus. Es ist ein Prozess, den du nicht aufhalten kannst. Was das bedeutet, hast du bei Gabriel und im Soap gesehen. Bist du gemeiner? Ja, vermutlich. Liegt es an dir, deine Gedanken für dich zu behalten? Ja, vermutlich. Das ist eine Gabe, die jeder Mensch hat."
„Ha ha."
Morgan rieb sich mit den Handballen die dunkel unterlaufenen Augen. Die Müdigkeit verlangte ihren Tribut. *Hatte er überhaupt geschlafen?*
„Nicht alles an dir hat sich verändert. Was in diese Kategorie fällt, ist lenkbar, musst du sogar lenken. Ich kann mir denken, dass das überwältigend ist. Gib dir Zeit. Der Rest kommt von alleine."
Ich verschränkte die Arme hinter dem Kopf, um die Neuigkeiten zu sortieren und bemerkte nur am Rande, wie er grinste.
„Es ist wirklich faszinierend", sagte er schließlich, nachdem ich keinerlei Anstalten machte, mich in absehbarer Zukunft zu rühren, „im ersten Moment spürst du ein heftiges Ziehen in eine unsichtbare Richtung, das dich von Kopf bis Fuß durchfährt – und im nächsten gibst du dem einfach nach."
Sein Blick war nach innen gerichtet, als erlebe er es ein zweites Mal.
„Hast du gewusst, dass das möglich ist? Menschen zu generieren?", fragte ich vorsichtig und drehte den Kopf in Richtung des Schrankes. Die Schatten waren nur Schatten, doch das Wissen um die Möglichkeit, sie zum eigenen Nutzen rekrutieren zu können, ließ mich frösteln, mich stark und schwach zugleich fühlen und die Ausmaße meines neuen Lebens weiter erfassen. Was würde ich ohne ihn tun? Wie es ertragen?
„Nein. Ich wäre gar nicht auf die Idee gekommen, es zu versuchen. Mimi", riss er mich aus meinen Überlegungen, neigte dabei den Kopf, stützte sich auf eine Hand und lächelte mich vorsichtig an. „Aber es gibt nichts, was dir mir gegenüber peinlich sein müsste. Außer der Tatsache vielleicht, dass du mein Shirt geklaut hast."
Ich musterte ihn herausfordernd. „Wo ist mein Fahrrad?"
„Es war ein Geschenk, sagtest du."
Stirnrunzelnd hielt ich seinem Blick stand. „Da, wo es keinem Menschen jemals wieder Schaden zufügen kann."
„In der Hölle?", fragte ich alarmiert.
„Du kriegst ein neues", wich er aus. „Ein besseres."
„Das bestimmt dreimal so viel kostet."

„Mein Kugelschreiber, dem die Mine fehlt, ist mehr wert als dein Bike."

Mit einem entrüsteten Laut zwickte ich ihn in den Oberarm und beugte mich vor. Meine Lippen Zentimeter von seinen entfernt, griff ich nach seinem Shirt und zog es ihm über den Kopf, setzte ich mich langsam auf ihn, darauf bedacht, ihn nur zu streifen und suchte mit meiner Zunge die gewünschte Stelle an seinem Hals, umkreiste sie ein paarmal und saugte verspielt daran, bis ich ihm das verführerische Stöhnen entlockte, das ich bis in meine Seele prickeln hörte. Dann verlagerte ich mein Gewicht und schickte meine Finger auf Wanderschaft, über seine Brust, weiter hinab zu seinem Bauch, wo sie über die definierten Züge seiner Muskeln streiften, indes er sich unter mir lustvoll bewegte, und schließlich zu seinen Boxershorts. Er versteifte sich leicht, sobald meine Hand darunterfuhr und ich befeuchtete meine Lippen mit meiner Zunge. Er versuchte sich aufzusetzen, meinen Mund zu erreichen, doch ich lachte leise und stieß ihn zurück in die Laken, meine Hand legte sich zugleich um seine stattliche Erektion. Augenblicklich griff er nach mir und zog mich zu sich, verhakte seine Hände in meinem Haar und küsste mich, seine Zunge schlüpfte in meinen Mund und machte ihn sich zu eigen.

Wortlos und ohne Widerstand übernahm Morgan die Kontrolle.

Gerade als ich anfing, den Verstand zu verlieren und seine Arme mich an seinen Körper drückten, setzte ich mich auf.

Morgan hielt still, in seinem Blick Spuren von Aufregung und Lust.

„Also", setzte ich an und beobachtete dabei, wie er hart schluckte, ohne den Blick von meinen Lippen zu nehmen, „angenommen, ich würde dir jetzt sagen, dass mir diese neue Idee gefällt, dich mir einfach jede Nacht in mein Bett zu wünschen, fändest du es …?"

„… genial? Ziemlich." Er wollte sich erneut aufsetzen. Ich legte meine Hände auf seine Schultern und hinderte ihn daran, ehe er es richtig versuchten konnte. Er stöhnte gequält und fuhr sich fahrig durchs Haar.

„Hab Erbarmen", bat er und ich musste auflachen wegen seines Leidens.

„Du musst diese Nacht zurück? In den Vorhof?"

Meine Augen sprangen zwischen seinem Gesicht und dem Wecker auf meinem Nachttisch hin und her. *Bitte sag Nein, bitte sag Nein.*

„Es wartet Arbeit auf mich", nickte er und das Blau seiner Augen loderte höher. „Wann stehen Maddy und Trevor auf?"

„Gegen sieben Uhr. Aber da Montag ist, werden sie mich vermutlich etwas länger schlafen lassen."

„Sie überprüfen nicht zufällig –"

„– ob mein Freund bei mir schläft? Nein", lachte ich leise und fing wieder an, meine Hände über seine Muskeln wandern zu lassen, beugte mich vor und küsste sein Kinn, seinen Nacken, seinen Hals, bevor ich aufschaute und mein Herz aussetzte. Sein Blick war gläsern vor Verlangen, als er mein Haar hinters Ohr streifte. Ich brauchte ein wenig, um meine Stimme wiederzufinden und schaffte selbst dann nur ein Flüstern. „Maddy nimmt an, ich sei ein gutes Mädchen."

„Nun ja", fügte er in seinem sexy-heiseren Tonfall an und packte mich, sodass er sich auf mich rollen konnte, „du bist *offensichtlich* ein gutes Mädchen, wenn man den Disceptatori trauen –"

Ich lächelte und verschloss seinen Mund mit einem langen, begierigen Kuss, der ihn tatsächlich verstummen ließ.

„Würde ein gutes Mädchen das tun?", wollte ich wissen, während meine Hand seine Boxershorts hinunterschob, um ihn greifen zu können.

„Was immer du bist", flüsterte er und beobachtete mich genau, seine Lippen dunkelrot, „du hast dir damit keinen Gefallen getan."

Ich liebte es, dass ich mich ihm ausliefern konnte, liebte es, wie zärtlich er mir unter mein Shirt glitt und meine Brüste streifte, so vorsichtig, dass seine Hände leicht zitterten. Er beugte sich herab und schob das Shirt hoch, küsste jeden Quadratzentimeter meiner Haut, brachte mich dazu, mehr zu begehren und fuhr mit der flachen Hand zu meinem Slip. Gleichzeitig kickte er seine Boxershorts von sich und zog den Rand meiner Unterwäsche mit seinem Mund nach.

„Was ist mit … deiner … Arbeit?", presste ich mühsam hervor. Seine Hände fuhren sanft über den Stoff und meine Finger bohrten sich fest in seine Schultern. Er fing an den richtigen Stellen zu reiben an und erwiderte nichts, doch ich sah das Lächeln auf seinem Gesicht, als ich meine Hüfte anhob und nach mehr trachtete. Seine Finger fuhren an der Seide vorbei und berührten mich, dass mir heiß und kalt zugleich wurde und ich mir mein Kissen aufs Gesicht drückte, um nicht das ganze Haus aufzuwecken. Er musste die Unterwäsche weggewünscht haben, denn plötzlich spürte ich die kühle Luft an den Innenseiten meiner Oberschenkel und wie er sie sanft auseinanderdrückte, seine Zunge daran langsam hochfahren ließ. Ich schnappte nach Luft und kribbelte vor Vorfreude, als sein Mund zwischen meinen Beinen ankam und heftige Schockwellen durch mich schnellten.

Ich vermute, ich schrie seinen Namen, was ihn leise lachen ließ und den Takt seiner Berührungen erhöhte. Er hielt inne, da hatte ich bereits vergessen, wie ich hieß, und arbeitete sich mit kleinen Küssen hoch zu meinem Mund. Meine Augen spiegelten den Trip, auf dem ich mich befand.

„Revanche", flüsterte ich und zwang ihn, sich auf den Rücken zu legen. Ohne Zeit zu verlieren, weil er ausgehungert knurrte, ich mich aber dennoch daran erfreuen wollte, fanden meine Lippen den Weg und umfingen schließlich seine empfindlichste Stelle. Nach kurzer Zeit griff er nach dem Kissen und ich fühlte die Erregung, bevor sein Körper sich versteifte und seine Atmung abgehackter ging, schneller durch seine Zähne gepresst wurde. Ich rutschte auf und schlang meine Beine um seine Hüfte, setzte mich langsam auf ihn, bis ich ihn in mir spürte, und ihm sein Kissen wegnahm, meine Hände in seine Haare verkeilte, während er sich aufrichtete und das Gefühl dabei meine Nervenbahnen in Brand setzte.

Bei seiner nächsten Bewegung übte er den perfekten Druck auf meinen Körper aus. Die Welt um mich zerfiel in kleine Stücke und ich schloss genüsslich die Augen, sobald er gewohnt übernahm und mich fester anpackte.

Sein Mund war plötzlich auf meinem und seine Zunge begehrte Einlass. Das Letzte, was ich wahrnahm, war, wie ich dem folgte und mir seine Tätowierung in den Sinn kam.

Denn plötzlich brannte es innen und außen und alles, was mich ausmachte, zerfiel zu Asche, um neu geboren zu werden.

## *Kapitel 16*

Die Woche war vorbei, kaum dass sie angefangen hatte. Das Beifahrerfenster fuhr hoch und ich sonnte mich stattdessen in Morgans ansteckend fröhlicher Laune. Den ganzen Heimweg über hatte er Scherze gemacht. Ich konnte mir denken wieso und bekam dabei leichte Bauchschmerzen.

Wir waren fast bei mir zu Hause angekommen, als er sich zu mir wandte. Ich hielt mein erhitztes Gesicht in die Klimaanlage und musste mich erst zurücklehnen, um ihn über die Musik zu verstehen.

„Wie bitte?"

„Ich sagte, ich kann es kaum fassen, dass es dein allererstes Footballspiel sein wird."

*Football .... Millionen und Abermillionen von Zügen und Regeln.*

„Ich bin gespannt auf die Premiere", erwiderte ich und stützte den Kopf in die Hand, „hoffentlich verstehe ich etwas."

„Keine Sorge – Brooke wird dir das Wichtigste erklären."

Ich plante einen Online-Crashkurs, sobald ich daheim war, damit ich ihr nicht auf die Nerven ging. „Oh", entfuhr es mir, weil ich an meine Jeans dachte, und ich schlug mir die Hand vor die Stirn.

„Was?"

„Mist!", ich drehte mich ganz zu ihm, „ach, ich pflegte früher ein Ritual, meine ausgewaschene Stitch's Jeans zu tragen, falls ein Spiel gewonnen werden soll. Ich habe vorgestern daran gedacht, sie in die Maschine zu werfen, aber meine Großmutter rief an und – ich fürchte, sie liegt noch in der Wäsche."

Er ließ das Lenkrad kurz los und griff in die Hosentasche. Dann spürte ich, wie ich etwas in die Hand gedrückt bekam.

„Kauf dir eine neue."

Sorgsam entfaltete ich den Schein. Mir blieb die Luft weg. „Tausend Dollar?"

„Zu wenig?"

„Nicht, wenn ich die halbe Kollektion haben will."

„Willst du?"

Meine Antwort verschluckte die Musik. Glücklicherweise.

„Kauf dir was du willst. Schuhe, ein schönes Oberteil. Eine Tasche. Was dich glücklich macht."

Meine Hand war dabei, ihm den Schein zurückzureichen, aber er fing sie ab und legte sie stattdessen auf seinen Oberschenkel. „Mimi. Ruf Brooke an und trefft euch zum shoppen. Habt Spaß."

„Morgan", ich schloss die Augen und rieb mir den Nasenrücken, „ich will dein Geld nicht."

Allein es in der Hand zu haben, fühlte sich falsch an.

„Ich weiß", erwiderte er und drückte meine Hand. „Aber ich will, dass es dir gut geht."

„Eintausend Dollar garantieren nicht, dass es mir gut geht", sagte ich aufgebracht. „Wenn du bei mir bist, geht es mir gut. Wenn ich Musik höre oder mir eine schnulzige Romantik-Komödie ansehe, mit Marc Fahrrad fahre – dann geht es mir gut. Das", ich hielt das Geld hoch, „ist nicht gleichbedeutend damit."

Ich sah das Lächeln auf seinen Lippen, als er den Gang wechselte. „Prinzessin, ich möchte für dich sorgen dürfen."

Seit Aiden mich gefragt hatte, welche Disneyfigur ich als Kind am meisten geliebt hatte und meine Antwort Arielle lautete, weil sie stark genug war, für die Liebe ihre alte Welt zu verlassen, hatte Morgan angefangen, mich so zu nennen.

„Kommt mit bekannt vor", hatte mir Morgan belustigt ins Ohr geraunt.

„Sie hat grüne Augen, wie du!", Aiden suchte nach seiner DVD, während er sprach. „Und Eric ist ein Prinz! Wie mein Bruder."

„Und wie du."

„Ist sie deshalb in ihn verliebt?"

„Nein. Sie braucht das nicht, sie ist ja selbst eine Prinzessin", erwiderte ich und wünschte ihm den Film in die kleinen Hände.

Er grinste und blickte vom Cover zu mir. „Wie du."

Mit gerunzelter Stirn blickte ich zurück.

„Ich habe sie darüber sprechen gehört. Du und Morgan seid bald wie Mommy und Daddy. Und um König und Königin zu werden, muss man vorher Prinz und Prinzessin sein."

„Er hat recht, *Prinzessin*", lachte Morgan und Aiden wiederholte das ein paarmal sing-sang-artig, bevor er mit einfiel. Ich hatte sie beide durchs Wohnzimmer gejagt, bis ich mich geschlagen gab und sie zu Siegern kürte.

Im Hier und Jetzt musste ich genau hinhören um seine nächsten Worte zu verstehen. „Und das emotional, physisch", er zwinkerte mir verwegen zu, „und finanziell gleichermaßen. Es ist nicht meine Schuld, dass wir Geld besitzen, und nicht deine, dass ich es mit dir teilen will. Du hast bereits herausgekriegt, dass Geld meiner Meinung nach nichts ist, was zählt. Am Ende des Tages geht es darum, dass ich die Person glücklich mache, die mich glücklich macht. Erlaube es mir einfach."

Er führte meine Hand an seine Lippen und küsste sie. „Bitte."

*Peng.* Er hatte es wieder vollbracht, mich mit meinen eigenen Waffen zu schlagen. Widerwillig nickte ich. Würde ich mir eben Jeans kaufen, wenn es ihm dermaßen am Herzen lag. Vielleicht gab es Sale-Angebote. „*Ein* Paar.“

„Einverstanden.“

Ich steckte das Geld in meinen Geldbeutel, wobei er amüsiert den Kopf schüttelte.

„Wenn du mit leeren Händen zurückkommst, sind es das nächste Mal zehntausend.“

Weil er wegen meines düsteren Ausdrucks lachte, verschränkte ich die Arme vor der Brust, um nicht mit einzufallen.

Kein Wunder, dass er der Kapitän der Tigers war. Niemand war begnadeter darin, andere dazu zu bewegen, das zu tun, was er wollte. Mein Verstand kehrte zurück zu dem Spiel heute Abend. Wie kompliziert konnte es schon werden, den Aktionen zu folgen?

*Sehr*, stöhnte eine Stimme in meinem Kopf. *Denk an den letzten Super Bowl.*

„Ich muss dich echt mögen.“

„Ha! Es ist nur fair, dass du dabei bist. Bedenkt man, welche Premieren ich über mich ergehen lassen musste.“

„Pfefferminzeis?“, riet ich ins Blaue hinein.

„Das war erschreckenderweise nicht das Schlimmste. Nein, mein persönliches Highlight bislang ist Grease.“

Er bog in mein Viertel ab und hupte, als er Marc zwischen seiner Schar von Freunden ausmachte. Mein Cousin winkte uns strahlend vor Stolz zurück.

„Der erste oder zweite Teil?“, fragte ich und erhielt einen vernichtenden Blick, der *mich* zum Lachen brachte.

„Der zweite ist schlecht. Und damit meine ich nicht einfach übel, sondern richtig, unaussprechlich und indiskutabel schlecht. Wie in ‚Der schlechteste Film aller Zeiten‘.“

„Tu Michael und Stephanie kein Unrecht.“

„Das Drehbuch ist ein Witz. Keiner von ihnen kommt auf die Idee, wer Michael ist, weil er eine *Brille* trägt?“, fragte er. „Außerdem“, mit der einen Hand am Steuer öffnete er das Handschuhfach und reichte mir ein Trikot, „erkenne ich die Relevanz musikalischer Beiträge in der Art von ‚Greased Lightning‘ oder ‚You’re the one that I want‘ für die Handlung an, aber was ist der informelle Mehrwert bei ‚Reproduction‘?“

„Einer biologischer Natur?“, schlug ich vor und strich über den roten Stoff.

„‚Score tonight‘?“

„Bowling war in den sechziger und siebziger Jahren beliebt.“

„‚Let’s do it for our country‘?“

„Tja“, ich lehnte den Kopf zurück, um nachzudenken und sackte schließlich seufzend zusammen. „Schachmatt.“

Er fuhr unsere Auffahrt hoch und schaltete den Motor aus. „Du magst das Original nur, weil du wie Danny Zuko bist.“

„Ich bin schon Eric.“

„Aber Danny versteht es, Frauen zu erobern und aus braven Mädchen böse zu machen.“

„Wer war Eric?“, grinste er mit einem ekstatischen Funkeln in den Augen, wobei er die rechte Hand auf seine Brust legte. „Ich gelobe feierlich, mein Bestes zu geben, um diese Mission in altbewährter Zuko-Manier erfolgreich zu erfüllen. Oh, das ist echt cool, Baby. Du weisst ja, wie das ist, rocking und rollig und was weiß ich.“

Seine Schultern schubsend hielt ich ihm vor: „Erfolg und Glück sind auf der Seite der Narren.“

„Entschuldige. Hast du eben eine Star-Trek-Referenz von dir gegeben?“

„War deine aus Grease?“ Sein Mund klappte auf und ich lachte. „Spock ist Kult.“

„Du kennst sogar *den Film,* aus dem es stammt?“

„Ja.“

„Dir ist klar, dass ich dich jetzt heiraten muss.“

„Okay“, ich grinste und deutete auf den bescheiden ausgefallenen Fußraum, „auf die Knie!“

Seine Augenbrauen schossen in die Höhe und einen Wimpernschlag lang hatte ich das Gefühl, er würde dem nachkommen. Mein Atem stockte kurz, bis ich den Kopf über meine lächerliche Mädchenfantasie schüttelte, in der ich mich in Weiß zu einem Altar schreiten sah, und legte meinen Arm auf seine Rückenlehne. Er sollte nicht annehmen, ich bräuchte im zarten Alter von achtzehn Jahren einen Ehering am Finger – das war gelinde gesagt das Letzte, woran ich gerade dachte. Trotzdem unterdrückte ich mein Grinsen bei der Vorstellung, wie ich das Thema anschnitt und er wie eine Comicfigur so schnell davonlief, dass nur noch eine Staubwolke von ihm übrig blieb.

Morgan Vegard verheiratet?

Ich hörte das kollektive Herzenbrechen auf der Welt und wusste nicht, ob ich darüber entsetzt oder erheitert sein sollte. Mit einem koketten Augenaufschlag schürzte ich die Lippen zu einem schmollenden O. „Ganz ruhig, George, ich bin nicht schwanger, hörst du? Dad hat keinen Grund, dich mit der Flinte vor den Pfarrer zu zwingen.“ Ich bemühte mich um einen überzeugenden Südstaaten-Akzent aus den Fünfzigerjahren wie in dem Film von letzter Nacht. „Der liebe Gott hat wohl ein Einsehen mit uns gehabt.“

Morgan versteifte sich. „Aber, Betsy-Sue. Du warst nackt … und ich habe … und du hast … und ich habe versucht, dich dabei zu respektieren …“

Er lächelte, bevor er sich die Hände in gespieltem Entsetzen vor den Mund schlug.

„Vielleicht bringt wahrhaft der Storch die Babys?“

„Oder du hast deine Jungfräulichkeit nie an mich verloren“, seine Stimme war jetzt anklagend.

„George! Versprich mir, dass wir so lange weitermachen, bis sie dir gehört!“

„Wenn es sein muss, auch mehrmals hintereinander“, nickte er und beugte sich vor, senkte seine Stimme zu einem Flüstern. „Triff mich heute Nacht vor der alten Scheune.“

Ich schaute schüchtern weg. „Wird es weh tun?“

Morgan wackelte mit den Augenbrauen. „Ich puste den Schmerz fort.“

Ich rollte die Augen, sobald er meine Hand nahm und in der verbotensten Art und Weise an meinem Zeigefinger leckte. Sein dunkles Lachen begleitete ihn, während er ausstieg, um das Auto herumging und mir die Tür öffnete. Dann nahm er mir das Trikot ab und warf es an mir vorbei. Marcs Hände schnellten hoch und fingen es geschickt auf.

„Für dich, Champ. Das ganze Team hat darauf unterschrieben“, erklärte Morgan ihm und ich folgte den beiden ins Haus. Marc wiederholte dreimal das Wort „cool“, bis er es anzog, und überschwankte zu „megacool“.

Über seine Rückennummer hatte Morgan mit Textmarker „Für den Quarterback von morgen“ geschrieben.

„Hallo ihr zwei“, meine Tante steckte den Kopf aus dem Keller, wo sich ihr Minilabor befand, und verwies auf den Kühlschrank, aus dem Morgan soeben zwei Eistee herausholte. „Da ist Auflauf drinnen. Morgan, ich habe mehr gemacht – als Stärkung für heute Abend. Greif ruhig zu.“

„Danke, Maddy“, sagte er und stellte die Auflaufnudeln auf den Herd, nahm Tomaten, schnitt sie und belegte das Ganze damit, bevor er Kräuter darauf streute und mit Schafskäse abdeckte. Während er das Essen in die Mikrowelle stellte, nahm ich am Tisch Platz, schob die rosa Orchidee zur Seite, suchte mein Mathebuch und schlug die Seite mit meinen Hausaufgaben auf.

„Kommt nicht infrage“, hörte ich ihn protestieren. Er checkte, ob die Luft rein war, bevor er meine Hände ergriff und wir innerhalb einer Sekunde in meinem Zimmer landeten.

„Was hast du vor?“, fragte ich.

„Wo ist dein Bilderrahmen? Der von Macy und Brady?“

Ich bückte mich nach der Box mit Sachen aus Hartford unter meinem Bett. Das Geschenk lag obenauf, ich reichte ihm den Rahmen und schob den Karton zurück.

„Perfekt“, sinnierte er mit einem riesigen Grinsen. Aus seiner Jackeninnentasche zückte er einen dunkelblauen Fotoumschlag mit dem Logo des hiesigen Entwicklers und bat mich, ihm zu helfen. Ich hielt fest, er öffnete mit geübten Fingern den Verschluss, legte das mittelgroße Bild, das wunderbar hineinpasste, auf das Glas und schloss den Rahmen wieder, ehe er ihn mir zurückgab. Erwartungsvoll drehte ich ihn um und lächelte.

Es war dasselbe Bild wie bei ihm auf dem Schreibtisch: Vor einem riesigen Schneemann mit Kohlenaugen, Karotten-Nase und Schal stand Morgan in Skimontur und flirtete mit der Kamera – wobei er mich umarmte und ich ihm einen Kuss auf die Wange hauchte. Unsere Wangen gerötet, die Schneebrillen auf dem Kopf, die Skier lehnten am Schneemann, als hielte er sie fest. Der Kontrast zwischen meiner roten und seiner schwarzen Kleidung zu dem reinen Schneeweiß und dem atemberaubenden Bergpanorama war schön in Szene gesetzt. Aber nicht aus diesen Gründen wurde es mein Lieblingsfoto. Es war eine Nahaufnahme, die den Fokus auf unsere Oberkörper und Gesichter legte und dadurch die Chemie zwischen den Abgebildeten aufzeigte.

Wir strahlten vor Glück.

Als kleinen Vorgeschmack auf das Wochenende und Belohnung für meinen Einsatz während des Trainings hatte er uns vorgestern für eine Abfahrt zum nächstgelegenen Skiresort teleportiert und zur Erinnerung die Kinder, die am Schneemann bauten, gebeten, den Augenblick für uns festzuhalten.

„Wegen Shelby“, sagte er und sein Tonfall änderte sich von unbeschwert zu ernst. Gedankenversunken strich ich über das Glas und dachte an heute Morgen. Nummer eins hatte mich fröhlich an meinem Spind erwartet und mich zum Cheerleading-Vortanzen eingeladen, was ich freundlich, aber nachdrücklich abgelehnt hatte. Morgan war es übel aufgestoßen, wie nett sie zu mir gewesen war. „Bestimmt hast du Gründe für das, was du tust, aber sei auf der Hut. Nichts, was sie sagt oder tut, ist so aufrichtig, wie es den Anschein erweckt.“

„Trau mir mal was zu“, bat ich sein skeptisches Gesicht, „du sprichst mit der Meisterin der Zwei-Gesichter, selbst meine engsten Freunde ahnen nicht, wie es mir in den letzten Monaten ergangen ist.“

Er ergriff meine Hand und trat näher. „Versuch das nicht bei mir.“

Ich holte tief Luft und seufzte. „Hatte ich nicht vor“, sagte ich leise und mied seinen Blick, starrte stattdessen auf seine Finger, die meine Haut festhielten.

*Essen. Hausaufgaben.*

Mein Verstand arbeitete sich durch Themen, die mich und vor allem ihn ablenken würden. Seine Augen wurden hungriger und meine Gedanken matschiger.

So wollte ich die Diskussion nicht enden lassen.

Einmal wollte ich das letzte Wort haben.

*Shelby.*

„Und nur damit du dir keine Sorgen machst: Ich will ihr womöglich eine zweite Chance einräumen, aber nicht auf Teufel komm raus.“

Er gaffte mich an, als wüchse mir ein Horn aus der Stirn. Dann räusperte er sich und ich trat zur Seite und um ihn herum.

„Deine Entscheidung. Apropos“, er folgte mir zum Bett, wo ich das Foto auf meinen Nachttisch stellte und neben ihm Platz nahm. „Wann schickst du sie endlich ab?“

„Wann schicke ich was ab?“

„Yale? Deine Bewerbung?“

„Wenn der richtige Zeitpunkt da ist“, erwiderte ich und streifte ihn mit einem Blick, um herauszufinden, was er davon hielt beziehungsweise ob er mir Glauben schenkte. „Aber unter uns: Ich habe nicht den blassesten Schimmer, wie ich das anstellen soll.“

„Warum muss es von deiner Familie unbemerkt bleiben?“

„Es ist mir einfach lieber. Das ist ein privater Moment, den ich für mich brauche.“

„Darf ich dabei sein?“

„Selbstverständlich …“

„Du wartest aber auf die passende Gelegenheit“, folgerte er aufhorchend.

„Sozusagen.“

Morgans Augenbrauen fuhren in die Höhe, doch seine Gedanken wurden unterbrochen, weil die Mikrowelle piepte. Um meine Erleichterung nicht zu zeigen, konzentrierte ich mich auf das Bild und dachte an die Abfahrt. Der Ortsname und das Aufnahmedatum gravierten sich daraufhin in die rechte obere Ecke des Holzes und vertrieben die Erinnerungen an Fotos, die es jemals beheimatet hatte.

Nun gehörte Macys und Bradys Werk uns.

„Hunger?“, fragte ich zufrieden.

„Ja.“

„Hast du was?“ Mir entging sein in sich gekehrter Blick nicht.

„Du willst mit dem Abschicken warten, weil du dich auf etwas so Bedeutendes vorbereiten möchtest?“

„Genau.“

Er kaufte es mir nicht ab.

Einen Augenblick lang wollte ich das Thema ruhen lassen. Schlussendlich schluckte ich hart und versicherte ihm: „Es ist nicht, wie's aussieht.“

„Das ist es doch eigentlich nie.“

Ohne weitere Verzögerungen stand er auf und ich folgte ihm nach unten.

Wir deckten den Tisch und ich aß still seinen Auflauf, zollte ihm Anerkennung für die Abwandlungen, die er daran vorgenommen hatte und die zu einem ganz neuen Geschmackserlebnis führten. Er freute sich. Aber die Rädchen in seinem Gehirn drehten sich geräuschvoll weiter. Als Morgan sich verabschiedete, um sich auf das Spiel vorzubereiten, versuchte ich mich an meinen Hausaufgaben und verschob es mangels Konzentration auf Sonntagabend.

Marc schaffte es ohnehin, mich mit seiner Aufregung anzustecken. Er plapperte von den Tigers, deren Laufspiel und Fakes – es war die reine Freude, ihm zuzuhören. Und es lenkte mich ab. Was ihm wie Jahre vorkam, verging bei mir rasend, und ehe ich bereit war, suchten wir in dem vollen Stadion nach freien Plätzen. Brookes Gesicht tauchte in der Menge auf und ihre Hand fuhr hoch, um uns in die erste Reihe zu winken. Sie, Dana und Alicia, beide mit einer Thermoskanne und Plastikbechern bewaffnet, begrüßten mich und nahmen uns in ihre Mitte. Nachdem ich Marc jeder vorgestellt und mir Dana eine Fahne gereicht hatte, guckte ich mich endlich genauer um.

„Wow“, entfuhr es mir.

Fahnen, Trikots, Schals tauchten das Stadion in hellstes Rot und verdichteten sich zu einem Fluss, der stets in Bewegung war. Erst dank der Flutlichter, elektronischer Tafeln und Anzeigen, perfekt getrimmtem Rasen und endlosen Reihen von Zuschauerrängen bemerkte ich, wie beeindruckend der Austragungsort war. Selbst die Stände, an denen ewig lange Schlangen von Leuten für Erfrischungen anstanden, waren nagelneu. Die Schulband bereitete sich am Rand des Feldes auf ihren Auftritt vor: Die weiblichen Mitglieder hatten sich zum Umziehen hinter einen Paravent mit dem Schullogo begeben, die Jungs streiften ihre Trikots über den Kopf, um sie gegen eine stereotype Uniform einzutauschen. Wie Marc trugen die meisten die Nummer 8. Alle diskutierten, gestikulierten, lachten. Ihre Augen voller Aufregung.

„Du hast einiges verpasst“, erklärte Dana, „als Anti-go-Tigers-Girl.“

„Hat sich das denn jeder gemerkt?“, grinste ich und nahm dankend einen Kaffee entgegen.

Marc wurde von Alicia gefragt, ob er Kakao mochte, und schon hantierte sie an ihrer Kanne herum und reichte ihm köstlich duftende heiße Schokolade.
„Danke", hörte ich ihn schüchtern sagen. Er nippte daran und seine Augen leuchteten zu mir auf, „das sind mit Abstand die besten Plätze des Stadions!"
Der lichtüberflutete Platz wirkte mit der Hälfte der Einwohnerschaft Mainfields im Rücken angenehm ruhig, wie eine Oase inmitten des Chaos, selbst die Cheerleader wärmten sich am Spielfeldrand auf und schienen ihn nicht betreten zu wollen. Banner, Fahnen, Plakate zierten die Banden und Zuschauerränge. Jedes Mal wenn ich Morgans Namen oder Parolen für ihn las, wuchs mein Respekt für seine Position. Müsste ich das Risiko, ganz Mainfield zu enttäuschen, gegen das Vergnügen zu gewinnen abwägen, würde ich an seiner Stelle wohl niemals die Kabine verlassen.
Aber er war Morgan Vegard. Geboren für Herausforderungen.
„Ich muss los. Sehe euch später!", quietschte Dana und sprang elegant über das Geländer. Sie landete sanft und lief zu ihren Cheerios. Eine Helferin karrte soeben den Wagen mit den Pompons vor und die Mädchen verteilten diese untereinander. Ihre fröhlichen Stimmen zeigten, wie sehr sie ihren Sport liebten. Ein Stich verdeutlichte mir, dass ich einst eine von ihnen war.
„Der ist köstlich", lobte ich den Kaffee, um mich abzulenken.
„Jamaica Blue Mountain", sagte Brooke.
„Jamaica, was?", fragte Marc.
„Es ist Jamaica-Blue-Mountain-Kaffee. Eher intensiv, Dad trinkt ihn am liebsten."
In Gedanken an die Kaffeetasse, die zur Vase voller Rosen und einer mickrigen Magnolie wurde, nickte ich.
„Mimi, falls es okay ist, fahren Drew und ich den kleinen Quälgeist nach Hause."
„Ist das für Marc in Ordnung, kein Problem." Ich schaute ihn fragend an. Er nippte an seinem Kakao und legte den Kopf schief. „Mit dem Ford?"
„Ja."
„Wer sitzt am Steuer?", fragte er unschuldig.
„Kommt drauf an, wer fahren will", zuckte Brooke mit den Schultern und blinzelte Marc dabei zu, „aber ich nehme an, dass Drew nach dem Spiel ziemlich geschafft sein wird."
„Versprochen?"
„Versprochen", antwortete sie und verhakte ihren linken kleinen Finger mit seinem.

Ich zerzauste seine Haare und küsste sie. Seit ich die beiden am Dienstag einander vorgestellt hatte, hatten sie ihre eigenen Codes im Umgang mit Drew, Morgan und mir entwickelt. Wie man Morgan dazu brachte, bei einem Tanzspiel auf der Xbox mitzumachen, oder Drew, ihn sein geliebtes Auto steuern zu lassen. Brooke arbeitete vor und Marc gebrauchte seine Kinderaugen und schon war die Katze im Sack.

Es war eine Verschwörung im Gange. Und wir wussten es. „Je mehr er sich an uns gewöhnt, desto lieber teilt er dich mit uns", hatte Brooke mir erklärt.

Trainer Bellazzo trat gerade auf das Spielfeld und eröffnete durch seinen Begrüßungshandschlag mit dem gegnerischen Trainer die mit Spannung erwartete Begegnung mit den Erzfeinden Lincolns. Die Cheerleader, mit Dana an der Spitze, lieferten eine tolle Show mit viel Akrobatik und Sprüngen ab und heizten den Zuschauern mächtig ein. Sobald die letzten Takte ihrer Musik verhallten, liefen die Spieler der Sharks aufs Feld und endlich die Tigers. Der Krach war ohrenbetäubend, die Luft voll von Stimmen und Trommeln. Flutlichter flackerten dreimal auf und erloschen, bevor sie ihre Helligkeit beibehielten und die Jungs sich in einem Halbkreis zum Publikum stellten, sich vor ihren Fans verbeugten. Dabei schwoll die Musik wieder an. Morgan löste sich von der Truppe und trat näher an die Tribünen. Er hob beide Hände beschwichtigend und brachte damit die Menschen dazu, sich ein wenig zu beruhigen.

Seine Augen funkelten hell wie die Lichter um ihn, sobald er mein Lächeln entdeckte.

„Wir haben ein klares Ziel und das ist der Titel!", brüllte er.

Aufbrausender Applaus, Zurufe, Pfiffe.

„Aber was sind Ziele ohne Willenskraft? Ich frage euch: Was sind Ziele ohne KAMPFGEIST?"

Fußstampfen und Trillerpfeifen waren die ohrenbetäubende Antwort. Die Massen schrien Schlachtrufe und verfielen in den Kampfsong der Tigers. Die Spieler, geschlossen in Einheit, sangen aus vollem Herzen mit. Morgan übertönte sie mit seiner Frage: „Wie erreichen wir unsere Ziele?"

„Angriff, Drive, Touchdown!", grölten alle im Chor, seine Mannschaftskameraden und selbst Bellazzo klatschten und trieben sie damit an. Gewiss konnte ich es nicht sagen, aber die Sharks wirkten jetzt bereits, als würden sie am liebsten passen. Mein Herz beschleunigte und wurde mitgerissen, nachdem er seinen Helm von Dana gereicht bekam und Marc das Victory-Zeichen zeigte. Das ganze Stadion warf es ihm zurück.

„Wir sind so weit gekommen, weil wir niemals –"

„Aufgeben!" Brooke und Alicia riefen mit. Ich meinerseits, nahm die Fahne, die ich passenderweise vorhin auf die Bank gelegt hatte, um ihm meine volle Unterstützung anzuzeigen. Ich war nicht hier wegen der Tigers. Sondern wegen ihm. Er liebte den Sport und deshalb tat ich es auch.

„Was ist wichtig?", fragte er mich belustigt.

„Versuchungen zu leben", antwortete ich mit den anderen im Chor und er strahlte zufrieden, bevor er sich den Helm aufsetzte.

Das Team tat es ihm nach. Noch während der Coach mit ihnen redete und die Fans stetig jubelten, drehte Morgan sich nach einem kurzen Blick auf das Spielfeld wieder zu uns und schaffte es dadurch, dass die Reihen leiser wurden. Unter den wachsamen Augen der Zuschauer, nahm er nahm seinen Helm noch einmal ab.

„Zeit für eine Ansage", sagte er und seine Mundwinkel zuckten einen Moment, in dem er abwog, was als Nächstes geschehen sollte. „Meine Freundin ist zum ersten Mal bei einem unserer Spiele dabei – und ich möchte, dass sie am Ende des Abends dem Tigers-Spirit komplett erlegen ist. Helft ihr mir dabei?"

Ich dankte Gott, dem Teufel und den Disceptatori dafür, dass die meisten nicht wussten, wer ich war, und hörte das Blut in meinen Ohren rauschen.

„Zeig dich, Mimi. Sie müssen wissen, wen sie zu überzeugen haben."

Das. Geschah. Nicht. Wirklich.

Ich unterdrückte den Impuls, mir die Hände vors Gesicht zu schlagen oder den Boden unter seinen Füßen aufbrechen zu lassen, und starrte ihn einfach nur flehend an. Genau da trat Jared zu ihm und reichte ihm mit einem auf mich gerichteten Grinsen etwas Zusammengefaltetes. Morgan dankte ihm und ging gemütlich an den Rand der Zuschauerränge, der Ausdruck auf seinem Gesicht so aufrichtig, dass die Fans scharf einatmeten. Indem er seinen Arm mit dem Etwas ausstreckte, deutete er auf mich und zwinkerte mir zu.

Ich stand wie ferngesteuert auf, im vollen Bewusstsein, dass Abertausende meine Bewegung verfolgten, trat ans Geländer und beugte mich zu ihm herab. Seine Lippen teilten sich zu einem zufriedenen Lächeln.

„Trägst du es?"

„Was genau?"

„Meine Nummer", erklärte er und wirkte mit einem Schlag absolut ernst, indes ich schweigend das Trikot entgegennahm. Unter einer schwarzen 8 stand „Vegard".

Selbst das gegnerische Team und beide Coaches beobachteten uns unverhohlen aufmerksam. Shelby schrie plötzlich auf und stampfte aus dem Schoße der unter Schock stehenden Mädchen Nummer zwei bis dreißig zu ihm, verpasste ihm einen harten Stoß auf den Oberarm. „Mich hast du nie deine Nummer tragen lassen, nicht ein einziges verdammtes Mal, nicht mal zum Spaß!"

„Wirst du sie tragen?", fragte Morgan mich stoisch und ignorierte sie. War er nervös?

Zögerlich entfaltete ich das Trikot und strich über das Emblem und seinen Namen, bevor ich es über meine Jacke stülpte und ihn anlächelte. „Muss ich dafür dein Fan sein?"

„Der größte."

„Das wird nicht leicht", erklärte ich ihm mit Blick auf Marc und das Mädchen schräg hinter mir, dessen Plakat „Wo ein Morgan ist, ist ein Weg" zierte. „Die Konkurrenz ist hart."

„Dann sei mein Glücksbringer."

Ich beugte mich vor, nahm sein Gesicht in meine Hände und küsste ihn. „Viel Glück."

Ein stolzes Lächeln breitete sich auf seinen Wangen aus. Er legte seine Hand auf mein Herz. „Vergiss nicht, mich anzufeuern."

„Zur Hölle mit ihr, Morgan!", spie Shelby und riss ihn von mir fort, „verlange es von ihr zurück, sonst hole ich es mir eigenhändig!"

Er machte einen Schritt auf sie zu. Sie wich fünf zurück. Im ganzen Stadion war es mucksmäuschenstill geworden. „Da du weiß Gott nicht die Schlauste bist, stell die Lauscher schön auf: Man gibt seine Nummer niemandem außer der eigenen Freundin. Ergo, nur die eigene Freundin trägt sie."

„Und was war ich für dich, Arschloch? Der bequemste Weg, sich *nicht* zu binden?"

„So ziemlich", erklärte er und stülpte sich seinen Helm erneut auf. „Und jetzt hör mit den Spielchen auf, niemand hat dir was vorgemacht, niemand dich benutzt, von dem du dich nicht benutzen lassen wolltest. Wir waren nie zusammen und werden es nie sein."

Shelby knurrte und spuckte ihm vor die Füße, was ihn dazu brachte, schallend zu lachen.

„Süße, du kannst meine Nummer haben!", rief ein Gegenspieler und fügte eine Obszönität an, die ihm ihren Stinkefinger einhandelte. Schäumend vor Wut starrte sie in meine Richtung und lief los. Ich freute mich auf ein weiteres Wortgefecht und straffte die Schultern durch, doch Morgans Stimme durchbrach die anhaltende Stille.

„Ändere die Richtung, wenn du nicht möchtest, dass ich dein kleines privates Tape an die Mailingliste der ganzen Schule sende."

Sie gefror mitten in ihrer Bewegung.

„Das gilt auch für zukünftiges Verlangen deinerseits, Mimi zu sprechen. PS: Danke für die Aufnahmen. Besonders Minute neun ist exotisch anmutend und dürfte deinen Dad interessieren. Ein durchsichtiger Kimono und eine Gurke? Note Eins für den Einfallsreichtum."

Shelbys Gesicht war mittlerweile weiß wie Kreide. „Oh, Gott."

„Was war außerdem dabei? Eine Zucchini? Karotten?"

„Sei still!", sie schaute sich mit gesenktem Kopf um. Die Drohung, die ihre Worte beinhaltete, verpuffte, nachdem sie sich zu ihm drehte und jeder mitbekam, dass sie schwitzte. Kauerte.

Er lachte und wandte nun seine ganze Aufmerksamkeit auf sie. „Und ausgerechnet auf dem Schreibtisch deines Dads. Du hast ihm richtig gezeigt, wie sehr dir seine Affinität zu asiatischen Mätressen auf die Nerven geht, oder Shelby?" Um uns war vereinzeltes Murmeln zu hörbarer Abneigung umgeschlagen. „Muss ich der Lincoln deine Kreativität offenbaren, damit du Mimi endlich in Ruhe lässt, mache ich das. Ich lasse es in der Zeitung drucken, verkünde es im Radio, sende das Tape an die lokalen Fernsehsender meiner Eltern."

Shelby brach endgültig zusammen. Dana fing sie in letzter Sekunde, stützte sie und half ihr dadurch aufrecht zu stehen. „Du warst anders", sagte sie nach einer Pause gebrochen, auf der Hut. „Mit mir, mit den Mädchen."

Sie schluchzte mehrmals erbärmlich und hielt schließlich inne, ihr Körper, ihre Mimik. Erstarrt. Ihre Augen sprangen zu mir und wurden leer, ehe sie sie schloss. Danas Griff verstärkte sich. „Du stehst auf sie. Aufrichtig."

Morgan, im vollen Bewusstsein, dass der Schaden angerichtet war, verbeugte sich lediglich knapp vor ihr und hielt dann auf das Spielfeld zu. Auf halbem Weg drehte er sich um und lief rückwärts weiter, um mir zu winken.

Zögerlich hob ich den Blick zu den Zuschauern und entdeckte reihauf, reihab faszinierte Gesichter. Dana brachte ihre Freundin auf die Bank, wo sie hinter einer Wand von Cheerleadern, von denen sich die Mehrheit beim Näherkommen angewidert abwandte, verschluckt wurden. Weil mir nichts anderes einfiel und ich es für passend befand, nahm ich die Enden des Trikots in beide Hände und knickste wie eine Primaballerina.

Die Spannung löste sich, etliche Gesichter um mich herum lachten auf. Brooke nickte und die Menschen drehten endgültig durch. Sie fuhren auf, was sie an Geschütz hatten, Gesänge, Anfeuerungsrufe, sie stampften, winkten oder erwiderten mein Lächeln, machten einfach nur irrsinnigen Lärm und brachten den Boden zum Beben. Ich lachte herzlich, als das kleine Kind hinter mir sich in den Armen seiner Mutter nach mir streckte. Der Aufmachung zufolge steckte die Frau ihr Geld gern in die Tigers: Selbst der kleine Junge trug ein Trikot und eine Mütze mit dem Emblem, seine Wangen waren rot und schwarz bemalt und er schwenkte eine entsprechende Fahne. Ich nahm ihn seiner Mutter ab und winkte mit seiner Hand den Fans zu, die die Geste erwiderten und klatschten.

Der Tigers-Spirit war der mitreißendste, den ich jemals gefühlt hatte.

Mit einem zufriedenen Ausdruck sah Morgan zu mir und dem Kleinen hoch, der nun begeistert an meinem Trikot zog. Ich stemmte ihm höher, während ich mit der anderen Hand seiner Mutter einen Pompon wegnahm und ihn kräftig schüttelnd in die Luft hob „Los, Tigers! Komm schon, Morgan! Zeig uns, was du draufhast!"

„Los, Tigers", fiel die Menge mit ein. Sie klatschte einen Rhythmus, der die Cheerleader zwang, wilder zu tanzen, als der Buzzer erklang und eine Münze geworfen wurde. An den Schreien um uns herum war ersichtlich, dass sie zu unserem Vorteil fiel. Morgan ging auf seinen Platz, um seine Startposition einzunehmen. Sicher konnte ich mir nicht sein, aber ich wettete mein Armband darauf, dass unter dem Kopfschutz ein selbstzufriedenes Grinsen sein Gesicht zierte. Eine Sekunde später erfolgte der Anstoß.

Der Center Guard brüllte etwas und überreichte Morgan mit einem glatten Wurf den Ball, den unser Quarterback fing. Er hielt ihn fest an seine Seite und lief sofort los.

Einen Wimpernschlag später standen die Menschen, ich voran, und trieben ihn mit ihren Rufen an. Seine Geschwindigkeit nahm zu, während er einzelnen Spielern der Sharks systematisch auswich. Die gegnerischen Reihen formten zwei Fronten: Die erste versuchte ihn zu tackeln, die zweite ihn zu blocken. Beide kollidierten mit nackter Luft. Er war ihnen stets einen Schritt voraus. Die Endzone kam näher und die Sharks verschärften ihre Angriffe. Ihre Versuche, ihn zum Stolpern zu bringen, indem sie nach seinem Trikot oder Gesichtsschutz griffen, sich auf seinen Arm stürzten, wurden härter. Ein massiv gebauter Defensemann lief frontal auf ihn zu und warf sich auf den Ball. Morgan griff ihn sich in der Luft und schmetterte ihn fort, ohne stehen zu bleiben. Nichts brachte ihn aus der Ruhe. Mein Herzschlag stockte, sobald er sich soeben um neunzig Grad drehte und gleichzeitig einen Seitschritt machte, was beide Sharks-Spieler, die sich an ihm festhielten, auf Segelflug schickte und Morgan die 50-Yard-Linie erreichen ließ.

Die Menge brauste auf und verfiel in einen ekstatischen „Morgan, Morgan, Morgan"-Gesang. Ich kletterte auf die Bank, jetzt stand zwischen ihm und dem Zwanziger-Raum nur ein einzelner Spieler, der dem Namen des Teams Ehre machte und mit Kampfgeschrei auf Morgan zu rannte. Entgegen aller Vernunft beschleunigte unser Kapitän und rammte ihn – außer mir hielt niemand den Atem an. Der Riese vollführte einen wenig grazilen drei Meter hohen Bogen und fiel mit dem Gesicht voran in den Dreck, wo er genauso liegen blieb wie seine Kameraden zuvor, die nun das Feld sprenkelten und Morgan hinterherstarrten, respektvoll wie die Zeugen eines Truppeneinmarsches. Jared und Luke klatschten sich in dem Moment ab, da Morgan die Endzone erreichte und den Ball ablegte, ehe er sich seinen Fans zuwandte und einen Tanz hinlegte, der den Frauen unsittliches Stöhnen entlockte und die meisten Männer, Bellazzo und die gesamte Mannschaft auf dem Feld inbegriffen, mittanzen ließ. Ich schmunzelte Marc an, der sich zusammen mit Morgan im Takt drehte.

In diesem Moment, da ich das Meer der in die Luft ragenden Hände der tanzenden Menge sah, in dem sie Morgan feierten, verstand ich, warum er sich vieles erlauben konnte.

Er gab seinem Team ein kleines Zeichen und nickte zu seinem Coach, der ihm das Einverständnis erteilte, lief anschließend an den ausgestreckten Händen seiner Spieler vorbei, schlug bei jedem ein und kämpfte sich so zu den Zuschauerreihen durch, Stufe um Stufe, bis er direkt vor mir stand und seinen Helm abnahm. Seine Haare durcheinander, die Augen schelmisch, legte er den Kopf schief.

„Überzeugt?“, fragte er mich. Ich übergab den Kleinen seiner Mutter und deutete auf mein Trikot.

„Machst du Witze? Ich werde deine Nummer niemals wieder ausziehen!“

Den Helm locker in der einen Hand drehend, fuhr er sich über die Lippen und entgegnete kopfschüttelnd: „Zufälligerweise mag ich, was darunter steckt. Mir fällt im Traum nicht ein, mir den Anblick zu verwehren.“

Ich tat es achselzuckend ab und unterdrückte ein Lachen. „Deine Erinnerungen müssen vorerst genügen. Als Glücksbringer habe ich eine Pflicht den Tigers und seinen Fans gegenüber.“

„Amen, Schwester“, rief eine Frau und andere bekräftigten das. Morgan hob eine Augenbraue. „Deine Pflicht gilt einzig dem Quarterback.“

„Und damit dem Kapitän des *Teams*. Kopf hoch, ist ja nur vorübergehend“, versuchte ich ihn aufzumuntern, „auch die längste Saison ist irgendwann zu Ende.“

„Hmmm“, sagte er und ein intensiver Glanz überzog seinen Blick. „Was meinst du, Mimi, wie lange dauert es, ein Trikot in Fetzen zu reißen?“

Ich schnappte ungläubig nach Luft. „Das ist deine Nummer. Du machst sie nicht kaputt.“

„Babe, ich kann dir jeden Tag ein Trikot schenken, wenn ich das Bedürfnis habe, es dir auf“, er senkte die Stimme, „unkonventionelle Art auszuziehen.“

Mein Körper prickelte bis in die kleinsten Partikel und ich war versucht zu vergessen, wo wir uns befanden. Ein kleiner Schweißtropfen lief ihm von der Stirn über die Wange und tropfte von seinem Kinn. Er wischte sich mit dem Handrücken übers Gesicht. Am liebsten hätte ich ihn zu Boden geworfen und mich an ihm vergangen.

Meine Gedanken wurden konkreter, als er mich triumphierend musterte.

„Vielleicht wechseln wir das Thema", murmelte ich und schluckte, bevor ich ergänzte, „sonst büßt du dafür."

„Möchtest du mich heiß machen?"

„Was?"

„Sieh dich an. In meinem Trikot, meine Nummer auf dem Rücken, redest Schweinekram."

„Das törnt dich an?"

„Versautes Zeug? Nein. Du? Ja."

Ich stieß ihn mit dem Ellbogen an. „Kenne das Gefühl. Lebe damit."

„Atme du lieber tief durch", er fuhr sich mit der Hand übers Gesicht. „Entkommen ist zwecklos, das Spiel dauert nicht ewig. Nutze die Atempause, denn Mimi, danach bist du fällig."

„Kann ich dir bis dahin helfen?"

„Sei weniger sexy."

„Das ist alles?", fragte ich trocken.

Er lachte. „Soll ich mit 'nem Ständer spielen?"

„Ist das schwer?"

Seine Hände glitten an meine Hüften und er stemmte mich grinsend hoch.

„Morgan! Lass mich runter", ich schlug ihm sanft auf die Schulter.

„Ich hatte gehofft", sagte er und seine Augen wurden himmelblau, „dass du das sagst."

Er leistete meiner Bitte Folge indem meine Lippen sich daraufhin auf seine herabsenkten. Glücklich fuhr ich seine nach, bis er ungeduldig den Mund öffnete und seine Zunge anregend mit meiner spielte.

„Mr. Vegard!", donnerte eine Stimme und er küsste meine Mundwinkel, bevor er mich mit sich herumwirbelte und fragte: „Ja, Coach?"

„Das Spiel hat *vier* Viertel", bemerkte Coach Bellazzo bissig und drehte seine Kappe einmal auf den Kopf herum, bis sie wieder so saß wie zuvor. „Also beweg deinen Arsch hierher. Deine Freundin wird nachher auch noch da sein."

„Hmmm", hörte ich Morgan wieder an meinen Lippen sagen.

„Miss Campbell, sagen Sie ihm, dass er sich den nächsten Kuss verdienen muss, und dann schicken sie ihn gefälligst zurück aufs Feld, wo er hingehört!"

Ich wusste nicht, was mich mehr schockierte, dass der Mann meinen Namen kannte oder dass er glaubte, ich könnte Morgan zu irgendetwas zwingen.
„Los, Tiger", grinste ich und er hob mich hoch und küsste mich ein letztes Mal, „du hast den Mann gehört. Niemand von uns will, dass er seine Kappe ein zweites Mal sinnlos dreht."
Ein paar Umstehende lachten und Morgan stellte mich wieder ab.
„Nach dem Spiel gehörst du mir."
„Ich gehöre jetzt schon dir", erwiderte ich und strich über seine Wange. Er nahm meine Hand und küsste sie.
„Vegard!"
Ich hätte schwören können, dass selbst die hinterste Reihe hochschreckte. Morgan setzte den Helm wieder auf und joggte zurück zur Mannschaft.

************************************

Gegen Ende der zweiten Halbzeit wusste ich, warum Onkel Trevor in Lachen ausgebrochen war: vier Mal zwölf Minuten waren das Äquivalent zu einem Semester Militärgeschichte. Lang und brutal. Erzielte man Punkte, stoppte die Uhr, wurde gefoult, stoppte sie auch. Genauso bei Auszeiten, einem Kick-off und zwanzig anderen Sachverhalten. Mittlerweile saß ich in eine zweite dünne Jacke gehüllt zwischen vier ekstatisch mitfiebernden Menschen und Connor, der sich der Faszination seltsamerweise entzog. Und wahrlich war nach Morgans Warm-up die Unterstützung durch die Zuschauer für die Lincoln High Tigers mitreißend. Lief ein Spieler über die Goalline des Gegners, jubelte die Menge frenetisch, standen wir kurz vor einem Pass Richtung Endzone, hielt es keinen auf den Bänken. Aber nichts war fesselnder wie die Dynamik, die sich des Publikums bemächtigte, wenn ein bestimmter Spieler in Ballbesitz kam: Morgan.
Unser Quarterback besaß solch ein Reaktionsvermögen, dass er die unwahrscheinlichsten Eventualitäten, jeden Spielzug der gegnerischen Defensivspieler vorherzusehen schien. Bei ihm liefen die Fäden zusammen. Brüllte er einen Befehl, stellte ihn niemand infrage, selbst der Coach an der Seitenlinie hielt sich zurück. Morgan war schnell, auch wenn ich ihm manchmal ansah, wie stark er dagegen ankämpfte, seiner Natur freien Lauf zu lassen, und damit haderte, sich unter Kontrolle zu halten. Denn nicht nur, dass er seine Geschwindigkeit drosseln musste – der QB war auch das bevorzugte Ziel der gegnerischen Riesen.
Jedes Mal, wenn sie sich seitlich an ihn heranpirschten, stellten sich mir die Nackenhaare auf. Und jedes Mal schaffte er es, ihnen zu entgehen

und den Ball trotzdem auf Punktekurs abzuspielen. Als ich langsam in das Spiel fand und Drew auftaute, verstand ich selbst seine Position. Während des Spiels funktionierten QB und Wide Receiver als Einheit, verstanden sich fast blind. Dass sie auch außerhalb besser miteinander zurechtkamen, spürte man laut Dana, die während der Quarter bei uns saß, ebenfalls deutlich innerhalb des Teams.

„Sie harmonieren", hatte Luke mir in der Pause erklärt, wobei Jared genickt und dabei eine ganze Wasserflasche auf ex getrunken hatte: „Das ist neu. Aber zusammen erzielen sie wichtige Punkte."

„Mit jedem Viertel wirst du nachdenklicher", erklärte ich gerade Connor, der zu ruhig geworden war. Er hatte mir vorhin erzählt, früher selbst gespielt zu haben – bis er sich eine Knieverletzung zugezogen hatte.

„Footballzeug", entgegnete er achselzuckend.

„Fehlt es dir?"

„Getreten, umgeworfen und überrannt zu werden?", seufzte er und ich nickte.

„Jeden Tag."

Die Tigers gewannen schließlich mit 53:0. Nachdem die Spieler vom Feld gelaufen waren, leerte sich das Stadion merklich. Menschen mit Kriegsbemalung im Gesicht redeten auf mich ein, baten mich, Morgan ihre Glückwünsche zu überbringen, ihm auszurichten, dass er und die Mannschaft in Topform seien und der „Pott bereits ihnen gehöre".

Ich wartete auf Drew und vergewisserte mich, dass er nur eine heftige Schulterprellung hatte, dann wünschte ich einem erhitzten, überglücklichen und non-stop das Spiel rekapitulierenden Marc eine gute Nacht.

Die Spieler beider Mannschaften trafen nach und nach auf dem Parkplatz ein und bahnten sich ihren Weg durch die Menge der Fans. Ich wartete neben Morgans BMW und zählte, damit mir die Zeit verging, in Zehnerschritten Tigers-Anhänger. Als sie von den Shark-Fans verdrängt wurden, war ich selig, Grant und Terrance auszumachen.

„Wie läuft's, Fremde?", grinste Grant, umarmte mich und richtete im Anschluss meinen Jackenkragen.

„Kennen wir uns?", fragte Terrance.

„Warst du nicht mal blond?"

„So lange ist es nun auch nicht her", protestierte ich und gratulierte zum Sieg.

„Glückwunsch zur Feuertaufe", schnalzte Terrance mit der Zunge und winkte Tony zu uns.

Ich reckte stolz das Kinn. „Mein allererstes Footballspiel."

„Und?“
„Ich komme wieder“, gab ich meine Terminator-Imitation, indem ich meine Stimme tief machte und eine fehlende Sonnenbrille anhob.
„Oh, Jesus. Mimi, du kannst vieles – aber Schwarzenegger gehört nicht dazu.“
„Oder singen“, grinste Tony und drückte mich.
„Hey!“, funkelte ich ihn lachend an.
„Was? Ich war auf deiner Geburtstagsfeier.“
Abby und Michelle hatten eine Karaoke-Maschine aufgebaut. Meine Wangen glühten bei der Erinnerung.
„‚Don't go breaking my heart‘ wird nie mehr dasselbe sein“, stimmte Grant zu.
„Soviel ich weiß, warst du mein Duettpartner.“
Eine Gruppe älterer Herrschaften schlug den Jungs im Vorbeigehen auf die Schultern und sang ein Loblied auf ihre Defensivtaktik, von der ich nichts verstand. Taktvoll hielt ich mich zurück und ließ sie sich in der verdienten Glorie sonnen.
„Er hat es nicht mit dir abgesprochen, oder?“, fragte Grant, als er den Griffen einer Rentnerin entkommen war, die ihn an ihren Busen drücken wollte. „Die Nummer mit deiner Vorstellung?“
„Nein. Aber mich ins kalte Wasser zu werfen war vermutlich am klügsten. Wer weiß, ob ich sonst nicht vor Nervosität umgekippt wäre.“
„Dein Gesichtsausdruck war unbezahlbar.“
„Euer Spiel auch“, gab ich zurück.
„Jetzt unter uns“, sagte Grant und beobachtete mich aufmerksam, „zwingt er dich oder irgend so ein Mist?“
Lachend schüttelte ich den Kopf. „Weil ich bei dem Spiel dabei war?“
„Weil wir dich seit letzten Freitag nicht mehr zu Gesicht bekommen haben. Was ist aus deiner Idee geworden, draußen zu Mittag zu essen?“
„Versteh uns nicht falsch – Drew ist auch weg vom Fenster. Aber wir hatten angenommen, du ließest dich schwerer …“, er schaute hilfesuchend zu Terrance, der ergänzte: „… um den Finger wickeln.“
Ich fühlte die Verwirrung auf meinem Gesicht und blinzelte hinab zu der Kette an meinem Hals. Das Schloss brach das Straßenlaternenenweiß und projizierte es auf mein Dekolleté. „Ich will im Moment einfach nur bei ihm sein. Ihr kennt das doch bestimmt auch.“
„Schon“, gab Grant zu und beugte sich vor. Was immer er mir mitteilen wollte, sollte wohl zwischen uns bleiben. „ Aber warum kann er nicht zur Abwechslung mit dir bei *deinen* Freunden sein?“
„Weil *er* keinen Grund dafür sieht, so lange Mimi sich nicht beschwert.“

Beim Klang von Morgans Stimme erstarrten die drei. „Schön zu hören, wie sehr ihr meine Freundin vermisst."
Seine Kiefer mahlten trotz der Aussage.
„Sie ist deine Freundin – nicht dein Eigentum", spie Terrance leise hervor.
„Keiner dieser Zustände hat dich zu kümmern. Falls ihr also eine Meinung zu meiner Beziehung habt, behaltet sie für euch."
„Bist du ihr Freund oder ihr Anwalt?"
„Beides. Außerdem ihr Bodyguard. Verärgert ihr sie, habt ihr mich am Hals."
„Mich, ihren *guten Freund*, ärgert der Umstand, dass ihr was am Laufen habt."
„Wie damit anfangen, dir zu erklären, wo mir dein Empfinden vorbeigeht?" Morgans Stimme war hart und triefte von Häme. „Halt Abstand."
Grants Augen verengten sich. „Wir sind befreundet. Was erwartest du da?"
„Befreundet. Hmm-mmm. Wie praktisch." Es schien, dass sie mit ihren Trikots auch den freundschaftlichen Umgang miteinander ablegten.
Ich wollte etwas sagen, was die Gemüter beruhigte, wurde jedoch wie immer im passendsten Augenblick von Luke, Jared und Matt errettet. Drew, Mittelsmann zwischen beiden Lagern, schien unersetzbar, war aber bereits weg. Dafür erschien Alicia und mit ihr eine berauschte Dana aus dem Nichts und stießen mit zwei Sektflaschen an, ehe sie uns zuprosteten und einen langen Schluck nahmen. Sie schienen nicht zu registrieren, dass Ärger in der Luft lag. Dana spuckte die Hälfte wieder aus und fragte: „Wer von euch hat Lust auf Paaaarty?"
Tony reagierte als Einziger: „Wo?"
„Bei mir – Connor ist schon mit der halben Schule vorgefahren – zwei Nachbarn haben wohl bereits die Polizei alarmiert", grinste sie in die Runde, „das wird ein Mordsspaß!"
„Ausgezeichnete Idee", hörte ich mich sagen und die Aufmerksamkeit verlagerte sich. „Kommt schon, Leute. Ihr habt es verdient, gefeiert zu werden! Zeit fürs Vergnügen!"
Ich nahm Morgan die Schlüssel ab und bedeutete nach einem Blick auf Alicia und ihre Freundin, mit Luke vorzufahren, und den anderen, uns zu folgen, bevor ich Morgan unsanft auf den Beifahrersitz bugsierte und laut hupte.
Prompt hupten die anderen Fans in ihren Fahrzeugen zurück und eine Karawane, die man wahrscheinlich bis zu mir nach Hause hören konnte, verließ den Schulparkplatz und verlor sich in der Nacht.

***********************************

„Könntest du bitte versuchen, netter zu ihnen zu sein?“, fragte ich Morgan, sobald Jared vor mir den Blinker setzte und langsamer wurde. Unser Ziel war das letzte Haus in einer Sackgasse, das einzige in der ruhigen Wohnanlage, aus dem Musik so laut dröhnte, dass ich das Radio ausmachte, weil ich im Wageninnern den Moderator nicht länger verstand. „Sie sind meine Freunde.“

„Als wären sie nett zu mir“, gab er postwendend zurück.

„Das ist nicht der springende Punkt. Granofsky oder A. J. werden ewig Bekannte in meinen Augen sein, trotzdem verhalte ich mich ihnen gegenüber freundlich.“

„Jetzt komm mir nicht mit der ‚Wenn ich sie erst einmal besser kenne, finde ich sie automatisch sympathischer‘-Tour.“

„Das liegt bei dir.“ Nachdem ich das Auto abgestellt und die Handbremse angezogen hatte, stieg ich aus und formte ein einziges Wort in Richtung des Nachthimmels, bevor er es mitbekommen konnte. Natürlich blieb er sitzen. Ich zog die Jacke enger um meinen Körper und wünschte mir Taschenwärmer herbei.

Als ich ihn schließlich die Beifahrertür zuknallen hörte und er um den Wagen herumkam, stützte er die Hände rechts und links von meinem Kopf ab, sah mir gedankenverloren in die Augen. Hinter und neben uns parkte der Rest unseres Trosses ein.

„Okay“, sagte er und ich konnte nicht fassen, dass er nachgab, „ich bin freundlicher.“

Das Gefühl von Befriedigung stellte sich bei mir nicht ein und er konnte das spüren.

Unumwunden nahm er meine Hand und ging an Luke und Jared vorbei zu Grant und Terrance, die sich aus einem Auto schälten, das millimetergenau zwischen einer Mauer und einem Minivan eingeparkt war.

Überrascht verstummte ihr Geplänkel.

„Warum setzt ihr euch am Montag nicht zu uns? Ich bin sicher, wir treiben noch ein paar Stühle mehr auf. Was sagst du, Mimi? Eher Fleisch oder Fisch?“

Ich lächelte, ehe vier Augen zu mir starrten. „Die beiden gehören definitiv zur Braten-Fraktion.“

„Wenn es also blöd für Granofsky läuft, muss Matt sein halbes Schwein wohl ausnahmsweise teilen“, lachte er und ich fiel mit ein. Granofsky erhielt immer die vierfache Fleischportion. Ich hatte ihn noch nie eine Beilage essen sehen, die nicht frittiert war.

„Kannst du dir vorstellen, dass der Hunger ihn dazu treiben könnte, tatsächlich ein Stück Brokkoli zu probieren?“

Wir lachten lauter. Grant runzelte die Stirn und Terrance fuhr sich übers Kinn.

„Wir sollen an euren Tisch?", fragte er schließlich perplex.

„Zu Mimi", nickte Morgan, „damit ihr euch selbst davon überzeugen könnt, dass sie keine Fußfesseln trägt."

„Das ist ein Scherz, richtig?"

Ich schüttelte bestimmt den Kopf. „Natürlich nicht."

„Das mit den Fußfesseln schon. Habt ihr mit dem Vorschlag ein Problem?", fragte Morgan.

„Kein Problem. Ich wundere mich nur, woher der freundliche Wind weht."

„Von da", er verwies auf mich und legte mir zur visuellen Untermalung einen Arm um die Schulter, „also zeigt ein wenig Anstand und bedankt euch, anstatt Mimis Höflichkeit anzuzweifeln."

„Danke", erklärten beide wie auf Kommando, bevor Grant hinzufügte: „Auch wenn es nie Mimis Höflichkeit war, die ich anzweifelte."

Ich hob die Hände in die Luft, indes mein Freund gleichgültig die Achseln zuckte. Er hatte seine Pflicht erfüllt.

„Ich will nicht, dass ihr euch meinetwegen in die Haare kriegt. Es ist die perfekte Gelegenheit, eine neue Situation gemeinsam zu testen. Was sagt ihr? Seid ihr dabei?"

Grant grinste und ich atmete erleichtert auf. „Ist einen Versuch wert."

## *Kapitel 17*

Die nächsten Monate flogen dahin und Gewohnheiten, Rituale festigten sich.

Meine Trainingseinheiten wurden länger, Luke und Jared zufriedener und mein Körper resistenter. Als Morgans Dreitagefrist verstrichen war, hatte ich lediglich ein paar blaue Flecken und eine Prellung vorzuweisen. Meine Lehrer ließen es mir durchgehen, wenn ich hin und wieder schummelte – mich aus der Bahn oder mein Gesicht von der Klinge wegwünschte – und ich wies sie im Gegenzug in Geheimnisse weiblichen Denkens ein, was ihnen in doppelter Hinsicht entgegenkam: Lukes Freundin Alicia und Jareds zahlreiche Eroberungen wurden zahmer und die Cousins für ihr neues Verständnis belohnt. Morgan wachte über jede ihrer Stunden und belohnte mich, indem er es mir danach überließ, für Normalität zu sorgen. Kräfte und Gegenstände generieren, Teleportation und Flugstunden – all das baute er so geschickt in den Alltag ein, dass es mir nicht wie weitere Übung vorkam.

Ich liebte das Gefühl, mit ihm zusammen zu sein, und schwebte durch den Alltag, stets in der Vorfreude, etwas Neues an ihm zu entdecken. Mit jedem Tag fühlte ich mich ihm näher. Ich fand heraus, wie unmöglich viel er über Flugzeuge wusste, oder staunte, dass er es unverantwortlich fand, wie selbstverständlich Menschen den Regenwald abholzten. Er war gern in der Natur, liebte das Meer mit seinen unerforschten Bewohnern und Tiefen, weil es ihm vor Augen führte, wie wenig wir von dem Planeten, auf dem wir leben, wussten. Er verabscheute Anwaltserien im Fernsehen, liebte aber Law & Order, wo Polizei und Staatsanwaltschaft zusammenarbeiteten. Bereits von Kindesbeinen an Fan von Picard, stritten Luke und er bis heute darüber, ob jener oder Kirk der beste Sternenflottenkapitän war. Jared fand diese Diskussionen „faszinierend“ und beendete sie jedes Mal damit, dass Chuck Norris beide übertraf.

Manchmal vergaß ich zu frühstücken, weil ich schneller aufbrechen und wieder bei ihm sein konnte. Dann wartete Morgan vor dem Vegard'schen Tor mit köstlichen Sandwiches in der Hand oder führte mich auf direktem Wege in die Küche, wo die leckersten Früchte darauf warteten, in mein fertiges Müsli zu gelangen. Er gestand mir, dass er Amok laufen könnte, sobald ihm Leute zuhupten, weil sie ihn auf der Straße oder im Auto erkannten, und seit ich das wusste, lachte ich jedes Mal, wenn das geschah – was mehrmals täglich der Fall war. Er besaß sieben eigene Wagen, fuhr aber am liebsten den schwarzen

BMW, der von Aiden auf den Namen „Orlando“ getauft wurde – weil Morgans erste Fahrt mit der Familie ins Disney World nach Orlando gegangen war. Er stand ebenfalls auf Beeren, mischte sie aber am liebsten in einer Schüssel mit etwas Zucker, bevor er sie aß. Er war freundlich zu den Menschen, weil er musste, nicht weil er es für nötig hielt. Die Menschen wiederum verehrten ihn regelrecht, lobten, bewunderten ihn, suchten seine Nähe, er konnte nirgendwohin gehen, ohne über Football, den Verlauf der Saison oder die Zukunftspläne seines Vaters zu reden. Gerade in diesen Situationen nahm er verstärkt Rücksicht auf mich. Manchmal bemerkte ich, wie er mich musterte, mein Gesicht nach Anzeichen abtastete, dass mir der Trubel um ihn über den Kopf wachsen könnte. Wurde ich von einer seiner Groupie-Scharen abgedrängt, brach er die Gespräche ab und ließ die Leute einfach stehen.

Die Wochen verflogen und die Aufgabe ließ auf sich warten. Anfänglich hibbelig, weil ich sie hinter mich bringen wollte, schlug meine Stimmung in Arbeitseifer um, sobald Lawrence uns erklärte, dass die Disceptatori nicht nur die Regeln machten, sondern sie auch ohne mit der Wimper zu zucken änderten. Möglich, dass wir morgen antreten mussten, vielleicht aber auch erst im Frühling. Es war eine weitere Strategie, um uns zu testen.

Ich vertrieb mir die Wartezeit unter anderem mit Football, ging zu jedem seiner Spiele. In den Nächten davor schlief ich in seinem Trikot, eine Sache, die er schnell zu einem Glücksritual erklärte. In den Nächten darauf war ich heiser vom vielen Anfeuern. Die Mannschaft war unaufhaltsam und wälzte sich Lawinengleich durch ihre Gegner bis zu den Play-offs, in denen die Tigers erst Bundesstaat-Meister wurden und schließlich das Finale um die Landesmeisterschaft gewannen. Regeln und Spielführungen waren für mich zweitranging, ich ging hin, um ihn in seinem Element zu erleben. Es war magisch, ihm dabei zuschauen zu können, wie er Geschichte schrieb. Als der letzte Spielzug seines finalen High-School-Footballspiels abgepfiffen wurde, weinte ich vor Freude und Stolz. Morgan hatte sein Team in Kalifornien unsterblich gemacht.

Die Fans, Medien, selbst Mainfields Bürgermeister stürzten sich in den Wochen darauf wie die Geier auf ihn. Kaum, dass der Rummel nachgelassen hatte, glitten wir nahtlos zurück in den Alltag.

Sein Leben war derart unwirklich, wie ich vermutet hatte: Wir mussten nirgendwo anstehen, hatten jederzeit einen Parkplatz, einen Tisch oder ein Separee im Restaurant. Wollte er Serranoschinken, bekam er ihn per Express aus Spanien geliefert. Für einen „Golden Opulence Sundae“ flogen wir ins Serendipity3 nach New York und bezahlten tausend Dollar für den teuersten Eisbecher der Welt. Ich ließ ihm seinen Willen, diesen utopischen Betrag für Geschmolzenes auszugeben, weil er mir versprach, die nächsten Restaurantbesuche vorher mit mir abzuklären. Wir machten einen Tandem-Fallschirmsprung über dem Atlantik und erkundeten mit einem eigenen Tourguide die Carlsbad-Tropfsteinhöhlen, in denen wir, dank Sondergenehmigung, sogar übernachteten. Es war atemberaubend. Allein in den sechzehn Stunden schoss ich über zweihundert Bilder. Ich verbrachte mein erstes Wochenende auf seiner Jacht und flog mit einem Learjet. Bei beiden Gelegenheiten bestand ich auf eigenes, mitgebrachtes Essen oder zumindest darauf, Geld nicht wahllos zu verschwenden, zum Beispiel indem wir teuren Wein in einer Soße verkochten. Morgan lacht bis zum heutigen Tag herzhaft über das Gesicht des Piloten, als ich beim letzten Flug an die Cockpittür klopfte und ihm und seinem Copiloten Stücke von Maddys Quiche anbot. Ich besuchte meine erste Film-Release-Party von Vegard Corp. und fand mich Auge in Auge mit den Reichen und Schönen Hollywoods wieder. Morgan hatte mich zwar gewarnt, dass vieles Schein nicht Sein war, dennoch war ich ziemlich ernüchtert wieder aus L. A. abgereist. Um eine Erkenntnis reicher und einige Artikel bekannter. Maddy sammelte meine Auftritte in der Presse, die tatsächlich alle von Lawrence' Medien gesteuert wurden. Es war wohl das erste Mal, dass sein Sohn sich öffentlich mit einer Freundin an seiner Seite zeigte. Die Aufmerksamkeit, die wir erregten, wann immer wir dem Paparazzitrubel zustimmten, war erwartungsgemäß groß, ebbte aber schnell ab, weil sie merkten, dass wir einfach nur ehrlich verliebt waren. Ich brachte es auf neun Artikel und fünf Bilder in der Presse und ahnte, dass ich meine fünfzehn Minuten Ruhm lebte. Meine Oma rief an, um mir aufgeregt zu erzählen, ihr Lesekreis hätte ihr ein Bild von meinem „entzückenden“ Freund und mir unter die Nase gehalten, auf dem wir beim Essen im Olive Garden zu sehen seien.

Ginge es nach Morgan, würden wir jeden Tag durch die Weltgeschichte reisen, aber ich stand dieser Form ausufernder Geldverschwendung skeptisch gegenüber und nach einigen hitzigen Debatten lenkte er schließlich zähneknirschend ein. Seine Großzügigkeit verlagerte sich daraufhin auf Geschenke, bis ich ein paar exquisite Diamantkreolen verweigert hatte und anfing, nichts mehr von ihm anzunehmen, außer es war handgemacht oder weniger als hundert Dollar wert. Morgan schaffte es dennoch, mich „legitim“ auszumanövrieren – sei es mit einer Aufmerksamkeit zum monatlichen Jubiläum oder einer Geste an Feiertagen.

„Glaube mir, ich weiß, dass du unabhängig und bescheiden bist und nicht der Typ Frau, der Geschenke erwartet oder voraussetzt, Mimi.

Aber wenn ich dir was von meinem Geld kaufen will, kannst du mich nicht davon abhalten."

Wovon ich ihn allerdings abhalten konnte, war, seine Kreditkarte zu nehmen und mit meinen Freundinnen einen ausgedehnten Shoppingtrip zu unternehmen. Ich schwieg ihn stundenlang an, weil er den Vorschlag überhaupt ernst meinte. Beim Schlafengehen hatte er schließlich eingesehen, wie unmöglich seine Idee gewesen war. „Aber ich wollte dir damit eine Freude machen!"

„Es gibt nur eine Sache, die ich von dir haben will", erwiderte ich, „und die kann man mit Geld nicht bezahlen."

Ich umrandete sein Herz über dem Shirt und legte dann mein Ohr darauf.

„Das gehört dir bereits", hatte er lächelnd geflüstert.

„Dann bin ich wunschlos zufrieden."

Zum Glück verwandelten wir uns einfach wieder zu Morgan und Mimi, sobald wir die Öffentlichkeit ausschloßen. Und die normale Version von uns las jeden fünften Abend Aiden eine Gutenachtgeschichte vor. Wir waren nach Brooke, Grace, Mary und Lawrence an der Reihe. Aiden liebte es, uns beide antreten zu lassen, da wir unsere Stimmen verstellten, wenn Dialoge und unterschiedliche Charaktere auftraten, und so wurden aus Morgans Feldversuch schnell Aidens neues Lieblings-Vorlesegespann.

Ich verbrachte oft Zeit in der Vegard-Villa, malte mit Grace und dekorierte mit Brooke ihr Zimmer oder wir Ladies übernahmen sehr zur Empörung des Personals hin und wieder die Küche und bereiteten Überraschungsdinner zu. Auch da ich mich aufs Gemüseputzen und schneiden beschränkte, bestanden die anderen darauf, das Lob der Männer mit mir zu teilen. Luke und Jared waren fast täglich da, auch außerhalb meiner Trainingseinheiten, und wenn sie nicht auftauchten, dann weil sie sich für ein anstehendes Event ausruhten. Einen Monat nach der Vorstellung meiner Kampflehrer hatte ich neben einem Freund auch zwei große Brüder geschenkt bekommen, die mich manchmal wie eine Porzellanfigur behandelten. Wir standen zu viert vor dem Briefkasten, als ich meine Unterlagen nach Yale schickte, und sie assistierten mir auch bei meiner ersten Creme Catalan. Üblicherweise ließ ich ihnen das Machogehabe durchgehen, es gehörte zu ihren Aufgaben, auf mich aufzupassen. Nahm es überhand, reichte ein dezenter Hinweis auf meine neu erworbenen Fähigkeiten aus, um sie wieder zur Ordnung zu rufen, ein Hinweis, der nicht selten ihre geliebten Autos betraf. Luke durfte seines bereits einmal aus Alaska einfliegen lassen, weil er mich auf einer Feier vor hundert grölenden Kerlen und deren Handykameras wie einen Sack Kartoffeln gepackt und nach Hause gefahren hatte.

Anscheinend sollte ich dem Auftritt der gebuchten Stripperinnen nicht beiwohnen. „Der steigende Alkoholpegel und die sexuelle Spannung, nachdem sie weg sein werden, ist nichts für zarte Pfarrersenkelinnen“, hatte er grinsend erklärt.

Da Morgan bei einem Presseball war, berief ich mich auf mein Recht zur Selbstbestimmung. Ich wartete, bis Luke wieder auf der Party war und teleportierte seinen Sportwagen nach Fairbanks. Er konnte sich glücklich schätzen, es nicht von einer Ölplattform abholen zu müssen.

Abgesehen von ihren Anstrengungen, meine Werte intakt zu halten, wuchsen die Jungs mir schnell ans Herz. Spielten sie im Multimediazimmer Videospiele, kuschelte ich mich in einen Extrasessel und schaute ihnen dabei zu. Sie wirkten glücklich und ausgelassen, wie sie sich anpöbelten und piesackten, die Controller in der Luft herumrissen und draufhauten. Mir ging das Herz dabei auf. Ich war erleichtert, dass diese drei eine offenkundig starke, tiefe Freundschaft verband.

Ungeachtet erster Zweifel durfte ich irgendwann mitspielen und erwarb mir dank gutem Fingergefühl und stoischem Lernwillen bald einen festen Platz bei Mannschaftsbildungen. Genauso langsam, aber sicher, wurde ich schließlich in ihren Pokerzirkel aufgenommen, ebenso wie Brooke, die sich schnell zum Bluff-Profi mauserte. Drew stieß als letztes Glied hinzu. Nur Lukes und Jareds Freudinnen erhielten nie eine Einladung, waren aber dafür von ihnen nur noch mit der Brechstange zu trennen, sobald wir zusammen ausgingen. Und wir gingen oft aus. Es machte zu sehr Spaß, die Zeit verging im Flug. Aber insgeheim genossen Morgan und ich vor allem die Zweisamkeit. Waren wir allein, fühlte ich jene Anziehung zwischen uns, die es unmöglich machte, die Hände voneinander zu lassen. Beim Hausaufgaben machen saßen wir meist Rücken an Rücken, um uns nicht abzulenken, beim Fernsehen lag sein Kopf auf meinem Oberschenkel, aßen wir, ruhte meine Hand stets in seiner. Bald fühlten wir uns nur noch beim jeweils anderen wohl. Kein Wunder, dass wir uns meist auf eine Couch oder Decke am Pool zusammenkuschelten und lasen. Es war das Friedlichste, was ich kennengelernt hatte: seine Nähe, eine fesselnde Geschichte und das Gefühl, dass es nicht besser werden könnte als in diesen Momenten, mit meinen Füßen auf seinem Schoß. Wie sich herausstellte, las er doppelt so schnell wie ich, was ich auf den Umstand schob, dass es mucksmäuschenstill sein musste. Daraufhin kaufte er sich Oropax, ließ Musik laufen – und war am Ende von Grishams „Die Akte“ angelangt, da erreichte ich gerade das „Zweite Buch“ von „Der Herr der Ringe“.

Wir erzählten stundenlang aus unserem Leben, begierig, jedes Detail über den anderen wie ein Schwamm aufzusaugen. Morgan fand endlose Fragen zu sämtlichen Ereignissen und ich genoss die Art, wie sich seine Wahrnehmung für mich schärfte. So hatte er mich beispielsweise sprachlos gemacht, als ich ihm von unserem Kater Drizzle erzählte und er sofort verstand, woher der Name kam: Von meiner Vorliebe für das Wechselspiel der Natur, wenn aus Herbst Winter wurde. Uns gingen nie die Themen oder Witze aus und selbst in tiefster Stille fühlten wir uns wohl und geborgen. Kaum war ich dafür fit genug, joggten wir jeden Abend zusammen. Er stoppte die Zeit und berechnete die Geschwindigkeit. Zu wissen, welche Zeiten unauffällig und welche unrealistisch waren, half mir in der Gegenwart von Menschen, falls die Pferde mit mir durchzugehen drohten. Ich verstand schnell, warum die Jungs gefrustet waren, auf dem Feld nicht alles geben zu dürfen. Morgan lockte mich nach dem Abendlauf meist in die hauseigene Sauna, um anschließend zur Abkühlung mit mir in den Nachthimmel zu steigen, von wo aus wir uns in den Pool fallen ließen.

Bei ihm zu sein fühlte sich mittlerweile essenziell an wie essen oder schlafen. Es wurde eine absolut angenehme Notwendigkeit.

Auch wenn unser Leben sich stark um Übersinnliches drehte, bauten wir Picknicke oder nächtliche Badeausflüge mit Freunden ein, veranstalteten Partys, Filmeabende mit wechselnden Themen – Dinge, die unserem Alter entsprachen und bei denen es rein ums Entertainment ging. Sie fanden erst spät statt, nachdem meine Trainingsblessuren nicht mehr erkennbar waren.

Morgan brachte mir jeden Sonntag Blumen mit und ich steckte sie mir ins Haar, um ihren Duft riechen zu können, oder trocknete sie und hängte sie später in meinem Zimmer auf. Als er verstand, dass ich sie farblich sortierte, erhielt ich abwechselnd so viele rote und weiße Rosen, lila Nelken, gelbe Chrysanthemen, rosa Gerberas und Lilien, dass mein Zimmer bald wie eine Blumenhandlung anmutete und ich Regenbogenmotive hätte legen können. Und dann waren da noch die Orchideen – immerzu Orchideen. Sie standen auf meinem Nachttisch, dem Schreibtisch, am Boden und auf dem Schrank, später in der Küche und im Wohnzimmer. Maddy sagte, sie fange bereits an, von Orchideen zu träumen, allgegenwärtig wie diese wären.

Präsenter war nur seine Anwesenheit: Mein ganzes Zimmer beinhaltete Sachen von ihm, von Büchern auf dem Schreibtisch über Klamotten in meinem Schrank bis zu seiner Reisetasche in einer Ecke, wo er Kulturbeutel und Schulsachen aufbewahrte. Eine angebrochene Packung seiner Lieblings-Schoko-Cookies lag auf meinem Nachttisch, daneben seine Sonnenbrille, die ich mir ausgeliehen hatte und die in meinen Besitz übergegangen war, seit er eine neue besaß. In seinem Zimmer sah das genauso und doch anders aus. Meine Kleidung hatte fünf Fächer seines Schrankes eingenommen, Schmuck von mir lag überall, selbst auf dem Nachttisch, nebst meiner kleinen Labellosammlung und einer Schlafmaske. Auf der Lehne seines Stuhles hing meine Jacke und auf der Couch lag mein Lieblingskuscheltier, das ich von Abby geschenkt bekommen hatte, bevor mir die Mandeln entfernt wurden. Mein neuer, silberner Laptop lag zusammengeklappt daneben, ein Geschenk, das ich annehmen musste, um für Schularbeiten zu recherchieren oder zu tippen, ohne zu warten, um mich an seinen zu setzen. Meine Handcreme lag auf dem Glastisch und duftende Kerzen aller Größen und Farben zierten die Regale und verströmten ihren dezenten, aber leckeren Duft, sodass man das Gefühl hatte, in eine Schokoladenfabrik einzutreten. Mein Bad war ein Sammelsurium von Cremes und Haarpflegeprodukten, Spangen und Parfüms. Carlton hatte strikte Vorgaben, nichts aufzuräumen. Ich liebte das kleine Chaos, das dank der Teelichter nach Fruchtcocktails roch – und hatte nicht vor, es von einem daran Unbeteiligten aufräumen zu lassen.

Erst als Morgan ein neues Regal für meine persönlichen Sachen installierte, wurde mir bewusst, wie leicht es uns gefallen war, unser beider Leben miteinander zu vermischen. Der Prozess war mühelos vonstattengegangen, ich tat mich sogar schwer, mir den Beginn dessen in Erinnerung zu rufen.

In der Schule wehte ebenfalls ein neuer Wind. Er nahm Mädchen Nummer eins bis dreiunddreißig zur Seite, um die Verhältnisse zu klären. Da er mich nicht dabeihaben wollte, stellte ich mir immer vor, er hätte das gesamte Cheerleader-Geschwader zusammengetrieben und mit Hilfe eines Megafons über uns in Kenntnis gesetzt. Einige der Mädchen kannten das Wort „loslassen“ nicht und stellten ihm heimlich nach. Daraufhin gab es ein weiteres Treffen, bei dem ich anwesend war und das darin endete, dass er mich fast vor ihren vom Weinen verquollenen Augen vernaschte und Mädchen Nummer drei, vier, sechs bis neun und dreiundzwanzig zusammenbrachen.

Um dennoch in Morgans Nähe bleiben zu können, hatte seine Verflossenenparade in der Mensa den Nebentisch annektiert.

Der Staat Kalifornien war stolz auf die Lincoln High Tigers und ihre beispiellose, rekordbrechende Erfolgsserie. Nachvollziehbar, dass die meisten Spieler im letzten Jahrgang bereits Scouts auf ihren Fersen hatten, die mit Stipendien für Footballteams an Colleges winkten und manchem Tür und Tor in die NFL öffnen konnten. Um seine Spieler permanent in Topform für die Zukunft zu halten und die Frischlinge an das Niveau zu gewöhnen, ging das Training der Mannschaft auch nach dem offiziellen Ende der Saison weiter. Hatten die Tigers Sondertraining oder musste ich wegen Marc daheimbleiben, kam es mir vor, als lebte ich ein anderes Leben, eins, in das ich nicht mehr zurückgewollt hätte und würde mein Glück davon abhängen: eins ohne ihn. Schleichend zogen sich diese Stunden. Mit Morgan hingegen machte alles Spaß: Still sein und laut, lesen und spazieren gehen, Football spielen mit Marc, selbst kochen. Am liebsten jedoch wurden mir die Augenblicke, wenn ich ihn mit „meinen plötzlichen sentimentalen Anwandlungen" eiskalt erwischte und dabei zusehen konnte, wie er tatsächlich rot wurde. Sagte ich ihm dann auch noch, wie reizend er gerade aussehe, packte er mich und schickte meinen Körper in unerreichte Sphären, um mich zum Schweigen zu bringen. Man könnte meinen, so ein absoluter Umbruch sei schwer zu bewältigen gewesen, aber: Ihn in mein Leben zu integrieren gestaltete sich einfacher als gedacht. Er wurde schnell Teil meiner Familie, ich Teil der seinen. Wir flogen planmäßig in die Berge und feierten Silvester gemeinsam, nutzen das Fest, um unsere Familien zusammenzubringen. Grace und Maddy verstanden sich auf Anhieb. Gegen Mitternacht lachten sie ausgelassen mit ihren Männern, die ein eigenes Feuerwerk vorbereiteten. Es war fulminanter als das der Stadt Mainfield. Marc sprach noch Tage später von den Funkenwänden, die bei mir einen üblen Nachgeschmack hinterließen – bedachte man die Sternenregen der Hölle. Jene Sterne waren, wie ich erfahren hatte, das Gute im Menschen, das in der Unterwelt seine letzte Schönheit entfaltete, um am Firmament ungenutzt zu erlöschen. Die Seelen, die dort brannten, hatten das Gute in ihnen niemals zu nutzen verstanden.

„Schön, aber vergänglich", hatte Lawrence mir erklärt, „sind diese Sterne. Genauso wie der Wunsch ihrer Besitzer es war, ein ehrbares Leben zu führen. Darum hörst du auch ihre Schreie jedes Mal, da ein neuer Stern geboren wird. Es ist die schmerzhafte Erkenntnis, es selber in der Hand gehabt zu haben, welcher Seite man angehören wollte."

Zwischen meiner Familie, dem Training, dem neuen Alltag, Morgan und den Vegards blieb wenig Zeit für mein altes Leben. Abby, Michelle, Tori und Grant waren die Leidtragenden. Drew bekam ich auch nur zu Gesicht, weil er mit seiner Freundin unterwegs war.

*Apropos …*

Jede Nacht schlief ich mit Morgan ein und erwachte in der Hölle.

Ab da übernahm Brooke. Sie brachte mir alles bei über die Abläufe der Unterwelt, deren Denken und Orientierung. Ja, richtig – die Unterwelt fühlte und dachte, ganz wie ein lebendes Wesen. Sie veränderte und erfand sich regelmäßig neu. Sowohl Lawrence als auch Morgan erschufen die Hölle um sich herum und der Ort ließ es mit sich geschehen, um ihnen den Aufenthalt angenehm zu gestalten. Bei Menschen verhielt es sich genau umgekehrt: Jede eintreffende Seele landete in einem eingezäunten Bereich, der speziell für ihre „Bedürfnisse“ konzipiert wurde – durch vorhergegangene, sorgsame Prüfung ihres Buches.

Diese Gebiete wurden Saveas genannt, die „Seelen-Areale vollstreckender und evaluierender Art“. Die Uhrzeit, das Wetter, selbst die Jahreszeit war in jedem Areal anders.

„Lebt jemand wie ein Sünder, ist das ein Prozess“, verkündete Lawrence, indes wir das Ruinen-Savea durchliefen in dem viele Militärs mit ihrer Vergangenheit konfrontiert worden waren und noch werden, „dessen Ende ihn wie der Verlauf eines roten Teppichs früher oder später ins Fegefeuer führt“.

Und dort wartete sein ihm oder ihr auf den Leib geschneidertes Areal bereits. Immer waren diese Gebiete, in denen die Sünder in der Unterwelt zu sich kamen und die letzten Minuten erlebten, jene, die sie zu ihren Lebzeiten am meisten gemieden hatten. Nichtschwimmer kamen an einem tückischen, treibsandähnlichen ewigen Strand an, gespickt mit tiefen Flüssen und Seen, Sonnenanbeter in von Eis durchzogenen, Fata Morgana auslösenden Gefilden, deren Kältekristalle die Haut hinaufklettern und sich hindurchfressen konnten, und Wanderer an hohen Steilwänden in heißen Halbwüsten, wo unaufhörliche Sandstürme selbst das Atmen zur Tortur machten. Alle Saveas änderten ihr Erscheinungsbild ständig, weil sie sich ihren Opfern mit jeder vergehenden Sekunde besser anpassten: Nachdem die Areale sich dank des menschlichen Erinnerungsvermögens, das einem gelassen wird, um sich im Ewigen Feuer an jedes Detail seines Lebens, jede falsche Entscheidung zu erinnern, ein Bild von den größten Ängsten der betroffenen Seele machen konnten. Und damit schloss sich der Kreis: Die Hölle lernte von jedem Einzelnen und nutzte das Wissen, um denjenigen zugrunde zu richten. Je länger er überlebte, desto mehr Zeit hatte die Unterwelt, um ihn kennenzulernen – und effektiver auszuschalten. War das Ende nah, traten die Höllenhunde oder apokalyptischen Reiter auf den Plan. Erstere bei ausgewiesenen Kämpfern, letztere bei Seelen, die einen Vertrag unterschrieben hatten oder indirekt damit zusammenhingen.

Starben wie bei dem Fährunglück mehrere Menschen gleichzeitig und kannten diese sich, wurde es ihnen auferlegt, zusammen an einem Ort zu sich zu kommen, da es die härteste Strafe im Vorhof war, mit anzusehen, wie geliebte Menschen bestialisch zerfleischt oder geköpft wurden. Dieser Ort und damit das schlimmste Savea war das Gräberfeld. Es war mehr als nur zweckdienlich: Es war ein

Monument des Todes. Starb ein Mensch in der Hölle, entstand darauf dessen Grab. Das Feld war unendlich groß, sah aber dank Lichtbrechung überschaubar aus.

Niemand war in der Lage, sein Areal zu verlassen – schaffte es doch jemand, an die äußere Grenze des Gebietes zu gelangen, schaltete ihn eine unsichtbare elektrische Barriere aus, dessen Stromschläge ihn regelrecht kochten.

Zum Glück hatte ich mit den Saveas genauso wenig zu tun wie mit dem Fegefeuer. Meine Aufgabe war es hauptsächlich, die Verbindung zwischen der Unterwelt und mir zuzulassen. Denn anders als bei Morgan und Lawrence, die sie formten, Brooke, die von den Disceptatori befugt und deshalb vom Vorhof respektiert wurde, und den Dämonen, die ihre Welt liebten, folgte meine Präsenz und deren Umsetzung in der Hölle anderen Parametern: Sie kooperierte mit mir, erst auf Befehl ihrer Herrscher, später von allein. Die Unterwelt, gekoppelt an Lawrence und Morgan, hatte nämlich erfahren müssen, dass die beiden äußerst empfindlich darauf reagierten, sollte sie sich mir in den Weg stellen. Vor allem Morgan tolerierte nichts als bedingungslose Zusammenarbeit. Solange diese nur von meiner Seite stattgefunden hatte, sprengte er systematisch Land weg.

Erwähnte ich bereits, dass die Unterwelt Schmerzen empfand?

Die Resultate seiner Zerstörungswelle hatten nicht lange auf sich warten lassen.

Letzte Woche war ich auf den steilen Treppen auf dem Weg zur Bibliothek gestürzt und hatte meinen Ärger über den verstauchten Knöchel laut kundgetan. Seither waren die Stufen nicht nur breiter und folgten in deutlich kleineren Abständen, sie wurden auch hell ausgeleuchtet und mit einer erhöhten Außenkante, die als Rutschstopp diente, ausgestattet.

Ich durfte mich überall aufhalten, um Abläufe und Vorgänge kennenzulernen, mit einer Ausnahme: die Grenze zwischen zwei Saveas. Es war jedem strengstens untersagt, hier stehen zu bleiben. Entweder man übertrat sie geschwind und begab sich in das neue Areal oder man blieb im alten. Für mich hingegen gab es in der Unterwelt nichts Schöneres als das Prickeln des rieselnden Schnees auf der Haut, wenn man auf der anderen Seite bei Sommersonnenschein schwitzte. Oder die Sonne, wenn man vom starken Regen durchnässt war. Unser kleiner Regelbruch wurde zu einem festen Programm, indem ich nach Arealübergängen Ausschau hielt und der Vorhof sie mir aufzeigte sowie die entsprechenden Zäune deaktivierte. Mit jeder Nacht passte sich der Vorhof stärker an mich und meine Wünsche an und ich akzeptierte im Gegenzug langsam den Gedanken, Teil davon zu sein.

Weitaus weniger problematisch gestaltete sich die anfängliche Scheu vor meinen Kräften. Viel zu schnell wurden sie mir vertraut. Mittlerweile fiel es mir schwer, sie nicht anzuwenden. In der Öffentlichkeit, im Beisammensein mit Drew oder beim Ausgehen mit Dana, Alicia, Matt und Connor.

Daheim.

Als ich beispielsweise in der Früh meine Tasche in die Küche generiert hatte, um nicht mehr nach oben laufen zu müssen, trat Maddy gerade durch die Tür. Gott sei Dank hatte mein Rücken den Blick auf den Manifestationsvorgang blockiert. Dennoch schalt ich mich für meine Fahrlässigkeit.

So etwas durfte mir nicht passieren.

Ich seufzte und öffnete meinen Spind. Die ersten Schultage waren in jeder Hinsicht schlichtweg verrückt gewesen. Morgans Freundin zu sein hatte mein ganzes soziales Leben auf den Kopf gestellt. Zuerst hatte ich noch angenommen, die Veränderung in der Haltung meiner Mitschüler würde automatisch abnehmen, sobald sie sich daran gewöhnt hatten, doch ich lag absolut daneben und wurde knappe vier Monate später eines Besseren belehrt. Die Mädchen teilten sich von Tag eins an in zwei Lager: Jene, die mich freundlich und mit offener Neugier anstrahlten und meist auf Teufel komm raus meine Freundinnen sein wollten – und jene, die mich offen ablehnten. Es war nicht selten, dass ich Gespräche absichtlich überhörte, die sich darum drehten, was ich bloß an mir hätte, das ihnen fehlte. Man müsste meinen, Shelby wäre die Anführerin des zweiten Lagers. Aber sie hielt sich die meiste Zeit von mir fern. Dafür kristallisierte sich schmerzlich heraus, dass Abby nicht zum ersten gehörte.

Es tat weh, aber sobald ich mich an das Neue gewöhnt hatte und den Kontakt zu meiner besten Freundin suchte, blockte sie. Fing ich sie allein ab, konnte man darauf wetten, dass Gabe um die Ecke oder zum Tisch oder ans Auto kam und das Gespräch beendet war, bevor es richtig begonnen hatte. Dabei wurde auch sein Blick immer undurchdringlicher, distanzierter. Auch mit ihm hatte ich seit der Bekanntgabe der Aufgaben nicht ein Wort gewechselt.

Die Masse der Jungs war homogener: Sie mochten mich. Ob wegen Morgan oder mir, blieb ein Rätsel. Aber ihr Lächeln war echt, sie grüßten mich, fragten, wie es mir ging, lachten über meine Scherze, hielten mir Türen auf. Manchmal bestanden sie darauf, mir die Bücher oder Tasche zu tragen. Den Vogel hatte allerdings mein Laborpartner in Chemie abgeschossen, als er mir verbot, an unserem Schwefelwasserstoff-Experiment teilzunehmen, weil es zu gefährlich sei.

„Ein Vorteil, mit ihm zusammen zu sein", grinste Brooke an einem frühen Oktobertag, da mir ein schlaksiger, adrett angezogener Junge mit trendigem Out-of-Bed-Look aus meinem Literaturkurs bis zum Spind nachlief, um mir die Testergebnisse für die kommende Prüfung auszuhändigen. Er stellte sich als Dean vor und sagte, er säße im Schülerbeirat und sei der Ansprechpartner für sämtliche Prüfungsfragen.

Sein weißes Lächeln blendete mich. Er schnalzte gönnerhaft mit der Zunge und erklärte: „Du sagst mir das Fach und den Namen des Lehrers und ich besorge dir den Bogen garantiert achtundvierzig Stunden vorher. Sollten es mal weniger sein und die Zeit für die Vorbereitung reicht nicht, sag mir Bescheid. Es gibt genug Wege und Möglichkeiten, einen Test dennoch zu bestehen."

Ich hatte ihn dankend weggeschickt und das Blatt dann zerrissen, die Schnipsel in meinen Spind gelegt und mit einer Handbewegung in Flammen aufgehen lassen.

Kein Wunder, dass Jared und Granofsky gute Noten schrieben.

Mit Morgan zusammen zu sein erwies sich auch als Vorteil, nachdem die Fristen für die Sportkurse verstrichen waren und ich dennoch im beliebtesten Kurs landete: Leichtathletik. Ich hatte wohl bei einem Abendessen erwähnt, dass mir das in Hartford Spaß gemacht hatte: Am nächsten Morgen fand ich das Anmeldeformular im Schließfach. „Auszufüllen bis 15. September" war durchgestrichen. Nur meine Unterschrift fehlte.

Morgan hörte aus Prinzip nie auf mich zu verblüffen. Er war die eine Sache, die mein Leben heute, Anfang Januar, in Balance hielt. Es war nicht einfach gewesen, so weit mit ihm zu kommen, aber jede Anstrengung wert. Auch wenn unsere Beziehung in der Anfangsphase eher ein Kampf war. Denn falls ich eine Erkenntnis über ihn gewonnen hatte, dann, wie wichtig es war, ihn manchmal einfach er selbst sein zu lassen. Mir gefiel nicht alles, was er machte, aber ich arrangierte mich mit den Dingen, so gut es mir möglich war. Und er bemühte sich im Gegenzug, meinen „Philanthropie-Fanatismus" zu akzeptieren.

*********************************

Mit einem flüchtigen Blick auf die Uhr stellte ich meinen Atlas in den Spind. Mein Leichtathletik-Team trainierte zur gleichen Zeit wie die Tigers. Es war die einzige Zeit des Schultages, neben dem Mittagessen, an dem ich ihn wirklich sehen konnte. Ich freute mich immer auf die siebte Stunde.

Sie war noch ganze vier Fächer weit weg.

Eine kräftige Hand griff an mir vorbei und riss meinen Stundenplan von der Tür.
„Höhere Physik?“, las Jared laut mein nächstes Fach vor und runzelte dabei die Stirn. Allein der Name schien ihn zu verwirren.
„Ich mag es.“
„Heute nicht“, sagte er, während ich überschlug, wie schnell es gehen würde, den Zettel wieder an die Spindtür zu generieren. Dann bemerkte ich massenhaft neugierigen Augen im Gang und nahm ihn ihm lediglich aus der Hand, um ihn zurückzulegen.
„Folge mir“, grinste er und knallte mein Schließfach zu, bevor er mir die Hand um die Schulter legte und mich weglotste. Meine Frage, was er vorhatte, wurde von seiner unterbrochen.
„Stimmt es, dass ich am Samstag abgefüllt genug war, um auf die Frauentoilette zu gehen?“
„Ich fürchte schon.“
„Hast du es gesehen oder gehört?“
„Sowohl als auch. Du warst so weg, dass du dir im Anschluss das Hemd vom Leib gerissen und der Kellnerin die kanadische Hymne vorgesungen hast.“
Er blinzelte. „Warum die kanadische?“
„Sie kam aus Vancouver.“
Hier und da Geflüster oder ein Schulterzucken, gepaart mit hochgezogenen Augenbrauen. Monate nach meinem ersten Auftritt mit Morgan folgten mir noch Blicke. Oder Jared. Mit seiner tiefsitzenden Jeans sah er unverschämt gut aus.
„Ich wünschte, ich könnte mich erinnern“, seufzte er und grüßte eine Gruppe Jungen, die Tigers-Trikots anhatten. Die Spieler nickten mir zu, nur Tony und Grant, die gerade dazustießen, sahen mich deprimiert an. Jared verlagerte das Gewicht seines Armes und drehte mich weg, zweifellos um mich vor ihren Blicken zu schützen.
„Ich wünschte, ich könnte es vergessen“, entgegnete ich: Das Bild, wie er sie in einer dunklen Ecke gegen die Wand presste und sich an ihr rieb, stand mir deutlich vor Augen. Abby, Michelle und Tori unterhielten sich vor einem nahe gelegenen Klassenzimmer. Sie grinsten, während Michelle mit den Händen etwas beschrieb. Alle drei verstummten, während wir vorbeigingen.
*Blocke das Zerren in deinem Inneren, Mimi.*
Brooke und Drew hingegen gesellten sich lachend zu uns. Drew hielt uns die Tür auf und gemeinsam schlenderten wir zum Parkplatz, wo die anderen bereits warteten.
„Hatten wir Sex?“, fragte Jared schließlich nach einer Pause an mein Ohr, nachdem wir das Gebäude verlassen hatten. „Ich würde nicht fragen, wenn ich nicht verwirrt wie Arsch wäre.“

„Höchstwahrscheinlich schon."

„Fuck. Gott lass sie die Pille nehmen. Ich bezweifle, dass ich noch wusste, wie man ein Kondom benutzt."

„Keine Sorge, sie hat dir die Bürde abgenommen."

„Gesehen oder gehört?"

„Gehört. Preise den Herren dafür. Luke ist unabsichtlich in euer Intermezzo hineingeplatzt. Er suchte einen privaten Ort für sich und Alicia."

Das berüchtigte Gerücht Jared würde einen Sex-Rekord brechen wollen, war die Wahrheit. Sein Gesicht strahlte, als er mental eine weitere Kerbe in sein Bettgestell ritzte. „Geiler Abend."

„Das sieht Tanesha vermutlich anders."

„Ich habe keinen Exklusivvertrag mit ihr."

„Weiß sie das auch?", Drew ergriff Brookes Hand und drehte sie einmal im Kreis, bevor er ihr die Tasche abnahm. Ihr Lachen war bislang das Beste an diesem Tag.

„Spätestens seit Samstag", erwiderte ich kopfschüttelnd und Jared zuckte ohne den leisesten Anflug eines schlechten Gewissens die Schulter. Seinem Gesichtsausdruck zufolge ging er die Bruchstücke durch, die er von dem Clubbesuch übrig hatte. Noch indes seine Augen vielsagend blitzten und seine Hand von mir glitt, spürte ich es.

Morgan war nah.

Es war wie eine innere Unruhe, die sich legte, sobald seine Augen meine fanden.

Sein wunderschönes Gesicht drehte sich mir zu und ein Lächeln erschien darauf, dermaßen ehrlich, dass es wehtat, ihn nicht auf der Stelle zu mir beamen zu können. Eine Sekunde später lief ich los. Ich schloss die letzten Meter zwischen uns und warf mich in seine offenen Arme, die sich um mich schlossen, während er mich hochhob und meinen Schwung abfing. Seine Lippen stürzten sich hungrig auf meine und ich erwiderte den Kuss.

„Schultage sind das Letzte", stöhnte er leise, nachdem er sich von meinen Lippen losgelöst hatte, und küsste meinen Hals.

„Würdest du regelmäßiger den Unterricht besuchen, könnten wir uns öfter sehen", presste ich hervor und wand mich in seinen Armen. Er schenkte mir sein großspurigstes Grinsen und begann auf halbem Weg zu meinem Ohr, an der empfindlichen Haut zu knabbern.

„Nicht noch einer", kicherte ich und presste meine Hände gegen seinen Brustkorb. Er lachte und verstärkte den Griff um mich, biss systematisch weiter und betrachtete dann zufrieden sein Werk.

Er verpasste mir wöchentlich Knutschflecken, seit mich der Kellner auf einer Filmpremiere schamlos angeflirtet hatte. „Damit keine Zweifel aufkommen, dass du vergeben bist“, hatte er nach dem ersten Mal auf dem Parkplatz erklärt.

„Dich stundenlang nicht sehen zu können, ist eine Schweinerei“, fuhr er fort, ohne auf meinen Protest einzugehen, indes ich meine Hand an die Stelle, der er sich gewidmet hatte, legte und kurz drückte. Den belustigten Blicken der anderen zufolge hatte er sich diesmal selbst übertroffen. Resigniert fuhr ich mir durch die Haare und konzentrierte mich auf das Gespräch. „Du fehlst mir auch.“

Das war nicht gelogen. Ich hatte mich dermaßen daran gewöhnt, ihn bei mir zu haben, dass die Morgan-freie Unterrichtszeit wie eine Strafe wirkte. Er lächelte Brooke an und schüttelte den Kopf.

„Und ich darf dich korrigieren: Seitdem ich mit dir zusammen bin, bin ich öfter in der Schule als davor.“

„Als die ganzen Jahre davor“, grinste Jared und duckte sich, weil Morgan nach seinem Kopf schlug.

„Morgan Vegard wird zum Streber?“, scherzte ich.

„In deinen Träumen“, gab er zurück.

„In meinen Träumen bist du etwas ganz anderes – und nackt“, neckte ich und fuhr mir mit der Zunge über die Lippen, still triumphierend beim Anblick der ersten Züge seines Interesses. Er schluckte, woraufhin meine Fingerspritzen hauchzart über seinen Brustkorb hinab zu seinen Bauchmuskeln glitten, die sich prompt anspannten, und ihre Reise erst an seinem Gürtel stoppten. Er wirkte, als würde er am liebsten schreien wollen. Ich stellte mich auf die Zehenspitzen und senkte meine Stimme zu einem verführerischen Wispern. „Und es gibt nur mich, ein Bett und dich, wie du meinen Namen schreist, weil –“

„Heute Abend“, ging er harsch dazwischen. „Ich werde mir ganz viel Zeit nehmen um dir dein verdientes Vergnügen zu bescheren. Und dann, Baby, siehst du Sterne. Bevor du meinen Namen schreist, bis du dich vergisst, mich, oder das wir auf einem Bett sind“, unterbrach er mich und sprengte meinen Verstand, da seine Finger sich in meinen Hosenbund hakten und mich näher zogen.

Mein Mund verzog sich zu dem Grinsen auf seinem. „Ungeduldig?“

Er küsste meine Wange und sprach an mein Ohr: „Bring mich nicht auf Ideen.“

„Als hättest du die nötig.“

„Wahr.“

„Leute! Hier sind noch andere anwesend. Minderjährige“, unterbrach Brooke, zeigte auf sich und rollte mit den Augen. Eine freie Hand ihres Bruders zeichnete verborgene Muster auf mein Shirt, glitt dabei tiefer und schlüpfte leicht unter meinen Hosenbund.

„Abkühlen, Freunde. PS Mimi, wir bräuchten eh deine Hilfe", sagte Alicia. „Offensichtlich lässt sich die Angelegenheit sonst nur durch ein Verbrechen erledigen."

Der Blickwechsel zwischen ihr und Luke entging mir nicht. Ich verkniff mir mein Lächeln. „Schieß los."

Ohne Zweifel war sie imstande, ihn in der Luft zu zerreißen, wenn er ihr neunmalklug kam. Wir hatten oft mitangesehen, wie Luke das arme Mädchen mit Vergnügen in Rage brachte,  ein harmloser Streit eskalierte. Morgan kam mit der Theorie um die Ecke, Luke würde auf Versöhnungssex spekulieren. So wie er jetzt seine Lippen befeuchtete und ihrem mörderischen Blick standhielt, stimmte ich dieser endgültig zu.

„Der gute Lucas hier denkt, Hartford sei der Geburtsort von Beecher Stowes ‚Tom Sawyer und Huckleberry Finn', ich dagegen behaupte, sie lebte nur da."

Ich drehte mich ungläubig zu Morgan, der amüsiert die Achseln zuckte. Drew hustete, um nicht zu lachen.

„Falsch", erkläre ich ihnen und blickte von ihm zu ihr, „Harriett Beecher Stowe wurde in Litchfield, Connecticut, geboren, auch wenn sie den Süden bereiste, als sie „Onkel Toms Hütte" verfasste. Sie ließ sich schließlich in Hartford nieder. Tom Sawyer und Huckleberry Finns Schöpfer, Mark Twain, lebte in ihrer unmittelbaren Nachbarschaft. Ich bin jeden Morgen auf dem Weg zur Schule an seinem Haus vorbeigefahren."

„Ich bin bei Litchfield ausgestiegen", grunzte Jared.

„Ha", triumphierte Luke und zeigte auf seine Freundin, „du hattest unrecht."

Alicia schnaubte und verschränkte ihre Arme vor der Brust. „Du doch auch!"

„Ich habe nie behauptet, sie hätte was mit Tom Sawyer zu tun."

„Du hast auch nicht das Gegenteil behauptet."

„Das macht absolut keinen Sinn."

„Dito."

„Ist jemals irgendetwas Cooles in Hartford passiert?", wollte Jared wissen, während die zwei sich weiter aufstachelten und dabei lauter wurden.

„Chuck Norris war einmal da, er geriet in einen Messerkampf", sagte ich, „das Messer verlor."

Einen Moment lang hörten selbst Alicia und Luke auf. Dann brachen sie als Erste in helles Gelächter aus. Jared deutete eine Verbeugung an, der Grazie und Anmut fehlten, die aber seinen Respekt vor meinem Witz am besten Ausdruck verlieh. Brooke wischte sich über die Augen.

„Samuel Colt lebte dort“, hörte ich Morgan sagen und Drew öffnete den Mund, um Jared zu erklären, wer das war, aber dieser nickte zufrieden. Ging es um Flaschenzüge oder Urnenmodelle, vergaß er das Wort, sobald er es gehört hatte. Aber lass es Handfeuerwaffen sein und Jared Lenoire weiß, wer Samuel Colt war.

*Männer.*

Alicia drang wieder in mein Bewusstsein, weil sie aufstampfte und dabei auf ihren mörderischen High Heels umknickte. Sie fuhr Jared an, sie sollten endlich von dem bescheuerten Kiesparkplatz losfahren.

„Wir schwänzen?“, fragte ich mit Blick zum Schulgebäude. Abby steckte soeben den Kopf aus der Tür, um mich zu suchen. Unter ihrem Starren fühlte ich den Stich in meinem Herzen.

„Wir amüsieren uns etwas“, antwortete Luke und half seiner Freundin dabei, auf der Motorhaube seines Sportwagens Platz zu nehmen, wo sie ihre Schuhe wechselte. Typisch sorgenfreier, unbeschwerter Lucas. Ich wartete auf den Tag, an dem er um einen lockeren Spruch oder eine entspannte Einstellung verlegen war. Er schaffte es, selbst aus dem Tarsus-Training eine Spielveranstaltung zu machen, bei der man ausgelassen kämpfte und mit einem Lächeln auf den Lippen erschöpft zusammenbrach. Das letzte Mal, da ich mich am Phlegeton verbrannte, hatte er mich huckepack in den Pool geschmissen. Ich würde niemals den Blick vergessen, als ihm daraufhin meine Wasserfontäne die Beine wegspülte und er erst wieder auf dem Landeplatz zu sich kam. Es war der Beginn einer Wasserschlacht geworden, bei der ich gelernt hatte, wie ich bewegte Materie in andere Formen brachte.

Abby schüttelte erneut den Kopf und verschwand wieder im Gebäude.

„Jared, meine Augen sind hier oben“, fuhr Dana gerade in diesem Moment ihren Exfreund an und rückte ihre tief ausgeschnittene Bluse zurecht.

„Und dein Outfit schreit ja auch geradezu ‚Respektiere mich als Frau!‘“

„Es schreit bestimmt nicht ‚Hirn aus, Hose aus!‘“

„Oh, doch. Denn da ist nichts, was ich nicht schon gesehen habe“, erwiderte er und wich geschickt ihrer Handtasche aus, „außerdem habe ich nicht auf dein Dekolleté gestarrt, sondern versucht, in deine Seele zu blicken.“

Er drehte sich gespannt zu mir, bevor er meine Worte von gestern zitierte. Der Vorschlag, wie Luke und er ihre Freundinnen besser verstehen könnten, war definitiv anders gemeint.

Danas Augen verengten sich bedrohlich. „Dieses *Outfit* ist neu, teuer und verdammt chic.“

„Deine Worte, nicht meine.“

Aus Respekt vor Dana unterdrückte die Gruppe mühsam ihr Grinsen. Jared war um keinen Kommentar verlegen, egal ob ehrlich oder im Spaß. Die meiste Zeit war er zum Totlachen und selbst da die anderen seinen Sprüchen die Tiefe einer Pfütze zugestandenen, hatte mich meine Beobachtung gelehrt, dass Jared weitaus mehr auf dem Kasten hatte, als nur den Clown zu geben. Er begriff, was andere von ihm erwarteten und lieferte ihnen die entsprechende Show. In sechzig Prozent der Fälle war es die Nummer vom auf dem Schlauch stehenden Depp. Zwanzig Prozent verteilten sich auf die Zeit, in denen er einen braunen Ball fing oder hielt und Punkte erzielte. Die restlichen gehörten zu dem Frauenvernascher und kamen automatisch mit den anderen achtzig. Doch schaute man genau hin, erkannte man die Verknüpfungen und wie er sie in der Hand hielt. Jared hatte alles unter Kontrolle. Und das allein machte ihn intelligenter, denn er wirkte.

Dana machte einen Schritt auf ihn zu. Das katapultierte mich zurück ins Hier und Jetzt. „Wusstet ihr, dass Stethoskope von Ärzten erfunden wurden, damit sie aufhören konnten, ihre Ohren an den Busen einer Frau zu drücken?“

„Eine sinnvolle Erfindung“, nickte Dana überrumpelt von der Information. Ablenkung war bei ihr die beste Taktik.

„Nur bedingt“, fügte Matt an.

„Als ob du jemals eins in den Händen halten wirst“, meldete sich nun Alicia zu Wort, „Matt Granofsky, der Mediziner.“

„Ich bin vielleicht kein Genie –“

„Gut, dass du uns darauf hingewiesen hast.“

„– aber ich kann mehr, als ihr glauben würdet.“

„Ja“, sagte Jared, „zum Beispiel im Größenwahn versinken.“

„Warum?“, fragte der beleidigt. „Ihr erkennt mein Potenzial lediglich nicht …“

„… weil keins da ist“, beendete Morgan, ersparte sich jedoch Ausführungen, nachdem mein Blick auf seinen traf. Selbst jemand wie Matt durfte Ziele und Träume im Leben haben. Es stand keinem zu, diese zu kritisieren.

Morgan verfrachtete mich wortlos auf Orlandos Beifahrersitz, bedeutete dabei den anderen ebenfalls einzusteigen und uns zu folgen. Ich wartete, bis er die Tür geschlossen hatte, ehe ich mich auf den Fahrersitz wünschte und ihm die Schlüssel abnahm, sobald er die Tür öffnete. Seit meiner ersten Begegnung mit einem Sportwagen hatte ich Blut geleckt. Ich liebte die Freiheit, die ein so schnelles Fahrzeug mit sich brachte.

„Hey!“

Kaum wollte er nach mir schnappen, saß ich wieder auf meiner Seite, öffnete die Tür und sprang heraus. Ich hatte nicht damit gerechnet, dass er bereits um den Wagen herumgelaufen war. Um Zeit zu schinden, verpasste ich ihm einen kleinen Schubser und quietschte, als er mich an der Taille packte und herumwirbelte, mich abstellte und losschoss, lachend und mit den Schlüsseln klimpernd.

Eine halbe Stunde später, in der wir mit mörderischer Geschwindigkeit über Autobahn und Landstraßen gefahren waren, hielt unser Corso an einem lichten Waldweg. Morgan hatte es geschafft, meine Proteste wegen der Matt-Kritik im Keim zu ersticken, indem er meine Hand an seinen Mund geführt hatte und dazu übergegangen war, jeden Millimeter meiner Finger zu küssen. Wir waren die Ersten am Ziel und er lud etwas aus dem Kofferraum, das verdächtig nach Strandtüchern anmutete. Zwischenzeitlich stieß der Rest zu uns. Mit einem Zwinkern nahm Morgan meine Hand und führte mich, die anderen geschlossen hinter uns, eine Böschung entlang, über Baumwurzeln hinweg, auf engen, verschlungenen Pfaden. Immer tiefer drangen wir in den Laubwald ein und ich fragte mich, was uns erwartete, auch wenn ich den Gedanken an die Ruhe hier draußen mochte – so ungeliebt sie für die meisten, partyliebenden Anwesenden sein musste. Ich schüttelte meine Skepsis ab, atmete den frischen Piniendutt und den intensiven Geruch der Erde begierig ein und folgte mit den Augen einem Specht, der durch die sonnenbeschienenen Wipfel flog.

Der Ort war voller Harmonie.

Bis ich die Musik hörte.

„Wir sind da!“, quietschte Dana, zog ihre Schuhe aus, nahm sie in die Hand und lief aufgeregt an uns vorbei. Auch die anderen rannten jetzt los. Erst als Drew neben mir zum Stehen kam, begriff ich, dass ich angehalten hatte.

„Dein erstes Mal“, grinste er, „vergisst du nie.“

Noch im Sprechen, kramte er seine Sonnenbrille aus der Hosentasche hervor und setzte sie auf.

Ich wies auf das Loch in dem Gebüsch, durch das die anderen verschwunden waren. „Was ist dahinter?“

Jared zuckte die Schultern und hielt mir das Dickicht zur Seite. „Spaß.“

„Wasser“, sagte Drew.

„Und Essen.“

„Mimi, kommst du?“

Das war Lukes Stimme und an dem Tonfall, den ich mittlerweile bestens kannte, ahnte ich, es wäre wichtig. Drew ließ mich vor und ich trat hindurch – und stand augenblicklich im Paradies.

Ein See erstreckte sich wie eine riesige Neun vor uns, seine Ufer waren künstlich mit Sand aufgeschüttet worden. An einer Seite waren Tische mit Essen aufgebaut, die perlweißen Tischtücher wehten leicht im sanften Wind. Leute in Catering-Kluft liefen eifrig hin und her und drapierten dekorativ Geschirr, Gläser und Kerzen in Windlichtern. Sechs Bast-Strandkörbe luden zum Verweilen ein, genauso wie die mit Bast überdeckten Cabana-Liegeplätze, die mich an Betten im Freien erinnerten. Eine teuer aussehende Musikanlage war aufgebaut worden und spielte in angenehmer Lautstärke Musik, sie wechselte gerade zu einem neuen Song. Schwarze Kleidung hing an einer provisorischen Holzwand, Neoprenanzüge, wie ich erkennen konnte.

„Willkommen am Lake Hunt", flüsterte Luke mir ins Ohr und fing alles mit einer Geste ein – das Wasser, die Bäume, den Sand, „es war das letztjährige Geburtstagsgeschenk meines Onkels an seine Frau."

„Mom vermisst den Ozean", ergänzte Jared und schirmte seine Augen gegen die Sonne ab. „Sie ist in Santa Barbara geboren. Dad hat sich den Kopf zerbrochen, wie er helfen kann, ihre Sehnsucht zu lindern. Er entschloss sich, ihr ihren eigenen kleinen Ozean zu schenken."

„Das ist ein künstlicher See?"

„Drei Jahre Planung und Arbeit stecken drin."

„Warum Hunt?"

„Der Mädchenname meiner Mutter."

In derselben Sekunde fuhr ein Kleinlaster vor meiner Nase weg und gab die Sicht auf sechs Jet-Skis frei, die noch gewartet wurden. Dana steckte sich eine Weintraube, die auf einem Käsespieß steckte, in den Mund und reichte Morgan eine unmöglich große Champagnerflasche mit bekanntem orangefarbenem Etikett.

„Worauf stoßen wir an?", fragte ich ihn, doch er lächelte lediglich mit den anderen, die sich lautlos um uns gruppiert hatten. Gespannt nahm ich mein Glas von Brooke entgegen. Der Korken flog ins Wasser und er schenkte uns reihum ein. Mein Herz setzte aus, sobald das neue Lied verklang und ein weiteres begann. Erst Usher und nun Katy Perry?

*Morgans „Mimi-Playlist".*

Ich besah mir das Essen genauer: Von den Spießen über die Maki und Sushi mit Kartoffel-Schinken-Füllung bis zu der Schale frischer Himbeeren, die neben dem Schokoladenbrunnen standen, waren das alles Sachen, die ich liebte.

Morgan nahm mir die Erkenntnis eine Sekunde vorweg und hob sein Glas: „Auf dich, Mimi, eine tolle Frau, wundervolle Freundin und zukünftige Weltverbesserin."

„Mögen deine Träume sich erfüllen", ergänzte Brooke, „einer nach dem anderen."

„Hört, hört!", erklang es im Chor. Die Gesichter unserer Freunde gaben außer Amüsement nichts preis, während er mir einen großen, weißen Umschlang unter die Nase hielt und lächelnd erklärte: „Beginnend mit diesem."

Ich reichte ihm mein sprudelndes Glas und drehte das Papier, um den Absender auszumachen. Erkannte den Stempel und vergaß, wie man atmete.

Drei Worte.

Ein Siegel.

„Lux et veritas".

Meine rechte Hand begann unter der plötzlich tonnenschweren Last zu zittern. Hätte ich nicht offen die Blicke meiner Freunde auf mir gespürt, mir wäre entfallen, dass man Briefe öffnen musste. Morgan beobachtete mich still mit einem wissenden Zug um die Mundwinkel. Ich zog das Schreiben heraus und begann zu lesen. Einmal. Zweimal.

„Herzlichen Glückwunsch!", platzte Dana als Erste raus und schon waren Brooke und Drew bei mir, um mich zu umarmen, indes ich weiterhin auf das Wort „Willkommen" starrte. Die Buchstaben setzten sich vor meinen Augen stets zu demselben Muster zusammen: „Mit großer Freude heißen wir Sie in Yale herzlich *willkommen.*"

Etwas riss mich von den Füßen. Jared drückte mich an seine betonharte Brust, schließlich war Luke an der Reihe, dann Matt, der mir aber nur vorsichtig die Hand reichte. Dana, Connor und Alicia vollbrachten das Kunststück einer Gruppen-Umarmung und ich dankte soeben Connor, der mir versicherte, das Collegeleben „fetze derb", als Danas Bruder sich auch schon verabschiedete, um die Häppchen näher zu bestaunen. Morgan sah mich stumm an und reichte mir mein Sektglas.

„Gerade eben wünschte ich mir, deine Gedanken lesen zu dürfen", flüsterte er, nachdem ich einen Schluck genommen hatte. Seine Hand fuhr zärtlich an meine gerötete Wange. „Freust du dich ein wenig?"

So viele Sachen wirbelten in meinem Kopf herum: mein Geständnis, nicht zu wissen, was ich tun würde, sollte die Universität mich tatsächlich nehmen, das Haus an der Liverpool Road, New Heaven, Maddy, Trevor, Marc.

Die Unmöglichkeit der Situation, die nun tatsächlich eingetreten war.

Mom und Dad.

Ihr unerschütterlicher Glaube, dass dieser Tag einmal kommen würde.

„Ich wünschte, sie könnten das mit mir teilen", gestand ich mit tränenerstickter Stimme.

„Das tun sie", antwortete er voller Aufrichtigkeit in seinem Blick. „Vielleicht sind sie jetzt nicht da, aber sie haben dich geliebt und das ist das Wichtigste. Nichts davon ist deine Schuld", fügte er an und nahm meine Hände in seine, weil sich mein Blick in sich kehrte.

„An Tagen wie diesen zerreißt es mich, sie nicht dabei zu haben."

„Mimi, versteh das jetzt bitte nicht falsch, aber ohne dieses Unglück hätten wir uns nicht kennengelernt. Und *ich* bin froh, dieses Neue an deiner Seite mitzuerleben. Heute bei dir zu sein."

Gebannt betrachtete ich seine starke Hand, an der ich mich festhielt. „Lust auf eine Erkenntnis, die mir Zeit und Abstand brachte?"

„Immer."

„Aus Schlechtem resultiert manchmal etwas Gutes", erklärte ich und mein Lächeln schockte selbst mich.

Morgan schaute mir geradewegs in die Augen und erwiderte es, zog mich anschließend plötzlich an sich und streichelte mir übers Haar. Seine gedämpfte Stimme war weit weg und doch nah. „Unvorstellbar, dir niemals begegnet zu sein."

Die stolzen Gesichter meiner Familie drängten sich dabei in mein Bewusstsein. Sie würden durchdrehen vor Freude, mich in eine Gruppenumarmung zwängen und einen wilden Tanz aufführen, bis wir unter Bauchschmerzen lachten. Mag sein, dass sie nicht anwesend waren, aber in Morgan hatten sie eine würdige Vertretung. Das Strahlen auf meinem Gesicht entfaltete sich wie von allein. „Wir gehen nach Yale!"

„Herzlichen Glückwunsch."

„Danke! Dir auch."

„Du bist wieder glücklich", lächelte er.

„Sehr", erwiderte ich und fühlte mich auf einmal federleicht. Er reichte Matt sein Glas und hielt mich ein wenig auf Abstand, sein Finger fuhr dabei vorsichtig mein Gesicht entlang. Meine Haut verfolgte die Spur nach und ich versank in seinen Augen, die ich stark genug lieben gelernt hatte, dass ich sie vor dem Einschlafen wie einen Katalog durchging. Nicht nur, dass sie sich kontinuierlich veränderten, sie wirkten bei näherer Betrachtung beinahe sekündlich anders. Freute er sich, sprenkelte feiner tanzender Glanz die Tiefe des Blaus und erinnerte mich an das Azur des Mittelmeers zur Mittagsstunde. Wenn er etwas unterdrückte, wurden sie starrer und dunkler, als versteckte sich sein Geheimnis in ihnen. Küsste er mich, durchzogen Funken wie Prismen seine Iris und sandten das Feuerwerk an meine Haut. Gerade in diesem Moment zündeten die ersten Lichter. Lächelnd freute ich mich auf das Kribbeln, das unwiderruflich von mir Besitz ergreifen würde, sobald seine Lippen meine berührten, und mich niemals enttäuschte.

Morgan schmeckte nach kühlem Sekt, Leichtigkeit und Freude. Ich fühlte ihn schmunzeln, weil ich ungeschickt mein Glas auf dem Beistelltisch neben uns abstellte und das Schreiben dazulegte, ohne mich von ihm loszumachen. Ich wollte ihm gerade sagen, wie überheblich das wirkte, als der Druck seiner Hände an meinem Rücken stärker wurde und er mich vollends zu sich zog. Sobald seine Arme an meinem Körper herabglitten, existierte nichts anderes mehr als dieses herrliche Gefühl. Es war mehrfach vorgekommen, dass ich drauf und dran war, uns wegzuteleportieren, nachdem die Hitze, die nur er in mir auszulösen imstande war, mich übermannte.

*Heute widerstehe ich*, nahm ich mir vor, obwohl meine Finger wie von selbst um die Jeans an seinen Hintern glitten und letztlich in seinen Taschen verschwanden, um mich an ihm festzuhalten. Ich hörte ihn leise an meinem Mund stöhnen und fand mich am Rande meiner Standhaftigkeit angelangt. Jeder Quadratzentimeter meiner Haut schrie vor prickelnd-schönem Schmerz, da sich Morgans Finger in meinen Gürtelschlaufen verfingen und er mich weiter in den betäubenden Sinnensog, den er verströmte, zog. Ich spürte sein beschleunigendes Herz, seine seidige Zunge und den einladendsten, erdigsten Geruch der Welt sich verbinden und mir zuschreien, ihn so nahe wie möglich fühlen zu wollen. Sein Zimmer erschien vor meinem inneren Auge und wurde konkreter, als das Kribbeln, das mit der Teleportation einherging, in mir einsetzte. Gefasst darauf, auf seinem Bett zu landen, hielt ich mich für den Transport an ihm fest.

Die Musik wurde wie auf Kommando aufgedreht und durchdrang meine Vorstellung von Privatsphäre. Morgan ließ mich, wenn auch ungern, los und starrte mit verklärtem Blick über meinen Kopf zu Luke, der einen Daumen hochhielt.

Mit der mentalen Notiz, mich persönlich zu bedanken, nahm ich unsere Gläser vom Tisch – um meine hitzige Fantasie abzukühlen und einen Grund zu haben, ihn loszulassen. Ich würde nie zu einem klaren Verstand kommen, ohne vorher Abstand zwischen uns zu schaffen.

Wir stießen an und die Party begann.

Während die Mädels und ich uns die Bäuche mit den viele Köstlichkeiten vollschlugen, über das letzte Schuljahr und das Sommerritual redeten, mixten Drew und Luke einen leckeren alkoholfreien Cocktail, den sie „Yale“ nannten. Morgan und Jared fuhren Jet-Ski und Matt klebte förmlich am Schokobrunnen.

Einem spontanen Entschluss folgend, die Wasserfahrzeuge ebenfalls auszuprobieren, überredete ich Brooke und Alicia dazu und war erstaunt, wie viel Spaß es machte, mit ihnen zu fahren. Oder besser: Morgan damit zu jagen. Letzten Endes artete es in einen Wettstreit Jungs versus Mädchen aus. Sie schlugen uns um Längen.

Meine Haare waren noch feucht, da ich – wieder zurück in der Realität – nach meiner letzten Runde auf dem Sportplatz durch das ersehnte Ziel lief. Ich liebte das Laufen, aber es war nervtötend, nicht schnell sein zu dürfen, meinen Körper zu zähmen und ihm vorzuenthalten was er konnte und wollte. Seit Wochen kämpfte ich mit jedem Schritt um menschliches Tempo.

„Campbell", bellte Coach Herrera, und blies in ihre Trillerpfeife. In leichtem Laufschritt joggte ich zu ihr.

„Deine Zeiten werden besser", erklärte sie nach einem Blick auf ihr Clipboard, „nichtsdestotrotz meine ich, in dir steckt mehr."

Überrascht fuhr ich mir mit der Hand über die Stirn und wischte mir den Schweiß fort. Wenn sie nur wüsste, wie recht sie damit hatte.

„Ich werde versuchen, mich zu steigern, Coach."

„Darauf wollte ich nicht hinaus."

„Extra-Laufeinheiten?"

„Melody", seufzte sie unschlüssig und klickte ihren Kugelschreiben an und aus, ehe sie ihn weglegte, „hast du gewusst, dass deine Mom eine der ersten Schülerinnen war, die ich unterrichtet habe?"

Ich verneinte.

Mit einer wegwischenden Handbewegung fuhr sie fort. „Sie war gelinde gesagt anstrengend. Hatte das Potenzial für Meisterschaften, wollte aber nie an einer teilnehmen. Am Tag ihres Abschlusses fragte ich sie, warum sie es nie ausgeschöpft hatte. Bis heute erinnere ich mich an ihre Antwort."

Der Coach wartete gar nicht auf eine Reaktion meinerseits.

„Sie sagte: ‚Weil ich damit jemandem den Platz weggenommen hätte, dem das Laufen mehr bedeutet als mir.' Dann drückte sie meine Hand und lächelte." Meine nächsten zwei Teamkameraden liefen auf die Zielgerade zu. Der Coach hielt ihre Zeiten fest und fuhr fort. „Diese Einstellung mag vielleicht löblich sein, ist aber alles andere als sportlich. Ich brauche keine Samariter. Möchtest du im Leichtathletikteam sein oder nicht?"

„Ja", antwortete ich, „natürlich möchte ich das."

„Brauchst du ein Sportstipendium?"

Ich dachte an Yale. Das würde ihr nicht gefallen. „Nein."

Ehe sich ihr Gesicht weiter verdunkelte, ergänzte ich: „Hören Sie, Coach. Ich brauche das Laufen, es gleicht mich aus. Es hilft mir. Falls ich schneller sein kann, muss ich das selbst herausfinden. Ich kenne drei, vier Schüler, die Leichtathletik atmen, schmecken, träumen und ich gebe unumwunden zu: Ich gehöre nicht zu ihnen. Das bedeutet aber nicht, dass ich nicht mein Bestes gebe oder es mir keinen Spaß macht. Gewissermaßen entdecke ich meine Leidenschaft erst richtig."

„Halte die Entdeckungsreise kurz."

„So kurz es geht", nickte ich. Dann sprangen ihre Augen zu etwas anderem.

„Ich dachte, das sei eine Art Balance-Armband."

Automatisch folgte ich ihrem Blick zu der schwarzen Seide an meinem Gelenk. Es hatte einen lilanen Schimmer und wurde gerade warm. Die sich intensivierende Farbe wirkte wie eine blühende Veilchenwiese.

„Nein“, erwiderte ich und suchte bereits das angrenzende Footballfeld nach Morgan ab. „Es ist eher ein Stimmungsarmband.“

„Gott, wie ich diese Modetrends hasse“, erwiderte der Coach und pfiff Ellen, die Leichtathletik, falls irgend möglich, auch gegessen hätte, zu sich. Allem Anschein nach hatte das Mädchen bereits vor dem Ziel aufgegeben.

*Wofür steht Violett?*

Im Gedanken an die klingenden Stimmen der Disceptatori entsann ich mich unserer Begegnung, meine Beine trugen mich wie von selbst in Richtung des rechten Goal Posts. Die Wesen, die Armbänder, die stumme Kommunikation ihre Worte mit den Farben. Der Wechsel von Orange zu Lila. *„Habt Selbstvertrauen und beweist Diplomatie.“*

Zwei augenscheinlich schlecht gelaunte Gruppen fuhren sich am Rande des Footballfeldes lautstark an.

Morgan, Jared, Luke und Matt bildete die erste Reihe der Tigers, der Rest stand geschlossen hinter ihnen, auf der anderen Seite hatten sich mehrere Spieler der Raiders versammelt. Das Basketballteam war zwar nicht vollständig, aber dafür in kompletter Montur. Morgan nahm soeben rabiat seinen Helm ab und warf ihn hinter sich auf den Boden. Drei seiner Spieler wichen dem Geschoss aus.

„Sag das noch mal“, hörte ich seine Stimme durch das leere Stadion hallen. Sie war geradewegs eisig, stand somit im krassen Gegensatz zu dem, was mein Armband verriet. Ein Blick auf sein Gesicht enthüllte den mir vertrauten Ausdruck, den er besaß, sobald seine Nerven blank lagen, er aber gleichgültig wirken wollte. Ich bestaunte ihn fast jede Nacht in der Unterwelt, wenn es um abenteuerliche Rechtfertigungen für die Begnadigung neuer Seelen ging.

„Scheiß drauf“, winkte ein Junge mit Kapitänsbinde lapidar ab und wandte sich zum Gehen. Sein Raiders-Trikot hatte dieselbe Nummer wie Morgans: 8. Lukes Hand schnellte vor und hielt ihn davon ab. „Ihr habt angefangen, Devin.“

Das Glitzern in seinen Augen verhieß nichts Gutes. Ich blieb stehen.

Devin, hochgewachsen wie Drew, mit zerzaustem, strohblondem Haar und rotem, verschwitztem Gesicht verlor sichtlich die Geduld. Er entzog Luke die Hand und stieß ihn hart fort. Jared grinste berechnend, als er daraufhin einen Schritt vortrat und Devin einen zurückwich. Sofort änderte sich die Dynamik unter den Beteiligten.

Gerade als ich ahnte, die Tigers hätten die Situation im Griff, schritt Drew von der mittleren Reihe nach vorn und ich beruhigte mich noch mehr. Er würde es nicht dazu kommen lassen, dass die Dinge eskalierten.

Im nächsten Augenblick hieb er Devins Nebenmann die Faust ins Gesicht.

Das daraus entstehende Getümmel dauerte keine zehn Sekunden, denn die Tigers waren nicht nur absolut in der Überzahl, sondern auch deutlich scharf auf die Abreibung. Selbst Tony und Grant. Mit Gebrüll fielen sie über die Basketballer her, stießen sie zu Boden und hieben, schlugen, traten auf sie ein. Ich hatte Angst um die beiden und Drew – Morgan, Jared und Luke waren stark wie beide Teams zusammen – und suchte sie in dem Aufruhr, ohne dem Ganzen zu nahe zu kommen. Doch bevor sie sich gegenseitig zerfleischen konnten, erschien Bellazzo auf der Bildfläche und trennte sie brüllend. Ausnahmslos jeder, der sich in Sichtweite befand, starrte nun zu ihm, der Morgan am Arm und Devin am Trikot packte, um sie auseinanderzuhalten. Nach einem schallenden „AUFHÖREN!" verwies er die ramponierten Raiders mit der Androhung „disziplinarischer Maßnahmen" vom Platz und beorderte seine eigene Mannschaft in die Kabine. Er kläffte Morgan wütend an. Die Worte „Verantwortung", „Nachspiel" und „Sperre" fielen, während dieser sichtlich genervt seinen Helm von Grant entgegennahm und die Standpauke über sich ergehen ließ. Selbst von meinem entfernten Standort erkannte ich, dass die Farben unserer Armbänder identisch waren.

Mit aufgewühlten Augen entdeckte er mich schließlich. Für den Bruchteil einer Sekunde wurden sie schwarz, als würde er zu mir wollen, dann hob er eine Hand und bedeutete mir zurückzugehen. Der Coach entließ ihn zur selben Zeit mit einem Trillerpfiff. Ich hob stumm die Augenbraue, um zu erfragen, ob alles in Ordnung sei. Er nickte und seine Lippen formten ‚ja', bevor er sich den Helm unter den Arm klemmte und als Letzter in dem dunklen Durchgang verschwand.

Ich war dabei mich abzuwenden, da rührte sich plötzlich etwas auf der Tribüne. Ein schwarzer Schatten glitt wie eine Pfütze, die sich in jede erdenkliche Richtung ausbreitete, durch die Holzbänke, bevor sie kleiner wurde und schließlich zu nichts verschwand. Dort wo der Boden von ihr berührt wurde, stiegen feine dunkle Rauchschwaden auf und verpufften. *Zu einem Blitz?*

Tatsächlich. Einen weiteren grellen Lichtimpuls später durchschnitt Herreras Pfiff, der das Ende der Leichtathletikstunde verkündete, die Stille des Momentes. Der Platz erwachte wieder zum Leben und mein Team joggte ebenfalls Richtung Umkleide. Mit einem Kopfschütteln betrachtete ich skeptisch die obere Bankreihe, ehe ich ihnen folgte, spürte aber im Abwenden ein neues, genauso beunruhigendes Gefühl in meiner Magengegend. Devin stand neben einem anderen Jungen am Spielfeldrand und starrte zu mir. Ohne zu blinzeln. Unbewegt.

Blut lief ihm aus der Nase und einer Stirnwunde auf sein Trikot. Etwas funkelte im Sonnenlicht und verschwand daraufhin schneller, wie es erschienen war, indes seine Begleitung sich mit einem Schulterklopfen von ihm verabschiedete. Wir registrieren es beide nur am Rande. Sein Blick wurde intensiver, je länger ich ihm standhielt. Sicherheitshalber schaute ich mich kurz um, doch außer mir war weit und breit niemand mehr da.

Gerade da ich zu ihm wollte, ihn fragen, was das solle, grinste er, drehte sich weg und ging.

Mit dem unangenehmen Nachgeschmack, dass mir etwas kolossal Wichtiges entging, schaute ich ihm hinterher.

*Beruhige dich, Mimi, bevor das Armband wieder heiß wird.*

*Oder du den Fahnenmast auf ihn stürzen lässt.*

Dort wo der Krawall stattgefunden hatte, prangte nun ein tiefer Riss im Rasen. Morgan hätte extrem wütend werden können, wäre Bellazzo nicht rechtzeitig aufgetaucht. Mitten in diesem Gedanken kam mir ein neuer und ich hätte beinahe müde losgelacht.

Eben noch hatte ich mich auf mein Studium gefreut, als sei es eine Selbstverständlichkeit. Mein Freund und ich waren keine zukünftigen Yale-Studenten. Er war der Sohn Luzifers und sein baldiger Nachfolger.

Und ich die Königin an seiner Seite.

## *Kapitel 18*

Morgan weigerte sich standhaft, mich einzuweihen, tat das Vorgefallene als Lappalie ab, die aus dem Kontext gerissen wurde. Daraufhin löcherte ich Jared und Luke, erhielt jedoch dieselbe Antwort und landete schließlich bei Drew.

„Es war wirklich nichts", sagte er und begleitete mich am Freitagmorgen zur nächsten Stunde.

„Deine Hand ist noch geschwollen."

„Ein bisschen Eis und es wird."

„Das Ganze war gestern."

Er wand sich für meinen Geschmack zu sehr angesichts des Themas. „Wieso fällt es dir schwer zu glauben, dass es sich einfach hochgeschaukelt hat?"

Dieselbe Aussage wie von Morgan gestern Abend. Selbe Syntax.

„Weil eure Antworten einstudiert sind."

Jared und Luke hatten mich gestern während unseres Trainings so hart rangenommen, dass in meinem Gehirn nur Platz für eine Sache geblieben war: überleben. Freitags entfiel unsere Übungsstunde zugunsten Bellazzos eigener – kurzerhand hatten sie also am Donnerstag eine Doppelstunde angesetzt, die es in sich gehabt hatte. Im Anschluss hatte Morgan ein meisterliches Ablenkungsmanöver gestartet, bei dem er einen ganzen Kinosaal für uns reservierte, um Jane Austens „Emma" zu sehen. Selbstverständlich hatte ich die „Sache" darüber vergessen. Aber Drews rechte Hand heilte langsamer denn Morgans oder die der beiden Cousins. Und seit ich in der Schule war und andere, gezeichnete Mitglieder der Raiders getroffen hatte, wollte ich mich nicht länger für dumm verkaufen lassen.

„Mimi, schau", fing Drew nun anders an, „was auch immer da war, ist geregelt. Man soll keine schlafenden Hunde wecken. Hab ich recht oder hab ich recht?"

„Erinnere mich daran, warum du ihn deckst."

„Ich decke niemanden. Devin hat danach verlangt und wurde von uns bedient. Wenn dein Freund es nicht der Rede wert befindet, warum es nicht auf sich beruhen lassen?"

Resigniert gab ich nach und hielt vor dem Klassenzimmer, um ihn zu verabschieden. „Das traurige daran ist, dass ich dieses Verhalten von ihnen erwartet habe. Nicht von dir."

Mit einem letzten Blick in seine gekränkten Augen ließ ich ihn stehen und glitt unruhig auf den Stuhl neben Gabe. Er kritzelte gewohnt wahllos auf seinem Block herum und mied meinen Blick konsequent.

Wir lebten mit der unausgesprochenen Barriere zwischen uns, die sich jeden Tag natürlicher anfühlte.

„Hi", sagte er, während ich mein Buch aus der Tasche nahm, und brachte mich damit so sehr aus der Fassung, dass ich fast vom Stuhl fiel. Erstaunt drehte ich den Kopf in das schüchterne Lächeln auf seinem Gesicht. Es hätte mich nicht freuen sollen, dass er den ersten Schritt machte. Wir waren seit meiner Wahl keine Freunde mehr. Andererseits wusste er um die Tatsache und reichte mir dennoch die Hand.

„Hi", hörte ich mich antworten.

„Wie geht's dir?"

„Es geht", gestand ich und knallte mein Buch auf den Tisch. „Wie geht's Abby?"

„Ähnlich … sie redet viel von dir – vermisst dich."

Im Versuch, meine Aufgewühltheit nicht zu verraten, biss ich mir auf die Unterlippe. „Ich vermisse sie auch. Aber ich komme irgendwie nicht länger an sie ran."

„Mimi, sie fühlt sich von dir verraten. Ihr habt früher zusammen gegessen, gefeiert, geshoppt, telefoniert. Das ist einfach weggebrochen."

„Weil ich jetzt endlich wieder ein Leben habe?", fuhr ich ihn scharf an. Überrascht runzelte er die Stirn.

„Weil du darin keinen Platz mehr für *sie* hast."

„Das stimmt nicht und sie weiß es. Aber", ich senkte die Stimme und musterte ihn ratsuchend, „die Disceptatori-Prüfungen stehen uns bevor. Ist es etwa falsch, sich darauf zu konzentrieren?"

Gabe zuckte die Achseln. „Vermutlich nicht. Aber für Abby gibt es keine Prüfungen, keine neue Welt. Sie sieht von ihrem Standpunkt lediglich ihre beste Freundin, die sie aus ihr unerfindlichen Gründen von heute auf morgen links liegen ließ. Wärst du nicht gekränkt?"

„Ich kann es einfach nicht", fasste ich mein Dilemma perfekt zusammen.

Offensichtlich war ihm diese Erklärung nicht genug. „Was kannst du nicht?"

„Ihr in die Augen sehen und *nicht* die Wahrheit erzählen."

Meine Hände rissen in der unangenehmen Pause, die daraufhin zwischen uns entstand, mein Hausaufgabenblatt in lauter kleine Streifen, immer der Länge nach, hörten nicht auf, bis jedes Stück Papier zerkleinert, weggelegt und wieder zerkleinert wurde. Die Monotonie tat mir gut, sie verhinderte, an Abby zu denken oder an die Tatsache, dass ich ihr nie wieder so nah sein würde wie in den letzten vierzehn Jahren. Zuletzt bestand das Blatt nur noch aus

Fetzen, klein wie Ascheflocken. Meine Finger brannten darauf, sie tatsächlich lichterloh in Feuer aufgehen zu lassen.

Mr. Salinger kam hereinspaziert und nach einem letzten langen Mustern des Engels, der Gabes Verwirrung in etwas anderes wandelte, das ich nicht benennen konnte, das aber definitiv unmenschlich war, legte Abbys Freund zögernd, aber bestimmt eine warme, weiche Hand auf meine.

„Wenn du das Blatt entzündest, fallen die Tropfsteinhöhlen auf Vulkan in ein Smartiesbad."

Im ersten Moment hörte ich nur die Worte und versuchte den Sinn auszumachen. Im nächsten lachte ich über seinen ernsten Ausdruck dabei. Dann stellte ich es mir bildlich vor.

„Und was würde erst passieren, wären die Smarties geschmolzen?"

„Wir hätten Stalaktiten mit Schokohüten", grinste er.

Die Stunde verflog, weil Gabe mich permanent ablenkte, und ehe ich mich versah, traten wir gemeinsam in die brechend volle Mensa. Kaum, dass ich ihn jedoch an unseren Tisch einlud, schlug er dankend ab und verabschiedete sich schließlich mit einem suchenden Blick. Mein Armband schlug keinen Alarm, folglich hatte Morgan von meinem Intermezzo mit dem Erzengel nichts mitbekommen und obwohl es falsch war, freute ich mich, dass wir das eisige Schweigen durchbrochen hatten.

Vielleicht legte er ja ein freundliches Wort bei Abby für mich ein.

In Gedanken versunken wich ich gehetzten Teenagern auf der Suche nach ihren Freunden aus und landete hinter Murray, der nach jemandem Ausschau hielt, mich dabei versehentlich anrempelte und sobald er mich erkannte hastig um Verzeihung bat.

„Schon gut, ohne blaue Flecken würde mir mittags etwas fehlen."

„Das Volk hat Hunger", witzelte er.

Der Anblick der Auslagen war nicht vielversprechend. „Auf braune Pampe und grünen Glibber?"

„Dadurch schließen sie den Kreis", erklärte er und deutete auf die aushängende Speisekarte. „Was sie gestern an Champignoneintopf nicht weggekriegt haben, dürfen wir heute als Champignonsoße essen."

„Zu plastisch", kommentierte ich, da ging das typische Kichern und Flüstern los. Jungs setzten sich aufrechter hin und drapierten ihre Arme um Mädchen, die ihre Haare richteten und ihr Make-up auffrischten. Ich seufzte, als Murray nervös von mir zurücktrat und erst den Blick senkte und schließlich die Decke musterte. Nicht, dass es nicht schmeichelnd war, wie besitzergreifend Morgan sein konnte, aber in diesem Augenblick, da jegliche Gesichter sich zur Tür drehten und suggerierten, unsere Clique war eingetroffen, wünschte ich mir, nur einen Tag lang nicht im Mittelpunkt zu stehen.

„Hat mich gefreut, aber ich verschwinde lieber." Murray, wäre seinem Ausdruck zufolge gestern lieber gewesen als heute. Dem lüsternen Schülerinnenkollektiv sei Dank, konnten wir nachvollziehen, dass sie auf uns zuhielten.

„Murray, das sind nur mein Freund und seine Freunde."

Die Mädchen, die einen Meter von uns weg saßen, kicherten und stießen sich wie auf Kommando mit den Ellbogen an, schon fuhr seine Hand an meinen Bauch und zog mich rückwärts zu sich.

„Guten Morgen, Liebes", ich fühlte das Grinsen auf Morgans Lippen, während er an meinem Hals knabberte. Ich kicherte und die Anspannung fiel von mir, im selben Moment glitt seine Hand auch schon unter mein Shirt und meine Haut fing Feuer. Sollten sie zusehen und sich ihre Mäuler zerreißen. Dafür kriegte ich seine Berührung.

„Hi", erwiderte ich atemlos und versuchte, nicht den Verstand zu verlieren, weil ich seinen warmen Atem auf mir prickeln fühlte.

„Hallo, Morgan", Murrays Stimme war nur ein Flüstern und brach ganz ab, kaum dass Morgan den Kopf hob und ihn musterte. Jared kam bei uns an und mit ihm Luke und Connor. Unter ihren Blicken verkam der Arme zu einem Häufchen Elend.

„Murray hat mir den Kreislauf des Speiseplans näher gebracht", lächelte ich und Morgan schlang den Arm um meine Schultern. Ich streckte meine Hand aus, verwob meine Finger mit seinen.

„Danke, dass du Mimi Gesellschaft geleistet hast."

Keine Reaktion, kein Blinzeln, keine Bewegung. Ich war versucht zu checken, wie stark sein Puls war, da grinste Jared, schubste ihn leicht und tippte ihm an die Stirn. „Jemand zu Hause?"

Bevor er es zum zweiten Mal versuchen konnte, schlug ich seine Hand fort. „Warum geht ihr nicht schon vor?"

„Lebt der noch?"

„Jared! Beweg dich!", funkelte ich ihn an.

Jareds Mundwinkel glitten in die Höhe und er salutierte vor mir. Luke packte ihn kopfschüttelnd.

„Tut mir leid, Murray. Er kann nichts dafür. Er wurde als Baby öfter fallengelassen."

Morgan lachte und küsste meine Schläfe. „Komm schon", sagte er und wollte mich fortführen.

„Eine Minute?"

„Wofür? Ich hab dich den ganzen Vormittag nicht gesehen", seine Augen verengten sich in Richtung Murray, der zusammenzuckte.

„Ich schenke dir neunundzwanzig Minuten ungeteilte Aufmerksamkeit, wenn ich eine für mich kriege“, erklärte ich und stellte mich vor ihn auf die Zehenspitzen. Unsere Nasen berührten sich, sein Blick wurde weich und golden und ich triumphierte. Murray war vergessen. Millimeter vor seinem Mund verzog ich meinen zu einer Schnute. „Bitte?“

Er stöhnte und seine Arme schlangen sich so eng um mich, dass ich keine Luft bekam.

Das war okay. Es war die schönste Art des Erstickens.

„Du bewegst deinen knackigen Hintern in sechzig Sekunden zu mir oder ich hole dich ab – und in dem Fall garantiere ich nicht, dass ich nicht einen der Tische abräume und vor allen Leuten Sachen mit dir anstelle, die hinter verschlossene Türen gehören.“

„Wie das hier?“, fragte ich und mein Knie bewegte sich zwischen seinen Beinen.

„Eines Tages“, sein großspuriges Grinsen verwandelte sich in einen gequälten Ausdruck und er schüttelte den Kopf, „schwöre ich, wirst du mein Tod sein.“

Augenrollend formte sich in meinem Geiste die Schlagzeile „Teufels Sohn besiegt durch sexuelle Frustration“ und ich berührte seine Lippen ganz leicht mit meinen, fuhr sie mit der Zunge nach. Um uns herum fielen die Menschen in sein Stöhnen ein. Zufrieden trat ich zurück und drückte seine Hand.

„Fortsetzung folgt. In einer Minute.“

„59, 58, 57“, begann er und ich wirbelte herum und zurück zu Murray, der hochrot angelaufen war.

„Wollen wir?“, fragte ich und lief voran. Ich brauchte mich nicht umzudrehen, um zu ahnen, dass Morgans Blick auf mir lag, denn die Menge, die sich teilte wie das Rote Meer, bis ich ganz vorn in der Essenausgabe stand, sprach Bände.

Ich griff mir einem Smarties-Muffin und wartete, bis Murray sich zittrig sein Essen zusammenstellte.

„Er ist nicht da, Murray“, lachte ich aufmunternd, „entspann dich.“

„Er beobachtet mich.“

„Er beobachtet *mich*“, korrigierte ich und suchte seinen Blick. Der Boden konnte so faszinierend nicht sein. „Hey, wie heißt eure Band eigentlich?“

„New Moon Addiction.“

„Wie lange gibt's New Moon Addiction schon?“

War das ein Lächeln auf seinem Gesicht? „Zwei Jahre.“

Ja, definitiv. Er blickte mich wachsam an und lächelte.

„Und ihr tretet auf?“

„Von Zeit zu Zeit. Aber mindestens einmal im Monat bei meinem Cousin. Er hat einen Irish Pub."

„Das ist Wahnsinn. Vielleicht kann ich euch ja mal spielen hören?"

Wir waren an der Kasse angelangt, wo mich die Kassiererin durchwinkte und Murray seinen Geldbeutel herausklaubte.

„Morgan hat hier Guthaben", erklärte ich und sein fragender Ausdruck wich Verständnis.

Keine Ahnung wie viel es war, aber es gab Tage, da aß seine ganze Mannschaft davon und es näherte sich nie gen Null.

Murray räusperte sich auf der Suche nach Münzen. Er kramte und kramte, pflügte das Fach von vorne bis hinten durch. Die Zeit rannte mir davon und egal wie anregend ich die Idee von Morgan fand, hier und gleich auf dem Tisch genommen zu werden, wollte ich es doch nicht darauf ankommen lassen.

„Das geht auch auf ihn", sagte ich der Kassiererin, die müde nickte und beim nächsten kassierte.

„Nein, Mimi!"

„Entspann dich. Er wird es nicht bemerken."

„Mimi –"

„Du fährst uns nachts durch die Gegend. Es ist ein Bonus."

„Ein Bonus der unter uns bleibt?"

„Versprochen."

„Ich hätte die Regale plündern sollen", lachte er, umklammerte sein Tablett fester und bot mir an, voranzugehen. Ich folgte ihm dankbar für die kleine Gasse auf dem Weg zum besten Tisch des Raumes am Panoramafenster. Dort war es nicht nur hell, es lag auch neben dem offenen Durchgang, was Abkühlung bedeutete. Der Tisch blieb leer, bis Morgan kam. Ein ungeschriebenes Gesetz bestimmte, dass keiner daran Platz nehmen durfte. Wir traten gerade dazu und stellten uns suchend hinter Morgan, indes Yulia, die russische Köchin der Mensa, gerade mehrere Tabletts hinstellte – keiner aus der Clique musste sich irgendwo für sein Essen anstellen – und Luke ihr im Gegenzug zwanzig Dollar zusteckte.

Mit einem strahlenden Lächeln trottete die Russin mit dem tagaus, tagein gleichen Zopf gemütlich zurück in Richtung Küche und ignorierte die Blicke der anderen Mitarbeiter.

Mein Schnitzel war anders als das am Nachbartisch, knuspriger, größer, und führte zwangsläufig dazu, dass sich Schuldgefühle in mir regten.

Connor entdeckte uns soeben vom anderen Ende des Tisches und rutschte auf. Murray murmelte etwas übers Weitergehen, als Morgan auf seine Armbanduhr schaute, im Gespräch innehielt, meine Anwesenheit spürte und hinter sich griff, um meine Hand zu nehmen.

„Zu spät", erklärte er und drehte sich um, legte die Stirn in Falten.

Ich legte mein Kinn auf seinen Kopf und stahl mir Pommes von seinem Teller.

„Oh, du weißt doch, wie es heißt: Warten steigert die Vorfreude", erwiderte ich zwinkernd und nahm neben ihm Platz, schubste ihn verspielt mit meiner Hüfte an. Parallel dazu nahm ich weitere Pommes, biss hinein und lehnte mich vor. Er begann das Knabbern am anderen Ende. Als sich unsere Lippen berührten, schmeckte es salzig. Und nach ihm. Ich machte mich los und schnurrte zufrieden. Sein Blick klebte ausgehungert an meinem Mund.

Das war der Moment.

„Kann Murray bei uns sitzen?"

„Matt! Rüber", befahl er abwesend dem zu seiner Linken sitzenden Granofsky, der mit vollem Mund grunzte und Anstalten machte aufzustehen. Die Bratensoße tropfte ihm aufs Shirt und hinterließ einen Fleck, der dem Hunt-See ähnelte.

„Nein, schon okay. Bleib", erwiderte Murray überraschend und flehte mich stumm an.

Nickend erhob ich mich. „Auch gut. Sollen wir an deinen Tisch?"

Jared, der rechts von Morgan saß, und sein Cousin gegenüber warfen sich vielsagende Blicke zu, der Rest verfiel in Schweigen. A. J. und Greg, Tigers-Offensivspieler und Kinder industrieller Neureicher, waren die Einzigen, die desinteressiert weiteraßen.

„Setz dich hierhin", hörte ich Morgan sagen. Im nächsten Moment griff er um mich und zog mich auf seinen Schoß. Murrays Blick sprang von dem nun freien Platz zu Jared, der ihn anstierte, als sei er eine Ameise, die man zerdrücken müsste. Mein Blick streifte flüchtig den Baum, unter dem Abby und Gabe aßen, und ich überflog wie viel entspannter es wäre, wäre ich dort. Weg von dem Drama. Drew nahm gerade neben Connor Platz. Ich zuckte die Schultern wegen seines neugierigen Musterns. Murray hatte ich beinahe vergessen. Bis er sich leise räusperte.

„Ist sonst noch ein Platz frei?", fragte er mich, blendete den Rest krampfhaft aus und hielt sein Tablett so fest umklammert, dass seine Knöchel an den Griffen weiß hervortraten. Morgan grinste und rutschte zurück, sodass sein Angebot offiziell vom Tisch war. Ich zwickte ihn in den Oberschenkel, wissend, dass er es nie ernst gemeint hatte. Seine freie Hand fand meine und hielt sie fest.

„Ja", antwortete Luke und deutete mit der Gabel auf ihn, „dahinten bei den anderen Strebern."

„Leute, lasst ihn. Murray kann bleiben. Jetzt wo ich ihn sehe, fällt mir nämlich ein, dass ich mein Zimmer aufräumen muss", sagte Connor.

„Wieso?"

„Ist auch voller Müll."

Der Tisch lachte. Der Arme straffte die Schultern und setzte tatsächlich zu einer Antwort an. „Wenn ich du wäre, dann", er wandte sich an Luke, „würde ich …", er drehte den Kopf und traf auf Morgans amüsierte Augen. Das Zögern killte seinen Kampfgeist, „dann …"

„Wenn ich *du* wäre, wäre ich gerne ich", schloss Morgan für ihn und brach sein Brötchen in zwei Hälften, ohne ihn eines weiteren Blickes zu würdigen. Nun lachten auch die Nachbartische. Ich knüllte meine Papierserviette und warf sie nach Connor, strafte Morgan mit einem mahnenden Blick ab und wandte mich ausschließlich an Murray.

„Wo wollen wir essen?"

Die Panik in seinem Blick erinnerte mich an den Tag, als sie ihn beinahe vor seinem Spind aufgeknüpft hatten. Morgans Hände spannten sich um mich, er ließ sein Essen stehen und drehte sich interessiert zu ihm.

„Ähm, Mimi, ich glaube es wäre besser …"

„– wenn du dich verziehst? Wahrscheinlich." Jared deutete mit dem Kopf zu Dave, der seinen Freund zu sich winkte. „Mach 'nen Abgang, du Loser. Verpeste die Luft woanders."

„Jared!"

„Keine Sorge, Mimi", lachte er, „Murray nimmt mir das nicht übel, nicht wahr? Wo er doch am Montag erst mit meinem Auto herumfahren durfte."

„Nein", flüsterte Murray und räusperte sich.

„Und weiter?"

„Danke, Jared."

„Danke, was?"

„Danke, dass ich dein Auto benutzen durfte."

„Tut mir echt leid", flüsterte ich ihm zu. Er nickte mir zu und unter dem schallenden Gelächter Jareds trat er den Rückzug an. Ich starrte seinem Rücken hinterher, bis er bei Dave und einem anderen, den ich für Jim hielt, ankam und sich so hinsetzte, dass er uns nicht sehen musste. Um nicht zu sehr an Teer und Federn zu denken, konzentrierte ich mich auf mein Fleisch, schnitt es penibel in kleine Stücke. Da ich es nicht an den Jungs auslassen konnte, litt eben das Schnitzel.

Meine Hände zitterten vor Wut.

Morgan legte seine darüber – erst da bemerkte ich, dass mein Armband kribbelte.

„Hey", sagte er leise. Ich schloß die Augen und drehte den Kopf weg. „Das war doch nur Spaß."

Mein Appetit war wie wie weggeblasen, ich ließ vom Essen ab und faltete die Hände unterm Tisch. Meine Innenflächen waren feucht und trocken zugleich, punktiert, als bildete sich darauf ein Muster.

Ich stellte mir Stalaktiten mit Schokohüten vor, dachte an Schokoladensorten, Zartbitter, Weiß, Mandel-Nuss.

Morgan seufzte.

„Nicht komisch?“, fragte er.

„Nein“, erklärte ich und suchte nun doch seinen Blick. *Haselnuss*, beschloss ich. Meine Haut fühlte sich wieder normal an. „Er wollte nur mit uns essen.“

„Er hat“, Morgan suchte sorgsam nach Worten, seine Hände massierten meine und seine Lippen lagen zärtlich auf meiner nackten Schulter „eigene Freunde.“

„Genauso wie ich. Trotzdem sitze ich bei euch.“

„Du bist mit mir zusammen.“

„Das ist kein Grund.“

„Außerdem würde Murray nur halb so gut auf meinem Schoß aussehen.“

Der ernste Ausdruck auf seinem Gesicht brachte mich zum Lachen. „Und er wäre vermutlich schwerer.“

„Was keine Kunst ist.“

„Ein Wunder bei dem vielen Essen, das man mir –“

„– bei uns zu Hause vorsetzt?“

„Ja“, schloss ich und winkte ab, nachdem Drew nach seiner Wasserflasche griff, tauschte mit ihm mein Spritziges gegen sein Medium und ergänzte: „Schätze, ich muss Jared und Luke bis an mein Lebensende für ihr Workout dankbar sein.“

„Oder ich“, grinste er und kniff mir kurz in den Hintern. Als Reaktion zwickte ich ihm in die Wange.

„Es ist umwerfend, wie leicht du manchmal rot wirst“, trällerte ich laut genug, damit es die anderen hören konnten. Sie drehten neugierig die Köpfe. Seine Augen blitzen auf.

„Bei der Menge an schmutzigen Gedanken bin ich, seit ich dich kenne, oft umwerfend.“

„Glaub bloß nicht, dass ich dein Ablenkungsmanöver nicht durchschaue. Zum deinem Glück bin ich harmoniebedürftig.“

Die Mädchen an den Nachbartischen seufzten verträumt, als er zufrieden meine Hand nahm und küsste. *Verflucht sei sein Charme.* Ich ignorierte die sehnsüchtigen Blicke der weiblichen Schülerschaft. „Außerdem hast du dieses Revierverhalten nicht nötig.“

„Seien wir realistisch“, wiegelte er mit einer entsprechenden Handbewegung ab.

Ich wartete.

„Mimi“, ein weiches Strahlen erreichte seine Augen. Ich machte keine Anstalten wegzusehen, also nahm er einen tiefen Atemzug und streckte die Schultern durch. „Sollte irgendein Schwachkopf hier irgendwann irrtümlicherweise annehmen, dass er eine Chance hätte, bei dir zu landen, weil er naiv genug ist zu glauben, ich würde das nicht herausfinden oder dich jemals gehen lassen, stünde gleich darauf ein Dutzend Jungen Schlange vor deiner Tür. Man kann nie früh genug damit anfangen klarzustellen, wie toll ich diese Vorstellung finde."

„Übertreibung, dein Name ist Morgan Vegard", kommentierte ich seine endlose Beschützertirade.

„Du bist meine Freundin, würde es da nicht negativ auffallen, wenn ich kein Auge auf dich hätte?"

„Du hast beide Augen auf mich. Und Jareds und Lukes und Drews und …", meine Stimme verlor sich. „Um ehrlich zu sein, flirtest *du* ständig mit anderen herum. Warum ist das keine große Sache?"

„Bist du etwa eifersüchtig?"

„Was bist du denn gerade?" Ich verschränkte meine Arme vor der Brust.

„Unnötig", sagte er amüsiert. „Aber süß. Ich werde drauf achten, keine Frau außer dir zu beachten. Meine Augen ruhen lediglich auf deiner erhabenen Gestalt."

„Warum machst du einen Witz daraus?"

„Weil es lächerlich ist. Ich habe weder die Zeit noch die Lust, an eine andere zu denken."

„Die kann man finden", grunzte Jared.

„Wenigstens einer ist ehrlich", murmelte ich, während Morgan ihm gleichzeitig „Nicht hilfreich" zuzischte.

„Versuchst du gerade, mit mir zu streiten?", fragte mein Freund mich mit hochgezogenen Augenbrauen. „Halt! Bevor du antwortest, überlege dir, dass du unheimlich scharf bist, sobald du die Krallen ausfährst."

„Ich habe nichts dergleichen vor", erwiderte ich, „lass einfach unsere armen Mitschüler in Ruhe. Vor allem die männlichen."

Die Verspieltheit war aus seinem Blick wie weggefegt. „Tut mir leid, aber darüber werden wir nicht diskutieren. Hast du die leiseste Ahnung, welche Wirkung du auf sie ausübst? Sie stehen auf dich, Mimi. Sie wollen dich – es gibt Augenblicke, da würde ich ihnen am liebsten die Augen ausreißen, so wie sie dich ansehen. Zum Beispiel Fletcher da hinten", sagte er lauter als nötig, drehte sich nach rechts und mich zwangsläufig mit. Zwei Tische weiter fiel einem Jungen der Löffel in den Teller. Die heiße Suppe spritzte herum und verbrühte ihn und seinen Sitznachbarn. Doch anstatt zusammenzuzucken wuchs ihre Unruhe unter Morgans, wie ich aus den Augenwinkeln erkennen konnte, düsterem Blick. Schwarz und unbarmherzig. Fletcher schluckte und sein panischer Blick sprang zu mir. Ein komischer

Anblick, bedachte man, dass er kaum schmächtig oder klein war und zweifellos zig andere Frauen haben könnte. Ich lachte verzweifelt, um die unangenehme Situation zu beruhigen.

„Morgan, er sitzt in der Hälfte meiner Kurse. Ende der Geschichte."

Fletchers Ausdruck verdüsterte sich ebenfalls. Die zwei starrten sich weiterhin an, trotz jeglicher Ablenkungsversuche meinerseits oder seiner Freunde. Wir existieren nicht.

„Zunge verschluckt, McLane?", blaffte Morgan ihn an. Seine Sitznachbarn rutschten in einer simultanen Bewegung von ihm weg. Der Raum wurde leiser. „Wie oft haben dein perverser Verstand oder der deiner verblödeten Eishockey-Kumpel meine Freundin ausgezogen?"

Er machte demonstrativ eine Pause, wartete auf eine Reaktion, die wohl niemals kommen würde. Außer man zählte Fletcher McLanes flüchtigen Blick zu seinen Teamkameraden dazu. Morgan stieß einen scharfen, lauten Pfiff aus, der durch die letzten Gespräche schnitt wie ein Messer durch Butter. Von einer Sekunde auf die andere lag Grabesstille über dem sonst von Lachen und Geschwätz erfüllten Raum. Ich war imstande zu hören, wie der Kakao auf einem Tablett am anderen Ende des Raumes über die Tischkante lief und eine Pfütze am Boden bildete, in der er sich sammelte. Morgan observierte die Bühne und fuhr schließlich fort. „Erwische ich dich oder deine dreckigen Freunde noch einmal dabei, wie ihr sie mit euren Blicken verschlingt", seine Fäuste ballten sich und er nahm sich Zeit die anderen reihum zu mustern, „oder irgendjemand anderes äußert, unterstellt, denkt oder sieht Mimi auch nur annähernd an, als wäre sie etwas anderes als meine Freundin und dadurch so tabu wie eure eigene Mutter, stellt sicher, dass ihr euch vorher von eurem Kinderwusch verabschiedet."

Ich klappte den Mund zu, die meisten öffneten ihren erst.

Ein Stuhl rutschte quietschend über den Boden und plötzlich stand Fletcher aufrecht, die Schultern straff, die Hände flach vor sich auf dem Tisch.

„Setz dich", verlangte sein Gegenüber harsch, und zog an seinem Unterarm. „Mach keinen Blödsinn, denk an das kommende Spiel, Mann."

„Fletch", bat ihn jetzt eine unscheinbare Brünette, „setz dich hin, bevor er auch aufsteht."

„Soll er aufstehen."

„Er hat keine Skrupel, jemandem wehzutun, Babe. Lass dich nicht provozieren."

Der erste Teil war genuschelt, aber ich verstand ihn gut genug.

Morgans Druck um meine Taille verstärkte sich, aber ein Blick auf sein Profil und ich erkannte, dass er grinste. Er freute sich sichtlich darauf, Fletcher beim Hinsetzen behilflich zu sein. Dessen Kiefer begann zu mahlen und sein Blick sprang von Morgan endgültig zu mir. Hasserfüllte Pupillen bescherten mir ein leichtes Schauern, es lief mir eiskalt den Rücken herunter. Jared erhob sich betont langsam, als bräuchte er Platz, um seine Statur in Perfektion zu entfalten, wobei sich seine Augen in Fletchers bohrten. „Vielleicht möchtest du lieber mich angucken."

Fletchers linkes Auge zuckte. Einmal. Zweimal. Sein Kiefer mahlte unaufhörlich. Eine Nanosekunde später ließ er sich mit einem dumpfen Geräusch zurück auf seinen Sitz fallen.

Kollektives Aufatmen quittierte die Entscheidung.

„Sonst noch jemand?", fragte Luke.

Ich hatte nicht mitbekommen, dass er auch aufgestanden war.

„Das hatte ich auch nicht erwartet."

Mit einem zufriedenen Nicken setzte er sich wieder und bedeutete seinem Cousin, es ihm nachzumachen. Jared beendete seine visuelle Reise durch den Raum bei mir. Seine Augen fragten, ob alles in Ordnung sei, und ich lächelte ihn dankbar an.

„Nicht schlimm", flüsterte ich.

Sein Gesicht entspannte sich.

„Ist dem etwas hinzuzufügen?" Morgan ließ die Worte ewig im Raum schweben, ehe er sich erwartungsvoll zurück an Fletcher wandte. Sein Armband warm, seine Adern im Nacken pulsierten.

„Nein", erklärte der Hockeyspieler stumpf. In der Stille tönte das Wort laut wie ein Schrei.

Morgan drehte uns zum Tisch.

„Fantastisch", murmelte ich und rammte meine Gabel in den Salat. Dieses Essen musste heute einiges von mir wegstecken.

„Du hast selbst gesagt, der Kerl sitzt in der Hälfte deiner Kurse. Das sind drei bis vier Stunden, in denen du seinen Perversionen schutzlos ausgeliefert bist."

„Warum kannst du nicht einfach … vergiss es." Er weigerte sich einzusehen, wie unnötig solche Drohungen waren, es hatte es keinen Sinn, mit ihm darüber zu diskutieren.

„Sei nicht sauer", bat er mich und drehte mein Gesicht zu sich. Seine blauen Augen schmolzen sich in mein Bewusstsein und die Wut darin zu nichts, während ein durchtriebenes Lächeln sein Gesicht erhellte, „wir beide wissen, dass dir das lieber ist, als wenn sie plötzlich vermisst gemeldet würden."

Ich hasste es zuzugeben, wie recht er damit hatte.

„Ich revidiere. Dein Glück ist, dass ich nicht nur harmoniebedürftig, sondern auch verständnisvoll bin“, demonstrativ piekte mein Zeigefinger bei den letzten zwei Worten seine Brust.
„Und deins, dass ich dir nichts nachtragen kann.“
Seine Finger glitten an meine verspannten Schultern und fingen an, sie zu kneten. Ein seliges Stöhnen später war ich Pudding in seinen Händen. Er spürte, wie ich mich entspannte und sobald ich mich umdrehte, grinste er unverschämt. Morgan wusste genau, wie mich zu handhaben. „Unglaublich.“
„Du bist unglaublich“, lachte er und küsste meine Wange. Langsam nahmen auch die anderen ihre Gespräche wieder auf. Alicia, Brooke, Dana fingen an, mich in ihre Unterhaltung über Treggins mit Leopardenprint einzubinden. *Optimal.* Je sinnloser das Thema, desto ablenkender. Wir füllten tatsächlich die halbe Pause mit aktuellen Modefauxpas und spätestens bei der Erwähnung von Jacken mit „Gorilla Arms“ ahnte ich, wie viel Trend mit Risikofreude zu tun hatte. Lieber ganz ohne Jacke als eine mit Pelzärmeln. Weiter als „Camouflage“-Kleidung war ich nie gegangen.
„Modewagnis“, nannte es Alicia.
„Modewahnsinn“, korrigierte Brooke sie.
Als Dana daraufhin von Kopfschmuck erzählte, der wie halbe Tiermasken anmutete, klinkte ich mich mit einem Griff nach meinem grünen Apfel aus und hörte halbherzig hin, während Morgan mit Drew einen neuartigen taktischen Spielzug durchging. Schließlich landete ich bei Jareds Gespräch, der von den Vorzügen einer gewissen Sarah berichtete.
„Und Tanesha?“, fragte ich ihn, der sich gerade den Mund mit der Serviette abwischte. Grace hatte ganze Arbeit geleistet, ihm den Gebrauch dieser schmackhaft zu machen. „Habt ihr euch getrennt?“
„Nein.“
„Ihr seid zusammen?“
„Meistens“, erwiderte er und schürzte gedankenverloren die Lippen. Tanesha schien eine gewisse Qualität zu besitzen, die ihn fesselte.
„Ah, die fehlende Exklusivität“, erinnerte ich mich und biss von meinem Granny Smith ab. „Weiß sie das?“
„Was?“
„Dass ihr eine offene Beziehung führt?“
„Ich hoffe nicht“, grinste er.
„Warum versuchst du es nicht ausnahmsweise mit Treue und Aufrichtigkeit? Es könnte dir besser gefallen, als du denkst.“
„Ich bin stolz auf meine Frauenvielfalt und dass ich jede Lady glücklich machen kann. Und was ist falsch daran, etwas zu verheimlichen, um ihr dadurch schlaflose Nächte zu ersparen?“

„Du spielst mit Gefühlen.“

A. J. ließ sich grunzend zurückfallen und strich sich die Haare aus der Stirn, indes ich Jared eine neue Sicht auf die Dinge zu eröffnen versuchte. Seine helle Haut und die dazu passenden haselnussbraunen Augen wirkten wie aufeinander abgestimmt. Der Defense Lineman war trotz seiner Position, genauso wie Greg auch, von kräftiger, aber nicht runder Statur. „Ist Sarah etwa die scharfe Tante mit dem Riesenvorbau?“

„80 B“, sagte Jared und machte die entsprechende Bewegung. Dana verzog angewidert den Mund.

„Ich kann nicht glauben, dass Frauen auf dich fliegen“, sagte sie kopfschüttelnd, „du hast so viel Charme wie eine leere Plastiktüte.“

„Ich lerne dazu – dank Mimi“, er beäugte mich nachdenklich, bevor sich seine Stimme änderte und er sich räuspernd aufsetzte, „übrigens, das, was du gestern gesagt hast – dass es mehrere Gründe dafür gibt, wieso man sich von jemandem distanziert – es stimmt.“

„Ist es der erste, zweite oder dritte?“, fragte ich mitfühlend und Luke, der Einzige, der noch dabei gewesen war, hielt inne. Selbst Alicia hörte auf, in ihrem Salat zu stochern.

„Letzterer“, sagte Jared durch zusammengebissene Zähne.

Das hatte ich vermutet.

Morgan beobachtete ihn nun auch und spürte wohl die Spannung in der Luft. Er bewegte sich unter mir, um sein Gewicht zu verlagern. „Okay, wir sind alle neugierig. Was sind die Gründe im Einzelnen?“

Seine Schwester betrachtete Jared augenblicklich interessiert und hob die Augenbrauen. Ich hätte Geld dafür gezahlt, um nachzuempfinden, welche Emotionen von ihm ausgingen. Dann dachte ich an das Chaos, jedermanns Gefühle mitspüren zu können, und war froh, keine Empathin zu sein.

„Nummer eins: Man verabscheut die Person“, sagte ich, um die Stille zu brechen.

„Nummer zwei: Man entwickelt sich weiter“, erklärte Luke.

„Nummer drei: Man ist dabei, sich zu verlieben“, schloss Jared wütend. Ich griff nach seiner Hand.

„Das ist nichts Schlechtes. Rede mit ihr.“

Er lächelte und entzog sich meinem Griff. Für ihn musste das ein Schock sein, derartig für jemanden zu empfinden.

*Sich abhängig zu machen.*

„Das ist komplizierter.“

„Es soll ja schon helfen, wenn man aufhört, andere nebenbei zu treffen.“

„Was sie nicht ahnt, kann sie nicht verletzen.“

„Nein“, stimmte ich zu, „aber es verletzt dich.“

Jared murmelte etwas Unverständliches und schluckte schwer. Seine Miene verdüsterte sich sekündlich und die Luft um uns lud sich auf.

„Schon den ‚Ich auch nicht-Witz' gehört?", fragte Drew plötzlich und lenkte damit die Aufmerksamkeit auf sich.

„Nein", stieg Luke ein.

„Ich auch nicht."

Der Scherz war schlecht genug, dass er genial war. Und er erfüllte seinen Zweck. Jared lachte halbherzig mit und wirkte irritierenderweise erleichtert, da zog etwas, was ich aus den Augenwinkeln wahrnahm, meine Aufmerksamkeit auf sich. Zuerst wirkte sie unentschlossen. Dann entsann sie sich, wer sie war und zog die ihr typische Schnute: Am Eingang zum Speisesaal, mitten in der Tür, stand Shelby und starrte zu uns herüber. Trotz ihrer Pose – alles an der Art, wie sie dastand, ihre Designertasche schützend vor der Brust, die Augen müde, eine Hand durch ihre Haare kämmend – machte mich stutzig. Auf der Suche nach dem Aha-Effekt hielt ich inne und wandte mich ihr komplett zu, als Morgan meine Hand mit dem Apfel nahm, um abzubeißen.

Bei seiner Geste durchfuhr sie ein starker Impuls, den ich bis zu mir spürte. Sie machte vier, fünf Schritte auf uns zu, besann sich allerdings anders und flüchtete praktisch mit gesenktem Kopf aus der vollen Mensa. Sofort entbrannte Gerede rundum. Automatisch stand ich auf, erklärte, ich sei gleich zurück und folgte ihr in der Hoffnung, sie noch einholen zu können. Doch auf dem Gang angelangt, war sie schon fort.

Dafür schien sich ein anderes Gesicht zu erleuchten, sobald es mich erkannte.

Devin stand mit drei anderen aus seiner Mannschaft, die ihren Blessuren zufolge gestern ganz vorn mit dabei gewesen waren, vor einem nahen Spind und grinste mich unumwunden an. Der Junge, der Drews Faust abbekommen hatte und soeben aufhörte zu erzählen, stieß die anderen, auch sie wandten sich mir zu. Fast gleichzeitig setzte sich die Gruppe in meine Richtung in Bewegung.

„Hallo, Mimi."

Devin Stimme war von falscher Höflichkeit gesprenkelt. Er nahm meine rechte Hand, führte sie an seinen Mund und küsste sie. Seine süffisant grinsenden Freunde tasteten derweil jeden Zentimeter meines Körpers anzüglich ab. In Anbetracht meiner Optionen und um es kurz zu halten, fragte ich geradeheraus: „Was willst du, Devin?"

Ich sprach ihn gezielt mit seinem Namen an, er sollte nicht annehmen, ich hätte den vertraut anmutenden Schritt seinerseits nicht bemerkt.

„Du verlierst keine Zeit, was?"

„Ich möchte lediglich ein unangenehmes Gespräch hinter mich bringen."

„Würdest du mir glauben, dass es mir leid tut, uns unter diesen Umständen kennenzulernen?"

*Welchen Umständen?*

Knips.

Erneut derselbe grelle Blitz vom Vortag. Und noch mal, direkt vor meinen Gesicht. Ein dritter und vierter. Ich schirmte meine Augen ab und der schmächtige Junge mit kinnlangem, dunklem Haar ließ schüchtern die Kamera sinken und trat, obwohl er uns offensichtlich störte, zu mir.

„H-h-h-h-hallo, Mimi. Ich bin Brad, Chefredakteur der Sch-sch-schülerzeitung", stellte er sich mir stotternd, aber in einem neutralen Geschäftston vor. Gespannt nahm ich seine dargebotene Hand und grüßte zurück. Trotz des sachlichen Tonfalls war sie nicht nur schweißnass, sondern auch kalt. Ich fragte mich, ob das an mir oder den Basketballern lag. Er ließ mich los, strich sich die Haare hinters Ohr und lächelte nervös.

Um ihm die Aufregung zu nehmen, fragte ich: „Warst du das gestern nach dem Training?"

Er nickte.

„Du hast Fotos geschossen?"

Erneutes Nicken.

„Warum?"

„Nun", erklärte er und sein Gesicht wurde fleckig, „wir planen eine Ti-ti-titelstory mit dir für die nächste Ausgabe", er beschrieb einen imaginären Bogen mit der rechten Hand, als er seine Vision mit mir teilte: „‚Die Me-me-melody-Story – Metamorphose einer tragischen Heldin' – stell dir die Schlagzeile vor. Natürlich ist das no-no-noch optional und du kannst mitreden. Wir umreißen die Stationen von dem traurigen Mo-mo-ment, wo du hierher kamst, bis zu deiner schillernden Beziehung zu Morgan Vegard. Falls du Lust auf ein Interview hättest, wäre ich dir bis an mein Lebensende d-d-dankbar", schloss er.

„Nun", ich ließ die Information sacken, „ich fühle mich sehr geschmeichelt von der Idee, ich sei ein Titelthema wert. Aber ich fürchte, ich muss ablehnen."

„Ach ko-ko-mm schon", er hatte was von einem Hundewelpen, dem man seinen Kauknochen wegnehmen wollte. „Jeder kennt deine G-g-geschichte, aber keiner hat sie von dir gehört. Das wäre die Chance, Dinge richtigzustellen."

„Ich war nicht klar, dass es etwas richtigzustellen gibt."

Brad hob abwehrend die Hände. „Entschuldige. Das war blöd ausgedrückt – ich m-m-meine natürlich –“

„Verzieh dich, Taylor“, ging Drews korpulenter Gegner dazwischen, „siehst du nicht, dass wir uns gerade unterhalten?“

Brads Aufmerksamkeit sprang von ihm zu Devin, der nickte. „Craig hat recht. Schwall sie wann anders zu.“

Wortlos reichte er mir eine Visitenkarte, knipste ein letztes Foto und bat, ich möge mich bald bei ihm melden.

„Brad“, auf der Suche nach Worten steckte ich sie ihm zurück in die Hosentasche „das war mein Ernst. Ich danke dir für die Möglichkeit, mir eine Plattform zur Verfügung zu stellen, auf der ich mich mitteilen kann, aber ich möchte mein Privatleben so privat wie möglich halten.“

Craig schob ihn fort, ehe er zu einer Antwort ansetzen konnte.

„Wo waren wir stehen geblieben?“, ergriff Devin das Wort.

„Du möchtest …?“, half ich ihm auf die Sprünge.

Er schürzte die Lippen und seine zugegebenermaßen schön gesprenkelten warm-braunen Augen erhellten sich bei dem Versuch, seine Aufregung zu verbergen. „… zu allererst eine Bestätigung. Mir ist zu Ohren gekommen, du hättest einst auf Basketballer gestanden. Ehrlich gesagt ist es mir, oder vielmehr uns“, er sah zu seinen Freunden, „absolut schleierhaft, wie du heute in der Footballfraktion landen konntest. Wir sind viel mehr als diese“, er suchte nach dem passenden Ausdruck, was ihm eine gewisse Mühe bereitete, „groben Klötze mit Temperament Problemen.“

Ungeduldig verschränkte ich die Arme vor der Brust. „Danach hat es gestern Nachmittag nicht ausgesehen.“

„Also ist das wahr?“

„Was ich mochte oder mag, geht dich nichts an.“

„Du dementierst es aber nicht.“

Wir stierten uns lange an, was nur dadurch unterbrochen wurde, dass er einen Schritt auf mich zu machte und nach einer gelockerten Haarsträhne griff, wobei sein Körper eindeutig meine Wohlfühlzone infiltrierte. „Schön für mich.“

Es wäre leicht gewesen zuzulassen, dass mein Armband reagierte und mich an Morgan verriet. Aber ich musste lernen, allein zurechtzukommen.

Vier Menschen waren eine gute Übung.

Harsch schlug ich seine Hand weg.

„Mimi, ich kann *sehr* ausgeglichen sein. Lerne mich einfach kennen und fälle dein eigenes Urteil.“

„Ich habe das ungute Gefühl, mein Freund hätte was dagegen.“

Seine Freunde lachten.

„Dein Freund hat das Ganze sogar initiiert“, korrigierte er.

Mein Herz beschleunigte und mein Mund war unerklärlicherweise sofort trocken. Ich würde in seine Falle treten, musste aber nachfragen. „Inwiefern?“

Und dann begann er von dem Pakt zu erzählen, den der Kapitän der Tigers mit dem der Raiders ins Leben gerufen hatte, wonach es üblich war, sich nicht nur die Fans und das Sportbudget der Schule zu teilen, sondern auch die begehrtesten Mädchen.

„Shelby ist meine Exfreundin“, schloss er seinen Monolog und lächelte gönnerhaft, „und wie du weißt, datete sie im Anschluss Morgan. Die liebe Dana hatte was mit Craig und Kevin“, die beiden verneigten sich leicht, „und landete schließlich bei Jared. Andersrum kennst du bestimmt Carol“, das Gesicht des Mädchens, das mir am ersten Tag seine Hilfe angeboten hatte, kam mir in den Sinn, „sie war unter anderem mit A. J. zusammen und hat morgen Abend ein Rendezvous mit Jimmy“, der letzte in der Reihe trat vor und ergänzte: „Connor hat sie mir empfohlen. Sie soll extrem gelenkig sein“, seine Freunde schlugen grölend bei ihm ein. Die Geste ließ mir bittere Galle die Speiseröhre hochsteigen. Ich kämpfte den Geschmack tapfer nieder und betrachtete sie angewidert.

Devins Blick blieb als einziger an mir haften. „Hast du die nächste Stunde frei, komplettieren wir die Liste, ansonsten ende ich mit der Beteuerung, dass der Deal, wie du dir denken kannst, seit Jahren hervorragend funktioniert.“

„Das ist ein Scherz.“

„Wir bevorzugen den Ausdruck *Ritterschlag*.“

Um nichts Unüberlegtes zu tun, konzentrierte ich mich auf meine Atmung und registrierte, wie meine rechte Hand im Vergleich zu der anderen wieder prickelte. Falsch: Sie brannte. Wie lange schon konnte ich nicht mit Gewissheit sagen, ob seit seinem eingängigen Vergleich zwischen den Mädchen und dressierten Turnierpferden oder als er Danas Vorzüge anpries und die hervorragende Resonanz, die sie ihm eingebracht hatte. Mein Blut kochte. Ich wusste, es war irrationale Wut, und unterdrückte sie, nach bestem Wissen. Devins rechte Hand streichelte über meinen nackten Oberarm und hinterließ eine Gänsehaut. „Und jetzt rate, was das für dich bedeutet, Baby“, schloss er süffisant und seine Lippen näherten sich noch im Sprechen meinem Mund.

„Was zur Hölle wird das?“

Devin wurde so schnell von mir fortgeschleudert, dass ich mir gerade noch vorstellte, wie ihm die Spindtür mit voller Wucht ins Gesicht schlug, ehe sie leere Luft erwischte und mit einem lauten Knall wieder zuschwang. Der Arme torkelte, bis Craig ihn auffangen und stützen konnte. Ich atmete erleichtert auf.

„Untersteh dich, Arschloch."

Devins Hand fuhr an seinen Hinterkopf und er blickte finster zu Morgan, der bestimmt vor mich trat. „Ich lasse dir das durchgehen, weil du mein Freund bist, Morgan. Aber mach das ein zweites Mal und du betest um Verzeihung."

„Bete du lieber, dass sie mir bezeugt, von dir nicht betatscht worden zu sein. Oder du überlebst den Tag nicht."

„Verdammt, die Kleine muss mehr draufhaben, als ich dachte. Bist du auch besonders gelenkig, Mimi? Gebefreudig? Oder einfach nur ausdauernd?"

Ich setzte an, um etwas erwidern, aber Morgan hielt die Hand hoch und stoppte mich. Er trat vor und bedachte sein Gegenüber mit einem Lächeln, das einen Todesengel in die Flucht schlagen würde und mir das Blut in den Adern gefrieren ließ. „Lass das Denken. Merk dir einfach, dass nicht einmal Gott sich deiner erbarmt, falls deine widerlichen Hände sie jemals wieder berühren", seine Stimme wurde gefährlich und leise, unmissverständlich dazu gemacht, Devins ungeteilte Aufmerksamkeit zu erhalten. „Spielen wir ein Spiel. Du, ich und deine Idiotenbrigade. Es heißt ‚Zwanzig'. Merk dir die Zahl."

Er wartete, bis sein Kontrahent perplex wiederholte: „Zwanzig?!"

„*Zwanzig.* Das sind die Meter Sicherheitsabstand, die ihr zu Mimi einhaltet", binnen eines Wimpernschlages griff er nach Devins Kragen und verdrehte ihn nahe seiner Kehle „ihr wisst ja, dass wir", Morgan zeigte langsam auf Jared und Luke, „mit so ziemlich allem davonkommen. Baut einer von euch Scheiße, stehen alle dafür gerade. Alle für einen, mein *Freund.* Wenn ihr also nicht zufällig einen Abhang hinunter fallen, fahren oder gestoßen werden wollt, dann sind es eher dreißig oder fünfzig Meter."

„Was?"

Luke verspottete ihn lachend. „Folgendermaßen läuft das Ganze ab. Du vergisst sie –"

Jared klärte auf, „der Deal platzt. Keine Mimi."

„Wir vergessen, dass du die Grenze übertreten hast –"

„– vorsätzlich –"

„ – und du entschuldigst dich", endete Morgan.

Sie umkreisten ihn gemeinsam, sprachen und behandelten ihn wie ein ungezogenes Kleinkind. Mir schwirrte der Kopf und ein kalter Schauer lief mir den Rücken herunter, während ich sie mit kranker Faszination beobachtete. Sie schossen sich auf ihn ein.

„Du hast es vermasselt, Devin", schalt ihn Jared. „Was lässt dich glauben, du kannst so mit ihr umgehen?"

„Ganz zu schweigen davon, dass du nicht ganz bei Sinnen sein musst, wenn du annimmst, ich würde es nicht herausfinden", ergänzte Morgan. Abscheulich weich, dass es mehr abschreckte als jeder Schrei.

Ich hatte ihn selten zuvor erzürnter erlebt. Morgans Augen schluckten das Licht ihrer Umgebung, sobald sein Blick sich in etwas verwandelte, von dem ich wusste, ich würde es niemals auf mir spüren wollen. Die subtile Warnung hing weiter in der Luft, da knirschte er leise mit den Zähnen und auf Devins Stirn legte sich ein leichter Schweißfilm.

Meine Erinnerung beschwor Bilder von Morgans gestriger Wut auf dem Feld herauf, seine schwingende Faust, den tiefen Krater im Rasen. Darum ging es bei der Prügelei? Um ihre Tauschgeschäfte?

„Ist keiner von euch auf die Idee gekommen", wollte ich wissen, „dass diese Mädchen, oder ich in diesem speziellen Fall, auch ein Wort mitzureden haben?"

„Bislang hat sich keine beschwert", erklärte Kevin pragmatisch und brachte den Rest der Raiders zum Grinsen. Im nächsten Moment hob ich ihn mit dem Tritt, den Jared mir letzte Woche beigebracht hatte, aus den Latschen. Er taumelte und hielt sich den Bauch, spuckte auf den Boden, wobei sein vernichtender Blick mich traf, und zischte, nachdem er sein Gleichgewicht wiedergefunden hatte, eine Kaskade unsittlicher Worte in meine Richtung. Massierte seine rechte Hand, um sich auf das Kommende vorzubereiten. Es drängte mich weiter nach vorn, doch Morgan blockte meinen Weg, was Craig wiederum dazu bewog, seinen Kumpel festzuhalten. Ihre Gesichter verdunkelten sich. Gleichzeitig mit Drew, der plötzlich zu meiner Rechten stand, hörte und spürte ich das ganze Tigers-Team hinter uns erscheinen.

Dann brach der Sturm los.

Morgan schlug Devin mit der flachen Hand auf die Nase, die nun endgültig gebrochen sein durfte, dann renkte er ihm fast den Kiefer aus, sobald der Basketballer zu Boden ging und im Fall Bekanntschaft mit Morgans Knie machte. Jared rammte Craig seinen Ellbogen in die Rippen und Luke traf Kevin präzise wieder in die Stelle im Unterleib, die ich schon vorgewärmt hatte. Der vierte im Bunde, Jimmy, lief weg, ehe sie sich ihm widmen konnten. Morgan half Devin unsanft auf die Beine und hielt sein Gesicht wie ein Schraubstock zwischen seinen Händen gefangen. Kaum schrie er schmerzhaft auf, ließ Morgan ihn los, und Devin wich panisch vor ihm zurück. Dem fiebrigen Zittern und harten Schlucken nach zu urteilen, dämmerte ihm gerade, er hatte mit der Aktion sein eigenes Todesurteil unterzeichnet.

„Entschuldige dich, *jetzt*, du Stück Dreck."

Devins Finger tasteten vorsichtig seine Nase ab – bei der Berührung seines Nasenrückens zuckte er zusammen. Sein Körper war so angespannt, dass man einen Holzklotz darauf hätte zerhacken können. „Entschuldige, Mimi."

„Entschuldige. Bitte. Melody."

„Tut mir leid", stammelte er, seine Augen hysterisch auf mich gerichtet, „Melody."

Ich legte meine Hand auf Morgans Faust und er wandte seinen Blick von ihm auf mich. Er wirkte unberührt, bis auf seine kohlschwarzen Augen. Gut. Bevor ich seine Aufmerksamkeit verlor, stellte ich mich auf die Zehenspitzen und küsste flüchtig seinen rechten Mundwinkel, anschließend seinen linken. Sorgsam arbeitete ich mich zu seinen Lippen vor, knabberte an seiner Unterlippe und küsste meinen Weg daran entlang, biss sanft hinein. Ich lächelte erleichtert, denn seine Finger entspannten sich und verflochten sich mit meinen, seine andere Hand fuhr an meinen Rücken und zog mich an sich, während seine Lippen mich begierig zurückküssten. Meine Zunge schlich langsam in die Wärme seines Mundes und ich genoss den salzig-süßen Geschmack.

Seine Hand wärmte meinen Rücken, ich zog sie lächelnd zurück und hauchte einen letzten, winzigen Kuss auf seinen Mund.

Sekundenlang war blaues Schimmern alles auf der Welt. Letztlich rührte sich jemand und ich wandte meinen Blick von ihm zu den Anwesenden. Etliche Gesichter starrten mich an. Nein, korrigierte ich: Sie starrten Morgan an. Jared und Luke sahen aus, als würden sie gleich ein Schild mit einer Jurywertung hochhalten. Drew hatte hochrote Wangen und Connor … Connor grinste.

Devin hingegen hatte die Zeit genutzt, unauffällig einen Sicherheitsabstand zwischen sich und uns zu bringen.

„Hiergeblieben", raunte Morgan leise. „Damit du die schmutzigen Gedanken ein für alle Mal vergisst: Verpass dir eine Ohrfeige."

„Was?"

„Mit der Rechten."

„Keine Chance."

„Entweder du scheuerst dir eine oder ich tue es."

„Du kannst mich mal."

„Luke, halt unseren Kumpel bitte kurz fest."

„Nein!" Devin knallte mit der Schulter gegen den Spind und sah hilfesuchend in die amüsierten Gesichter der Schaulustigen, nach einem Lehrer, letztlich zu mir. Mitleid ergriff mich. Sie hatten ihn genug drangsaliert. Luke schnalzte mit der Zunge, da holte Morgan aus – und Devin schlug sich selbst eine rein.

Das Echo des lauten Geräusches schallte um uns.

Die Tigers lachten, als das Blut aus seiner kaputten Nase an die Wand spritzte. Morgan nickte und trat zurück zu mir: „Ich erkläre die Abmachung hiermit offiziell für nichtig", nahm meine Hand und lotste uns entschlossen nach draußen und zu dem Baum, unter dem ich mich geweigert hatte, weiterhin nach seinen Regeln zu spielen. Er drehte sich zu mir. Sein Finger lag auf meinen Lippen, ehe ich die Chance hatte loszulegen.

„Du willst eine Erklärung. Also lass mich anfangen. Diese Sache ist aus einer Schnapslaune heraus entstanden", gedankenversunken rieb er sich übers Gesicht. „Im ersten Jahr auf der High School spielte ich für die Raiders, Devin stieß von einer anderen Schule neu hinzu, wir hatten denselben Humor, es reichte zum Partymachen. Als ich zum Football wechselte, ernannte ich ihn zu meinem Nachfolger und auf der Meisterschaftsfeier bemerkten wir, dass wir auch den gleichen Frauengeschmack hatten."

Nur langsam regulierten sich mein Puls und meine Atmung zurück in den Normbereich. Meine Hände zitterten vom Adrenalin und ich biss die Kiefer aufeinander, um nicht mit den Zähnen zu klappern. „Wie das?"

Die Frage missfiel ihm, doch er antwortete trotzdem. „Weil er meine Begleitung nett fand und ich seine."

Ich interpretierte nichts in das Adjektiv hinein und blieb damit bei klarem Verstand. „Weiter."

„Er scherzte, dass wir uns unsere Eroberungen teilen könnten, das würde weniger Arbeit und mehr Vergnügen heißen. Ich sagte zu", er lächelte wie über einen guten, alten Witz, bis er das Armband spürte. „Es hat sich verselbstständigt. Wir haben es zugelassen. Dann kamst du und der Rest ergibt sich von selbst."

„Wieso schlägt sich ein ganzes Footballteam wegen mir?"

„Die meisten schlugen sich, um ihren Kapitän zu unterstützen – und ihre Wut rauszulassen über die neuen Freunde ihre Exen. Einige der Jungs knabbern schwer daran, von ihnen für Raiders-Spieler verlassen worden zu sein."

„Verlassen oder weitergereicht?"

„Keiner hat die Frauen gezwungen, wenn du das meinst."

„Genauso wenig wie sie keiner dazu überredet hat?"

Er schwieg und ich hätte ihn am liebsten angeschrien. „Mimi", er lehnte sich an den Baumstamm und starrte durch die Blätter zu den vorbeiziehenden Wolken, „wie oft denn noch? Du darfst nicht allem Glauben schenken, was über Jared, Luke und mich erzählt wird. Viel davon ist Bullshit. Aber wir sind auch keine Kinder mehr und lassen uns unser Verhalten nicht diktieren. Mag sein, dass wir mit denselben

Mädchen aus waren. Sie konnten stets selbst entscheiden. Glaubst du mir nicht, frag sie: Die Wahl lag bei ihnen."

Das mochte sein, nur wusste ich aus eigener Erfahrung, wie herzlich gern Menschen durch brennende Reifen sprangen, sobald Morgan sie darum bat. Ich zwirbelte eine Strähne streng um meinen Zeigefinger und ließ sie sich entwirren. Seine Augen folgten der Bewegung und wurden eine Nuance heller. „Ich verstehe dich. Du bist gerade wütend auf mich, aber ohne mich, wärst du gar nicht erst in der Situation, dich mit dem Arschloch herumplagen zu müssen. Warum glaubst du, wollte ich ihn einschüchtern? Du bedeutest mir viel."

Ich dachte an die Geschichten von Michelle, Tori und Abby, Murray, Grant, Drew, in denen sie mir Morgans Schandtaten aufgezählt hatten. Intuitiv fühlte ich, dass etwas nicht im Einklang war.

Die Indizien sprachen für sich, mein Gefühl hingegen …

Ich betrachtete ihn aufmerksamer, bis ich verstand: Seine Augen. Sie waren das reinste Blau. Nicht aufgewühlt, nicht getrübt, nicht schwarz.

*Aufrichtig.*

„Ich glaube dir", hörte ich mich sagen. Der Ausdruck auf seinem Gesicht hingegen war gespalten. Also fügte ich hinzu: „Aber bitte fang an, mich in solche Sachen einzuweihen. Das hätte mich weniger aus heiterem Himmel getroffen."

„Du weißt, dass ich mich erst daran gewöhnen muss, Aktionen vor jemandem zu rechtfertigen."

„Ja. Es ist sicher schwer, lag man davor achtzehn Jahre lang permanent richtig. Und manchmal habe ich den Eindruck, es funktioniert sehr gut. An anderen Tagen …", überwältigt von einem neuen Gedankengang hielt ich inne.

*Was verlange ich da eigentlich?*

Er hatte ein Leben lang nur gemacht, was er wollte. Plötzlich drehte sich alles um hundertachtzig Grad und ich bedrängte ihn?

Kein Wunder, dass er mir gestern nichts gesagt hatte.

„Vergiss es", endete ich und lächelte aufmunternd, „du machst das großartig."

Erschöpft schloss ich meine Augen – die Nächte in der Unterwelt waren nicht wirklich erholsam – und überließ es den Klängen der Umgebung, mich zu beruhigen. Als ich sie nach geraumer Zeit wieder öffnete, lehnte er noch immer an dem mächtigen Stamm, seine Stirn in tiefe Falten gelegt. Die Schatten, die seine ganze Gestalt sprenkelten, bewegten sich tanzend darüber hinfort.

„Sorry", sagte er und konzentrierte sich wieder auf mich.

„Mir tut's auch leid", gab ich zu, „dass ich dich unter Druck gesetzt habe."

Er sollte erfahren, dass es niemals meine Absicht gewesen war.

„Tust du nicht“, versicherte er mir und nahm mich in den Arm. Wir hielten uns einfach nur am anderen fest und horchten gemeinsam auf die Geräusche der Natur, das Flüstern des Windes, die Gesänge der Vögel, die sich auf subtile Weise mit den Stimmen unserer Mitschüler mischten. „Zur Abwechslung finde ich es sogar schön zu sehen, dass dein Armband sendet. Ich dachte die letzten Wochen schon, es wäre kaputtgegangen“, witzelte er flüsternd in mein Ohr.

„Anstatt dankbar für meine Ausgeglichenheit zu sein …“

„Oh, ich bin ziemlich dankbar“, sagte er. Dabei bürstete er meine Haare mit einer Hand zur Seite und folgte der empfindlichen Linie von meinem Ohr bis zum Hals mit seinen Fingern, umgriff fest meinen Nacken und verschloss meinen Mund mit seinem. Unser Kuss war frei, neckisch. Wir verharrten darin, bis ich wieder zu Atem kommen musste.

„Und Devin?“, warf ich ein, während das Brennen an meinem Handgelenk endgültig aufhörte.

„Die Ohrfeige war unnötig?“, fragte er grinsend.

Ich schüttelte den Kopf. „Nein. Die betrachte ich symbolisch. Für Shelby, Dana, Carol und jede andere.“

„Was dann?“, erwiderte er neugierig und hielt mich ein wenig auf Abstand, um mein Gesicht besser zu mustern.

„Nächstes Mal, wenn du siehst, dass ich jemanden oder etwas alleine erledigen kann, lass es mich zu Ende bringen.“

Er lachte. „Du hättest ihm mit der Metalltür die Nase zertrümmern können.“

Mit schief gelegtem Kopf erwiderte ich: „Er kann sich glücklich schätzen, dass ich nicht tiefer gezielt habe.“

Die Klingel ertönte und ich war verführt zu schwänzen, mit ihm fortzufliegen oder wegzufahren, doch am anderen Ende des Rasens räumten Abby und Gabe ihre Sachen zusammen und liefen hinein. Ich nahm mir an ihnen ein Beispiel. Just als ich mich bewegen wollte, schloss er mit einem Seufzen den letzten Rest Abstand und war mir jetzt ganz nah, unsere Oberkörper berührten sich, sein Atem streichelte meine Wangen. „Bist du noch wütend wegen vorhin?“

„Hmmm“, ich schmolz dahin, weil seine Augen so tief und ehrlich waren, dass ich wetten könnte, sie würden mir in die Seele blicken. Ich mochte diesen Morgan. Den allzu menschlichen Beschützer-Morgan, der mich liebevoll anlächelte und seinen bösen Zwilling vergessen machte.

„Gestehst du ein, dass du überreagiert hast?“

„Nein“, erwiderte er grinsend.

Ich zwickte ihn.

„Hast du mir verziehen?"

Schweigend zog ich ihn an seinem Shirt zu mir herunter. Elektrische Funken prickelten auf meiner Haut und schufen eine geladene Atmosphäre zwischen uns, die nie etwas Gutes verhieß. Wenn ich nicht in den nächsten Minuten nackt sein wollte, musste ich reagieren.

Natürlich tat ich das Falsche und versank im Anblick seiner Lippen, die von unserem letzten Kuss sattrot waren. Einladend. Indes ich mit mir debattierte, nahm er mein Gesicht zwischen seine Hände und küsste mich. Er war nah und doch nicht nah genug, also sprang ich an ihm hoch und wand meine Beine um seine Hüften. Er stöhnte leise, drehte uns und presste mich gegen den Baum, dessen raue Borke ich durch die Kleidung spürte, und vergaß in dem Augenblick, da seine Zunge meine berührte, dass mein Körper von heiß zu kalt und zurück wechselte. Gänsehaut breitete sich aus und führte dazu, dass sich sein Griff intensivierte, mir schwindelig wurde. Gerade als er spüren musste, wie ich innerlich und äußerlich verbrannte, nahm sein Kuss eine leichte Note an und er setzte mich langsam ab.

„Mein Körper sagt ja", antwortete ich außer Atem.

„Und dein Kopf?"

„Holt meinen Körper ein."

„Dein Herz?", raunte er nun und küsste die Stelle über dem Stoff meiner Bluse.

*Ehrlichkeit siegt.* „Kann dir gar nicht böse sein."

„Danke", flüsterte er und zog mich anschließend in Richtung Schule.

Auf dem Weg zum Gebäude folgte mir ein verdecktes Objektiv vom Parkplatz aus. Wie gern würde ich es weggenerieren.

In meinen Spind. Zum Nordpol. Auf den Grund des Atlantiks.

„Kennst du Brad Taylor?", fragte ich Morgan, je stärker die Beklemmung wuchs.

„Den Schülerzeitungskerl? Nur flüchtig, er klebt manchmal nach Spielen an uns dran. Wieso?"

Wie auf Kommando winkte Brad mir zu. Ich bekam ein schwaches Lächeln zustande und wunderte mich über einen erstaunt dreinblickenden Morgan, bevor mir einfiel, dass ich mitten in der Erklärung steckte. „Er hat es sich offensichtlich in den Kopf gesetzt, eine Titelstory über mich zu bringen. Die ‚Melody-Story – Metamorphose einer tragischen Heldin'" rezitierte ich mit derselben Dramatik, die er in seine Stimme hineingelegt hatte.

„Und du willst das nicht?"

„Es ist nicht, dass ich es schlecht fände, in dieser Schule ausnahmsweise *meinen* Standpunkt herauszustellen", ich dachte an die unzähligen Gerüchte über meine Person und die Möglichkeit, sie zu korrigieren. „Es ist vielmehr die Abneigung davor, ihnen Einsicht in mein Leben zu gewähren. Die letzte Zeit war schwer – ich will einfach vermeiden, dass alte Wunden wieder aufreißen. Oder dass sie mir neue zufügen." Morgan warf mir einen verständnisvollen Blick zu und ermutigte mich fortzufahren. „Mein Leben ist endlich wieder schön. Aber es geht niemanden etwas an." Selbst ich hörte die Paranoia, die in meiner Aussage unterschwellig mitschwang. Bevor ich durch die von Morgan aufgehaltene Glastür ins Gebäude trat, huschten meine Augen ein letztes, flüchtiges Mal zu Brad, der seine Kameratasche ins Auto legte. Wie hartnäckig war er? „Klingt das arg übervorsichtig?"

Mein Freund führt meine Finger an seinen Mund, um jede einzelne Spitze zu küssen. Seufzend lächelte ich ihn dankbar an und er erwiderte schließlich: „Nein. Ganz und gar nicht."

****************************************

Der Dämon fing an, mich zu nerven.

Seine einstige Gabe, Beständigkeit, mochte bei der Sünderrekrutierung von Vorteil sein, aber ging es darum, mich penetrant von seinem Standpunkt überzeugen zu wollen, machte sie mich sauer. Und das versuchte er seit über einer Stunde. Genauso wie gestern und vorgestern.

„Mimi", säuselte er gerade betörend und warf seinen weizenblonden Pferdeschwanz burschikos über die Schulter. Brooke quittierte das mit einem erschöpften Stöhnen. Wir liefen zusammen die Klippen hoch, die lauten Hilferufe und penetranten Gerüche existierten nach wie vor und belästigten mich doch nicht mehr. „Niemand wirft dir vor, anderer Meinung zu sein. Es ist bloß die falsche."

„Das kommt dir so vor, Paldor", antwortete ich leise, „weil es nicht deine ist."

Seine Augen waren dunkel, schwarz genug, dass ich nicht einmal den Widerschein des Fegefeuers darin erkennen konnte. Da wo man seinen Mund erwartete, fanden sich nur dünne, blutrote Striche, ansonsten unterschied er sich rein äußerlich nicht von den anderen Dämonen. Selbst da ich nicht jeden kennengelernt hatte – erkannte ich die meisten mittlerweile schon von Weitem. Er lenkte mich mit der linken Hand am Rücken und führte mich gestikulierend hinauf bis zum höchsten Aussichtspunkt. Unter uns brannten Millionen Seelen, über uns strahlte das ungenutzte Gute, das ihnen ihr Schicksal hätte ersparen können.

Erst als ich zu Brooke sah, die jetzt bedrückt über dem Klippenrand lehnte, sprach er weiter.

„Du vertrittst also vollen Ernstes die Ansicht, die Bibel sei aktuell wie zu ihrer Entstehung?"

„Nein“, korrigierte ich ihn, „ich sage lediglich, dass sie nicht als wissenschaftliches Buch

ausgelegt werden darf. Wissen verändert sich, wenn wir bessere Erkenntnisse über eine Sachlage erlangen. Die Bibel ist seit zweitausend Jahren gleich geblieben. Sie ist nicht dafür gedacht, auf alles eine Antwort zu geben.“

Brooke konnte das problemlos nachvollziehen. Paldor hingegen, dessen verkümmerte Flügelreste nun hin und her wippten, während er den Kopf schüttelte, ging es um Bedeutenderes: die Beweihräucherung seiner Logik. Im Versuch, mich von den Gedanken an die Qualen unter uns zu lösen und mich auf ihn zu fokussieren, wandte ich mich ab. Obwohl ich gelernt hatte, nichts an mich heranzulassen, was mich belasten könnte, spürte ich doch eindringlich, wie die Unterwelt erfahren wurde. Der Vorhof fühlte sich manchmal an, als würde er mich erdrücken, manchmal, als fresse er mich bei lebendigem Leib. Heute spürte ich die unendliche Weite der Hölle und die verborgene, nutzlose Schönheit des Gartens am westlichen Klippenrand. Die Hitze, von knisternden Flammen erzeugt, stieg bis zu uns herauf und verlor sich an meinem Kleid. Mir war nicht warm. Tatsächlich gefror mir sogar das Blut in den Adern, jetzt da Paldor mit durchgedrückten Schultern auf mich zukam.

Er legte mir eine kalte Hand auf meinen Oberarm und drückte zu.

„Au!“, entfuhr es mir, nicht weil es wehtat, sondern weil mich das erste Mal ein Dämon anfasste. Es fühlte sich rau und heiß an, wie Schmirgelpapier, das über die Haut fährt. Ich hob meinen Arm, um ihn näher zu betrachten, da verkündete er, meinen Blick suchend: „Überlege, welcher Seite du angehörst.“

„Laurentius’, wie du unschwer erkennen kannst“, erwiderte ich, ohne mit der Wimper zu zucken und zeigte mit der freien Hand auf unsere Umgebung. Dann drehte ich das Handgelenk ein wenig und erschuf eine schwarze Barriere zwischen uns. Ein tiefer, kreisförmiger Graben entstand mit lautem Gepolter um ihm herum, als führe eine Kettensäge durch den Boden um seine nackten Füße. Um vor der Kluft, die zwischen ihm und mir stetig größer wurde, zurückzuweichen, wurde er dazu gezwungen, einen immer größeren Abstand zu mir einzuhalten. Oder zu Brooke. „Und du überlege, mit wem du dich anlegst.“

Morgan, der sich auf dem Weg in die Bibliothek befand und mein Spiel wohl beobachtet hatte, schüttelte auflachend den Kopf. „Höchste Zeit, dass Paldor seine überfällige Lektion in puncto Toleranz erhält“, formten seine Lippen in meine Richtung, bevor ich ihm zuzwinkerte und er in den Höhlen verschwand. Ein missmutiger Aufschrei, gefolgt von sachtem Knacken, verlangte ohnehin wieder nach meiner

Aufmerksamkeit: Paldor lief fauchend wie ein gefangener Tiger hin und her. Der Graben wurde dabei lediglich größer. Weil es mir so viel Spaß machte, schnippte ich und Feuer züngelten aus den Tiefen der Erde und blockierte seine Sicht. Er versuchte, über die Flammenwand hinüberzufliegen, scheiterte aber an seinen kaputten Flügeln. Dann probierte er hindurchzulaufen und ich erhöhte sogleich die Temperatur. Schließlich verlangte er rasend, ich solle gefälligst damit aufhören und ihn freilassen. Brooke schüttelte mahnend den Kopf, doch seine endlosen Monologe der letzten Tage standen mir zu deutlich vor Augen, ebenso wie die verblüffende Feststellung, dass er zum ersten Mal seit unserem Kennenlernen keine Meinung zu einer Sache hatte, die er mir mit sämtlichen Mitteln überzustülpen versuchte.

Alles, was er jetzt tat, war sich aufzuregen.

*Eine willkommene Abwechslung.*

Er brüllte lauthals und es hörte sich an wie Fingernägel, die über eine Schiefertafel kratzten.

Noch während ich haderte, ob er schon genug mitgemacht hatte, um für heute auf seine Tiraden zu verzichten, oder ob ich die Flammenwände auf ihn zukommen lassen sollte, durchbrach ein weiterer schriller Laut meine Überlegung und ich ließ die Hände perplex sinken.

Brooke hatte dem Ganzen ein Ende bereitet. Der Boden heilte und Paldor war frei.

Aus seinem Blick war die Schwärze gewichen, aus seinem Körper die Energie. Er wirkte wie eine Marionette, deren Fäden durchgeschnitten worden waren.

„Stimmt was nicht?“, fragte ich sie, da er sich nicht rührte.

Mit einem irrsinnigen Schrei kehrte das Leben in ihn zurück und er drehte sich wie ein Kreisel um die eigene Achse, dabei flogen schwarze Funken um ihn und bis zu mir, Funken die sich kalt wie Schneeflocken anfühlten. In der nächsten Sekunde war er verschwunden und an seine Stelle trat eine pechschwarze Pfütze, die im Erdreich versickerte.

„Vorsicht bei Dämonen“, sagte meine Freundin, „wenn sie sich hier unten zu sehr ärgern, lösen sie ihren Selbstzerstörungsmodus aus.“

„Du meinst wie bei einer Bombe?“

Sie nickte, als genau hinter ihr eine Fontäne gen Himmel schoss, einen alten, verkommenen Körper in seinen Flammengriffen balancierend. Die Seele schrie und schrie und gebärdete sich wie ein sterbendes Tier.

Mit jedem verzweifelten Schrei kroch profunde Abneigung durch meine Adern, Ekel vor dem, was dieser Mensch einst getan haben musste, um ständig von Neuem gemartert zu werden. Abscheuliche Bilder standen mir vor Augen, Bilder ausblutender, zerbrochener Leben oder geschundener Kinder, die sich in seinen grünen Augen sammelten und sich darin mit dem Leid der Opfer vermischten, sodass ich, ihren Durst nach Rache schmeckend, auf den Rand der Klippen trat und meine rechte Hand zusammenballte, ähnlich der Geste etwas in ihr verstecken zu wollen. Vorsichtig drehte ich sie nach oben und öffnete sie mit Nachdruck.

Der Mann hielt verblüfft inne und lächelte mich dankbar an.

Im nächsten Augenblick fielen ihm seine Extremitäten Stück für Stück ab, bis er nur aus Rumpf und Kopf bestand, in seinen Augen der blanke Schmerz. Nach außen tragen konnte er ihn nicht mehr, denn mit einer letzten Bewegung aus dem Handgelenk enthauptete ich ihn mitten im Ansatz, seinen Mund zu öffnen. Wie ein Dirigent zersplitterte ich sicherheitshalber den Torso in Millionen Einzelteile, indes der Feuerherd mit züngelnden Bewegungen zufrieden ins Tal des Fegefeuers zurückglitt, um auf die Neuerscheinung der Seele zu warten und mit ihrer Bestrafung von vorn zu beginnen.

Ich drehte mich zu Brooke und ertrank in der Verwunderung auf ihrem sonst gefassten Gesicht.

Dann realisierte ich, was gerade passiert war, und zwang mich dazu aufzuwachen.

***********************************

Morgans Zimmer breitete sich friedlich vor mir aus, das kühlende Laken lag halb auf mir, halb auf ihm, das Licht des Tages zwar von den dunklen Vorhängen ausgesperrt, aber im ständigen Kampf, doch noch mein Gesicht zu erreichen.

Ich fuhr mir über die Augen und starrte eine Zeit lang auf den Wecker, bevor ich verstand, dass es nach acht Uhr war. Sechs Stunden Unterwelt und die Bilanz war ernüchternd: ein bis aufs Blut verärgerter Dämon und eine sadistisch hingerichtete Seele.

Ich spürte den Drang, mich innerlich davon zu distanzieren, musste einen Weg finden, damit umzugehen.

Nein, dachte ich und registrierte, was ich wirklich brauchte: Jemanden, der mich verstand und mir die Angst vor meiner impulsiven Handlung nehmen konnte. Vorsichtig drehte ich mich ihm zu, streichelte seinen Arm, der um meinen Oberkörper lag und sich schwer, aber angenehm zugleich anfühlte, und küsste seine sich leicht bewegenden Lippen. Trotz Party und Alkohol wirkte er ausgeruht. Ich schubste ihn sanft an. Er stöhnte, rollte sich auf den Rücken und zog mich mit sich. Das entrang mir ein Lachen. Das Rätsel, wie er es schaffte, dass ich morgens immer halb auf ihm lag, war damit gelöst.

„Bist du wach?“, fragte ich leise an sein Ohr.

Er reagierte nicht, doch ich gab mich nicht geschlagen und beobachtete seine ruhigen, rhythmischen Atemzüge genauer. Meine Hand schlängelte sich unter sein Shirt und ich hörte seinem Herzen zu, während ich an meine Optionen dachte. Mir fiel keine ein, die nicht aufstehen beinhaltete, also schloss ich die Augen wieder und zwang mich dazu, zu entspannen.

Als ich sie erneut aufschlug, war es neun Uhr und meine Kehlte trocken beim Gedanken an die Seele. Ich stützte mich auf den Ellbogen, um das Drehen in meinem Magen unter Kontrolle zu bringen, dabei strichen meine hungrigen Augen über Morgans Körper. Seine breiten Schultern spannten den Stoff seines hochgerutschten Shirts und offenbarten die feine dunkle Haarlinie, die unter seinem Bauchnabel begann und südlich hinter seinem Hosenbund verschwand. Seine langen Beine waren in der Decke verfangen.

„Ich fühle deinen Blick auf mir“, sagte er mit seiner dunklen Aufwachstimme, die ich so liebte. Ein wissendes Lächeln tanzte um seine Mundwinkel. „Und weil ich mich nur schemenhaft an die Feier erinnere …“

Seine Hand fuhr plötzlich herab, um langsam über meinen nackten Oberschenkel zu meinem Hintern zu wandern.

„Jawohl. Definitiv weiblich“, wisperte er schließlich sexy und zufrieden. „Wir hatten sicher Spaß. Ich fürchte aber, du musst gehen, bevor meine Freundin dich erwischt.“

Ich schlug ihm auf den Arm und grinste. „Einen Zentimeter weiter und *mein Freund* kastriert dich.“

„Das ist mein Mädchen“, lachte er verführerisch, nahm die Hand von seinem Gesicht und beobachtete mich, indes seine andere Hand mein Hinterteil zärtlich streichelte.

„Du hast einen schlechten Einfluss“, fiel ich ein und zeichnete mit dem Zeigefinger seinen Mund nach.

„Freut mich zu hören.“

„Morgan“, mein Humor verklang. Ich brauchte ihn.

Langsam strich ich ihm die Haare aus der Stirn und küsste sie, begann am Haaransatz und endete an seinen Augenbrauen.

„Das ist besser als der Wecker.“

„Und das?“, flüsterte ich und küsste ihn wieder.

„Hmmm“, erwiderte er und zog mich zu sich, bevor er sich auf mich legte und sein Körper meinen wärmte, ohne dass ich sein Gewicht spürte. Er schaute mir einfach in die Augen und ich lächelte selig zurück, legte seine Hände an meinen Nacken und seine Daumen über meine Wangen, die er zärtlich zu streicheln begann. Mir fiel ein, was passiert war, und ich setzte mich auf, wehrte jeden seiner Versuche ab, mich zu sich herabzuziehen. Schließlich verschränkte er die Hände hinter den Kopf.

*Komm schon, Mimi. Fang an.*

„Morgan?" Er spielte gerade mit einer meiner Haarsträhnen, hielt aber inne, da ich sichtlich nicht wusste, was oder wie zu beichten.

„Du hast ihn zu Recht exekutiert", erklang seine Stimme und befreite mich von der Last der richtigen Worte.

Seine Finger drückten meine Hand aufmunternd. Blitze fegten durch mich und entluden sich in meinem Herzen, doch der Kloß im Hals war noch da.

Seufzend setzte er sich auf und zog mich näher. Ich legte meinen Kopf an seine Schulter, überkreuzte die Beine über seinem Schoß und tastete abwesend nach der Kette um seinen Hals, fuhr über das Schloss. Es war warm wie seine Haut. „Darf ich das überhaupt?"

„Sicher", er streckte sich, bevor er die Hände auf meine Beine legte und sie streichelte. „Aber lass es nicht zur Gewohnheit werden. Wozu unten sein, wenn es keinen Spaß bringt?"

„Spaß!?"

„Hmm. Den du mir streitig machst."

„Keine Angst. Niemand will dir *das* wegnehmen", versicherte ich ihm und verzog angewidert das Gesicht.

Er lachte. Und einfach so, weil es für ihn komisch war, weil es dadurch wirkte, als ginge es ums Rasenmähen oder eine andere unangenehme Tätigkeit, die zum Alltag dazugehört, lächelte ich plötzlich auch und der Kloß wurde zu einem kleinen Klümpchen.

„Wie hast du dich dabei gefühlt?", fragte er schließlich. Seine Finger glitten zärtlich meine Unterschenkel hinab und wieder hoch zu meinen Knien. „Es war komisch", sagte ich nachdenklich, „seine Augen waren unwirklich ausdrucksstark."

„Du hast gesehen, was er zu Lebzeiten getan hat."

„Das war keine Einbildung?"

„Nein. Es läuft eine Art Rekapitulation dessen ab, was der Sünder sich zuschulden hat kommen lassen, bevor das Strafmaß zurückgesetzt wird."

„In den eigenen Augen?"

„Schon den Ausdruck ‚etwas vor Augen halten' gehört? Sie sind der Spiegel der Seele. Außerdem kommt der Bestrafte dadurch ebenfalls in den Genuss mitzuerleben, was ihn in den Vorhof gebracht hat."

„Barbarisch", erklärte ich.

„Effektiv", hielt er dagegen.

Ich musterte ihn wachsam und fand in seinem Blick nichts außer Ehrlichkeit und Stolz. Darüber, dass ich eine Seele vernichtet hatte?

Eine *schuldige* Seele.

Sie hatte es verdient, erkannte ich, indes das Blau seiner Augen sich ausbreitete wie ein Meeresteppich. Seine Versicherung, nichts falsch gemacht zu haben, war die Rechtfertigung, nach der ich gesucht hatte. Die Sicherheit, die jegliche Zweifel ausmerzte.

„Höchste Zeit", sagte er und ich hörte, wie sich seine Atmung kaum merklich beschleunigte, als er in seiner Berührung innehielt. „Und du hast meine Erlaubnis."

„Wozu?", fragte ich gespannt.

„Wonach dir der Sinn steht um diesen Moment, in dem dir etwas klar wird, mit dem du nicht gerechnet hast, zu feiern."

Ich unterdrückte ein Lächeln und lehnte mich zurück „Der Herr meint mich zu kennen?"

„In- und auswendig."

Behutsam glitt seine rechte Hand hoch an meinen Rücken und verstärkte den Druck darauf.

„Ich liebe es, wenn du das tust."

„Ich weiß! Und es macht dich wahnsinnig, sobald ich an dir knabbere."

Er trat den Beweis an, nahm die sensible Haut an meiner Schulter zwischen seine Zähne und platzierte kleine, elektrisierende Bisse darauf.

„Und dich macht es heiß, sollte ich das hier machen." Ich verschränkte meine Finger mit seinen, leckte einen Kreis um seinen Bauchnabel und blies dann sanft darauf. Nachdem ich das ein paarmal an seiner Brust wiederholt hatte, waren seine Augen glasig vor Lust und er lachte leise.

„Gefällt dir das?"

Meine Zungenspitze fuhr tiefer und streifte neckisch über seine definierten Bauchmuskeln. Einen nach dem anderen. Er wand sich, schenkte mir ein sinnliches Grollen und ehe ich mich versah, strichen seine Hände meinen Bauch entlang, bis sie meine Unterwäsche erreichten.

Automatisch fand ich seinen Mund, verlagerte mein Körpergewicht und gestattete ihm auf seine Frage hin, mir mein Shirt ausziehen.

„Ich brauche deine Erlaubnis nicht", verkündete ich und wünschte mir seine Klamotten auf den Boden. An meinen Lippen spürte ich ihn grinsen. Seine Muskeln bewegten sich in einem schönen Zusammenspiel, zugleich meine Finger über seinen Rücken glitten, meine Nägel ihn zerkratzten und er aufstöhnte.

„Du hörst nie auf mich zu überraschen, Melody Campbell", flüsterte er heiser. Sein Körper presste sich geschmeidig an meinen und er legte mich, von vielen kleinen Küssen begleitet, sanft hin. Mein Körper speicherte jede Empfindung die Morgan präzise aussandte und auf die er mittlerweile synchronisiert war. Ich war das traurige Klischee jener Mädchen, die ich in meinem vorigen Leben nicht verstanden hatte, weil sie ohne ihren Freund nicht leben konnten.

Seine Lippen wanderten von meinem Mund herab zu meinem Hals, über meine Brüste, zu meinem Bauchnabel und hielten inne, da ich mich unter ihm rührte.

„Stopp?", fragte er mit belegter Stimme und ich biss mir auf die Zunge, um nicht zu lachen.

*Niemals.*

Mit einem kleinen Kopfschütteln räusperte ich mich und zog sein Gesicht zu meinem, suchte seinen Blick, der silbern und gesprenkelt von Begierde war.

„Danke, Morgan. Ich danke dir für jedes Mal, das du da bist, wenn ich dich brauche."

Morgan bewegte sich leicht und ich spürte an meinem Bein, wie bereit er war. Er machte weiter, wo er aufgehört hatte und ich stöhnte und bat still um Erbarmen, jeden Zentimeter, den seine Lippen den Weg über meinen Bauch zurück zu meinem Mund fanden. Mein Puls schaltete in den letzten Gang, ich schloss voller Vorfreude die Augen, meine Finger verkeilten sich in seinen Haaren und er – hörte plötzlich auf. Irritiert blinzelte ich und starrte auf seine roten Lippen, die Millimeter vor meinen verharrten. Ich hob den Kopf, doch nichts passierte.

„Stimmt was nicht?", fragte ich unsicher. Sein Blick war still und undeutbar.

Er sah weg, runzelte die Stirn und schüttelte den Kopf. Automatisch versteifte ich mich.

Morgan hatte vermutlich mit Hunderten Frauen geschlafen und ich hätte darauf gewettet, dass er noch nie mittendrin aufgehört hatte. Dazu brauchte es erst mich.

*Abweisung.*

Das Wort infiltrierte meine Gedanken, je länger er in seiner eigenen Welt abgetaucht blieb.

*So fühlt sich Abweisung an.*

Eine unangenehme Röte kroch mir ins Gesicht, nachdem ich vergeblich versucht hatte, ihn von mir herunterzurollen. Es war wie gegen eine Mauer zu drücken.

„Mimi."

„Keine Sorge", erklärte ich mit fester Stimme, zumindest klang es fest in meinen Ohren.

„Danke", sagte er schließlich, „dass es dich gibt."

Auf mich herablächelnd küsste er meine Nase.
„Verrückt. Ich finde dich auch toll."
Er lachte. Sein Atem kitzelte mein Gesicht, hinterließ eine Gänsehaut und das Fieber, seine Haut auf meiner zu spüren, kam wieder. „Ist es nicht unglaublich, wie selbst das sich anders anfühlt?"
„Was?"
Ich war dabei, meinen Verstand komplett abzuschalten und hätte am liebsten protestierend gestöhnt, doch er brach erneut einfach ab. Meine Hände, gefangen zwischen meinem und seinem Oberkörper, seit ich versucht hatte, ihn wegzustoßen, glitten jetzt zu seinem Nacken. Das Blau seiner Augen wurde kurz hypnotisch.
„Blicke. Berührungen. Berührst du mich, spüre ich Sachen, die mich zu Beginn abgeschreckt haben und nach denen ich jetzt regelrecht süchtig bin. Küssen wir uns, pulsiert es in mir. Selbst falls du mich nur ansiehst, fühle ich das und es ist unbeschreiblicher als alles, was ich bis dahin erlebt habe. Als wären die Frauen vor dir nicht nur bedeutungs-, sondern auch gesichtslos. Als hätte es mit dir bei null angefangen. Mimi, alles ist anders, tausendmal besser – mit dir."
„Oh, ja", lächelte ich und küsste seine Lippen, „du machst den Unterschied aus."
„Nein, du", scherzte er und kitzelte mich. Ich lachte auf und hielt dann seine Hand fest.
„Alles auf null", wiederholte ich.
Er nickte. „Lust auf eine Entdeckungstour?"
Ich stützte mich ab und küsste ihn, überließ es meinen begierigen Fingern, ihm eine Antwort zu geben. Er machte dort weiter, wo er aufgehört hatte, seine Zunge umspielte meinen Bauchnabel und fuhr weiter runter.
Morgan war überall, in meinem ganzen Bewusstsein. Etwas Neues entstand in mir, ein intensives Gefühl, dass meine Brust sprengen und mir Angst hätte bereiten können. Aber es wurde abgefangen von meinem Herzen, das mir versicherte, wie richtig es war.
Glücklich und atemlos lehnte ich mich zurück.
Bis ich nichts mehr tun konnte, außer den Kopf abzuschalten.

**********************************

Es war seit Wochen der erste Samstag, den ich in der Stadt verbrachte. Das Training war super verlaufen und statt dass wir danach wegfuhren oder -flogen hatte ich darauf bestanden, etwas in Mainfield zu unternehmen. Keine Kurztrips, keine Filmpremieren, Partys, kein Soap, nur ein gemütlicher Samstagabend. Nachdem Brooke, Grace und ich ein Parfüm für den anstehenden Geburtstag meiner Tante gemischt und ich Aiden beim Zeichnen von Tatius geholfen hatte, drängte ich darauf, ins Eiscafé zu gehen.

Morgan zu überzeugen, sich unter die Massen zu mischen, war – wie nicht anderes zu erwarten – am schwersten gewesen. Seine einzige Bedingung: Aunt Molly's. Seit unserem ersten Besuch, bei dem ich ihn durch seinen Widerspruch hindurch genötigt hatte, die Kuchen auszuprobieren, drohte er damit, den Laden kaufen zu wollen, damit er keinen zweiten Zuckertod starb. Ich schüttelte den Kopf, weil er sich soeben sein zweites Stück Karottenkuchen bestellte.

Wir saßen seit über einer Stunde mit unseren Freunden zusammen und erneut stellte ich fest, dass seine Clique, sah man von der aufgeblasenen, selbstsicheren Schale ab, im Grunde tolle, witzige Menschen waren.

Morgans Bein berührte meines unter dem Tisch und mein Körper schaltete in Bereitschaftsmodus. Bereit sich zusammenzureißen und uns nirgendwohin zu wünschen, obwohl mein Puls sich beschleunigte und mein Herzschlag sich verdoppelte.

*Konzentriere dich auf das Hier und Jetzt.*

„Magst du probieren?", fragte ich ihn, als ich mich durch meinen halben Eisbecher durchgegessen hatte. Luke und Drew musterten ihn amüsiert, während er mir zuliebe das hingehaltene Löffelchen leerte.

Jared und Connor wirkten voll des Mitleids.

„Was ist das noch gleich?", fragte Morgan und spülte den Geschmack mit seinem Schokomilchshake hinunter.

„Lakritze-Stracciatella-Baileys", ich drehte den Becher, „Gummibärchen- und Rosenblüteneis."

Sein Gesicht verzog sich zu einer Grimasse. „Prinzessin, ich tue viel für dich, aber verlange nie wieder, dass ich das Todeszeug herunterwürge."

Ich visierte ihn an und fingierte einen Wurf Löffelladung. Er duckte sich.

„Das Todeszeug schmeckt zufälligerweise lecker, man sollte nur offen dafür sein", lachte ich.

„Dann besorge mir einen Schlüssel und ich sperre es ab."

Ich verdrehte die Augen und schleckte genüsslich den Becherrand ab. Morgan klopfte indes seine Hosentaschen ab, kurz von dem im Hintergrund an der Wand hängenden Fernseher abgelenkt, der Sportergebnisse einblendete.

„Mimi, hast du meine Schlüssel gesehen?"

Ich wies mit dem Kinn auf meine Tasche. Er fischte sie heraus und steckte sie ein.

„Was würde ich nur ohne dich machen?"

„Laufen und klingeln", schlug Brooke vor und die anderen fielen mit ein.
„Eine Sekretärin einstellen."
„Peilsender anbringen."
„Dich fragen, ob du vergesslich wirst."
„Ein neues Auto kaufen", grinste ich und zählte anhand meiner Finger die Zurufe von allen Seiten mit.
„Eine andere finden", grunzte Matt laut über den Gesprächslärm und ich hörte ihn sogleich aufschreien, da Morgans Fuß unter dem Tisch auf seinen donnerte. Ich glaubte sogar ein leises Knirschen zu hören. Mit finsterem Blick machte Morgan eine unscheinbare Daumenbewegung in meine Richtung.
„Tut mir leid, Mimi."
Ungerührt zuckte ich die Achseln. Granofsky hatte vor langer Zeit aufgehört mich zu nerven. Er war wie Fahrstuhlmusik, immer da, immer im Hintergrund.
Dana streckte einen Löffel nach meinem Eisbecher aus und die Aufmerksamkeit verlagerte sich auf unser ursprüngliches Gespräch zurück. Sie brauchte mehrere Ansätze, um das geschmolzene Klümpchen herunterzuschlucken.
„Hmmm", urteilte sie, „wenn man nicht daran denkt, schmeckt es tatsächlich."
„Wenn man es nicht isst, schmeckt es", erwiderte Luke und beobachtete Alicia dabei, wie sie nun ebenfalls probierte.
„Nein", sagte sie und hustete. „Sorry, geht gar nicht."
Drew und Brooke waren die Einzigen, die sich diplomatisch verhielten, vermutlich hauptsächlich, weil sie mit Händchenhalten und sich selbst beschäftigt waren. Es hätte mich nicht überrascht, hätten sie jeden Moment angefangen, ihr Glück in die Welt hinauszusingen. Seit dem Tag im Soap atmeten, lebten sie den jeweils anderen. Vermutlich verstand Morgan sich mit Drew deshalb, weil er das Turteln nachvollziehen konnte. Nein, sie würden keine guten Freunde mehr werden, aber sie akzeptierten und tolerierten sich. Und wenn die Spannungen zwischen ihnen Wellen schlugen, waren Brooke oder ich in der Nähe, um die zwei Streithammel abzulenken.
Meine Wangen brannten bei der Erinnerung daran, wie ich Morgan wegen einer Meinungsverschiedenheit über ein NFL-Spiel, die ihre Gemüter zum Glühen brachte, regelrecht in sein Auto geschleift hatte. Wir hatten es eine Stunde lang nicht verlassen.
„Es übertrifft mindestens deinen Holunderblüten-Eistee", erklärte Morgan schließlich und ich riss mich zusammen. Der frühe Abend filterte die Sonnenstrahlen und ließ die Gesichter der Anwesenden weich wirken.

Meine Augenbraue fuhr hoch. „Was stimmte nicht damit?"

Ich hatte ihn letztes Wochenende kreiert und von Grace und Brooke nur Positives darüber gehört.

„Der Geschmack", grinste Jared und ich trat ihm unter dem Tisch ans Schienbein.

„Und das Aussehen", ergänzte Luke, „müssten Holunderblütengetränke nicht gelb sein?"

„Der schwarze Tee hat ihn verdunkelt. Irgendeine Basis brauchte ich ja."

„Er war pappsüß", fuhr Jared fort. „So viele Eiswürfel konnte ich gar nicht reinkippen, dass es ihn stark genug verdünnen hätte können."

„Er war gesund."

„Für wen? Diabetiker hätte er umgebracht."

Mein Fuß erwischte sein Bein erneut und er jaulte auf. Hilfesuchend wandte ich mich stumm an Brooke.

„Es war ein Feldversuch", räusperte sie sich.

„Und wir wären Mimi dankbar, wenn es einer bleiben würde", schloss Drew mit einem schiefen Grinsen.

„Du auch, mein Sohn Brutus?"

„Wieso habe ich ihn nicht probiert?", meldete sich Tanesha das erste Mal zu Wort und schob ihr leeres Eiskaffeeglas weg, ehe sie von Jareds weitertrank.

„Weil deine Gesundheit mir wichtig ist."

„Jared!", wies sie ihn zurecht.

„Ich weiß, ich bin schlimm", erwiderte er und seine Stimme wurde tiefer. „Ich sollte bestraft werden."

Tanesha schlug seinen Arm weg und kicherte. Morgan nahm meine Hand und führte sie an seine Lippen. „Ich persönlich finde es beruhigend, dass es eine Sache gibt, die du nicht kannst. Perfektion ist nur perfekt durch ihren Makel."

Luke und Drew machten ein Würgegeräusch. „Alter, komm von deinem Plüsch-Kuschel-Kitsch-Trip selber runter, pronto, oder ich flöße dir bewusstseinsverändernde Drogen ein. Wir haben raus, dass sie dein Ein und Alles ist, okay? *Jeder* weiß das. Und du, *Prinzessin*", Jared blickte zu mir, „brichst den Bann und gibst uns unseren alten Morgan wieder! Sonst verliere ich noch den Glauben an die Natur."

„Ich bin der alte Morgan."

„Ja, sobald jemand Mimi an die Wäsche will."

„Was kann ich dafür? Ich verehre diese Frau", zwinkerte er mir zu und ich lachte, weil ich wusste, dass er damit seine Freunde provozieren wollte.

„Er ist am Arsch. Du hast ihn auf dem Gewissen, Mimi."

„Zufrieden? Nun glücklich, da du ihn zerstört hast?"

Ich schluckte und nickte. Nach „dafür“ hatte ich außer dem tiefen Blau in seinen Augen und seinen Lippen auf meiner Haut nichts mehr gehört oder gesehen. Meine Nerven standen unter Starkstrom, sein Blick war einladend, sein Mund kam meinem näher.

„Oh, Gott, gib mir die Kraft, das letzte Halbjahr mit den beiden zu überstehen“, stöhnte Dana. „Müsstest ihr nicht langsam das Stadium erreichen, wo ihr euch nicht mehr ständig anfassen oder in die Augen starren müsst?“

Sie wedelte wild mit der Hand. Ich grinste Morgan an und er erwiderte es, bevor er seine Hand unter mein Kinn legte und es anhob.

„Wette lieber nicht darauf“, murmelte er heiser. Seine Hand ruhte nun auf meiner Wange und meine auf seiner.

„Seit wann leben wir in Anarchie?“

„Du meinst Diktatur, Dana“, korrigierte Tanesha.

„Ich meine, ich will abstimmen dürfen, fair und demokratisch, wie die Römer.“

Morgans Hand suchte meine. Ich drückte sie wie zur Bekräftigung. „Die Griechen brachten uns die Demokratie.“

„Weil die Römer nicht wählen durften?“

„Nur ausgewählte Bürger mit Bürgerrecht, aber letztlich lag die Legislative in den Händen des Senats. Und schließlich bei Cäsar.“

„Und was war mit den Polen?“

Morgans Hand rieb unerbittlich Kreise auf meine Haut, und ich biss mir auf die Lippen, um nicht wieder aufzulachen. „Die *Polis* ist der antike griechische Stadtstaat und hat nichts mit Rom zu tun.“

„Ich bin verwirrt“, erklärte Dana und pustete sich ihren neuen Pony aus den Augen.

„Wer hätte das gedacht.“

„Was?“

„Rom ist die Hauptstadt Italiens, Italien ist nicht Griechenland“, ging ich dazwischen.

„Dana, selbst ich habe das verstanden.“

Jared schüttelte den Kopf und rührte mit dem Löffel in seinem Cappuccino. Danas Stirn lag in Falten. Morgan starrte sie fasziniert an.

„Karaoke.“ Drews Stimme klang gedämpft, er hatte gerade Brooke etwas ins Ohr geflüstert.

Neugierig fragte ich nach: „Was?“

„Karaoke“, verkündete Brooke diesmal.

„Was bedeutet das?“, fragte Dana, erleichtert, von sich ablenken zu können.

„Das Ablesen von Lyrics beim Singen in ein Mikrofon.“

„Ich weiß, was Karaoke ist, Drew.“

„Noch eine Sache, die Mimi nicht kann."

Ich beugte mich vor und küsste Morgan, anschließend drehte ich meinem besten Freund den Kopf zu.

„It's my life", gab ich zurück.

„Bon Jovi", hörte ich Tanesha sagen.

Wir starrten sie an. „Was? Ich dachte, wir schmeißen mit Begriffen um uns."

„It's my life", wiederholte ich und blickte düster zu Drew, der mich angrinste, „war mein Lieblingslied, bevor Drew es an Marcs Geburtstag zu Tode schmetterte. Off-key, off-lyrics, off-alles."

„Das Mikro war schuld. Der Sound kam falsch raus."

„Das Mikro projiziert *deine* Stimme, mein Lieber."

„Es hat sie falsch projiziert."

„Weil du falsch gesungen hast." Ich gab den Anwesenden eine Kostprobe, imitierte den Refrain und tätschelte Drews Kopf, der die Lachenden anfunkelte. Jared verschluckte sich dabei an seinem Kuchen. Tränen standen ihm in den Augen.

„Bitte sag mir, dass es davon ein Video gibt."

„Jared, du bist ein Genie", nickte ich und warf ihm eine Kusshand zu, die Morgan in der Luft auffing und in seine Hosentasche steckte.

„Das wagst du nicht", sagte Drew herausfordernd.

„Sing-off", drohte ich konternd, „du schuldest mir eins seit Jahren. Zeit, es stattfinden zu lassen."

„Was ist das?"

„Eine Art Gesangswettbewerb", erklärte er seiner Freundin, „in drei Disziplinen: Solo, Duett, Freestyle."

Ich strich mir gedankenverloren ein paar Strähnen hinter das Ohr. „Wir haben das jeden Sommer gemacht, am Tag vor meiner Abreise. Meine Tante hat mindestens zehn verschiedene Versionen von Drews und meiner Especially-for you-Interpretation."

Morgan versteifte sich und ich hätte mir am liebsten auf die Zunge gebissen. *Verdammt.* Er hatte schwer damit zu kämpfen, sobald ich Dinge aus meiner Vergangenheit erzählte, in denen Drew eine bedeutende Rolle spielte.

Ich verwob meine Finger mit seinen und lächelte ihn an, bis ich aus den Augenwinkeln erkannte, dass er es geschluckt hatte.

„Ich liebe Kylie. Sie ist sexy und klein wie ich und –", quietschte Tanesha. Jared rollte die Augen und brachte sie mit einem Kuss zum Schweigen.

„Michelle und Tori und ihr immerwährendes Walking on Sunshine", grinste Drew.

„Grant und Abby: Summer Wine."

Ich verbot dem Klumpen in meinem Hals sich zu formen und las stattdessen den im TV eingeblendeten Kommentar über einen Baseball-Spieler. Drew hustete und drehte unauffällig den Kopf. Ich folgte ihm und sah in dem Augenblick, wie Abby und Gabe draußen ihre Fahrräder anketteten. In ein Gespräch vertieft besetzten sie anschließend den äußersten Tisch, wo Gabe ihr den Stuhl zurechtschob, bevor er sich vorbeugte und ihr einen langen Kuss gab. Dann kniff er sie in die Wange und flüsterte ihr etwas ins Ohr, verließ sie schließlich, um einzutreten und sich am Tresen anzustellen, wo er seinen Geldbeutel zückte und die Scheine durchzählte.

Die beiden Cousins und Morgan tauschten irritierte Blicke, indes ich Abby nicht aus den Augen ließ. Das war sie: die eine Gelegenheit, die ich nicht verpassen durfte.

„Würdet ihr mich kurz entschuldigen?"

Morgan legte seine Hand unverzüglich auf meine. „Zu ihr oder ihm?"

Ich nahm einen tiefen Atemzug. „Ihr", erwiderte ich und grüßte Gabe knapp, der sich erst wunderte und gleich darauf freute, als er mich hinausgehen bemerkte. Schnurstracks zu meiner besten Freundin, mit der ich seit Wochen kein Wort geredet hatte. Sie blickte lächelnd von ihrem Handy auf und für den Bruchteil einer Sekunde dachte ich, das Ganze zwischen uns sei nur ein großes Missverständnis gewesen. Dass sie mir nicht grollte. Doch ihr Lächeln erlosch, sobald sie mich erkannte, und ich wappnete mich für das, was vor mir lag.

„Hey", fing ich an und stützte mich auf die Stuhllehne vor mir.

„Hallo."

Ihre Stimme war kühl.

„Wie geht's?"

„Was soll das, Mimi? Hast du mich hier gesehen und dich zufällig an mich erinnert?"

*Eben direkt.*

„Darf ich mich dazusetzen?"

„Spielt das eine Rolle?" Ihre Augen funkelten wütend, während ich den Stuhl herauszog und Platz nahm.

„Nicht wirklich", gab ich zu und seufzte.

„Du wirst deinem Freund von Tag zu Tag ähnlicher."

„In diesem Fall nehme ich das als Kompliment", schoss ich zurück und warf einen Blick über meine Schulter. Morgan war in ein Gespräch vertieft. Und Gabe hatte etliche Minuten Wartezeit vor sich.

„Abby, hör zu", ich konzentrierte mich wieder auf sie und erkannte an der Art, wie sie mit den Fingern an ihrer Jeans zupfte, die Kränkung hinter der Wut. Sie hatte lediglich von mir verlangt, sie nicht aufs Abstellgleis zu schieben. Nicht weniger, aber auch nicht mehr. „Tut mir leid. In letzter Zeit war ich dir eine furchtbare beste Freundin."

„Pah! Denkst du wirklich, das reicht? Eine Entschuldigung und wie du mich behandelt hast, sei vergessen? Ihre Augen schweiften in die Ferne, zu dem Springbrunnen, der das Zentrum der Fußgängerzone bildete und durch den spielende Kinder liefen. Unweit dahinter lag der Park samt Spielplatz, wo wir uns kennengelernt hatten. „Wie kann es sein, dass es dir derartig leicht von der Hand geht, mich aus deinem Leben auszuschließen? Wie kannst du zulassen, dass sie diesen Keil zwischen uns treiben?“, fragte sie und deutete mit dem Kinn hinein an unseren Tisch.

„Sie haben nichts damit zu tun“, stellte ich richtig und blendete ihr missmutiges Gesicht aus, um nicht in Trotz zu verfallen, „es passiert bei mir einfach sehr viel Neues zurzeit …“

„Zum Beispiel?“

Das war genau die Situation, die ich von Anfang an vermeiden wollte. Die erst dazu geführt hatte, dass ich nicht länger in der Lage war, ihr gegenüberzutreten, geschweige denn mich mit ihr zu unterhalten. Mein schlechtes Gewissen rumorte in meinen Eingeweiden. Wie viel konnte, durfte ich ihr erzählen? Wie viele Geheimnisse mehr hätte ich danach?

Nein, schwor ich mir, ich konnte Abby nicht belügen.

„Siehst du das denn nicht?“, fragte sie mitten in mein Nachdenken. „Was die interessiert“, sie betonte das Wort „die“, als rede sie über etwas, was sie krank machte, „ist, welchen Wagen du fährst, welche Designer du trägst, auf welchen Partys man gesehen werden muss und was deine Eltern verdienen. Deren Leben ist so luxuriös und komfortabel, dass Dollarzeichen um ihren Kopf schweben.“

„Und wie passe ich da rein?“, fragte ich schroff.

„Das ist es ja – gar nicht. Aber du scheinst dich blendend einzufinden.“ Der Sarkasmus war unüberhörbar.

„Was bedeutet das?“

„Das *Soap*, Mimi? Wirklich? Fahrservice? BMWs, Porsche, Kleider von Prada? Ein Kurztrip nach Mammoth im Privatjet? Sind das an deiner Kette wirklich Diamanten?“

Abbys Gesicht wurde rot, ihre ganze Körperhaltung voll der Abneigung, mit der sie mir meinen angeblichen Wandel ins Gesicht schleuderte. Aus meiner Überzeugung, sie sei wütend, wurde die Ahnung: Sie war enttäuscht.

„Wollte der Neandertaler“, ihre Augen huschten zu Jared, „dich im September nicht noch verprügeln? Und jetzt ist er was? Dein Bodyguard? Schon kapiert: Du hängst ab mit der Elite, also bist du neuerdings zu gut für deine alten Freunde.“

„Das sind Menschen wie du und ich!“

„Es sind Menschen, die an der Lincoln zählen – und es nutzen. Allen voran dein wundervoller Freund."

„Er ist Quarterback – nicht der Präsident!", fuhr ich sie an und verschränkte die Arme vor der Brust.

„In dieser verfluchten Stadt ist er was Ähnliches! Weil diese Stadt einverstanden ist, egal was er tut, weil die Leute sich weigern, eigene Gedanken zu haben, solange die Vegards ihnen welche vorgeben!"

Abby schlug mit der flachen Hand auf den Tisch und funkelte mich an, bis er aufhörte zu vibrieren. Hatte ich vor, das Ganze nicht aus dem Ruder laufen zu lassen, musste ich mich beruhigen. *Jetzt.* Ich begann damit, meine Hände herunterzunehmen und mir mit der Rechten über die Augen zu reiben. Zählte von zwanzig herunter. Siebzehn … dreizehn … acht …

Als ich sie seufzen hörte, wusste ich, es funktionierte.

„Sie sind nicht nur Geld, Aussehen und Besitz. Morgan ist … Er macht mir Frühstück. Jeden Morgen. Er begleitet mich zum Wagen, hält mir Türen auf, küsst meine Wunden. Er trägt mich ins Bett, wenn ich müde bin. Steht er vor mir auf, wickelt er das Laken fest um mich, damit mir nicht kalt wird. Er lobt jeden einzelnen meiner desaströsen Kochversuche", sie schnaubte verdächtig um ihr Auflachen zu überspielen, „und schreibt mir Zettelchen, die er im ganzen Haus verteilt und ich suchen muss. Auf jedem steht etwas liebes, eine Anekdote, ein gemeinsames Erlebnis, ein Lob oder Kompliment. Wir sammeln sie auf einer Magnet-Tafel. Die nennt er 'Aufmunterungs-Board'. An Moms Namens- und Dads Geburtstag habe ich Stunden davor zugebracht", hörte ich mich antworten. Abby senkte betreten den Blick.„Morgan ist fürsorglich, witzig, intelligent und verständnisvoll. Und ich bin ich …". Meine rechte Hand zitterte leicht. Sicher, mein Leben hatte sich geändert, aber Abby war seit Monaten kein aktiver Teil davon und besaß auch kein Recht, es von außen zu beurteilen.

„Niemand streitet ab, dass er mit dir anders umgeht. Und ganz ehrlich, ich bin beeindruckt. Dennoch fällt der Rest der Welt nicht in seine Mimi-Kategorie."

„Man kann im grellsten Sonnenschein stehen und nichts außer Regen erwarten. Und wartet man ausreichend lange, kommt der auch sicherlich."

„Donnerwetter, schau an, wen sie als Verteidigerin gewonnen haben. Das sind dieselben Leute, über die wir zu Schulbeginn den Kopf geschüttelt haben."

„Richtig. Nur dass ich ihnen die Chance gegeben habe, sie kennenlernen zu wollen. Es gibt da etwas, das nennt sich Diplomatie.

Probier's bei Gelegenheit aus. Vielleicht wirst du überrascht sein, was dabei herauskommt."

Sie presste die Lippen zu einer schmalen Linie zusammen und starrte einen Kratzer in der Tischplatte an. „Die würden mich nicht in ihrem erlesenen Zirkel haben wollen."

„Und das stört dich?"

Ihr Gesicht verzog sich zu einer verletzten Maske.

„Wach auf, Mimi. Es stört mich nicht – ich bemitleide sie."

„Du wünschtest, du wärst eine von ihnen."

„Ich", sie beugte sich vor, „verabscheue sie. Sie haben mir dich weggenommen und das", sie zeigte von oben bis unten auf mich, „aus dir gemacht."

Überwältigt von ihrer Abneigung schüttelte ich den Kopf. Konnte sie nicht wahrhaben, was vor ihrer Nase lag? „Jemanden der wieder lacht? Es ist für dich ziemlich einfach, andere vorzuverurteilen, nicht wahr? Tu dir keinen Zwang an – du kannst diese Menschen verteufeln, so viel du willst. Du kannst Morgan hassen oder auch mich, meinetwegen. Aber du täuschst damit nicht darüber hinweg, dass du dich manchmal, ganz tief in deinem Herzen und wenn niemand es sehen kann, fragst, ob dein Urteil über uns nicht vorschnell war."

„*Uns*? Wir, deine *echten* Freunde, die für dich da waren, komme was wolle, die dich kennen, seit du Angst hattest, dass deine Tante dir das Nachtlicht irgendwann verbieten könnte, weil du kein Baby mehr warst, sind von dir fallen gelassen worden wie eine heiße Kartoffel, sobald dein Freund auf der Bildfläche erschien. *Wir* haben seit Wochen kein Wort mit dir gewechselt. Wenn ich dich nicht in der Schule sehen würde, würde ich denken, du seist von denen da drinnen verschleppt worden. Michelle spricht es zwar nicht aus, aber sie nimmt an, du magst uns nicht länger leiden. Sie ist enttäuscht und Tori traurig und ich bin stinksauer. Zum Teufel mit all dem Scheiß, Mimi, du bist nicht Teil von ihnen, sondern von uns!"

Mein Herz schmerzte und der Druck auf meinem Brustkorb wuchs mit jedem anklagenden Wort. Mir war klar, dass Abby verwirrt und verletzt war, weil ich mich abgewendet hatte, weil sie spürte, dass ich Geheimnisse hatte. Weil ich es vorzog, mich von ihr fernzuhalten, anstatt sie anzulügen. Schuldgefühle, hart wie Stein, legten sich auf mich und ich atmete tief durch.

*Wüsste sie nur, wie sehr sie mir fehlte.*

Doch ich war nicht ihre alte Mimi. Anstelle des Mädchens, das mit ihr fischen, Grashüpfer fangen und auf Bäume klettern konnte, war eine Frau getreten, die bald nichts Menschliches an sich haben würde. Die mit der Dunkelheit spielte und den Umgang mit tödlichen Waffen, mit finsteren Mächten, übte.

Eine Frau, der die Unterwelt schmeichelte.

Mit ihr Zeit verbringen, bedeutete sich verstellen und verleugnen. Frei war ich nur mit Morgan. Mit ihm konnte ich ich selbst sein. Eine Leere breitet sich in mir aus und Tränen brannten in meinen Augen. Ich brauchte sie, ich wollte sie nicht verlieren. Wollte ihr nicht weh tun. Noch ehe ich den nächsten Gedanken formen konnte, brach ein neuer dazwischen: Ich hatte sie bereits enttäuscht. Abby hatte mich stets ermutigt, zu mir zu stehen, Makel und Eigenheiten miteingeschlossen. Dennoch versteckte ich mein wahres Ich vor ihr. Ihre Augen tasteten bereits mein Gesicht nach Anzeichen weiterer Tiefschläge ab, als wüsste sie, dass, was immer ich nicht aussprach, bedeutend genug war, unsere Freundschaft auf Eis zu legen. Ihre Stirn runzelte sich unter meinem nachdenklichen Blick und ich fasste einen Entschluss. Sie war meine beste Freundin.

Meine sterbliche, beste Freundin.

Um auf Nummer sicher zu gehen, müsste ich den Gesprächsgegenstand meiden. Zu Morgans Schutz. Zu meinem. Zu ihrem.

„Hätte ich das bei einem gewissen Mick genauso gehandhabt – wie fair hättest du das gefunden?“

Mein ganzer Arm schwitzte vor Hitze, die ihn ausgehend von dem Armband durchzog. Ich musste fort. Aber nicht ohne vorher gewisse Dinge klarzustellen – sofern das in meiner Macht stand.

„Nun, schön zu sehen, dass du die Noble von uns beiden bist. Dein Opa wäre sicher stolz auf dich.“

„Das ist es also? Dir gefällt nicht, was ich zu sagen habe, also wirst du persönlich?“

„Was weißt du schon von meinen Gedanken?“, fragte sie missbilligend.

„Bingo – wir wissen beide nichts mehr von der jeweils anderen“, lachte ich verbittert auf, „und dabei ist das nicht einmal das Traurigste an der ganzen Angelegenheit.“

Sie mied konsequent meinen Blick und betrachtete mit vor der Brust verschränkten Armen ein kleines Mädchen, das beim Spielen innehielt, um einem anderen aufzuhelfen. „Na los – du willst es doch sagen.“

Ich richtete meinen Oberkörper auf. „Wärst du wirklich meine Freundin, würdest du mich und das Neue akzeptieren – egal, mit wem ich zusammen bin!“

Ein Schimmer erleuchtete ihre Augen bei meinen Worten und verging, derweil die Wärme in mir zu Kälte wurde. Keiner von uns rührte sich. Niemand sagte ein Wort. Wir beobachteten einfach nur, wie leicht es für die Kleinen war, zusammen zu spielen und miteinander auszukommen. Das Natürlichste der Welt.

„Sie haben mich genommen“, flüsterte ich schließlich, da ich merkte, wie die Stille zwischen uns laut wurde. Ihre Augenbrauen gingen in die Höhe und ich erhaschte einen flüchtigen Blick auf meine alte Abby. „Yale.“

„Warum hast du das nicht gleich gesagt?“

„Weil ich mich anscheinend nur über meine Beziehung definiere.“

Ihre Finger glitten zaghaft über den Tisch zu meinen und drückten sie. „Herzlichen Glückwunsch“, wisperte sie sanft. Inmitten meiner Erwiderung trat ein fremdes, blondes Mädchen mit zwei Freundinnen an unseren Tisch. Sie war vermutlich keine sechzehn Jahre alt, rauchte aber schon, nahm gerade einen letzten Zug und trat die Kippe auf dem Boden aus.

„Sorry, wir möchten euch nicht stören. Aber … bist du nicht Mimi?“, fragte sie. Ich nickte. Die drei kicherten „Wow – hör mal, dein Freund ist ein Genie!“

Mit einem knappen Lächeln wollte ich mich wieder Abby zuwenden, als die kleine Gruppe ihre mit Glitzer beklebten Handys zückte und mir direkt vor die Nase hielt. Momente verstrichen, in denen ich einfach nur das laufende Video anstarrte und mir sämtliche Farbe aus dem Gesicht wich. Abby entging das nicht und so drehte sie einen Monitor kurzerhand zu sich. Ich hörte sie scharf die Luft einsaugen.

„Wo ist das?“, fragte ich die Raucherin mit belegter Stimme.

Sie zündete sich hastig eine neue Zigarette an und ließ das Streichholz achtlos auf den Tisch fallen, ihre mit Henna verzierte Hand zeigte jenseits der Gebäude. „Hinten. Am Rathausplatz.“

Mit einem lauten Knall schlug ich mit der flachen Hand auf den Tisch und drehte mich Morgan zu. Er sah von seinem Shake auf und mich schamlos an, ein verruchtes Lächeln auf seinen Lippen. *Nein*, bat ich im Stillen, *das ist ein Missverständnis. Ein Irrtum. Nein, nein, nein. VERDAMMT NOCH MAL!* Ich schrie, um die Zweifel zu übertönen. Als ich mir auf die Unterlippe biss, hielt er meinem Blick interessiert stand. Sein Körper versteifte sich und seine Augenbrauen fuhren in die Höhe, während ich aufsprang und der Stuhl hinter mir krachend zu Boden fiel. Mein Blick flackerte kurz zum Rathaus und zurück zu ihm. Er stand binnen Sekundenbruchteilen. Ich wandte den Blick auf Abby und lief los. Sie war direkt hinter mir.

Keine drei Minuten später trafen wir am alten Rathaus ein, von wo aus wir die Szene live auf uns wirken lassen konnten.

*Deshalb wollte er nicht in die Stadt*, hallte es in meinem Kopf.

Auf den weißen Steinstufen des altehrwürdigen Gebäudes, das nun ein umgebautes Museum für amerikanische Geschichte war, befand sich Brad und blickte in die gaffende Menge.

Was mich störte, war nicht sein trotziger Blick oder die griffbereite Kamera um seinen Hals.
Sondern dass er an einen Stuhl gefesselt war.
Die elementarsten Stellen mit bedrucktem Papier bedeckt, Ausgaben der Schülerzeitung, wie ich an den Kopfzeilen erkennen konnte. Um seine Kamera hing ein Zettel, auf dem in ausgeschnittenen Zeitungsbuchstaben stand: „Pressefreiheit = Die Freiheit, sich nicht darum zu scheren, was der Presse untersagt wird."
Mir wurde schwindelig bei dem Gedanken, Morgan von dem geplanten Artikel erzählt, meine Abneigung offen gezeigt zu haben. Brads Augen fanden meine, sobald er mich im Kreise der Gaffer erkannte. Zur selben Zeit wurde ich der Fotos gewahr, die sie ihm an den Körper geklebt hatten. Sie hatten sich wahrlich Mühe gegeben, Brads Anblick in die Gehirne einzubrennen: Es waren kompromittierende Bilder: Brad in Riesenwindeln oder mit einem lächerlichen Fetisch-Sponge-Bob-Kostüm. Brad, wie ein Sharks-Spieler ihn von hinten „deckte".
„Dein Freund ist ein Arschloch", korrigierte Abby die rauchende Blondine und riss mich dadurch aus meiner Starre. Ich kämpfte mich durch bis zur ersten Reihe und lief hoch, schob dabei ein Pärchen unsanft zur Seite, das sich links und rechts von Brad positionierte, um ein Foto mit ihm zu schießen, und durchschnitt, während Abby ihm ihre Jacke auf den Oberkörper legte, das Paketband um seine gefesselten Hände mit meinem Schlüssel.
„Brad? Alles in Ordnung?", fragte ich und half ihm mit meiner Freundin auf. Gabe kam dazu und reichte ihm seine Jacke, die sich der arme Junge dankbar um die Hüfte hielt. Wenigstens hatten sie ihm seine Unterhose angelassen.
„Du hättest ei-ei-ei-einfach ‚Nein' sa-sa-sa-sagen können, Melody", sagte er über das einsetzende Stimmengewirr der Versammelten, die durcheinander redeten. Ich half ihm vorsichtig die Treppe hinunter. Seine Haut war eiskalt, an den Handgelenken hatte er Schürfwunden. Auf der untersten Stufe bat er um Rast und setzte sich erschöpft hin. Ich hörte Brookes Stimme, die zusammen mit Alicia und Gabe die Schaulustigen vertrieb, Gemurmel, Lachen, Spott. Wie sie ihn aufzogen wegen des Stotterns, sich beschwerten, dass wir ihnen den Spaß verdarben.
„Das habe ich", erwiderte ich betreten und fischte eine Cola-Flasche aus dem Rucksack des Jungen, der ihn eben noch als Fotomotiv missbraucht hatte. Brad nahm sie mir dankbar ab und trank sie mit einem Zug halbleer.
„Und deshalb schickst du-du deine Handlanger vor, anstatt mi-mit mir zu re-re-reden?"

*Plural?*

„Dreckspack", verkündete Abby und riss dabei Bilder von seinen Beinen ab. Er atmete plötzlich scharf ein. Seine Augen verdrehten sich kurz und er spuckte die Cola wieder aus. Nachdem die zwei Fotos entfernt waren, rötete sich seine Haut.

„Die haben sie dir drangetackert?" Meine Stimme versagte beinahe, weil mein Zeigefinger über einer blutenden Wunde schwebte, an der bis eben das Sponge-Bob-Bild befestigt war.

„Brauchen wir einen Krankenwagen?" unterbrach Gabe und lächelte beruhigend in Brads Richtung. Abby nickte zustimmendend und er verschwand, tippte eine Nummer in sein Handy. Kurz darauf erklärte er dem Sanitäter, was er wo vorgefunden hatte.

„Brad", ich kniete mich vor ihn, weil er hilflos auf Gabes Rücken starrte, „ich schwöre dir hoch und heilig, dass ich damit nichts zu tun hatte. Glaubst du mir?"

Er musterte mich frustriert und irritiert zugleich. Um die Zeit, die er zum Nachdenken brauchte, sinnvoll zu nutzen, versuchte ich seine Hand zu wärmen. Wie lange hatte er wohl an seinem Pranger ausgeharrt? Bei dem Gedanken an die Pein und Schmach, der er hilflos ausgesetzt war, schossen mir unkontrolliert Tränen in die Augen.

„Das tu-tue ich", erklärte er letztlich und schenkte mir ein schiefes Lächeln. Ich schniefte erst und lachte dann angesichts der paradoxen Situation, in der er *mich* aufmunterte.

„Okay. Nun, da wir das geklärt haben: Bitte sei ehrlich. Wer war das?"

Sein Statur war in sich gekehrt. Ich versuchte es ruhiger. „Brad? Wer hat dir das angetan?"

„Wir", antwortete eine bekannte Stimme und ich fühlte, wie sämtliche wiedererlangte Wärme sich aus seiner Hand zurückzog.

Ein Schulterblick später hatte ich Gewissheit. Jared positionierte sich neben Morgan, der Brad anfunkelte, als sei er es nicht wert, der Dreck unter seinen Fingernägeln zu sein. Luke sprach weiter: „Wie wir ihm ausführlich erklärt haben, ist es unsere Mahnung, das Recht der Öffentlichkeit auf Information nicht falsch zu interpretieren. Private Grenzen nicht zu überschreiten, nur weil man eine Kamera hat und für eine Schülerzeitung schreibt."

„Wie?", fragte ich und richtete mich auf, sah Morgan genau ins überhebliche Gesicht. Er visierte Brad belustigt, und wurde erst ernst, nachdem ich zu ihm trat und dicht vor ihm stehen blieb. „Wie hast du das angestellt, wenn wir den ganzen Tag über zusammen waren?"

Mein Körper pulsierte vor Zorn. Unsere Armbänder reagierten am Anschlag.

Jared zuckte die Schultern, indes Morgan sich nach einem Blick auf die vielen Leute dazu entschloss, mich einfach zu ignorieren. „Luke, Connor, Matt und ich waren für die Vorbereitungen zuständig. Morgan sorgte für den Feinschliff."

Etliche Umherstehende jubelten.

Fünf qualvolle Sekunden lang gab ich Morgan die Chance, sich zu rechtfertigen, bevor ich Abby herunterzählen und Brad bei „eins" stöhnen hörte und geradeheraus nachhakte: „Du hast dich rausgeschlichen?"

„War keine halbe Stunde fort", beschwichtigte mich Granofsky, der plötzlich aus dem Nichts bei uns aufgetaucht war. „Und er war rücksichtsvoll. Sagte uns noch, du würdest zwar tief schlafen, aber wir sollten uns trotzdem beeilen."

„Abby?" presste ich mühsam ihren Namen hervor. Sie nickte verständnisvoll. Dann packte ich Morgan bei der Hand und zog ihn unter lautem Gejohle der anderen mit mir in den Stadtpark, unter den Baum, wo er mir die Leviten bezüglich meines Beinahe-Crashs mit dem Lkw gelesen hatte. Mit jedem Schritt, den wir in den dämmrigen Park machten und fort von der menschenüberfüllten Innenstadt, wurde ich klarer.

In den pflaumenartigen Farbton des Himmels mischte sich vergehendes Rosa. Die Grashalme, zwischen denen die letzten Vögel nach Nahrung suchten, wippten leicht. Ich blieb stehen, atmete tief durch und wandte mich meinem Freund zu.

„Mimi", begann er und der beschwichtigende Tonfall verknotete meine Innereien.

„Seid ihr auf eure Kosten gekommen?", fuhr ich ihn an.

„Der komödiantische Aspekt stand nicht im Vordergrund."

„Sondern?"

„Der belehrende. Der Kerl hat dich regelrecht gestalkt. Er trug hundertdrei Bilder bei sich. Nur von dir."

„Habt ihr versucht, mit ihm zu reden?"

„Wozu?", wollte er wissen. Seine Stimme klang so ruhig, dass mich selbst das provozierte. „Das hast du schon versucht – vergeblich."

„Also demütigen wir ihn einfach vor der ganzen Stadt. Das war der geniale Plan?"

Seine Augen folgten jedem Meter, den ich vor ihm auf und ab schritt. „Der geniale Plan beinhaltete, ihm einen Denkzettel zu verpassen, den er nicht wieder vergessen würde. Und ihn davon kuriert, gegen jemandes Willen seinen Kopf durchzusetzen."

„Er ist Reporter, Morgan!", fauchte ich, „Beharrlichkeit ist da kein Manko. Mag sein, dass er es übertrieben hat. Aber das", ich zeigte mit der Hand auf den Rathausplatz, „hat er nicht verdient. Das ging auf so vielen Ebenen zu weit, dass ich es gar nicht mehr fassen kann. Und damit nicht genug, ihr bringt das Ganze zudem in meinem Namen?"

„Für dich", korrigierte er und griff nach meiner Hand. Er bestand tatsächlich darauf, mir einen Gefallen getan zu haben?

„Für mich wäre es gewesen, hätte ich euch darum gebeten", ich entzog sie ihm voller Abscheu und winkte ab. „Typisch! Wann lernst du endlich, dass dein Verhalten nicht nur dich selbst betrifft, sondern auch mich? Deine Familie? Andere."

„Wen?"

Er starrte ungerührt zu dem Museum. Da meine Kopfschmerzen einsetzten, schloss ich kurz die Augen.

„Menschen?", begriff er schließlich. Seine Stimme war harsch, „wir streiten uns wegen *Menschen*?"

Flach, wie er das letzte Wort betonte, blieb kein Spielraum, um seinen Ekel zu verbergen. Mein Puls durchbrach die Schallmauer und ich tat mein Bestes, um tief durchzuatmen und nicht die Wände hochzugehen.

„Morgan …"

„Nein! Warum in Teufels Namen führst du dich auf wegen denen?", warf er mir anklagend vor. „Es gibt sieben Milliarden davon! Was zählt da einer, der –"

„Jeder der sieben Milliarden hat ein Anrecht darauf, mit Respekt behandelt zu werden!", schrie ich frustriert zurück. „Newsflash, sie – wir – haben Gefühle. Stopfst du sie in eine Mülltonne, weil es witzig ist, tut ihnen das weh. Verwehrst du ihnen die Chance auf einen Auftritt, weil sie nicht nach deine Pfeife tanzen, verletzt sie das. Und sperrst du sie in ein Schließfach, hängst sie an eine Laterne oder setzt ihre Garagen in Brand, selbst wenn du einfach nur Lügen über sie verbreitest und damit systematisch ihren Ruf zerstörst, gehen sie nicht nach Hause und freuen sich", meine Stimme überschlug sich förmlich, „sie weinen! Und stell dir vor: Je öfter du das mit ihnen machst, desto wahrscheinlicher zerbrechen sie daran. Menschen sind nicht perfekt, Morgan. Ja, sie machen Fehler und ja, sie stellen sich blöd an. Aber sie sind nicht dein Spielzeug und schon gar nicht deine Untergebenen."

Sein Gesicht fiel noch mitten in meiner Rede zusammen. Mit zusammengekniffenen Augen starrte er mich nun an, um ihn herum war eine blaue Aura entstanden, die die Luft zum Brennen brachte und durch die kühle Brise weiterentfacht wurde. Seine Kutte flackerte mit der Kontrolle um seinen Körper, bis sie schließlich verschwand. Ich registrierte, wie meine Hand schmerzte, da wo mein Armband auflag, und wie das Blau seiner Augen einer jegliches in sich saugenden Dunkelheit gewichen war. Ein rotes Glimmen darin machte mich stutzig, ehe ich begriff, dass es von mir ausging und in seinem Blick gespiegelt wurde.

Perplex blickte ich an mir herab. Ich stand halb in Flammen. Wild entschlossen fixierte ich die grüne Stichflamme um mich herum und leerte meinen Kopf, wartete, dass sie erlosch. Einzig das verkohlte Gras zu meinen Füßen blieb davon übrig.

Mit tiefer, emotionsloser Stimme informierte er mich anschließend: „Sie sind das, was ich möchte."

*Irrtum.*

„Keiner kann dich leiden, wenn du so bist."

„*So*?", wiederholte er scharf.

„Ein verwöhntes Balg", spezifizierte ich.

Ein Knacksen neben uns ließ mich zusammenfahren. Wie ein Grashalm knickte der Baum um. Sein Stumpf stand daraufhin lichterloh in Flammen, die Erde erzitterte unter der Last. Ich löschte ihn augenblicklich und hinderte den nächsten am Umstürzen. Etwas hatte sich verändert, allein der Gedanke, ihm nahe zu sein, verursachte mir Krämpfe. Zähneknirschend stampfte ich mit dem Fuß auf und brachte die Umgebung zum Beben, da ich merkte, dass ich andererseits nicht fort von ihm wollte.

„Was bist du? Mein Gewissen?"

Mit einem freudlosen Lachen hörte ich mich ihm erwidern: „Du könntest definitiv eins gebrauchen."

„Oh, bitte …", winkte er mit einer gelangweilten Handbewegung ab.

„Sprich nur weiter."

„Du würdest es nicht verstehen."

„Was würde ich nicht verstehen? Wie schwer es ist, du zu sein? Unter minderwertigen ‚Kreaturen' leben zu müssen?"

„Ich kann nichts für meine Herkunft."

„Nein. Aber du kannst was für deine Einstellung."

Sein zynisches Lachen durchschnitt die Dämmerung. „Du denkst, du weißt alles, nicht wahr, dass es *dir* zusteht, über Richtig oder Falsch zu urteilen? ‚Ich bin Melody Campbell – mein Großvater war Priester, mein erstes Buch die Bibel. Ich bin praktisch unfehlbar.' Wie scheinheilig."

„Mein Großvater war Priester!", stellte ich klar, „aber das heißt nicht, dass ich mich zur Königin der Welt erhebe."

„Warum verteidigst du dich plötzlich?"

„Das tue ich nicht."

Meine Hände mussten dringend etwas zu tun bekommen. Wütend band ich mein Haar zu einem Pferdeschwanz zusammen, lockerte ihn wieder und kämmte sie durch.

„Das ist doch sinnlos“, stöhnte er nach einer Ewigkeit. „Hören wir auf damit.“

„Einverstanden.“

„Komm her.“

„Rühr mich nicht an.“ Seine Finger streckten sich soeben nach meinem Haar aus. „Oder ich hafte nicht für mögliche Brandverletzungen.“

„Warum bist du dermaßen sauer?“

„Lass mich nachdenken – wegen der Sache eben?“ Der Stoff meines Armbandes hatte seinen Hitzehöhepunkt erreicht und überschritten. Brads verletzter Blick, das Johlen der anderen, seine geschwollenen Handgelenke, die Vorstellung, wie er stundenlang an seinen Fesseln gezogen hatte, wie sie Tacker an seinem Körper ansetzten … Mein Atem stockte verdächtig in der Kehle.

„Mimi …“

Ich schlug mir die Handballen vor die Augen und konzentrierte mich auf das, was ich bewirken konnte. Die Zeit zurückzudrehen war nicht möglich, Morgan die Augen zu öffnen schon. „Kein ‚Mimi‘. Du willst Jurist werden, wirst bald über *Menschenleben* urteilen müssen – fair. Richter sein? Zeit, sich wie einer zu benehmen!“

Nach einem letzten Blick von ihm zum Himmel wünschte ich mich dahin, wo er mich nicht finden würde, und ließ ihn stehen.

In Hartford lief ich über den Gang im ersten Stock zu meinem alten Zimmer und legte die Finger um den Knauf, ohne die Tür zu öffnen. Graue Wölkchen bildeten sich vor meinem Mund, während ich die Stirn an das glatte Holz lehnte. Die Kälte des Winters fühlte sich an wie Nachhausekommen. Sie machte das Ganze schlimmer. Bevor ich eintrat, nahm ich mir vor, nicht zum Opfer meiner Wunden zu werden, egal wie stark sie aufreißen mochten. Dann drehte ich den Griff, der einst messingfarben gewesen war, aber den Glanz vergangener Tage verloren hatte, und trat vorsichtig ein.

Meine Oma hatte nach meinem Umzug eine Reinigungsfirma mit der Instandhaltung beauftragt und sie machten ihre Sache offensichtlich tadellos. Lediglich die vielen weißen Laken, die zum Schutz vor Staub auf dem Mobiliar ausgebreitet waren, zeugten davon, dass hier niemand mehr zu Hause war. Ich entfernte sie von meinem Lieblingssessel am Fenster und kuschelte mich hinein, deckte mich damit zu und ließ den Tränen freien Lauf. Unten im Garten, auf den Dächern und Gehwegen türmten sich die weißen Schneemassen, glitzerten im schwachen Mondlicht und dem Schein von Straßenlaternen. Das Schlechte der Welt lag wie unter einer Decke aus Puderzucker begraben. Matt und geschlagen wischte ich mir die Tränen mit dem Ärmel fort, winkelte die Beine an, schaute hinaus und erkannte rein gar nichts.

Bevor ich nach endlosen Stunden endlich einschlief, erschöpft von den fortwährend chaotisch in meinem Kopf wirbelnden, gleichen Gedanken, freute ich mich auf die Abwechslung in der Unterwelt.

Ich öffnete die Augen – just, da sich die Sonne verdunkelte und eine ringförmige Finsternis einsetzte.

Das war nicht das Meer.

„Willkommen, Melody", Millionen Glöckchen schwirrten in der Luft und setzten die melodischen Stimmen zu einer zusammen, „zu eurer ersten Prüfung."

## *Kapitel 19*

Ich schluckte hart und nahm mir etwas Zeit, um zu Atem zu kommen, meine Umgebung wahrzunehmen. Wir befanden uns in einem ovalen Areal, das mit seinen robusten Steinwänden und den beiden gegenüberliegenden Toren an eine römische Kampfarena erinnerte. Der Boden war mit Kies bedeckt, obwohl das Fundament darunter aus grauen Steinplatten bestand. Über uns dienten ein Dutzend aneinandergeknüpfte Leinentücher als Deckenersatz und verhinderten den Blick auf den Nachthimmel, der hier und da durch kleinen Spalte blitzte. Außer mir und den Disceptatori warteten Lawrence und Gott auf der Tribüne an der Westseite, getrennt durch eine Loge, in der drei thronartige Sitzgelegenheiten Platz gefunden hatten.

Von dort aus würden unsere Schiedsrichter das Ganze verfolgen.

Morgan stand rechts von mir und beäugte strikt die Disceptatori. Sein Blick schwarz.

„Ihr sagtet, wir hätten einen Monat", erklärte er ihnen gereizt. Der Druck des Ungewissen musste schwer auf seinen Schultern gelastet haben.

„Wir gaben euch eine Mondumdrehung Zeit – nicht zwangsläufig die des *Erden*mondes."

Mein Disceptator, der mir einst die Hand aufs Herz gelegt hatte, schwebte nun zu uns, sein Gesicht in ein Schimmern getaucht, wie von Morgentau benetzt. Ehe er weitersprach, wartete er darauf, dass die anderen beiden den rechten und linken Thron erreichten und sich setzten. Lawrence und Gott erwiderten ihren Gruß und schwiegen anschließend. Sämtliche Augenpaare richteten sich auf uns drei. „Wir befanden es für gerecht, Melody die benötigte Zeit zu geben. Wünscht ihr eine Beanstandung?"

Seine feinperlige Stimme war freundlich, seine Augen distanziert. Morgan und ich wechselten einen Blick und schüttelten dann simultan den Kopf.

*Bringen wir es hinter uns.*

„So sei es", erwiderte der Disceptator zufrieden. „Hört nun die Regeln eurer ersten Prüfung." Er trat zur Seite und Brooke erschien in der Arena, ihre Haut erleuchtet von den aufgezeichneten Symbolen. Unsere Armbänder erstrahlten farbenfroh, je näher sie trat und wurden dunkel, sobald sie vor uns anhielt.

„Ziel ist es, die Seelen ihrer rechtmäßigen Bestimmung zuzuführen. Dafür habt ihr einen gewissen Zeitrahmen, dessen Einhaltung essenziell ist. Es ist euch gestattet, jeweils zwei Hilfsmittel dafür in

Anspruch zu nehmen, seien es Kräfte physischer oder psychischer Art. Verschwindet die Uhr vor Ablauf der Zeit, gilt die Aufgabe als bestanden."

Es war schwer ihr zu folgen, da die Stimme, mit der sie uns einwies, hoch und tief zugleich war, sie manche Wörter nur leicht streifte, andere hingegen überbetonte.

„Fragen?"

„Nein", hörte ich Morgan sagen.

„Keine", erklärte ich.

„Ausgezeichnet", sagte der Disceptator, legte seine Hände zuerst auf unsere Oberkörper und danach ineinander. Mit einer galanten Bewegung und binnen eines Wimpernschlags war er bei den anderen auf dem Podium und setzte sich: „Ardua Prima Via est. Möge die Prüfung beginnen!"

„Viel Erfolg", sprach Brooke und klang wieder wie sie selbst. Sie verbeugte sich tief vor uns und verließ mit langsamen Schritten den Austragungsort, um auf die Ränge zu gelangen.

*Aller Anfang ist schwierig?*

Die Worte des Disceptators wirbelten wild in meinem Kopf herum, verwischten jedoch, weil Morgan sich vor mich stellte und sichtlich um einen neutralen Ton rang. Seine stahlgrauen Augen bohrten sich in meine, entzogen dabei der Umgebung jeden Rest Licht und ließen mich frösteln. „Das nenne ich schlechtes Timing. Aber, Mimi, was auch zwischen uns im Raum stehen mag, es muss warten."

Den Impuls, ihm meine Hand zu entziehen, missachtend, stimmte ich zu.

„Wir sind ein Team", nickte ich, „hören wir aufeinander – und auf unsere Instinkte."

In der Nähe schlug ein Blitz in den Boden ein und erhellte den roten Horizont, der aus einem Feuerballregen bestand. Wir waren also in der Unterwelt. Der von der Sonne verdeckte Vollmond gab einen wundervollen Rahmen für die Funkenfontäne ab, die rastlos neue Sterne gebar, deren Glanz erlosch, bevor der nächste Komet aufschlug. Im Wiegen der Decke erhaschte ich flüchtige Blicke darauf.

„Bereit?", fragte er und ein Hauch Blau infiltrierte seinen Blick.

„Auf jeden Fall."

Kaum ausgesprochen, erschien eine gewaltige Sanduhr über unseren Köpfen und drehte sich in die Vertikale. Ein Poltern rechts und links von uns ließ uns auseinanderfahren. Erst ein, dann zwei, dann vier und etliche weitere Menschen betraten durch die Durchgänge die Stätte, liefen verwirrt umher, rempelten einander an und stießen sich gegenseitig um. Ich zählte drei Dutzend Seelen: Kinder, Erwachsene, Ältere und Greise, schreiend, jammernd, einige schlugen aufeinander ein, andere liefen gegen Wände. Eine junge Frau riss sich sprichwörtlich die Haare aus. Sie hatten nichts gemeinsam und trotzdem einte sie eine Sache: Panik. Sie hatte keine Ahnung, was mit ihnen geschah, noch wo sie waren oder mit wem. Ihr Fluchtinstinkt war aktiviert, sie wollten überleben. Noch in dem Versuch sie zu ordnen streifte mein Blick die Sanduhr – sie lief längst.

Aus den Augenwinkeln sah ich Morgan loslaufen. „Das ist machbar", schrie er über die Schulter zurück. „Es sind viele, aber sie sind eingesperrt."

Er war schnell und erwischte einen Hünen, den er so präzise mit einem gekonnten Tritt in den Unterleib umwarf, dass er drei weitere im Fallen mit sich riss. Kaum kamen sie auf dem Boden auf, zerfielen die Körper zu Asche.

Vier weniger, dreißig übrig, zählte ich im Kopf und generierte Pfeil und Bogen in meine, wie ich jetzt erst bemerkte, zittrige Hand.

*Das hast du geübt, Mimi.*

Fokussieren.

Ohne eine Gruppe mit dem Rücken zueinander stehende Erwachsene aus den Augen zu lassen, legte ich an und zielte.

Antizipieren.

Die Seelen entdeckten meine Waffe und zeigten auf mich. Ihre Köpfe drehten sich mir zu. Ihre Augen leer wie der Tod.

Reagieren.

Ich atmete ein, presste die Luft durch meine Lippen und schickte meinen Pfeil auf die Reise. Ein Aufschrei drang an mein Ohr und verstummte. Mit beiden Händen an seiner Brust stolperte gleichzeitig ein Mann auf mich zu. Ich hörte, wie sich meine Atmung beschleunigte, sah das Blut aus seinem Mund sowie aus der Wunde in seinem Oberkörper tropfen. Er landete mit dem Gesicht in dem Kies und löste sich ungleichmäßig auf, der Pfeil hatte ihn durchbohrt und ragte an seinem Rücken heraus. Der Zweite und der Dritte fielen mit ein und nach einem großen Dankeschön an Luke und Jared, die mich wochenlang auf Bienen hatten schießen lassen, spürte ich das pfeifende Zischen eines jeden Pfeiles, sobald er losflog, und schoss und schoss die Handvoll Seelen der Reihe nach ab. Eine nach der anderen verpuffte. Das letzte Aschekorn von dem, was einst ein junges Mädchen war, verwehte noch im Wind, da erblickte ich Morgan in einem weit entfernten Teil der Arena, wie er sich durch ein Meer von Seelen kämpfte, sie dezimierte, während diese ihn außer sich anfielen. Unermüdlich schlug und trat er auf sie ein – und sie erwiderten es. Wütend und angeekelt von mir selbst, dass ich einfach nur in sicherer Entfernung herumstand, während er sich abmühte, stürmte ich vorwärts. Das Adrenalin jagte durch mich hindurch und ich beschleunigte weiter, sprang einer Frau an die Kehle, die sich heimtückisch von hinten an ihn heranschlich. Instinktiv drehte ich ihr den Hals um. Das Knacken des Genicks erklang und sie zerfiel augenblicklich zu Staub.

„Lass sie dich nicht zu Boden kriegen“, warnte Morgan mich und verpasste jemandem einen Kinnhaken, hob einen anderen mit einer Rückwärtsdrehung hoch und schmetterte ihn in eine Seelentraube.

Puff. Puff. Weitere Körper verschwanden.

Ich stellte mir vor, ich wäre im Training, bückte mich, sammelte eine Handvoll Steine auf und warf mit solch einer Geschwindigkeit mit Kies nach einem Jungen, der Morgan auf den Rücken zu klettern versuchte, dass es sich anfühlen musste wie Gewehrkugeln. Ich warf hart genug, dass seine Haut bis auf die Knochen aufplatzte. Schließlich fiel er herunter, in seinem Schädel ein Loch von der Größe einer Walnuss. Gestärkt durch den Erfolg machte ich weiter, drängte Seelen zurück, die mir manchmal so nah waren, dass ich ihren Atem fühlen konnte oder wie ihr Speichel auf mich tropfte. Der Dunst aus Schweiß und Hitze trieb mir fast die Tränen in die Augen. Als mir die Steine ausgingen, schaltete ich in Kampfmodus um und registrierte mit Genugtuung, wie Morgan und ich uns langsam eine Gasse freikämpften.

War ich erst einmal bereit, sie als das zu betrachten, was sie waren – böse Menschen – spürte ich, ich würde es schaffen. Durch die zig Körper hindurch entdeckte ich manchmal eine kleine Hand, machte jedoch weiter, arbeitete mit meinem Freund zusammen, deckte ihn, half ihm, entlastete ihn. Morgan beförderte zwei Seelen ins Fegefeuer, indem er ihre Köpfe aneinanderstieß. Da bemerkte ich das fatale Paradoxon.

Je mehr wir von ihnen vernichteten, desto mehr kamen durch die Eingänge nach. In Strömen liefen sie in die Arena, um den anderen zu Hilfe zu eilen.

Mit einem besorgten Blick zu der ständig anwachsenden gewaltbereiten Masse, die sich organisierte und allmählich gegen uns zusammenschloss, wurde ich nachlässig. Ein Junge, vielleicht zwölf Jahre alt, nutzte die Gunst der Stunde und zückte plötzlich aus seinem Hosenbund ein verstecktes Messer. Brüllend lief er auf mich zu, da schoss Morgans Hand vor und stieß mich weg, sodass mein Angreifer dank des Schwunges nicht rechtzeitig bremsen konnte und gegen die Wand lief. Sein Messer flog in hohem Bogen weg und ich sprang und fing es auf, um es postwendend zurückzuschmettern. Es blieb in seinem Rücken stecken und mit einem letzten Husten wurde er zu Asche.

„Sie haben Waffen?“, fragte ich Morgan.

„Scheint so", antwortete er und zertrat den Schädel einer älteren Frau, die er zu Boden gerungen hatte.

Der Sand lief nun in Strömen durch die Uhr. Innerhalb von Sekunden tötete Morgan erst einen Mann und ein Mädchen. „Hinter mich! Jetzt!"

Ihr rundes Gesicht von blankem Hass gezeichnet, kam eine durchtrainierte Frau in Sichtweite, oder eher, sie rannte – und das mit einer Schnelligkeit, dass ich sie nicht sogleich wahrnahm. Morgan hingegen verlagerte sein Gewicht mittig und schaffte es selbst, nachdem sie zum Sprung ansetzte, mich aus dem Weg zu schleudern, bevor er sie in der Luft fing und unsanft auf die Erde warf. Mit ihren Füßen um sich strampelnd erwischte sie ihn und umklammerte seinen Knöchel, er verlor kurzzeitig das Gleichgewicht, fing sich aber. Elanvoll trat er ihr daraufhin auf die Hand und gegen ihren Schädel. Knochen brachen laut und knirschend, Blut und Spucke schoss aus ihrer Nase, doch sie ließ ihn nicht los. Anstatt ihm zu helfen, riss ich nur in blankem Horror die Augen auf, weil sie mich direkt anstierte. Ein Umstand, der Morgan nur wütender machte – mit einem letzten gezielten gewaltigem Tritt riss er ihr den Kopf ab.

„Mimi!" Morgan trat vor mich und enthauptete eine weitere ältere Frau. Ihre Hand, mit der sie eine blutige Stricknadel umklammerte, deutete auf mich, bevor sie verschwand.

„Mimi, sieh mich an."

Er wartete, bis ich den Kopf drehte und die Träne wegwischte, von der ich gar nicht bemerkt hatte, dass sie mir die Wange herunterrollte. Plötzlich, inmitten des Irrsinns, strahlten seine Augen eine Zuversicht aus, die mich schwindelig machte. Sein Vertrauen in mich konnte ich selbst im letzten Winkel meines Körpers prickeln spüren.

„Du machst das toll. Hör nun bloß nicht auf", bat Morgan und nahm die Nähnadel der Alten, um jemandem, der aussah wie Bud Spencer, den Augapfel zu durchstechen. „Ich schaffe das nicht, wenn du mich hängen lässt."

*Genau.*

Ich musste mich zusammenreißen. Für mich. Für uns.

Ein Mann nutzte den Moment und warf sich mit voller Macht auf meine Schultern, presste mir dadurch die Luft aus der Lunge. Einen furchtbaren Augenblick lang wurde mir schwarz vor Augen. Keuchend fiel ich auf die Knie, wobei Fingernägel über mein Gesicht kratzten, Finger an meinem Haar zogen, Fäuste auf mich einhieben und ich Morgan etwas brüllen hörte. Jetzt da sie mich zu Boden gerungen hatten, war ich scheinbar ein leichtes Ziel für die Seelen. Mit freudigem Gegröle warfen sie sich auf mich. Ich spürte Hiebe und meine Eingeweide verkrampften sich. Mein grünes Kleid wurde zerrissen, das ich eben noch gar nicht angehabt hatte, da zeichnete sich durch das dichte Geäst von Fingern und Füßen ein Arm ab, der sich nach mir streckte. Ich klammerte mich daran wie eine Ertrinkende an den Rettungsring und er zog mich beharrlich heraus, stieß seine Gegner aus dem Weg, trat nach ihnen wie sie nach mir.

„Aufhören!“, hörte ich seine Stimme über die Arena donnern und blinzelte verwundert in zwei braune Augen. Das war nicht Morgan. Vor mich hatte sich ein Mann mittleren Alters gestellt und ging gerade zu Boden, nachdem mein Freund ihm eine verpasst hatte.

„Nein“, sagte ich und zeigte auf ihn, „er hat mir geholfen.“

Morgans Gesicht muss ähnlich verwirrt angemutet haben, wie ich mich fühlte, trotzdem ließ er ihn daraufhin zufrieden und tötete stattdessen meine anderen Peiniger, die sich erneut auf ihre Beute werfen wollten.

„In Deckung“, schrie ich und er duckte sich keine Sekunde zu früh: Mein Pfeil glitt präzise durch das Herz der beleibten Frau und zerstörte sie. Beim nächsten Wimpernschlag drehte er sich hinter mich und erreichte ein Mädchen, das sich nach vorn warf, um mir ihre Zähne in den Nacken zu rammen. Mit einer Hand schirmte er mich ab, mit dem anderen Arm warf er sie zurück.

„Morgan?“, fragte ich und wandte den Kick an einem sich anschleichenden Kerl an, den Luke mir speziell für Männer gezeigt hatte, bevor ich ihm einen Pfeil in den Kopf rammte.

„Ja?“

„Ich möchte den Augenblick nutzen, um dir für dein Vertrauen zu danken.“

„Gern geschehen.“

„Auch wenn es uns vielleicht nichts helfen wird.“

Ich brach den Arm der jungen Frau, mit dem sie mich erwürgen wollte, bevor ich sie über meinen Rücken hob und mit dem Schädel voran auf den Steinboden schleuderte.

Puff.

Morgan grinste tatsächlich. Zog mich an sich und küsste mich schnell. „Wir werden bestehen.“

Ich wollte etwas erwidern, was mit Relationen, Mathematik, Stochastik zu tun hatte. Doch mein Blick streifte die Uhr über uns und danach die blutunterlaufenen Augen der beiden Angreifer, die mich anflehten, derweil Morgan ihnen den Gnadenstoß verpasste.

Der feine Sandstrahl in dem milchigen Glas flackerte einen flüchtigen Moment auf und wurde breiter.

Ebbte ab, um kurz darauf wieder stärker durchzufließen.

Mit der einen Hand hebelte ich eine Oma aus und warf sie auf den Boden, bevor ich ihr meinen Pfeil in die Halsschlagader stach.

Sie zerfiel zu Asche.

Zerrann wie der Sand.

Das brachte mich ins Grübeln.

„Stopp!", schrie ich und hielt Morgan davor zurück, ein neues Opfer in den Schwitzkasten zu nehmen, indem ich seine Hand fest umklammerte. „Warte. Irgendetwas stimmt nicht – jede Seele, die verschwindet, beschleunigt die Uhr."

Ich deutete dorthin, wo die Sanduhr über uns schwebte und schoss einen Greis mit Pfeil und Bogen ab. Das Flackern setzte ein und der Sandstrahl verdoppelte tatsächlich seine Geschwindigkeit, bevor er wieder normal wurde. Morgan schob die Augenbrauen zusammen.

Er schnappte sich meine Hand und wir liefen zum entgegengesetzten Ende des Platzes.

Die Disceptatori beobachteten uns aufmerksam, auf ihren verschlossenen Mündern lag jenes schwache Lächeln, das ein Geheimnis verbarg.

Hunderte Augen starrten zur selben Zeit hasserfüllt zu uns hinüber, blieben aber vorerst auf Sicherheitsabstand. Ernüchtert warf ich meinen Bogen fort.

Wir hatten keine fünf Minuten mehr. Sein Blick folgte meinem.

„Rekapitulieren wir", sagte er und kratzte sich nachdenklich das Kinn, „wir haben jeder jeweils eine Kraft und es kommen vermehrt Unzurechnungsfähige nach, aber die Uhr verrinnt schneller, je mehr wir lynchen."

„Richtig."

Kämpften wir weiter, würde uns die Zeit durch die Finger rinnen – bestenfalls. Die andere Option war, dass die Seelen, in beständig wachsender Überzahl, uns besiegten.

Warum nur fühlte es sich an, als entginge mir etwas?

Morgan fuhr sich hektisch übers Gesicht, da zogen die Laken, die den Blick auf die Sonnenfinsternis verbargen, meine Aufmerksamkeit auf sich. Das sanfte Rot des Konturenrings. Gesetzt den Fall …

„Das ist es!", entfuhr es mir und ich drehte den sich nähernden Seelen den Rücken zu, um mich auf meine Gedanken zu konzentrieren. „Feuer! Wir bekämpfen Feuer mit Feuer."

„Könntest du dich etwas präziser ausdrücken?", forderte Morgan, und ich war verführt auf mein Armband zu schauen, das sich dunkelblau färbte. Seine Hände, die meine Oberarme sanft, aber bestimmt schüttelten, verhinderten das. „Mimi, nicht aufhören. Blau steht für Weisheit. Du bist auf dem richtigen Weg. Woran denkst du? Was ist dein Plan?"

Kopfschüttelnd sammelte ich mich. „Wie du gesagt hast: Es sind viele. Und sie sind eingesperrt wie Vieh auf einer Koppel. Was macht ein Ranger, wenn er seine Tiere einfangen muss?"

„Er treibt sie zusammen“, das Feuerwerk in seinen Augen brannte lichterloh, als auch sein Armband die Farbe des Ozeans annahm, „wir katapultieren sie alle auf einmal ins Fegefeuer!“

Ich erwiderte sein Lächeln.

„Was heißt: ‚Feuer mit Feuer‘ bekämpfen?“

Anstelle einer Antwort zeigte ich es ihm. Vorsichtig erschienen zwei Neola-Sphären vor uns, leuchteten auf uns herab wie von Scheinwerfern angeleuchtete Katzenaugen, bis das Gelb dunkler und schließlich, sobald die Hitze sie durchdrang, zu glühendem Rot wurde.

Morgans Augen ruhten im hellen Schein ihrer Lichter anerkennend auf mir. Im Gegensatz zu den nun rund hundert Menschen, die jetzt keine zehn Meter von uns entfernt standen. Selbst da ich es anfänglich nicht für möglich gehalten hatte, wurde der Platz der riesigen Stätte gefühlt stetig enger. Die Wände umschlossen uns, je näher die Verfolger waren. Ich streifte den Gedanken ab und wandte mich einem anderen unangenehmen zu.

„Aber ein Problem bleibt: Wie stellen wir sicher, dass uns keiner durch die Lappen geht?“

„Da hätte ich eine Idee“, erwiderte er. Sein Armband reagierte gleichzeitig und verwandelte sich zu blauer Seide. „Und sie scheint gut zu sein“, grinste er.

Er beugte sich vor und flüsterte mir ein paar Sätze ins Ohr. Sobald er mich daraufhin musterte, war mein Gesicht voll der Skepsis.

„Das wäre meine dritte Kraft“, erklärte ich ihm. Ein kleines Kind schlich sich währenddessen an uns heran. Mit den anderen im Rücken traute sich selbst der Erstklässler an die vorderste Front.

Die Zeit lief uns davon.

„Sie sagten: Jeweils zwei Kräfte, nicht keine *gemeinsame*.“

Damit reichte er mir seine Hand und mit einem letzten Seitenblick auf die Menschenmasse, die uns tatsächlich umzingelt hatte, ergriff ich sie.

Binnen weniger Sekunden hoben wir ab, weg von Händen, die nach uns griffen, Steinen, die uns hinterherflogen, und apathischen Schreien, die unseren Weg bis in sichere Höhe begleiteten. Meine Sphären folgten uns und ich war zutiefst bemüht, sie nicht die Leinen berühren zu lassen, die direkt über uns wehten. Rund zehn Meter über den Sündern blieben wir schließlich in der Luft stehen.

*Nun der schwerste Teil.*

„Wir haben ausreichend Zeit“, beschwichtigte mich Morgan. Er schien weiterhin meine Gedanken zu lesen und streichelte mit seinen Daumen meine vor Anspannung klammen Hände. Nicht nur, dass ich ihn loslassen musste, ich durfte auch keine Sekunde lang aufhören, an mein Ziel zu denken. Trafen die Sphären daneben, war’s das. Für die

Generierung neuer hatten wir keinesfalls genügend Zeit. Ich machte meine rechte Hand los und spürte die Schwerkraft, die sofort an mir zerrte. Morgan drehte uns leicht und wirkte dem Sog entgegen, indem er mich an der Taille packte und stützte.

„Konzentrier dich", flüsterte er ruhig.

Mit all der Geduld, die ich unter den Bedingungen aufbringen konnte, dachte ich an die Mitte der Arena und warf die erste Sphäre in die entsprechende Richtung. Sie glitt lautlos und unter dem ohrenbetäubenden Protest der Anwesenden in eine zentrale Position, dort verharrte sie und drehte sich um die eigene Achse. Die Zeit begann so langsam zu vergehen, als sei sie in Honig getaucht worden und mühte sich nun durch die dicke, klebrige Materie. Die Neola-Kugel entspann allmählich ihr feinmaschiges Netz und war dabei, das unter ihr Befindliche ganz zu verdecken, da machte ich in dem Ozean von Augen ein vor Angst weit aufgerissenes Paar aus. Sie gehörten dem rundlichen Herrn mittleren Alters, der mir innerhalb des Mobs auf die Beine geholfen hatte.

Augenblicklich blinzelte ich zu der Sphäre und wusste, es war zu spät: Ich ließ sie implodieren.

„Was ist los?", Morgan klang alarmiert.

„Keine Ahnung", meine Hand hielt sich wieder an ihm fest, „ich habe einfach …", *ja, was*? Erwartungsvoll sah er mich an. Seufzend vervollständigte ich: „Es war intuitiv."

Auch wenn er mich vermutlich am liebsten wachgerüttelt hätte, ließ Morgan mir die Zeit, meine Gedanken schnell zu ordnen. Das Kaffeebohnenbraun der Augen meines Retters blickte hoffnungsvoll zu mir herauf, während eine junge Dame wie besessen auf ihn einzuschlagen anfing. Ihre Fäuste, ihre Tasche, was sie finden konnte, nutzte sie, um ihren Frust an ihm auszulassen. Sie war halb so kräftig wie er und deutlich kleiner, aber dennoch in der Lage, ihn grün und blau zu schlagen?

Er zuckte, sobald sie sein Auge erwischte.

Und da begriff ich: Er wehrte sich nicht.

„Morgan, vertrau mir", verlangte ich von meinem Freund, der ohne zu zögern nickte. Nach einem letzten Blick auf die nahezu abgelaufene Zeit übernahm ich die Kontrolle über das Fliegen und schwebte bis dicht über den Helfer.

„Der Mann mit dem schlichten gelben Hemd und den dunkelbraunen Augen?"

„Den von vorhin?"

„Ja. Wünsche ihn dir her."

„Wie bitte?"

„Du hast noch eine Kraft frei – teleportier ihn zwischen uns."

Morgan runzelte die Stirn und blinzelte von ihm zu mir. „Testest du eine Annahme oder eine Tatsache?“

„Eine Theorie. In einer Minute erkläre ich es dir ausführlich, aber weil die Uhr gegen uns läuft, tu mir bitte den Gefallen und vertraue mir!“

Ich hatte noch gar nicht geendet, da drängte sich bereits der Körper des Mannes zwischen uns und sobald Morgan ihm zusprach, ihn anwies, sich nur an ihm festzuhalten, schickte ich die zweite Sphäre auf den Weg. Unmittelbar vor der Decke drehte sie eine kleine Runde um die Arena, sank dann und flog im Tiefflug auf die Gesichter zu, bevor sie im letzten Augenblick nach oben abdrehte und auf dem Höhepunkt ihres Leuchtens das feingliedrige, heiße Netz um das riesige Areal warf. Es fiel über die Anwesenden und erstickte die Schreie der Verbrennenden. Mitten im verhallenden Lärm lief das letzte Sandkorn durch die Uhr.

Nichts passierte.

Eine Sekunde später, die wie ein ganzes Leben anmutete, hörte ich Lawrence lachen.

Gott bedachte mich mit einem nachdenklichen Lächeln, und schwacher Seegang umspülte eine Brandung. *Falsch*, korrigierte ich: Das Geräusch kam von der Tribüne. Die Disceptatori applaudierten, standen behäbig von ihren mächtigen Stühlen auf.

„Exzellent!“, lobten sie wie aus einem Munde und schwebten zu uns, nachdem wir, zusammen mit dem armen verstörten Mann, sicher gelandet waren. Morgan seufzte und half ihm, sich auf den Boden zu setzen. Er war blass und verfiel in Schluckauf, seine Augen riesig.

„Nehmen Sie Ihren Kopf zwischen die Beine und atmen Sie tief durch“, hielt ich ihn an und er tat wie befohlen.

„Melody“, sagte der kleinste Disceptator und machte aus meinem Namen eine Streichersymphonie, „kläre uns auf.“

„Bitte“, fügte Morgan an und ich betrachtete einzig und allein ihn bei meiner Antwort.

„Die Aufgabe besagte, wir sollten die Seelen ihrer Bestimmung zuführen. Er“, ich wies auf den kauernden Mann, der mit Mühe seine Atmung unter Kontrolle brachte, „gehört zweifellos in den Himmel.“

„Was hat ihn verraten?“, fragte Lawrence, der nun bei uns stand und mir ermutigend über den Rücken strich, Trassen reinster Glut hinterließ, die meine Haut kühlten.

„Wie heißen Sie, Sir?“, fragte ich ihn.

„Peter“, erklärte er.

„Weil Peter mich aus den Fängen der anderen gerettet hat und sich lieber von einer jungen Frau verprügeln ließ denn zurückzuschlagen.“

Brooke grinste begeistert.

„Wir haben bestanden?“, Morgan drückte meine Hand. Mir war gar nicht aufgefallen, dass sich unsere Finger ineinander verwoben hatten.

„Ihr habt Zusammenhalt, Vernunft und Instinkt bewiesen“, antworteten die Lichtwesen und ihre Worte tanzten in der Arena herum, zugleich mein Disceptator vor uns auf und ab zu schweben begann, ein mysteriöser Zug um die Lippen, die sich nur leicht bewegten, „euer Vorgehen war schlüssig selbst unter Druck, des Weiteren habt ihr die Zeit nicht überschritten.“ Eine minimale Bewegung seiner Kutte und das Funkeln seines Gesichtes blendete. Er verwandelte die Sanduhr in Kristalle, die auf uns herabregneten. „Wir erkennen die erste Prüfung als sehr gelungen an.“

Befreit legte ich den Kopf in den Nacken und sämtliche Anspannung verließ meinen Körper, einzig ein elektrisierender Rausch überdauerte und benebelte meinen Verstand. Morgan hob mich hoch und wirbelte mich im Kreis herum. Die anderen gratulierten uns, doch ich fühlte mich schwindelig und glücklich und erleichtert, wollte niemals aufhören, mich zu drehen. Kaum, dass er mich absetzte und ich mich an seine Schulter lehnte, nickten die drei Disceptatori im Einklang, Brooke verbeugte sich und schon zerbrachen ihre Gesichter und Körper zu den Tausenden Schmetterlingen und sie flogen fort.

Die Luft roch nun anders, das Licht war stärker und ich musste zweimal blinzeln, weil die Mauern der Arena wie von Zauberhand verschwanden und wir auf der Wiese standen, die an das Gräberfeld grenzte. Die Sonnenfinsternis löste sich auf, Blumendüfte spielten in meiner Nase und Meeresbrandung stob an meine Ohren, spiegelte mir die Illusion eines harmonischen Tages vor.

„Peter?“, erklang Gottes melodische Stimme, der sich anmutig neben ihn kniete. „Wir müssen aufbrechen.“

„Wohin?“

„Zu Martha.“

Das Gesicht meines Retters verzog sich erst in Ungläubigkeit und bekam danach einen weichen, seligen Ausdruck, der mich ganz tief drinnen berührte.

Liebe.

„Ich habe lange auf diesen Tag gewartet“, erwiderte er atemlos. Geehrt dachte ich an meine Familie. Wünschte mir, dass ich irgendwann auch so übertreten würde.

„Danke“, sagte ich und half ihm zusammen mit Morgan auf die Beine, „für Ihre Hilfe.“

„Ich war vierzig Jahre Polizist – ich kann gar nicht anders“, zwinkerte er mir zu. Je stärker die Farbe in sein Gesicht zurückkam, desto schwerer fiel es mir, ihn für das zu halten, was er war: tot.

„Das war hervorragend, Melody“, wandte sich nun Gott an mich, „du siehst, wozu ein Mensch imstande ist, wenn er“, er lächelte, „oder sie an sich glaubt.“

„Wenn *jemand* an sie glaubt“, erwiderte ich und wandte mich bewusst an Morgan. Mein Magen krampfte bei der Erinnerung, wie er mit Menschen umsprang. Der allmächtige Vater folgte meinem Blick und beobachtete ihn eine geraume Zeit mit der Gunst seiner Erfahrenheit: „Und man ihnen mit Respekt begegnet.“

Morgan runzelte die Stirn, sein Widerwille groß ins Gesicht geschrieben. Ich erwartete eine Reaktion von seinem Vater, der aber durch ihn hindurchzublicken schien, seinen eigenen Gedanken nachhing. Peter verabschiedete sich von den Anwesenden und folgte Gott in ein warmes, fröhliches Licht. Es verglomm leise. Wie meine gute Laune. Genauso wie Brads Würde.

Der tiefe Stich in meinem Herzen, der sich viel zu sehr nach Verrat anfühlte, als dass er lange überdeckt werden könnte, kam erneut hoch. Demonstrativ trat ich von Morgan fort. Das Wissen um seine Tat, seine zahlreichen Taten, verbrannte mich von innen. Obwohl ich nichts lieber tun wollte, wandte ich mich von ihm ab. Um ihn zu bestrafen vielleicht. Oder einfach nur, um mich zu schützen. Stattdessen drehte ich mich Lawrence zu, fragte ihn, was ich noch tun könnte.

„Nichts“, verkündete er verblüfft, „das war eine großartige Leistung, belohne dich selber. Nimm dir die restliche Nacht frei.“

Aus Angst zu bleiben, würdigte ich Morgan eines weiteren Blickes, wandte die Formel an, die Brooke mir beigebracht hatte, sollte ich vorzeitig aufzuwachen wünschen.

Sechs Augen waren auf mich geheftet: „Ne quid nimis.“

**********************************

Die Sehnsucht kam in Wellen.

Das restliche Wochenende hatte ich damit verbracht, mich mit Marc zu beschäftigen, der mir seine restlichen „Star Wars“-DVDs zeigte. Meine Tante nahm mich besorgt beiseite, weil ich ihm euphorisch erklärt hatte, es kaum erwarten zu können, sie mir mit ihm anzugucken.

Sie fragte mich, ob ich mich unwohl fühlte, es Probleme gäbe, ich mich mit Morgan gestritten hätte.

„Alles zusammen“, war die Information die ich ihr zugestand, bevor ich sie freundlich, aber bestimmt, abwimmelte.

Ich wollte weder mit ihr reden noch mit Morgan.

Er hingegen erwies sich als hartnäckiger.

Jedes Mal wenn am Sonntag mein Handy klingelte, musste ich mein Zimmer verlassen, um nicht ranzugehen, schließlich schaltete ich es auf Vibration und er besetzte das Festnetz. Trevor kapitulierte zuerst ob des ständigen, penetranten Klingeltons, antwortete und erklärte ihm, ich sei nicht daheim.

Nach unserem sonntäglichen Fahrradausflug zur Eisdiele schickte ich Marc nach Hause, sperrte mein neues Bike ab und nahm die Abkürzung über Teleportation, um pünktlich zum Training zu erscheinen. Wie sich herausstellte, war meine Eile unnötig, es fiel ohnehin kürzer aus, weil meine Lehrer mich gebührend feiern mussten. Luke legte mir bei der Begrüßung den Arm um die Schultern und drückte mich fest an sich, während Jared mich schließlich ungeduldig aus dem Griff seines Cousins befreite, mir einen kleinen Kuss auf die Stirn gab und mit seiner Bärenumarmung fast die Luft abschnitt.

„Man könnte meinen, ihr wärt überrascht, mich wiederzusehen", grinste ich und setzte mich dabei auf das sattgrüne weiche Gras neben dem Tennisplatz. Die Sonne hatte ihren Zenit längst überschnitten und war hinter das Dach der Vegard'schen Villa verschwunden, die jetzt kühle Schatten auf uns warf. Auf meinem Arm hatte sich Gänsehaut gebildet, über die der Wind strich.

„Ach was. War klar, dass du ihnen einheizen würdest …", begann Jared und setzte sich ebenfalls, streckte die Beine aus und lächelte erleichtert.

„… aber wir hatten Bedenken, was die Kürze deines Trainings anbelangt …"

Lukes Augen wanderten zu dem leeren Haus, das sich zurzeit ganz in den Händen der Angestellten befand.

Die Vegards mussten einen repräsentativen Termin für ein Charity-Projekt zugunsten der Kinderkrebsforschung wahrnehmen und dinierten auf einem Bankett. Selbst Aiden und Mary.

Das bedeutete, wir hatten den ganzen Abend für uns.

Auch das bescherte mir Gänsehaut. Keine Ahnung, ob ich erleichtert oder traurig war. *Vermutlich beides*, wie ich mir eingestand.

„Du hättest Jared erleben müssen, als Grace ihm am Telefon mitteilte, es sei endlich so weit. Ich dachte, er kriegt ein Aneurysma. Wir haben keine zehn Minuten bis hierher gebraucht."

Beachtlich, bedachte man, dass die zwei am anderen Stadtrand wohnten.

„Nicht jeder reagiert auf diese Neuigkeit mit der Aussage: ‚Mögen die Spiele beginnen!'"

„Ihr habt tatsächlich die Nacht dafür durchgemacht?"

„Wir haben Grace bei Laune gehalten", bestätigte Luke, „zumindest, bis sie uns mit Cookies ruhiggestellt hat."
„Zucker beruhigt?", fragte ich skeptisch.
„Das zusammen mit der Drohung uns rauszuschmeißen, falls wir uns nicht irgendwo hinsetzen und die Beine stillhalten."
Ich brachte ein kleines Lächeln zustande. Es war das erste Mal seit Tagen.
Luke dehnte sich neben mir. „Lawrence hat uns dann gegen fünf Uhr erlöst."
„Toll, euch beide in einem Stück wiederzukriegen", Jareds Stimme überraschte mich in seiner Sanftheit. Der Unterton darin entging auch ihm nicht. Genervt rupfte er ein Büschel Gras aus und warf es auf mich. Die Halme flogen herum und blieben in meinen Haaren hängen. „Komm schon, es war anders gemeint", forderte er, „ich hab mir doch nicht umsonst die letzten Monate den Arsch beim Training mit dir aufgerissen."
Das klang eher nach ihm. Ich zupfte mir einen Grashalm heraus und drehte ihn gedankenverloren zwischen Zeigefinger und Daumen hin und her. Ohne Morgan fühlte es sich falsch an, sich über den Sieg zu freuen. Ohne ihn gäbe es keinen Sieg. Bei der Erinnerung an seine Unterstützung bildete sich ein Knoten in meinem Magen und ich schnippte den Halm wütend weg. Nein, es lag *nicht nur* an ihm. Ich hatte den Ausgang der ersten Prüfung auch Luke und Jared zu verdanken. Sie hatten mich nicht nur auf die Kampfsituation vorbereitet, sie hatten an mich geglaubt. Ich schuldete ihnen den ungetrübten Moment der Glorie wie mir selbst. Vier Augen folgten meiner Bewegung, bis ich nach längerem Schweigen aufblickte.
„Ich bin nur so gut wie meine Lehrer."
„Und ich hatte immer Vertrauen in deine Fähigkeiten", stellte Luke klar.
„Und deshalb Carlton den Cognac bringen lassen?", runzelte Jared die Stirn.
„Niemand sagt, meine Nerven hätten nicht geflattert. Aber wir haben Mimi trainiert. Sobald ich hörte, es sei hauptsächlich Nahkampf gefragt, habe ich mich entspannt."
„Unter uns: Ich denke, ich wäre durchaus imstande gewesen, zur Salzsäule zu erstarren", gestand ich und dachte an die ständig nachkommenden Seelenmassen, deren entschlossene Gesichter, roch ihren Schweiß, spürte den Zorn, „erst recht als mir dämmerte, ich müsste sie umbringen."
„Sie waren tot", korrigierte Luke, setzte sich um und fing an meinen Nacken zu massieren.
„Technisch schon", erwiderte ich und schloss genüsslich die Augen, wendete den Kopf um ihm den Zugang zu erleichtern, indes seine

rechte Hand meine verspannten Schultern knetete. „Aber da man ihnen das nicht anmerkt …"

Ich hörte ihn an meinem Ohr lachen. „Das nächste Mal verlangen wir Zombies."

„Das nächste Mal wird dir dein Gewissen keine Probleme mehr bereiten. Die Premiere ist am schlimmsten", grunzte Jared und ließ sich auf den Rücken fallen. Seine Augen waren trotz der Coolness in seiner Stimme aufgewühlt. „Sitzt du erst im Sattel, lernst du das Reiten lieben."

Ich hoffte, das stimmte. Und dann wiederum, er würde sich täuschen und ich mich niemals daran gewöhnen, Seelen zu vernichten.

„Lawrence und Brooke sagten, ihr wärt perfekt aufeinander eingespielt gewesen."

Lukes Finger bewegten sich meisterlich weiter über meine kribbelnde Haut und übten vermehrt Druck aus. „Und was sagt Morgan?"

„Dass du unglaublich warst."

Ich bedeutete ihm aufzuhören. Es war seltsam über ihn zu reden, anstatt ihn direkt zu fragen, in seinem Zimmer zu sein, in seinem Haus, ohne dass er da war.

„Mimi?"

Ich legte mich neben ihn und drehte ihm mein Gesicht zu, erwischte ihn dabei, wie Jared Luke einen vorsichtigen Blick zuwarf.

„Ja?"

„Wie kommt es, dass du wütend auf ihn bist, aber nicht auf uns?"

Ich schloss kurz die Augen und betrachtete schließlich die zahlreichen kleinen weißen Puffwölkchen am Himmel. Eine rundliche jagte einer größeren hinterher, bemüht, Anschluss zu finden und doch zu weit weg, um sie zu erreichen.

„Vermutlich, weil er mich am besten kennt – und mich am meisten verletzt hat. Außerdem", in der Ferne zwitscherte ein Vogel im Vorbeifliegen und nahm mich mit auf seine Reise zu der kleineren Wolke, die sich langsam aufzulösen begann, „bin ich nicht wütend. Sondern schlicht und ergreifend enttäuscht."

Sie hatten nach meiner Erklärung nicht weitergebohrt und mich stattdessen zu Jared eingeladen. Seine Eltern, die ebenfalls auf der von Grace organisierten Gala waren, hatten erst kürzlich einen sündhaft teuren Whirlpool in ihrem Garten installieren lassen, mit Blasen-, Massage- und Farbwechselsystem, der unter einem Netz von Traubenreben versteckt lag. Die blauen Früchte waren reif und hingen tief genug, dass man sie mit einer Hand greifen und gleich essen konnte – ich hatte noch nie süßere Trauben geschmeckt. Die Gedanken an Morgan vergingen zwar nicht, wurden aber auch nicht mehr und ich fiel spät und müde ins Bett und verwehrte mir den

Zutritt in den Vorhof. Allein der Gedanke, auf Brooke zu treffen, missfiel mir. Sie würde fragen, was los sei und ich wollte erst eine Antwort darauf finden, ehe ich eine Empathin mit Halbwahrheiten abspeiste.

Am Montagmorgen schlang ich mein Frühstück herunter und verließ hastig das Haus. Mit dem Fahrrad brauchte ich ungefähr dreimal länger und bei dem dichten Morgenverkehr auf der Hauptstraße galt es, nicht unnötig Zeit zu verlieren. Mit dem mulmigen Gefühl, Morgan könnte wie gewohnt in der Auffahrt auf mich warten, öffnete ich die Haustür und stutzte bei dem Bild, das sich mir bot.

„Guten Morgen, Miss Melody."

Ich trat zu ihm und hörte die Tür hinter mir leise ins Schloss fallen. „Guten Morgen, Chip."

Seine saubere Uniform war auf den Punkt in die Hose gesteckt, keine Falte zu erkennen, seine goldene Gürtelschnalle mit dem „V" glänzte im Sonnenschein. Er nahm bei meinem Anblick pflichtbewusst seine Kappe ab und verneigte sich. „Das ist ein schönes Haus, in dem Sie leben."

Ohne den Blick von ihm zu nehmen, ging ich zu ihm. „Danke. Darf ich fragen, warum du hier bist?"

Unsicher verwies er auf den schwarzen Porsche hinter sich. Es war der Wagen, der sich seiner Meinung nach mich zur Fahrerin auserkoren hatte. Als sei das selbsterklärend, wartete er auf meine Reaktion. Schließlich sagte er: „Master Morgan hat mich geschickt, um Sie zur Schule zu fahren."

Der Satz hing zwischen uns, auch nachdem er mir erwartungsvoll die Beifahrertür öffnete.

„Ich fürchte, dein Trip war die Mühe nicht wert." Den Teufel würde ich tun und Morgans Launen gehorchen. „Bei dem schönen Wetter bevorzuge ich mein Fahrrad."

Nicht, dass täglich schönes Wetter herrschte.

*Mist.*

Aus Chips Gesicht entwich sämtliche Farbe, selbst seine Lippen wurden zu einem blassen rosa Strich. „Jawohl, Miss."

Ich war bereits auf halbem Weg zur Garage, ehe ich aus den Augenwinkeln registrierte, wie er mir unsicher nachsah. „Ist sonst noch etwas?"

„Nein, Miss."

„Fahr nach Hause, Chip."

„Das …", seine Augen suchten Halt und fanden ihn beim Nachbarshund, der gerade einem Eichhörnchen nachjagte, bevor sein Frauchen ihn zurückrief, „… kann ich nicht. Master Morgan sagte, sollten Sie sich weigern, müsste ich auf Sie warten. "

„Hier?“
„Im Auto“, nickte er.
Acht Stunden bei dreißig Grad Außentemperatur?
„Ist das sein Ernst?“, entfuhr es mir aufgebracht.
„Er wirkte nicht, als würde er scherzen.“
*Natürlich nicht.*
„Her mit dem Schlüssel“, seufzte ich und hielt meine offene Hand hin, bis ich vor ihm stand und sie unter seiner Nase hing. Sobald er mir das Bund überlassen hatte, trug ich ihm auf einzusteigen und fuhr ihn persönlich heim. Es wurde eine Fahrt, die er wohl nie vergessen, geschweige denn wiederholen wollen würde. In dem Augenblick, in dem ich vor dem geschlossenen Tor anhielt, sprang er förmlich aus dem Wagen und hatte gerade noch Zeit, mich zu verabschieden, da setzte ich bereits zurück und ließ meine Wut vollends am Verkehr aus. Ich drückte das Gaspedal bis zum Anschlag und schlängelte mich durch den Stau, nahm Abbiegern die Vorfahrt, scherte mich um keine Verkehrsregeln oder rote Ampeln und freute mich, als mein Armband warm wurde. Sollte Morgan wissen, was ihm blühte.
Dana und Tanesha standen vor dem Vegard'schen Coffeeshop und winkten mir zu. Im Erwidern entdeckte ich drei Reihen vor mir Morgans schicken dunklen BMW. Ich fuhr bei Gelb los, schnitt ihn scharf und triumphierte stumm weil er und etliche andere hinter ihm eine Vollbremsung hinlegen mussten, raste anschließend mit durchdrehenden Reifen an ihm vorbei. Mein Fuß am Pedal festgeklebt, ging ich erst vom Gas, nachdem der Schulparkplatz auftauchte, und kam quietschend in einer Staubwolke und mit einem zufriedenen Lächeln neben Jared zum Stehen.
Das Mädchen, das an seinen Lippen hing und nicht Tanesha war, zuckte wegen der fliegenden Steine, die auch in ihre Richtung schossen, zusammen. Jared drehte sie schallend lachend weg.
„Sorry“, sagte ich ehrlich, da fiel Luke, der soeben Alicia aus dem Weg geholfen hatte, in das Gelächter seines Cousins ein. Ein schwarzer Fünfer fuhr beinahe eine Gruppe von Schülern um und hielt auf der anderen Seite von Jareds neuem blauem Mercedes. Die Staubwolke verdoppelte sich.
„Mein Gefühl sagt mir, dass es hier bald krachen wird“, verkündete Jared.
„Und meins, dass wir es nicht miterleben wollen.“
„Ich hasse es, wenn Mom und Dad sich streiten“, scherzte Jared und legte dem Mädchen die Hand um die Taille. Sie knabberte an seinem Ohr wie an einem Stück Schokolade.

„Tut mir den Gefallen und verschwindet“, bestätigte ich und ließ das Fenster hochfahren. Weder Morgan noch ich waren in der Stimmung für Scherze.

„Wir lieben euch beide“, zwinkerte Luke mir zu, ehe er und die anderen davontrotteten.

Ich zog geladen die Schlüssel aus der Zündung und stieg aus, legte meine Hände kurz auf die glatte Karosserie und atmete tief durch, knallte dann die Tür derlei heftig zu, dass es schepperte.

„Autsch“, hörte ich Morgans Stimme und spürte sein selbstgefälliges Grinsen, „dass du auf mich sauer bist, kann ich nachvollziehen. Aber was hat das Auto dir getan?“

Er kam um Jareds Mercedes herum und blieb direkt vor mir stehen. Seine Augen waren auf mich geheftet und blitzten amüsiert, das navyfarbene, aufgeknüpftes Poloshirt betonte das Blau darin.

*Klasse.*

Ich wünschte, er würde nicht wie Mr. Abercrombie aussehen – oder riechen – oder mir so nah sein. Ich wünschte, ich wäre immun gegen ihn.

*Sei nicht lächerlich. Du bist im Recht, benimm dich entsprechend.*

Mit dieser Bestätigung im Hinterkopf tat ich das Einzige, was halbwegs half: wegschauen. Das Schulgebäude genoss mit einem Mal meine ungeteilte Aufmerksamkeit. Lange, stille Momente schwiegen wir uns an.

„Sind deine nächsten Worte nicht ‚entschuldige‘ und ‚bitte‘, will ich sie nicht hören“, erklärte ich ihm schließlich und roch Pfeffer und Erde und die unzähligen Nächte, in denen ich Ruhe darin gefunden hatte.

„Vielleicht waren sie das ja gestern, die hundert Male, die ich versucht habe, dich zu erreichen.“

Sein Ton war oberflächlich, gleichgültig. Doch eine verdeckte Bedeutung hallte darunter nach.

Ich beobachtete, wie Luke Alicia die Tür zum Gebäude aufhielt und Jared vor seiner Freundin du jour hindurchging.

„Ich wollte nicht mit dir sprechen“, sagte ich schlicht und blinzelte schnell hoch, gespannt auf seine Reaktion. Unglücklich blickte er mich an und fuhr sich danach durch die Haare. Sie fielen sanft in seine Augen.

„Das ist doch lächerlich.“

Um nicht an der Bordüre meines Oberteils herumzuspielen, biss ich mir auf die Unterlippe. „Wenn du damit auf dein Verhalten von Samstag anspielst, gebe ich dir recht.“

„Ich werde mich nicht für etwas entschuldigen, hinter dem ich stehe, Mimi.“

„Dann haben wir uns vorerst nichts zu sagen“, fasste ich zusammen und wandte mich zum Gehen.

Seine Hand schoss vor, um mich festzuhalten. Ich wich vor dem Griff zurück. Eine Berührung könnte ausreichen, damit ich die Nerven verlor und ihm erlaubte, mich mit seinen Worten, Erklärungen und Ausführungen einzulullen.

„Wolltest du mich nicht akzeptieren, wie ich bin?“, fragte er vorwurfsvoll und steckte die Hände in die Hosentaschen. „Du hast kein Problem damit, mir in die Hölle zu folgen, aber eins, weil ich mir einen Spaß erlaube, um dich zu beschützen?“

„Vor wem denn?“, fuhr ich ihn an und erinnerte mich an Brads gefesselten Körper, „vor wem wolltest du mich mit dieser Aktion schützen? Vor einem stotternden Siebzehnjährigen, der einen Artikel über mich drucken wollte? In einer *Schüler*zeitung? Hör auf damit“, ich schloss den geringen Abstand zwischen uns und trat direkt vor ihn, meine Stimme aufgeregter mit jedem einzelnen Wort, „rede dir nicht ein, dass du es für mich getan hast. Du hast einfach einen Grund gefunden, jemanden vorzuführen und dich nicht zweimal bitten lassen – und dieser Grund war zufällig ich.“

„Du irrst“, protestierte er, aber ich schüttelte den Kopf und lachte sarkastisch. „Und nur um deine Frage zu beantworten: Ich komme mit einer Menge deiner Seiten klar. Aber mich mit hineinzuziehen – das geht zu weit.“

Mein Armband reagierte. Hielt ich mir vor Augen, dass ich gerade nur tiefen, kalten Frust empfand, konnte ich mir denken, wer das auslöste.

„Warum besprechen wir das nicht wann anders?“, fragte er leise, denn die Menschen um uns starrten neugierig herüber. Seine Augen verließen mein Gesicht nur, um sie anzustieren, dann trübten sie sich schnell wie den Himmel ein Sommergewitter. Unsere Zuschauer bewegten sich weiter, langsamer und stumm. Ich trat von ihm zurück, um klar denken zu können. „Es gibt nichts zu besprechen. Du kennst meinen Standpunkt und ich deinen.“

Morgan ignorierte meinen Einwand. „In der Pause?“

„Nein.“

„Nach dem Training?“

„Nein.“

„Okay. Abendessen. Wohin du willst. Ich hole dich um neunzehn Uhr ab.“

Mein Kopfschütteln wirkte hoffentlich entschlossener als ich.

„Verdammt, Mimi!“, blaffte er mich an und sandte einen Stoß durch den Boden, der selbst die Bäume auf dem entfernten Rasen zum Wippen brachte. Die unauffälligere, stetig wachsende, Zuschauermenge wich zurück. „So einfach ist das nicht.“

„Tatsächlich ist es das, Morgan“, erwiderte ich. In mir brodelte es, doch nach außen versuchte ich verzweifelt, die Kontrolle über meine Emotionen zu behalten.

„Wieso ist es wichtig, was mit einem Idioten von der Schülerzeitung passiert? Du tust, als hätte ich Marc vorgeführt!“

Die Schüler in Hörweite reichten fleißig Bruchteile des Gesprächs an hintere Reihen weiter, vor allem eine schlanke Blondine in Cheerleaderuniform, eine der Top-drei-ex-Mädchen.

„Glaubst du, mich anzuschreien, würde etwas bringen …“

„Ich weiß einfach nicht mehr weiter.“

Und damit drehten wir uns endgültig im Kreis.

„Lass mich momentan in Ruhe, mich abkühlen“, murmelte ich auf der Suche nach der notwendigen Entschlossenheit, ihn und seinen Trotzkopf stehen zu lassen. Keine Ahnung, ob es mein Unwille war, das Gespräch auf diese Weise zu beenden, oder die Gewissheit, dass es sobald kein zweites geben würde – aber ich war nicht imstande, mich zu bewegen. Nach einem langen Blick zu ihm verstand ich. Es war am vernünftigsten zu gehen. Ich musste mich zusammenreißen, er hatte die Lektion verdient. „Einverstanden“, er hob abwehrend die Hände in die Luft, sein Gesicht ausdruckslos, seine schönen Züge wie versteinert. „Spuck's aus. Was erwartest du von mir? Soll ich Brad Blumen schicken? Ihn an unseren Tisch einladen, sein neuer bester Freund werden? Was soll's sein? Was immer es ist – ich tu's. Du musst es nur sagen.“

Die Menge verharrte im Schock. Der Cheerleader verstummte.

„Was ich will ist, dass du mich *verstehst.* Und ernst nimmst.“

Seine dunklen Augen waren erregt wie nie zuvor. Noch während ich in ihren Tiefen versank, wurde mir bewusst, dass er mir nicht antworten würde. Nicht weil er nicht wollte. Sondern weil er lieber seinen Standpunkt durchboxte, als meinen in Betracht zu ziehen.

„Ist es nicht komisch, wie man einen Menschen plötzlich neu kennenlernt, sobald es in der Beziehung schlecht läuft?“

Seine nächsten Worte waren ein leises Flüstern, ich hatte Mühe sie zu verstehen. „Ich bin kein Mensch.“

„Aber ich“, erklärte ich nüchtern.

Morgan beugte sich kalt lächelnd vor. „Und ich kenne dich.“

„Wenn dem so wäre, würden wir diesen Streit nicht haben.“

Missmut sprenkelte sein Antlitz. Er machte einen Schritt auf mich zu, presste mich gegen das Auto und verkündete mit beherrschter Stimme: „Ich kenne dich und rate dir deshalb aus voller Überzeugung und um deiner selbst willen: Hör auf, eine philanthropisch überzogene Heilige zu sein. Das wird langsam anstrengend.“

Das *sah er in mir*?

„Morgan?“ Die Blondine schlängelte sich nun zwischen den Autos zu uns hindurch. Offensichtlich hatte sie seinen visuellen Wink mit dem kompletten Gartenzaun nicht verstanden. „Ist alles in Ordnung bei euch?“

„Ja. Danke, Jenna.“

Jenna blieb unsicher stehen. Er bedeutete ihr wegzugehen und starrte dann wieder zu mir. Noch bevor ich es realisierte, änderte sich sein Ausdruck und ich betrachtete mich in seinen Pupillen. Der Schmerz zeichnete sich auf meinem Gesicht ab. Ich hielt es nicht aus und senkte die Augen, faltete die Hände bebend vor der Brust. Morgan nahm einen festen Atemzug, streckte seine Hand erneut aus, um meine zu nehmen, doch ich entzog sie ihm. Als er meine Wange berührten wollte, drehte ich den Kopf weg.

Eine Zeit lang verharrten wir regungslos. Schließlich brach ich das Schweigen: „Du willst etwas klären – aber ohne Schuldeingeständnis. Du machst jemanden fertig – aber scherst dich nicht um die Konsequenzen. Immer ist es so, wie du willst, wann du willst und wo. Und diese Einstellung ist dir schon in Fleisch und Blut übergegangen, es kümmert dich nicht einmal mehr, ob du damit jemanden verletzt, den du magst. Du meinst, mich zu kennen? Versetz dich für einen Moment in meine Lage. Würden wir die Plätze tauschen, hättest du mir das Erlebte einfach durchgehen lassen?“

Die Klingel setzte die Schülerschaft in Bewegung, unwillig begann die Menge sich aufzulösen.

„Verwechsle niemals Zufall mit Absicht“, sagte er.

„Oder meine Moral mit Schwäche.“

Mein Magen rumorte plötzlich nervös. Wir hatten uns schon gestritten, aber niemals auf einer persönlichen Ebene. Wie er mich anstarrte, hätte ich darauf wetten können, dass er nach Wegen suchte, mich mit meinen eigenen Waffen zu schlagen. Üblicherweise schaffte er es, dass ich ihm verzieh, sobald er nur an mein Verständnis appellierte. Diesmal würde es anders laufen. Sollte er sich die Zähne ausbeißen bei dem Versuch, sein Verhalten plausibel zu begründen.

„Das wird dir noch leidtun“, flüsterte er und vergrößerte den Abstand zwischen uns. Als ich ihn musterte, war sein Blick leer.

„Morgan?“, fragte Jenna, die eindeutig auf ihn wartete. Ich lehnte mich an den Porsche und machte mit einer Geste deutlich, dass sie gehen könne. Sie tänzelte unruhig von einem Fuß auf den anderen, blieb aber. Morgan wandte sich ihr zu und zwinkerte, schlenderte gleich darauf zu ihr. Ihr Lächeln wurde strahlender.

„Das machst du nicht wirklich“, hörte ich mich fassungslos sagen.

Er hielt inne und funkelte mich an. „Pass schön auf.“

Seine Schultern drückten sich durch. Er war extrem wütend auf mich – der Gedanke ließ mein Herz erstarren. Bevor ich den Mund aufmachte, um ihn anzuflehen, zu bleiben und dabei meine Würde zu verlieren, holte ich tief Luft. „Dein letztes Wort?"

„Ich habe für dich mehr als genug Wörter", erwiderte er, sein Blick eisig, bevor er sich in meinen bohrte. „Aber meine Begleitung wartet."

*Halte die Zeit an und drehe sie zurück, Mimi.*

Zu meinem Pech besaß ich eine solche Gabe nicht. Was ich tun konnte, war ihn davonziehen zu lassen. In meinem Kopf zählte ich rückwärts. Vier, drei, zwei. Bei eins reichte er einer mich auslachenden Jenna galant den Arm.

## *Kapitel 20*

Es war ein für Connecticut übermäßig warmer Frühlingstag, an dem ich die Tür mit einer Schulter aufstieß und die Einkäufe mit der anderen Hand balancierte. In Voraussicht einer einsamen, stillen Woche hatte ich ausreichend Junkfood gekauft, dass Anna allein vom Hinsehen „Karies bekommen würde“ und mir genug DVDs ausgeliehen, um jeden Abend mit Johnny Depp und Sandra Bullock verbringen zu können. Meine Nase lief und meine Nebenhöhlen waren zu, aber selbst das Fieber hatte mich nicht davon abhalten können, mich mit alldem einzudecken. Trotzdem war ich zusammengezuckt, sobald das Mädchen an der Kasse zurückgewichen war, weil ich geniest hatte. Ich konnte mir vorstellen, was für einen unappetitlichen Anblick ich geboten haben musste, Flüssigkeiten quollen aus jeder Gesichtsöffnung. Ja, ich war ein Gesamtausfall. Dennoch war ich bester Dinge, konnte mich nicht erinnern, das letzte Mal das Haus für mich allein gehabt zu haben, und war entschlossen, die Zwangspause auszukosten. Ich legte meine Schlüssel in die dafür vorgesehene orangerote Mosaikschale, die Dad aus Mombasa mitgebracht hatte, und lächelte das Foto an, das in einem passenden Bilderrahmen danebenstand. An der rechten oberen Ecke, direkt neben Moms Grimasse schneidendem Gesicht, das zu ihrem Vampir-Halloween-Kostüm passte, klebte ein Post-it mit Annas fein-säuberlicher Schrift:

*Stell dir vor, du hättest sieben Tage, um zu tun, wonach dir wäre. Ich möchte später nicht hören, dass du sieben verschiedene Liebeskomödien gesehen hast :). Leinwände, Blöcke und leere CDs findest du in meinem Schreibtisch. Dreh auf, dreh durch!*

*Anna*

Sie würde keine Ruhe geben, wenn ich nicht eine Sache davon ausprobierte und ich nahm mir vor, am Tag vor dem Abflug ein Gedicht zu verfassen und ihr zu schenken. Sollte sie mit eigenen Augen sehen, wie wenige Fertigkeiten ich in den schönen Künsten besaß. Vielleicht kurierte sie das von ihrer Mission, mich aktiv darin einzubinden.

Ich räumte gerade das Eis ins Kühlfach, als das Telefon klingelte. Ein Blick auf die Uhr über dem Eingang verriet, dass das Flugzeug noch in der Luft sein musste und ich ließ mir Zeit, das Gespräch entgegenzunehmen. Wer es auch war, meine Stimme war so kratzig und heiser, dass er oder sie mich sowieso nur mit Mühe verstehen würde. Sollte der Anrufbeantworter sich darum kümmern. Zuverlässig nach dem sechsten Klingeln übernahm dieser und ich hörte ein statisches Klicken, gefolgt von einem Räuspern.

„Hallo? Hier ist Officer Jake Cohen, dies ist eine Nachricht für Miss Melody Camp–"

„Hallo?", meldete ich mich und hustete das Wort eher. „Einen Moment, bitte."

Der Mann schwieg, während ich den Anfall erduldete und schließlich den Hörer zurück an mein Ohr positionierte. In meinem Magen hatte sich ein komisches Gefühl eingenistet, ich hörte mein Herz in meinen Ohren hämmern und fragte: „Officer? Sie sprechen mit Melody Campbell. Worum geht es?"

Sein Zögern greifbar, sah ich ihn vor mir, ein untersetzter, freundlicher Kerl mit einem kleinen Bierbauch, der stets auf der Stirn schwitzte. Dad und er kannten einander, seit sie in der High School waren. Noch nie war er förmlich gewesen. Meine Finger wurden taub vom festen Griff um den Apparat.

„Jake?" Meine Stimme war nur ein Flüstern.

Es riss ihn zurück in die Gegenwart.

„Mimi. Es tut mir so leid."

„Was?"

Wovon redete er? War was mit meiner Großmutter? Ich hatte sie erst heute Morgen bei der Gartenarbeit summen gehört.

„Hast du heute schon ferngesehen?"

„Nein", murmelte ich und griff nach der Fernbedienung. Noch bevor ich auf den Einschaltknopf drücken konnte, fuhr seine Stimme dazwischen.

„Tu's nicht! Schalte nichts ein. Hör mir erst zu. Nimm dir eine Stuhl und setz dich, Mimi."

Ich tat, wie mir befohlen. „Okay."

„Was ich dir als Nächstes sage, wird fürchterlich klingen und es ist in Ordnung, wenn du schreien oder auflegen willst. Deine Oma weiß Bescheid und ist gleich bei dir, also bist du nicht lange allein." Er holte zitternd Luft, indes meine eigene Lunge vergaß, wie das funktionierte. „Es gab ein Unglück über dem Atlantik. Der Linienflug deiner Eltern hatte Probleme. Ein paar Anzeigen spielten witterungsbedingt verrückt, zusätzlich scheint eines der Triebwerke wohl nach der Hälfte der Strecke ausgefallen zu sein. Genaueres ist zur Stunde nicht durchgesickert. Uns liegen Funksprüche vor, die mir nur bekannt sind, da Jim ein paar Knöpfe gedreht hat und einen der Lotsen persönlich kennt. Die offizielle Auswertung beginnt in Kürze, aber –"

„Moment“, mir war bewusst, dass ich ihn stets unterbrach, aber mein Mund entwickelte ein Eigenleben. „Was heißt das? Wo sind Mom und Dad und Anna? Sind sie notgelandet? Auf dem Meer?“

„Nein, Liebes.“

„Sind sie herausgesprungen?“

Mein Kopf hing in einer Filmschleife von James-Bond-Momenten fest. Es war absurd, aber das war die Alternative auch.

Meine Worte wurden zu einem wimmernden Flehen. „Wo sind sie, Jake?“

Als ich die Schlüssel im Schloss hörte, hatte ich eine Sekunde lang das beruhigende Gefühl, dass der Albtraum vorbei war und alles gut werden würde. Fast konnte ich die drei hereinkommen sehen. Sie würden lachen über ihren waghalsigen Stunt, der sie gerettet hatte, und mir abwechselnd berichten, wie sie dem Ganzen entkommen waren. Dann erschien das Gesicht meiner sonst durch und durch gepflegten, jugendlichen Großmutter in der Tür. Mascara lief ihr die Wangen herunter, ein Taschentuch steckte in ihrer bebenden Hand, ihre Augen leblos und der Mund ein zusammengepresster fahler Strich, war sie eine zerbrechliche Hülle ihrer selbst.

„Warum?“

Ich entsann mich, dass ich das Wort brüllte und brüllte, bis meine Stimme verebbte und sie ihre Arme um mich legte. Sie brach an meinem Nacken zusammen, ich fühlte das Nass ihrer Tränen in mein Shirt laufen und uns gemeinsam zu Boden gehen, unfähig aufrecht stehen zu bleiben, vereint im Kummer und in schier endloser Trauer, dort in der Küche, Jake am anderen Ende der Leitung.

***********************************

Der Tag lief, gelinde gesagt, furchtbar weiter. Ich hing förmlich an den Lippen der Lehrer, um an sonst nichts denken zu müssen, und traf nicht mehr auf Morgan, ehe ich in der Pause an unseren Tisch trat, mein Tablett nahm und es einem perplexen Brad fünf Reihen weiter vor die Nase stellte. Sein rechtes Bein war zum Teil bandagiert und er wirkte ziemlich blass, nahm aber meine Entschuldigung an, während der leckere Geruch des gegrillten Putensteaks ihm in die Nase stieg. Zuvor hatte ich Yulia abgefangen und damit beauftragt, ab sofort Brad meine Portionen zu bringen, ihr vorausschauend fünfzig Dollar in die Hosentasche gesteckt, die sie sofort in ihrem BH verschwinden ließ. Ich verstand nicht, was sie antwortete, nahm aber an, das Geld zu nehmen sprach für sich.

„Falls du deine Story weiterhin bringen möchtest, stehe ich dir jederzeit fürs Interview zur Verfügung“, sagte ich und ließ den angehenden

Reporter damit allein, auch wenn Murray und Dave, die perplex neben ihm saßen, mir anboten, mit ihnen zu essen. Aus Mangel an Hunger und mit dem unguten Gefühl, von Morgans Blicken aufgespießt zu werden, beschloss ich spontan, mir ein Sandwich zu kaufen, und aß es auf einem kleinen Spaziergang um das Schulgebäude.

Die folgenden Stunden wurden zum Spießrutenlauf, bei dem ich jedem auswich, der mich besorgt ansah: angefangen bei Drew und Brooke über Dana und sogar bis zu Jared, Luke und Abby. Lediglich Gabe überspielte in Geschichte das letzte Wochenende und erzählte mir stattdessen flüsternd Anekdoten über Cicero, die mir immerhin ein Lächeln entlockten.

Am Nachmittag absolvierte ich mein Kampftraining mit Luke und Jared, die penibel darauf achteten, neutral zu wirken, und teleportierte mich danach heim. Ich kam, ohne Morgan zu grüßen, und ging genauso. Maddy erlaubte mir, oben zu essen und erzählte Trevor und Marc was von „Frauenleiden", woraufhin die beiden mich ebenfalls dezent in Ruhe ließen. In der Unterwelt verhielt Brooke sich professionell und beredete nur Relevantes, erst am Dienstag passte sie mich morgens an meinem Spind ab und ließ mich nicht eher fortgehen, bis ich mich ihr schließlich anvertraute, ihr von dem Gefühl erzählte, sich verraten zu fühlen, ganz so, als hätte Morgan mir die ganze Zeit über nur etwas vorgemacht, und die Hilflosigkeit zu wissen, es sei ihm egal.

Erstaunlicherweise wirkte sie tatsächlich, sobald ich geendet hatte, voller Verständnis für mich, ebenso wie Grace, wie sie mir tröstend versicherte. „Mom hat ihm gestern beim Abendessen gründlich die Leviten gelesen. Sie hat ihm gesagt, wie glücklich er sich schätzen konnte, dass du bis dato dermaßen viel toleriert hast."

„Wie hat er darauf reagiert?"

Brooke schüttelte bedauernd den Kopf, dass ihre Haare hin- und herflogen. „Gar nicht."

Mein Blick fiel auf den Biologie-Testbogen, den Dean mir gestern in mein Schließfach gesteckt hatte und den ich noch entsorgen musste. Auf der Rückseite stand in krakeliger Schrift: „Stets zu Diensten." Wortlos nahm ich den bedruckten Zettel und ließ ihn sich in eine Replik des Fotos von uns beiden in Mammoth verwandeln. Morgans strahlendes Lächeln klagte mich stumm an.

„Mimi?"

Seine Schwester fiel mir wieder ein und die Stille wich dem allmorgendlichen Stimmengewirr.

„Entschuldige. Was hast du gesagt?"

„Du darfst das nicht an dich herankommen lassen", wiederholte sie mit Blick auf eine Mädchentraube, die aufgeregt an uns vorbeilief und mich vernichtend betrachtete. Sie wurden leiser und lachten schließlich, ohne den Blick von mir zu nehmen. „Mein Bruder kapiert nicht, dass du anders bist als sein Fanclub. Vermutlich dachte er, du wärst begeistert."

„Weshalb ich versucht habe, ihm meinen Standpunkt begreiflich zu machen. Oder den seines Opfers."

Mein zutiefst vorwurfsvoller Ton schien sie zu treffen. Mir war nie in den Sinn gekommen, dass sie sich für ihren Bruder verantwortlich fühlen könnte. Sie war die Jüngere. Und mit seinem Verhalten aufgewachsen.

„Armer Brad", ihre Stimme klang belegt. „Wie es sich anfühlen muss, öffentlich gedemütigt worden zu sein …"

„Beschissen! In welchem verdrehten Universum ist das in meinem Sinne?"

„Morgan wird seinen Fehler einsehen", erwiderte meine Freundin und mied mein Gesicht.

*Ja – am Tag, an dem die Hölle zufriert.*

„Du glaubst das auch nicht wirklich."

Mit einer flüchtigen Drehung meiner Hand zerriss sich unser Bild in meinem Spind in kleine, penibel scharfkantige Stücke, die letztlich in Flammen aufgingen, blau wie Morgans Augen, wenn er glücklich war.

„Ich glaube das, was ich sehe."

Und mit diesem Kommentar drückte sie meinen Arm und lief zu ihrem Spind, da die ersten Schüler sich auf ihre Klassenzimmer verteilten. Ich machte es Brooke nach und fühlte mich plötzlich in die Vergangenheit zurückversetzt. In eine Zeit, als der Absturz eines Linienflugzeuges überall in den Medien war und selbst meine Freunde anfingen, hinter vorgehaltener Hand über mich zu tuscheln, voller Ahnungslosigkeit und doch überzeugt, alles zu wissen. Diesmal würde ich es aushalten, schwor ich mir.

Nichts was sie sagten, konnte mich berühren. Heute war ich emotional stabiler. Zumindest hoffte ich das inständig. Leider viel zu früh hatte ich Gelegenheit, meine These zu prüfen.

Es begann in den Kursen: Leute redeten über uns, auf den Gängen und Toiletten, in der Mensa und auf dem Sportplatz. Gerüchte, was vorgefallen sein könnte, machten überall die Runde. Worte wie „naiv" und „Schlampe" drangen zum ersten Mal nach Geschichte an mein Ohr und trieben mich zum Mittagessen nach draußen, wo ich einen entlegenen Fleck in der Nähe des Parkplatzes fand. Ich holte mein Physikbuch heraus und war im Begriff, es aufzuschlagen, da sprach sie mich an.

„Das wird nicht hinhauen", von einem mitleidigen Blick begleitet, trat Shelby an mich heran, ein Tablett in der einen Hand, die andere um ihre Dreitausend-Dollar-Tasche. Die Kaffeeflecken waren komplett herausgegangen. „Es aussitzen, meine ich. Darauf warten, dass es ihm leid tut."

Ich hob eine Augenbraue und schirmte meine Augen vor der Sonne ab. „Ich weiß, dass er stur ist."

„Er ist nicht stur. Er ist Morgan Vegard."

„So besonders ist er nicht", entgegnete ich und glaubte es mir selbst keine Sekunde lang. Sie fuhr fort: „Immerhin habe ich mich für ihn zum allerersten Mal *an*gezogen, um einem Mann zu gefallen."

Ich blinzelte.

„Es hat nichts daran geändert, dass er mich nur benutzt hat. Was sagt uns das?"

„Dass du dich unter Wert verkaufst."

„Und, dass ich dich nicht leiden kann, weil du das hast, was ich jahrelang wollte?"

„Bedeutet lediglich, dass du kein Roboter bist und Gefühle hast. Das ist völlig in Ordnung, Shelby."

Eine längere Pause später, in der sie sich räusperte, um Zeit zu schinden, stöhnte sie schließlich geschlagen und flüsterte. „Was ich im Soap gesagt habe … ich war widerlich zu dir … und ich entschuldige mich für meine Worte."

Mit einem Seufzen dachte ich an die Kränkungen. „Angenommen. Ich muss mich aber auch entschuldigen."

„Nun? Wie mache ich mich?"

„Huch?"

„Mein Psychologe sagte, ich solle darauf achten, ob meine Worte meinem Gegenüber Ehrlichkeit suggerieren. Oder so ähnlich."

„Deine Worte klangen perfekt."

Ich lächelte und sie fiel mit ein. Dann schluckte sie und fragte: „Isst du heute allein?"

Die Fröhlichkeit verebbte. Meine Freunde hassten mich und Luke und die anderen waren in erster Linie Morgans Clique. Stumm hob ich mein schweres Buch hoch. „Zusammen mit der Einführung in die wunderbare Welt der interstellaren Physik."

„Darf man dir Gesellschaft leisten?"

Ihr Gesicht zeugte weder von Boshaftigkeit noch sonst irgendeiner Emotion. Was soll's, dachte ich, sie wird meiner Beziehung kaum mehr schaden können. „Wäre das nicht Fraternisierung mit dem Feind?"

„Frater– was?"

„Setz dich“, nickte ich und sie kam meiner Aufforderung sofort nach. Minutenlang saßen wir in schweigender Eintracht zusammen. Ich fing an, mich an die Stille zu gewöhnen. Shelby ihrerseits musterte mich aus den Augenwinkeln und kippte murmelnd ihren Joghurt über einen Haufen Blattsalat. Was sie belastete, es saß tief. Ich wagte einen Schuss ins Blaue, der sich als Volltreffer erwies. „Shelby? Du hast es richtig gemacht, dich zurückzuziehen. Jedes Mal, wenn wir mehr investieren als der andere, ist es das Zeichen, das wir gehen sollten.“

„Du hast zu viele Disney-Filme gesehen“, bemerkte sie trocken.

„Und Broadway-Musicals“, ergänzte ich.

„Ist es für dich nicht Arbeit? Seine Freundin zu sein?“

„Nein. Weswegen?“

„Weil ich die ganze Zeit über das Gefühl hatte, nicht auszureichen. Das hat mich fertiggemacht, die ständigen Selbstzweifel.“

„Setzt du deshalb Gerüchte in Umlauf? Weil du mit überzogenen Anforderungen nicht zurechtkommst?“

„Neuerdings kaufe ich Räucherstäbchen. Der Lavendelduft ist so penetrant, dass ich davon träume, in einem Lavendelmeer zu ertrinken. Ich ernähre mich vegan, oder was auch immer das ist, was meine Mom täglich zusammenkocht, und bin total Zen. Lass alles hinter mir, die Mädchen-Nummer-eins-Sache, Morgan, alles.“

„Das ist vermutlich das Beste“, versicherte ich ihr. „Wie läuft es so weit?“

„Ich befinde mich freiwillig in deiner Gegenwart, ohne dir etwas ins Gesicht rammen zu wollen.“

„Also ein voller Erfolg?“, fragte ich amüsiert.

„Total.“

„Gut für mich.“

„Mein Psychologe hat dasselbe gesagt.“

„Dein Psychologe ist ein kluger Mann.“

„Besser ist das. Bei hundertachtzig Dollar die Stunde.“

Es sollte nicht das einzige Wunder bleiben.

Am Mittwoch bemerkte ich auf dem Weg zu meinem Geschichtskurs Abby und Gabe vor dem Klassenzimmer, in einem innigen Kuss vertieft. Vorsichtshalber verlangsamte ich meinen Schritt. Um sie nicht zu stören, schlich ich unauffällig an ihnen vorbei.

„Hey, du!“, hörte ich Abby rufen, nachdem ich schon längst durch die Tür getreten war. Ungläubig verharrte ich und blickte mich suchend um.

„Wie hältst du dich?“, fragte sie mich und versuchte, nicht bedauernd zu klingen. Gabe hauchte ihr einen kleinen Kuss auf die Wange und kam zu mir, schob mich bestimmt zurück auf den Gang und wünschte uns ein angenehmes Gespräch. Anschließend machte er die Tür von innen zu.

„Du redest wieder mit mir?"

Abbys Grinsen war schräger, wie ich es in Erinnerung hatte. „Sagen wir, ich habe eingesehen, dass ich mich ansonsten nicht anders als deine neuen Freunde benehme." Sie nahm meine Hand und zog mich in die Arme. Erleichtert fühlte ich einen Teil des Berges schwerer Steine vom Herzen fallen und verharrte einfach nur im Moment, bis sie mich etwas auf Abstand hielt, um mich zu mustern: „Ich bin in mich gegangen, habe meine Wunden geleckt und festgestellt, dass du mir zu sehr fehlst, als dass ich dir noch länger etwas nachtragen möchte."

„Sorry, dass ich dich gemieden habe."

Abby war meine loyalste Freundin. Und ausgerechnet ich hatte unser Band mit willentlichen Schnitten durchtrennt. War sie tatsächlich bereit, mir eine zweite Chance zu geben, schwor ich mir, sie nie wieder zu enttäuschen.

„Das sollte es auch. Es war ziemlich verletzend."

„Bist du mir noch böse?"

„Nein", sie zögerte unmerklich, „ein wenig vielleicht. Aber ist das so schwer zu verstehen?" Sie ließ mich los und warf ihre Arme frustriert in die Luft. „Ich habe mir immer größere Sorgen um dich gemacht, während du teilweise wirktest, als hättest du mich nie gekannt. Das hat meine Abneigung gegenüber deinem Freund nicht unbedingt verringert. Aber ich gestehe, ich war auch neidisch auf ihn, eifersüchtig, dass er dich für sich hatte. Nicht auf eine kaputte Stalker-Weise, sondern in der Du-fehlst-mir-Weise … Ich bin schließlich deine beste Freundin, oder?"

„Definitiv", bestätigte ich lächelnd und vertrieb die Unsicherheit auf ihrem Gesicht. Die vielen Monate über, die ich eine SMS eingetippt, aber nie den grünen Knopf gedrückt hatte, die Mails, die ich geschrieben, aber gespeichert hatte, weil mir der Mut fehlte, sie zu senden, die Angst vor ihrer Reaktion, je mehr Zeit verstrich – kam in mir hoch. Wie oft hatte ich mit ihr über Morgan reden wollen? Über die Seiten an ihm, die ich liebte, und die Sachen, die wir erlebten, von den Reisen durch das Land und wie ich Parfüm herstellen konnte, von meinen neuen Freunden und alten Gewohnheiten. Unter normalen Umständen hätte sie es geliebt, diese Dinge zu erfahren. Aber mit der Zeit wurde es schwerer, meine Versäumnisse geradezubiegen, bis zu dem Punkt, an dem ich nicht mehr wusste, ob sie das noch wollte. Weil sie die Richtung wechselte, sobald sie mich sah. Oder ganz verschwand. Weil sie nicht einmal Grüße von mir über Drew annahm. Abbys Augen hatten sich mir gegenüber komplett verschlossen. In diesem Augenblick, in der Schulhalle unter dem wachsamen Mustern zahlreicher Vorbeigehender jedoch, gewährten sie mir einen Blick bis in die Tiefe ihrer Seele.

Die Liebe darin war überwältigend.

Sie tat ihr Bestes, die Tränen zurückzuhalten. „Bevor ich Rotz und Wasser heule, würde ich mich gerne auch bei dir entschuldigen. Manche Sachen, die ich bei Molly's von mir gegeben habe, sind –“

„– vergeben und vergessen“, unterbrach ich sie.

„Es tut mir wirklich leid. Aber nicht nur dein Freund und seine Clique – *ich* brauche dich auch, egal ob du das vergisst. Und ich bin für dich da, wenn du mich lässt.“

Und einfach so, wie ein vereister See nach einem harten Winter, taute unsere Freundschaft auf.

Ich folgte ihrem unschlüssigen Blick zum Lehrerzimmer, aus dem Mr. Salinger jeden Moment kommen würde. „Wie viel Lust hast du, deine Chemiestunde ausfallen zu lassen?“

„Eine Menge“, grinste sie.

Ich zog sie mit mir durch den Gang hinaus ins Freie und zum Wagen, wo sie erst einen bewundernden Pfiff ausstieß und dann vorsichtig einstieg, unsicher und steif drinnen sass, vor Sorge etwas kaputt zu machen.

„Der gehört dir?“, fragte sie und ihre Hand streichelte über das Armaturenbrett und die Ledersitze.

„Er gehört Morgan“, stellte ich richtig und setzte aus der Lücke.

Wir fuhren ins Vegard Plaza und aßen mit Käse überbackene Nachos, teilten uns eine Cola und einen Milchshake und redeten stundenlang.

Ich hatte wirklich einiges verpasst – Gabe verbrachte wohl mehr Zeit bei ihr daheim als bei seinem Onkel, sehr zum Gefallen ihrer Mutter, die ihn sogar unter der Woche bei ihr übernachten ließ. Sie planten für den Valentinstag einen Trip ans Meer und während sie von Weihnachten erzählte, holte sie ihren Geldbeutel heraus und legte mir einen kleinen Anhänger in die Hand.

Eingraviert in einen goldenen Kreis war ein Herz, das in Flammen stand.

„Damit ich ihn nicht vergesse, hat er gesagt und es mir schüchtern in einem weißen Umschlag überreicht.“

„Der ist wunderschön“, bewunderte ich das Schmuckstück und umfasste die Kette unter meinem Shirt. Sowohl er als auch ich trugen das Geschenk des jeweils anderen nur noch unsichtbar, aber manchmal, nachdem ich mich dabei ertappte, zu ihm hinzusehen, zeichnete es sich unter seinem Shirt ab. „Und es ging ziemlich schnell, oder?“

„Genau das habe ich auch gedacht – und aus Versehen sogar laut ausgesprochen“, grinste sie und schob sich genüsslich den vorletzten Chip in den Mund, verstaute beim Kauen den Anhänger wieder sicher in ihrem Portemonnaie.

„Und?“, ich stellte mir Gabe vor, wie er seinen ganzen Mut zusammennahm und damit belohnt wurde. Zugleich stand er mir mit ausgebreiteten Flügeln und Heiligenschein vor Augen und fragte mich, mit welchem Gabriel Abby es tagtäglich zu tun hatte. Was sie täte, würde sie die Wahrheit ahnen.

„Er hat gelacht und gesagt, ich soll mich einfach besonders fühlen. Und weißt du was? Das tue ich auch.“

Sie strahlte über das ganze Gesicht und ich entschied nach einem kurzen Blick auf die Uhr, auch noch Leichtathletik zu schwänzen.

An diesem Abend schlief Gabe allein und sie bei mir. Wir lagen bereits im Bett und redeten über das neue J.-Lo-Musikvideo, als sie sich aufsetzte und mir eine Haarsträhne aus den Augen strich. Die Berührung war für mich durch und durch verknüpft mit Morgan, weshalb die Sehnsucht nach ihm, die ich dank der Ablenkung den Tag über erfolgreich ausblenden konnte, plötzlich mit voller Wucht auf mich einprasselte. Abby nahm mich in den Arm, bevor ich bemerkte, dass ich weinte, und wiegte mich beruhigend wie ein kleines Kind. Ihre Hände strichen über meine zitternden Arme.

„Ehrlich gesagt, bewältigst du die ganze Morgan-Situation hundertmal besser denn erwartet.“

„Danke.“

„Unter uns, nachdem *ich* den Drecksack das erste Mal mit dieser Schlange zusammen gesehen habe, bin ich ausgerastet! Michelle hat mich auf's Klo gezerrt und mir Wasser ins Gesicht gespritzt! Ich habe mit öffentlichen Szenen, Tränen, Stutenbissigkeit gerechnet. Dass du mich anrufst, um einen Plan zu schmieden, wie wir der Schule alte Fotos von ihr zeigen, auf denen sie noch Spange, Brille und Akne hat. Gute, bewährte Nervenzusammenbrüche. Stattdessen scheinst du wie eh und je, nur in dich gekehrter.“

Ein schwaches Schulterzucken reichte ihr nicht. „Warum beklagst du dich nicht? Warum zeigst du ihnen nicht, dass sie das nicht mit dir machen können?“

„Was soll ich tun? Ihn ohrfeigen? Sie die Treppe hinunterwerfen?“

„Das wäre ein Anfang“, erklärte Abby lächelnd.

„Das ist *ihr* Niveau. *Ihre* Show.“

„Aber stört dich das gar nicht?“

„Natürlich! Es macht mich rasend! Aber wie ich schon sagte, gehe ich damit um, wie ich es für richtig halte.“

„Fang nicht wieder an, Sachen für dich zu behalten. An dieser Stelle sollte ich anmerken, dass ich nach wie vor sämtliche Requisiten habe. Ich schaffe es so oft wie nötig, dich wieder aus deiner Höhle zu locken. Und ich habe Andrew an meiner Seite, der angeboten hat, Wache vor deiner Tür zu stehen, damit mich keiner dabei belästigt."

Abby hatte vier Tage durchgehalten, vor meinem Zimmerfenster zu campen, als ich das letzte Mal nach Mainfield kam und mich in meinem Kummer weggesperrt hatte. Am vierten Tag lenkte ich ein, weil zusätzlich Drew sein Nachtlager aufschlug. Er hatte sich extra einen Schlafsack zugelegt.

„Abby, ich verspreche, mich nicht erneut aus der Realität zu verabschieden", versicherte ich ihr, „noch verspüre ich das Verlangen, Drew jemals wieder in seinen Schlafshorts zu beobachten."

Die Dagobert-Duck-Figuren standen mir noch vor Augen.

„Hat Brooke Schwein."

„Eher Ente."

Sie stupste mich lachend an und legte mir wegen meines Seufzers den Arm um die Schultern. „Das hat man davon, dass man sein Herz an jemanden verschenkt", sagte sie nachdenklich.

„Kommt jetzt: ‚Ich habe es dir gesagt'?"

„Nein."

„Nein?"

„Ich kenne dich in- und auswendig. Folglich weiß ich, wann ich die Klappe halten muss, weil du deine Lehre bereits daraus gezogen hast."

Ich runzelte verwundert die Stirn. „Und sonst?"

„Nichts."

„Komm schon. Irgendetwas anderes beschäftigt dich."

„Muss ich's unbedingt aussprechen? – Morgan ist vielleicht nicht der klassische Märchenprinz, aber du hast gut daran getan, ihm eine Chance zu geben", platzte sie heraus.

Verblüfft hob ich den Kopf und schnäuzte meine Nase in das von ihr gereichte Papiertaschentuch. „Welch ungewohnt neue Töne. Was hat deine Meinung geändert?"

„Irgendwie, und es fällt mir schwer, das zuzugeben, stimmte bei euch die Chemie", sie tupfte mir mit einem weiteren Taschentuch sachte unter die Augen. „Du konntest mit ihm umgehen. Und er –", sie brach so abrupt ab, dass ich sie neugierig musterte. „Ich sollte meine Klappe halten."

„Nein. Bitte. Was ist mit ihm?"

„Du wirst nicht sauer oder niedergeschlagener, weil ich ehrlich bin, oder?"

Das war physisch unmöglich. „Nein, natürlich nicht."

„Okay. Weil Morgan dich geradezu anbetet. Manchmal habt ihr eure eigenen privaten Momente, in denen ihr ein Lächeln teilt oder eine stumme Konversation führt. Wie er dich dann ansieht … als gäbe es außer dir nichts auf der Welt. Verflucht und zugenäht, Mimi, wir reden von Morgan-zu-heiß-um-wahr-zu-sein-Vegard! Er war auf dem besten Weg zum nächsten Hugh Hefner, bis er dich traf!"

Durch den Tränenschleier hindurch lächelte ich. Es musste furchtbar anmuten, aber sie ließ sich nichts anmerken. Abby legte die Taschentücher weg und kuschelte sich an mich. Drückte mich ganz fest. „Und jetzt erklär mir mal was, denn die Frage brennt mir seit Wochen unter den Nägeln."

„Schieß los."

„Was soll die Nummer mit dem gleichen Armband, das ihr tragt?"

Bei meinem Grinsen über ihre Empörung schnalzte sie mit der Zunge, während ich nach einem Weg suchte, darauf zu antworten.

*Bleib nah an der Wahrheit, Mimi.*

„Es ist gedacht als Ausdruck unserer Zusammengehörigkeit", tat ich das Ganze mit einem Achselzucken ab.

Sie blieb stumm und ich legte erschöpft den Kopf an ihre Schulter. „Was, wenn du dich irrst? Wenn ich eins seiner Mädchen geworden bin? Desillusioniert und am Boden zerstört, weil ich Morgan Vegard an mich herangelassen habe. Weil ich dumm genug war, zu hoffen?"

„Ihr bedeutet euch beide viel, Mimi."

„Warum tut er mir das dann an?"

Sie wischte eine neue Träne mit dem Finger weg. „Man verletzt stets die am meisten, für die man am meisten empfindet. Kopf hoch, Süße. Er kriegt dich nicht unter."

„Warum nicht?"

Sie strich mir mein Haar über die Schulter und senkte den Kopf, um mich besser anschauen zu können. „Weil du deine Hoffnungen oder dein Leben niemals um jemanden herumbauen würdest. Außer er ist ein Glücksschwein und hat es verdient. Du bist stark, du hast Ziele und verfolgst sie. Du, Süße", sie schubste mich leicht, „wirst das überstehen. Du kennst das Gefühl, dass die Welt auseinanderbricht."

„Das soll mich trösten?"

„Nein", lächelte sie, „aber die Tatsache, dass du aus erster Hand erfahren hast, wie man solche Tiefschläge übersteht, schon."

Ich atmete scharf aus, ohne vorher bemerkt zu haben, dass ich die Luft angehalten hatte. „Es waren ein paar zu viele in letzter Zeit."

„Passiert. Teil des Lebens und dergleichen", sie gestikulierte halbherzig. „Es wird wieder, Mimi."

„Sicher?"

Ihre Augen funkelten. Sie nickte und erwiderte mit fester Stimme: „Absolut."

***********************************

Etwas später betraten wir die Küche, ich stellte die XXL-Macadamia-Eisschachtel zwischen uns auf den Tisch, die meine Tante weit in den Tiefen des Kühlfachs für stressige Arbeitstage bunkerte, und reichte ihr einen Löffel, tauchte den zweiten bereits ein und spickte ihn mit Schokoladensoße.

„Eis hat schon früher Probleme gelöst", witzelte Abby und sprühte Schlagsahne darüber, probierte und gab zusätzlich einen Spritzer Soße hinzu.

„Da du zum Valentinstag Bikini-fit sein willst, würde ich die oberste Schicht wieder abkratzen."

„Jetzt ist die Soße drauf, also bleibt sie es auch." Sie kippte noch mehr drüber und mischte sie schnell unter. „Ups."

Ich lachte kopfschüttelnd. „Ich sehe tagelange Jogging-Sessions auf dich zukommen."

Abby machte stets bereits vor Weihnachten und dem Sommerurlaub mit Sport Platz für die obligatorischen Zusatzpfunde.

Achselzuckend schleckte sie ihren Löffel ab. „Heute geht es um Solidarität, Schwester, nicht um die Figur."

„Wenn dem so ist", ich verwies auf die oberste Schublade des Gewürzregals, „in dem kleinen Stoffkörbchen ganz hinten versteckt Maddy ihre Plätzchendeko."

Ich musste sie nicht zweimal bitten. Abby schlenderte mit einem fetten Grinsen zum Regal und kramte gerade Schokokügelchen, Streusel und Gummibärchen heraus, als ich das unscheinbare Knacken vernahm.

Gleich darauf ertönte plötzlich ein lauter Knall und sie schaute hoch. Ich war längst schon auf den Beinen.

Bewegte mich schnell – unbedacht schnell – aber gerade rechtzeitig, um das zusammenbrechende Holzregal mit rechts aufzufangen, den herausfallenden Inhalt in die Spüle zu generieren und ihren Kopf mit meiner freien Hand abzuschirmen. Während jegliche erdenklichen Dosen, offene Packungen und Gläschen sich polternd im Becken verteilten, stand ich einfach nur da und hielt die einzelnen herabkrachenden Regalbretter mit der linken Hand fest. Eine Hälfte des untersten Regals streifte Abby und es raubte mir die Luft zum Atmen, als ich es in meinem Handgelenk knacken hörte.

Das Ganze dauerte keine fünf Sekunden. Das Rumoren hörte so plötzlich auf, wie es eingesetzt hatte und Ruhe kehrte wieder ein. Der Schmerz verebbte und das Prickeln meiner Haut, das den

Heilungsprozess anzeigte, war nunmehr das Einzige, was ich neben meinem Herzschlag wahrnahm. Ich schloss die Augen und wartete darauf, dass sich meine Knochen mit einem leichten Ziehen verbanden. Wärme ummantelte die Stelle und verflog. Ich testete meine Linke und stellte fest, dass sie wieder vollständig gesund war, pustete mir erleichtert eine Strähne aus den Augen. Dann verteilte ich das Gewicht des Holzes besser auf beide Hände und legte die Trümmer vorsichtig auf den Boden.

Erst da schaute ich auf. Abbys starrte mich perplex an.

Ich hatte sie praktisch auf die Arbeitsfläche gepresst. Ihr Gesicht war zu blass, der Puls zu schnell. In der einen Hand hielt sie noch immer den Puderzucker.

Um Zeit zu schinden, trat ich vorsichtig von ihr zurück. Sie machte zwei steife Schritte seitwärts und war wieder frei.

„Hast du dir was getan?"

„Scheinbar nicht", antwortete sie und schüttelte den Kopf, fischte mir eine Silberkugel aus dem Haar und drehte sie fasziniert zwischen ihren Fingern. „Hat dich etwas erwischt?"

*Mein Körper besitzt einen Heilungs-Autopilot. Es spielt keine Rolle.*

„Nein."

Die Hand mit der Zuckerpackung zitterte, bevor sie sie endlich abstellte. „Mimi? Was war das?"

In perfekt normaler Geschwindigkeit schob ich die Regalreste schnaubend mit einem Fuß zur Seite und drehte mich ihr zu. „Morsches Holz."

„Nein", entgegnete sie und warf die Kugel ins Spülbecken zum Rest. Ihre Stirn durchzogen tiefe Furchen, während sie erst auf das vollgestopfte Becken blickte und im Anschluss zu mir. „*Was* war *das*?"

Sie deutete auf die Überreste im Becken, die Bretter, auf meinen fallengelassenen Löffel, der die Dielen mit Eis und Schokosoße gesprenkelt hatte. „Wie hast du das gemacht?"

„Adrenalin", erwiderte ich, um die erstbeste Erklärung bemüht, die mir glaubhaft über die Lippen kam, und ich wunderte mich, dass sie Sinn machte. „Ich habe gesehen, wie die Halterung aus der Wand wegbrach und mich spontan dazu entschlossen, dein Leben zu retten."

„Und wie kommt das ganze Zeug dahin?", fragte sie mit einem Nicken in Richtung Spüle.

„Oh, Mann", grinste ich und meine Hand fuhr ihr an die Stirn, „bist du sicher, dass es du nicht abgekriegt hast? Du standest doch direkt neben mir. Die Sachen sind beim Crash vom Regal gerutscht und in der Spüle gelandet."

Meine Freundin musterte mich skeptisch, ihre Augenbrauen zusammengezogen.

Natürlich wäre das die Gelegenheit gewesen, mit der Wahrheit herauszurücken. Jedes Geheimnis, jede Lüge wiedergutzumachen. Mit Ehrlichkeit anzufangen. Meine Augen wanderten an ihr vorbei ans Fenster, nach draußen in die Dunkelheit.

Aber sie einzuweihen wäre selbstsüchtig von mir. Denn es waren nicht nur meine Geheimnisse, die ich hütete. Es waren auch Morgans.

Und so blieb ihr Gesicht ungläubig und meine Lippen versiegelt.

************************************

Eine halbe Stunde später wälzte ich mich zum dritten Mal auf den Rücken, hörte sie gleichmäßig atmen und verbot mir daran zu denken, wie knapp das Ganze vorhin gewesen war. Oder was mich morgen früh in der Lincoln erwarten würde. Das böse Gerede, die giftigen Blicke, die mich offener trafen. Morgan. Die Frage, wie es weitergehen würde. Schließlich verfiel ich in einen unruhigen Schlaf.

Brooke war in dieser Nacht ziemlich schweigsam. Nach einem kurzen Blick auf den Garten der Genüsse dämmerte mir warum: Die Blumen welkten sichtbar vor sich hin, die Bäume verloren rasch ihre extrem verfärbten Blätter. Unsicher inspizierte ich einen tiefen Riss, der sich durch den Brunnenrand zog und unter meinem Blick weiter aufbrach. Sah man ihren Bruder in der Schule – sei es mit seinen Freunden oder Jenna, die neuerdings zu seinem Schatten geworden war, war er der Inbegriff seines Post-Beziehungs-Images.

*Warum auch nicht?*

Heute gegen Ende des Footballtrainings, die Tigers waren vollzählig auf der Bank versammelt, weil der Coach eine Taktikbesprechung abhielt, schnappte ich mir soeben meine Trinkflasche und legte mir ein Handtuch um die Schultern, da beendete Shelby am anderen Ende des Feldes das Cheerleader-Training.

Jenna war die Erste, die ihre Sachen packte und auf die versammelte Footballmannschaft zuhielt, dabei band sie ihr Shirt vorn zu einem Knoten und öffnete ihren Pferdeschwanz, drapierte die Haare gekonnt um den prallen Ausschnitt, den sie noch schnell zurechtrückte. Morgan, der seinerseits dem Coach eine Frage stellte, war wohl neben Bellazzo der Einzige, dem ihr beschwingter, kurvenreicher Gang entging. Sie schlüpfte hinter die Bank, fuhr Grant frech durch die Haare und streifte Drew hauchfein mit ihrem Arm am Kopf. Jared und Luke schlugen ihre Hand weg, ehe sie sie auch berühren konnte.

Im nächsten Moment trat sie um die Bank und setzte sich auf Morgans Schoß.

Vermutlich klappten sämtliche Unterkiefer zur selben Zeit hinunter, Matt verschluckte sich dermaßen beim Trinken, dass seine Nachbarn ihm auf den Rücken schlagen mussten. Die halbe Mannschaft blickte über den Platz hinweg zu mir. Mein Interesse gebührte Morgan. Der starrte zurück, legte eine Hand um ihre Taille und flüsterte ihr etwas ins Ohr. Jennas Augen huschten in meine Richtung und sie lachte so laut, dass ich Angst hatte, ihre Lunge würde platzen.

Es war dieser Augenblick, in dem mein Herz anfing zu brechen.

Nicht, dass wir uns etwas zu sagen hatten. Im Gegenteil.

Die einzige Gelegenheit, ihn allein anzutreffen, war vor oder nach meinem Nachmittagstraining. Und ich bevorzugte es, lautlos zu kommen und zu gehen.

Am nächsten Tag hatte ich mich gerade im Bad umgezogen und sprang die Treppe hinunter, fest in meinem Vorhaben, mich einzig auf das Training zu konzentrieren. Brooke streckte ihren Kopf aus der Küche und lächelte bei meinem Anblick.

„Ah, Mimi – dich habe ich gesucht“, sie verschwand und kam mit einem gefüllten Dessertglas und zwei gezückten Löffelchen wieder. „Hier. Probier das und sag mir ehrlich, wie du es findest.“

Ich band meine Haare zu einem lockeren Dutt zusammen und nahm einen Bissen von dem luftigen Teig, der von zerschmelzender Schokolade durchzogen war. Anerkennend nickend genehmigte ich mir einen weiteren.

„Lecker“, sagte ich und reichte ihr den Becher zurück.

„Glaubst du, ein Schokosoufflé stopft zu arg?“

„Besteht die Hauptspeise davor aus Salat?“

„Salat ist kein Männeressen.“

„Hau ein Stück Fleisch rein und es wird zu einem.“

Wir grinsten beide und ich nahm einen letzten Löffel. Der Geschmack von Kakao explodierte auf meiner Zunge. „Selbst gemacht?“

„Selbst ausgedacht“, erwiderte Brooke und schaufelte sich nun das eigene Löffelchen mit dem braunen Genuss voll. „Ich habe vor Drew damit angegeben, dass ich eins hinkriege und Daniel bringt es mir gerade bei.“

„Es sieht toll aus.“

„Das ist Daniels.“

„Und wo ist deines?“

„Auf dem Müll“, lachte sie und bedeutete mir weiterzuessen, „wo er hingehört.“

„Bring mich dazu anzufangen und ich höre nie wieder auf“, wehrte ich ihr Angebot ab. Die goldenen Zeiger der großen Holzuhr im Wohnzimmer signalisierten drei Minuten nach Trainingsbeginn, doch nach einem kurzen Zögern wurde ich schwach und genehmigte mir einen Mundvoll, der an meinem Gaumen zerschmolz. Ich würde die Kalorien innerhalb der ersten Stunde verbrennen, determiniert wie Luke und Jared mich in letzter Zeit an die persönliche Leistungsgrenze pushten. Falls ich angenommen hatte, meine erste bestandene Prüfung würde nach sich ziehen, dass sie mich mit Samthandschuhen anfassten, hatte ich fantasiert. „Und meine Folterknechte warten auf mich."

„Bullshit", erklärte Morgan, während er die letzten Stufen herabstieg. Er stellte sich zu seiner kleinen Schwester, legte den Kopf schräg und blickte erst sie, dann mich an. „Warum sagst du ihr nicht die Wahrheit?"

Ich wollte plötzlich gehen und bleiben, ihn meiden und berühren. Mich entschuldigen und ihn dazu zwingen, es zu tun. Letztendlich würde ich nur eins davon in die Tat umsetzen.

„Das *ist* die Wahrheit", betonte ich.

„Falsch. Die Wahrheit ist, dass du mir aus dem Weg gehst. Entspann dich. Das Haus ist groß genug für uns beide", korrigierte er und nahm mir das Löffelchen rabiat aus der Hand, um selbst zu probieren, „hmmm – sehr gut!"

Mein Blut kochte. „Nicht die ganze Welt dreht sich um dich."

„Warum so reizbar?"

„Ich bin nicht reizbar."

„PMS?"

Beim Versuch, um ihn herumzugehen, versperrte er mir den Weg, den selbstgefälligsten Ausdruck auf seinen Zügen. Ich schnaubte genervt und funkelte ihn mit oberflächlicher Ruhe an: „Ich bin weder gereizt noch spielt meine Periode irgendeine absurde Rolle. Ich will einfach zum Training und auf irgendetwas oder irgendjemanden einschlagen!"

Er rührte sich keinen Millimeter, sondern kniff die Augen zusammen und erlaubte mir einen Einblick in seine offene Wut. Schwarze Blitze schossen auf mich herab.

„Willst du zur Abwechslung wissen, was *ich* will? Verständnis. In selben Umfang, den ich die ganze Zeit über für dich hatte."

„Oh, bitte."

„Lass das Augenrollen."

Automatisch hörte ich damit auf. Schwer, nicht das zu tun, was er wollte, sobald er diesen autoritären Ton annahm. „Also hast du, als du mich von meinen Freunden abgeschottet, Unschuldige für mich tyrannisiert und mich eine bigotte Spießerin genannt hast, eigentlich nur Verständnis gezeigt?"

Unsere Armbänder schlugen gleichzeitig an.

Brookes Stimme drang von weit her zu mir hindurch. „Langsam glaube ich, eure Schwierigkeit liegt in der Kommunikation. Hört einer dem anderen überhaupt zu?"

„Mimi hat das nicht nötig. Schließlich hat sie nichts Unrechtes getan. Jemals."

„Das stimmt nicht. Fehler sind auch mir passiert", stellte ich klar, bevor ich zurücktrat und seiner Schwester erklärte: „Aber ich stehe wenigsten zu ihnen."

„Nenne mir einen."

„Mich derart von deiner Alles-ist-käuflich-Welt blenden zu lassen, dass mir die Gabe des Wertschätzens abhandenkam."

„Im Namen des Vaters und des Sohnes und des Heiligen Geistes. Amen."

„Ich predige. Schon verstanden. Wie wär's zur Abwechslung mit neuen Kränkungen?"

„Baby, ich habe noch nicht mal angefangen, dich zu kränken."

„Und das", lachte ich bitter auf, „führt mich direkt zu Nummer zwei: Tut mir leid, wenn ich mich dazu hinreißen ließ, dich auch wie Mainfields Megastar zu behandeln. Glaub es oder nicht, aber auch du hast Schwächen. Nur wagt es keiner, sie anzusprechen. *Jemals*."

„Schwächen! Ha!" Die Überzeugung seines Tonfalls passte zum Trotz in seinem Gesicht.

„Ja, richtig. Auch bekannt als die Makel, die einen definieren."

„Ich habe keine."

„Alle Achtung! Wie fühlt es sich an, perfekt zu sein?"

Seine Nasenflügel weiteten sich wütend. „Unterbewusste Manipulation, geht's dir etwa darum? Hast du es stark genug nötig, mein Leben zu kontrollieren, dass du versuchst, mir ein schlechtes Gewissen einzureden?"

„Niemand will dich kontrollieren."

„Warum verursachst du dann dieses Drama?"

Ich blickte zu ihm auf und brachte dabei tatsächlich ein trauriges Lächeln zustande. „Du verursachst es, Morgan. Du allein."

„Weil *ich* mich zu lange von jemandem habe beeinflussen lassen, der mir einreden wollte, eine Beziehung sei etwas Erfüllendes."

Brooke musste mein Gesicht gesehen haben. Sie trat vor und legte mir einen Arm um die Schultern. „Ich kann nicht glauben, dass du das gesagt hast."

Er winkte ab. Das Ziehen in meinem Brustkorb machte mich atemlos und die Erkenntnis stutzig: Ganz offensichtlich war ich nicht so unabhängig, wie ich mir gewünscht hatte. Ohnmacht zerrte an meiner Wahrnehmung wie ein schwarzes Loch und engte den Raum ein, bis ich lediglich Morgan ausmachte. Roch. Wollte. Ich *brauchte* Morgan.

Ich liebte, was wir hatten, und fasste es nicht, dass er es leichtsinnig zerstörte. Es machte keinen Sinn.

Außer …

„Vielleicht bist du wirklich besser bei Jenna aufgehoben."

Er schluckte und drehte sich weg, ehe er antwortete. „Ist es das, was du willst?"

„Es ist das, was ihr wollt."

„Das ist doch absurd!", rief Brooke und von ihrem Bruder ging eine ungemeine Welle der Erschütterung aus, fraß sich durch den Flur, die Wohnzimmer und restlichen Räume des Erdgeschosses. Der Putz an der Decke bröckelte, feiner Körnerregen rieselte auf unsere Köpfe und der klirrende Kronleuchter schwankte heftig.

„Was ist hier los?" Lawrence tauchte neben uns auf, gerade als das Familienporträt im Wohnzimmer mit einem unüberhörbaren Poltern gegen den Kaminsims krachte. Er betrachtete die Verwüstung und suchte schließlich den Blickkontakt zu Morgan, der sich auf sein Armband konzentrierte.

„Mimi?"

Auch ich mied seine eisigen Augen, in denen Hilflose in glühendem Feuer brannten. „Es ist nichts."

Morgan schluckte schwer und drehte dabei die Hand. Die Flamme darin erlosch. Mir war entgangen, dass er überhaupt eine generiert hatte. „ZUR HÖLLE MIT JEDEM EINZELNEN VON EUCH!", brüllte er plötzlich mit einer Inbrunst, dass ich strauchelte. Anklagend lenkte er seinen Frust auf seinen Vater. „Du, Mom, Brooke – jeder ist auf ihrer Seite! Hat es einer von euch auch nur näher in Betracht gezogen, dass *ich* recht haben könnte?"

Mit einer weiteren Bewegung aus seinem rechten Handgelenk spie Feuer gegen den Marmorboden und wurde von den Wänden zurückgeworfen, erreichte die meterhohe Hades-Statue und ließ sie eine Sekunde im Raum schweben, bevor sie in der Luft in Millionen kleine Teile zerbrach, die wiederum in orangene Flammen aufgingen. Eine endlose Destruktionskette verselbstständigte sich, je öfter die Scherben sich teilten. Mit einem lauten Ton verwehte die Feuersbrunst die Staubkörner schließlich, die nunmehr brennenden Splittern ähnelten, und löste sie komplett auf.

Brooke murmelte: „Zerstöre das Haus, weil es nicht nach deiner Nase geht. Damit klären sich bestimmt deine Probleme."

„Mein *Problem* klärt sich erst, wenn Mimi einsieht, mit wem sie es hier zu tun hat!", schrie er sie an. Das Bild von Jenna, auf seinem Schoß sitzend und wie sie beide mich auslachten, vor Augen erwiderte ich: „Das habe ich bereits – leider."

„Genug!“ Die tiefe Stimme seines Vaters traf uns wie eine harte Wand. Kopfschüttelnd stellte er sich zwischen uns beide, die Kutte um seinen Körper flackerte und wurde in der darauffolgenden Sekunde wieder zu seinem Anzug. In den Tiefen seines Blickes jedoch blitzte der Verdruss ungehindert und sobald er weitersprach, beherbergte seine Stimme Nuancen der Unterwelt. „Habt ihr euch sonst nichts zu sagen, haltet den Mund, ehe ihr etwas sagt, was euch leidtun könnte. Ihr seid keine fünf Jahre alt, hört auf, euch wie Kinder zu benehmen!“

„Tut mir leid“, erklärte ich leise. Morgan blieb stumm.

„Dein Training hat begonnen“, verkündete Lawrence nach einem Blick auf die Uhr im besten menschlichen Tonfall und rief Jared und Luke herbei, die bis dato unbemerkt in der Terrassentür standen. Seine Augen brannten sich zwischenzeitlich in die seines Sohnes, und mit meinem Blick auf Jared, der mich wegzog, hörte ich Morgan erklären: „Sie hat mich provoziert.“

Ich spielte auf Zeit und bedeutete den Cousins vorzugehen. Lawrence’ Stimme jagte mir durch Mark und Bein: „Lüg mich nicht an!“

„Tue ich nicht.“

„Daddy“, mischte sich nun Brooke ein, „was Morgan damit sagen will –“

„Brooke, das ist eine Angelegenheit, die strikt deinen Bruder betrifft.“

„Und was verflucht noch mal soll ich tun?“

„Das Richtige.“

„Was ist schon richtig?“

„Ich habe dir bereits mehrmals gesagt, was ich von dir erwarte.“

„Und ich habe zugehört. Denkst du, es würde mich nicht stören, wie es zwischen ihr und mir steht?“, erwiderte sein Sohn trotzig. „Ich versuche ja, mit ihr zu reden. Aber es widerstrebt mir. Es entsprich nicht meiner –“

„Deine Überzeugung hat darin nichts zu suchen“, unterbrach Lawrence ihn schroff, seine Stimme voller Jähzorn. Ich drehte mich an der Tür besorgt um. Brooke war fort, selbst das Personal verbarrikadierte sich in der Küche – Hauptsache, es kam dem Wortgemetzel nicht unnötig in die Quere. Morgan stand nun auf der untersten Treppenstufe. „Ist dir in den Sinn gekommen, dass die Situation weiter aus dem Ruder läuft, je länger was auch immer zwischen euch steht? Ihr habt eine monumentale Aufgabe zu bewältigen – zusammen. Die nächste Prüfung kommt und Zeit ist gerade ein Luxusgut, ein Gut, das ihr kaum habt und doch leichtfertig verschwendet.“

Lawrence trat vor und musterte seinen Sohn. An der Art, wie Morgan zurückwich und sich sämtliches Licht aus dem Raum zurückzog, an dem süßlichen Geruch brennenden Fleisches und dem Schreien verfluchter Seelen um uns ahnte ich, dass ihm die Augen der Toten entgegenstarrten, als sein Vater ihn erinnerte: „Versagen toleriere ich nicht."

Morgans Pupillen veränderten sich, er nickte wie in Trance.

„Hast du mich verstanden?"

„Ja, Vater."

Die Starre verschwand aus Lawrence' Körper und gleichzeitig kehrte das Tageslicht zurück. Die Temperatur im Haus war mittlerweile niedrig und sank kontinuierlich, vor meiner Nase hatten sich längst Kondenswölkchen gebildet.

„Du bist bereit, Morgan. Sie wird es ebenfalls sein." Lawrence' Stimme war die der Seelen. „Aber ihr müsst an einem Strang ziehen. Die Aufgaben sind alleine nicht bestehbar."

„Es muss einen anderen Weg geben." Morgan fuhr sich erschöpft übers Gesicht.

„Halte dich von ihr fern."

„Das kann ich nicht." Er schüttelte den Kopf und umklammerte das Geländer, bemüht, es nicht härter zu zertrümmern. „Nein. Sie wird es erkennen. Sie ahnt, dass sie früher oder später nachgeben wird. Ich erteile ihr nur eine Lektion."

„Wer wem eine erteilt, wage ich zu bezweifeln."

„Dad. Ich kann mich nicht entschuldigen."

Lawrence legte die Arme auf Morgans Schultern. „Nicht, solange du dir selbst im Weg stehst."

„Was hat das wieder zu bedeuten?"

Lawrence hob die Hand und erschuf eine haargenaue Replik der zerstörten Statue. Als hätte sich durch den Vorgang auch sein Ärger aufgelöst, bedachte er Morgan nun mit einem nachsichtigeren Blick. „Das erkennst du noch. Morgan, ich verstehe dich. Du hast deinen Dickkopf sicher nicht von deiner Mutter. Ich war einst wie du, stolz, unbeugsam. Aber hier geht es um etwas Größeres als sie oder dich … oder Grundsatzdiskussionen."

„Um die Hölle?"

„Um euch. Die Zukunft, wie sie sein wird", erklärte er. „Mimi stellt sich gerade Sachen, die kein anderer Sterblicher ertragen würde. Sie benötigt dafür einen freien Kopf, Kraft. Aber am dringendsten braucht sie unsere Unterstützung, in erster Linie deine."

„Die hat sie", erwiderte Morgan, „aber nicht, wie du es möchtest."

Und mit diesen Worten verschwand er.

***********************************

Am Abend programmierte ich meinen Mp3-Player auf Repeat.

Ich hatte meine Probleme Tausende Kilometer hinter mir gelassen, um neue zu finden. Schritte auf der Treppe kündigten ihren nahenden Besuch an und ich wartete geduldig, bis Maddy ihren Kopf durch die Tür steckte.

„Adele?", fragte sie alarmiert, „das ist kein gutes Zeichen."

Die Sonne ging soeben unter und verdunkelte das Zimmer, die Lavalampe, die ich von Abby zum Geburtstag geschenkt bekommen hatte, kam nur schwer dagegen an. Meine Tante trat bewaffnet mit einer Papiertüte von Aunt Molly's ein und schloss die Tür hinter sich, lief zu meinem Bett und drückte den Einschaltknopf meiner Nachttischlampe. Ihr Blick landete auf dem Mammoth-Foto, das nun umgeklappt unter meinem abgenutzten Exemplar von „Emma" lag. Sie fischte es heraus und musterte es grüblerisch. Traurigen Blickes legte sie es schließlich wieder zurück, setzte sich im Schneidersitz auf den Boden vor den Kleiderschrank, an dem ich lehnte. Wie ich herausgefunden hatte, war das der beste Platz, um nachzudenken. Jeder andere Ort in meinem Zimmer war voller Erinnerungen an ihn. Mit einem sanften Lächeln griff sie in die Tüte und reichte mir einen Schokodonut. „Süßes? Oder kitzele ich es auch ohne Bestechung aus dir raus?"

Ich vergrub einfach nur den Kopf an ihre Schulter, nahm den Donut in die linke Hand und biss hinein, während sie dem Text zu „Someone like you" lauschte und wartete. In der Ruhe vor dem nächsten Song sagte ich schließlich: „Es entgleitet mir."

Das Brennen in meiner Kehle machte es schwer zu reden.

„Hast du dich mit Morgan gestritten?"

„Das ist mild ausgedrückt."

„Was ist der Grund? Eifersucht? Eine Meinungsverschiedenheit? Dein Onkel und ich, wir haben uns früher aus Prinzip missverstanden, gerade wenn es um Nichtigkeiten ging."

„Maddy."

„Keine Kleinigkeit?"

Ich schüttelte den Kopf und nahm einen weiteren kleinen Bissen von dem Donut. Er roch köstlich und schmeckte nach gar nichts. „Ich habe keine Idee, was ich tun soll. Würdest du deine Prinzipien verraten, um deine Beziehung zu retten?"

„So schlimm?" Sie schaute mich überrascht an und ich legte den Kuchen beiseite.

„Schlimm ist es geworden, weil wir uns beide weigern, von unserer Meinung abzurücken."

Maddy hielt inne, um sich aufzusetzen. „Ist es wegen der Sache mit eurem Mitschüler? Der Junge, der an einen Stuhl gefesselt wurde?"

„Du hast davon gehört?"

„Ich habe Bilder gesehen – im Internet."
Ich befreite knurrend mein Kleid von einem Brösel. *Großartig.* Als hätte Brad nicht schon genug durchgemacht.
„Hatte Morgan etwas damit zu tun?"
Mein Seufzen war Antwort genug.
„Warum?"
„Weil er mir damit einen Gefallen getan hat", erklärte ich trocken und hörte, wie sie tief Luft holte. „Offenbar hat mich Brad, das ist sein Name, gestalkt – woraufhin Morgan, Luke, Jared und ein paar andere sich um ihn *gekümmert* haben."
„Hat Brad dich bedroht?"
„Ja", lachte ich verbittert, „mit einer Titelstory in der Schülerzeitung."
Sie schürzte die Lippen und ich erklärte: „Ich wollte nicht, dass er über mich schreibt und habe es Morgan erzählt. Das war am Freitag. Was danach passierte –"
„– kann jeder bei Facebook nachlesen oder auf YouTube anschauen."
„Ich kann einfach nicht fassen, dass Morgan annimmt, ich fände diese hirnrissige Aktion auch noch toll. Was hat er denn erwartet, bitte schön? Dass ich ihm um den Hals falle, ihn zu meinem persönlichen Helden ernenne? Eine Medaille? Eine Urkunde?"
Mir gefiel der Ausdruck auf ihrem Gesicht nicht, während sie an ihrem Saum herumfummelte. „Schatz, mir ist klar, dass Morgan dir ungemein wichtig ist. Ich mag ihn auch – selbst dein Onkel hat aufgehört, Mordpläne für seinen Dad zu schmieden, seitdem er ihn privat kennengelernt hat", wir grinsten uns an. Ihre Finger gaben den Rock frei und sie wurde wieder ernst. „Aber mit euch ging es rasend schnell, findest du nicht? An einem Tag wart ihr noch nicht einmal miteinander bekannt, am nächsten ist er dein fester Freund und gleich darauf verreist ihr jedes Wochenende bereits in seinem Privatjet?"
Der halbherzige Biss von meinem Donut blieb mir im Hals stecken. Ich hatte keine vernünftige Erklärung, die sie zufriedengestellt hätte. Zu meinem Glück sprach sie unbeirrt weiter. „Ihr zwei seid wie Feuer und Wasser. Er ist sein Leben lang privilegiert gewesen und entsprechend geprägt. Du gehörst zu den", sie zuckte die Schulter auf der Suche nach den richtigen Worten, „ich weiß auch nicht … Normalos."
Abwesend nahm ich ihre Hand und spielte mit dem Armband, das Marc mir geschenkt hatte und sie sich regelmäßig auslieh. Die kalte Oberfläche der Perlen war ungewohnt angenehm. „Warst du nicht diejenige, die ihn wie jeden anderen behandeln und sich ihre eigene Meinung bilden wollte?"
„Das habe ich. Und ich mag Aiden, Grace und Brooke und finde Morgan charmant, sympathisch – und äußerst gewinnend. Aber all

das wird zweitranging, wenn …", ihre Stimme brach zwischendurch ab. „Ich lasse nicht zu, dass er meiner Nichte weh tut. Und ich lehne jeden ab, der sich einbildet, über andere zu Gericht sitzen zu können, nur weil seinen Eltern das halbe Land gehört."

„Die halbe Welt", murmelte ich.

„Und wenn's die halbe *Galaxie* wäre."

„Du findest, er sei verwöhnt?"

„Ich finde, er verhält sich manchmal wie ein verhätschelter, unreflektierter Junge, der sich nach Lust und Laune die Welt macht, wie sie ihm gefällt. Und gefällt sie ihm mal nicht, kann man jemanden zum Sündenbock auserwählen und ihn dafür bezahlen lassen."

„Er kann aber auch anders sein", stellte ich klar, spielte nun an meiner Halskette herum. Brauchte Ablenkung, Beschäftigung, ein Ventil für meine Unruhe. „Maddy? Wenn du so von ihm denkst, warum lässt du ihn mit mir ausgehen?"

Sie lächelte verständnisvoll. „Mit dir ist er anders. Als wären da zwei grundverschiedene Personen in einer Gestalt, die sich durch dich bedingen. Du findest Jekyll in ihm. Und willst du hören, was daran das wahre Wunder ist?"

„Ja."

„Dass er nicht einmal bemerkt, dass du das machst. Er *ist* mehr."

Sie fuhr mir tröstend übers Haar und ich ahnte, sie glaubte mir. Aber nur, weil sie es sich wünschte. Adeles Stimme streichelte uns im Takt ihrer Erinnerungen und *ich* erinnerte mich plötzlich sehnsüchtig an meine Mutter. Wäre Mom da, würde sie es genauso machen: Mich auf den Weg bringen, ohne ihn direkt aufzuzeigen. Sie war nicht müde geworden, mir eins zu erklären: „Mimi, du und ich, wir sind uns selten einig – und das ist wunderbar richtig. Aber eine Sache, mein Schatz, die teilen wir und die besitzen weder Anna noch dein Dad: die Leidenschaft, für unsere Überzeugungen einzustehen, komme was wolle. Es ist nichts falsch daran, einen Weg zu verlassen, weil man ihn nicht zu Ende gehen kann. Aber seine Überzeugung aufzugeben, weil der Weg steinig ist, ist wie einem Vogel die Flügel abzubinden, weil es Nacht wird. Vergiss diesen Teil von dir nicht. Und verlerne niemals, ihn zu schätzen."

Leider war ich tief genug im Gefühlschaos-Strudel, dass ich die Zeichen gar nicht mehr deuten konnte. Resigniert fragte ich Maddy: „Was würdest du an meiner Stelle tun?"

„Ach, Mimi", seufzte sie und hauchte mir einen Kuss auf die Stirn. „Das Richtige. Und du weißt, was das ist."

Sie fuhr sich mit der Hand übers Gesicht und wirkte erschöpft. Meine Finger wurden kalt, indes ich verstand.

Ich konnte nicht auf ihn zugehen, weil es falsch war.

Und er würde nicht auf mich zukommen, weil es richtig gewesen wäre.

***********************************

Anfang der nächsten Woche waren selbst seine Freunde nicht länger imstande, die Zeichen zu übersehen. Er scherte sich nicht um das, was sein Vater ihm erklärt hatte, nicht um die Bemühungen seiner Schwester. Und am wenigstens interessierte er sich für mich. Es war irgendwann zwischen der vierten und fünften Stunde gewesen, da mir bewusst wurde, dass ich es nicht länger in Ordnung bringen könnte. Wir liefen uns zufällig über den Weg und meine Arme schlangen sich schützend um mich, weil ich erkannte, dass sich seine Art mich anzusehen von Grund auf verändert hatte. Als sei ich eine seiner vielen weiblichen Anhängerinnen.

Post-its mit wenig schmeichelhaften Betitelungen und Karikaturen zierten seit Montagmorgen meinen Spind oder klebten am Wagen. Ganze Mädchencliquen verzichteten darauf, „Schlampe“ oder „Miststück“ zu flüstern, sie sagten es mit Fingerzeig laut oder schrien es mir hinterher, kaum, dass ich mich wegdrehte. Zudem hatten sie es mit Lippenstift und Nagellack auf den Toilettenspiegel und meinen Ordner, den ich einen Moment aus den Augen gelassen hatte, geschrieben. Anders als ihre Ideenvielfalt war meine Reaktion stets dieselbe: Ich verzichtete, auf die Anfeindungen zu reagieren. In der Hoffnung, sie würden derer überdrüssig werden und sich ein neues Hobby suchen. Ich hasste ihre Intrigen und das Gefühl, von jedem beobachtet zu werden.

Die Abende waren am einsamsten. Mit Hausaufgaben, Marc und dem Abendessen verging die Zeit irgendwie, aber war das Familienleben vorbei, fand ich mich allein in meinem Zimmer. Natürlich hätte ich mit Abby telefonieren können, aber mir fehlte es an der richtigen Stimmung, ihre Ausgelassenheit ertragen zu können. Sie rief dennoch tagaus, tagein an. Heute hatte ich mich von Trevor entschuldigen lassen und saß auf dem Bett mit dem Rücken gegen meine Kissen, starrte auf die zunehmende Dunkelheit in meinem Zimmer und fragte mich, was Morgan gerade machte, da klopfte es. Für gewöhnlich verstand Maddy meinen Wunsch nach Ruhe, wenn ich nicht antwortete, also blieb ich stumm und stützte den Kopf in die Hände. Ich wollte sie nicht ausschließen, *niemanden* ausschließen. Aber ich brauchte Zeit.

Ein leises Knarren später, gab mein Bett auf einer Seite nach und zwei Arme legten sich um mich. Der vertraute Duft traf mich völlig unvorbereitet und Tränen standen mir plötzlich in den Augen, als er mich hochhob und auf seinen Schoß zog, mir über die Haare strich, beständig, beruhigend. Er sagte nichts, hielt mich einfach fest.

„Mimi“, flüsterte Drew schließlich, um mich nicht zu erschrecken. „Rede mit mir darüber.“

Es zerriss mich innerlich, wie bedrückt seine Stimme klang. Und doch verspürte ich zugleich Dankbarkeit. Obwohl ich meine Freunde von mir wegstieß, waren sie für mich da. Es war eine der wenigen wundervollen Empfindungen in einem konstanten schwarzen Nebel der Taubheit, zu dem mein Leben wieder geworden war.

Stirnrunzelnd schaute ich auf. Meinem Gefühl nach tat ich in letzter Zeit nichts anderes, als darüber zu reden.

„Nicht diesen ‚wir haben uns gestritten und müssen uns beruhigen‘-Schwachsinn. Ich will hören, wie es dir geht, wenn du ihn mit dieser Schlampe siehst, was es mit dir anstellt, wenn ihr euch meidet wie Motten das Licht. Die Details interessieren mich nicht, aber ich werde mit Sicherheit nicht einfach tatenlos danebenstehen, solange er diesen Mist mit meiner besten Freundin abzieht und das aus ihr macht.“

Ich schüttelte den Kopf, weil ich ihn nicht verstand.

„Du igelst dich wieder ein, wie damals, nachdem …“, er schluckte, weil ich zusammenzuckte, „… das mit deiner Familie passiert ist. Ich glaube deinen ‚die Sache ist halb so schlimm‘-Beteuerungen nicht, Abby übrigens genauso wenig. Von mir aus, mach der ganzen Welt was vor, aber sei ehrlich zu uns. Bitte.“

„Drew …“

„Willst du, dass es bergauf geht?“ Der Zorn in seiner bemüht ruhigen Stimme war unüberhörbar.

„Ja.“

Er drehte mein Gesicht, sodass ich seine entschlossenen Züge ausmachen konnte. „Gut. Schieß los.“

Obwohl ich ernsthaft bezweifelte, dass irgendetwas die Schmerzen, Morgan zu vermissen, nehmen könnte, fing ich an zu reden. Vielleicht schaffte ich es ja, die Angst in seinen Augen zu vertreiben.

Eine halbe Stunde lang erzählte ich ihm vom Konflikt in meinem Herzen, von der Art und Weise, wie ich darauf reagierte, von der Frage, was ich falsch gemacht haben könnte, die mir ständig im Kopf herumgeisterte. Drew lachte bei der Stelle, wie Morgan die Aktion mit meinem Wohlergehen rechtfertigte, freudlos auf, unterbrach mich aber nie. Nur das Treiben unserer Mitschüler behielt ich für mich. Meine Fantasie verdeutlichte mir bildhaft, was passieren würde, bekam Morgan Wind davon. Und Drew würde auf direktem Wege zu Morgan marschieren, um ihn zur Verantwortung zu ziehen.

„Du hast nichts falsch gemacht“, ermutigte er mich, nachdem ich geendet hatte. „Wärst du irgendjemand anderes, würde ich dir raten, mit ihm zu reden, aber ich kenne deinen Freund. Momentan ist das vermutlich eine schlechte Idee."

„Was kann ich sonst tun?"

„Lernen damit umzugehen. Einen Weg finden, es auszusitzen. Morgan wird sich beruhigen, er ist clever, das Nachdenken über sein Verhalten wird einsetzen."

„Hoffentlich."

„Ich habe mir seine Rede mitangehört, vertrau mir: Der Junge lässt dich nicht ziehen."

„Welche Rede?"

Drew stützte sein Kinn auf meinen Kopf und erzählte: „Morgan hat uns am Montag zusammengetrommelt, nach dem Training, noch auf dem Feld. Das ganze Team, inklusive Ersatzspieler. Er sagte, es würde sich bei seiner Bitte um einen Gefallen für ihn handeln. Dass er erwartet, wir würden als Tigers geschlossen zusammenarbeiten – und dass es unter uns bleiben müsse."

Mein Körper versteifte sich unfreiwillig.

„Warum?"

„Wenn ich raten soll, dann weil er genau weiß, dass du es nicht gutheißen würdest. Weil du denkst, du kannst auf dich selber aufpassen."

„Eine Überzeugung, die er offensichtlich nicht vertritt."

„Morgan machte sich Sorgen, wie du ohne ihn zurechtkommst. Mit dem Meeting hat er einfach nur sichergestellt, dass wir einschreiten, sollte dir jemand zu nahe treten, und es ihm unverzüglich berichten."

Die Achterbahn der Gefühle verließ die Startposition und stieg stetig hoch, den Abgrund vor Augen. Ich versuchte zu verstehen, warum er das getan hatte und zugleich nicht wie eine Irre zu lächeln, weil ich es zu liebenswert fand. Sicher, es änderte nichts an Jenna, aber wenigstens machte er sich Sorgen um mich.

Ein Grund mehr, die vielen Anfeindungen für mich zu behalten.

„Danke, dass du mir das erzählt hast."

„Behalte es für dich. Und", er nahm meine Schultern und drehte mich zu sich, „nimm die Hilfe in Anspruch. Ich habe zwar ein Auge auf dich, aber ich kann nicht überall sein. Einige der Jungs sind in deinen Klassen, andere haben Freunde eingeweiht, die bei dir sind, falls wir es nicht sein können. Es gibt nur wenige Kurse, in denen du auf dich gestellt bist."

Ich brauchte keinen Stundenplan, um sie zu kennen: Es waren die wenigen Kurse, in denen meine Mitschüler es offen auf mich abgesehen hatten. Vermutlich gab es in der Informationskette ein Leck und jemand vom gegnerischen Lager hatte Wind von der internen Aufpassverschwörung gekriegt.

Kein Wunder, dass ihre Wut auf mich gestiegen war. Sie hielten mich für ein Prinzesschen mit einer Footballmannschaft als Leibwächter.

Ich verfiel zurück ins Grübeln. Nach endlosen Minuten griff Drew nach dem Buch auf meinem Nachttisch und begann mir daraus vorzulesen. Seine tiefe Stimme war angenehm beruhigend, ich hörte nur auf ihren Klang, nicht auf den Inhalt. Sie hielt mich wunderbar davon ab, an Morgan oder den morgigen Tag zu denken.

Kurz vor Mitternacht warf ich ihn hinaus, jedoch ungern. Sobald die Tür hinter ihm ins Schloss fiel, war ich verwirrter denn zuvor.

***********************************

Am nächsten Morgen entwickelte ich mich zu dem Menschen zurück, der ich vor gar nicht langer Zeit aufgehört hatte zu sein. Nach einer ausschweifenden, von Abby initiierten, Aussprache mit Tori und Michelle in der Früh, war ich wieder im alten Essenszirkel aufgenommen, wo Abby wiederum in ihre alte Rolle verfiel, auf mich aufzupassen, und ich deswegen trotz anhaltender Appetitlosigkeit Essen in mich hineinzwängte. Es war fast wie früher, nur dass jetzt Brooke und Drew neben mir saßen und um die letzte Hähnchenkeule auf dem Teller stritten, wohingegen Shelby, die sich als laute, anstrengende, aber entgegen allen Erwartungen freundliche Person herausgestellt hatte, zu meiner Rechten in ein Gespräch mit einem auf Hochtouren flirtenden Grant vertieft war. Terrance und Tony versuchten mir abwechselnd und mäßig erfolgreich, etwas zu erklären, das sich im Footballjargon „Defensive Stunts“ nannte, da räusperte sich hinter uns jemand.

Tony brach mitten im Satz ab und starrte an mir vorbei nach oben. Terrance’ Hand lag bereits auf Tonys Arm, ehe er seine zur Faust ballen konnte. Neugierig drehte ich mich um und unterdrückte meine Überraschung, machte mein Herz einen kleinen Sprung. Jared grüßte mich, seinen Arm um ein vollbusiges Mädchen mit weitem Dekolleté. Es war weder Tanesha noch die Glückliche von vorletztem Montagmorgen.

„Hey du!“, erwiderte ich im Aufstehen, unerklärlich erfreut, ihn zu sehen. Natürlich trainierten Luke und er mich weiterhin täglich, aber die Chemie zwischen uns dreien hatte sich verändert. Von der Unbeschwertheit der ersten Monate war nichts mehr übrig, seit man auf jede Berührung, jedes Wort und jeden Blick achten musste.

Seit wir zwei unterschiedlichen Lagern angehörten. Ich richtete automatisch seinen Polokragen, wie ich es stets nach dem Training tat, und fragte zittrig: „Was machst du hier?“

„Mich zu euch setzen?“

Tony zischte: „Warum?"
„Weil die Leute es seltsam finden würden, wenn ich im Stehen esse."
„Seit wann interessiert dich das?", fragte ich lachend.
„Wer sagt, dass es das tut? Aber Sarah hier", er verwies mit dem Kinn auf seine Begleitung, die an ihrem Ausschnitt herumwerkelte, „vertritt die Auffassung, die Öffentlichkeit bestimme die Selbstwahrnehmung. Sie wollte unbedingt draußen zu Mittag essen bei dem schönen Wetter."
Während er redete, schaute das Mädchen weg und ich folgte ihrem sehnsüchtigen Blick an den Tisch, wo Jenna soeben neben Morgan Platz nahm. Auf meinem Stuhl. Er hauchte ihr einen Kuss auf die Wange, strich ihr das Haar hinters Ohr und schob ihr sein Tablett hin. Kontrolliert zwang ich meine Aufmerksamkeit zurück zu Sarah und meinen Freunden. Sie sagten kein Wort. Genau genommen taten sie gar nichts. Sie saßen einfach nur da, mit verblassenden Lächeln auf den Gesichtern.
„Hallo, Sarah."
„Hi", sagte sie gelangweilt und zu niemand Bestimmtem. Ich würde jede Summe der Welt darauf verwetten, dass sie mich lieber gestern als heute zurück nach Hartford befördert hätte, um schnell wieder hineinzugelangen. Zu den Reichen und Schönen.
„Jared", setzte ich an, während sie meine Freunde hilfesuchend anstarrte und sekündlich fahriger wirkte. Ich brachte ein tapferes Lächeln zustande und seufzte. „Was du da machst, ist ziemlich nett. Aber ich bin sicher, es wäre Morgan nicht recht."
Jareds Gesicht verdüsterte sich. „Ich esse, wo ich will und mit wem ich will", presste er durch zusammengebissene Zähne hervor. „Und heute will ich mit euch essen."
„Ich dachte, Sarah wollte das", sagte ich.
„Genau", erwiderte er.
Die anderen wirkten ratlos. Keiner rührte sich, außer Shelby, die leise lachte und von ihm zu mir schaute.
„Hier ist kein Platz mehr frei", sagte Tony schließlich.
„Dann macht eben welchen."
„Du willst nicht mit mir streiten, Lenoire."
„Im Gegenteil. Ich fände es zur Abwechslung schön, nicht bis zu einem Spiel warten zu müssen, um dir eine zu verpassen."
„Jared!", rügte Drew ihn streng. „Wir sind ein Team."
„Deshalb warte ich ja auch stets brav auf einen Vorwand."
Tonys Gesicht nahm eine ungesunde Rötung an. „Pass auf, dass ich dich nicht –"
„– was?", fragte Sarahs Begleitung gleichgültig. „Mit deinen Drohungen zu Tode langweilst?"

„Jared!" Drew schüttelte demonstrativ den Kopf, „lass es sein."
Da Tony selbstsicher grinste, fuhr Drew auch ihn an: „Mach den Mund zu. Das gilt auch für dich."
Tonys Laune verflog, er schnaubte und stand langsam auf, trat neben mich. „Du hast Glück, dass hier Damen anwesend sind."
Ich spürte die Spannung zwischen den beiden alarmierend Funken schlagen. Jared erwiderte süffisant: „Selbst wenn nur du und ich hier stehen würden, wäre immer noch eine Lady dabei."
Tonys Hutschnur platzte in derselben Sekunde, in der mein Trainer ihm ins Gesicht lachte. Er holte aus und ich zog Sarah aus dem Weg, bevor seine Faust in Jareds Richtung flog und von ihm mühelos pariert wurde. Ich erkannte die Schlagkombination als eine, die ich selbst in der Arena angewandt hatte, und sah Tony schon durch die Luft fliegen, lange bevor er den Boden unter den Füßen verlor. Er landete in der Gruppe der Punks, rappelte sich fluchend auf, schüttelte sich Salatblätter aus dem Haar und stampfte nach einem letzten Blick in unsere Richtung davon. Jared ergriff Sarahs Hand und setzte sie auf Tonys Platz. Abby, die Arme, starrte mich an. Hilflos zuckte ich die Schultern, hob Tonys glänzende Autoschlüssel auf, die bei dem Kampf im Rasen gelandet waren, und klimperte damit in seine Richtung. Sein Kopf drehte sich beim Vernehmen des bekannten Klirrens. Stoßweise atmend kam er zurück.
„Tony – bleib", bat ich leise. Er grunzte und wollte nach seinen Schlüsseln greifen, doch ich zog sie im letzten Moment weg. Sein Gesicht wurde puterrot. Wenigstens besaß ich nun seine ungeteilte Aufmerksamkeit. „Ihr müsst euch ja nicht miteinander unterhalten."
„Mir ist der Appetit vergangen, Mimi."
„Bitte – mir zuliebe."
Ich hasste das Gefühl, ihn vertrieben zu haben. Jared war mein Freund. Er war wegen mir gekommen. Und ich bevorzugte ihn dazubehalten, obwohl Tony offensichtlich ein Problem damit hatte.
„Sorry, aber nein."
„Du hast ihn gehört, Mimi", verkündete Jared nun und schob sich dezent zwischen uns, nahm mir das Schlüsselbund aus der Hand und warf es Tony achtlos zu, der sich nicht die Mühe machte, es zu fangen. Frustriert stützte ich die Hände in die Hüften.
Warum nur traute keiner mir zu, ohne Hilfe zurechtzukommen?
„Keine Ahnung, was mit euch ist, aber ich schlage vor, ihr schafft es auf anderem Wege aus der Welt."
„Oh, was zwischen uns ist, kann ich dir gerne sagen", erklärte Tony.
„Oder aber du verschwindest einfach", schlug Jared stattdessen vor.
Er machte nicht den Anschein, sich demnächst rühren zu wollen. Plötzlich holte Tony ohne Vorwarnung aus, doch Jared fing die

Bewegung mit einem Hieb ab und drehte ihm seinen Arm unsanft auf den Rücken. Mehrere Knackgeräusche später ging Tony unter Schmerzensschreien in die Knie. Drew, Gabe und Terrance waren vonnöten, damit Jared von ihm abließ.

„Du Arschloch hast mir die Schulter ausgekugelt!", brüllte Tony beim Aufstehen und stieß Terrance fort.

„Sei froh, dass das alles ist."

Tony trat nach ihm. Das machte Jared nur zorniger.

„Hört auf!", schrie ich und zerrte so fest an Jareds Hand, wie es für ein sterbliches Mädchen realistisch war.

„Ich scheiß auf dich, Tony! Aber versuch noch mal, Mimi zu treffen und ich breche dir das Knie. Und dann kannst du deinem Stipendium den Abschiedskuss aufdrücken, du Schweinepriester", brüllte Jared und riss sich von mir los.

„Wir sehen uns auf dem Feld, Lenoire!", schrie Tony zurück, entschuldigte sich atemlos bei mir und verschwand. Vorbei an aufgeregten Schülerinnen und Schülern, Tigers-Spielern und zwei Aushilfslehrern, deren Gesichter Fragezeichen zierten. Die Glastür fiel polternd hinter ihm zu und ich bemerkte, dass auch die ganze Mensa, inklusive Morgan, zu uns blickte. Sein Löffel hing in der Luft, so als wollte er soeben davon essen und wäre in der Bewegung erstarrt. Ich blinzelte und drehte mich weg, setzte mich hin und zog Jared zu mir hinunter.

*Einundzwanzig, zweiundzwanzig.*

„Was sollte das?", fragte ich ihn weit jenseits der vierzig vorwurfsvoll.

„Wir haben eine unbeglichene Rechnung miteinander", zuckte Jared kühl die Schultern. Er nahm sich ein Pizzastück vom Tablett, faltete es und schob es sich in den Mund. „Sorry, dass du mit hineingezogen wurdest."

„Tony kann viel Temperament an den Tag legen, sobald es mit Jared zu tun hat", ergänzte Drew, der inzwischen wieder neben Brooke Platz genommen hatte, und warf mir seinen Apfel zu.

Ich setzte mein Messer an, um die Frucht zu vierteln.

„Außerdem", beugte Jared sich vor und senkte die Stimme an meinem Ohr, „muss ich doch auf dich aufpassen."

„Wir sind grad nicht im Vorhof."

„Das spielt keine Rolle."

Jared schaffte es regelmäßig, dass ich mir schreiend die Haare raufen wollte. Aber ich kannte ihn mittlerweile und hatte gelernt, dass unter der „Schau-mich-dumm-an-und-meine-Faust-lernt-dein-Gesicht-kennen"-Fassade ein liebenswerter Kerl steckte, der das damit überspielte.

„Was gibt's da zu tuscheln?", wollte Sarah wissen und bückte sich weit über ihr Essen, ich hatte regelrecht Angst um die Kapazitäten ihres BHs. Schulterzuckend reichte ich Drew ein Stück Apfel, Brooke ein anderes und biss in das dritte. Shelby nahm sich das letzte Stück und teilte es wiederum mit Grant.

„Ich fragte Mimi lediglich, worüber sie sich gerade unterhalten haben", erwiderte ihr Freund und gab Sarah Tonys unangebrochenen Joghurtbecher. Das Lächeln auf seinem Gesicht war dermaßen süffisant, dass sich jeder bildlich vorstellen konnte, woran er beim Anblick ihres exponierten Vorbaus dachte. Zufrieden richtete sie ihre Bluse und ich nutzte die Ablenkung, um unauffällig Terrance zu betrachten, dessen Augen auf eine Ameise gerichtet waren. Konsequent näherte diese sich einer Cola-Dose, ebenso gezielt versuchte Terrance wohl herauszufinden, ob er überhaupt mit Jared reden durfte nach dem, was mit seinem Freund passiert war. Ergriff er für Tony Partei, würden sich meine Freunde aufteilen müssen.

Erneut.

„Defensive Stunts", sagte er schließlich und ich atmete erleichtert aus

Grant nickte. „Wir haben versucht, Mimi zu erklären, was das ist."

„Nicht unbedingt erfolgreich", fügte Sean hinzu. Es waren seine ersten Worte an diesem Tag.

„Irgendwas mit einem Buchstaben", ergänzte ich und brachte damit Gott sei Dank nicht nur Drew, sondern auch Terrance, Grant und Jared zum Lachen.

„D-Line?", fragte Jared.

„Ja!"

„Okay", er nickte Drew zu, „vielleicht stellt ihr es falsch an."

Sprach es und griff sich Früchte, Schokoriegel, Salz- und Pfefferpäckchen und stellte sie in einer bestimmten Anordnung auf. Dann zeigten er und die Jungs mir anhand einzelner Bewegungen der Defense End (Salz) und Defense Tackle (Weintrauben), was man unter diesem Spielzug verstehen konnte. Die Pause verflog und am Ende konnte ich mit Stolz sagen – dass Football verdammt kompliziert war.

Und dass ich annähernd wusste, was Defensive Stunts waren.

***********************************

*Zwei Stunden und elf Minuten bis zum Ende des Schultages. Durchhalten.*

Entschlossen knallte ich mein Mathebuch in den Spind, suchte die Hausaufgaben für den nächsten Kurs zusammen und wandte mich zum Gehen. Sanftes Glockenläuten drang an mein Ohr. Das Rascheln der Blätter fiel mit ein, Stimmengewirr durchzog den leeren Gang, und die Wärme der Sonne kribbelte auf meiner Haut.

Meine Schritte führten mich über Gras hin zu den Treppen des Yale-Hauptgebäudes, wo er stand und mit einem blonden Mädchen lachte. Aus den Augenwinkeln entdeckte ich den silberfarbenen Wagen, wartend, machte eine Bewegung darin aus, als würde jemand seinen Kopf gegen das Lenkrad schlagen, und starrte zu dem Jungen im Innenraum. Außer einem definierten Profil erkannte ich nichts. Ein paar Momente lang sprang meine Vision von scharf sehend zu verschwommen, während ich gegen diese neue Wirklichkeit ankämpfte. Dann gab ich mich geschlagen und folgte meinem vorgeschriebenen Weg, vorbei an den vielen Studenten, die Komparsen gleich an ihren immerwährenden Positionen verharrten.

*Bleib ruhig*, sagte ich mir, *das ist nicht echt.*

Ding. Dong. Ding. Dong, schlug der Kirchturm.

Meine Schritte griffen den Rhythmus der Glocken auf, mein Blick fest auf seinen Rücken geheftet. Zwanzig Meter, zehn.

„Was geht hier vor?“, fragte ich laut, doch niemand beachtete mich.

Jeder bewegte sich nach altem Schema, eine Gruppe Jungen klatschte sich ab, wie sie es immer taten, bevor ich in ihr Blickfeld geriet, und just da sie auseinandergingen, traf mich plötzlich der bekannte Schmerz, ein Gefühl das mir sagte, ich wäre dabei, zu verlieren.

Es verdunkelte mein Gesicht und griff nach meinem Herz, indes seine Begleitung mich entdeckte und sich hastig von ihm verabschiedete, nicht ohne mir vorher durch ihren Ausdruck begreiflich machen zu wollen, wie erbärmlich ich war. Hilfesuchend blickte ich daraufhin zu dem goldenen Ring an meinem Finger, den mir meine Mom zum sechzehnten Geburtstag geschenkt hatte, und riss mich zusammen. In mir gähnende Leere. Ich bat ihn, sich nicht umzudrehen, dem aufwallenden Verlangen, sein wunderschönes Gesicht ein letztes Mal erblicken zu wollen, zum Trotz. Ich roch Erde und ihn.

„Geh“, forderte er heiser, nahm mich auch mit mehr als einem Sinn wahr.

„Rede mit mir“, entgegnete ich.

„Es ist bereits alles gesagt worden.“

„Bitte.“

Er hielt inne und ich erlaubte mir eine glückliche Sekunde des Triumphes, in der ich hoffte, die Zuneigung zu mir sei stärker als seine Dogmen.

„Ein Semester noch“, verkündete er schließlich und ich beobachtete die Muskeln in seinem Nacken, die erst zusammenspielten und sich nun verspannten. „Wir schaffen das. *Du* schaffst das. Du bist stark.“

Meine Eingeweide erzählten eine andere Geschichte, trotz der Überzeugung in seiner Stimme. „Du glaubst an mich?“

Mit der größten Zuneigung, die ich je von ihm erfahren hatte, hörte ich ihn bezeugen: „Immer.“

Es war genau da, dass das silberne Auto mit durchdrehenden Reifen davonfuhr und ein Stück von mir mit sich nahm. Hin- und hergerissen schloss ich die Augen und verdrängte doch nicht die vielen Bilder, aber sobald er sich mir zudrehte und ich seine Hand an meiner Wange hochgleiten fühlte, verflüchtigte sich mein Schwindel. Ich hörte uns zur selben Zeit seufzen. Gleich darauf wandte er sich ab.

Ich stellte die eine Frage, die mich seit jeher verfolgte: „Es ist wegen ihr, richtig?“

Er lachte erneut, diesmal verbittert, und schüttelte den Kopf.

„Geh“, wiederholte er eindringlich und begann sich von mir zu entfernen, meinem verzweifelten Schluchzen zum Trotz.

„Nein!“

„Wie war das?“

„Du hast mich gehört“, stieß ich hervor und er blieb abrupt stehen. Meine Gefühle kippten schlagartig. Was ich nun empfand, war blinde Wut.

*Was ist bloß mit uns geschehen,* schrie ich ihn in Gedanken an, *wie konnte es so weit kommen? Du und ich sind Schicksal.*

*Wir sind viel,* erwiderte er verbittert in meinem Kopf und brach ab, ehe er sich zusammenriss und laut und unmissverständlich ergänzte: „Aber du gehörst zu ihm.“

Ein ohrenbetäubender Knall durchfuhr im gleichen Moment jeden Zentimeter meines Körpers. Ich riss den Kopf herum und sah Menschen schreiend davonlaufen. Mir wurde schwarz vor Augen, sobald ich den Brand erfasste, das Chaos, mich die Erkenntnis, was geschehen war, wuchtig im Unterleib traf.

Die Ersten änderten ihre Richtung und rannten nun zu etwas hin. Und ich mit ihnen, wie ich jetzt bemerkte. Tränen strömten mir die Wangen entlang und Angst schnürte mir die Kehle zu, während ich mechanisch weiterlief.

Der silberne Klumpen Metall schien, als hätte der Lkw ihn zu einem Fußball kneten wollen, um ihn wegzukicken. Feuer stieg aus der verzogenen Motorhaube, eine Traube Hilfsbereiter zog und zerrte durch das Fenster an etwas, das einst ein Mensch, jetzt aber rot und kaputt war. Gesichter, die ich kannte, riefen etwas, was ich nicht verstand.

An der Hektik um mich, an den Massen, die ihm zu Hilfe eilten, seinen Namen schrien und mit mir weinten, spürte ich, wie beliebt dieser

Junge in dem Autowrack gewesen sein musste. Mehr: Ich konnte sogar genau sagen, wieso. Kannte seinen Namen, seine Geschichte, sein Lieblingsessen. Wusste, dass er einen Bruder hatte, das Segeln liebte, wie hart er dafür arbeitete, sein Stipendium zu behalten. Dann hielt mich plötzlich jemand fest, obwohl ich ihn oder sie trat, meine Augen auf das Auto geheftet, in dem ich oftmals mitgefahren war.

„Schafft sie fort von hier", sagte er hinter mir und die anderen gehorchten, während er zu dem Wrack lief und dabei fortwährend Befehle brüllte, jemandem befahl, einen Krankenwagen zu rufen. Ich spürte, wie meine Beine nachgaben, der Wind über den Asphalt pfiff, hörte mein Schluchzen, wie jemand immer wieder „Nein", flüsterte.

Die Verzweiflung in der Stimme machte mich sauer, also fuhr ich die Person an, sie solle es sein lassen, doch sie hörte nicht auf.

Panisch schaute ich mich um und stellte dabei fest, dass es meine Stimme war.

Vier Mann zogen den Jungen soeben behutsam durch die zerbrochene Windschutzscheibe und legten ihn auf die kalte Straße. Er lag einfach nur da, das Gesicht nach oben, die Augen geschlossen. Blut war überall. Verklebte seine Haare, bedeckte sein Gesicht. Wohin man blickte, Blut. Mein Freund zog seine Jacke aus und wischte darüber, doch er hörte einfach nicht auf zu bluten. Ich verstand nicht, wo seine Verletzung war, wieso keiner sie abband. Mein ganzer Körper zitterte unkontrolliert, und mein Verstand unterlag dem Albtraum vor meinen Augen komplett. Das konnte nicht wahr sein. Es musste einen Weg geben aufzuwachen. *Wach auf!*

Ein Notarztwagen bog um die Ecke. Die roten Lichter warfen Punkte auf die Kleider der Umherstehenden. Türen wurden aufgerissen und knallten zu, Sanitäter bahnten sich einen Weg durch die Menge und ich lief ihnen hinterher, bis mich eine Hand plötzlich festhielt. Die Sekunde reichte, damit sich die Menschenmauer schloss und mich ausgrenzte. Ich konnte nichts mehr sehen, nichts mehr hören oder tun.

Also rief ich nach ihm. Rief ihm zu, dass ich zu ihm gehörte. Tränen strömten mir die Wangen herunter, Übelkeit stieg in mir hoch. Durch die Körper hindurch erhaschte ich einen kurzen Blick auf das Geschehen.

Er wurde auf eine Trage gehoben.

Ein älterer Mann beugte sich über den leblosen Körper und begann mit der Herzmassage. Sein Brustkorb hob und senkte sich, solange er beatmet wurde, kollabierte aber und ruhte in der Zeit, in der der Arzt mit seinen Händen weitermachte.

Es war meine Schuld, dass er tot war.

Tot.

Nein.

Bitte, Gott, nein, nein, nein. Nein!

Ich konnte nicht atmen.

Ich schaffte es nicht zu atmen.

*Bitte nicht*, flehte ich tränenüberströmt, indes die Szene vor meinen Augen verschwand und ich langsam wieder zu mir kam. Geschockt schnappte ich nach Luft, verdrängte den beißenden Rauchgeruch aus meinem Bewusstsein.

Zweierreihen Schließfächer säumten mich auf beiden Seiten.

Stimmen kamen näher, eine davon sagte meinen Namen.

„Die letzten Monate", Jenna stockte, „war es, als wäre die verdammte Weltordnung aufgehoben worden. Mir wird jetzt noch übel, wenn ich daran denke, dass du in einer Beziehung steckst! Morgan, wach auf! Du bist kein Beziehungstyp. Du hast keine Freundin, du hast deine Mädchen. Und jede von uns hat dich, Baby. Warum lässt du dich von so einer an die Leine legen?"

„Halt den Mund", unterbrach er sie harsch. „Momentan ist es eh am Arsch. Das Letzte, was ich brauche, ist *dein* wertvoller Beitrag zu meiner Beziehung."

„Aber Mimi ist … sie ist …", sie stammelte auf der Suche nach Begriffen und gab auf, „Und wir, nun, *wir* sind – offener."

„Erzähl mir was Neues."

Jenna schnaubte verächtlich. „Mit Vergnügen: Fangen wir damit an, dir Gründe für das Single-Dasein aufzuzeigen."

„Nein."

„Was spricht dagegen?"

„Alles."

„Alles, was?"

„Alles, was dich nichts angeht", sagte Morgan genervt.

*Zum Beispiel eine bindende Vereinbarung, ausgehandelt durch drei übersinnliche Wesen*, dachte ich traurig. Er war nicht frei. Selbst wenn er wollte, er durfte nicht.

„Komm schon. Ich ahne, was dich von ihr kuriert."

„Was?"

„Ich."

Morgan antwortete und mein Herz zerbrach in tausend Stücke. „Wann?"

„Jederzeit. Nur du, ich und das Massageöl."

„Vegard!", ertönte da plötzlich Drews tödlich ruhige Stimme und meine Augen weiteten sich, nachdem ich um die Ecke blickte. „Wir haben, wie ich meine, eine unbeglichene Rechnung miteinander."

Mit Grant im Schlepptau näherte er sich Morgan und Jenna, seine Hände öffneten sich, ballten sich zu Fäusten und öffneten sich wieder.

Er baute sich vor ihm auf und selbst von meinem entfernten Standpunkt war es unübersehbar, wie bedrohlich sich sein Ärger unterhalb der Oberfläche sammelte. „Ich habe dir geglaubt, du Bastard. Im vollen Bewusstsein, wer du bist, habe ich dir trotzdem Mimi anvertraut. Und du lässt sie fallen wie eine heiße Kartoffel, weil sie nicht kuscht? Ihre eigene Meinung vertritt?"

Mein bester Freund zog Morgan am Shirt zu sich, schüttelte ihn und gewährte ihm einen Moment, ehe seine Faust mit einem dumpfen Aufprall in dessen Gesicht landete. Jenna kreischte und wurde augenblicklich von Grant zurückgehalten. Meine Sicht verschwamm, Tränen schossen mir in die Augen. Ich rammte meine Hände in die Taschen, um nicht einzugreifen. Drew platzierte einen zweiten Schlag, der Morgan zurücktaumeln ließ. Dann einen dritten und vierten, bevor Morgan endlich die Hände hochriss, um weitere Aktionen zu blocken, und Drew letztlich hart von sich stieß.

„Kümmere dich um deine eigenen Angelegenheiten, Gardener."

„Sie ist meine beste Freundin, Arschloch, das macht sie zu meiner Angelegenheit."

„Was hast du für ein Problem, Mann?"

„Dich. Wie lange kennst du sie jetzt schon? Du hast keine Ahnung, was sie durchgemacht hat! Ich habe dich gewarnt, dass ich dir sämtliche Knochen breche, solltest du ihr weh tun!", tobte Drew und sprang vor. Sein Haken traf Morgan fest in den Magen. Er gab einen erstickten Laut von sich und taumelte erneut, behielt aber das Gleichgewicht. Fast mechanisch fuhr seine Hand daraufhin an sein Gesicht und wischte darüber.

„Okay. Das reicht", ging Grant dazwischen und riss Drew zurück, dessen Faust zum nächsten Angriff zurückschwang. „Lass ihn zufrieden."

„Er verarscht Mimi, Grant. Ich muss sie schützen. Soll er lernen, dass er in ihrer Nähe nichts mehr verloren hat!"

Grant schüttelte den Kopf. „Ich dachte auch, dass er die Abreibung verdient. Himmel, ich hätte bei der Show gleich mitgemacht! Aber", er musterte Morgan, der Drew unumwunden anstarrte, „die Dinge liegen anderes. Halten wir uns vor Augen, wer das ist, Drew." Er zeigte mit der Hand auf ihn. „Morgan Vegard prügelt sich seit er klein war um weniger als einen Fliegenschiss und er hat nicht einmal zurückgeschlagen! Er könnte dich töten, wenn er wollte. Aber er *will* nicht. Weil er Mimi nicht noch weiter verletzen will. Er beschützt sie auch."

Grants Schultern bebten vor unterdrücktem Lachen, obwohl Drew nun fluchend vor Morgan auf- und abstampfte. „Wehr dich! Wehr dich, du verdammter Hurensohn. Gib mir einen Grund, dich fertigzumachen!“, forderte Drew und sprang auf Morgan zu. Als seine Faust diesmal dessen Magen anvisierte, rannte Drew gegen Morgans ausgestreckte Hand. Der fluchte und fuhr sich aufgebracht durch die Haare, aber außer ihn auf Abstand zu halten, passierte nichts.

„Deine Scheiße steht mir bis oben, Vegard. Du bist nicht gut genug für sie. Du wirst es niemals sein“, spie Drew.

Morgan lachte kalt, ehe er ihn mit einem kontrollierten Stoß gegen die Wand donnerte und abzog.

## *Kapitel 21*

In der gleichen Geschwindigkeit, mit der Jenna von den Massen hochgejubelt wurde, sank mein Stern tagtäglich und ging schließlich knapp anderthalb Wochen nach dem Parkplatzfiasko lichterloh in Flammen auf, als er auf dem Boden der Tatsachen ungebremst aufschlug.

Ich war der Staatsfeind Nummer eins.

Die Schülerschaft der Lincoln wuchs zusammen durch die Mission, mich zu zermürben: Sie schubsten mich Treppen runter oder schütteten ihr Wasser auf den Boden, damit ich ausrutschte und mir was brach. Am liebsten das Genick.

Meine Fanpost wurde zahlreicher und mittlerweile in meinen Spind gelegt, etliche Zettel stapelten sich darin. Selbst ein ganzer Comicstrip, in dem mich Morgan im Stadion mit einem Football am Kopf traf, woraufhin dieser explodierte, war dabei. Ich wartete auf den Tag, an dem ich ein Poster in meinem Schließfach finden würde. Das dazu passende Foto hatte ich schon: mein Passfoto aus der Schulakte, das sie mithilfe von Photoshop groß in eine Ansicht von Hartford eingebettet hatten, um darunter zu vermerken „Connecticut vermisst die Königin der Bordsteinschwalben" und die Aufforderung „Zieh zurück!".

Eines Nachmittags klebte es an meinem Spind. Mit Mühe hatte ich es abgerissen und zerknüllt. Das war der Zeitpunkt, da ich zum ersten Mal vor ihnen hätte weinen können. Aber ich kniff die Lippen fest zusammen und hielt durch, bis ich im Auto saß. Sie wollten mich zu Fall bringen? Ich würde es ihnen schwer machen.

Man bespuckte mich mit Papierkügelchen oder warf mir haufenweise Cents nach – als Anspielung auf das Metier käuflicher Liebe, in das sie mich hineinzustecken liebten. Man setzte Lügen in Umlauf. Gerüchte. Demütigungen. Was sie auch anstellten, sie waren klug, agierten nach wie vor stets in Abwesenheit meiner Freunde, hinter dem Rücken von Lehrern und Morgan.

Apropos Morgan: Ich drehte mich im Kreis bei der Frage, wie ich mich verhalten sollte. Ein Teil von mir sagte, ich müsste ihm Zeit und Raum geben, um klarsehen zu können. Ein anderer drängte mich dazu, ihn zu packen und dazu zu zwingen, meinen Standpunkt zu verstehen. Dieser Teil war starr vor Angst, dass er sich dazu entschließen konnte, den neugewonnenen und altbekannten Raum wieder lieben zu lernen. An dieser Stelle meiner Überlegungen brach ich stets ein.

Das Bedauern, vieles unausgesprochen zu lassen, hing wie ein Damoklesschwert über meinem Kopf. Denn es gab Dinge, die ich ihm sagen wollte, aber von denen ich wusste, sie würden ihm weh tun. Folglich behielt ich sie für mich und ließ sie mich stattdessen verletzen.

Sicherlich, Kommunikation war der Schlüssel. Doch versuchte ich es auch nur – ich war bereits dreimal mit dem Vorhaben zu ihm gegangen – ließ er mich stehen, noch bevor ich zum „Hallo" kam. Rief ich an, nahm er nicht ab, schrieb ich SMS, kam keine Antwort. Als ich ihn eines Nachmittags am Spind abfing, schenkte er mir keine Beachtung.

„Können wir uns unterhalten?", hatte ich gefragt.

„Darüber, dass du im Unrecht bist?"

„Morgan …"

Er hatte mir erst einen mitleidvollen Blick zugeworfen und schließlich auf dem Absatz kehrtgemacht.

Mit jedem versäumten Gespräch wurde der Graben zwischen uns breiter und mein Ärger über das Ausmaß, welches das Ganze angenommen hatte, größer.

Dann wiederum war ich wütend auf mich selbst: Sollte ich seine Spielchen ignorieren? Mich verstellen, um ihm zu demonstrieren, dass er mich durch sein Verhalten nicht überzeugte? Wenn ich ihm sagte, er benehme sich lächerlich, würde er in Abwehrhaltung verfallen und ich machte das Problem nur schlimmer?

Hin- und hergerissen zwischen all dem fühlte ich mich machtlos und verunsichert. Sicherlich war es angeraten zu handeln, aber ich hatte keine Idee wie. War es eventuell doch am besten, den Sturm vorbeiziehen zu lassen und so lange den Kopf einzuziehen?

Fragen über Fragen und nicht eine Antwort in Sicht.

Ich kämmte mir gerade ein Papierstück aus dem Haar, als Devin neben mir auftauchte.

„Sieh an, sieh an – wenn das nicht die gefallene König der Lincoln High ist", säuselte er und stützte sich mit einer Hand an die Wand neben der Eingangstür.

Weiterhin mit meinen Haaren beschäftigt ignorierte ich ihn.

„Die Kalte-Schulter-Nummer zieht bei mir nicht, Mimi."

„Für dich Melody. PS: Es ist mein Ernst – keine Nummer."

Devin beugte sich gemächlich vor, bis ich seinen Atmen auf meinen Wangen fühlte, und lächelte, zugleich er einen Arm um meine Taille schlang und mich zu sich zog. „Baby, komm schon. Findest du nicht, wir sollten endlich Frieden schließen?"

Ein paar Schüler hingen ebenfalls vor dem Gebäude herum. Er zeigte ihnen das Victory-Zeichen und sie erwiderten es und kümmerten sich

um ihre eigenen Angelegenheiten. „Geh mit mir aus und dein Marktwert steigt wieder ab durch die Decke.“
„Hast du nicht eine Freundin?“
„Ich gebe ihr den Laufpass.“
„Für ein Date?“
„Für dich“, erwiderte er, wobei sein Blick an meinen Lippen verweilte. „Ich verspreche, nicht zu viel zu erwarten, außer du bist damit einverstanden. Und glaube mir, das wirst du sein. Ich kann dir die Zeit deines Lebens bescheren, Babe. Bin ich erst mit dir fertig, wirst du Vegards Namen komplett vergessen haben. Sag einfach ja.“
Meine Hand legte sich an seine Brust und fuhr sanft hoch an seine Schultern, die sich unter meiner Berührung anspannten. Meine Augen fixierten seine und ich hatte Mühe, die offene Lust darin auszublenden. Sobald er zufrieden grinste, drückte ich ihn fort und schaffte Abstand zwischen uns. Sein Aftershave roch süßlich-klebrig wie überreife Früchte.
„Nein, danke.“
Er fuhr sich mit der Zunge über die Lippen. „Vielleicht hast du nicht zugehört: Ich will dein Freund sein. Seit du an der Lincoln bist, habe ich ein Auge auf dich, Vegard ist mir nur zuvorgekommen. Du bist clever, Kleines. Du verstehst, dass der Wind rauer für dich wird.“
Sein Zeigefinger beschrieb kleine Kreise um mein Dekolleté und zog Schauer nach sich, die nichts mit Verlangen zu tun hatten.
„Du kannst andere Mädchen haben, Devin, du willst nicht mich, du willst Morgan eins auswischen. Ich lasse mich nicht benutzen.“
„Wir benutzen uns gegenseitig, Mimi. Lange Rede, kurzer Sinn: Entweder bist du eine von uns oder du gehörst zum Außenseiterabschaum.“
Die ganze Zeit über streichelte er meine Haut. Mir stockte der Atem und er missverstand, denn nach einem letzten Blick beugte er sich vor, um mich zu küssen. Seine Hand umklammerte plötzlich meinen Nacken, die andere zog mich eng an seine Hüfte. Ich machte mich bereit, rabiater zu werden, da schrie Devin auf und warf den Kopf so schnell zurück, dass er rückwärts gegen das Gebäude prallte. Japsend riss er einen Jungen mit sich, griff sich an den Hals und ruderte mit dem anderen Arm wild herum. Sein Gesicht bekam einen ungesunden bläulichen Ton, während er in die Knie ging.
Röchelte, keuchte.
Erstickte.
Mein Armband war warm und wechselte von violett zu gelb, zurück zu schwarz, wobei meine Augen die Menge unsere Mitschüler nach einem bekannten Gesicht scannten und Ryan entdeckten – einen Lineman der Tigers.

Alex, der ihm gerade ein zerfleddertes Buch reichte, das er in seinen Rucksack steckte, machte ihn auf uns aufmerksam. Devin flüsterte heiser etwas, das sich wie „Nein!“ anhörte und ich kniete mich zu ihm, versuchte, an etwas anderes zu denken als die Schlinge um seinen Hals, an der ich ihn imaginär baumeln ließ. Hinter mir pustete Tatius mir seinen todbringenden Atem in den Nacken. Devin fielen fast die Augen aus dem Kopf, nachdem das Tier seinen Kopf an meinem vorbeischob und die blutverschmierten Zähne fletschte, zubiss.

Sofort zierte eine klaffende Fleischwunde Devins rechte Kopfhälfte und er ließ von seinem Hals ab und packte sich stattdessen ans Ohr. Da wo es sein sollte, quoll Blut auf sein Shirt. Seine Augen verdrehten sich in seinem Kopf und er gurgelte durch Spucke und Blut hindurch, winselte und flehte.

„Apage“, sagte ich über die lauten Schreie und nahm Devins Hand, um sie zu drücken, seine Aufmerksamkeit auf mich zu lenken. Nicht lange und er würde ohnmächtig werden. „Du fasst mich nicht an. Lerne Körpersprache deuten und lies zwischen den Zeilen.“

Prompt schluchzte er, Tränen fanden ihren Weg auf seine Wangen. „Nicke und ich deute das als Einverständnis.“

Von wilden Zuckungen begleitet, folgte er. „In Ordnung. Da das nun geklärt ist, schau mich an, Devin. Schau mir in die Augen. Gut. Gut …“

Das Gegenteil von Tod ist Leben. Ich stellte mir ein Baby vor, dessen Hals von seiner Nabelschnur befreit wurde. Wie es den ersten Schrei ausstieß. Glückliche Eltern, die auf ihr Bündel Wunder hinablächelten. Devin schnappte pfeifend nach Atem.

„Was fehlt ihm?“, fragte Alex und tauchte neben mir auf.

„Er hat sein Kaugummi verschluckt“, erwiderte ich und schlug Devin dabei auf den Rücken, um die Erklärung plausibler zu machen. Keine Spur mehr von fehlenden Körperteilen oder Blutströmen. Ryans Augen folgten dem Ganzen. „Was suchst du Trottel bei ihr? Morgan bringt dich um, kriegt er irgendwie Wind davon.“

Devins Brust hob und senkte sich bedrohlich schnell. Sein Blick sprang von mir zu seiner Hand zu seiner Kleidung und wieder zu mir, seine Pupillen weiteten und verengten sich unkontrolliert. Minutenlang starrte er mir einfach weiter entgegen, ohne Fokus oder Koordination, bis er schließlich hart schluckte, den Kopf schüttelte und atemlos erklärte: „Ich kann …“, Husten, „Vegard“, Husten, „nirgendwo ausmachen.“

Alex lachte herzlos auf, sobald Devin sich mühsam an der Wand hochgezogen hatte. An seinem Hals waren Reste feiner Blutschlieren zu erkennen. „Ich verwette meine Mutter darauf, dass Morgan

Bescheid kriegt, und erhöhe den Einsatz um meinen Dad, wenn ich dir garantiere, dass das er das nicht witzig findet."

Ryan schüttelte scheltend den Kopf. „Mal ehrlich, Alter, stehst du etwa drauf, dich selbst zu verstümmeln?"

„Seid ihr gerne seine Bimbos?"

„Seine Bimbos leben gesünder als seine Gegner. Jede hier, Devin, nur Mimi nicht. Hämmere dir das in deinen Blechschädel."

Devin, bis jetzt unbeirrt, begann nervös an seinem Gürtel herumzufummeln. „Er kommt mir nicht zu nah, sonst marschiere ich schnurstracks zu Myer."

Alex seufzte mitleidig. „Tu das. Beflügle nur seine Kreativität. Er wird dich auf so viele fantasievolle Arten drankriegen, dass du am dir am Ende wünschen wirst, ihr nie begegnet zu sein."

„Du klingst ziemlich überzeugt."

„Ich bin's."

„Was kann er schon tun?

„Keine Sorge. Wirst du bald herausfinden."

Devin knurrte eine profane Beleidigung und stützte sich ab, rammte dabei Alex, der skeptisch eine Augenbraue hob, bevor er, ohne mich eines weiteren Blickes zu würdigen, wortlos verschwand. Kaum war er außer Hörweite, musterte Alex mich kritisch.

„Mimi, hör zu. Morgan hat die Mannschaft darauf eingeschworen, auf dich aufzupassen. Du kannst dich jederzeit an uns wenden, falls Drew und Morgan nicht in der Nähe sind."

Ryan nickte und senkte die Stimme zu einem lauten Flüstern. „Ihr habt grad eure Probleme, aber er hat nicht vor, dich diesen Hinterwäldlern zu überlassen. Frauen wie du sind Magneten für egomanische Spinner wie Devin."

„Ein Wort und ich kläre das persönlich mit diesem Arschloch", er wackelte demonstrativ mit den Augenbrauen. „Mir käme eine lebende Puppe recht, um neue Tackle-Moves an ihr zu üben."

Alex' Aussage schwirrte mir durch den Kopf. Es stimmte, Myer würde Morgan nichts tun. Trotzdem überkam mich das unbestimmte Gefühl, Devin würde sich an mir revanchieren, sollte ihm jemand blöd kommen. „Danke, ist aber überflüssig. Ich fände es sogar schön, könntet ihr das eben vergessen."

Ryan klappte den Mund zu und musterte mich ungläubig. Sie waren beide gewillt, Devin an den Pranger zu stellen. Und dann würde Morgan dafür sorgen, dass aus dem theoretischen ein praktischer Pranger wurde.

„Ich kann das selber regeln. Ohne, dass Morgan …"

„… ihn massakriert?", beendete er für mich.

Erleichtert seufzend verfolgte ich mit, wie sich die Rädchen in ihren Gehirnen drehten.

Es war Ryan, der schließlich widerwillig einlenkte. „Dürfen wir dich wenigstens zu deiner nächsten Klasse begleiten?“

„Gerne.“

**********************************

Nach dem Devin-Zwischenfall wand sich mein Leben in der Spirale auf Windesflügel abwärts. Aus Angst, meinen Mitschülern zu schaden, zog ich den Kopf lieber ein oder anders gesagt: legte ihn in ihre Schlinge. Kontrolle rutschte an die oberste Stelle meiner Prioritäten. Daheim konnte ich sein, wie ich wollte, während des Vormittags konzentrierte ich mich auf meine Gefühle, um Abweichungen ins Negative sofort zu bemerken. Alles war besser als ein Mensch, der mit blauen Flecken oder Knochenbrüchen bezahlte, weil er meine Gefühle verletzt hatte. Zu Asche zerfiel, weil ich die Kraft des Phlegetons eine Sekunde lang vergaß.

*Mich* eine Sekunde lang vergaß.

Ich ignorierte ihre gehässigen Sprüche und Blicke, ertappte mich aber manchmal dabei, mir vorzustellen, wie der oder diejenige auf der Treppe statt meiner stolperte und sich das Genick brach, änderte das aber schnell zu einem harmloseren Szenario und wartete, bis ihr oder ihm jemand aufhalf, um sicher zu sein, dass er oder sie in Ordnung war.

Jenna hingegen ging es, ihrem Abfangmanöver heute Morgen auf dem Parkplatz nach zu urteilen, blendend. Es erinnerte mich an ein bizarres West-Side-Story-Remake, wie sie sich von der Cheerleader-Menge löste und wippenden Schrittes zu mir trat. Im Kopf setzte das Fingerschnippen beim Aufsetzen ihres falschen Lächelns ein.

„Kann ich dir helfen?“

„Fall tot um“, erwiderte sie und die anderen lachten. Ein Griff in ihre Tasche und sie holte eine Tablettendose heraus, die sie mir zuwarf. Der Name auf der Packung war der der Schlaftabletten, die ich nach meinem Sturz nehmen musste.

„Meine Mom nimmt jeden Abend eine. Versuch’s mit zwanzig.“

Auch ich entfaltete ein falsches Lächeln. „Wenn ich erst tot sein muss, damit du an Morgan herankommst, machst du was falsch.“

Mit einem flüchtigen Blick auf meine Uhr versuchte ich Gleichgültigkeit und Selbstvertrauen vorzutäuschen. *Ruhig bleiben, Mimi.*

„Du hast da wirklich einen wunderschönen Wagen“, sagte sie und pfiff anerkennend. Mit ihrem Schlüssel in der Hand umrundete sie den

Porsche. Sobald sie bei der Fahrertür angekommen war, setzte sie ihn an. Ihre Begleiterinnen jubelten und klatschten.

„Morgan hat einen wunderschönen Wagen“, korrigierte ich über den Lärm hinweg, als sie gerade zudrücken wollte. Zufrieden über ihr abrupt verschwindendes Grinsen schnalzte ich tadelnd mit der Zunge.

„Gib mir die Schlüssel“, forderte sie und hielt die Hand auf.

„Ich denke nicht daran.“

„Ich bitte nicht zweimal.“

„Du hast gar nicht gebeten.“

„Bitte?“

Mit einem leeren Lachen steckte ich den geforderten Gegenstand in meine Hosentasche. „Hol ihn dir.“

Obwohl sie jegliche denkbare Unterstützung der Welt hatte, zögerte sie tatsächlich. „Macht nichts. Behalt das blöde Ding. Es ist nur Blech. Ich besitze was anderes.“ Sie machte auf dem Absatz kehrt und verschwand, gefolgt von ihrem Tross.

Was sie damit meinte, sollte ich früh genug erfahren.

In der Mittagspause betrat ich ins Gespräch mit Drew vertieft die Mensa und automatisch schweifte mein Blick für einen Sekundenbruchteil zu meinem alten Tisch. Es war mir fremd, nicht darauf zu achten, also widerstand ich dem Drang nicht. Aber ich wollte keine Details wie Morgans Hände an ihrem Körper oder seine Lippen an ihrem Hals erkennen. Alles, wonach mir der Sinn stand, war, ihn zu sehen. An diesem Mittag starrte ein Paar gerötete Augen hasserfüllt in meine zurück. Jenna kauerte neben Morgan, klammerte sich an seinen Arm und weinte bitterlich. Ihrem zerronnenen Mascara nach zu schließen, tat sie das schon eine ganze Weile. Jetzt, da ich anwesend war, folgte der zweite Teil ihrer Vorstellung, in dem sie erbärmlich schluchzend die furchtbare Geschichte erzählte, die sie mitgenommen hatte. Der ganze Tisch betrachtete mich, einzig Morgan und Luke sahen einander an. Unschlüssig. Drew bemerkte meine Verwunderung und drehte sich nun ebenfalls um. Er runzelte die Stirn und schob mich leicht vorwärts, drückte mir ein Tablett in die Hand und reichte mir das Besteck. Während er erst mir einen Salat aufs Tablett legte und anschließend sich selbst, sagte ich: „Bilde ich mir das ein oder starrt sie mich gerade in Grund und Boden?“

„Was sollst du der denn getan haben?“, fragte er grunzend. Ich griff mir wahllos ein Dessert. „Ihr erklärt, sie hätte zugenommen? Dass Pink das neue Schwarz ist? Oder ihr Rock vom letzten Jahr?“

Das Einzige, was ich mir Sicherheit wusste, war, dass ich aus dem stickigen, mit Essensgeruch durchzogenen Raum schnellstmöglich rausmusste. Drew bezahlte, stapelte unsere Tabletts aufeinander und bedeutete mir mit einer Geste, ihm zu folgen. Ich wusste es zu schätzen, dass er mich vor bösen Blicken abschirmen wollte, und beobachtete den Punkt an der gegenüberliegenden Wand, an dem ein schiefes Bild von einem karibischen Sandstrand hing, als ich auf Höhe unseres alten Tisches war und Jennas erschöpfte Stimme an mein Ohr drang. Das Finale ihrer kleinen Vorstellung stand an.

„… ohne Vorwarnung! Wenn ich es doch sage … wie eine Furie!! Gehört weggesperrt, die Irre! Ich verstehe nicht, wie du mit ihr was anfangen konntest“, sagte sie und winkte das Wasser, das Morgan ihr hinhielt, ab. Drew hielt mir die Tür auf und warf dabei der Heulsuse fünf Meter weiter einen aussagekräftigen Blick zu. „Bullshit.“

„Würde es dich ablenken, früher aufzubrechen?“, fragte Morgan und ich hielt inne, weil sich mir der Magen umdrehte: Seine Hand lag auf ihrer. Ihr Kopf an seiner Schulter. Ihre Vertrautheit greifbar.

„Absolut“, antwortete sie und lächelte mich dabei triumphierend an.

„Dann iss jetzt.“

Sie verzog den Mund zu einer Schnute, nahm die ihr dargebotene Gabel und tat, wie ihr geheißen, während seine Hand an ihrem Rücken hinabglitt zu ihrem Hintern. Dieselbe Hand, die meinen Körper mit einer Berührung zum Klingen gebracht hatte.

„Bei diesem Trostpreis, halte ich ihr nächstes Mal freiwillig die Wange hin.“

„Baby, das hast du nicht nötig.“

Mir drohte schlecht zu werden. Er schenkte ihrer Wahrheit mehr Glauben als den Fakten. Stellte ihre Gesellschaft über meine.

*Er zog sie mir vor.*

Gerade als mir heiß wurde, mir die Luft wegblieb und die Vorstellung, wie ich ihr unkontrolliert wehtat, Gestalt annahm, ergriff jemand meine Hand und zog mich fort.

Jared knallte die Tür hinter uns zu. „Lass deinen Gegner niemals deine Schwäche spüren.“

„Jared –“

„Niemals!“

„Tut mir leid“, erwiderte ich leise und wollte wieder zu Morgan.

Er drehte mich demonstrativ weg von der Tür und beugte sich zu mir herab, sodass unsere Augen sich keine Handbreit voneinander entfernt begegneten. Goldene Flecken tanzten in seinen wild herum und schafften es, dass ich den Rest um uns herum ausblendete. Seine Hand lag auf meinem Arm und der Griff wurde angesichts meiner Überraschung stärker. Er gab Drew ein knappes Zeichen und führte mich, nachdem sie ein paar schnelle Worte gewechselt hatten, hinter den Sportplatz.

Meine Beine folgten seinem schnellen Schritt automatisch. Er hätte mich nicht festhalten brauchen, um mich davon zu überzeugen mitzukommen, aber ich war dankbar für die Entschlossenheit, die er an den Tag legte.

„Wir sind unter uns – lass es raus." Seine Stimme klang verhalten. Er presste die Lippen zusammen und ließ mich los, aber die Haut prickelte weiterhin an der Stelle, an der seine Hand zugegriffen hatte. Ich rieb darüber und blinzelte ihn verdutzt an. Langsam verschwanden die roten Flecken.

„Wie?"

„Tritt zu, schlag drauflos, wirf mit Steinen oder dich auf den Boden, schrei von mir aus. Aber hör endlich auf, es zurückzuhalten."

Sein Kinn zeigte auf einen großen blauen Papier-Recycling-Container, der in einer Reihe mit anderen Tonnen stand. Niemand war in Sichtweite, kein Lüftchen regte sich. Reinste Aufforderung in seinem Blick, machte er einen Schritt zur Seite und wartete. Noch bevor ich richtig begriff, visierte ich den Plastikbehälter an und hob meine Hände. Während die rechte auf ihn zeigte, schwebte Jennas verweintes Gesicht mir vor und ich führte die linke in die entgegengesetzte Richtung. Das gute Stück zerriss es in der Mitte und explodierte anschließend in hundert Teile. Ich führte meine Arme wie ein Dirigent und das um uns fliegende Papier wurde zu brennenden Sternen, zu Fotos mit Morgans Gesicht, die ich wiederum in Orchideen verwandelte und schließlich verglühen ließ.

Verblüfft sanken meine Hände nach dem letzten Schnipsel herab und ich musterte einen zufrieden dreinblickenden Jared: „Das hilft tatsächlich."

„Es ist die Schlag-auf-das-Kissen-ein-Variante für Nicht-Fünfer."

Sein Blick sprang zu weiteren Containern und ich machte wieder meine eigene, bittersüße Musik. Frust, Wut und Verletztheit forderten ihren Tribut. Nachdem der letzte Behälter zu Nichts wurde, fing ich einen projizierten Schnipsel auf und zerbröselte ihn zwischen meinen Fingern. Er war filigran und unbedeutend wie ich. Widerwillig ließ ich ihn frei und die Befriedigung verflog mit ihm. Ich fühlte mich ein Stück einsamer. Und diese Einsamkeit wiederum wurde täglich unbezwingbarer.

„Danke."

Jared seufzte und richtete den Blick auf das entfernte Schulgebäude. „Schau, ich bin beschissen in diesem ‚Willst-du-darüber-reden-Mist. Aber", er fuhr sich mit einer Hand durchs Haar und seine Lippen pressten sich zu einer schmalen Linie zusammen „warum lässt du dir das von ihm gefallen?"

„Es ist nicht so, dass ich die Katze im Sack gekauft habe", erklärte ich schlicht. „Mit Morgan war es von Anfang an emotionales russisches Roulette. Sein Ruf eilte ihm voraus."

Er legte den Kopf in den Nacken, jedoch nicht ohne mich vorher mit einem Augenrollen zu bedenken, das deutlich aussagte, am liebsten würde er mich in ein Sanatorium einweisen lassen. „Du bist erschreckend verständnisvoll für eine Frau, die sich täglich mitansehen muss, wie ihr Freund hemmungslos mit einer anderen flirtet."

„Ich muss nicht hinsehen."

„Das ist auch deine Schule! Nicht du bist das Opfer, Mimi. Also erlaube es ihm nicht, dich wie eins zu behandeln. Himmel, die ersten Wochen an der Lincoln waren alles andere als einfach, aber du hast dich durchgeschlagen, oder? Du warst tough. Was ist passiert?"

Die Tatsache, dass seine verständnisvollen Augen auf mir ruhten, machte es schwer, an etwas anderes zu denken außer dem Feuer darin.

„Nicht du auch noch. Was wollt ihr eigentlich von mir hören?", fuhr ich ihn an. Welche war die beste Antwort? Welche die ehrliche? „Mir geht's gut, okay?"

„Schau mich an und wiederhole das."

„Bitteschön. Mir geht's furchtbar. Bist du jetzt zufrieden?", klagte ich.

„Was ist letzte Woche vor dem Training zwischen Morgan und dir vorgefallen?"

„Nichts Neues. Wir haben unsere alten Standpunkte gefestigt."

Jared lachte freudlos. „Du hast dich wirklich verändert." Eine Sekunde lang atmete er schwer aus. „Ich mochte die andere Mimi. Sie war selbstbewusst, hat sich nichts gefallen lassen. Sie wusste, wann es reichte. Diese neue Mimi, die sich ihrer bemächtigt hat, kotzt mich an."

Verblüfft zwinkerte ich zu seinem Profil hoch. Ich hatte noch nie eine Unterhaltung mit Jared geführt, die in ihrer Ernsthaftigkeit über Frauen und deren Komplexität hinausging. Woher kam die Tiefe, die er gerade an den Tag legte?

„Hey", ich fuhr mir ebenfalls durchs Haar und band es fest, um meine Hände zu beschäftigen, „tust du mir einen Gefallen und erinnerst mich von Zeit zu Zeit an die andere Mimi?"

Eventuell war sie noch nicht verloren.

„Nenn es eine Vorahnung, aber ich glaube, das eben war der erste flüchtige Blick auf sie", seine rechte Hand zeigte auf die Überreste der Tonnen. Ich betrachtete ihn lächelnd und schluchzte auf. Zu dem Graben, der Morgan und mich entzweite, dem ständigen sich zusammenreißen, damit meine Kräfte nicht Amok liefen, den öffentlichen Hasstiraden und Jenna, jede Nacht der Unterwelt zu trotzen und der Last zweier weiterer Disceptatori-Prüfungen in naher Zukunft hatte ich aufgehört, an mich zu denken. Ich war versucht wegzulaufen, um mich zu verkriechen, doch meine Beine rührten sich nicht und die Tränen flossen bereits und ließen meinen Oberkörper beben. Jared zögerte eine Sekunde, dann nahm er mich wortlos in den Arm.

Hilflos der schreienden Ungerechtigkeit ausgesetzt packte ich sein Shirt am Saum fest zwischen meinen Fäusten und zog ihn näher. Ich brauchte Halt, sonst würde ich mir selbst entgleiten. Er rührte sich minutenlang keinen Zentimeter, erst als ich mich noch weiter an ihn drängte, spannte sich sein Körper an und ich fürchtete, er würde mich auf Abstand bringen, doch er seufzte lediglich leise und seine Hände fuhren an meinem Rücken entlang, blieben an der Stelle, wo der Hosenbund aufhörte, ruhen und streichelten sachte über den kleinen Streifen Haut. „Sschhh", flüsterte er immer wieder und ich ließ mich vollkommen fallen, ließ mich von Jared trösten, bis meine Hysterie verebbte und mein Griff schwächer wurde. Zaghaft löste er sich von mir und hielt mich auf Armlänge von sich. Seine Hände lagen tonnenschwer auf meinen Schultern. Ich wischte mir über die Augen und nahm mein Haar in die Hände, legte es um, kämmte es durch und von vorne, ehe er mir die Qual der Wahl abnahm und den Pferdeschwanz aus meinem eisernen Griff befreite.

„Morgan ist ein Arsch", sagte er und suchte meinen Blick, fuhr mir über die Wange und wischte mir die letzte Träne fort, „aber das ist nichts Neues, Mimi. Es sollte dich nicht derart aus der Fassung bringen."

Anstelle einer Antwort biss ich mir auf die Lippe.

„Mimi, eine Menge auf dieser Welt ist reine Ansichtssache."

Wie zum Beweis griff er in seine Jackentasche und warf mir eine silberblaue Folienverpackung zu.

„Oreos?", fragte ich mit brüchiger Stimme, fing die Kekspackung auf und öffnete sie neugierig.

„Wie viele Wege kennst du, Oreos zu essen?"

„Den klassischen", lautete meine Antwort und ich machte es vor, indem ich von einem Doppelkeks abbiss.

„Finden wir ab jetzt neue", erwiderte er und nahm sich auch einen heraus. Meine Stirn legte sich in Falten und er lachte: „Betrachte es als eine weitere Lektion."

„Bei der ich lerne, dass …?"

„… es im Leben auf die Perspektiven ankommt."

Fasziniert blickte ich zu ihm hoch. Die Metapher war vielleicht nicht gerade Shakespeare, aber sie war absolut und unumstößlich wahr.

Anna hätte sie geliebt.

„Du bist schlauer, als du denkst", stellte ich anerkennend fest und ergänzte, sobald meine Worte fester klangen und ich mich allmählich unter Kontrolle hatte: „Nummer zwei. Aufdrehen."

Noch während ich die beiden Keksteile gegeneinander drehte und voneinander löste, hielt er die Hand auf und forderte mit einem schiefen Grinsen: „Milchcremeseite."

*********************************

Lautlos schloss ich Minuten später meinen Spind, nachdem ich meine Tasche herausgehievt hatte, und fasste einen Entschluss. Unterricht war sinnlos, da sich meine Gedanken nur um zwei Sachen drehten: meine sadistischen Mitschüler und ihre Ideenvielfalt sowie Morgans schöne Lippen auf Jennas Haut, ein Bild, das sich regelrecht in mein Gehirn eingebrannt hatte. Nicht eine Minute würde ich es länger in diesem tristen, dunklen Schulgebäude, das die Aura eines Mausoleums aufwies, aushalten. Mit dem Schließen der schweren Haupttüren hinter mir, atmete ich auf. Meine Schritte trugen mich wie von selbst und wäre das laute Hupen nicht gewesen, ich hätte Gabe weder erkannt noch wäre ich stehen geblieben.

„Du hast investiert?", fragte ich ihn, und bestaunte die knallrote Vespa, die neben mir auf dem Gehweg anhielt. Er nahm den Helm ab, seine Haare verschwitzt und abstehend. Grinsend fuhr er durch sie hindurch. „Es ist zwar kein Auto geworden, aber wer braucht schon eins im Land des Sonnenscheins?"

„Dennoch fehlt irgendwie das gewisse Etwas", verkündete ich, den Roller näher inspizierend. Vor Kurzem hatte ich diese schrecklichen „Hello Kitty"-Sitzbezüge gesehen: Kitty mit einen Helm auf ihrem großen Kopf und einer Sonnenbrille im Sixties Style.

Ich dachte an die bebrillte Grinse-Katze und im nächsten Augenblick zierte sie seinen Helm. Zungenschnalzend legte Gabe seinen Zeigefinger darauf und der Helm wurde wieder schlicht schwarz. Ich verschönerte seine Vespa mit dem Design und er verwandelte es zurück. Wir lächelten uns soeben an, bereit für die nächste Runde, da erklang Morgans Stimme hinter mir und bescherte mir Gänsehaut der angenehmsten Art.

„Was soll das denn sein? Von null auf hundert an einem Wochenende?"

Gabe verzog keine Miene, während er zu seinem Kontrahenten blickte. „Ich brauche keine schnellen Autos, um mir was zu beweisen."

„Nein – du hast deine Flügel", erwiderte Morgan spöttisch und trat neben mich. Ich verkniff mir den Impuls wegzulaufen, um ein Weltmeer Distanz zwischen uns zu bringen, und schaute ihn eindringlich an. Morgan hingegen konzentrierte sich einzig auf den Erzengel,sichtlich darum bemüht, mich nicht zu berühren. Letztlich wanderten Gabes Augen verständnisvoll zu mir. „Ich lasse euch lieber allein."

„Bleib", hörte ich mich nachdrücklich sagen.

„Geh", widersprach Morgan gleichzeitig, fackelnde Glut in seinem Blick. Mein Armband prickelte und kribbelte.

„Gabe, Morgan geht gleich wieder hinein."

„Verdammt richtig. Und du kommst mit", seine Hand schoss vor, um meine zu ergreifen, doch ich sprang rechtzeitig von ihm weg. Er machte einen Schritt auf mich zu, ich trat einen zurück. Er sah mich einen Wimpernschlag lang an und ein seltsamer, fast verletzter Blick flammte darin auf. Hätte er jetzt etwas gesagt, hätte ich ihm verziehen. Aber die Sekunde verstrich und in seinem Schweigen lag der Nachweis, wie weit mein Wunsch von der Realität entfernt war.

Gedankenverloren starrte ich auf den Boden zu meinen Füßen.

„Warum tust du das? Warum zerstörst du, was wir haben?"

*Wie bitte*? Hatte er *mich* gerade beschuldigt, uns zu gefährden? Ein Sturm Emotionen jagte durcheinander. Ich war traurig, enttäuscht, wütend, glücklich, dass er mich beachtete, und gleichzeitig entsetzt, dass mich selbst dieses Gespräch glücklich machen *konnte.*

„Hör auf damit", bat ich ihn. „Tu nicht so, als würde dir das was ausmachen. Sieh mich nicht an, als würdest du mich nicht wiedererkennen. Nicht ich habe mich verändert."

Er zuckte die Schultern, seine Augen dunkel und weit. „Und das beurteilst du woran? Meiner Meinung nach erleben wir gerade den klassischen Fall von ‚aus den Augen, aus dem Sinn', Mimi."

„Jesus, Morgan. Wer ist diese Version von dir?"

„Diejenige, die du kennengelernt hast."

„Charmant."

Er schloss den Mund. Einen langen Moment erwiderte er meinen Blick, sein Oberkörper schwer bebend.

„Dieses ganze Theater hat nichts mit Gabe zu tun. Es geht um uns", sagte ich schließlich knapp.

„Zur Zeit gibt es kein uns, Süße."

„Also reicht es dir nicht, mich auszuschließen? Du willst auch noch, dass ich mit meinen Freunden breche?"

Mein Puls raste, mein Armband warm. Ich kämpfte mit dem Verlangen, ihn stehen zu lassen. Er gab sein Bestes, um mich aufzubringen, und es klappte.

„Ich bitte dich. Das ist ein freies Land. Aber er", Morgan zeigte auf Gabe, „ist kein Freund, sondern ein gottverdammter Engel. Und was du bald sein wirst, ist das Gegenteil davon."

„Morgan, wenn du ein Problem damit hast, mit wem ich meine Zeit verbringe, können wir es gerne klären. Oh, warte", ich tat entsetzt, und schlug mir die Hand vor den Mund. „Da war ja was. Mr.-Kann-Alles kann genau diese eine Sache *nicht.*"

Morgan zuckte amüsiert die Schultern. „Ich *kann.* Nur schert es mich gerade einen feuchten Dreck, ob wir beide etwas klären oder nicht."

Gabe räusperte sich, indes ich mich aus Angst, mein Herz in Einzelteile bersten zu finden, abwandte. *Er meint das nicht wirklich.* „Mimi?"

„Warum bist du überhaupt noch da?", spie Morgan Gabe an. Verärgerung durchzog erneut seinen Ausdruck.

„Sicherlich nicht deinetwegen."

„Sondern wegen deiner kleinen sterblichen Freundin?"

Gabe setzte sich rabiat auf.

„Das reicht! Halt Abby heraus. Du", ich zeigte zitternd auf ihn, „geh rein und lass mich in Frieden. Und du", ich drehte mich zu Gabe und folgte einer spontanen Eingebung, „hast du einen zweiten Helm dabei?"

Überrascht stieg er ab, öffnete den kleinen Kofferraum und reichte mir einen roten Helm, der mit Aufklebern der Rolling Stones übersät war. Ich setzte ihn auf, zog ihn fest und stieg hinter ihm auf die Maschine.

Morgan wirkte kurz davor uns in Brand stecken zu wollen. Mit einem letzten niederschmetternden Blick auf mich, den ich allzu gern erwiderte, machte er kehrt.

Die Angst es vermasselt, ihn verloren zu haben, erstickte mich fast.

„Eis?", fragte Gabe nach einer kleinen Pause und startete den Motor.

Er wartete gar nicht auf eine Antwort. Ich schloss soeben den Helm mit einer Hand, da erschütterte eine mächtige Detonation nicht nur den Gehweg und die geparkten Autos, sondern hauptsächlich das erschreckend tänzelnde und klappernde Schulgebäude. Ich fühlte Gabes Hand, die mich stützte, bevor der Stoß durch mich hindurchfuhr. Klirrend zerbarsten sämtliche Fensterscheiben der Schule und fielen in einem gläsernen Regen vom Erdgeschoss und den beiden darüber liegenden Stockwerken wie Schnee auf den gestutzten Rasen. Gleich darauf erfasste eine ohrenbetäubend laute Explosion das Gebäude bis auf die Grundmauern heftig genug, dass die Gehwege vor meinen Augen aufrissen.

Unbeirrt bedeutete ich Gabe loszufahren.

Im selben Augenblick ertönte der Feueralarm.

*********************************

„Frag ruhig", redete Gabriel mir zu und lehnte sich in seinem Stuhl zurück. Wir saßen im Aunt Molly's, an dem Platz, wo ich vor einst mit Morgan und den anderen gesessen und gelacht hatte.

„Warum bist du noch da?", wiederholte ich Morgans Frage und nahm einen Löffel von dem Pfefferminzeis, das vor mir in dem türkisen Becher schmolz.

„Der Himmlische Vater möchte jemanden in deiner Nähe haben."
„Gibt es dafür einen bestimmten Grund?"
„Einige", sagte er und rührte gedankenverloren in seinem Milchshake. „Aber der wichtigste ist, dass er sich Sorgen um dich macht."
Das Eis blieb mir auf halbem Weg im Halse stecken. Ich stellte meinen Becher ab und sah ihn stirnrunzelnd an. „Wegen Morgan?"
„Wegen der Fülle an Neuem, das auf dich hereinstürzt."
„Natürlich", sprach ich und entspannte mich wieder.
Er ergänzte: „Und wegen Morgan, ja."
Ich pickte ein Ananasstück vom Eis, nahm es zwischen die Finger und zerpflückte es gedankenverloren. „Er tut mir nichts. Das könnte er nicht."
„Nicht vorsätzlich …"
„*Gar* nicht!", ging ich ihn an und erinnerte mich, wie oft er mich vor ihm gewarnt hatte. Jetzt da wir offen um den anderen wussten, war es an der Zeit nachzufragen. „Hast du deswegen versucht, mich von ihm fernzuhalten?"
„Nun …", er nahm die Kirsche von meinem Teller und aß sie. Ganz unter uns fiel es mir schwer, ihn weiterhin als siebzehnjährigen Teenager zu betrachten. Zu durchdacht waren seine Worte, zu reif seine Züge, zu elegant die Bewegungen seiner geschmeidigen Glieder. „… vorrangig habe ich versucht, dich nicht an die böse Seite zu verlieren", erklärte er, „aber gegen Gefühle sind wir machtlos. Was meistens sicherlich positiv ist." Ich fragte mich, ob er von Abby redete. „Manchmal hatte ich den Eindruck, du würdest Morgan durchschauen und vor ihm zurückschrecken. Mein Ziel war es, diesen Eindruck zu verstärken, ohne dich zu etwas zu überreden."
„Wegen der ‚Freier-Wille'-Klausel?"
„Exakt. Darf ich dich auch etwas fragen? Du hast ihn gesehen als das, was er ist, oder? Lange vor unserem Kampf."
„Zumindest als jemanden, der nicht zu euch gehört", nickte ich. „Auch wenn ich spät darauf gekommen bin, wer genau er ist."
Eine Kellnerin, die fleißig Tische wischte, kam gefährlich in Hörweite.
„Wieso hast du dich für ihn entschieden?"
Die Frage kam unvorbereitet. Aber die Wahrheit war schlicht.
„Nicht ich. Mein Herz", zitierte ich Abby und lächelte, weil ich an ihren goldenen Anhänger dachte, „wie du es auch getan hast."
„Das ist was anderes."
„Magst du sie?"
„Ja", erwiderte er augenblicklich.
„Dann ist es genau dasselbe." Mit einem kleinen Lächeln auf den Lippen verschwand die Bedienung und ich atmete auf. „Hast du dir schon überlegt, wie das weitergehen soll? Abby denkt, du seist ein

Pfarrerssohn aus L. A. Und falls ich sie richtig verstanden habe, plant ihr Urlaube zusammen."

„Ich weiß, wie es *nicht* weitergehen wird: mit Offenbarungen und der Wahrheit."

„Engel dürfen lügen?"

„Lügen werden es erst, weil sie nachfragt. Bis dahin verschweige ich es schlicht – und schütze sie damit."

Verlorenheit lag kurzzeitig in seinem Blick, die er jedoch konsequent abschüttelte, indem er in den Himmel schaute: „Deine Wege sind unergründlich."

„Ist das überhaupt gestattet? Sich mit Menschen einzulassen?"

„Solange sie keine Kruzifixe verbrennen", witzelte er und fuhr sich anschließend müde über den Nacken. „Es ist geduldet", fuhr er ernst fort und suchte meinen Blick. „Es gibt einige Aufzeichnungen von Kindern, die von Engeln mit sterblichen Frauen gezeugt wurden."

„Die Nephilim", sagte ich und nahm einen Löffel matschiges Eis, „aus Genesis."

„Erstes Buch Mose, 6,4. ‚Nubigenaes' nennt man diejenigen unter ihnen, deren Väter Erzengel sind."

„Wow."

„Es sind nur eine Handvoll", seufzte er, offenbar vertraut mit der Problematik dieser Konstellation. Die nächste Frage war eine logische Schlussfolgerung daraus.

„Hast du …?"

„Nein", erwiderte er bestimmt, „niemals."

Ich versuchte mir vorzustellen, wie diese Wesen sein würden – halb sterblich, halb Engel. „Und Gott erlaubt das? Nephilim und Nubigenaes?"

„Es sind Kinder der Liebe."

Die Kellnerin kam an unseren Tisch und unterbrach uns. Wir bestellten ein großes Wasser und ließen das Thema fallen, sprachen stattdessen über den Himmel. Wie es dort aussah, woher die Legende von der Pforte kam, wo sich das Archiv mit den Büchern des Lebens befand und und und … Ich fand nicht nur heraus, dass jeder Bewohner sich sein Domizil nach eigenen Vorstellungen schuf, sondern auch, dass sich die verbliebenen vier Erzengel mit der Aufsicht der Dokumente abwechselten.

Gabe erzählte witzige Begebenheiten über das Leben auf Erden oder das Dasein oben und die Schwierigkeiten berühmter Persönlichkeiten, sich in ihrem Leben nach dem Tod einzufinden. Ich lachte bei der Geschichte über Abraham Lincoln so herzhaft, dass ich mich verschluckte und er daraufhin befand, es sei besser, mir die Story der Wright-Brüder gar nicht erst näher zu erläutern.

Das trieb mir die Tränen in die Augen.

Als ich in der siebten Stunde meine Runden auf dem Sportplatz drehte, fuhr gerade eine Armada von Kleintransportern einer heimischen Fensterbauerfirma vor: „Vegard's Glass". Morgan hatte sich wieder im Griff und Jenna um seinen Hals. Beide würdigten mich keines Blickes.

Am Wochenende holten Abby, Brooke und ich unseren Videoabend nach. In dieser Nacht fiel der Besuch im Vorhof denkbar kurz aus – trotzdem reichte es, um der Verwüstung gewahr zu werden, die sich des Ortes bemächtigt hatte.

Da, wo einst Bäume und Blumen in voller Blüte standen, waren nur noch tote Äste und Blüten zu finden, die zu Staub zerfielen, wenn man sie berührte. Ein kalter Blutregen hatte eingesetzt, er färbte das weiße Schloss tiefrot und brachte die traurigen Engelsgesichter zum Weinen. Brooke nahm mich mit auf eine Entdeckungsreise durch die sicheren Saveas, in denen der Regen zwar ebenso fiel, aber immerhin noch aus Wasser bestand.

Der von Horror durchzogene Wehruf eines Mannes unterbrach unsere Tour.

An seinem von verdorrten Steinwüsten gesäumten Areal kämpfte sich soeben Jenson McPhee durch. Der seiner Kleidung nach gut betuchte Mittdreißiger hielt sich tapfer, sprang über wachsende Gräben, schwamm durch Schwefelsäure, die seine Haut wegätzte und schüttelte die Taranteln, die seinen Ohren entsprangen, panisch, aber bestimmt ab.

Umso kurioser war es, als er plötzlich unkontrolliert zu schreien anfing und strauchelnd vor einem kleinen Mädchen im feinsten Sonntagskleid wegzulaufen versuchte, das ihm mit ausgestreckten Armen folgte und immer wieder erklärte, wie lieb sie ihn habe.

„Larissa McPhee", erklärte Brooke, ohne den Blick von der gequälten Seele zu nehmen. „Mit fünfzehn Jahren erreichte Jenson den Höhepunkt seines Neids auf seine kleine Schwester, stiess sie im Sommerurlaub von Klippen herunter – fünfzig Meter in die Tiefe."

Die penetrant-freudige Inkarnation von Larissa holte ihren entgeisterten Bruder endgültig ein, er stolperte in einem Anflug von Fassungslosigkeit in einer Ritze und fiel ungebremst zu Boden. Sie beugte sich über ihn und legte vorsichtig ihre kleine Hand auf seine Brust, ein engelsgleiches Lächeln auf den Lippen, das beruhigend wirkte.

„War sie auf der Stelle tot?"

Brooke schüttelte den Kopf, „Die Arme rettete sich auf ein Stück Treibholz und trieb tagelang durch das Meer – mit Kopfverletzungen und gebrochenen Knochen, aber bei Bewusstsein – bis sie in der

Nacht eine Schiffsschraube erlöst hat. Ihre Überreste wurden nie gefunden."

Jenson verfiel dem friedlichen Anblick und erstarrte dabei zu einer Salzsäure, um gleich darauf so plötzlich und schrill wieder loszukreischen, dass ich es bis ins Mark spürte. Sein Oberkörper bäumte sich auf und ich schirmte meine Augen ab, um erkennen zu können, was vor sich ging, indes Larissa ihn wieder zurück auf den rauen Steinboden drückte. Sobald ich begriff, was passierte, wünschte ich mir allerdings, es augenblicklich vergessen zu können. Triumphierend hielt die Kleine sein Herz in der Hand.

Es schlug unbeirrt weiter.

Das begleitende Ziehen hallte selbst in meinem Inneren. Ihr Bruder starrte gehetzt von ihr zu ihrer Ausbeute, da erschienen in der Ferne zwei Höllenhunde. Larissa warf ihnen das blutige Organ zum Fraß vor und beobachtete die Tiere dabei, wie sie sich nach der Vertilgung bellend auf den Sünder warfen.

Vermutlich flehte er darum, zerfleischt zu werden.

„Gehen wir", forderte Brooke. Sie gestattete mir Sekunden der Stille, ehe sie wissen wollte: „Ist dir etwas aufgefallen?"

Ich nahm ihre Hand und teleportierte uns zurück zum Garten. „Ja, dass die Hölle die Hölle ist."

Brooke quittierte das mit strengem Kopfschütteln, also hob ich beschwichtigend die Arme. Das flaue Gefühl klang allmählich ab. „Dass einen meist nicht Taten in den Saveas verfolgen, sondern Urängste?"

„Absolut richtig."

Ich wischte mir übers Gesicht. Blut durchtränkte mein ohnehin nasses Kleid, meine Haut und das Haar. Je näher wir dem Eingang zur Bibliothek kamen, desto fester und härter wurden die Tropfen.

BOOM!

Wir fuhren gleichzeitig zusammen, als ein dröhnendes, ohrenzerreißendes Geräusch über uns hereinbrach, und wirbelten herum, um gerade noch mitzubekommen, wie der rechte Turm des Schlosses mit einem Knall auf dem Boden aufschlug. Er riss einen Teil der Vordertreppen ab und rollte in einem Stück ins Meer der Tränen. Eine haushoch aufgeworfene Staubschicht rollte plötzlich auf uns zu und vermischte sich mit jedem zurückgelegten Meter mehr mit dem roten Regen zu einem klebrigen Konglomerat.

Brooke und ich tauschten einen flüchtigen Blick und ich reichte ihr instinktiv die Hände, um schneller in die sichere Bibliothek zu gelangen. Sie wollte sie soeben ergreifen, da explodierten alle Farben des Regenbogens vor meinen Augen und die Welt wurde auf Schleudergang programmiert, um mich auszuspucken. Ein kalter Blitz schlug in meine Schulter ein und es ließ mich fast ersticken, als zehntausend Volt ungebremst durch meine Adern hindurchjagten und mein Herz einen Schlag übersprang, bevor er irgendwo durch meine Brust austrat und das nasse Gras in Flammen setzte. Brooke drängte mich weg, weil ein zweiter zwischen uns beiden das Feuer weiternährte.

Ein dritter folgte.

Vor meinen Augen tanzten Lichter, ich spürte, wie sich der sichere Boden unter mir auftat und mich nach oben zog. Es brauchte einige Zeit, bis ich merkte, dass ich taumelte und meine Beine nicht im Griff hatte. Sie rutschten einfach weg. Im Fallen registrierte ich eine Bewegung über mir und sah Morgan auf den Klippen stehen, sein Gesicht mir zugewandt, aber in der Dunkelheit kaum zu erkennen, seine Haltung emotionslos.

„Mimi!", Brooke kniete vor mir, ihr Gesicht voller Panik war zu einer Schmerzmaske verzerrt, „du musst raus hier!"

Ohne mit der Wimper zu zucken, baute sie beim Sprechen mit ihren Händen einen Schutzwall aus Licht um uns, in dem es trocken und warm war. Meine Schulter brannte.

„Morgan", presste ich mühsam hervor und deutete auf den Klippenrand, während um uns herum im Sekundentakt Blitze einschlugen, zentriert um die kleine Schutzhaube.

„Nein", schüttelte Brooke den Kopf und tastete die Einschlagwunde ab, deren Ränder schwarz waren und stark gegen meine Haut hervorstachen, „das ist nicht Morgan, sondern die Unterwelt. Sie richtet sich gegen dich."

Grauer Rauch und totes Fleisch.

Ich erzürnte ihren zukünftigen Herrscher.

Auf allen Vieren krabbelte ich zu Brooke und zog mich an ihr hoch. Schweißperlen standen ihr auf der Stirn und ihre Hände zitterten. Es bereitete ihr verstärkt Mühe, die Statik des Schutzraumes aufrechtzuerhalten.

Trotzdem wurden die Blitze aggressiver. Starker Wind kam auf und fegte über die Blumen- und Buschskelette, nahm sie mit sich, dann traf er auf den Brunnen und fraß ihn auf. Die Engelstatuen zerfielen vor meinen Augen zu Staub und verloren sich im Sturm.

„Ich stehe damit auf einer Stufe mit Jenson und Co.?"

„Zumindest stehst du nicht viel drüber", sie legte drei Finger auf die rauchende Verletzung und übte sanften Druck darauf aus. „Der Vorhof kooperierte mit dir, weil Morgan es so wollte. Anscheinend hat sich seine Einstellung geändert."

Und ich wurde vom Freund zum Feind.

„Tut mir leid", erklärte sie leise und funkelte dabei ihren Bruder an.

Der Kloß in meinem Hals war groß, sobald ich mich ein letztes Mal in dem Katastrophengebiet umsah, das einst ein friedlich-schöner Garten war.
„Aufwachen", sagte ich schließlich und mied Brookes Blick, ehe das Licht mich umhüllte.

**********************************

Am Samstag wurde meine einstündige Trainingseinheit von Jared und Luke auf hundertzwanzig Minuten verdoppelt. Sie waren der Meinung, die nächste Stufe zünden zu müssen – nun, da die nächste Prüfung näher kam. Am Sonntag, fingen sie mich ab und schickten mich zu Lawrence, der mich „in einer dringenden Angelegenheit" zu sprechen verlangte. Mit einem mulmigen Gefühl durchwanderte ich das große Haus zu seinem Arbeitszimmer – vorbei an Carlton und Stephanie, die höflich vor mir knicksten und erfolglos versuchten, ihr Mitgefühl hinter Geschäftigkeit zu verbergen. Kaum war ich vor der schweren Holztür angekommen, ertönte bereits Lawrence' Bariton: „Tritt ein."
Ein Stockwerk über mir übertönte Morgans Musik seine Aufforderung, also zögerte ich kurz.
Drinnen war es ungewohnt hell, sämtliche Vorhänge zur Seite gezogen, die Fenster geöffnet. Hinter seinem Schreibtisch saß ein besorgt und dadurch äußerst menschlich dreinblickender Laurentius. In seinen sich ständig abwechselnden gemarterten Augenpaaren jedoch erkannte man den Herrscher der Unterwelt, auch wenn sie sich jetzt, da sie mich nachsichtig anvisierten, in seine blauen Augen zurückverwandelten. Meine Aufmerksamkeit sprang zu dem dicht gewebten Mantel aus dunklen Schatten, der seine Statur umgab, leicht wie der Wind, dunkel wie die Nacht. Die Finsternis hatte etwas Bedrohliches an sich, trachtete ständig nach ihrer Umgebung, ohne sich von ihrem Meister wirklich zu entfernen, gleich Händen auf der Suche nach Halt. Obwohl ich mich an seine unzähligen Facetten gewöhnt hatte, verursachte mir dieser spezielle Anblick ständig aufs Neue Magenschmerzen.
Lawrence sagte „Exsolvo" und die Schatten waren fort.
Eine Vertragsrolle schwebte vor ihm in der Luft und verharrte.
„Der Vorfall letzte Nacht ist mir zu Ohren gekommen." Mit der Hand verwies er auf die beiden schweren Stühle vor seinem Schreibtisch. Noch während ich Platz nahm, schnippte er und der Vertrag verschwand. Ich nickte und ließ mich in das feine Polster des Stuhles zurückfallen.
„Wie macht sich deine Schulter?"

„Sie ist wie neu."
„Wann warst du zuletzt aus?"
Blinzeln quittierte die Frage. Vor Wochen. In einem anderen Leben. „Mir steht nicht wirklich der Sinn danach."
Lawrence beugte sich vor. „Heute machst du eine Ausnahme und nimmst Jareds Einladung an. Zu viel von einer Sache schadet."
„Okay."
„Des Weiteren wird dir heute Nacht der Zutritt zum Vorhof verwehrt. Ab morgen wirst du *mein* Protegé sein."
„Verstanden."
In der Stille des Raumes sank die Temperatur empfindlich. Er stand auf und kam um den Tisch herum, setzte sich auf den Platz neben mich.
„Mimi, mir ist von mehreren Seiten zu Ohren gekommen, was Morgan gemacht und deinen Verdruss ausgelöst hat. Es mag sein, dass seine Aktion unglücklich gewählt war. Trotzdem verstehe ich die Beweggründe für sein Verhalten."
Ich musste mich zusammenreißen, um nicht loszuschnauben. *Satan befürwortete schlechtes Verhalten … sollte das ein Witz sein?! Zum Glück drehte sich die Welt weiter.* „Auch auf die Gefahr hin, unhöflich zu sein, aber ich fürchte, du bist nicht objektiv."
Er blinzelte amüsiert. „Erhelle mich."
„Morgan besitzt unendliche Macht. Sie ist nutzlos, solange er sie nicht unter Kontrolle hat. Und er wird sie niemals kontrollieren, wenn er sich nicht einmal davon abhalten kann, einen Unschuldigen zu malträtieren."
„Wer sagt, dass er sich abhalten wollte?"
„Du willst sagen, er hat es nicht einmal versucht?", fragte ich geschockt.
„Alles, was ich will, ist, auf sein Motiv verweisen. Du bist überzeugt, es sei Schwäche, die ihn so handeln ließ. Ich frage dich, was ist es, wenn nicht Stärke, die einen dazu antreibt, seine Liebsten zu beschützen?"
„Brad ist und war keine Bedrohung!"
„Meinst du, er oder ein anderer wird es sich jemals wieder erlauben, dein Nein zu umgehen? Morgan hat nur das getan, was ich ihn gelehrt habe: seine Schwäche mit ihrer kompensiert. Das ist der Schlüssel zu ihren Seelen."
Allmählich dämmerte es mir. *Ich* war Morgans Schwäche. Indem er Brad folterte, zeigte er der Welt, was geschah, sollte jemand das ausnutzen. Und das machte ihn wieder stark.
„Du wirst noch Zeuge des menschlichen Fehlverhaltens werden. Jeden einzelnen Tag scheitern sie, einer nach dem anderen. Es ist eine unbestreitbare Tatsache, dass sie anfällig sind für Verführung. Mein Vorhof wäre ansonsten nichts als ein Naturspektakel."
„Was ist mit den Guten?"

Lawrence wollte etwas erwidern, blieb aber stumm.
„Was hat das Schweigen zu bedeuten?“
Nach einer Minute sagte er schließlich: „Morgan fügte Menschen reuelos und zu seinem Vergnügen Leid zu. Zugegeben. Ich nehme jedoch an, dir ist nicht entgangen, dass er sich in den letzten Monaten wandelte. Er wägt ab, ist reflektierter. Auch und gerade zurzeit. Genau wie du“, seine Augen flackerten hell, während er seine nächsten Worte wählte. „Ich sehe dich an und spüre, du zweifelst. Könnte es folglich sein, frage ich dich, dass dir etwas an der ganzen Angelegenheit entgeht?“
Überrumpelt runzelte ich die Stirn. Dieses Gespräch verlief anders als angenommen. „Was sollte das sein?“
„Lass mich ein Beispiel bemühen. Ich glaube weder an das Gute noch an das Schlechte im Menschen. Ich bin kein Liberaler und gäbe es meine Frau nicht, wäre ich auch kein Freund der Absolution“, er stand auf und trat zum Fenster. Ein schwarzer Rabe drehte seine Kreise davor und flog wie ferngesteuert zu ihm, sobald er ihn erkannte. Mit einem weiten Flügelschlag landete er auf Lawrence' ausgestrecktem Arm und legte den Kopf schief, um mich mit seinem rechten Auge zu mustern. „Mein Sohn kommt stark nach mir. Doch er ist jünger und formbarer. Ganz der Verkündung der Disceptatori gleichend. Und nun sage mir, was denkst du, was Einfluss auf seine Form ausüben könnte?“
Das war einfach: „Er allein.“
„Denk weiter nach.“
Er schmunzelte und der Rabe tat es ihm nach. Verwirrt betrachtete ich den großen Vogel. Sein Gesicht war bar jeglichen Ausdrucks.
„Gäbe es meine Frau nicht“, hatte er gesagt. *Du hast Einfluss auf mich*, hörte ich Morgans Stimme.
„Ich?“
Lawrence nickte, seine Kleidung, seine Haut rochen nach Tod und strömten herrliche Herbe aus. Sein Gesicht und jede seiner Gesten zeugten andererseits einzig von Macht. „Warum denkst du, erzählten dir die Disceptatori von seiner Schwäche? Warum machten sie es nicht vertraulich mit Morgan aus? Weil sie gesehen haben, wie es bei mir war. Morgan hat das Potenzial zur Einsicht. Aber er wird sich nur ändern, falls die richtige Person es darauf anlegt.“
Mit diesen Worten entließ er mich – nicht ohne mir vorher viel Erfolg zu wünschen. Ich stand perplex auf, verabschiedete mich und schloss die Tür hinter mir. Der schwarze Rabe hatte dabei sich in einen bunten Kolibri verwandelt.
Pünktlich nach dem Training fing Jared mich in der Lobby ab, wo Luke sich wie immer lautlos von mir verabschiedete und zur Haustür

hinaushuschte. Über den Lärm aus dem ersten Stock bemühte ich mich, seinen Cousin zu verstehen, der mir von der geplanten Feier am Lake Hunt erzählte. Bevor er mich überhaupt fragen konnte, stimmte ich zu, ihn zu begleiten.

Kurz vor einundzwanzig Uhr parkten wir auf der Lichtung.

Mit einem flauen Gefühl folgte ich ihm den Waldweg entlang, leuchtete mit der Taschenlampe vor meine Füße und machte links und rechts im Dickicht weitere Lichtkreise aus, die sich zielgenau auf den See zubewegten. Der Musik zufolge war eine Live-Band vor Ort, dem breiten Trampelpfad nach zu urteilen waren wir nicht die Ersten, die ihn heute entlanggingen. Meine Kette funkelte, sobald Jared sich zu mir umdrehte und mich unabsichtlich anleuchtete: „Morgan wird da sein, stell dich drauf ein. Aber denk dran, wir sind hier, um Spaß zu haben, das ist weder der Ort noch der Moment, um etwas zu klären. Wird es dir zu bunt, gibst du mir ein Zeichen und wir fahren sofort zurück. Und …“, er blickte mich streng an, „ich habe mehr Freundinnen, als ich handhaben kann. Das ist kein Date.“

Ich lachte herzlich. Er nahm zufrieden grinsend meine Hand und zog mich durchs Gebüsch.

Die Bühne auf dem Wasser fiel sofort ins Auge. Sie war eine Art schwimmende Insel mit Beleuchtung, auf der eine Band namens „Five Teaser“ gerade ein Metallica-Lied schmetterte. Ihr Banner wehte im Wind, der auch ihren langen Haaren den speziellen Rocker-Effekt verlieh. Auf dem Festland waren überall Flutlichter aufgestellt worden, in hinteren Bereichen beschränkte sich die Beleuchtung auf Fackeln, die im Boden eingelassen waren, und unzählige Kerzen. Ein Lagerfeuer am Strand war neben der Tanzfläche der beliebteste Aufenthaltsort. Einige hielten Stöcke mit Marshmallows hinein, andere Fleischstücke, auch Folienkartoffeln brutzelten darin. Grob geschätzt waren über vierhundert Menschen da, viele davon Schüler der Lincoln. Ich entdeckte Devin, Craig und Dean. Fast das gesamte Tigers-Team stand beisammen, außer Drew und Tony. Tristan salutierte vor mir und bekam dafür von Ryan eine Kopfnuss.

Wir tasteten uns vom Rand des Geschehens aus vor. Die ersten Gäste erkannten Jared, er ließ augenblicklich meine Hand los und errichtete ein Art Sicherheitsabstand zwischen unseren Körpern. Dennoch blieb er den ganzen Abend über an meiner Seite, selbst als wir uns dem Kernbereich näherten und der Rest des Teams uns argwöhnisch musterte. Außer Luke kam jeder von ihnen früher oder später zu uns und scherzte mit mir. Entgegen Jareds Warnung fehlte vom Quarterback der Mannschaft jede Spur.

Ein Umstand, der erheblich zu meiner Entspannung beitrug.

Ich unterhielt mich mit Shelby, Alicia, selbst mit Matt und Connor, lachte mit Grant und Terrance und erwischte mich dabei, wie ich tatsächlich anfing, mich zu amüsieren. Während Jared mich mit einer völlig betrunkenen Dana allein ließ, um uns Bowle zu holen, nahm Luke mich zur Seite. Das Mädchen hing sich an den erstbesten Ersatz.

„Sorry, dass ich neuerdings einen Bogen um dich mache", sagte er schuldbewusst, „ich will es nicht, aber ich muss."

„Jared meidet mich auch nicht", hörte ich mich antworten, meine Stimme vorwurfsvoll. Ein Umstand, den ich vermutlich den drei Drinks schuldete, die ich intus hatte.

„Jared ist ein Idiot –"

„Hey!"

„– auch wenn ich es klasse finde, Morgan eine Pille seiner eigenen Medizin zu verabreichen, würde ich's mich ums Verrecken nicht trauen."

Seine Augen schweiften von der Bühne zu mir zurück, ich folgte ihnen, ohne etwas Besonderes auszumachen. „Morgans Verhalten hat nichts mit mir zu tun. Er ist Morgan. Er ist …", ich suchte nach Worten, „… nun mal, wie er ist."

„Es hat *nur* mit dir zu tun", entgegnete Luke und winkte dann seinen Cousin, der sich durch die Menge manövrierte.

*Schwäche.* Das Wort klingelte in meinen Ohren und ich begriff, wie viele Variationen es davon gab. Morgan spielte meisterhaft damit. Er wusste, wie es mich quälte, wenn andere Frauen ihn lasziv anlächelten, vom Anfassen ganz zu schweigen, wusste zu gut, dass meine Eifersucht sich aus seiner Vergangenheit nährte. Er kannte meine Schwäche und setzte sie ein.

Aber das Spiel konnten zwei spielen.

„Ihr nächster Drink ist Wasser", sagte Luke zu Jared, der mir soeben ein Becher hinhielt.

„So war's gedacht. Und ich bin kein Idiot."

„Sie herzubringen war keine gute Idee."

„Vermutlich die schlechteste, die ich je hatte. Willst du was essen?", fragte er mich und lächelte.

************************************

Mein Würstchen grillte in den letzten Zügen, das Feuer knisterte und ich genoss eine eigentümliche Version von Carpenters „Top of the world". Shelby, die mit Grant und einem beladenen Teller vom Buffet zu meiner Linken saß, wippte mit, ehe ich ihnen vorschlug, tanzen zu gehen, und sie verschwanden. Jared, der rechts neben mir Platz genommen hatte, klatschte gerade die abgefüllten A. J., Matt und drei weitere Tigers ab, da sein Handy vibrierte. Im Laufe des Abends hatte er seinen lächerlichen selbstauferlegten Abstand aufgegeben, weshalb selbst ich den Anruf an meinem Bein fühlte, das seins streifte. Mit der einen Hand seinen Fleischspieß balancierend, fummelte er es aus der Hosentasche und hantierte so lange damit herum, bis es ihm in die Flammen fiel und ich es in letzter Sekunde zurück in seine Hand generierte. Außer uns befand sich nur ein weiteres Pärchen am Feuer, das mit sich selbst beschäftigt war. Demonstrativ hielt ich anschließend die Hand auf und er reichte mir den Spieß, bevor er die Nachricht öffnete.

Ich wollte nicht spionieren, aber ich las Taneshas Namen und bekam ein schlechtes Gewissen.

Kannst du mir erklären wieso du mich versetzt und es noch
nicht einmal für nötig hältst mir ABZUSAGEN?

Seine Finger flogen über den Touchscreen.

Nicht in einer SMS

Dann ruf an, verdammt noch mal

Nicht heute

Ich schubste ihn, kaum dass er die letzte Antwort abgeschickt hatte. „Das war unhöflich."

Ohne darauf einzugehen, dass ich keinen Grund hatte, seine SMS zu lesen, oder mir zu erklären, sein Liebesleben ginge mich nichts an, schüttelte er den Kopf und nahm den Spieß zurück.

„Sie wird's verwinden. Lass sie drüber schlafen."

„Ich dachte, du magst sie."

„Stimmt."

„Aber sie ist nicht hier."

„Stimmt."

„Wolltest du mit ihr herkommen?"

„Hör auf, darüber nachzudenken."

Ich schnappte nach Luft. „Du wolltest!"

Seine Hand mit dem Fleisch sank erneut. „Mimi, sie meinte, ich hätte sie am Vormittag versetzt. Wir wollten gemeinsam Frühstücken, ich war zu faul aufzustehen. Es hat nichts mit meinen Gefühlen für sie oder Boshaftigkeit zu tun. Und erst recht nicht mit dir", fügte er sichtlich erheitert hinzu und ergänzte dann wieder vollkommen ernst: „Tanesha und ich werden das schon aus der Welt schaffen."

„Und selbst falls nicht, gibt's ja noch Sarah", scherzte ich. „Und die Rothaarige da drüben."

„Du meinst die, die die ganze Zeit zu *dir* guckt?", grinste er. Sobald er das Mädchen mit einem flüchtigen Blick bedachte, passte sich ihre Hautfarbe den Haaren an.

„Ich meine die, die aussieht, als überlege sie sich, wie ich wohl tot aussehen würde, damit sie dich für sich haben kann."

Ich verstand, warum Frauen auf ihn flogen – wirklich, was war da schwer zu verstehen? Er war groß und stark und gutaussehend. Er hatte das Talent sie zu umschmeicheln und traute man dem geflügelten Wort der Lincoln Hallen, wusste er sie auch zu befriedigen.

Ich hatte sowohl ihn als auch Luke oft genug oben ohne gesehen, um beurteilen, aufzeichnen und davon schwärmen zu können, wie durchtrainiert er war. Um das Bild eines nackten Jared aus meinem Kopf zu vertreiben, trank ich hastig von meiner lauwarmen Cola.

„Heute Abend hat sie Pech", hörte ich ihn sagen.

„Heute Abend hältst du es ausnahmsweise exklusiv?"

„Wer rastet, der rostet."

„Jared?"

Er hob die Augenbrauen und bedeutete mir, weiterzureden.

„Warum lässt du Tanesha nicht an dich ran, wenn du glaubst, dich in sie verliebt zu haben?"

„Es ist ... kompliziert."

Der Unterton seiner Worte drohte die komplette Stimmung zu kippen. Die Band legte eine kleine Erfrischungspause ein, um uns wurde es ruhiger. Ich hoffte, er würde auf mich zukommen, sollte er darüber reden wollen, und wechselte das Thema. „Sei es wie es sei: Danke für den Abend."

„Danke fürs Mitkommen."

„Wie sich herausstellte, brauchte ich die Abwechslung dringender als gedacht."

„Das Vergnügen ist ganz auf meiner Seite."

Erheitert schüttelte nun ich den Kopf. „Pass auf, sonst entpuppst du dich noch als wahrer Gentleman."

Der Platz ums Lagerfeuer leerte sich weiter, auch das Paar uns gegenüber stand auf und verschwand in der Dunkelheit, die Tanzfläche hingegen wurde brechend voll. Ich streckte mich, bevor ich mein Würstchen testete und es auch ihm anbot. Er nahm einen Bissen und kaute lange darauf herum. Der Mond schien auf das Wasser und schuf zusammen mit den bunten Lichtern der Bühne Flecken auf den leichten Wellen. Um den See herum warf der Mond einen silbernen Schimmer auf die Bäume, deren Blätter über die neuerliche Musik hinweg leicht raschelten, während der Wind durch sie hindurchstrich.

„Hast du etwa angenommen, ich könnte mich nur hervorragend prügeln?" Seine Worte schienen frei von jeglicher Wertung und ich nahm mir eine Sekunde, um die perfekte Nacht auf mich wirken zu lassen, bevor ich antworte.

„Das meinte ich nicht. Aber es gibt eine Menge an dir, das man nicht sofort sieht."

„Es ist halt nicht meine Art, der Ritter in strahlender Rüstung zu sein."

Er biss von seinem Fleisch ab und traf dabei auf meinen überraschten Blick. „Was?"

„Ich find's schön, dich so zu erleben. Ist wie ein Blick hinter die Fassade."

„Mach dir keine Mühe. Außer Muskeln wirst du wenig dahinter finden."

„Hör auf, dich unter Wert zu verkaufen. Warst du nicht derjenige, der aus Keksen ein Gleichnis gezaubert hat?"

Mit hochgezogenen Augenbrauen wartete ich auf seine Reaktion. Er legte den Kopf schief und starrte mich an. Dann lachte er dermaßen heftig, dass seine Schultern bebten. Es war ein schönes Geräusch. „Warum nur fühle ich mich geschmeichelt?"

„Weil es ein Kompliment war."

„Ich werde ganz verlegen."

„Jared Lenoire!", ertönte es aus der Dunkelheit. Zumindest nahm ich an, dass die Stimme das sagte, undeutlich und lang gezogen, wie sie klang. „Wüsste ich nicht mit Sicherheit, dass ich noch nicht am Joint gezogen habe, würde ich denken, ich sei high. Jared Lenoire, Mr. Schleich-dich-zur-Hintertür-raus-und-da-liegt-Geld-für-ein-Taxi-ich-rufe-weder-an-noch-zurück-aber-wenn-du-mal-wieder-in-der-Gegend-bist-hast-du-meine-Nummer ist nett zu einem Mädchen, das er niemals flachlegen können wird?"

Jared sah mich entschuldigend an und drehte den Kopf minimal. „Nikki", nickte er, als rede er über seine Lieblingssportverletzung.

„Und nur damit du es weißt, es war kalt die halbe Stunde, die wir draußen auf das Taxi warteten", eine hochgewachsene Brünette mit Leopardenleggins und roten Lippen trat ins Licht des Feuers und ging um den Stamm herum, bis sie schließlich vor ihm stehen blieb und die Hände in die Hüften stemmte, „und ja, der Fahrer dachte, wir seien Nutten, und wollte uns buchen."

„Habt ihr zugesagt?"

Sie stierte ihn nieder und strich sich manisch übers akribisch geglättete Haar. Ihre Augen loderten auf, bevor sie vorwärts stolperte und fast auf ihn drauffiel. Er rutschte weg und sie fand gerade rechtzeitig ihr Gleichgewicht wieder. Währenddessen lächelte sie mich plötzlich unschuldig an und ich machte mich bereit. Sie konnte ihn nicht aus der Reserve locken und konzentrierte sich daher auf ein vermeintlich leichteres Opfer.

„Du!“, sie zeigte mit einem gefeilten Fingernagel auf mich. Der Lack darauf passte zu ihrem Lippenstift, „du tauchst hier auf und bist plötzlich das neue It-Girl? Denkst du, du seist was Besonderes? Morgan schert sich nicht länger darum, ob du tot bist oder lebst, und das wird Jared auch nicht, wenn er erst feststellt, dass du nicht mal ein schneller Fick bist.“

Ich atmete tief durch und legte Jared die Hand auf den Arm. Das Mädchen hatte eine Art an sich, die es schwer machte, sich nicht vorzustellen, ihr eine schallende Ohrfeige zu verpassen. Aber sie war offensichtlich nicht Herrin ihrer Sinne.

„Nein“, erklärte ich und mein Blick flehte ihn inständig an, ruhig zu bleiben. Jared war nicht bekannt für seine Ausgeglichenheit und versuchte gerade aufzustehen. Ein kleines Grinsen umspielte seine Mundwinkel, seine Augen hingegen waren dunkel. Er gab nach und blieb sitzen. „Sie ist es nicht wert.“

„Warum suchst du dir nicht jemanden und lässt ihn mit dir anstellen, was du mit mir gemacht hast, Nikki? Und das nächste Woche und die darauffolgende und nächstes Jahr auch, bis du feststellst, dass Mimi und ihre Sorte von respektierten Frauen es im Leben zu was bringen, während die andere Sorte, traurige, geschlechtskrankheitenverseuchte Schlampen, unter einer Brücke landen, wo sie bei einem Pappkartonwein darüber nachdenken, wie es so weit kommen konnte.“

Eine Träne lief ihr die Wange hinunter und hinterließ eine schwarze Mascaraschliere. Ich wünschte mir ein Tempo in meine linke Hand hinter dem Rücken und reichte es ihr. Ihre Hand war eisig und sie fauchte mich an, trotzdem nahm sie es entgegen. Sie wünschte ihm die Pest an den Hals, ehe sie, ohne mich eines weiteren Blickes zu würdigen, auf den Absätzen kehrtmachte und dabei erneut strauchelte. Ich wollte etwas sagen, da drehte Jared sich zu mir herum und kam mir zuvor.

„Ich behandle meine Frauen, Freundinnen oder wie auch immer du sie nennen willst, mit dem Respekt, den sie verdienen. Das eben –“, er deutete mit dem Kinn in die Richtung, aus der Nikki gekommen war, „war das Letzte. Also verdient sie das Letzte.“

Binnen eines Wimpernschlags legte er einen Finger unter mein Kinn und hob es an, stoppte mich und meinen Kommentar, bevor ich erneut ansetzen konnte, und lächelte mich verständnisvoll an. „Ja, es wäre auch anders gegangen – und ich schwöre hoch und heilig, dass ich mich das nächste Mal besser unter Kontrolle haben werde. Aber dafür ist es heute zu spät und sagst du nicht ständig, man solle seine Überzeugungen vertreten?“

„Vertreten – nicht einhämmern“, wiederholte ich murmelnd.

Er grinste und ließ mich los. „Ich bin sitzen geblieben, oder?"
„Du hast einen langen Weg vor dir, mein Lieber."
„Auch der beginnt mit einem ersten Schritt", erwiderte er und zuckte die Achseln.
„Hast du gerade Laotse zitiert?"
„Das stand auf meiner Cornflakes-Packung, glaube ich", winkte er ab und hob eine Augenbraue. Ich musterte ihn verblüfft und tausend Gedanken rasten in meinem Kopf durcheinander. Wo hatte sich dieser Jared die ganze Zeit versteckt?
„Nun", fing er an und ich fragte mich, welche neue Seite ich als Nächstes an ihm entdecken würde. „Wir waren bei Oreos?"
Mein Seitenblick verriet, dass ich mit den Fingern wild auf dem Baumstamm trommelte. „Ist dir schon in den Sinn gekommen, dass du viel klüger bist, als du zu sein denkst, und netter, als du es zu sein hoffst?"
„Whoa, Mimi, hör auf, mir Angst zu machen!"
Ich kniff ihn und wehrte seine Retour mäßig erfolgreich ab, dann nahm ich grinsend meine Tasche zur Hand und suchte die Oreos. Über die Stimmen einer lachenden Tanzgruppe hinweg hörte ich das Knirschen der Packung und holte sie heraus. „Ta-da!"
Die Band ging in dem Augenblick nahtlos zu „All Sommer Long" über und die Menge kreischte und sang mit.
„Nummer sechs", fuhr ich mit unserer Aufzählung fort und nahm zwei Doppelkekse in die Hand, drehte sie auf und zeigte ihm die vier Hälften. „Die oberen Kekse essen", erklärte ich und reichte ihm einen, während ich den anderen verputzte. „Dann die Cremes aufeinanderdrücken und fertig ist der Doppel-Oreo!"
Beeindruckt klatschte er Beifall. „So esse ich ihn am liebsten."
„Die Milchcreme ist das Allerbeste daran."
„Wahr. Her damit", sagte er und hielt die Hand auf.
Bereitwillig hielt ich ihm den Keks hin. Sobald er danach griff, zog ich meine Hand zurück.
„Diesmal nicht", grinste ich und wollte ihn mir langsam in den Mund schieben. Er beugte sich vor und warf dabei unsere Getränke um.
„Fokussieren, Jared", tadelte ich ihn und sprang auf, imitierte seinen strengen Ton, den ich mir anhören durfte, wenn ich zu spät reagierte. „Nur so hättest du antizipieren können."
„Antizipier das!"
Augenblicklich war er auch auf den Beinen und schnappte nach meinem rechten Arm. Ich schrie auf und wich zurück, behielt ihn im Blick und wedelte mit dem Oreo vor seinem Gesicht. Dabei ging ich rückwärts um das Feuer herum, das meinen Rücken angenehm wärmte. Als er die Richtung wechselte, war ich darauf vorbereitet.

„Überholt da gerade der Schüler seinen Meister?“, fragte ich, weil er ins Leere tappte, und biss genüsslich ab.

„Wart's ab.“

Jared warf sein Fleisch mit Elan in die Flammen, seine Augen blitzten dabei auf und ich lief kreischend los. Der Sand unter mir bremste etwas, doch ich schlug Haken und fand mich ziemlich flink – bis ich mich umsah und ihn keine zwei Meter hinter mir erblickte. Wir preschten durch die umherstehenden und tanzenden Menschen. Ich lief schmunzelnd weiter, während sie ihre Wut an ihm ausließen und er sich das Gebrüll zwar anhörte, aber trotzdem nicht langsamer wurde. Lauter werdende Wellengeräusche machten deutlich, dass ich umdenken musste, da erklang sein tiefes Lachen und alarmierte mich, wie nah er war. Ich drehte mich um und rannte rückwärts weiter. Seine Rechte preschte vor und ich legte einen Zahn zu, wandte mich lachend ab, als ich jemanden umrannte.

„Pass auf, verfluchte Scheiße!“, hörte ich eine genervte Stimme. Ich erkannte Connor, Matt und Jenna und merkte dadurch, gegen wen ich geknallt war. Mir blieb eine Sekunde, um aufzublicken und Morgans Augen zu begegnen. In der nächsten war Jared schon bei uns und packte mich mit einem Kampfschrei, der so kurios war, dass ich laut auflachte, ehe ich im Wasser landete und jemand „Wasserschlacht!“ brüllte.

Wahrscheinlich schluckte ich den halben See, bevor ich wieder auftauchte und seinen Kopf revanchierend unter Wasser drückte. Um mich herum machten die Leute es uns nach und bald brach Anarchie aus. Die Massen rannte in voller Montur in den See, tauchten ab und spritzten sich nass, sprangen von dem nahegelegenen Steg hinein oder warfen sich gegenseitig davon herunter. Der Schlagzeuger drillte einen passenden Takt, ihr Sänger stimmte „Umbrella“ an und ich keuchte und pustete im Rhythmus, verlangte von Jared schnaubend ein „Time-out“, das er mir freundlicherweise gewährte. Die Haare klebten mir wild im Gesicht und ich musste sie erst provisorisch zusammenbinden, damit ich ihn ausmachen konnte. Das Kleid legte sich kühlend auf meine Haut.

„Du hast Glück, dass ich rücksichtsvoll bin“, sagte er und hielt mir die Hand hin. Das Wasser reichte mir bis zur Hüfte, aber durch die Wellenbewegungen fiel es schwer, sicher zu stehen. Kurzerhand sprang ich auf seinen Rücken.

Er hatte mich reingeworfen, er durfte mich auch wieder hinaustragen.

Seine Hände umschlossen meine Beine und hielten mich fest, indes er kurz wegen des Schwunges strauchelte. „Vorsicht – wertvolles Frachtgut“, sagte er und deutete mit einem Schlenker an, ich sei zu schwer.

Ich verlagerte mein Gewicht und brachte ihn damit fast zu Fall. „Das Alter und das Gewicht“, stellte ich klar, während er losstampfte und andere Mädchen, an denen wir vorbeikamen, meinem Beispiel folgten, „darüber scherzt man mit Frauen nicht.“

„Ja, ja.“

Ich zwickte ihn in den Nacken. „Niemals.“

„Niemals – du jung gebliebener Lufthauch.“

„Besser“, grinste ich und rieb die gerötete Stelle an seinem Nacken.

„Sag mir, dass das nicht lustig war.“

„Kann ich nicht“, erklärte ich und beugte mich vor an sein Ohr. „Aber den Keks hast du nicht gekriegt.“

Er lachte und trug mich zurück zum sicheren Strand, wollte mich dort abstellen. Ich schüttelte den Kopf, „zum Lagerfeuer bitte. Ich muss trocknen.“

„Freu dich, wenn ich dich nicht reinfallen lasse.“

„Ich falle, du fällst, Kumpel. So einfach ist das.“

Er hob mich etwas an, dabei streifte seine Hand meinen Hintern, was ich mit einem weiteren Zwicken belohnte. „Eines Tages, wenn du alt und grau bist, wirst du zurückdenken an den Abend, an dem du eine Wasserschlacht gestartet hast und dir denken –“

„– dass mir sehr warm gewesen sein musste?“, fragte ich lächelnd.

„– dass du leichtfertig warst, jung und wild, und es sich verdammt noch mal gut angefühlt hat!“

„Weil ich gelebt habe, verdammt noch mal!“

„Weil du gelebt hast“, schloss er zufrieden.

Betrachtete man es aus dieser Perspektive, gab ich ihm Recht. Ich schrak aus meinen Überlegungen hoch, weil mein Armband reagierte und Morgan und Jenna wieder in Sichtweite kamen. Natürlich hätte ich absteigen können. Aber ich sah den Cheerleader etwas in sein Ohr hauchen und wie er den Arm um ihre Schulter gelegt hatte und war es leid, Rücksicht auf jemanden zu nehmen, dem ich gleichgültig geworden war. Er wollte mich nicht mehr und mir gingen die Ideen aus, wie ich das ändern könnte. Jared drehte mir kurz interessiert den Kopf zu. Erst dadurch merkte ich, wie fest ich mich an ihn klammerte.

„Hi, Morgan“, grüßte er seinen Freund, ohne stehen zu bleiben.

„Bye, Morgan“, ergänzte ich und schon waren wir an ihnen vorbei.

Ab dem Zeitpunkt dachte ich lediglich an mich.

Ich überredete Jared, mit mir zu tanzen und fand dabei heraus, dass er den Robot Dance beherrschte. Auf meinen Wunsch brachte er ihn mir bei und wir alberten herum, indem wir den „Roboter fährt Auto“-Dance daraus machten und jede dafür typische Handlung in Tanzschritte verwandelten: Roboter schnallt sich an, Roboter öffnet

Fenster, Roboter lenkt um die Kurve. Wir lachten über alles und jeden, der uns entgeistert anschaute, und machten erst eine Verschnaufpause, nachdem mich meine Beine kaum noch trugen. Diesmal schlug ich vor, die Getränke zu besorgen. Die Melonenbowle schmeckte nach reinstem Gift, also suchte ich bei den Getränketischen nach zwei Energy Drinks. Just in diesem Moment fühlte ich Morgan.

Seine Präsenz strahlte über die anderen hinweg. Ich schaute auf und entdeckte ihn. Von einer feixenden Gruppe Jungs getrennt suchte er in einem Kasten augenscheinlich ebenfalls nach Red Bull. Er stapelte drei davon in seiner linken Hand, suchte nach einer vierten, verwarf es schließlich und richtete sich wieder auf. Seine Augen suchten die Gegend ab – nach wem, konnte ich mir denken. Dennoch marschierte ich zu ihm.

„Hier", sagte ich und reichte ihm eine meiner Dosen, „Jared und ich können uns eine teilen."

Ich lächelte ihn höflich an und wandte mich wieder zum Gehen.

„Seid ihr zusammen gekommen?"

Er deutet mit dem Kinn auf Jared, der sich genüsslich mit den Fingern Fleisch von einem Holzspieß pulte und amüsiert seinen Kopf über etwas schüttelte, das Shelby von sich gab. Dieser Junge konnte durchweg essen, ohne jemals satt zu werden. „Soll mich das irgendwie beeindrucken?"

Ungläubig starrte ich Morgan an. „Wow. Du hast mich durchschaut. Ich lebe einzig und allein mit dem Ziel, dich eifersüchtig zu machen."

„Such dir einen neuen Lebensinhalt."

„Warum? Bist du eifersüchtig?"

„Ich mag's aus Prinzip nicht, wenn andere mein Eigentum anfassen."

Seine angriffslustige Haltung, gepaart mit dem Besitzanspruch, machten mich einen Moment lang sprachlos. Dann fand ich mehr Worte als gedacht. „Hast du sie noch alle? Ich bin nicht dein Handy oder Auto, Morgan. Versuch dein Egoproblem anderweitig unter Kontrolle zu kriegen."

„Du gehörst mir."

„Ich gehörte *zu* dir."

„Gehörte?"

Das Gewitter in seinen Augen untermalte die düstere Klangfarbe seiner Stimme. Ich zuckte die Schultern und widerstand der Versuchung, demonstrativ zu Jenna zu schauen. Die Vergangenheitsform war ein nötiges Übel, das mehr wehtat, denn ich ihm zeigen wollte.

„Tun wir uns das nicht an, in Ordnung?", bat ich ihn und wandte mich ab, um Abstand zwischen uns zu schaffen. Zu Atem zu kommen. Was

auch mit uns passierte, jetzt war nicht der richtige Zeitpunkt, um es zu besprechen.
„Wenn ihn die Tat anklagt, muss ihn der Erfolg entschuldigen."
Unbewusst tastete ich nach meiner Kette für mehr Halt. „Machiavelli?", wollte ich wissen und befahl mir, sie wieder loszulassen, „das ist dein Vorbild? Jemand, der rücksichtsloses Vorgehen gegen Menschen proklamierte, bar von Moral und Sitte, um persönlichen Nutzen daraus zu ziehen?"
„Um seine Ziele zu erreichen, heiligt der Zweck oftmals die Mittel", korrigierte er. „Und er verlangte diese Einstellung nicht von jedermann, sondern von Herrschern, die ihre Macht nicht verlieren wollten. Kommt dir das bekannt vor?"
„Kommt dir bekannt vor, dass selbst Machiavelli einräumte, unmoralische Mittel nur dann einzusetzen, sobald moralische nicht weiterhelfen? Wir drehen uns im Kreis, hältst du daran fest, richtig gehandelt zu haben …"
„… und du nicht einsieht, dass du übertreibst", erwiderte er und ging.
Traurig blickte ich ihm nach.
„Was du da machst, ist nicht fair, Morgan!", rief ich ihm hinterher. Wie konnte er es wagen, sich als Unschuldslamm zu präsentieren. Genau deshalb waren wir dabei, alles zu verlieren, unsere Standpunkte zu verhärten. „Ich brauche keine neuen Vorwürfe! Was ich will, sind Antworten!" *Taten.* Beides würde er mir nicht geben. Morgan drehte sich schwungvoll um. „Weil du mir eben geantwortet hast, hmmm? Wenn euer Date nichts bedeutet, warum fühlst du dich schuldig?"
„Es geht dich einfach nichts an!", erwiderte ich eine Spur zu aufgebracht. Natürlich war ich mit Jared hier. Aber das lag daran, dass ich es satt hatte, mich einzuigeln, und Jared mir einen Ausweg aus meiner Isolation geboten hatte. Lawrence war dafür. Maddy war dafür. Und zu meiner großen Überraschung amüsierte ich mich sogar. Nicht, dass ich Morgan nicht an meiner Seite vermissen würde. Er könnte selbst aus dem Rösten eines Würstchens ein Ereignis machen und seine Augen hätten während der Wasserschlacht spitzbübisch und aufgeregt geleuchtet. Gedankenversunken musterte ich Jared und seufzte. Undankbarkeit hatte er nicht verdient, genauso wenig wie den Vergleich mit Morgan. Jared allein war es, der das Wunder vollbracht hatte, dass ich in den letzten Stunden abgeschaltet hatte.
„Entschuldige – aber findest du es nicht ein wenig daneben, ihn so anzusehen? Vor meinen Augen? Jared ist einer meiner besten Freunde!"
„Ich hab nichts mit ihm."
„Hat er versucht, dich zu küssen?"
Ich schluckte ungläubig. „Erwartest du darauf ernsthaft eine Antwort?"

„Wirst du ihn wiedersehen?"
„Vermutlich."
*Jeden Tag in der Schule. Und beim Training.*
„Mit welchem Wagen seid ihr gekommen? Was hat er dir über mich erzählt? Und warum, zur Hölle, trägt er dich wie seine neueste Trophäe herum?"
*Bitte lass seine irrsinnige Überzeugung, ich könnte etwas mit Jared haben, nur ein Traum sein.* Morgan funkelte mich an.
„Du hast eine krankhafte Fixierung, was ihn anbelangt", meine Augen flammend, meine Stimme kühl, verschränkte ich die Arme vor der Brust. „Er ist nett zu mir, Morgan. Er mag mich. Und er stößt mich nicht von sich fort."
Er schüttelte den Kopf und ein hoffnungsloser Blick fand sich kurz in seinen Augen. „Wie nah ist er dir gekommen, Mimi?" Sein besorgtes Mustern wurde düster, indes er zu mir trat. Meine Geduld neigte sich dem Ende zu. Er hatte seinen Spaß mit Miss Nuttig und ich durfte noch nicht einmal mit einem Freund ausgehen, weil das dem Herrn sauer aufstieß? *Dass ich nicht lache!*
„Geh, Morgan. Lauf zu deiner Begleitung und, bitte, meide mich einfach wieder. Ich hab deine Heiß-und-kalt-Spiele satt."
Keiner von uns rührte sich. Ich stand da und starrte ihn an und er starrte zurück, innerlich tobend vor Wut, um Fassung ringend. Er würde lange warten müssen, um dieses Kräftemessen zu gewinnen. Wären nicht die neugierigen Blicke um uns, ich wäre versucht gewesen, mir die Haare zu raufen. *Meine Damen und Herren, seien Sie Zeuge, wie Morgans Unbeirrbarkeit auf meine Sturheit trifft.*
Er brach die eisige Stille zuerst. „Du kannst mich grad nicht leiden, was soll's? Zu tun, als ginge es dir ohne mich besser denn je, wird nichts lösen."
„Ich ignoriere dich nicht. Wir haben keinen gemeinsamen Unterricht, keinen gemeinsamen Schulweg. Und in letzter Zeit auch keine gemeinsamen Freunde mehr."
„Ist dem so?", fragte er zähneknirschend. „Als was bezeichnest du dann Jared? Was ist er *neuerdings* für dich?"
An diesem Punkt hätte ich verschwinden sollen. Ich wusste, es war vernünftiger, nicht darauf einzusteigen. Dass Morgan nichts absichtlich tat, sondern weil er genauso frustriert war wie ich. Aber ließ ich ihn jetzt stehen, hätte er seinen Kopf durchgesetzt. Und das wollte ich weniger als fliehen. Notgedrungen zählte ich von fünf rückwärts, bevor ich antwortete.
„Das ist absurd."
„Eine ziemlich knappe Antwort für dermaßen viel Bedenkzeit."
„Dieses ganze Gespräch ist –"

„Heuchlerisch? Wie du?"
Etliche Leute lachten. Ich konnte nicht sagen, was stärker wehtat. Sein barscher Ton oder die Überzeugung darin, mit der er mich scharf beobachtete. Das Essen in meinem Magen verwandelte sich in einen Haufen Steine, während ich still dastand und zusah, wie er seinen Unterkiefer vorschob. *Er glaubt, was er sagt.* Der vormals schöne Abend drohte zu einem Albtraum zu verkommen. Aber was tun? Um ihn mich nicht weiter verletzen zu lassen, musste ich ihn meiden. Ich musste stark genug sein, jeglicher Interaktion einen Riegel vorzuschieben. Nicht jedoch, bevor ich ihm seine eigene Heuchelei vor Augen geführt hatte.
„Was schert es dich eigentlich, mit wem ich wohin gehe? Ich habe mich dir geöffnet, trotz aller Warnzeichen, trotz aller Zweifel, weil ich dir geglaubt habe! Und was machst du? Wir waren keine fünf Sekunden zerstritten, da saß Jenna schon auf deinem Schoß!"
„Jenna ist nicht Jared!"
„Dafür danke ich dem Herrgott!"
„Und was bedeutet das jetzt wieder?"
„Dass ich ihn nicht gegen zehn Jennas eintauschen würde."
„So viel liegt dir an ihm?" Seine Stimme war nun laut, überdeckte die Musik. Ich zuckte zusammen, unsere Armbänder fuhren hoch von null auf Höllenfeuer.
War er noch bei Sinnen?
„Du sollst auf deinen Ton achten, Morgan", zischte ich.
„Du schreist doch auch!"
„Weil du schreist!"
„Ihr schreit beide!", brüllte Jared und verwies auf unsere Mitschüler, die wie Publikum im Theater versessen auf eine Zugabe zu uns glotzten. „Weil euch etwas aneinander liegt, ihr Idioten!" Er stellte sich neben mich und legte mir schützend einen Arm um die Schultern, nachdem mein Körper leicht zu zittern begann. Morgans Augen sprangen von seiner Hand zu mir und schließlich zurück zu seinem Freund.
„Ein brillanter Plan, sie einzuladen. Wie weit ziehst du es mit ihr durch, um zu mir durchzudringen? Ein Kuss? Eine schnelle Nummer? Was anderes wird sie nämlich niemals sein können, Jared. Nur eine schnelle Nummer. Wenngleich sie das super kann."
Die Welt um mich herum wurde still und schwarz, sobald ich von dem einen Menschen, von dem ich das nie erwartet hätte, auf das Flittchen reduziert wurde, was die anderen bereits in mir sahen. Meine Knie gaben unter mir nach, weshalb ich mein Herz mit Gewalt zwang weiterzuschlagen und mich darauf vorbereitete, vor der halben Schule loszuweinen. Ich wünschte, die Tränen zurückhalten zu können, hatte es über die Wochen perfektioniert, sie zu unterdrücken, und dennoch

… Es spielte keine Rolle mehr. Ich war sauer, traurig, verletzt. Warum hatte ich geglaubt, mit ihm würde es anders werden?

„Halt's Maul", warnte Jared ihn in einer tödlich leisen Tonlage. „Ich lenke sie nur ab von dem Scheißhaufen, den du hinterlässt. Sie verdient einen anderen Umgang."

„Wen?", Morgan rammte seinen Freund beinahe um und boxte ihn in den Unterleib, „dich etwa?"

Ich spürte die Bahn einer einsamen Träne auf meiner Wange und stellte mich zwischen die beiden, bevor Jared mit einem Gegenschlag parierte. „Nein! Hört auf! Herrgott noch mal, Morgan!", meine Stimme brannte in meinem Hals.

Sein Kopf fuhr ruckweise von mir zu Jared, der tief durchatmete. „Prügeln kannst du dich also weiterhin um sie."

„Ich muss mich nicht um Mimi prügeln. Nicht mit dir. Mit keinem. Sie will niemanden. Nur mich."

„Nach den letzten Wochen wäre ich mir da nicht so sicher."

Morgan manövrierte sich blitzschnell um mich herum und erwischte diesmal Jareds Nase. Der lachte los und wischte sich das Blut weg. „Die Vorstellung jagt dir Angst ein, hab ich recht? Mit anderen Spaß zu haben, aber nicht zu wollen, dass sie dasselbe tut – das ist …"

Morgan ignorierte seinen Kommentar und beobachtete mich wachsam, indes Jared sich straffte und ich ihm dabei half, sein zerknittertes Shirt zu richten. „Du bist bedauernswert, Morgan", schloss ich flüsternd.

Seine Augen fixierten mich weiter und verengten sich zu lichtlosen Punkten, sein Kiefer mahlte. Er kam auf mich zu, um sich vor mir aufzubauen, beugte sich dann ganz langsam ein wenig vor und fuhr sich mit der Zunge über die Lippen. Ich badete in seiner Aura und dem Sinnenrausch, der er für mich war, bis seine Nase fast meine berührte und er abrupt stoppte. Er legte den Kopf schräg. Ich wich keinen Millimeter zurück. „Was du auch hören willst: Dass ich mich jede Nacht in den Schlaf weine, weil du nicht bei mir bist und ich dich unbedingt zurückhaben will, damit du gewinnst? Es wird nie passieren."

In Wahrheit war mir das bereits bekannt. Ebenfalls, dass ich eine Idiotin war, mich an die Hoffnung zu klammern wie eine Ertrinkende auf hoher See. Und jetzt, in genau diesem Augenblick, ließ ich los. Erlaubte den Wellen über mir zusammenzuschlagen und nahm einen letzten Atemzug.

„Das was zwischen uns gekommen ist, sind weder Trotz noch Eigensinn – es geht längst nicht mehr ums Kräftemessen. Sondern um Vertrauen. Du vertraust mir nicht und ich nicht dir. Ich habe versucht es – *unsere Beziehung* – zu kitten. Es hat gedauert und möglicherweise war ich nicht toll darin, aber ich habe es zumindest *versucht.* Das ist mehr, als du behaupten kannst", erklärte ich und riss ihm die Kette mit dem Schlüssel vom Hals. „Mach mir keinen Vorwurf daraus, dass ich aufgebe – sag mir lieber, wofür ich noch kämpfen soll!" Das Metall schmolz in meiner Hand, bevor ich es mit einem Ruck in den See schleuderte. Dunkle Wolken türmten sich über dessen Oberfläche, wo vor Kurzem Sterne am Firmament verwoben waren.

Morgans Augen wurden plötzlich blau wie der Ozean, Schock sprenkelte sein Gesicht.

*************************************

Jemand hatte es sich zur Aufgabe gemacht, mir jeden Morgen vor meiner Englischstunde einen Gruß am Platz zu hinterlassen – mit wasserfestem Marker auf die Bank geschrieben. Heute lautete die reizende Nachricht:

Wir hoffen, dass du an deinem eigenen Mist erstickst, du Schlange.

Ich verdeckte es mit meinem Mäppchen.

Dreckige Hure.

Lass Morgan in Ruhe.

Ich trat schon so lange auf der Stelle, dass der Anblick meiner Bank reichte, damit ich endgültig einbrach. Es war an der Zeit, Fakten zu schaffen. Montagabend brachte ich Chip den Porsche zurück, ab Dienstag spielte es keine Rolle mehr, was ich anstellte: Es war Wasser auf die Mühlen meiner Mitschüler. Verzweifelte ich, zeigte ihre Taktik Erfolg, beachtete ich sie nicht, machten sie einfach weiter, bis ich aufgab. Noch drei Tage bis zum nächsten Wochenende. Ich zerknüllte den neuesten Zettel und bahnte mir den Weg frei zur Toilette, spritzte mir rigoros Wasser ins Gesicht. Gerade als ich meine Hände abtrocknete und ahnte, ich würde auch diesen Tag überstehen, polterte die Tür auf und eine hohe Stimme hallte von den gekachelten Wänden. „Offiziell sind sie aber zusammen, Jenna."

Bei ihrem Namen eilte ich zur letzten Tür und huschte hinein. Keine Sekunde später hörte ich spitze Absätze auf dem Boden. Aus Angst davor, sie könnten mein lautes Herz schlagen hören oder meine Schuhe unter der Kabine erkennen, trat ich weit zurück, und biss mir auf die Zunge.

Eine zweite, näselnde Stimme pflichtete der ersten bei.

„Nicht zu fassen, dass er dieses Miststück mochte", je genauer ich der ersten Stimme zuhörte, desto sicherer war ich, sie gehörte zu Carol. „Dana sagt, er wäre ganz vernarrt in sie gewesen."

„In diesen Freak?"

Meine Wangen glühten. Es war eine Sache anzunehmen, wie sie über mich sprachen, aber eine andere, es mit eigenen Ohren zu hören.

„Na ja", die dritte im Bunde senkte ihre Stimme zu einem Flüstern, „sie sieht schon ein bisschen aus wie Adrianna aus 90210."

„Halt die Klappe, Wendy!", fuhr Jenna sie an.

„Was denn? Schmeiß dir 'n Smiley rein und reagier deinen Frust an ihm ab. Ich kann nichts dafür, dass er sie nicht abschießt!"

„Ich kann nicht glauben, dass du derart taktlos bist", schnaubte Carol.

„*Ich* kann nicht glauben, dass wir nur über diese blöde Schlampe reden", fuhr Jenna gereizt dazwischen. „Wen interessiert die? Ich habe meinen Spaß mit ihm. Sie ist Schnee von gestern an der Schule und nach Freitagnacht auch für Morgan. Wisst ihr noch die vorletzte Weihnachtsparty bei Luke? Wir waren die ganze Nacht verschwunden." Sie kicherte. „Wie es der Zufall will, habe ich die Dessous behalten – und werde sein Gedächtnis auffrischen. Sobald der Gute Samstagfrüh aufwacht, wird er sogar Probleme haben sich daran zu erinnern, wie man ihren Namen buchstabiert."

„Arme Mimi", Carols Stimme war bar jeglichen Mitgefühls.

„Spar dir das auf für Kevin. Habt ihr sie am See gehört? Oh bitte, bitte, kämpfe um mich", säuselte sie verzweifelt, drei helle Lacher übertönten, wie ich mich mit einem dumpfen Geräusch gegen die Tür lehnte. Ihre Worte durften mich eigentlich nicht treffen. Es machte auch keinen Sinn, mir Sachen bildlich vorzustellen, dessen war ich mir bewusst. Dennoch sah ich Jenna vor mir – ihre langen blonden Haare und endlosen Beine, ihr durchtrainierter Körper um seinen geschlungen – und spürte, ich würde ersticken, müsste ich länger hier drinnen warten.

Ein Lied ließ mich auffahren. Carol quietschte, nachdem die Melodie einsetzte.

„Womanizer".

„Muss los. Bye, bye, Mimi", summte Jenna und knallte etwas in den Mülleimer, bevor die klackernden Absätze quasi zur Tür liefen. „Schade, dass er dich nicht ein zweites Mal schwängern konnte."

Die Tür fiel hinter ihnen zu, ihr Lachen verklang und ich erlaubte mir einen Moment, schwach zu sein. Erst als ich sicher war, dass sie nicht zurückkamen, öffnete ich die Tür und stützte mich auf das Waschbecken. Mir war schlecht und mein Magen rumorte, jeden Moment würde ich mich übergeben. Durch die Nase atmend, hob ich den Kopf und traf auf meine Augen im Spiegel: Sie waren rot unterlaufen. Während ich beobachtete, wie sie sich, ihrem Mantra der letzten Zeit ergebend, den Tränen geschlagen gaben, gestand ich es mir endlich ein: Lawrence hatte sich geirrt. Oder andersrum, hatte er recht behalten. Morgan würde sich vermutlich für die Richtige ändern. Aber das war nicht ich.

Aus Frust wurde Resignation.

*********************************

Am Donnerstag hatte jemand mit Nagellack „Nutte“ an meinen Spind geschmiert. Es war die erste Aktion, die derart offen zelebriert wurde. Kurzerhand riss ich Blätter aus meinem Block und klebte sie darüber. *Verschaff ihnen nicht die Genugtuung zusammenzubrechen.*

Fünf Stunden Spott und Hohn später nahm ich Brooke beiseite und lotste sie in die menschenleere Mensa. Wir setzten uns auf einen Tisch am Fenster und ich bat sie, mir zuzuhören und erst am Ende etwas zu erwidern. Ich begann damit, ihr darzulegen, welche Meinungen und Gedanken in meine Überlegungen eingeflossen waren, und wie ich schließlich zu meiner Entscheidung gefunden hatte.

„Vielleicht liegt ein Missverständnis vor“, meine Stimme brach ab, weil mir klar wurde, was ich im Begriff war zu tun. Ein innerer Widerhall mahnte mich, wenn ich jetzt anfinge zu weinen, wäre ich nicht imstande, mich wieder zu beruhigen. Also räusperte ich mich und redete schnell weiter, solange sie stabil klang. „Auch die Einflussnahme der Disceptatori hat ihre Grenzen. Gemäß dem Fall, ich bin von ihnen auserwählt und perfekt geeignet, aber die Chemie macht nicht mit, was dann?“

„Ich kann dir nicht ganz folgen.“

„Morgan und ich – theoretisch passen wir zusammen. Aber haben wir da nicht auch noch ein Wort mitzureden? Was, wenn wir ein Paar sind, aber eigentlich nicht füreinander gemacht? Eine Ewigkeit Seite an Seite, in der wir uns nur tolerieren? Weil wir willkürlich von mächtigen Wesen zusammengewürfelt wurden?“

Brooke, bis dahin ruhig und beherrscht, wurde blass. „Wie kommst du darauf?“

„Sieh uns doch an. Weil es nicht funktioniert. Weil wir aus verschiedenen Welten kommen. Läuft es spitze, sind wir glücklich, keine Frage. Aber kommt Gegenwind …“

Ich konnte ihr nicht in die Augen schauen. Sie rutschte zu mir auf und ich legte meinen Kopf an ihre Schulter, stellte mir vor, es wäre Morgans. Der Gedanke ihn freizugeben war mehr, als ich ertragen konnte.

Aber ich war es ihm schuldig. Und mir.

„Mimi …“, Brooke seufzte und strich mir tröstend über den Rücken. „Ich bin nicht nur das Sprachrohr der Disceptatori, ich bin auch Empathin. Vertraue mir, ich bin mir im Klaren darüber, wie ihr fühlt.“

Netter Versuch, aber wie war das möglich? Ich verstand ja selbst nicht mehr, was ich fühlte. Falls überhaupt.

„Vertraue eben *ihrer* Wahl. Ich kenne die Gründe ihres Handelns. Die Disceptatori machen keine Fehler.“

„Aber sie stecken auch nicht in unserer Haut.“

„Nein.“

Beruhigend nahm sie meine Hand und fuhr das schwarze Armband nach. Manchmal, abends, reagierte es. Meist kauerte ich dabei zusammengerollt auf meinem Bett. Ich hatte aufgehört, mich dagegen zu wehren, und hoffte, Morgan würde annehmen, es lag an meiner Wut und nicht, dass es ihm meinen Kummer verriet. Brooke stand auf und schlug vor, frische Luft zu schnappen. Widerstandlos folgte ich ihr. Wir waren bereits vor der Tür, als ich einen neuen Anlauf wagte. „Hypothetisch gesprochen: Gäbe es einen Weg, in der Unterwelt zusammen zu regieren, ohne zusammen zu *sein*?“ Ich spie die Worte aus. Sie hinterließen dennoch einen bitteren Nachgeschmack und brachen mir das Herz.

Unsicher, in welche Richtung sich die Dinge in diesem Falle entwickeln würden, aber überzeugt davon, ihn nicht aufgeben zu wollen, wappnete ich mich für die Antwort. *Uns aufgeben zu wollen.* Wenn Regentschaft das Einzige war, was mir zuteilwurde, würde ich mich damit abfinden lernen. *Müssen.*

Es würde ausreichen.

Es musste ausreichen.

„Das wäre ein Präzedenzfall“, murmelte Brooke eher zu sich selbst.

„Wie alles bei uns.“

„Kannst du nicht einfach weitere Zeit verstreichen lassen?“

„Und ihm sein Glück mit Jenna verwehren?“

„Jenna?“, fragte Brooke überrascht. „Moment. Du glaubst, dass Jenna …“

*Was spielt es für eine Rolle, wie sie heißt?*

„Falls nicht sie, halt jemand anderes. Wer ihn auch“, ich blickte dezent weg, konzentrierte mich auf eine leere Cola-Dose, die zerdrückt und zertreten am Boden lag. Ich konnte nachvollziehen, wie sie sich fühlte, „*glücklich* machen wird. Hauptsache, es ist eine Frau, die ihn versteht, in deren Augen er so fehlerfrei ist, wie er sich wahrnimmt.“

Die Stille wurde von lauten Stimmen durchbrochen. Brooke betrachtete das Treiben hinter mir und drehte mich dann weg. Ihre Arme blieben auf meinen Schultern, vermutlich um mich zu stützen. Ich konnte ihr nicht dankbar genug dafür sein.

„Mimi, ich bitte dich inständig – schlaf ein paar Nächte drüber, bevor du weitreichende Entscheidungen triffst."

„Meinst du, das hier ist eine Kurzschlusshandlung?", lachte ich traurig. „Meinst du, es fällt mir leicht, das in Erwägung zu ziehen? Dein Bruder bedeutet mir so viel, dass ich nur bei dem Gedanken daran, ihn zu verlieren", ich legte den Kopf in den Nacken und suchte nach den passenden Worten, „fühle, wie mir der Boden unter den Füßen weggezogen wird."

„Warum es also heraufbeschwören?"

„Weil er es offensichtlich darauf anlegt, es weiterlaufen zu lassen, bis ich durchdrehe, das nicht länger aushalte. Und weißt du was? Den Punkt habe ich vor Tagen erreicht."

Ihre Augen brachen das Licht der Sonne in kleine Prismen, als sie in meine zurückblickte, und ihr Körper erstarrte. Zuerst dachte ich, es läge daran, dass die Disceptatori mit ihr kommunizieren würden, doch die Träne auf ihrer Wange verriet sie. Traurig wischte sie sie weg. Es war meine Träne. Sie fühlte meinen Schmerz.

„Mimi, er meint das nicht wirklich."

Ich nickte bei ihrer Aussage. Worte. Ich hatte in letzter Zeit dermaßen viele Worte gehört, zugleich viele Worte gesagt, dass sie für mich in der Bedeutungslosigkeit verschwanden. Entscheidend war nicht, was er sagte, sondern was er tat. Und seine Taten hatten Zweifel in mir gesät.

Seine *Handlungen* zeugten von seinem schleichenden Abschied.

„Bleib zu Hause", sagte sie und ihr Blick wurde wieder rein. „Ruh dich aus."

Schluchzend drehte ich mich zu dem Fahrradständer. Dabei fiel mein Blick auf die Jungs, die auf dem Parkplatz standen und zu uns schauten. Matt – gleichgültig, Connor grübelnd und Luke besorgt. Lediglich ein Paar Augen musterte nicht mich, sondern Brooke, ehe sie flimmerten und sich schließlich abwendeten. Ich warf meiner Freundin einen letzten Blick zu.

Ihr Ausdruck war kalt wie der Tod.

Ich ging weder zu meiner Leichtathletikstunde noch am Freitag in die Schule. Coach Herrera würde mich vermutlich pfählen, sobald ich wieder auftauchte, aber mir fehlte nach dem Vorfall auf der Mädchentoilette einfach die Kraft, mich weiterhin mit meinen Mitschülern herumzuschlagen.

So wie die Tage wurden nun die Stunden endlos, ich fühlte ihn unter der Haut, spürte seine Berührungen, verzehrte mich nach seiner Stimme. Es erinnerte mich stark an Entzugserscheinungen. *Treffend*, sinnierte ich.

Adele sang ständig „Set fire to the rain“ und als der Tag sich verabschiedete und die Dämmerung kam, machte ich mir nicht die Mühe, den Player auszuschalten. Mit Müh und Not brachte ich abends ein paar Brocken von der mitgebrachten Pizza meiner Tante herunter und blendete Marcs Footballkommentare aus. Morgan dies, Morgan das. Hinzu kam, dass er solidarisch das Trikot trug, das Morgan ihm geschenkt hatte. Er fragte mich gerade, wann er wieder vorbeikommen würde, während er sich für Nachschub zum öligen Karton in der Mitte des Tisches vorbeugte. Morgans Nachname lachte mir ins Gesicht und mit ihm die Erzählungen meiner Freunde, meine eigenen Erfahrungen, die ich damit verknüpfte. Marc setzte an, den Mund aufs Neue zu öffnen, da schrie ich ihn an. Ich brüllte, dass es nur ein bescheuertes Ballspiel sei, die Spieler keine Helden und der Quarterback ein Lügner – und fühlte, wie mein rechtes Handgelenk glühte.

Maddy stand so schwungvoll auf, dass sie ihren Stuhl umriss. Sie schickte Marc weg, brachte mich erschrocken auf mein Zimmer und bestand darauf, bei mir zu bleiben, bis ich im Bett lag. Kurzerhand hebelte ich sie mit dem Argument aus, zog meinen Schlafanzug an und kletterte unter die Decke. Mein Herz raste und das Armband brannte. Mit der Hand am Schalter bat sie mich, daran zu denken, sie jederzeit rufen zu können, und löschte das Licht. Stunden später machten sich Trevor und sie endlich bereit fürs Bett und ich haderte, wie lange ich ausharren musste, bis ich letztlich mein Zimmer verließ, die Treppe hinunterstieg und mich in Marcs Reich schlich. Sein Nachtlicht war an und er blinzelte ertappt zur Tür, ließ hastig sein Comicbuch unter der Decke verschwinden.

„Ich bin’s nur“, erklärte ich flüsternd und trat an sein dunkelblaues Bett, das mein Onkel und er mit Dinosaurier-Schablonen bemalt hatten. Auf dem Boden davor lag das Trikot neben einem kleinen Haufen Wäsche. Ich hob es vorsichtig auf und strich es glatt, hing es sorgfältig auf seine Stuhllehne. „Marc, es tut mir leid. Was ich vorhin gesagt habe, war blöd. Ich hätte dich nicht anschreien dürfen. Verzeihst du mir?“

Seine dunklen Augen blickten verständnisvoll. Ich nahm erleichtert auf der Bettkante Platz, und er setzte sich auf. Der Vollmond drang schwerlich durch das dichte Laubwerk der Eiche ins Zimmer. Die Welt lag im Dunkeln.

„Bist du traurig?“, fragte Marc.

„Ein wenig.“

„Mom sagte, Morgan sei gerade kein gutes Thema. Habt ihr euch etwa gezofft?“

„Ja.“

„Das passiert hin und wieder. Das ist doch nicht schlimm, Mimi."
„Stimmt", pflichtete ich ihm bei und schaffte es sogar, ihn anzulächeln.
„Wenn er demnächst nicht zu uns kommen kann, ist das okay." Er sagte das mit solchem Ernst, dass ich ihn gerührt umarmte. „Dann können *wir* ja wieder mehr zusammen unternehmen."
„Was schwebt dir vor?"
„Im Kino läuft Episode 1 in 3D, aber die haben wir ja erst gesehen. Carry hat erzählt, dass das neue Freibad in Tupperville aufgemacht hat, da soll es sogar Wellen geben und …"
„Warte", ich schüttelte ihm das Kissen auf und stupste ihn an. „Warum nicht beides miteinander verknüpfen? Wir gehen in Tupperville ins Kino und nachdem uns von den Lichtschwertkämpfen richtig eingeheizt wurde, statten wir dem neuen Freibad einen Besuch ab, um uns abzukühlen."
Sein rundes Gesicht strahlte mit der Glühbirne um die Wette. „Popcorn und Wassereis?"
„Und Cola."
„Versprochen?"
„Versprochen."
Ich bedeutete ihm sich hinzulegen und stand unter dem Vorwand auf, in die Küche zu wollen. Mit einer generierten Taschenlampe in der Hand und einem Glas Wasser, das ich auf seinem Nachttisch abstellte, kam ich zurück und reichte sie ihm. „Die ist gesünder für deine Augen. Richte sie einfach genau auf den Text."
„Danke! Und, Mimi? Wirf das Trikot in den Schrank – ich habe nicht vor, es wieder anzuziehen."
Ich ließ es da, wo es war, warf ihm eine Kusshand zu, wünschte gute Nacht, lief zurück in mein Zimmer und setzte mich auf den Platz vor meinem Kleiderschrank, von dem ich vermutete, dass der Teppich hier bald eine Mimi-Delle vorweisen würde. Sobald ich meine Knie angezogen und mein Kinn darauf drapiert hatte, fiel mein Blick unfreiwillig auf den Nachttisch. Mein Wecker zeigte die Zeit an, die ich am meisten fürchtete: Der Abend war fortgeschritten – Jenna und er waren jetzt vermutlich allein.
Man ist stark, wenn man es sein muss, hatte Anna mir nach Cameron gesagt. Ich dachte zum ersten Mal seit ihrem Tod bewusst an meine Schwester, meine Eltern. Heute Abend brauchte ich die Ablenkung, die Gewissheit, Schlimmeres durchlitten zu haben als das Beziehungsende mit dem Mann meiner Träume.
Schweren Herzens nahm ich die Kette ab, die Zentner zu wiegen schien, und drehte sie ein letztes Mal im schwachen Schein der Leselampe. Das Funkeln der Diamanten sprenkelte mein Gesicht und erzählte von dem Tag, an dem er sie mir geschenkt hatte.

Ein Symbol für seine Gefühle.

*„Ich könnte dich niemals verlassen."*

Das Schloss war nun nichts anderes denn ein schönes Schmuckstück, das seine wundervolle Bedeutung irgendwo zwischen heute und niemals verloren hatte. Ich wischte mir über die Augen, und fragte mich, ob es einen Punkt gab, an dem Tränendrüsen austrockneten, als sich mein Zimmer um mich zu verändern begann. Der stickige Raum polterte und ächzte, während ihm gleichzeitig jegliche Wärme entzogen wurde.

Wirbelartig stiegen lose Blätter von meinem Schreibtisch empor, Postkarten flogen aus der Ablage und herumliegende Zeitschriften durch die Luft, fegten quer durch das Zimmer, knallten gegen Fenster und Regale, drehten sich um die eigene Achse und formten letztlich einen Trichter, der sich durch den Raum bewegte und mit sich riss, was nicht schwer genug war, ihm zu widerstehen. Intuitiv suchte meine freie Hand nach den Griffen des Schrankes hinter mir. Ich hielt mich mit klammen Fingern daran fest, da mein T-Shirt durch den Sog ein Eigenleben entwickelte und darum kämpfte, mich mit sich zu ziehen.

Von meinem Platz hochgehoben und fortgezerrt, überzeugt, ich würde mich nicht länger festhalten können, atmete ich durch. Gleich darauf befiel die Sachen nacheinander ein merkwürdiger Stillstand und die noch schwebenden Dinge tanzten bizarr, bevor sie wie Steine aus der Schwerelosigkeit herunterkrachten. Im nächsten Moment erschien Morgan in der Mitte des Zimmers und ich schlug mir erschrocken die Hand vor dem Mund.

Er stand lichterloh in Flammen.

# *Kapitel 22*

Der Boden unter seinen Füßen bestand aus flüssigem Gold, von roter Lavaglut durchzogen und zu meinem Armband passend, das auf meiner Haut zu schmelzen schien. Dazu lösten sich die vier Wände wabernd auf und schmolzen zäh wie Kerzenwachs, bildeten Lachen auf dem Boden, der ebenfalls in Bewegung war. Unter Morgan sammelte sich ein See in Orangetönen. Als wäre ihm das ein Ärgernis, betrachtete er diesen und bewegte den Kopf kaum merklich, was dazu führte, dass der Strom sich wie ein Wirbelwind um ihn türmte und dann ähnlich einem Strahl horizontal durch mein Zimmer schoss. Meine Wangen prickelten, sobald das Feuer mich berührte, mich durchjagte und zu ihm zurückfloss. Durch die wabernde Hitze sah ich ihn in aufrechter Haltung stehen und bemerkte die Kontraktion an seinem Hals, da er nun mit den Zähnen knirschte. Seine Augen waren schwarz und glänzend wie Seide, sahen sich systematisch um – und entdeckten mich zusammengekauert an meinem Platz. Stärker bebend verharrte er, die Momente zwischen uns verstrichen in Zeitlupe, bis plötzlich ein jähes Flimmern um seine Statur es unmöglich machte, seiner weiterhin gewahr zu werden. Ich zwinkerte und er erlosch flackernd wie eine Kerze im Wind. Mit ihm verging der beißende Geruch des Feuers und es blieb die eisige Gewissheit darüber, was er vorhatte, denn es war an seinem Blick ablesbar. Er war definitiv und unverkennbar außer sich.

Mit schnellen Schritten schloss er den Abstand zu mir, wobei beißender Rauch seine Pupillen durchzog und sie ausdruckslos werden ließ.

Ich hatte Angst, mich zu bewegen.

Im nächsten Augenblick durchbrach reinstes Licht seine Augen und er kniete vor mir nieder.

„Es tut mir leid, hörst du?“, fragte er vorsichtig, ganz, als teste er jedes Wort, ehe es seinen Mund verließ. Dabei nahm er meine Hand mit der Kette und umschloss sie fest mit seiner, studierte mein Gesicht eindringlich und ergänzte: „Verzeih mir, Mimi.“

Dem Impuls gehorchend, mich seiner Berührung zu entziehen, die Mauer noch höher zu errichten, damit er sie nicht einreißen konnte, machte ich mich von ihm los und meine Hand glitt neben mich auf den Boden. Schock schnürte mir die Kehle zu.

Er hingegen schien mit sich zu ringen – und zu verlieren. „Ich habe überreagiert, Brads Bestrafung war ungerechtfertigt. Es tut mir leid, dass ich dich nicht verstehen wollte und dass ich dich dafür bestraft habe. Es tut mir leid, dass ich deine Gefühle verletzt habe, indem ich dich ignorierte, aber vor allem", seine Stimme schwoll empfindlich an, er suchte meinen Blick und hielt ihn mit seinem gefangen, „dass ich mein Versprechen gebrochen habe, dir das nie anzutun."

Um irgendetwas zu tun, das mich überzeugte, er sei real, räusperte ich mich.

„Morgan", brachte ich schließlich leise hervor, um ihn und mich zu beruhigen, „was ist passiert?"

Er seufzte und lehnte die Stirn an mein Knie. Die Hitze durchzog meinen Körper und strahlte über die Haut wieder nach draußen. Ich streckte meine Hand nach ihm aus und berührte ihn sanft. Sobald er sie ergriff, zuckte ich zusammen und er ließ sie sofort wieder los.

„Verlass mich nicht."

Seine Stimme klang dermaßen fremd, dass ich ihn zuerst nicht verstand. „Sag, dass es nicht zu spät ist. Bitte. Verzeih mir. Gib mir eine Chance. Ich will dich. Will uns."

Fasziniert startete ich einen neuerlichen Versuch und legte meine Hand an seine Wange. Er hielt sie fest und schmiegte sich daran. Als ich sie zurückzog, drang ein erstickter Laut aus seiner Kehle und ich fühlte meine Finger nass werden.

„Ich darf dich nicht verlieren, Mimi", flüsterte er. Dann hob er den Kopf und musterte mein Gesicht eindringlich. „Lieber verliere ich meinen Stolz."

Der verzweifelte Junge, der vor mir kniete, hatte nichts vom Sohn des Teufels, nicht, wie er verzweifelt meine Hand festhielt und weinte. Er war verletzlicher als je zuvor. Minutenlang saßen wir einfach nur beisammen, weil er sich sammelte und ich mich davon abhielt, ihn zu bedrängen.

Stattdessen schloss ich die Augen und hörte auf seine Atmung, kräftig, ruhig, der schönste Klang. *Warte und genieße. Genieße und warte.* Schließlich bewegte er die Lippen, um etwas zu sagen, schloss sie aber wieder, ohne es zu tun. Ich betete um eine halbwegs feste Stimme. „Es zeugt von Format, Fehler einzusehen." Sie war dünn, aber stabil.

Er schnalzte mit der Zunge und ich spürte, wie mein Herz nun an der Reihe war, sich zu beruhigen. Es überschritt eine nie gekannte Schmerzschwelle – und doch war es das erste Mal seit Wochen warm und schlug stark in meiner Brust. „Ich habe mehr eingesehen, als es mir guttut. Erstens: Statt das Problem anzugehen, bin ich davor weggelaufen. Zweitens war deprimierender."

In seinen Augen erkannte ich die Reflexion meines Misstrauens. Er schüttelte nachdenklich den Kopf. „In den letzten Tagen habe ich

über das nachgedacht, was du an diesem Morgen auf dem Parkplatz zu mir gesagt hast. Was ist schlimmer als ein schlechtes Gewissen?", mit einem schwachen Lächeln auf den Lippen ersparte er mir die

Antwort: „Gewissensbisse, die vermeidbar gewesen wären. Reue. Zu meiner eigenen Überraschung musste ich mir nämlich eingestehen, dass du eigentlich nicht viel verlangt hast“, die Worte sprudelten nur so aus ihm heraus, „nicht *du* hast mich beleidigt oder tatenlos zugelassen, dass Barbies Inkarnation mich schlechtmacht, nicht *du* hast mich durch den Nächstbesten ersetzt. Du standest drüber, während es mir schon gereicht hat, dass Connor einen schlechten Witz über Dean und dich machte, damit er über seine Motorhaube flog. Was ich damit sagen will, ist: Mein Verhalten war dämlich und unreif und ja, ich wollte dich damit verletzen. Aber nur, damit du deinen Fehler eingestehst und zu mir zurückkommst. Ich bin unaufhaltsam in alte Verhaltensmuster gerutscht und habe dabei völlig ausgeblendet, dass ich dich auf diese Weise wegstoßen könnte. Die Tage vergingen und du distanziertest dich, anstatt dich zu entschuldigen, und ich schätze, das war der Punkt, an dem ich dir zeigen wollte, dass ich auch ohne dich kann.“

„Das hast du“, bestätigte ich und begrüßte das altbekannte Ziehen in meinem Inneren, wenn mein Körper ihn in Reichweite wusste. Hinzu gesellte sich jedoch das Gefühl, dass Jenna ihn angefasst hatte, und vermischte sich zu Selbstschutz. „Ich glaube dir jetzt.“

Er setzte sich neben mich, lehnte den Kopf an das Holz des Schrankes und zog mich näher, vergrub sein Gesicht kurz in meinem Haar, atmete tief ein und strich dann zärtlich darüber. „Du hast ja keine Ahnung. Selbst Jenna, jemand der sich fragt, warum der Big Apple Big Apple und nicht Big Shoe heißt, weil es eher wie ein Stiletto ausschauen würde und gar nicht wie ein Apfel – selbst *sie* konnte sehen, dass ich mir was vormachte.“

„Du hast mir wehgetan. Absichtlich. Du kanntest meine größte Angst, jemanden der mir viel bedeutet, zu verlieren. Und trotzdem hast du mir den Rücken zugewandt!“

„Ich weiß“, erwiderte er und nahm vorsichtig mein Gesicht in seine Hände, zwang mich dazu, seinem Blick standzuhalten. Seine Finger fuhren über meine Wangen, meine Augenbrauen und über meine Lippen, an denen seine Aufmerksamkeit gebannt hängen blieb. „Und ich hasse mich dafür.“ Er ließ mich los und hauchte einen zarten Kuss auf meine Schulter. „Aber wie konntest du mir Glauben schenken? Hast du den Vorhof erlebt? Eine Woche länger in diesem Zustand und die Seelen wären freiwillig ins Fegefeuer gesprungen.“ Seine blauen Augen wurden mit jedem Wort trister. Ich wollte ihm den vergangenen Monat nachtragen, mich nicht noch erneut auf ihn einlassen. Es wäre einfacher gewesen. Doch ich erkannte die Ratlosigkeit und den Schmerz in seinem Gesicht, sodass jede Wut auf ihn dahinzuschmelzen begann. „Diese Beziehung macht mich zum Versager. Wenn ich dich nicht enttäusche, verletzte ich dich."

Ich führte meine linke Hand, die unbeirrt die Kette umklammerte, vors Gesicht und öffnete sie vorsichtig. Das Schloss erhielt allmählich seinen alten Glanz zurück und mein Lächeln, zwar zaghaft, war frei.

„Unsere Beziehung ist nichts im Vergleich zu anderen", bestätigte ich und ließ den Anhänger hin- und herpendeln, folgte seiner synchronisierten Bewegung. „Die Last, die auf ihr liegt, kann uns entweder zusammenschweißen oder trennen – das liegt allein bei uns. Aber wir müssen eine Sache begreifen, nämlich lernen, mit diesem Druck und dem jeweils anderen umzugehen. Wir sind ein Präzedenzfall", gab ich Brookes Argument wieder, „entsprechend gibt es kein Rezept fürs Gelingen."

Adele erreicht das emotionale Ende ihrer Ballade und ich schnitt sie mitten im Satz ab, schaltete den iPod mit einer Handbewegung aus. Morgan blickte überrascht zu meiner Dockingstation, ihr erleuchteter Bildschirm erhellte sein Gesicht und tauchte es in blaues Licht. Lange nachdem das Display dunkel geworden war, hingen die Zeilen zwischen uns.

*Ich* hatte keine Worte mehr – und musste dennoch welche finden.

Er kam mir zuvor. „Wir schaffen das, Mimi", verkündete er mit einer Inbrunst, dass ich Gänsehaut bekam. Der Ausdruck auf seinem Gesicht, als er sich vorbeugte und seine Lippen Zentimeter vor meinen schwebten, beruhigte mich auf so vielfältige Weise, dass ich seine Worte in mir klingen hören konnte. Unter meiner Haut, in meiner Seele.

„Ich glaube dir", flüsterte ich und erwiderte sein schwaches Lächeln.

„Ich glaube mir auch."

Erstickt lachte ich los und verlor mich dann in das Funkeln seiner Augen. Ich war unsagbar stolz auf ihn, dass er hier war und sich mir gegenüber bis zu einem Punkt öffnete, der für ihn schmerzhaft sein musste.

„Mag sein, dass ich nicht bei dir war. Aber ich habe dich nie verlassen. Und das wäre mir auch niemals in den Sinn gekommen." In seinem Blick tanzten helle Schimmer und entfachten auf dem Ozean darin ein Lichtermeer, das ich genoss. „Ich liebe dich, Mimi. Mehr als alles andere auf der Welt."

Drei kleine Worte und eine vollkommen neue Bedeutung, die die verbliebene Barrikade um mein Herz wie eine Urgewalt hinwegsprengten. Meine Augen suchten sein Gesicht nach Spuren von Humor ab, einem Anzeichen, dass er sich einen Scherz mit mir erlaubte, und fanden nichts außer Ruhe in seinem Blick. Unter meiner Musterung färbte ein unscheinbarer roter Ton seine Wangen ein. Ich fuhr mit meinem Handrücken fasziniert darüber und begriff, ich hatte die Möglichkeit, diese Worte aus seinem Mund zu hören, für immer abgeschrieben, verloren geglaubt – wo ich sie doch von keinem anderen hören oder jemals wieder akzeptieren könnte.

„Ich liebe *dich*“, flüsterte ich.

Morgan zog mich zu sich und fuhr ehrfürchtig die Konturen meines Mundes mit dem Zeigefinger nach, bevor er mich endlich küsste. In dem flüchtigen Moment, da seine Lippen meine fanden, sah ich in seine Augen. Mein Schmerz war verschwunden. Die einzige Reflexion darin war Liebe. Die Sehnsucht brannte auf meinem Mund, sobald seine Zunge meine fand, um sie zu triezen, zu erwecken, verspielt mit ihr zu tanzen, und ich wieder spürte, was es bedeutete, einwandfrei zu atmen. Meine Lunge schwelgte in der neugewonnenen Freiheit und entfachte mein Herz, das in meiner Brust schneller zu schlagen begann. Überall umfing mich Wärme, ich merkte, wie er sich Stück für Stück wieder entzündete – und ich mich mit ihm. Im Schein des Feuers glitzerten die Funken in seinen Augen wie Diamantenstaub und ich zog ihn an seinem Kragen näher.

„Sag's noch mal“, wünschte ich mir.

Morgan lachte an meinem Mund. „Ich“, er knabberte an meiner Unterlippe, „liebe“, dann küsste er beide, „dich“.

Schmunzelnd nickte ich. „Ich verzeihe dir. Unter einer Bedingung.“

„Okay“, erwiderte er vorsichtig.

„Erinnerst du dich daran, dass du der Erste sein wolltest, mit dem ich Besonderes erlebe? Du bist der Erste, dessen Anwesenheit dazu führte, dass ich allmählich den Verstand verlor – und dessen Fehlen mich körperlich zugrunde richtet vor Schmerz. Du, Morgan, bist der Erste, bei dem ich Liebe vollends begreife und zulasse, und definitiv der Einzige, ohne den ich nicht sein kann. Also tu mir den Gefallen“, ich führte seine rechte Hand an seinen Hals und erwiderte sein Lächeln, während ich mir seine Kette herbeiwünschte, „und trag diese wieder.“

Er glitt mit seinem Zeigefinger zärtlich über den Schlüssel. „Gerne.“

Nach einer kleinen, wohligen Ewigkeit, in der es uns genügte, beieinander zu sein, stand ich auf und reichte ihm die Hand. Er ergriff sie und ließ sich von mir auf die Beine helfen. „Was war der Auslöser dafür, dass du heute zu mir gekommen bist?“

Mit Blick auf meinen Anhänger wurden seine Gesichtszüge ungewohnt weich. „Nennen wir es die Erleuchtung, dass ich für mein Glück kämpfen muss. Auch wenn mein Glück nervtötend gut, anstrengend liebenswert und irritierend bescheiden ist.“ Ich streichelte seine Wange und er legte die Hand auf meine. „Im Ernst. Was soll ich ohne dich bloß tun? Du hast es geschafft, dass ich mir nichts Schöneres vorstellen kann, als diese verdammte Liste zu komplettieren."

„Welche Liste?"

„Die, die ich mental anlegte, seit du in den Höhlen aufgetaucht bist. Einige Punkte kannte ich nach zwei Wochen, die anderen, darum habe ich dich sogar gebeten, wollte ich selbst herausfinden. Was soll ich sagen? Sie ist verflucht umfangreich geworden. Da wäre unter anderem deine Selbstlosigkeit, Mimi. Nichts an dir ist gekünstelt, obwohl es dir leicht fallen würde, andere zu manipulieren oder um den kleinen Finger zu wickeln. Du bist so blind, wenn es um deine Schönheit geht. Du hast keine Ahnung von Football, Flugzeugen oder Autos, den Sachen, die ich am meisten liebe. Du liebst nur Musik, die ich nicht ausstehen kann, und sollte dein Leben jemals davon abhängen, erfolgreich zu bluffen", ich dachte an die vielen Pokerspiele, die ich meines Erachtens nach gewinnen hätte müssen, und die bekannte Falte erschien zwischen seine Augen, „lauf besser, so schnell du kannst. Jeder hat sofort das Bedürfnis, dich zu beschützen, selbst Shelby, Tony oder Jared, drei der egoistischsten Menschen auf diesem Planeten. Du kannst weder kochen noch singen, über deinen Eisgeschmack will ich gar nicht erst reden, und fängst du an deine persönlichen Ansichten über meine Erfahrungen zu stellen, würde ich dich am liebsten –"

„– erwürgen?"

„– küssen", schüttelte er den Kopf. „Du bist weiß Gott nicht perfekt. Aber perfekt für mich. Jedes Mal, dass du nach einem Triebwerktyp oder einem Spielzug fragst, weil du echtes Interesse daran hast, oder du dir Kopfhörer aufziehst, damit wir zusammen lernen können, jedes gottverdammte Mal, wenn du mich fragst, wie du eine Aubergine oder Zucchini klein schneiden sollst, weil du mir helfen willst, bin ich glücklich. Du zeigst mir so viel, was ich mir niemals freiwillig anschauen würde. Und du hast Geduld mit mir. Du bringst mich wieder runter, falls ich aufgebracht bin, oder heiterst mich auf, droht meine Stimmung umzuschlagen."

„Kann ich dir ein Geheimnis verraten?"

„Ich nehm's mit ins Grab."

„Ich hasse Zucchinis."

Er lachte. „Keine Zucchinis, verstanden. Willst du eins meiner Geheimnisse hören? Seit diesem ersten Wochenende mit dir kann ich nicht aufhören, an Yale zu denken, daran, Mainfield hinter mir zu lassen und woanders neu anzufangen. Die Freiheiten eines anderen Lebens genießen. Entdecken, wachsen, zu der Person werden, die man sein soll. Ich sehe es vor mir: die Zeit nach dem Studium, die Zeit nach der ersten Bewährung in der Unterwelt. Die Tür steht sperrangelweit offen für das Danach. Aber jeder dieser Gedanken beinhaltete dich. Seit dem ersten Abend, an dem ich mit dir eingeschlafen bin, denke ich an nichts anderes mehr als an *uns*.“

Ich konnte nicht sagen, wie lange ich ihn einfach nur angestarrt habe. Wieso nur klang jedes Wort von ihm wie ein zweiter Liebesschwur?

„Wegen dir bemühe ich mich, ein besserer Mensch zu werden.“

Ja, er strauchelte bei dem Wort Mensch, trotzdem stellte ich mich zufrieden auf die Zehenspitzen und hauchte einen Kuss auf sein Kinn. Meine Hand fuhr seinen Rücken hoch und streichelte schließlich seinen Nacken. Er stöhnte, und ich fing an, ihn sanft zu massieren. „Du kennst mich wirklich in- und auswendig. Das waren übrigens eine Menge Worte für jemanden, der seit Wochen keine zehn vernünftigen Sätze mit mir gewechselt hat.“

„Massiere nur weiter und ich garantiere dir, unsere Unterhaltung ist vorerst beendet.“

Er zog mich fester zu sich und ich seufzte zufrieden, einfach nur wieder bei ihm sein zu dürfen. Bei einem Morgan, der aus Fürsorge bereit war, Fehler einzugestehen.

„Und hab vielen Dank. Ich weiß deine Entschuldigung zu schätzen.“

„Mimi, dass ich meinte, du seist scheinheilig und prüde und …“, bei meinem gequälten Gesichtsausdruck hielt er mit der Aufzählung inne. „Das war furchtbar.“

„Und schrecklich.“

„Und gemein.“

„Und –“

„Und ich hab manches zu dir gesagt, weil ich eifersüchtig und verletzt war, und ich entschuldige mich explizit dafür. Ich kann gar nicht zählen, wie oft ich versucht gewesen bin, zu dir zu kommen, bereits losfuhr oder vor deiner Tür stand, um dann umzudrehen oder mich wegzuteleportieren. Ist es nicht seltsam, wie sich das Kräfteverhältnis drehen kann? Du hast diese Menschen verloren – Menschen, die du sehr geliebt hast, und hast trotzdem keine Angst zu lieben“, ich hatte Tränen in den Augen, „von allen Menschen dieser Welt ausgerechnet *mich* zu lieben.“

„Was soll ich sagen? Ich mag Herausforderungen.“

Er grinste von einem Ohr zum anderen, packte mich und hob mich aufs Bett. Sobald wir saßen, ich auf seinem Schoß, den Kopf an seine Schulter, wischte er mir über die noch feuchte Wange. „Ich hasse es, wenn du weinst.“

Seine Stimme erhielt eine unangenehme Schärfe. „Dass ich Jared und dir was unterstellt habe, war daneben. Mit ihm hab ich’s geklärt, aber ich will, dass du *auch* verstehst, dass ich einfach rotsehe, falls dich ein anderer berührt.“

Das brachte mich zum Lachen. „Ich denke, davon konnte ich mich selbst überzeugen."

*Und dass das genau Jareds Plan gewesen war: Ihm den Spiegel vorzuhalten.*

„Du *denkst?*"

Morgan knabberte kurz an meiner Unterlippe und suchte mein Gesicht mit seinen umwerfenden Augen ab. Ein neckisches Grinsen erschien auf seinem Mund.

„Okay. Ich *weiß.*"

Sein Kopf neigte sich, indes seine Zunge über die pulsierende Stelle fuhr und meine Lippen sich in Vorfreude leicht teilten. Minuten später zog er zurück und seufzte: „Fuck, hast du mir gefehlt."

„Du mir auch." Automatisch sprang meine Erinnerung zu meinen Freunden, wie ich mir vorgestellt hatte, ihre Berührungen wären seine und ich strich ihm Hier und Jetzt über seine, dank mir, zerzausten Haare. „Dass Drew dich geschlagen hat, tut mir leid."

„Ich hab's verdient." Er nahm meine Finger, um sie zu drücken und ich beendete das Thema, ehe seine Augen dunkler wurden. „Morgan?"

Unruhig spielte ich mit dem Anhänger seiner Kette. Er küsste mich verlangend wie bei unserem allerersten Mal. Lange Zeit gab es nichts außer unserem schweren Atmen und seinen Lippen auf meinem Mund, meinem Gesicht, meinem Hals. Den Weg, den er sich mit Küssen bis zu meinem Top bahnte, während seine Hände darunter fuhren und meinen Rücken streichelten. „Eine letzte Frage hätte ich", stöhnte ich schließlich, legte dabei meine Hände um seinen Nacken und zog ihn näher.

„Dann los. Ich kann nicht versprechen, dass ich mich lange benehmen will."

Er machte einfach weiter und küsste den Stoff über meinen Brüsten, die so empfänglich für seine Liebkosungen waren. Ich fühlte mich ein wenig hilflos, weil ich auf verlorenem Posten darum kämpfte, nicht darin zu versinken. Endlich hielt er erheitert inne und starrte auf mich herab. „Deine Frage?"

*Hör* jetzt *auf, dich zu benehmen*!, schrie ich ihn in Gedanken an, doch er machte keine Anstalten fortzufahren.

„Mimi?"

„Wo warst du?"

Morgan versuchte angestrengt, mich zu verstehen. Ich schüttelte die Benommenheit ab und spezifizierte: „Du siehst schick aus und rasiert …", ich roch an seinem Hals und hauchte einen Kuss darauf, „… bist du auch. Du müsstest folglich unterwegs oder auf einer Party oder bei Jenna sein. Was fällt schon großartig auf einer Party oder im Beisammensein mit einem hübschen Mädchen vor, das dich dazu bewegt, es sausen zu lassen und mit mir sprechen zu wollen? Ich meine, ich hätte das nachvollziehen können, wenn es abends vorm Einschlafen oder verkatert am Morgen gewesen wäre – da hättest du bestimmt irgendwie Zeit zum Nachdenken gefunden. Aber an einem Freitagabend?“

Die gute Stimmung verflog wie feine Spuren im Sand. Und die Welle, die sie fortspülte, war meine Frage. Seine Augen sahen mich an und wurden dabei leer. Seine Hände glitten von mir. „Habe ich was Falsches gesagt?“

„Nein.“

Das Ticken seiner Armbanduhr zählte die Sekunden, in denen er nicht reagierte. Was auch gerade vor sich ging, ich wollte unsere Versöhnung nicht dadurch kaputtmachen.

„Nun“, erklärte ich schwer schluckend und hoffte, ihn dabei optimistisch anzuschauen, „vergessen wir die Frage – ich verspüre seit geraumer Zeit endlich wieder richtig Hunger und im Kühlschrank sind Reste von einem traurigen Gulasch, der nach Morgan-Art aufgewertet werden könnte.“

Sein Lächeln war reumütig. „Es waren Brookes Gedanken – dein Gespräch mit meiner Schwester“, er fuhr sich zerstreut über das Gesicht, „sie spricht nicht mehr mit mir, seit“, er schnaubte verächtlich, „zwischen dir und mir Funkstille herrscht. Eben, auf Jennas Party, hat sie Drew beiseitegenommen und wirkte so ernst, während sie mit ihm sprach, dass ich mir Sorgen machte. Ich hab mich eingeklinkt. Sie fragte ihn gerade, ob er dich heute gesehen hätte und er erwiderte: ‚Nein. Sie braucht Ruhe, Zeit.‘ Daraufhin meinte sie, Zeit sei in deinem Falle kein Verbündeter und ich bin neugierig geworden. Also habe ich in ihrem Verstand herumgeforscht“, er lachte ein seltsam abgehacktes Lachen, bevor er weitersprach, „du hast dich erkundigt, ob wir auch voneinander getrennt regieren könnten.“

Es war eine Frage, auch wenn sie kaum danach klang.

„Ja“, hörte ich mich antworten und verschränkte meine Finger mit seinen. Sie waren zum ersten Mal, seit ich ihn kannte, kalt.

Mit einem nüchternen Nicken fuhr er fort: „Ich bin euer Gespräch durchgegangen, habe durch Brooke gefühlt, wie du dich dabei gefühlt hast. Ich war die ganze Zeit derlei blind vor Wut, Mimi, es war ein Weckruf ohnegleichen, dich mit ihren Augen zu betrachten. Du wirktest durchgehend beherrscht – sonst hätte ich mich doch niemals so hineingesteigert, verdammt!“

„Sorry.“

„Nicht du musst dich entschuldigen. Jedenfalls dämmerte mir, dass ich dich, dank meinem Verhalten der letzten Wochen, bereits verloren haben könnte – du würdest es nicht erwägen, mich im Stich lassen, hättest du nicht bedeutende Zweifel. Bevor ich es wollte, stellte ich mir die Auswirkungen meines Verhaltens vor: unzählige Bilder in meinem Kopf, die eine neue Zukunft zeigten, Jahrzehnte, Jahrhunderte, in denen ich dich ansehen darf – aber nicht mehr. Grauenhaft. Irgendjemand – ich denke, Luke oder Connor oder weiß der Geier, vielleicht auch beide – redete mit mir, ich habe sie angeschrien und bin hinaus an die frische Luft, mit einem derartigem Druck auf der Brust, dass ich dachte, ich würde ersticken. ‚Wer immer ihn glücklich macht –‘, hast du zu Brooke gesagt, ‚– ich mache den Weg für sie frei.‘ Dieser eine Satz spulte sich permanent in meinem Kopf ab und der Gedanke, dass du das für mich tun würdest, jemandem den Vortritt gewähren, damit ich glücklich bin – es war so sehr *du*, dass ich verzweifelte“, ein erstickter Laut drang aus seiner Kehle. Ich wollte ihm bedeuten, dass er aufhören sollte, doch er war willens, zu Ende zu sprechen. „Aber was mich an den Rand des Wahnsinns brachte, war die Vorstellung, es wäre andersrum. Ich bin nicht nobel. Ich würde den Teufel tun und auch nur eine Stunde lang einen anderen an deiner Seite ertragen, ohne dabei zu sterben. Ich war im Auto, um zu dir zu fahren – da lief Dean vorbei und ich dachte: ‚Was, wenn er es ist?‘. Meine Sicherungen brannten durch. Eine Sekunde später war ich hier.“

„Du saßt gerade am Steuer?“, fragte ich entsetzt.

„In der Auffahrt“, erwiderte er, „der Schlüssel steckte noch nicht einmal.“

Eine kleine Träne entwischte mir und ich holte tief Luft. Er fing sie auf und küsste die Stelle trocken. Ich verharrte wortlos in unserer Umarmung.

Schließlich stützte ich mich auf meine Ellbogen. „Ich hatte gehofft, du hättest Reißaus genommen.“

„Wovor?“

„Jennas Dessous?“, fragte ich und genoss die Verwirrung auf seinem perfekten Gesicht. „Sie hat sich extra dieselben angezogen wie damals auf Lukes Weihnachtsparty.“

Morgans Augen wanderten in die Ferne, dabei wechselte sein Gesicht von Ahnung zu Scham. Amüsiert setzte er sich auf und verstärkte seine Umarmung. „Mimi, wie oft muss ich dir noch erklären, dass ich keine andere will, bis es in deinen hübschen Kopf geht?“

„Du bist Morgan Vegard“, antwortete ich ihm mit einer flatternden Handbewegung, um den Gedanken fortzuzwingen.

„Ich bin durchaus in der Lage, vier Wochen ohne Sex zu leben.“ Gedankenverloren fuhr ich mir kämmend durch die Haare. Er beobachtete mich liebevoll. „Jenna wusste es, aber es war ihr egal. Was die anderen betrifft: Frag Luke oder Jared, zehn Partys, zig Mädchen – nicht eine davon ging mit mir nach Hause."

Weil ich nicht aufhörte, schob er meine Hände sanft fort und spielte selbst mit der Strähne, steckte sie mir hinters Ohr und hauchte einen Kuss darunter. „Weil sie nicht attraktiv waren?"

„Oh, sie waren durchaus attraktiv – und willig", korrigierte er. Mit seiner Hand unter meinem Kinn zwang er mich dazu, ihn wieder anzusehen, statt zum Fenster zu schauen. „Aber sie waren nicht du. Außerdem ist mir klar, wie du auf solche Eskapaden reagieren würdest. Und entscheidender – ich wusste, was ich tun würde, würdest du dergleichen abziehen. Ich hätte mich nicht damit begnügt, dir Dinge aus der Hand zu schlagen."

„Hey, in dem Augenblick war's genau, was ich brauchte."

Sein Grinsen verblasste. „Es ist mein Ruf, oder?", fragte er. „Du hast niemals gefragt, wieso ich mit all diesen Mädchen geschlafen habe."

*Nein. Vermutlich nicht.*

Er legte seine Hand auf meine, sodass ich gezwungen war innezuhalten. „Um mich auszutoben, Mimi. Meine Eltern haben mit offenen Karten gespielt, wenn es um meine Zukunft ging. Ich bin aufgewachsen im vollen Bewusstsein, dass du irgendwann auftauchen und mein Leben auf den Kopf stellen würdest", erklärte er kopfschüttelnd und lachte, „und ich erkannte, dass, sollte es in meinem Fall nur annähernd wie bei meinem Dad werden, ich niemals imstande wäre, etwas zu tun, um dich zu verlieren. Darum habe ich mein Leben bis zur Volljährigkeit auf die einzige Art gelebt, die ich für sinnvoll befand: extrem."

Seine Augen strahlten voller Wärme in meine.

*Sag was, Mimi.*

Ich erinnerte mich an einen meiner ersten Schultage. „Das war es also? Du hast aufgehört mit ihnen auszugehen, weil du dich auf *mich* vorbereitet hast?"

Ich schlug mir mit der flachen Hand gegen die Stirn und lachte so heftig, dass ich Seitenstechen bekam.

„Was?"

„Drew, Grant, Terrance und Tony", erwiderte ich. „Ihnen ist aufgefallen, dass sich dein Umgang mit den Mädchen geändert hatte. Sie sagten, du würdest dir weniger Mühe geben. Bis auf Drew wirkte jeder beeindruckt von deiner Fertigkeit, sie derart weit gebracht zu haben, dass sie dir trotz hinterherlechzen."

Morgan fuhr sich nervös übers Shirt. „Der reinste Egotrip", nickte er, „aber es ließ sich nicht verhindern."

„Du hast wirklich und wahrhaftig ‚um dein Leben geschlafen'?" Ich hörte, wie meine Stimme beim letzten Wort schriller wurde, biss mir aber auf die Lippe, um bei seinem geschockten Blick nicht aufzulachen.

„Ich lebte *extrem*", wiederholte er langsam, „die Zeit lief mir davon und das machte mir Angst. Es war dumm und könnte ich es ändern, würde ich es. Aber ich dachte nicht, dass du das jemals erfahren würdest. Sorry."

Erst wochenlang keine einzige Entschuldigung und dann gleich mehrere an einem Abend?

„Mimi, du bist die Einzige für mich. Die Einzige, die ich als meine Freundin bezeichnen werde, die Einzige, mit der ich über alles rede, mit der ich alles teile, die Einzige, für die ich alles tun würde."

„Ich bin wohl eine Premiere auf ganzer Linie, hmmm?", neckte ich ihn und freute mich, dass ich ihn damit zum Lachen brachte.

„Du bist mein Leben", bestätigte er und hob mein Gesicht, bedeckte vom Mundwinkel bis zu meinem Ohr und zurück jeden Millimeter mit kleinen Küssen, die mir den Verstand raubten. Glücklich rutschte ich auf und legte meine Hände auf seinen Oberkörper, beugte mich so weit vor, bis unsere Gesichter eine Handbreit voneinander entfernt waren. Gleich darauf verschwand mein Bett und wir saßen auf seinem. „Was du damit durch die Blume sagst, ist: Ich bin schuld daran, dass du dich durch diese fremden Betten schlagen musstest."

„Schön, dass du das so siehst", lachte er.

Ich kniff ihm in die Rippen und küsste den empfindlichen Spot unter seinem Hals, hinterließ eine feine Spur mit meiner Zunge darauf.

„Was ist mit mir?"

„Was meinst du?"

„Wann darf ich mich austoben?", fragte ich an seinem Nacken. Sein ganzer Körper spannte sich augenblicklich unter mir an und ich fühlte mich, als läge ich an einem offenen Feuer. Zwei Arme packten mich an den Schultern und hoben mich an, zwangen mich, in seine trüben Augen zu starren. Schwarze Schleier kämpften mit grauem Nebel. „Niemals."

„Aber …"

„NEIN, Mimi!", donnerte er, seine Pupillen plötzlich schwarz wie die Nacht. Ich lachte und befreite mich aus seinem stählernen Griff, ehe ich sein Gesicht zu meinem zog und ihn leidenschaftlich küsste. Ich spürte das Beben in seinen Muskeln, bevor das tiefe Stöhnen ihm entfuhr und ich mich losmachte, um meine Hand über seinen Sixpack und weiter hinab wandern zu lassen. „Dann darf ich das gar nicht?", fragte ich unschuldig und spürte seine Erektion.

„Oder das?"

Seine Arme fuhren über meinen Rücken hinab zu meinem Hintern und bohrten sich in das Laken unter uns, sobald ich ihn anfasste. Atemlos starrte er zu mir herauf.

„Was, wenn ich mich aber austoben *muss*? Würdest du mir dabei helfen?“, flüsterte ich verführerisch.

Statt einer Antwort, rollte er mich unter sich. Seine Augen verwandelten sich in den tiefsten Ozean, während sie wiedergaben, was in seinem Gesicht zu lesen war, Aufrichtigkeit, Liebe, Treue. „Was du willst“, raunte er, kaum dass ich weitermachte, „mach mit mir, was du willst.“

***********************************

Bei Tageslicht fühlte sich sein Zimmer in solchem Maße vertraut an. Es unterstrich hell und stumm, wie sehr mir selbst das Ticken der Wanduhr im Gang, das Rascheln der Gardine oder der Anblick der Grumman EA-6 über der Schrankseite mit meinen Jacken gefehlt hatte.

Mit ihm aufzuwachen.

„Na, du?“, erklang wie auf Befehl seine Stimme. Sie war noch heiser von den Strapazen der letzten Nacht und dabei trotzdem so weich, dass ich eine perlige Gänsehaut bekam.

„Guten Morgen“, erwiderte ich und streckte mich, bevor ich auf seinen Blick traf, der an meinem Körper entlangfuhr.

„Er ist wirklich ziemlich gut.“

Obwohl ich ihn daraufhin zum hundertsten Mal in den vergangenen Stunden küsste, trug seine Erwiderung nur dazu bei, mich weiterhin ausgehungert zu fühlen. Er knabberte unverfroren an meinen übersensiblen Lippen und ich drückte ihn gegen das Kissen, erlaubte seiner Zunge meine genüsslich anzustacheln. Ich schmeckte und spürte ihn und fühlte mich, als würde ich fliegen.

Sobald ich die Augen öffnete, lachte ich.

Das Bett wartete zwei Meter unter uns.

Er drehte mich, sodass ich auf ihm lag und ließ uns sanft zurückschweben. Spontan entschied ich, er hätte viel zu viel an. Dann traf das Laken auch auf meine nackte Haut und ich schüttelte amüsiert den Kopf über unsere identischen Gedanken.

Eine Stunde später fuhr seine Hand meine Brust nach.

„Schnell“, forderte ich ihn auf und hielt sie fest, „buchstabiere meinen Namen.“

„M-i-m-i“, erwiderte er. „Warum?“

Schmunzelnd gab ich Jennas Worte wieder, dass er sich an diesem glorreichen Morgen nicht mehr daran erinnern würde, und er lachte schallend los. „Sie traut mir keine vier Buchstaben zu?“

„Genau genommen sind es zwei Buchstaben, die sich wiederholen."

Er ergriff meine Hand und bedeckte die Innenfläche mit kleinen, verspielten Küssen.

„Was hältst du davon, ab Montag mit dem Porsche zu fahren?"

„Mir gefällt allein schon den Gedanke, wieder zur Schule gehen zu wollen."

„Warum?", fragte er aufmerksam und stand auf, um die Vorhänge zuzuziehen. Mit der Dunkelheit kam die Erinnerung an die letzte Zeit. Ich fuhr geistesabwesend die Nähte der Bettdecke nach, meine Gedanken rasten. Sobald ihm mein Zögern auffiel, krallte ich frustriert die Hand in die Decke.

„Ich werde niemanden an einen Stuhl fesseln", witzelte er und setzte sich neben mich, entkrampfte meine Hand vorsichtig und legte sie in seinen Schoß „also spuck aus, was dich bedrückt."

Wenn er aufrichtig genug gewesen war, *seine* Fehler einzugestehen, würde ich das auch sein. Lernten wir nicht aus unseren Fehlern? Und hatten wir nicht erst die Chance, es besser zu machen, weil jemand uns eine gab?

„Nachdem wir anfingen, auf verschiedene Meinungen zu pochen, weitete sich unser Streit irgendwie aus. Er griff auf unsere Mitschüler über, die gezwungenermaßen wählen mussten, für wen sie Partei ergreifen."

„Ist mir nicht entgangen."

„Es ist nicht schwer zu erraten, wer die Wahl gewann."

„Weiter", forderte er ruhig, eine erste Sorgenfalte auf seiner Stirn.

Ich hob meine freie Hand an seinen Mund und strich drüber, um mich davon zu überzeugen, dass er wirklich da war, legte sie anschließend auf seine Hand und drückte leicht zu. Erst im Vergleich zu seiner hohen Körpertemperatur dämmerte mir, dass ich vor Kälte zitterte.

„Zu Beginn waren sie einfach nur distanziert, aber je länger …"

Morgan starrte mich an und mein Armband wurde dabei warm. Ich schmeckte Blut auf der Zunge. Nein. Ich würde nicht weinen. Nicht hier. Nicht jetzt.

„Weiter", seine Hand drehte mein Kinn zu sich. Nachdem ich mich in sein Gesicht zu blicken traute, schüttelte er die Schatten aus seinem Blick und lächelte ermutigend.

„Viele, die *meisten*, waren einfach nur gemein. Aber manchen reichte das irgendwann nicht mehr", ich schloss die Augen, um mich konzentrieren zu können. „Nachdem Ryan und Alex dazwischengingen, eskalierte es", ich küsste sein Kinn, „danke übrigens für deine Ansprache."

Ein kleiner Hagelsturm fiel von der Decke auf die zerwühlten Laken hinter uns und blieb liegen, wie ich die Zettel im Laufe der Tage in meinen Spind hineingeworfen hatte.

Er griff sich wahllos einen rosafarbenen heraus und entfaltete ihn.

„Der ist besonders reizend", flüsterte ich und spürte die Hitze in meinem Armband hochsteigen, indes er den Satz las, der mit fein säuberlicher Schrift darauf verewigt war.

Sei froh, dass du so aussiehst –

das Äußere ist das einzige Kapital einer Nutte.

„Der Ausdruck ‚Nutte' liegt allerdings nur auf Platz zwei", bemerkte ich und veranlasste, dass der Zettel in seiner Hand verbrannte, bevor ich drei ungleichmäßige Haufen zusammenstellte.

„Warte. Sie haben dich Nutte genannt?"

„Dicht gefolgt von Hure", ich deutete auf den kleinsten Stapel, „in Kombination mit den kreativsten Adjektiven."

Ich reichte ihm einen Zettel, der aus einer Zeitschrift herausgerissen und mit Textmarker beschrieben worden war. Er zog die Luft ein.

Ich fasse es nicht, dass du immer noch hier bist und dich

aus dem Haus traust, du verlogene, durchtriebene –

„Das ist Platz eins."

– Schlampe.

Der Anblick, wie er aufstand und zu seinem Schreibtisch stampfte, war dermaßen verstörend schön, dass ich mir wünschte, ein Meister der Alten Schule würde ihn porträtieren und für die Ewigkeit festhalten. In seinem Gesicht stand nichts außer Beherrschung, doch seine Augen glühten voller ungezügelter Wut, die eine Schneise durch die Adern seinen Körpers zog, bis er die Lehne des Stuhls packte und sie mit einer einzigen Bewegung entzweiriss. Ein Ruck ging durch den Boden und ein Riss tat sich auf, der das Zimmer teilte, sich sogleich in der Mitte gabelte und mit einer Stoßwelle, die den Putz von der Decke rieseln ließ, in alle Richtungen schlängelte.

Hastig sprang ich vom Bett auf und lief zu Morgan, dessen Handflächen zwischenzeitlich rot glühten. Ich lehnte mich an seinen Rücken und umarmte ihn, strich still über seinen Bauch, indes das Rumpeln in meinen Ohren schwächer wurde und er meine Hände ergriff. Die Hitze verbrannte mich an drei Stellen und ich blickte verstört auf mein Armband, das langsam in meine Haut schmolz.

„Jeden Tag? Du musstest das *jeden* verfluchten Tag über dich ergehen lassen?"

„Morgan. Es ist vorbei."

„Ich wollte dich meiden und keinen Lynchmob kreieren!", brüllte er und knirschte mit den Zähnen, dass es selbst mir wehtat. Bange Sekunden verstrichen, schließlich drehte er sich zu mir um und sagte mit einem tödlichen Unterton in der Stimme: „Diese heuchlerischen Bastarde."

„Vergiss sie!"

Er schloss die Augen und riss mich fast um, als er an mir vorbeiwollte. Morgan tat sein Bestes, seinen Hass auf meine Peiniger zu verbergen, aber kaum, dass er sie erneut öffnete, war das Schwarz seiner Augen omnipräsent. Meine Hände blockierten seinen Weg. Nie im Leben würde er sich jetzt irgendwohin teleportieren dürfen. Das Massaker war vorprogrammiert. Ein Blick auf mich und er erkannte sein Dilemma.

„Einiges ist mir zu Ohren gekommen", er lachte zynisch, „ich dachte, es sei nur Geschwätz. Drew sagte zwar, du wärst dabei, dich zu verschließen, aber für mich lag das an der Gesamtsituation. Himmel verdammt, über mich kursieren täglich Hunderte neue Geschichten, die sie herbeifantasieren!"

Am liebsten hätte ich das Thema beendet. Andererseits würde es früher oder später aufs Neue zur Sprache kommen. Und er brauchte ein Ventil.

„Hör auf, mich vor allem und jedem beschützen zu wollen. Das Leben ist manchmal anstrengend. Na und? Ich bestimme, wie viel Einfluss ich anderen über mich zugestehe. Ich habe nicht hingehört. Es hat mich nicht interessiert. Es ist Vergangenheit. Möge es in Frieden ruhen."

„*Mich* interessiert es. Und ich lasse gar nichts ruhen. Ich möchte Namen hören, Mimi. Raus mit der Sprache. Beschränk dich vorerst auf die Top Five."

„Warum?", meine Stimme war ruhig. *Gut.*

„Damit ich mich mit ihnen unterhalten kann. Sie schaffen es schließlich auszuteilen. Denkst du nicht, dass sie auch stark genug sind, einzustecken? Sie müssen lediglich Schonungslosigkeit ertragen – wie sie es von dir verlangten."

Ich legte den Kopf an seine Schulter und hörte sein rasendes Herz. Fuhr es mit dem Zeigefinger nach und legte die Hand letztlich flach darauf. Seine Atmung stagnierte.

„Du willst dich mit ihnen unterhalten?"

„Wenn dich jemand belästigt, wenn jemand es wagt, dir wehzutun, muss er dafür bluten, Mimi. Niemand darf diesen Unsinn mit dir anstellen! NIEMAND!" Sein letztes Wort war ein mächtiges Grollen, das durch das ganze Haus rollte. Die feinen Härchen auf meinen Armen stellten sich unfreiwillig auf. Wie sollte ich ihm begreiflich machen, dass Gewalt niemals mit Gewalt vergolten werden sollte? Ich zählte rückwärts von zehn bis eins und hoffte, das verschaffte ihm Zeit, um ein wenig abzukühlen. Mein Verstand lief auf Hochtouren, während ich händeringend nach einer Lösung suchte.

Die Disceptatori kamen mir in den Sinn. Vermutlich griff ich nach jedem Strohhalm, aber es war mir gleich. Hätte es ein Kindermärchen getan – ich hätte es bemüht.

„Es sind Menschen, erinnerst du dich?"

„Sie machen Fehler?", fragte er höhnisch und zog mich so bestimmt an sich, dass meine Atmung stockte.

„Ja."

„Ich kann ihnen das nicht durchgehen lassen, Mimi."

„Was willst du tun, sie einzeln aufspüren und verprügeln?"

„Bestenfalls. Wir teilen uns auf, zusammen mit Luke und Jared sind wir schneller –", er hielt abrupt inne und musterte mich aufmerksam, „wo war Jared, als sie derlei mit dir umgegangen sind? Wo Drew, dieser Möchtegern-Held? Oder Abby?"

„Drew und Abby, oder Michelle und Tony von mir aus, konnten sich schlecht in meinen Unterricht mit reinsetzen. Die Leute waren schlau genug, ihre Hexenjagd hinter euren Rücken zu veranstalten. Und was Jared betrifft – er war klasse. Sobald er auf der Bildfläche auftauchte, haben sie sich zurückgezogen."

*Nicht, dass die Zettel dadurch aufgehört hätten.*

„Es sind keine Morddrohungen, Morgan."

Sein Körper verspannte sich. „Es sind auch keine Komplimente."

„Nein, da hast du recht. Ich finde, du hast auch recht damit, mich verteidigen zu wollen. Das ist süß und lieb und ich fühle mich geschmeichelt. Aber, Morgan, wolltest du nicht versuchen, sie zu verstehen? Die Art, wie du es angehst, erzeugt nur neue Probleme. Sie mobben mich, du verprügelst sie. Was dann? Denkst du, sie lieben mich und alles ist vergessen? Sie werden mich verantwortlich machen und mich noch mehr verabscheuen."

Morgan beobachtete mein Gesicht und das Schwarz seiner Augen wurde zu einem tristen Grau.

„Es gibt andere Wege. Gewaltfreie."

„Haben sie dich angefasst?"

„Geschubst, ein Bein gestellt", ich verstummte abrupt. Oh, nein, mit der Frage hatte ich nicht gerechnet. Ich suchte nach einer ausweichenden Antwort, die vage, aber nicht zu ungenau war, „vielleicht kam es vor, dass sie etwas nach mit warfen."

„WER?"

Hätte er mich nicht festgehalten, wäre ich zehn Meter in die Höhe gesprungen. „WELCHER DIESER BASTARDE HAT DAS GETAN?"

Trotzig starrte ich auf den Boden.

„Entschuldige“, seine Stimme brach, als er humorlos auflachte, „ich wollte dir keine Angst machen. Dich anzuschreien, ist das Letzte. Aber ich bitte dich, mir zu vertrauen, falls ich sage, ich werde ihnen nicht weh tun. Du musst mir glauben. Du musst mir glauben wollen.“

„Devin“, sagte ich plötzlich ohne Zögern, „ergänze die Liste um den Cheerleader-Squad minus Shelby, Augenmerk aber auf dein Mädchen Nummer drei, und wir haben die Stars zusammen. In den Nebenrollen teilen sich mehrere die Spotlights, sind aber an sich nicht ausschlaggebend.“

Vorsichtig blinzelnd fühlte die Erleichterung, es losgeworden zu sein. Morgan bot mir einen überraschenden Anblick. Er hielt mich einfach fest. Seine Hand hatte angefangen, mir sanft über den Rücken zu streicheln und machte damit weiter, lange nachdem ich still geworden war. Ich konnte nicht mit Bestimmtheit sagen, ob er mich zu beruhigen versuchte oder sich selbst beschäftigt halten wollte, um das Zimmer nicht bis zur Unkenntlichkeit zu verwüsten. Die letzten Schockwellen waren erst abgeklungen.

Mit einer einzigen Bewegung ließ er die Zettel in einer gigantischen roten Stichflamme aufgehen und den tiefen Spalt, der sein Zimmer in vier hässliche Stücke teilte, verschwinden.

„Morgan?“

„Sie haben sich dem Stärkeren angeschlossen.“

„Das ist so menschlich wie Frieren oder Lachen.“

„Sonst noch was?“

„Nein“, antwortete ich schnell.

„Okay“, log er und ballte die Hände zu Fäusten.

„Morgan, bist du wirklich okay?“

Er nickte steif und konzentrierte sich auf unser Bild. Je länger er es betrachtete, desto ruhiger wurde er. Schließlich schaffte er es, mich anzusehen, das Blau in seinen Augen kämpfte sich den Weg zurück und gewann langsam, aber sicher wieder Oberhand. „Aber sie werden lernen, dass ich der Einzige bin, der dir dein Leben schwer machen darf.“

Ich lächelte, als mir Ausschnitte unseres ersten Zusammentreffens durch den Kopf hallten. „Glaub

mir, du bleibst unerreicht. Und nun hör auf, dich verantwortlich zu fühlen.“

„Wie? Ich habe dich den Wölfen zum Fraß vorgeworfen.“

Kopfschüttelnd widersprach ich. „Du hast gar nichts. Ich bin erwachsen und nicht erst seit gestern mit dir zusammen. Das ist oft toll, manchmal anstrengend und selten schwierig, aber nicht einen Tag lang erlebe ich dabei etwas, auf dass ich mich nicht im vollen Bewusstsein eingelassen habe.“

„Hätte ich geahnt, dass sie es nicht sein lassen können - "
„Es sind nur Machtspiele. Worte."
„Ausgelöst durch mein Verhalten –"
„Für das du dich entschuldigt hast."
„– das sie dazu brachte, dich zu hassen. Das dich im Vorhof verletzt hat." Er fuhr sich nachdenklich mit der Zunge über die Lippen. „Jenna, dieses kleine, manipulative Miststück. Ich hätte es wissen müssen …"
Grinsend fragte ich ihn: „Hast du die Extra-Aufmerksamkeit genossen?"
„Genug, dass ich an Eisberge denken musste, bevor sie mich anlangte. Und dennoch fiel ihr auf, wie warm meine Hand war, oder dass ich ‚glühe'." Ich lachte bei der Vorstellung, wie wütend sie ihn damit gemacht haben musste. „Aber ein Gutes hatte es: Aus Angst vor der bösen Hexe hat mich sonst keine angegraben", schnaubte er, packte mein Gesicht fest in seine Hände und küsste mich lang und innig.
Ich schlug ihm grinsend gegen die Brust und er rang sich ein empörtes „Au" ab, ehe er schelmisch darüber rieb. Die Stelle war nicht einmal gerötet.
„Ist mir schleierhaft, wie ihr entgehen konnte, dass sie mich nur anfassen durfte, wenn du in der Nähe warst, um es mitzubekommen. Vom Ansehen ganz zu schweigen."
„Mistkerl!"
Er lachte und fing meine Hand in der Luft ab, mit der ich ihn schubsen wollte. „Was hat sie für Bullshit verzapft?"
Ich schüttelte den Kopf.
„Mimi, was sie dir auch gesagt hat, ich garantiere, es war zu einhundert Prozent eine Lüge. Glaube kein Wort davon, nicht ein einziges. Hörst du mich?"
„Sie bat mich zu sterben."
Die Worte hatten meinen Mund verlassen, ehe ich Zeit hatte, sie zurückzuhalten.
„Sie. Hat. WAS?"
Ich schlug mir die Hand vor den Mund, bevor meine Augen zu Morgan huschten. Jeder Muskel in seinem Körper war plötzlich angespannt vor Anstrengung, das Haus nicht auseinanderzusprengen, und das allein war fesselnd und furchteinflößend zugleich. Seine Finger sandten Funken aus, um seinen Kopf, Körper, selbst um seine Haare, pulsierten kleine Blitze, vermischten sich mit den Funken zu Lichtimpulsen. Ich beschrieb meinen ersten Zusammenstoß mit Jenna und ihren Cheerleadern an dem Porsche, bestaunte das Schauspiel, seinen Höhepunkt und sein allmähliches Abklingen. Mitten in meiner Ausführung schwor ich mir, es bei dieser Geschichte zu belassen, um

nicht um das Leben des Mädchens zu fürchten. Morgan holte tief Luft, nachdem meine letzten Worte verklungen waren, stampfte anschließend zu seinem Schreibtisch und rammte die Hände mit Wucht darauf. Es ging mir durch und durch, als das schwere Stück in Milliarden Splitter zerbarst. Laut, dann leise. Und plötzlich fing er an zu lachen.

Ein Schauer lief mir über die Haut bei dem kalten, glatten Ton.

„Du machst mir Angst."

Er nahm keine Sekunde lang den Blick von mir. „Dieses Mädchen ist sich nicht im Klaren darüber, wen sie da verärgert hat. Ich werde ihr das Herz bei lebendigem Leib herausreißen."

Hunderte Horrorszenarien schossen mir durch den Kopf.

„Ich hab was vergessen", ergänzte ich, dabei legte ich seinen Arm um meine Taille und meine andere Hand an seine Wange. Er beugte sich nur langsam vor, ich dachte, vor Erwartung ohnmächtig werden zu müssen.

„Das ist nicht fair", raunte er und sein Blick wanderte zu meinen Lippen, die ich leicht befeuchtete, ehe er mir wieder in die Augen schaute. Sobald ich die sanfte Berührung spürte, mit der er seine Lippen auf meine legte, schloss ich meine und er zog mich an sich. Seine Arme umfingen mich fordernd und ich konzentrierte mich darauf, von ihm gehalten zu werden, ihn zu fühlen, zu schmecken. Während er den Kuss vertiefte, drängte Morgan mich gegen die Wand und vergrub seine Hände in mein Haar, was mir ein Stöhnen entrang. Sein wundervoller Geruch berauschte meine Sinne und befeuerte meinen Herzschlag.

„Übrigens", mit einem Lächeln legte er seine Stirn an meine, „war das metaphorisch gemeint." Keine Spur mehr von Ärger oder Zerstörungswut.

Erleichtert lächelte ich zurück. „Übrigens. Nur für die Akte: Ich habe Jenna nie geschlagen, daran gedacht – vielleicht. Angerührt – niemals."

Nun lachte er lauthals und sein Körper vibrierte dabei. „Die Show war unbezahlbar! Die Röte in meinem Gesicht – das war nicht Ärger, sondern Fremdschämen. Luke ist fast an seinen Nudeln erstickt, als sie uns weismachen wollte, du hättest sie heimtückisch angegriffen!"

Fasziniert von seinen strahlend blauen Augen lächelte ich mit.

Grace' gut gelaunte Stimme erfüllte auf einmal den Raum.

„Guten Morgen, ihr zwei!"

Ohne sich zu rühren generierte Morgan die Sprechanlage in seine Hand und drückte auf den grünen Knopf.

„Du hast uns gefehlt, Liebes!"

„Ihr mir auch, Grace", sagte ich, „hey, Brooke!"

„Habt ihr euch vertragen?“, fragte seine Schwester lachend.
„Sie hat meine Entschuldigung angenommen. Du kannst unbesorgt wieder mit mir sprechen.“
„Wurde ja auch Zeit“, erwiderte sie und nahm hörbar einen Schluck Kaffee, „du bist unausstehlich, wenn du sie nicht siehst.“
„Ich mag dich auch“, gab Morgan zurück.
„Oh, Mimi? Dein Training wurde morgen auf die doppelte Einheit erhöht – heute hast du frei. Feiert endlich eure bestandene Prüfung.“
„Aber lass dich erst daheim blicken“, ergänzte Grace. „Maddy schaut bald nach dir.“
„Grace?“
„Ja, Liebes?“
„Danke für deine Loyalität.“
„Frauen müssen untereinander solidarisch sein“, sagte sie und seufzte, „gerade in dieser Familie.“
„Nicht, dass ihr ohnehin in der Überzahl wärt“, bemerkte Morgan trocken.
Ein mir bekanntes Rumoren im Hintergrund bedeutete, dass Carlton mit dem Decken des Frühstückstisches anfing. Grace wies ihn an, für eine Person weniger zu decken, und ich amüsierte mich bei dem Gedanken, dass selbst das Personal von unserer Versöhnung wusste. Als Stephanie angespannt Lawrence begrüßte, der sich zu seiner Frau und Tochter gesellte, erklärte seine Mutter gerade durch das Intercom: „Höchste Zeit für ein neues Parfüm.“
„Fünf Minuten, bis sie geweckt wird“, erklang Lawrence’ tiefe, ruhige Stimme.
„Ich bin beinahe weg.“
„Und ich komme gleich runter“, beendete Morgan das Gespräch und legte das Gerät weg.
„Wieso nur will ich nicht fort?“, fragte ich neugierig und legte meine Arme um seinen Nacken.
„Weil ich deine Gedanken manipuliere.“
„Huch?“
Schallendes Lachen quittierte den Laut. Damit küsste er mich schnell und schickte mich zurück in mein Zimmer.
Eine Stunde später tauchte er reumütig mit über drei Dutzend roter Rosen auf und entschuldigte sich bei mir vor meiner ganzen Familie. Der Text war so aufrichtig und sein Ausdruck, während er ihn vortrug, so zerknirscht und traurig, dass nicht nur ich, sondern auch meine Tante ergriffen zuhörte. Selbstverständlich nahm ich seine Entschuldigung – erneut – an und war zum Glück glaubhaft genug, ihnen weiszumachen, sie wäre mir neu.

***********************************

Am Abend lag ich in seinen Armen und blätterte soeben die Seite meines Buches um, da glitt mein Blick erschöpft zur Uhr und ich fragte mich plötzlich, ob der Vorhof in dieser Nacht für mich wieder vollkommen sicher wäre.

Wie sich wenig später herausstellte, hatte ich mir darüber umsonst Gedanken gemacht.

„Willkommen", säuselte der schönste Stimmenkanon dieser Welt.

Die drei Disceptatori standen vor mir.

Ich befand mich inmitten eines hellen rechteckigen Raumes, der mit seinem weißen Steinboden und den glänzenden Wänden weiter wirkte, denn er tatsächlich war. Eine Tür ging ab, eingelassen in die nächstliegende rechte Wand. Sie war verschlossen. Hinter den Lichtgestalten waren Lawrence und Brooke auf der einen, Gott, Gabriel und Michael auf der anderen Seite. Ihre Köpfe drehten sich in Richtung Morgan, der kurz nach mir erschien.

„Willkommen, Morgan", grüßte der schmächtige Disceptator auch ihn, indes dieser wachsam den Raum besah. Ich wünschte mich zu ihm.

Lawrence' Blick folgte mir – ebenso Michaels.

Mit einem Schimmern, das auf seinem Gesicht begann und sich in den Zügen seiner beiden Begleiter fortsetzte, trat nun der Disceptator zu uns und brachte eine Welle der Ruhe mit sich.

„Erneut haben sich Tag und Nacht eingefunden, um Zeuge eurer Einheit zu werden. Tretet an zu eurer zweiten Reifeprüfung."

Die drei wandten sich an Gott und Lawrence, die sich wiederum erst gegenseitig die Hand reichten, ehe sie die Wesen begrüßten.

„Anders als beim ersten Mal werdet ihr heute mit eurer Aufgabe allein gelassen", sagte nun Lawrence. „Wir verfolgen das Geschehen am Gläsernen Globus und sind somit für euch zu keiner Zeit verfügbar."

„Damit geht einher, dass ihr euch nur aufeinander und eure Aufgabe konzentrieren müsst", ergänzte Gabriel mit harmonischer Stimme, die mir eine Gänsehaut bereitete. Seine Augen wurden mild und der Himmlische Vater ergänzte: „Hinter jeglichem steckt ein Grund – hinter jedem Grund eine Herausforderung. Ihr werdet nur mit Umständen konfrontiert, derer ihr Herr werden könnt. Die Kraft dafür", er schenkte uns das gutmütigste Lächeln, „ruht in euch. Habt einen wachen Verstand und ein friedliches Herz."

„Und nun die Regeln eurer zweiten Prüfung", übernahm der größte Disceptator, der zu meiner Linken stand.

Brooke kam, nahm unsere Hände und legte sie in ihre, dabei durchliefen unsere Armbänder ihre Farben, bis sie schließlich ihr Gesicht in blaues Licht tauchten, das von ihren Symbolen zurückgeworfen wurde. Ich wappnete mich für ihre Hohepriesterinnen-Stimme.

„Die Aufgabenstellung dient einem Ziel und ist weder zeitlich noch von Regeln begrenzt“, erklärte sie hoch und tief, weich und hart, laut und leise und dennoch rhythmisch perfektioniert. Morgan und ich sahen uns ungläubig an. Mit einem unguten Gefühl im Magen beugten wir uns vor. „Rettet einen Sterblichen.“

„Fragen?“, wollte ein gänzlich anderes Stimmengeflecht wissen, obwohl sich die funkelnden Münder der Disceptatori keinen Millimeter bewegt hatten.

„Keine“, antworteten Morgan und ich gleichzeitig.

„So sei es.“ Der schmächtige Disceptator trat vor und legte eine Hand auf mein Herz, die andere auf Morgans, während Brooke sich dezent verbeugte und zurücktrat. Wie ein Gewitter in schwüler Luft prickelte es auf meiner Haut. Ich tastete atemlos nach Morgan und ergriff seine Hand.

Einer nach dem anderen verschwanden die himmlische und die höllische Seite zu verblichenen Konturen.

„Viel Erfolg“, wünschte uns Brooke, die zuletzt fort war.

Die Disceptatori formierten sich zu einer Reihe und machten gemeinsam einen schwebenden Schritt zurück. „Möge die Prüfung beginnen.“

Ich fühlte augenblicklich die grüne Seide auf meiner Haut und beobachtete aus den Augenwinkeln, wie Morgan seine Kapuze überzog. Binnen Sekunden waren nicht nur die Schmetterlinge, sondern auch ihre Worte fort.

Zurück blieben wir zwei, ein steriler Raum und die Tür, die sich knarzend öffnete. Gespannt blickten wir zu ihr, doch nichts tat sich.

Minutenlang.

Schließlich hatte ich es satt, tatenlos herumzustehen. „Das gefällt mir nicht.“

„Sie versuchen uns zu zermürben“, war alles, was Morgan sagte, ansonsten blieb er regungslos stehen. Unruhig lief ich auf und ab, seine Augen folgten mir dabei, verließen die Türöffnung aber nie länger als wenige Sekunden. Er streifte sich die Kapuze ab.

„Denkst du, sie beobachten uns bereits?“

„Definitiv.“

„Und wenn wir einfach hineingehen und nachschauen?“

„Hätten sie das gewollt, wäre es in der Aufgabenstellung inbegriffen.“

Stöhnend trommelte ich mit den Fingern auf meine Hüfte. „Eine Million Dollar für deine Gelassenheit.“

„Mimi“, seine Hand an meinem Gesicht, streichelte er zärtlich eine Wange, „das wird schon werden. Hab Vertrauen.“

Ich lehnte ergeben den Kopf an seine Schulter und genoss es, dass seine Arme sich um mich schlossen.

„Ist es zu spät, um aufzuwachen?"

„Etwas", erwiderte er schmunzelnd. Jedoch erlosch sein Lächeln unmittelbar darauf und mit ihm die Wärme in seinem Körper. Seine Augen, schwarz wie Onyx, weiteten sich jetzt, da er an mir vorbeistarrte, bis sie ein fiebriger Glanz überzog und sie zu schmalen Schlitzen wurden.

„Was ist los?", fragte ich und drehte mich seinem Blick folgend zur Tür.

Mir gegenüber standen ein Kind, ein Militäroffizier und ein junger Mann. Seine Kinnlade klappte auf und ein scharfer Ton entwich ihm, während er mich mit weit aufgerissenen Augen anstierte. Ihn zu sehen war fast wie nach Hause kommen. Dunkle Haare, dunkelgrüne Augen – er hätte mein Bruder sein können.

War er aber nicht.

Ich war dankbar für Morgans Arme, die mich hielten. Beim besten Willen konnten mich meine Knie gerade nicht tragen.

Meine Stimme war so brüchig, dass sie stockte.

„Cameron?"

## *Kapitel 23*

„Großer Gott, was …", er starrte verständnislos, ließ dann die Hand des kleinen Jungen los und durchquerte mit schnellen Schritten den Raum. „Wie kommst *du* hierher?"

Morgan war unbemerkt zurückgetreten, da kam Cameron auch schon bei mir an und nahm mich in den Arm. Die Zeit stand still, sobald ich ihn spürte. Sein holziger Duft, die Narbe am rechten Unterarm von unserem letzten gemeinsamen Fondue-Abend, selbst das von mir ausgesuchte Poloshirt – es war Reise in die Vergangenheit.

„Bist du es wirklich, Mimi?", hörte ich seine erstickte Stimme an meinem Ohr und fühlte die Wärme an meinem Handgelenk. Er machte keine Anstalten, mich wieder freizugeben. Im Gegenteil, seine linke Hand strich über mein Haar, sachte, es war nur der Hauch einer Berührung. Die andere umfing mich fester. Sein Puls beschleunigte, seine Augen verklärten sich. Plötzlich hob er mein Kinn an und ich ertrank in der Weite seiner Wünsche, als er den Kopf senkte und –

„Morgan, nein!"

Mit einem Satz war ich bei ihm und riss seine Hände zurück. Das unstete Knistern zündender Funken verging, doch ich zwang meinen Freund unerbittlich weiter, nur mich anzusehen. Um uns war die Luft geladen. Momente verstrichen, in denen ich seine Hände nicht losließ und er sich ein wenig beruhigte. Sobald in mein Handgelenk Gefühl zurückkehrte, vergewisserte ich mich kurz, ob Cameron etwas abkriegt hatte. Die kleinen roten Leuchtpunkte auf seiner Kleidung verglommen einer nach dem anderen.

Am liebsten hätte ich ihn angeschrien, aber stattdessen nahm ich einen tiefen Atemzug und beruhigte mich. Jenna. Shelby … Mir dämmerte, wie schwer es für ihn war, sich unsere Interaktion mitanzusehen. Aufrichtig bedauernd wandte ich mich an Morgan. „Entschuldige."

Er mied meinen Blick. Etliche Momente verstrichen, in denen es in ihm sichtlich kochte. Dann rollte er den Kopf und lachte bitter auf. „Das kann nicht ihr Ernst sein!"

Nach einem schnellen Blick zu einem perplexen Cameron nickte ich.

„Ist das kein Interessenkonflikt?"

„Interessenskonflikt?! Diese ganze Sache stinkt geradezu *nach dem Himmel*!", spie er mühsam hervor und unsere Armbänder wurden dabei blau wie seine Augen, wenn er glücklich war.

Gerade jetzt waren sie vielmehr granitfarben. Unbarmherzig.

Er zeigte auf Cameron, dabei zwang ein stattlicher Erdstoß die anderen, um ihr Gleichgewicht zu kämpfen. „Sie schicken *ihn* hierher und verlangen, dass du oder ich objektiv bleiben?“

Dunkle Wellen durchfluteten seine Pupillen, während unsere Bänder zurück zu flüssigem Schwarz wurden. Ich fürchtete mich vor dem Ausdruck darin.

„Sie durften die Aufgabe mitgestalten – und ja, das macht es nicht leichter. Aber sie spekulieren auf deine Eifersucht, darauf, dass du ihm von vornherein keine Chance einräumst.“

„Ich werde sie nicht enttäuschen“, erklärte er und starrte über meinen Kopf hinweg.

„Morgan!“

Zähneknirschend schloss er die Augen.

„Das ist es also, was du sein willst? Die Marionette deiner Emotionen?“

„Ich bin für jeden anderen Vorschlag offen.“

„Warum legen wir uns nicht einen Plan zurecht?“

„Gerne“, sagte er und adressierte die nächsten Worte direkt an einen uns aufmerksam beobachtenden Cameron: „Küss sie und es ist das Letzte, was du tun wirst.“

„Ich dachte zwar eher an einen Schlachtplan, aber das war ein gelungener Anfang.“

Mein Stöhnen durchdrang die Weite des Raumes, als er sich über das Gesicht fuhr und trotz der angespannten Situation tatsächlich und ohne Vorwarnung ein winziges Lächeln auf seinem Gesicht erschien: „War das etwa Sarkasmus?“

Wenn er mich aufziehen konnte, war das ein untrügliches Zeichen dafür, dass er sich beruhigte. Erleichtert atmete ich durch. „Eine Sekunde lang dachte ich, du ließest ihn brennen.“

„Eine Sekunde lang wollte ich das auch.“

„Was du wirklich willst, ist deinen Vater beerben“, senkte ich die Stimme, „und dafür müssen wir einen kühlen Kopf bewahren. Legen wir endlich los?“

„Je eher, desto besser.“

„Dafür muss ich mit ihm reden.“

„Bitte schön“, spie er durch zusammengebissene Zähne und ich trat entschlossen zu Cameron. Seine Arme öffneten sich einladend, doch ich schüttelte nachdrücklich den Kopf. Ich musste Abstand wahren. Seine Verwirrung wandelte sich in etwas Bedeutenderes, das ich früher gern auf seinem Gesicht gesehen hatte.

Einsicht.

„Mimi, wie sie leibt und lebt“, antwortete ich schließlich mit einer kleinen Verspätung, die er nutzte, um Morgan zu observieren. „Wie geht es dir?“

„Mir? Ich habe dich vermisst. Es ist viel zu lange her“, lächelte er und das Gefühl, das er einst in mir ausgelöst hatte, infiltrierte in abgeschwächter Form meinen Verstand. Die Grübchen in seinen Wangen, die Abenteuerlust in seinem Blick, die Art, wie er sich übers Kinn fuhr, wenn er Eindrücke sortieren musste, sich die Stirn rieb, wenn der Stress zu groß wurde. Diese Gesten lösten Emotionen in mir aus, die ich längst begraben hatte. Und doch – mit seinem einnehmenden Lächeln und dem typischen Dreitagebart schien die Zeit seit unserem Abschied spurlos an ihm vorbeigegangen zu sein.

Am liebsten hätte ich mich mit ihm auf sein Dach gelegt und Sternbilder gedeutet, wie immer, wenn die Welt um uns sich zu schnell drehte.

Oder zu Gino's PastaBasta fahren und eine Portion Penne Diabolo ordern. Ein Teller der hausgemachten Nudeln hatte es noch jedes Mal geschafft, die Stimmung zu heben, und sei es nur wegen der Peperoni, die dermaßen scharf waren, dass man nach zwei Gabeln sonst nichts mehr schmeckte.

Anscheinend beschäftigten ihn ähnliche Gedanken.

„Sie nennen es neuerdings Penne Vulcano“, sagte er mit weicher Stimme. „Erinnerst du dich an das erste Mal, dass wir dort waren?“

Seine Augen glänzten bei der Frage.

„Der Abend nach deinem Geburtstag“, bestätigte ich.

„Du hast sie dir bestellt, ohne zu wissen, dass diese Nudeln einem die Mundschleimhäute wegätzen. Nach ein paar Bissen hast du den Teller weggeschoben, dein Wasser in einem Zug weggetrunken.“

„Daraufhin hast du mir deine Cola gereicht.“

„Und wir haben die Teller getauscht. Sodass ich dein Essen hinunterwürgen musste.“

„Ich habe dir vorgeschlagen, zu teilen“, erwiderte ich zungenschnalzend und lächelte. „*Du* hast abgelehnt. Falls ich mich recht entsinne, hast du gesagt, die Penne seien lecker.“

Seine Augen tasteten mein Gesicht sorgsam ab, sein eigenes Lächeln wurde breiter. „Sie waren fürchterlich. Ich habe bereits nach der Hälfte meine Zunge nicht mehr gespürt. Dem Herrgott sei Dank.“

„Deshalb warst du so still!“

Eine weite Leere entzündete sich in seinem Blick, er streckte die Hand aus und wickelte eine Haarsträhne um Daumen und Zeigefinger. Sobald er wieder aufsah, war sein Mund leicht geöffnet und er schluckte. „Es gibt nichts, was ich nicht für dich tun würde, das müsstest du inzwischen wissen.“

*Nein, das ist nicht richtig.*

Kaum gedacht, räusperte sich jemand hinter mir.

„Auch wenn ich euch ungern unterbreche, wir sind nicht da, um in den guten alten Zeiten zu schwelgen“, Morgan trat neben mich und strafte Cameron mit einem Blick ab. Die Spannung zwischen ihnen tat körperlich weh, je länger Cam seiner Akquisition herausfordernd standhielt und unverhohlen zurückstarrte. Demonstrativ stimmte ich Morgan zu.

„Hast du dich umgebracht?“, fragte ich meine erste große Liebe geradeheraus.

Seine Augen verloren sämtlichen Glanz. „Was … Nein!“

„Hattest du es vor?“

„Nein.“

„Hast du jemandem Schaden zugefügt?“

„Es war eine Kurzschlusshandlung.“

„Cam!“

„Was?“, schnauzte er mich an und seine Wiedersehenslaune kippte wie durchbrechendes Eis. Auch das war typisch Cameron. „Kennst du auch nur ein einziges Detail? Einen Beweggrund? Weißt du überhaupt noch etwas von *mir*? Nein“, er blickte anklagend auf mich herab. „Du bist einfach weggegangen! Ein lausiger Brief und das war’s. Kein ‚Auf Wiedersehen‘, keine Erklärung. An einem Tag bist du da und am nächsten sagt deine Großmutter mir, dass du jetzt in Mainfield lebst. Hast du einen Schimmer, wie sich das anfühlt? Einzusehen, dass man nicht mal ein persönliches Abschiedswort wert war? Das war beschissen, Mimi. Absolut beschissen. Danke dafür.“

Ich schluckte hart und zwang mich, seine Tirade auszuhalten. Das hatte ich verdient. Und er musste es sich von der Seele schreien. *Abschiede.* Leute, die mir am Herzen lagen, hinter mir zu lassen, das hatte ich im letzten Jahr oft gemacht.

„Verzeih mir.“

„Warum? Warum bist du fortgegangen?“

„Weil es schwer war, weil ich nur an mich gedacht habe. Ich hätte keinen Tag länger überstanden. Egoistisch zu handeln war richtig, aber auch falsch. Cam, erst Mom, Dad, Anna. Grandma. Dann sollte ich mich auch von dir verabschieden? Ich habe es nicht übers Herz gebracht. Ich dachte, der Brief hätte das verdeutlicht.“

„Er verdeutlicht nicht, wieso du dich seltener und seltener meldest.“

Meine Hände fuhren an meine Schläfen, um sie zu massieren. Cameron hätte sich keinen schlechteren Zeitpunkt aussuchen können, um darüber reden zu wollen. Mein Verstand argumentierte hin und her. Aus den Augenwinkeln wurde ich gewahr, wie Morgan die Arme vor der Brust verschränkte und fällte meine Entscheidung.

Es gab nichts, was ich Cameron sagen konnte, das er nicht bereits gehört hatte.

„Wir haben keine Zeit, um das durchzugehen – *erneut.*“

„Du hast einfach nicht genügend Zeit, um dir neue Ausflüchte auszudenken.“

„Hey!“, fuhr Morgan dazwischen, als Cameron sich dicht vor mich aufbaute, sodass er gegen seine ausgestreckte Hand lief, „halte gefälligst Abstand.“

„Spar dir deine Drohungen. Nach dem letzten halben Jahr fällt mir wenig ein, das mir Angst einflößen könnte“, erwiderte sein Gegenüber und drückte die Schultern durch. „Was soll das Ganze eigentlich? Wo bin ich gerade? Träume ich?“

„Nein“, erwiderte ich vorsichtig, „du bist in einer Art Zwischenraum.“

„Zwischen …?“

„Leben und Tod.“

Schatten der Reue verdunkelten sein Gesicht. Keine Zweifel, kein Widerspruch, nur simple, kühle Akzeptanz. Der Ausdruck kam und ging und hinterließ einen plötzlich um ein Vielfaches gealterten Jungen. „Was auch immer. Mit Gottes Hilfe komme ich schon hier raus.“

„Wann hast du denn Gott entdeckt?“, wollte ich wissen und warf Morgan einen interessierten Blick zu. Hinweis Nummer eins?

„Nachdem ich herausfinden musste, dass ich sonst niemandem wichtig bin. Außerdem hat der Großvater meiner Freundin oft von ihm gesprochen.“

„Exfreundin“, korrigierte Morgan.

Cameron funkelte ihn sofort bedrohlich an. „Wer bist *du* eigentlich?“

„Jemand der dir eine reinhaut, wenn du sie falsch anguckst. Oder deine Freundin nennst.“

„Da bin ich aber gespannt.“

Cameron zwinkerte mir zu und hob im selben Augenblick den rechten Arm. Einen Wimpernschlag später erwischte Morgan ihn derartig hart, dass sein Angreifer zurücktaumelte. Mit Mühe und Not fing er sich rechtzeitig, seine Augen sprühten vor Zorn.

„Bleib ruhig, Kumpel“, forderte Morgans ihn erheitert auf. Im direkten Vergleich war er deutlich größer und breiter gebaut. „Du willst mich auf deiner Seite haben, vertrau mir.“

„Cameron?“, ein dünnes Stimmchen riss mich aus meinen Gedanken. Der kleine Junge kam zu ihm und klammerte sich an seine Seite. Er musste in Marcs Alter sein. „Streitet ihr euch?“

„Nein, Süßer“, antwortete ich und ging in die Hocke. Mein Beschützerinstinkt schlug Alarm. „Die zwei haben nur eine Meinungsverschiedenheit. Kennst du das, dass es nur einen Fußball gibt, aber mehrere mit ihm spielen wollen?“

„Meine Mom hat mir mal einen gekauft. Sie hat gesagt, ich müsste ihn mit meinem Bruder teilen."

„Das ist eine Möglichkeit, das Problem aus der Welt zu schaffen", lächelte ich zustimmend. „Verrätst du mir deinen Namen?"

Der Blick des Kleinen hing verschüchtert an meinen Lippen. „Jamie."

„Du hast eine schicke Hose an, Jamie."

„Es ist ein besonderer Tag."

„Dein Geburtstag?", fragte nun Morgan. Etwas an Jamies Haltung änderte sich und Gram zeigte sich in seinem Blick.

„Mommys."

„In Deckung!", brüllte just da eine fremde, donnernde Stimme, und der vergessene Soldat warf sich ohne Vorwarnung auf den Bauch, robbte zur Seite, kundschaftete die Lage aus. Noch während ich mich aufrichtete, fing Jamie an zu zittern, woraufhin Cameron ihn in den Arm nahm und dem Mann zuschrie, er solle die Klappe halten. Ohne ihn wahrzunehmen, sprang dieser auf und lief mit kreisenden Bewegungen auf uns zu, seine Augen blickten hektisch nach allen Seiten. Ich schätzte ihn auf Ende zwanzig oder Anfang dreißig, seine Haare kurz geschoren, seine Kleidung vorbildlich gebügelt. Außer einer Falte am Ärmel schien die Uniform des Soldaten korrekt wie aus dem Handbuch.

Er erreichte uns und griff plötzlich mit einem Satz vorwärts nach mir, seine Augen weit aufgerissen, Spucke tropfte aus seinem rechten Mundwinkel. Erst nachdem ich seinem irren Blick folgte, verstand ich, dass er es auf mein Handgelenk abgesehen hatte, auf das Armband daran, das er fixierte. Für einen flüchtigen Moment berührten sich unsere Hände, ehe er hustete und zurücktaumelte, gleichzeitig wurde ich fast von den Füßen gerissen und stand plötzlich hinter Cameron, der sich vor mich und den Kleinen stellte. Er nickte Morgan zu, der den Soldaten ein zweites Mal wegstieß. Gröber. Diesmal fiel er zu Boden.

Die Hand des Opfers tastete nach einem unsichtbaren Gegenstand, umfing diesen und hielt ihn fest an die Brust gedrückt.

Gerade da Morgan zutreten wollte, wünschte ich mir den Mann neben mich, an beiden Händen gefesselt.

„Ma'am", bellte er heiser, wobei er mich verklärt betrachtete, „melde mich zum Appell, Ma'am!"

Sich mühsam aufrappelnd, richtete er den Blick strikt geradeaus.

„Du Stück Dreck!", spie Morgan, unsere Armbänder heiß wie ein Sommernachmittag, „was hast du dir dabei gedacht?"

Der Soldat drehte sich leicht und salutierte. „Personenschutz hat oberste Priorität, Sir."

„Du hast sie angegriffen."

„Um sie vor feindlichen Übergriffen zu schützen."
„Sie wollten mir helfen?", schaltete ich mich ein. Er schluckte. Der Junge hinter Cam traute sich, den Kopf hervorzustecken.
Cam und Morgan wechselten einen vielsagenden Blick, und ich ließ die Handschellen wieder verschwinden. Schlagartig hatte der Mann nichts Bedrohliches mehr an sich.
Cameron schüttelte den Kopf. „Darf ich vorstellen – Petty Officer First Class Nick Curtis."
„Zu Diensten, Ma'am!"
Mit militärischer Präzision salutierte der Mann erneut und schlug die Stiefel zusammen. Mein Blick blieb an seinem linken Ärmel hängen, wo sein Abzeichen glänzte.
„Wie lange sind Sie schon bei der Navy, Petty Officer?"
„Vier Jahre, drei Monate und elf Tage, Ma'am."
„Stimmt was nicht?"
Obwohl er stramm und gefasst stand, wirkten seine Augen weiter gehetzt, suchten den Raum ab. Morgan registrierte die Unruhe ebenfalls. „Stehen Sie bequem, Petty Officer Curtis", forderte er ihn auf und Nick tat augenblicklich, wie ihm geheißen. Seine Hände hinter dem Rücken aufeinandergelegt, die Beine leicht gespreizt, erwartete er Morgans nächste Frage. „Was beunruhigt Sie?"
„Sie beobachten uns."
„Wer?"
„Die Fremden – die Verlorenen."
„Beachtet ihn nicht", fuhr Cam dazwischen und tippte mit dem Zeigefinger an die Stirn, „er ist nicht ganz auf der Höhe."
„Ich bin NICHT verrückt!"
Jamie verbarg seinen Kopf, weil Curtis wieder zu schreien begann.
„Ich fürchte, das wird nichts", Morgan strich mir über den Arm und blickte genervt um sich. „Der Erste ist wahnsinnig, der Zweite völlig verschüchtert und den Dritten würde ich schon aus Prinzip gerne aus dem Weg räumen."
Cams Augen blitzten herausfordernd.
„Fangen wir mit dem Redefreudigsten an", schlug ich vor und wandte mich an den Soldaten.
„Wissen Sie, wo Sie sind?"
„Im Einsatz."
*Indiz*, hörte ich Morgan wispern.
„Ein gutes sogar", stimmte ich zu.
Verständnislos runzelte er die Stirn. *Was?*
Es war genau da, dass ich das Echo des Wortes hörte, so weit fort, dass es nur ein Laut war. Dass ich Morgan wahrnahm und seine Zuversicht verstand wegen der richtigen Frage, die ich gestellt hatte. Dass ich

wusste, er ist stolz auf mich, darauf, wie weit ich schon für die kurze Zeit war, in der ich lernte. Nicht nur, dass ich es fühlte – ich hörte es. Überwältigt schlug ich mir die Hand vor dem Mund.

*Morgan,* dachte ich.

Angespannt konzentrierte ich mich auf seinen Namen. *Komm schon, Morgan.*

Vor meinem inneren Auge erschuf ich einen Raum im Raum, einen Speisesaal, in dem Hunderte Leute an Tischen saßen, wild durcheinanderredeten und mit ihren Bestecken und Gläsern klirrten. Ich stellte mir vor, Morgan sei am anderen Ende des Zimmers und ich müsste ihn mit meiner Stimme erreichen, dass er mich trotz der unzähligen Geräusche hören konnte. Entschloßen kletterte ich auf einen Tisch, holte tief Luft und schrie: *Morgan!*

Kein Ton kam über meine Lippen, trotzdem durchzog ein feiner Schauer meinen Freund, als mein Ruf ihn ereilte und unsere beiden Armbänder im schönsten Sonnenuntergang-Rot aufglühten. Seine Augen weiteten sich kaum merklich, während er mich mit offener Verblüffung musterte und das Blau darin wild wie ein Kerzenmeer zu funkeln begann.

*Wie machst du das,* fragte er atemlos in meinem Kopf. Seine Stimme war, jetzt da er es wollte, klar und deutlich.

*Ich konzentriere mich auf dich.*

Er grinste beeindruckt. *Cool.*

Cameron räusperte sich und ich bemerkte über meine Schulter blickend, wie er Jamie wieder losmachte und der Petty Officer aus sicherem Abstand zu uns schaute.

Seit meiner letzten Frage waren nur wenige Sekunden vergangen. *Zurück zur Arbeit?*, dachte ich.

*Ich übernehme das.*

„Wo befinden Sie sich?", fragte Morgan den Navy-Unteroffizier laut.

„In der Nähe von Bagdad."

„Wie lautet Ihr Einsatzbefehl?"

„Lokalisierung des Feindes mit anschließender Eliminierung", spulte dieser gewissenhaft ab, „wir hatten das Gebiet gerade weiträumig gesichert und uns aufgeteilt. Ich leitete den zweiten Trupp, wir sollten das Wohngebäude durch die Vordertür einnehmen", Curtis' Lider flackerten, seine rechte Hand glitt an ein unsichtbares Halfter und legte sich auf die Pistole, die er dort zu ertasten meinte. Seine Stimme entspannte sich. „Dann kam über Funk der Befehl und wir stürmten hinein. Ich führte die Spitze an."

Er fing wieder an sich umzugucken, ruhelos sämtliche Seiten abzusichern. Seine Unbehaglichkeit versuchte sich auch meiner zu bemächtigen. Binnen eines flüchtigen Momentes lief er los und auf mich zu, seine ausgestreckten Arme auf meinen Hals gerichtet, bereit mich zu würgen. Ich teleportierte mich fort und tauchte sogleich hinter ihm auf. Indes schnappte Morgan sich seine Hand und verdrehte sie ihm unbarmherzig hinter den Rücken.

Curtis schrie vor Schmerzen. Morgan drückte fester zu. „Was sollte die Aktion, Curtis?“, blaffte er. Der Soldat stieß einen letzten animalischen Schrei aus und sank entkräftet zu Boden.

„Besser er denn ich.“

„Wahnvorstellungen?“, fragte Morgan.

„Vermutlich“, antwortete ich und traurig über den Mann, den der Kampf um Frieden zerbrochen hatte. „Lass ihn los.“

Die Augen des Petty Officers waren ganz klar. Er schaute sich suchend um, ehe er sich aufrappelte. Verwirrung wich Erleichterung.

„Ma'am, ich bitte vielmals um Entschuldigung.“

„Halb so wild, Curtis. Geht es?“

Er zuckte kurz zusammen. „Ma'am, ja, Ma'am!“

Ich gab ihm einen Moment, um sich zu sammeln, bevor ich nachhakte: „Was haben Sie in dem Haus vorgefunden?“

„Sie hatten uns in eine Falle gelockt“, Nicks Augen verdunkelten sich verhängnisvoll. „So wie wenige Tage zuvor, war ich auch diesmal zu langsam. Überall Sprengsätze, Tisch, Stühle, selbst die Teppiche waren verkabelt. Der Zündmechanismus hing an einem Bewegungssensor.“

Mitleidig betrachtete ich ihn. „Haben Sie ihn ausgelöst?“

Seine Augen flogen flatternd an uns vorbei, trüb und doch klar. „Ja, der Zähler blinkte. Z minus zehn Sekunden. Es reichte, um ein paar von ihnen auf die Reise mitzunehmen.“

„Wen?“

„Eine Handvoll Milizanhänger, ihnen voran Karim Sediqi. Ich befahl meinen Männern, um ihr Leben zu laufen und nutzte sowohl die Zeit bis zur Detonation sowie die perfekt freie Sicht auf die fliehenden Feinde. Sie kaperten einen unserer Army-Jeeps.“

„Was geschah als Nächstes?“

Nicht nur ich hing förmlich an Nick Curtis' Lippen, auch Morgan, Cameron und Jamie verfolgten seine Erzählung gebannt. Der Petty Officer schluckte, Resignation ergriff ihn und brach die Illusion des aufrechten, furchtlosen Kriegers für ganze Sekunden. Letztlich schlug er die Hacken aneinander und sprach weiter, seine Augen auf meine fixiert: „Stellen Sie sich vor, Sie sind Aufklärer in einem fremden Land, sehen mit an, wie jemand Ihren besten Freund abschlachtet, wie er keine zwei Meter neben einem im Kugelhagel regelrecht zerfetzt wird, und haben endlich die schicksalhafte Chance, das dafür verantwortliche Monster zu töten.“

„Sie haben diesen Karim getötet?“

„Er tötete meinen Freund!“
„Wen noch?“
„Das ganze dreckige Pack, seinen Bruder, Sohn, selbst seine Frau. Für Dylan und die anderen, die dieses Schwein auf dem Gewissen hatte. Hab einfach eine Handgranate auf den Jeep geworfen und boom!“
Curtis schüttelte es bei dem Geräusch. Selbst jetzt noch, da er sich bei seinen Gegnern revanchiert hatte, litt der Soldat an den Bildern der Vergangenheit.
„Mein Dad heißt auch Dylan!“
Wir drehten uns einheitlich zu Jamie, dessen Stimme ungewöhnlich normal klang. Ich wollte seine Unbekümmertheit nutzen, solange er in Plauderlaune war. „Ich kannte mal ein Mädchen, das ebenso hieß“, lächelte ich. „Jamie, wie alt ist deine Mommy heute?“
„Neunundzwanzig Jahre.“
Ich lächelte, stellte mir eine Frau mittleren Alters vor, die dem Jugendwahn erlegen war und mit daran festhielt. Kurz darauf jedoch verstand ich Jamies Blick und fühlte meine Finger taub werden. Der Junge starrte mich todernst an.
Morgan schaltete sich für mich ein: „Wo feiert ihr diesen besonderen Tag?“
„Auf dem Friedhof, bei Mommy. Grandma und ich kaufen einen Strauß gelber Nelken und bringen sie ihr. Auf dem Grab steht ihre Lieblingsvase, die, die sie selbst bemalt hat, da stellen wir die Blumen hinein. Ich würde gerne länger bei ihr bleiben, aber Granny sagt, sie ertrage es nicht, Mom begraben unter ihr zu wissen.“
Jamie ballte die linke Hand zu einer kleinen Faust und kämpfte mit der Ungerechtigkeit, nicht angemessen Zeit mit seiner Mom verbringen zu dürfen, vermutlich ohne sich im Klaren darüber zu sein, was ihn wirklich erzürnte: der Umstand, dass er viel zu früh seine Mutter verloren hatte.
„Was ist mit deinem Vater? Zieht er sich auch fein an?“
„Dad sitzt lebenslang im Gefängnis – für den Mord an Mommy.“
Um mich herum drehte sich die Welt ein wenig, doch Morgan tauchte rechtzeitig bei mir auf, um mich zu stützen. Emotionslos und still betrachtete er Jamie. Anders Cams Gesicht, aus dem sämtliche Farbe entwichen war. Selbst der Petty Officer wirkte erschüttert.
„Jamie“, schluckte ich und verbot mir, mir den Schock anmerken zu lassen. „Das tut mir sehr leid. Komm her.“
Der Junge lief auf der Suche nach Trost in meine Arme, auch wenn er gefasst und distanziert wirkte. Ich wollte mir gar nicht ausmalen, wie lange er gebraucht hatte, um mit seinem Leben zurechtzukommen.
*Lass es nicht an dich herankommen.*

Anhand seines Tonfalls konnte ich mir Morgans tadelndes Gesicht vorstellen.

*Entschuldige, dass ich ein Herz habe.*

Morgan schnalzte hörbar mit der Zunge. *Das tut nichts zur Sache. Wir sind mitten in einer Prüfung. Wahre Abstand.*

Mitten in der Prüfung. Eine dieser Seelen sollte am Ende begnadigt werden. Für diese Entscheidung bedurfte es eines klaren Verstandes.

*Begnadigt.* Das Wort spukte mir im Kopf herum.

„Jamie", durschnitt Camerons Stimme meine Gedanken. „Was ist das Letzte, woran du dich erinnerst?"

„Ich habe mich umgezogen", der Kleine machte sich von mir los und zupfte an seiner schwarzen Hose, „und meine Schuhe gesucht. Dabei bin ich auf Tylers Spielzeugauto ausgerutscht."

„Wo?", fragte nun Morgan.

„Oben an der Treppe."

„Was hast du gemacht?", wollte er nun von Cameron wissen.

„Ich war grad draußen."

„Weiter."

„In Hartford", erklärte Cam und verschränkte trotzig die Arme.

Ungeduldig wartend seufzte ich, lange bevor ich mitbekam, wie er die Lippen zusammenkniff. Dieser unbelehrbare Blick war mir schmerzhaft vertraut. „Das ist nicht hilfreich."

„Ich beantworte gerne *deine* Fragen."

„Und das ist nicht erwachsen."

Morgan massierte sich die Schläfen. *Frag ihn.*

„Wo bist du gewesen?"

„Auf dem Parkplatz. Ich bin mit Louis nach dem Training rausgegangen, habe die Halle abgesperrt und ihn auf dem Parkplatz verabschiedet. Er fuhr weg, als …"

„Als was?"

Sein Zögern störte mich. Es passte nicht zu ihm. Cameron war einer der ehrlichsten Menschen auf der Welt. Das war eines unserer Hauptprobleme gewesen. „Coach Tarr kam aus dem Schulgebäude und rief mir zu, auf ihn zu warten."

„Wollte er sich mit dir unterhalten?"

„Nein."

Mein Armband wurde heiß, ehe ich mich versah.

„Bitte sag mir", ich formte jedes einzelne Wort mit der größtmöglichen Vorsicht, „bitte sag mir, dass du nicht wieder das Zeug zu dir nimmst."

„Wieder? Immer noch!"

Meine Hand entwickelte ein Eigenleben, fuhr an sein Gesicht und verpasste ihm eine schallende Ohrfeige. Der Knall hallte von den

Wänden, vibrierte in mir, griff nach meinem Herzen, zugleich sich eine Rötung auf seiner Wange bildete. „Was ist los mit dir, zur Hölle? Bist du ganz bei Trost, du Idiot?“ Ich schrie ihn an, ohne es kontrollieren zu können. „Hast du nicht schon genug aufs Spiel gesetzt? Willst du alles verlieren, Cam?“

Er fuhr sich lächelnd übers Gesicht. *Lächelnd*!

„Worum geht es?“, fragte Morgan.

„Darum, dass mein eigentlich intelligenter Exfreund sich Anabolika einwirft. Und sein Trainer der Dopinglieferant ist!“

„Jeder im Team nimmt es. Muskelaufbau ist eine Sache, die nicht einfach über Nacht passiert“, er sprach nun zu Morgan, auf der Suche nach moralischem Beistand. „Spielst du?“

„Football.“

„Also verstehst du, wovon ich rede. Das Zeug macht uns schneller, schwerer, wacher. Was soll ich sagen? Es funktioniert.“

Überwältigt von seiner Anpreisung atmete ich scharf aus. „Im Gegensatz zu deinem Verstand.“

„Ich mag es, wenn du so aufbraust. Ist irgendwie sexy.“

Mit seinem charmantesten Lächeln auf den Lippen hätte man meinen können, ich hätte ihm ein Kompliment gemacht. Unbeirrt hielt ich seinem süffisanten Blick stand, bis Morgan dazwischenging und ich wegschaute.

„Kommen wir zur Kurzschlusshandlung.“

Er zuckte die Schultern und ließ die Arme sinken, strich Jamie übers Haar. „Ums knapp zu formulieren: Es gab einen Streit, plötzlich hielt ich Dads Pistole in der Hand, zwei Schuss lösten sich und der Coach fiel zu Boden. Beim Fallen kam er irgendwie an die Waffe und richtete sie auf mich. Als Nächstes kam ich da drüben wieder zu mir“, er zeigte auf den Durchgang.

„Du hast …“, meine Stimme erstarb wegen des Kloßes im Hals. „Du …“

Cameron mied meinen Blick und betrachtete schuldbewusst den sterilen Boden. Leise seufzend hörte ich ihn erklären: „Es war wirklich keine Absicht.“

In Trance fühlte ich, dass Morgan meine Hand nahm und mich einige Meter abseits zog. Sein Mund bewegte sich wohl, ich hörte selbst den Klang seiner Worte und dennoch ergab nichts einen Sinn. Die Luft um mich wurde bleiern, mein Blick klebte an Cams leidendem Profil.

„Mimi!“

„Entschuldige.“

„Möchtest du, dass wir aufgeben?“

„Nein!“

„Soll ich alleine weitermachen?“

„Nein."
Skeptisch starrte er mich an. „Ich kann mir vorstellen, wie hart das gerade für dich ist. Aber es sind drei tragische Schicksale, nicht nur eins."
„Gib mir einen Augenblick. Bitte."
Ich wandte mich ab und zwang mich dazu, die Dinge zu sehen, wie sie waren: Cameron würde stets ein wichtiger Teil meines Lebens bleiben, doch mein Leben war nicht mehr das, was es an seiner Seite einst gewesen ist.
Nun gehörte ich zu Morgan.
Wollte ich zurück?
*Nein.*
Die Antwort war nicht nur schnell gefunden, sondern auch eindeutig.
Lag er mir am Herzen?
*Ja*, für all das, was er für mich einst war, selbst lange, bevor wir zusammenkamen.
War er unschuldig, die eine Seele, die hier nicht hingehörte?
*Nein,* antwortete Morgan und strich mir tröstend übers Haar. *Auch wenn er es nicht verdient hat, so zu sterben.*
*Er hat es* gar nicht *verdient zu sterben. Keiner von ihnen.*
„Selbstjustiz versus zerstörte Unschuld versus Rache", fasste Morgan zusammen.
„Rache?"
„Cameron ist zweifellos sauer – auf sich selbst, seine Sucht, Coach Tarr. Vermutlich macht er ihn für manche Probleme verantwortlich, unbewusst."
„Deswegen bringt er nicht gleich jemanden um."
„Möglich, dass er es im Rausch getan hat."
„Sieht er für dich high aus?"
Morgan funkelte mich an. „Ich zweifle nicht an deiner Integrität, Mimi. Aber deine Gefühle sind mit im Spiel."
Ich pustete mir geladen eine widerspenstige Strähne aus der Stirn. „Deine doch auch."
„Wir sollten beide versuchen, sie rauszuhalten."
Müde und erschöpft hätte ich am liebsten losgelacht. „Wie?"
„Klär es. Rede mit ihm, löse, was immer zwischen euch steht."
Morgan schaffte es mich anzulächeln, obwohl ich ahnte, wie schwer es ihm fallen musste, sich damit auseinanderzusetzen. Ich hingegen rang mit mir. Einerseits wollte ich meinen Blick nach vorn und nicht zurück richten, andererseits spürte ich, dass ich nicht drum herumkam, mich dem Vergangenen zu stellen.
Ich nickte und zusammen gingen wir wieder zu den Dreien, die sich angeregt unterhielten. Ihr Gespräch erstarb, sobald wir in Hörweite

kamen. Cameron rieb sich mit dem Handrücken die Stirn, seine Augen vorsichtig.

„Bevor wir weitere Fragen von euch beantworten, haben wir eine. Wer seid ihr?", fragte Jamie mich und sprach das aus, was sie unübersehbar beschäftigte.

„Helfer", erklärte ich derartig freundlich, wie es mir in meiner anhaltenden Fassungslosigkeit möglich war, „wir wollen euch helfen, an den richtigen Ort zu kommen."

Mein ehemaliger Freund runzelte verwirrt die Stirn. „Was hast *du* damit zu tun?"

„Cam. Es hat sich einiges geändert seit … uns."

„Unverkennbar", erwiderte er und schaute zerstreut von Morgan zu mir und zurück, „wolltest du wegen einem anderen nach Mainfield?"

*Yup*, sagte Morgans Stimme in meinem Kopf und ich fühlte ihn dabei grinsen.

„Da kannte ich ihn noch nicht."

„Wegen Drew?"

„Sei nicht lächerlich."

„Wegen –"

Traurig schüttelte ich den Kopf. „Es hatte nichts mit einem anderen zu tun. Ich musste einfach raus aus Hartford. Dieses Haus war groß und", ich schluckte meinen Kummer hinunter und probierte es anderes, „*leer* ohne sie."

„*Wir* waren für dich da!"

„Und das werde ich euch nie vergessen. Aber … am Ende des Tages war ich alleine in einem Museum voller Erinnerungen an meine Familie."

„Du hättest herüberziehen können. Zumindest übergangsweise. Uns eine neue Chance geben."

„Uns?", lachte ich verbittert, „du hattest die Chance auf ein *uns* und als du wählen musstest, hast du *dich* bevorzugt."

„Hab ich? Dann mach mir die Freude, einer kleinen Erzählung zu lauschen. Einer Geschichte mit dem Titel ‚Lassen wir die Vergangenheit ruhen'. Kommt dir der Satz bekannt vor? In der Hauptrolle: Du. *Du* hast unsere Beziehung für gescheitert erklärt, Mimi, nicht ich. Ich hätte dich gebraucht. *Du* hast mich einfach verlassen. Und willst du wissen, was am meisten wehgetan hat? Dass ich dich nicht wiedererkannt habe. Zu gehen, wenn es am schlechtesten ist, das ist gar nicht dein Stil …"

„Wir haben einander verlassen. Keins meiner Argumente hat sich seitdem verändert. Und wahrscheinlich auch keins von deinen."

Cam winkte ab. „Es spielt sowieso keine Rolle mehr. Zeit, ein Geheimnis zu hören, von dem jeder wusste, dass es keins war: Der

Realist in mir war sich sicher, wir würden niemals heiraten, Kinder kriegen und glücklich und zufrieden bis ans Ende unsere Tage leben."

Mein Mund trocknete aus, ich tastete mich behutsam an die Frage heran: „Warum nicht?"

Unsere Armbänder erstrahlten plötzlich sachte gelb, erst Morgans, schließlich meins. Cam blieb stumm.

Die Farbe der Einheit?

Morgan unterdrückte jegliche Wertung bei seiner Aufforderung: „Sag es laut."

Cameron runzelte perplex die Stirn in seine Richtung, ehe er das Kinn hob und weitersprach. „Weil du mich nicht geliebt hast, Mimi. Nicht im gleichen Maße, wie ich dich geliebt habe. Für mich war's genug. Aber ich habe stets geahnt, du würdest früher oder später gehen."

Es traf mich wie ein Fausthieb.

„Siehst du", deprimiert wischte er sich über die schimmernden Augen, „du kannst es nicht einmal leugnen."

Ich wagte nur ein Flüstern, um zu erklären: „Das stimmt nicht."

Die Hoffnung in seinem Blick war unerträglich. Ihn überhaupt so zu sehen, schmerzte mehr, als ich für möglich gehalten hätte. Reflexartig nahm ich seine kalte Hand in meine.

„Lass gut sein, Mimi. Deine Augen verraten dich. Das haben sie seit ich dich kenne."

„Cam …", flüsterte ich, entgegen meiner Absicht voller Mitleid.

„Hör mich an", seine Stimme war brüchig, seine Gesten fahrig. „Ich will nur mit dir reden. Alles, was du tust, ist mich meiden, und ich verstehe, dass es schwer für dich war. Ich war dabei. Ich habe dich gehalten, wenn du geweint hast. Ich *weiß*, wie es dir ging. Aber bitte gib mir die Möglichkeit, mit dir darüber zu reden. Ohne Beschuldigungen, ohne verletzte Gefühle, die uns im Weg stehen. Nur zwei Menschen, die in einem anderen Leben ein Paar waren. Drei Minuten. Mehr verlange ich nicht."

Morgans Augen bohrten sich in mein Profil, lange bevor ich widerwillig nachgab. Ich war es ihm schuldig. „Die Zeit läuft ab jetzt."

„Du fehlst mir, mit dir Zeit verbringen, lachen, reden, fehlt mir. Ich werde nicht abstreiten, dass ich Fehler gemacht habe, aber ich wollte dir nie damit weh tun. Du hast einen neuen Freund, schon klar, ich habe die Bilder gesehen." Er warf einen kurzen Blick auf Morgan. „Aber du warst zu lange der beste und schönste Teil *meiner* Welt. Und ich glaube dir, wenn du beteuerst, dass du mich geliebt hast. Auf deine Art."

Mein Armband war ein einziger Feuerball, während ich meinen Exfreund verblüfft musterte. Die ganzen Monate, in denen er sein Gefühlschaos mit sich allein herumgetragen hatte, in denen ich ahnungslos gewesen war, schwirrten in meinem Kopf herum. Ich ging die Mails und SMS, die wenigen Telefonate durch, die wir geführt hatten. In keinem davon war ein Hinweis darauf gewesen. Hätte ich das gewusst … ich wäre nach Hartford *gelaufen*, um seine Traurigkeit zu vertreiben. Doch dafür war es zu spät. Sein Herz brach vor meinen Augen. Und das nur, weil ich meine nicht weit genug geöffnet hatte.

„Hör auf, Cameron."

Ich drückte seine Hand fest, ehe ich versuchte, ihm *mein* Herz zu öffnen. „Du hast recht, natürlich. Ich habe dich geliebt. Aber es stimmt auch: nicht, wie du es dir erträumt, wie du es gebraucht hättest. Verzeih mir, bitte. Damals hattest du alles von mir, was ich imstande war, jemandem zu geben. Morgan liebe ich. Mit ihm ist es anders. Er ergänzt mich, er ist der Grund, wieso ich morgens aufstehe. Er ist der Grund, warum ich besser sein will. Ich *liebe* ihn. Ich kann mir vorstellen, wie schwer es ist, das zu hören. Wir hatten eine wunderschöne Zeit zusammen und ich halte sie heilig. Hier", ich legte meine Hand auf meine Brust. „Aber *ich* habe losgelassen."

Sein Gesicht wandte sich bei meinen Worten ab.

„Und du musst auch loslassen, Cam."

Unbeirrt wischte ich die Träne auf seiner Wange fort.

„Warum?"

„Weil ich will, dass du glücklich bist."

Unsicher blickte ich zu Morgan, der mir zunickte. Gleich darauf nahm ich Cam in den Arm und erlaubte dem Echo meiner ersten großen Liebe nachzuhallen. Unsere wundervollsten Momente klangen in mir und ich genoss sie, bevor ich sie, wie die Fotos von früher, in eine Box legte und unter mein Bett schob.

„Es wird wieder."

Ein Schluchzen bäumte seine Statur auf und sobald ich mich sanft von ihm löste, standen auch mir Tränen in den Augen.

„Du verdienst es auch, glücklich zu sein", das Licht in seinem Blick strahlte in mein Herz. Er senkte die Stimme und fragte: „Sorgt er dafür?"

„Ja."

„Wenn er dich irgendwann zum Weinen bringen sollte, bin ich einen Flug davon entfernt, ihn zu Brei zu schlagen."

„Okay", mein Lachen war unbeschwert, und ich war verwundert, dass das in dieser Situation überhaupt möglich war. Dann sah ich in das Gesicht der Vergangenheit und drehte mich zu Morgan, der meine Zukunft war. Sie fügten sich zusammen zu einem Gesamtbild. Indem ein Stern erlosch, schuf er Platz für einen neuen. Cam wartete und ich fügte hinzu: „Ich komme darauf zurück …"

… *niemals*.

Meine Gedanken schwirrten zu der Prüfung und mischten sich mit Bangen. Nein, entschied ich, er durfte meine Zweifel nicht bemerken. „Und, Cam… mir fehlt es auch: das Lachen und Reden mit dir. Warum nimmst du dir nicht einfach etwas Zeit, um zu dir zu finden, und wenn du so weit bist, rufst du an?"

Seine Mimik war unlesbar.

„Und bis dahin können wir schreiben?"

„Keine Briefe mehr!"

Ich lächelte. „Mails und SMS?"

„Einen Versuch ist es wert."

„Gut."

„Mimi? Wann bist du zur Meisterin des Krisenmanagements geworden?"

Ich setzte meinen tadelndsten Blick auf und dachte an unseren letzten Abschlussball. „Seit ich einen Betrunkenen und seine Freunde aus einem Straßengraben retten musste."

„Fair", grinste er.

Die letzte Folge Law & Order, die ich gesehen hatte, schoss mir durch den Kopf und ich folgte meiner Intuition. „Lenkst du immer mit Witzen von persönlichen Fragen ab?"

„Lenkst du immer mit persönlichen Fragen von Witzen ab?", gaben er und Morgan trocken zurück.

„Munch!", rief Cameron perplex und warf Morgan ein schiefes Grinsen zu. „Du stehst auf Munch? Ich auch! Der rockt total, ist wie Baltimores Spock."

„Spock ist nicht zynisch, er ist rational."

„Und Kult. So wie Munch."

„Kein Wunder, riecht er doch bereits Verschwörungen –"

„ – am Limonadenstand eines Fünfjährigen."

Die beiden brachen in schallendes Lachen aus und ich fragte mich, ob sie im echten Leben nicht Freunde hätten werden können, hätte es mich nicht gegeben.

„Picard oder Kirk?"

Morgans Million-Dollar-Frage ließ Cam keine Sekunde zögern. „Kirk war zu jung, also Picard."

„Deinen Geschmack mag ich. Angefangen bei Frauen", zwinkerte er mir zu. Ich blinzelte die letzten Tränen fort.

„Morgan Vegard, richtig?"

Morgen nickte und Cameron räusperte sich. „Morgan, sorry, falls es den Anschein hatte, ich würde mich zwischen euch drängen. Ich wollte euch keine Probleme bereiten."

„Keine Sorge", erwiderte ich, doch Morgan hob die Hand, um selbst zu antworten.

„Was gut für Mimi ist, ist gut für uns. Ihr musstet eure Unstimmigkeiten aus der Welt schaffen", erklärte er leise, „ich verstehe, wie sehr es einen belastet, wenn man dieser Möglichkeit beraubt wird."

Er nahm meine Hand und küsste sie.

Curtis reichte mir dezent ein Taschentuch. Noch da ich es an meine feuchten Augen drückte, erstarrte ich. Ich würde Cam verlieren. Auf ewig. Hysterie befiel meine Sinne und raubte mir vorrübergehend den Verstand.

Nick war von einer Bombe in die Luft gesprengt worden, Jamie lag vermutlich mit gebrochenem Genick an einem Treppenabsatz. Jeder von ihnen stand auf der Schwelle zum Tod – mein Magen verknotete sich und mir wurde schlecht. Der Drang, Cameron am Leben zu erhalten, ihn zurückzuschicken, kroch von meinem Herzen in meine Eingeweide und zermürbte mich.

Morgan zog mich in seine Arme, wischte mir die Haare aus dem Gesicht und flüsterte: „Endbesprechung?"

Ich nickte und reichte dem Soldaten sein Tuch zurück, doch er winkte ab und nahm Cam zur Seite, den ein unsicher dreinblickender Jamie wieder vollkommen in Beschlag genommen hatte. Kaum wechselten die beiden Erwachsenen Worte, zog der Junge eine Schnute und plapperte dazwischen. Morgan küsste mein Haar und ließ mich vorsichtig los.

„Sind wir uns einig, wer unschuldig ist?", fragte er.

„Curtis ist schuldig."

„Cameron auch."

„Damit bliebe Jamie übrig."

„Findest du nicht auch –"

„Cameron!", die schrille Stimme des kleinen Jungen durchschnitt den Raum wie ein scharfes Beil. Wir wirbelten herum und standen innerhalb einer Sekunde bei den Dreien. Der Versuch Cams Hand zu nehmen, endete damit, nackte Luft zu erfassen, als mein Exfreund sich wie eine Fata Morgana vor unseren Augen auflöste. Wenige Sekunden später stand er wieder vor uns, ehe er erneut flimmerte und weg war.

„Sie beleben ihn wieder", erklärte Morgan und ich verstand plötzlich, wieso es von den Disceptatori kein Zeitlimit für unsere Aufgabe gab: Das Leben bestimmte, wie lange wir hatten.

„Cam", in den Sekunden, in denen er bei uns war, suchte ich seine Aufmerksamkeit und schrie über Jamies panische Stimme hinweg, der sich nicht mehr beruhigen konnte, „wehr dich dagegen. Bleib bei uns."

„Wie?" Seine ganze Gestalt flackerte nun unregelmäßig, Mal war nur sein Gesicht präsent, Mal nur ein Teil seines Körpers.

Morgan trug dem Soldaten auf, sich des Kindes anzunehmen, und sagte: „Denk an Mimi."

Cams Augen zeugten von seinem Widerstand gegen diesen Vorschlag. Seine ganze Statur hatte nun Ähnlichkeit mit einem Fernsehstörbild. Ihn zu erfassen wurde anstrengend, meine Augen trockneten dabei aus.

„Was ist euer schönstes Erlebnis?"

*Was soll das?*

*Er braucht einen Grund, um hierzubleiben,* erwiderte Morgan.

„Der Abend am Atlantik."

Ich errötete, aber auch sein Ausdruck änderte sich: Cam grinste verschmitzt. Ich konnte in seinem Gesicht lesen, woran er dachte. Ein Picknickkorb, eine kuschelige Decke, Erdbeeren und Sekt, mittendrin wir und die Vorfreude, uns neu zu entdecken. Über uns der weiteste Sternenhimmel. Diese Nacht würde ich nie vergessen. Sie hatte mich zur Frau gemacht. Ehe ich mir das Ganze zu bildlich ausmalte und damit Morgan unfreiwillig an diesem Moment teilhaben ließ, vertrieb ich den Gedanken und überlegte stattdessen, was der Haken an dieser Prüfung war. *Die Fakten sind zu eindeutig.*

Cam verschwand und tauchte erneut auf, indes ein heller Lichtblitz durch seine Brust fuhr und ihm sichtlich Schmerzen bereitete. Augenblicke später hörte das Flimmern abrupt auf und ich seufzte vor Erleichterung.

„Das hält nicht lange an", prognostizierte Morgan, „bald holen sie den Elektroschocker."

„Warum hattest du die Waffe dabei?", fragte ich Cam ins Blaue hinein. Sofort leuchtete mein Armband dunkelblau.

„Ich weiß es nicht mehr."

„Du weißt nicht, warum du eine Pistole mit dir herumträgst?"

„Vielleicht wollte ich mich schützen."

„Wovor?"

„Möglicherweise vor Tarr?"

„Vielleicht, möglicherweise, ich weiß nicht. Ich brauche Antworten, Cam."

„Du forderst viel."

„Ich fordere einfach nur deine Hilfe."

„Hattest du Angst, dein Trainer könnte dich bedrohen?", versuchte es Morgan.

„Nein."

*Er ist abhängig, vielleicht erinnert er sich nicht.*

Ich schüttelte unauffällig den Kopf.

„Petty Officer, wie kommt es, dass Sie diesen Karim nicht schon beim ersten Mal erschossen haben?"

Verwundert über das Blau an seinem Handgelenk starrte ich zu Morgan, der Nick nachdenklich musterte. „Verzeihung, Sir?"

„Sie erwähnten vorhin, dass Sie Tage zuvor bereits die Chance gehabt hatten, den Terroristen auszuschalten. Warum erst jetzt?"

„Ich kann nicht folgen, Sir."

Der Petty Officer wurde zusehends unsicherer. Morgan reichten die Ausflüchte. Er trat ganz dicht vor den Soldaten und fragte nachdrücklich: „Was war heute anders?"

Nicks Augen suchten meine, sprangen zurück zu seinem Gegenüber und verweilten dort. „Etwas sagte mir, ich müsse es tun."

„Etwas? Eine innere Stimme?"

„Ich bin nicht verrückt!", brüllte Nick und griff sich an das imaginäre Holster.

Morgan hob eine Augenbraue in meine Richtung, während Curtis von ihm wegsprang und Deckung suchte.

„Ganz ruhig", mit erhobenen Händen ging ich langsam auf ihn zu. „Niemand verurteilt Sie."

„Zum Teufel! Hört auf, ihn so anzusehen! Was hat er schon großartig falsch gemacht?", entrüstete sich Cam und strich weiter über Jamies Haar, der uns mit großen Augen beobachtete. „Nick hat sich darum gekümmert, dass es ein Schwein weniger auf der Welt gibt, dass sie ein wenig sicherer ist."

„Hast du dasselbe gemacht?", wollte ich von ihm wissen. „Die Welt von Tarr erlöst?"

„So war das nicht." Er wand sich, fuhr sich über die schwitzende Stirn.

Unsere Armbänder waren jetzt auf den Blauton abonniert.

„Aber du hast sie sicherer gemacht?"

„Hmmm."

„Hast du jemanden beschützt?"

„Mimi …"

*Mimi.*

Ihre Stimmen schwirrten im Raum und in mir wild herum.

„Ja?", fragte ich laut.

*Denk nach, gibt es jemanden in Hartford, für den er töten würde?*

„Oh", bange fixierte ich Cam mit einem flehenden Blick. *Ja*! „Hat Lucy etwas damit zu tun?"

Jegliche Farbe verließ seine Wangen, seine Lippen, selbst seine Augen wirkten wie ausgeblichen. „Tausend Dinge passierten auf einmal."

„Wer ist Lucy?"

„Meine kleine Schwester", erklärte Cameron meinem Freund und sackte in sich zusammen, sodass Jamie ihn nun stützen musste, „sie ist zwölf Jahre alt.“ Mit einem tonlosen Lachen, das um uns hallte, fing er sich mehr schlecht als recht.

„Ich ahne was passiert ist“, Morgan verschränkte die Arme vor der Brust. „Deine Schwester hat herausgefunden, dass du Anabolika nimmst und dir das Versprechen abgenommen, damit aufzuhören. Du wolltest einen Schlussstrich ziehen, dabei kam es zum Streit mit deinem Trainer, beziehungsweise Dealer, und du hast ihn erschossen.“

„Nein, so war das nicht. Ich würde keinem weh tun, geschweige denn ihn umbringen, wenn Lucy dabei zusieht.“

„Sie war auch da?“

Er nickte. Gebrochen, schuldbeladen, einsichtig hätte er aussehen müssen. Und trotzdem war das Einzige, was er ausstrahlte: Überzeugung. Plötzlich machte die Geschichte Sinn.

„Sie ist dir heimlich gefolgt, stimmt's?“, setzte ich an und mein Armband leuchtete blau, grün, violett. „Lucy wusste, dass es dir schlecht ging, und weil sie das Elend ihres Bruders nicht mehr mitansehen konnte, hat sie sich die Pistole deines Dads geschnappt und Tarr zur Rede gestellt.“

Morgans Armband bekam einen weiteren Ton hinzu: orange.

Damit deckten wir die Spanne Weisheit, Respekt, Diplomatie und Reife komplett ab. Er blickte erstaunt darauf, und fuhr fort: „Der Streit ist eskaliert und sie verzweifelte, weil er sie nicht ernst nahm. Also drückte sie ab.“

„Du sagtest, es seien zwei Schüsse gewesen. Ich wette, sie tötete Tarr mit dem ersten.“ Aufgeregt lief ich auf und ab, acht Augen folgten mir. Ein Paar davon blitzte. „Du deckst sie, richtig?“

„Sie ist ein Kind. Sie begreift nicht, was sie getan hat“, verteidigte Cam Lucy. Seine ganze gefasste Fassade bröckelte, bekam weitere tiefe Risse, die sich hindurchschlängelten und den Einsturz einläuteten. „Der Schuss hat sich einfach gelöst! Ich kam bei ihm an, tat, als ginge es ihm gut und er sei lediglich bewusstlos, dann habe ich sie losgeschickt, um einen Krankenwagen zu rufen.“

Morgan war Feuer und Flamme. „Und sobald deine Schwester außer Sichtweite war, hast du noch mal abgedrückt, eine harmlose Wunde, irgendwohin, die Lucy für von ihr verursacht halten sollte. Anschließend hast du die Waffe auf dich gerichtet, damit es wie Notwehr scheint.“

„Was hätte ich anderes tun sollen? Lucy in dem Glauben lassen, einen Menschen auf dem Gewissen zu haben? Sie war stärker. Meine zwölfjährige Schwester war stärker als ich! *Sie* hat was unternommen!“ Er schluchzte laut auf.

„Schon in Ordung“, beteuerte ich und streichelte dabei seinen Rücken, sein ganzer Körper bebte unter den Qualen seiner Emotionen.

Zweifellos gab er sich die Schuld an dem Vorfall. Machte sich verrückt, weil er dachte, Lucy in diese aussichtlose Lage gebracht zu haben, in der sie sich nicht anders zu helfen wusste, außer auf einen Menschen zu schießen. „Schhhh. Wir kriegen das hin."

Seine Hände suchten Halt und ergriffen mich, umschlossen meine Taille. Er hielt mich derart fest, dass ich kaum zu Luft kam.

„Gott, das klingt dermaßen nach dir."

„Bereust du's?"

„Nein. Ich würde für meine Familie sterben."

Ich nickte und erlaubte ihm einen letzten tiefen Atemzug an meinem Nacken, bevor ich mich losmachte. *Genau das passiert*, dachte ich und spürte, wie sich mein Körper schmerzhaft verkrampfte. *Er wird für sie sterben.*

„Deine Loyalität ist beeindruckend, Mann", sagte Morgan. „Kann nicht behaupten, dass ich meine nicht auch um jeden Preis beschützen würde."

Cameron zuckte zusammen. Seine Eltern waren einst das perfekte Paar gewesen, verliebt, verständnisvoll, liebevoll. Vor einiger Zeit jedoch erlitt seine Mom eine Fehlgeburt, das Mädchen wäre jetzt drei Jahre alt. Seitdem war die arme Frau, einst eine strahlende Abschlussballkönigin, nur noch die Hülle ihrer selbst und Dauergast in Entzugskliniken. Meine Großmutter übernahm Lucy regelmäßig, wenn ihr Dad und ihr Bruder keine Zeit hatten.

Sie nannte sie „Granmommy". Morgan betrachtete ihn nachdenklich von der Seite. Keine Frage, dass er meinen Erinnerungstrip geteilt hatte.

„Nun", Cam schenkte ihm ein dankbares Lächeln. „Man kann sie sich nicht aussuchen, nicht wahr?"

„Man kann sich aussuchen, die Gegebenen zu ehren."

„Nichts anderes brachte mich hierher."

„Und dafür gebührt dir Respekt."

Wir lächelten uns an, und das Flimmern ging ohne Vorwarnung wieder los. Cam packte sich an die Brust, an dieselbe Stelle, an der wieder weißes Licht durch ihn hindurchschien. Es war großflächiger, strahlender, wärmer.

„Die Zeit läuft uns davon", hörte ich Morgan fluchen. Nick machte einen Bogen um uns und starrte fasziniert auf das Licht, das Cameron umhüllte, bevor er die Augen schloss, um sich zu konzentrieren. Curtis' Hände griffen vorsichtig danach. Jamie hingegen wich davor zurück.

„Ist es dasselbe Licht, das mich aus dem Vorhof nach Hause geleitet?"

„Ja."

*Natürlich*!, ich schlug mir demonstrativ vor den Kopf während ich den Blick nicht von dem Kleinen abwenden konnte. Morgan lachte kopfschüttelnd auf und wir wechselten einen Blick.

„Cam, komm zu mir“, bat ich ihn, da er stabiler wurde und die Augen erneut öffnete. Der Junge drehte sich bei meinen Worten um.

„Nein, bleib bei mir, Cameron.“

Cameron räusperte sich, er schien meine Bitte abschlagen zu wollen. Ich flehte ihn nachdrücklich an und er stutzte. Letztlich befreite er sich aus dem Klammergriff des Jungen und machte einen Schritt auf mich zu.

„Cameron. Geh nicht. Ich habe Angst.“

Ich beschwor ihn mit allem, was ich an Mimik und Gestik zur Verfügung hatte, weiterzugehen. Entschieden setzte er seinen Weg fort. Er war fast bei uns, da verrauchte Jamies Flehen und verwandelte sich zu Klagen, das nahtlos in offene Wut und schließlich Hass umschlug. Gerade als Cam bis auf einen Meter zu mir aufschloss, stampfte das Kind mit seinem Fuß auf, zog etwas aus seiner Hosentasche hervor und schleuderte es Cameron hinterher. Morgan war schneller und lenkte das Geschoss ab, sodass die Murmel gegen die Wand prallte. Wir hatten Glück: Die Glassplitter flogen an uns vorbei. Morgans Grinsen wurde dadurch nur verstärkt. Er richtete seine Aufmerksamkeit völlig auf mich und ich verkündete: „Die unschuldige Seele ist Nick Curtis.“

Das weiße Licht sprang in einer gleitenden Bewegung von Cameron auf den Petty Officer und trug ihn mit sich fort. Zur selben Zeit manifestierte sich eine schwarze Wolke um Cameron und Jamie und fixierte sie wie mit Stahlketten an einer unsichtbaren Wand. Nick entschwand sachte und mit dem Lächeln der Glückseligen, Cam hielt still und Jamie trat zornig um sich trat, gleichzeitig öffnete sich die Tür, durch die die drei Seelen eingetreten waren, einen Spaltbreit, und gab die darin verborgene Bewegung schimmernd preis. Ich erkannte die Flügelschläge von Millionen Schmetterlingen und hörte die innere Uhr überlaut ticken, als die Disceptatori sich ankündigten.

*Cameron*. Sie würden ihn am Lebensende ins Fegefeuer schicken.

Ich überschlug hastig meine Optionen, wobei ein innerer Kampf zwischen meiner Intuition und der Wahrheit entflammte. Morgan trat still neben mich und musterte mich aufmerksam, indes ich inständig hoffte, er würde vielleicht eine Lösung finden, die sich mir verbarg. Tatsächlich schien er kurz zu überlegen, blickte zu Cam, der nun wild flackerte und eher in Hartford denn bei uns war, und richtete schließlich seine Stimme in Richtung Tür. „Des Weiteren stelle ich den Antrag zur Begnadigung von Cameron Jenkins.“

Seine Worte legten sich auf Cam und das Flackern, Schwirren und Flimmern wurde so stark, dass es mir wie ein Trugbild vorkam. Just in der Sekunde traten die drei übermächtigen Wesen hindurch und schwebten auf uns zu, ohne uns anzuschauen. Stattdessen legten sie ihre Hände aufeinander und reichten sie Cam, der sie ohne zu zögern ergriff und den Kreis schloss.

„Genehmigt."

Falls ich erwartet hatte, Cameron würde vor Glück jauchzen, hatte ich mich geirrt.

„Bitte", hörte ich ihn zu ihnen sagen, seine Augen aufrichtig gefangen in dem Bild, das sich ihm bot, in der Schönheit und Grazie der Verhüllten. Sie nickten fließend nacheinander und zeigten auf uns. Die Wolke zerstob zu schwarzen Tropfen und fiel Jamie an.

Ohne ihn eines Blickes zu würdigen, trat Cam zu mir.

„Ich kann dich nicht ein zweites Mal gehen lassen, ohne mich zu verabschieden", sagte er und der Stich in meinem Herzen zeigte mir, wie sehr er mir fehlen würde.

„Morgan?", fragte er und drehte sich zu meinem Freund. „Danke, Alter."

„Jeder macht Fehler", erwiderte Morgan. „Vertrau mir, du lebst nur einmal. Also nutze deine Vorteile und mache das Beste daraus."

„Was, wenn mein Leben ein einziger Haufen Scheiße ist?"

„Keine Reue. Keine Ausreden. Setz dich mit deinem Mist auseinander und grab, bis du die Wurzel dafür gefunden hast. Jeder Tag könnte dein letzter sein. Hast du das nicht verstanden?"

Cam lachte leise. „Ich stelle mich meinem Problem und du versprichst mir, gut auf Mimi aufzupassen."

„Deal", erwiderte Morgan und reichte ihm die Hand. Sobald Cameron sie schüttelte, zog er ihn näher zu sich und senkte die Stimme. Ich konnte ihn trotzdem hören. „Du hast deine Freundin verloren, nicht deine Zukunft. Hör auf, nach Ausreden zu suchen, und fang an zu leben. Sie werden auf strafrechtliche Notwehr plädieren. Keine Anklage, kein Prozess. Rede mit deiner Schwester. Rede *oft* mit ihr. Dann wird auch sie es unbeschadet überstehen."

Zusagend zog Cam mich in die Arme und hauchte mir einen Kuss auf die Stirn. Ich hatte Angst, Morgan würde durchdrehen, doch mein Armband blieb kalt.

„Zeit, Lebwohl zu sagen", flüsterte Cam an mein Ohr.

„Niemals", erwiderte ich und zwinkerte aufmunternd. Dieser Junge war zu wichtig, um ihn jemals wieder auszuschließen. Er existierte und mein distanziertes Verhalten ihm gegenüber, das Verhalten, das ihn zutiefst verletzt hatte, weil ich meine Vergangenheit vergessen wollte, würde sich nicht wiederholen. „Tut mir ehrlich und aufrichtig leid, dass ich mich zurückgezogen habe. Freunde?"

Er hielt mir seinen kleinen Finger hin und ich hakte lächelnd ein. Wie in alten Zeiten, da wir uns einen Schwur abnahmen, drehten wie sie einmal links und einmal rechts.

„Freunde", stimmte er zu und ließ mich los.

„Cam? Werde glücklich, versprich es mir."

„Ich gebe mein Bestes."

„Und jetzt kämpf dich zurück ins Leben. Und drück Lucy ganz fest von mir!"

Er winkte bereits, durchschienen von Licht. Mit einem wohligen Seufzen verabschiedete er sich von uns und war im nächsten Augenblick fort.

„Erklärt euch", forderten nun laut-leise die Stimmen der Disceptatori. Sie deuteten auf das Kind, das sich hitzig gebärdete und an seinen Fesseln zerrte. Schwarze, teerartige Flecken breiteten sich wie ein Ausschlag auf seinem Körper aus, hatten sein halbes Gesicht eingenommen, seine Hände und die Kleidung. Kurz bevor sie seine Haare durchtränkten, traten Gott, Michael, Gabriel, Lawrence und Brooke durch die Tür zu den Disceptatori. Aus ihren Gesichtern war nicht abzulesen, ob wir bestanden hatten oder nicht.

Bedeutungsträchtig teleportierte Morgan sich zu Jamie, der sofort innehielt und wieder hilflos verschüchtert dreinblickte. Das Pech ließ lediglich einen schmalen Schlitz für seine Augen frei.

„Du magst vielleicht ein bahnbrechender Schauspieler sein, Jamie", lobte er und schnippte die intakte Murmel in seine Hand, „aber du bist ein schlechter Verlierer. Was hat deine Mom getan, dass du anfingst, sie zu hassen? Dir dein Lieblingsspielzeug weggenommen? Dir Hausarrest erteilt? Deinen Bruder bevorzugt?"

„Mom war toll!"

„Also wolltest du deinen Dad bestrafen? Tyler?"

Jamie versuchte ihn anzuspucken und starrte dann trotzig weg, als das Schwarz als Reaktion darauf seinen Mund regelrecht verklebte. Morgan blinzelte sich fort und zurück hin. „Du bist nicht sonderlich bewandert darin, zu Teilen, oder? Weder bei Fußbällen – noch beim Thema Zuneigung."

Das war der Tropfen, der das Fass zum Überlaufen brachte. Jamie spie sich die Wut förmlich von der Seele. „Sie wollten sie mir wegnehmen! Dad war nie da und plötzlich arbeitete er von daheim aus! Und Tyler, diese kleine Ratte, fällt einmal hin und schon ist sie ständig in seiner Nähe, immer um ihn herum, sie hat sich nur um die beiden gekümmert."

„Wie hast du es angestellt?", wollte ich nun wissen.

„In der Küche, unter der Spüle, stand ihr Spüleimer. Dad hat uns erklärt, dass wir niemals und unter keinen Umständen mit den Flaschen spielen dürfen, die einen Totenkopf draufhaben“, lächelte der Kleine nun diabolisch. Er war so stolz darauf, seine Mutter ausgetrickst zu haben.

„Du hast deine Mom vergiftet?“, fasste ich zusammen.

„Wenn ich sie nicht haben kann, dann auch sonst niemand. Ich bin der Ältere. Ich kannte sie länger als Tyler. Und ich bin ein Kind, Dad brauchte sie nicht, aber ich schon.“

Die Umstehenden hatten genug gehört.

Lawrence hob die rechte Hand und führte sie langsam hoch, gleichzeitig bewegte sich die Wolke samt ihrem Gefangenen in dieselbe Richtung. Indes ich mich abwandte, vollführte er eine Drehung aus dem Handgelenk und sie zerriss es nach allen Seiten. Mit einem ohrenbetäubenden Schrei landete Jamie da, wo er hingehörte: in der Hölle.

Gott und seine Gefolgschaft verfolgten das Schauspiel mit gemischten Gefühlen und traten, kaum, dass er verpufft war, neben die Disceptatori.

„Wie habt ihr Jamie durchschaut?“, fragte Michael und glühte dabei wie ein erster Sonnenstrahl nach langer, dunkler Nacht. Gabriel beobachtete ihn, Gott wiederum uns.

„Curtis war seit Monaten im Einsatz im Nahen Osten. Er hatte mitangesehen, wie sein bester Freund starb, in der ständigen Angst, dass schließlich auch sein eigenes Leben und möglicherweise das anderer Kameraden ausgelöscht werden könnte. Sein Gewissen muss ihn ziemlich belastet haben, Schuldgefühle ihn bedrückt. Als er sagte, er höre Stimmen, stand fest, er ist krank.“

Ich stimmte zu. „Der Angriff auf mich, seine Absencen – er hat damit nur versucht, sein Leben zu retten. Curtis zeigt jedes Anzeichen eines posttraumatischen Stresssyndroms. Cameron andererseits handelte selbstlos. Er hat nichts getan, außer seine kleine Schwester zu beschützen, die ihrerseits Tarr nicht vorsätzlich erschossen hatte. Sein einziges Vergehen war ein gutes Herz.“

„Gemäß Ausschlussverfahren blieb Jamie übrig. Er hing an Cam wie eine Klette. Umarmte Mimi ihn, sprenkelte blanke Abscheu seinen Blick. Jedes Mal, da Cameron seine Aufmerksamkeit von ihm abwandte, reagierte er empfindlich. Wir testeten, wie weit er gehen würde, wenn jemand, den er mag, sich zugunsten eines anderen Menschen entscheidet, und hatten durch den Murmelwurf unseren Beweis.“

„Hinzu kommt, dass er vor dem weißen Licht zurückwich, das ihm seine Liebsten zeigte. Das Ebenbild seiner Mom verfolgte ihn. Seine ganze Handlung hier war rein egoistisch motiviert, wahrscheinlich fühlte er sich auch von ihr ungerecht behandelt und verraten", sagte ich und ergriff Morgans Hand, während die Erzengel einen Blick wechselten.

Lawrence trat zufrieden lächelnd hinzu, Brooke nahm ihren Platz bei den Disceptatori ein.

„So wundervoll habe ich selten gelitten", durchbrach die schwingende Stimme des Himmlischen Vaters meinen Stolz. Gabriels Heiligenschein verblasste neben Gott, der hell wie hundert Sonnen strahlte. „Morgan, kläre mich auf über dein Begnadigungsgesuch."

Widerwillig richtete mein Freund seine Aufmerksamkeit auf den Allmächtigen.

„Cameron hatte nichts in der Unterwelt verloren. Mag sein, dass er vom Weg abkam, aber er gehört eindeutig den Guten an. Er wollte seine Schwester vor Strafverfolgung bewahren, sein Motiv war Liebe."

„Was passiert mit Lucy, nachdem sich ihr Buch schließt?"

„Die Tat war weder geplant noch hinterhältig durchgeführt, sondern entstand aus Verzweiflung und einer Kurzschlusshandlung."

„Lucy ist ein Kind", ergänzte ich, „sie ist sich der Tragweite ihrer Tat nicht vollends bewusst, hat aber einen tollen Charakter, bedenkt man, warum sie abgedrückt hat. Sie wird Buße leisten und ihr Leben lang daraus lernen. Vermutlich verändert sie das Geschehene. Ihr Richter wird abwägen müssen, aber wie ich diese Familie einschätze, dürfte sie nicht als Feuerwerk enden."

„Ganz meine Meinung", lächelte Gott gütig, eingetaucht in eine goldene Aura aus Liebe und Licht.

Morgan wandte sich sichtlich entnervt ab, ich hingegen starrte gebannt auf das schöne, lichtdurchflutete Schauspiel.

„Du hast Großes vor dir, Melody", sagte er daraufhin und setzte eine Emotion frei, die in seinen leuchtenden Augen ihren Anfang nahm, in den Tiefen der Weisheit darin.

„Unsere Anerkennung sei euch gewiss", ergänzte Gabriel. Ich stand wortlos da, unfähig mich zu rühren oder wegzusehen. „Wir beglückwünschen euch zu der hervorragenden Leistung."

„Danke", flüsterte ich und bewunderte tranceartig seine Flügel, wobei sich ein weiteres Paar dazugesellte.

„Melody", das war nun Michael. Seine Stimme, die ich heute zum ersten Mal gehört hatte, vermittelte mir sofort das Gefühl des Trostes. Michael entfaltete dazu ein wissendes, beruhigendes Lächeln, für das ich ihn sofort schätzte und mochte, „sieh uns die Anwesenheit Camerons nach."

„Ihr habt eure Vereinbarung eingehalten", ging Morgan dazwischen, bevor ich zu einer Antwort ansetzen konnte. Ihm missfiel es deutlich, wie vertraut die himmlische Seite mit mir umging. „Damit haltet ihr euch ab sofort heraus."

„Wir richten uns nach dem bestehenden Regelwerk."

„Welches vorsieht, dass ihr ab jetzt Zuschauer seid."

Gott hob besänftigend die Hand, weil Michael etwas darauf erwidern wollte.

„Keine Vorverurteilungen, Michael, ebenso wie sie es gezeigt haben."

„Ja, Vater."

„Morgan", richtete Gott sich an ihn und lächelte, weil dieser mich wegzog und sich neben seinen Vater stellte, „dein Sturm und Drang sind so lange geduldet, wie dein Temperament aus Leidenschaft resultiert."

„Höre seine Worte", schalteten sich nun die Disceptatori ein, die über die Spannungen beinahe in Vergessenheit geraten waren. Machtvoll und mit ihrem imposanten Auftreten brachten sie sich wie ein Paukenschlag zurück in unser Bewusstsein. Federnden, grazilen Schrittes durchquerten sie den Raum, zerstoben zu Schmetterlingen, wurden wieder zu menschenähnlichen Gestalten und blieben schließlich unmittelbar vor Morgan und mir stehen.

„Gratulation", sagten sie wie aus einem Mund. Der Größte von ihnen hob die Hände und die Ärmel seines Gewandes zerfielen augenblicklich zu weiteren Schmetterlingen, die sich auf sein Gesicht setzten und dort zu Diamanten wurden. „Ihr habt keine voreiligen Schlüsse gezogen. Eure Wahl zeugt von Selbstlosigkeit, Instinkt …"

„… und Mitgefühl", ergänzte der zweite und mit Blick auf den Kleinsten, „und dem Augenmaß, Recht von Unrecht zu unterscheiden."

Der Letzte legte uns seine Hände auf die Herzen. Wärme überall, Frieden in mir. „Ihr habt eine Situation gemeistert, die konfliktgeladen und subjektiv war, undurchsichtig und verfälscht."

„Bestanden", schlossen sie zusammen und der Klang dieses Wortes war der schönste von allen.

## *Kapitel 24*

Wir schlugen zur selben Zeit die Augen auf und drehten uns lächelnd einander zu. Ein pinker Streifen malte sich am Horizont ab, weich, fast schüchtern.

In der Ruhe seines Zimmers musterten wir uns fasziniert, hörten das Ticken der Standuhr im Gang, das Plätschern des Brunnens an der Auffahrt, Blätterrascheln und unsere schnelle, adreanlingesprenkelte Atmung. Meine Augen suchten den Glanz der seinen, während er sich kopfschüttelnd übers Gesicht fuhr. Dann blinzelte ich, fühlte das Lächeln auf meinen Lippen, wendete mich ihm ganz zu und wir drehten durch. Lachend traten wir die Decke weg, die sanft zu Boden schwebte. Wir jagten uns, indem ich mich wegwünschte und er sich hinterherteleportierte, auf die Couch, neben das Bett, zur Tür. Als er mich einfing, sprang ich in seine Arme, schlang die Beine um seine Hüften und lehnte mich immer noch lachend zurück, um sein triumphierendes Grinsen bis ins kleinste Detail in mein Bewusstsein einspeichern zu können. Seine Hand landete unter meinen Hintern, um mich zu stabilisieren, die andere strich über meinen Rücken.

„Zwei von drei", murmelte ich ungläubig und küsste ihn erleichtert, spürte das Holz an meinem Rücken und seine Lippen an meinem Hals.

„Das war gerissen", erklärte er an meiner Haut und trug mich zur Couch, ohne aufzuhören, sich küssend meinem Nacken zu nähern. Die Vibration seines tiefen Lachens durchdrang mich, nachdem er sich hinsetzte, meine Hand in seine nahm und das Blau seiner Augen mich weit und tief anstrahlte. „Alle drei waren männlich und besaßen keine moralischen Zwiespalte."

Er knabberte an der empfindlichen Haut an meinem Nacken, wo der Puls durch meine Adern schoss und machte mich verrückt. Mühsam presste ich zwischen zwei Seufzern hervor. „Wir waren gerissener."

„Hauptsache vorbei."

„Hauptsache bestanden."

Getrieben von Emotion glitten seine Hände unter mein Shirt und seine Lippen zurück zu meinen, ich zog ihn näher und küsste ihn begierig zurück. Ein Frösteln durchzog meinen Körper und hinterließ die feinste Brandspur, mein Herz setzte aus und meine Atmung raste, sodass ich den Kopf anhob, kaum, dass seine Hand meine Brust umfing und sich meine Arme um seine Schultern legten, ich ihn verstohlen anblickte.

„Woran denkst du?"

Mein Grinsen wurde frecher.

Seins auch. *Ich kann deine Gedanken lesen.*

*Oh, richtig,* dachte ich und leckte mir anzüglich über die Lippen, strich ihm durchs Haar und zerzauste es dabei.

*Heißt das, ich darf deine auch wieder lesen?,* wollte er wissen.

*Ist nur fair.*

*Ich weiß, woran du gerade denkst.*

*Dazu muss man keine besondere Gabe haben,* lachte ich auf.

*Du hast zu viel an.*

*Shirt und Shorts?*

*Wir müssen einen ganzen Monat nachholen.*

Das vielsagende Funkeln in seinem Blick raubte mir den Atem. Er küsste mich erneut und ich spürte, wie sein Griff um meine Hüfte schwächer wurde, also rutschte ich auf und seine Hände wanderten hoch an meinem Gesicht, strichen mir widerspenstige Haare fort.

*Und noch was,* fügte er hinzu.

*Schieß los.*

Er seufzte. *Tut mir leid.* Akribisch schob er mein Oberteil zurecht und bedeckte meine nackte Schulter. Anschließend startete er den Countdown.

*Drei.*

*Zwei.*

*Eins.*

Mit einem lauten Knall flog die Tür auf. Ich zuckte zusammen, als Luke und Jared grölend hereinpolterten, mich von Morgan wegzerrten und in eine Umarmung quetschten, die mich schwindelig machte. Wie ein Kleinkind musste ich kichern, weil sie mir jeder einen Kuss auf die Wange gaben und Morgan sie kopfschüttelnd, aber mit einem Grinsen, gewähren ließ. Er rief Brooke herein, die ihre Eltern im Schlepptau hatte. Selbst Aiden stand verschlafen im Türrahmen.

„Oh, Himmel, mein Herz, meine Nerven! Ihr habt zehn Jahre meines Lebens auf dem Gewissen!“, quietschte seine Schwester und fiel in die Gruppenumarmung mit ein, bei der ich inzwischen nach Luft rang, ohne aufhören zu können zu lachen, immer weiter zu lachen. „Herzlichen Glückwunsch!“

„Danke.“

Ich schaffte es, mich mit Müh und Not aus dem Glieder-Sandwich zu schlängeln, und zwinkerte Jared zu, dessen Sorgenfalten prominenter denn je waren. Mit dem Rücken zu Morgan drückte er meine Hand und trat im Anschluß zurück.

„Ich habe dir ein Bild gemalt“, erklang Aidens Stimme neben mir. Er hielt schüchtern eine Zeichnung hoch. Sie zeigte mich in einem langen, wallenden Kleid mit einer Krone auf dem Kopf irgendwo im

Garten der Genüsse, unverkennbar an den exotischen, nicht irdischen Blumen und dem Schloss im Hintergrund. Ich kniete mich hin und umarmte ihn. „Das bist du in ein paar Monaten.“

„Ich finde es wunderschön“, sagte ich und bewunderte es mit großen Augen. Er hatte in einer Ecke versucht, einen Höllenhund zu malen sowie einen apokalyptischen Reiter. Sie sahen eher wie abstrakte Wesen aus, aber das waren sie ja schließlich auch.

„Es macht mehr Spaß, Mimi zu malen“, sagte Aiden und streckte die Arme nach mir aus. Morgan nahm ihn hoch, setzte ihn auf seine Schultern.

„Weil sie ein Mädchen ist?“

„Weil sie so hübsch ist und dauernd Kleider trägt.“

Morgan lachte und zwinkerte mir zu. „Wie eine Prinzessin?“

„Ja.“

Ich besah mein Wachsmalstift-Pendant, das eher ein Froschmutant war, und lächelte ihn tapfer an. „Du hast mich unumwunden getroffen.“

Anschließend wünschte ich mir das Bild in einen Rahmen und versprach Aiden: „Es wird einen besonderen Platz in meinem Zimmer kriegen. Wo ich es jeden Tag betrachten kann.“

Der Adrenalinstoß der vergangenen Nacht jagte durch mich hindurch und gaukelte mir Unbesiegbarkeit vor. Mein Kopf drehte sich und mein Körper fühlte die seltsamste Art von Schwerelosigkeit. Eine Sekunde zu spät erkannte ich, dass meine Empfindung Realität war.

Ein greller Blitz schlug zwischen uns ein und alles wurde leer und weit.

*******************************************

„Mimi!“

Vielleicht waren es zehn Sekunden, vielleicht eine Minute oder zwei, in denen ich versuchte, die Dunkelheit zu vertreiben. Letztlich öffnete ich die Augen und wurde mir Jareds Gesicht bewusst, das wenige Zentimeter über mir schwebte. Ein starker Wind trug den Geruch verbrannter Erde heran, bis Luke ihn vertrieb, indem er sich auch über mich beugte und seinem Cousin zuraunte: „Stell sie ab. Sie kommt zu sich.“

Jareds Griff um mich wurde fester und sein Herzschlag gewann an Fahrt, ehe er nickte und mich vorsichtig absetzte. Meine Beine fühlten sich an wie Wackelpudding und strauchelten auf der kalten Oberfläche. Ich klammerte mich an seinen Oberarm, um das Gleichgewicht zu halten. Sofort legte er eine Hand um meine Taille und zog mich an seine Seite.

*Wo sind wir?*

Auf der Suche nach Orientierung betrachtete ich die unbekannte Umgebung. Wir befanden uns auf einem breiten Kiesweg, der, vom Regen nass, auf eine Lichtung führte. Zu unserer Rechten lag eine Bergkette, in der Ferne hörte ich Meeresbrandung. Am Himmel verhinderten dunkle Wolken jegliches Tageslicht, zig kleine und große Lichterfunken dienten als einzige Lichtquelle neben einem blutroten Mond und gelegentlichen Sternschnuppen. Eine Bewegung fiel mir ins Auge, sobald sich aus der Finsternis des Waldes hinter uns eine Gestalt abhob.

„Tatius!“, rief ich glücklich und ging in die Hocke, da der Höllenhund allmählich in Sichtweite kam. Sein Kopf wirbelte beim Klang meiner Stimme herum, die Nase erhoben, zweifellos, um unseren Geruch aufzunehmen. Er stieß ein lautes Geheul aus und setzte sich in Bewegung, beschleunigte seinen Lauf mit mächtigen Prankenhieben und rammte mich Sekunden später fast um, bremste aber in einem haarsträubenden Manöver und legte seinen schweren Kopf auf meine Schulter. Sein Körper dünstete Todesgestank aus, er war verkrustet von Blut und übersät mit neuen Narben. Nachdem meine Arme sich um seinen Hals schlossen und wir einfach nur stillhielten, entspannte er sich. Lukes Kopfschütteln und Jareds missbilligende Blicke entgingen mir nicht.

„Willkommen bei der dritten Prüfung“, lächelte ich schwach in das Fell und stand langsam auf. Mein Kleid wehte im tosenden Wind, weshalb ich mit einer Hand den Höllenhund streichelte und es mit der anderen festhielt.

„Hast du eine Ahnung, wo wir uns herumtreiben?“

Ich rollte meine sich materialisierende Peitsche zusammen und schüttelte nachdenklich den Kopf in Jareds Richtung: „Nie zuvor hier gewesen.“

„Der Vorhof ist riesig“, stimmte Luke zu. „Ich schlage vor, wir folgen den Wellen. Sobald wir das Ufer erreichen, machen wir das Schloss aus.“

„Ist das Schloss unser Ziel?“ Mir entging nicht, wie er den Griff seines Tarsus von einer Hand in die andere legte und Jared seinen rabiater umklammerte.

„Kann ich nicht sagen.“

„Willst du nicht sagen“, korrigierte ich und er seufzte. Das herauszufinden, war wohl Teil der Aufgabe.

„Los geht's“, knurrte Jared und nahm meine Hand. Luke bildete das Schlusslicht, mit Tatius einen halben Meter hinter sich. Die nächsten Minuten hing jeder schweigend seinen eigenen Gedanken nach.

„Ich kann überhaupt nichts sehen“, raunte Jared plötzlich in die Stille und trat wüst nach einer losen Baumwurzel. Luke stolperte ebenfalls und quittierte das mit einer illustren Kaskade an Beschimpfungen. Ich verdrängte quälende Fragen zu dem Ausgang dieser Nacht und betrachtete den Boden genauer, der sich tatsächlich gerade veränderte, indes vermehrt Sterne erloschen und der Mond gleitend hinter Wolken verschwand.

„Und Gott sprach", deklamierte ich und ließ effekthaschend Funken um mich sprühten, „es werde Licht!"

Meine Kleidung erstrahlte sogleich in gelbrötlichen Flammen, die meiner Haut entstammten und sie dennoch kühlten, bevor sie sich über die Grenzen meines Körpers ausbreiteten und ich Jared fluchen hörte, weil ich ihn verbrannte. Ich entschuldigte mich bei ihm, wünschte mir das Feuer auf Fackeln verteilt und reichte jedem eine. Luke nahm seine gerade in Empfang, da blendete mich plötzlich etwas. Ich hatte einen Wimpernschlag Zeit, um zu rätseln, was das war, im nächsten griffen bereits Hände nach mir. Ein stämmiger Mann in den besten Jahren umfing meinen linken Arm und wir rangen, ehe er wie eine Marionette zusammenklappte, ein Loch in seinem Schädel, da wo Jared ihn erwischt hatte.

„Wenn ich raten müsste, würde ich sagen, er ist erst angekommen", sinnierte Luke und beugte sich über den Körper, den Tatius gerade begann, in Stücke zu fetzen. Fasziniert beobachtete ich den Hund dabei, obwohl die aufgerissenen blauen Augen seines Opfers mein Gesicht nie verließen, selbst als der Hund ihm ein Bein aus dem Körper riss. Dieses Blau kam mir bekannt und doch fremd vor.

„Bitte", flehte er tonlos und sein Brustkorb hob sich viel zu selten, dafür dass seine Atmung so hastig ging und sein Ton so scheppernd war.

„Hab Erbarmen."

Tatius ließ den zweiten abgetrennten Fuß fallen und verbiss sich in seinen Unterarm, der knackte, gedreht und gezerrt wurde, bis er endlich abfiel und die Augen sich in dem Schädel des Mannes verdrehten, sodass schließlich nur noch das Weiß zu erkennen war. Blut spritzte in sämtliche Richtungen. Tatius' konzertiertes Knurren ging in dem Wimmern des Mannes unter, den ich intensiver musterte, bevor ich mich eines Besseren besann. Wortlos trat ich vor und spürte meinen Tarsus ausfahren. Mit einer gleitenden Bewegung hob ich den Arm und die Seele kniff weinend die Augen zusammen, seine blassen Lippen murmelten hastig ein stilles Gebet. Einen Moment später durchschnitt das Geräusch der messerscharfen Klinge die Luft und sein Kopf rollte polternd zu Jared, der ihn wie einen Fußball wegtrat. Tatius schnaubte – schließlich verschwand, was von dem Mann übrig geblieben war.

Und dann hörte ich den Glockenschlag.

Das Blätterrascheln und Lachen der Leute.

Ich sah weder das Yale-Gebäude noch die Menschen, aber ich roch den Frühling und spürte die unendliche Traurigkeit, die mein Herz umklammerte. Meine Lippen pressten sich in eine feine Linie, weil ich auf Morgan zuhalten wollte, seinen Namen rufen, seine Aufmerksamkeit auf mich lenken. Doch ich konnte mich lediglich dazu überreden, zögernd loszulaufen und den kalten Ring an meinem Finger zu drehen, immerzu nervös zu drehen. Mein Blick fuhr wie auf Befehl automatisch an meine Hand und blieb an meinem schwarzen Armband hängen. Kein Ring in Sicht.

„Mimi?“, Lukes scharfe Stimme durchdrang den schwindelerregenden Vorhang meiner Sinne und ich erinnerte mich, wo ich war. Ich kniete am Boden, an der Stelle, wo der Körper gelegen hatte und strich über die Erde, meine Augen folgten dem Kolibri, der über uns Kreise zog, als würde er auf etwas warten. Der Vogel durchbrach anmutig die Wipfeldecke des Waldes in einem wilden Muster, das ich erkannte, und ich lachte bei der Erinnerung.

„Folgt ihm!“, rief ich meinen Begleitern mit einer wilden Reibeisenstimme zu und rannte dem Kolibri nach in die Tiefen des Waldes, der sich dabei zu Wüsten, Inseln, Bergen änderte.

Die Sekunden wurden zu Minuten und verschwammen zu Stunden, in denen wir durch sich ständig verwandelnde Landschaften eilten, durch Gewitter und Hagel, über Abhänge und Flüsse hindurch in ein verdorrtes Sumpfgebiet, dessen trockene Erde rissig und heiß war.

„Du bist dir sicher, dass er uns den Weg weist?“, fragte Luke irgendwann atemlos. Er war einen Schritt hinter mir und der Einzige, der die Landschaft kontinuierlich beobachtete. Mein Gefühl empfahl mir, Klima- und Gegendwandel keinerlei Bedeutung beizumessen und Jared zu meiner Rechten empfand das wohl ähnlich. Mit einer Hand zeigte ich in den Abendhimmel, der gerade rot und lila erstrahlte und eine willkommene Abwechslung zu dem bis dahin dominierenden tristen Schwarz bildete. „Er hat mir beim ersten Mal schon geholfen.“

„Sie hat recht“, stimmte Jared zu. „Keno kann hinunter.“

Luke schlug sich grinsend gegen die Stirn. „Keno!“

„Wer ist Keno?“

„Lawrence’ erste begnadigte Seele. Sie liebte die Natur und bat ihn, ihre zweite Chance als Teil dieser verbringen zu dürfen. Da sie ein Mensch war, musste sie sich ein lebendiges Äquivalent aussuchen und wählte die Erscheinung eines Vogels.“

„Man kann sich seine neue Gestalt aussuchen?“

„Keno durfte es.“

„Vögel waren bereits in der Antike Symbol für die Weiblichkeit“, ergänzte Luke und ich sah gebannt zu dem schwarzen Punkt am

Himmel, wischte mir dabei den Schweiß von der Stirn, „aber *sie* wählte die Form, weil sie bereits zu Lebzeiten ihre Freiheit dermaßen liebte, dass sie dafür zur Sünderin wurde."

Die Sonne versank, um Platz für eine neue Nacht zu machen. Mit dem Licht verschwand die Wärme und kleine Kondenswölkchen bildeten sich vor unseren Mündern.

„Keno", probierte ich leise lächelnd den Namen aus, wobei der Vogel zu mir blickte und nach oben stieg, um gleitend nach unten zu segeln und sich einmal zu überschlagen, ehe er wenige Meter über unseren Köpfen weiterflog.

„Du warst das in Lawrence' Büro?"

Er veränderte seine Form in die eines Raben und ich lachte auf. Gleichzeitig spürte ich den Sand zwischen meinen Zehen und kniff die Augen zusammen, um im Sternenlicht das Umfeld besser begreifen zu können. Wir folgten einem schmalen Pfad, der durch dichten Dschungel führte, dessen Boden mit Wurzeln, Pflanzen und Gras auf gelber und schwarzer Erde bewachsen war. Luke übernahm die Führung und unsere Schritte wurden langsamer, gleichzeitig stieg die Luftfeuchtigkeit und die Kleidung begann an uns zu kleben. Keno und Tatius teilten sich auf, durchstöberten das Gebiet zu Fuß und in der Luft. Ich hörte Jared hinter mir genervt schnauben und knallte fast gegen Luke, mittlerweile an der Spitze, weil er abrupt stehen blieb. Seine vorschießende Hand stoppte mich jedoch unsanft und drückte mich zugleich fort. Ein perplexer Jared bekam meinen Schwung ab, rutschte aus und fiel unsanft auf sein Hinterteil, rappelte sich knurrend wieder hoch. Nur am Rande wurde ich seines Ärgers gewahr. Meine Augen hingen an seinem Cousin.

„Was ist los?" Die Nackenhaare hatten sich mir aufgestellt, mein Blick folgte seinem, vorbei an riesigen Baumstämmen und Lianen zu einem wunderschönen Teich, auf dem sich silbernes Mondlicht spiegelte. Lukes Augen starrten geradeaus, bis sie in einer abgehackten Bewegung zu Boden blickten und er scharf einatmete.

„Halt", presste er durch zusammengebissene Zähen hervor, „keinen verdammten Schritt weiter."

„Luke?", fragte Jared ihn alarmiert. Jener fuhr sich über das Gesicht, die Aufmerksamkeit nun auf Jared gerichtet, der das Klicken im selben Augenblick wie ich vernahm. Während ich jedoch rätselte, leuchteten Jareds helle Augen bereits wissend auf. Das Geräusch war konstant wie unscheinbar.

Instinktiv sprang ich zurück.

„Ist das etwa …?"

„Fuck!", bestätigte Jared meine Vermutung.

„Teleportiert euch fort“, erklärte Luke ruhig, seine Stimme eine Mischung aus leise und tief, die mich fröstelte. „Ich habe sie ausgelöst. Ich bade das aus.“

Auf meiner Unterlippe kauend drehte ich den Kopf von einem zum anderen. Die Tretmine unter ihm piepte im stetig gleichen hohen Ton, der vernehmbar schneller wurde. Piep piep piep piep piep. Piep piep piep piep piep.

„Nein“, erwiderte ich.

„Nein“, wiederholte auch Jared. „Wir sind ein Team. Wir lassen dich nicht zurück.“

Luke starrte nun demonstrativ mich an, stumm argumentierend, doch ich schüttelte mit Nachdruck den Kopf. Die Bombe unter seinem linken Fuß zählte die Zeit erbarmungslos weiter herunter.

Niemals würde ich ihn einfach zurücklassen können. Wir *waren* ein Team. Aber entscheidender war: Luke war mein Freund.

„Du bist dabei, um mich zu unterstützen, Luke. Träum weiter, wenn du denkst, dass ich dich einfach so von deinen Pflichten entbinde. Da musst du schon mehr leisten für die Freilassung deiner Seele“, zwinkerte ich und ging vorsichtig in die Hocke, um mir einen Eindruck von unserem Problem zu verschaffen.

Ich hörte ihn ungehalten aufstöhnen. Eine längere Pause entstand, anschließend fragte er: „Wie schlimm ist es?“

„Schwer zu sagen. Aber sie ist rund und golden, und du stehst zur Hälfte drauf.“

„Sie ist in der Erde vergraben, keine Chance, sie rechtzeitig erkannt zu haben“, übernahm Jared neben mir und schob vorsichtig mit den Fingern den Rest Schmutz und Lehm zur Seite. „Ich lege sie frei, so gut es geht. Beweg dich nicht und achte auf konstanten Druck.“

Hier unten war das mahnende Piepen lauter. „Bleibt der Rhythmus gleich“, rechnete ich überschlagend durch, „würde ich sagen, wir haben circa zwei Minuten für einen brillanten Einfall.“

Meine Peitsche fester packend schloss ich die Augen, um unabgelenkt denken zu können. Weglaufen, -springen oder -fliegen waren keine Optionen. Sobald er seinen Fuß vom Auslöser fortbewegte, würden wir so schnell in die Luft fliegen, dass wir nicht einmal mehr Zeit zum Zwinkern hätten. Zumal ich nicht sicher war, dass ich die beiden überhaupt in die Luft kriegen würde. Ich begann auf und abzugehen, meinen Blick fest auf den Boden gerichtet. Tatius tauchte zwischen dichtem Gebüsch auf, blieb aber in sicherer Entfernung stehen und setzte sich, das unruhige Zucken seines Schwanzes wirbelte Staub auf, bevor er sich auf sein Fell legte. Mit jeder verstrichenen Sekunde, jedem lauter werdenden Piepton wurde ich fahriger. Um meine Hände zu beschäftigen, griff ich automatisch nach meiner Kette. Sobald meine Haut Kontakt mit dem kühlen Schloss hatte, durchfuhr mich ein Gedanke und es fiel mir wie Schuppen von den Augen. Mein Armband leuchtete blau wie der Himmel über dem Dickicht. Nach einem tiefen Atemzug machte ich auf dem Absatz kehrt, zurück zu den Cousins.

„Gegengewicht!“, rief ich aus und mein Herz schlug dermaßen aufgeregt gegen meinen Brustkorb, dass ich dachte, sie könnten es hören.

„Wie war das?“, fragte Jared. Seine Augenbrauen schossen dabei in die Höhe.

„Wir ersetzen sein Körpergewicht mit etwas annähernd Schwerem. Das wird nicht lange klappen, aber es reicht, um uns wegzuteleportieren.“

Noch mitten im Satz, bemerkte ich, wie zwei Neola-Sphären auf den nächstgelegenen Baum zuhielten, und die Schweißperlen auf Jareds Stirn, der ihren Weg aufmerksam verfolgte. Bedachte man, dass der Rhythmus der Mine schneller und lauter wurde und sein Cousin nicht einmal eine Minute vom sicheren Tod entfernt war, war es nachvollziehbar wie schwer die Konzentration ihm fiel. Auch ohne die Details zu kennen, war klar, dass der Vertrag zwischen seinem Vater und Lawrence beinhaltete, dass Luke bei dessen Erfüllung überlebte.

„Mimi?“, seine Lippen hatten sich kaum bewegt, so zaghaft war Lukes Stimme. Ich machte einen Bogen um ihn herum, um Jared nicht abzulenken. Sobald ich neben ihm ankam, ergriff ich Lukes zitternde Hände, um sie fest zu drücken. Er bemerkte es gar nicht.

„Was stimmt nicht mit dem Wasser?“, fragte er abwesend.

Stirnrunzelnd wandte ich mich dem friedlichen Teich zu, hinter seinem Kopf fiel zugleich ein Baum mit dumpfem Poltern um. Glühwürmchen tanzten über und auf der Teichoberfläche, die dadurch golden leuchtete.

„Im Vorhof gibt es keine Insekten.“

Nickend kniff er die Lippen zusammen. „Sieh dir das an.“

Keno vertrieb die Lichtpunkte und stob in den Himmel, um zu drehen und sich anschließend wie ein Stein hinabzustürzen. Wenige Meter über der Wasseroberfläche ballte er sich zu einer Kugel zusammen und schloss die Augen. Einen Wimpernschlag später wirbelte sein Körper durch das Nass und eine riesige Wasserfontäne schoss in die Nacht.

Stille.

Ich hörte das Piepen und meinen Herzschlag, während sich die Wogen glätteten und die Glühwürmchen zurückkamen.

„Hörst du das auch? Dieses leise Summen?“

Angestrengt, über das mechanische Piepen und meinen Herzschlag etwas wahrzunehmen, horchte ich intensiver.

Zuerst dachte ich, es seien Vögel oder weit entfernter Wind. Aber es war zu beständig und gleichbleibend, als dass es die Natur produzieren könnte, und die Glühwürmchen nahmen die alte Position wieder ein – exakt *dieselbe* alte Position.

„Statik", begriff ich aufgeregt und wäre am liebsten auf- und abgesprungen, besann mich aber im letzten Augenblick eines Besseren. Eine ruppige Bewegung meiner Hand, die seine mitriss, und ich würde uns drei in die Luft sprengen. „Da hinten beginnt ein neues Savea!"

„Pass auf", flüsterte Luke und seine Hand in meiner zuckte. Zur selben Zeit verwandelte ein Wirbel den Teich in einen Strudel, der jegliches Leuchten verschlang, bevor es sich erneut beruhigte und leichte Wellen ans Ufer plätscherten. Gleich darauf spie das Wasser einen schwarzen Ball aus.

„Keno!"

Beim Klang seines Namens flackerten seine Augen ein wenig, er selber stieg und stieg und stieg. Ich sah seinen Kampf mit den eigenen Gliedern, wie er versuchte, die Flügel auszubreiten, den Körper durchzustrecken, die Krallen auszufahren. Und scheiterte. Immer und immer wieder.

Die Schwerkraft forderte ihren Tribut und kaum hatte er eine Wolkenreihe erreicht, fiel er, sich in einer wirren Spirale drehend, Richtung Boden.

„Hierher", befahl ich und streckte meine rechte Hand aus. Er manifestierte sich zuckend darin und ich seufzte erleichtert. Kenos Blick suchte meinen, starr vor – Angst?

*Nein.*

Ich führte das bebende Wesen näher an mein Gesicht und roch Veilchen und Rosen. Auf seinem Gefieder lag eine feine Schicht Pollen. Er öffnete den Schnabel und ließ etwas fallen.

Marmor.

„Es ist ein Portal …", murmelte ich und Lukes Pupillen befiel ein anerkennendes Funkeln. Jared, der soeben neben uns auftauchte, den untersten Teil eines Baumstammes über der Schulter, legte fragend den Kopf schräg. „ … und ich wette, dieser Teich führt direkt in den Garten der Genüsse."

Keno fiepte schwach. Ich strich ihm über den Kopf und übergab ihn Luke.

Neuer Tatendrang ergriff Besitz vor mir. Wir mussten diesen Ort verlassen, zurück auf vertrautes Terrain. Noch in der Überlegung schlug ich mir mit der flachen Hand an den Kopf.

„Du hast es", grinste Jared.

„Wir müssen zu den Klippen?" Es war keine Frage. Der einzige Weg dorthin führte durch den Garten. Beide bejahten. „Dann los."

Jared wurde binnen eines Sekundenbruchteils wieder ernst. Mit Nachdruck in Stimme und Blick starrte er seinen Cousin an und erklärte: „Rolle deinen Fußballen ab, Zentimeter für Zentimeter. Sobald du wegrutschst, platziere ich den Stamm nach. Langsame Bewegungen, keine Hektik, verliere nicht die Nerven. Steht er erst, haben wir vermutlich nur wenige Sekunden, aber wenn Mimi schnell ist, schaffen wir es."

Ich verkniff mir auch nur den Ansatz von Zweifel. Teleportation mit zwei Personen ihrer Gewichtsklasse mochte neu für mich sein. Andererseits hatte ich an meinem dritten Abend Morgan einmal quer durch Mainfield in mein Bett gebeamt, ohne mir dessen gewahr zu werden.

*Morgan …*

Ein Gefühl, mächtiger als jedes andere, flutete meinen Körper. Ich sehnte mich nach ihm mit solch Nachdruck, dass mein Herz aussetzte. Wäre er da, wäre er angetreten, würde er sagen, dass ich das schaffe. Versichern, ich könnte es, wenn ich wollte.

Pieppieppieppieppiep.

Ich schüttelte meinen Oberkörper, atmete ein und aus, und schloss schließlich die Augen. Das war er. Mein Moment. Unser Schicksal, das sich in dieser letzten Prüfung erfüllte. Meine Glieder entspannten sich und die Härchen auf meinen Armen stellten sich auf, sobald der Rausch mit dem Wind über meine Haut strich. War es falsch, das zu genießen? Das Gefühl, dass endlich zusammenkommt, auf was man lange hingearbeitet hat? Wir waren so weit gekommen. Die Jungs hatten mich unermüdlich ausgebildet, mir nur Vertrauen geschenkt, mich bestärkt.

Zeit, es ihnen und mir zu beweisen.

Ich fühlte mich mehr als sicher. Ich fühlte mich – lebendig.

Mit einem beruhigtem Lächeln öffnete ich die Augen wieder, und meine Entschlossenheit festigte sich. „Bereit."

„Drei, zwei, eins", hörte ich Jareds Countdown, bei dem ich Lukes Hand fester umschloss, näher zu Jared trat und meine andere Hand unmittelbar vor seinen Oberarm ausstreckte.

„Jetzt!"

Lukes Körper versteifte sich. Er schluckte hart und verlagerte sein Gleichgewicht behutsam auf die andere Seite, obwohl das Piepsen, zumindest in meinen Ohren, vehementer, schriller wurde. Seinen Blick auf mich gerichtet behielt ich meinen bestärkenden Gesichtsausdruck, derweil Jared den Stamm in Position rollte.

„Ich wäre so weit."
Sein Fuß rutschte vorsichtig zur Seite und sechs Augen fixierten gebannt das polierte Metall, das sichtbarer wurde. Nur noch wenige Zentimeter.
Noch zwei. Noch einer.
BOOM.
Wir zuckten gleichzeitig zusammen, als über uns ein Sternkomet explodierte. Mit Horror in den Augen sah Luke an sich herab, wo die Tretmine nun sichtbar war.
Piiiiiieeeeeeeeeppppp.
Jared fluchte und stellte geistesgegenwärtig den Stamm komplett drauf. Im selben Moment ergriff ich seine Hand und wünschte uns unter Wasser. Kaum schlugen die Wellen über uns zusammen, spürte ich den Schmerz an meinem Körper und wie etwas Zähes, Mächtiges mir fast die Arme ausriss, mit denen ich meine Freunde hielt. Ich erhöhte den Druck, um nicht loszulassen, meine Lunge am Bersten, um uns nur Schwärze und Kälte, nichts Nasses, nichts Weiches. Gerade als ich das kokelnde Fleisch roch, rammte mich dasselbe Etwas schwer in den Unterleib.
Eine Sekunde später prallte ich auf Halbfestes und japste nach Luft.
Dann war alles vorbei.
Meine Augen öffneten sich nicht. Ich versuchte es, doch die Dunkelheit lag schwer auf meinen Lidern.
„Verdammt! Verdammt! Verdammt!", hörte ich Jareds Stimme raunen. „So eine gottverdammte ... Hey, seid ihr da?"
Die einzige Reaktion darauf war ein schepperndes, tiefes Lachen, das heiser in der Nacht hallte. „Ich hoffe inständig, dass du das bist, Mimi."
Unter mir bewegte sich deutlich spürbar der Boden und ich begriff, dass meine Augen weit offen waren, aber die Welt um mich pechschwarz.
„Luke?"
„Bitte – steh auf", zwei Hände legten sich um meine Oberarme und schoben mich beständig fort.
„Oh, nein. Entschuldige!", meine rechte Seite tat höllisch weh, als ich versuchte, von ihm herunterzurollen und dabei auf kalten Untergrund fiel. „Wo sind wir?"
„Wo seid *ihr*?"
„Hier. Folge unseren Stimmen", erklärte Luke und dirigierte seinen Cousin, der schlurfend und laut atmend näher kam. Er war wenige Meter von uns entfernt, da flutete grelles Licht plötzlich die gesamte Umgebung. Wie auf Kommando hoben wir die Hände vors Gesicht und blinzelten. Die Reaktion darauf war erneute Nacht.

Luke schrie auf.

Für das Schlimmste gewappnet, streckte ich meine Rechte nach ihm aus. Was, wenn der Sprengsatz beim Beamen detoniert war? Wenn er dabei verletzt wurde? Wenn er verblutete? Meine Stimme war nur halb so fest, wie ich wollte: „Geht's dir gut?"

„Ja", ächzte er nach einer kleinen Ewigkeit.

Meine Finger fuhren vorsichtig tastend an seinem Körper entlang. Unter jeder Berührung versteifte er sich mehr. „Jetzt *bete* ich regelrecht, dass du das bist."

Jared grunzte.

„Mimi?", flehte Luke.

„Ich bin es", schnalzte ich mit der Zunge und verdrehte die Augen. „Halt still." Ein Kopf, zwei Arme, zwei Beine.

*Gott sei Dank.*

„Ich hätte dich nie für ein Fummeln-im-Dunkeln-Häschen gehalten", lachte er, sobald ich seinen Oberkörper erreichte und ich schlug ihm sanft gegen die Schulter.

Jareds Stimme war näher. „Hey, ich bin sicher auch verletzt."

*Sie konnten Witze und Sprüche reißen?* Damit waren sie vermutlich außer Lebensgefahr.

Um uns kehrte wie auf Kommando mit einem lauen Flackern das Licht wieder und dimmte sich auf angenehme Weise. Es reichte, um die Konturen des Raumes auszumachen, ohne dass es in den Augen stach.

Ich schleppte mich zur nächstgelegenen Wand, lehnte mich daran und schob mich schließlich an ihr hoch. Mein Kleid hing teilweise in Fetzen an meinem mit Dreck und Blut verklebten Körper.

„Ich hasse es, euch zu enttäuschen, aber das sieht nicht aus wie ein Garten", sagte Jared und reichte seinem Cousin die Hand. Beide wirkten, als wären sie durch die Hölle gegangen: überall Blut, Wunden und Kratzer am ganzen Leib, ihre schmutzige Kleidung zerrissen, die Haare zerwühlt, teils ausgerissen. Jareds rechtes Augen schwoll zu und zwei rote Schlieren verliefen aus seiner Nase. Luke hatte eine klaffende Wunde von der Augenbraue bis zur Lippe und seine linke Körperhälfte war übersät von Blutergüssen. Vermutlich hatte er sich bei der harten Landung gebrochene Rippen zugezogen. Ich bemerkte, dass Jared hinkte und ihm am linken Unterarm die Haut in Fetzen herunterhing. Gemessen an meinem doch eher unbeschadeten Körper – außer einem tauben Gefühl in meinen Beinen und meinem Hinterkopf war ich unversehrt – hatte ich es am besten erwischt. Ich bat sie zu mir und wünschte mir ein Leinentuch herbei, das ich in mehrere Streifen zerriss. Damit wischte ich Lukes Gesicht ab und verband seine Wunden. Innerhalb von Sekunden färbte die Blutung oberhalb seiner Stirn das Tuch rot, doch der provisorische Druckverband schien sie letztlich auch zu stoppen.

Erleichtert generierte ich gleich darauf eine Schiene und bandagierte Jareds Bein, bevor ich seinen Oberarm abband.

„Und wer versorgt dich?“, fragte er und strich mir eine verklebte Strähne aus dem Gesicht, die ich vergeblich wegzupusten versucht hatte.

„Ich heile bereits“, erwiderte ich und verknotete mit finsterem Blick die Enden seiner Bandage. Die schreiende Ungerechtigkeit des Ganzen machte mich wütend. Sie waren wegen mir hier. Brachten sich wegen mir in Todesgefahr.

„Mimi?“

Harsch schlug ich seinen gesunden Arm fort und ballte die Hände zu Fäusten. Tief einatmend stampfte ich los und fühlte ihre Blicke auf meinem Rücken, derweil mein Armband warm und wärmer wurde. Die Hitze rannte durch meine Venen und ich fuhr mit den Fingern über das Relief der nächstgelegenen Wand, die vor unseren Augen bei meiner Berührung zu Nichts gesprengt wurde. Die Schockwelle dauerte an, also kniete ich mich hin und legte die Hände flach auf den Boden. Diese Erschütterung fühlten bestimmt noch die Seelen im Ewigen Feuer.

„Der Garten liegt direkt über uns“, presste ich mühsam hervor, stand auf um mich in dem unterirdischen Höhlengeflecht nach einem bekannten Anhaltspunkt umzuschauen, und überlegte wild hin und her, wobei mein Blick über das raue Braun der Wände strich. „Ich müsste mich stark irren, falls wir nicht in der Nähe der Bibliothek sind.“

„Das schließt du woraus?“

„Die Wände sind hier heller. Je weiter weg von den Büchern, desto dunkler werden sie.“

„Hmmm?“

Ich rammte meine prickelnde Faust in die Wand zu meiner Linken, dass der Putz bröckelte, mein Handgelenk nun fast heiß, und versuchte meine Emotionen vor der nächsten Phlegetonwelle zu beherrschen. Morgans Frust, wenn er gegen sein Temperamt ankämpfte, war mir nie verständlicher. „Liegt an der Feuchtigkeit. Zur Konservierung der Bücher.“

Luke hielt sich die Seite und warf Jared einen besorgten Blick zu. Dieser trat mit festen Schritten zu mir. Trotzdem entging mir nicht, dass er kurz zusammenzuckte, sobald er sein verletztes Bein belastete.

„Ganz ruhig“, befahl Jared mir sachte und ich ließ meine Hand erschöpft herabgleiten. Seine dunklen Iriden funkelten im sanften Licht warm und er hob eine Hand, um mir übers Gesicht zu streicheln. Abgelenkt von dem Leuchten seines Blickes tauchte ich ab in seinem wohltuenden Lächeln. Erst da ich mich beruhigte, konnten wir weitermachen. Er wusste, wie das anzustellen war. „Nummer vierzehn: Man schmeiße den Oreo in ein Glas Milch und warte, bis er sich auflöst."

„Das ist dämlich."

„Dämliche Entscheidungen führen zu den besten Erinnerungen", zwinkerte er.

Und einfach so wischte er jeden Beruhigungs-Erfolg beiseite.

Ernüchtert trat ich von ihm fort. Falls jemand das einschätzen konnte, dann er und sein Cousin. Einer solchen Entscheidung hatten sie ihre Anwesenheit zu verdanken. Und nichts daran würde zu positiven Erinnerungen führen.

Er griff wieder nach mir und ich rempelte ihn harsch an. Luke und er waren die Letzten, von denen ich Trost annehmen durfte. Sie sollten mich hassen. Nicht unterstützen.

Anstatt sich auch nur einen Millimeter zu rühren, musterte mich Jared intensiv, ehe er wortlos meinen Oberarm packte und mich rabiat an sich zog.

„Lass mich los."

„Nein."

„Jetzt. Jared!"

„Ich sagte nein."

Sein Blick wurde durchdringender. Ich hielt ihm stand. Als er den Kopf schief legte und mich weitermusterte, schlug ich die Augen nieder.

„Du machst dir Vorwürfe."

„Na und?", fuhr ich ihn an, überrascht. Sein Mund verzog sich zu einem kleinen Grinsen. „*Das* ist dämlich", warf er mir meine eigenen Worte an den Kopf. „Wir sind bei dir, weil Morgan unser bester Freund ist. Weil du unsere Freundin bist. Weil wir euch helfen wollen. Nicht weil wir müssen, nicht weil wir sollen. Ich wäre an deiner Seite, auch ohne dass mich jemand darum gebeten hätte. Im Gegenteil: Ich hätte gerne denjenigen kennengelernt, der mir verbieten wollen würde, dich zu begleiten."

„Absolut. Du hättest uns so oder so an der Backe. Wir trainieren seit Jahren für diesen Spaß, Mimi", bekräftigte Luke meiner Meinung nach zu vernünftig und trat zu uns. Ich spürte Jareds Herz und entspannte mich an seinem Körper. Sobald sich sein Griff lockerte, drängte ich mich näher und er schlang beide Arme um mich, legte sein Kinn seufzend auf meinen Kopf. Lukes Hand streichelte derweil meinen Rücken, zirkulierend, massierend.

Wir verharrten. In Einigkeit. Verbundenheit. Ruhe. Die Nähe der zwei übernahm Besitz von meinen Sinnen und verdrängte meinen Zorn.

„Besser?“, hörte ich Luke, weil ich mich etliche Minuten später losmachte. Ich holte tief Luft, ließ sie durch meine Lungen strömen, schob meinen Kiefer stur vor und nickte ihm entschlossen zu: „Bringen wir es zu Ende.“

Wir durchquerten den Tunnel, der sich vor uns öffnete, und an mehreren angrenzenden Räumen und Abzweigungen vorbei gelangten wir an eine Treppe, die nach oben führte. Ich erinnerte mich an das erste Mal, dass ich den steilen Stufen gefolgt war, gezogen von Morgans starrer Hand, erinnerte mich an das Gefühl, richtig durchatmen zu können, nachdem das Tageslicht wieder auf mich getroffen hatte.

„Morgan und die anderen sehen uns zu?“, fragte ich. Sie sollten gerade vor dem Gläsernen Globus versammelt sein.

„Ja.“

„Können sie uns hören?“

Luke nickte.

*Mimi*, hörte ich sogleich *seine* Stimme in meinem Kopf und unterdrückte ein Lächeln.

*Darfst du das?*

*Wen schert's?*

Ich lachte auf und erntete verwirrte Blicke von meinen Begleitern, die sich angeregt besprachen.

*Ich schaffe das, Morgan*, versuchte ich ihn zu beruhigen. Allein schon der Klang seiner Stimme war wie Streicheleinheiten auf meiner Haut. Ich versuchte ihn mir vorzustellen, unruhig auf eine Glaskugel starrend, wie er seine Hände wild durchs Haar jagte.

*Verdammt nah dran. Ich laufe zusätzlich auf und ab.* Eine Pause entstand, in der ich ahnte, er kämpfte mit der Tatsache, nicht an meiner Seite sein zu können.

Wie ihn beschwichtigen? *Keine Sorge, meine Angst ebbt ab.*

Meine Augenbraue ging in die Höhe, als er nun an der Reihe war zu lachen. *Gut. Dafür graut es* mir.

*Morgan Vegard graut es vor gar nichts.*

*Ihm graut es vor der Entschlossenheit in den Augen seiner Freundin.* Sein leichter Tonfall überdeckte die mitschwingende Sorge nur dürftig.

*Denkst du etwa, ich könnte es vermasseln?* Mein Puls beschleunigte und meine Finger wurden kalt.

Er antwortete augenblicklich. *Mimi, ich will lediglich, dass du das Ganze heil überstehst. Du hast mir versprochen, an dich zu denken, sollte es hart auf hart kommen. Nicht an die Prüfung, nicht an den Thron.*

*Keine Prüfung* bedeutet *keinen Thron,* erwiderte ich ein wenig gereizt. Wir waren nicht bis heute gekommen, um es kurz vor Ende zu verbocken.

Um mich zu beschäftigen und nicht suspekt zu wirken, begann ich mich in unserem Kabuff umzublicken. Wölbungen, Erde, Staub.

*Ja. Und du weißt wie ich, dass ich beinahe alles für den Machtanspruch tun würde …*

*Genauso wie ich,* fuhr ich ihn an. *Es wäre schön, Zuspruch zu erhalten anstelle unterschwelliger Mahnungen!*

Die Decke über uns war an manchen Stellen porös, an anderen fest. Ich legte den Kopf in den Nacken, um den Weg eines Risses nachzuverfolgen, da entgegnete Morgan: *Spar dir das für jemanden, der dich nicht liebt!,* seine Worte grob und gefühllos wie seine Stimme. *Du bist sauer, weil Jared und Luke mit drinstecken und ich nicht dabei bin. Du willst es hinter dich bringen und nebenbei jeden von uns zufriedenstellen, koste es, was es wolle.* Er bremste sich mühsam und meine Unterlippe platzte auf, derart stark malträtierte ich sie. Gequält schloss ich die Augen, sobald er fortfuhr. *Lass es an mir aus, wenn es dir danach besser geht, rede dir ein, ich würde nicht an dich glauben, wenn dir Wut hilft, es durchzuziehen. Herrgott, lass dich noch mal von Jared umarmen!* Reflexartig fuhr ich mir übers Gesicht. Natürlich hatte er das mitbekommen. Ich zwirbelte eine Haarsträhne um meinen Zeigefinger, um sie gleich darauf über meine Schulter zu legen.

*Morgan –*

*Ich bin noch nicht fertig. Fuck! Mach was du willst. Aber denk zuerst an dich. Ja, ich würde viel für die Regentschaft opfern, Mimi. Zu viel. Aber ich will verflucht sein, falls ich dich dadurch in Gefahr bringe. Wagst du es, Mist zu bauen, dein Leben zu riskieren, ziehe ich dich dafür zur Verantwortung und dann wirst du dir wünschen, bei der Aufgabe draufgegangen zu sein!*

Er war jenseits von zornig. Mein Armband kokelte an den Rändern und ich verstummte komplett, während er einen kleinen Deut ruhiger ergänzte: *Dreh dich um und lauf zur gegenüberliegenden Ecke. Gabriel ahnt etwas.*

Ich tat wie mir geheißen, inspizierte die schwarze Erde und brach einen Teil ab, um sie wie Sand durch meine Finger rieseln zu lassen. Vergänglichkeit. Jegliches war von begrenzter Dauer. Eine Stunde, ein Frühling, ein Leben. Warum schätzten wir die Dinge gewöhnlich erst, nachdem es zu spät war?

*Tut mir leid,* sagte ich schließlich und wünschte mir, bei ihm sein zu können. Ihn zu berühren, sein Gesicht zu lesen. Selbst jetzt, atemlos und verunsichert, spürte ich seine Wärme. Erinnerte mich, wie er sich anfühlte, sein Körper an meinem. Diese Augen … und Lippen, die breiten Schultern, seine Finger, wie sie mich berührten. Ich schluckte hart und wischte mein Verlangen beiseite. *Ich stehe zu meinem Wort.*

Morgan klang so atemlos wie ich. *Und ich zu meinem.*

*Wenigstens sind wir uns in einer Sache einig.*

*Und im Rest nicht,* tiefes Schweigen folgte. *Von mir aus … Wir sind in achtzig Prozent unserer Beziehung unterschiedlicher Auffassung. Macht das Ganze prickelnder.*

Mein Grinsen war kaum wahrnehmbar. *Und der Sex bleibt bombastisch.*

Sein Stöhnen brachte mich zum Auflachen. Ich überspielte es mit einem Hustenanfall.

*Sorry. Ich habe mich an dir abreagiert,* wurde ich nach einer Pause wieder völlig ernst. *Luke, Jared und ich, wir kriegen das hin.*

*Daran habe ich keine Zweifel.*

„… und löschen sie aus."

Jareds letzte Worte überlappten sich mit Morgans. Irritiert drehte ich mich zu ihm „Wen?"

„Wir müssen an die Oberfläche", erklärte Luke und erkannte die Verwirrung auf meinem Gesicht. „Hast du uns zugehört?"

„Nicht ganz."

Jared bedeutet ihm, sich zusammenzureißen, und sagte zu mir. „Teleportation wäre am einfachsten, aber ich will deine Kräfte schonen."

„Außerdem sind wir nicht sicher, was uns oben erwartet."

„Also nehmen wir die Treppe. Das verschafft uns Zeit zum Durchatmen und der Überraschungsmoment liegt auf unserer Seite."

Im Licht der Höhle waren ihre Gesichter fahl und blass. Keine Ahnung, ob ich die Antwort hören wollte, aber die Frage war wichtig: „Was glaubt ihr, was oben ist?"

„Tag, Nacht, ein Monsun. Höllengesindel oder Seelen, Reiter oder Dämonen. Wir lassen es auf uns zukommen."

„Und erledigen sie, sobald sie sich zeigen?"

„Besser sie als wir", betonte Luke. Mein Blick traf auf seinen, da infiltrierte gerade aus dem Nichts plötzlich eine hohe Wand aus schwarzem Rauch unsere Kammer und die Wände entzündeten sich augenblicklich lichterloh durch einen grellen Funkenregen. Binnen einer Sekunde war es kochend heiß und die Sicht gleich null. Die Decke kam Stück für Stück, Brocken um Brocken herunter, der Boden wurde schlüpfrig und glatt.

„Raus hier!", schrie Jared über dem Tosen. „Die Höhle stürzt ein!"

Benzingeruch stieg in meine Nase und neue Feuerbänke engten uns ein.

„Der Ausgang! Ich kann ihn nicht ausmachen!"

„Stets geradeaus, Mimi", Lukes Stimme verging in der Feuersbrunst, die sich knisternd zu mir vorarbeitete. Meine Augen tränten. Ich machte einen Schritt und einen weiteren, einen dritten und vierten. Plötzlich waren zwei Durchgänge zu erkennen. Beide versperrt von blauen Flammen.

„Links oder rechts?", rief ich so laut ich konnte und schloss den Mund sogleich wieder, weil der Rauch meinen Rachen verätzte.
„Geradeaus!"
„Da ist nichts, Luke!"
Ich hörte ihn fluchen. „Bleib wo du bist. Ich hole dich."
Teleportation könnte mich in Flammen enden lassen. Stehen bleiben hätte dasselbe Resultat. Reinem Trotz verdankte ich die Leichtsinnigkeit, die darauf folgte. Es würde anders enden, schwor ich mir. Nicht auf diese Weise, nicht dermaßen nah am Ziel. Mit schnellen, festen Schritten stellte ich mir Schneemassen vor, die mich anstelle der Feuer umkreisten. Dachte an die Kälte, die Festigkeit, die Starre einer Lawine, die mich gefangen hielt. Im nächsten Augenblick lief ich durch die Flammen vor mir und immer weiter, da packte mich aus heiterem Himmel etwas und ich trat um mich.
„Hör auf, ich bin's", raunte Luke an mein Ohr und mein Herz setzte einen Schlag aus, während er mich durch den Rauch vorwärts manövrierte. „Bleib in Bewegung. Halte dir etwas vor Nase und Mund."
„Wo ist Jared?"
Er reagierte nicht und ich schob die Reaktion aus meinem Bewusstsein, um weiterlaufen zu können, ein generiertes feuchtes Taschentuch vor meinem Gesicht. Der Rauch war nun dick und schwer, ich konnte ihn auf meiner Zunge schmecken, in meinen Haaren fühlen und auf mir spüren. Mich an Lukes Hand klammernd fiel mir meine schwarze Haut auf. Ruß von Kopf bis Fuß und rotes Fleisch auf meinen Armen. Verbrennungen so weit das Auge reichte. Und dann erlosch die Feuersbrunst und es wurde dunkel und aus den zwei Ausgängen wurde kein einziger, indes der Raum sich stetig zu vergrößern schien. Egal wie weit wir gingen, wir entkamen dem Inferno nicht.
*Blind.* So fühlte ich mich nun.
„Jared!", aus den Augenwinkeln machte ich eine schemenhafte Gestalt aus, die sich auf uns zu bewegte. „Jared ist da hinten!"
Ich zog Lukes Hand in besagte Richtung.
„Schaff sie raus", schrie sein Cousin hustend durch den Krach, doch ich hatte längst die Richtung gewechselt, um zu ihm zu gelangen. „Bring Mimi hier fort!"
Der Konflikt in Lukes Augen, als er auf mich herabsah, war genauso herzzerreißend wie die Furcht darin. „Wir müssen weiter." Damit änderte er die Richtung, auf den vermeintlichen Ausgang zu. „Er kommt zurecht. Wir treffen ihn oben."
Ich rammte die Füße in den Boden oder vielmehr ins Benzin, das ihn durchzog und schüttelte den Kopf. „Alle oder keiner."

„Mimi, denk an die Prüfung. Daran, sie zu bestehen. Du kommst mit mir."

„Entweder du hilfst mir oder ich helfe ihm alleine."

Sein Griff um mein Handgelenk wurde fester. „Du spielst russisches Roulette."

Jareds Husten wurde zu Keuchen. Ich entriss Luke fauchend meine Hand. „Haben wir *dich* zurückgelassen?"

Damit ließ ich ihn stehen und rannte in die andere Richtung, in den Rauch, in die Ungewissheit. Lavaströme begannen kaskadenartig die Wände herabzulaufen, sammelten sich schließlich, um auf die Raummitte zuzurollen. Adrenalin pumpte stärker durch meine Adern und riesige, spitze Brocken lösten sich aus der Decke und rissen meine Haut auf, bohrten sich im Fallen hinein und vervielfachten den Schmerz.

„Mimi! Mimi, halt!", hörte ich Luke mir hinterherrufen. „MIMI! Shit!"

Meine Füße rutschten, doch ich fing mich, lief weiter, brüllte Jareds Namen, horchte auf seine rasselnde Atmung. Die Dunkelheit erstreckte sich endlos. Die Hände vor mir ausgestreckt, hoffte ich etwas zu ertasten, achtete darauf, geradeaus zu gehen. Gerade als ich dachte, ich sei zu weit gegangen, krachte meine Schulter gegen etwas Vertrautes. Herumwirbelnd tastete ich mit zitternden Fingern danach.

„Jared?"

Ein abgehackter, erleichterter Seufzer grüßte mich. Jared kauerte vornüber, hustend, japsend. „Du bist es …", seine Stimme war belegt.

Am liebsten wäre ich ihm um den Hals gefallen. „Nicht reden, zu viel Rauch."

„Wo ist Luke?", ignorierte er meine Aussage. Schwächer, aber dazu imstande.

„Genau neben euch", erklang eine zweite Stimme und diesmal schluchzte ich erleichtert mit Tränen in den Augen.

„Gott sei Dank."

„Einer für alle", erwiderte Luke über neues Knistern. Ich schnappte mir seine und Jareds Hand, wünschte uns in Sicherheit und wir standen plötzlich im Tunnel. Fackeln sorgten hier für Licht, ansonsten war es still und der Rauch deutlich weniger.

„Alle für einen", schlossen Jared und ich keuchend. Einen tiefen Atemzug nehmend, um meine ächzende Lunge mit frischer Luft zu versorgen, fiel mein Blick auf die brennende Kammer hinter uns.

„Ein Ausgang", verwirrt starrte ich zurück. „Aber ich habe zwei gesehen."

Erst im Licht der Fackeln war das Ausmaß meiner Verbrennungen sichtbar. Kokelndes Fleisch bedeckte meine Beine und Unterarme, teilweise rotbraun, mancherorts schwarz. Mein Kleid war fleckig, nur mein Armband rein und strahlend wie eh und je.

Lukes Lippen pressten sich zu einem Strich zusammen. „Bastarde! Sie wollen uns trennen."

„Und vorwärts treiben", spie Jared, der meine Hand nie losgelassen hatte, und stampfte mit mir im Schlepptau in Richtung einer Treppe, sein Gesicht zu einer wütenden Maske verzerrt. Ich blinzelte zu Luke, der sich öfter um die eigene Achse drehte, nichts unbeobachtet lassen wollte, wobei sich gleichzeitig ein Plan in seinem Kopf zu formen schien. Er holte uns ein und schob mich von hinten an. Vorwärtstaumelnd hallten unsere Tritte von den Wänden.

„Ich hasse es", murmelte Luke, ohne dass ich fragen musste. „Sie haben irgendetwas vor, dürften es aber unten jedoch nicht umsetzen. Nicht in der Nähe der Bücher. Was es auch ist, es ist bedeutend."

Seine Stimme wurde von erneutem Knistern überdeckt. Links und rechts von uns, in den angrenzenden Räumen und Gängen, bildeten sich neue Feuerherde wie zum Beweis seiner Theorie. Wir beschleunigten. Er lachte sarkastisch auf.

Die Hitze brannte in meinen Atemwegen, der Rauch in meinen Augen.

„Bleibt in Bewegung", ordnete Jared an und ich konzentrierte mich einzig auf den Weg, nicht auf die brennende Umgebung, nicht auf die sengende Glut. Wir erreichten die untersten Stufen und ich rastete kurz. Vor uns lagen knapp einhundert davon. Aus Erfahrung ahnte ich, sie kämen uns vor wie tausend. Dennoch starrte ich entschlossen nach oben, machte die ersten zwei Schritte.

„Bist du sicher?"

Jareds Stimme war gesprenkelt von Zweifel. Hinter ihnen näherte sich die Feuerwalze, die Orange und Gelb an die dunkle Wand warf.

„Kommt schon", erwiderte ich. Es gab nur diesen Weg. Der andere führte in die Bibliothek oder ins Fegefeuer. Ganz gleich wie gern ich Jared eine Alternative, einen geheimen Durchgang oder Schleichweg, geboten hätte, sie existierte nicht. Er wog ab, aber sobald ich ihm die Hand hinhielt, ergriff er sie ohne zu zögern und folgte mir. Luke nickte stumm. Je höher wir liefen, je mehr Stufen wir erklommen, desto sauberer wurde die Luft und ich hieß den Sauerstoff begierig willkommen. Luke hatte recht. Irgendetwas stand im Garten für uns bereit.

Wir durchbrachen die Lichtbarriere, erreichten den Ausgang und meine Pupillen weiteten und verengten sich noch justierend, während Sodom und Gomorrha über uns hereinbrach. Als würde innerhalb eines Wimpernschlages alles Paradiesische zerfallen und das wahre Gesicht der Hölle enthüllen. Eine Erschütterung verwandelte den Platz und ließ aus der Asche dutzender Explosionen eine neue Welt entstehen. Der Brunnen verwandelte sich zu einer breiten Straße, die Schreie in meinen Ohren wurden verdrängt von dem schrillen Klingeln folgender Detonationen. Vogelgesang, Kinderlachen und Hupen, sobald ich mich umschaute, um den Ursprung davon zu ermitteln. Nichts war an seinem Ort, jeder Baum, jede Blume im Wandel, hier erschien ein Rasen, dort teerte ein Weg sich und führte zu einem Pool, weiter hinten fuhr ein Wagen in eine Einfahrt, die sich um das Fahrzeug manifestierte. Das Klicken eines Baseballs, der gegen einen Schläger knallte, und das Anfeuern vieler Stimmen, bis der junge Batter loslief. Ich folgte dem Flug des Balls über die Köpfe seiner Freunde, die auf der breiten Straße verteilt standen, und in Richtung einer Garage, gegen dessen Tür er letztlich prallte. Mrs. Laraby schüttelte lächelnd den Kopf, als Brady sie spitzbübisch-verwegen anlächelte und schwitzend vor ihr zum Stehen kam. Er beugte sich, um den Ball aufzuheben, und verrann zu Sand. Seine Freunde folgten ihm.

„Bereit machen zum Angriff", sagte Luke über das Miauen einer Katze. Doch ich taumelte benebelt zurück. Wollte mit ihnen reden, ihnen etwas sagen, aber was, vergaß ich, darum kämpfend, mich nicht zu übergeben. Ein rohes Gefühl der Verwundbarkeit, des Bloßgestelltseins drückte auf meinen Brustkorb und schnürte mir die Luft ab, verbrauchte mich. *Das ist unmöglich.* Mein ganzer Körper zitterte, das Blut rauschte in meinen Ohren und ich versuchte durchzuatmen, aber der Anblick eines gelben Hauses zwang mich in die Knie. Panik überwältigte mich. Mein Verstand drehte sich und mein Körper zitterte wie Espenlaub, indes die riesige Falltür sich triumphierend unter mir öffnete. Ich fiel und fiel und bewegte mich kein Stück.

„Mimi? Was hast du?"

Unfähig zu reden schüttelte ich langsam den Kopf und schlang die Arme um meine Mitte, zählte rückwärts, um seine Stimme, ihn, zu erreichen, kämpfte mich nach oben. Jared und Luke, die Realität, sie drohten mir zu entgleiten, je länger ich das Bild auf mich wirken ließ. Eins, zwei, drei … sechzehn Häuser auf der einen, siebzehn auf der anderen Seite – ehe die Straße hinten in einer Sackgasse endete. Jemand griff nach meinem Arm, doch ich entriss ihn ihm, als hätte er mich verbrannt. Panik änderte sich nun zu Angst. Der Rasen, auf dem ich stand, war exakt zwei Zentimeter hoch, hinter mir wäre ein Schaukelstuhl auf der Veranda und wenn ich den Kopf etwas drehte, sah ich einen grauen Honda Civic vor der Garage.

*Vor Camerons Garage.*

Nachdrücklich wirbelte ich nach rechts, fand mein Gleichgewicht. Ein raues Stöhnen verließ meine Lippen, während ich mir wünschte, überall zu sein, nur nicht hier. Während ich dem sanften Windspiel zuhörte, dass Mom mit Anna gebastelt und vor unserem Eingang aufgehängt hatte. Blinzelnd ihre Fahrräder erkannte, die am Geländer unserer Veranda lehnten, wie jeden Sonntag. Lucys Stimme, die von irgendwoher meinen Namen rief, um mir ihre neuesten Sticker zu zeigen, wie jeden Sonntag.

Alles war wie immer.

„Nichts davon ist echt.“ Meine Worte taumelten heiser aus meinem Mund.

Es wurde völlig still bis auf meine ruppige Stoßatmung und das Klimpern des Metalls. Meine Haut so fiebrig, dass selbst der Wind sie nicht kühlte, als ich in der Liverpool Road vor dem Eingang unseres Hauses stand und drinnen das Lachen meiner Schwester hörte.

„Wir sind in Hartford?“, fragte Luke vorsichtig.

Der Schmerz in meinen Augen, spiegelte sich in seinen.

„Das“, ich brach ab, um mich zu räuspern, „ist nicht leicht für mich, aber wichtig. Gebt mir eine Minute.“

Ich musste mich mit meinen Gefühlen auseinandersetzten. Bevor sie mich kontrollierten.

Jared starrte ruckartig hinter mich und seine Hände preschten vor, allerdings erst, da der Schlag mich bereits erwischte. Ohrenbetäubendes Knurren und Gebrüll weckten mich rechtzeitig, um den Höllenhund mit einem Tritt unters Kinn abzuwehren. Sein ranziger Atem verätzte meine Nase. Neben mir sprangen zwei weitere auf Jared und einer auf Luke, der seinen mit einer schnellen Drehung zu Boden warf. Das Rudel umkreiste uns und ich wollte soeben meine Hände auf Jareds Angreifer richten, da rammte er sein Knie in das Gesicht des einen und rollte sich vor dem schnappenden Gebiss des anderen weg. Noch bevor er sich aufrichten konnte, attackierte ihn das Biest und kollidierte mit Jareds Faust, die ihn seitlich des Kiefers erwischte. Ein Knacken folgte und der Hund jaulte auf. Luke packte das Tier am Schwanz und schleuderte es fort. Ich drehte mich in dem Augenblick um, weil meine Nackenhaare sich aufstellten und mich etwas anrempelte. Gleich darauf spritzte mir Blut ins Gesicht und ein Pfeil bohrte sich in die Stirn des Mannes, der mich packen wollte. Jareds Hand sank und meine richtete sich auf. Sekunden später schlang sich meine Peitsche um den Hals des großen Hundes, der sich soeben an ihn heranpirschte und ich drückte erbarmungslos zu. Erst nachdem sich das Tier nicht mehr rührte, zog ich die Waffe zurück und wich einem verirrten Pfeil aus, blieb sicherheitshalber geduckt. Zwei weitere flogen in meine Nähe. Mit einer Bewegung aus dem Handgelenk änderte ich ihre Flugbahn und sie bohrten sich in einen neu angekommenen Hund.

„In Deckung!", schrie ich und Jared folgte dem, aber Luke brüllte etwas zurück, gestikulierend, mit der Hand auf etwas zeigend, das hinter mir war. Ahnungsvoll wandte ich den Kopf. Schwarze, zähe Masse, ölartig glänzend, bevor sie matt wurde, waberte und schlängelte sich durch die einzelnen Häuser und jede Mauer- und Ziegelritze, über die Dächer, aus der Erde, und erzeugte eine undurchdringliche Wand aus Dunkelheit.

Die verbleibenden drei Höllenhunde teilten sich parallel dazu vor uns zu sechs, zu zwölf, zu vierundzwanzig und weiter, starrten sich und uns abwechselnd an.

Ich wünschte mich zu den Jungs und landete in deren Mitte, Lukes Verband war mittlerweile komplett rot. Vor uns Hunderte Höllenhunde, die ihre Zähne begierig fletschten. Um uns ein definitiv tödliches Massiv aus Nacht. Beides rückte näher.

„Haltet ihr durch?", fragte ich, ohne das sich entfaltende Chaos aus den Augen zu lassen.

„Nicht ewig. Wir müssen raus", entgegnete Jared und hatte auf einmal seinen Tarsus in der Hand. Wir taten es ihm nach und stellten uns Rücken an Rücken in Formation. Unsere Angreifer formten Reihen, die erste mit dreien, die zweite mit fünfen, dann sieben, bis sie ein Dreieck formten. „Und ich wette, der einzige Weg ist der, den wir uns freikämpfen."

„Das macht überhaupt keinen Sinn. Wir sind umzingelt. Es kann nicht im Sinne von Himmel, Hölle oder Disceptatori sein, uns verlieren zu sehen", sprach ich meine Gedanken laut aus.

Luke winkte ab. „Außer sie testen uns als Team. Zur Bestätigung, dass wir auch als Einheit funktionieren."

„Oder ob", bemerkte Jared. „Aber wozu? Sie muss mit Morgan regieren. Die zwei müssen einheitlich sein. Außer …"

„Was?", fragte ich ihn. „Außer was?"

Luke spie eine Reihe schwer verständlicher Flüche hervor. „Ist das ihr Ernst?"

„Verdammt."

Sie wechselten einen einzigen Blick. Und der sprach Bände. „Sie verpflichten euch weiter?"

Luke und Jareds Körperhaltung veränderte sich und sie traten angespannt näher. Sie waren bereit. Hießen den Kampf, die Zukunft willkommen.

„Her mit ihnen", erwiderte Luke zufrieden über lauter werdendes Grollen und Knurren. „Mimi, du nimmst die Vorderen, Jared, du die besonders hübschen Drecksviecher."

„Hmmm, Luke? Die würden alle keinen Schönheitswettbewerb gewinnen."

„Die direkt vor deiner Nase, Alter."
„Passt."
Die zähe Wand aus Dunkelheit rotierte mittlerweile wie ein Tornado um unsere Position. Dann passierte das Seltsamste überhaupt. Sie umschloss uns, durchdrang uns und manifestierte sich zwischen uns und die Hunde. Wie eine Mauer. Wie ein Schutzwall. Rührten sich die Höllenwesen, breitete sich der dichte Nebel aus.
*Wie eine …*
Mein Blick glitt auf meine Hände und ich lachte erleichtert auf, als ich die Blutpunkte auf meinen Innenflächen sich zu einer Absperrung gruppieren sah. Mein Klatschen multiplizierte die schwarzen Schatten, bis die undurchdringbare nachtschwarze Decke aus getrennten, einzelnen Partien bestand.
*… Armee.*
„Aufstellung!", befahl ich und die Schwärze veränderte ihre Gestalt endgültig zu dem Tross Schattenkrieger, die einst Morgan gegen Gabe geholfen hatten. Dutzende, Hunderte Soldaten richteten sich auf und warteten auf meine nächsten Worte. Und diese waren so klar wie nichts in der letzten Stunde.
„Vernichtet sie!"
Gleichzeitig stürzte ich mich auf den erstbesten Hund, der sich mir in den Weg stellte.
Stunden später, die in Wirklichkeit wahrscheinlich Minuten waren, war von dem Rudel deutlich weniger übrig. Meine Krieger dezimierten unnachgiebig einen nach dem anderen, Luke hieb am äußersten Rand zusammen mit drei von ihnen kategorisch auf den Anführer ein, Jared Seite an Seite mit einem Soldaten, der sich an dessen Taktik angepasst hatte und ihm Hunde scharenweise vor die Hände warf, denen Jared nur noch den Hals umdrehen musste. Ich hob soeben meinen Tarsus über den Kopf und rammte ihn einem aus Maul und Nase blutenden Monster mitten ins Herz, das mich vor wenigen Sekunden stark genug am Hals erwischt hatte, dass mir schwarz vor Augen geworden war. Ein dumpfer Schlag brachte mich zu Boden und ein älterer Hund monströsen Ausmaßes starrte auf mich herab. Ich musste auf etwas Spitzes gefallen sein, denn es steckte in meinem Rücken und machte das Atmen schwer. Der Blick des Höllenwesens zeugte von Wahnsinn. Er stellte sich auf die Hinterpfoten, um sich auf mich zu werfen und mich zu zerquetschen. Ich rollte mich gerade rechtzeitig weg und er erwischte das Grün unter mir. Luke rammte das zornig jaulende Untier mit der Schulter voran zu Boden und Jared nahm seinen Kopf in die Hände und riss ihn zurück.
Ein lautes Splittern und der Hund war fort.

Gleich darauf verblasste das gesamte Restrudel. Mein schattenhaftes Kampfbataillon waberte ebenfalls, je mehr meine Kräfte nachließen. Ihre gesichtslosen Köpfe blickten zu mir.

„Habt Dank. Eure Dienste werden nun nicht länger benötigt."

Jeder einzelne verneigte sich vor mir und zusammen mit dem Blut auf meinen Händen waren einen Moment später auch die Krieger nur noch Vergangenheit. Dann schrie auch schon jemand, ein Mädchen weinte und eine Tür wurde zugeknallt. Gleich darauf lief eine Frau genervt zu einem Mofa, startete es und löste sich auf.

„Wer war das?", wollte Luke wissen, schwer atmend. Ich dachte an neue Verbände für ihn und Jared, und brauchte, sobald sie gewechselt waren, nicht nachzudenken, um die Antwort zu kennen: „Beverly Jenkins."

„Wer?"

Genervt, dass mir dieses Spiel mit der Wahrnehmung unter die Haut ging, ließ ich mich auf den Rücken fallen und schrie und trat und warf mit Gras um mich. Es tat gut. Es verschaffte mir ein Ventil und gab mir die Herrschaft über meinen Verstand, meine Gefühle wieder. Das existierte nicht. Wir waren nicht in Hartford. Anna wartete nicht drinnen. Und Cameron wohnte nicht nebenan. Die zwei überließen mich meinem kleinen Anfall, ohne mit der Wimper zu zucken. Mit scharf zusammengekniffenen Lippen warf ich den Kopf zurück, setzte mich auf und erwiderte schließlich: „Das ist mein Savea."

Vier Augen funkelten. Voller Mitgefühl und Verständnis.

„Der Dschungel: Ich habe Angst vor dem Regenwald, seit ich mich darin verirrt hatte, als ich mit sieben Jahren meine Eltern für Ärzte ohne Grenzen in den Kongo begleitet habe. Vierundzwanzig Stunden hat es gedauert, bis sie mich gefunden hatten, ich hatte die ganze Zeit über an einem Baumstamm gekauert. Der Mann zu Beginn, der, dem Jared den Kopf eingeschlagen hat, das war Julian Tarr, Basketballcoach an meiner ehemaligen Schule. Ohne Cap und Trainingsoutfit habe ich ihn nicht gleich erkannt. Er hatte mir mit allem Möglichen gedroht, falls ich nicht aufhörte, mich in seine Drogengeschäfte einzumischen. Die betrafen in erster Linie Cameron, meinen Exfreund, und seinen Mannschaftskapitän. Das Feuer, das uns unten umzingelt hat, verweist auf meine Abscheu vor dem Fegefeuer. Ich hasse es, mir die geschundenen Seelen darin vorzustellen. Höllenhunde waren die ersten Unterweltwesen, die ich getroffen hatte, sie verfolgten mich bis zu Morgans Entscheidung. Sie jagten mir die meiste Angst ein. Beverly ist Camerons Mutter, eine Alkoholikerin. Meine Mom war ihre älteste Freundin und hat sie persönlich zu ihrem ersten Entzug gezwungen. Sie hat einfach einen Koffer mit ihren Sachen gepackt und sie eiskalt in eine Privatklinik verfrachtet. Hat ihr Kontaktsperre zu ihrer Familie auferlegt. Beverly hasst uns seitdem. Und das hier“, ich bezog mit einer ausschweifenden Geste die Straße und Häuser um uns ein, „erklärt sich von selber. Hier bin ich aufgewachsen. Es gibt wenig, was mich mehr verletzen kann, als die Erinnerung daran.“

Unter dem schönsten Kometenschauer, der über unseren Köpfen flog und als einziger davon zeugte, dass das nicht Wirklichkeit war, schloss ich erschöpft die Augen. Das Wetter veränderte sich mit meiner Stimmung. Nebelschwaden krochen über den Boden, Kälte über meinen Körper, der Himmel voller dunkler, erdrückender Wolken.

„Man kann seiner Vergangenheit nicht entfliehen, wisst ihr“, murmelte ich, „schon gar nicht, wenn das Areal darauf ausgelegt ist, sie dir vorzuhalten.“

Jared seufzte. „Willst du einen Moment für dich?“

„Nein. Was ich will, ist, diese Prüfung bestehen. Zurück zu Morgan gelangen.“

„Okay.“

„Du stellst dich dem nicht alleine entgegen, okay?“, sagte Luke und mir entrang sich ein Schluchzen. Womit hatte ich solche Freunde verdient? Einen festen Freund, der mit unerschütterlicher Überzeugung an mich glaubte? Genug, dass er seine Zukunft in meine Hände legte?

„Danke“, flüsterte ich und lächelte durch den Irrsinn um uns zu ihnen auf. Meine Augen wanderten an seiner Schulter vorbei und blieben an meiner Veranda kleben. „Lasst uns reingehen.“

***********************************

Die Mosaikschale mit unseren Schlüsseln stand wie gewohnt neben der Tür. Radiomusik erfüllte den Eingangsbereich und ich hörte meinen Dad dazu singen. Aus der Küche wehte der Duft frisch gebackener Muffins und ein Mixer wurde ein- und wieder ausgeschaltet. Ich ließ den Türgriff los und trat ein, um den Jungs Platz zu machen.

„Idyllisch“, erklärte Jared und ließ den weiten, mit Fotos eingedeckten Flur auf sich wirken. Ich lachte emotionslos auf. „Wann war das?“

„Letzten Oktober. Der Geburtstag meiner Mom. Er backte ihr jedes Jahr Muffins. Jeder einzelne anders. Gefüllt, verziert, glasiert. Es waren Unikate.“

Meine Stimme war distanziert. Check.

„Warum?“

„Weil er sie nach ihrem ersten Date noch auf Muffins eingeladen hat.“

Sobald mein Vater die zweite Strophe von Bohemian Rhapsody zu schmettern begann, setzte ich mich in Bewegung. „Gehen wir zu ihm."

„Kannst du das denn?"

Aus irgendeinem Grund war ich unfähig zu antworten, daher nickte ich.

Fünf Meter weiter war ich eine Tür davon entfernt, meinen Dad wiederzusehen. Meine Hand fuhr an den Knauf und drehte ihn. Plötzlich bebte die Erde abrupt unter unseren Füßen, die Wände griffen nach mir und dehnten sich aus, unzählige Bilder knallten scheppernd zu Boden, andere, die hängen blieben, konsumierte eine Feuerwalze und sobald nichts von unseren fröhlichen Gesichtern übrig war, lag mein Haus in Trümmern und ich stand in einem völlig anderen Gang.

„Ich wiederhole: Bitte behalten Sie Ruhe. Wir haben die Situation unter Kontrolle. Der Kapitän leitet sogleich den Sinkflug ein, damit das Atmen an Bord wieder ohne Masken möglich wird. Bleiben Sie angeschnallt und behalten Sie die Masken vorerst auf."

Die Ansage verklang und Stimmengewirr ersetzte eine zuvor atemlose Stille, indes jegliche Emotion durch meinen Körper jagte und mich als Hülle zurückließ, die zu splittern begann. Die vielen Reihen mit Sitzplätzen liefen auf eine geschlossene Tür zu, vor der Männer und Frauen in marineblauen Uniformen standen und hinter vorgehaltenen Händen hastig flüsterten. Jeder Platz war ausnahmslos belegt. Auf kleinen eingefassten Monitoren lief an jedem Sitzplatz momentan das Einweisungsvideo zur Notwasserung. Die Flugbegleiterinnen eilten zwischen Plätzen hin und her, justierten hier einen Atemschutz nach, beruhigten dort einen aufgebrachten Passagier. Meine Augen scannten systematisch die Kabine nach drei Köpfen und blieben schließlich an einem Lockenschopf hängen. Der Sitz neben Anna war frei. Soeben beugte sie sich über die Rückenlehne, um mit meinen Eltern zu reden. In ihrem Gesicht spiegelte sich Furcht und meine Mom streckte die Hand aus, um ihr, an der gelb-weißen Maske vorbei, die beschlagen um ihren Mund hing, übers Haar zu streicheln. Das Kabinenlicht flackerte und tauchte die Szene in surreale Beleuchtung, bevor es blendend wurde und ganz erlosch. Knacksen aus der Lautsprecheranlage füllte daraufhin den stickigen Raum und während die Notlichter ansprangen, hielt ich bereits wie mechanisch auf die drei zu.

„Sie kommt damit *nicht* zurecht", flüsterte Jared aufgebracht hinter mir. „Schau dich um. Wenn du mitansehen müsstest, wie deine Familie gleich am Himmel zu Feuerwerk wird, würdest du das einfach wegstecken? Und wir sind nicht mal am Boden. Wir sind mitten in dem verfuckten Flugzeug!"

„Sie weiß, dass das eine Replik ist“, erwiderte Luke aus weiter Entfernung, aber mit wenig Überzeugung. So sehr ich mich auf seine nächsten Worte konzentrieren wollte, fand ich mich doch weiter und weiter fort von ihrer Unterhaltung. Meine Umgebung wurde unscharf und schließlich nahm ich sie lediglich in einem Tunnelblick wahr. Ich kam direkt neben meiner Schwester zum Stehen und schauderte prickelnd, weil ein Steward durch mich hindurchlief. Mein Blick saugte begierig jegliches Detail meiner Schwester auf, von dem roten Shirt, das ich ihr an dem Morgen geliehen hatte, bis zu den Kopfhörern, die in ihrem Schoß ruhten und die nun nervöse Finger kneteten, dem leeren Platz, der mir gehörte und auf dem ihre Jacke lag, bis zu Annas schwerem Schlucken.

„… Turbulenzen normal. Sie kriegen das in den Griff“, erklärte ihr mein Dad mit einem beruhigenden Lächeln und zwinkerte ihr zu. Das Grübchen in seiner linken Wange war mir derart vertraut, dass die Sehnsucht mir den Atem aus dem Körper hieb. Die Zeit stand still, mein Herz mit ihr. Es gefror und ein Teil von mir zerbrach.

„Das stimmt. Und stell dir vor, wie Mimi gucken wird, wenn du ihr davon erzählst.“

Meine Eltern lachten durch die Masken dumpf, aber herzlich und ich wischte mir eine stille Träne von der Wange. *Ich hätte dabei sein wollen.* Hätte es miterleben wollen. Ich liebte Action. Den Kick. Deswegen warf man mich beim Cheerleadern meterhoch in die Luft. Deswegen kletterte ich. Nur deshalb hatte ich mich für den nächsten New-York-Marathon angemeldet.

„Was sie wohl jetzt gerade macht?“

Unverzüglich meinen Platz an ihrer Seite einnehmend, legte sich meine Hand auf ihren Arm und ertastete Luft. Mein Hals trocken wie die Wüste, murmelte ich: „Ich bin hier, Süße.“

Jared räusperte sich. „Mimi.“

Sie standen unbehaglich neben meinen Eltern, die Anna weiter ablenkten. Er schloss kurz die Augen, um sich zu sammeln. „Komm schon.“

„Sie dachten, es wären Turbulenzen.“ Gott, wie ich mir wünschte, sie anfassen zu können. Ihre Wärme zu spüren. „Sie dachten, der Kapitän hätte es im Griff. Dass sie in Sicherheit wären. Lügen. Das sind Lügen!“

Mein Innerstes zerfiel weiter, während ich auf eine Reaktion wartete und meine Freunde mich bedauernd musterten. Dann setzte sie binnen eines Wimpernschlags ein. Die Kabine drehte sich, kopfüber, knackend. Etliche dumpfe Poltergeräusche mischten sich zu einem ohrenbetäubenden Rumpeln. Es dauerte kurz, bis ich verstand, dass das Flugzeug auf dem Rücken lag, da brachen schrille Schreie und

Panik in vollem Ausmaß aus. Menschen hingen in ihren Gurten, strampelten, um freizukommen, und traten um sich oder riefen um Hilfe.

„Chris!", hörte ich meine Mom schreien und krabbelte sofort zu ihnen, durch Gepäckstücke und Körper hindurch, die damit kämpften, sich aufzurichten. Eine ältere Dame rappelte sich mühsam auf und entdeckte unter sich den reglosen Körper eines Babys. Ihr Klagen erstarb im Gekreische und den Hilferufen anderer, deren Stimmen wirr und verzerrt klangen.

Über das Meer aus Schluchzen und Weinen rauschte es unvorbereitet und eine atemlose, tiefe Stimme übernahm. Die Lichter im Innenraum begannen erneut zu pulsieren. „Hier spricht Kapitän Dalton, das Flugzeug reagiert nicht länger, die Steuerung ist ausgefallen. Wir leiten unverzüglich eine Notlandung ein. Jeder ist aufgefordert, die Rettungswesten anzulegen. Helfen Sie Kindern und älteren Passagieren, bevor Sie sich selbst versorgen. Ziehen Sie nicht an der angebrachten Leine. Ich wiederhole: kein Betätigen der Leine. Achten Sie auf den Ihnen am nächsten gelegenen Ausgang und –"

Das nächste Knistern schnitt ihm den Ton ab.

Meine Mutter zog währenddessen Anna an ihre Brust und untersuchte mit der freien Hand eine Platzwunde an der Stirn meines Dads. „Liebes, alles wird gut. Glaubst du mir? Alles wird gut, Baby", sie drehte den Kopf schnell zu meinem Vater, der die Schultern durchstreckte. Unter seinem rechten Auge entstand ein blauer Fleck. „Es ist nur ein Kratzer, er geht nicht tief."

Er nahm nickend Annas Hand und suchte ihren Blick, das matte Grünlicht, das normalerweise den Gang beleuchtete, waberte nun in seinen Augen. Ich starrte sie an, wie sie dasaßen und eine Show für meine Schwester aufführten. In dem Blick meiner Mutter erkannte ich die Furcht vor der Gewissheit, das drohende Unglück nicht aufhalten zu können. „Schatz, wir werden nicht sterben."

„Okay", wisperte Anna durch Tränen. „Wir sehen Mimi wieder …"

„Wir sehen sie wieder", versprach Dad und es wurde plötzlich stockdunkel. Das Flugzeug ächzte und stöhnte, drehte sich und richtete schließlich die Nase geradewegs nach unten. Fiel. Und fiel. Die Passagiere, ihr Hab und Gut, die Besatzung, Kabinenequipment, was nicht niet- und nagelfest war, stürzte ungebremst gegen die Cockpit-Tür. Körper krachten in Körper, Hände und Arme griffen nach dem Erstbesten, seien es Rückenlehnen oder Atemmasken, um sich festzuhalten. Unverzüglich setzte Trudeln ein, bis das Flugzeug wie ein außer Kontrolle geratener Kreisel rotierte. Aus den anfänglich ohrenbetäubenden verzweifelten Schreien wurde allmählich ein leises Wimmern. Die ganze Zeit über saß ich benommen an derselben

Stelle, fassungslos, presste meine zitternden Lippen zusammen und besah von weit weg das Chaos, in Sicherheit, Jared und Luke an meiner Seite.

„Nicht hingucken“, hörte ich einen von beiden sagen.

„Wieso nicht?“

„Weil du es nicht verhindern wirst.“

Im gleichen Moment machte ich meine Mom aus, ihre Züge schmerzverzerrt in einem Meer aus schmerzverzerrten Grimassen. Annas Kopf ruhte an ihrer Schulter, geschützt vom Rücken meines Dads, der die beiden sicher im Arm hielt. Ich konzentrierte mich auf meine Familie und unvorbereitet geschah dabei Bizarres: Seelenruhe. Akzeptanz.

Sie würden von ihrem Leiden erlöst werden. Und sie hatten sich gegenseitig. In ihrer schwärzesten Stunde waren sie nicht allein. Unbeirrt stand ich auf, mit zunehmend festeren Schritten den Abstand zwischen uns minimierend. Meine Augen zugekniffen, damit die Atmosphäre mich nicht vereinnahmte. Geräusche verebbten, Chaos wandelte sich zu Frieden und die Luft entlud sich in meinen Lungen. Eine Sekunde später öffnete ich die Augen erneut und meine Gestalt wurde von jeder Seite und jedem Winkel zurückprojiziert, pur und ungefiltert. Gebannt drehte ich den Kopf in dem aus Hunderten von Spiegeln bestehenden Raum und inspizierte meine Erscheinung. Mein Kleid lag mir wie neu an, sauber und frisch, mein Körper gesund. Gleich darauf änderte sich meine Reflexion und die Augen waren müde und geschwollen vom steten Weinen, meine Wangen fleckig und einzelne Haarsträhnen hingen mir zerzaust ins Gesicht.

Meine Aufmerksamkeit fiel auf das zuerst feine, grell scheinende Licht direkt vor mir und ich wandte mich ihm zu, um hineinzugelangen. Ich war unschlüssig, warum, aber ich musste ins Licht. Nur dort war ich sicher. Die Spiegel brachen es und lockten mich, noch ehe ich dezentes Knirschen und Gespräche hörte und die Hand geblendet hochriss.

*Stehe das durch. Für sie.*

*Für …*

„Für dich“, seufzte ich erleichtert, sobald sich meine Pupillen an die Umgebung angepasst hatten. Ich lächelte, mein Herz wie ein sanfter, rhythmischer Glockenschlag, weil ich ihn in der Ferne ausmachte. „Zum Glück.“

*Du kriegst das hin. Er ist dein Freund.* Ich machte mich gefasst auf seine Reaktion, wissend, was ich zu tun hatte. Verkrampft spielte ich mit meinen Händen, drehte an meinem Ring und konzentrierte mich einzig auf die Uhr. Zwei, drei, vier Schritte, zählte ich mit jedem Glockenschlag. Ding, dong, ding, dong. Mit einem Mal war ich so erschöpft wie die Bäume, die damals, als sich die Dinge für uns radikal geändert hatten, sinnlos um ihre fallenden Blätter gekämpft hatten, einen Teppich von Gelb und Rot unter ihnen. Dieselben Bäume, an deren Zweigen nun neue Blätter hervorsprießen.

Einige Hände gehen in die Höhe, weil sie mich erkennen, mancher grüßt mich, andere lächeln mich freundlich an. Vermutlich kenne ich sie, aber mein nervöser Magen und das Rauschen in meinem Kopf machen es unmöglich, den vorbeiziehenden Gesichtern Namen zuzuordnen. Das Einzige, was ich sehe, ist er.

Kate steht bei ihm, erzählt ihm vermutlich die Geschichte ihres letzten Auftritts, schubst ihn flirtend mit der Schulter an. Gleichzeitig mit seiner Unruhe setzt bei mir ein Prickeln ein. Ich muss mich nicht umdrehen, um herauszufinden, dass das Auto am Bordstein steht und ich beobachtet werde. Muss ihn nicht gut kennen, um zu spüren, wie enttäuscht der Fahrer von mir ist. Aber hier geht es um mehr, also schlucke ich die bittere Galle hinunter und schiebe den Schmerz beiseite, der mich in den letzten Tagen dermassen verbraucht hat, dass ich mich frage, wie ich jemals wieder unbeschwert sein soll.

Mit dem letzten Glockenschlag komme ich bei ihm an.

Um irgendetwas zu tun, halte ich meine wehenden Haare fest und knabbere auf meiner Unterlippe, zerbeisse das feine Fleisch, während Kate von dannen zieht – spiele kontinuierlich an meinem Ring, drehe das funkelnde, neue Band. Betrachte dabei verstohlen seine definierte Figur, die Haare, die auf seinem hellen Hemdkragen einen wundervollen Kontrast bilden, zerzaust, als wäre er die ganze Nacht durch sie hindurchgefahren, rieche den erdigen, satten Duft, den er verströmt, nun da sich seine Haltung ändert und er sich umdreht.

*Warum fühle ich mich bloß hilflos? Warum ist der Ausdruck seiner Augen, die mir in die Tiefe meiner Seele blicken werden, bereits genug, um mein Inneres nervös zum Flattern zu bringen? Entringt sich mir überhaupt ein zusammenhängender Satz, sobald sie auf mir ruhen?* Besser, das Risiko gar nicht erst eingehen.

„Dreh dich nicht um“, bitte ich stockend und er verharrt in Resignation. Die Emotionen rollen wie eine Welle von ihm und elektrisieren die Luft um uns.

„Geh“, fordert er.

„Rede mit mir.“

„Es ist bereits alles gesagt worden.“

„Bitte?“

Mit offensichtlichem Zögern geht ein Ruck durch ihn und seine linke Hand ballt sich zur Faust. Automatisch fühle ich die Anziehung, die Sehnsucht, die ich aus seinem Blick kenne und liebe, sehe auf *meine* Rechte und Linke. In Erwartung, sie seien klamm, verschwitzt oder bebten, wundere ich mich über ihre Festigkeit.

„Was zählt es noch?", fragt er in meine Richtung, schließt den Mund, bevor er mehr sagen kann und öffnet ihn wieder, um ihn erneut zu schließen.

*Wie ihm beibringen, was auf dem Spiel steht?*

„Nur dieses Semester, wenige Monate und du bist fertig. Wir schaffen das. *Du* schaffst das. Du bist stark."

Es fällt mir schwer zu verstehen, woher seine Überzeugung kommt, wenn seine Stimme zwar zärtlich, aber unscheinbar ist. Die Zuneigung darin passt nicht zu der Abwehrhaltung.

„Du glaubst an mich?"

„Immer."

Matt senke ich den Blick und seine Hand umschließt plötzlich meine Wange, sein Daumen streichelt die sensible Haut und die Funken darauf verglimmen in bekannter Weise, indes sich mir ein Seufzen entringt, das auch aus seinem schönen Mund sein könnte. In der Ferne singen Vögel, klingen aufgeregt und glücklich. Ich bin leer.

Die Leute um uns sind froh um das anstehende Wochenende, ausgelassen und heiter.

Ich fürchte mich.

„Es ist wegen ihr, richtig?"

Seine Finger fahren nun liebevoll meine Lippen nach. Zaghaft. „Glaube mir, es ist besser, dass du nicht mit mir redest." Mit dieser Erklärung entzieht er sich mir und nach endlosen Sekunden, in denen ich mit mir hadere, was zu erwidern, dreht er sich schließlich um. Meine Stimme ist ein Flüstern: „Nein."

„Geh."

„Nein", höre ich mich schluchzen, die Arme schützend vor der Brust, doch er ist bereits mehrere Schritte entfernt. Mein Herz beschleunigt und setzt aus, als er innehält. „Nein, verflucht noch mal!"

„Wie war das?", fragt er ungläubig über die Schulter.

„Du hast mich gehört. Das wirst du uns nicht antun. Du hast Verantwortung. Eine Verpflichtung!" Meine Verzweiflung kippt und kalte Finger eisigen Zorns übernehmen die Führung. *Was ist bloß mit uns geschehen,* schreie ich in Gedanken, *wie konnte es so weit kommen? Du und ich sind Schicksal.*

*Wir sind viel,* erwidert er und bricht dann ab, bevor er sich zusammenreißt und laut und unmissverständlich ergänzt: „Aber du gehörst zu ihm."

„Unsinn. Deine Stimme ist belegt, deine Hände ringen. Du zitterst. Du lügst. Warum tust du das? Seit wann bist du feige?"

Er wirbelt so abrupt wieder zu mir herum, dass ich zurückweiche. Meine Reaktion ermessend starrt er mich an, und ich blinzele, weil das Grün in seinen Augen in lodernde Flammen aufgeht. „Nicht ich lüge,

Megan! Ja, ich bedeute dir viel. Aber du liebst ihn. Und er liebt dich … du begreifst es nur nicht."

„Wirklich?" Ich schenke ihm einen hämischen Blick. „Ist das der Grund, warum du dich zurückziehst? Deswegen ignorierst du mich? Weil du um meine Wahl besorgt bist?"

Am liebsten würde ich ihn anschreien, dass meine Beziehung nicht seine Angelegenheit ist, aber seine starre, sonst so liebenswert-entgegenkommende, Haltung hindert mich daran.

Seine Augen verengen sich zu Schlitzen. „Ich mache mir Sorgen um dich, Himmel noch mal! Geht das endlich in deinen sturen Schädel? Das Ganze ist ohnehin kompliziert. Das Letzte, was du brauchst, ist Aufregung. Und trotzdem tauchst du einfach auf! Mich damit zu überfallen –"

„Entschuldige. Ich wollte nur mit dir sprechen", kopfschüttelnd seufze ich. Natürlich ist mein Abfangmanöver unfair. Aber ich komme sonst nicht an ihn heran. In der Hoffnung, meine Worte würden ihn erreichen, entschließe ich mich, absolut ehrlich zu sein. Etwas zu verstecken, war eine Sache. Darüber zu lügen, indiskutabel. „Das bist nicht du. Ohne dich wären die vergangenen Monate unerträglich gewesen. Und ich brauche meinen *besten* Freund. Seine Unterstützung. Jetzt. Stärker denn je."

Die Spannung in der Luft ist intensiv, selbst unsere Kommilitonen machen einen Umweg, um uns nicht in die Quere zu kommen.

„So habe ich das noch gar nicht gesehen." Seine Hände fahren in die Hosentaschen und er verlagert sein Gewicht, um erneut den selbstsicheren Mann zu geben, der er ist. Was ihn auch belastet hat, verflüchtigt sich mit meiner Bitte. „Bevor du weitersprichst, hör mir zu: Sie wird haben, was sie braucht. Ich werde da sein, bleibe Teil eures Lebens. Lediglich aus sicherer Entfernung. Nun, da du dir darüber niemals, hörst du mich, *niemals*, Sorgen zu machen brauchst, überlege. Hast du es dir auf diese Art erträumt? Reicht das", er zeigt von mir auf sich, „für ein ganzes Leben? Lässt du *ihn* ziehen und sein Glück an der Seite einer anderen finden, damit ich bei dir sein kann?"

Mein Mund klappt auf …

„Ich …"

… und ein altbekanntes Bild sucht mich heim. Meine Hochzeit, ich an der Seite meines Vaters, Maddy als Brautjungfer, meine Mom vor Rührung in Tränen aufgelöst und vorn, am Altar, mit dem stolzesten Blick in seinen unglaublich tiefen braunen Augen, stand …

Ich zupfe fahrig an meinem Oberteil und schnippe unsichtbare Fussel weg. Ein Schauder erfasst mich und hinterlässt das flauste Gefühl, den Impuls, nach Luft schnappen zu müssen. Was ich ihm angetan hatte, wie sollte ich das je wieder gutmachen? Was, wenn ich ihn so weit fortgestoßen hatte, dass er mich nicht mehr wollte? Jesus, ich würde mich verabscheuen an seiner Stelle. Sie. Sie brauchte ihn. Ich brauchte ihn. Würde er zurückkommen? Wenn ich ihm erklärte, einen Fehler begangen zu haben, würde er mich sprechen wollen oder mich gehen lassen? Nichts machte mehr Sinn. Aber ein Gesicht schwebt mir klar vor. Und es ist nicht das Gesicht, in das ich soeben blicke. Erstickt presse ich hervor: „Nein."

Mein Gegenüber nickt und sein wunderschönes Antlitz, das Künstler in seiner Glorie nie einzufangen vermochten, und auf dem sich nun eine Sorgenfalte ausbreitet, wirkt mitgenommen und unendlich traurig, indes er sanft fragt:. „Könntest du …?" Meine Hand legt sich automatisch auf meinen Bauch und er schließt den Abstand zwischen uns und legt seine zögernd darüber.

Überrascht drücke ich sie. „Michael?"

Seit ich ihn kenne, ist er ausgeglichen gewesen, beherrscht. Nur selten blitzt eine spontane, ausschweifende Emotion durch seine warme Fassade, zum Beispiel, wenn er herzhaft lacht oder hitzig diskutiert. Doch in diesem Augenblick erleuchtet eine Unmenge Gefühl seine Augen. „Würdest du sie Melody nennen?"

Wärme breitet sich in meinem Inneren aus und zaubert ein Lächeln auf mein Gesicht. „Der Name gefällt ihr."

Sein Blick hält meinen gefangen und wir lächeln uns an. Spüren es beide.

„Danke", räuspert er sich und sein Ausdruck wandelt sich in Frieden. Gedankenversunken tritt er fort, beugt sich aber zu mir und seine feste Stimme an meinem Ohr besitzt den vertrauten, reflektierten Klang. „Meg? Tief drinnen, da wo du mich stets finden wirst, weißt du, dass wir nichts falsch gemacht haben. Ich bleibe dein bester Freund. Aber er liebt dich. Dein Herz gehört ihm."

Es sind wahre Worte, die ich nicht hören will, aber muss.

„Warum bricht es dann?"

„Weil du ihn verlieren könntest. Diesmal für immer."

Mit durchdrehenden Reifen und einem gleich darauf folgenden, markerschütternden Knall hebt sich der Schleier endgültig von meinen Sinnen. Ich stehe beim Falschen. Kämpfe um den Falschen. Mein Platz *ist* an Christophers Seite. Hektik bricht aus, Rufe durchschneiden den Nachmittag und ich drehe mich zum Gehsteig. Er ist hier – und das hat etwas zu bedeuten. Er weiß es. Niemals, egal wie qualvoll die Wahrheit ist, wäre ich imstande gewesen, ihn zu belügen, als er mich letzten Abend damit konfrontiert hat. Er hat es *gewusst.* Oh Gott, oh Gott. Das Auto ist weg. In meinem Kopf schwirrt es und ich überschlage, wo er sein könnte, da packen mich zwei starke Arme und drehen mich.

Der Feuerball erinnerte entfernt an den BMW und meine Beine geben augenblicklich unter mir nach. Meine Vision verschwimmt, bis mir dunkel vor Augen wird, weil mein Verstand die Dinge nicht wahrhaben will und ich vornüberfalle, mein Mageninhalt sich auf den Stufen entleert. Die Leute schreien und setzen sich in Bewegung, laufen auf den Unfall zu. Momente später bin ich unter ihnen.

Der Kühler des Lkw ist verzogen und die Stoßstange fehlt. Ansonsten sind keine großen Schäden auszumachen. Anders beim anderen Wagen, aus dem Vince, Eddie und zwei Unbekannte einen leblosen, blutüberströmten Körper heben, ohne ihn mehr zu bewegen als zwingend nötig. Leute aus unserem Studienkreis, Freunde, weinen apathisch und reißen sich zusammen, sobald sie mich erkennen, Mitleid und Angst in ihren Blicken, machen aber den Weg frei.

„Lasst mich durch", wispere ich gebrochen gegen die Fremden, die zahlreicher werden, meine Aufmerksamkeit auf Eddie gerichtet, der gerade professionell Erste-Hilfe-Maßnahmen einleitet, seine Hände rot, seine Stirn in tiefen Furchen. Sirenen durchschneiden die Nachmittagsruhe, kommen näher und die Masse wird zäher. „Ich muss zu ihm!"

„Geh da nicht hin, du kannst nichts tun", raunt Michaels Stimme hinter mir, während sich seine Arme um mich schließen, doch ich trete und schlage und beiße und kratze. Seine Lippen streifen sanft über meinen Nacken und der beruhigende Effekt setzt sofort ein. Ich halte inne. „Kann ich dich loslassen?"

Mein Nicken reicht und ich bin frei. Die Augen fest in Chris' Gestalt verankert, höre ich ihn mit jemandem reden. „… hilft das nicht, schafft sie fort." Nur er ist imstande, selbst ein Wispern wie einen Befehl klingen zu lassen.

Gleich darauf ist er bei Christopher, kniet sich neben ihn auf den Asphalt, drückt seine Jacke gegen dessen Stirn, an sein Gesicht. Die schlafähnlichen Züge verleihen Chris etwas Entspanntes, Friedliches und die Vertrautheit mündet in stechenden Schmerz. Wenn nur nicht das viele Blut wäre. So viel Blut. In seinen blonden Haaren, seiner Kleidung – und die Lache um ihn wird größer und dunkler.

Die Zeit steht still und ich verwelke wie sein letzter Blumenstrauß.

„Nein, nein, nein, nein, nein!", schüttele ich trotzig den Kopf, einmal, zweimal, zigmal. Ziehe an meinem Haar, fest, dass ganze Strähnen ausgerissen werden, blinzele, in der Hoffnung, dass die Szene sich dadurch auflöst und ich aufwache. Doch nichts geschieht, außer dass ein Krankenwagen mit quietschenden Reifen anhält und die Sanitäter aussteigen, um zu den Helfern zu laufen. Dann versperrt mir die Masse an Zuschauern den Weg endgültig und mir wird wieder schlecht, ich würge, vergeblich, bringe nichts mehr hervor. Atemnot schnürt mir die Brust zu und legt Steine darauf, letztlich zittern meine Arme und Beine, mein ganzer Körper und jeder Muskel beginnt zu krampfen, Herzrasen setzt ein. Ich kenne die Anzeichen einer Panikattacke, merke aber erst in diesem Moment, wie verzweifelt ich weine. So stark, dass ich nicht atmen kann.

Instinktiv lege ich den Kopf in den Nacken und bete.

*Lieber Gott, bitte. Bitte!*

*Wie ohne ihn sein?* Ohne sein Lachen, seine Grübchen, seine Gutmütigkeit? Ohne jemals wieder das Leuchten in seinen Augen zu genießen, sobald er mich morgens mit einem Kaffee in der Hand und Pancakes am Bett überrascht? Wer würde mich beim Lernen mit seiner Imitation australischer und englischer Akzente ablenken? Wer mit mir in die Late-Night-Vorstellung von Rocky Horror gehen und jede Zeile laut und falsch mitsingen, damit ich lachte? Am Bahnhof sitzen und Züge mit mir zählen, bis mein Kopf von Sorgen leergefegt war? Wer sonst außer ihm würde mir versichern, dass wir füreinander gemacht wurden, während mich seine Arme sicher umschlossen? Wem würde ich es glauben, wenn nicht ihm? Niemand versteht mich besser, niemand ergänzt mich wie Christopher.

Die Notärzte heben ihn auf eine Trage und laden sie in den Wagen.

„Warten Sie!" Schuldgefühle drohen mir die Sinne zu rauben. Wäre ich nicht gewesen, hätte ich nicht unbedingt mit Michael reden wollen, wäre er mir nicht gefolgt. Ohne dem mannigfachen Protest Beachtung zu schenken, reiße ich die Tür zum Notarztwagen auf und springe hinein. Richte meinen Blick auf Chris' Gesicht und taste nach seiner Hand, die ich fest umklammere. Niemals wieder würde ich sie loslassen.

„Entschuldigung, aber wer sind Sie?"

„Seine Freundin", antwortet Michael für mich von der Tür aus und starrt den Mann, der eine Infusion bereitmacht, eindringlich an, ehe er sie schließt und laut dagegen klopft. Der Wagen fährt an.

„Mimi", zwei Hände schüttelten mich vorsichtig und die engen Wände des Krankenwagens verblassten, um blauen Himmel preiszugeben. Blut rauschte mir in den Ohren, derweil ich versuchte, mit der Gegenwart umzugehen. Schock zerriss mich, der sich in den Augen meines Gegenübers reflektierte.

„Was …?" Die Frage war brüchig, doch mein Spiegelbild lachte mich an. Unbeschwert. Nein, korrigierte ich, das war nicht ich in seinen Augen. Sondern Mom.

## *Kapitel 25*

*„Du siehst aus wie deine Mutter."*
*„Du warst schon immer hübsch."*
*„Es sind Kinder der Liebe."*
*„Manchmal wird einem ein Weg nicht nur aufgezeigt, sondern man wird regelrecht auf ihn daraufgepeitscht."*

Michaels Lippen bewegten sich, aber ich hörte nur die Stimmen in meinem Kopf, sah die mächtigen Flügel über seiner Gestalt thronen, ihn einrahmen, den Heiligenschein, der selbst mich erleuchtete. Zaghaft schüttelte ich seine Hände ab und trat fort. Hinter ihm wurde Gabriel sichtbar, sein Ausdruck so mitfühlend wie Gottes lebhaftes Antlitz. Schwache Schreie durchkreuzten meine herumwirbelnden Gedanken. Ein Donner hallte, eine Sternschnuppe erlosch und Morgans Augen starrten plötzlich in meine. Mein Magen verknotete sich, als ich bereit war, was in meiner Macht stand, dafür zu tun, um die Furcht, die ihn zu betäuben schien, aus seinem wundervollen Gesicht zu verdrängen. Er machte einen Schritt auf mich zu, bevor Lawrence ihn harsch festhielt. Gleichzeitig legte sich eine feste, warme Hand erneut auf meinen Arm und ich konzentrierte mich wieder auf den Erzengel vor mir.

„Melody."

Wir standen auf den Klippen. Die Disceptatori leicht abseits neben uns. Hinter ihnen Brooke, Lawrence, Jared, Luke und Morgan. Wir trugen normale Kleidung, selbst ich, wie ich bemerkte, da ich an mir flüchtig herabblickte. Wo waren die Kutten? Wo Brookes und mein Kleid?

„Melody, ich kann es erklären."

Man müsste annehmen, dass jemand, der gerade der Wahrheit ins Gesicht schaute, dessen Welt sich langsam auflöste, weil er erkannte, eine Lüge gelebt zu haben, etwas fühlen würde. Wehmut. Beklemmung. Angst?

Aber, nein. Nichts dergleichen. Selbst meine Stimme schien ausdruckslos: „War das jemals nur ein Traum?"

Michaels war im Gegensatz dazu bekümmert. „Nein."

„Nubigenaes nennt man diejenigen unter ihnen, deren Väter Erzengel sind."

„Es ist auch kein Ausblick in die Zukunft."

„Nein."

„Was sein soll, geschieht."

„Ist es eine Erinnerung?", fragte ich, wissend, ich würde die Antwort nicht hören wollen. Sie würde schmerzen und wäre nur schwer zu ertragen. Würde, sobald ausgesprochen, alles verändern. Wie auf Kommando krampften meine Eingeweide doch. Ein Knoten formte sich. Michaels Flügel und Heiligenschein verschwanden, als ahnte er, seine himmlische Erscheinung regte mich zusätzlich auf, und vor mir stand der junge Mann aus der Vision, unmenschlich schön und menschlich zögernd. Unruhig schaute ich auf seine Hand. Die Berührung fühlte sich vertraut an. Unsere erste Begegnung in Lawrence' Arbeitszimmer, bei der ich ihn auf den ersten Blick gemocht hatte, fiel mir ein. Die Fürsorge, die seine Züge durchdrungen hatte. Sein geigenartiges Instrument.

Melody.

Benannt nach dem Lied, das er meiner Mom manchmal vorgespielt hatte.

„Seit es dich gibt, bist du mein Anker", antwortete er schließlich. „Und ich bin froh, dir das endlich sagen zu können." Auch ohne himmlische Aura glänzten seine Augen zu intensiv, ich spürte die übernatürliche Kraft seiner Erscheinung, seines Charakters.

„Wow. Halt. Stopp. Was in drei Teufels Namen läuft hier gerade?", rief Luke aufgebracht. „Soll das ein kranker Scherz sein?"

Keiner rührte sich.

„Sag es", forderte ich den Erzengel ungehindert auf. „Ich habe ein Anrecht darauf."

Seine freie Hand strich mir zögerlich verirrte Haarsträhnen hinters Ohr, bevor sie mir entschlossener unters Kinn fasste und meinen Kopf hob, damit wir Blickkontakt hatten.

„Die Wahrheit ist", Michael musterte mich eindringlich, unter der Intensität beruhigte ich mich paradoxerweise, „wir wollten nicht, dass du es derart herausfindest. Deine Mutter sollte dabei sein und Chris … Verzeih uns, Mimi. Verzeih mir", schloss er schuldbeladen, weil ich mich seinem Griff ein zweites Mal entriss.

Endgültig.

Taumelnd.

„Nicht", flehte ich.

Sämtliche Blicke waren auf mich gerichtet, selbst in dem privatesten Moment, da der Schleier fiel und glasklare Einsicht auf mich herabregnete, die meinen Herzschlag stoppte. Ich betrachtete Michael und fühlte mich roh, entblößt, exponiert. Mein Puls hallte mir laut in den Ohren und mein Herz brach mit einem markerschütternden Aufbäumen in eine Million Scherben. Michael schenkte mit ein trauriges Lächeln. „Mimi –"

„Nein!" Das Letzte, was ich brauchte, waren Entschuldigungen.

„Lass es mich anders versuchen." Verschiedene Regungen wühlten seine grünen Augen auf. Grün wie Moos. Wie dunkle Smaragde. So grün wie meine.

Fahrig fuhr er sich durchs dichte Haar, eine Geste, derartig identisch mit jener aus der Vision, dass ich die Gänsehaut auf meinem Körper spürte. Er nahm sich zusammen und sein Blick fing grandios das Licht der Disceptatori, die in ihrer funkelnden Pracht lautlos näher schwebten, ein. Hunderttausende Schmetterlingsflügel stoben knisternde Luft an mein erhitztes Gesicht, Falter auf dem Boden, entstehende, verwelkende. „Chris hatte sich von ihr getrennt. Wir drei lernten uns auf einer Orientierungsveranstaltung in Yale kennen, deine Mom und ich wurden sehr gute Freunde. Bis auf diese eine Nacht nur Freunde. Sie war einsam, ich nicht fehlerfrei. Megan hatte diese Wirkung", ein gefühlvolles Schimmern legte sich bei ihrem Namen auf seine Züge. „Diese Ausstrahlung … du hast sie von ihr geerbt. Stark und wohltuend wie hellster Sonnenschein, der einen wärmt, jeden in seinen Bann zieht. Zweifellos liebte sie mich, aber verliebt war sie in Chris. Die beiden strömten eine Anziehung füreinander aus, die ganze Räume erfüllte, wenn sie zusammen waren. Dass die Trennung ein Fehler war, wusste jeder außer ihnen. Sie konnten nicht ohneeinander. Sie waren seelenverwandt."

Die Klippen wankten unter mir, oder vielleicht waren es meine Beine, die mich kaum trugen. Meine Wahrnehmung verblasste an den Rändern, derweil ich versuchte, mit seinen Worten umzugehen. „In dieser Nacht mit dir wurde sie schwanger?"

In Michaels Blick gewannen Zuneigung und Ehrfurcht die Überhand über Tausende Gefühle, bis er mich schließlich zärtlich anlächelte. „Ja."

„Dad wusste es?"

Bei den Wort „Dad" huschte der Schatten eines Bedauerns über seine Züge. „Er hat nie zwischen Anna und dir unterschieden. Genau genommen hat er dich geliebt, sobald er von dir erfuhr." Michael schwang noch im Reden dezent sein linkes Handgelenk und der Gläserne Globus manifestierte sich plötzlich zwischen uns. In ihm entfaltete sich eine neue Szene.

Meine Mutter wirkte verloren in dem sterilen Zimmer und jung wie sie war, erkannte ich die Ähnlichkeit zwischen uns zum ersten Mal in vollem Ausmaß. Ihre Haare waren einen Tick heller und ihr Gesicht ein wenig runder, aber Lippen, Nase, Augen, selbst der feine Schwung der Augenbrauen fand sich bei mir wieder. Sie starrte einem Arzt nach, der soeben das Zimmer verließ. Mein Dad lag wie eine leblose Puppe blass und gebrochen in einem Krankenbett. Röhren und Infusionen verliefen an seinem Körper entlang, er trug einen Verband um den Kopf und das linke Bein in einem Gips, das Piepsen und Summen einer Vielzahl von Geräten durchzog den ansonsten leisen Raum. Seine Kleidung war aufgeschnitten und von Blutflecken durchzogen. Ohne zu zögern trat meine Mutter zu ihm und legte sich vorsichtig auf seine weitgehend unversehrt aussehende rechte Seite. Sie weinte, sobald ihr Kopf an seiner Schulter ruhte.

Um mich hörte man kein einziges Geräusch, jeder, selbst die Disceptatori schienen das Geschehen in der Kugel gebannt mitzuverfolgen, während die Zeit verging, es dunkel vor dem Krankenzimmerfenster wurde und sie ununterbrochen weiterweinte, ihre Finger vorsichtig durch seine Haare glitten oder leicht über sein geprelltes, geschwollenes Gesicht strichen. Irgendwann schloss sie erschöpft die Augen, ihr Ohr nun über seinem Herzen ruhend, eine Hand in seiner.

„Es tut mir leid. Unendlich leid", flüsterte sie unter Schluchzen. Automatisch hielt ich die Luft an, um sie deutlicher zu verstehen. „Komm zurück zu mir, Chris. Bitte."

Sie wischte sich grob über die Wangen und die Aufnahme konzentrierte sich auf die halbherzige Geste, fing ihre rot unterlaufenen Augen, ihre aufgebissene Unterlippe, ihre kreidebleichen Züge ein. Aus der Nähe wirkte sie … zerstört. „Für mich. Für uns. Ich liebe dich."

Unter der permanenten Wiederholung dieses Schwures schlief sie letztlich ein. Zwei Lippen, die einen leichten Kuss an ihre Schläfe drückten, weckten sie.

„Chris!" Mom versuchte aufzustehen, doch mein Vater, der verwirrt blinzelte, hielt sie fest und ergriff stattdessen ihre rechte Hand. Seine Lippen, spröde und farblos, formten mühsam ein Wort.

In der Gegenwart beugte sich jeder, außer Michael, zum Globus.

„Dad-dy", presste mein Vater in seinem Krankenhausbett nach etlichen Versuchen hervor. Schließlich schluckte er hart und schüttelte den Kopf.

„Was? Schatz?"

Er wand sich und der Schmerz in seinem Gesicht reflektierte den physischen, dann zog er aus seiner hinteren Hosentasche ein zerknittertes Ultraschallbild hervor, reichte es ihr, ohne sie eine Sekunde aus den Augen zu lassen. Das Braun seiner Pupillen wurde vom Gelb der Glühbirne über ihnen gesprenkelt. Selbst jünger, und obwohl manches in seinem Gesicht nicht dermaßen definiert war wie auf den Fotos nach meiner Geburt, erkannte ich anhand seiner zusammengekniffenen Mundwinkel seine hohe Anspannung. „Daddy. Lass mich ihr Daddy sein."

Meine Mutter schaute ihn entrüstet an. Er lachte heiser bei ihrem Anblick, was schnell in einem Husten gipfelte, während sie von ihm

zu dem Bild blinzelte, um gefühlvoll bei dem schwarzen Punkt, der grob markiert war, hängen zu bleiben. Neue Tränen liefen ihr die Wangen hinunter.
„Es ist ein Teil von dir, damit ist es ein Teil von mir, Megan. Das hing gestern …“, Dad keuchte und richtete sich mehr schlecht als recht auf, „… an deinem Kühlschrank. Entschuldige, dass ich es einfach mitgenommen habe. Aber ich wollte mir Gedanken machen … Entscheidungen fällen, die sie mit einbeziehen“, erklärte er und spielte mit Moms Ring. Ich blickte an meiner rechten Hand herab, er hatte ein, zwei Kratzer, aber der alte Glanz des filigranen Edelsteins war erhalten geblieben.
„Du trägst ihn noch?“
„Ich habe ihn nie abgenommen.“
„Meg“, er schloss die Augen und nachdem er sie wieder geöffnet hatte, glänzten sie feucht. Mit einer abgehackten Bewegung nahm er ihn ihr ab und steckte ihn ihr stattdessen an der linken Hand an. „Die letzten drei Jahre waren die schönsten meines Lebens. Ohne dich, Himmel, ohne dich, habe ich kein Leben. Mir ist bewusst, dass ich es vermasselt habe, aber ich liebe dich mehr, als ich sagen kann. Bei dir sein ist alles, was ich will. Bei euch. Heirate mich.“
Anstelle einer Antwort umarmte sie ihn und beugte sich herab, um ihn zu küssen. Das Bild verblasste und die Kugel wurde schwarz.
„In diesem Moment realisierte ich, wie richtig ich gehandelt hatte“, schloss Michael, seine Stimme gepeinigt. „Ob biologisch oder nicht, Chris hat dich derart bedingungslos geliebt, wie ich es mir nicht besser hätte wünschen können.“
„Verdammte Scheiße!“, brüllte Jared und die Kugel zerrann zu flüssigem Schwarz, seine Augen, darauf gerichtet, glühten voll des offenen Hasses. Seine Hände verschränkten sich fest genug hinter dem Nacken, dass sie weiße Abdrücke auf seiner Haut hinterließen. Gewaltvoll kickte er einen Stein über den Rand der Klippen und stampfte auf, lachte verbittert gen Himmel, ehe er sich beruhigte und an seinem Kragen zupfte. In seinem schwarzen Shirt und den Jeans wirkte er genauso fehl am Platz wie ich mit meinem Rock und Top. „Verstehe ich richtig? Derjenige, der deinen Dad“, er drehte sich zu Morgan, „in die ewigen Jagdgründe von Verderb und Gedeih katapultiert hat, ist ihr Dad?!“
Meine Aufmerksamkeit folgte dem armen Stein, um niemandes Fassungslosigkeit mitzubekommen. Michael musterte Jared kurz, ignorierte ihn aber anschließend geflissentlich. „Mimi, Intuition ist für uns Engel ein mächtiges Werkzeug. Du bist meine Tochter, dir wurde diese Veranlagung weitergegeben, daher deine ‚Träume'. Dein Unterbewusstsein hat es gewusst und versucht, es dir zu

kommunizieren. Je älter du wurdest, desto stärker prägten sich diese übermenschlichen Züge in dir aus."

In meinem Gehirn drehten sich die Rädchen. „Bis zu meiner Volljährigkeit?"

„Ja. Es war abgemacht, es dir an deinem letzten Geburtstag zu sagen. Dann passierte das Unglück und der Plan stand kopf. Niemals hätte ich es über mich gebracht, dir in dieser schweren Zeit diese immanente Botschaft aufzubürden."

„Michael, Michael, ts ts …"

Eine neue Stimme erklang, scharf wie ein Messer, düster wie der Tod. Sie war kalt und die Temperatur um uns sank mit jeder Silbe.

Lawrence.

„Hast du überhaupt keine Ethik?", spie er hervor und begutachtete Michael wie ein Raubtier seine Beute, unmittelbar bevor er sich auf sie stürzt. Meine Nackenhaare stellten sich auf bei der bloßen Vorstellung, sein Blick würde jemals derart auf mir ruhen.

Der Erzengel strafte ihn mit einem emotionslosen Laut ab. „Du willst mir ethische Vergehen vorwerfen? Lügen, Betrügen, Korruption sind die Pfeiler deines Reiches."

„Von mir wird das erwartet. Du belügst, betrügst, korrumpierst dein eigenes Kind."

„Indem ich ihr ein liebevolles, normales Zuhause bot?"

„Und sie im Dunkeln gelassen hast – aus Furcht. Genauso wie du damals die Auflehnung fürchtetest. Du warst ein Feigling und bist es geblieben."

Michael, mein Vater, lachte. „Sie wurde weder ausgesetzt noch verstoßen. Kinder brauchen Wurzeln, eine Familie, die sie erdet. Ich habe meinem Kind geholfen, ein erfülltes, glückliches Leben zu führen. Wie definierst du das bei deinen? Sie an der Pforte zur Hölle aufziehen? Ihre Seele zu einem Mantel machen, in den bei Bedarf andere schlüpfen? Sie Nacht für Nacht mit Verdammten in Berührung kommen lassen?"

Verachtung sickerte aus jedem Wort und die Abneigung, die von ihm ausströmte, erwiderte sein Kontrahent, bis sie uns in einen Kokon hüllte, in dem die Luft so dick war, dass man daran ersticken konnte. Unsicher wandte ich mich Brooke zu, die durch mich hindurchblickte.

„Du willst mich nicht verärgern, außer du hast deine letzte Lektion –"

„Schluss damit, Laurentius", fuhr Gottes wohlklingende Stimme nun dazwischen, die trotz ihrer stoischen Ruhe ungemein autoritär über den Rand der Vorhölle schallte, just da die beiden sich aufeinander einschossen.

„Hast du es gewusst?", fuhr Lawrence ihn an und lenkte damit seinen Zorn um.

„Selbstverständlich."
„Und hast diese Farce sich einfach weiter entfalten lassen?!"
„Was geschehen soll, geschieht. Es steht dir frei, als Dritter darüber zu urteilen, aber letztlich fällt jedes Herz seine eigenen Entscheidungen. Du bist der lebende Beweis für moralische Imperfektion. Richte nicht übereilt, wie niemand vorschnell über dich gerichtet hat."
„Du bist schon lange nicht mehr befugt, mich zu rügen, alter Mann", erwiderte Luzifer unversöhnlich und im selben Moment leuchtete mein Handgelenk. Regenbogen entstanden auf meinem Armband und ließen es leuchten, reflektiert von Morgans, welches dasselbe kuriose Schauspiel ablieferte. Wind flatterte um uns und verdrängte den verdorbenen Geruch brennender Körper, verfing sich in meinem Haar und Lawrence' Kutte, den Gestalten der Disceptatori, brach und vervielfältigte das Rot, Blau, Gelb, Grün, Violett und Orange. Einen Wimpernschlag lang bildete die farbenfrohe, lebendige Brise einen schönen Kontrast zu dem Gefühl in meinem Inneren. Morgan betrachtete mich mit gerunzelter Stirn und während die Symbole unserer Verbindung wieder schwarz wurden und abfielen, den Boden in Form von Staub berührten, wurde das einst lesbare Blau seiner Augen für mich plötzlich unergründlich.
Die wohltuende Brise erstarb in flammender Hitze und ich erwachte zu einem Gefühl absoluter, verzehrender Feindseligkeit.
Der Gestank verdorbenen Fleisches stach mir in der Nase und verätzte meine Atemwege, mein Magen krampfte automatisch und mein Körper verlor die Fähigkeit zur Stabilität, sobald ich begriff, dass Morgan der Ursprung dafür war. Schmerzen infiltrierten meine Wahrnehmung wie zaghafter Regen, der sich langsam in einen Schauer und schließlich zu einem Wolkenbruch entwickelte. Jede Faser meines Seins rebellierte in einem ohrenbetäubenden Mix aus Furcht und Zorn und Abscheu. In weiter Ferne bröckelte die Fassade des Schlosses, zerfiel der linke Turm in der Brandung des Meeres.
Meine Hände glitten in die Höhe, begierig, wissend, was ich zu tun hatte, und das unscheinbare Summen des Phlegeton-Strahls traf ihn bereits im Oberkörper, bevor er verstand, wie ihm geschah. In seinem überraschten Zögern verstärkte ich den Angriff und betrachtete zufrieden, wie er einen Schritt zurückgeworfen wurde, doch das quälende Gefühl, ihm schaden zu wollen, staute sich weiter auf und wurde stärker. Jared und Luke, die sich auf mich stürzen wollten, wurden von Morgan mit der Linken zurückgerissen, ehe er die Rechte hob, um meine Waffe abzuwehren. Die Bestürzung in ihren Augen, die Konfusion, mit der Brooke nach Luft schnappte und aus der Schusslinie sprang, zerrte an Saiten meines Bewusstseins, die sekündlich misstönender wurden.

Dann waren die Augen meines Gegners plötzlich schwarz und hart und ich versteifte mich, jenseits möglicher Empfindungen.

„Bleibt wo ihr seid!“, befahl Morgan über seine Schulter und erhöhte den Druck auf meinen Feuerstrahl, indem er beide Hände einsetzte.

Luke stierte fassungslos von ihm zu mir. „Hat sie den Verstand verloren?“

„Sie kann nichts dafür.“

Dass sie über mich redeten, als sei ich nicht anwesend oder unsichtbar, brachte mein wallendes Blut zum Kochen. Schwindel ergriff Besitz von mir und die Wärme meiner Hand prickelte. Der Strahl wurde klarer. Weißer.

Reiner?

„Wir müssen irgendwie zu ihr durchdringen“, hörte ich Brooke, woraufhin mein Körper ihre widerliche Idee auffasste und beinahe darunter erbebte. Der Strahl forderte indes meine ganze Aufmerksamkeit, je länger ich ihn generierte. Schweiß brach mir aus und ich keuchte, Krämpfe in meinen Oberarmen erschwerten das Zielen und zeugten von meiner Erschöpfung. Morgan war mächtig.

„Hör auf“, presste er in dieser Sekunde durch zusammengebissene Zähne hervor. Sein Kiefer mahlte und ich schmeckte Galle. Sein pechschwarzer Strahl kam näher und näher, machte Zentimeter um Zentimeter wett, presste mir die Luft aus der Lunge, züngelte zischend nach meinem Gesicht.

„Warum?“

„Weil wir uns ansonsten gegenseitig umbringen.“

„Gut“, erwiderte ich und machte zwei Schritte vor. Mit der Leidenschaft einer Besessenen machte es mich rasend, zu erkennen, dass er sich im Zaun hielt, während ich die Kontrolle verlor.

„Verdammt noch mal, Mimi! Lass deine Hände sinken!“

Hör nicht auf ihn, wisperte meine innere Stimme.

„Mimi“, Gabe tauchte aus dem Nichts neben mir auf. Die Rolling-Stones-Nietenzunge auf seinem Shirt beruhigte meine überhitzten Sinne ein wenig. „Schließ die Augen, atme durch den Mund. Wenn du ihn nicht sehen oder riechen kannst, hilft es. Ansonsten bricht der Konfettitornado bald über Oz herein und vertreibt den Zauberer. Er reist über Kansas und flieht weiter“, er legte den Kopf ein wenig schräg. „Willst du hören, wohin?“

Ich befolgte seinen Rat und schloss die Augen, zögerlich. Mit der Dunkelheit wurden meine Gedanken tatsächlich klarer. „Zu Alice ins Wunderland?“

„Ich wollte sagen, nach Narnia, aber von mir aus …“, sagte er mit einem leichten Lachen in der Stimme und seine Hände umfingen meine. „Sehr schön machst du das. Und jetzt schau mich an. Nur mich."

Er drehte mich sachte weg und sobald ich sicher war, Morgan nicht länger im Blickfeld zu haben, flogen meine Lider erneut auf.

„So hast du dich an dem Tag im Footballstadion gefühlt?", fragte ich erdrückt vom Verlangen, mich weiter auf Morgan zu stürzen.

Die Neola-Sphären fielen mir ein. Aber sie würden jeden von uns vernichten, nicht nur ihn.

Stopp, hallte ein Aufschrei durch meinen Körper und infiltrierte meinen Verstand. Du willst ihn nicht verletzen.

„Sie sind unsere Erzfeinde", nickte Gabe derweil in reumütiger Haltung. „Das ist unsere natürliche Reaktion auf die Hölle."

Unsere?

Mein Armband war verschwunden. Die zeremonielle Kleidung nicht länger benötigt. Jetzt, da wir den Thron nicht mehr besteigen würden, war ich ein willkürlich anwesender Mensch. Nein, falsch. Unsere. Ich gehörte nun der anderen Seite an. Klamme Finger glitten an meine Kette und um das Schloss. Ich habe Morgan angegriffen.

Bei dem Gedanken hörte mein Herz auf zu schlagen.

Michael nahm mich in den Arm und ich ließ ihn gewähren, obwohl meine Wut sofort wiederkam. Mein Körper war zwar entkräftet, taub, mir selbst fremd, jedoch auch unbeherrscht.

„Liebes, ich habe keine Zweifel daran, was du für ihn empfindest. Aber nun ist dir deine Herkunft bekannt. Das zieht eine unüberwindbare Grenze, die du zu deinem eigenen Wohle – und seinem – akzeptieren musst." Seine Worte waren durchdrungen von Bedauern und Reue. Er wollte sie nicht aussprechen, im vollen Bewusstsein, was er mir damit antat.

„Ich muss es hören", raunte ich.

Michael, die Augen voller Pein, drückte mich fester: „Du kannst ihn nicht lieben."

Stumm flehte ich ihn an und nahm doch nur die Ernsthaftigkeit darin wahr. Die Wucht seiner Aussage riss mir den Boden unter den Füßen weg und er stützte mich. Sterne leuchteten über seinem Kopf, begleitet von Schreien und Flehen, ein Komet explodierte über uns und ließ Funken herabrieseln. Michaels Haare glommen bei dem Kontakt, ich fühlte ihn nicht. Gefangen in seinen Worten, seinem Blick, der schmorenden Glut darin, ballten sich meine Hände in seinem Hemd zu Fäusten. Dann entwickelten sie ein Eigenleben und ich ohrfeigte ihn. Der Schall hing lange zwischen uns und wurde zu einem Brutzeln.

„Mimi, du musst sie abnehmen."

Ich blinzelte unbewusst zu meinem Dekolleté, auf dem sich der glänzende Anhänger soeben in meine Haut brannte. Zischelnd färbte es das zarte Rosa dunkel.

„Was?"

Meine Nase registrierte den Geruch und nachdem ich das Schmuckstück anfasste, lief mir Blut die Hand entlang und tropfte auf meine Beine.

„Nimm sie ab."

Michael zwang mich einhändig dazu, das Schloss loszulassen und griff mit der anderen danach. Auch seine Haut warf sofort Brandblasen.

„Mein ganzes Leben war eine einzige Lüge!" Ich ohrfeigte ihn erneut. „Und nachdem du mir meine Vergangenheit genommen hast, nimmst du mir auch noch meine Zukunft?!"

Meine Hände stießen ihn unsanft fort, hinterließen Rot auf seinem Oberkörper. Niemals würde er mir diese Kette wegnehmen. Lieber lebte ich unter kontinuierlichen Schmerzen, die sie mir bereitete. Vielleicht würde das alles andere vergessen machen.

„Das habe ich verdient", verkündete Michael, ohne auf meinen zweiten Vorwurf einzugehen. Die Schläge prickelten und rieben meine überstrapazierte Handinnenfläche weiter auf. Sie änderten faktisch nichts und doch waren sie nötig gewesen. Weil er mich der Möglichkeit beraubt hatte, zu wissen, wer ich bin. Mich im Dunkel über meine Identität gelassen hatte. Selbstverständlich übertrug sich meine Verzweiflung auch auf meine Mom und meinen Dad – Chris. Aber nur der Erzengel war da und in meiner Rage hielt er den Kopf für sie mit hin.

„Du kannst ihn nicht lieben."

Die Aussage ließ mich angsterfüllt und zitternd zurück, ein Schauder lief mir über den Rücken hinunter bis in meine Seele.

Michael verschränkte die Arme. „Melody, das ist nicht die Zeit zur Selbstgeißelung."

Er wartete.

Meine Augen verengten sich.

Keiner sprach ein Wort.

„Bist du dir im Klaren darüber, was du dir damit antust?"

„Hast du eine Ahnung, was du mir angetan hast?"

„Ja", die gezwungene Ruhe in seinem Ton trieb mich beinahe zur Weißglut. „Mimi, das hier ist kein Witz."

„Hörst du mich lachen?"

Er seufzte und blickte auf meine ablehnende Körperhaltung. „Es tut wirklich sehr leid. Aber es ist, wie es ist."

Zögernd drehte ich mich von ihm weg, blinzelte wegen des penetranten Rauches, der aus meiner größer werdenden Fleischwunde strömte, und holte Luft. Einen Atemzug später war ich es los: meine Wut, den Selbsthass, meine Sturheit, den Groll auf ihn, auf meine Familie, auf mich. Emotion schwand. Er redete weiter, ebenso Gabriel. Seine Finger legten sich um meinen Arm und mein Puls schoss durch die Decke, das Blut rauschte in meinen Ohren und ich zog zurück. Sein Gesicht veränderte sich und seine Lippen bewegten sich schneller, aber nichts übertönte meinen Herzschlag. Mein Hals war wie zugeschwollen. Weil meine Zunge nicht gehorchte und mein Mund weigerte, sich zu öffnen, versuchte ich ihnen das kopfschüttelnd zu bedeuten. Nichts gehorchte. Außer meinem Kopf. Er drehte sich. Angetrieben von purer Faszination bohrte sich mein Blick gleich darauf in Morgans und mein Herz beruhigte sich wie auf Kommando. Morgan war mein Zuhause geworden. Und sie nahmen es mir einfach fort.

Etliche Muskeln zuckten alarmierend in Morgans überspanntem Kinn, derweil er von Gott, Gabe und Michael, die sich schützend um mich gruppiert hatten, zu mir starrte und dabei offensichtlich scheiterte, durch Logik Tatsachen auszuradieren. Lawrence' Gesicht verhärtete sich, je länger ich hinüberschaute. Er raunte seinem Sohn etwas ins Ohr, während dessen Blick zu meiner Kette wanderte. Brooke weinte still und Luke nahm sie in den Arm. Lawrence legte eine Hand auf Morgans Schulter und gestikulierte mit der anderen. Eine Sekunde später atmete sein Sohn scharf ein und sein Gesicht wurde zu einer Maske, als er den Kopf hängen ließ und seine Schultern zusammenfielen. In seinem nichtssagenden Blick schimmerte Unheil, bis er mir, eingefärbt von einer Flutwelle des Horrors, die den letzten Rest Zweifel wegspülte und einen quälender Ausdruck einätzte, ins Mark fuhr, wo er in meinem Fleisch versank, um mich zu zerreißen.

„Mimi?"

Er klang, wie ich mich fühlte.

Zerschlagen.

Weil ich mit nichts aufwarten konnte, ihm zu sagen, es zu richten, hielt ich den Mund. Was ich tun konnte, war, mich zusammenzureißen. Morgan betrachtete mich mit solcher Intensität, dass ich in Flammen aufzugehen drohte. Seine Augen hungrig nach meiner Berührung, nach mir. Zögernd machte ich einen Schritt auf ihn zu. Ich hörte ihn fluchen und alles kippte erneut.

Allein seine Nähe widerte mich an.

Sein aschfahles Antlitz veränderte sich im selben Moment zu einem beladenen, finsteren Blick, in dem seine Haltung an Starre verlor und reinste Verwüstungslust übernahm. Er ballte die Hände zu Fäusten, sein Körper regungslos, und der Grund unter uns erzitterte. Zorn vertiefte sich in seinen glasigen Augen und zeichnete sie etliche Farbtöne dunkler.

Unter dem Poltern der nächsten Erschütterung holte mich die Realität ein wie ein rissiger Staudamm, der endlich brach. Liebe, Eifersucht, Verlust, Betrug und Schmerz verwandelten sich zu einem zerstörerischen Konglomerat und verdichteten sich in mir zu einer unerträglichen Essenz, die mit jedem Moment betäubender wurde. Wir waren so nah dran gewesen, es zu schaffen.

So verflucht nah dran.

Und nun – ich kapitulierte, reduzierte mich darauf zu atmen – nun, da ich den Tod meiner Eltern überstanden, die Nachricht, eine Ewigkeit der Unterwelt anzugehören und jeden, der mir am Herz lag, zu überleben, Prüfungen absolviert, bestanden hatte –

Morgan.

Ehe ich wusste, was geschah, wünschte ich mich zu ihm. Ich musste bei ihm sein.

Dass er vor mir zurückwich, sobald ich mich neben ihm materialisierte, war der verhängnisvolle letzte Schlag für meinen ausgebeuteten, verzehrten Körper. Ich machte komplett dicht, während die Engel nach mir riefen, ertrank in Lawrence' harter Grimasse und Brookes feuchten Augen, bis jeglicher Anblick vor meinen Augen waberte und ich vornüber auf die Knie fiel, geblendet von wohltuendem Schwarz, umfangen von beginnender Leere. Die Farben meiner Welt verblassten und ich dachte mich zu Mom, Anna und Chris ins Flugzeug. Wurde Teil ihrer Umarmung, des Schutzes darin. Ihre Stimmen tanzten schwindelerregend um mich, luden mich ein, und ihre Blicke forderten eine Entscheidung, die ich gern traf – und aus meinem Gastdasein wurde ein Fixpunkt, da meine Schwester nach meiner Hand griff und lächelte. Das lähmende Gefühl breitete sich wohltuend in meinem Inneren aus, durch meine Organe. Erst verlangsamte es meine Lunge, danach mein Herz. Mein Puls sank. Meine Lider wurden schwer. Stück für Stück kroch die wunderbare Ruhe durch meine Adern weiter und ich sehnte mich danach, sie in meinem Verstand willkommen zu heißen. Zu vergessen. Meine Hände schlangen sich um mich, desto weniger es mir ausmachte. Ich wollte nicht mehr denken. Nicht mehr empfinden.

„Nicht."

Das war nicht Annas Stimme.

„Mimi, lass ihn fallen."

Verwirrt, schaute ich geradewegs in zwei meerblaue Augen, die einem schattenverhüllten Körper angehörten. Seine Hand umgriff fest meine und drückte sie. „Prinzessin, ich kann dir nicht helfen, wenn du nicht loslässt", erklärte er, seine Stimme, soweit kalkuliert und beherrscht, besaß einen unruhigen Unterton. Ich folgte seinem Blick und vernahm, wie der Tarsus augenblicklich polternd zwischen uns landete. Blut rauschte aus der Wunde an seiner rechten Hüfte, in der die Klinge bis zum Anschlag gesteckt hatte, und die nun dunkelrot am Boden lag und sich von selbst zu säubern begann.

Was hatte ich getan?

„Oh, Gott. Oh, nein. Es tut mir leid, Morgan. Tut mir leid. Tut mir leid. Leid."

Morgan setzte sich vor mich hin, nahm mein blasses Gesicht vorsichtig in seine Hände und presste seine Lippen an meine Stirn. Kein Kuss, keine Bewegung, er ließ sie einfach an Ort und Stelle, im vollen Bewusstsein, dass unser Schicksal, sobald er sich losmachte, besiegelt wäre. Aber in diesem Moment, getröstet von der Wärme seines Mundes an meiner Haut, nun, da ich unsere Verbindung, wie zerbrechlich und fein sie auch sein mochte, fühlte, vergaß ich.

Ehe die urtümliche, übernatürliche Abscheu erneut anfing zu wirken und ich mir für den Bruchteil einer Sekunde wünschte, ihm weiter wehzutun.

„Vorsicht", raunte Luke, doch Morgan war schneller und entriss mir meine Waffe. Die ausfahrende Klinge spiegelte sein Gesicht wider, das Zeugnis seiner inneren Verwüstung war, jedoch hielt er inmitten seiner Gedanken inne und wandte sich lediglich von mir ab. Frustration und Hass mischten sich in sein dunkles Antlitz, die Hand mit dem Tarsus erbebte. Tränen des Zorns liefen mir plötzlich die Wangen herunter, Gänsehaut breitete sich auf meinen Armen aus und eine freudig-erregte Vorfreude erklang in mir. Wenn er mich angriff, hätte ich eine Rechtfertigung für meine Vergeltung.

Sein Gestank kam auf und mit ihm die Abneigung.

„Tu es einfach", forderte ich ihn auf. „Schlag zu."

Meine Bitte explodierte in seinen Augen und unmittelbar bevor er sie zumachte, sah ich seine Seele darin brechen. In einer einzigen Bewegung warf er Jared das Schwert vor die Füße. Dann nahm er meine Oberarme und drückte härter zu als nötig, indes er ungläubig und kalt auflachte und mich dabei zu sich heranzog. Seine Lider geschlossen, wirkte er trauriger, denn ich ihn jemals erlebt hatte, was mich wiederum hinreichend betrübte, dass ich ihm trotz der Schmerzen meiner versengten Haut am Dekolleté und dort, wo er mich soeben anpackte, trotz der Wut, Furcht und Verzweiflung, Halt geben wollte. Ich streckte meine Finger nach ihm aus und seufzte, weil sie ihn berührten. Gleich darauf legten meine Hände sich auf seine Arme, fuhren hoch an seine Schultern und bis zum Nacken, umfingen ihn in einer zögerlichen Umarmung, die uns beide erzittern und einen Teil der Klippen wegbrechen ließ. Meine Vision rot, mein

Körper brutzelnd, meine Haut brennend, rutschte ich näher und er erwiderte die Geste, zog mich dabei mit einer Bewegung auf seinen Schoß. Vertrautes abspulend, wickelten sich meine Beine wie von selbst um seine Taille, lehnte ich meine Stirn an seine. Im gleichen Augenblick rang ich nach Luft, sein Griff wurde dringlicher, seine Hände fordernder, fuhren rau in mein Haar und vergruben sich darin, fixierten mich. Dankbar rollte ich mich an ihm zusammen, zu einem kleinen, zitternden Ball, um so dicht bei ihm zu sein wie nur irgend möglich. Meine Finger strichen sanft über die Ränder seiner Wunde, die bereits heilte.

„Erinnerst du dich an unsere ersten Treffen und dein Gefühl, wir stammten aus zwei völlig unterschiedlichen Welten?“, fragte er an mein Ohr. Ich konzentrierte mich auf seinen und meinen Herzschlag, wie synchron sie schlugen, in ewigem Gleichklang, ihrem eigenen Rhythmus folgend. Er räusperte sich. „Musst du immer recht haben?“

Ich lachte und schluchzte gleichzeitig. Mit einem kleinen Schulterzucken blickte ich in seine wartenden Augen. „Es ist eine Bürde.“

„Wie mein Aussehen.“

„Und dein Ego.“

„Das du liebst.“

„Mehr als deine verzerrte Wahrnehmung.“

Er hob eine Augenbraue hoch und grinste mich schief an. „Höre ich da Sarkasmus?“

Lächelnd beugte ich mich vor. „Kann ich nicht sagen. Tust du?“

„Du lenkst ab.“

„Von dir gelernt.“

„Dem Meister“, nickte er und das schönste Blau sprenkelte seine Augen und überzog sie mit Lichtpunkten.

Ich verdrehte die Augen im Spaß. „Zurück zum Ego-Problem.“

„Da, schon wieder! Definitiv Sarkasmus!“

Sein Gesicht kam meinem näher, bis seine Lippen ganz leicht auf meinen verharrten. Ich spürte ihre Glut, roch ihren leckeren Duft und befeuchtete meine automatisch, ehe ich sie sorgfältig zurück an seine platziere und bemerkte: „Kann einer von uns etwas sagen, ohne dass wir in einer Schleife gefangen werden?“

„Du meinst, du willst das Spiel nicht aufrechterhalten?“

„Bedeutet ‚nicht aufrechterhalten‘ verlieren?“, erwiderte ich herausfordernd, weil ich die Vibration seiner Lippen an meinen, da er sprach, absolut liebte.

Beeindruckt nickte er. „Nicht schlecht.“ Ich drängte mich noch näher an ihn, ohne dabei seinen Mund eine Sekunde freizugeben. Sein

Oberkörper pulsierte und seine Atmung veränderte sich von flach zu regelmäßig. „Du denkst wirklich, du könntest gegen mich gewinnen?"

„Glaubst du, ich könnte?"

Im vollen Bewusstsein, dass ich ihn mit dieser Frage in der Tasche hatte, schloss er den Restabstand zwischen uns und seine Zunge drang so schnell zu meiner vor, dass sie fiebrig mit ihr kollidierte. Er schmeckte nach ihm, nach allem, was ich nach den letzten, zermürbenden Stunden brauchte, und mehr. Morgan ertränkte mein Stöhnen in seinem Mund und lächelte, als ich mich an ihn klammerte, um mich nicht in dem Strudel aus Intensität zu verlieren. Unser Kuss war perfekt wie der erste, zweite und hundertste. Unglaublich und vollkommen, süß und salzig, eine Symbiose aus Gegensätzen. Wie wir. In seiner Gesamtheit reich, war er jedes Opfer wert, um ihn zu teilen.

Morgan machte sich von mir los und strich mit dem Daumen erst ehrfürchtig über meine prickelnde Unterlippe, gleich darauf über die obere, schließlich legte er seine Hand an meine Wange.

„Atme", sagte er und machte es vor. Ich nahm einen tiefen Atemzug, der mir, warum auch immer, Stärke verlieh. Mich entspannte.

„Wie ist das möglich?", durchschnitt eine verblüffte Stimme meine Bemühungen. Lawrence' bedrohlicher Blick bohrte sich in mich und verknotete meine Innereien, beschwor neuen Brechreiz. Mit der Geschwindigkeit, die die Übelkeit an den Tag legte, verengten sich meine Augen zu schmalen Schlitzen und ich fühlte die vertraute Wärme meiner Handfläche. Das Verlangen übermannte mich, befeuert durch omnipräsente Abneigung. Kurz bevor das Phlegeton neu erwachte, riss mich Morgan wieder herum und küsste einen kleinen Weg von meiner Wange über meine Mundwinkel zu meinem Hals. Die Glut in mir verrauchte.

„Vielleicht gibt es einen Weg, der sich eröffnet, falls notwendig", antwortete Gabe und musterte uns fasziniert.

„Soll heißen, falls sie sich weigern?"

Ich erkundete Morgans Gesicht, der im Gegenzug Details des meinen begierig aufsaugte, und etwas, das bis vor einer Minute undenkbar war, fand sich plötzlich in meinem Herzen.

Hoffnung.

„Es ist temporär", mischte Gott sich ein und verhängte mit drei Worten das Todesurteil über meine aufkeimende Freude. „Vergesst nicht, sie sind seit ihrer Geburt darauf gepolt, den jeweils anderen zu ergänzen. Das hallt nach, verklingt aber, je stärker Melodys Gene die Oberhand übernehmen. In gewisser Hinsicht gewähren diese ihnen momentan die Zeit, sich gebührend voneinander zu verabschieden."

„Beschleunigen wir es“, säuselten die Stimmen der Disceptatori einheitlich und brachten jede Diskussion zum Erliegen. „Kommen wir zum Ende.“

„Ende?“, spie Morgan ruppig hervor und stand auf. Die drei schwebten elegant zu uns, wobei zig Schmetterlinge mit klimpernden Flügeln ein kleines Konzert spielten. Morgans Beispiel folgend entging mir nicht, dass ihre Augen ausschließlich mich musterten und dabei eine Spur reinster Gänsehaut auf jedem Millimeter meines Körpers kreierten. Brooke trat wie auf Befehl vor und zu viert hielten sie rund zwei Meter vor meinem Freund, der zwischenzeitlich schützend vor mich getreten war, inne. Auf der Suche nach Kraft berührte ich seinen angespannten Unterarm. Er schlang seinen freien Arm um meine Hüfte und zog mich an seine Seite, gab mir einen schnellen Kuss aufs Haar. Morgans Augen kühlten die Umgebung, eisig wie sie wurden, sobald sie sich auf die magischen Wesen richteten. „Ihr fangt an, mir auf die Nerven zu fallen.“

„Höre sie an“, forderte seine Schwester gefasst.

Die schwelenden Brände auf seiner Kutte entstanden und erloschen, und mit einem hastigen Blick in seine grau-schwarzen Augen ahnte ich, er würde seinen Mann stehen, komme was wolle. Seine Rechte glitt über meinen Rücken hoch an meinen Nacken, die Linke zog meinen Kopf an seine Schulter. Er redete über mich hinweg: „Wenn euer Ende nicht ein Szenario beinhaltet, das sie und mich zusammen zeigt, kriegen wir ein Problem miteinander.“

Gottes Züge verspannten sich kaum merklich. Morgans „wir“ bedeutete die Hölle.

Brooke mied eine Reaktion auf die Drohung.

„Wir gehen zurück“, erklang ihr überirdischer Stimmenkanon und ihr Sommerkleid flackerte stetig zwischen jenem und der schwarzen Seide der Unterwelt hin und her. „Vor eure Zeit. Bevor ihr euch kennenlernt. Eure Wege überkreuzen sich nicht.“

„Eine zweite Chance?“, fragte Gabriel.

Brooke liefen die Tränen mittlerweile unkontrolliert über die Wangen, obgleich ihre Stimme fröhlich-neutral war. „Eure Erinnerungen werden verändert, manche gelöscht, andere durch komplett neue ersetzt.“

„Gedankenkontrolle“, nickte Lawrence.

Gefesselt von der Szene vor mir, dem Leid in Brookes Augen und der Nüchternheit ihrer Hohepriesterinnen-Stimme, riss mich Morgans verächtliches Lachen aus meiner Trance. Kopfschüttelnd verstärkte er den Griff um mich. „Wir haben die Rolle eurer Marionetten ausreichend gespielt.“

„Sohn!“

„Niemand wird unsere Erinnerungen manipulieren.“

Er ließ mich los und stellte sich dicht vor den kleinsten Disceptator, der ohne Regung zurückblickte. Asche schwebte um ihn. „Bleibt uns vom Hals.“

„Wir sind Freunde, keine Feinde.“

„Ihr habt sie damals erwählt.“

„Bedauerlicherweise ist das Unglück geschehen“, stimmte er zu. „Nichtsdestotrotz gibt es einen Weg, Begangenes wiedergutzumachen.“

„Zwischenmenschlichkeit ist kein Unglück. Es ist die reinste Form des Glückes.“

„Sie kann dich nicht lieben, Morgan“, wiederholte mein Vater. „Ich wünschte, die Dinge lägen anderes. Aber sie tun es nicht.“

„Da bin ich anderer Meinung. Wessen Kinder wir sind, wer unsere Eltern, haben wir uns nicht ausgesucht. Ich werdet uns nicht die Schuld daran geben oder uns für eure missgeleiteten Kriterien sühnen lassen.“

Die Disceptatori blickten erst einander an, dann ihn. „Es ist Bedingung.“

„Ich scheiß darauf! Ob und was wir vergessen wollen, entscheiden wir.“

Alle Augen richteten sich plötzlich auf mich, und ich tat das, was ich am besten konnte: an seiner Seite sein. Mein Lächeln irritierte offensichtlich. Ich verschränkte meine Finger mit seinen.

„Morgan, was tust du?“

„Mich um die Angelegenheit kümmern.“

Unsicher biss ich mir auf die Lippen. „Morgan –“

„Du willst, dass ich die Menschen besser verstehe? Gerade jetzt, in diesem Moment, bin ich dabei, Mimi. Wenn dich behalten gleichbedeutend damit ist, einen Teil von mir aufzugeben, dann werde ich mich, verflucht noch mal, zum ersten Mal in meinem Leben zusammenreißen! Du bringst mir Frieden – und das kommt von jemandem, der achtzehn Jahre lang Exzesse proklamiert hat. Seit ich dich kenne …“, durchatmend setzte er neu an: „Ich kann nicht wieder zurück zu dem, was ich war. Ich halte das“, Morgan deutete auf unsere Umgebung, „ohne dich gewiss keine Ewigkeit aus. Ich fange erst an, Menschen in ihrer Imperfektion zu akzeptieren. Und warum? Wegen dir. Wenn ich während dieses Prozesses, während der Arbeit, nicht Amok laufen soll, brauche ich meinen Frieden“, seine Lippen verzogen sich zu einer Grimasse.

Ein Disceptator nach dem anderen verlangte zu erfahren: „Wieso sie?“

Morgan küsste meine Hände und antwortete mir: „Du stellst Regeln auf. Regeln, zum Teufel! Etwas, was ich, seit ich denken kann, wie die Pest gemieden –“

„– umgangen?“

„– gebrochen habe“, grinste er schwach. „Aber du? Du brauchst sie, um dich sicher und geborgen zu fühlen. Wer hätte gedacht, dass dadurch, dass du Grenzen für dich, mich, uns ziehst, ich mich weiter entfalten würde?“

Unfähig etwas darauf zu erwidern, stellte ich mich auf die Zehenspitzen und küsste sein Kinn. Er seufzte und wischte mir eine Haarsträhne hinters Ohr. „Zeit, dass ich welche einführe. Nummer eins: keine Abschiede. Du und ich, Mimi. Das bleibt“, er hob mich hoch, bis ich meine Beine erneut um seine Mitte schlang, hielt mich sicher, und visierte über meine Schulter seinen Vater an. „Das ist wichtig, Dad. Und ich bin mir dessen bewusst, was ich tue. Die Frage ist, wie sehr vertraust du mir? Das herauszufinden, ist Nummer zwei.“

Sein visueller Rundgang führte ihn als Nächstes zu Michael und seine Augen forderten ihn geradezu heraus. „Ich möchte keinen Bruch zwischen Himmel und Hölle. Auch wenn mein Verhalten darauf hindeutet, bin ich nie zuvor neutraler gewesen.“

Morgans Lippen fuhren sanft über meine Schulter. „Noch nie. Seht es als Vorsatz und dessen Einhaltung als Nummer drei.“

Gabriel und Michael wechselten einen Blick. Schließlich wandte Morgan sich an die Disceptatori und fügte hinzu: „Keinerlei Regel würde euch einschränken. Daher nur ein Hinweis: Kommt ihr uns entgegen, wird sich der Rest fügen.“

„Nummer eins gefällt mir am besten“, murmelte ich an Morgans Hals, ehrfürchtig seine resolute Haltung betrachtend. Ich wunderte mich über die Entwicklung, die er durchgemacht hatte. Irgendwann zwischen September und heute war Morgan Vegard verschwunden und dafür ein Herrscher entstanden. Prinzipientreu, standhaft, reflektiert. Objektiv.

Er musterte mich wachsam und stellte mich ab, beugte sich zu mir herunter und nahm meine Hand. Sein Griff war bestimmt, seine dunkelblauen Augen weit und freundlich. Stummes Einvernehmen hallte zwischen uns und ich atmete, mich wappnend, tief ein, las in seinem Gesicht, was kommen würde.

Ist dir klar, was das bedeutet?, fragte ich in seinem Kopf über vehement pochende Schmerzen in meinem hinweg, die neu aufkeimende Abscheu suggerierten.

Es bedeutet, du gehörst zu mir.

Ich spürte mein Nicken. Morgans Glaube an mich war stärker denn je. Und das machte mich stärker denn je.

„Bereit?“, fragte er und lehnte seine Stirn an meine, ehe er aufsah. Seine Lider fächerten und verwoben sich mit meinen, sein Atem kitzelte meine Wangen und meinen Mund. Ich war mehr denn bereit. Liebte ihn noch mehr, weil er bei mir war, blieb, mir den Rücken stärkte, bereit, sich dafür Unmöglichem entgegenzustellen.

„Bereit."

Morgan zwinkerte und wir wendeten uns zu den Anwesenden.

„Ich erhebe Anspruch auf reine Menschlichkeit", sagte ich an Gott gewandt und lächelte, da aus den entgeisterten Mienen versteinerte wurden, als Morgans sachliche Stimme erklang.

„Ich verzichte auf den Thron."

***********************************

Eine Sekunde verging. Zwei Sekunden. Eine Minute. Gabes Augen waren so weit aufgerissen wie Lukes und Jareds Mund. Michaels Blick sprang von Morgan zu mir und verharrte in Starre, ebenso Brookes. Die Disceptatori lächelten amüsiert. Ich befeuchtete nervös meine Lippen und straffte die Schultern, weil Morgans Hand meine beruhigend drückte. Sein Daumen malte beständig ein Muster auf meiner Haut.

Wie konnte er ruhig sein?

Gerade da ich zu ihm aufschauen wollte, erklang Lawrence' Lachen. „Das wirst du nicht. Habe ich mich unmissverständlich ausgedrückt?" Erstes Knistern entsprang seiner Statur, Feuerfunken tanzten auf seiner Kleidung.

Morgans Augen waren schwer zu lesen. „Die Übernahme des Reiches ist Menschen nicht gestattet."

„Du bist kein Mensch!"

„Noch nicht", er sandte mir einen aufmunternden Blick zu, adressierte aber die Disceptatori. „Auch ich beantrage den Wechsel zur Menschlichkeit."

Lawrence' Kopf fuhr mit einem Ruck herum und seine Kutte stand lichterloh in Flammen. Sein tödlicher Ausdruck entsprach nun Morgans und ließ mich zusammenfahren. Gottes barmherzige Augen sprühten. „Wovon redest du da?"

„Nummer zwei, Dad …"

„Du begehst einen großen Fehler."

„Es durchzuziehen wäre der größte Fehler."

„Sohn, aus dir sprechen verletzte Gefühle, die dein Urteil trüben."

Morgan schüttelte sanft den Kopf. „Ich weiß, wer ich bin und dass die Unterwelt einen Herrscher verdient, der die Aufgabe übernehmen möchte. Keinen, der sie aus Pflichtgefühl ausübt, wie es ohne Mimi wäre. Sie würde es spüren und mich bekämpfen. Es wäre Zeitverschwendung."

Sie starrten sich gegenseitig an, beide mit demselben unnachgiebigen Ausdruck roher Emotionen. Lawrence' Statur flackerte und mein Verstand schaltete sich ein.

Würde er nicht tatsächlich später bereuen, was er gerade tat? Es mir vorhalten, uns entzweien lassen, sobald ihm dämmerte, was er für mich aufgegeben hatte?

„Morgan, dein Vater hat nicht ganz unrecht."

Seine graublauen Augen verengten sich. „Willst du mit mir zusammen sein?"

„Ja."

Er beugte sich vor, um mich genauer zu mustern. „Und das auch ohne Regentschaft, Unsterblichkeit und den Rest?"

Erschöpft hauchte ich einen kleinen Kuss auf seinen Mund. „Diese Dinge sind unwichtig."

„Sicher? Zu einhundert Prozent?"

„Warte … nein."

„Nein?"

Unglaublich. Wenn es nach mir ginge, wäre ich nirgendwo lieber als in seinen Armen. Wo ich hingehörte. „Tausendprozentig."

Morgans Lächeln verdrängte jeden Restzweifel über seine Entschlossenheit. Er wandte sich wieder seinem Vater zu und sein Gesicht entspannte sich. Ich drehte mich weg, kannte die Vorzeichen. Öfter schon war ich Zeuge von Morgans Taktik geworden. Köder auswerfen, Leine stillhalten, warten. Mit den nächsten Zügen würde er den Fang einholen. Morgans Mund formte sich zu einem kühl kalkulierten Lächeln, ehe er mit dem Kopf auf mich wies, und ich verstand, er holte ihn an Land.

„Jahrhunderte zuvor hast du ohne auch nur mit der Wimper zu zucken rigide Restriktionen wegen Mom in Kauf genommen. Hast nahezu einen Krieg heraufbeschworen, damit sie bei dir bleiben kann, einen weiteren, um ihr eine Familie zu schenken. Ich gebe den Thron ab an Aiden, er bleibt in der Familie und du hast die Sicherheit, dass er es gut machen wird. In meinem Fall braucht es sehr wenig, um sehr viel zu bekommen. Ich will meine Grace."

„Durch feigen Rücktritt? Habe ich dich so erzogen?"

„Ich laufe nicht vor meiner Verantwortung weg, ich wähle, ganz deinem Vorbild folgend. Es zieht keine unüberbrückbaren Konsequenzen nach sich, nicht, wenn jeder Anwesende einverstanden sind. Du liebst deine Arbeit, bekommst weitere Jahre geschenkt bis zu Aidens Volljährigkeit. Das ist der Moment, um Rückgrat zu beweisen." Da war sie, die determinierte Stimme, die er gebrauchte, bevor er den Deal abwickelte und seine nach Luft schnappende Beute tötete. „Und genauso hast du mich erzogen."

Lawrence' Augen weiteten sich durch die wabernde Hitze hindurch erkennbar, er hielt seine Hände mühsam unter Kontrolle, rote und orange Flammen züngelten in den Himmel. Morgan wählte den Augenblick, um Brooke anzusehen. Diese trat daraufhin an die Seite ihres Vaters, um ihm etwas zu erklären. Sie vermied es, uns anzuschauen, indem sie sich vor Lawrence stellte, aber die Spannung verließ seinen Körper, indes sie auf ihn einredete. Morgan lächelte schwach und zog mich näher, kaum, dass Lawrence' Stirn sich in Falten legte. In einem stummen Gebet schloss ich die Augen. Nach endlosen Wiederholungen dessen änderte sich die Atmosphäre um uns.

Luzifer betrachtete uns mahnend. „Du wirst verbannt werden, Sohn. Unwiderruflich."

„Nur aus der Hölle. Nicht aus dem Haus. Oder Dad?" Morgan lachte unbeschwert auf. Ich badete in dem wohltuenden Klang.

„Nein", hörte ich Lawrence und zwinkerte mehrmals wegen der Gestalt, die aus dem Ruß und Rauch geboren wurde. Seine Kutte war fort wie auch die Feuer und vor uns stand ein Mann im Anzug. „Einverstanden."

„Michael?"

Der Chorus der Disceptatori-Stimmen streichelte die zwei Silben drängend.

„Das ist es, was du möchtest?", fragte mein Vater mich sorgsam abwägend und trat zu mir, dabei streifte er Morgan mit einem Blick und konzentrierte sich letztlich auf mich. Ich bestätigte und wartete auf seine Reaktion. Meine Haltung lockerte sich unter dem prüfenden, mitfühlenden Grün seiner Augen.

„Wer bin ich, um dich deiner Liebe zu entreißen?" Ich merkte gar nicht, dass ich die Luft angehalten hatte, bis ich sie begierig und erleichtert einzog. „Deine Mom hat dich unglaublich geliebt. Sie und Chris hätten ihr Leben für dich und Anna hergegeben. Welche Wahl dir auch vorschwebt, lebe ein glückliches Leben – aber erfülle nicht nur ihre Hoffnungen, sei in erster Linie der Mensch, zu dem sie dich formten. Mehr wünschen sie sich nicht."

Tränen vernebelten mir die Sicht. Es bedurfte mehrerer Versuche, sie rigoros wegzutupfen, bis ich schließlich bemerkte, dass auch er weinte. „Ich liebe dich auch, Mimi. Und ich würde mich freuen, wenn du dein Herz für mich öffnen könntest. Irgendwann."

Sprachlos nahm ich seine Hand in meine freie und flocht durch die Verbindung Morgan mit ein. „Sehr gerne."

Es schmerzte, ja. Aber dieser Schmerz war in Ordnung. Weil er Neues einleitete.

„Gibt es ein Veto?“, fragte der größte Disceptator Gott, der demonstrativ den Kopf schüttelte und mit dieser Geste jeden im Umkreis mit Licht erfüllte.

„Ausgezeichnet“, eine wahre Schmetterlingsarmada tanzte zu der weichen Vibration seines Lachens, bis die anderen beiden miteinfielen und der Klang in schönstem Crescendo gipfelte. Die überirdischen Schwingungen mischten sich mit den Faltern und flogen auf uns zu, schlüpften durch mich und Morgan hindurch, hoben uns an und trugen uns auf ihren verspielten Schwingen gen Himmel. Nach einem letzten Streicheln, bei dem die Schmetterlinge sich auf unsere Haut legten und uns dabei in die sattesten Farben tauchten, die unsere Umwelt verblassen ließen, ebbte das Lachen ab und die Insekten setzten uns wieder auf den Boden. Funkelnde Strahlen leuchteten, entsprangen unserer Haut, lebendig und atemberaubend. Ich badete in ihrer Wärme, saugte das Licht auf, das sich wie Balsam auf meine Arme, Beine, meinen ganzen Körper legte und mit mir verschmolz. Geschockt sprang mein Blick zu Morgan, der in ein ebensolches festliches Gewand gekleidet zu mir blickte.

Auf unseren Handgelenken manifestierten sich die Armbänder und wurden unsichtbar.

„In jedem stecken Gut und Böse“, durchschnitt die Stimme eines auf uns zu schwebenden Disceptators, dessen Kleidung aus der Nähe betrachtet aus Abermillionen Tropfen bestand, mein Bewusstsein.

„Keiner ist nur eins davon“, stimmte der zweite zu und der dritte lächelte gar auf mich herab.

„Jeder pendelt in der Mitte.“

„Um euch ausreichend zu ergänzen“, summten sie gemeinsam, „müsst ihr eure Verbindung mit beiden Seiten zulassen. Beide Seiten akzeptieren.“

Ich habe dich angegriffen, dachte ich.

Morgans Augen konzentrierten sich auf meine. Und ich für dich meine Zukunft aufgegeben.

Die Wesen reichten sich die Hände und bildeten einen Kreis um ihn und mich, der uns von dem Rest abschirmte. „Es verlangt einen Akt der Selbstlosigkeit“, sie drehten sich zu Morgan und schauten schließlich zu mir, „und einen der Überzeugung, um wahrlich und absolut zu sein. Für eine monumentale Aufgabe und das dadurch bedingte Leben.“ In schneller werdenden Schritten tanzten sie um uns. „Angst ist die ehrlichste aller Emotionen. Melody, du hast deinen größten Ängsten ins Angesicht geblickt – und sie dadurch besiegt. Ebenso, du, Morgan.“

Das hinterließ bei mir einen bitteren Beigeschmack, der ihnen nicht entging.

„Oh, Melody", tadelten die drei, „deine Skepsis ihn betreffend ist nobel, aber ja, auch Morgan befällt Angst. Seltener zwar, fürwahr. Denn das Einzige, wovor er sich ängstigt, ist, dich zu verlieren."

Gottes Worte sprenkelte Wohlwollen. „Du hast nicht nur richtig, sondern auch menschlich gehandelt, Morgan."

„Und Mimi durch und durch böse motiviert", lachte Lawrence und zum ersten Mal seit Beginn dieses Albtraums schaute er mich zufrieden an. „Je mehr Steine man dir in den letzten Monaten in den Weg legte, je stärkerem Druck man dich aussetzte, desto mehr regte sich dein Widerstand und Wille. Es ist wie bei Morgan, nur dass er mit jedem Meter eurer Reise kalkulierter wurde. Das, was du gewannst, war das, was er verlor. Yin und Yang."

Sekundenlang starrten Morgan und ich uns in unserem Lichtkokon überwältigt an und ließen das Gesagte auf uns wirken, bevor Morgans Lippen sich verschlagen kräuselten.

„Bestanden?", fragte er.

„Bestanden."

Mit der Bestätigung fanden sich unsere Hände und wir betraten eine neue Ära, deren Winde mein geliebtes, grünes Kleid flattern ließen und sich in Morgans Kutte verfingen. Zwölf Dämonen, vier apokalyptische Reiter und Zehntausende Höllenhunde blickten zu uns zurück. Der ganze Vorhof war wie ausgewechselt, die Engelstatuen im prächtigen Garten lächelten und das Schloss dehnte sich aus, erschuf einen neuen riesigen Turm und sandte Staub über das Gräberfeld, den Strand hin bis zu den Klippen. Zwei mächtige Kronen, geboren aus dunklen Schauern, schwebten anmutig auf unsere Häupter und entzündeten sich zu brennenden Edelsteinen, während ich die ungezählten Stimmen derer wispern hörte, die flehend und schreiend in der Hölle verweilten. Ich roch unbekannte Gerüche, das Salz der Wellen, die Süße von Blüten – Saveas blitzten vor meinen Augen auf, erst eins, dann das nächste, zählten sich wie beim Appell durch.

Das Ozeanblau in Morgans Blick tanzte, als er zweifellos dasselbe mitverfolgte.

„Die Übergabe ist abgeschlossen", verkündete Brooke, mittlerweile schluchzend vor Glück. „So ihr es denn wünscht."

Friedvoll wie selten zuvor lächelte ich Morgan an.

„Ich liebe dich", flüsterte ich. Er lächelte zurück, stark, schön und bereit, eingerahmt in das Licht der Abendsonne. Ein Bild, das mir die Sprache verschlug.

Das bekannte Lied der Sirene setzte ein.

Tatius jaulte auf und die restlichen Hunde schlossen sich an.

Morgan rückte meine Krone zurecht und strich mir die Haare hinters Ohr.

Mit jedem Herzschlag spürte ich Dankbarkeit. Er hatte mir neue Gründe gegeben zu leben. Zu kämpfen. Mich zu ändern.

Begierig darauf, unser neues Kapitel aufzuschlagen, nickte ich Brooke zu.

„Ich werde dich jeden Tag meines Lebens lieben", erklärte er und ich küsste seine Wange.

Ich wusste, dass er das würde.

Ihre Worte aufgreifend, wandten wir uns an seine Schwester. „Wir wünschen es."

Die Kreaturen der Unterwelt verbeugten sich, die Anwesenden willigten ein und das Lied ging über in eine Hymne, nachdem Morgan mich heranzog. „Das war's."

„Und wie leicht es war …", ergänzte ich zwinkernd.

Er wurde ernst und in seinem Blick verweilte ein einziges Gefühl, das mir allein galt. „Wie atmen."

Versuchungen mussten gelebt werden.

Liebe überstand alles.

Wenn sie pur und endlos war …

„… wie atmen."

- ***Ende*** -

18607283R00466

Printed in Poland
by Amazon Fulfillment
Poland Sp. z o.o., Wrocław